Über dieses Buch Die Schauplätze dieses Romans sind York und Dublin in den Jahren von 1892 bis 1899. Louisa und ihre beiden jüngeren Schwestern sind unehelich geboren, ihre Mutter betreibt eine kleine Pension. Als Gesellschafterin und Gouvernante im Haus des wohlhabenden Druckereibesitzers Tempest trägt Louisa zum Auskommen der Familie bei. Im gleichen Haus arbeitet auch Edward, ihr Cousin, der von einem Leben als Schriftsteller träumt und von Louisa, aber er wagt nicht, ihr seine Gefühle zu offenbaren.
Eines Tages macht sie in der Pension die Bekanntschaft des heißblütigen irischen Dragoneroffiziers Robert Duncannon, der ihr Vertrauen und ihre Liebe gewinnt. Nach einem Vergewaltigungsversuch ihres bigotten Brotherrn flieht Louisa zu Duncannon, obwohl sie weiß, daß er sie nie wird heiraten können...

Das ist der Beginn dieses Frauenromans vor dem Hintergrund viktorianischer Zeit in England und Irland. Die englische Gesellschaft am Ende des 19. Jahrhunderts wähnt sich festgefügt und auf dem Höhepunkt ihrer Macht. In dieser Zeit gesellschaftlicher Heuchelei sucht Louisa Elliot ihren Weg.

Die Autorin Ann Victoria Roberts wurde 1945 in York geboren, absolvierte eine künstlerische Ausbildung und arbeitete dann in verschiedenen Berufen. 1966 heiratete sie ihren Jugendfreund und bekam zwei Kinder. ›Louisa Elliott‹ ist ihr erster Roman.

Ann Victoria Roberts

Louisa Elliott

Roman

Aus dem Englischen von
Manfred Ohl und
Hans Sartorius

Fischer Taschenbuch Verlag

Ungekürzte Ausgabe
Veröffentlicht im Fischer Taschenbuch Verlag GmbH,
Frankfurt am Main, Juli 1992

Lizenzausgabe mit freundlicher Genehmigung des
S. Fischer Verlages GmbH, Frankfurt am Main
Die Originalausgabe erschien unter dem Titel ›Louisa Elliott‹
im Verlag Chatto & Windus Ltd., London

Umschlaggestaltung: Manfred Walch, Frankfurt am Main
Umschlagabbildung: Eva Gonzalès, ›Erwachen am Morgen‹
Druck und Bindung: Clausen & Bosse, Leck
Printed in Germany
ISBN 3-596-11126-9

Für meine Familie
und für Eileen und Bill,
deren Liebe zu York
nicht zu übertreffen ist.

Erstes Buch

1892

1

Micklegate Bar, das alte Stadttor, stand weiß und undeutlich in dem aufkommenden Schneesturm; vor den mächtigen Toren wirkten zwei gleichgroße Gestalten zwergenhaft, die im Schneetreiben langsam nach Hause stapften.

Der weiße Schnee lag dicht auf dem Hut, dem Umhang und dem lockigen Bart des Mannes. Der Mantel der jungen Frau lastete bereits schwer auf ihren Schultern. Der Mann hielt seinen Regenschirm über die Frau und führte sie bei jedem Schritt auf dem geschützten Weg hinter den Mauern.

In der Nähe des alten Bahnhofs, der zu dieser späten Stunde menschenleer war und seltsam unwirklich schien, brannten unruhig zuckend Gaslampen. Die wirbelnden und tanzenden, mottenähnlichen Schneeflocken dämpften ihr Licht. Wo die italienisch anmutende Fassade im Schneetreiben verschwand, konnte man sich ohne weiteres ein kirchliches Gebäude vorstellen, wo gespenstische Mönche durch den leeren Kreuzgang schritten und ihren längst verschwundenen Garten pflegten, der zwischen den verschneiten Fußspuren und der Stadtmauer lag.

Die Frau blickte angestrengt geradeaus und mußte an eine Geschichte denken, die sie aus ihrer Kindheit kannte. Plötzlich überlief sie ein Schauer, und sie drückte sich enger an ihren Begleiter

»Gespenster«, murmelte sie und wußte, daß hier die Vergangenheit immer lebendig sein würde.

Er nickte; auch für ihn war dieser Ort mit vielen Erinnerungen beladen. Er erinnerte sich noch daran, daß einmal blühender Wohlstand diese armselige kleine Straße mit geschäftigem Treiben erfüllt hatte. Damals schien die ganze Welt über die abgetretenen Pflastersteine zu laufen. Und das schrille Pfeifen der Züge schlug den Takt zu jedem Traum. Diese Zeiten waren für immer vorbei; es waren nur noch schattenhafte Erinnerungen und so gespenstisch wie das verschwundene Kloster.

»Ein neuer Tempel«, sagte er spöttisch mit Blick auf die verlassenen Gebäude, »für weniger beständige Götter.«

Vor ihnen tauchte aus einer schmalen Gasse eine zerlumpte Gestalt auf und wankte unsicher auf eine Gruppe Armenhäuser an der Ecke zu. Zwischen den niederen Dächern dieser Bauten und dem eindrucksvollen Giebel eines vornehmeren Gasthauses stand ein hohes, ehemals prächtiges Gebäude. Das war ihr Zuhause in der Kindheit gewesen. »Elliott's Temperance Hotel« war inzwischen jedoch ein etwas heruntergekommenes Etablissement. Die abblätternde Farbe und die rußigen Fenster spiegelten nur allzu deutlich den Zustand dieser Gegend wider. Noch nicht einmal der weiße Schnee konnte verhüllen, daß die kurze Zeit des Wohlstands vorüber war.

Vor mehr als dreißig Jahren hatten sich zwei junge, unverheiratete Frauen über die Konventionen hinweggesetzt, dieses dreistöckige Haus auf den Namen eines abwesenden älteren Bruders gemietet und eine Pension daraus gemacht. Die eine hatte etwas Geld, die andere Sinn für das Geschäft. Sie besaßen beide eine gute, wenn auch nur allgemeine Bildung und langjährige Erfahrungen als Dienstboten in Herrschaftshäusern. Die eine zumindest war fest entschlossen, nicht in die Abhängigkeit der Angehörigen des anderen Geschlechts zu geraten. Nur durch harte Arbeit und Entschlossenheit führten sie die Pension zu Erfolg, und da schon der Name für absolute moralische Sauberkeit bürgte, waren ihre Gäste ebenso ehrbar – Familien, alleinreisende Damen mit ihren Zofen, Herren der Mittelklasse, die nicht von betrunkenen Prostituierten belästigt werden wollten –, sie alle gehörten zu den Reisenden, die von den wachsenden Eisenbahnverbindungen, der Abstinenzbewegung und den vielen Hotels profitierten, die in diesem Trend als »Temperance Hotels« entstanden und nur moralisch einwandfreie Gäste aufnahmen.

So tadellos der Ruf der Pension auch war, die Elliott-Schwestern mit ihren weißen, gestärkten Kleidern, dem glänzenden Tafelsilber und den ausgezeichneten Mahlzeiten hüteten ein keineswegs ehrbares Geheimnis. Die ältere – wie altjüngferlich, wie prüde und unbeirrbar stolz sie sich auch immer geben mochte – war bereits Mutter, als die Schwestern das Hotel eröffneten. Ihr Sohn Edward wuchs bei älteren Verwandten

im Norden des Landes auf. Er kam erst als Siebenjähriger in das Haus in der Tanner Row und galt bequemerweise als ein verwaister Neffe.
Der jüngeren Schwester, sie war hübsch und blond, fehlte die grimmige Entschlossenheit der älteren, und ihre lange Affäre mit einem verheirateten Mann führte schließlich zum Ende der erfolgreichen geschäftlichen Partnerschaft.
Edward Elliott überfielen plötzlich viele Erinnerungen, und er seufzte: »Weißt du noch, Louisa?«
»Wie könnte ich es vergessen?«
Sie blieben beide stehen und hoben die Köpfe. Louisa überlief wieder ein Schauer. Sie staunte darüber, daß ihr Vetter diesen Weg gewählt hatte, anstatt durch Micklegate, die Hauptstraße, zu gehen, die ganz in der Nähe parallel zu dieser Straße verlief.
»Ich bin seit Jahren nicht mehr hier gewesen«, gestand Louisa und wußte, sie würde freiwillig nie zurückkommen, denn die Tanner Row barg die Reste der Kindheit mit all den Geheimnissen und Ängsten, in die sich nur allzu wenige Freuden gemischt hatten. Während ihre Blicke an dem zurückspringenden Hauseingang hingen, spürte sie die geheimen Kümmernisse wieder in sich aufsteigen, aber sie empfand auch den Sicherheit einflößenden Trost und Schutz der Arme ihres Vetters Edward. Er war damals wie heute der wichtigste Mensch in ihrer jungen Welt gewesen: Hüter, Bruder, Vertrauter und Freund. Ihre Mütter waren immer viel zu beschäftigt und mit scheinbar endlosen Pflichten und Arbeiten ausgelastet. Die Dienstboten nahmen ihre Aufgaben weniger ernst, und ihre beiden älteren Schwestern waren damals noch zu klein, um die grundlegenden Grausamkeiten des Lebens zu verstehen. Auch der Vater, ein großer und fröhlicher Mann, tauchte in ihrem Leben nur als seltener Gast auf. Mit Geschenken beladen erschien er wie ein unzeitgemäßer Weihnachtsmann und roch nach Tabak und der ungesponnenen Wolle seiner Firma in West Riding. Er setzte seine kleinen Töchter auf die Knie und küßte sie, aber seine Zeit und seine Aufmerksamkeit galten anderen Dingen. Viele Jahre verstand Louisa nicht, was seine Abwesenheit bedeutete, weshalb er nicht mit ihnen zusammenlebte und sie nur hin und wieder besuchte. Wenn man ihr in der Schule vorwarf, sie habe keinen Vater, bestritt sie es immer energisch, und das wiederum schürte das Feuer der Feindseligkeiten noch mehr. Damals, so glaubte sie, war ihr nie etwas richtig und zufrie-

denstellend erklärt worden; sogar der Tod ihres Vaters wäre ohne die Tränen der Mutter und den folgenden Skandal seines Testaments beinahe unbemerkt geblieben. Die Empörung seiner kinderlosen, jedoch rechtmäßigen Frau kannte keine Grenzen. Aber das Testament wurde schließlich für rechtskräftig erklärt und das Erbe übergeben.

Louisa war damals acht und Edward zwanzig Jahre alt gewesen. Die Ereignisse dieses Jahres führten zu Bitterkeit, schlechten Gefühlen und dem Auszug aus dem Haus in der Tanner Row. Plötzlich empfand sie wieder mit überraschender Macht die Ängste jener letzten Tage, in denen Elizabeth Elliott sich darauf vorbereitet hatte, in Zukunft eigene Wege zu gehen. »Ich habe damals schrecklich geweint«, gestand Louisa leise, »weil ich glaubte, du würdest uns auch verlassen.«

Edward drehte sich um und sah sie an. Ihr bekümmertes und trauriges Gesicht traf ihn völlig unvorbereitet. Im ersten Moment fühlte er sich versucht, sie in die Arme zu nehmen und ihr den Schmerz von den Lippen zu küssen, wie er es in all den Jahren so oft getan hatte. Aber Louisa war kein Kind mehr. Er lächelte etwas verlegen, wischte ihr eine Schneeflocke von der Nase und sagte: »Ich weiß. Ich hätte es auch nicht ertragen können. Meine Mutter hat mir im Grunde nie vergeben, daß ich bei euch geblieben bin, obwohl sie schließlich einsah, daß es für mich sehr viel vernünftiger war.«

»Aber schließlich bist du doch zu ihr gezogen«, erwiderte Louisa, und es klang leicht vorwurfsvoll.

Achselzuckend sagte er: »Damals hatte ich wohl kaum eine andere Wahl.«

Dieses Thema hatte ihre Freundschaft einmal sehr belastet und Louisa großen kindlichen Kummer bereitet. Deshalb erwiderte sie jetzt nur: »Es wäre für dich besser, du würdest nicht bei ihr leben, Edward – du verträgst dich einfach nicht mit ihr.«

»Sie ist meine Mutter.«

Und was hat sie je für dich getan? dachte Louisa, aber sie sprach diesen Gedanken nicht aus. Statt dessen fragte sie gezwungen unbeschwert: »Also, was würdest du tun, wenn du unabhängig wärst?«

»Weiß ich nicht.« Edward lächelte. »Ich würde mir ein Häuschen auf dem Land suchen ... mit romantischen Gedichten meinen Lebensunterhalt verdienen ... na ja, und viele solcher phantastischen Dinge tun.« Von dieser Vorstellung beglückt, fügte er hinzu: »Und wenn du schließlich genug davon hast, dich um die Kinder anderer Leute zu kümmern, kannst du zu mir aufs Land kommen und statt dessen mich verwöhnen.«

Louisa mußte lachen und schüttelte übermütig den Schnee vom Kopf. »Sobald ich mir das leisten kann, werde ich es tun!«

»Ich nehme dich beim Wort«, flüsterte er. Aber der Wind riß ihm die Worte von den Lippen, als sie um die Ecke bogen.

Im offenen Gelände vor dem Fluß fingen sich die heftigen Windstöße in ihrem Rock. Louisa hielt sich an Edward fest und war froh über den Schutz, den sein Körper ihr bot. Vorsichtig setzte sie mit ihren gefährlich glatten Lederstiefeln einen Schritt vor den anderen; Edward wirkte unbekümmerter. Ihn fesselte mehr die alles verwandelnde Schönheit des Schneesturms.

Der weiß bepuderte runde Turm von North Street Postern wirkte unter seiner wunderschönen Schneehaube, die all die alten, brüchigen Ziegel verbarg, wie der irrtümlich hierher geratene Teil einer Burgruine am Rhein. Früher hatte der Turm zu den Befestigungsanlagen der Stadt gehört und diente in letzter Zeit den Fährschiffern als Schutz. Er stand behäbig am Flußufer im Schatten der eisernen Bogen der neuen Brücke über die Ouse. Vor ihm auf dem Wasser ragten verschwommen die verwitterten Masten von Schiffen und Booten und ein gespenstisches Gewirr von Sparren und Leinen über den schwarzen Tiefen auf. Am anderen Ufer sanken unter der Schneelast die Äste riesiger Bäume zu Boden. Edward fühlte sich im Innern berührt von der Macht dieses stummen Zaubers, denn er litt sehr unter dem alltäglichen Schmutz der Stadt.

Er hielt das Gesicht den wirbelnden Schneeflocken entgegen, vergaß für den Augenblick den Grund für diese Wanderung und überließ sich seiner Freude. Als Louisa noch nicht in der Nähe arbeitete, hatte er sie nur selten zu Gesicht bekommen. Der Gedanke, sie jetzt wieder regelmäßig zu sehen, gab ihm das absurde Gefühl, sehr jung zu sein.

»Es ist wunderbar, daß du wieder da bist«, rief er mit großer Aufrichtigkeit. »Im Sommer müssen wir uns wie früher auch wieder öfter treffen.« Er suchte in der Tasche nach Münzen für die Brückengebühr und fragte: »Und wie gefällt dir die neue Stellung? Mir kommt es vor, als seien schon wieder Wochen vergangen, seit wir zuletzt die Möglichkeit hatten, miteinander zu reden.«

Louisa seufzte. Sie wollte nicht eingestehen, daß sie alles andere als glücklich war, und deshalb nickte sie nur. »Ja, Wochen ...« Durch Edwards Empfehlung hatte sie die Stellung bekommen, und es wäre ihr undankbar erschienen, sich bei ihm darüber zu beklagen, daß die Stunden nur langsam vergingen und ihre Pflichten mühsam waren. Vielleicht bin ich durch meine letzte Stelle verwöhnt, dachte sie. Aber der verschwenderische Lebensstil ihrer alten Arbeitgeber hatte dazu geführt, daß sie nach Italien übersiedeln mußten, wo alles billiger, wenn auch nicht so luxuriös war.

Louisa beschrieb ihren neuen Herrn nicht ganz im Spaß als einen eigensinnigen alten Geizhals, und ihr Vetter mußte lachen. Er kannte die Familie sehr gut, denn er war schon als Lehrling in ihre Firma gekommen. Jetzt war er der erste Buchbinder und die geschätzte rechte Hand, wenn Albert Tempest geschäftlich unterwegs war. »Ich weiß, der alte Tempest brüllt viel«, gab er zu, »und ich wage zu behaupten, seit dem Tod ihrer Mutter sind ihm seine Töchter eine Last. Aber ich komme ganz gut mit ihm aus. Wenn du ihn erst etwas besser kennst, wirst du bestimmt auch keine Schwierigkeiten mehr mit ihm haben.« Nach einer kurzen Pause fragte er: »Bedauerst du es, nicht mit der anderen Familie nach Italien gegangen zu sein?«

Louisa schüttelte wehmütig lächelnd den Kopf. »Sie fehlen mir – und ich glaube, das Wetter ist in Italien besser! Aber bedauern – nein, bestimmt nicht. Wenn ich nicht hier wäre, wo Mama plötzlich so krank ist ...« Sie brach ab. »Edward, sag mir ehrlich«, fragte sie kurz darauf, »geht es ihr sehr schlecht?«

Edward hatte Gewissensbisse, weil er ihr die Wahrheit vorenthalten hatte, und erwiderte: »Nun ja, sie liegt im Bett – und das ist bei deiner Mutter nie ein gutes Zeichen. Offenbar hat sie einen der Gäste gepflegt. Ihn hat es vor ein paar Tagen erwischt – aber jetzt geht es ihm schon wieder besser.«

Louisa blieb stehen, drehte sich um und sah Edward an. »Vermutlich hat sie die Grippe ...«

Er nickte ernst. Die Grippe grassierte im Land und hatte inzwischen das Ausmaß einer Epidemie erreicht: die Opfer starben daran. »Sie hat eine robuste Konstitution«, sagte er sanft und versuchte, Louisa damit zu trösten. »Mach dir keine Sorgen – sie ist im Nu wieder auf den Beinen.«

An der Ecke von Lendalgate stauten sich die Kutschen. Pferde und Kutscher vermochten im Schnee nur mühsam die engen Kurven zu nehmen; Edward und Louisa liefen unbehindert weiter. Sie kamen am Theater vorbei, wo sie im strahlenden Licht des Foyers juwelengeschmückte Frisuren sahen. Die beiden überquerten Boothamgate und kämpften gegen Wind und Schnee an, die von Norden über die gerade Gillygate brausten.

Bessie öffnete die Tür, nahm ihnen die nassen Sachen ab, mühte sich mit dem Regenschirm und führte sie dann in die große Küche auf der Rückseite des Hauses. Der würzige Geruch von Fleischbrühe drang in ihre eiskalten Nasen. Unter dem dampfenden Suppentopf glühten die roten Kohlen, aus einem Wasserkessel stiegen Dampfwölkchen auf, und über dem glänzenden bleischwarzen Herd hingen an einem vollgestopften Bord eine Reihe von Sachen. Vor dem Feuer saß schläfrig eine getigerte Katze. Sie betrachtete die Ankömmlinge nur mit einem halb offenen Auge und döste dann weiter. Auf dem massiven, erst zur Hälfte geschrubbten Holztisch lag eine Wurzelbürste; der dazugehörige Eimer mit kaltem Wasser stand auf dem rautenförmig gekachelten Fußboden.

»Passen Sie auf den Eimer auf«, ermahnte die alte Wirtschafterin Louisa und umarmte sie. »Setzt euch. Ich mache Tee. Ihr müßt völlig ausgehungert sein.«

Trotz der traurigen Umstände fand Louisa es schön, wieder zu Hause zu sein. Der köstliche Geruch der Suppe erinnerte sie an das herrliche Essen ihrer Mutter, und ihr lief das Wasser im Mund zusammen. Die Mahlzeiten bei den Tempests waren langweilig; das Essen schmeckte nach nichts, und es gab immer wieder das gleiche. Wie ihre Streitigkeiten, dachte sie bitter und erinnerte sich an den letzten Zusammenstoß ihres Brotherrn mit seiner älteren Tochter am frühen Abend.

Louisa war müde. Seufzend gestand sie es sich ein, bückte sich und betrachtete prüfend den dampfenden Rock. Die Katze wachte auf, rollte sich auf den Rücken und schlug begeistert mit den Pfoten nach dem sich bewegenden Rocksaum. Das weiche, getupfte Fell am Unterbauch war zu verführerisch; Louisa beugte sich zu der Katze hinunter und streichelte ihr den Bauch. Empört richtete sich das Tier auf, sah sich prüfend um und sprang elegant auf Edwards Knie.

»Blödes Vieh«, brummte Bessie, schob sich an Louisa vorbei, griff nach der Teekanne und schenkte beiden eine Tasse ein. Dann schnitt sie zwei dicke Stücke Stollen ab und tat dabei Edwards Protest mit einer energischen Bewegung der anderen großen, roten Hand ab. »Sie bekommen ohnehin nicht genug zu essen, Mr. Edward – Sie waren schon immer viel zu dünn. Wie geht es Ihrer lieben Mam? Gott segne sie!«

»Im Augenblick nicht besonders, Bessie. Bei diesem Wetter macht ihr die Bronchitis leider wieder sehr zu schaffen.«

»Ja, ja. Sie muß unbedingt im Haus bleiben, ganz besonders, wo alle Welt die Grippe hat. Sie müssen sich sehr um Ihre Mam kümmern, Mr. Edward – das könnte ihr den Rest geben ...«

Louisa fing Edwards Blick auf und schüttelte unmerklich den Kopf. »Hör nicht auf sie«, sagte sie stumm. Edward kannte Bessies düstere Prophezeiungen nur allzu gut. Er lächelte und rutschte mit dem Stuhl näher ans Feuer. »Ich tu, was ich kann«, erwiderte er und trank vorsichtig einen Schluck von dem glühend heißen Tee.

Nachdem Louisa ihre Tasse ausgetrunken hatte, ging sie zur Tür. »Ich muß hinauf zu Mama. Sag Emily, daß wir hier sind.«

»Ich muß gehen«, sagte Edward mit einem Blick auf die Uhr. »Aber morgen früh komme ich auf dem Weg zur Arbeit vorbei und erkundige mich. Der alte Tempest wird wissen wollen, wie die Lage dann aussieht.«

»Du meinst, wann ich wieder zurück bin«, bemerkte Louisa bitter. »Nun ja, grüße Tante Elizabeth von mir. Und vielen Dank, daß du mich hierher begleitet hast«, fügte sie mit einem freundlichen Lächeln hinzu. »Wahrscheinlich sehen wir uns morgen früh.«

❧ 2 ❧

Oben an der Treppe brannte eine Gaslampe. Sie warf bizarre Schatten, als Louisa sich zuerst der Lampe näherte und dann von ihr entfernte. Emily hörte ihre Schwester auf der Treppe und erschien an der Tür des alten Ankleidezimmers. Sie bedeutete Louisa wortlos, nicht in den zweiten Stock zu gehen.

Louisa folgte ihr in das winzige Zimmer, in dem ihre Mutter lag. Bett, Stuhl und eine kleine Kommode hatten kaum Platz darin, aber es gab einen kleinen schmiedeeisernen Kamin mit einem muschelförmigen Funkengitter. Louisa fand dieses Zimmer besonders gemütlich und hatte als Kind immer davon geträumt, es für sich zu haben. Aber meist war es den Pensionsgästen vorbehalten.

»Hier ist es wärmer als oben«, erklärte Emily, »Mama ist heruntergezogen, um in *seiner* Nähe zu sein.« Sie nickte ungnädig mit dem Kopf zu dem besten Zimmer nebenan. »Er hat Tag und Nacht getobt.«

Aber Louisa interessierte sich im Augenblick nur für ihre Mutter. Auf den gestärkten Kopfkissen wirkte sie wie eine alte Porzellanpuppe. Die ergrauenden Haare verrieten ihre fünfzig Jahre deutlicher als das glatte runde, vor Fieber glühende Gesicht, in dem ein Leben in ständiger Unsicherheit kaum Spuren hinterlassen hatte. Als sie zuckend die Lider aufschlug, kamen ihre blaßblauen Augen zum Vorschein, und ein schwaches Lächeln trat auf die Lippen, als sie ihre älteste Tochter erkannte.

»Ich bleibe ein paar Tage«, erklärte Louisa und nahm die heißen Finger zwischen ihre kühlen Hände, »damit Bessie und Emily sich etwas ausruhen können.«

»Du bist ein gutes Kind«, flüsterte Mary Elliott. Ihre Augen wanderten unruhig hin und her und richteten sich dann auf Emily. »Wie geht es Mr. Devereaux?«

»Oh, um ihn mußt du dir keine Sorgen machen – er hat kein Fieber mehr und wird im Handumdrehen wieder auf den Beinen sein. Du mußt deine Kraft sammeln, um selbst gesund zu werden.«
Mary Elliott nickte und schwieg einen Augenblick. Dann fragte sie mit unverhüllter Sorge: »Ist Blanche inzwischen gekommen?«
Louisa wurde es schwer ums Herz. In Notzeiten fehlte von ihrer anderen Schwester immer jede Spur. Sie schluckte und sagte dann: »Sie wird morgen kommen, Mama. Du mußt jetzt schlafen.«
Vor der Tür an der Treppe wartete Emily im Dunkeln. Die olivfarbene Haut und die Zigeuneraugen standen in einem erstaunlichen Gegensatz zu dem herbstlich hellen Typ ihrer Schwester. Offensichtlich sehr aufgebracht, sagte Emily: »Ich wünschte, sie wäre da. Ich habe sie heute nachmittag benachrichtigt.«
»Oh, sie wird schon kommen«, erklärte Louisa grimmig entschlossen, »und wenn ich sie an den Haaren herbeischleppe. Mach dir darüber keine Gedanken.«
»Ich kann mir nicht helfen«, gestand Emily und biß auf ihrem Taschentuch herum, »dieser schreckliche Mann da drin ist an allem schuld. Er ist jung und stark, und *er* ist beinahe gestorben. Was hat Mama dann für eine Chance?« Die dunkle, kleine Emily brach plötzlich in Tränen aus.
Louisa drückte sie begütigend an sich. »Keine Angst, Mama ist stärker, als es im Augenblick aussieht. Es ist nur ein Schock für uns, daß sie krank ist und im Bett liegt. Das kennen wir nicht an ihr. Sie wird nicht sterben – wir werden alles tun, damit sie nicht stirbt.«
Aber ihre Schwester ließ sich nicht trösten. Ihr Kummer verwandelte sich in Zorn auf den Gast, den Louisa noch nicht kannte. »Diese feinen Herren!« Sie schluchzte, knüllte das feuchte Taschentuch zusammen und rieb sich wütend damit die Augen. »Warum mußte er hierher kommen, um krank zu werden?« fragte sie. »Dabei gibt es Harker und all die anderen eleganten Hotels, die er sich hätte aussuchen können! Wenn er ein reicher Mann ist, wie Mama glaubt, was will er dann hier bei uns?«
Auf diese einleuchtende Frage wußte Louisa keine Antwort. Sie hörte deshalb nur schweigend zu, als ihre Schwester an der Klugheit der Entscheidung ihrer Mutter zweifelte, einem völlig Fremden das beste Zimmer im ganzen Haus zu geben, und sie mußte beinahe lächeln, als

Emily eine Liste all seiner Sünden aufzählte. Es war nicht nur rücksichtslos von dem Gast gewesen, kurz nach seinem Eintreffen krank zu werden, er schien sich gegen die Fürsorge auch noch heftig aufzulehnen und überschüttete ganz besonders Emily mit Flüchen, die man kaum in einer Kaserne dulden würde.

»Vielleicht ist er ein Soldat«, bemerkte Louisa und dachte an die Garnison in der Fulford-Straße.

»Also, ich hoffe für ihn, er ist ein Offizier, denn sonst hat er nicht das Geld, um Dr. Mackenzies Rechnungen zu bezahlen. Er war jeden Tag hier, um seinen Arm frisch zu verbinden.«

»Was ist mit seinem Arm?«

»Es ist eigentlich mehr die Hand und das Handgelenk – sieht aus, als habe man ihn gestochen, zerkratzt oder so etwas Ähnliches«, sagte Emily schaudernd. »Du mußt es dir ansehen, es ist eine schreckliche Wunde.«

Louisa zuckte zusammen und schüttelte den Kopf. »Nein danke, das tu ich lieber nicht.« Aber über die düsteren Prophezeiungen ihrer Schwester mußte sie lächeln. Sie legte ihr den Arm um die Schultern und sagte: »Ich verordne dir jetzt eine Tasse heiße Schokolade und Schlaf.«

»Lach nicht, Louisa. Ich sag dir, dieser Mann bringt *Unglück* – das spüre ich in den Knochen.«

»Ach du mit deinen Knochen!« neckte sie Emily, »du bist ja schlimmer als Bessie. Als nächstes liest du die Zukunft aus dem Kaffeesatz.«

Der Mann, über den sie gesprochen hatten, saß aufrecht im Bett und lehnte sich gegen die Kissen. Ein aufgeschlagenes Buch lag ungelesen neben ihm. Er hörte das Flüstern vor der Tür, aber er achtete nicht weiter darauf. Den ganzen Tag über hatte er auf der Treppe Flüstern gehört und ein ständiges Kommen und Gehen. Mary Elliott, die Frau mit den sanften Händen und der unerbittlichen Stimme, war krank – vielleicht lag sie sogar im Sterben. Sie hatte dasselbe Fieber, das ihn beinahe ins Grab gebracht hätte.

Plötzlich überkam ihn das bittere Verlangen, tot zu sein. Warum hatte sie ihn nicht sterben lassen? Der Tod hätte ihn von seinen Lasten befreit – ihn befreit von jedem Schwur und hätte das Schuldbuch für alle Zeiten ins reine gebracht. Sterben war so verlockend: sanft, schmerzlos und eine Erlösung. Aber sie hatte den Tod vertrieben. Sie redete ihn mit dem Vornamen an, erinnerte ihn an seine Mutter, erkundigte sich nach Charlotte – o Gott! Was hatte er über Charlotte gesagt? Schließlich hatte sie ihn beschimpft, ihn mit seinen eigenen Flüchen wieder ins Bewußtsein zurückgeholt. Dann nannte sie ihn einen Feigling, einen weinerlichen kleinen Jungen, der sich vor dem Leben fürchtete und sich von Angst und Kummer weismachen ließ, daß der Tod ein einfacher Ausweg sei. Selbst jetzt noch zuckte er bei dem Gedanken an ihre schneidende und durchdringende Stimme zusammen.

Er hätte ihr gerne, bevor es zu spät war, gesagt, daß er alles zutiefst bedaure und nicht wirklich ein Feigling sei, sondern lediglich müde und desillusioniert, weil er mit zu viel Schuld und Schmerz beladen war.

Die Erschöpfung lastete schwer auf ihm und machte ihn benommen. Die quälenden Gedanken sanken wie Steine in schwarzes Wasser, und er versank mit ihnen in einen tiefen Schlaf.

Bessie kam um halb zehn auf ihrem Weg zu Bett in das Ankleidezimmer. Sie brachte für Mary Elliott einen Krug mit süßem Zitronensaft und eine Kanne starken Tee, der Louisa wach halten sollte. Sie versicherte Louisa, der Gast sei für die Nacht bestens versorgt.

»Ich war bei ihm«, flüsterte Bessie, »er schläft. Das Fieber ist gesunken, und zur Abwechslung müßte er einmal Ruhe geben – seit seiner Ankunft hat er uns alle Tag und Nacht in Atem gehalten. Na ja, es geht ihm wieder sehr viel besser, und wenn er bei Sinnen ist, benimmt er sich wie ein Gentleman!«

Louisa mußte lachen. »Das ist sehr beruhigend. Emily hat mir von ihm erzählt. Sie kann ihn nicht ausstehen.«

»Ach ja, wir hatten die seltene Gelegenheit, viele Flüche zu lernen.« Bessie seufzte. »Miss Mary war wirklich wie eine Heilige – ihr gegenüber hat er sich auch nicht so schlecht benommen. Und wenn er wieder anfängt«, fügte sie entschlossen hinzu, »versuch ja nicht, mit ihm allein fertig zu werden. Ruf mich, und ich bin sofort da.«

Louisa versprach es, schloß hinter Bessie die Tür, setzte sich und griff nach ihrem Buch. Als die Uhr unten Mitternacht schlug, war sie bereits wieder in Hardys *Trumpet-Major* vertieft, das sie nicht zum ersten Mal las. Der alte Lieblingsroman würde dafür sorgen, daß sie die lange Nachtwache überstand.

Ihre Mutter atmete mühsam, aber regelmäßig. Das Fieber war hoch, stieg aber nicht mehr. Louisa flößte ihr jede Stunde ein paar Schlucke Zitronensaft ein und verfolgte geduldig, wie die Nacht langsam verging. Kurz nach zwei Uhr morgens wurden ihr die Augenlider schwer. Sie nickte kurz ein und wachte plötzlich wieder auf. Das Buch fiel zu Boden. Erschrocken sprang sie auf.

Besorgt legte sie Mary Elliott die Hand auf die glühende Stirn und fühlte den Puls am Handgelenk. Aber die Mutter schlief fest. Trotz des Fiebers redete sie nicht einmal im Schlaf. Als Louisa sich nach dem Buch bückte, drang aus dem Nebenzimmer ein leiser, gequälter Schrei und dann sofort noch einer. Von plötzlichem Widerwillen erfaßt, überkam Louisa ein Frösteln, und sie dachte daran, Bessie zu rufen. Dann beschloß sie, es nicht zu tun. Es erschien ihr unnötig und unfair, Bessies Schlaf zu stören. Erst wenn sich herausstellen sollte, daß es ihr nicht gelang, den Fremden zu beruhigen, würde sie Hilfe holen.

Mehr aus Vorsicht als aus Angst entzündete sie eine Kerze und öffnete dann die Verbindungstür. Im schwachen Lichtschein sah sie das Fußende des Betts zu ihrer Rechten. Ihr Rock raschelte leise, als sie auf Zehenspitzen zum Nachttisch ging, wo üblicherweise eine Petroleumlampe stand. Als sie die Hand nach der Lampe ausstreckte, stöhnte der Mann mit der tiefen, kräftigen Stimme wieder auf und stieß unverständliche, schreckliche Laute hervor. Louisas Herz fing heftig an zu klopfen, und beinahe hätte sie die Kerze fallen lassen. Trotz der nächtlichen Kälte traten ihr Schweißperlen auf die Stirn. Langsam drehte sie sich um und wagte dabei kaum zu atmen. Die kleine Kerzenflamme blendete, und sie sah außerhalb des Lichtkreises nichts.

Louisa stand einige Sekunden völlig still. Langsam wurde ihr klar, daß der Fremde sich im Bann eines Traums befand.

Es war immer dasselbe: Er ging nach Hause. Es war eine scheinbar endlose Fahrt über ein Meer, auf dem ein Unwetter tobte. Der ohrenbetäubende Lärm von Wind und Wellen stürmte auf ihn ein, und die Angst vor dem Ertrinken nahm ihm den Atem. Ihm wurde übel. Er würgte so sehr, daß er davon jedesmal beinahe erwachte. Er kam jedoch nur weit genug zu Bewußtsein, um sich von seinem Verstand beruhigen zu lassen. Dann schlug der Traum ihn wieder in seinen Bann. Der Schauplatz wechselte, und damit begann der eigentliche Alptraum.

Die Allee mit den hohen und unheimlichen Schirmtannen, der Fluch seiner Kindheit, verdunkelte die Sterne. Er rannte durch die Nacht, und nur das schwache Mondlicht half ihm, sich zu orientieren. Die Allee von White Leigh mit den alten prachtvollen Bäumen war bekannt für ihre erstaunliche Länge, aber im Traum schien sie kein Ende zu nehmen. Mit jedem Schritt steigerten sich seine Angst und sein Haß. Die abgestorbenen, stachligen Finger der Bäume griffen nach ihm, zerkratzten ihm die Arme und das Gesicht und zerrissen ihm die Kleider. Endlich erreichte er schweißbedeckt und zitternd das offene Rasenoval vor dem Haus, und im Mondlicht war alles so, wie es sein sollte: gediegen, vertraut und sehr schön. Im Haus jedoch verwandelte sich die Erleichterung in Schrecken, denn das war nicht White Leigh, wie er es kannte. Die Zimmer waren verlassen und heruntergekommen. Ein vereinzelter Laden hing zerbrochen oben an einem Fenster. Er lief durch die einst so heiteren Zimmer und sah, verfolgt von Erinnerungen und auf der Suche nach etwas oder jemandem, den er geliebt und verloren hatte, inmitten der Staubwolken die Geister von Toten.

Dann entdeckte er oben auf dem Treppenabsatz Charlotte. Sie war bezaubernd und zart wie immer und wirkte in dem dunklen, öden Haus so körperlos wie ein Mondstrahl. Die Haare flossen ihr in silbrigen Wellen über die Schultern. Er starrte sie wie gebannt an, bis sie seinen Namen rief. Noch während er die Treppe hinaufeilte, wußte er nicht, ob sie es wirklich war oder nur eine Erscheinung. Er erreichte sie immer erst dann, wenn sie in ihrem Zimmer auf ihn wartete. Und hier begann die eigentliche Qual. Dieses Zimmer gehörte nicht zu White Leigh. Hier, im Haus seiner Mutter, hatten sie am Anfang geschlafen. Er erkannte die Spiegel und die eisblauen Satinvorhänge, die das Licht zurückwarfen. Er wollte Charlotte aus diesem Zimmer, aus diesem Haus wegbringen. Er wollte sie an einen Ort bringen, wo ein loderndes Feuer brannte, wo er sie in die Arme nehmen und mit seinem Blut wärmen konnte.

Je länger er blieb, desto weniger vermochte er sich zu bewegen. Sie stand an einem großen Wandspiegel, und er sah sie als doppelt verzerrtes Bild. Sie lockte und quälte ihn und lachte über seine unglückliche Lage. Ihre Augen funkelten wie weißes Feuer. Er begehrte sie, aber je mehr er um ihre Gunst flehte, desto höhnischer lachte sie ihn aus. Schließlich erbarmte sie sich seiner, trat zu ihm, hob ihn auf und zog

ihn mit sich zum Bett. Dort küßte sie ihn mit einer Leidenschaft und einer Hingabe, wie sie es im Leben nie getan hatte. Sie öffnete sich seiner Liebe so vorbehaltlos, daß er sich täuschen ließ. Jetzt wurde der Traum immer am wirklichsten und beschämte ihn nach dem Aufwachen am meisten, denn er spürte, wie er in sie eindrang, und er durchlebte alle Gefühle, die sie immer in ihm weckte: Liebe, Haß, Verlangen, Abscheu, der Wunsch, sie zu beherrschen, die Sehnsucht nach Befriedigung, der unbezähmbare Drang, sich an ihr für all die Schmerzen und Qualen zu rächen, die sie ihm verursacht hatte. Aber wenn er sich dem Höhepunkt näherte, mußte er ihr in die Augen blicken, und darin sah er keine Liebe und auch kein Verlangen, sondern nichts als unverhüllten, erschreckenden Haß.
Sie grub ihm die Fingernägel in den Nacken, zerkratzte ihm das Gesicht; ihre Hände wurden zu Raubtierkrallen und schlugen ihm in die Augen. Er versuchte, sich von ihr loszureißen, und konnte es nicht. Er umklammerte schließlich verzweifelt ihre Kehle, drückte zu, fester, immer fester.
Manchmal weckten ihn die eigenen Schreie. Dann lag er noch völlig im Bann der schrecklichen Bilder, die ihm so überdeutlich vor Augen standen, und rang in der Dunkelheit nach Luft. Manchmal ging der Traum noch weiter. Charlotte starrte ihn schlaff und leblos mit verdrehten, leeren Augen an. Das schöne Gesicht war verquollen und entstellt wie das Gesicht eines Erhängten, den er als Kind einmal gesehen hatte. Dann weckte ihn der Kummer, der wie ein gräßlicher körperlich spürbarer Verlust war, so als habe man ihm das Herz bei lebendigem Leibe aus der Brust gerissen und nur ein klaffendes blutendes Loch zurückgelassen. Wenn er sich die kalten Tränen aus den Augen wischte, wußte er nie ganz genau, ob er um Charlotte oder um sich weinte.

Im sanften Schein der Petroleumlampe sah sie die alten, vertrauten Möbel, das große Doppelbett und den plötzlich still gewordenen Mann darin. Er drehte Louisa den Rücken zu. Die kurzen, dunklen und vom Schlaf zerzausten Haare ließen ihn jung erscheinen und irgendwie weniger furchteinflößend. Leise rief sie seinen Namen, aber er reagierte nicht. Sie beugte sich über ihn und bemerkte, daß die Lider mit den schwarzen Wimpern ständig unruhig zuckten. Er träumte. Sie wollte die nackte Schulter nicht berühren und rief noch einmal seinen Namen.

Er stöhnte wieder. Seine Hände umklammerten das Kissen und ließen es wieder los. Die Gesichtsmuskeln verzogen sich wie vor Schmerzen.
Das Mitleid machte Louisa mutig. Kinder haben oft Alpträume. Sie dachte an ihre panische Angst, wenn man sie plötzlich aufschreckte, und begann, den Mann so zu besänftigen, wie sie es üblicherweise mit ihren Schützlingen tat. Sie legte ihm eine kühle Hand auf die Stirn und setzte sich auf das Bett. Dabei flüsterte sie ihm mütterliche und beruhigende Worte zu. Es dauerte nicht lange, und er entspannte sich.

Zum ersten Mal nahm der Alptraum einen anderen Verlauf. Während er um Charlottes Gunst flehte und sie ihn höhnisch verlachte, erschien verschwommen und undeutlich eine andere Gestalt. Charlotte hörte auf, ihn zu quälen, als habe man sie getadelt. Ihre Macht über ihn ließ nach, und mit der Erleichterung überkam ihn das Gefühl, getröstet zu werden. Worte drangen in sein Bewußtsein, und er sah eine seltsam jugendliche Mary Elliott, die ihn bezaubernd anlächelte. Die Stimme wurde klar und deutlich, aber er kannte sie nicht. Er versuchte angestrengt, sie mit einem Gesicht in Verbindung zu bringen, und stellte überrascht fest, daß er wach war.
Längliche Vergißmeinnicht-Augen blickten ihn besorgt unter dichten braunen Wimpern an. Verwirrt erwiderte er den Blick und fragte sich, ob sie so körperlos sei wie die Schrecken, die er in den vergangenen Nächten so lebhaft empfunden hatte wie die Hand auf seiner Stirn. Der Alptraum ließ ihn nie los. Nur undeutlich nahm er darin Mary Elliott und manchmal ein Mädchen mit dunklen Augen wahr, die er mit der Frau seines Bruders verwechselte. Jetzt begriff er jedoch, daß der Traum nur ein Traum gewesen war, und wie ein Mann, den man aus einem bodenlosen Brunnen der Verzweiflung ans Sonnenlicht gezogen hat, fühlte er sich benommen vor Erleichterung.
Lächelnd umschloß er das Handgelenk der Frau und fürchtete noch immer, sie könne verschwinden, bevor er wieder ganz erwacht war.

Louisa betrachtete aufmerksam das Gesicht des Mannes und sah, daß er sehr viel älter war, als sie zuerst angenommen hatte – vielleicht dreißig oder auch etwas älter . . . Das Gesicht war kräftig und ausgeprägt; er hatte einen lockigen, schwarzen Schnurrbart und tiefe Falten in den

Winkeln der dunkelblauen Augen, die plötzlich weniger verwirrt wirkten.
Er starrte sie noch immer an, aber sie empfand seinen Blick weder als beleidigend, noch machte er sie verlegen. Nur eine ihr unbekannte, verräterische Wärme durchflutete sie, als habe sie ihn vor langer, langer Zeit gekannt. Das seltsame Gefühl der Vertrautheit fesselte sie. Aber als seine Finger sich von ihrem Handgelenk lösten und sehr sinnlich über den Handrücken fuhren, war der Bann gebrochen. Sie holte tief Luft, drehte den Kopf zur Seite, spürte die Röte im Gesicht und empfand ein beinahe panisches Gefühl der Scham. Schnell erhob sie sich vom Bett und löste sich aus seinem Griff. Sie lief durch das Zimmer zum Ofen und schürte das Feuer. Das war zwar unnötig, aber damit konnte sie ihr Unbehagen verbergen.
Während sie vor dem Ofen kniete, entschuldigte er sich leise und sprach von einem Alptraum. Seine Stimme klang noch rauh und schlaftrunken. Trotz der gebildeten Aussprache hörte sie den unverkennbaren Tonfall seiner Heimat.
Emily hat recht, dachte Louisa, er ist ein Ire. Und mit einem solchen Schnurrbart, so fand sie, mochte er durchaus ein Soldat sein. Sie wollte es wissen, und nur aus Höflichkeit fragte sie ihn nicht direkt danach. Louisa drehte sich um und stand auf. Die nackten Schultern und die nackte Brust mit den gekräuselten, schwarzen Haaren machten ihr plötzlich Angst. Sie senkte sofort die Augen, griff nach seinem Morgenmantel und reichte ihn dem Mann mit abgewandtem Kopf.
Der schwere, gesteppte seidene Morgenmantel überraschte sie. Als der Mann ihn ihr aus der Hand nahm, bemerkte sie zum ersten Mal den Verband, der von den Fingerknöcheln seiner rechten Hand bis zum Ellbogen reichte.
»Es muß Ihnen schwergefallen sein, sich selbst anzuziehen«, erklärte sie kühl und half ihm, den verletzten Arm in den engen Ärmel zu stekken.
»Mit einem Kammerdiener wäre es leichter gewesen«, erwiderte er trocken, »obwohl ich in den letzten Tagen kaum einen Anlaß hatte, mich anzukleiden.«
Er hob den Kopf, und als sie sich über ihn beugte, modellierte der Stoff die Form ihrer vollen Brüste, er sah den gestärkten weißen Kragen und eine goldene Brosche, die glatten Wangen und üppige Lippen, die ver-

suchten, abweisend zu sein. Überraschenderweise stieg plötzlich ein heftiges körperliches Verlangen nach ihr in ihm auf. Er schloß kurz die Augen und überließ sich dem prickelnden Gefühl ihrer Finger auf seiner Haut und ihrem reinen Duft, in den sich ein Hauch Lavendel mischte. Er überlegte, wer sie wohl sein mochte. Mit der wertvollen goldenen Brosche gehörte sie ganz bestimmt nicht zum Personal. Weshalb kam ihm das Gesicht so bekannt vor?

»Danke«, sagte er einfach und lehnte sich gegen die frisch geglätteten Kissen. Aber als er wieder nach ihrer Hand griff und den Anflug von Panik in ihren Augen entdeckte, ließ er sie sofort wieder los. »Entschuldigen Sie bitte. Ich bin wie ein Ertrinkender, der seinen Retter umarmen möchte.«

Die Röte stieg ihr in die Wangen, und er fand sie bezaubernd – so jung, so frisch und lebendig. Ihre Augen glänzten im Schein der Lampe. Sogar ihre Verwirrung gefiel ihm.

»Ich sollte eigentlich nicht hier sein«, sagte sie schließlich, »meine Mutter ist sehr krank. Ich wache bei ihr im Zimmer nebenan.«

»Ihre Mutter?« fragte er verblüfft, »meinen Sie damit Mrs. Elliott? Das ist eine Überraschung«, gestand er und musterte sie mit gespielter Eindringlichkeit. »Ich wußte nicht, daß sie noch eine Tochter hat.«

»Sie hat drei Töchter«, erwiderte Louisa. »Möchten Sie, daß ich die Lampe so heruntergedreht brennen lasse, oder wollen Sie lesen?«

Er tat, als müsse er überlegen. »Vielleicht – wenn Sie das Licht bitte etwas heller drehen würden ..., vermutlich werde ich jetzt doch nicht gleich schlafen können. Aber ehe Sie gehen«, fügte er hinzu, als sie sich umdrehte, »könnten Sie vielleicht noch etwas für mich tun. Dort drüben auf dem Sims müßten eigentlich meine Zigarren und Streichhölzer liegen. Würden Sie mir bitte beides geben?«

»Ich meine, Sie sollten im Bett nicht rauchen«, erwiderte Louisa mißbilligend. »Außerdem, wenn Sie so krank gewesen sind, wie alle hier glauben, dann kann Rauchen Ihnen nicht gut tun.«

Kleinlaut beteuerte er, es gehe ihm bereits sehr viel besser. »Wenn Sie noch eine Weile bei mir bleiben«, fuhr er fort, »könnten Sie damit etwas für meine Sicherheit und für die des ganzen Hauses tun.«

Louisa schüttelte den Kopf. »Mr. Devereaux, *Ihnen* geht es vielleicht besser, aber meine Mutter ist krank. Ich muß mich jetzt um sie kümmern. Wenn Sie mich bitte entschuldigen ...«

Bei ihren Worten bekam er plötzlich Schuldgefühle und sagte: »Ich hoffe, ihr Zustand hat sich nicht verschlechtert ...«

»Davon will ich mich jetzt überzeugen, Mr. Devereaux, das heißt, wenn Sie erlauben.«

Als sie die Türklinke in der Hand hatte, rief er: »Miss Elliott?«

»Ja?« Seufzend drehte Louisa sich um. »Was gibt es?«

Er zögerte und biß sich auf die Unterlippe. »Ich glaube, ich sollte Ihnen etwas sagen. Ich heiße Duncannon und nicht Devereaux.«

Louisa hob fragend die linke Augenbraue. Als sie lächelte, entdeckte er bei ihr ein Grübchen, das aber sofort wieder verschwand. »Aha«, sagte sie kühl, als sei damit alles erklärt und schloß hinter sich energisch die Tür

Hauptmann Robert Devereaux Duncannon von den 1. Königlichen Dragonern – und zur Zeit im Osten der Stadt in der Kavalleriekaserne stationiert – zog den schweren Morgenmantel enger um sich und griff nach dem Krug mit dem Saft. Er hätte in diesem Augenblick lieber einen guten starken Brandy getrunken. Seufzend tastete er nach seinen weichen Lederpantoffeln und ging dann unsicher hinüber zum Ofen. Er war entschlossen, eine Zigarre zu rauchen, auch wenn Miss Elliott das nicht billigte. Vorsichtig lief er durch das Zimmer und versuchte, in die schwachen Beine wieder etwas Leben zu bringen. Nach nur vier Tagen Liegen konnte er diese Schwäche nicht verstehen und verfluchte insgeheim die Krankheit, die ihn so lange ans Bett gefesselt hatte. Wie auch immer, morgen früh mußte er sich zum Dienst melden. Niemand wußte, wo er sich befand, und es ging einfach nicht, daß man seine Abwesenheit ohne offiziellen Urlaub registrierte.

So ist das, dachte er, wenn man sich ein paar ruhige Tage gönnen will, um seine Gedanken zu klären, und sich verkriecht, um sich die innerlichen Wunden zu lecken. Die Krankheit hatte ihm diese Laune heimgezahlt. Er überlegte, was wohl in ihn gefahren sein mochte, den Familiennamen seiner Mutter zu nennen und nicht den eigenen. Robert Duncannon schüttelte den Kopf. Vermutlich gehörte das zu der schwarzen Stimmung, in der er nach York zurückgekommen war, und der unerklärlichen Angst, jemandem zu begegnen, der ihn kannte – Bekannten, die auf diese Weise erfuhren, daß er wieder da war und gefährliche Vermutungen über die Gründe dafür anstellten.

Das überwältigende Gefühl, unter allen Umständen anonym bleiben zu wollen, erschien ihm jetzt ebenso töricht und sinnlos wie der Impuls, der ihn gerade eben bewogen hatte, mit der Wahrheit zurückzuhalten. Was mußte sie von ihm denken? fragte er sich. Was hatte er im Fieberwahn alles gesagt? Wieviel wußten die Leute hier? Der brummige kleine Arzt hatte bereits versucht, ihm Fragen zu stellen, als er seine Wunden behandelte. Robert wußte, seine Antworten waren zu allgemein gewesen, um glaubwürdig zu sein. Er war sich darüber im klaren, daß er für den Regimentsarzt eine überzeugendere Geschichte parat haben mußte.

Zum ersten Mal seit Weihnachten fühlte er sich in der Lage, mit einer gewissen Klarheit an die Ereignisse zu denken, die zu den Verletzungen geführt hatten. Es war natürlich seine Schuld gewesen, wie sein Bruder William ihm brutal erklärt hatte. Anne, die Frau seines Bruders, schien sich sogar zu freuen, als sie ihm heftige Vorwürfe machte. »Man hat dich gewarnt, Robert«, sagte sie, »aber wie gewöhnlich wolltest du nicht auf uns hören. Und jetzt ist das Weihnachtsfest völlig ruiniert!« In seinen Ohren klang das komisch. Er hatte darüber gelacht. Aber die Erinnerung an sein dreijähriges Töchterchen, das hysterisch schrie und sich nicht beruhigen lassen wollte, war alles andere als komisch.

Versunken in unglücklichen Gedanken hörte er kaum das leise Klopfen an der Tür. Als sie sich kurz darauf öffnete, war er völlig überrascht.

Sie waren beide verblüfft – er von ihrem plötzlichen Auftauchen und sie, daß er einfach so im Zimmer stand. Sie staunte auch über seine Größe. Selbst auf die Entfernung sah Louisa, daß der geheimnisvolle Gast sie weit überragte, und dabei war sie keineswegs klein.

Etwas verwirrt entschuldigte sie sich bei ihm für die Störung. »Ich habe gehört, daß Sie sich bewegen, und wollte fragen, ob ich etwas für Sie tun kann. Möchten Sie vielleicht etwas Heißes trinken?«

»Nein, nein, der Saft ist in Ordnung.«

»Also dann ...« Sie drehte sich um und legte die Hand auf die Türklinke.

Plötzlich entspannte er sich. Ein freundliches Lächeln trat an die Stelle des erschreckenden Ausdrucks, der sie beim Eintreten überrascht hatte. »Bitte gehen Sie nicht. Ich – ich würde mich über etwas Gesellschaft sehr freuen.« Er fuhr sich mit den Fingern durch die Haare und fügte mit einem kurzen, leicht verlegenen Lachen hinzu: »Schlimme Träume – sie wollen einfach nicht weichen.«

Seine Bitte rührte sie, und ihre Entschlossenheit geriet ins Wanken. Er spürte das und nutzte seine Chance.
»Ich weiß, Sie sollten es nicht tun. Zu dieser Stunde ist das natürlich sehr unschicklich, und Sie müssen sich um Ihre Mutter kümmern.« Wieder lächelte er sie entwaffnend an. »Lassen Sie doch die Tür offen. Dann können Sie zwei Kranke gleichzeitig im Auge behalten.« Ihm entging ihr Zögern nicht, und er fügte schnell hinzu: »Ich weiß sehr wohl, ich habe eine Zeitlang getobt, aber ich versichere Ihnen, normalerweise bin ich ganz vernünftig. Außerdem, ein lauter Schrei, und das ganze Haus ist auf den Beinen, oder?«
Er griff nach einer Decke, die auf der Lehne des Sessels neben dem Ofen lag, wickelte sie um seine Beine und setzte sich mit einem zufriedenen Seufzer. »Oh, das tut gut. Entschuldigen Sie bitte meine schlechten Manieren, Miss Elliott, aber die schwachen Beine wollten mich nicht länger tragen. Kommen Sie, setzen Sie sich so, daß ich Sie sehen kann. Außerdem kann ich Ihnen versichern, auch wenn ich Sie durch das Schlafzimmer verfolgen wollte, ich würde nur ein paar Schritte schaffen!«
Als er ihre Befürchtungen so offen aussprach, kam Louisa sich ein wenig albern vor. Seine Bitte abzulehnen, erschien ihr übertrieben korrekt. Trotzdem, in seinen blauen Augen lag ein übermütiges Zwinkern, das seine Worte Lügen strafte.
»Also gut«, sagte sie und setzte sich mit betonter Würde in den Sessel ihm gegenüber. »Aber ich warne Sie, mein Herr, nach der einen Unschicklichkeit will ich es dabei nicht bewenden lassen und Ihnen ein paar sehr direkte Fragen stellen. Als Lohn für meine Gesellschaft müssen Sie mir ganz genau sagen, wer Sie sind und was Sie in die bescheidene Pension meiner Mutter geführt hat. *Wir* wissen, wie ausgezeichnet sie ist, und das wissen auch unsere Stammgäste, aber ich glaube, Sie müssen eigentlich – sagen wir – etwas Eleganteres gewöhnt sein, Harper's oder das Royal Station Hotel etwa.«
Ihre Offenheit amüsierte ihn. Er lachte leise vor sich hin, aber dann stellte er sich korrekt, wenn auch mit etwas übertriebener Förmlichkeit vor und verbeugte sich sogar spöttisch im Sessel. Er berichtete von seinem Regiment, erzählte von den Eindrücken, die er während der inzwischen beinahe sechs Monate seiner Stationierung hier gewonnen hatte, und beschrieb sogar ausführlich den Sommertag, als er beim Ausritt nach Strensall zufällig an diesem Haus vorübergekommen war.

In Hitze und Staub, so sagte er, habe die Gillygate-Straße langweilig und eintönig gewirkt. Ein Mann habe an diesem Haus das Schild zwischen den Fenstern im ersten und zweiten Stockwerk mit leuchtend grüner Farbe gestrichen. Louisa lächelte, denn sie erinnerte sich an diesen Tag gut, und erzählte, sie habe in der Woche, in der im Haus gestrichen wurde, unter dem Farbgeruch sehr gelitten.

Robert mußte lachen, aber ohne sich seines damaligen Interesses zu schämen, sagte er: »Vor den Fenstern standen Blumen, und die Vorhänge waren blütenweiß. Das Haus wirkte sauber, freundlich und sehr einladend. Ich weiß noch, daß ich mich fragte, wer wohl hier wohnt.«

»Aber Sie hätten in der Stadt bleiben können«, ließ Louisa nicht lokker.

»Stimmt. Aber mitten in der Stadt«, erklärte er, »wäre ich vermutlich einer Reihe Bekannter begegnet. Das wollte ich nicht. Ich wollte – ach, ich weiß auch nicht – vermutlich Zeit für mich allein haben . . . Zeit zum Denken und um mit gewissen Dingen ins reine zu kommen.« Als er die Sorge in ihren Augen sah, fühlte Robert sich versucht, ihr alles zu erzählen. Die späte Stunde, die verglühenden Kohlen im Kamin, die Vertraulichkeit des Schlafzimmers – all das schien nur allzu sehr dazu angetan, die Worte auf seine Zunge zu bringen. Aber mit einem traurigen Lächeln schüttelte er den Kopf.

Er wandte den Blick ab, starrte in die schwache Glut und sagte langsam: »Mir war nicht gut. Die Überfahrt von Kingstown war schrecklich gewesen, und ich dachte, es seien die Nachwirkungen des Sturms. Glauben Sie mir, wenn ich geahnt hätte, was es war, wäre ich nicht hierher gekommen. Vermutlich wäre ich geradewegs nach Fulford gefahren.« Nach einer Pause fügte er ruhig hinzu: »Und dort gestorben.«

»Aber nein – Sie haben doch Ärzte in der Kaserne.«

Er zuckte mit den Schultern. »Ja, wenn man rechtzeitig einen Arzt gerufen hätte. Miss Elliott, nicht der kleine Mann, der diese Wunde hier behandelt, hat mich gerettet. Nein, nicht er hat mir das Leben gerettet, sondern Ihre Mutter mit der ausgezeichneten Pflege.« Er hätte deutlicher werden können, aber er unterließ es. Warum soll ich sie damit belasten? dachte er. Warum soll ich sie mit meiner Niedergeschlagenheit belasten, in der ich mich nur noch nach dem Tod gesehnt habe? Sie würde ihn nicht verstehen, und nachdem sich die dunkle Wolke so unvermutet verzogen hatte, vermochte er es selbst kaum noch.

Jetzt zählte nur, daß er am Leben war und in der Gesellschaft einer jungen und bezaubernden Frau. Ihre Nähe ließ das Blut wieder schneller durch seine Adern fließen.
Mit einem plötzlichen Lächeln sagte er: »Ich bin Ihrer Mutter zu großem Dank verpflichtet. Vermutlich werde ich diese Schuld nie begleichen können.«
»Als ich heute abend zu ihr ins Zimmer kam, hat sie sich als erstes nach Ihrem Befinden erkundigt. Ich bin sicher, Ihre Schuld meiner Mutter gegenüber besteht nur darin, schnell gesund zu werden.«
»Ich weiß.« Er lächelte und sah sie an. »Sie sind ihr so ähnlich.«
»Aber nein!« widersprach Louisa lachend. »Wir sind uns ganz und gar nicht ähnlich. Wenn Sie uns besser kennen würden...«
»Aber ja!« widersprach er, bezaubert von der Veränderung, die ihr Lachen hervorrief. Er fragte sich, ob sie oft lachte. Er konnte sich nicht daran erinnern, daß Charlotte einmal so gelacht hätte. Heiterkeit war bei ihr etwas sehr Seltenes und immer mit Hysterie und Grausamkeit gepaart. Die Augen dieser jungen Frau leuchteten selbst im matten Schein der schwachen Glut, als sie ihn ansah. Ein paar vorwitzige Löckchen der kurz geschnittenen Haare glänzten golden und umgaben sie wie eine Aureole. Normalerweise liebte er bei Frauen lange Haare, aber bei Louisa Elliott wirkte der kurze, kesse Schnitt richtig und seltsam attraktiv. Viele junge und unabhängige Frauen hatten sich inzwischen zu dieser Haarmode entschlossen, aber bei Louisa trat dadurch ihre Persönlichkeit noch klarer zum Vorschein. Sie hatte etwas Frisches und Herausforderndes an sich, das ihm gefiel und Respekt einflößte. Aber sie besaß auch Wärme und Natürlichkeit, die sie auf eine sehr viel elementarere Weise anziehend machte.
Louisa spürte die verstohlene Bewunderung und registrierte nur allzu deutlich den Charme, mit dem er sie weit länger bei sich hielt, als notwendig oder schicklich war. Sie preßte heftig die Lippen zusammen und blickte zur Seite. »Es ist schon spät«, sagte sie und stand auf, »ich muß Sie jetzt allein lassen, um mich auszuruhen.«
Er blieb zwar sitzen, als sie an seinem Sessel vorbeiging, aber er griff nach ihrer Hand und hielt sie fest. »Ich weiß, es war egoistisch von mir«, erklärte er, »Sie hier zu halten. Trotzdem vielen Dank, daß Sie geblieben sind und mir Gesellschaft geleistet haben. Es geht mir schon sehr viel besser.«

»Keine Ursache«, murmelte sie höflich, aber ihr Herz schlug heftig gegen das eng geschnürte Mieder, und wieder stieg ihr die Röte in die Wangen. Unter den geraden schwarzen Augenbrauen betrachtete er sie unverwandt. Sie wartete darauf, daß er sie losließ, aber das tat er nicht.
»Ich muß mich morgen in der Kaserne melden«, sagte er schließlich, »ich werde also sehr früh das Haus verlassen. Sehe ich Sie noch einmal, bevor ich gehe?«
»Heute morgen?« fragte Louisa wie betäubt und schien seine Worte nicht richtig zu verstehen. »Sie wollen gehen?«
»Ich muß – mir bleibt leider keine andere Wahl.« Er lächelte sie an und fuhr mit dem Daumen zärtlich über ihr Handgelenk.
»Aber das ist doch ...«, sie sprach nicht weiter, sondern schüttelte nur ärgerlich den Kopf. »Sie können nicht einfach am frühen Morgen das Haus verlassen. Es schneit. Es ist bitterkalt. Sie holen sich eine Lungenentzündung!«
Robert hob die Schultern. »Dann werde ich eben in der Kaserne wieder gesund. Und sobald ich dazu in der Lage bin, werde ich Ihre Mutter besuchen. Ich möchte mich bei ihr persönlich dafür bedanken, daß sie mich vor dem Schlimmsten bewahrt hat. Sind Sie so freundlich und richten ihr das von mir aus?«
»Natürlich.« Louisa runzelte die Stirn. Sie empfand ein geradezu lächerliches Gefühl der Enttäuschung und wollte ihm ihre Hand entziehen. Aber sein Griff wurde fester. Er hob ihre Finger an seine Lippen, und so zart der Kuß auch war, die kurze Erregung durchzuckte sie wie ein Schock.
Etwas atemlos wünschte Louisa ihm eine gute Nacht. An der Tür blieb sie noch einmal stehen und drehte sich nach ihm um. »Seien Sie also vorsichtig.«
»Keine Sorge, das werde ich sein.«
Er blickte noch eine Weile unverwandt in die Glut, dann ging er schließlich wieder zu Bett.
Aber Robert Duncannon schlief unruhig und sehr viel länger, als er eigentlich wollte.

3

Am nächsten Morgen gab es viel Durcheinander. Edward kam um halb acht auf dem Weg zur Arbeit vorbei, verpaßte Louisa, die sich kurz zuvor zum Schlafen hingelegt hatte, und störte Bessies üblicherweise ruhigen Tagesanfang. Um zehn erschien Dr. Mackenzie bei den Elliotts zur Visite. Roberts hartnäckige Entschlossenheit versetzte den Arzt in Rage, und der Schotte wurde in seinen Äußerungen alarmierend klar und deutlich. In seinem harten Glasgower Akzent prophezeite er einen Rückfall, wenn der junge Mann sich nicht wieder sofort ins Bett lege. Und wenn er vorhabe, sich hinaus in die kalte Winterluft zu wagen, dann könne er ihm eine Lungenentzündung versprechen – und das sei noch das wenigste. Als er schließlich in das hochrote Gesicht seines unnachgiebigen Patienten blickte, zuckte er ärgerlich mit den Schultern, schrieb sein Honorar auf ein Blatt Papier und verlangte, Mary Elliott zu sehen.

»Und ich hoffe doch sehr, daß *sie* sich nicht aus dem Bett gewagt hat«, murmelte er drohend, als er die Treppe hinaufstieg.

Emily folgte ihm und war von den vernichtenden Worten eingeschüchtert. Sie ließ Robert Duncannon in dem kleinen Besuchszimmer vorne allein. Auf seiner Stirn standen Schweißperlen; er war blaß, und ihm zitterten die langen Beine von der Anstrengung, dem aufbrausenden kleinen Schotten Lässigkeit und Gesundheit vorzuspielen. Jetzt sank er erschöpft auf einen Stuhl vor dem Bücherschrank mit den Glastüren. Daneben lag ein kleiner Stapel Bücher auf dem Boden. Nach einer Weile gab Robert sich einen Ruck und stellte die Bücher wieder an ihren Platz. Jetzt wußte er, wer sich hinter dem Namen verbarg, der in den meisten Büchern stand: Louisa Elliott. Es war eine selbstbewußte Unterschrift mit großen Buchstaben. Das Datum, das hin und wieder daneben stand, ließ erkennen, daß diese Bücher zum größten Teil der

Lesestoff ihrer Jugend gewesen waren. Ihr Geschmack hatte damals von den romantischen Abenteuern der Waverley-Romane bis zu Jane Austen, den Brontës und dem unerbittlichen Fatalisten Hardy gereicht. Nach Roberts Ansicht verbarg die Schönheit von Hardys Prosa nur allzu dürftig die bittere Pille seiner Philosophie. Wenn Robert etwas von ihm las, konnte er nicht umhin, teilweise sein eigenes Leben durch die Feder des Schriftstellers entlarvt zu sehen.

Er verzog das Gesicht und schob den Hardy-Roman zurück neben einen schmalen Lyrikband von Edward Elliott. Der Autor hatte ihn in zärtlicher Liebe seiner Tante gewidmet. Welcher Tante? überlegte Robert. Und: Wer war Edward? Die Elliotts als Familie bekamen für ihn eine neue Dimension, die klar und deutlich seinen vorgefaßten Meinungen von den unteren englischen Klassen widersprach. Er hätte sich dagegen gewehrt, als ein Snob zu gelten, aber er mußte zugeben, daß die Männer, die ihm unterstanden, wenig taten, um seine Vorstellungen zu korrigieren. Hier in dieser verhältnismäßig einfachen Pension jedoch hatte man ihn... nun ja, durchaus mit Ehrerbietung behandelt. Aber er hatte kein verlogenes Kriechen und keine lächerlichen Entschuldigungen erlebt, sondern eher einen gewissen Stolz darauf, was die Familie ihrem Gast zu bieten hatte. Langsam verstand er, worauf der Stolz beruhte. Er wunderte sich nur, weshalb diese Leute bei ihren Qualitäten nicht ein größeres Hotel in einer der besseren Gegenden der Stadt besaßen. An Gästen hätte es ihnen bestimmt nicht gefehlt. Und Louisa Elliott mit dem Strahlen einer ländlichen Schönheit war so begehrenswert wie ein köstlicher roter Apfel, der nur darauf wartete, gepflückt zu werden... Robert wünschte sich sehnlichst, sie noch einmal zu sehen. Er hoffte inständig, sie werde herunterkommen und sich von ihm verabschieden, bevor er das Haus verließ.

Robert musterte das Zimmer. Die gediegenen Möbel waren für seinen Geschmack zu modern, denn er war in der verblassenden Eleganz des achtzehnten Jahrhunderts von White Leigh aufgewachsen. Aber im Gegensatz zu seinem Zuhause empfand er hier eine unaufdringliche Wärme und Gemütlichkeit, an die er sich lange erinnern würde.

Die Tür wurde geöffnet. Er stand auf und sah zu seiner Enttäuschung, daß Emily das Zimmer betrat. Sie wußte nicht so recht, wie sie ihn ansprechen sollte. Ihre dunklen Augen richteten sich argwöhnisch und zögernd auf ihn.

»Wie geht es Mrs. Elliott?« fragte Robert und enthob sie damit der Notwendigkeit, sich für einen der beiden Namen zu entscheiden.
»Dr. Mackenzie ist zufrieden«, erwiderte Emily langsam. »Ihr Zustand hat sich jedenfalls nicht verschlechtert, und das ist offenbar schon ein gutes Zeichen.«
»Wie schön. Ich höre das mit großer Erleichterung. Ich habe bereits Ihrer Schwester gesagt, ich werde in den nächsten Tagen vorbeikommen und mich nach dem Befinden Ihrer Mutter erkundigen. Aber richten Sie ihr bitte meine Grüße und meinen Dank aus. Leider muß ich bald gehen. Wäre es Ihnen vielleicht möglich, mir die Rechnung zu geben? Und könnte jemand eine Droschke rufen? Ich sollte und könnte heute nicht sehr weit gehen«, fügte er mit einer kleinen Geste der Entschuldigung hinzu.
»Ich werde mich darum kümmern«, erwiderte Emily. »Wohin soll man Sie bringen, Sir?«
Robert beschäftigte sich offenbar mit dem hohen Schnee vor dem Fenster und antwortete leichthin: »In die Kavallerie-Kaserne.«
Bei einer Tasse Tee nach dem Mittagessen berichtete Emily von ihrer Überraschung. »Als er sagte: ›Kavallerie-Kaserne‹ blieb mir vor Überraschung der Mund offen stehen. Du hattest mir nicht gesagt, daß du es bereits wußtest, Louisa. Was um alles in der Welt ist er denn?«
Ihre Schwester hob die Schultern. »Ich glaube, er hat gesagt, er ist Hauptmann.« Über die Verletzung am Arm hat er sich allerdings nicht geäußert, dachte sie.
»Du scheinst dich ja nicht besonders für ihn zu interessieren. Aber er interessiert sich eindeutig für dich«, sagte Emily. »Er hat sich nach dir erkundigt und wollte wissen, wo du bist. Als ich ihm sagte, daß du schläfst, trug er mir auf, dir seinen Dank zu übermitteln. Und er läßt dich vielmals grüßen. Außerdem«, fügte Emily mit großem Nachdruck hinzu, »er hat nicht nur seine Rechnung bezahlt, sondern auch noch eine Summe in Höhe seiner Arztrechnung für Mama hier gelassen. Er sagte, er fühle sich für ihre Krankheit verantwortlich.«
Louisa meinte, unter den Umständen sei es das Wenigste, was er tun könnte. Aber sie war trotzdem beeindruckt. »Na ja, ich denke, wir haben ihn zum letzten Mal gesehen. Meiner Erfahrung nach können feine Herren zwar sehr charmant sein, aber sie haben ein schlechtes Gedächtnis. In wenigen Tagen hat er uns alle vergessen.«

»Nein«, widersprach Emily, »ich bin sicher, wir werden ihn wiedersehen.«
»Sie waren sicher, daß er Unglück bringt«, erinnerte sie Bessie, die ihr gegenüber saß. »Sie haben mir richtig Angst eingejagt, Miss Emily. Ich wünschte, Sie würden bei den Leuten nicht Ihre *Gefühle* ins Spiel bringen – ich weiß ja bald nicht mehr, wo mir der Kopf steht.«
Emily betrachtete die Teeblätter in ihrem Becher und preßte die Lippen zusammen. »Also, ich weiß nicht, ich weiß nicht«, murmelte sie abwehrend.
»Sie wissen es nicht, aber Sie sagen es mir, Miss«, beschwerte sich die alte Frau, »wenn ich jedesmal, wenn Sie mir Angst gemacht haben, einen Shilling bekommen hätte, wäre ich inzwischen eine reiche Frau. Dieser arme junge Gentleman.«
»Wir werden ihn wiedersehen«, wiederholte Emily eigensinnig. »Denkt an meine Worte: Er kommt wieder.«
Louisa stand plötzlich auf. »Solltest du nicht längst oben bei Mama sein? Ich gehe jetzt zu Blanche.«

St. Giles, die mittelalterliche Kirche, der die Gillygate-Straße den Namen verdankte, gab es schon seit langem nicht mehr. Alle Spuren lagen unter neueren Bauten begraben. Edward behauptete immer, ein Teil der Kirche liege unter dem Gebäude der Heilsarmee weiter oben an der Straße, und er sah darin eine gewisse Ironie. Aber der Schneesturm der letzten Nacht hatte das aufdringliche Rot der Steine gedämpft und auch die Konturen der ordentlichen, gleichförmigen neuen Häuserreihen rechts und links davon weicher gemacht.
Louisa trug einen alten Rock und Überschuhe. Sie blieb stehen und blickte die Straße hinauf und hinunter, ehe sie sich auf den Weg in die Stadt machte. Bessie hatte bereits die Stufen und den Vorplatz geräumt, aber auf den Fensterbrettern türmte sich der Schnee noch immer und verdeckte auch zur Hälfte die grüne Tafel zwischen den beiden Stockwerken. Sie dachte an die Worte des Hauptmanns, hob den Kopf und versuchte, das Haus mit den Augen eines Fremden zu sehen. Neben der alten Hütte des Schusters wirkte es wie die Nachbarhäuser hübsch und neu, obwohl sie bereits vierzig Jahre alt waren. Mit Besitzerstolz registrierte Louisa, daß die Farbe trotz Ruß, der im Winter unvermeidlich war, sauber wirkte und noch glänzte. Briefkasten und Tür-

klopfer blitzten, und die Spitzenvorhänge ihrer Mutter waren so weiß wie der Schnee.

Von Gillygate konnte man nicht behaupten, es sei ein so elegantes Viertel wie Bootham. Das Kunterbunt der Häuser sprach für sich selbst. Es war auch keine so gute Adresse wie Blossom Street, wo die Tempests mit Blick auf das größte Stadttor wohnten. Dieses Tor bewachte früher den Zugang auf der Straße von London und von allen Zielen im Süden. Aber Gillygate war eine geschäftige und belebte Hauptstraße mit Geschäften, Hotels und Gasthäusern. Auf ihrer Seite hatten die Häuser an der Rückseite große Höfe und lange Gärten und den Blick auf die Stadtmauern und die eindrucksvollen alten Befestigungsanlagen. So etwas können nicht einmal die Tempests vorweisen, dachte Louisa zufrieden und freute sich über den Bilderbuch-Zauber des Schnees. Die rostroten Klinker hatten plötzlich weiße Fugen; jede Glasscheibe der georgianischen Häuser mit ihren hübschen Fassaden wurde von winzigen Schneewehen umrahmt. Vor den zurückliegenden Eingängen der Läden türmte sich Schnee, aus dem hier und da die Spitzen der eisernen Fußabkratzer wie schwarze Kirschen auf einem mit Puderzucker bestreuten Kuchen herausragten.

Es war ein strahlender Morgen, und es war bitterkalt in der schmalen, dunklen Straße. Aber dort, wo die Sonne Bootham beschien, und auf dem offenen großen Platz des Ausstellungsgeländes lag eine Frühlingsahnung in der Luft. Das belebende Funkeln vertrieb schlagartig Louisas Müdigkeit. In der Nähe der De Grey Rooms erregte ein aufblitzendes Scharlachrot plötzlich ihre Aufmerksamkeit. Sie blickte über die Straße und sah, wie zwei Dragoneroffiziere die Messe der Yorkshire-Husaren verließen. Vor ihrem inneren Auge sah sie Robert Duncannon so klar und deutlich, als stünde er tatsächlich vor ihr: das energische Gesicht, die lässige Eleganz und seine imposante Größe. In Uniform muß er hinreißend aussehen, dachte sie voll Vergnügen. Aber sie rief sich sofort wieder zur Ordnung. Wenn sie sich solchen Gedanken hingab, dann würde sie bald so verrückt sein wie Rachel Tempest, die sich schwärmerisch abenteuerlichen Phantasien überließ, die jeder Realität entbehrten. Louisa erinnerte sich unbarmherzig daran, daß Robert Duncannon unabhängig von seiner gesellschaftlichen oder militärischen Stellung auch nur ein Mann war mit denselben Gedanken, Begierden und Rücksichtslosigkeiten wie alle Männer. Das jedenfalls

hatte sie in den fünf Jahren Dienst bei der wohlhabenden Gesellschaft gelernt. Und wenn sie außerdem noch eine Warnung vor romantischen Illusionen brauchte, dann mußte sie nur an ihre Mutter und an Tante Elizabeth denken. Wie gut die Vergangenheit auch begraben sein mochte, sie waren und blieben beide »gefallene Frauen«.
Louisa lebte tagein, tagaus in dem Wissen, ein uneheliches Kind zu sein, und das behinderte sie wie ein Buckel oder ein Klumpfuß. Außerhalb der Familie fühlte sie sich in Gesellschaft von Menschen selten wohl, denn es war ihr unmöglich, ehrlich zu sein. Sie konnte nicht über Eltern und Kindheit reden – ein gemeinsames Band, das alle Menschen zusammenhielt. Auf merkwürdige Weise war das Gefühl der Zwielichtigkeit, des Außenseitertums zu einer Stütze bei ihrem selbstgewählten Beruf geworden. Gouvernanten und Gesellschafterinnen befanden sich ständig im Niemandsland zwischen Dienstpersonal und Herrschaft und waren gesellschaftlich gesehen zu unbequem, um in einem der beiden Lager willkommen zu sein. Die Einsamkeit war manchmal zermürbend. Für die meisten bedeutete es einen demütigenden Schritt abwärts, vor allen Augen gezwungen zu sein, sich den Lebensunterhalt selbst zu verdienen. Für Louisa war es jedoch ein Schritt aufwärts angesichts dessen, was hätte sein können. Darüber hinaus liebte sie Kinder. Das Unterrichten machte ihr Spaß, und sie hatte gegen die gesellschaftliche Isolierung wenig einzuwenden. In Wirklichkeit diente sie ihr als Schutz, und so fühlte sie sich in der selbst gewählten Nische sehr wohl.
Bessie wies sie oft spöttisch auf ihre fehlenden Verehrer hin, während man bereits Pläne für Emilys bevorstehende Hochzeit machte. Als Fünfundzwanzigjährige hatte Louisa keine Aussichten mehr auf eine Ehe und auch kein sonderliches Verlangen, auf das Alleinsein zu verzichten. Sie freute sich über die Verlobung ihrer Schwester, denn Emily war glücklich und sie schien zur Ehefrau wie geschaffen. Aber Louisa beneidete sie nicht. Sie hielt John Chapman, Emilys Verlobten, für anständig, aber langweilig. Seine Familie war außerdem viel zu herablassend, um sich in ihrer Gesellschaft wohl zu fühlen.
John war Schreiner, und von seinem Vater in diesem Handwerk ausgebildet worden. Mit größter Wahrscheinlichkeit würde er den Betrieb der Familie übernehmen. Gewiß wird es ihm dabei gut gehen, dachte Louisa, und Emily wird ihm eine gute Frau sein. Sie wünschte sich nur,

daß Mrs. Chapman etwas freundlicher wäre und nicht ständig auf Emilys großes Glück hingewiesen hätte. Louisa wünschte, Mrs. Chapman würde einfach alles vergessen, nachdem sie die unangenehme Wahrheit über die Vergangenheit der Elliotts geschluckt hatte. Der einzige Trost bestand darin, daß die Chapmans auf ihre schneeweiße Ehrbarkeit so stolz waren, daß sie Emilys dunklen Punkt nie eingestehen würden.

Aus Bemerkungen ihrer Schwester wußte Louisa, daß die Chapmans sie für eingebildet und anmaßend hielten. Das war nicht sehr nett. Es schmerzte noch mehr zu erfahren, daß die Chapmans glaubten, bei Louisas Hintergrund habe sie kein Recht dazu, diesen Anschein zu erwecken. Manchmal fühlte sie sich sehr verletzt und glaubte, die Mitgift ihrer Schwester sei im Grunde keine unwichtige Attraktion neben all ihren ehrbaren häuslichen Tugenden. Emilys Bildung hatte ihre Mutter nur Geduld gekostet, und sie erhielt als Mitgift das, was Louisa und Blanche für ihre jeweilige Ausbildung bekommen hatten.

Aber Louisa unterdrückte den Anflug von Schmerz sehr schnell. Sie war zu stolz, um sich den Ansichten von Leuten wie den Chapmans zu fügen. Sie zog ihre Freiheit vor. Sie verzichtete auf die Demütigung zu erleben, daß ihre Herkunft ans Licht gezerrt und untersucht wurde, und daß man scheinheilig Überlegungen anstellte, ob Unehelichkeit in der Familie tragbar sei oder nicht. Louisa überließ sich nicht falschen Hoffnungen, um dann eine schreckliche Enttäuschung zu erleben wie Edward vor ein paar Jahren.

Das war vor weniger als zehn Jahren gewesen und schien inzwischen schon weit in der Vergangenheit zu liegen. Das Ende der Affäre hatte ihn vernichtend getroffen. Seine Ehrlichkeit wurde ihm bitter heimgezahlt und die Heiratserlaubnis verweigert. Und alles nur, weil er nicht den Namen seines Vaters trug. Zwei Jahre später starb Maud, die Frau, die er so geliebt hatte, an Schwindsucht. Louisa erinnerte sich noch allzu gut an Edwards Trauer und an seinen bitteren Schwur, ledig zu bleiben. O ja, man hatte Edward schweres Unrecht zugefügt.

Emily sollte ihren John ruhig heiraten. Blanche würde entweder auf ihre Weise reich werden oder einen nichtsahnenden, aber betuchten Gentleman zum Altar locken. Aber sie und Edward würden ihre Tage so beschließen, wie er es oft prophezeit hatte: Sie, eine alte Jungfer, und er, ein ewiger Junggeselle, sitzen am gemeinsamen Herd und denken an vergangene glücklichere Zeiten.

4

In der Coney-Straße gab es einige der elegantesten Geschäfte von York. Von Mansion House an einem Ende bis zur Kirche St. Michael am anderen reihten sich teure Läden, deren Kunden aus der Grafschaft in die Stadt kamen, um bummeln zu gehen, wenn es zu aufwendig war, in die Hauptstadt zu fahren. Hier kauften auch die Emporkömmlinge, die ihre bescheidene Herkunft tarnen wollten, indem sie die feine Gesellschaft nachahmten. Louisa fühlte sich in dem alten Rock und ihrem nicht gerade besten Mantel inmitten der modisch gekleideten Menge, die auf den vom Schnee geräumten Gehwegen flanierte, wie ein ausgestoßenes Waisenkind. Auch die Überschuhe schienen in dieser vornehmen Gegend fehl am Platz, wo livrierte Kutscher Damen und Herren vor den Eingängen der Modistinnen und Modesalons aus wappengeschmückten Equipagen halfen. Die Schuhe dieser Herrschaften hatten keine Schneeränder von weniger gut geräumten Straßen. Louisa hob unbewußt trotzig das Kinn, als sie an Blanche dachte und daran, wie sie vermutlich zusammenzucken würde beim Anblick ihrer keineswegs nach der letzten Mode gekleideten Schwester.

Blanche hatte mit vierundzwanzig bereits Karriere gemacht und arbeitete in den schwindelerregenden Höhen einer Obernäherin bei einer der exklusivsten Schneiderinnen der Stadt. Alle waren sich wortlos darin einig, daß Blanches Liebe für schöne Kleider und erlesene Stoffe das Erbe ihres verstorbenen Vaters war. Sie entwickelte eine Kreativität und eine Begabung für Entwürfe, daß unübersehbar wurde, daß man für sie eine geeignete Lehrstelle suchen mußte. Mary Elliott benutzte einen Teil des umstrittenen Erbes, um sie zu bezahlen, und Blanche erfüllte bald alle Erwartungen. Ebenso eindeutig stand fest, daß ihr das Talent zu Kopf gestiegen war. Von Zeit zu Zeit erzwang sie eine Lohnerhöhung mit der Drohung, ihr beachtliches Können der Konkurrenz anzubieten, und das löste bei ihrer Arbeitgeberin die heftigsten Wutanfälle aus. Die ausgemergelte und drachenähnliche Miss Devine mochte zwar ihre Klientinnen wie ein Mandarin beherrschen, aber auf Blanche Elliott machte das wenig Eindruck; sie konterte Miss Devines hysterische Ausbrüche Schrei um Schrei. Aber im großen und ganzen respektierten die beiden sich, und Blanche hatte nicht die Absicht zu kündigen. Sie besaß nicht genug Selbstvertrauen, um sich selbständig zu machen, die Sehnsucht nach Sicherheit war beinahe ihre einzige Schwäche. Nach der Lehrzeit verabschiedete sie sich von dem Haus in der Gillygate-Straße und wohnte auf der anderen Seite der Stadt in einer Pension für junge Damen. Sie vertrug sich nicht sehr gut mit ihren beiden Schwestern, und die Zumutung, in Gillygate ein Zimmer mit Emily zu teilen, wollte sie keinen Augenblick länger als unbedingt nötig ertragen.

Louisa ging an dem diskreten Eingang von Miss Devines Haus vorbei – eine kleine georgianische Tür mit einem Rundbogenfenster, die nichts von den großen Räumen dahinter ahnen ließ – und bog in einen schmalen Durchgang, der sie zu einem winzigen, von den umstehenden Häusern gemeinsam genutzten Hof führte. Ein schmaler Weg war geräumt, aber an den feuchten, verkrusteten Mauern türmte sich der schmutzige Schnee zu Bergen. Die Steinstufen waren vom Alter ausgetreten. Wie alle Rückfronten der Gebäude am nahe gelegenen Fluß war auch dieses Haus sehr viel älter als die renovierte, der Welt zugekehrte Fassade. Der Hinterhof war unangenehm dumpf. Uralte, von der Sonne nie beschienene Mauersteine schufen eine drückende und beredte Atmosphäre, in der es nach verstopften Abläufen und häufigen Überschwemmungen roch. Das gedämpfte Rufen von Arbeitern in einem nahe gelegenen Lagerhaus wetteiferte mit dem Rattern der Nähmaschinen, das aus Blanches Arbeitsraum drang, als Louisa an die altersschwache Tür klopfte.

Ein Mädchen öffnete. Sie hatte ein blasses Gesicht, rotgeränderte und vom zu langen Nähen bei schlechtem Licht zusammengekniffene Augen. Vor zehn Jahren hat Blanche so ausgesehen, dachte Louisa mit leichtem Entsetzen. Das war kaum zu glauben, wenn man sie jetzt sah. Sie stand am anderen Ende des Raumes. Sie war zwar größer als Emily, ihrer jüngeren Schwester aber in Hautfarbe und Gesichtszügen sehr ähnlich. Emily neigte zu Rundlichkeit, Blanche dagegen besaß eine unruhige Kraft, die dafür sorgte, daß sich an ihrer gertenschlanken Figur nichts änderte, die von einem eng geschnürten Mieder und dem schwarzen Kleid bewußt betont wurde. Die im Stil von Königin Alexandra aufgesteckten Haare mit krausen Stirnlocken waren beinahe so schwarz wie ihr Kleid. Auf ihren Wangen lag kein rosiger Hauch; Blanche bevorzugte städtische Blässe, die den durchdringenden dunklen Augen noch mehr Glanz verlieh. Louisa fragte sich oft, ob ihre Schwester Laudanumtropfen benutzte, um die Pupillen zu weiten, aber vielleicht wirkten die Augen in diesem überfüllten Arbeitsraum nur wegen des fehlenden Lichts so groß. In diesen Augen zeigte sich Überraschung und Ärger, als Blanche bemerkte, wer an der Tür stand. Herrisch schickte sie das Mädchen zu ihrer Arbeit zurück und kam Louisa geschäftig entgegen.

»Weshalb kommst du hierher?« fauchte sie und sah mit einem entsetzten Blick, in welch unmöglichem Aufzug sich ihre Schwester befand.

Louisa hob wieder trotzig das Kinn und biß sich auf die Lippen. Dann sah sie Blanche zornig an.

»Wegen Mama vermutlich...«, murmelte Blanche etwas besänftigt. »Komm herein und setz dich«, fügte sie hinzu und lief um zwei Schneiderpuppen, zwei große Zuschneidetische und vier Nähmaschinen herum, die unter halbfertigen Kleidern in einem Gewirr von schimmernden Farben beinahe verschwanden.

Blanche schob ein Stück glitzernde Stickerei zur Seite, an der sie gerade arbeitete, zog einen zweiten Stuhl zum Tisch und forderte ihre Schwester auf, sich zu setzen. »Also«, fragte sie kühl, »was ist geschehen?«

»Nichts. Mama ist krank und möchte dich sehen. Das ist alles. Soweit ich weiß, hat man dich gestern bereits benachrichtigt. Ich glaube, du hättest sie besuchen können, auch wenn du hier unersetzlich bist.«

»Natürlich bin ich hier unersetzlich. Ich kann nicht so einfach davonlaufen. Du siehst doch selbst, wieviel Arbeit wir im Moment haben.«

»Warum bist du nicht kurz vorbeigekommen? Gillygate ist nicht am anderen Ende der Welt.«

»Ich habe bis spät in die Nacht gearbeitet«, erwiderte Blanche abwehrend. Louisa sah sie ungläubig an. Die Nähmaschinen ratterten ständig, aber langsam und ungleichmäßig. Auf explosionsartiges Rattern folgten kurze Pausen, in denen die Frauen Satin und Seide wieder richteten, die sie zusammennähten. Louisa sah sich im Raum um. Die

Frauen hatten zwar Arbeit, aber sie benutzten nur drei Schneiderpuppen, und auf einem der Zuschneidetische lag beinahe nichts. Blanche vertrieb sich die Zeit mit einer Stickerei und strafte damit ihre Worte Lügen.
»Soweit ich sehe, wirst du heute abend nicht lange arbeiten!«
Blanche wirkte jetzt immerhin verlegen und antwortete zögernd: »Nein, aber ich habe noch eine Verabredung.«
»Dann sag sie ab«, erwiderte ihre Schwester kalt.

Blanche erschien sehr spät an diesem und am nächsten Abend, um ihre Mutter zu besuchen. Aber es tat Louisa weh, als die Augen ihrer Mutter bei Blanches Anblick vor Freude aufleuchteten. Sie konnte die Falschheit ihrer Schwester nicht mit anhören und stieg betrübt die Treppe hinunter. In der Küche machte man sich ähnliche Gedanken.
»Sie taucht hier auf«, schimpfte Emily, »aufgedonnert wie ein Pfau und jammert ›die arme Mama hier‹ und ›die arme Mama da‹. In Wirklichkeit kümmert sie sich keine Spur um Mama!«
»Man sollte ihr den Hintern versohlen«, rief Bessie und wäre vielleicht noch deutlicher geworden, wenn nicht Louisa plötzlich in die Küche gekommen wäre.
»Es würde mir in der Seele gut tun, dir dabei zuzusehen«, sagte Louisa bissig und griff nach einem Geschirrtuch. Sie lachten alle drei und waren froh darüber, daß die Spannung sich gelöst hatte, die Blanches seltene Besuche immer auslösten. »Mama geht es heute abend sehr viel besser«, erklärte sie und stapelte das Geschirr.
»Ja.« Bessie nickte und ging zum Küchenschrank. »Ich habe ihr heute nachmittag ein schönes Senfpflaster auf die Brust gepackt. Das hilft mehr als alle Medizin von eurem Dr. Mackenzie.«
Emily nickte zustimmend. »Das Fieber ist gesunken. Ich glaube, sie wird es schaffen.«
»Habe ich es dir nicht gesagt?« Louisa lächelte. »Aber paß bloß auf, daß Mama nicht zu früh wieder aufsteht. Du weißt ja, wie sie ist – sie kann es nicht ertragen, *nicht* über alles informiert zu sein. Erwartet ihr Gäste in der nächsten Woche?«
»Nur zwei. Mr. Rawnsley aus Leeds sollte eigentlich schon hier sein. Aber er ist bis jetzt nicht erschienen, und er hat auch keine Nachricht geschickt. Ich glaube, er hat auch die Grippe.«

»Höchst wahrscheinlich. Aber je weniger Gäste kommen, solange Mama krank ist, desto besser. Du hast genug damit zu tun, sie zu pflegen. Ach ja«, sie seufzte, »wenn du Geld brauchst, laß dir von Blanche etwas geben – sie scheint in Geld zu schwimmen.«
Als sei das ihr Stichwort, rauschte die vielversprechende Modistin in die Küche. Sie legte sich schwungvoll ein kurzes, pelzbesetztes Cape über die Schultern. »Worin schwimme ich?«
»In Geld«, antwortete Louisa unverblümt, ohne den Kopf zu drehen. »Da die Gäste im Augenblick nicht so zahlreich sind, dachte ich, du könntest etwas aushelfen.«
Blanche setzte zu einer beleidigten Tirade an und behauptete, sie gebe ihrer Mutter regelmäßig Geld. Wäre Edward nicht plötzlich und unerwartet gekommen, hätte der Streit möglicherweise ernste Ausmaße angenommen.
Edwards normalerweise gesetztes und ruhiges Gesicht war vor Aufregung rot. Blanche würdigte ihn kaum eines Blickes; sie nutzte die Gelegenheit, mit einem kurzen Nicken zu entfliehen und warf zum Abschied ein paar Münzen auf den Tisch.
»Geld, um das Gewissen zu beruhigen«, murmelte Bessie. Louisa rührte es nicht an. Trotz ihres Ärgers und der überreizten Nerven stellte sie sofort fest, daß mit Edward etwas nicht stimmte.
Edward ließ sich von Bessie nicht einmal den Mantel abnehmen, sondern griff heftig nach Louisas Hand. Dann holte er tief Luft, um sich zu sammeln, bevor er sprach.
»Es geht um meine Mutter«, sagte er. »Sie ist sehr krank. Ich glaube, sie wird vielleicht sterben.«
Erschrockenes Schweigen breitete sich in der Küche aus. Louisa drückte seine Hände. Dann fragte sie ihn kopfschüttelnd, weshalb er selbst gekommen sei, anstatt ihnen eine Nachricht zukommen zu lassen.
»Unsere Nachbarn müssen sich ebenfalls um Kranke kümmern, und ich habe niemanden gefunden, der zu euch hätte kommen können. Die Straße war menschenleer – kein Mensch weit und breit. Es war schneller, hierher zu laufen«, fügte er traurig hinzu. »Ich muß auch noch zu Dr. Mackenzie.«
»Nein, das mach ich«, sagte Louisa und griff nach ihrem Mantel. »Du gehst sofort nach Hause zurück.«
Bessie hatte sich nicht gerührt, aber als sie jetzt sprach, klang ihre

Stimme belegt. »Darf ich Sie begleiten, Mr. Edward? Ich möchte es. Ich habe Ihre gute Mutter immer sehr geliebt. Und wenn sie geht, dann tut es ihr vielleicht gut, mein altes Gesicht noch einmal zu sehen. Außerdem wollen Sie sicher nicht allein sein.«

Edward hätte sehr viel lieber Louisa als Gesellschaft bei der langen Nachtwache gehabt. Aber er nickte kurz, drückte seiner Cousine zum Abschied noch einmal die Hand und kehrte auf der Stelle nach Hause zurück. Bessie würde so schnell wie möglich nachkommen.

Während einer Epidemie, die mit jedem Tag an Heftigkeit zunahm, erging es Dr. Mackenzie wie jedem Arzt in der Stadt. Leute baten ihn um Hilfe, die sich normalerweise ein Rezept oder eine Behandlung nicht leisten konnten. Verzweifelt klopften sie bei ihm an, und doch war es in vielen Fällen zu spät. Der Virus tötete seine Opfer schnell, und er wählte sich nicht nur die Schwachen. Männer und Frauen in der Blüte ihres Lebens wurden von ihm so wahllos gefällt wie Kegel.

Der Arzt war unterwegs, als Louisa bei ihm anklopfte. Sie hinterließ eine Nachricht, wechselte ein paar aufmunternde Worte mit seiner völlig erschöpften Frau und kehrte nach Hause zurück. Emily wollte wissen, ob sie ihrer Mutter überhaupt etwas von der schlechten Nachricht sagen sollten. Sie einigten sich schließlich darauf zu schweigen, um ihr zumindest in der kommenden Nacht ein paar friedliche Stunden zu gönnen.

Emily wollte bis drei Uhr aufbleiben. Deshalb nahm Louisa eine Kerze von der Kommode und stieg hinauf ins oberste Stockwerk. Die kleine Flamme warf tanzende Schatten auf die steile, schmale Holztreppe. Unter dem Dach war es bitterkalt. Eisblumen zierten die Fensterscheiben und verwehrten den Blick auf das Münster ebenso wirkungsvoll wie ein Vorhang. Trotzdem schloß sie die rosa Baumwollschals. Dann knöpfte sie zitternd die zwölf Knöpfe des marineblauen Mieders auf, löste den Knopf des gestärkten, weißen Kragens und enthakte den schweren Rock, den sie trug. Hastig lockerte sie schließlich die Bänder des Korsetts und kämpfte gegen die unerträgliche Kälte, während sie sich mühsam das Nachthemd überzog. Schnell kroch sie unter die eiskalten Laken und zog erst dann die Unterwäsche aus. Zum Abschluß schob sie die Arme in die Ärmel ihres Nachthemds und kauerte sich unter der schweren Bettdecke zusammen.

Als sie endlich eine vibrierende Wärme spürte, streckte sie langsam die Beine aus und drang vorsichtig in die kalten Zonen des Bettes vor, während ihre Füße sich zum Fußende schoben. Ihr Körper entspannte sich, aber sie blieb entschlossen hellwach. Sie dachte an Edward und fragte sich, ob Elizabeth Elliott ihr Geheimnis lüften werde, bevor sie diese Welt für immer verließ. Soweit Louisa wußte, hatte ihre Tante nie von Edwards Vater gesprochen oder von den Umständen, die zu seiner Geburt führten. Obwohl Mary Elliott möglicherweise um das Geheimnis wußte, erwähnte sie es ebenfalls mit keinem Wort, und Edward war schon immer wie besessen von dieser Frage. Voll Mitgefühl konnte sie seine Angst davor nachempfinden, daß das Wissen um den Vater mit seiner Mutter ins Grab sank. Louisa stellte sich das Gesicht ihres Vetters und das Gesicht ihrer Tante vor und betete für sie stumm zu einem Gott, an den sie nicht so recht glaubte. Das Gesetz des Alten Testaments, nach dem Generationen unschuldiger Kinder für die Sünden der Väter büßen müssen, lastete auf ihr so schwer wie immer und stellte sich ihrem Wunsch entgegen, an einen Gott zu glauben, dessen Liebe so groß und allumfassend war, daß er nicht kleinlich Buch führte. Wie sie es als Kind gelernt hatte, betete sie. Aber ihr fehlte der rechte Glaube.

5

Ein bleiernes Gefühl von Unheil erfaßte Louisa. Kurz nach sechs Uhr morgens verließ sie das Zimmer ihrer Mutter und machte Tee, ehe sie die Kranke weckte.

»Ich muß weg«, sagte sie leise, »ich möchte Edward sehen, ehe er zur Arbeit geht.« Mary Elliott nickte nur, ohne Fragen zu stellen, denn sie war noch benommen von den Nachwirkungen des tiefen Schlafs. Louisa fragte sich, ob sie ihrer Mutter mehr sagen sollte. »Tante Elizabeth ist krank. Ich möchte mich erkundigen, wie es ihr geht.« Sie blickte ihrer Mutter lange in die Augen; die unausgesprochene Angst lag spürbar in der Luft. Louisa streichelte die kleine Hand auf der Bettdecke und drehte sich dann entschlossen um. »Kommst du allein zurecht?« fragte sie an der Tür. »Emily schläft noch.«

»Natürlich. Beeil dich. Edward braucht dich vielleicht.«

Louisa erwähnte nicht, daß Bessie die ganze Nacht bei ihm gewesen war. Sie eilte schnell die Treppe hinunter und machte sich durch die dunklen Straßen auf den Weg zu Elizabeth Elliotts Haus.

Es war klein, hatte zwei Zimmer oben und zwei Zimmer unten. Es gab keinen Garten und auch keinen richtigen Flur. Die Haustür führte von der Straße direkt ins Wohnzimmer. Deshalb war die Tür immer verschlossen. Kurz vor dem Haus bog Louisa in einen Fußweg, der zu den Rückseiten der niedrigen Häuser führte. Sie öffnete leise das Hoftor, und ein Lichtstrahl, der durch den geschlossenen schweren Küchenvorhang hindurchfiel, half ihr, sich zu orientieren. Sie erreichte den Hintereingang, ohne zu stolpern. Edward lag in einem Sessel neben dem Küchenherd. Das Feuer schien so gut wie erloschen zu sein. Das schwache Licht der Petroleumlampe warf einen goldenen Schimmer auf Edwards dichte braune Haare. Lange, lockige Strähnen fielen ihm in die hohe Stirn. Sie sah auf den geschlossenen Augenlidern gerötete Linien der Erschöpfung, die mit den hohlen Wangen im Einklang standen. Unter dem lockigen Bart lag das Kinn auf der Jacke, die Arme hingen über die dick gepolsterten Lehnen des Sessels. Edward sah aus wie Christus in einer in Stein gemeißelten *Pieta*, die Louisa aus einem Buch kannte.

Ihre große Sorge ließ sie rasch handeln. Sie schüttelte ihn beinahe unsanft, und als er erschrocken aufwachte, fühlte sie sich erleichtert.

Edward reckte sich steif und schob sich die Haare aus der Stirn. Aus seinen hellblauen Augen sprachen Schmerz und Verwirrung. Er wirkte normalerweise immer sehr viel jünger, aber in diesem Augenblick fand Louisa, daß er wirklich wie Ende Dreißig aussah. Sie streckte ihm die Hände entgegen. Sie wußte, seine Mutter war tot.

»Wann ist es geschehen?«

Er schüttelte benommen den Kopf. »Ich weiß es nicht... vor einer Weile – vielleicht vor einer Stunde.« Er stieß einen Laut hervor, der überraschenderweise wie Lachen klang. »Ich bin heruntergekommen und – einfach eingeschlafen. Wie dumm von mir.«

»Das war nicht dumm – du mußt völlig erschöpft gewesen sein.«

»Bessie ist bei ihr. Möchtest du hinaufgehen?«

»Nein. Noch nicht.« Louisa hielt noch immer seine Hände und kniete vor ihm auf dem Boden. Ihre Arme lagen auf seinen Knien, und ihre Augen richteten sich eindringlich auf ihn. »O Edward, es tut mir so leid, so leid«, wiederholte sie leise. Louisa blickte zur Seite, sie kannte die Antwort, noch ehe sie ihre Frage stellte. »Hat sie etwas gesagt – ehe sie gestorben ist?«

»In den letzten Stunden war sie nicht mehr bei Bewußtsein«, erwiderte er. »Aber ich bezweifle, daß sie die Absicht hatte, es mir zu sagen.« Als der Schmerz plötzlich in ihm aufstieg, umklammerte er Louisas Hände und drückte fest die Augen zu, um die heißen Tränen zurückzuhalten, was ihm nicht gelang. Louisa konnte den Anblick seines gequälten Gesichts nicht ertragen und senkte den Kopf. Sie sah, wie seine Finger sich verkrampften, spürte seinen schmerzhaften Griff und zwang sich, nicht auch in Tränen auszubrechen. Aber Edwards heftiger Ausbruch war so unvermittelt zu Ende, wie er gekommen war. Edward löste sich von ihr, wischte sich die Tränen mit dem Handrücken ab, zog ein zerknittertes Taschentuch aus der Hosentasche und trocknete sich schnell das Gesicht. Er schämte sich seiner Schwäche. »Tut mir leid«, murmelte er mit belegter Stimme und vermied es, sie anzusehen.

»Warum?« fragte sie sanft. »Wenn du bei mir nicht weinen kannst, bei wem kannst du es dann? Ich verstehe dich.«
Mit der ganzen tiefsitzenden Bitterkeit, die ihn quälte, schleuderte er ihr entgegen: »Das kannst du nicht! Du hast deinen Vater gekannt. Er hat deine Mutter geliebt, und sie hat ihn geliebt. Daran kannst du dich erinnern. Aber ich! Ich habe nicht die leiseste Ahnung, wer mein Vater ist! Er könnte buchstäblich alles sein – ein Prinz oder ein Bettler. Ich weiß nicht einmal, ob meine Mutter ihn geliebt hat. Ich könnte das Ergebnis einer wunderbaren leidenschaftlichen Liebe sein oder eines kurzen Flirts nach dem Abendessen!«
Als er sah, wie Louisa zusammenzuckte, lachte er bitter. »Es stimmt doch! Oder glaubst du, man hat sie vergewaltigt?« fragte er sarkastisch. »Man darf natürlich nicht vergessen, daß meine Mutter damals schon über dreißig war!«
Louisa wandte sich entsetzt ab. Sie wollte sich die Ohren zuhalten, um den beißenden Spott seiner Worte nicht zu hören, aber er sprach ungerührt weiter.
»Es fällt mir schwer, bei ihr an eine liebevolle Regung zu glauben. Meiner Meinung nach hat sie in ihrem ganzen Leben keinen einzigen Menschen geliebt – nicht einmal mich!«
»Oh, Edward, du irrst dich!«
»Wirklich?« Er blickte ihr lange in die Augen. Er wollte die Wahrheit darin finden. Louisas Abneigung gegen seine Mutter schien an die Oberfläche zu kommen und beschämte sie. Louisa meinte, sie sollte um ihre Tante trauern und sich nicht an alte Unstimmigkeiten erinnern, und blickte zur Seite. Verwirrt und unglücklich konnte sie Edward nur die Hand drücken.
»Ich war zwölf, als du auf die Welt gekommen bist«, sagte er ruhig. »Du ahnst nicht, wie wenig Liebe es vor deiner Geburt in meinem Leben gegeben hat.« Schmerzerfüllt blickte er sie liebevoll an. Er strich ihr so sanft über die Haare, daß es beinahe unerträglich war. Sie ließ ihren Kopf an seine Schultern sinken, dachte an all das, was hätte sein können, und ohnmächtiger Zorn stieg in ihr auf.
»Als Kind war ich immer ihr Neffe, niemals ihr Sohn. Damals erzählte man mir viele widersprüchliche Geschichten, aber man erwähnte mit keinem Wort meinen Vater. Konsequent war meine Mutter nur in der Hinsicht, daß sie sich weigerte, mir etwas über ihn zu sagen. Schließ-

lich gab ich es auf, sie nach meinem Vater zu fragen. In den letzten Jahren kam ich mehrmals auf das Thema zu sprechen, aber es half nichts. Ich dachte, wenn sie es einem Kind nicht erklären konnte, dann würde sie die Wahrheit doch sicher einem erwachsenen Mann sagen können. Aber nein. Louisa, weißt du, was sie das letzte Mal geantwortet hat, als ich sie nach meinem Vater fragte? Sie sagte, sie könnte nicht begreifen, weshalb mich das interessiert!«

Louisa spürte Edwards Schmerz. Sie wollte ihn davon befreien und drückte ihn fest an sich. Dabei roch sie den vertrauten und angenehmen Geruch von Druckerschwärze und Leder seiner Arbeitskleidung. Das versetzte sie in die Kindheit zurück – allerdings waren in diesem Augenblick die Rollen merkwürdig vertauscht. »Deine Mutter hat dich nie verstanden«, flüsterte sie.

»Sie hat mich auch nicht gemocht.« Edward seufzte. »Obwohl ich zugeben muß, das beruhte auf Gegenseitigkeit«, gestand er leise. »Ich muß sie zu sehr an *ihn* erinnert haben.«

Louisa löste sich von ihm und versuchte zum ersten Mal, Edward so objektiv zu sehen wie eine Fremde. Abgesehen von der Hautfarbe hatte er wenig von den Elliotts. Die schmale Nase war gekrümmt, und die blaugrauen Augen lagen tief in den Höhlen. Er besaß ein sensibles, feines Gesicht, was der Bart, den er sich als Zwanzigjähriger hatte wachsen lassen, kaum verdecken konnte. Trotz der kräftigen, schwieligen Hände und der unauffälligen Kleidung fand Louisa, daß der Bart ihm eher ein romantisches, künstlerisches Aussehen verlieh, obwohl Edward das damit keineswegs erreichen wollte. Sie erinnerte sich daran, wie sie ihn vor langer Zeit deshalb geneckt hatte, und mußte lächeln. Sie strich ihm sanft über die Wange. Wenn Edward tatsächlich seinem Vater ähnlich sieht, dann muß er ein äußerst gut aussehender Mann gewesen sein, dachte Louisa.

Hätte sie diesen Gedanken ausgesprochen, wäre es Edward peinlich gewesen. Sie fragte ihn statt dessen, ob er nicht auch mit ihrer Mutter über dieses Thema gesprochen habe.

»Ja, einmal vor vielen Jahren. Deine Mutter erwiderte, sie habe zu der Zeit einen anderen Arbeitsplatz als ihre Schwester Elizabeth gehabt und wisse deshalb nichts.«

»Könnte sich nicht ein Hinweis in den Papieren deiner Mutter finden?«

»Das bezweifle ich«, erwiderte er knapp. »Ich werde sie mir natürlich genau ansehen. Aber es ist höchst unwahrscheinlich « Mit einer ungeduldigen Geste brach er ab und schüttelte den Kopf. »Tut mir leid«, murmelte er. Er hob ihre Hand zu den Lippen und küßte ihr die Handfläche. »Ich sollte dich nicht damit belasten. Verzeih mir!«

»Du mußt dich nicht bei mir entschuldigen«, widersprach sie und drückte ihm einen Kuß auf die Wange. »Ich habe dir doch gesagt – ich verstehe dich gut.«

»Ich weiß«, flüsterte Edward, »was ich gesagt habe, war nicht so gemeint...«

Etwas in seinen Augen gab ihr einen Stich ins Herz und weckte Erinnerungen und alte Gefühle, an die Louisa lieber nicht mehr rühren wollte. Betont energisch drehte sie sich um und fing an, das Feuer wieder zu entfachen. Sie dachte an das Rezept ihrer Mutter bei allen Schwierigkeiten und füllte den Kessel mit Wasser, um Tee zu kochen. »Zumindest die arme Bessie braucht eine Stärkung, wenn sie herunterkommt«, sagte sie mit einem mahnenden Blick auf Edward, der ihre Fürsorge unnötig fand.

»Du hast recht. Die arme Bessie – ich hatte sie völlig vergessen.«

Zwei Kerzen brannten ruhig in dem vorderen Schlafzimmer. Dort lag Elizabeth Elliott klein und zusammengefallen in einem Bett, das für sie viel zu groß zu sein schien. Die grauen Haare waren sauber geflochten, das Gesicht wirkte gefaßt. Ihre Hände lagen über der Brust gefaltet.

Bessie wirkte erschöpft und sehr müde.

»Sie ist nicht richtig aufgebahrt, Miss Louisa. Aber ich wollte sie ein wenig hübscher machen, deshalb habe ich die Haare frisiert und ihr das Gesicht und die Hände gewaschen. Mr. Edward wird eine Frau holen müssen, die dann alles macht, wie es sich gehört.«

»Ja – ja, sicher wird er das tun«, stimmte ihr Louisa etwas unsicher zu, denn sie kam zum ersten Mal mit den praktischen Folgen eines Todesfalls in Berührung. »Das war sehr freundlich von Ihnen, Bessie. Waren Sie bei ihr, als...?«

»Nein, Miss, ich war nicht im Zimmer. Mr. Edward war bei ihr. Ich saß unten und war kurz eingenickt. Als er herunterkam, sah er schrecklich mitgenommen aus. Ich habe ihn gefragt, ob sie gestorben sei. Er hat nur genickt, ist in den Sessel gesunken und auf der Stelle eingeschlafen. Einfach so. Ich fand das seltsam. Na ja, dann bin ich hier rauf und hab mich zu ihr gesetzt – ich wollte sie nicht allein lassen . . .« Bessie begann zu weinen; krampfhafte, tiefe Seufzer schüttelten ihren Körper. »Sie war eine gute Frau«, stieß sie schluchzend hervor, als Louisa sie tröstete, »und so ehrbar. Man hätte nie gedacht, daß . . .«

Louisa nickte und legte ihr begütigend die Hand auf die Schulter. Sie wollte Bessie klarmachen, daß sie verstand, und daß alle Worte sich erübrigten.

»Sie hat so schwer gearbeitet und nur für ihn . . ., ich meine für Mr. Edward. Sie war auch gut zu mir. Ich kann es Ihnen ja ruhig sagen, Miss Louisa . . ., ohne sie wäre ich schon viele Jahre tot.« Bessie schneuzte sich laut und wischte sich mit einem Taschentuch die Tränen ab. »Sie hat mich gefunden, als ich aus dem Armenhaus davongelaufen war. Ich trieb mich in der Nähe des Bahnhofs herum und bettelte. Sie haben mich aus der Gosse gezogen, sie und Ihre liebe Mam. Sie haben eine anständige Frau aus mir gemacht.« Von Erinnerungen überwältigt, schluchzte sie wieder auf. Louisa konnte nichts anderes tun, als Bessie zu bewegen, das kalte und trostlose Zimmer zu verlassen.

»Sie haben ihnen beiden mit guten Diensten bezahlt, Bessie. Niemand hätte ein besseres Hausmädchen und eine treuere Freundin haben können. Ich weiß es – und auch Tante Elizabeth wußte es. Kommen Sie hinunter und trinken Sie eine Tasse Tee, die ich für Sie gemacht habe.«

Elizabeth Elliott war eine ledige Frau, aber seit mehr als zwanzig Jahren hatte sie als Witwe gegolten. Es schien einfach zu grausam, die Wahrheit ans Licht zu zerren, nachdem sie gestorben war. Es schien ein unlösbares Problem zu sein. Aber Dr. Mackenzie löste es, ohne sich dessen bewußt zu sein. Auch er befand sich in einem Zustand völliger Erschöpfung und wickelte alle Formalitäten automatisch ab, wobei er abgehackt und etwas unverständlich tröstliche Worte vor sich hin murmelte.

»Also Mr. Elliott, entschuldigen Sie, wenn ich das sage, es ist im Grunde eine Erleichterung und ein Segen. Die arme Frau hat schrecklich unter der Bronchitis gelitten. Ja ja, es ist ein Schock, aber Sie kommen schon darüber hinweg. Sie sind jung, und Ihre Mutter war alt. Sparen Sie sich Ihr Mitgefühl für die Witwen und Waisen.«

Edward, Louisa und Bessie hörten stumm und sprachlos zu und warteten, bis er sich schließlich verabschiedete. Dann blickten sie auf das Blatt Papier, das er auf dem Tisch zurückgelassen hatte und sahen, daß Elizabeth Elliott als Witwe gestorben war. Der Arzt hatte ihnen die Entscheidung abgenommen.

Mary Elliott weinte. Sie trauerte um den plötzlichen Tod ihrer Schwester zu einem Zeitpunkt, als sie selbst damit gerechnet hatte zu sterben, und darüber, daß sie noch zu krank war, um etwas zu tun. Als ihr Neffe neben ihrem Bett saß, vergoß sie noch mehr Tränen. Sie mußte daran denken, daß sie und Elizabeth sich in den letzten fünfzehn Jahren nur sehr selten gesehen hatten – und auch dann mehr aus Pflichtgefühl als aus Vergnügen. Die Vergangenheit drängte sich ihr auf. Sie betrachtete den Mann vor ihrem Bett und sah wieder das verschlossene, einsame Kind vor sich, das er gewesen war.
»Du kannst nicht allein dort wohnen, Edward. Du mußt zu uns zurückkommen.«
Er hob den Kopf und sah sie an. Sie entdeckte den nur halb vergessenen Unmut in seinen Augen. Mit einem trockenen Lächeln erwiderte er: »Hier ist doch kein Zimmer frei.«
Mary Elliotts Wangen färbten sich rot. »Unsinn«, beteuerte sie ihm in einem halbwegs glaubwürdigen Versuch ihres üblichen schroffen Tons. »Wir haben auch Platz für deinen Onkel William gemacht, als er uns brauchte – du kannst sein Zimmer unter dem Dach haben. Zahl mir, was du deiner Mutter gegeben hast. Dann hast du ein Zuhause und jemand, der sich um dich kümmert. Und ich habe ständig ein Zimmer belegt. Das ist auch für mich gut.«
»Und was ist – ?« Verlegen sprach er nicht weiter.
»Es gibt keinen Grund, jetzt wieder damit anzufangen. Das war vor vielen Jahren, Edward. Die Situation hat sich geändert. Außerdem, Louisa wohnt bei den Tempests, Blanche kommt nicht zu uns zurück, und Emily wird im Frühjahr heiraten. Was soll ich ohne alle meine Küken machen?« fragte sie mit einem gewinnenden Lächeln.
»Ich meine, wir sollten beide darüber nachdenken«, erklärte er vorsichtig.
»Also gut, denk darüber nach. Ich habe meine Entscheidung bereits getroffen, aber laß dir Zeit und sag mir dann Bescheid. Ich würde mich freuen, wenn du wieder hier wärst. Deine Gesellschaft würde mir gut

tun.« Sie mußte plötzlich lächeln, denn sie erinnerte sich an die langen Winterabende, als die Mädchen noch klein waren. »Seit du nicht mehr hier bist, hat mir niemand mehr vorgelesen. Das fehlt mir sehr. Die vielen schönen Geschichten und deine wunderbaren Gedichte – das hat mich bei all dem langweiligen Wäschestopfen auf andere Gedanken gebracht!«

Edward spürte sehr wohl, daß sie ihm schmeicheln und ihn überreden wollte, aber schließlich nickte er. Er wollte wieder öfter mit Louisa zusammensein, und deshalb beschloß er, in das Haus in der Gillygate zurückzukommen.

»Gut«, sagte seine Tante lächelnd, »ich bin froh, daß das geregelt ist. Komm her, wenn du mit allem soweit bist.«

Die Beerdigung fand am folgenden Mittwoch statt. Es war nur eine kleine Trauergemeinde. Die Brüder aus Lincolnshire waren inzwischen alle tot, und ihre Familien konnten wegen des strengen Winters niemanden schicken, um sie zu vertreten. Vetter John schrieb im Namen von allen und erklärte, das gefrorene flache Land um Blankney und Metheringham könne man nur noch mit Sibirien vergleichen. Mary Elliott nickte, als sie seinen Brief las. Sie erinnerte sich nur allzu gut an das flache Land, das ungeschützt dem eisigen Wind aus dem Osten, aus Rußland ausgesetzt war, der soviel Schnee mit sich brachte, daß alles darunter verschwand. Das Tal von York mochte vielleicht ebenso flach sein, aber die Hochebene und die Heide von East Riding lag zwischen ihnen und der kalten Nordsee. In der Stadt war das Leben vielleicht nicht so gesund. Aber wer hätte mit zunehmendem Alter nicht ein milderes Klima vorgezogen? Hier in York war der Schnee immerhin bereits geschmolzen.

Zwei alte Rappen mit nickenden schwarzen Federn zogen den Leichenwagen. Sie gingen langsam im Schritt in Richtung Friedhof; ihnen folgte eine ebenso alte Droschke mit der kleinen Trauergemeinde. Infolge der Epidemie war die Nachfrage groß, und das alte und nicht sehr saubere Gefährt führte bei Blanche abwechselnd zum Niesen und zu ungnädigen Beschwerden. Louisa erklärte ihrer Schwester ruhig, wenn ihr der Wagen unerträglich sei, könne sie die eineinhalb Meilen zum Friedhof ja zu Fuß gehen. Blanche rümpfte lautstark und wenig damenhaft die Nase und schüttelte ärgerlich den Kopf. Dann drückte sie sich etwas bequemer an die rundliche Bessie. Blanche hätte zwar ein etwas gepflegteres und modernes Gefährt vorgezogen, aber sie wollte keinesfalls auf diese ungewöhnliche Fahrt verzichten. Trotz der Trauer waren sich die Frauen ihrer Bedeutung durchaus bewußt. Normalerweise ging man zu Fuß oder benutzte bestenfalls die öffentliche, von Pferden gezogene Trambahn. Deshalb war diese Fahrt ein seltener Anlaß, den man genießen mußte. Das verrieten auch ihre Gesichter, als sie auf die Fußgänger blickten, die ehrfürchtig stehenblieben, und auf die Männer, die ernst die Mützen abnahmen, wenn der Leichenwagen an ihnen vorüberfuhr.

Sie kamen an der hohen Westseite des Münsters vorbei, fuhren die Petergate-Straße entlang, wo noch spitzgieblige Häuser aus dem Mittelalter mit alteingesessenen Geschäften und Gasthäuser standen, und dann durch die schmale Colliergate-Gasse. Edward deutete auf die *Whip-Ma-Who-Ma-Gate*-Tafel, und alle lächelten. Dann bogen sie in die Fossgate-Straße, wo Albert Tempest seine Druckerei hatte. Alle beugten sich wie Touristen hinüber, um Edwards Arbeitsplatz zu sehen, obwohl sie das Haus durchaus kannten. Es war ein schmaler Backsteinbau aus dem achtzehnten Jahrhundert und stützte die sehr viel älteren, schiefen und verwinkelten Nachbarhäuser, und das sah aus, als sei es der einzig Nüchterne in einer Gruppe von Betrunkenen. Der immer deutlicher werdende Niedergang abblätternden Reichtums verwandelte sich schnell in die unverhüllte Armut von Walmgate, einer langen, trostlosen Straße mit einem Labyrinth von winzigen Vorhöfen und Plätzen zu beiden Seiten. Die Läden waren rußig und dunkel, und ihre zerbrochenen Fensterscheiben waren notdürftig mit schmutziger Pappe zugenagelt. Die ausgestellten Waren wirkten wenig einladend und alt. Kneipen und Schankstuben gab es in der Überzahl, und selbst an diesem regnerischen Mittwochnachmittag florierte das Geschäft. Schlampige Frauen mit grell geschminkten Gesichtern boten sich Männern feil und verscheuchten zerlumpte Kinder, die in den wärmeren Eingängen der Wirtshäuser Schutz vor der Kälte suchten.

Edward, der seiner Tante gegenüber saß, bemerkte plötzlich, wie sie blaß wurde und den Kopf senkte. Er konnte die Gedanken geradezu hören, die Mary Elliott bestürmten: »O mein Gott, das darf doch nicht wahr sein ...« In dem schwarzen Wollkleid, dem Umhang mit dem Taftbesatz und der glänzenden Stickerei wirkte sie wie der Inbegriff der ehrbaren bürgerlichen Witwe, die sie auch vorgab zu sein. Aber die Hände in den schwarzen Handschuhen zitterten, als sie die mit Perlen besetzte Handtasche und den nassen Seidenschirm auf ihrem Schoß fester umklammerte. Mit den Fingern betastete sie die Perlen wie einen Rosenkranz, als könne sie sich dadurch schützen und von den Frauen distanzieren, die auf dieser verwahrlosten Straße so offen ihrem Gewerbe nachgingen.

Blanche rümpfte schon wieder die Nase. »Wie schamlos! Eine Schande! Ich verstehe nicht, weshalb niemand sich die Mühe macht, sie zu vertreiben. Sie sind doch eine Provokation für alle ehrbaren Menschen.«

Die anderen schwiegen. In der verlegenen Stille schien mit Ausnahme von Blanche allen bewußt zu sein, daß Unehelichkeit ein schwerer Makel und jede außereheliche Beziehung gleichbedeutend mit Prostitution war. Mary Elliott schloß die Augen.

Edward ergriff dankbar die Gelegenheit, die Aufmerksamkeit auf das Tudorhaus mit den Säulen zu lenken, das auf der Innenkurve von Walmgate Bar stand. Er erzählte auch übertrieben eifrig von verborgenen Fallgittern und den mächtigen Verteidigungsmauern des Wachturms, als sie daran entlangfuhren. Die lange und verworrene Geschichte der Stadt faszinierte und bekümmerte ihn. Er litt, wenn er die heruntergekommenen Gebäude sah, die früher einmal prächtige Herrenhäuser gewesen waren. Erfreulicherweise gab es neue Mietshäuser außerhalb der Stadtmauern. Die Obdachlosen waren verschwunden, und zwischen der Stadt und den umliegenden Dörfern weideten keine Kühe mehr. Hier standen jetzt saubere und ordentliche Häuser als Gegengewicht zu der erdrückenden Armut in den mittelalterlichen Slums, wo es kein fließendes Wasser gab, wenn es nicht wie heute regnete.

Obwohl Edward sich redliche Mühe gab, die Frauen abzulenken, war die beinahe übermütige Stimmung verflogen, in der die kleine Gruppe sich auf den Weg gemacht hatte. Sie waren nicht sehr fromm, und ihre Zugehörigkeit zur anglikanischen Kirche war nur ein Lippenbekenntnis. Aber als sie jetzt den ehrfurchtgebietenden ionischen Säulengang der Friedhofskirche erreichten, mußten sie alle an das göttliche Gericht denken. Das Neo-Erechtheion schüchterte sie durch seine Größe und Fremdheit ein. Die sechs standen in Kirchenbänken, die für mehr als dreihundert Trauergäste bestimmt waren, neben einem Katafalk, der eindeutig viel zu prächtig für Elizabeth Elliotts bescheidenen Eichensarg war. In gewisser Weise schienen sie die Sünden zu verkörpern, die Elizabeth begangen hatte. Die Totenfeier erinnerte sie an die Sterblichkeit der Menschen und rief ihnen auf erschreckende Weise ins Gedächtnis, daß auch sie eines Tages ihrem Schöpfer gegenübertreten und für ihre Sünden Rechenschaft ablegen mußten.

». . . Das macht DEIN Zorn, daß wir so vergehen, und DEIN Grimm, daß wir so plötzlich dahin müssen. Denn unsre Missetaten stellst DU vor DICH, unsre verborgene Sünde ins Licht vor DEIN Angesicht. Darum fahren alle unsre Tage dahin durch DEINEN Zorn, denn wir bringen unsre Jahre zu wie Geschwätz . . .«

Der Psalm spendete nur wenig Trost, und als der Priester die Obsequien sprach und Elizabeths Frömmigkeit lobte, fragten sie sich, ob er überhaupt die Wahrheit kannte.

Die Träger trugen den Sarg im strömenden Regen zu der kleinen Anhöhe hinauf, wo bereits William Elliott lag. Die Grube war ausgehoben und bereit für den Leichnam seiner Schwester. Der große, schlichte Grabstein lag im zertretenen und verschlammten Wintergras, und als die Begräbnisformel gesprochen wurde, betrachtete Louisa noch einmal die Inschrift:

In liebevoller Erinnerung an

WILLIAM ELLIOTT

Er starb am 8. April 1891
im Alter von 71 Jahren
mit großer Geduld im Leid

Wieder fand sie die Inschrift sehr passend. Ihr alter, kranker Onkel *war* ein sehr geduldiger Mann gewesen – gut und freundlich. Er *hatte* gelitten und ganz besonders in seinen letzten Lebensjahren. Sie hatte um ihre Tante nicht geweint, aber um ihn wollte sie weinen.

Der Priester warf ein paar Klumpen feuchte lehmige Erde auf den Sarg.

». . . übergebe ihren Körper der Erde: Asche zu Asche, Staub zu Staub: In der Hoffnung und Gewißheit auf die Auferstehung zum ewigen Leben . . .« Er sprach salbungsvoll weiter. Es regnete in Strömen, und Louisa bemerkte voll Entsetzen die große Zahl der frischen Gräber – Schlammhügel mit Schneeresten, auf denen Lorbeer- und Eibenzweige lagen. Sie fröstelte und wollte ihre Mutter so schnell wie möglich von hier weg und aus dem eiskalten Regen bringen, mit ihr in den Wagen steigen und nach Hause fahren.

». . . und eine Stimme vom Himmel sagte zu mir: Schreib! Gesegnet sind die Toten, die im HERRN gestorben sind: Denn so steht es geschrieben: Sie sollen ruhen von ihren Mühen . . . HERR erbarme dich unser.«

In der gemurmelten Antwort der Frauen hob sich Edwards inbrünstige Stimme deutlich ab: »CHRISTUS erbarme dich unser.«

»HERR erbarme dich unser«, wiederholte der Priester. Schließlich waren auch die letzten Worte gesprochen, und die Trauerfeier war vorüber. Man hörte am Tor den langsamen Hufschlag von näherkommenden Pferden. Louisa drehte sich um und sah den nächsten Leichenzug. Die Totengräber standen bereits bereit, um die Grube an diesem Grab zu schließen. Sie mußten an diesem Tag noch viele Gräber ausheben . . .

Bessie wollte nicht gehen. Sie weinte hemmungslos, und Louisa und Emily mußten sie stützen. Edward reichte seiner Tante den Arm, als sie Blanche zur gemieteten Droschke folgten. Ihr Kutscher fuhr taktvoll um eine Kurve und vermied so eine Begegnung mit dem nächsten Leichenzug. Er fuhr jetzt etwas schneller zum Friedhofstor. Dort mußte er warten, weil ein Trupp Dragoner auf dem Weg in die Kaserne, die sich in der Nähe befand, gerade vorbeiritt. Von dem erhöhten Platz am Fenster musterte Louisa den Trupp, aber in Gedanken beschäftigte sie noch das bedrückende Begräbnis. Der Offizier an der Spitze warf zuerst einen kurzen Blick auf die Droschke und dann auf Louisa. Ihre Blicke trafen sich für einen Augenblick, ehe sich ihre Wege kreuzten und der Wagen die Sicht versperrte. Sie drehte den Kopf und blickte aus dem gegenüberliegenden Fenster, aber als der Mann wieder auftauchte, sah sie nur seinen Rücken. Es war schwer zu sagen, ob *er* es gewesen war, denn in den dunklen Mänteln sahen sie sich alle so ähnlich. Trotzdem glaubte sie, der Offizier sei mit großer Wahrscheinlichkeit ihr Gast der letzten Woche gewesen.

Aber als sie Gillygate erreichten, hatte Louisa den Vorfall bereits vergessen. Sie mußte sich jetzt um die Vorbereitungen für den Tee kümmern und darauf achten, daß ihre Mutter wirklich nichts tat. Darüber kam *er* ihr überhaupt nicht in den Sinn.

Im Gästezimmer standen auf dem polierten Mahagonitisch hauchdünne, dreieckige Sandwichs mit Schinken und gepökelter Zunge.

Louisa hatte auf Porzellanplatten mit Spitzendeckchen Trifle und Kuchen vorbereitet und auf die Anrichte gestellt. Zu diesem feierlichen Anlaß deckte man mit dem Crown-Derby-Teegeschirr und mit dem Silberbesteck, das noch die Monogramme des Temperance Hotels trug.
Mit feuchten Augen nahm Mary Elliott einen der Teelöffel in die Hand und dachte an ihre Schwester und an die guten gemeinsamen Zeiten.
»Wenn doch nur ...«
»Quäle dich nicht, Tante«, murmelte Edward begütigend, »sie hat in den letzten Wintern schrecklich gelitten.«
»Ich weiß. Vermutlich war es für sie eine gnädige Erlösung ... die arme Seele.« Mit einem tiefen Seufzer betupfte sie mit dem Taschentuch die Augen. »Ja, das Leben ist schon seltsam. Man glaubt zu wissen, was kommt, und dann geschieht plötzlich etwas ... etwas ganz Unerwartetes, und es kommt alles anders.« Sie seufzte noch einmal, und die Tränen flossen ihr über die Wangen. »Ich habe alle ihre schönen Pläne zunichte gemacht. Ich glaube, sie hat mir nie vergeben.«
»Aber natürlich hat sie dir vergeben«, widersprach Edward, aber er wußte, daß er log. Seine Mutter hatte nie so leicht vergeben.
»Ich wünschte, ich könnte das glauben, Edward«, flüsterte sie, »und Will – der arme Will. Wer hätte das gedacht, daß sie beide innerhalb eines Jahres nicht mehr sind? Wie du weißt, waren wir sechs – und jetzt gibt es nur noch mich. Und ich war ein Nachzügler! Irgendwie scheint es nicht möglich, daß diese Tage für immer vorbei sein sollen. Jetzt ist deine Mutter nicht mehr, und keiner erinnert sich noch ...«
»Woran, Mama?«
»Oh, an die alten Tage, an die Tage, als wir in Blankney und Metheringham noch in Ansehen standen.«
Blanche seufzte und hob die Augenbrauen, aber Edward wies sie mit einem strengen Blick zurecht. »Mutter hat mir das alles erzählt«, sagte er, denn er wollte seine Tante trösten und ihr versichern, daß er die Familiengeschichte oder zumindest einen Teil davon immer im Gedächtnis bewahren würde.
»Ich weiß noch, wie Onkel William uns am Zug in Lincoln abgeholt hat«, sagte Louisa liebevoll. »Kannst du dich auch noch daran erinnern, Blanche? Der Fuhrmann nahm uns in seinem Wagen nach Metheringham mit, ehe sie den Bahnanschluß bekamen. Die Fahrt schien endlos zu sein ..., ich dachte immer, wir würden nie ankommen.«

»Ach ja, diese Fahrt«, sagte Edward wehmütig, »als Kind verbrachte ich jeden Sommer bei Großmutter und Großvater. Sie hatten den schönsten Garten mit Obstbäumen, den man sich vorstellen kann. Für mich war er immer der Garten Eden«, gestand er traurig. »Wenn die Stelle aus der Bibel gelesen wurde, mußte ich immer an diesen Garten denken. Mir taten Adam und Eva leid, weil sie aus dem Paradies vertrieben wurden – denn ich wollte auch nie dort weg.« Er lächelte, um die schmerzliche Erinnerung daran zu verbergen, wie seine Mutter ihn wie einen bewachten Gefangenen wegbrachte. Und dann erwartete ihn ihre Verdrossenheit auf der langen Reise zurück nach Darlington. Die alte Großtante und ihr Mann, zu denen man ihn brachte, waren nicht grausam, sie besaßen einfach keine Erfahrung im Umgang mit kleinen Kindern, und das Haus an der einsamen Bahnstation war so freudlos wie seine Bewohner. Er konnte als kleiner Junge nie verstehen, weshalb er nicht das ganze Jahr über bei den Großeltern sein durfte; die Begründung, Darlington sei von York aus besser zu erreichen, konnte ihn auch nicht überzeugen. Seine Mutter besuchte ihn nur sehr selten, deshalb konnte die Entfernung keine so große Rolle spielen.
»Ich weiß nicht, wie du es ertragen konntest, Lincolnshire zu verlassen«, sagte Louisa zu ihrer Mutter, und plötzlich entstand ein bedrückendes Schweigen.
Edward bemerkte, wie sich ihre Augen verdunkelten, als sie zuerst ihre Tochter und dann ihn ansah. Einen Augenblick lang fühlte er sich unter ihrem prüfenden Blick nicht wohl und wußte nicht, was sie dachte. Aber dann sah sie Louisa müde lächelnd an und antwortete: »Uns blieb keine andere Wahl, Liebes. Lincoln lag abseits vom Weg, und York blühte auf, denn dort fuhr die Eisenbahn hin und überhaupt . . . Weißt du, York liegt zentral. Hier kommen die Leute von Norden, Süden, Osten und Westen durch. Das belebt das Geschäft.«
Das Gespräch geriet ins Stocken. Blanche stand auf, glättete den elegant geschnittenen Rock und sagte: »Mama, ich muß jetzt wirklich gehen, und du siehst müde aus. Findest du nicht auch, Louisa sollte dich ins Bett bringen?«
Mary Elliott nickte. »Gleich, mein Kind.«
Edward ging hinaus, um Blanches Mantel aus dem Flur zu holen. In diesem Augenblick klingelte es.
»Schon gut«, rief er Bessie zu, »ich mache auf.«

Als er die Tür öffnete, stand vor Edward ein völlig fremder Mann. Aber der aufrichtige Kummer stand dem Fremden ins Gesicht geschrieben. Er zögerte und schien irgendwie verwirrt.

»Sir, entschuldigen Sie bitte mein Eindringen, aber ich glaube, es hat in der Familie einen Trauerfall gegeben.«

Edward nickte und überlegte, wer dieser Herr sein mochte. Mit einem Blick sah er die vornehme Kleidung, und die Aussprache verriet trotz des ungewohnten Akzents einen Mann von Bildung. »Es hat einen Trauerfall gegeben«, sagte er langsam, »aber – verzeihen Sie, ich ...«

»O natürlich, hier ist meine Karte.« Der Fremde zog eine geprägte Visitenkarte aus der Brusttasche und reichte sie Edward. »Wenn Miss Elliott sich nicht in der Lage fühlt, mich zu empfangen, dann übermitteln Sie ihr mein aufrichtiges Beileid.«

Unter den förmlichen Worten hörte Edward echte Anteilnahme und war sprachlos. Plötzlich wurde ihm bewußt, wie unhöflich er sich benahm. Er trat zurück und bat den Fremden ins Haus, denn es regnete noch immer. Im Flur warf er einen Blick auf die Visitenkarte: »Hauptmann R. D. Duncannon, 1. Königliche Dragoner.« Der Name sagte ihm nichts.

»Vermutlich wird Miss Elliott in der Lage sein, Sie zu empfangen, Hauptmann«, begann er und gestand dann entwaffnend seine Verwirrung. »Tut mir leid, aber welche Miss Elliott wollen Sie sprechen? Ich habe drei Cousinen mit diesem Namen.«

Der Hauptmann nahm den Hut ab und zog die Handschuhe aus. »Miss Louisa Elliott.«

Edwards Überraschung war nicht zu übersehen. Er hatte damit gerechnet, Blanche werde gewünscht und nicht Louisa. »Wenn Sie bitte einen Moment warten möchten ...« Er ging ins Wohnzimmer zurück.

Robert Duncannon war kaum weniger verwirrt als Edward, und innerlich verfluchte er bereits den Impuls, der ihn hierher geführt hatte. Er drängte sich in die Trauerversammlung einer Familie, und das war unverzeihlich. Er würde korrekt sein Beileid bekunden und dann wieder gehen. Er würde anbieten, in einem passenderen Moment wiederzukommen ...

Die Tür öffnete sich, und Edward forderte ihn auf einzutreten. Auf das Meer der Gesichter, so wirkte es zumindest auf ihn, war er nicht vorbereitet, deshalb blieb er zögernd in der Tür stehen. Louisa hatte sich

noch nicht von dem Schock erholt, nachdem Edward den Besucher angekündigt hatte. Mit vor Verlegenheit geröteten Wangen näherte sie sich dem Gast und reichte ihm zur Begrüßung die Hand. »Hauptmann Duncannon, es ist wirklich sehr freundlich von Ihnen, vorbeizukommen.«
Verblüfft sahen alle, wie er sich elegant über ihre Hand beugte. Blanche vergaß, daß sie gehen wollte, und nahm wieder Platz. Emily schien am wenigsten zu staunen und lächelte ihrer Mutter selbstzufrieden über den Tisch hinweg zu. Und als Mary Elliott sich umdrehte, um ihn anzusehen, entging ihr nicht, wie Robert sie entgeistert anstarrte. Er wurde bleich. Er sah immer wieder fassungslos die lächelnde Mary Elliott an und dann ihre Tochter und umklammerte hilfesuchend Louisas Hand. Ihm fehlten die Worte.
»Darf ich Ihren Mantel nehmen«, sagte Edward schnell, »setzen Sie sich doch. Louisa, sag Bessie, sie möchte noch Tee machen. Gewiß wird der Hauptmann mit uns eine Tasse trinken.« Er bedeutete Robert Duncannon, am Tisch Platz zu nehmen, und plötzlich dämmerte ihm, daß es der geheimnisvolle Gast der letzten Woche sein mußte. Der Mann hatte von dem Trauerfall erfahren und mußte irrtümlich glauben, Mary Elliott sei gestorben. »Es ist sehr freundlich von Ihnen, Hauptmann, daß Sie zum Tod meiner Mutter kondolieren, aber ich muß gestehen, ich wußte nicht, daß Sie sie kannten. Ich glaube jedoch, Sie kennen bereits meine Tante, Louisa und Emily. Darf ich Sie Blanche, ihrer Schwester, vorstellen?«
Louisa kam aus der Küche zurück und hatte inzwischen ihre Fassung wiedergewonnen. Sie achtete jedoch entschlossen darauf, daß ihre Augen überall, nur nicht in Richtung des Hauptmanns wanderten. Seine Augen waren nicht so diszipliniert. Er liebt sie, stellte Edward mit dem stechenden Schmerz der Eifersucht fest. Edward beschäftigte sich so angestrengt mit dem Rätsel, wie und wann sich das ereignet haben mochte, daß er den Faden der Unterhaltung verlor. Seine Verständnislosigkeit hielt man glücklicherweise für die natürliche Trauer um die Mutter, und der Hauptmann wiederholte seine letzten Worte.
»Ich habe Mrs. Elliott gerade erzählt, daß ich heute nachmittag Ihre Kutsche am Friedhofstor gesehen habe. Miss Louisa saß am Fenster, und ich habe sie zufällig erkannt. Natürlich zog ich die falsche Schlußfolgerung – und wie man mir immer wieder sagt, ist das einer meiner

größten Fehler –, und da ich sehr bestürzt war, kam ich so schnell wie möglich, um mein Beileid zu bekunden. Meine Direktheit an der Tür muß Sie sehr verletzt haben«, erklärte er schließlich aufrichtig, »und ich möchte mich deshalb wirklich sehr entschuldigen.«

Edward nickte, und Robert sagte mit einer eindrucksvollen Geste, die alle einschloß: »Ich hoffe, Sie vergeben mir mein unüberlegtes Eindringen in einem solchen Augenblick.«

Als man ihm noch einmal Tee und Kuchen anbot, lehnte er höflich ab und erklärte, er müsse nach Fulford in die Kaserne zurückkehren. Als er sich erhob, stellte Louisa wieder fest, wie groß er war. Er schien den kleinen Raum völlig auszufüllen. Sie holte ihm Hut und Mantel, der wie der Anzug, den er trug, schwarz und betont schlicht war. Die Einfachheit sprach deutlich genug, wie teuer seine Kleidung war, und sie mußte lächeln, als sie ihm in den Mantel half.

Mary Elliott wollte aufstehen und ihren Gast hinausbegleiten. Aber der Hauptmann erlaubte es nicht. Sie bedankte sich bei ihm mit einem herzlichen Lächeln und der ernstgemeinten Einladung, sie wieder zu besuchen, und er versprach es.

Im Flur beugte Robert sich wieder über Louisas Hand, aber diesmal berührten die Lippen den Handrücken. Die Herzlichkeit in seiner Stimme milderte die noch einmal wiederholte förmliche Entschuldigung und unterstrich, daß er es mit dem Versprechen ehrlich meinte, diesen Besuch zu einem späteren Zeitpunkt zu wiederholen.

»Wenn es mir erlaubt ist?« fragte er, und seine Frage richtete sich direkt an sie.

»Wenn meine Mutter es wünscht, Hauptmann, bin ich sicher, daß man Sie hier willkommen heißt«, erwiderte Louisa. Sie senkte die Stimme und nahm den folgenden Worten damit den möglichen Beiklang einer Zurückweisung. »Ich wohne nicht hier.«

Die Enttäuschung stand ihm ins Gesicht geschrieben, als er sagte: »Dann kann ich nur hoffen, daß sich unsere Wege wieder kreuzen. *Au revoir,* Miss Elliott.«

Als er die Tür hinter sich schloß, stellte Louisa fest, daß ihre Hände zitterten. Es dauerte einige Sekunden, ehe sie sich in der Lage sah, zu den anderen ins Wohnzimmer zurückzukehren. Die aufgeregten Stimmen und Emilys Lachen machten ein unangemessenes Spektakel aus dem Tee zu Ehren von Tante Elizabeth.

»Um Himmels willen, seid doch still!« rief sie, als sie Blanche den Mantel reichte, den ursprünglich Edward holen wollte. »Vergeßt doch nicht, warum wir hier sind.«

Edward unterbrach das schuldbewußte Schweigen und sagte verständnisvoll: »Schon gut, Louisa. Gegen diese kleine Aufregung ist sicher nichts einzuwenden. Schließlich kommt der Adel nicht jeden Tag zu uns zum Tee.« Er lächelte sie an, aber sein Lächeln wirkte verkniffen und fragend.

Völlig durcheinander begann Louisa, das Teegeschirr abzuräumen.

»Auf wen hatte er es denn abgesehen?« fragte Blanche anzüglich und drapierte ihren Mantel. »Mir ist aufgefallen, daß er nicht Emily sprechen wollte!«

Das war auch Edward nicht entgangen, aber er wies Blanche wegen der ungehörigen Bemerkung zurecht. »Das reicht, Blanche«, sagte er energisch und mußte sofort an seine Mutter denken, als Blanche ihn kalt ansah.

»Spiel dich nur nicht so auf, Edward«, erwiderte sie, »ich habe doch nur Spaß gemacht.«

Louisa stellte klirrend das gute Porzellan auf das Tablett. »Da er dachte, *Mama* sei nicht mehr unter uns«, erinnerte sie alle, »glaube ich, war es durchaus korrekt, mich sprechen zu wollen. Schließlich bin ich die Älteste.«

Aber Mary Elliott hatte das letzte Wort. »Was für ein Gentleman!« Sie seufzte. »Und er ist so charmant ... Ich hoffe, er besucht uns noch einmal.«

6

Robert Duncannon lief eilig durch den Regen, der auf das Pflaster klatschte und ihm die Hosenbeine naß machte, zu den Mietsdroschken und zweifelte an seinem Verstand. Die letzte halbe Stunde – o nein – die letzten zwei Wochen waren so erfüllt gewesen mit den widersprüchlichsten Erfahrungen und Gefühlen, daß er sich von einem Strudel erfaßt fühlte, der ihn wie ein Strohhalm mit sich riß. Robert nahm sich ingrimmig vor, seine Gefühle in Zaum zu nehmen, denn sonst drohte ihm die Gefahr, sich noch mehr zum Narren zu machen, als es bereits der Fall war.

Als er sich in das Polster der Kutsche lehnte, dachte er an Louisa Elliott und an die kühle Abfuhr, die sie ihm gerade erteilt hatte und die in großem Gegensatz zu ihrer großen Freude bei seinem Eintritt stand. Oder war das nur Verlegenheit gewesen? Er konnte es nur schwer entscheiden. Bei der Erinnerung an die erste Begegnung sonnte er sich in der wohltuenden Wärme, die von Louisa ausgegangen war. Aber nach kurzem Nachdenken mußte er sich eingestehen, daß ihre plötzliche Kälte ihn energisch auf seinen Platz verwiesen hatte und alle sentimentalen Gefühle dämpfen sollte, die er vielleicht nährte. Sein Instinkt widersprach ihm, und deshalb vermutete Robert, sie habe sich der kalten Förmlichkeit und Vorsicht, einer übertriebenen Korrektheit nur bedient, um ihm schlicht und einfach zu bedeuten: »Ich bin eine Frau in einer niedrigeren gesellschaftlichen Stellung als Sie. Aber ich bin ehrbar. Deshalb flirten Sie gefälligst mit einer anderen.« Und damit hat sie recht, sagte er sich. Wenn er zum reinen körperlichen Vergnügen eine Frau wollte, dann gab es solche Frauen – saubere, erstklassige, relativ ehrliche Huren, deren Gunst man sich gegen den entsprechenden Lohn kaufen konnte. Das wußte Robert. Mehr als einmal hatte er sich solche Augenblicke der Freude im letzten halben Jahr gekauft. Aber das kurze

Erlebnis körperlicher Entspannung war nur ein Heilmittel gegen heftige körperliche Bedürfnisse. Es ließ ihn hohl und unbefriedigt – und er fühlte sich danach einsamer als zuvor.

Louisa Elliott hatte einen tiefen Eindruck auf ihn gemacht. Sie strahlte körperliche und geistige Gesundheit wie sanfte Wellen aus, die er beinahe spüren konnte. Sie beruhigte seinen Verstand, versetzte ihn aber in eine körperliche Erregung, wie er sie früher empfunden hatte, wenn er an heißen Sommertagen zu Hause im Fluß geschwommen war. Robert spürte bei ihr noch unerschlossene Kraftreserven, und so regte sich in ihm ein entsprechendes Verlangen nach ihr. Er sehnte sich danach, diese kühlen, leichten Finger zu umschließen und alle Qualen im Frieden ihrer Arme zu vergessen.

Louisa ahnte nichts von all dem. Sie war sich auch ihrer unkonventionellen Schönheit nicht bewußt. Robert konnte den gelangweilten Damen der Gesellschaft nichts mehr abgewinnen. Sie flogen auf Uniformen, suchten unbeschwerte Vergnügungen, und ihre albernen Töchter hatten nur die Ehe im Kopf. Er sehnte sich nach Aufrichtigkeit und Zuverlässigkeit, nach einer Frau, deren Weiblichkeit nicht von Berechenbarkeit oder Gier vergiftet wurde. Plötzlich hatte er den Eindruck, daß alle seine Wünsche in dem kleinen Haus in der Gillygate-Straße erfüllt worden waren. Er spürte eine Welle der Erleichterung, als er an das freundliche und gutmütige Gesicht von Mary Elliott dachte. Als er sie tot glaubte, hatten ihn heftige Schuldgefühle gepeinigt. Er hielt sich für ihren Tod verantwortlich, und als er sie lebendig und gesund vor sich gesehen hatte, war seine Freude ungezügelt zutage getreten. Robert wußte, den Fauxpas hätten ihm Familien, zu deren Bekanntenkreis er zählte, niemals verziehen. Aber die Elliotts hatten seine Unverfrorenheit einfach übersehen und schienen sich über den kurzen Besuch sogar gefreut zu haben. Innerlich krümmte Robert sich jedoch immer noch bei dem Gedanken, daß er beinahe eine Katastrophe heraufbeschworen hatte. Er nahm sich fest vor, in Zukunft erst zu denken und nicht einfach spontan zu handeln. Den nächsten Besuch bei den Elliotts würde er sorgfältiger planen – das schwor er sich.

Der Kutscher riß ihn aus den Gedanken. Robert suchte in der Hosentasche nach Münzen und verließ die Droschke vor dem Haus aus der Zeit der Königin Anne, in dem er mit drei Offizierskameraden und den Burschen wohnte. Vor sechs Monaten hatte er auf die Vorteile verzichtet, als Gast bei einer der einheimischen Familien zu leben, und sich für die weniger komfortable Unterkunft innerhalb der Kaserne entschieden: Als sich dann die Gelegenheit bot, eine Wohnung zu mieten, hatten er und Tommy Fitzsimmons sich als erste um das Haus bemüht. Sie legten beide großen Wert auf ihre Freiheit und fanden den Umgang mit Offizierskameraden weniger anstrengend als eine Familie. Eine Wohnung außerhalb der Kaserne bot ihnen mehr Freiraum.

Als Robert eintrat, brachte sein Bursche Harris gerade einen frisch gebügelten Uniformrock in das Zimmer Die Überraschung über die schnelle Rückkehr des Hauptmanns stand dem Mann deutlich ins Gesicht geschrieben.

»Ist alles in Ordnung, Sir?«

»Ja, Harris. Aber es ist scheußlich naß da draußen. Ich werde mich umziehen müssen.«

»Werden Sie in der Messe zu Abend essen, Sir?«

Robert warf einen Blick auf seine Taschenuhr und stellte erst jetzt verblüfft fest, daß es noch früh am Tag war. »Ja, ich esse in der Messe.« Er zog den dunklen Anzug aus, während Harris das kurze rote Jackett, die mit goldenen Schnüren besetzte Weste und die hochgeschnittene marineblaue Hose zurechtlegte – seine Kleidung für die Messe. Die goldene Flechtschnur und die Rangabzeichen blitzten, als das Licht darauf fiel; aber Robert griff so nachlässig nach der Weste, als ziehe er in White Leigh die ältesten Reitsachen an. Als Harris ihm das Jackett zurechtrückte, hielt er inne, warf einen prüfenden Blick in den bodenlangen Spiegel, um sich zu vergewissern, daß alle Knöpfe korrekt geknöpft waren, strich sich mit der Hand durch das feuchte, lockige Haar, schob die Mütze mit dem Adler in die richtige Lage und griff nach dem langen, weiten Mantel, den Harris ihm reichte.

»Werden Sie später ausgehen, Sir?«

»Nein, vermutlich nicht. Es wäre ratsam, einmal früh zu Bett zu gehen. Nach dem Ausritt heute habe ich scheußliche Schmerzen im Arm. Aber ich werde Sie nicht brauchen. Wenn Sie wollen, können Sie ausgehen. Das heißt, wenn Ihnen der heftige Regen nichts ausmacht. Und holen Sie sich um Himmels willen keine Grippe – ich kann sie wirklich nicht empfehlen.«

Harris lächelte, was selten genug vorkam. Nicht weit von hier kannte er ein hübsches Mädchen in einem Tabakladen. Vielleicht würde er

einen Spaziergang machen und dort ein paar Zigaretten kaufen.
»Danke, Sir.«

Der Hauptmann verließ das Zimmer, und Harris widmete sich den abgelegten Kleidungsstücken. Er legte die naß gewordenen Sachen zum Waschen und Bügeln beiseite.

Wie alle Angehörigen seiner Klasse war auch Robert Duncannon auf die Dienste anderer angewiesen. Aber er neigte nicht dazu, seinen Rang zu mißbrauchen. Er behandelte Harris mit selbstverständlicher Höflichkeit und wurde seinerseits mit Achtung bedacht. Andere Burschen schimpften vielleicht über ihre Offiziere und verbreiteten sehr persönliche, oft auch abschätzige Einzelheiten und Klatsch. Harris tat so etwas nie. Der junge Mann aus Kent war von Natur aus ein schweigsamer Einzelgänger. Bei seinen Kameraden war er nicht besonders beliebt, aber sein Offizier hatte wenig Anlaß zu Klagen.

Harris war als Waise in Heimen aufgewachsen und betrachtete den Militärdienst als einen echten Aufstieg. Vom Leben erwartete er nicht viel und fand sich mit den Härten ab wie ein anderer mit der Kälte im Winter – fröstelnd und mit zusammengebissenen Zähnen. Harris empfand die natürliche Menschlichkeit des Hauptmanns in einem System, das alles tat, um freundlichere Gefühle auszurotten, wie die erste Frühlingssonne. Er erwiderte die gedankenlose Freundlichkeit mit einer Treue, über die Robert Duncannon gestaunt hätte, wenn er sich ihrer bewußt gewesen wäre.

Die silbergerahmten Photographien von der Schwester und der Tochter seines Herrn und das Bild der Südfassade von White Leigh mit William und Anne im offenen Landauer waren Harris inzwischen sehr vertraut. Aber er wunderte sich oft darüber, daß es kein Photo der verstorbenen Mrs. Duncannon gab. Als Harris dem Regiment zugeteilt wurde, kursierten Gerüchte, nach denen der Hauptmann eine reiche Erbin geheiratet hatte, die kurz nach der Geburt des einzigen Kindes gestorben war. Duncannon war früher Herz und Seele der Messe gewesen, aber nach dem Tod seiner Frau hatte sich das schlagartig geändert. Jedermann wußte, daß der Hauptmann nach einem Urlaub zu Hause in düsterster Stimmung zurückkehrte und sich schwermütig dem Alkohol überließ. Harris wußte, daß diese Berichte mit der Wahrheit übereinstimmten, denn er half Duncannon oft ins Bett, verabreichte ihm schwarzen Kaffee mit Brandy und betete, daß die Verzweiflung seines

Herrn vorübergehen möge. Es bekümmerte ihn, daß die Anfälle im Verlauf der zwei Jahre seiner Dienstzeit häufiger geworden waren. Deshalb war er zu dem Schluß gekommen, daß der Gedanke an ein einsames, mutterloses Kind nicht der einzige Grund für Robert Duncannons Trinken sein konnte.
Nach der Rückkehr seines Herrn hatte er sich innerlich deshalb bereits auf mindestens eine schwierige Woche eingestellt und erlebte zu seiner größten Überraschung, daß Robert Duncannon zwar etwas geschwächt von der Grippe war, sich jedoch in bester Laune befand. Die langen, tiefen Schnitte in der Hand waren die zweite Überraschung, und die Erklärung, sie seien die Folgen eines Reitunfalls an einem schlecht vernagelten Zaun, schien doch sehr unglaubwürdig. Der Arzt mit dem stets ausdruckslosen Gesicht hatte sie sich jedoch kommentarlos angehört, ohne mit der Wimper zu zucken, und Harris betrachtete es weiß Gott nicht als seine Aufgabe, der Sache auf den Grund zu gehen. Trotzdem wäre er jede Wette eingegangen, daß die Verletzungen des Hauptmanns nicht von einem Reitunfall stammten. Insgesamt lag über dem Urlaub seines Herrn ein Geheimnis, und Harris hätte viel darum gegeben zu wissen, was wirklich an Weihnachten in White Leigh vorgefallen war.

Eine Gruppe junger Offiziere saß in der Messe. Aus ihrer Ecke ertönte lautes Gelächter, und als Robert in ihre Richtung blickte, begrüßte ihn einer seiner Kameraden mit einem Zuruf. Robert hob grüßend die Hand, ging aber entschlossen quer durch den Raum zu Tommy Fitzsimmons, der allein an einem Tisch saß. Die beiden Männer verband eine ganz besondere Freundschaft. Sie waren am selben Tag in das Regiment eingetreten, und von den fünf, die damals das Offizierspatent bekommen hatten, waren nur Robert und Tommy noch bei den 1. Königlichen Husaren. Im Lauf der zwölf Jahre hatten sie sich einen Ruf erworben, der mehr auf den Vorstellungen ihrer Kameraden vom irischen Temperament beruhte als auf entsprechenden Taten, obwohl Tommy sich hin und wieder veranlaßt fühlte, die Legende von den unberechenbaren Iren unter Beweis zu stellen.
Er stammte aus einer uralten Familie, die ihre Vorfahren bis auf die Normannen zurückverfolgen konnte. Diese Familie hatte im Laufe der Generationen weit mehr echt irisches Blut hervorgebracht, als je ein

Duncannon in Anspruch nehmen konnte. Tommy besaß die klassische, paradoxe Eigenschaft, kompliziertеste Probleme mühelos zu durchschauen, aber auf einfachste Fragen keine Antwort zu wissen.

Durch Tommy hatte Robert seine Frau kennengelernt. Tommy konnte sich das nur schwer verzeihen, und deshalb fühlte er sich seit dieser Zeit für Roberts Wohlergehen gewissermaßen persönlich verantwortlich. Er gehörte auch zu den wenigen, die die Wahrheit über Charlotte kannten. Zwar wurde darüber nur selten gesprochen, aber das Geheimnis lag auf ihnen wie eine Drohung, die sie aneinander band.

Die beiden Männer gingen bald in den Speisesaal der Messe – ein prachtvoller, eichengetäfelter Saal, an dessen gewölbter Decke die Fahnen und Banner vergangener Siege zur Schau gestellt waren. Auf einen Neuankömmling wirkte die Messe wie eine Mischung aus ehrwürdiger Kirche und prunkvollem, luxuriösem Herrenclub. Die gewaltigen Wandbilder und Tapisserien mit künstlerisch glorifizierten Darstellungen blutiger Schlachten schluckten mühelos belanglose Gespräche.

Am Waterloo-Tag aß Robert wie alle seine Kameraden die erlesenen Speisen, hob sein Glas zu den Trinksprüchen und freute sich über den glorreichsten Sieg der Königlichen Dragoner. Aber seine Augen richteten sich auch auf die anmutig sterbenden Helden der Wandgemälde und Tapisserien. Dort gab es keine schrecklichen Verstümmelungen, keine aufgerissenen Arterien, aus denen das Blut hervorquoll, so daß sich einem der Magen umdrehte und einem der Anblick ein ausgezeichnetes Mahl verdarb. Robert hatte im eigenen Land mitangesehen, wie Männer starben, denen ein Schuß aus nächster Nähe die Brust zerschmettert hatte, und deren Blut sich auf die roten Uniformen ergoß. Er hatte erlebt, wie von Heugabeln durchbohrte Männer sich wanden oder vom Pferd gezerrt wurden, um mit einem Knüppel wie räudige Hunde erschlagen zu werden. Er hatte gehört, wie Pferde in Todesqualen schrien – und das war für ihn im Grunde das Schlimmste. Die Leiden der Tiere konnte man wenigstens mit einem gezielten Schuß beenden. Die Männer starben schreiend und fluchend oder lebten als hilflose Krüppel weiter. Davon zeigten die Tapisserien nichts. Sie stellten den Tod als einen wundervollen Triumph dar. Vielleicht werden die Helden mit einem Walhalla belohnt, dachte Robert oft, in dem sie 365 Tage im Jahr auf die Jagd ritten, jede Woche glanzvolle Bälle feierten und Abend für Abend einen edlen Rotwein tranken, wie ihn sich jeder Mann wünscht.

Ein leichter Rippenstoß von Tommy brachte Robert in die Wirklichkeit zurück. Eine Gruppe junger Subalterner kam laut lachend herein und setzte sich an das Ende der langen Tafel. Unter ihnen befand sich Seine Durchlaucht Prinz Francis von Teck. »Ist heute ein besonderer Feiertag?« fragte Tommy anzüglich, »wir haben doch sonst nicht die Ehre Seiner Erlauchtesten Anwesenheit.«

»Er ist nicht so übel«, erwiderte Robert leise, »aber die Speichellecker in seiner Nähe finde ich ekelhaft. Nun ja, er wird wohl oder übel dazulernen müssen.«

»Darauf kannst du Gift nehmen«, brummte Tommy vielsagend. Makellos gekleidete Regimentsdiener servierten den ersten Gang. Auf den Lachscocktail folgten eine dicke Ochsenschwanzsuppe, Roastbeef, Gemüse und eine Auswahl von kaltem Braten. Robert griff ordentlich zu. Nach dem Ausritt am Nachmittag und der Aufregung der Wiederbegegnung mit Louisa hatte er großen Appetit. Als er sich eine zweite Portion Pudding mit Vanillesauce geben ließ, hob Tommy die Augenbrauen.

»Du ißt ja heute für drei!« sagte er spöttisch.

»Ich muß wieder zu Kräften kommen – Befehl des Arztes.«

Das gute Essen hatte ihn müde gemacht. Robert wünschte sich nur noch ein paar Drinks an der Bar, denn er wollte früh zu Bett gehen. Aber Tommy hatte andere Pläne. Er wußte aus Erfahrung, daß Einsamkeit für seinen Freund der schlimmste Feind war. Er bot Robert deshalb an, ihm für die Drinks noch Gesellschaft zu leisten. Er begleitete ihn in die Bar, unterhielt ihn mit amüsanten Geschichten über die gesellschaftlichen Ereignisse während der Weihnachtstage und überredete schließlich zwei Offiziere, mit ihnen eine Runde Whist zu spielen.

Der heftige Regen hatte nachgelassen. Das feine Nieseln überzog ihre dunklen Mäntel mit einem funkelnden Schimmer. In den tief hängenden Wolken fingen sich die fauligen, kaltnassen Dunstschwaden vom Fluß. Sie erinnerten die Bewohner von Fulford daran, daß trotz aller Bemühungen der Stadtväter die Abwässer einer übervölkerten Stadt noch immer in die Ouse flossen, wo sie zum Humber trieben und von dort ins offene Meer. Die Beziehungen der Bewohner zum Militär bestanden schon sehr lang. Dem Zustrom der neuen Bürgerlichen zwischen der Stadt und dem Dorf standen sie eher ablehnend gegenüber. Sie kämpften vergeblich darum, den quasi militärischen Status ihrer

Stadt aufrechtzuerhalten, indem sie so viele Häuser wie möglich an die Familien der Offiziere vermieteten und den Neulingen und Neureichen gesellschaftlich die kalte Schulter zeigten.

Diese Situation brachte für vorübergehend stationierte Regimenter nur Vorteile. Die Bewohner von Fulford boten den Offizieren großzügig ihre Gastfreundschaft und sorgten dafür, daß sie sich bald wie zu Hause fühlten. Man machte sie mit allen heiratsfähigen Frauen in der Verwandtschaft bekannt und behandelte sie im allgemeinen so zuvorkommend wie Ehrengäste. Es erforderte sehr viel Takt, Klugheit und Diplomatie, bei einem solchen Maß an Zuwendung emotionale Bindungen zu vermeiden. Im Laufe der Zeit hatte Tommy seine Verteidigungsanlagen ausgebaut und seinen Charme kultiviert, so daß er zum großen Neid seiner Kameraden inzwischen unbekümmert und mühelos amouröse Beziehungen anknüpfte und ebenso geschickt wieder auflöste. Wie alle in seinem Regiment – Offiziere und Mannschaft – war er etwa ein Meter achtzig groß, aber etwas kleiner und untersetzter als Robert. Über die linke Gesichtshälfte zogen sich mehrere große Narben – nach seiner Aussage die Folge eines Zusammenstoßes mit ein paar Fenier-Schweinen in Dublin, als die Königlichen Dragoner in Irland ihre Pflicht für den König erfüllten. In Anwesenheit von Damen bezeichnete er die Fenier allerdings als »Rebellen«. Die Verunstaltung des Gesichts schadete seiner Beliebtheit nicht. Im Gegenteil: Die Narben schienen eher eine besondere Anziehungskraft auszuüben, und deshalb sah man Tommy in Gesellschaft ständig umgeben von einem verzauberten Kreis von Verehrerinnen.

Diese Seite an Tommy belustigte Robert immer wieder. Tommy brauchte die Gesellschaft von Frauen wie andere Männer Alkohol. Und Robert war froh, daß der verwünschte Tag, an dem ein Splißeisen das Gesicht seines Freundes zerschnitten hatte, Tommys Freuden nicht zu beeinträchtigen vermochte. Robert war vom Aussehen her attraktiv und stets höflich. In gemischter Gesellschaft legte er sich größte Zurückhaltung auf, so daß man ihm oft vorwarf – natürlich nie in seiner Gegenwart –, er sei mürrisch und wenig umgänglich. Aber das ernste Gesicht diente ihm in Wirklichkeit nur als Schutz und Verteidigung. Tommy wußte das sehr wohl. Unter Freunden und in Gesellschaft von Frauen, bei denen er nichts befürchten mußte, offenbarte Robert Duncannon natürlichen Charme und Fröhlichkeit.

»Seit deiner Rückkehr bist du erstaunlich fröhlich«, bemerkte Tommy, als sie das Queen-Anne-Haus erreicht hatten.

»Ach ja?«

»Das weißt du ganz genau. Mich verblüfft es«, fügte Tommy hinzu, »denn ich bin es inzwischen gewöhnt, daß dich die schwarzen Teufel in den Klauen haben, wenn du in White Leigh gewesen bist . . . Aber diesmal ist es anders.« Lächelnd deutete er auf Roberts Hand. »Und das nach dieser kleinen Episode . . . ?«

»Hier können wir nicht reden. Komm mit hinauf, wir trinken noch ein Glas vor dem Einschlafen.«

Nach einiger Zeit und mehreren Brandys erreichte Robert das Ende seiner Geschichte, wobei er sich lang und breit und sehr gefühlvoll über das Thema Louisa Elliott ausgelassen hatte.

»Du bist verliebt«, erklärte Tommy und goß sich noch ein Glas ein. »Aber wenn es dir besser geht, ist alles in Ordnung. Du kannst dich freuen und gut amüsieren. Wer könnte dir das verübeln? Ich ganz bestimmt nicht. Ich habe dir schon längst geraten, dir eine entsprechende Dame zuzulegen. Man sagt ohnehin, eine Geliebte ist der Ehefrau vorzuziehen. Ich kann dem nur zustimmen.«

»Du bist noch nicht verheiratet gewesen«, erinnerte ihn Robert.

»Nun ja, das stimmt. Aber ich habe schon ein paarmal eine Geliebte gehabt. Sie waren alle sehr treu.«

Robert blickte in das Feuer. Er wollte keine Geliebte. Aber solange Charlotte noch lebte, blieb ihm kaum eine andere Wahl. Er hatte versucht, seinem Freund Louisa zu erklären, aber Tommy schien nicht in der Lage zu begreifen, was für ein Mensch sie war. Und während er nach den richtigen Worten suchte, begriff er, wie aussichtslos seine Situation war. Louisa gehörte zu den Frauen, die selbstverständlich erwarteten, daß eine Freundschaft zur Ehe führte. Sein Ehrgefühl verbot ihm, sie mit falschen Absichten zu umwerben. Er wußte, wenn er ihr die Wahrheit gestand, konnte er nichts mehr erwarten, denn sie kam aus einer Familie, die ihm Louisa ganz bestimmt nicht als Geliebte überließ . . .

Entmutigt leerte Robert mit einem Zug sein Glas und verabschiedete Tommy ohne weitere Erklärungen.

7

Der bleigraue Himmel über Louisa verhieß drohend eine Wiederholung des Schneesturms der letzten Woche, als sie zu den Tempests in der Blossom-Straße zurückkehrte. Victoria jubelte vor Freude, Rachel umarmte sie zur Begrüßung, und ihr Vater seufzte mehrmals erleichtert, als er Louisa im Flur die Hand schüttelte. Im Unterrichtsraum unterbrach Moira sogar das Putzen, um ihr zu sagen, wie sehr sie alle Louisa vermißt hatten. »Miss Victoria ließ sich nicht von mir ins Bett bringen. Sie hat jeden Abend nach Ihnen geweint.«

»O Moira, Sie übertreiben wieder einmal«, erwiderte Louisa lachend.

»Ich schwöre es! Miss Rachel konnte sie auch nicht beruhigen. Mr. Tempest wollte sich die Haare einzeln ausreißen, weil Miss Victoria nicht aufhörte zu weinen, und sogar Mrs. P. stellte sich buchstäblich auf den Kopf, um sie abzulenken. Dann hatte Miss Rachel den rettenden Einfall. Sie erlaubte Miss Victoria, bei ihr zu schlafen, und das hat sie seit letzten Donnerstag auch getan.«

»Ich wußte ja nicht, daß Victoria so an mir hängt«, sagte Louisa besorgt. Moiras Bericht erschreckte sie.

»Das tut sie. Und mich überrascht das nicht, denn Sie haben bei dem Kind wahre Wunder bewirkt.«

»Wie freundlich von Ihnen, das zu sagen, Moira.« Louisa lächelte und machte sich daran, Victorias Stunden vorzubereiten. »Und wie ist es Ihnen ergangen?«

Moira bemühte sich gerade, eine schwere Kommode zu verrücken, und sie bedankte sich mit einem Lächeln, als Louisa ihr dabei half. »Danke gut. Aber meine Ma macht sich Sorgen um meinen kleinen Bruder, den jungen Sean. Er taugt nichts. Er hat keine richtige Arbeit, sondern treibt sich mit den starken Kerlen herum ... sie glauben zumindest, sie wären stark. Wenn Sie mich fragen, die spielen sich nur auf. Na ja, er will nach Amerika, aber ich weiß nicht, womit.« Moira hatte die Scheuerleiste abgewischt und den Fußboden hinter der Kommode geschrubbt. Sie blieb auf den Knien und lachte. »Nicht zu glauben! Er stellt sich vor, daß wir alle ihm die Überfahrt bezahlen.«

»Und werden Sie es tun?« fragte Louisa, während sie gemeinsam die Kommode zurück an die Wand schoben.

Moira lachte wieder. »Na klar, und es lohnt sich, wenn wir den Kleinen damit loswerden . . . Oh, so etwas sollte ich nicht sagen. Schließlich ist er mein Bruder.« Auf Händen und Knien scheuerte sie den Streifen Fußboden zwischen Teppich und Wand. »Und wie geht es Ihrer Ma?«

»Sehr viel besser! Ich bin sehr erleichtert. Der Tod meiner Tante hat sie natürlich aufgeregt, aber es geht ihr wieder besser.«

»Das mit Ihrer Tante tut mir leid, Miss Elliott.«

Louisa seufzte. »Ich muß schon sagen, es war eine Art Schock. Aber es ging ihr schon seit langem nicht gut, Moira. Mein Vetter wird jetzt wieder bei meiner Mutter und meiner Schwester in der Gillygate-Straße leben. Ich glaube, das ist für alle gut. So, ich muß jetzt an die Arbeit, und Sie müssen auch weitermachen. Denken Sie vielleicht daran, mein Zimmer heute einmal gründlich zu putzen?« Das war eine freundliche, aber notwendige Mahnung. Da es keine vollbezahlte Haushälterin gab, kümmerte sich Mrs. Petty, die Köchin, meistens nur um die Küche. Rachel Tempest sollte sich darum kümmern, daß das Haus saubergehalten wurde, aber sie warf selten einen prüfenden Blick in das oberste Stockwerk. Wenn das Zimmer ihres Vaters und ihr Zimmer so blitzblank waren wie die beiden Gästezimmer, dann übersah sie geflissentlich den Zustand des Unterrichtsraums und der Dienstbotenunterkünfte. Sogar Victorias Schlafzimmer überließ sie Louisas Fürsorge. Wie die meisten Frauen ihrer Art, so war auch Moira völlig überarbeitet. Sie stand früh morgens auf und ging spät abends zu Bett. Ihre Tage waren eine endlose Runde schwerer körperlicher Arbeit. Louisas Mitgefühl für sie gebot ihr, nicht so streng und übergenau mit Moira zu sein.

Louisa beschäftigte sich den ganzen Vormittag über mit dem Kind. Victoria mußte vorlesen, sie übte mit der Kleinen die Musiknoten und brachte ihr etwas einfaches geographisches Wissen bei. Am Nachmittag überwachte Louisa Victorias Nähstunde. Das war für beide keine leichte Aufgabe. Dem Kind fehlte die richtige Koordination, und Louisa fehlte es an Geduld. Und daß Rachel dabeisaß, weil sie sich langweilte, trug nur zu den Schwierigkeiten bei.

Louisa spürte, wie die Spannung wuchs. Gereizt und mit zusammengekniffenen Lippen trat sie ans Fenster. Durch die Glasscheibe blickte sie auf den eiskalten, grauen Januartag. Der Wind peitschte den Rauch aus den vielen Schornsteinen und trieb dünne Schneeflocken über die Dächer, die die Ränder der Schindeln und Ziegeln weiß säumten. In den Läden brannten bereits Lampen. Sie warfen freundliche, einladende, leuchtend gelbe Lichtflecken auf die sonst farblosen Markisen davor. Aber bei dem eisigen Wind blieb die Kundschaft aus. Nur ein halbverhungerter Straßenköter flüchtete sich in den Eingang eines Lebensmittelladens, und eine heruntergekommene Gestalt eilte zur tröstenden Alkoholquelle, dem Windmill Inn auf der anderen Straßenseite.

Das Geklapper von näherkommenden Pferdehufen weckte Louisas Aufmerksamkeit, und sie trat dichter ans Fenster. Sie rief Victoria, um ihr die Schwadron Dragoner zu zeigen, die, in dunkle Mäntel gehüllt, vom Micklegate geritten kamen. Vor den mächtigen gelblichen Stadttormauern wirkten ihre eindrucksvollen Gestalten zwergenhaft. Das kleine Mädchen klatschte begeistert in die Hände und freute sich über das klirrende Zaumzeug. Der Ärger über die Nähstunde war vergessen.

Als die Schwadron das Haus erreicht hatte, trat Rachel zu ihnen und bewunderte wie immer die in ihren Augen atemberaubenden Dragoner. Von ihnen ging eine nahezu greifbare Ausstrahlung der Einheit und Kraft aus. Die Schwadron bewegte sich so einheitlich, als habe es nur einen Kopf; jedes Pferd war Teil seines Reiters, jeder Mann war eins mit seinen Kameraden: Sie hielten die Köpfe hoch erhoben, die Rücken aufgerichtet, und das gleichmäßige Heben und Senken war sowohl sinnlich als auch hypnotisierend.

Rachels tiefer, von Herzen kommender Seufzer fand in Louisas Herz ein geheimes Echo. Aber sie lächelte nur verkniffen, als ihr bewußt wurde, welche Veränderungen eine Woche in ihr bewirkt hatte. Das vorbeireitende Militär war ein regelmäßiges Schauspiel und wie ein heller Fleck an einem grauen Wintertag. Im Sommer sorgten die Dragoner für Unterhaltung, wenn sie ihr überragendes Können im Knavesmire zur Schau stellten. Vor einer Woche war das für Louisa noch alles gewesen. Das Auftauchen von Hauptmann Duncannon hatte bei ihr inzwischen jedoch ein besonderes Interesse geweckt, das Rachel Tempests Träume beinahe verständlich erscheinen ließ.

Die neunzehnjährige Rachel hatte vor einigen Monaten die höhere Mädchenschule abgeschlossen und wehrte sich zunehmend heftiger gegen die Zügel, die der Vater ihr anlegen wollte. Er hatte viel Geld gezahlt, um aus seiner hübschen ältesten Tochter eine richtige Dame zu machen. Aber Louisa Elliott hatte den Eindruck, ihm liege nicht sehr viel an dem Ergebnis. Rachel hatte Geschmack am Lebensstil ihrer Schulfreundinnen gefunden. Sie gehörten einer Gesellschaft an, die ihr Vater verachtete, deren Gewohnheiten sie jedoch unermüdlich nachahmte. Die Trauerzeit hatte Rachels Pläne durchkreuzt, aber das Jahr war bald vorüber, und nun schien sie ohne Rücksicht auf die Wünsche ihres Vaters entschlossen, nach diesem Leben zu streben.

Louisa beobachtete Rachel, die hingebungsvoll den letzten Dragonern nachsah, und dachte, Albert Tempests Hoffnung auf eine nüchterne, von geschäftlichen Interessen bestimmte Verbindung werde bei seiner Tochter keine Gegenliebe finden. Ihre Augen richteten sich auf ein weit glanzvolleres Ziel.

Als Rachel sich erregt vom Fenster abwandte, bestätigte sie unwissentlich Louisas Gedanken. »Ich kann Sophie Bainbridges Party kaum abwarten ... Bei ihnen wohnt ein Hauptmann der Dragoner, und Sophie sagt, er wird ganz bestimmt mit ein paar Freunden kommen.«

Louisa ärgerte sich über ihr plötzliches Herzklopfen und verkniff sich die Frage nach dem Namen des Mannes. Statt dessen erwiderte sie mit ungewöhnlicher Schärfe:

»Haben Sie denn Ihren Vater schon um Erlaubnis gefragt? Läßt er Sie zur Party gehen?«

»Ich habe ihn noch nicht gefragt«, gab Rachel kleinlaut zu.

»Dann sollten Sie das besser tun. Wann soll es denn sein?«

»Am St.-Valentins-Tag ... oh, finden Sie das nicht auch romantisch?« schwärmte Rachel.

»Sehr romantisch«, erwiderte Louisa trocken, »aber bis dahin sind es kaum noch vier Wochen. Glauben Sie, Ihren Vater überreden zu können, bevor Sie die Einladung annehmen oder absagen müssen?« Insgeheim machte sie sich für Rachel wenig Hoffnungen. Sie wußte, Albert Tempest verachtete prinzipiell das Militär aus den Tiefen seiner bürgerlichen methodistischen Seele und hatte für die Beziehungen der Bain-

bridges zum Militär wenig übrig. Sophies Vater war pensioniert, aber sein ältester Sohn Arthur diente als Leutnant bei den Yorkshire-Husaren. Die Bainbridges lebten vornehm in Fulford in der Nähe der Kavalleriekaserne.
Noch ehe Rachel antworten konnte, klopfte es an die Tür des Unterrichtsraums. Moira erschien mit einem Tablett und brachte Tee, Brot und Butter. Sie stellte das Tablett auf Louisas Schreibtisch am Fenster.
»Ich kann ihn dazu überreden, wenn Sie mir dabei helfen«, sagte Rachel, als Moira wieder gegangen war. Mit einer Raffinesse, die Louisa ihr nicht zugetraut hätte, fügte sie hinzu: »Mein Vater hört auf Sie.«
Die helle Haut der Gesellschafterin rötete sich vor Verlegenheit und Zorn. »Sie überschätzen meinen Einfluß, Miss Rachel«, erklärte Louisa streng, drehte sich um und schenkte den Tee aus.

Albert Tempest schritt zwei Stunden später durch den hohen Bogen des Micklegate-Stadttors. Auf der Straße drängten sich jetzt die Büroangestellten und Eisenbahnarbeiter, die nach Hause eilten. Das Puderzukkerweiß auf den Gehwegen war unter den vielen Füßen wieder zu hellbraunem Zucker geworden, und den Schnee auf der Straße hatten die Pferdetramwagen und Droschken schwarz werden lassen. Albert Tempest blieb an der Ecke Nunnery-Straße zögernd stehen, während ein Fuhrwerk durch den Matsch und Schmutz langsam vorbeirollte. Schließlich überquerte er vorsichtig die Straße und achtete darauf, Stiefel und Hosenbeine nicht zu beschmutzen. Wie üblich senkte er den Kopf, bis er am Kloster vorüber war, aber nicht als Zeichen großer Ehrerbietung, sondern als Methode, die Existenz des Klosters aus dem Bewußtsein zu verbannen. Die Papisten empfand er als anstößig. Er ärgerte sich darüber, daß er seinem Dienstmädchen am Sonntag eine Stunde freigeben mußte, um an der Messe teilzunehmen. Er hätte sie nicht eingestellt, wenn Iren nicht grundsätzlich sich mit weniger Lohn zufriedengegeben hätten als alle anderen. Er reckte das Kinn und sah im Geist den Tag vor sich, an dem er es sich leisten konnte, mit seiner Familie in die saubere Luft von Bishopthrope zu ziehen. Nein, nicht Bishopthrope, dachte er. Dort war das Leben noch heidnischer mit dem anglikanischen Erzbischof und seinem Palast am Fluß. Vielleicht wäre

Dringhouses oder Acomb geeigneter, denn dort war man aus den Flußniederungen heraus und hatte die frische Landluft.
Er drückte bereits auf die Klingel, während er am Fußabkratzer neben der Tür den gröbsten Schmutz abstreifte. Als man ihm öffnete, hielt er den Blick abgewandt, um das Dienstmädchen nicht direkt ansehen zu müssen. Stumm übergab er ihr Handschuhe und Melone und blickte, ohne etwas zu sehen, auf die schwarzen schmiedeeisernen Bögen am massiven Garderobenständer, während er geduldig wartete, als Moira ihm zuerst den weiten Mantel und dann die Jacke abnahm. Schließlich bückte sie sich und zog ihrem Dienstherrn die Stiefel aus. Noch immer schweigend reichte sie ihm die Pantoffeln und trug die nassen Stiefel zum Putzen in die Küche. Als sich die Tür am anderen Ende des Flurs schloß, stand Albert Tempest vor dem Gaskamin und fuhr sich durch die Haare. Er betrachtete prüfend im ovalen Garderobenspiegel die grauen Schläfen. Zufrieden betrat er dann das Wohnzimmer, wo seine Töchter und Miss Elliott ihn erwarteten.
Den üppig, aber etwas düster möblierten Raum beherrschte ein kunstvoll gerahmtes Ebenbild der verstorbenen Mrs. Tempest, deren hohle, gequälte Augen jeden törichten Ansatz von Fröhlichkeit zunichte machten. Dunkle Landseer-Drucke verschwanden beinahe in der braunmelierten Tapete, und auch der Gaskamin verströmte nur ein schwaches Leuchten.
Victoria schob ihre Puppen zur Seite, als der Vater das Zimmer betrat. Sie sprang auf, um ihn zu begrüßen, schlang die Ärmchen um seinen Hals und hielt ihm das Rosenmündchen zum Kuß hin. Er reagierte aufrichtig und spontan auf ihre herzliche Begrüßung. Es ist das einzig Spontane in seinem Leben, dachte Louisa, als sie unwillkürlich seinen Blick auffing, der sich auf Victorias glänzende goldblonde Locken richtete. Einen Moment lang überlegte sie, wie weit Rachels Bemerkung auf Wahrheit beruhte. Für einen Mann, der die Anwesenheit seiner Dienstboten nur selten registrierte, hatten Albert Tempests Blicke sie in letzter Zeit eher zu oft und auch zu lange verfolgt. Er löste sich aus der liebevollen Umarmung seiner kleinen Tochter und erhielt wie gewohnt von seiner älteren Tochter einen höflichen Kuß auf die Wange. Dann richtete er ein Lächeln in Louisas Richtung, das sie betont nicht erwiderte, obwohl sie ihn höflich begrüßte.
Unbestimmt enttäuscht drehte er sich um und rieb sich über den zuk-

kenden Flammen des bewußt zurückgedrehten Feuers die kalten Hände. Lodernde Flammen lehnte er entschieden ab, denn er hielt sie sowohl für gefährlich als auch für Verschwendung. Wenn Rachel sich über die Kälte beschwerte, forderte er sie ungerührt auf, sich ein wärmeres Umschlagtuch umzulegen.

Das war nur ein Aspekt seines Geizes. Im allgemeinen schimpfte er nicht über das Geld, das sie für ihre Kleidung ausgab, obwohl er auch in dieser Hinsicht versuchte, gewisse Grenzen zu setzen. Aber wie der Adel, den er verachtete, so mußte auch Rachel ihre Gesellschafterin haben und Victoria ihre Erzieherin. Louisa Elliott spielte beide Rollen, und bereits nach vier Monaten Dienstzeit erkannte sie die Unlösbarkeit ihrer Aufgabe. Nach der sorgenfreien Atmosphäre im Haus ihrer letzten Arbeitgeber empfand sie die Familie Tempest als bedrückend. Ihre zwar körperlich nicht schweren Pflichten schlossen lange Stunden der Anwesenheit ein und noch mehr Geduld, denn die zwei altersmäßig unterschiedlichen Mädchen benahmen sich so hemmungslos wie völlig ungezogene Kinder. Sie waren eifersüchtig, wenn Louisa sich gezwungenermaßen nur mit einer beschäftigte, und kämpften rücksichtslos um ihre Zuwendung oder um die des Vaters, wenn er zu Hause war.

Als Mr. Tempest Platz genommen hatte, entspannte sich Louisa. Sie freute sich auf diese wenigen Minuten, in denen er die Zeitung las und sich dabei über einige Neuigkeiten äußerte, während sie auf das Abendessen warteten. Damit begann das Ende des Tages. Sie mußte Victoria anschließend noch ins Bett bringen und sich danach auf den Unterricht für morgen vorbereiten, aber wenn Mr. Tempest nicht ausging oder allein in der Bibliothek arbeitete, konnte sie im Unterrichtszimmer sitzen und ungestört lesen.

Sie beschäftigte sich mit dem Ausbessern von Kleidungsstücken und wartete auf die Kommentare ihres Arbeitgebers. Zweifellos hatte man wieder ein Bulletin der Ärzte über den Krankheitsverlauf des Herzogs von Clarence veröffentlicht. Bei ihrer Mutter hatte Louisa über die schwere Krankheit in der Zeitung gelesen. Auch der Herzog gehörte zu den Opfern der Grippeepidemie und befand sich zur Zeit in Sandringham unter der Obhut der königlichen Ärzte.

Mit einem kurzen Seufzer, der sowohl Kummer als auch Zufriedenheit bedeuten konnte, verkündete Albert Tempest, der Herzog sei tot. »›Prinz Albert Victor, der älteste Sohn des Prinzen von Wales und der

Prinzessin Alexandra, ist in den frühen Morgenstunden im Sandringham-Haus wenige Tage nach seinem achtundzwanzigsten Geburtstag an den Folgen der Grippe gestorben.‹ Gut!«, rief er, »damit ist seine Zukunft geregelt, und zwar klipp und klar. Jetzt wird er nicht Vizekönig von Irland!« Albert Tempest überging das fassungslose Schweigen, das auf seine Bemerkung folgte, und las weiter: »›S.K.H. Prinz Francis von Teck, der Bruder von Prinzessin May, 2. Leutnant bei den Königlichen Dragonern, ist natürlich über diese Nachricht sehr betroffen und hat die Stadt verlassen, um bei seiner Familie in London zu sein.‹«
Ein Protestschrei von Rachel veranlaßte ihn verblüfft, die Zeitung sinken zu lassen. Aber auch Louisa hatte seine Gefühlskälte überrascht.
»Wie kannst du nur ...?« schluchzte Rachel unter Tränen. »Wie kannst du nur so herzlos sein, Vater? Es ist doch nicht wichtig, daß er Vizekönig werden sollte! Denk doch mal daran, was seine Familie jetzt empfinden muß! Und erst recht die arme Prinzessin May ...! Sie sollte ihn im Frühjahr heiraten. Was soll denn jetzt aus ihr werden?«
Albert Tempest konterte ungerührt: »Mein liebes Kind, man wird sie nicht nach Deutschland, oder wo auch immer man sie hergeholt hat, zurückschicken. Man sucht ihr einen anderen Mann, darauf kannst du Gift nehmen. Wenn sie einen zukünftigen König heiraten sollte«, fügte er sarkastisch hinzu, »dann ist sie ein zu wertvolles Pfand, um ihre Tage als alte Jungfer zu beenden. Sie wird es besser haben«, er nickte vielsagend, »ohne ihn. Ich wage, das zu behaupten, und soweit ich weiß, wird sie es beinahe mit *jedem anderen* besser haben.«
Rachel schluchzte und wischte sich die Augen. Ihr Vater raschelte ärgerlich mit der Zeitung. »Ach um Himmels willen, hör mit dem Gejammer auf! Davon habe ich in letzter Zeit genug gehört, und das reicht mir mindestens für ein Jahr.« Mit einem Blick auf die Standuhr faltete er die Zeitung zusammen, stand auf und schlug übertrieben laut die Wohnzimmertür hinter sich zu.
Sofort versiegten die Tränen seiner ältesten Tochter. Mit großen Augen sah sie Louisa an und fragte: »Warum sollte es Prinzessin May mit beinahe jedem anderen besser haben? Was hat Vater wohl damit gemeint?«
Louisa spitzte die Lippen und schüttelte den Kopf. »Vielleicht sollten Sie ihn danach fragen.«
»Er wird mir keine Antwort geben«, erwiderte Rachel empört. »Sie

kennen ihn doch. Ach Louisa, Sie wissen es . . . was hat er mit seiner Anspielung gemeint?«

»Ich *weiß* es nicht – und Miss Rachel, was auch immer Ihr Vater sagt, ich bin sicher, wir sollten nicht schlecht von den Toten sprechen.« Unter dem Druck der Situation fügte sie jedoch schließlich hinzu: »Ich habe gehört, daß der Prinz ein ausschweifendes Leben geführt hat.«

»Was bedeutet ausschweifend?« wollte Victoria wissen, und Louisa sah Rachel kopfschüttelnd an.

»Es bedeutet, daß jemand *sehr* spät schlafen geht und den Spinat nicht essen will, der so gesund ist«, erklärte sie ernst. Das kleine Mädchen war von dieser Antwort sehr enttäuscht und lief zu ihren Puppen.

Rachel sah Louisa verständnislos an. »Und was bedeutet es nun *wirklich?*«

Ihre Gesellschafterin legte gereizt die Nähsachen zur Seite. »Unter diesem Wort verbergen sich viele Sünden, Miss Rachel, wie Ihnen sehr wohl bewußt ist. Im Fall des Prinzen bedeutet es unter anderem auch, daß er zuviel getrunken hat . . . weit mehr, als gut für ihn war.«

»Oh, wie schrecklich!« Aber Rachels Ausruf klang enttäuscht, als habe sie etwas anderes erwartet. Als sie die Stickerei in den Nähkorb legte, hörten sie den Gong, der zum Abendessen rief, und damit war das Gespräch beendet.

Sie setzten sich gerade an den Eßtisch, als Albert Tempest wieder erschien. Als Louisa noch nicht bei ihnen gewesen war, durfte Victoria buchstäblich das Unterrichtszimmer nicht verlassen. Louisa mußte sehr viel Einfühlungsvermögen und Takt aufbringen, um Albert Tempest davon zu überzeugen, daß die Schwierigkeiten des Kindes hauptsächlich auf Einsamkeit und Kummer nach dem Tod der Mutter zurückzuführen waren. Mrs. Tempest war zwar seit vielen Jahren halb invalide gewesen, Fehlgeburten und ständige Krankheiten hatten sie ausgezehrt, aber es war die Mutter gewesen, die eine Gouvernante nicht ersetzen konnte und auch nicht, wie Louisa insgeheim dachte, eine eitle und dumme ältere Schwester. Rachel war so unreif, daß sie noch nicht einmal versuchte, die Lücke zu füllen. Liebe war für sie gleichbedeutend mit Hemmungslosigkeit und ein Nein gleichbedeutend mit Ablehnung. Die größere Einbeziehung in das Familienleben hatte jedoch die Lage für Victoria ins Gleichgewicht gebracht. Unter Louisas energischer Anleitung besserte sich das Benehmen des Kindes, und die früher chronische Appetitlosigkeit gab keinen Anlaß mehr zur Sorge. Das war ein beachtlicher Schritt vorwärts. Als Louisa den Kopf zum Tischgebet senkte, wußte sie sehr wohl, daß Albert Tempest ihren Vorschlag nicht aufgegriffen hätte, wenn er sein Töchterchen nicht wirklich liebte. Aber da das Experiment sich bewährt hatte, brachte er Louisa noch mehr Achtung entgegen. Sie hoffte, das sei der einzige Grund für die gelegentlichen kleinen Freundlichkeiten.

Das Gespräch zwischen den einzelnen Gängen kreiste jedoch kaum um Dinge, die eine Soiree auszeichnet. Rachel erzählte unentwegt von ihren Freundinnen und deren gesellschaftlichen Verpflichtungen, Victoria machte hin und wieder eine unliebsame, treffende Bemerkung, zu der nur Kinder fähig sind, und ganz im Sinne ihrer Stellung sagte Louisa nur dann etwas, wenn man sie dazu aufforderte. Aber im Gefängnis seiner Langeweile erbat Albert Tempest immer häufiger ihre Kommentare, denn er fand Louisas unvoreingenommene und vernünftige Äußerungen erfrischend und oft genug auch amüsant.

Nicht zum ersten Mal kaute er nachdenklich und warf verstohlene Blicke auf die junge Frau, die in seiner unmittelbaren Nähe saß. Eine große Schönheit ist sie nicht, dachte er, mit den kurz geschnittenen Haaren. Außerdem ist sie größer, als ich mir eine Frau wünsche . . .

Aber Louisa war kräftig und gesund. Von ihr konnte man eher erwarten, ein Dutzend strammer Söhne zu gebären. Söhne! Seine verstorbene Frau hatte ihm keine Söhne schenken können. Albert Tempest hatte sich Söhne gewünscht. Was half es, ein großes Reich aufzubauen ohne die Erben, die es weiterführen würden?! Mit einem stummen Seufzer gestand er sich ein, daß er beinahe unrealistischen Träumen nachhing. Er würde wieder heiraten müssen, aber Frauen waren eine solche Last. Selbst wenn er diese Hürde überwand, Louisa Elliott würde er niemals heiraten können. Seine kurzen, durchdringenden Blicke mochten zwar im wesentlichen dem Gegenstand seiner Aufmerksamkeit entgehen, denn Louisa aß mit niedergeschlagenen und nach innen gerichteten Augen, aber Rachel beobachtete sie sehr wohl. Sie hatte lange genug die grenzenlose Langeweile in den Augen ihres Vaters erlebt, um nicht die Veränderung zu bemerken. Er achtete kaum auf das, was seine Tochter sagte, und wenn er einmal zuhörte, dann gelang es ihr nur, bei ihm Widerspruch und Ärger hervorzurufen. Nach genauem Abwägen entschloß sie sich, den günstigen Zeitpunkt zu benutzen, um ihren Feldzug um mehr Freiheit zu beginnen. Louisa würde damit leben müssen.

Louisas Gedanken kreisten um Prinz Francis von Teck und Robert Duncannon, und deshalb entgingen ihr Rachels erste sprunghafte Bemerkungen über die Party am St.-Valentins-Tag. Erst Albert Tempests plötzlich laute Stimme erzwang ihre Aufmerksamkeit.

»Ich verstehe, Miss Elliott glaubt, daß du auf den Ball gehen solltest, nicht wahr?«

»Es ist doch kein Ball, Vater«, erwiderte Rachel geduldig und überhörte geflissentlich den beißenden Sarkasmus. »Sophie Bainbridge feiert ihren zwanzigsten Geburtstag, und sie lädt nur ein paar Freunde ein.«

Louisa faßte sich schnell und sagte: »Miss Rachel, bitte berichten Sie Ihrem Vater, was ich wirklich gesagt habe, und zwar, daß Sie ihn um Erlaubnis bitten müssen. Aber Mr. Tempest«, fügte sie schnell hinzu, ehe Rachel sie unterbrechen konnte, »ich sehe eigentlich keinen Grund, weshalb Miss Rachel nicht die Einladung annehmen sollte. Es wird sicher eine nette Feier, und es ist eine gute Gelegenheit, ein paar Leute zu treffen.«

»Aber ich halte nichts von den Bainbridges«, schimpfte er streitsüchtig, »es ist ein strohdummes Pack, und außerdem sind sie natürlich katholisch. Rachel sollte sich mit unseren Leuten treffen. Das bringt ihr auf lange Sicht mehr ein. Nein, Rachel, ich möchte nicht, daß du die Einladung annimmst. Außerdem, wer sollte dich begleiten? Es wäre etwas anderes, wenn ein junger Mann um dich wirbt... natürlich ein geeigneter junger Mann.«

»Und wie soll jemand um mich werben, wenn ich nie die Möglichkeit habe, jemanden kennenzulernen?« fragte Rachel, und ihre Stimme klang bereits einige Grad höher.

Für ihren Vater war das kein stichhaltiges Argument. »Ich kenne einige junge Männer, die dich nur allzugerne besuchen oder auch zu einem geselligen Kirchenabend ausführen würden.«

Als Rachel die Röte alarmierend ins Gesicht stieg, hatte Louisa flüchtig den Eindruck, Mr. Tempest sei bewußt provokativ. Die Auseinandersetzung war jedoch schon zu weit gediehen, um ihr noch eine Möglichkeit zur Besänftigung zu geben.

»Diese – diese – sogenannten jungen Männer, von denen du sprichst, Vater«, sprudelte es aus Rachel heraus, »müssen mindestens fünfunddreißig und unverheiratet sein, und zwar nur deshalb unverheiratet, weil – weil sie so widerlich sind, um die Wahrheit zu sagen! Arthur Grimshaw hat Warzen, die so groß sind wie Taubeneier, Frederick Swales ist kaum größer als Victoria, und der schreckliche Mr. Bickerdike sieht wie eine Vogelscheuche aus. Daran ändert auch sein Geld nichts! Und an seiner Nase hängen ständig Tropfen!« Rachel sprang empört auf, und Louisa mußte sich das Lachen über die treffenden Beschreibungen verbeißen. Es *gab* noch andere, das wußte Louisa, aber diese anderen jungen Männer hatten alle kein Geld. Rachel holte Luft und schrie: »Wenn du mir nur solche Männer anbieten kannst, dann bleibe ich ledig und quäle dich für den Rest deines Lebens!«

Nach dieser Drohung rannte sie aus dem Eßzimmer, und ihr Vater bedeutete seiner jüngeren Tochter, ebenfalls zu gehen. Als die Tür sich hinter ihr schloß, ließ er die Schultern hängen und schwieg. »Ich glaube, sie meint es im Ernst«, sagte er schließlich. »Sie wird ihre Drohung wahrmachen. Was soll ich nur mit ihr tun, Louisa?«

Der Vorname traf sie wie ein Schlag. Er hatte sie noch nie mit dem Vornamen angeredet, und doch war er ihm in diesem unüberlegten Moment alarmierend geläufig über die Zunge gekommen.

»Das kann ich wirklich nicht entscheiden, Mr. Tempest«, erwiderte sie ruhig.

Seine flinken braunen Augen richteten sich kurz auf sie und wanderten dann plötzlich verärgert zur Seite. »Nein. Nein, natürlich nicht«, murmelte er und bearbeitete einen kleinen Fleck auf dem weißen Damasttischtuch mit dem Daumennagel. Er hob wieder den Kopf. »Danke, Miss Elliott, Sie können gehen.«

Der Unterrichtsraum, Louisas – und Victorias Zimmer gingen ineinander über. Früher einmal war es trotz der niedrigen Decke ein hübscher großer Raum gewesen, der sich dank seiner geringen Höhe auch besser heizen ließ. Aber nach der Unterteilung waren schmale und kleine Zimmer entstanden, wobei sich der Kamin in Victorias Schlafzimmer befand. An besonders kalten Nächten ließ Louisa die Tür des Unterrichtsraums offen, während sie arbeitete, damit die Wärme auch in ihre spartanische Zelle dringen konnte. In ihrem Zimmer stand ein schmiedeeisernes Bett, eine große Kommode, ein Waschtisch und eine kleine Kleiderkammer, in der ihre wenigen Kleidungsstücke hingen. Auf den

gewachsten Dielen lag ein handgemachter Flickenteppich in warmen rostbraunen Farben – das Ergebnis der langen Abende des letzten Winters. Der Teppich war der freundlichste Gegenstand im ganzen Zimmer. Die verblaßte, blau gestreifte Tapete war vermutlich noch die erste, und auch die Patchwork-Decke war so alt, daß in dem gleichförmigen Beige nur noch Spuren ihrer ehemaligen Schönheit leuchteten. Aber das Zimmer gehörte ihr. Und als Louisa um neun Uhr die Tür hinter sich schloß, seufzte sie erleichtert und erschöpft tief auf.
Sie ließ das Umhängetuch auf das Bett sinken und goß heißes Wasser aus dem Krug, den Moira hingestellt hatte, in das Porzellanbecken. Dann drückte sie das dampfende Handtuch auf Gesicht und Augen. Etwas von der bleiernen Schwere wich langsam. Der Tag war sehr anstrengend gewesen, und in der vorigen Nacht hatte sie nicht gut geschlafen.
Albert Tempests unerwartete Vertraulichkeit machte Louisa nervös. Sie fragte sich, was wohl hinter den flinken, abtastenden Augen vorgehen mochte. Die Vorstellung, daß er ein gewisses Verlangen nach ihr empfand, war einfach zu abstoßend, um auch nur darüber nachzudenken. Sie schob den Gedanken energisch zur Seite und suchte Zuflucht bei dem Bild von Robert Duncannon. Sein Besuch am Tag zuvor war weniger eine Überraschung als ein Schock gewesen, der entschieden ihre trotzige Überzeugung ins Wanken brachte, daß das Haus in der Gillygate-Straße ihn nie wieder sehen würde. Jetzt war Louisa sich im unklaren über seine Motive, und sie zweifelte an ihrem Urteil. Die Sorge um ihre Mutter war deutlich gewesen und, wie sie glaubte, aufrichtig. Ebenso deutlich war auch seine Freude über das Wiedersehen mit ihr gewesen. Sein Interesse empfand sie im Gegensatz zu Albert Tempests zweifelhaften Freundlichkeiten als schmeichelhaft, aber als ebenso unwillkommen.
Das Leben eines Robert Duncannon hatte mit ihrem Leben ebensowenig zu tun wie das der Hottentotten. Vielleicht nicht ganz, korrigierte sie sich, denn sie sprachen mehr oder weniger die gleiche Sprache. Aber Louisa wußte, sie hatte trotz des Widerwillens, den er bei ihr auslöste, weit mehr mit ihrem Arbeitgeber gemein als mit dem vornehmen Hauptmann Duncannon. Die Berichte in der Zeitung über Prinz Francis von Teck bewirkten nur, ihr das noch mehr ins Bewußtsein zu rücken. Auch er diente bei den Königlichen Dragonern, und Louisa überlegte, wie gut der Hauptmann den Mann kannte, der der Schwager eines zukünftigen Königs hätte sein sollen . . .

8

Als der Vater am nächsten Morgen das Haus verlassen hatte, rannte Rachel in höchster Erregung die Treppe hinauf und stürmte in den Unterrichtsraum.
Louisa hatte zwar mit dem Vormittagsunterricht noch nicht begonnen, aber sie hob ungehalten den Kopf, denn ihre klaren Regeln untersagten jede Störung vor zwölf Uhr mittags.
»Es tut mir leid, Louisa, aber ich mußte einfach kommen und es Ihnen sagen... Ich hätte es ja schon beim Frühstück getan, aber Vater ist heute morgen erst so spät aus dem Haus gegangen, und ich mußte warten, bis er weg war.«
»Was gibt es, Miss Rachel? Beeilen Sie sich, ich möchte mit den Stunden für Ihre Schwester beginnen.«
»Er hat mir die Erlaubnis gegeben!«
»Welche Erlaubnis?«
Rachel schnaubte gereizt. »Die Erlaubnis, zu Sophies Party zu gehen, natürlich!«
»Gut. Das freut mich für Sie. Aber bitte, können wir vielleicht später darüber reden?«
Rachel verließ ärgerlich das Zimmer. Aber nachmittags beim Tee hatte sie sich wieder beruhigt. In der Aufregung darüber, daß sie ihrem Vater die Erlaubnis abgeschmeichelt hatte, sprudelten die Worte nur so aus ihr heraus. »Aber er hat eine Bedingung gestellt – ist Vater nicht geradezu berühmt für seine Bedingungen? Ich darf nur mit einer Anstandsdame gehen.«
»Aha. Und wer soll das sein?« Louisa dachte, die Wahl werde vermutlich auf eine der Ehefrauen aus dem Bekanntenkreis von Albert Tempest fallen.
Rachels Augen blitzten bei dem Gedanken an das, was sie für eine wun-

derbare Nachricht hielt. »Raten Sie.« Rachel zitterte am ganzen Körper bei dem Genuß, die große Überraschung noch etwas hinauszuzögern.

»Ich weiß es wirklich nicht«, erwiderte ihre Gesellschafterin, aber langsam dämmerte Louisa die Wahrheit. »Aber Miss Rachel! Doch nicht ich? Sie können doch unmöglich an *mich* denken. Wie kann ich Ihre Anstandsdame sein? Ich habe Trauer – ich kann nicht auf eine Party gehen.«

Die Enttäuschung fiel ihr wie ein glatter Schleier über das Gesicht. Ein Zornesausbruch drohte. »Aber Sie müssen! Wir haben in York keine Verwandten, und die Freunde meines Vaters sind alle viel zu fromm. Ich könnte sie noch nicht einmal *fragen*, und ohne Anstandsdame darf ich nicht gehen. Das hat Vater klar und deutlich bestimmt. Wenn es nach ihm ginge, dürfte ich nicht auf die Party, aber ich habe ihm gestern abend dann noch die furchtbarste Szene gemacht, als Sie nach oben gegangen waren – er mußte einfach nachgeben.«

Louisa nickte. Rachels Szenen hatten es in sich, und Louisa spürte deutlich, daß ihr die nächste bevorstand. »Beruhigen Sie sich«, beschwor sie Rachel, »und fangen Sie um Himmels willen nicht zu weinen an. Tränen können das Problem nicht lösen.« Sie schwieg eine Weile, bis Rachel sich wieder etwas besser unter Kontrolle hatte. »Also gut. Wenn Ihnen an der Party so viel liegt, werde ich mich wohl einmal über die Konventionen hinwegsetzen müssen. Ich fühle mich geschmeichelt, daß Ihr Vater mir diese Verantwortung überlassen will. Aber es gibt noch ein Problem. Ich habe nichts Geeignetes zum Anziehen. Das Kleid hier ist zu abgetragen, und mein anderes schwarzes Kleid ist für ein großes Ereignis wie Miss Sophies Geburtstag noch unangemessener.«

»Haben Sie nicht etwas in Lila oder Grau? Das würde auch gehen!«

Louisa schüttelte den Kopf. »Ich habe im allgemeinen keine gesellschaftlichen Verpflichtungen, Miss Rachel.«

Nach kurzem Nachdenken strahlte Rachel plötzlich und sagte: »Soweit ich weiß, ist Ihre Schwester doch Schneiderin. Könnte sie Ihnen nicht etwas machen?«

Louisa unterdrückte ein Lachen. Mit dem, was Rachel Tempest vom Kleidernähen wußte, konnte man kaum ein Notenblatt füllen. Außerdem kannte sie ihre Schwester Blanche nicht. »Meine Schwester arbei-

tet den ganzen Tag für Miss Devine. Ich bezweifle sehr, daß sie bereit ist, meinetwegen auch noch die ganze Nacht zu nähen.«
»Aber sie ist Ihre *Schwester.*«
»Schwestern können sich mit größter Inbrunst etwas ablehnen, Miss Rachel – nur Freunde nehmen sich wegen der guten Manieren mehr zusammen.«
»Dann werde ich Sie begleiten«, erwiderte Rachel unbeeindruckt. »*Mir* wird sie es nicht abschlagen.«

Blanche sagte nicht rundheraus nein. Als sie den vollgestopften kleinen Arbeitsraum verließen, hatte Louisa den Eindruck, sie hatten im wesentlichen nur Erfolg gehabt, weil Rachel Tempest ihre Schwester unerschrocken um Hilfe gebeten hatte. Blanche war so verblüfft gewesen, daß ihr endlich einmal die Worte im Hals steckenblieben.
Sie einigten sich darauf, daß Blanche für Louisa bei Miss Devine Stoff kaufte, das Material zuschnitt und anpaßte, aber Louisa das Nähen übernahm. Das würde bedeuten, den Hausmeister mit einem Trinkgeld zu überreden, Louisa nähen zu lassen, und sie mußte ein paar Nächte opfern. Aber das war mehr, als Louisa zu hoffen gewagt hatte.
Als sie wieder auf der Coney-Straße standen, jubelte Rachel. »Na bitte! Habe ich es Ihnen nicht gesagt, sie würde helfen. Ihre Schwester ist vielleicht etwas kurz angebunden, aber sie hat ein Herz aus Gold, Louisa.«
»Ihre Gegenwart hat sehr zu dem Wunder beigetragen, Miss Rachel. Da bin ich sicher«, erwiderte Louisa trocken.
Rachels aufgeregtes Geplapper verstummte, als sie den kurzen steilen Weg zum Micklegate hinauf nahmen. Rechts und links standen die eindrucksvollen georgianischen Herrschaftshäuser, und Louisas Gedanken wanderten wieder einmal zu Robert Duncannon.
»Übrigens«, fragte sie so beiläufig wie möglich, »der Offizier, der bei den Bainbridges wohnt . . . wissen Sie eigentlich, wie er heißt?«
»Oh, lassen Sie mich nachdenken«, erwiderte Rachel, runzelte die Stirn, wurde noch langsamer und holte nach dem anstrengenden Aufstieg tief Luft. »Ich glaube, der Name fängt mit *D* an . . .«
Louisa stockte der Atem, und sie hatte heftiges Herzklopfen, was allerdings nichts mit dem steilen Weg zu tun hatte.
»Hugh – ja so heißt er – Hugh Darnley. Sophie sagt, er ist *bezaubernd*

– ich glaube, sie ist in ihn vernarrt!« Rachel kicherte. »Aber warum wollen Sie den Namen wissen?«

»Ach, es gibt eigentlich keinen besonderen Grund«, erwiderte ihre Gesellschafterin tief enttäuscht. »Ich kann mir Namen nur sehr schlecht merken . . . und deshalb präge ich sie mir möglichst vorher ein.«

9

Nach weiteren Beratungen mit ihrer Schwester entschied sich Louisa für einen weichen, dünnen Wollkrepp. Das Material war teuer, aber passend für alle möglichen Anlässe. Das wäre bei dem exotischen schwarzen Spitzenstoff, den Rachel vorgeschlagen hatte, nicht der Fall gewesen. Das Kleid sollte hoch geschnitten und mit winzigen schwarzen Glasknöpfen vorne geschlossen sein. Die Ärmel würden an den Schultern gebauscht, am Unterarm aber anliegen. Der Rock fiel glatt über die Hüfte und wurde mit einfachen Falten zu einer kleinen Schleppe gerafft. Rachels Liebe für Spitze fand ihren Niederschlag in einer abnehmbaren Rüsche. Das raffinierte Jabot machte den einfachen Schnitt wett und verlieh dem Kleid eine etwas festlichere Note. Rachel ließ sich natürlich von ihren Vorstellungen leiten und fand das Kleid zu schlicht und zu gouvernantenhaft, aber Louisa war begeistert. Aus ihrer Sicht war es absolut richtig. Der weiche Stoff ließ es nicht zu streng wirken, und so lohnten sich die Zeit, die Mühe und das Geld. Bei richtiger Pflege würde sie es viele Jahre tragen können. Dafür konnte sie sogar Blanches ärgerliches Stöhnen beim Zuschneiden der Ärmel ertragen und ihre halb sarkastischen, halb eifersüchtigen Sticheleien über Louisas gesellschaftliche Ambitionen.

Am Abend vor der Party bestand Rachel auf einer Generalprobe. Rachels tief ausgeschnittenes, schulterfreies blaßgelbes Seidenkleid mit kurzen, gekräuselten Spitzenärmeln war wirklich schön. Sie trug dazu gelbe Satinslipper, lange Satinhandschuhe und hatte die dichten braunen Haare in verspielten Locken hochgebunden. Rachel sah bezaubernd aus. Neben ihr im bodenlangen Spiegel bot Louisa den richtigen Kontrast, und Rachel mußte die kluge Entscheidung ihrer Gesellschafterin schließlich eingestehen. Zufrieden seufzend zwang sie sich schließlich, die Augen vom Spiegel zu wenden, und betrachtete die auf dem Bett

ausgebreiteten Mäntel und Umhänge. »Was halten Sie davon?« fragte sie und hielt ein kurzes moosgrünes Samtcape hoch.
Louisa schüttelte den Kopf. »Es kann ein kalter Abend werden, Miss Rachel. Ein langer Mantel wäre besser.«
Rachel runzelte die Stirn und schimpfte leise über die fehlende richtige Abendgarderobe, während sie etwas Geeignetes suchte. Schließlich hielt sie zwei Mäntel hoch – der eine aus blaurotem Wollstoff, der andere aus dunkelbraunem Samt. Louisa fand den Samtmantel schöner, und Rachel stimmte ihr zu. »Aber was ist mit Ihnen, Louisa? Was werden Sie tragen? Ich hoffe doch nicht Ihren alten schwarzen Umhang – der ist wirklich unmöglich. Ich weiß!« rief sie plötzlich. »Ich habe genau das Richtige für Sie.« Sie lief zum Kleiderschrank und suchte darin herum. Schließlich zog sie ein kurzes schwarzes Cape hervor, das reich mit schwarzen Glasperlen bestickt war. »Ich hatte das Cape zum Begräbnis unserer armen Mutter an und seitdem kaum getragen. Es ist ein bißchen altmodisch, aber es paßt hinreißend zu Ihrem neuen Kleid, finden Sie nicht auch? Ziehen Sie es an, Louisa, und dann gehen wir hinunter und zeigen Vater, wie schön wir aussehen.«
Albert Tempest fand die beiden Frauen schön, bis seine Tochter den Mantel ablegte. Sein Mund stand offen, und die Farbe wich aus seinem Gesicht. Dann röteten sich seine Wangen, aber er schien noch Schwierigkeiten mit dem Sprechen zu haben. »Du . . . du . . . du kannst *das* doch nicht tragen!« schnaubte er. »Es ist . . . unanständig!«
Rachels Schock war beinahe genauso groß wie der ihres Vaters. Das gelbe Seidenkleid war ihr erstes Abendkleid. Sie wählte ihre Kleider immer selbst aus. Es wäre ihr nie in den Sinn gekommen, daß ihr Vater Einwände erhob – vielleicht gegen den Preis, aber nie gegen den Schnitt.
»Aber es ist ganz nach der neuesten Mode«, flüsterte sie, legte aber trotzdem die Hände auf den tiefen Ausschnitt.
Ihr Vater sprang auf. »Mir ist es gleich, was das ist – du wirst mein Haus nicht in diesem Kleid verlassen!«
»Vater«, flehte Rachel, »es ist ein Abendkleid – und *alle* Abendkleider haben einen Ausschnitt. Sophie und die anderen Mädchen werden ähnliche Kleider tragen.«
Louisa sah ihren Arbeitgeber an und zitterte zum ersten Mal. Sie kannte seine Zornesausbrüche, aber so hatte sie ihn noch nie erlebt.

»Mir ist es gleich, was sie tragen!« schrie er, »du bist meine Tochter, und ich sage: Du verläßt in diesem unanständigen Kleid nicht das Haus. Wenn deine Mutter abends ausging, hat sie anständige Kleider getragen. Ich habe sie nie halbnackt in der Öffentlichkeit gesehen . . .«, und auch sonst nicht, hätte er beinahe hinzugefügt, während seine Augen in entsetzter Faszination an den zarten Schultern seiner Tochter hingen. »Ich danke Gott, daß Miss Elliott nicht dieser Unanständigkeit verfallen ist«, erklärte er nach einem beinahe bedauernden Blick in ihre Richtung.
»Aber, aber das ist etwas anderes«, schluchzte Rachel.
»Ich dulde keine Widerrede, mein Fräulein! Du gehst auf der Stelle nach oben, und ich möchte dich nie wieder halb nackt sehen!«
Als Rachel aus dem Zimmer rannte, drehte sich Louisa um und wollte ihr folgen.
»Einen Moment«, rief er, bevor sie die Tür erreicht hatte. Es kostete ihn sichtbar große Mühe, sich zu beruhigen. Albert Tempest holte tief Luft, verschränkte die Hände auf dem Rücken und wippte leicht hin und her. »Es überrascht mich und mißfällt mir, Miss Elliott. Ich hätte Ihnen mehr Urteilskraft zugetraut.«
Louisa betrachtete wie ein gehorsames Dienstmädchen den Teppich. »Es tut mir leid, Mr. Tempest. Ich wußte nicht, daß Sie das Kleid nicht bereits gesehen hatten.«
»Wie konnten Sie glauben, daß *ich* so etwas billigen würde?« schrie er.
Louisa war in einer Familie groß geworden, in der es beinahe nur Frauen gab. Sie hatte es noch nicht erlebt, von Männern tyrannisiert zu werden. Der Zorn dieses Mannes war furchteinflößend. Die Lautstärke seiner Stimme wirkte wie ein Angriff, aber sie ließ sich nicht einschüchtern. Sie verzichtete auf allen Anschein von Unterwürfigkeit und erwiderte seinen Blick. »Es ist ein Abendkleid«, sagte sie ruhig, »und als Abendkleid meiner Meinung nach durchaus nicht anstößig.«
»Was?! *Ihrer* Meinung nach. Und was ist das für eine Meinung, wenn ich fragen darf? Ist die Gesellschafterin meiner Tochter so erfahren, daß sie sich unterstehen kann, mir gegenüber eine eigene Meinung zu vertreten?«
Sein Sarkasmus weckte ihren Zorn, und sie hob energisch das Kinn.

»Meine Schwester entwirft die Abendkleider für einige der besten Familien im ganzen Land«, erwiderte sie unbeeindruckt.
Die Überraschung dämpfte einen Augenblick lang seine Wut, und er erlaubte sich eine noch anzüglichere Anspielung. »Ach ja. Tut sie das? Tut sie das wirklich? Sagen Sie mir, Miss Elliott, würden Sie ein solches Kleid tragen?« Bei diesen Worten verzog er den Mund unangenehm herausfordernd, und seine schlauen Augen leuchteten erwartungsvoll.
Die unausgesprochene Unterstellung beleidigte sie, und Louisa biß sich wütend auf die Lippen, als sie spürte, wie sie rot wurde. Aber sie senkte nicht den Blick. Die Nasenflügel bebten, als sie um die Kontrolle ihrer Stimme kämpfte. »Mr. Tempest, es ist ein hübsches Abendkleid, und es steht Ihrer Tochter sehr gut. Aber sowohl die Farbe als auch der Schnitt wären für mich ungeeignet, besonders in meiner Stellung als Miss Rachels Gesellschafterin.«
Seine Augen funkelten böse in Erwiderung ihrer Verachtung. Albert Tempest wollte Louisa kalt aus dem Zimmer schicken, aber sie rührte sich nicht von der Stelle, denn sie war entschlossen, das zu sagen, was gesagt werden mußte, auch wenn das ihre Stelle kosten konnte.
»Ich habe gesagt, Sie können gehen.«
»Aber ich habe noch nicht alles gesagt, Mr. Tempest. Sie können mich anschließend für immer wegschicken, aber bitte, hören Sie mir noch einen Augenblick lang zu. Miss Rachel ist vielleicht launisch und verwöhnt, aber sie ist kein schlechtes Kind und auch nicht zu etwas bereit, das Sie mißbilligen würden. Wenn Sie Ihre Tochter gut und glücklich verheiraten möchten, dann müssen Sie ihr eine Art Gesellschaftsleben zubilligen. Diese . . . diese Geburtstagsparty ist die erste Gelegenheit dazu in ihrem Leben. Seit Wochen freut sie sich darauf. Sie hat das Kleid eigens dazu anfertigen lassen, und jetzt erklären Sie, es sei unanständig. Vielleicht hat sie etwas anderes, das sie anziehen könnte, aber das weiß ich nicht so genau. Nur, darum geht es nicht. Können Sie das denn nicht verstehen? Ihre Tochter möchte das neue Kleid tragen.«
Albert Tempest lief mit großen Schritten vor dem Kamin auf und ab und war offensichtlich tief in Gedanken versunken. »Miss Elliott«, sagte er schließlich gedehnt und in einem Ton, wie man einem hysterischen Kind ein schwieriges Problem erklärt. »Ich bin kein uneinsichtiger Mann. Sie mögen vielleicht das Gegenteil glauben, aber das Glück

meiner Tochter liegt mir sehr am Herzen und ebenso ihr Wohlergehen. Sie wird dieses Haus nicht halb nackt verlassen, sei es nun Mode oder nicht. Stellen Sie sich doch nur vor, was die Leute sagen!«

Das also ist der kritische Punkt, dachte Louisa erschöpft. »Sie darf also auf die Party gehen, wenn ihre Schultern bedeckt sind?«

»Aber natürlich«, erwiderte er wie jemand, der sich ernsthaft fragt, weshalb die ganze Aufregung entstanden sei.

Louisa verkniff sich ein triumphierendes Lächeln. »Ich glaube, dann kann ich das Problem vielleicht lösen«, erklärte sie fröhlich, »die Schneiderin hat etwas von der Seide und der Spitze zurückgelassen. Und ich bin sicher, wir können die Stoffreste so verwenden, daß Sie zufrieden sind. Darf ich Miss Rachel in diesem Sinne beraten?«

»Sagen Sie ihr, daß ich das Ergebnis begutachten möchte, bevor sie morgen abend das Haus verläßt!«

»Aber natürlich. Vielen Dank, Sir.«

Trotz Rachels Bitten wollte Louisa nicht ihren freien Tag aufgeben, der auf den Tag der Party fiel. Sie brauchte ein paar Stunden Ruhe und Entspannung, nachdem sie aus den Stoffresten eine Stola gemacht und das Abendkleid so verwandelt hatte, daß Rachels Vater keine Einwände mehr erhob. Mit dem festen Versprechen, um fünf Uhr nachmittags wieder da zu sein, machte sie sich auf den Weg in die Gillygate-Straße und beschäftigte sich in Gedanken bereits mit den eigenen Vorbereitungen für den bevorstehenden Abend.

Die Waschmöglichkeiten im Haus der Tempests beschränkten sich auf das übliche wöchentliche Bad. Moira schleppte das heiße Wasser in Krügen herauf und goß es in eine emaillierte Wanne, die neben dem Ofen eines Schlafzimmers stand. Moira hatte zahllose Aufgaben, und Louisa wollte ihr nicht noch eine zusätzliche aufbürden. Außerdem war ihr Zimmer kalt und sie dort nie völlig ungestört. Deshalb badete Louisa vor dem Tee samstags nachmittags zu Hause. An den anderen Wochentagen wusch sie sich in ein Handtuch gehüllt, wobei sie sparsam mit dem heißen Wasser umging und nicht mehr als einen Krug zu den notwendigen Waschungen benutzte. So blieb die Unterwäsche frisch, und die dicken Wintersachen wurden nicht zu muffig. Trotzdem waren das samstägliche Bad und frisch gebügelte Wäsche sinnliche Freuden, deren sie nie überdrüssig wurde. Kamisol und Unterröcke schmiegten sich glatt und kühl an die vom Feuer gewärmte Haut, und der belebende Lavendelgeruch stieg ihr angenehm in die Nase. Die dünnen Seidenstrümpfe, die sie sich vormittags in einem verrückten Moment gekauft hatte, waren ein zusätzlicher Luxus. Sie rief Bessie, um ihr beim Korsett zu helfen. »Bessie, Sie müssen mich fest schnüren, ich habe die Taille am Kleid doch etwas sehr eng gemacht.«

»Dann holen Sie tief Luft – so! Ist es so recht? Mein Gott, ich wollte, ich hätte noch so eine schmale Taille wie Sie, Miss Louisa. Sie haben eine gute Figur. Ziehen Sie das Kleid an. Ich möchte sehen, wie es Ihnen steht.«

»Noch nicht, Bessie. Ich muß erst die Haare trocknen. Sie können jetzt gehen und Mama Gesellschaft leisten. Ich komme bald herunter, und dann sehen Sie, wie es mir steht.«

Über dem Feuer lagen zwei eiserne Lockenwickler. Sie überprüfte die Hitze zuerst mit einem Stück Papier, nahm dann eine Strähne und verwandelte die goldbraunen Haare geschickt in duftige Locken. In einer Viertelstunde war das Werk vollbracht. Sie schob die Stirnlocken in eine akzeptable Nachahmung der Frisur der Prinzessin von Wales und begutachtete das Ergebnis zufrieden im Spiegel.

Seit Wochen dachte sie mit Sorge an die Party. Nachts hatte sie stundenlang genäht und gefürchtet, das Kleid werde nicht rechtzeitig fertig sein und dabei versucht, sich vorzustellen, was die Bainbridges wohl für Leute seien. Sophie war vor ein paar Tagen mit ihrer älteren Schwester zum Tee gekommen, und Louisa staunte über den verblüffenden Kontrast in Aussehen und Temperament der Geschwister. Die weibliche und kokette Sophie hätte beinahe Rachels Zwilling sein können, wohingegen die ältere Schwester drahtig und eher männlich wirkte. Sie trug wenig zum Gespräch bei und wirkte eher überlegen und herablassend. Aber als Louisa versucht hatte, sie zum Reden zu bringen, stellte sie fest, daß Lilys abwehrende Haltung lediglich auf dem völligen Desinteresse an den Lieblingsthemen ihrer Schwester beruhte. Miss Lily Bainbridges Leidenschaft galt Vollblutpferden und der Jagd. Gesellschaftliche Verpflichtungen standen weit unten auf der Liste ihrer Prioritäten.

Mit einem trockenen Lächeln erinnerte sich Louisa an diesen Nachmittag und dachte, Lily sei vermutlich nicht die einzige, die sich an diesem Abend auf der Party fehl am Platze fühlen werde. Nun ja, Louisa konnte sich mit dem hübschen neuen Kleid trösten, das schon an sich eine Freude war.

Im Wohnzimmer unten legte Mary Elliott die Stickerei zur Seite und sah anerkennend zu, wie ihre älteste Tochter sich vor ihr drehte. »Etwas langsamer, Louisa. Zeig mir noch einmal den Rücken. O ja! Das Kleid ist schön. Der Schnitt ist sehr elegant.«

»Und wie findest du die ausgezeichneten Nähte? Ich habe beinahe drei Wochen Nacht für Nacht daran gearbeitet. Das Lob sollte eigentlich nicht nur Blanche haben.«

»So habe ich das doch nicht gemeint, Liebes. Natürlich ist es gut genäht, wirklich eine ausgezeichnete Arbeit. Aber du weißt doch, das Geheimnis der Mode liegt im Schnitt.«

Louisa seufzte, aber sie wollte sich nicht von den Vorurteilen der Mutter aus der Ruhe bringen lassen. »Wie finden Sie es, Bessie?«

Bessies freundliches Gesicht strahlte vor uneingeschränkter Bewunderung. »Hübsch, Sie sind eine echte Augenweide, auch wenn Sie Schwarz tragen. Ich wette, Sie stechen alle aus – und die Herren werden Sie umschwärmen!«

Louisa lachte und küßte ihr die Wange. »Oh, Bessie, ich soll Rachel Tempests Anstandsdame sein und dafür sorgen, daß *sie* bei der Jagd nach einem Ehemann nicht über die Stränge schlägt, aber ich soll nicht nach einem Mann für *mich* Ausschau halten!«

»Na ja«, Bessie seufzte, »es wäre für Sie an der Zeit, daran zu denken. Es wäre an der Zeit, daß Sie heiraten und eine eigene Familie gründen, anstatt die Kinder anderer Leute zu erziehen.«

»Aber Bessie, die arme Mama würde der Schlag treffen. Sie hat genug mit Emilys Hochzeit. Ich will ihr noch ein wenig Zeit lassen.«

Als Louisa in der Blossom-Straße erschien, hörte sie Rachels Vorwürfe bereits unten im Flur. Schnell legte sie Mantel und Hut ab und eilte in Rachels Zimmer. Dort stand Moira wie eine Märtyrerin, während ihre Herrin über die Katastrophe ihrer Frisur jammerte.

»Öffnen Sie unten die Tür, Moira. Zu mehr sind Sie einfach nicht in der Lage!« schrie Rachel. »Louisa, sehen Sie sich meine Haare an. *Sehen* Sie sich das nur an! Ich habe ihr gesagt, sie soll mir die Blumen hinten anstecken, und statt dessen hat sie die Locken völlig durcheinandergebracht. So, wie ich aussehe, heiratet mich nie ein Mann!«

»Ich dachte, Sie wollen auf eine Party, um sich zu vergnügen«, entgegnete Louisa ruhig, ordnete die glänzenden braunen Locken und kämmte sie noch einmal aus. »Jagdabenteuer sind selten erfolgreich, meine Liebe.«

»Oh, seien Sie still, Louisa und bringen Sie die Haare wieder in Ordnung.« Nach einigen Minuten von dem angenehmen Bürsten beruhigt, sagte sie: »Louisa, Sie wissen, ich habe wenig Zeit, um einen Mann zu finden. Denken Sie daran, Vater wird mich mit einem seiner schrecklichen Freunde verheiraten wollen, noch ehe das Jahr herum ist. Er kann es nicht erwarten, mich loszusein.«

»Ich glaube, das stimmt nicht, Miss Rachel.«

»O ja«, beteuerte sie, »Sie wissen es ganz genau.« Als Louisa nicht widersprach, sagte sie gehässig: »Bei Ihnen ist das etwas anderes. Sie können sich Ihren Lebensunterhalt verdienen und eine alte Jungfer werden.«

Louisa überhörte die Bosheit und bürstete schweigend weiter.

Endlich war Rachel fertig; mit geglätteten Handschuhen, zurechtgezupftem Kleid, umgelegtem Mantel hörte sie nur ungeduldig und mit halbem Ohr auf die wiederholten Ermahnungen ihres Vaters. Er erinnerte sie noch einmal an Pünktlichkeit und unbedingten Verzicht auf Alkohol, als er die beiden hinausbegleitete. Dann sah er der Droschke nach, die in die Nunnery-Straße einbog.

Ein paar hundert Meter vor der Kavallerie-Kaserne fuhr die Droschke nach links eine breite Allee entlang und dann wieder links eine kurze halbkreisförmige Kiesauffahrt hinauf. Das moderne, große Haus hatte sechs Stufen, die zu einem Säulenportal mit hohen Sprossenfenstern auf beiden Seiten führten. Wertvolle Sträucher umrahmten einen Fußweg. Leicht verzagt zog Louisa an der Klingel. Beinahe sofort öffnete ein prächtig livrierter Diener.

Rachel reichte ihm ihre Visitenkarte, und sie folgten ihm durch die hohe, doppelte Glastür in eine eichengetäfelte Halle, wo eine Dienerin wartete und ihnen die Mäntel abnahm.

Sophie begrüßte sie überschwenglich und verkündete, sie seien die ersten Gäste. Louisa bedauerte sofort Albert Tempests Pünktlichkeitsmanie. Sie hielt sich etwas zurück, und endlich erinnerte sich Rachel an ihre guten Manieren, nahm sie bei der Hand und stellte sie Major und Mrs. Bainbridge vor.

Der Major hatte ein rotes rundes Gesicht, das ein üppiger Moustache optisch verkürzte und den dichten Backenbart ergänzte. Er wirkte neben seiner unruhigen zaunkönigartigen Frau wie eine aufgeblähte Kropftaube. Die Dame des Hauses flatterte in rotgelber Seide an Louisas Seite und erkundigte sich mitfühlend, ob sie in Trauer sei.
»Leider ja, Mrs. Bainbridge«, gestand Louisa, »aber Miss Rachel hat keine direkten Angehörigen in der Nähe, und Mr. Tempest wollte seine Tochter nicht ohne Begleitung gehen lassen.«
»Sehr richtig, ich hätte bei Sophie ebenso gehandelt. Aber es ist sehr freundlich von Ihnen, unter diesen Umständen mitzukommen«, sagte sie in der naiven Annahme, Louisa habe in diesem Fall eine Wahl gehabt. »Meine Liebe, wenn Sie etwas Ruhe suchen, stehen Ihnen die friedlichen Nischen in diesem weitläufigen Haus offen. Leider geht es bei den jungen Leuten doch eher etwas laut zu«, erklärte sie mit dem Wissen einer Frau, die ihre Zufluchtsorte bereits ins Auge gefaßt hat.
Louisa bedankte sich freundlich und folgte Sophie und Rachel nach oben. Man hatte Sophies Schlafzimmer den Damen vorbehalten. Sophie führte ihnen das Bad vor, das erst vor kurzem und zum großen Stolz der Familie installiert worden war. Rachel bestand auf einer Demonstration für Louisa und öffnete die Wasserhähne. Glücklich lachte sie über ihre staunende Gesellschafterin. Sophie erklärte hingerissen den großen Behälter am Ende der Badewanne, in dem das Wasser erhitzt wurde, so daß man jederzeit ein heißes Bad nehmen konnte. Das ersparte dem Personal viel Arbeit, und Louisa war ehrlich beeindruckt und fasziniert. Unter dem Gasleuchter schimmerten die flaschengrünen Kacheln mit Lotusblüten und das weiße Emaille. Vor dem Kamingitter lagen einladend dicke, weiche Handtücher. Ihre sonst so gelassene Seele durchzuckte ein Gefühl von Neid.
Sophie eilte zur Tür. »Wir müssen jetzt wieder hinunter. Ich möchte euch meinen Brüdern vorstellen, und außerdem treffen sicher noch mehr Gäste ein. Aber bitte, das Bad steht euch jederzeit zur Verfügung.«
»Aber sicher nur dann, wenn wir nicht den ganzen Abend hier verbringen?« fragte Louisa trocken, und die beiden Mädchen kicherten noch auf der Treppe.
Diese Villa war insgesamt sehr viel größer als das Haus der Tempests. Sie besaß mehrere kleinere Zimmer, denen zwar die eleganten Propor-

tionen der Räume in der Blossom-Straße fehlten, aber sie waren alle hell erleuchtet und in lebhaften Farben eingerichtet. William-Morris-Tapeten schmückten die Wände, Porträtgemälde und Drucke hingen an Bilderschienen, und in den Glastüren, die auf eine erhöhte Terrasse führten, spiegelten sich die hübschen Sträuße der Gewächshausblumen. Eine andere Doppelglastür führte zu einem entzückenden Wintergarten, den sich Louisa als Rückzug einprägte, während Sophie ihren älteren Bruder Arthur und Hauptmann Hugh Darnley, den gegenwärtigen Untermieter der Bainbridges, Rachel vorstellte.

Arthur Bainbridge war unmißverständlich das männliche Ebenbild seiner Schwester Lily – ein ernster und pferdenärrischer Mann, auf den Sophie und ihre plötzlich schüchterne Freundin wenig Eindruck machten. Der junge Dragoner schien sich dagegen sehr viel mehr für die beiden jungen Damen zu interessieren. Der tadellos sitzende Abendanzug verlieh der großen, breitschultrigen Gestalt die nötige Eleganz, und als sein Kopf sich Rachels anbetendem Gesicht zuwandte, fielen die weichen braunen Haare über die treuen Spaniel-Augen, die sie feucht und flehend ansahen. Louisa wechselte einige höfliche Worte mit Lily, die sich in ihrem metallisch blauen Taftkleid sichtlich unwohl fühlte, lächelte den beiden jüngeren Brüdern zu, die in eisigem Schweigen auf einem schweren, mit Roßhaar gepolsterten Sofa saßen, zog sich dann taktvoll in Richtung Wintergarten zurück, und als eine Gruppe gerade eingetroffener Gäste in den Raum geführt wurden, floh sie durch die Glastür.

Im Wintergarten stand beinahe hinter eingetopften Palmen und Aspidistras völlig verborgen ein altes mit Brokat bezogenes Chaiselongue, um das sich Efeu rankte und exotische Farnwedel legten. Es stand mit Blick auf den Garten, den die Nacht verhüllte. Wenn Louisa hin und wieder den Kopf drehte, konnte sie durch den Farn hindurch einen Blick in den Raum werfen, den sie vor kurzem verlassen hatte. Sophies Freundinnen schwebten mit Kleidern in allen möglichen Farben wie bunte Schmetterlinge zwischen den immer größer werdenden Gruppen junger Männer, die sie in einheitlichem Schwarz und Weiß umschwärmten. Lachen drang gedämpft zu ihr und spielerisches Klaviergeklimper. Einerseits wäre Louisa gerne bei den jungen Leuten gewesen und mit Rachel als eine Gleichgestellte in den Kreis aufgenommen worden. Aber andererseits sah sie sich und ihre Rolle praktisch und realistisch. Sie wollte nicht traurig sein und freute sich trotz allem, schob den Anflug von Einsamkeit und Neid energisch beiseite. Sie beschäftigte sich damit zu sehen und nicht gesehen zu werden, das Geschehen zu verfolgen und ihre Einsamkeit zu schützen, und wäre sehr verlegen gewesen, wenn jemand im Wintergarten erschienen wäre, um sich mit ihr zu unterhalten.

Sie saß inzwischen etwa eine halbe Stunde dort und verfolgte Rachel mit den Augen. Zufrieden stellte sie fest, daß ihr gelbes Kleid mit dem kleinen Halstuch aus Spitze und Seide durchaus sehr modisch und auch hübscher war als alle anderen Kleider. Plötzlich entdeckte sie einen neuen Gast, der zu der Gruppe trat. Der Mann hatte dunkle Haare, wurde von einem anderen zur Hälfte verdeckt, der älter und kräftiger wirkte als der schlanke junge Hussar, der zu Arthurs Freunden gehörte. Die beiden jungen Mädchen lachten gemeinsam über etwas, das der kräftige Mann gesagt hatte. Als er den Kopf in Louisas Richtung drehte, bemerkte sie eine große Narbe auf der linken Gesichtshälfte. Dann machte der Gefährte einen Schritt nach vorne, und im Bruchteil der Sekunde des Wiedererkennens schien für Louisa der Raum zu verschwimmen und zu versinken.

Atemlos und entsetzt sank ihr Kopf gegen die Farne, und das Herz klopfte gequält. Nach einigen Augenblicken richtete sie sich auf und blickte wieder in den Raum. Sie war beinahe davon überzeugt, das Opfer einer Halluzination gewesen zu sein. Aber *er* stand noch immer bei der Gruppe. Die Gestalt und das lockige Haar waren einfach nicht zu verwechseln. Louisa stellte sich hinter einen Palmwedel und beobachtete seine Bewegungen, sein höfliches Lächeln und das Lachen, mit dem er eine Bemerkung seines Freundes quittierte. Ihr entging nicht der wachsame, vorsichtige Ausdruck seiner Augen. Sie zählte sogar die Schlucke, wenn er trank. Zu ihrer Überraschung stellte sie fest, daß er sich langweilte. Eines der Mädchen unterhielt sich mit ihm. Er neigte den Kopf, um sie besser hören zu können. Louisa verrenkte den Hals, um herauszufinden, wer es wohl war, und stellte mit einem Stich der Eifersucht fest, daß Rachel auf ihn einredete. Aber sein Interesse war kaum mehr als höflich. Er lächelte, nickte und erwiderte etwas. Dann drehte er sich um und sagte etwas zu Lily, die in dem steifen blauen Kleid unbehaglich am Rand der Gruppe stand. Nach ein paar verlegenen Augenblicken unterhielt sich Lily mit ihm angeregt, und Louisa hätte alles in der Welt darum gegeben, um das Thema ihres Gesprächs zu erfahren. Weiße Zähne blitzten, als Robert plötzlich den Kopf zurücklegte und lachte. Tiefe Verzweiflung erfaßte Louisa. Wer hätte ahnen können, daß Sophies Schwester so geistreich sein konnte? Aber er verließ die Gruppe, drehte noch einmal den Kopf und verließ Lily mit einem amüsierten Lächeln. Robert bemerkte nicht, was Louisa um so deutlicher sah: Lilys bedauernden Blick, der ihm durch den Raum folgte . . .

Als Robert sich dem Wintergarten näherte, versteckte Louisa sich zwischen den Pflanzen. Als sie wieder einen Blick in den Raum wagte, unterhielt er sich mit Mrs. Bainbridge, die wie Louisas Mutter einen Charme entwickelte, den nur wenige der jungen Damen zu übertreffen vermochten. Robert stand dicht vor der Wintergartentür und somit beinahe direkt vor ihr. Von Panik erfaßt, zog Louisa sich wieder zurück.

Kurz darauf öffnete sich die Tür. Erschrocken sah sie das freundliche, lächelnde Gesicht von Mrs. Bainbridge vor sich. »Oh, Sie haben meinen Lieblingsplatz entdeckt, Miss Elliott, zu dem ich mich so gerne flüchte. Darf ich Ihnen vielleicht etwas zu trinken bringen lassen? Ein Glas Limonade oder Wein? Es gibt auch Punsch. Aber soweit ich weiß«, fügte sie mit einem leisen Lachen zu, »steigt er etwas zu Kopf.«

Louisa erhob sich und lehnte höflich ab. »Im Augenblick nicht, Mrs. Bainbridge, vielen Dank.«

Die ältere Frau sagte noch etwas, aber Louisa hört es kaum noch. Robert Duncannon stand neben ihr und betrachtete Louisa mit so unverhülltem, erfreutem Staunen, daß ihr nichts übrigblieb, als lächelnd zu erröten und den Kopf wie eine belustigte Fremde zu schütteln, die sich in einem fremden, aber angenehmen Land befindet.

Mrs. Bainbridge stand zwischen den beiden und las auf den Gesichtern so deutlich, was geschah, wie in den Büchern der Liebesromane, die sie verschlang. Sie fühlte sich fehl am Platz, wie ihr Mann das ausgedrückt hätte, und zog sich taktvoll zurück. »Welch eine Freude«, sagte Robert und schloß hinter sich die Wintergartentür. Lächelnd hob er Louisas Hand zu den Lippen. »Ich kann es kaum glauben!« fügte er hinzu. »Wirklich, Miss Elliott, ich hätte heute abend am allerwenigsten erwartet, Sie hier zu sehen – und wenn ich mir vorstelle, daß ich die Einladung beinahe abgelehnt hätte!«

Louisa konnte sich nicht auf ihre Stimme verlassen und lächelte nur, obwohl ihre Augen unwissentlich mehr von dem enthüllten, was sie sah und empfand. In dem schwarzen Abendanzug und dem gestärkten weißen Hemd kam sein dunkler Typ noch besser zur Geltung. Er schien ihr stummes, unschuldiges Kompliment zu bemerken, und seine Augen funkelten plötzlich belustigt. Als Louisa schnell die Augen niederschlug, errötete sie heftig.

»Ich wußte ja nicht, daß Sie die Bainbridges so gut kennen. Weshalb habe ich Sie hier noch nie getroffen?«

»Ich kenne sie nicht«, erwiderte Louisa mit unbeabsichtigter Schärfe, worüber sie sich ärgerte. Es fiel ihr schwer, höflich zu bleiben. »Wir sind nicht persönlich miteinander bekannt.« Sie schwieg und blickte in die erwartungsvoll auf sie gerichteten Augen. Warum nur fiel es ihr so schwer einzugestehen, eine bezahlte Gesellschafterin zu sein? Louisa zwang sich zu einem leisen Lachen. »Herr Hauptmann, Sie sollten mir wirklich nicht den Blick versperren – schließlich bin ich als Anstandsdame hier.«

Robert lachte herzlich, trat zur Seite und setzte sich auf das Chaiselongue. »Ich kann es immer noch nicht glauben!« sagte er schließlich. »Ganz bestimmt muß eine Anstandsdame in erster Linie ein gewisses Alter haben. Sie muß alt genug sein, um die eigene Jugend nicht völlig vergessen zu haben, aber auch wieder nicht so alt sein, daß sie sich *nur* noch an die Jugend erinnert!«

Louisa mußte lächeln, weil er sie mit seinen unbeschwerten Worten neckte. »Sie haben recht – leider war niemand zur Stelle, auf den diese Beschreibung zutraf. Und als Gesellschafterin von Miss Tempest wurde ich dazu – sagen wir – verurteilt.«

»Und wer von diesen Gewächshauspflanzen ist Miss Tempest?« fragte Robert und blickte durch die Farne. »Ach ja, die Kleine in Gelb«, murmelte er, als Louisa auf Rachel deutete. »Ich kann mir gut vorstellen, daß Miss Tempest Sie in Atem hält.«

»Wie kommen Sie darauf?«

Der schwarze Schnurrbart zuckte. »Hmmm, Instinkt«, murmelte er und sah wieder Louisa an. »Habe ich recht? Ja!« Er lachte. »Ich sehe es Ihnen an, und ich beneide Sie nicht um Ihren Schützling!«

»Sie ist nicht so schlimm, wie Sie glauben«, erklärte Louisa und fühlte sich plötzlich getrieben, ihre Stellung bei den Tempests und ihr Mitgefühl für die beiden Mädchen nach dem Tod der Mutter zu erklären.

»Sie haben ein gutes Herz«, erwiderte er, »aber das weiß ich bereits. Ich hoffe, die Familie Tempest weiß das zu schätzen.«
Louisa fehlten die Worte und sie betrachtete ihre Hände. Trotz des inneren Bebens fühlte sie sich seltsam ruhig. Seine unmittelbare Nähe war ihr überdeutlich bewußt. Er hatte einen Arm lässig auf die Lehne der Chaiselongue gelegt, und ein Knie unter dem schwarzen Hosenbein befand sich dicht neben ihrem Knie.
»Wissen Sie, ich habe mich seit unserer Begegnung gefragt, was Sie tun und wo Sie wohnen. Damals haben Sie mich sehr geschickt dazu gebracht, von mir zu erzählen, aber Sie haben mir praktisch nichts von sich gesagt. Trotzdem habe ich mir so einige Vorstellungen gemacht.«
Er schwieg, sie hob den Kopf und bemerkte wieder das belustigte Glitzern in seinen Augen. »Ich bin zu dem Schluß gekommen, daß Sie eine junge Dame von großer Unabhängigkeit sind. Ich habe mir gesagt, Sie sind daran gewöhnt, Befehle zu geben, und erwarten, daß man Ihnen gehorcht. Nein, runzeln Sie nicht die Stirn«, mahnte er und klopfte leicht auf den Handrücken. »Unabhängige Damen runzeln nicht die Stirn, denn sie sind über alle Kritik erhaben!«
Als Louisa lachte, legte er die linke Hand leicht, aber entschlossen auf ihre Hand. Ihr Herz schlug schneller, und sie betrachtete seine Hand. Zwei rote Narben zogen sich von der gestärkten Manschette beinahe bis zum Knöchel. Entsetzt und wie gebannt starrte sie auf die Narben und überlegte, was die Ursache dafür gewesen sein mochte, denn es waren eindeutig einmal sehr tiefe Wunden gewesen.
Robert bemerkte ihren Blick nicht, beugte sich wie ein Verschwörer an ihr Ohr und flüsterte: »Ich habe aus Ihnen eine Krankenschwester gemacht«, gestand er. »Vielleicht auch eine Lehrerin – in einer dieser sehr vornehmen Jungmädchenschulen. Wie finden Sie das?«
»Ich... ich weiß nicht, was ich dazu sagen soll«, erwiderte sie und zwang sich zu einem Lächeln. »Nur ich bezweifle, daß ich eine Krankenschwester sein könnte«
Ihre Augen verrieten sie, und er zog die Hand zurück. Einen Augenblick lang wurde er ernst. »Tut mir leid«, murmelte er, »ich hätte die Handschuhe nicht ausziehen dürfen. Ich habe die Narben vergessen – sie sind leider nicht sehr schön.«
Als er einen weißen Handschuh anzog, fragte sie: »Wie ist das geschehen? Sie haben es mir nicht verraten.«

»Habe ich das nicht getan?« Er seufzte und berührte kurz ihre Wange. »Und jetzt denke ich, ich hätte es tun sollen.« Er blickte ihr lange in die Augen, aber trotz des Lächelns, das seine Lippen umspielte, wirkte er keineswegs belustigt. »Aber das hier ist weder der Ort noch der richtige Zeitpunkt dafür, Sie ins Vertrauen zu ziehen. Eines Tages werde ich vielleicht . . . ?«

Die unausgesprochene Frage hing noch in der Luft, als plötzlich die Tür geöffnet wurde. Tommy Fitzsimmons trat zu ihnen. Lachen und Stimmengewirr drängten sich herein.

»Hier also hast du dich verkrochen, du alter Fuchs!« Er wandte sich Louisa zu, verneigte sich und entschuldigte sich für die Störung. »Mein alter Freund hat es nämlich so an sich, sang- und klanglos zu verschwinden, daß ich mir nicht sicher war, ob er sich auch diesmal wieder seinen gesellschaftlichen Verpflichtungen entzogen hat. Jedoch«, fügte er galant hinzu, »wie ich sehe, ist es nicht der Fall.«

Robert überspielte seinen Unmut einigermaßen geschickt und machte die beiden miteinander bekannt.

»Ich freue mich, Sie kennenzulernen, werte Dame«, murmelte Tommy, als er sich über ihre Hand beugte. Aber Louisa empfand nur eine befremdliche Verlegenheit. Sie fürchtete, Hauptmann Duncannon bereits zu lange in Beschlag genommen zu haben, und entschuldigte sich bei der ersten Gelegenheit.

Offenbar hatte sie ihre Pflichten unverantwortlich vernachlässigt, denn Rachel war nirgends zu sehen.

Die beiden Männer beobachteten, wie sie den Raum durchquerte. Robert nahm einem vorbeikommenden Diener ein Glas Wein vom Tablett und trank mit großen Schlucken. »Mein lieber Freund, du bist in einem äußerst ungelegenen Augenblick erschienen.«

Tommy sah ihn überrascht an. »Wirklich? Und ich dachte, ich würde dich aus einer höchst unangenehmen Lage befreien!«

»Weit gefehlt.«

»Dann entschuldige ich mich auf das aufrichtigste! Hätte ich das geahnt . . . Warum hast du das nicht gesagt? Wer ist sie? Ich habe ihr Gesicht noch nie gesehen.«

»Es ist die, von der ich dir erzählt habe.«

Tommy dachte angestrengt nach. »Doch nicht die, die du vor ein paar Wochen in der Pension kennengelernt hast?!«

Robert nickte. »Du wirst es nicht glauben. Sie ist hier mit einer Freundin der Bainbridge-Tochter.« Robert lachte plötzlich und schüttelte den Kopf. »Unglaublich – ausgerechnet hier sehe ich sie wieder! Mein Gott, sie ist schön. Findest du nicht auch?« In Gedanken versunken, entging ihm Tommys Zögern.

»Na ja . . . ja«, sagte er schließlich, aber mehr aus Höflichkeit als aus Überzeugung. Tommy bevorzugte ausgeprägtere Kurven, und wenn er an die einzigartige ätherische Schönheit Charlottes dachte, konnte er Roberts Leidenschaft für diese rosenwangige Eroberung weniger nachvollziehen.

Louisa kehrte angstvoll und besorgt zurück.

»Können Sie Miss Tempest nicht finden?« fragte Robert und stellte das Glas ab.

»Oh, ich habe sie gefunden. Sie steht mit Sophie und dem jungen Mann, der hier wohnt, in der Halle und kichert hemmungslos. Ich konnte kein vernünftiges Wort mit ihr reden und fürchte, sie hat zuviel getrunken.«

Tommy lachte. »Und ob! Sie hat den Punsch wie Limonade getrunken. Ich habe sie gewarnt, aber sie wollte nicht auf mich hören.«

Louisa schloß die Augen und sah den wutschnaubenden Albert Tempest vor sich. »Um Himmels willen! Ihr Vater wird außer sich sein – er hat ihr strengstens verboten, Alkohol zu trinken. Was soll ich nur tun?«

»Sie muß etwas essen«, erwiderte Robert, nahm ihren Arm und führte sie aus dem Wintergarten. »Sie muß etwas essen, um den Alkohol aufzusaugen, außerdem soll sie viel schwarzen Kaffee trinken. Es ist erst zehn Uhr. Also bleibt genug Zeit, um sie vor dem Nachhauseweg wieder nüchtern zu machen.«

In der Halle bot sich ihnen das Bild, wie Louisa es beschrieben hatte. Die drei saßen auf den Treppenstufen. Rachel lehnte am Pfosten des Geländers. Darnley war erst vor kurzem zum Hauptmann befördert worden, und als er Roberts vorwurfsvolles Gesicht sah, sprang er sofort auf.

»Was wird Ihr Vater sagen?« schimpfte Louisa. »Wenn er Sie jetzt sehen könnte, würde er Sie nie wieder ausgehen lassen. Sie sind aber auch wirklich unvernünftig!«

»Aber es war doch nur Punsch!«

»Mit Wein und Brandy«, sagte Robert trocken.
»O je . . . Vater wird schimpfen!« Sie kicherte.
»Ja gewiß – und deshalb müssen wir Sie nüchtern machen«, murmelte Robert grimmig entschlossen. »Sie müssen jetzt viel essen, mein Fräulein – also fangen wir an.« Er holte einen Stuhl und überließ sie Louisas Obhut, während er zum kalten Büfett ging. Wenige Minuten später kehrte er mit drei reichlich gefüllten Tellern zurück.
Unter den wachsamen Augen ihrer entschlossenen Retter fügte sich Rachel. Als sie die zweite Tasse Kaffee getrunken hatte, jammerte sie plötzlich: »Mir ist übel!«
»Frische Luft!« verordnete Robert und half ihr beim Aufstehen. »Kommen Sie. Hier dürfen Sie sich nicht übergeben, denn dann wird man Sie nie wieder einladen.«
An der Garderobe stieß Tommy zu ihnen.
»Hol unsere Mäntel, Tommy. Wir brauchen etwas frische Luft.« Er begleitete sie hinaus, legte seinen Mantel um Rachel und reichte Roberts Mantel seinem Freund für Louisa. Die für die beiden Frauen überlangen Mäntel schleppten über den Kies, während sie einmal bis zum Ende des Weges und wieder zurück zum Haus gingen. Der schmale Pfad führte durch die Büsche; die spinnenartigen kahlen Zweige und Ranken zwangen sie, paarweise und hintereinander zu gehen. Robert blieb an Louisas Seite und fiel zurück, während Tommy sein Versehen wiedergutmachen wollte und taktvoll mit Rachel voraus eilte.
»Ich hätte sie nicht aus den Augen lassen dürfen«, Louisa seufzte schuldbewußt, »anstatt mich im Wintergarten zu verkriechen.«
»Haben Sie sich dort verkrochen?« fragte er überrascht.
»Weshalb?«
»Oh, Sie wissen doch, wie das ist«, erwiderte Louisa und schwieg dann. Mit einem leisen Lachen sagte sie: »Sie natürlich nicht. Gut, ich will ehrlich gestehen: Ich habe mich davor gefürchtet, fehl am Platz zu sein.«
Einen Augenblick lang schwieg er. Und als der Wind plötzlich durch die Zweige fuhr, legte er tröstend einen Arm um ihre Schulter. »Ich weiß sehr wohl, was Sie meinen«, sagte er ernst. »Ich komme mir sehr oft fehl am Platz vor, obwohl ich die meisten vom Sehen und dem Namen her kenne . . . und obwohl ich weiß, was man von mir erwartet, welche Art Konversation und sogar wieviel ich essen und trinken darf!« Er

lachte plötzlich und drückte ihre Schulter. »Ich stehe oft da, höre zu und frage mich, was um alles in der Welt ich dort tue. Ich gehe im Grunde genommen nur in Gesellschaft, weil man es von mir *erwartet*. Es gehört leider zu meinem Beruf.«
»Wirklich?«
»Wirklich. Und an diesem Teil meiner Pflichten habe ich lange, lange wenig Freude gehabt. Der Abend heute«, gestand er mit einem Lächeln, »war sehr bemerkenswert. Und wissen Sie weshalb? Weil Sie hier sind – weil wir miteinander gesprochen haben – weil es ...«
»Anders war?« Sie lachte.
»Bitte seien Sie nicht sarkastisch, Miss Elliott. Ich versuche, Ihnen Komplimente zu machen.«
»Weshalb sollte die Wahrheit sarkastisch sein?« fragte sie. »Ich *bin* anders. Zumindest anders als die jungen Damen, die heute abend hier vertreten sind. Ich bin fünfundzwanzig, arbeite für meinen Lebensunterhalt und bin im großen und ganzen für mich und mein Verhalten selbst verantwortlich. Niemand macht sich darüber Gedanken, ob *ich* in Begleitung oder mit einer Anstandsdame das Haus verlasse. Aber wenn ich die Tochter einer reichen und vornehmen Familie wäre, dann bezweifle ich, daß ich jetzt mit Ihnen hier allein sein könnte!«
Robert unterdrückte ein Lachen. »*Touché,* Miss Elliott. Habe ich in dieser kleinen Rede richtig gehört: ›Laß mich los, Schurke!‹«
»Wenn Sie das glauben«, erwiderte sie heftig, »dann bitte!«
Er lachte wieder. »Wenn ich den Eindruck hätte, daß Sie sich im geringsten vor mir fürchten, dann würde ich es tun. Aber Sie fürchten sich nicht vor mir, oder?«
»Nein«, log sie, »natürlich nicht.«
»Sie zittern nur, weil es kalt ist?«
»Selbstverständlich.«
»Das habe ich mir gedacht«, murmelte er, und dieser Gedanke schien ihn unglaublich zu amüsieren. »Sie sind hinreißend, wissen Sie das? Ich wünschte mir, Sie hätten Erbarmen für die Reichen und Vornehmen. Geld und gesellschaftliche Stellung sind nicht alles. Das kann ich Ihnen versichern.«
Seine Worte klangen spöttisch, aber sie hörte darunter, daß er es ernst meinte. »Gewiß, Herr Hauptmann. Aber wie viele Menschen verstehen das wirklich?«

»Ich, zum Beispiel«, erwiderte er.
Sie gingen schweigend auf dem Kiesweg, der zwischen Blumenbeeten und gepflegten Rasen entlangführte. Tommy und Rachel liefen bereits sehr viel weiter vor ihnen. Lautes Lachen, das ihnen der Wind zutrug, verriet, daß die zwei bereits wieder so unbeschwert und fröhlich wie vorher waren.
»Die Zähigkeit der Jugend«, bemerkte Robert. »Ach, ehe ich es vergesse, wie geht es Mrs. Elliott?«
»Sehr viel besser. Sie ist wieder ganz die alte.«
»Wie schön. Ich muß sie wieder besuchen und mich dann richtig bei ihr bedanken.«
»Sie wird sich bestimmt darüber freuen.«
»Ich hoffe, ich darf sie oft besuchen – um Sie zu sehen.«
Louisa richtete sich angespannt auf und spürte daran, daß der Druck seiner Hand nachließ, daß er es bemerkte. Sie wollte ihn wiedersehen. Sie sehnte sich nach den unbeschwerten Rededuellen und seinen unvermittelten ernsten Momenten. Er war attraktiv und sehr charmant. Louisa wußte auch, daß sein Interesse für sie mehr als schmeichelhaft war. Es kostete sie große Mühe, sich einzugestehen, daß eine Fortsetzung der Beziehung vergeblich wäre. Wie sehr sie es sich auch wünschte, sie konnte nie Teil seiner Welt sein, und er würde nie wirklich in ihrer Welt aufgenommen werden.
»Ist das ein guter Gedanke?« fragte sie sanft.
»Ich weiß es nicht«, gestand er, »vielleicht nicht. Aber ich möchte Sie wiedersehen.«
Die Runde durch den Garten war zu Ende. Tommy und Rachel warteten auf sie vor dem Haus. Als die beiden sich nach ihnen umdrehten, nahm Robert diskret den Arm von ihrer Schulter.
»Es geht mir viel besser«, erklärte Rachel, »aber ich glaube, ich muß mich jetzt setzen.«
»Führe sie in den Wintergarten, Tommy«, sagte Robert, »Miss Elliott und ich folgen euch sofort.« Die beiden gingen ins Haus, und Robert ließ Louisas Einspruch nicht gelten. »Sie braucht Sie im Augenblick nicht. Sie freut sich über Tommys Gesellschaft, und er wird dafür sorgen, daß ihr nichts geschieht. Das verspreche ich.«
Er drehte sich ihr zu, zog den Mantel enger um ihre Schultern. Sie spürte seine Finger auf ihren Haaren und an ihrer Wange. Im tanzen-

den Licht der Laternen vor dem Portal richteten sich seine Augen dunkel und sehr ernst auf sie.

»Ich möchte Sie wiedersehen, Louisa. Und ich möchte Sie sehr gern küssen.«

Das Herz unter der eng geschnürten Korsage setzte einige Schläge aus, dann entgegnete sie mit dem Versuch von Leichtigkeit: »Glauben Sie wirklich, daß Sie das tun sollten?«

Mit einem verschmitzten Lächeln schüttelte Robert den Kopf.

»Zweifellos sollte ich das nicht – es ist sehr unschicklich. Aber ich möchte es.«

Er neigte den Kopf, sie stellte sich auf die Fußspitzen und drückte leicht ihre Lippen auf seine Wange. Es sollte eine Geste des Dankes für einen unvergeßlichen Abend sein und eine leichte Vorsichtsmaßnahme gegen die Versuchung, die sein Mund bedeuten konnte. Aber ehe sie sich zurückziehen konnte, nahm er sie in die Arme.

Er spürte ihre Abwehr und erwiderte ihren zarten schmetterlingshaften Kuß mit Zärtlichkeit. Seine Lippen berührten ihren Mund wie Honig. Die Versuchung, die sie hatte vermeiden wollen, stellte sich plötzlich mit aller Süße ein und weckte Gefühle, die sie so energisch hatte unterdrücken wollen. In plötzlicher Verwirrung wich sie nicht zurück, sondern blieb mit offenen und fragenden Augen wie gebannt stehen. Ihre Lippen öffneten sich in stummer Einwilligung.

Er küßte sie noch einmal, und sie spürte die Erleichterung, eine aufsteigende Wärme und eine überwältigende Antwort, die an sie noch größere und noch heftigere Forderungen erhob. Als die Zärtlichkeit der Leidenschaft wich, schien sich ihre Seele zu erheben, sich zu weiten und in einer berauschenden und betäubenden Woge über sie hereinzubrechen. Sprachlos und benommen umklammerte sie ihn und spürte nur das flüchtige und unvergeßliche Gefühl der Vereinigung und Einheit.

Für Robert war dieses Erlebnis ebenso überwältigend. Er hatte sich den ganzen Abend nach ihr gesehnt und wollte nur den kurzen Geschmack dieser verführerischen Lippen. Doch während er sie in den Armen hielt, war die Welt vergessen. Er erlebte in den wenigen Augenblicken eine solche Tiefe des Gefühls, ein so intensives körperliches Verlangen, daß beinahe jede Fessel fiel. Er empfand nur das verzweifelte Bedürfnis, sie auf der Stelle zu nehmen, und mußte sich zum Innehalten zwingen.

Er küßte ihre Haare und das Gesicht. Dann schob er sie entschlossen von sich. Wütend auf sich, fürchtete er, daß seine Geste zu abrupt gewesen sei, denn ihre Augen wirkten verwundet und schienen ihn sogar anzuklagen, als sie ihm den Mantel zurückgab und sich zum Gehen wendete.

Robert drückte den Mantel fest an sich und lehnte sich gegen die Säulen. Mit zitternden Fingern entzündete er eine dringend benötigte Zigarette. Er sog den erlösenden Rauch in die Lunge und blies ihn bebend aus. Er überlegte, ob jemand sie am Fuß der Treppe in dieser allesvergessenden Umarmung gesehen hatte. Als Verstand und Körper sich etwas beruhigten, konnte er wieder vernünftiger denken. Er war froh, daß er sie noch kurz und zärtlich in den Armen gehalten und ihr ein paar verzweifelte und beteuernde Worte ins Ohr geflüstert hatte, ehe sie sich von ihm löste. Er wußte nicht mehr, was er gesagt hatte, und hoffte jetzt nur, daß es die richtigen Worte gewesen waren, damit sie nicht zu offensichtlich verstört zu Rachel zurückkehrte.

Wie immer sie sich verhalten mochte, Tommy würde Bescheid wissen, oder es sich sehr wohl ausmalen können. Mit einem resignierten Seufzer drückte Robert den Zigarettenstummel aus und hoffte auf den Takt seines Freundes.

Unerklärlicherweise schien niemand ihre Abwesenheit bemerkt zu haben. Als er durch das überfüllte Zimmer ging, unterhielten sich alle sehr angeregt. Darnley spielte Klavier, während Sophie für einen kleinen Kreis Verehrer sang. Kein vorwurfsvoller Blick richtete sich auf Robert. Die Standuhr auf dem Kaminsims schlug dreiviertel vor elf.

Tommy unterhielt die beiden Damen im Wintergarten mit seinem unerschöpflichen Fundus an Geschichten. Abgesehen von einer erhobenen und vielsagenden Augenbraue unterließ er jeden Kommentar. Rachel war blaß, aber fröhlich. Tommys routinierter Charme schmeichelte ihr, und darüber vergaß sie alles andere.

Louisa schien nur darauf bedacht, die Aufmerksamkeit der beiden nicht auf sich zu lenken.

Sie stand etwas abseits zwischen den Farnen. Die blaßgrünen Wedel umschmeichelten die schlichte Eleganz ihres Kleides. Die Wangen wirkten blasser und die Lippen geröteter als zuvor. Als ihre unendlich verwundeten Augen sich auf ihn richteten, durchbohrten sie sein Herz.

Verzeih mir, flehte er stumm und erwiderte ihren Blick, denn ich liebe dich, und ich möchte dich mehr als alles auf der Welt ...
Und dann dachte er an Charlotte.
Er senkte schnell den Kopf, denn er fürchtete, Louisa würde zuviel sehen.

10

Rachel klagte am nächsten Tag über Kopfschmerzen und blieb im Bett. Louisa begleitete Albert Tempest und seine kleine Tochter wie üblich zum Gottesdienst in die Kirche in der Priory-Straße.
Das große Gebäude war bis zur Empore hinauf beinahe voll, und der Gastprediger sprach emphatisch zur andächtig versammelten Gemeinde. Aber Louisas Kopf verschloß sich den endlosen, pathetischen Gebeten. Sie ließ ein Bild von Robert Duncannon nach dem anderen an sich vorüberziehen: Er saß neben ihr, stand vor Rachel, lehnte an der Wintergartentür, und seine elegante Gestalt spiegelte sich im Glas. Sie sah das erregte, flehende Gesicht und seine eindringlichen Augen, die sich auf sie richteten. Beim Lachen bildeten sich Fältchen um die lange, gerade Nase, unter dem schwarzen, gelockten Schnurrbart leuchteten die weißen Zähne. Ihr Körper sehnte sich nach dem Gefühl seiner Nähe, und ihre Lippen brannten, als sie sich an seine Küsse erinnerte. Sie hörte wieder die zärtliche, verzweifelte Bitte wie ein sanftes Streicheln: »Warum kannst du nicht immer bei mir bleiben?« Und dann danach diese schreckliche Traurigkeit, die sie zu zerreißen schien, denn sie verstand den Grund nicht.
Es hatte sich keine Gelegenheit zu einem Gespräch mehr geboten. Louisa fürchtete, daß ihre Augen sie verraten könnten, und war auch dem flüchtigsten Blick ausgewichen. Verwirrt drängte sie Rachel um halb zwölf zur Droschke, und nur im allerletzten Moment wirkte Roberts langer Händedruck beim Abschied wie eine Beteuerung. Glücklicherweise stellte Rachel keine peinlichen Fragen, da sie nur allzusehr mit ihrem Erfolg beschäftigt war. Sie berichtete sehr zufrieden von jedem Kompliment des hübschen Dragoneroffiziers und von den bewundernden Blicken des jungen Arthur Bainbridge. Sie gab ihrer Gesellschafterin nur einen Grund zur Beunruhigung: Robert Duncannon

hatte offenbar großen Eindruck auf Rachel gemacht. Als Louisa sich die falschen Hoffnungen anhörte, die dieser Mann unbewußt in Rachel geweckt hatte, war sie sehr dankbar für die verschwiegene Dunkelheit in der Droschke.

Mrs. Petty machte köstlichen Yorkshire-Pudding, und das Mittagessen am Sonntag war meist ein erfreulicher Anlaß. Dem vielen Essen waren Rachel und Louisa diesmal jedoch nicht gewachsen. Albert Tempest saß vor dem Berg Roastbeef, Bohnen, Kartoffeln und Rübenpüree und musterte höchst mißbilligend die vollen Teller, auf denen die beiden lustlos herumstocherten.

»Aha, jetzt sehe ich, wozu das Herumtreiben in Gesellschaft bei den jungen Damen führt. Die Damen sind ja so weiß wie das Tischtuch.«

»Es war ein wundervoller Abend, Vater. Aber ich habe sehr spät noch unglaublich viel gegessen und bin deshalb heute überhaupt nicht hungrig.«

»Gottes gute Gaben dürfen nicht zurückgewiesen werden. Das ist eine schlimme Sünde, Rachel. Ich wünsche, daß jeder seinen Teller leer ißt! Ich dulde nicht, daß in meinem Haus etws weggeworfen wird. Fleisch, Victoria? Bohnen, mein Schatz?« Er füllte den Teller der Kleinen noch einmal und nahm sich selbst das restliche Rübenpüree.

Rachel sah eindeutig krank aus, aber sie fügte sich den Wünschen ihres Vaters und bat dann um Erlaubnis, am Nachmittag die Bainbridges besuchen zu dürfen. Sie erklärte, es sei ein Gebot der Höflichkeit. Albert Tempest hielt sich an seinen Glauben, der verlangte, an einem Sonntag Gott zu ehren und die Bibel zu lesen, aber schließlich willigte er ein. Er konnte sich nicht leisten, daß es hieß, seine Tochter besitze keine Manieren und habe es unterlassen, sich für die erwiesene Gastfreundschaft zu bedanken. Den Bainbridges kreidete er jedoch an, daß eine solche Geste der Höflichkeit an einem Sonntag erforderlich war.

»Ich möchte aber, daß du vor Einbruch der Dunkelheit wieder zurück bist«, murmelte er verdrießlich. »Ich möchte nicht, daß du an den Kasernen vorbeifährst, wenn das Gesindel zum Flanieren in die Stadt zieht.«

Louisa zog diesmal ihr schwarzes Kleid an und den eigenen Mantel. Dann begleitete sie Rachel zur Haltestation der Trambahn in der Blossom-Straße. Der von Pferden gezogene Wagen rollte am Micklegate entlang, über die Ousebrücke, erreichte die Clifford-Straße und kam am Schloß vorbei, während unterwegs immer mehr Fahrgäste einstiegen. An einem Sonntag waren es aber nicht allzu viele. Die meisten wollten zum Friedhof. Eine junge Frau in Louisas Alter drückte sich an ihnen vorbei. Sie trug ein Baby auf dem Arm, und ein schmutziges kleines Kind hing ihr an den Rockschößen. Rachel zog die Beine voll Widerwillen an sich, als sie sich an ihnen vorbeidrängte. Die junge Frau bemerkte es und ließ den Kopf hängen. Sie wurde über und über rot, als sie aus dem Wagen stieg.

»Miss Rachel, das war sehr unfreundlich von Ihnen.«

»Das ist mir gleichgültig – sie waren schmutzig. Haben Sie es nicht gerochen?«

»Darum geht es nicht«, erwiderte Louisa kühl. »Möchten Sie, daß man Sie verachtet, wenn Sie so jung und verwitwet oder ohne eigenes Verschulden arm wären?«

Über Rachels Gesicht zog ärgerliche Röte. Sie warf den Kopf zurück und sagte: »Ich wünsche doch, Louisa, daß Sie Ihre Stellung nicht vergessen. Sie sind meine Gesellschafterin, *nicht* meine Gouvernante. Ich möchte von Ihnen nicht noch einmal wie ein Kind zurechtgewiesen werden – haben Sie das verstanden?«

»O ja«, erwiderte Louisa ruhig und sah mit Erleichterung die Haltestelle. Sie gingen schweigend den Rest des Weges zum Haus der Bainbridges.

Bei Tag wirkte es noch eindrucksvoller mit den Rhododendronbüschen entlang der Auffahrt und dem alten Efeu, das sich mit sattem, dunklem Grün über die roten Klinker der Ostmauer rankte. Als sie die Stufen zum Eingang mit der Klingel hinaufstiegen, fragte sich Louisa wie Robert am Abend zuvor, ob jemand ihr gewagtes Verhalten gesehen haben mochte . . . Plötzlich sehr verlegen, schlug sie die Augen nieder, als derselbe Hausdiener ihnen die Tür öffnete.

Sie bemerkte Robert, als man sie in das Wohnzimmer führte, aber in der ersten Aufregung der Begrüßung und dem Umverteilen der Sitzplätze gelang es ihr, seinen durchdringenden Blicken auszuweichen.

Die versammelte Gesellschaft wirkte auf Rachel wie ein Stärkungsmittel. Sie war plötzlich wieder lebhaft und bester Laune und bedankte sich überschwenglich für die Party. Mrs. Bainbridge erkundigte sich eingehend nach ihrem Befinden, und als Sophie ihr flüsternd einige Fragen stellte, schüttelte sie nur lachend den Kopf. Der junge Hauptmann

Darnley entschuldigte sich bei ihr in aller Form, was sie huldvoll über sich ergehen ließ, und sogar Sophies Bruder erkundigte sich besorgt nach ihrem gesundheitlichen Befinden.
Robert nickte Louisa höflich zu und führte dann das Gespräch mit Major Bainbridge fort, während Louisa eingehend eine Folge von Jagdstichen an der Wand betrachtete und versuchte, ruhig und gelassen zu wirken.
Mrs. Bainbridge ließ mehr Tee kommen, und als man ihn servierte, wandte sie sich an Louisa. Sie plauderten unverfänglich über den vergangenen Abend. Mit einem gewissen Unterton machte Mrs. Bainbridge eine Anspielung auf Rachels Mißgeschick mit dem Punsch.
»Für jemand, der nicht viel älter ist als sein Schützling, ist es doch eine große Verantwortung, *in loco parentis* zu handeln.«
»O Mrs. Bainbridge, Miss Rachel war schon wieder völlig in Ordnung, als wir zu Hause ankamen«, beteuerte Louisa. »Sie hat heute morgen über leichte Kopfschmerzen geklagt, aber das hatte vermutlich mit der Aufregung insgesamt zu tun.«
»Sie haben vermutlich recht. Aber diese jungen Mädchen sind so dumm – Sophie ist genauso. Und Lily«, sie verdrehte die Augen und seufzte vielsagend, »Lily ist natürlich ein anderes Problem. Ich kann sie nicht aus den Pferdeställen locken. Dort ist sie auch im Augenblick. Sie ließ sich nicht zum Bleiben überreden und wollte bedauerlicherweise auch nicht unsere Gäste empfangen.«
Louisa entnahm dieser Bemerkung, daß Mrs. Bainbridge in ihrem Haushalt die Fäden nicht alle fest in der Hand hielt. Aber sie machte ihr deshalb keinen Vorwurf. Mrs. Bainbridge war im Grunde eine liebenswürdige Frau, und Louisa spürte an der entspannten Atmosphäre im Haus die ungezwungene Großzügigkeit; das machte das Leben hier so viel angenehmer als in der Blossom-Straße. »Bitte, machen Sie sich um Rachel keine Sorgen.«
»Aber ich tue es. Oh, Miss Elliott, ich sollte Sie nicht mit unseren kleinen Problemen behelligen. Sagen Sie – stammen Sie eigentlich aus York?«
Louisa bejahte die Frage.
»Und Ihr Vater?«
Mit geübter Unbeschwertheit erklärte Louisa, ihre Mutter sei Witwe, und sie habe noch zwei Schwestern.

»Und sie verdienen sich ebenfalls ihren Lebensunterhalt?«
»Meine kleine Schwester ist noch zu Hause, aber Blanche arbeitet bei Mrs. Devine.«
»Ah!« rief Mrs. Bainbridge mit einem wissenden Lächeln. »Der Schnitt Ihres Kleides ist mir doch aufgefallen. Es ist wirklich äußerst elegant. – Hat Ihre Schwester das Kleid für Sie genäht?«
»Nun ja – beinahe«, erwiderte sie trocken.
»Und sagen Sie mir, kennen Sie Hauptmann Duncannon schon lange?«
Louisa wurde abwechselnd rot und blaß, worauf ihre Gastgeberin verschwörerisch lächelte. »Keine Angst«, sagte sie und tätschelte Louisa freundlich die Hand, »Ihr Geheimnis ist bei mir sicher. Er ist wirklich ein charmanter Mann, aber leider ein Einzelgänger.«
»Ich kenne ihn nur flüchtig«, widersprach Louisa, »wir sind uns vor ein paar Wochen zufällig begegnet.«
Mrs. Bainbridge lächelte wieder. »Wenn Sie meine Meinung hören wollen, meine Liebe. Er ist in Sie vernarrt. Und er könnte keine bessere Wahl treffen, da Sie so gut mit Kindern umgehen können.«
Verwirrt schüttelte Louisa den Kopf. »Ich verstehe nicht.«
»Oh, er ist verwitwet. Wußten Sie das nicht? Er hat eine kleine Tochter, und ich weiß aus zuverlässiger Quelle, daß er ziemlich reich ist. Verstehen Sie, er hat Besitz in Irland.«
Louisa wußte nichts, aber sie hatte den Eindruck, daß Mrs. Bainbridge ihre Zunge noch weniger im Zaum halten konnte als ihren Haushalt. Besorgt, daß ihr Gespräch mit den entsprechenden Ausschmückungen wiederholt werden könnte, dachte Louisa angestrengt über eine klare Antwort nach. »Ich weiß nichts über die persönlichen Belange von Hauptmann Duncannon, Mrs. Bainbridge. Wir haben uns bisher nur kurz und sehr allgemein unterhalten. Ich bezweifle, daß sein Interesse an mir mehr als Höflichkeit verrät. Meine gesellschaftliche Stellung«, fügte sie ernst hinzu, »ist viel zu bescheiden, um auf beiden Seiten etwas anderes aufkommen zu lassen. Wenn Sie jetzt bitte erlauben, Miss Rachel und ich müssen wieder gehen. Mr. Tempest hat uns aufgetragen, noch vor Einbruch der Dunkelheit wieder zurück zu sein.«
Die ältere Frau wirkte verletzt, und das tat Louisa leid.
»Entschuldigen Sie bitte, ich weiß, Sie haben es gut gemeint, aber... wir müssen wirklich gehen.« Louisa erhob sich verlegen und gab

Rachel das Zeichen zum Aufbruch. Sie wiederholte noch einmal den Dank für die Gastfreundschaft am vergangenen Abend und wußte, der Aufbruch kam überstürzt. Er war unhöflich, und Rachel zeigte sich darüber keineswegs erfreut.

Als der Hausdiener ihre Mäntel brachte, folgte ihnen Robert in die Halle und bot leichthin an, sie zur Hauptstraße zu begleiten.

Louisa litt noch größere Qualen und wünschte ihn weit, weit weg. Aber Rachel fühlte sich geschmeichelt und dankte ihm mit einem liebenswürdigen Lächeln. Nur wenn sie Louisa ansah, wurde ihr Blick steinern vor Zorn.

Es regnete inzwischen, und der Gehweg war naß. Rachel jammerte, öffnete den Regenschirm und hob den Rock ohne Rücksicht auf die zur Schau gestellten Knöchel und Unterröcke.

»In Irland ist das für uns gutes Wetter«, bemerkte Robert und lächelte belustigt.

Louisa nahm wortlos die Schleppe ihres Kleides hoch. Ihr entging sein anzüglicher Blick auf ihre Füße nicht, und sie hätte am liebsten den Rocksaum im Schmutz schleifen lassen.

»Tun Sie es nicht«, sagte er, »Sie ruinieren das hübsche Kleid.«

Zornig blickte sie zur Seite und schäumte innerlich über seine mangelnde Diskretion. Sein Verhalten widersprach allem, was sie Sophies Mutter gesagt hatte, und als sie an diese Bemerkungen dachte, krümmte sie sich wieder vor innerer Qual und lief, ohne es zu merken, schneller, als sehne sie sich danach, wieder in der Trambahn zu sitzen und zurück in der Blossom-Straße zu sein.

»Du meine Güte, Louisa, gehen Sie langsamer. Das ist doch kein Wettrennen«, ermahnte Rachel sie ärgerlich. »Sie wollten unbedingt die Bainbridges verlassen, aber deshalb müssen wir doch jetzt nicht laufen!«

»Ist etwas nicht in Ordnung?« fragte Robert ruhig.

»Mr. Tempest möchte, daß wir vor Einbruch der Dunkelheit wieder zu Hause sind.«

Er verstand ihre schlechte Laune nicht und suchte ihre Augen, aber sie vermied es entschlossen, ihn anzublicken. Bedrückt und auch etwas verletzt glaubte er inzwischen, sie verüble ihm den Vorfall vom vergangenen Abend.

Robert fragte Rachel: »Ist es eine lange Fahrt, Miss Tempest?«

»Leider«, gestand sie, »wir wohnen in der Blossom-Straße nur ein paar Häuser vom Nonnenkloster entfernt, worüber Vater nicht sehr glücklich ist.«

Robert unterhielt sich mit Rachel über belanglose Dinge, bis der Tramwagen vorfuhr. Trotz Louisas eisigem Schweigen half er den beiden Damen hinauf auf die Plattform, verabschiedete sich mit einem angedeuteten Salut und einem Winken und ging dann mit schnellen Schritten in Richtung Kaserne.

Rachel schimpfte leise, aber wütend den ganzen Weg nach Hause. Sie erging sich in bissigen Bemerkungen über Louisas schlechte Manieren gegenüber den Bainbridges und gegenüber Hauptmann Duncannon, dessen Interesse zu wecken doch so wichtig war. Louisa starrte blicklos durch das Fenster in den Regen und schwieg. Wieder im Haus, entschuldigte sie sich mit Kopfschmerzen und zog sich in die sichere Einsamkeit des Unterrichtszimmers zurück.

Zwei Tage später erhielt Louisa einen Brief. Der einfache, aber teure Umschlag war mit einer energischen und ihr unbekannten Handschrift adressiert. Aber der Yorker Poststempel gab ihr einen deutlichen Hinweis auf den Absender. Sie überging Moiras fragenden Blick und schob den Brief in die Tasche.

Erst am Abend hatte sie eine ungestörte Gelegenheit, den Brief zu lesen. Unter dem Vorwand, die Stunden für den nächsten Tag vorzubereiten, ging sie mit dem Tee auf dem Tablett hinauf in das Unterrichtszimmer. Sie zog Stuhl und Tisch noch näher an das Feuer, denn es war ein bitterkalter, windiger Abend, entzündete die Petroleumlampe und breitete ihre Bücher aus.

Erst dann öffnete sie Roberts Brief.

»Meine liebe Miss Elliott«, begann er, »ich zögere, Sie weniger förmlich anzusprechen, da ich an Ihr Schweigen bei unserer letzten Begegnung denke und Ihren Zorn fürchte. Ich kann nur glauben, daß Sie mir die mangelnde Zurückhaltung am Abend zuvor nicht verzeihen.

Die Anwesenheit von Tommy Fitzsimmons und Miss Tempest und später der anderen Leute machten die ruhigen Worte unmöglich, die ich sehnsüchtig mit Ihnen wechseln, und die Dinge, die ich sagen wollte. Ich habe die Bainbridges am Sonntagnachmittag nicht nur deshalb besucht, um mich zu bedanken, sondern in der sicheren Hoffnung, Sie wiederzusehen, um möglichst ein Treffen zu verabreden, damit wir uns einmal ungestört unterhalten könnten. Denn es gibt einige Dinge, die ich Ihnen sagen muß. Ich sehne mich danach, Sie wiederzusehen und sei es auch nur, um mich persönlich bei Ihnen zu entschuldigen. Seit der Begegnung in jener Nacht denke ich beinahe ununterbrochen an Sie. Deshalb Miss Elliott – Louisa – bitte ich Sie aus der Tiefe meines sündigen Wesens: Bitte verzeihen Sie die stürmische Umarmung. Glauben Sie mir, das wird sich nicht wiederholen, wenn Sie einwilligen, mich zu sehen. Ihr gehorsamer Diener,

Robert Duncannon.«

Louisa las den Brief zweimal; dann noch ein drittes Mal und verschlang jedes Wort. Abgesehen von familiären Nachrichten oder Antworten auf Bewerbungen um eine Stelle hatte sie noch nie einen Brief von einem Mann bekommen. Sie betrachtete die Unterschrift und lächelte: »Ihr gehorsamer Diener«, das klang vornehm und bescheiden, außerdem wirkte es rührend komisch. Louisa erinnerte sich an seine Küsse und berührte die Lippen. Sie wußte, auch wenn sie hundert Jahre leben sollte, sie würde diese Küsse nie vergessen. In Gedanken verurteilte sie Mrs. Bainbridge zu schweren Strafen für die Worte, die ihre heftige Reaktion ausgelöst hatten und dazu führten, daß er glaubte, sie beleidigt zu haben. Louisa blickte wieder auf den Brief und überlegte, was er ihr wohl sagen wollte. Wenn man Sophies Mutter glauben sollte, dann war er Witwer und Vater. Das warf ein anderes und wärmeres Licht auf ihn. Vielleicht war seine Frau erst vor kurzem nach langer und schwerer Krankheit gestorben. Das wäre eine Erklärung für die grenzenlose Trauer, die sie in seinen Augen entdeckt hatte. Die Anspielung auf jene Nacht ihrer ersten Begegnung ließ sie wieder an die Narben denken, an den »Unfall«, den er so geschickt überging. Sie hatte viel Zeit damit verbracht, *nicht* an Robert Duncannon zu denken, und erkannte plötzlich, daß sie sehr wenig über ihn wußte. Jetzt spürte sie das heftige Verlangen, *alles* über ihn zu wissen, jede noch so winzige Einzelheit seines Lebens von der Schulzeit bis heute. Er besaß eine Tochter. Wie die Kleine wohl heißen mochte?

Spontan schrieb sie eine Antwort, aber brach etwa in der Hälfte ab, zerriß das Blatt Papier in kleine Stücke und verbrannte sie.

Als sie versuchte, den Grund ihres Zorns am Sonntagnachmittag zu erklären, wurde ihr bewußt, wie gefährlich eine Beziehung zu ihm sein konnte. York war eine Stadt, aber wenn es um Klatsch ging, dann war es ein kleines Dorf. Gewisse Leute kannten gewisse Leute, die gewisse Leute kannten. Neugierige würden sich mit ihrer Herkunft beschäftigen, und selbst, wenn sie ihm die Wahrheit anvertraute und er sie trotz allem, was durchaus ihren kühnsten Träumen entsprach, lieben konnte, dann wäre Klatsch einfach nicht zu ertragen. Die Verachtung wäre für sie beide schlimm genug, aber es war unerträglich, daß ihre Mutter in all das hineingezogen werden würde.

Wäre er ein einfacher Soldat, dann wäre alles so einfach. Aber Robert stammte aus einer sehr vornehmen Familie, und er war so sehr Teil der Gesellschaft, daß er eine Beziehung mit Louisa Elliott nicht unbemerkt eingehen konnte.

11

Moira hatte dienstags nachmittags frei und kam meist abends um halb acht wieder in die Blossom-Straße zurück. An diesem Dienstag brachte jedoch Mrs. Petty und nicht Moira um halb neun den Tee ins Wohnzimmer.

Rachel hob den Kopf nicht von ihrem Buch, aber Louisa bedankte sich erstaunt bei der Köchin.

Mrs. Petty schnaufte laut. Sie war eine kleine, dünne Frau, die jede Kleinigkeit und überhaupt alles im Leben reizte. Ihre Mundwinkel hingen unzufrieden nach unten. Die dünnen grauen Augenbrauen zog sie in einem ständigen Stirnrunzeln zusammen, und ihre zänkischen Nasenflügel bebten unbeherrscht. »Moira ist noch nicht zurück«, erklärte sie verstimmt, »und diese Ellen ist schrecklich erkältet. Ich habe sie ins Bett geschickt – bei der Hilfe, die sie mir heute war, hätte sie ebensogut den ganzen Tag liegen bleiben können.«

»Wie freundlich von Ihnen, Mrs. Petty«, erwiderte Louisa ruhig, »haben Sie Mr. Tempest schon gesagt, daß Moira noch nicht zurück ist?«

Mrs. Petty schnaubte ärgerlich und schüttelte den Kopf. »Es würde mich nicht wundern, wenn sie auf und davon wäre. Diese Iren! Na ja, die haben eben alle kein Gefühl für Verantwortung . . .«

»Da irren Sie sich bestimmt, Mrs. Petty. Moira ist normalerweise um diese Zeit längst wieder da. Vielleicht ist ihr etwas zugestoßen oder bei ihr zu Hause ist ein Unglück geschehen – wir wissen es nicht. Ich glaube, Sie sollten Mr. Tempest benachrichtigen. Er müßte in seinem Arbeitszimmer sein.«

Als Mr. Tempest die Neuigkeit erfuhr, ärgerte er sich, und als Moira am nächsten Morgen immer noch nicht wieder aufgetaucht war, reagierte er höchst gereizt. Mrs. Petty erklärte, sie könne unmöglich kochen *und* gleichzeitig Frühstück servieren, denn dann sei niemand mehr in der

Küche. Ellens Nase lief ununterbrochen. Sie nieste beim Tischdecken ständig und mühte sich umständlich mit der Wurst, den Eiern und Speck ab. Louisa litt unter der Nervosität des Mädchens und hätte Ellen am liebsten geholfen. Rachel schnalzte bei jedem Fehler mit der Zunge, und ihr Vater wurde jedesmal puterrot, wenn er auf die Uhr blickte. Empört erklärte er schließlich, das Porridge sei das einzig Eßbare auf dem Tisch. Die Spiegeleier seien verlaufen, der Speck kalt und der Toast so zäh wie Leder. Rachel und Victoria senkten bei seinen heftigen Vorwürfen bedrückt die Köpfe, und Louisa sah sich genötigt, ihre Hilfe anzubieten. Daraufhin wurde er puterrot, schob heftig den Stuhl zurück und lehnte das Angebot entschieden ab.

»Aber wenn Sie etwas tun wollen, Miss Elliott – gehen Sie und suchen Sie das dumme Ding. Mrs. Petty kann Ihnen sagen, wo sie ihre freie Zeit verbringt. Ich möchte wissen, ob sie ihre Stelle aufgibt, denn dann werden wir andere Maßnahmen treffen.« Nach einem letzten Blick auf die Taschenuhr stürmte er aus dem Haus. In der Küche stand Ellen heulend und niesend am Spülbecken vor dem Berg Geschirr. Mrs. Petty trank eine belebende Tasse Tee und funkelte sie wütend an.

Als Louisa sich nach Moiras Adresse erkundigte, schrieb Mrs. Petty sie auf ein Blatt des Notizblocks, den sie aus ihrer Schürzentasche zog. Sie brummte: »Ich glaube, Sie müssen den Unterricht ausfallen lassen, wenn Sie das finden wollen. Mich können Sie nicht fragen. Ich bin noch nie im Leben in Walmgate gewesen, und ich lege auch keinen besonderen Wert darauf«, erklärte sie abschätzig. Sie zog die Mundwinkel noch mehr nach unten und fuhr fort: »An Ihrer Stelle wäre ich sehr vorsichtig, Miss.«

»Oh, ich nehme mich schon in acht, Mrs. Petty. Keine Sorge.« Schnell besprach sie Victorias morgendlichen Unterricht mit Rachel, die sich bereit erklärte, der Kleinen beim Lernen zu helfen. Dann ging Louisa in ihr Zimmer, um Hut und Mantel zu holen. Sie entschied sich nicht für den aufgearbeiteten schwarzen Samthut, sondern für einen alten braunen Fellhut mit einem unmodernen breiten Rand und einem grauen Seidenripsband. Sie biß sich auf die Lippen und bedauerte, daß ihr alter Mantel sich noch im Haus in der Gillygate befand. Der schwarze Mantel war auch nicht gerade neu, aber sie hatte das Gefühl, er werde in Walmgate auffällig elegant wirken. Schließlich nahm sie aus einem unbestimmten Impuls heraus noch ein paar Silber- und Kupfermünzen

aus einem Kästchen, das in der obersten Schublade der Kommode stand, und steckte sie in die Tasche. An diesem kalten, feuchten Tag verdunkelte bereits jetzt ein dichter Dunst den bleigrauen Himmel über der Stadt. Nebelschwaden trieben über den Fluß, verhüllte Lastkähne und Schiffe und dämpften die Rufe der Männer. Hin und wieder tauchten geisterhaft Masten und Sparren, Ausleger und Winden und die oberen Stockwerke der Lagerhäuser an der Ousebrücke auf. Gegen Abend würde der schwefelhaltige Nebel die Stadt unter sich begraben. Louisa kannte die Zeichen gut. Sie zitterte und betete, daß es ihr gelingen werde, Moira zu finden und mit ihr vor Einbruch der Dunkelheit wieder in der Blossom-Straße zu sein.
Louisa lief eilig durch die Stadtmitte, kam an Albert Tempests Druckerei in der Fossgate vorbei und überquerte die schmale Brücke über dem stehenden Wasser des Foss. Die dichten Dunstschwaden verhüllten gnädig das flache, begradigte Flußbett, in das die Abwässer der Umgebung flossen. Der Fluß war kaum mehr als eine offene Jauchegrube und zog sich durch das ärmste Viertel in der Stadt. Winter für Winter überflutete dieser Krankheitsherd die tiefliegenden Straßen zu beiden Seiten, und in der Sommerhitze stieg ein unerträglicher Gestank von ihm auf und verpestete die Luft. Hinter der halbwegs respektablen Fassade von Fossgate – der Rückseite der Tempestdruckerei – standen einige der verruchtesten Häuser von York. In jeder Woche brachten die Zeitungen Berichte über ehrbare Männer, die von Prostituierten und ihren Zuhältern abgefangen und ausgeraubt worden waren. Louisa sah sich nicht um. Es erschien ihr unvorstellbar, daß sich jemand in dieser abstoßenden, stinkenden Umgebung zu Sinnlichkeit und Laster verführen lassen sollte. Sie bedauerte die gestrandeten weiblichen Wracks. Die grausame Erniedrigung zwang diese Frauen zu einem schrecklichen Leben. Allein der Gedanke daran ließ ihr das Blut erstarren, und Louisa war froh, daß sie wenigstens bei Tag hier entlang gehen konnte.
Sie dachte an Edward und Mr. Tempest, die an dunklen Winterabenden nach Hause liefen. Waren sie je von den Frauen auf der Straße angesprochen worden? Wie beurteilten sie die Halbwelt, die hinter Fossgate begann? Der sanfte, disziplinierte und fleißige Edward ließ wenig offene Sexualität erkennen, und sie konnte sich nur vorstellen, daß er für diese unglücklichen Frauen nichts als Mitleid empfand. Albert Tempest dagegen hatte sicher wenig Mitgefühl für diese Wesen. Er gehörte

Louisas Meinung nach eher zu den Männern, die sich von Sinnlichkeit verführen ließen, wenn der Preis stimmte und die Bettücher einigermaßen sauber waren. Albert Tempest bemühte sich angestrengt, den Eindruck zu erwecken, er sei vornehmer Herkunft, aber sein unbeherrschtes Wesen verriet ihn deutlicher, als er ahnte. Louisa dachte an die merkwürdigen Blicke, bei denen sie ihn öfter überraschte – Blicke, die sie vor Verlegenheit rot werden ließen und ihr das Gefühl gaben, es gehe ihm um etwas, das man kaufen konnte. Mit einem Frösteln des Abscheus nahm sie sich erneut vor, auf der Förmlichkeit zu bestehen, die Distanz zwischen ihr und ihrem Arbeitgeber schuf. Viele Frauen gerieten im Hause ihres Dienstherrn unter die Räder, und nur allzuoft brachte sie ein solcher Sturz auf diese Straßen hier.
In Walmgate gab es mehr Pubs und Bierhäuser als in jeder anderen Gegend der Stadt. Selbst jetzt am Vormittag drückten sich Männer in den warmen Hauseingängen herum. Louisa spürte, wie man sie mit abschätzenden Augen verfolgte und jedes Zögern beim Gehen beobachtete. Louisa musterte die dunklen und schmutzigen Gassen und Gäßchen, die von der Hauptstraße abzweigten, suchte Straßenschilder, um sich zu orientieren, und dachte verzweifelt, sie werde in diesem Labyrinth der Höfe und Durchgänge niemals Butcher's Yard finden. Sie wußte nicht einmal, auf welcher Straßenseite sie die Adresse suchen sollte. Sie wagte nicht, die Männer zu fragen; auch die Frauen erwiderten ihre unsicheren Blicke nur mit Feindseligkeit und musterten ihre gute, warme Kleidung mit unverhülltem Haß und Neid. Louisa hatte sich beinahe schon entschlossen, Walmgate zweimal der ganzen Länge nach abzugehen, als sie plötzlich ein Kind entdeckte. Es war ein ungefähr sieben- oder achtjähriger Junge, der mit hungrigen Augen sehnsüchtig die Auslagen eines Bäckers betrachtete. Sie näherte sich dem Laden langsam wie eine Kundin, die sich die Brotlaibe und Brötchen hinter der schmutzigen Scheibe ansehen wollte. Dann zog sie einen Penny aus der Tasche und fragte den Jungen nach der Adresse. Der Kleine sah sie überrascht und mißtrauisch an. Er besaß das Wissen eines halbverhungerten Gassenjungen, für den alles Fremde feindlich ist, und er sah den Penny direkt vor sich.
Er starrte auf die Münze und sagte langsam: »Vielleicht weiß ich es.«
»Wenn du mich hinbringst – genau dorthin, verstehst du? Ich möchte die Leute zuerst sehen . . ., dann bekommst du den Penny.«

»Butcher's Yard, sagen Sie. Wie heißen die Leute?«
»Hanrahan.«
»Es ist im Hinterhof. Das finden Sie nie. Ich bring Sie hin.«
Er lief vor Louisa her. Ihr schnitt es durchs Herz, als sie die schmutzigen Lumpen an dem kleinen Körper sah und die blaugefrorenen Beine. Fleiß, Sparsamkeit und Glück hatten ihre Familie vor dem Strudel der Armut bewahrt. Als Kind hatte Louisa jedoch genug gesehen, um zu wissen, daß manchen das Festhalten an der Ehrbarkeit nur mühsam gelang und sie nur allzuleicht von Krankheit und Arbeitslosigkeit nach unten gezogen wurden.
Butcher's Yard lag weniger als fünfzig Schritte entfernt auf derselben Straßenseite. An der Ecke blieb der Kleine stehen und musterte mit alten Augen prüfend ihr Gesicht.
»Kommen Sie von der Behörde?«
»Von der Schulbehörde? Nein, da mußt du dir keine Gedanken machen.«
»Von der Aufsichtsbehörde, vom Arbeitshaus, meine ich. Sind Sie gekommen, um sie abzuholen?«
»Wen?« fragte Louisa und runzelte die Stirn.
»Die alte Ma Hanrahan – na ja, alle glauben, daß sie stirbt.«
»Ach? Wie schrecklich – also deshalb ...«
Der kleine Junge starrte sie an. »Wer sind Sie?«
»Ich komme nicht von einer Behörde«, erwiderte sie ruhig, »Moira Hanrahan ist meine Freundin. Ich bin gekommen, um nach ihr zu sehen. Vielleicht kann ich ihr helfen«, fügte sie plötzlich hinzu. Er nickte zufrieden. Jetzt glaubte er, daß sie nicht zu den Feinden gehörte. »Also gut. Ich gehe voran, aber bleiben Sie dicht hinter mir.« Nach diesen Worten lief das magere Kerlchen in die Gasse, und sie erreichten einen schlammigen Hof mit einer Pumpe in der Mitte, um den ein paar zerlumpte, ungepflegte Frauen standen und sich unterhielten. Die eine entdeckte Louisa; augenblicklich verstummten alle und wurden zu Statuen. Unverhülltes Mißtrauen und Feindseligkeit schlugen Louisa entgegen. In der dumpfen, feuchten Luft stieg ihr der beißende Geruch von Fäkalien in die Nase. Sie mußte heftig schlucken. Während sie dem Jungen nacheilte, suchte sie in der Tasche das parfümierte Taschentuch, um damit Mund und Nase zu bedecken. Der Junge verschwand wieder in einem Durchgang, der an winzigen Backsteinhäusern und einem

stinkenden Schlachthaus vorbeiführte. Plötzlich umgab sie ein süßlicher Geruch nach Blut und stinkenden Exkrementen; Louisa blieb wie angewurzelt stehen. Sie kämpfte gegen die Übelkeit an und den heftigen Drang davonzulaufen. Sie wollte einen möglichst großen Abstand zwischen sich und diesen ekelerregenden Ort bringen. Sie rief dem Jungen mit erstickter Stimme zu, er solle auf sie warten. Er kam zurück, und als er das Entsetzen in ihren Augen sah, versteinerte sich sein Gesicht vor Verachtung. Ungeduldig griff er nach ihrem Mantel und zog sie mit sich in die schwarze dunkle Gasse. Etwas Nasses schlug ihr gegen das Gesicht. Sie schrie auf, aber der Junge murmelte, es sei nur zum Trocknen aufgehängte Wäsche und zog sie weiter, bis sie im düsteren Licht einen anderen Hof erreichten; Louisa rannte inzwischen beinahe. Sie preßte sich das Taschentuch auf den Mund und lehnte sich einen Augenblick atemlos an die feuchte Mauer. Sie starrte auf den klebrigen, glitschigen Schlamm auf der Erde. Das durfte einfach nicht wahr sein! Sie entdeckte einen verwahrlosten Schweinestall, hörte die aufgeregt grunzenden Tiere und roch den Misthaufen an der Seite des winzigen Hofs mehr, als daß sie ihn sah, dessen schwarze Jauche über den Schlamm lief und vermutlich auch in die Hütten, vor deren Wänden er sich als schwarze, stinkende Masse auftürmte. Louisa schloß die Augen und atmete flach durch den Mund. Sie wollte den Gestank in diesem kleinen luftlosen Hof nicht riechen.
Als sie die Augen wieder aufschlug, deutete der Kleine mit dem knochigen Arm in die andere Ecke. »Da leben sie, die Hanrahans«, sagte er schlicht.
»Wirklich?« fragte sie schwach und konnte nicht glauben, daß die liebe, fröhliche und muntere Moira in einer solchen Umgebung leben sollte.
Ihr kleiner, vom Leben abgehärteter Führer nickte stumm und zeigte offen seine Verachtung für Louisa. Plötzlich durchzuckte sie der Gedanke, daß er vermutlich in einer ähnlich verwahrlosten Umgebung lebte. Sie biß die Zähne zusammen, hob entschlossen das Kinn, ließ den Rocksaum im Schlamm schleifen und überquerte den aufgeweichten Hof. Als sie an der offenen Tür einer Hütte vorbeikam, zerrte jemand ein winziges Kind hinein, das dort gespielt hatte, und schlug die Tür heftig zu. Louisa glaubte flüchtig, Gesichter hinter der schmutzigen Glasscheibe zu sehen, aber sie waren sofort wieder verschwunden.

Trotzdem spürte sie, wie Augen ihre unsicheren Schritte verfolgten und sie in allen Einzelheiten aufnahmen – bestimmt auch ihre gute Kleidung und den kaum verhüllten Ekel.
An der Hütte der Hanrahans hing die Tür windschief am Rahmen und bot nur notdürftig Schutz vor neugierigen Augen. Auf Louisas leises Klopfen geschah nichts, aber als sie fester klopfte, öffnete sich die Tür knarrend von allein, und Louisa blickte in einen armseligen Raum mit gestampftem Lehmboden und einer wackligen Holztreppe, die nach oben führte. Neben einem schwarzen und leeren Kamin stand ein zerbrochener Stuhl. In einer Ecke lag ein Strohsack; als sie und der Junge zögernd eintraten, huschte eine Ratte in die tiefe Dunkelheit unter der Treppe.
»Es ist niemand da«, flüsterte sie dem Jungen zu.
Er zuckte die Achseln. »Vielleicht oben«, erwiderte er und deutete zur Treppe.
Louisa räusperte sich, aber als sie »Moira!« rief, klang ihre Stimme leise und unsicher. Sie rief noch einmal und diesmal etwas lauter. Als Antwort hörte sie, wie sich oben jemand bewegte. Die Tür am Ende der Treppe öffnete sich einen Spalt, und eine wütende, undeutliche Stimme schrie, sie sollten sich um ihre eigenen Dinge kümmern.
Der Junge wurde nervös und forderte seinen Penny von Louisa. Sie schüttelte heftig den Kopf und umklammerte seine dünnen Schultern. Sie rief ihren Namen und sagte, sie sei gekommen, um Moira Hanrahan zu sprechen. Die Tür flog sofort auf. Sie sahen ein Paar Stiefel, einen Rock und den langen Unterrock darunter. Im schwachen Licht, das in die Hütte drang, erkannte Louisa die Gestalt erst, als sie am Fuß der Treppe angekommen war, und dann sah sie auch Moiras Gesicht. Die schwarzen, lockigen Haare waren zerzaust, die normalerweise rosigen Wangen weiß und blau verfroren. Moira sank Louisa beinahe in die Arme.
»Miss Elliott – oh, Miss Elliott – Gott sei Dank!« rief sie, als Louisa sie an sich drückte.
»Bekomme ich jetzt meinen Penny?« fragte der Junge.
»Natürlich«, erwiderte Louisa und löste sich langsam aus Moiras Armen. Vor Erleichterung nahm sie zwei Pennys aus der Tasche. Der Junge lächelte sie schief an, schloß blitzschnell die Finger um die Münzen, und dann verschwand er auf der Stelle.

Moira konnte nicht aufhören zu weinen und achtete auch nicht auf die Tränen, die ihr über das Gesicht rannen. »Bei allen Heiligen, Miss Elliott, ich bin ja so froh, Sie zu sehen. Aber ich schäme mich, daß Sie *das* hier sehen. Verraten Sie mich nicht, versprechen Sie mir das? Versprechen Sie, Mrs. Petty oder Miss Tempest . . . nicht zu sagen, was das . . . das hier für ein Loch ist?!«

»Aber warum sollte ich? Beruhigen Sie sich und erzählen Sie mir, was geschehen ist.«

»Meine Ma liegt im Sterben«, erwiderte Moira tonlos und begann zu schluchzen. Es dauerte eine Weile, bis Louisa sie beruhigen konnte und zwischen Moiras gequälten Ausrufen die ganze Geschichte erriet. Als Moira am Tag zuvor nach Hause gekommen war, lag ihre Mutter schwerkrank im Bett. Sie hatte Grippe, und im Zimmer drängten sich die Frauen aus der Nachbarschaft. Ansonsten war das Zimmer jedoch leer. Die wenigen Möbel der Familie fehlten. Moira kam zu der falschen Schlußfolgerung, die Frauen hätten alles gestohlen und jagte sie wütend aus der Hütte. Erst später stellte sie fest, daß ihr junger Bruder Sean der Übeltäter gewesen war.

Moira lief zum Pub, wo er hinter der Bar arbeitete, und was sie dort zu hören bekam, ließ ihre Tränen noch hemmungsloser strömen, als sie es Louisa erzählte. Seit Monaten redete Sean nur noch von der Fahrkarte nach Amerika und sparte auf Kosten der Mutter. Schließlich nahm er alles, was sich irgendwie verkaufen ließ, und brachte es zum Pfandleiher. Schluchzend und jammernd über soviel Undankbarkeit verfluchte Moira ihn. Er hatte die Mutter ohne Essen und ohne Feuer krank hier zurückgelassen, und sie werde an gebrochenem Herzen sterben.

»Und er hatte doch die Nerven, Ma zu sagen, es gehe ihr bald wieder gut. Der Kerl hat einfach gesagt, ich käme nachmittags zurück und würde mich um sie kümmern!«

Innerlich bebend folgte Louisa Moira die wacklige Treppe hinauf. Die alte Frau lag auf einer schmalen Pritsche und schien zu schlafen. Moira hatte sie mit ein paar dünnen Decken und ihrem Mantel zugedeckt. Aber das Zimmer war ungeheizt, und es gab auch keinen Ofen. Abgesehen von einem Haufen Stroh und einer hölzernen Seekiste befand sich nichts in dem Raum.

»Sie *wird* sterben, wenn sie hier bleibt«, erklärte Louisa. Sie legte der alten Frau die Hände auf die glühende Stirn und auf die eiskalten

Hände. Dann fühlte sie den unregelmäßigen und schwachen Puls am Handgelenk. »Sie braucht Wärme und Pflege. Warum holen Sie keinen Arzt?«

Moira senkte den Kopf. »Wir haben nicht genug Geld für einen Arzt.«

»Aber sie sollte schnellstens ins Krankenhaus«, entgegnete Louisa.

»Sie meinen ins Arbeitshaus«, sagte Moira bitter, »Ma würde lieber hier sterben, als dort die Augen aufschlagen.«

Louisa widersprach ihr heftig. »Das dürfen Sie nicht sagen! Wie können Sie Ihre Mutter so einfach sterben lassen? *Sie* können sie nicht gesund pflegen. Sie können hier nicht einmal heizen!«

Moira schüttelte hartnäckig den Kopf. »Sie kommt nicht ins Arbeitshaus. Ich werde es schon irgendwie schaffen.«

Louisa seufzte erbittert und sah sich um. »Dann müssen wir sie nach unten tragen und ein Feuer anzünden. Können Sie keinen der Nachbarn bitten, uns zu helfen?«

»Sie mögen mich nicht, seit ich ausgezogen bin«, gestand Moira, »und gestern habe ich die Frauen alle hinausgejagt, als ich dachte, sie hätten uns die Stühle und Sachen geklaut.«

Schließlich gelang es Louisa, sie dazu zu bewegen, zum Pub zu gehen, wo Sean hinter der Bar gearbeitet hatte. Louisa hoffte, der Wirt werde aus Mitleid vielleicht tatkräftig helfen. Um ihr das Bitten zu erleichtern, gab sie Moira die Münzen, die sie eingesteckt hatte.

Es schien eine Ewigkeit zu dauern, bis sie zurückkam. Aber sie brachte einen kräftigen Freund von Sean mit, der sich bereit erklärt hatte, Moira zu helfen. Er warf Louisa wie ein scheues Pferd einen erschrockenen Blick zu. Wortlos ging er zum Herd und zündete mit dem Holz und den Kohlen, die sie mitgebracht hatten, ein Feuer an. Zögernd reichte er Moira einen Flachmann mit Brandy, den der Wirt ihm gegeben hatte. Dann trug er zuerst die Pritsche nach unten und dann die kranke Frau.

Das Geschehen lockte Neugierige aus den anderen Hütten herbei. Ein kleines Mädchen undefinierbaren Alters mit geröteten Augen und einer tropfenden Nase wurde von einer der Frauen in die Hütte geschoben. Zögernd und ängstlich fragte das Kind, ob irgend etwas zu tun sei. Ehe Moira es wieder wegschicken konnte, bedankte sich Louisa freundlich und ging mit dem Mädchen hinaus zu der Mutter, die im Hof stand

und ihr Umschlagtuch über den Kopf und bis in die Stirn gezogen hatte.
»Wenn jemand Zeit hat und so freundlich wäre, sich zu Mrs. Hanrahan zu setzen, würde ihre Tochter sich bestimmt darüber freuen«, sagte Louisa langsam und deutlich. »Ein Feuer brennt, und ich werde etwas zu essen schicken.«
Die Augen der Frau streiften sie kurz. Mit der großen Zehe im durchlöcherten Stiefel bohrte sie im Schlamm. Schließlich nickte die Frau. »Ich könnte das machen«, sagte sie leise.
»Es gibt leider keine Stühle.«
»Ich bringe einen Stuhl mit«, sagte die Fau und ging zu ihrer Tür.
Als Louisa in die Hütte zurückkehrte, forderte sie Moira auf, mit dem restlichen Geld etwas zu essen zu kaufen. »Ich muß jetzt in die Blossom-Straße zurück, sonst glaubt Mr. Tempest, ich sei auch davongelaufen. Der Nebel wird immer dichter, und es ist bald völlig dunkel. Ich werde versuchen, morgen wiederzukommen, aber ich kann es nicht versprechen. Wenn Sie mich brauchen, dann laufen Sie zur Druckerei in der Fossgate. Das ist nicht allzuweit von hier, und Mr. Tempest wird mich benachrichtigen.«
Aber bei dieser Vorstellung geriet Moira noch mehr in Panik.
»Er wird sie abholen lassen«, schluchzte sie. »Ma wird sterben, ich weiß es. Aber sie soll nicht dort sterben. Mr. Tempest wird die Aufsichtsbehörde benachrichtigen. Das weiß ich!«
»Moira«, erklärte Louisa energisch, »ich werde ihm sagen müssen, was geschehen ist. Wenn ich es nicht tue, wird er glauben, Sie sind davongelaufen, und wird ein anderes Dienstmädchen einstellen. Sie können sich nicht leisten, die Stelle zu verlieren oder? Ich verspreche Ihnen, ich werde alles richtig machen – ich verspreche es!«
Unsicher und verlegen ließ Moira die Frau mit der Tochter ins Haus und brachte Louisa durch das labyrinthische Netz stinkender Gassen zur Hauptstraße zurück. Sie trennten sich am Bäckerladen, wo Louisa am Vormittag den kleinen Jungen entdeckt hatte. Der Geruch nach frischem Brot erinnerte sie daran, daß sie den ganzen Tag über nichts gegessen hatte. Aber das schien im Augenblick nicht so wichtig zu sein.
Am anderen Ende von Walmgate wurde der Nebel noch dichter. Einzelne Gestalten kamen ihr wie Gespenster mit gedämpften Schritten entgegen. Es war unmöglich, die andere Straßenseite zu sehen, und es

wurde mit jeder Minute dunkler. Louisa bekam es mit der Angst zu tun. Alles, was sie über diese Gegend gehört und gelesen und was sie heute gesehen hatte, regte ihre Phantasie an. Ihre Gedanken überschlugen sich. Sie wich vor jedem Schatten zurück und lauschte angestrengt auf verdächtige Geräusche. Weiter vorne sah sie die Stange des Laternenanzünders und hoffte, sie könne dem Mann bis zur Fossgate folgen und von dort in die vertrauteren Gegenden der Stadt gelangen. Aber der Mann kam auf sie zu und ließ die brennenden Gaslampen wie schwach leuchtende Glühwürmchen zurück, die Louisa halfen, ihren Weg durch den dichten, erstickenden Nebel zu finden. Er brannte ihr in den Augen, bis sie die tanzenden Rußteilchen vor sich zu sehen glaubte. Der giftige Dunst drang ihr in Mund und Nase, und sie schmeckte seine beißende Schärfe. Ihren Augen und Ohren konnte sie nicht mehr trauen und glaubte schließlich, sie werde verfolgt. Sie schob jeden Gedanken an die Blossom-Straße beiseite und hoffte nur noch, in der Druckerei in der Fossgate Sicherheit zu finden. Würde sie denn nie die Brücke erreichen? Panik erfaßte Louisa. Sie begann zu laufen und schließlich zu rennen. Plötzlich stellte sie fest, daß die Lichter der Laternen verschwunden waren, und sie spürte Pflastersteine unter den Füßen. Sie hatte sich verirrt.

Das Geräusch von Pferdehufen und quietschenden Rädern verstärkte ihre Angst. Verzweifelt rannte sie weiter, stolperte über eine Bordsteinkante und fiel gegen eine Backsteinmauer.

12

Edward und Mr. Tempest waren entsetzt über den Zustand, in dem Louisa bei ihnen eintraf. Mr. Tempest bot ihr sogar eine Tasse Tee in seiner Porzellantasse an und ließ eine Droschke rufen, mit der sie in die Blossom-Straße fahren sollte. Er beteuerte immer wieder, er habe nicht geahnt, in welchen Umständen Moira lebte.

Edward war außer sich darüber und schockiert über Louisas blutige und geschwollene Wange. »Es ist seine Pflicht, so etwas zu wissen«, schimpfte Edward, als er Louisa in die Droschke half. Die Sorge in seinen Augen verriet mehr von seinem Schreck, als ihm bewußt war. »Das ist eine gefährliche Gegend, Louisa. Du hast Glück gehabt – es hätte sehr viel schlimmer ausgehen können.«

»Es ist ja alles in Ordnung«, versicherte sie ihm, aber sie wußte sehr wohl, was er ihr sagen wollte: Man hätte ihr in dieser Gegend sehr leicht Gewalt antun können.

»Du darfst nie wieder dorthin gehen. Versprichst du mir das?«

Louisa seufzte. »Das habe ich bereits Mr. Tempest versprochen«, erwiderte sie ruhig. »Aber ich bezweifle, daß er Moira irgendwie helfen wird.«

»Wenn Moira hierher kommt und Hilfe braucht«, sagte Edward beruhigend, »dann werde ich mich selbst darum kümmern.«

Erschreckende Bilder von Walmgate verfolgten Louisa an diesem Abend. Hütten mit dünnen Mauern und eingesunkenen Dächern, der nasse Lehmboden in dem trostlosen Raum und Moiras Mutter, die in der klammen, schwachen Wärme des rauchenden Feuers mühsam nach Luft rang.

Sie hatte sich die Haare gewaschen und vor dem Feuer im Unterrichtszimmer getrocknet, sich gründlich gewaschen, die Wäsche gewechselt

und sich umgezogen. Aber noch Stunden später roch sie die faulige Luft der verwahrlosten Hinterhöfe.
Am nächsten Tag war Louisa müde, unruhig und so gereizt, daß sie mit Victoria keine Geduld hatte – mit Rachel erst recht nicht. Sie mußte ihr Versprechen halten, die Wahrheit über Moiras Leben im Slum für sich zu behalten und sagte wenig mehr, als daß Moiras Mutter krank sei und Hilfe brauchte. Deshalb sei Moira nicht in die Blossom-Straße zurückgekehrt. Louisa war froh, daß ihr Sturz einen so banalen Grund hatte, und nach einer Weile verstummten die Fragen der beiden Mädchen.
Moira erschien abends. Albert Tempest sprach mit ihr in seinem Arbeitszimmer. Außer ihm war nur Louisa anwesend. Er wollte nicht, daß die Ohren seiner Töchter mit unnötigen Einzelheiten belastet würden.
Moira zitterte vor Kälte und der Nachwirkung eines Schocks. Sie berichtete nur die Fakten: Die Mutter war in den frühen Morgenstunden gestorben. Der Arzt hatte den Tod festgestellt, und man hatte die Leiche ins Leichenschauhaus gebracht. Man würde sie in einem öffentlichen Grab beisetzen, da es kein Geld für eine richtige Beerdigung gab.
Albert Tempest murmelte ein paar nichtssagende Beileidsworte, aber Louisa fand, die Angelegenheit berühre ihn wenig. Moiras Mutter war römisch-katholisch gewesen. Damit gehörte sie in seinen Augen offenbar in die Vorhölle und verdiente kein Mitgefühl; sie war eine der unwürdigen, wertlosen Armen, für die es gegenstandslos war, wo sie begraben wurden. Er gab Moira jedoch die Erlaubnis, an dem Begräbnis teilzunehmen.
Louisa ging hinterher mit Moira in die Küche, damit sie etwas Warmes trinken und essen konnte. Sie überhörte Mrs. Pettys unwirsches Schnauben und Zungenschnalzen und bot Moira einen Platz neben dem warmen Herd an.
Später begleitete sie Moira in das winzige Zimmerchen im zweiten Stock, um mit ihr unter vier Augen zu reden. Sie war das ihrem Gewissen schuldig, und sie wollte die Ärmste auch trösten. Louisa erkundigte sich, ob Moiras Familie schon immer in Butcher's Yard gelebt hatte, und die Augen der jungen Frau füllten sich mit Tränen. Sie schüttelte nur stumm den Kopf. »Als wir nach York kamen, wohnten wir in

einem anständigen Haus am Fishergate Postern. Pa hatte eine gute Stelle bei der Bahn und rührte keinen Tropfen an. Gott sei seiner Seele gnädig. Er kam ums Leben, als ich zehn war – und dann ging es mit uns bergab. Ma gab sich große Mühe, aber sie besaß einfach nicht die Gabe, die Familie zusammenzuhalten – die älteren Geschwister verließen uns, verstehen Sie, und gaben ihr nur hin und wieder ein paar Shillinge, wenn sie etwas übrig hatten. Ma landete schließlich in Butcher's Yard. Das war vor ein paar Jahren, nachdem ich anfangen mußte zu arbeiten. Es war nichts Besonderes. Ich war eine Dienstbotin wie Ellen. Aber es war eine gute Stelle – ich weiß nicht, warum ich sie aufgegeben habe. Nun ja«, sagte sie achselzuckend, »auch das ist Arbeit, und nachdem Ma nicht mehr da ist, kann ich daran denken, mir etwas anderes zu suchen. Ich habe eine Schwester in London – vielleicht kann sie mir etwas Besseres besorgen.«

Moira sprach mit ungewöhnlicher Ruhe. Louisa hörte deutlich den irischen Dialekt und sagte, man könnte glauben, sie lebe erst seit kurzem in York.

»Ach, wissen Sie«, erwiderte Moira mit einem schiefen Lächeln, »wenn es um Geheimnisse ging, sprachen Ma und Pa immer gälisch. Und in Walmgate leben nur Iren – es ist eine zweite Heimat für Iren geworden, seien sie nun aus Donegal oder County Cork. Sie hassen sich alle wie die Pest«, fügte sie leise lachend hinzu, »samstags abends prügeln sie sich scharenweise!«

Auch Louisa lachte, obwohl sie nicht genau wußte warum, denn Schlägereien schienen ihr kein sehr amüsantes Freizeitvergnügen zu sein. »In welcher Grafschaft sind Sie denn geboren?«

»Ich? Ich bin in Waterford geboren – das heißt in der Stadt Waterford. Für Sie wäre das natürlich keine Stadt, Miss Elliott – abgesehen von den Slums kann man es nicht mit York vergleichen...« Moira beschrieb die Armut, die fehlende Arbeit und erzählte von den Gründen, die ihre Eltern bewogen hatten, Irland zu verlassen. Louisa hörte voll Entsetzen zu.

Waterford rief ihr Robert Duncannon wieder deutlich ins Bewußtsein. Er schien ihr geradezu ins Ohr zu flüstern: »Reichtum und gesellschaftliche Stellung sind nicht alles«, und seine Aufrichtigkeit tat ihr weh. Vielleicht war das für ihn nicht alles, aber selbst ein winziger Teil dieses Reichtums konnte bei Menschen wie Moira und ihrer Familie

Wunder bewirken. Das Wissen, daß die Stellung seiner Familie auf dem Leid anderer beruhte, war ihr unerträglich. Sie glaubte, ihm nie wieder in die Augen sehen zu können, ohne gleichzeitig an Moiras Mutter in der menschenunwürdigen Hütte zu denken und an den kleinen Jungen, der als Kind bereits ein alter Mann war.

13

Als Louisa am Samstagmorgen zu Hause eintraf, bearbeitete Bessie gerade den kalten Küchenherd mit Ofenschwärze. Ein kleines Päckchen mit dem weichen Graphitpulver stand neben einem Krug zum Anrühren und Mischen der Paste auf einer Zeitung neben dem Herd inmitten von Bürsten und Lappen. Bessie polierte mit Nachdruck die Herdplatte. Bei Louisas Begrüßung hob sie den Kopf und die schwarzen Hände. Die Nase war komisch verschmiert. Louisa gab der alten Frau lachend einen Kuß auf die Stirn.

»Mit der schwarzen Nasenspitze sehen Sie beinahe so hübsch aus wie ich, Bessie.«

Unwillkürlich fuhr sich Bessie mit dem Handrücken über die Nase, und Louisa lachte laut. »Jetzt haben Sie es nur noch schlimmer gemacht!«

Bessie richtete sich ärgerlich auf und sah Louisas aufgeschürfte Wange. »Ach du liebe Zeit, kommt das von Ihrem Sturz? Mr. Edward hat uns erzählt...«

»So schlimm ist es nicht, Bessie. Die Wunde ist inzwischen verkrustet, und deshalb sieht es schlimmer aus, als es ist. Aber ich gebe zu, ich war froh, daß ich auf dem Weg durch die Stadt hierher niemandem begegnet bin, den ich kenne.«

Bessie räumte Bürsten und Lappen zusammen und brummte: »Ach übrigens, für Sie kommt heute Besuch.«

»Besuch? Wer ist es denn?«

»Dieser Herr, der hier gewohnt hat und an Miss Elizabeths Beerdigung plötzlich aufgetaucht ist.«

Louisa rettete die Tigerkatze vor Bessies Füßen und vergrub das Gesicht in dem weichen Fell, um ihre plötzliche Erregung zu verbergen. »Sie meinen Hauptmann Duncannon?«

»Ja, ihn«, erwiderte Bessie und rümpfte die Nase. Dann entzündete sie das bereits vorbereitete Feuer. Als es brannte, rieb sie die Herdplatte mit Scheuerstein, wobei sie die Flammen nicht aus den Augen ließ und Louisa glücklicherweise nicht beachtete, die gedankenverloren das seidige Fell streichelte. Die Katze schnurrte und leckte Louisa, während sie die Pfoten immer wieder ekstatisch gegen ihre Schultern und Brust drückte.

»Er kam neulich abends hier vorbei – ich glaube am Donnerstag. Es war noch sehr neblig, aber ich denke, er kam mit einer Droschke . . . Er unterhielt sich mit Miss Mary im Wohnzimmer. Ich habe ihnen Tee gebracht. Sie muß ihm wohl von dem Sturz erzählt haben, denn er sagte, er werde Sie heute besuchen, um zu sehen, wie es Ihnen geht.«

Louisa stöhnte innerlich auf. Er *beschloß*, sie an einem Tag zu besuchen, an dem sie sich elend fühlte und häßlich aussah. »Sie scheinen nicht viel davon zu halten, Bessie«, bemerkte Louisa und überlegte, ob sie es ablehnen konnte, ihn zu sehen.

Bessie rümpfte wieder die Nase und kauerte sich vor das Feuer. »Also, Miss Louisa, ich will ehrlich sein – Miss Emily hat mich gewarnt, als er hier wohnte. Sie hat ständig wiederholt: ›Mit dem gibt es Ärger.‹ Und ich kann mir nicht helfen, ich glaube, sie hat recht gehabt. Ich weiß, Sie sind ein anständiges Mädchen. Aber mir gefallen seine Absichten nicht.«

Die Katze miaute empört, als Louisa sie unwillkürlich heftig an die Brust drückte. Sie wurde plötzlich wütend. Ganz gleich, was sie über Robert Duncannon dachte, Bessie hatte nicht das Recht, ihn zu verurteilen. »In dieser Hinsicht sollten Sie sich keine Gedanken machen, Bessie«, sagte sie kühl und fügte mit Nachdruck hinzu: »Wie seine Absichten auch sein mögen, ich mache mir nichts aus ihm. Wenn Mama von seiner gesellschaftlichen Stellung beeindruckt ist, bedeutet das nicht, daß ich es auch bin. Ich wollte eigentlich nicht da sein, wenn er kommt, aber ich habe es mir anders überlegt. Wenn er mich in diesem Zustand sieht, schaffe ich ihn mir vielleicht ein für allemal vom Hals.« Sie setzte die Katze ohne weitere Umstände auf einen Stuhl und öffnete die große Tasche, die sie aus der Blossom-Straße mitgebracht hatte.

»Können Sie mir die Sachen waschen? Sie sind am Saum leider sehr schmutzig.«

Bessie nahm das Kleiderbündel und betrachtete die Flecken auf Louisas Kleid. »Ach, das habe ich schnell wieder sauber. Passen Sie auf, Sie setzen sich jetzt an den Tisch, und ich mache Ihnen eine Tasse Tee.« Bessie schien ihre Bemerkungen über Robert Duncannon bereits zu bedauern.

Louisa trank Tee, während die alte Frau ihrer Arbeit nachging, und empfand eine merkwürdige Erschöpfung. Die Katze sprang ihr auf den Schoß und drehte sich mehrmals um sich selbst, bis sie den richtigen Sitzplatz gefunden hatte. Louisa streichelte das Tier geistesabwesend und blickte, ohne etwas zu sehen, durch das Küchenfenster auf den langen engen Hinterhof hinaus, der im Schatten der hohen Stadtmauer lag. Der Himmel war strahlend blau. Der eisige Wind trieb vereinzelte Wölkchen vor sich her, die einen neuen Schneesturm ankündigten. Der Februar war beinahe vorüber. Morgen war Schalttag. Sie verzog die Lippen spöttisch, als sie an die alte Sitte dachte. Wie schade, daß heute nicht der neunundzwanzigste ist, dachte sie bitter, sonst könnte *ich* dem Hauptmann einen Heiratsantrag machen. Was würde er wohl *dazu* sagen?

Wie ein böses Omen unterbrach der dröhnende Glockenschlag des Münsters ihre Gedanken, als die Turmuhr zwölf schlug, und eine Fensterscheibe im Einklang mit den Schlägen vibrierte.

Emily und ihre Mutter kehrten beladen mit Lebensmitteln in Körben und Gemüse in Einkaufsnetzen vom Markt zurück. Sie machten viel Aufhebens um Louisas Sturz und bemitleideten sie ebenso wie Moira, deren lange traurige Geschichte für Edward noch einmal wiederholt werden mußte.

Nach dem Essen erhob sich Edward wie auf ein verabredetes Stichwort und erklärte, er werde am Nachmittag in seinem Zimmer bleiben und arbeiten – das geschah an Samstagen äußerst selten. Emily verkündete, sie gehe mit ihrem John aus und werde anschließend bei seiner Familie zum Tee erwartet. Louisa spürte sehr wohl die Hand ihrer Mutter hinter diesen Plänen, bei denen ihr unbehaglich wurde. Schließlich ärgerte sie sich über die in Szene gesetzte Verschwörung, und als sie Wasser für das wöchentliche Bad in ihr Zimmer hinauftrug, fragte sie sich, was ihre Mutter eigentlich damit beabsichtigte. Als Louisa wieder hinunterging, um sich zu ihr ins Wohnzimmer zu setzen, waren ihre Nerven zum Zerreißen gespannt.

Mary Elliott saß in ihrem Lieblingsohrsessel am Feuer und hatte eine Häkelarbeit auf den Knien. Sie trug ihr sonntägliches schwarzes, mit Glasperlen besetztes Kleid und hatte die allmählich grau werdenden Haare unter der gestärkten Spitzenhaube zu einem hübschen Knoten aufgesteckt. Die auf Hochglanz polierten Möbel verrieten, wie nachdrücklich man sie bearbeitet hatte, und das Kamingitter aus Messing und der Feuerbock funkelten fröhlich im Schein der flackernden Flammen. Auf den gerahmten Familienfotos, die wie Soldaten gerade und in Reihen ausgerichtet auf der Wand gegenüber hingen, tanzten muntere Lichtflecken. Louisa nahm das alles mit einem Blick in sich auf, seufzte und setzte sich mit dem Rücken zur Scheibe ans Fenster, denn sie hoffte, ihre verunstaltete Wange werde dadurch weniger auffallen.

»Hast du für mich eine Stickarbeit? Es soll nicht so aussehen, als würde ich hier nur sitzen und auf Besuch warten.«

Mary Elliott zog aus ihrem Nähkorb einen halbfertigen Tischläufer, den Louisa mit wenig Begeisterung entgegennahm. Nach kurzem Nachdenken fragte sie: »Hat Hauptmann Duncannon gesagt, warum er mich sehen möchte? Ich meine, hat er noch einen anderen Grund genannt außer, daß er sich nach meinem gesundheitlichen Befinden erkundigen möchte?«

»Nein. Könnte es noch einen anderen Grund geben?«

»Vielleicht«, gestand Louisa. »Er hat mir vor einer Woche geschrieben – kurz nach der Geburtstagsparty bei den Bainbridges – und mir mitgeteilt, er wolle mit mir etwas besprechen. Aber ich habe ihm abgesagt. Also ehrlich gesagt, Mama, ich glaube, es ist nichts damit gewonnen, ihn zu ermutigen. Und ich finde, es wäre besser gewesen, du hättest ihn nicht heute nachmittag eingeladen.«

Mit einem Seufzer gestand sich Mary Elliott ihren Fehler innerlich ein. Sie empfand für den Mann, den sie gepflegt und buchstäblich wieder ins Leben zurückkommandiert hatte, eine echte Zuneigung. Er war krank gewesen, sehr krank, und er hatte nicht mehr leben wollen. Im Fieber hatte er geweint, geflucht und mehr als einmal den Namen einer Frau gerufen. Seine Geheimnisse blieben jedoch ein Rätsel. Sie wußte immer noch nicht, weshalb er so voller Angst gewesen war und was ihm den Lebenswillen geraubt hatte. Als er nach der Beerdigung ihrer Schwester wieder hier erschienen war, hatte sie die Veränderung in ihm nicht fassen können. Sie staunte immer noch darüber.

»Es wäre sehr unhöflich gewesen, ihm die Bitte abzuschlagen«, erwiderte sie nachdenklich. »Möchtest du ihn nicht wiedersehen?«
Louisa beschäftigte sich angestrengt mit einem gelben Seidenfaden und dachte über eine Antwort nach. »Lieber nicht«, gestand sie, »oh, ich weiß, du findest ihn charmant, Mama. Aber wenn du mit mir in Walmgate gewesen wärst und Moiras Worte gehört hättest..., also dann würdest du bestimmt anders denken.«
»Entschuldige, Liebes, ich kann dir nicht folgen...«
»Mrs. Bainbridge hat mir erzählt, daß er einen Landsitz in Irland hat. Und ich stelle mir vor, daß zu seinem Landsitz zahllose hungernde Pächter gehören – Menschen wie Moira und ihre Familie, die Waterford verlassen oder dort sterben mußten. Wenn du sehen würdest, unter welchen Bedingungen diese Menschen *jetzt* leben – du wärst entsetzt, Mama, wirklich *entsetzt*.«
»Der Hauptmann hat doch bestimmt...«
»Vielleicht hat er keine Ahnung, was dort los ist. Vielleicht interessiert es ihn nicht. Nun ja, wenn er kommt und sich nach meinem Befinden erkundigt, wird er jedenfalls von mir mehr als ein: ›Danke, mir geht es gut!‹ zu hören bekommen!«
»Sei vorsichtig mit deinem Urteil, Louisa. Du kannst dich irren.« Nach kurzem Schweigen fragte sie: »Ich möchte nur wissen, was er mit dir besprechen will?«
»Ich habe keine Ahnung..., es sei denn, er will mir eine Stelle anbieten«, fügte sie bitter hinzu. »Mrs. Bainbridge sagt, er sei Witwer und habe ein Töchterchen.«
»Er ist Witwer? Das wußte ich nicht.« Plötzlich schien sich das Rätsel zu lösen. Ein junger Mann, der vor kurzem seine Frau verloren hatte. Das wäre eine Erklärung für den gebrochenen Lebenswillen. Aber wenn ihm das Wohlergehen seines Kindes wirklich am Herzen lag...?
»Würdest du sein Angebot annehmen?« fragte sie ernst.
»Wie bitte?« Einen Augenblick wußte Louisa nicht, was ihre Mutter meinte. »O Mama! Nein, natürlich nicht. Verstehst du...«, begann sie und brach dann ab. Die Wahrheit war doch zu persönlich. »Ich weiß, es schickt sich nicht, aber ich glaube, es wäre besser, wenn ich mit ihm allein sein könnte.«
»Ja aber, Liebes...«
»Es ist wichtig, Mama.«

Mary Elliott sah die Spannung im Gesicht ihrer Tochter und nickte nachdenklich. »Also gut, ich will dich nicht nach dem Grund fragen.«

»Danke, Mama.«

Sie schwiegen. Louisa drehte mehrmals den Kopf und blickte aus dem Fenster. Sie wollte Robert Duncannon auf der Straße sehen, um auf seine Ankunft vorbereitet zu sein. Aber der Hauptmann kam aus einer anderen Richtung.

Bessie trug eine frisch gestärkte Haube und Schürze, die Blusenärmel waren heruntergerollt und sorgfältig zugeknöpft. Sie öffnete die Tür und führte Hauptmann Duncannon mit der genau richtigen Höflichkeit ins Wohnzimmer. Sie wartete, bis die förmliche Begrüßung vorüber war, und erkundigte sich dann, ob der Tee jetzt oder später serviert werden sollte.

»Wir trinken den Tee in einer Viertelstunde, Bessie«, erwiderte Mary Elliott freundlich und mit strahlenden Augen. Sie sonnte sich in der Gelegenheit, einmal die großzügige Gastgeberin spielen zu können. Ihre Augen leuchteten noch mehr, als der Hauptmann ihr eine hübsch verpackte Pralinenschachtel überreichte und Louisa einen Strauß der ersten Schlüsselblumen. Als ihre Tochter die Blumen unbeweglich und mit zusammengepreßten Lippen entgegennahm, unterdrückte sie einen Seufzer und redete munter drauflos, um die peinliche Situation zu überspielen. Nachdem Louisa mit einer Vase in der Küche verschwunden war, um sie mit Wasser zu füllen, bemerkte sie die frische Gesichtsfarbe des Hauptmanns nach dem Gang zu Fuß in die Gillygate. Er hatte etwas zugenommen und sah gesund und munter aus. Sie freute sich über seine Genesung und bedauerte ihn unerklärlicherweise. Er tat ihr leid, und sie wünschte, die Umstände wären anders. Trotz allem konnte sie seine Absichten nicht erraten. Was empfand er wirklich für ihre Tochter?

Als diese Tochter aus der Küche zurückkam, richteten sich Hauptmann Duncannons Augen ernst auf sie, und sein Blick verriet mehr als nur Mitgefühl für die verletzte Wange. Er erkundigte sich nach ihrem Besuch in Walmgate und machte sich offenbar größere Sorgen wegen der unerfreulichen Erlebnisse dort als um das Unglück der Menschen, denen Louisa hatte helfen wollen. »Sie haben Glück gehabt«, sagte er und wiederholte damit unwissentlich Edwards Worte. »Ich kenne diese Ge-

gend kaum, aber ich glaube, es hätte sehr viel schlimmer ausgehen können.«
»Richtig, mir geht es besser als Moira«, erwiderte Louisa kühl.
Bei diesen Worten sank ihrer Mutter das Herz. Sie hoffte, Louisa werde dem Hauptmann keinen Vortrag über seine Pflichten als Landbesitzer halten. »Ich muß wenigstens nicht in solchen schrecklichen Umständen leben.« Nach einer kurzen Pause hob sie den Kopf und sah ihn durchdringend an. Dann sagte sie: »Moiras Eltern kommen aus Irland, aus der Gegend, in der Sie zu Hause sind – ich glaube aus Waterford.«
»Ach wirklich?« erwiderte er ruhig. »Wie heißen sie?«
»Hanrahan.«
Mary Elliott sah die Überraschung in seinen Augen, und im Blick ihrer Tochter eine gewisse Zufriedenheit.
»Sie kennen den Namen?«
Er zögerte und senkte den Kopf. Einen Moment lang umspielte ein seltsames Lächeln seine Lippen.
»Erstaunlicherweise ja. Aber ich bezweifle, daß diese Frau mit den Leuten, die ich kenne, verwandt ist. Der Name ist in Irland durchaus geläufig.«
»Sind das vielleicht Leute auf Ihrem Landsitz?« fragte Louisa.
»Es ist nicht mein Landsitz«, stellte er richtig, »das Land gehört meinem Bruder.« Er lächelte, als sie plötzlich über und über rot wurde. »Hat Ihnen jemand erzählt, ich sei ein Landbesitzer, der sich um nichts kümmert und von den Erträgen seiner Pächter lebt, die er unbarmherzig ausbeutet?«
Louisa betrachtete verlegen die Stickerei auf ihrem Schoß. »Das waren nicht ganz die Worte«, erwiderte sie knapp, und ihre Mutter unterdrückte ein Lächeln.
»Aber jemand hat Ihnen zu verstehen gegeben, ich sei ein reicher Landbesitzer?« Er suchte in seinen Taschen nach dem Zigarettenetui und bat Mary Elliott um die Erlaubnis zu rauchen. Sie nickte und fürchtete, das Gespräch könne etwas aus der Kontrolle geraten. »Wer kann das wohl gewesen sein?« überlegte er laut. »Doch nicht zufällig Mrs. Bainbridge?«
»Sie meinen, die Mutter von Rachel Tempests Freundin?« fragte Mary Elliott, obwohl sie sehr wohl wußte, wen er meinte.
»Richtig. Es ist eine sehr liebenswürdige, aber redselige Dame, und manchmal leider nicht ganz richtig informiert.«

»Ach ja! Louisa hat mir erzählt, daß Sie auf der Party waren, Herr Hauptmann. Es war wirklich ein glücklicher Zufall. Louisa glaubte schon, sie werde niemanden dort kennen.«

»Die Freude lag ganz bei mir«, erwiderte Robert.

»Sie hätte natürlich nicht gehen dürfen, da sie noch um ihre Tante trauert, aber Mr. Tempest wünschte es, und meine Tochter hätte unmöglich ablehnen können.«

»Eine schwierige Situation.« Robert nickte und sah Louisa an.

Sie waren alle drei erleichtert, als Bessie mit dem Teetablett erschien. Sie unterhielten sich über die unverfänglichen Seiten der Party, während Tee und Kuchen herumgereicht wurden. Dann ließ Mary Elliott die beiden allein und behauptete, sie habe unaufschiebbare Dinge zu tun. Es freute sie für den Hauptmann, daß Louisa sich geirrt hatte. Aber sie rätselte immer noch, was wohl der wahre Grund seines Besuchs sein mochte, und wünschte, Louisa hätte sie ins Vertrauen gezogen. Vielleicht hätte sie ihr dann einen Rat geben können.

14

Louisa schenkte ihnen beiden noch einmal Tee ein und fragte: »Weshalb wollten Sie mich sehen, Herr Hauptmann?«

Der Klang ihrer Worte und die förmliche Anrede waren nicht sehr ermutigend, aber er gab sich Mühe, beides zu ignorieren. »Wollen Sie mir nicht zuerst sagen, was Mrs. Bainbridge Ihnen erzählt hat?«

Sie reichte ihm die Tasse und fragte: »Ist das wichtig?«

Er nickte und stellte fest, daß er plötzlich eine trockene Kehle hatte. »Man kann vielleicht so anfangen«, sagte er schließlich. »An jenem Nachmittag waren Sie aufgebracht, und wie ich in meinem Brief erwähnt habe, glaubte ich, daran schuld zu sein. Aber als ich Ihren Brief erhielt, hatte ich den Eindruck, daß Mrs. Bainbridge etwas Törichtes gesagt haben mußte, das Sie beleidigt hat. Was war es?« Als Louisa nicht sofort antwortete, lächelte er trocken und fügte hinzu: »Sie ist eine notorische Kupplerin. Hat sie Ihnen gesagt, ich sei eine gute Partie?«

Als Louisa tiefrot wurde, nickte er nur. »Das habe ich mir gedacht.« Er lachte leise. »Ich muß leider gestehen, daß sie sich gewaltig irrt. Ich bin alles andere als reich. Im Gegenteil, mein persönliches Vermögen erlaubt mir keine großen Freiheiten. Ich besitze ein Haus in Dublin, das der Familie meiner Mutter gehörte, und eine kleine Erbschaft, mit der ich meinen Sold beim Militär aufbessern kann. Der Landsitz der Duncannons gehört meinem Bruder William. Aber White Leigh verschlingt bedauerlicherweise mehr Geld, als es einbringt«, Robert lächelte ironisch und fügte dann hinzu, »und das, obwohl er nicht im Ausland lebt. Nun ja, genug von meiner Familie. Erzählen Sie mir jetzt, was Sophies Mutter gesagt hat.«

»Sie hat gesagt, Sie seien ein Witwer mit einem kleinen Kind«, erwiderte Louisa knapp und war entschlossen, es dabei zu belassen.

Er biß sich auf die Unterlippe. Jetzt brauchte er großen Mut. Nach einem tiefen Seufzer sagte er: »Ich hätte es mir denken können. Aber es ist nicht die Wahrheit.«
»Sie wollen damit sagen, Mrs. Bainbridge hat gelogen? Aber warum?«
»O nein«, erwiderte er schnell, »sie hat nicht gelogen. Sie glaubte, Ihnen die Wahrheit zu sagen. Mit Ausnahme von Tommy halten mich hier alle für einen Witwer. Aber das bin ich *nicht*. Meine Frau ist nicht gestorben.«
Es herrschte ein langes Schweigen. Ein Wagen rollte rumpelnd vor dem Haus vorbei. Die Schritte von Fußgängern hallten auf dem Gehweg, und in der Küche mischte sich Mary Elliotts helles Lachen mit Bessies tieferer Stimme. Robert erwiderte tapfer Louisas entsetzten und schokkierten Blick und bat stumm um die Erlaubnis, ihr alles zu erklären.
»Sie sind verheiratet?« flüsterte sie kaum hörbar. Als er nickte, schloß sie die Augen, weil sie es nicht glauben wollte. »Und ich war wütend auf Sie, weil ich dachte, Sie seien ein reicher Grundbesitzer in Irland«, sagte sie leise. Sie war sich der Ironie bewußt, aber das half ihr wenig, den Sturm der schmerzlichen Gefühle zu bändigen.
Die Berührung seiner Hand brachte sie in die Wirklichkeit zurück. Er kniete vor ihr und sah sie flehend an. Er machte sich heftige Selbstvorwürfe. Louisas Augenlider flatterten; sie drehte den Kopf zur Seite und sah das Bild ihres Vaters an der Wand gegenüber, das durch eine Lichtspiegelung hell und klar leuchtete. Nicht noch einmal, dachte sie verzweifelt. Das darf sich nicht wiederholen. Warum ich?
Sie legte die Hand auf die Augen, um beide Gesichter nicht mehr zu sehen. »Wie dumm bin ich doch, Robert«, murmelte sie, »ich habe nicht im Traum daran gedacht, daß Sie verheiratet sein könnten.«
»Es tut mir leid«, flüsterte er mit belegter Stimme. Seine Finger schlossen sich fester um ihre Hand. Der große, goldene Siegelring an seinem kleinen Finger bohrte sich schmerzhaft in ihre Haut. »Ich wollte es Ihnen in der Nacht sagen, als wir uns kennengelernt haben. Sie haben gefragt, woher die Verletzung an meiner Hand stammte . . ., und ich hätte es Ihnen beinahe erzählt. Mein Gott, hätte ich es doch getan!« rief er gequält und stand abrupt auf. In kurzen abgerissenen Sätzen berichtete er von den Ereignissen an Weihnachten. Sprachlos und verwirrt versuchte Louisa, seinen eher zusammenhanglosen Worten zu folgen.

»Sie wollen sagen . . ., Ihre Frau hat versucht, Sie zu töten?« fragte sie ungläubig.
Robert schüttelte erschöpft den Kopf. »Ich weiß es nicht. Ich glaube es.« Nach einem kurzen Lachen ballte er die rechte Hand zur Faust und zeigte ihr die Narben, die sich noch immer rosarot über den Handrükken zogen. »Mit einer Schere hat sie das getan. Mit einer Schere! Und hätte sie mir nicht zuerst eine Flasche Parfüm ins Gesicht geschüttet, wären es vielleicht die Augen gewesen.«
Louisa zitterte plötzlich. Sie versuchte, es sich vorzustellen. Eiskalte Schauer liefen ihr plötzlich über den Rücken. Sie wollte etwas sagen, mußte aber schlucken, weil ihr die Stimme versagte. »Robert«, stieß sie schließlich hervor, »ich komme mir so dumm vor. Fangen Sie noch einmal von vorne an – ich meine am Anfang.«
»Der Anfang?« Er seufzte. »Es kommt mir vor, als sei das vor hundert Jahren gewesen . . . und dabei können es nicht mehr als fünf Jahre sein.«
»Das macht nichts. Ich habe Zeit zuzuhören.« Und den Rest meines Lebens, um es zu verstehen, dachte Louisa. Als ihre Blicke sich trafen, überwältigte sie das Gefühl, ihn endgültig verloren zu haben. Sie hatte nichts erwartet, hatte sich Gründe zurechtgelegt, um ihn abzulehnen, doch die Hoffnung war geblieben. Jetzt war auch die Hoffnung dahin. Es kam ihr vor, als hätte man ihr etwas geraubt.
»Tommy machte uns miteinander bekannt«, sagte Robert leise und schlug die Augen nieder. Er streckte die Hände nach dem Feuer aus, denn ihm war plötzlich kalt. Während er sich eine Zigarette anzündete, dachte er an die Zeit damals, an den ersten Ball der Saison in Dublin, an die vielen Gäste, die leuchtenden Farben von Seide, von Satin und Uniformen; und er, vor kurzem zum Hauptmann befördert, schwamm auf einer Woge von Stolz und Freude über das Erreichte. Und inmitten des Lachens, der prahlerischen Stimmen und der Fröhlichkeit nach den schwierigen Monaten in Irland, gab es für ihn die zarte und ruhige Charlotte. Sie war so schlank und zierlich und hatte dichte, lange silberblonde Haare. Und diese blasse, blasse Haut und Augen wie der Schatten einer Wolke auf unergründlichem Wasser. Für ihn war sie seine Diana, seine Mondgöttin, und erst später, sehr viel später erkannte er die wahre Ironie, die sich hinter dieser Vorstellung verbarg, denn Diana ist eine jungfräuliche Göttin . . .

Ein bitteres, zynisches Lächeln lag auf seinen Lippen, als er von diesem Abend erzählte und von den Ereignissen, die Schlag auf Schlag folgten. Seine Stimme klang spöttisch, und obwohl sich der Hohn gegen ihn selbst richtete, traf Louisa das tief. Sie starrte ins Feuer und stellte sich die Szene, die alptraumartige Situation vor, während Robert sie ruhig und klar schilderte. Aber es fiel Louisa schwer, das Verhalten dieser Menschen nachzuvollziehen.

»Tommy war mir natürlich voraus – sein verstorbener Vater war ein guter Freund von Charlottes Onkel, dem Earl, gewesen, und sie waren sogar durch Heirat entfernt mit ihm verwandt. Aber ich sah sehr wohl, daß Charlotte wenig für ihn übrig hatte. Ich glaube, sie schreckte vor seinen Narben zurück – alles Häßliche und Abstoßende lehnte sie vehement ab. Die Wunde war damals kaum verheilt. Ich weiß noch, daß er mich um meinen Erfolg beneidete, obwohl er inzwischen den Göttern dankbar ist«, fügte er bitter hinzu.

Von diesem Augenblick an begegnete Robert »seiner« Charlotte oft auf Bällen, bei Konzerten und Empfängen. Man entmutigte ihn nicht, man lud ihn sogar in das Dubliner Haus des Earl ein. Und das war gleichbedeutend mit der stillschweigenden Billigung seiner Werbung um Charlotte.

»Mich hatte ihre Schönheit verhext«, gestand er, »auch ihre Schweigsamkeit fesselte mich. Sie hatte ein merkwürdig zurückhaltendes Wesen, das ich damals romantisch und geheimnisvoll fand. Ich beglückwünschte mich immer wieder zu meinem großen Glück«, fuhr er voll Selbstverachtung fort, und obwohl Louisa schwieg, wollte er, daß sie ihn verstand. »Stell dir vor – sie kam aus einer guten und reichen Familie, und sie war schön. Mit einundzwanzig stand ihr ein kleines Vermögen zu, obwohl ich damals nichts davon wußte. Es kam mir in meinem übersteigerten Selbstbewußtsein nie eigenartig vor, daß mich ihre Familie mit offenen Armen aufnahm. Wenn ich überhaupt etwas dachte, dann glaubte ich, sie seien aufrichtig froh darüber, daß durch mich ein wenig Glück und Freude in Charlottes Leben kam.

Eine der alten Tanten erzählte mir von Charlottes Eltern. Sie waren vor etwa zehn Jahren bei den Aufständen in Ulster umgekommen, das heißt ermordet worden. Charlotte muß damals vierzehn gewesen sein – das einzige Kind, und in seinem sehr schwierigen Alter. Offenbar war sie monatelang im Schock.«

»Kein Wunder, die Ärmste muß schrecklich gelitten haben.«
»Ja, es war eine Tragödie. Aber leider nicht die einzige.« Robert seufzte tief. »Ich hätte der alten Dame besser zuhören müssen, denn vermutlich wollte sie mir etwas von dem drohenden Verhängnis sagen. Vielleicht hat sie versucht, mich zu warnen. Ich weiß es nicht. Oh, Louisa, wenn ich an die Zeit damals denke, an meine Naivität und daran, wie man mich getäuscht hat! Ich war fünfundzwanzig und hielt mich für einen Mann von Welt. Ich war Hauptmann geworden und so erfüllt von meinem Selbstbewußtsein, von meiner Leidenschaft geblendet, daß ich mir nicht die naheliegende Frage stellte: Warum nimmt diese aristokratische Familie mit großen Ländereien und wirtschaftlicher Macht *mich* gewissermaßen als ihren Schwiegersohn auf – mich, den besitzlosen jüngeren Sohn einer unbedeutenden Familie? Jetzt sehe ich es natürlich allzu deutlich: Ich habe nicht das Geld, um gegen sie zu kämpfen. Ich habe keine Beziehungen und keine Macht. Und als Charlotte das geerbte Vermögen in die Hand bekam, war es zu spät, um es für solche Zwecke zu nutzen. Wir waren schon zu lange verheiratet und hatten ein Kind, um den Vollzug der Ehe unter Beweis zu stellen«, sagte er bitter.
»Wie alt war sie damals?«
»Achtzehn, als ich sie kennenlernte.« Robert lief unruhig vor dem Kamin auf und ab und brachte es nicht über sich, Louisa in die Augen zu sehen. »Als sie neunzehn war, habe ich sie geheiratet. Ich hielt bei ihrem Onkel um ihre Hand an, und er sagte ja. Er tat es mit der genau richtigen Zurückhaltung und in der Art eines besorgten Vormunds, der einem ungestümen jungen Mann seine unschuldige junge Schutzbefohlene anvertraut!« Robert lachte, aber es klang hart. »Er hat mich richtig behandelt, Louisa, sehr richtig. Aber ich mußte auch Hindernisse überwinden. Ich brauchte die Genehmigung meines vorgesetzten Offiziers. Die Eheschließung eines Subalternen ist verboten und in den unteren Offiziersrängen nicht erwünscht. Nun ja, so sah es zumindest offiziell aus. In der Praxis sind nicht wenige von uns verheiratet. Mein erstes Ansuchen wurde jedenfalls abgelehnt. Ich erhielt eine Lektion über die Pflichten und die Loyalität eines jungen Offiziers gegenüber seinem Regiment. Man erklärte mir, das Regiment stehe *immer* an erster Stelle. Das Regiment müsse mir während der Dienstzeit Frau und Familie ersetzen. Wenn mir eine Frau wichtiger sei, sollte ich ernsthaft

darüber nachdenken, ob die Königlichen Dragoner wirklich meiner Dienste bedürften. Mit anderen Worten, ich mußte mich entscheiden. Ich kann mir zugute halten, daß ich nicht nur zweimal, sondern öfter darüber nachdachte. Das Regiment war und ist mein Leben. Ich habe nie etwas anderes gewollt – und ich konnte es nicht aufgeben, nur um meine Zeit mit Charlottes Geld als Lebemann zu vertun!

Aber anstatt die Sache auf sich beruhen zu lassen, sprach ich mit Charlottes Onkel darüber. Er riet mir, den Antrag noch einmal zu stellen. Innerhalb eines Monats hatte ich es getan – und der Antrag wurde, ohne ein weiteres Wort zu verlieren, genehmigt. Selbst wenn ich jetzt daran denke, was danach geschah«, fuhr Robert fort, »mache ich dem Oberst keine Vorwürfe. Er war nur ein Bauer in diesem Schachspiel, eine Randfigur in dem klugen Plan des Earl, sich seiner Nichte auf höchst ehrbare und anständige Weise zu entledigen. Sie würde in *meine* Verantwortung übergehen. Er konnte den Unschuldigen spielen und völlige Ahnungslosigkeit vorgeben. Aber er muß es natürlich gewußt haben«, sagte Robert bitter, »auch wenn man davon ausgeht, daß ihre Krankheit sich in den ersten Jahren langsam und heimtückisch entwickelte. Charlotte konnte nicht an die fünf Jahre unter seinem Dach leben, ohne daß er erkannte, daß mit ihr etwas nicht stimmte.«

Louisa schüttelte den Kopf, als sei die Geschichte zu ausgefallen, um glaubwürdig zu sein. »Aber deine Familie – haben deine Leute sie nicht kennengelernt? Was haben deine Eltern gesagt?«

Robert setzte sich langsam und lehnte sich völlig erschöpft gegen die weichen Sofakissen. »Meine Mutter starb, als ich fünfzehn war. Als ich Charlotte kennenlernte, war mein Vater schon zu krank, um noch richtig zu begreifen, was ich tat. Er machte sich keine Gedanken mehr darüber. Außerdem erfand ihre Familie immer neue Ausreden und gute Gründe, weshalb sie nicht nach Waterford kommen konnte. Schließlich fuhren William und Letty – mein Bruder und meine Schwester – nach Dublin, um sie kennenzulernen. Letty fuhr sogar mehrmals, und aus einem unerfindlichen Grund mochte sie Charlotte! Ich hörte bei ihr nichts von dem üblichen Getue: ›Mein Gott, du nimmst mir den geliebten Bruder‹, undsoweiter. Letty war ganz anders. Sie nutzte die Zeit vor der Hochzeit, um mir einzuschärfen, ich müsse gut zu Charlotte, dem armen und unschuldigen Waisenkind sein. Selbst jetzt, nach allem, was Charlotte getan hat, sieht sie das Gute in ihr. Und was an

Weihnachten geschehen ist, war teilweise Lettys Schuld. Sie schilderte mir Charlotte, als sei sie wirklich auf dem Weg der Besserung, beteuerte immer wieder, sie werde bestimmt wieder ganz gesund. Ich ging schließlich in die Falle und glaubte Letty.«

»Nein«, sagte er nach einem Moment, »das ist nicht ganz richtig. Ich *wollte* ihr glauben.« Er schloß die Augen und erinnerte sich an den Streit mit Anne. Seine Schwägerin hatte darauf bestanden, daß er Letty, William und sie zum morgendlichen Gottesdienst begleitete, und er hatte es abgelehnt. Er brannte darauf, Charlotte allein zu sehen, während im Haus noch alles still war. Die Vorstellung, Charlotte nach sechs Monaten wiederzusehen, während alle mit gespitzten Ohren auf die ersten wüsten Beschimpfungen warteten, hätte seinen Stolz zu sehr verletzt. Deshalb wartete er am Fenster, bis alle in der Kirche waren, und stieg dann allein die Treppe hinauf. »Ich sprach kurz mit Charlottes Pflegerin. Nun ja, ich weiß, sie ist nicht gerade die intelligenteste Frau, aber eine liebe Seele, die Charlotte wie ein Kind versorgt und sich ehrlich um sie bemüht. Auch sie teilte Lettys Optimismus. Sie erzählte mir, Georgina habe ihre Mutter regelmäßig und ohne größere Zwischenfälle besucht. Charlottes Interesse an sich selbst sei wieder erwacht. Ich wußte, das war seit langem nicht mehr der Fall gewesen – nicht mehr seit Georginas Geburt. Deshalb bat ich Mrs. Hanrahan guter Dinge, im Vorzimmer zu warten. Ach ja, die Pflegerin heißt Hanrahan – verstehst du jetzt, weshalb der Name deiner Freundin mich überrascht hat?«

Louisa nickte, und er sprach weiter. »Charlotte saß am Frisiertisch und bürstete sich die Haare. Sie beachtete mich nicht, aber ich wußte, sie konnte mich im Spiegel sehen. Sie ist wirklich sehr schön, verstehst du – wenn du sie gesehen hättest, könntest du mich besser verstehen. Und sie sah wirklich ...«, seufzend legte er die Hand über die Augen. »Sie trug einen weißen Morgenmantel. Ich war wie elektrisiert. Ich dachte an unsere Hochzeit. Ich dachte daran, wie sehr ich sie geliebt und begehrt hatte, und an alles andere ...« Robert verstummte und erinnerte sich an das plötzliche Verlangen, das ihn übermannt hatte. Er wußte jetzt, wie seine Sinne ihn getäuscht hatten. Seine Augen sahen die unschuldige, jungfräuliche Göttin, und sein Kopf glaubte das und nahm das Bild als Realität. »Ich hatte Geschenke für sie – einen Ring und eine Flasche Parfüm. Der Ring gefiel ihr«, erzählte Robert und sah wieder den Moment der Freude vor sich, als sie aufhörte, ihr langes, lockiges Haar zu bürsten. Beglückt beobachtete er, wie sie die Hand hin und her bewegte und die hübschen kleinen Perlen mit dem Amethyst in der Mitte bewunderte. Robert konnte der Versuchung nicht widerstehen und streckte die bebende Hand nach ihr aus und wollte die schönen Haare zärtlich streicheln. Er sehnte sich danach, ihr wenigstens einmal zu beweisen, wieviel er für sie empfand.

Bei der leichten, kurzen Berührung warf Charlotte heftig den Kopf zurück. Das eiskalte Feuer in ihren Augen entsetzte ihn. Er wich zurück und machte sich auf eine heftige Reaktion gefaßt, aber es gelang ihr mit Mühe, sich zu beherrschen. Robert versuchte nervös, sie mit dem zweiten Geschenk abzulenken, aber als er unter ständigem Reden das Päckchen auspackte, riß sie ihm die Flasche aus der Hand.

»Im nächsten Augenblick hatte sie den Glasstopfen abgenommen. Ehe ich zurückweichen und mich in Sicherheit bringen konnte, schüttete sie mir den Inhalt der Flasche ins Gesicht.« Unwillkürlich hielt er die Hände vor die Augen. Das starke Parfüm blendete ihn und nahm ihm den Atem. Während er sich würgend und hustend die Augen zuhielt, hatte Charlotte die gut verborgene Schere hervorgeholt und griff ihn damit an. »Ich weiß nur noch, daß ich dachte: Du darfst jetzt nicht fallen! Richte dich auf! Halte sie soweit wie möglich von dir weg! Der dicke Wollstoff meines Jacketts bewahrte mich vor dem Schlimmsten. Aber Hände und Handgelenke waren natürlich ungeschützt ... nun ja, sie hat wenigstens nur eine Hand getroffen.

Charlottes hysterisches Geschrei rief sofort Mrs. Hanrahan ins Zimmer Sie läutete, und Hilfe war schnell zur Stelle. Man zerrte mich einfach aus dem Zimmer, und als William und Anne zurückkehrten, hatten sie natürlich wenig Mitleid mit mir.«

»Warum, Robert?«

»Alle wiederholten ständig, es sei allein meine Schuld. Und natürlich hatten sie recht. Aber das half mir wenig. Es vergrößerte nur mein Selbstmitleid«, gestand er mit einem entschuldigenden Lächeln.

»Warum haßt sie dich so?«

»O mein Gott! Was für eine Frage! Aus vielen Gründen – die meisten beruhen auf Einbildung, wie mir sachkundige Köpfe einreden wollen. Sie hört Stimmen und führt vertraute Gespräche mit allen möglichen Lebenden und Toten. Wenn es nicht so erschreckend wäre, könnte man sich darüber amüsieren! Wenn ich mich richtig erinnere«, fügte er munter hinzu, »zeigte sich Ihre Majestät immer sehr huldvoll – übrigens ein guter Einfluß auf Charlotte, wenn die Königin nicht eine solche Abneigung gegen Männer hätte!« Er lachte und schien sich zum ersten Mal wirklich zu amüsieren.

»Es fiel mir schwer, mich mit Oliver Cromwell abzufinden, obwohl auch er ein Soldat war.« Er lachte bitter. »Mein Gott!« rief Robert plötzlich, »wenn ich daran denke, wie ich stundenlang bei ihr saß, und mir diesen nicht enden wollenden Unsinn anhörte und überlegte, was zu tun sei! Cromwell erschien in Aldershot auf der Bildfläche – als er in ihren Wahnvorstellungen auftrat, wußte ich, es war Zeit, Charlotte nach Irland zu bringen. Ihr Verhalten war inzwischen so seltsam geworden, daß ich nicht mehr wagen konnte, sie allein zu lassen. Die Dienerschaft fing bereits an, Geschichten zu verbreiten und zu kündigen. Ich überredete William und Anne, Charlotte in White Leigh aufzunehmen. Aber bevor du fälschlicherweise an ihre große Menschlichkeit glaubst, möchte ich dir versichern, Louisa, es ist ein klares Abkommen. Ich zahle mit Charlottes Vermögen die Rechnungen der beiden. Und ich übertreibe nicht, wenn ich behaupte, Anne versteht etwas vom Geldausgeben! Johanna von Orleans meldete sich zu Wort, als Georgina geboren wurde«, berichtete er, aber diesmal ohne nähere Einzelheiten. »Und dann schenkte der Allmächtige persönlich Charlotte SEIN Ohr und SEINE Stimme. Seit dieser Zeit, liebe Louisa, bin ich ein geschlagener und vom Schicksal gezeichneter Mann, wie man sagen könnte. Charlottes Gott hat ihr in SEINER Weisheit offenbart, daß ich der leibhaftige Teufel, der Fürst der Unterwelt bin. Ein recht zweifelhaftes Kompliment, findest du nicht auch?«

Louisa zitterte. »Robert, mach dich darüber nicht lustig.«

»O meine Liebe, nichts könnte mir ernster sein. Sie sieht es als ihre Pflicht an, die Welt von meinem bösen Einfluß zu befreien.«

Glühende Kohlestücke rollten an den Rand des Feuerbocks, und Louisa machte sich, dankbar für die Unterbrechung, am Kamin zu schaffen. Sie kniete vor dem Feuer und sah Robert an. Sie ärgerte sich über die Intensität ihrer Gefühle, aber Liebe, Mitgefühl und ein beachtliches Maß an Eifersucht drängten sie schließlich doch zu der Frage: »Liebst du sie immer noch?«

Robert schüttelte den Kopf. Er wollte sagen, daß er sie nie geliebt hatte, aber das wäre nicht die Wahrheit gewesen, obwohl es ihm jetzt schwerfiel, sich vorzustellen, daß er sie am Anfang einmal geliebt hatte. Aber Robert erinnerte sich nur noch an unerfülltes körperliches Verlangen und an Momente, in denen er sie so glühend haßte, daß er sie am liebsten umgebracht hätte. Die Erinnerung beschämte ihn, und um es zu verbergen, lachte er. »Die Liebe ist schon lange erloschen.« Er fragte sich aber immer noch: wann eigentlich und wie? Es schien ihm unmöglich, genau zu sagen, wie es geschehen war. »Vermutlich empfinde ich immer noch etwas für sie. Ich kann es nicht ertragen, wenn ich höre, daß sie leidet, wenn ich der Grund dafür zu sein scheine ...«

Die niedergeschlagenen Augen und der merkwürdige Ton seiner Worte bewogen Louisa, ihn aufmerksam anzusehen. »Sie macht dir Schuldgefühle, Robert? Warum?« Er schüttelte schweigend den Kopf. »Du kannst es mir ruhig sagen – du hast mir bereits so viel erzählt.«

Er seufzte und suchte nach den richtigen Worten. »Soll ich mir sagen, daß ich die zerstörerischen Flammen noch weiter angefacht habe?«

»Auf welche Weise?«

Erregt starrte er auf seine Hände und drehte nervös den Siegelring. »Ich weiß nicht, wie ich das beantworten soll«, sagte er schließlich, »oder wenigstens so, daß du nicht schockiert darüber bist.«

»Ich bin nicht von vorgestern, Robert«, erwiderte sie langsam, »und noch ein Schock zu allem anderen, was ich heute zu hören bekommen habe, wird mich nicht umwerfen. Sprich weiter.«

»Also gut. Sagen wir, als ich Charlotte geheiratet hatte, verwirrte sie mich. Ich hatte meine Gefühle für sie, aber Charlotte stieß mich zurück, und ich wußte bald nicht mehr ein noch aus. Ich dachte – oh, ich dachte an alle möglichen Dinge, Louisa. An die Unschuld im Elfenbeinturm und solchen Unsinn. Mit dieser Theorie ging es eine Weile ganz gut«, sagte er traurig und dachte an die langen zärtlichen Nächte, an die endlosen, geduldigen Gespräche, an sinnliche Qualen und an das Ende seiner Geduld, das er sich erklären, aber nie verzeihen konnte. Er schluckte und sagte: »Ich habe sie geliebt – ich wollte sie besitzen. Aber als sie *das* begriffen hatte, als sie wußte, was die Ehe bedeutet, fing sie an, mich zu quälen, zu reizen und zu verhöhnen. Eines Nachts trieb sie es zu weit – ich fürchte, meine Geduld riß, und ich ...« Seine Stimme wurde leiser. »Muß ich noch mehr sagen?« fragte er ruhig.

Ärgerlich und verlegen stocherte Louisa im Feuer, und ein Funkenregen flog in den Schornstein. »Wenn die Wahrheit über eine Ehe ans Licht kommt, klingt das oft so. In dieser Hinsicht bist du nicht der erste und bestimmt auch nicht der letzte. Wenn *das* die Ursache für Wahnsinn wäre, dann würden sich die Zahlen der in Bootham Park Eingelieferten über Nacht verdoppeln!«

»Bestimmt«, sagte er, aber es klang unsicher. »Trotzdem, Louisa, ich kann es nicht vergessen, denn wenn ich mich mit der Lage abgefunden und Charlotte in Ruhe gelassen hätte, wäre sie vielleicht nicht völlig zusammengebrochen. Ich weiß es nicht«, fügte er leise hinzu. »Die Ärzte widersprechen mir. Ihrer Meinung nach wäre das früher oder später unvermeidlich gewesen. Aber verstehst du, Louisa, wenn ich mich damit abgefunden hätte, daß sie mich als ihren Mann ablehnt, dann hätte sie nie das Kind zur Welt gebracht. Georginas Geburt trieb sie schließlich völlig in den Wahnsinn. Davor war Charlotte unberechenbar, und danach wurde ihr Verhalten erschreckend. Es gibt kein anderes Wort dafür.« Er schwieg wieder, und Louisa blickte auf. Sie sah, daß seine Hände zitterten und ihm der Schweiß auf der Stirn stand.

»Sie hat sich schreckliche Dinge angetan ... unbeschreibliche Dinge«, flüsterte er und schloß plötzlich die Augen, als versuche er das Bild von Charlotte zu verjagen, die mit ausgebreiteten Beinen auf dem Bett lag – Bauch und Schenkel in Blut gebadet. »Sie glaubte, wieder schwanger zu sein, wollte das Kind töten und hätte sich dabei beinahe selbst umgebracht. Glücklicherweise hatte man ihr Georgina weggenommen. Seitdem kümmert sich Letty um sie. Sie war in den letzten drei Jahren wie eine Mutter für Georgina. Wenn Letty einmal heiraten sollte ...«, Robert brach ab und breitete in einer stummen Bitte die Hände aus. »Weißt du, das Leben so vieler Menschen ist bereits in Mitleidenschaft gezogen worden. Kannst du jetzt verstehen, weshalb ich mich verantwortlich für sie fühle?« Als Louisa nickte, stand er auf, ergriff ihre Hände und zog sie hoch. »Aber all das, all das ist *nichts* im Vergleich zu dem Bedauern, das ich jetzt empfinde.«

Er sah sie unverwandt an, und sie fürchtete plötzlich, sein Bedauern gelte ihr. Seufzend ließ er sie los, ging zum Fenster und sah zum dunkler werdenden Himmel hinauf. »Wenn ich ihre Ablehnung hingenommen hätte, wäre die Ehe jetzt ungültig. Man könnte sie annullieren. Ich könnte frei sein.«

In der Stille klang das Ticken der Uhr unnatürlich laut.
»Aber so, wie es ist«, fuhr er fort, »kann nur der Tod – ihr Tod oder mein Tod – mich von ihr trennen.«
Louisa starrte Robert entsetzt an. Von allem, was er gesagt hatte, war das für sie das Schlimmste. »Robert«, sagte sie leise, »bitte, sag so etwas nicht.«
Er drehte sich um, und ein sarkastisches, höhnisches Lächeln verzerrte seine Lippen. »Aber so ist es.«
»Darauf kommt es nicht an. Du darfst so etwas nicht einmal denken!«
Wütend schloß sie die schweren Chenillevorhänge, griff nach seiner Hand und zog ihn zum warmen Feuer zurück. Während er sprach, hatte sie sich von ihm ferngehalten. Neben vielen anderen Gefühlen empfand sie in erster Linie Mitleid für ihn. Louisa wußte, ihre Mutter oder Bessie konnten jeden Augenblick ins Zimmer kommen, aber da sie ihr echtes Mitgefühl noch nicht zum Ausdruck gebracht hatte, umarmte sie ihn ängstlich. Sie versuchte voll Inbrunst, mit der Kraft der Liebe dem zerstörerischen Strom der Schuld Einhalt zu gebieten. Sie spürte ein seltsames Ungleichgewicht in seinem Wesen, etwas Unheimliches und Selbstzerstörerisches. Seiner Frau würde er nie etwas antun, daran zweifelte sie nicht, aber er konnte sich selbst aufgeben.
»Du darfst sie nie wieder sehen«, flüsterte Louisa heftig. »Vergiß sie – sie muß auch dich vergessen. Denke an dich und an deine Tochter. Sie braucht dich – sie braucht dich immer.«
Die flehende Stimme und die deutliche Sorge um ihn rührten Robert. Er drückte Louisa fest an sich. Seine Lippen streiften ihre Haare, und er sehnte sich nach ihren Lippen. »Ich will dich, nur dich«, flüsterte er. »Mit dir könnte ich glücklich sein. Ich weiß es.«
»Das darfst du nicht sagen«, flüsterte sie, und er hörte die Angst in ihrer Stimme.
»Warum nicht? Es ist die Wahrheit.« Seine Finger liebkosten ihren Nacken, dann hob er ihren gesenkten Kopf, und sie sah ihn an. »Möchtest du mich nicht auch?«
Ein Stöhnen entrang sich ihren halb geöffneten Lippen. Sie befreite sich aus seinen Armen, schlug die Hände vor die Augen, die sie hätten verraten können, und schüttelte den Kopf. »So etwas darfst du nicht sagen, Robert – bitte.« Zitternd sank sie in einen Sessel und wandte das Gesicht ab. »Ich hätte dich lieben können«, flüsterte sie, »wenn alles

anders wäre. Aber selbst wenn nicht mehr zwischen uns sein darf – *und es kann nicht mehr sein!* –, muß ich wissen, daß es dir gut geht. Es darf nicht die Gefahr der Selbstzerstörung für dich geben. Versprich mir das.«

Robert wurde es kalt ums Herz, und er nickte langsam. »Ich verspreche es.«

Es klopfte energisch an der Tür. Bessie kam herein, um das Teegeschirr abzuräumen. Unter ihrem Rock stahl sich die neugierige Tigerkatze ins Zimmer und sah Louisa mit einem leisen »Miau« auffordernd an. Louisa nahm das kluge Tier dankbar in die Arme und vergrub das Gesicht in dem seidigen Fell.

»Mrs. Elliott erkundigt sich, ob Sie noch etwas wünschen, bevor Sie gehen, Sir?« fragte Bessie mit Nachdruck. »Vielleicht noch eine Tasse Tee?« Als Robert den Kopf schüttelte, drehte sie sich um und sagte zu Louisa: »Und Ihre Mutter hat mich gebeten, Sie daran zu erinnern, daß es bereits nach fünf ist, Miss Louisa.«

Ernst und angespannt bedankte sich Robert und erklärte, er habe soeben aufbrechen wollen. Louisa traute ihrer Stimme nicht und schwieg.

Bessie sah die beiden durchdringend an. »Also, verspäten Sie sich nicht. Und«, fügte sie mehr aus Gewohnheit hinzu, als sie das Zimmer mit dem Tablett verließ, »achten Sie darauf, daß die Katze ihre Krallen nicht an den Möbeln schärft.«

Als Bessie verschwunden war, nahm Robert vorsichtig die Katze aus Louisas Armen und setzte sie auf eines der Samtkissen. Sie ließ es ohne Widerspruch mit sich geschehen und begann sofort, zufrieden zu schnurren. Robert kniete neben Louisas Sessel und bat sie, ihn anzusehen. Er hob ihre Hände an die Lippen, und sie schwiegen lange.

»Ich wollte dich nicht täuschen«, flüsterte er schließlich.

»Das weiß ich«, erwiderte sie leise und umarmte ihn mit einer Leidenschaft, die alle Worte und guten Absichten Lüge strafte. Zum ersten Mal in all den Jahren verstand sie das Schicksal ihrer Mutter. Es war so verführerisch zu sagen: *Ich bin dein, nimm mich. Wer kann in solchen Momenten an die Folgen denken?* Mary Elliott hatte es getan. Aber Louisa kannte den Preis, der bezahlt werden mußte, im voraus. Und sie wußte, er war viel zu hoch.

Ganz langsam löste sie sich von ihm. »Es tut mir leid«, murmelte sie mit belegter Stimme, »aber es ist nicht möglich. Ich wollte, es könnte sein, aber es geht nicht. So ist das eben. Verzeih mir ...«

»Dir verzeihen? Weshalb?« Er lächelte sie an und umfuhr zärtlich mit einem Finger ihre Lippen. »Dein gutes Herz oder dein liebenswertes Lächeln? Oder vielleicht«, fügte er zärtlich hinzu und nahm ihr Gesicht in beide Hände, »glaubst du, ich sollte dir deine lustige Frisur verzeihen. Das kann ich leider nicht. Ich liebe dich zu sehr.« Er küßte sie auf die abgeschürfte und verkrustete Wange. »Du wirst mir fehlen, Louisa Elliott«, flüsterte er. »O mein Gott! Wie wirst du mir fehlen! Aber bleib so, wie du bist.«

Ruhig nahm Robert Hut und Mantel und verließ das Haus, ohne sich noch einmal umzudrehen.

15

Im Mittelschiff des Münsters hallten die Tritte der Soldaten und riefen unzählige Echos hervor. Die eigenartige Kakophonie klang wie das Protestgeschrei heiliger Seelen und bestürmte jedes Ohr, ereilte den Arglosen und ließ den Schwachbesaiteten die Luft anhalten, bis jeder gestiefelte und gespornte Mann aus den Kasernen auf Zehenspitzen Platz genommen hatte. Einige Minuten lang fingen sich das Stimmengewirr und das Scharren der Füße in der majestätischen Höhe und verwandelten sich dort zu einem gespenstischen Gemurmel.

Jemand hustete, und das Husten wiederholte sich gedämpft bis in alle Unendlichkeit, bis schließlich die ersten langsamen Töne der Orgel es verschluckten. Als die Klänge das Münster mit ergreifender und mitreißender Wucht erfüllten, löste sich Roberts Spannung. In den beruhigenden Minuten vor dem Gottesdienst begannen seine Gedanken langsam abzuschweifen. Die späte Aprilsonne fiel durch das mittelalterliche Buntglas, durchdrang die Luft mit goldenen Strahlen und zauberte funkelnde Ornamente und kühne Pfeiler aus Licht auf den Steinboden. Rubine und Saphire, Smaragde und Topase glitzerten übergroß und konkurrierten mit dem weltlichen Glanz von Scharlachrot und Gold im Mittelschiff.

Die tiefe Stimme des Dekans riß ihn aus seinen Träumen; sie hieß alle im Gotteshaus willkommen und erinnerte sie daran, daß man sich hier zusammengefunden hatte in Erinnerung an den toten Kameraden Prinz Albert Victor, Herzog von Clarence und Avondale, der in der Blüte seiner Jugend ein königliches Opfer der Epidemie geworden war, die den ganzen Winter über beinahe jede Familie im Land zu Trauernden gemacht hatte.

Fünfzehn andere königliche Opfer, die ebenfalls Krone und Schwert trugen, legten Zeugnis für die Vergänglichkeit des Lebens auf Erden ab.

In Stein gemeißelt starrten sie vom Chor mit leeren Blicken auf die versammelte Gemeinde herab. Robert starrte zurück. Er hörte nur mit halbem Ohr die Worte des Dekans und überließ sich mehr seinen eigenen Gedanken. Prinz Francis stand ein paar Reihen weiter vorne. Es gab bereits Gerüchte, daß seine Schwester den Herzog von York heiraten werde. Sie hat also doch noch Aussichten auf den Thron, dachte Robert und überlegte, wie königliche Liebesaffären wohl sein mochten. Unterschieden sie sich auf lange Sicht wirklich von den alltäglichen? Man erzählte sich, daß Albert Victor labil gewesen sei. Wenn das der Wahrheit entsprach, dann konnte man Gott danken, daß ihr das Leben an seiner Seite erspart geblieben war. Aber vielleicht hatte sie den Bruder schon die ganze Zeit vorgezogen.
Robert kniete, aber er betete weniger für den Frieden der Seele seines toten Kameraden, sondern mit einer Leidenschaft für Charlottes schnelles Ableben, die den Dekan entsetzt hätte. Er tat es um ihretwillen, aber ebenso sehr um seinetwillen.
Er dachte an Louisa und wußte nicht, was qualvoller war – ihre Anwesenheit oder Abwesenheit, und er empfand die Ehre nur als kleinen Trost dafür, daß er auf sie verzichten mußte. In den vergangenen acht Wochen hatte er seinen Sinn für Ehrlichkeit und Offenheit verflucht und versuchte, sich jetzt mit dem Wissen zu trösten, daß sie nie eingewilligt hätte, seine Geliebte zu werden. Und selbst wenn er frei gewesen wäre, hätte er sie nicht so ohne weiteres heiraten können. Aber es wäre nicht unmöglich gewesen, dachte er.
Während Rossinis *Stabat Mater* erklang, dachte Robert an die Begegnung mit Louisa vor drei Wochen auf dem Knavesmire. Er bereitete mit Tommy, Darnley und einigen anderen das alljährliche königliche Hindernisrennen vor. Sie ritten den Parcours ab und trainierten die Pferde. Er jagte mit Tommy in die Zielgerade, als er plötzlich zwei Frauen und ein kleines Mädchen neben dem Zielpfosten entdeckte, die sich mit Darnley unterhielten. Der Schock, Louisa dort zu sehen, riß ihn aus seiner Konzentration, und Tommy überholte ihn lachend. Als sie wendeten und langsam zurücktrabten, prophezeite ihm Tommy, er werde in diesem Jahr die Regimentstrophäe gewinnen, und Robert müsse zur Abwechslung einmal den bescheidenen Verlierer spielen. Aber Robert hörte ihm nicht zu. Er klopfte heftig atmend seinem Pferd den Hals und hatte nur Augen für Louisa.

Mechanisch nickte er Rachel Tempest höflich lächelnd zu, die ihn lachend wegen der Niederlage bemitleidete, und war froh, daß Tommy absaß und Rachel mit seinem unbekümmerten Charme umgarnte. Während Tommy und Darnley in einem freundschaftlichen Rededuell um Rachels Aufmerksamkeit wetteiferten, saß Robert auf dem Pferd und blickte in Louisas ernstes, ihm zugewandtes Gesicht. Sie hat abgenommen, dachte er, und wie der Himmel sind ihre Augen heute eher grau als blau.
Das Kind an ihrer Seite war etwas älter als seine Tochter, hatte aber blaue Augen. Er lächelte die Kleine an, sie strahlte zurück und wollte von Louisa hochgehoben werden, um das große Pferd zu streicheln. Victorias Bitte rührte Robert. Er saß ab, hielt Gay Gordon am Kopf und bot an, die Kleine auf den Arm zu nehmen. Aber es stellte sich heraus, daß sie zu schüchtern war. Louisa hob sie hoch und stand dicht neben ihm, während Victoria dem Braunen Hals und Nüstern streichelte und mit vielen aufgeregten Fragen Louisa und ihm über das verlegene Schweigen hinweghalf. Robert wünschte sich nichts sehnlicher, als seine Tochter in ihren warmen und kräftigen Armen zu sehen. Beinahe überall hätte er mit ihr sein mögen, nur nicht hier, er sehnte sich nach einem Ort, wo sie ohne Zwänge allein sein, lachen, miteinander reden und sich berühren konnten ... Robert fürchtete sich beinahe, sie anzusehen, um sich nicht durch seine Augen zu verraten. Schließlich fand er die Sprache wieder und fragte knapp und förmlich, ob sie am nächsten Samstag zum Turnier kommen werde. Mit niedergeschlagenen Augen schüttelte sie den Kopf und erklärte, es sei ihr freier Tag. Die hirnlose Rachel Tempest antwortete unaufgefordert, sie werde in Begleitung der Bainbridges da sein – als ob ihm an ihnen etwas gelegen wäre!
Robert gewann die Regimentstrophäe zum zweiten Mal hintereinander unter den anfeuernden Rufen einer begeisterten Menge, in der der einzige Mensch fehlte, über den er sich als Augenzeuge gefreut hätte. Der Sieg war ein wunderbares Geburtstagsgeschenk mit einer anschließenden ausgedehnten Feier in der Messe. Am Ende gestand er Tommy betrunken und niedergeschlagen, er hätte lieber verloren und statt dessen Louisa an seiner Seite. Tommy zeigte kein Mitgefühl, und Robert bedauerte später seine taktlose und undankbare Bemerkung.
Die Feier kostete ihn den größten Teil des mit 30 Guineen dotierten

Preises, und er hatte am nächsten Morgen einen schrecklichen Kater. In der deprimierten und zerknirschten Stimmung, die darauf folgte, schämte er sich über sich selbst. Er wußte, er verhielt sich inzwischen wie ein unerfahrener und unreifer Junge. So benahm sich kein einunddreißigjähriger Mann. Louisa hätte das mißbilligt. Außerdem verdiente sie in einem Jahr gerade soviel, wie er gewonnen hatte.
Innerlich zitternd zwang er sich in die Gegenwart zurück. Eindrucksvolle Stimmen der Trauer und des Bedauerns tönten durch den Raum. Es folgte ein eigens für den verstorbenen Herzog komponiertes Requiem. Als die Dudelsackpfeifer des Königlich Schottischen Regiments klagend anhoben, senkte Robert den Kopf. Er haßte die Emotionalität dieser Musik. Sie weckte in ihm Gefühle, auf die er lieber verzichtet hätte. Die eigentümlichen, gespenstischen Klänge hallten wehmütig durch das Münster und spiegelten seine Verzweiflung wider. Er mußte sich zwingen, nicht aufzuspringen und in ohnmächtigem Protest die Kirche zu verlassen. Er haßte das Münster und den Gedenkgottesdienst, den er als Farce empfand. Er verachtete die Männer und Frauen, die sich unter dem Vorwand hier versammelt hatten, um einen Mann zu trauern, dessen Lebenswandel den Gerüchten nach alle hätte erbleichen lassen. Wenn nur die Konventionen befolgt wurden, dann war der große Gott der Gesellschaft wieder einmal beschwichtigt. Ein Schritt aus der Reihe, ein offenes Reagieren auf die wahren Neigungen und man war erledigt – das war nicht besser, als wenn ein gemeiner Soldat plötzlich in der Mittagshitze Amok lief. Die Gesellschaft würde zu Robert sagen, seine Gefühle für Louisa Elliott seien sündhaft und deshalb falsch. Doch als Robert Duncannon zum letzten Gebet wieder auf die Knie sank, legte er diese Gefühle einem Gott zur Beurteilung vor, an den er nur teilweise glaubte, und flehte um Vergebung.

16

In einem taubengrauen Kleid mit einem Bukett aus weißen Orangenblüten und mit denselben duftenden Blüten im glänzenden braunen Haar legte Emily schüchtern das Ehegelübde ab.

Hübsch und ernst betrat sie anschließend die Sakristei, schlug den Schleier zurück und umarmte ihren Mann und ihre Schwester. Ihre dunklen Augen strahlten vor Glück. Die beiden Familien verließen die Kirche hinter der Braut und dem Bräutigam: Louisa mit dem Trauzeugen, Edward mit Johns Mutter und Mary Elliott mit dem alten Mr. Chapman an der Seite. Den Schluß bildete Blanche, die stolz den Arm des jüngeren Bruders des Bräutigams ablehnte.

Vor der Kirche ließ Blanche eine herzliche Umarmung von Emily über sich ergehen, achtete dabei mit Besitzerstolz auf das Seidenkleid und zupfte geschickt Emilys Schleier zurecht. Nachdem Edward seine Cousine ihrem Mann übergeben hatte, küßte er sie herzlich auf beide Wangen. Diese erste Hochzeit einer Tochter in der Elliott-Familie seit beinahe achtzig Jahren überwältigte Mary Elliott, und sie mußte mit Blanches Riechsalz wiederbelebt werden. Mrs. Chapman beeindruckte der Anlaß dagegen weit weniger.

Im Wohnzimmer des Hauses in der Gillygate-Straße drängten sich bald so viele Gäste, daß einige in die Küche auswichen, wo Louisa und Bessie so schnell und gleichmäßig wie Maschinen Essen und Getränke austeilten, gefährlich balancierte Tassen und Teller aus der Gefahrenzone retteten und für Nachschub sorgten. Mit der aus vergangenen Erfahrungen gewonnenen Klugheit überließen sie es Edward und seiner Tante, die Chapmans zu unterhalten, was ein besonderes Fingerspitzengefühl für gesellschaftliche Balance verlangte. Louisa hatte jedenfalls keine Lust, bissige Bemerkungen über sich ergehen zu lassen.

Sie widmete sich gerade der Aufgabe, den Hochzeitskuchen in einigermaßen gleich große Stücke zu schneiden, als sich eine Hand vertraulich um ihre Hüfte legte. Überrascht hielt sie die Luft an und wollte ausweichen, aber der Mann, dem diese Hand gehörte, zog sie an sich und drückte ihr einen Kuß auf die Wange. Als Louisa sich umdrehte, um zu sehen, wer soviel Kühnheit besaß, lachte sie.

»John Elliott! Ich hätte es mir denken können. Wie kannst du dir solche Freiheiten mit mir erlauben. Du bist seit acht Jahren verheiratet!«

Um die Augen, die ihren Augen so glichen, bildeten sich vergnügte Fältchen, als er lachend antwortete: »Und warum bist du noch nicht verheiratet? Das Erziehen der Kinder anderer Leute ist doch nichts für ein so hübsches Mädchen wie dich. Du schiebst die Liebe auf die lange Bank und wirst noch eine alte Jungfer – und dazu, meine liebe Cousine, bist du nicht geschaffen!«

»Ach ja? Wozu bin ich denn geschaffen?« fragte sie lachend und nahm ihre Arbeit wieder auf.

Seine Hände lagen immer noch auf ihrer Hüfte. Er beugte sich über ihre Schulter und flüsterte ihr zärtlich ins Ohr: »Für die Liebe.«

Plötzlich füllten sich ihre Augen mit Tränen. Sie legte vorsichtig das Messer auf den Tisch, denn sie fürchtete, etwas anderes als den Kuchen zu schneiden, und sagte: »John – bitte, mach dich nicht über mich lustig. Es ist mir überhaupt nicht danach.«

Sein helles und immer noch hübsches Gesicht verriet Überraschung und echte Sorge. »Warum bist du so traurig? Was habe ich denn gesagt? Das sieht dir überhaupt nicht ähnlich, meine Liebe. Hier ...« Er zog ein gelbes Taschentuch aus der Jackentasche seines neuen Anzugs und trocknete ihr sehr zart die Augen.

»Laß den Kuchen«, sagte er. »Können wir uns nicht irgendwo hinsetzen?« Er sah sich in gespielter Verzweiflung in der Küche um. Überall standen Gäste, die sich angeregt und lachend unterhielten, ohne das kleine Drama in der Ecke zu bemerken. Schließlich nickte ihm Mary Elliott aufmunternd zu und bedeutete ihm stumm, mit Louisa nach oben zu gehen.

Er setzte sich neben sie auf das große Doppelbett, in dem Robert Duncannon geschlafen hatte, und nahm seine Cousine tröstend in die Arme, bis ihr Schluchzen verstummte. »Also, meine Liebe, was ist denn los? Ich hätte nicht geglaubt, daß du bei einer Hochzeit so weinen mußt. Bei einer Beerdigung vielleicht, aber doch nicht bei der Hochzeit

deiner Schwester – es sei denn, sie hat den Mann geheiratet, den du eigentlich haben wolltest. Aber nein – er ist nicht der Richtige für dich, nicht wahr? Du würdest dir natürlich einen Mann wie mich suchen, stimmt's?« neckte er sie. »Ein gutaussehender Bursche, der seinen Mann steht – vielleicht ein bißchen frech, na ja, eben wie ich es bin!«
Hinter den Tränen zeigte sich ein wäßriges Lächeln, und mit seinem weichen Lincolnshiredialekt gelang es John nach und nach, die Geschichte von Robert Duncannon aus ihr herauszulocken. Als Louisa ihm alles erzählt hatte, zog er sie wieder eng an sich. »Ich habe dir ja gesagt, du bist für die Liebe bestimmt..., das weiß ich schon seit vielen Jahren. Weißt du noch, als ich hier um die Ecke wohnte? Ich bin zu euch zum Abendessen gekommen, habe deine Mam besucht und dich immer geneckt. Damals mochtest du mich, stimmt's?« fragte er und mußte bei der Erinnerung lachen. »Aber du warst zu jung, mein Schatz, und leider!« rief er pathetisch und griff sich ans Herz, »war ich einer anderen versprochen!«
Louisa drückte das Gesicht an seine rauhe Jacke, errötete und mußte lächeln. Die Enthüllung nach so vielen Jahren machte sie verlegen. Sie hatte es beinahe vergessen, aber es stimmte. Sie *fand* ihn damals sehr attraktiv, und nach der bitteren Enttäuschung, als Edward sie verlassen hatte, flirtete sie offen mit ihrem Vetter aus Lincolnshire. Im Gegensatz zu Edward zeigte sich John dafür empfänglich. Aber damals war sie noch ein Mädchen gewesen und er bereits ein Mann. Sie war inzwischen erwachsen geworden, aber er hatte sich kaum verändert, sondern war immer noch so dreist, derb und auf eigenartige Weise liebenswert. Tante Elizabeth mochte ihn nie, Edward auch nicht, aber ihre Mutter hatte den jungen Vetter ins Herz geschlossen. Sie empfing ihn immer mit offenen Armen und verwöhnte ihn mit ihrem besten Kuchen.
Louisa empfand seine erdhafte Männlichkeit wohltuend. Der schwache Tabakgeruch erinnerte sie an Robert, und der einfache körperliche Trost, von jemandem umarmt zu werden, half ihr irgendwie.
»Bist du glücklich, John?«
»Gott sei Dank, aber natürlich«, erwiderte er lachend. »Ich liebe meine Jenny, und sie liebt mich. Unsere fünf Kinder beweisen es.«
»Sie hätte dich begleiten sollen. Ich hätte sie zu gern kennengelernt.«
»Sie muß die fünf versorgen, und das sechste ist unterwegs. Das war einfach unmöglich!«

Louisa richtete sich auf und sah ihn an. »Noch ein Kind? Um Himmels willen, wie schaffst du das?«
Er lachte spitzbübisch. »Oh, ich schaffe das ohne weiteres – es kommt ganz natürlich.«
Ihr stieg die Röte in die Wangen, und sie schlug die Augen nieder, aber sie mußte trotzdem lächeln. »Also wirklich, John! Ein Glück, daß meine Mutter dich nicht hören kann.«
»Du wirst es nicht glauben! Sie würde herzlich lachen, und das ist besser als Tränen, mein Schatz.«
»Du bist schrecklich! Aber es geht mir besser«, gestand sie mit einem verstohlenen Lächeln. »Vielen Dank, daß du mein Gejammere angehört hast, ohne mich zu kritisieren.« Nach einem Moment fügte sie hinzu: »Du schweigst doch wie ein Grab, nicht wahr? Du darfst meiner Mutter oder Edward nichts sagen!«
»Was? Ich würde mich nicht trauen, Edward auch nur eine *Andeutung* zu machen. Keine Angst, bei mir sind deine Geheimnisse sicher. Das letzte habe ich auch für mich behalten, das weißt du doch! Aber ganz im Ernst, meine Liebe, was hast du mit deinem vornehmen Herrn vor?«
»Was kann ich machen?« Sie zuckte mit den Schultern.
Er dachte einen Augenblick nach. »Meiner Meinung nach hast du zwei Möglichkeiten . . . genaugenommen drei, aber die dritte würde ich dir nicht empfehlen. Du kannst deinen Gefühlen folgen . . . seine Geliebte werden und in Luxus leben. Oder du heiratest den nächstbesten Mann, der um dich anhält. Werde keine alte Jungfer – dazu eignet sich Blanche, aber in deinem Fall wäre es ein großer Jammer.«
»Bei dir klingt das so einfach«, sagte sie und mußte lachen.
»Weißt du, ich finde dein Lachen herrlich. Deine Mundwinkel heben sich, deine Augen funkeln, und du bist einfach liebenswert.« Er legte die Hände um ihre Schultern, zog sie zu sich und musterte sie mit zusammengekniffenen, lächelnden Augen. »In Erinnerung an alte Zeiten, ja?« fragte er, und noch ehe sie zurückweichen konnte, küßte er sie hingebungsvoll und zärtlich auf die Lippen. Er drückte sie sanft auf das Bett, bis sie beide nebeneinander lagen. »Ich wollte nur einmal wissen, wie es ist«, flüsterte er, »wenn ich dich küsse.«
Halb ärgerlich stieß Louisa ihn in die Seite, entspannte sich dann jedoch und drückte das Gesicht an seinen Hals. »Du bist ein Schuft, John Elliott. Genügt dir eine Frau nicht?«

»Normalerweise schon«, gestand er und fuhr mit den Lippen an ihrem Ohr entlang. Seine Hände lockerten den Griff um ihre schmale Taille und überließen sich dem sinnlichen Genuß der schwellenden Hüfte unter dem weichen schwarzen Crepe.

Aber noch ehe er sie wieder küssen konnte, schob Louisa seine Hände weg und stand auf. Er blieb ausgestreckt auf dem Bett liegen. »Du gehst jetzt besser«, sagte sie und funkelte ihn wütend an, »solange wir noch Freunde sind.«

»Sei mir nicht böse, Louisa«, flehte er schmerzlich überrascht. »Es war doch nur Spaß. Ich wollte dich aufmuntern, mehr nicht.« Er besaß den mutwilligen Charme eines mißverstandenen kleinen Jungen, und er wußte es. Louisa hätte ihm am liebsten eine Ohrfeige gegeben.

»O John, fahr nach Blankney zurück und hör auf, mich zu verführen. Was würde deine Jenny sagen, wenn sie wüßte, was du mit mir vorhast?«

Die großen blauen Augen zwinkerten wieder. »Und was würde dein Dragonerhauptmann sagen, wenn er dich vor einer Minute gesehen hätte?«

Louisa hob drohend die Hand, aber er wich lachend aus. »Ich gehe! Ich gehe!« rief er und sprang zur Tür. »Aber ich kann nicht nach Blankney zurück, denn ich bleibe heute nacht hier.«

Als er gegangen war, setzte sich Louisa wieder auf das Bett und streckte sich dann dort aus, wo Robert Duncannon bei ihrer ersten Begegnung gelegen hatte. »Was hast du mit mir gemacht?« flüsterte sie und wußte, das, was gerade geschehen war, hätte sich nicht ereignet, als sie Robert noch nicht kannte. Sie hätte John Elliott energisch weggeschoben und ihm gesagt, er möge gefälligst Vernunft annehmen. Aber sie hatte sich von John küssen lassen und sich dabei vorgestellt, es sei Robert. Sie hatte sich genußvoll dem Gefühl überlassen und wollte mehr. Dieser Gedanke beschämte sie. »Was hast du getan, Robert?« murmelte sie noch einmal. »Was hast du aus mir gemacht?«

Es klopfte leise an der Tür, aber sie hörte es nicht. Als Edward ihr sanft die Hand auf die Schulter legte, fuhr sie auf, weil sie fürchtete, es sei John.

Erschrocken starrte Edward sie an. »Was fehlt dir?«

»Nichts . . . mir, mir fehlt nichts«, stammelte sie. »Wirklich, ich wollte gerade hinunterkommen.«

Edward wußte, daß sein Vetter bei ihr gewesen war, und durchschaute die Situation. »Was hat John von dir gewollt?«
»Nichts!« Louisa schüttelte den Kopf, stand auf und strich sich das Kleid glatt.
Edward wartete ungeduldig auf eine Erklärung. »Er hatte schon immer ein Auge auf dich geworfen! Man sollte ihn verprügeln!« Die beiden Männer konnten sich nicht ausstehen, und Edward fand Johns Anwesenheit hier entsetzlich. »Was hat er mit dir gemacht?«
»Nichts, Edward! Mir war übel, und er hat mich nach oben gebracht. Frag Mama, wenn du mir nicht glaubst.«
»Warum hast du geweint?«
»Ich habe es dir doch gesagt – mir war übel.«
»Irgend etwas macht dir Kummer. Was ist es?« fragte er scharf.
»Seit Wochen stimmt etwas mit dir nicht«, fügte er etwas freundlicher hinzu. Als sie keine Antwort gab, seufzte er gereizt. Nach mehreren Stunden gesellschaftlicher Nettigkeiten und langweiliger Konversation war seine Geduld erschöpft. »O Louisa, warum sagst du mir nicht, was los ist?«
»Was soll ich dir sagen?« log sie und wünschte, sie hätte sich Edward und nicht John anvertraut. Aber sie wußte, Edward stand ihr zu nahe. »Vielleicht hat mich die Hochzeit aus dem Gleichgewicht gebracht – vielleicht werde ich auch krank ... ich weiß es nicht.«
Edward runzelte die Stirn und spürte ihre wachsende Angst. Sie war seit Wochen blaß und verschlossen. Er hatte seine Tante schon darauf aufmerksam gemacht, daß Louisa dünn und immer dünner wurde. »Hast du Husten?« fragte er plötzlich besorgt und dachte an Tuberkulose. Er beugte sich vor und legte ihr die Hand auf die Stirn. »Ich glaube, du solltest dich ins Bett legen.«
Plötzlich hatte sie die sehr verführerische Vorstellung von Frieden und Stille, den Gedanken, gepflegt und umsorgt zu werden und der Mühsal des Alltags zumindest für eine kurze Weile einmal enthoben zu sein. Dann mußte sie nicht nach unten und Emily und ihren Mann verabschieden. Die Chapmans würden ihre Abwesenheit wohl kaum bemerken. Es war zu verlockend. Sie nickte und legte sich erleichtert wieder hin.
»Ich schreibe Mr. Tempest eine Nachricht und lasse sie in die Blossom-Straße bringen. Geh in dein Zimmer und leg dich ins Bett. Ich werde

dich bei Emily und John entschuldigen. Vielleicht kommt Emily zu dir hinauf, um sich zu verabschieden. Und ich werde John Elliott die Meinung sagen«, fügte er finster hinzu. Louisa war zu erschöpft, um noch etwas zu erwidern.

Als nach einigen Stunden alle Gäste gegangen waren, schlich sich John Elliott in Louisas Zimmer, um sich zu entschuldigen. »Verzeih mir, meine Liebe. Ich möchte morgen nicht mit dem Gedanken abfahren, daß wir keine Freunde mehr sind.«

Sie musterte ihn einen Augenblick. »Schon gut – es war auch mein Fehler. Mir war bis heute nicht klar, wie sehr mir das alles nahe geht. Ich glaube, die Tränen haben mir gut getan«, fügte sie mit einem schwachen Lächeln hinzu.

»Wirklich?« fragte John, und sie nickte mit zusammengepreßten Lippen. Mit einem verlegenen Grinsen sprach er weiter. »Deine Mutter hat mich gefragt, was mit dir los ist. Ich habe nur gesagt, dir sei schlecht geworden. Aber ich glaube, sie weiß mehr. Sie sagte, sie werde mich natürlich nicht zwingen, ein Geheimnis zu verraten.«

»O je, ich dachte, sie hätte Robert vergessen.«

»Vielleicht hat sie das auch von *dir* gehofft.« Er setzte sich verlegen auf den Bettrand und legte seine große, schwere Hand auf ihre Hände. »Sag mal, warum besuchst du uns nicht einmal in diesem Sommer? Wir haben Tante Mary so oft eingeladen, aber sie kommt nicht. Du bist als kleines Kind zum letzten Mal in Blankney gewesen. Besuch doch Jenny und mich, ja?«

Louisa sah ihn lange prüfend an, und er lachte. »Keine Angst, Jenny paßt gut auf mich auf.«

Gerührt von seinem Wunsch, alles wiedergutzumachen, lächelte sie. Ein Sommer in Lincolnshire war sehr verlockend. »Ich verspreche dir, ich werde darüber nachdenken«, antwortete sie.

17

Mary Elliott rief Dr. Mackenzie, der eine allgemeine Schwäche als Folge von Überarbeitung diagnostizierte. Er empfahl kräftigende Speisen wie Austern, Rinderbrühe, Leber, viele Eier und soviel Reispudding, wie Louisa essen konnte. Dazu sollte sie Porterbier und Milch trinken. Louisa nutzte diese Diagnose gegenüber ihrer Mutter weidlich aus, überging geschickt scheinbar belanglose Anspielungen auf Robert Duncannon und suchte Zuflucht im Schlaf. Louisa wollte einfach nicht über ihn sprechen. Zu gestehen, weshalb sie unglücklich war, hätte bedeutet, daß sie die ganze traurige Geschichte erzählen mußte. Aber sie konnte ihrer Mutter nicht sagen, daß Robert verheiratet war.

Wenn Louisa auf diese wenigen Tage zurückblickte, dann wußte sie, das Nachgeben der Schwäche war notwendig gewesen. Auch John Elliott hatte sie verziehen. Als Mann hatte er sich schlecht benommen, aber sein Ruf war alles andere als blütenrein, und sie hätte es besser wissen sollen. Als Katalysator hatte er allerdings eine dringend notwendige Reaktion ausgelöst.

Für John hatte sie als Mädchen geschwärmt, aber Robert trat in das Leben einer Frau und erschütterte ihr Bild von sich als einer kühlen, gelassenen Jungfrau, die sich weder für Männer noch für die Ehe interessierte. Die Enthüllung, daß Robert ein verheirateter Mann war, warf Licht auf einen Teil ihres Wesens, von dem sie bisher nicht gewußt hatte, daß es ihn gab. Nun existierten die schützenden Schichten nicht mehr, die selbst nach den wenigen Augenblicken gemeinsam erlebter Leidenschaft noch geblieben waren. Nicht weil sie eine prüde Frau war, empfand sie den Schock so heftig, sondern aus bitterer Enttäuschung, weil ihre uneingestandenen Hoffnungen und Wünsche für immer zunichte gemacht worden waren. Und auch deshalb, weil ihr zum ersten Mal klar wurde, wie sehr sie Robert liebte und wollte.

Sie hatte seine Qual geteilt und durch seine Offenheit und sein Ehrgefühl doppelt schmerzlich empfunden. Danach glaubte Louisa, an ihren Gefühlen zu ersticken. Sie hatte die Vorstellung, sich in einer Welt aus Watte zu bewegen, in der alles übermenschliche Anstrengung erforderte, und in der nichts wirklich war – sie am allerwenigsten.
John Elliott hatte sie unwissentlich befreit und zu den lebenden, atmenden Menschen zurückgeholt. Zumindest dafür mußte sie ihm dankbar sein.
Louisa betete täglich darum, Robert nie wieder zu sehen, kämpfte regelmäßig mit Rachel um das Ziel ihrer Nachmittagsspaziergänge und bestand auf dem Museumspark und der Flußpromenade. Sie wollte überall hin, nur nicht zum Knavesmire, wo die Königlichen Dragoner ihre Pferde trainierten. Jedesmal wenn Louisa Rachel unterlag, wurde der Spaziergang zur Bedrohung. Die Erinnerung an die Begegnung, als sie wie Fremde miteinander gesprochen hatten, quälte sie immer noch. Ein Segen war, daß auch Robert scheinbar eine Abneigung gegen die alten Plätze hatte. Er erschien selten bei den Bainbridges. Rachel beklagte anfangs sein Ausbleiben, aber seit neuestem interessierte sie sich sehr für Sophies Bruder Arthur, und ihre Gefühle schienen erwidert zu werden.
Man hatte Rachel eingeladen, am Regimentstag Sophies Familie nachmittags zu begleiten. Louisa war dafür dankbar, denn sonst hätte man sie für dieses Ereignis wieder als Anstandsdame verpflichtet. Auf dem Knavesmire, wo sich die Menschen drängten, wollte sie an einem heißen Juninachmittag am allerwenigsten sein. Während die Bürger von York das Schaureiten der Königlichen Dragoner und der 14. Husaren bewunderten, würde sie im Garten sitzen und ein Buch lesen.
Aus einem Impuls heraus stieg Louisa die Stufen am Micklegate Bar, dem alten Stadttor, hinauf und lief auf der Stadtmauer in Richtung Lendal-Brücke. Tief unten zog sich die Straße am alten Graben entlang. Die Tramwagen und Droschken dort unten sorgten für eine ständige laute Geräuschkulisse. Eine Reihe schriller, abgehackter Warnpfiffe begleitete die Abfahrt eines blitzenden Expreßzugs aus dem hohen Gewölbe des Bahnhofs. Louisa blieb stehen und beobachtete den Zug. Wohin er wohl fuhr? Sie mochte den Bahnhof. Der Lärm und das geschäftige Treiben gaben ihm etwas Erregendes, sehr Bedeutungsvolles, das ihrem Leben, wie sie traurig empfand, fehlte. Hinter ihr im dunklen,

stummen Schatten standen alte Güterwagen und verrußte, uralte Lokomotiven – schweigende Karikaturen einer anderen Generation. Der verwahrloste alte Bahnhof wirkte trostlos und verlassen vor der Kulisse von Tanner Row. Eine Minute lang nahm sie das Bild in sich auf und überließ sich Erinnerungen. Trotz aller Katastrophen in ihrem Leben waren Elizabeth und Mary Elliott früher oft und lange gereist. Louisa beneidete sie plötzlich um diese wunderbare Unabhängigkeit. Dann rief sie sich energisch zur Ordnung und ging weiter.

Der Anblick des Münsters richtete sie wieder auf. Sie liebte diesen Blick an einem solchen Tag. Die weiße Mauer des Münsters lag wie ein Band vor ihr; die rostbraunen Klinker der Häuser durchschnitten es, die weißen Türme und Zinnen überragten majestätisch die sehr viel bescheideneren Dächer der anderen Gebäude und hoben sich in ihrer vollkommenen Harmonie der Architektur vor dem strahlend blauen Himmel ab. Das Münster vermittelte ein Gefühl von Ewigkeit, einer tröstlichen Dauer, die daran erinnerte, daß alles andere vergänglich ist. In hundert, in zweihundert Jahren würde es das Münster immer noch geben, während sie dann mit all ihren kleinen Ängsten und Sorgen des Lebens nicht mehr als eine Handvoll Staub war. Also war im Grunde nichts so wichtig.

Es gab Salat, kalten Braten und Kartoffeln zum Mittagessen – außerdem Erdbeeren mit Sahne –, Louisas Lieblingsdessert und ein seltener Luxus in dieser Jahreszeit. Zu ihrer Überraschung wurde sehr früh gegessen, und danach verschwand Mary Elliott nach oben in ihr Zimmer. Als sie zurückkam, hatte sie sich herausgeputzt und trug ihr bestes Sommerkleid. Sie verkündete strahlend, sie gingen alle zusammen aus.

Es war zu spät; Louisa konnte nicht mehr vorgeben, sich unwohl zu fühlen oder Kopfschmerzen zu haben. Sie versuchte zu protestieren und sagte, auf dem Knavesmire herrsche sicher ein großes Gedränge. Aber ihre Mutter ließ sich nicht erweichen. Sie hatte beschlossen, daß sie alle, einschließlich Betty, zum Regimentstag gehen würden, und ließ keine Ausrede gelten.

Edward verdrehte in gespielter Verzweiflung die Augen, und Louisa kämpfte gegen ihre Panik, die sie mit einem schwachen Lachen zu verbergen suchte. Unter dem Vorwand, einen hübscheren Hut und einen

Schirm als Schutz gegen die Sonne zu holen, rannte Louisa die Treppe hinauf, um sich in ihrem Zimmer zu beruhigen. Sie betupfte das Gesicht mit kaltem Wasser, die Handgelenke mit Eau de Cologne, holte tief Luft und beruhigte sich schließlich mit dem Gedanken, die Dragoner würden in großer Entfernung sein, und deshalb würde man die Gesichter nicht erkennen können.

In der von Pferden gezogenen Trambahn fuhren sie am Haus der Tempests in der Blossom-Straße vorbei zur Endstation. Die Menschen zogen bereits in Scharen zum Turnierplatz. Die Reichen mischten sich, wenn auch mit sichtbarem Widerwillen, unter die einfacheren Leute. Mary Elliott lief gut gelaunt, munter und rüstig wie schon lange nicht mehr, durch die Menge. Sie trieb ihre Tochter zur Eile an und unterhielt sich bestens mit ihrem Neffen, der ihr den Arm gereicht hatte. Sogar die aufgeregte Bessie mit ihrem hochroten Kopf wirkte sehr viel glücklicher als Louisa, deren Wangen bei jedem Schritt blasser wurden.

Sie fanden einen Platz mit einem guten Blick dicht an der Absperrung. Das große grüne Oval war noch leer, aber schließlich ritten die Dragoner und Husaren unter dem Jubel der Menge in Galauniform ein. Es war ein prachtvoller Anblick, wie sie auf den stolzen Pferden saßen, während die Nachmittagssonne das Schauspiel vergoldete. Sie ritten in Formationen, in Reihen, in Gruppen und vollführten unter dem Beifall und Begeisterungsstürmen der Zuschauer schwierige und gelungene Manöver. Die Kavallerie war die Blüte des Militärs, eine Truppe mit vollkommener Disziplin, und ein Symbol der Unbesiegbarkeit. Ein Gedanke bewegte alle an diesem Tag und erfüllte die Menschen mit Genugtuung: Wie sollte sich ein heruntergekommenes Pack von Rebellen gegen diese Macht behaupten? Mit solchen Männern an der Spitze würde das Reich ewig leben!

Mary Elliott lobte die Darbietung und applaudierte ebenso lautstark wie die anderen. Ihre Augen hingen unverwandt an den roten Uniformen der Dragoner. Sie drückte den Arm ihrer Tochter und versuchte, den Hauptmann zu entdecken. Während die Reiterschwadronen ihre Formationen ritten, konnte man die einzelnen Männer unmöglich voneinander unterscheiden, aber als sie sich im Galopp der Absperrung näherten und nach rechts und links auseinanderstoben, entdeckte Louisa Robert plötzlich und konnte die Augen nicht mehr von ihm wenden.

Die zwei Regimenter zeigten ihre Geschicklichkeit beim Kampf mit dem Säbel. Die silbernen Klingen blitzten in der Sonne. Plötzlich galoppierten sie wieder und verfolgten zur Freude der Menge einen unsichtbaren Feind. Im rasenden Galopp verschwanden sie vom Platz.
Der Jubel und Beifall dröhnte in Edwards Ohren. Er schwieg und beobachtete nicht die abziehende Kavallerie, sondern Louisa. Ihm entging keine noch so winzige Veränderung im Gesicht seiner Cousine. Er hatte die angespannte, ernste Wachsamkeit bemerkt, das kurze Aufblitzen der Freude, und jetzt sah er die Traurigkeit. Nun wußte Edward, weshalb Louisa unglücklich war, woher die Appetitlosigkeit kam, und warum das schmale Gesicht so blaß aussah, das früher immer rosig gestrahlt hatte. Er bewunderte ihr stoisches Schweigen, aber er wünschte, sie hätte sich ihm anvertraut, wie er sich vor langer Zeit einmal ihr anvertraut hatte.
Er nahm Louisas Hand und legte sie auf seinen Arm. Dann sah er sie an. »Jetzt verstehe ich«, sagte er leise, ohne daß seine Tante es hörte. »Willst du es mir nicht erzählen?«
Louisa neigte den Sonnenschirm, bis er die Augen beschattete. Mit dem Anflug eines Lächelns nickte sie. »Gerne«, gestand sie, »obwohl es nicht viel zu erzählen gibt.«
»Wirklich nicht?«
Seufzend klopfte sie auf seinen Arm. »Ach ja, vielleicht doch.«
»Ich bin immer für dich da«, erinnerte er sie und fügte etwas unbeschwerter hinzu: »Und beide Schultern sind wetterfest.«
Sie lachte. »Ich verdiene dich nicht, Edward. Aber ich werde es nicht vergessen – ich verspreche es dir.«

18

Der Sommer nahm seinen Lauf mit der üblichen Mischung von Sonne und Regen. Auf graue Tage folgte klarer Himmel von zartestem blassen Blau, und danach schien strahlend die Sonne. In den letzten Junitagen und Anfang Juli tobte das Wahlfieber. Die Tories und die Liberalen lieferten sich erbitterte Duelle. Die Zeitungen berichteten ausführlich jede scharfe Kritik und böse Beschimpfung, die Albert Tempest triumphierend wiederholte. Am 16. Juli eroberte Gladstone wieder die Macht mit dem Versprechen der Autonomie für Irland. Louisa fragte sich, wie Robert wohl darüber dachte, als sie las, daß seine Schwadron in Strensall Camp zwei Wochen erfolgreiche Manöver hinter sich hatte und von der Gruppe abgelöst wurde, die Tommy befehligte.

Mitte August sprach man nur noch über die Trockenheit. Die Stadt verschwand unter dem Schwefelschleier des Kohlenrauchs und erstickte in der Nachmittagshitze. Der Himmel nahm eine unnatürliche messingfarbene Tönung an und tauchte die Farben in ein seltsam gelbes Licht. Türen und Fenster standen offen, um jeden Lufthauch einzufangen. Alte Frauen saßen auf den Stufen vor den Hauseingängen. Sie hatten die hochgeschlossenen Krägen am Hals geöffnet, die Ärmel hochgerollt, und zu ihren Füßen spielten apathisch kleine Kinder, während die reicheren Bürger ihrer Arbeit nachgingen und vom offenen Land und sonntäglichen Picknicks träumten. Hunde lagen hechelnd im Schatten, und die Pferde gingen langsam mit gesenkten Köpfen vorüber. Sie waren zu erschöpft, um die Fliegen abzuschütteln oder zu verscheuchen, die ihre Augen umschwärmten. Jede Wasserstelle in der Stadt wurde scheinbar ununterbrochen von Tieren umlagert.

Louisa stand im Unterrichtsraum am offenen Fenster und bürstete Victoria die Haare. Sie flocht ihr geschickt die langen goldblonden Locken, rollte die Zöpfe zusammen und steckte sie auf dem Kopf fest, damit der

Hals frei war und von der Luft gekühlt wurde. Sie glättete den Kragen der Kleinen, griff nach der gestärkten Kinderschürze und band sie am Rücken mit zwei ordentlichen Schleifen. Sie waren mit Rachel zum Tee bei den Bainbridges eingeladen, und Louisa bereitete sich mit dem gewohnten Zögern auf den Weg nach Fulford vor.

Sie spürte, daß die immer häufiger werdenden Besuche Albert Tempest ärgerten. Er ließ es beinahe an der notwendigen Höflichkeit fehlen, wenn Sophie und Albert zum Gegenbesuch erschienen, aber meist war er überhaupt nicht zu Hause und überließ es Louisa, über die Regeln des Anstands zu wachen. Er bestand noch immer darauf, daß sie Rachel überallhin begleitete, und das war im Fall der Bainbridges für sie eine besondere Qual. Man hatte Louisa die Unhöflichkeit an jenem Sonntagnachmittag nie ganz verziehen, und sie fürchtete immer noch, Robert dort zu treffen, obwohl sie ihn in den vergangenen zwei Monaten überhaupt nicht zu Gesicht bekommen hatte.

Es beunruhigte Louisa, daß Albert Tempest seine Pflichten als Vater so völlig vernachlässigte. Sie fürchtete, daß er ihr zu viel Verantwortung überließ, und sie machte sich auch Gedanken darüber, daß in der Zeit der Apathie nach Roberts Verschwinden aus ihrem Leben Rachel und Arthur Bainbridge die Situation ausnutzten und einiges geschah, was nicht geschehen durfte. Louisa wollte keine bösartigen Geschichten in die Welt setzen und den Zorn des Vaters auf das Haupt seiner Tochter beschwören. Deshalb versuchte sie, mit Rachel zu reden und sie zur Vernunft zu bringen. Es nützte wenig. Das Leben mit Albert Tempest hatte Rachel gelehrt, Geheimnisse für sich zu behalten und hartnäckig ihren Willen durchzusetzen. Louisa suchte Möglichkeiten, ihrem Brotherrn ihre begründeten Befürchtungen so diskret und unauffällig wie möglich beizubringen. Aber Gelegenheiten dazu boten sich nur sehr selten, und Louisa hielt sich zu sehr zurück. War sie einmal mit ihm allein, zeigte er sich seltsam uninteressiert, als langweile es ihn, über seine Tochter zu sprechen. Er wollte offenbar nur schweigend im Zimmer sitzen und sie anstarren. Wenn er diese langen, spannungsgeladenen Momente mit Bemerkungen unterbrach, klangen sie bewußt knapp und beinahe aggressiv. Louisa fürchtete sich allmählich in seiner Gesellschaft. Sie war hin und her gerissen zwischen ihrer Sorge um Rachel und der Angst vor den unberechenbaren und möglicherweise unbeherrschten Ausbrüchen dieses Mannes.

Der bevorstehende Urlaub erschien ihr wie eine Erleichterung, denn in dieser einen Woche würde sie wenigstens einen Teil ihrer Ängste vergessen können. Die Tempests wollten in Kürze die alljährliche Reise nach Bridlington antreten, und Louisa hatte schließlich beschlossen, die Einladung von John Elliott anzunehmen. Ihre Mutter hatte sie nachdrücklich dazu ermuntert, und sogar Edward war der Meinung gewesen, es sei für ihre Gesundheit gut, York einmal zu verlassen.

Sophie und Lily spielten mit zwei anderen jungen Frauen an der Rückseite des Hauses Krocket. Ihre nasalen und schrillen Stimmen konkurrierten mit dem Geschrei der Kinder, die sich an einem Ende der Terrasse mit einem Kegelspiel die Zeit vertrieben. Am anderen Ende ruhte Mrs. Bainbridge in einem Korbsessel und fächelte sich Luft zu. Sie begrüßte Rachel mit einer Klage über die entsetzliche Hitze.

»Mein liebes Kind, wir haben heute nachmittag nicht mit Ihnen gerechnet. Es ist einfach zu heiß, um irgendwohin zu gehen. Sie müssen ja völlig erschöpft sein. Nehmen Sie Platz und trinken Sie von dieser frischen Limonade.«

Als Rachel sich setzte, gewährte Mrs. Bainbridge Louisa ein höfliches Nicken und bemerkte erst jetzt Victoria. Die Kleine klammerte sich scheu und unsicher an Louisas Hand. Das freundliche Lächeln und die vielen Komplimente der älteren Frau lockten Victoria schließlich aber doch an ihre Seite. Sie setzte sich neben Mrs. Bainbridge und nahm von den angebotenen süßen Mandeln und trank Limonade.

»Nun, Kleines, ich finde, du solltest jetzt zu den anderen Kindern laufen und dich mit ihnen anfreunden.«

Victoria wußte nicht so recht, wie man sie aufnehmen würde. Mit Louisa im Schlepptau näherte sie sich ihnen zögernd. Die beiden Jungen bejubelten laut und begeistert ihre gegenseitigen Treffer und achteten kaum auf die nervösen Mahnungen ihres Kindermädchens, eine junge, etwa zwanzigjährige Frau. Das neunjährige Mädchen war das älteste der Kinder und beschloß glücklicherweise, die kleine Mutter zu spielen. Sie nahm Victoria an der Hand und lief mit ihr zu den Terrassenstufen am anderen Ende, wo ein paar ihrer Puppen lagen. Diese freundliche Geste gefiel Louisa, die Victorias Verhalten nie voraussehen konnte. Victoria schien jedoch zufrieden zu sein, und Louisa setzte sich mit einem erleichterten Seufzer neben das Kindermädchen.

Diese Szene erinnerte sie sehr an ihre letzte Stelle: Kindergesellschaften im Park des prachtvollen, aber mittlerweile heruntergekommenen Herrschaftshauses, aufgeregte, durchdringende Stimmen, das Geklirr der Teetassen, während Kindermädchen und Kinderschwestern Tee tranken und sich unterhielten. Der betäubende Duft von Jasmin und Geißblatt, der über die niedrige Balustrade vor ihr drang, verstärkte diesen Eindruck noch. Eine Welle wehmütiger Erinnerungen überflutete Louisa, und sie schloß energisch die Augen, um sich dagegen zu wehren. Aber die Stimmen und den Blütenduft konnte sie nicht vertreiben.
Im Vergleich zu der spannungsgeladenen und unnatürlichen Atmosphäre im Haus in der Blossom-Straße war dieser Augenblick wie das Echo eines anderen Tages. Das Leben hier war so unerträglich normal und so vollkommen, daß sie sich danach sehnte, die Zeit um zwölf Monate zurückzudrehen und diesen Augenblick für immer einzufangen. So war es damals gewesen, ohne die Tempests und ohne Robert. Damals war sie glücklich gewesen, in Sicherheit und ihrer selbst sicher. Das Leben dort war vielleicht etwas langweilig, aber unbeschwert von den täglichen Belastungen, die in letzter Zeit einen hohen Preis von ihr verlangten.
Mit einiger Mühe schob Louisa die Erinnerungen beiseite und wandte sich der jungen Frau zu. Sie stellte Fragen nach den Kindern und ihren Familien. Sie erfuhr, daß alle drei Kinder Sophies und Lilys zweiter Cousine gehörten, der Dame in dem blaßblauen Kleid, und daß die andere Dame ihre Schwester war. Der Vater der Kinder war bei den 14. Husaren. Dieses Regiment war seit kurzem mit den Königlichen Dragonern in der Kavalleriekaserne stationiert. Die Familie hatte sich hier noch nicht richtig niedergelassen. Das gemietete Haus war klein, zu klein für Gäste, Kinder und das Personal. Deshalb wohnte die jüngere Cousine für die Dauer ihres Besuches bei den Bainbridges. Louisa wurde plötzlich klar, daß die Bainbridges ein Vermögen besitzen mußten, denn der Sold eines Majors in einem Freiwilligenregiment reichte nicht aus, um ihren Lebensstil zu finanzieren. Als Arthur erschien, überlegte sie, wie die Bainbridges wohl über eine verwandtschaftliche Verbindung zu den Tempests denken mochten. Albert Tempest besaß Geld, aber es war das Geld eines Neureichen, durch Geschäftstüchtigkeit erworben, nicht geerbt. Die Bainbridges mochten Rachel. Daran bestand kein Zweifel, aber würden sie Rachel als Schwiegertochter ak-

zeptieren? Wenn die Bainbridges keine Geldsorgen hatten, stand Rachel vermutlich eine schwere Zeit bevor – das hieß, wenn ihre Absichten tatsächlich in diese Richtung zielten. Louisa vermutete, daß Rachel die Vorstellung liebte, einem Arthur Bainbridge und der Gesellschaft anzugehören, die er repräsentierte, und weniger den jungen Mann selbst.
Louisa unterhielt sich angeregt mit dem Kindermädchen, aber sie ließ Rachel nicht aus den Augen. Rachel spielte kokett und provokativ mit dem jungen Leutnant in Uniform. Sie erlaubte ihm, unter dem Vorwand einer Krocketlektion ihr seinen Arm um die Hüfte zu legen, aber in Louisas Augen war es eine alarmierende und eindeutige Geste. Sophie ermutigte ihn noch und kicherte aufreizend, aber als Arthur den mißbilligenden Blick seiner Mutter auf sich spürte, ließ er die Arme sinken und beschränkte sich auf verbale Anleitungen.
Louisa hing wieder ihren Gedanken nach und bemerkte nicht, daß inzwischen Hugh Darnley auf der Terrasse hinter ihr stand. Tommy Fitzsimmons' feste Schritte und sein freundlicher Gruß schreckten sie jedoch auf. Sie wagte nicht, den Kopf zu drehen, aber wartete sehnsüchtig auf Roberts sanftere und tiefere Stimme. Sie hörte aber nur Darnleys Erwiderung, und als sie sich umwandte, ruhten Tommys Augen auf ihr. Seine Lippen verzogen sich zum Anflug eines seltsamen Lächelns. Er begrüßte sie mit einem betont langsamen Nicken.
Louisa spürte – sei es aus Enttäuschung oder aus Erleichterung –, wie ihr das Blut aus dem Kopf wich. Ihre plötzliche Blässe veranlaßte die junge Frau neben ihr zu einer besorgten Frage nach ihrem Befinden.
»Es geht mir gut – wirklich. Es ist nur die Hitze.« Dankend nahm sie ein Glas Limonade, das ihr das Kindermädchen reichte, und vermied es bewußt, der Versuchung nachzugeben und sich noch einmal umzudrehen. Louisa bemühte sich, Tommys warme, melodische irische Stimme zu überhören, die sie nur allzusehr an den Abend von Sophies Party erinnerte. Aber als Roberts Name fiel, hörte sie beinahe gegen ihren Willen zu. Offenbar hatte sich seine Schwadron im Sommerlager in Strensall durch beispielhafte Tüchtigkeit ausgezeichnet. Tommy schien sich darüber zu amüsieren, besonders da er das übliche Durcheinander beim Musketenschießen und später bei den Manövern erlebt hatte.
Louisa fand, daß Tommy etwas zu betont Robert immer wieder erwähnte, als spreche er mehr zu ihr als zu Darnley; Darnleys einsilbige Bemerkungen verrieten ihr, daß er Tommys Humor nicht teilte.

Als Rachel und die anderen aufhörten, Krocket zu spielen, und auf die Terrasse kamen, ging Darnley hinüber zu ihnen. Schritte hinter Louisa kündigten Tommy an, aber sie war nicht darauf gefaßt, daß er sie zum Spiel auffordern würde. Mit einem entschuldigenden Lächeln schüttelte sie den Kopf. »Ich bedaure, Hauptmann Fitzsimmons, Krocket steht leider nicht auf der Liste meiner Fähigkeiten.«

»Dann werde ich es Ihnen beibringen, Miss Elliott!«

Sie erinnerte sich an Arthurs Bemühungen, Rachels Schläge zu korrigieren, und unterdrückte ein Lächeln. »Besser nicht, aber vielen Dank für das Angebot, Herr Hauptmann.«

Tommy ließ sich damit jedoch nicht abwimmeln. Louisas Anwesenheit an diesem Nachmittag war eine Gelegenheit, die ihm der Himmel gesandt hatte, und er wollte sie sich nicht so leicht entgehen lassen. Die Veränderungen bei seinem alten Freund in letzter Zeit beunruhigten ihn ernstlich, und alle seine Bemühungen, Roberts düstere Stimmung zu vertreiben, hatten versagt. Robert Duncannon machte sich nie viel daraus, mit der Herde zu laufen, aber über Tommys Gesellschaft hatte er sich immer gefreut. Sie besaßen den gleichen, etwas respektlosen Sinn für Humor, den auch Charlottes schlimmste Ausbrüche nie lange unterdrücken konnten. Tommy fand, daß die Katastrophe mit Charlotte sie beide fester verbunden hatte, aber nach Louisa Elliotts Erscheinen war plötzlich alles anders.

Wenn sie doch nur bereit wäre, Roberts Geliebte zu sein, dachte Tommy, dann würde alles gut werden. Robert könnte seine Leidenschaft befriedigen und den Sinn für das rechte Maß wiedergewinnen. Früher oder später wäre er ihrer überdrüssig, und dann konnten die zwei alten Freunde wieder wie eh und je zusammenstehen.

»Wirklich«, murmelte er mit seinem typisch lässigen Lächeln, »ich muß gestehen, Ihre Körbe sind äußerst enttäuschend. Verstehen Sie, ich hatte gehofft, Sie als eine gut informierte Quelle über eine Verlobung auszuhorchen, die uns bevorsteht, wie Gerüchte wissen wollen. Miss Tempest ist wirklich eine faszinierende junge Dame, und ich möchte mich nicht ins Spiel bringen, wenn es *nicht* erwünscht ist.«

Das junge Kindermädchen neben Louisa sah zuerst den großen Dragoner an, der lässig an der Balustrade lehnte, und dann Louisa. Sie schien nicht fassen zu können, daß dieses Gespräch überhaupt stattfand.

Louisas Lächeln verschwand. »Ich glaube, darüber sollten Sie sich keine

Gedanken machen, Herr Hauptmann. Das allgemeine Gerede ist selten richtig und sollte nie zu ernst genommen werden. Habe ich nicht recht?« fragte sie bewußt herausfordernd.

Er lachte. »*Touché*, Miss Elliott.« Er musterte sie mit einem langen, unergründlichen Blick. »Sie möchten also nicht spielen. Nun gut, wie geht es Ihnen? Was soll ich berichten? Soll ich sagen, daß Sie schlanker sind als bei unserem letzten Zusammentreffen? Ist das Leben freundlich oder häßlich zu Ihnen?«

Louisa stand abrupt auf und brachte den kleinen Holztisch vor ihren Knien zum Wanken. Sie beugte sich vor, um die leeren Gläser vor dem Umfallen zu bewahren, und errötete dabei zu ihrer großen Verlegenheit. »Also wirklich, Hauptmann, das ist beinahe eine Beleidigung!«

Aber noch bevor sie gehen konnte, war Tommy an ihrer Seite und entschuldigte sich. Er schob seinen Arm unter ihren Ellbogen. »Lassen Sie den Tisch – Ihre erste Krocketstunde wartet. Bitte entschuldigen Sie uns«, sagte er dann, nickte der jungen Frau freundlich zu und führte Louisa die Stufen zum Rasen hinunter.

»Ich würde es sehr begrüßen, wenn Sie Ihre Hand von meinem Arm nehmen würden«, zischte Louisa. »Was wird Mrs. Bainbridge denken? Ganz zu schweigen von dem Kindermädchen!«

Nachdem es Tommy gelungen war, Louisa von der Terrasse zu locken, ließ er die Hand sinken. »Entschuldigen Sie, Miss Elliott. Ich dachte, Sie würden sich freuen, Neuigkeiten von Bob – oder nennen Sie ihn Robert? – zu hören.«

»Ich nenne ihn weder das eine noch das andere«, erwiderte Louisa kühl. »Wie Sie wohl wissen, habe ich Hauptmann Duncannon seit geraumer Zeit nicht mehr gesehen.«

Tommy reichte ihr einen Schläger und zeigte ihr, wie man die Holzkugel schlägt. »Ach richtig! Das ist mir bekannt. Meiner bescheidenen Meinung nach ein höchst bedauerlicher Umstand. Sie fehlen ihm, und er leidet schrecklich.«

Louisas Herzschlag setzte aus, und ihr versagte die Stimme. Unbeeindruckt schlug Tommy die Kugel durch ein Tor, bückte sich und nahm sie dann in die Hand. »Miss Elliott, Sie wissen das mit Charlotte? Ja, natürlich wissen Sie es. Sie verstehen deshalb, daß Bob kein leichtes Leben hat. Und ich fühle mich gewissermaßen dafür verantwortlich, denn . . . ich habe sie miteinander bekannt gemacht, und, mein Gott, er hat sie geheiratet, und ich war sein Trauzeuge. Ich habe sie auch geliebt – und wie hat sich alles gewendet? Sein Leben könnte mein Leben sein ... einfach so!« Tommy hätte ihr ebenso gut die Spielregeln erklären können, so locker sprach er über diese persönlichen Dinge.

»Wir kennen uns nun schon seit zwölf Jahren. Wir trinken zusammen, wenn die Wellen hochgehen – das heißt wenn Charlotte wieder einmal zwischen uns steht, könnte man sagen. Am schlimmsten ist es, wenn er nach Hause fährt. Ich spreche sozusagen als Kenner von Bobs etwas unbeständigem Temperament und kann Ihnen sagen: Jetzt sieht es schlimmer aus als je zuvor!«

Louisa schlug die Kugel weit von der Bahn. »Charlotte?« fragte sie leise und überlegte angstvoll, welches neue Unheil Roberts Frau angerichtet haben mochte. Unter dem eng anliegenden Mieder klopfte schmerzhaft ihr Herz. Die Nachmittagshitze war plötzlich unerträglich.

»Nein, ich mache mir um ihn Gedanken. Er ist fast nur noch allein und brütet vor sich hin. Er nimmt keine Einladungen an und trinkt so gut wie nichts mehr in der Messe. Würde ich ihn nicht besser kennen«, fügte Tommy lachend hinzu, »würde ich schwören, er will befördert werden. Seine Männer fallen beinahe um, so sehr fordert er sie. Morgen in einer Woche hat er Urlaub – die armen Teufel können es kaum noch erwarten. Ich schwöre Ihnen, selbst Harris wird erleichtert aufatmen!«

»Harris?«

»Sein Bursche, ein sehr treuer Mann. Verstehen Sie jetzt, Miss Elliott, weshalb ich mir solche Sorgen mache?«

Louisa verstand es nicht. Sie verstand nicht, weshalb Tommy Fitzsimmons bewußt versuchte, Zweifel und Verwirrung in ihr zu wecken. »Ich bedaure, Hauptmann Fitzsimmons, aber ich verstehe Sie nicht. Was wollen Sie mir sagen?«

Tommy seufzte und wirkte zum erten Mal ärgerlich. »Er fährt nach Irland, nach White Leigh.«

»Ja und ..., ich habe es mir nicht anders gedacht«, erwiderte sie. »Er fährt nach Hause zu seinem Kind.«

Tommy gab sich geschlagen und ließ den Schläger achselzuckend ins Gras fallen. »Nach allem, was in der Vergangenheit geschehen ist, und in seiner gegenwärtigen Verfassung ist White Leigh für ihn der ungeeignetste Ort. Ich habe versucht, ihm das zu sagen, aber er hört nicht auf mich. Ich dachte . . ., ach nein.« Er drehte sich um, als wolle er sie verlassen, aber Louisa hielt ihn am Arm fest.

»Was haben Sie gedacht?«

»Ich dachte, daß Sie es vielleicht versuchen und ihn überreden könnten, *nicht* zu fahren.«

»Ich? Aber wie kann ich das? Hauptmann Fitzsimmons, Sie verstehen nicht – ich kann ihn nicht sehen und noch weniger kann ich ihm sagen, was er tun soll!«

»Entschuldigen Sie – ich dachte, Ihnen liege etwas an ihm. Wie es aussieht, habe ich mich geirrt«, erwiderte er knapp, drehte sich um und ging davon. Seine Geduld war offenbar erschöpft.

Louisa eilte ihm nach. »Warten Sie bitte!«

»Nein, es ist nicht weiter wichtig. Vergessen Sie, was ich gesagt habe. Ich hätte nicht darüber reden sollen.«

Sie befanden sich inzwischen in Hörweite der Terrasse, und Louisa schluckte ihre Antwort hinunter. Verstimmt und ärgerlich blieb sie zurück. Sie zwang sich zu einem Lächeln über die spöttischen Bemerkungen, mit denen man sie beide empfing.

Die Damen lachten und tranken Limonade. Sie wirkten frisch und munter in ihren hübschen pastellfarbenen Kleidern und den breitkrempigen Sommerhüten. Sogar die Männer in den hochgeschlossenen Uniformen schienen von der Hitze unbeeindruckt und standen plaudernd im Schatten. Louisa haßte sie alle. Tommy Fitzsimmons hatte sie vor der ganzen Gesellschaft lächerlich gemacht, aber das war nichts im Vergleich zu dem Gefühl der Begriffsstutzigkeit, das in ihr brannte. Tommy hatte versucht, sie zu warnen. Aber seine Warnung war so dunkel und unverständlich, daß sie bei Louisa nur Angst und Ärger hervorrief. Seine vorschnellen Schlußfolgerungen waren so ungerecht, so unfair. In ihrem Zorn hätte sie ihm am liebsten eine Ohrfeige gegeben, um das Lächeln auf allen Gesichtern zum Verschwinden zu bringen.

Das hartnäckige Ziehen einer kleinen Hand an ihrem Ärmel rettete sie. Victoria hatte lange genug mit den Puppen des anderen Mädchens gespielt und wollte nach Hause.

19

Innerlich fluchend lief Albert Tempest an diesem Freitagabend den Micklegate-Hügel hinauf. Auf dem heißen Pflaster schmerzten die Füße unerträglich. Nach einem Tag in seinem ungelüfteten Büro sehnte er sich nach einer kühlen Brise, um seine Fassung wiederzugewinnen. Zum unzähligsten Mal grübelte er über sein einsames Dasein nach, und das Selbstmitleid stieg wie eine heiße Fontäne in ihm auf.

An diesem Abend hatte er seine regelmäßige Verabredung, aber das sündige Vergnügen kam ihn verdammt teuer zu stehen. Er konnte alles mit der Frau tun, wonach ihm der Sinn stand, wenn er zusätzlich dafür zahlte, und das Haus forderte bereits nicht gerade wenig für die üblichen Dienste. Manchmal fühlte er sich versucht, eine der billigen Prostituierten auf der Straße mitzunehmen, aber er fürchtete sich dann doch jedesmal vor den Folgen.

In letzter Zeit sank seine Begierde nicht mehr unter den Siedepunkt. Die Anwesenheit von Louisa Elliott heizte sie an – daran zweifelte er nicht. Der Schweiß trat ihm unter dem Hut auf der Stirne, als er an sie dachte. Sie war immer so verflucht kühl und selbstbeherrscht. Sie ließ sich einfach nicht provozieren. Albert Tempest verachtete demütige Frauen, und hätte er nicht eine Kostprobe von Louisa Elliotts Temperament erlebt, wäre er nicht so darauf versessen gewesen, sie zu besitzen. Er erinnerte sich an die Situation, als sie ihm die Stirn geboten hatte, und spürte die Lust in sich aufsteigen, die sich schnell in Zorn verwandelte, als er an die zahllosen, vergeblichen Versuche dachte, sie zu reizen. An ihr schien alles abzugleiten. In Anwesenheit seiner Töchter sagte sie kaum etwas, und in den seltenen Momenten, in denen er mit ihr allein war, überging sie einfach seine Herausforderungen oder versteckten Anspielungen. Ihre Gelassenheit war für ihn inzwischen unerträglich geworden und weckte absurde, nahezu unkontrollierbare Begierden. Er wollte Louisa Elliott. Er begehrte sie so sehr, daß er sie beinahe haßte.

Die Zeit zum Abendessen war schon lange überschritten, als Louisa mit Rachel und Victoria zurückkehrte.
Albert Tempest kochte, schimpfte und verlangte schließlich, daß man ihm das Essen servierte – eine völlig unpassende Mahlzeit mit kaltem Hammel, fettigen Bratkartoffeln und anschließend heißem Rhabarberauflauf mit Vanillesauce. Die Fenster im Eßzimmer standen offen, obwohl die schweren Vorhänge zugezogen waren, um die schräg stehenden Sonnenstrahlen nicht hereinzulassen. Es war unerträglich heiß, und sein Zorn kannte bald keine Grenzen mehr.
Noch bevor Moira die Haustür öffnen konnte, stand er hinter ihr. »Ich will sie im Wohnzimmer sprechen«, befahl er barsch. »Victoria soll sofort in ihr Zimmer gehen.«
Obwohl kein Feuer brannte, stellte er sich angriffslustig wie üblich breitbeinig vor den Kamin, verschränkte die Hände auf dem Rücken und hob das Kinn. Er war zum Angriff bereit.
Rachel betrat als erste das Zimmer, aber als sie das Gesicht ihres Vaters sah, machte sie einen Schritt rückwärts und hätte sich am liebsten hinter Louisa versteckt. Als Moira die Tür hinter ihnen schloß, drehte Louisa sich erschrocken um, denn sie hatte plötzlich das Gefühl, in der Falle zu sitzen.
»Ich muß mich vielmals entschuldigen, Mr. Tempest...«, begann Louisa, aber er schnitt ihr mit einer heftigen Geste das Wort ab und wandte sich an seine Tochter. Er forderte von ihr eine Erklärung.
Rachel berichtete stotternd, sie seien bei den Bainbridges zum Tee geblieben und hätten darüber die Zeit vergessen. Diese Antwort entflammte das glühende Zornesfeuer ihres Vaters. Er verfluchte die Bainbridges, auf deren Wohlwollen er pfeife, und alles, wofür sie standen, und steigerte sich in eine immer größere Raserei. Rachel machte sich ganz klein und weinte. Aber als Arthurs Name fiel, erwachte ihr Trotz, und im nächsten Augenblick wagte sie eine tollkühne Widerrede. Sie richtete sich zitternd auf und bot ihrem Vater die Stirn.
»Er ist kein nutzloser Geck!« schrie sie mit schriller Stimme, »und er ist auch nicht dumm. Er versteht mehr von Pferden als du, *und* er hat gute Manieren. Aber noch wichtiger ist, er liebt mich und möchte mich

heiraten! Und wenn er das tut, verlasse ich dieses Haus mit dem größten Vergnügen und komme nie – niemals – zurück!«

Verblüfftes Schweigen breitete sich aus. Rachels leidenschaftliche Worte hatten wie ein Blitz eingeschlagen. Louisa schloß die Augen und betete. Rachel biß sich voll Entsetzen auf die Knöchel und starrte wie ein verängstigtes Kaninchen auf das Gesicht ihres Vaters, in dem das hitzige Rot alarmierend schnell einer aschfahlen Blässe wich. Sein grauer Backenbart hob sich dunkel von den Wangen und den dichten Brauen ab, die sich übertrieben wölbten.

»Wenn du glaubst, ich würde einer meiner Töchter erlauben, in eine *heidnische* Familie einzuheiraten, in der es von dem dummen, prahlerischen und faulen militärischen Gesindel nur so wimmelt, dann hast du dich aber gewaltig getäuscht«, erklärte er mit ruhiger, aber vor Spannung und unterdrücktem Zorn bebender Stimme. »In gewisser Weise muß ich mir selbst die Schuld geben, denn ich habe dir den Umgang mit diesen unmöglichen Leuten erlaubt. Aber das kann sehr schnell wiedergutgemacht werden. Du bleibst ab sofort in diesem Haus, bis wir Urlaub machen, mein Fräulein, und anschließend wird ein ausgedehnter Besuch bei deiner Tante und deinem Onkel in Bradford vielleicht dafür sorgen, daß du wieder zur Vernunft kommst. Dort unten wirst du wohl kaum einen feschen Husaren finden!«

»Ich will nicht! Ich will nicht nach Bradford!« schrie Rachel in voller Lautstärke. »Und wenn du mich zwingst, wird *er* dorthin kommen und mich befreien!«

Die Flammen des Zorns blitzten aufs neue in seinen Augen. Er rannte durch das Zimmer auf sie zu, und Rachel floh. Ihr Vater riß die Tür auf, die sie hinter sich zugeschlagen hatte, wobei er in seiner Hast Louisa beinahe umstieß. Er nahm vier Stufen auf einmal, als er die Treppe hinaufstürmte, und Louisa hörte den lauten Knall, mit dem seine Hand Rachels Wange traf. Sie schrie auf, dann schlug sie die Schlafzimmertür zu und verschloß sie.

Zitternd und entsetzt wollte Louisa das Zimmer verlassen. Unbestimmt dachte sie daran, in der Küche Zuflucht zu suchen, bis Albert Tempest sich wieder etwas beruhigt hatte. Aber er war vor ihr im Flur und kam mit einem Blick auf sie zu, der sie in Angst und Schrecken versetzte. Sie wich ängstlich in das Zimmer zurück, er schloß die Tür hinter sich ab und lehnte sich keuchend dagegen.

Er loderte vor gerechtem Zorn. Sein ganzer Körper bebte mit – von der Hand, die Rachels Gesicht getroffen hatte, bis zu den Ohren, den Augen, der Brust und den Gliedern. *Wie konnten sie es wagen, ihm zu trotzen?* Er war ein Mann, und Herr nicht nur in *diesem* Haus. Er konnte Leben geben oder nehmen, wann und wie es ihm beliebte.
Rachel sollte eine Woche lang hungern. Das würde *sie* auf die Knie zwingen. Aber dieses junge Weib da würde eher vor ihm ausspucken, als ihn um etwas zu bitten. Dieser Gedanke erregte ihn. Die Zeit war reif, um ihr zu zeigen, was er von ihr hielt, denn nur *das* war die Aufgabe aller Frauen, und er würde es ihr beweisen!
Louisa wußte es. Er sah es in ihren Augen.
Als sie langsam zurückwich, durchströmte die Kraft alle seine Muskeln und sammelte sich in den Lenden. Die schwellende Härte ließ ihn triumphieren, das demütigende Unvermögen der Vergangenheit, sein Ziel zu erreichen, war vergessen. Er hätte über ihre zitternde Forderung, die Tür zu öffnen, beinahe laut gelacht.
Im Dämmerlicht stieß sie an einen Schemel und griff haltsuchend nach einer Sessellehne. Sie erkannte zu spät, daß sie in die falsche Richtung auswich. Als sie sich zu dem vom Vorhang verhüllten Fenster wandte, war er bei ihr, zerrte sie herum und drückte sie gegen den Tisch. Sie schrie auf. Er verschloß ihr mit den Händen den Mund und drückte ihr brutal die Kiefer zusammen. Sie wehrte sich. Er zog sie fest an sich und riß an der Vorderseite des Kleids. Der feste, gefütterte Stoff gab nicht nach. Aber die Fäden, mit denen die Knöpfe und der Saum genäht waren, rissen. Die helle, verletzliche Haut darunter kam zum Vorschein. Er biß in die weiche geschwungene Schulter und drückte ihr die Brust zusammen, ohne auf ihre Schmerzensschreie zu hören oder auf die heftigen Tritte und Schläge gegen Schulter und Schienbeine zu achten. Es gelang ihr nicht, ihn zu verletzen, und ihre Gegenwehr wirkte eher wie ein Stachel, der ihn noch mehr ansporne, bis alle Überlegungen ausgeschaltet waren, und nur noch der Drang ihn beherrschte, sie völlig zu unterwerfen. Er wollte sie erniedrigen und entehren. Sie sollte schluchzen und zittern, während er tiefer und tiefer in sie eindrang.
Er zerrte an ihrem Rock und warf sie rücklings auf den Tisch. Hastig versuchte er, die Knöpfe an seiner Hose aufzuknöpfen. Sie wehrte sich und trat ihm wie rasend gegen die Schenkel. Dann rang sie keuchend nach Luft und blieb plötzlich mit aufgerissenen Augen starr liegen.

Albert Tempest stand im Dämmerlicht des Zimmers und öffnete den letzten Knopf. Dann schob er ihre Röcke weit hoch. Mit einer Hand umklammerte er ihre Taille. Aber als er an dem feinen Batist der Unterwäsche zog, warf Louisa sich herum und trat ihm mit ganzer Kraft in den Bauch. Als er vornüber sank, fiel sie und schlug heftig auf dem Boden auf. Aber noch ehe er sich richtig von dem schmerzlichen Aufprall erholt hatte, war sie wieder auf den Beinen, um den Tisch herum und schlug mit einem Griff die schweren Vorhänge auseinander.
Licht überflutete das Zimmer. Die zarte Untergardine flatterte im leichten Wind, der durch das offene Fenster drang. Voll Entsetzen bemerkte er die kleine Gruppe Zuschauer auf der Straße, die wie aufgeschreckte Lauscher an der Wand zurückwichen. In panischer Hast bedeckte er das bereits schrumpfende Ding, das ihm aus der Hose hing.
Geschützt von den Blicken der Leute griff sie nach den Überresten ihres Mieders und sah ihn mit wilden Augen an. Plötzlich begann sie, krampfhaft zu zittern, aber sie verwünschte ihn mit zusammengebissenen Zähnen und schleuderte ihm ihren Haß und ihre Verachtung rücksichtslos entgegen.
»Lassen Sie mich jetzt gehen! Oder ich schwöre bei Gott, ich stelle mich an dieses Fenster und sage der ganzen Welt, was Sie mit mir tun wollten!«

Zitternd und bebend vor Abscheu und Schock dachte Louisa zuerst daran, auf der Stelle in die Gillygate-Straße zurückzukehren. Sie wollte weinen, schluchzen und sich die Haare raufen und Albert Tempest tausendmal verfluchen. Sie wollte beruhigt und getröstet werden und stundenlang in einem heißen Bad liegen, alles tun, um das Gefühl dieser häßlichen, sie besudelnden Hände abzuwaschen. Als sie an seine Absicht dachte, wurde sie bei der Vorstellung, was er ihr beinahe angetan hätte, vor Entsetzen und Panik noch einmal geschüttelt. Louisa stöhnte und würgte, ohne sich zu ihrer Geistesgegenwart zu beglückwünschen.
War das instinktive Entspannen bewußt geschehen oder nur tierische Angst gewesen? Welche Kraft hatte sie zu dieser mutigen Geste am Fenster getrieben?
Auf diese Frage wußte sie keine Antwort, und das erschreckte sie. Hier in diesem Haus konnte sie nicht bleiben. Louisa hatte nur den einen

Gedanken: Nach Hause! Ich muß nach Hause, mich in Mutters Armen trösten, von Bessie verwöhnen und bemitleiden lassen. Dort bin ich in der sicheren, ruhigen Obhut von Edwards Schutz. *Er* würde dafür sorgen, daß ihr kein Leid mehr geschah. Er hatte sie immer verteidigt. Er würde Albert Tempest zeigen, daß er nicht ungeschoren davonkam. Er würde ihn zur Rede stellen und –

– und entlassen werden.

Diese Erkenntnis traf sie wie eiskaltes Wasser. Mit erschreckender Deutlichkeit hörte sie wieder Albert Tempests Worte. »Wage es, einer Menschenseele ein Wort zu erzählen«, hatte er hastig hervorgestoßen, als er die Tür aufschloß, »auch nur einem Menschen – und ich werde deinen Namen durch allen Schmutz ziehen, den ich finden kann. Ich werde jedem erzählen, der es hören will, daß du mich darum angefleht hast . . ., daß du seit Monaten mit mir ins Bett gegangen bist . . . Ich werde sagen, daß ich dich hinausgeworfen habe, weil du mich erpressen wolltest. Und ich frage dich: Wem wird man wohl glauben?«

Sie wollte nicht mehr daran denken.

Edward! Edward! schrie sie in stummer Qual und wußte, ihr Vetter würde nie Schweigen darüber bewahren können! Er war still und bescheiden, aber er war ein ehrbarer Mann. Was Albert Tempest getan hatte, verstieß gegen alles, was Edwards Leben ausmachte. Er würde die Sache ans Licht zerren, und der folgende Skandal würde häßlich, widerlich und in aller Munde sein. Es war zu schrecklich, um auch nur darüber nachzudenken. Würde sie je eine andere Stelle finden? Sie bezweifelte es. Konnte die Pension, die sich kaum selbst trug, sie alle ernähren? Ein Skandal würde alle Stammgäste vertreiben.

Ein paar Minuten ließ die Schändlichkeit ihrer Lage Louisa verzweifeln. Aber noch während sie ihr Schluchzen im Kissen erstickte, hörte sie aus dem anderen Zimmer die Stimme des kleinen Mädchens, das nach ihr rief. Es klang wie ein unwirkliches Echo ihrer Kindheit.

Ihr mit kläglicher Hartnäckigkeit wiederholter Name trieb Louisa zum Handeln. Sie wusch sich schnell das Gesicht, zog das hübsche, jetzt völlig zerrissene Baumwollkleid aus, streifte mit zitternden Fingern ein anderes Kleid über und warf ein paar Dinge in eine Tasche.

Als sie auf dem Weg zu Victoria war, begegnete sie Moira auf der Treppe.

»Heilige Mutter Gottes!« flüsterte Moira und rang die Hände. »Was hat er mit Ihnen gemacht? Ich hab den Lärm gehört und bin zu Mrs. Petty gelaufen, um den Schlüssel zu holen. Aber die alte Hexe hat ihn mir nicht gegeben. Sie hat gesagt, es wäre nicht meine Aufgabe, mich darum zu kümmern. Sie hat mich bis jetzt in der Küche eingesperrt. Was ist denn passiert?«

Louisa schüttelte nur den Kopf. Sie wollte nicht sprechen, weil sie fürchtete, die Tränen nicht mehr zurückhalten zu können. Schweigend ließ sie Moira in ihr Zimmer.

»Gehen Sie?« fragte Moira, als sie die Tasche und die Unordnung auf dem Bett sah. »Hat er Ihnen gekündigt?«

Louisas Mund verzog sich zu einem verzerrten Lächeln. »O ja, er hat mich hinausgeworfen. Ich gehe und ich komme nie mehr zurück. Ich werde meine Sachen abholen lassen, obwohl nichts gepackt ist«, fügte sie zerstreut hinzu. »Können Sie das für mich tun?«

»Aber ja. Bei allen Heiligen!« rief Moira und sank auf das Bett. »Wenn das nicht auch für mich ein Zeichen ist zu gehen, dann weiß ich nicht, was es bedeuten soll! Der Mann ist verrückt. Er schließt Rachel ein, und was er Ihnen angetan hat! Mein Gott, er hätte doch *Sie* nicht anrühren dürfen!«

»Nein, das hätte er nicht tun dürfen«, stimmte ihr Louisa bebend zu. Sie konnte Moiras gut gemeintes Mitgefühl nicht länger ertragen und wandte sich zur Tür. »Es tut mir leid, aber ich muß jetzt gehen. Ich muß weg sein, ehe er heraufkommt. Und ich möchte Victoria noch einmal sehen – sie weint und jammert. Sie versteht das alles nicht.«

»Ich werde mich um Victoria kümmern«, erklärte Moira energisch. »Gehen Sie jetzt. Gehen Sie schnell!«

»Lassen Sie die beiden Mädchen nicht aus den Augen, ja? Ganz besonders Victoria . . .«

»Das werde ich, und wir bleiben in Verbindung, wenn es mir möglich ist . . . das verspreche ich.«

Sie ging zu Victorias Zimmertür und winkte traurig, als Louisa leise die Treppe hinunterlief – allerdings nicht leise genug. Rachel schlug mehrmals heftig gegen die Tür und verlangte hysterisch schreiend, herausgelassen zu werden. Louisa dachte kurz daran, als letzte Tat und als Akt des Widerstandes, Rachels Zimmertür zu öffnen, aber dann entschied sie sich dagegen. In der gegenwärtigen Verfassung wäre Rachel in der Lage gewesen, etwas sehr Dummes zu tun – etwa zu den Bainbridges

zu laufen und um Hilfe zu bitten. Das Mädchen mußte sich zuerst beruhigen.
Auf halbem Weg nach unten zögerte Louisa. Sie blickte unverwandt auf die geschlossene Wohnzimmertür und rannte die letzten Stufen beinahe. Ein Zittern der Erleichterung überlief sie, als sie den Flur durchquert, die schwere Haustür aufgerissen und mit einem Knall hinter sich geschlossen hatte.
Sie schlug die Richtung nach links ein, weil sie sich fürchtete, am Wohnzimmerfenster vorbeizugehen.

20

Die Luft am frühen Abend war wie weicher Samt, aber nach der erstikkenden und stickigen Atmosphäre im Haus wirkte sie auf Louisa erfrischend. Ohne einen Blick zurück lief sie mit schwachen und zitternden Beinen schnell davon. Ihre Brust schmerzte, als sei sie bereits viele Meilen gerannt. Sie wußte nicht, was sie tun oder wohin sie gehen sollte. Louisa wollte nur eine große Entfernung zwischen sich und das Haus legen. Sie suchte einen Platz, an dem sie sitzen und nachdenken konnte, ehe sie nach Hause zurückkehrte, und ein Schwall Fragen über ihr zusammenschlug.

Oben auf dem Hügel gab es Bänke nahe der Hauptstraße. Viele Menschen waren unterwegs und erholten sich bei einem Spaziergang von der unerträglichen Hitze des Tages. Die Tasche war schwer, und Louisa setzte sich erschöpft auf eine freie Bank. Sie dachte nicht an Albert Tempest, sondern an weiter zurückliegende Ereignisse. Es schien eine Ewigkeit vergangen zu sein, seit Tommy Fitzsimmons an diesem Nachmittag mit ihr gesprochen hatte. Sie erinnerte sich an ihren Ärger und Zorn, seufzte und schüttelte den Kopf. Was hatte er sagen wollen? Warum hatte er von Robert gesprochen? Diese Fragen hatten sie auf dem Rückweg in die Blossom-Straße beschäftigt, und jetzt stellte sich wieder das Gefühl der Angst ein. Aber Louisa war zu müde, um klar denken zu können. Die Fragen schwirrten wie gefangene Fliegen in ihrem Kopf herum.

Eine laute Männerstimme brachte sie in die Gegenwart zurück. Sie erhob sich mühsam. Ihr war übel und schwindlig. Sie mußte eingenickt sein. Mit einem Blick zum Himmel versuchte sie zu erraten, wie spät es inzwischen sein mochte. Acht Uhr? Halb neun? Die Sonne war untergegangen, und der Himmel stand in Flammen.

Eine leere Droschke bog an der Kreuzung um die Ecke und rollte auf sie

zu. Ohne nachzudenken, winkte sie dem Kutscher, obwohl sie nur ein paar Münzen bei sich hatte. Der Mann erkundigte sich nach dem Ziel. Louisa holte tief Luft. In ihrem Kopf war nur Leere. Wohin wollte sie? Gillygate? Nein, noch nicht! Louisa bäumte sich innerlich bei der Vorstellung an die Lügen auf, die sie erzählen mußte.
Nach einer kurzen Pause sagte sie: »Zur Kavalleriekaserne.« Der Kutscher sah sie überrascht an und musterte das ordentliche, dunkle Kleid und ihre unauffällige Erscheinung. Achselzuckend trieb er das müde Pferd mit einem Zungenschnalzen an. Er wendete die Droschke und fuhr in die gewünschte Richtung.
Louisa versuchte unsicher, ihre Entscheidung zu rechtfertigen. Verschwommen hatte sie die Vorstellung, es sei unbedingt notwendig, Robert vor seiner Abreise nach Irland noch einmal zu sehen. Mehr fiel ihr nicht ein. Sie konnte nicht mehr klar und vernünftig denken und sich eingestehen, daß Robert Duncannon der einzige Mensch auf der Welt war, von dem sie mit einiger Sicherheit erwarten konnte, er werde nicht blindlings auf Rache und Vergeltung bestehen und ihre Familie in Schwierigkeiten bringen.

Robert war nur knapp zehn Minuten in der Messe gewesen. Der schöne Abend hatte ihn auf die Promenade hinter der Kaserne gelockt. Dort war er über eine Stunde spazierengegangen. Wie üblich dachte er an Louisa, wenn er allein war, und fragte sich, ob er sie je vergessen würde. Der quälende Schmerz, sie sehen zu wollen, und der Kampf gegen die Versuchung, es zu tun, ließ langsam nach. So war es zumindest bis heute abend gewesen, als Tommy von den Bainbridges zurückkehrte und erzählte, er habe sie dort getroffen. Tommys gleichgültiger und sehr verkürzter Bericht über die denkwürdige Krocketstunde machte Robert so wütend, daß er die Messe sofort nach dem Essen verließ und vor dem Heimweg dort nur noch einen kurzen Schlummertrunk trank.
Sein Glas war beinahe leer, als ein Diener ihm einen Umschlag auf einem Silbertablett reichte. Zu seiner Überraschung sah er, daß der Umschlag schon einmal benutzt worden war, denn er entdeckte auf der Rückseite in seiner eigenen Handschrift die durchgestrichene Adresse von Louisa. Er öffnete den Umschlag und fand einen Zettel darin, auf dem stand: »Bitte komm zum Tor, wenn du kannst. L. E.«

Das Unerwartete traf ihn wie ein Blitz. Er staunte, daß sein heftiges Verlangen, sie zu sehen, sich so schnell verwirklichen sollte. Klirrend stellte er das Glas auf die Theke und verließ wortlos die Messe.
Die Droschke wartete an der Seite des Haupteingangs. Die Frau im Innern saß weit zurückgelehnt, so daß zufällig Vorüberkommende sie nicht sehen konnten.
»Louisa?«
Die tiefe, vertraute Stimme drang durch die Nebel des Vergessens, die sie so verführerisch einhüllten. Sie hörte, wie er dem Kutscher eine Adresse nannte, und dann saß er neben ihr.
»Um Himmels willen, warum bist du hier?« fragte Robert, aber als er ihr Gesicht sah, rief er entsetzt: »Mein Gott, was ist geschehen? Bist du krank?«
Louisa öffnete die Augen, sah ihn an und lächelte dann schwach. »Ich . . . ich habe mir Sorgen um dich gemacht«, flüsterte sie.
Die für ihn unverständliche und ungereimte Antwort machte ihm Angst. Aber er stellte keine weiteren Fragen, sondern gab sich mit ihrer Hand zufrieden, die sich zwischen seinen warmen Handflächen eiskalt anfühlte. Kurz darauf fuhr die Droschke am Queen-Anne-Haus vor. Er drückte Louisas Arm und bat sie, sitzen zu bleiben. Er mußte zuerst Harris finden.
Die Haustür stand offen. Im Haus war alles still. Die Bewohner befanden sich wie üblich noch in der Messe. Robert lief zu den Dienstbotenunterkünften. Harris saß vor der Küchentür und putzte vier Paar Reitstiefel. Der Mann salutierte überrascht und griff hastig nach der Jacke.
»Geld, Harris. Schnell. Ich brauche Geld, um eine Droschke zu bezahlen, die quer durch die Stadt gefahren ist – ein paar Shillinge müßten reichen. Ich habe keine Zeit, nach oben zu gehen.«
»Ist etwas geschehen, Sir?« fragte Harris und suchte in der Tasche nach den Resten seines Wochenlohns.
»Es sieht so aus. Ich komme in Begleitung einer jungen Dame. Gehen Sie in den Flur und vergewissern Sie sich, daß die Luft sauber ist. Ich möchte verhindern, daß alle Welt von dem Besuch hier erfährt.«
Im Haus war niemand, aber der besorgte Harris ließ die Straße nicht aus den Augen, als sein Herr Louisa hineinführte. Sie bewegte sich langsam wie eine Schlafwandlerin und bot Harris so die gute Möglich-

keit, diese fremde Dame genau zu betrachten. Er war überrascht. Der Hauptmann neigte nicht dazu, Damen irgendwelchen Standes in sein Zimmer zu bitten. Aber wenn Harris, der schweigsame Mann aus Kent, sich eine Frau in Begleitung des Hauptmanns vorgestellt hätte, dann nicht diese einfache, dunkel gekleidete junge Frau, die eher in eine Schule, aber nicht auf einen Ball oder in ein Bordell gehörte. Er nahm Robert die Tasche ab und bemerkte dabei Schürfwunden auf ihrer Wange, die dem Hauptmann, seinem grimmigen Gesichtsausdruck nach zu urteilen, ebenfalls nicht entgangen sein konnten. Harris dachte mit einem Blick auf Robert, ich möchte nicht derjenige sein, der ihr diese Wunden beigebracht hat.

»Nach oben, Harris – und öffnen Sie mir die Tür«, murmelte Robert. Dann nahm er Louisa auf die Arme, trug sie die Treppe hinauf und legte sie vorsichtig auf sein Bett. Er schob ihren schwachen Protest und die gestammelten Entschuldigungen beiseite und forderte Louisa auf, einen Schluck Brandy zu trinken, den Harris umsichtig wie immer sofort gebracht hatte.

»Verzeihung, Sir«, sagte Harris mit einem gewissen Nachdruck, und das sonst so ausdruckslose Gesicht verriet Sorge, »sollten Sie nicht ... äh, die junge Dame auffordern ..., äh, das Kleid aufzuknöpfen? Ich meine – junge Damen – fallen in Ohnmacht, weil die Kleider zu eng sitzen, Sir«, fügte er schnell hinzu, als Robert ihn mit wütenden Blikken durchbohrte.

Louisa verstand, wie klug dieser Rat war. Sie öffnete den obersten Knopf und enthakte den hochgeschlossenen Kragen. »Wenn ich vielleicht eine Tasse Tee haben könnte?« bat sie, »ich glaube, dann geht es mir gleich wieder besser.«

Harris verschwand auf der Stelle, und Louisa versuchte sich aufzusetzen, denn sie wollte Robert beweisen, daß es ihr bereits sehr viel besser ging. Bei dieser Bewegung wurde eine häßliche rote Stelle am Halsansatz sichtbar, die Robert entsetzt anstarrte. Auf seinem Gesicht zeigte sich zornige Empörung. Louisa sah, wie sich seine schwarzen Augenbrauen drohend zusammenzogen.

»Ich warte draußen«, erklärte Robert mit gepreßter Stimme, »vielleicht tust du, was Harris geraten hat. Ich erkundige mich bei ihm nach essigsaurer Tonerde für die Quetschungen.«

Louisa wußte, daß ihr Gesicht vom Weinen rot geschwollen war und einige Stellen schmerzten, aber die Prellungen hatte sie nicht bemerkt. Mühsam erhob sie sich und wankte zum bodenlangen Ankleidespiegel neben dem Fenster. Sie sah die Male rechts und links am Kiefer, wo Albert Tempests Finger sie gepackt hatten. Auch die Lippen wirkten unnatürlich geschwollen und rot. Mit einem Schauder des Abscheus fuhr sie sich mit dem Handrücken über den Mund und sah plötzlich die roten Bißwunden am Hals. Heiße Scham überflutete sie, als ihr bewußt wurde, was Robert gesehen hatte, ehe er sie verließ.

Die Finger zitterten unkontrolliert, als sie die winzigen Knöpfe des Mieders aufknöpfte und noch zwei Bißwunden entdeckte – eine an der Schulter und die andere direkt über dem Ausschnitt des Mieders an der linken Brust.

Sie mußte sich plötzlich übergeben, sank zu Boden und würgte noch zweimal. Aber da sie kaum etwas im Magen hatte, entstand nur ein dunkler Fleck auf dem Kleid. Scham und Abscheu erfaßten sie. Sie wollte nur noch fliehen – aber wohin? Sie war wie gelähmt und konnte sich nicht einmal mehr erheben.

Robert klopfte zweimal. Er wartete lange genug, um ihr Zeit zu einer Antwort zu geben oder um sich wieder zu bedecken. Dann trat er ein und sah sie auf dem Boden knien.

Sie preßte das geöffnete Mieder an den Körper und wehrte sich schwach gegen seine Versuche, sie hochzuziehen. Beinahe wütend riß er sich schließlich die hochgeschlossene Uniformjacke vom Leib und warf sie zusammen mit der engen Weste in eine Ecke. Dann beugte er sich zu ihr hinunter. Sein Atem ging keuchend und stoßweise, als er sie heftig an seine Brust drückte. Der leidenschaftliche Instinkt, sie zu schützen, kämpfte gegen den überwältigenden Zorn, sie anzuschreien und zu fragen: Wer? Wie? Warum? Aber er unterdrückte diese Fragen, da er fürchtete, sie seien für sie wie ein zweiter Überfall, der sie vor Angst verstummen lassen würde.

Robert hielt sie mit schmerzenden und verkrampften Muskeln, bis er seinen Zorn unter Kontrolle hatte, und sie aufhörte zu zittern. Er spürte, daß er ebenfalls bebte, und überredete sie sanft, sich wieder auf das Bett zu legen, wobei er sich mit äußerster Willensanstrengung dazu zwang, einigermaßen ruhig zu sprechen. Er gab ihr eines seiner Hemden und forderte sie auf, das Kleid auszuziehen, damit Harris den Fleck entfernen konnte. Dann brachte Harris Tee und einige Scheiben Brot mit Butter. Robert ließ nicht zu, daß sie sprach, sondern wartete geduldig in der einbrechenden Dunkelheit, bis sie gegessen und getrunken hatte. Er saß im Sessel, hatte die Brandyflasche griffbereit neben sich auf dem Fußboden, unterdrückte aber den Drang, sein gut gefülltes Glas in zwei schnellen Zügen zu leeren, und trank in kleinen Schlukken.

Der lange Sommerabend war beinahe vorüber. Vom Bett aus konnte Louisa kaum das Gesicht auf der anderen Seite des Zimmers erkennen. Robert saß still im Sessel vor dem Kamin und richtete die Augen auf das Fenster und auf einen unbestimmten Punkt in der Ferne. Sie hätte ihn gerne deutlicher gesehen, obwohl sie froh darüber war, daß die Schatten der einbrechenden Nacht ihr Gesicht vor ihm verbargen. Es war so viel einfacher vorzugeben, sie sei nur in Gedanken und nicht wirklich bei ihm, wie sie es sich oft gewünscht hatte. Sein Zimmer, das sie sich nur so schwer hatte vorstellen können, war erstaunlich einfach und schlicht. Sie hatte geglaubt, er müsse in Luxus leben. Aber das Bett war schmal und hart, die Möbel waren schlicht und praktisch. Hinweise auf seine Interessen gaben nur die Bücher in einem Regal neben dem Kamin und die Photographien der Familie und Bilder seiner vermutlichen Lieblingspferde auf dem Schreibtisch am Fenster. Roberts einzige Konzession an seinen Rang schien der ausgezeichnet geschulte Bursche zu sein.

Louisa brach das Schweigen mit einer Bemerkung über den guten Tee, den Harris ihr gemacht hatte. »Dein Bursche hat bei mir damit ein wahres Wunder vollbracht.«

»Wie? Ach, Harris. Ja.« Robert nickte. »Er ist in Ordnung, und er ist verschwiegen. Er wird mit keinem Wort deine Anwesenheit verraten, und ich habe ihm gesagt, daß ich nicht gestört werden möchte – auch nicht von Tommy.«

»Ich habe ihn heute bei den Bainbridges gesehen.«

»Ja, ich weiß«, erwiderte er knapp, denn ihn beschäftigten andere Fragen.

»Er hat etwas gesagt«, begann Louisa zögernd, »und deshalb hatte ich Angst um dich. Ich habe nicht richtig verstanden, was er mir sagen wollte ... aber es macht mir Sorgen. Es klingt vielleicht albern, aber daran habe ich gedacht, als ... ich bin wirklich hierher gekommen, um mich davon zu überzeugen, daß es dir gut geht«, flüsterte sie.

»*Mir* gut geht?« wiederholte Robert ungläubig. Mit einem tiefen Seufzer kam er ins Bett. »O meine über alles geliebte Louisa, natürlich geht es mir gut. Oder sollte ich sagen«, fügte er mit einem bitteren Lächeln hinzu, »mir geht es den Umständen entsprechend gut? Ich glaubte zumindest, es gehe mir allmählich besser, als Tommy heute in der Messe erschien und erzählte, er habe dich getroffen. Ich hätte ihm am liebsten die Faust ins Gesicht geschlagen, weil er bei den Bainbridges gewesen war und mit dir gesprochen hatte, und ich es nicht konnte und wollte.«

»Meinetwegen?«

»Deinetwegen«, sagte er sanft. Er nahm ihre Hand und starrte in die Dunkelheit. Die Glut in seinen Augen verriet etwas von dem Kampf, den er ihretwegen durchlitten hatte. Dann sprach er ihren Namen aus. Es klang wie eine geflüsterte flehende Bitte, die sich widerstrebend der Tiefe seines Wesens entrang.

Sie drehte den Kopf zur Seite, denn sie war zu bewegt und fürchtete sich, ihm zu antworten. »Soll ich dir erzählen, was geschehen ist, nachdem ich die Bainbridges verlassen hatte?«

In qualvoller Unsicherheit nickte er langsam. Er konnte sich nicht vorstellen, wer es gewagt haben mochte, sie zu belästigen oder sich an ihr zu vergreifen. Wer konnte einen solchen Gedanken überhaupt fassen? Robert fürchtete, daß er den Betreffenden vielleicht sogar kannte. »Ja«, sagte er schließlich. »Nein! Oh, mein Gott!« rief er und umklammerte ihre Hand. Er seufzte und holte tief Luft. »Natürlich sollst du es mir erzählen, aber ich möchte es nicht wissen. Kannst du das verstehen? Ich kann es nicht ertragen – daß dir jemand auf solche Weise – etwas angetan hat.«

Louisa verstand plötzlich den Grund seiner Angst. »Er hat es nicht getan«, erwiderte sie schwach. »Dazu hatte er keine Möglichkeit. Ich bin geflohen.«

»Er hat dich nicht vergewaltigt?« fragte Robert und hätte das häßliche Wort nur allzu gerne vermieden. Aber er brauchte die eindeutige Bestätigung ihrer Worte. Als sie den Kopf schüttelte, atmete er langsam aus und schwieg, unfähig zu sprechen.

»Wer war es?« fragte er schließlich gepreßt und mit mühsam unterdrücktem Zorn.

»Mein Arbeitgeber«, flüsterte sie, »Rachels Vater.« Bereits bei dem Gedanken an die heißen, feuchten Lippen auf ihrer Haut, die würgenden Hände und den durchdringenden Schweißgeruch des Mannes zitterte und bebte Louisa wieder vor Abscheu. Sie klammerte sich an Robert und vergrub das Gesicht an seiner Schulter. Sein angenehmer, starker Körper ließ sie die schreckliche Erinnerung ertragen. Stockend berichtete sie von dem Streit mit Rachel nach der Rückkehr von den Bainbridges bis zu dem Moment, als Albert Tempest die Tür schloß.

»Ich wußte es«, sagte sie, »ich wußte von Anfang an, was er vorhatte. Frag mich nicht, warum – ich wußte es einfach. Ich habe mich gewehrt, Robert, aber das hat ihn nur noch mehr angestachelt. Es schienen *Stunden* zu vergehen ... ich habe um Hilfe geschrien, aber er hatte die Tür verschlossen ...«

Robert drückte sie an sich und spürte ihr Zittern. Leise fragte er: »Wie hast du dich befreit?«

Louisas Gedanken schreckten vor dem Entsetzen der kurzen Unterbrechung des Widerstands, dem scheinbaren Nachgeben zurück. Sie antwortete schlicht: »Ich habe ihn getreten.«

»Gut für dich!« murmelte er mit zusammengebissenen Zähnen. »Ich hoffe dorthin, wo es wirklich weh tut.«

Louisa kannte diesen Ausdruck nicht. Sie nickte unschuldig. »Ja, in den Bauch.«

Er lachte gequält. »O Gott!« rief er, »ich dachte, du wüßtest das! Hat deine Mutter dir das nicht gesagt? Liebste, wenn ein Mann das noch einmal bei dir versucht, tritt ihm in die –«, er brach ab. »Tritt ihm zwischen die Beine«, erklärte er ruhig, »dort tut es *wirklich* weh.«

Sie schüttelte den Kopf. »Wenn ich eine Möglichkeit zum Denken gehabt hätte – ja, dann wäre ich auch darauf gekommen. Aber ich hatte solche Angst, daß ich überhaupt nicht denken konnte.« Louisa flüsterte nur noch, als sie erzählte, was sie dann getan hatte.

Robert hörte zu und verstand die Mischung aus Stolz und ohnmächtiger Wut, die er ihren Worten entnahm. Er konnte sich die Nachwirkungen des Schocks gut vorstellen und versuchte liebevoll, Louisa ihre Handlungsweise objektiv zu erklären. Er verstand allerdings nicht sofort, weshalb sie zu *ihm* gekommen und nicht geradewegs nach Hause gefahren war. Tempests Drohung schob er als die natürliche Reaktion eines Mannes beiseite, der sich in seiner eigenen Falle gefangen hatte, bis Louisa ihm Edwards Abhängigkeit von Albert Tempest erklärte.

»Gut, ich verstehe, daß deine Familie nichts davon erfahren darf – dein Vetter schon gar nicht. Er kann dir nicht helfen, aber *ich* kann es. Und ich schwöre bei Gott, ich werde dich rächen!«

»Nein, das darfst du nicht. Bitte, Robert!« Angstvoll umklammerte Louisa seine Schulter. Sie flehte Robert an, nichts zu tun und nichts zu sagen, denn sie fürchtete, Albert Tempest werde seine abscheulichen Drohungen wahr machen. Aber sie brachte es nicht über sich, die in ihren Augen noch schlimmere Wahrheit zu enthüllen oder die obszönen Beschimpfungen zu wiederholen, die ihr Albert Tempest ins Ohr gezischt hatte, und die widerlichen Anspielungen auf ihre und Edwards uneheliche Herkunft.

Robert wollte Louisa nicht noch mehr aufregen und ließ sie im Glauben, er werde nichts unternehmen, versprach es ihr aber bewußt nicht ausdrücklich. Er wiegte sie sanft und zärtlich in den Armen. »Du bist also zu mir gekommen«, flüsterte er schließlich in ihre Haare. Obwohl er zornig war und litt, fühlte er sich seltsam glücklich, als werde er unerwartet dafür belohnt, daß er gegen seine Neigungen gehandelt und den Weg der Ehre eingeschlagen hatte. Die Versuchung, die Situation und ihr Vertrauen zu mißbrauchen, war sehr stark. Es wäre so einfach und natürlich gewesen, sich neben sie zu legen und sie mit zärtlichen Küssen zu beruhigen. Der Schritt von Zärtlichkeit zu Leidenschaftlichkeit war so klein . . .

Er holte tief Luft und schob sie von sich. »Versuche, alles erst einmal zu vergessen. Du brauchst Schlaf – mindestens acht Stunden ungestörten, tiefen Schlaf. Wenn du willst, bringe ich dich nach Hause, aber irgendwie scheint mir das im Augenblick nicht das Richtige zu sein. Du stellst dich deiner Familie besser erst morgen.« Ehe Louisa widersprechen konnte, fügte er hinzu: »In meinem Ankleidezimmer steht ein Feldbett. Ich werde dort schlafen. Morgen früh können wir weiterreden.« Er stand auf, aber Louisa hielt seine Hand fest.

»Ich bin dir also jetzt nicht gleichgültig?« fragte sie kleinlaut. Ihre Unsicherheit schnitt ihm ins Herz.

»Wie kannst du so etwas denken?« flüsterte er. Als sie keine Antwort gab, setzte er sich wieder neben sie. »Glaubst du, das Geschehene könnte meine Gefühle für dich so grundsätzlich ändern?«

Die Vorstellung, auf immer und ewig beschmutzt zu sein, ließ sich jedoch nicht mit verbalen Beteuerungen vertreiben. Ihre Sittsamkeit kämpfte gegen das Verlangen nach einem fühlbareren Beweis und verlor den Kampf. Mit einer Intensität, die Louisa überraschte, sehnte sie sich danach, das süße Gefühl seiner Lippen auf ihren Lippen wieder zu erleben, und so alles, was mit Albert Tempest zu tun hatte, ein für allemal auszulöschen. »Dann küß mich, bevor du gehst.«

Eine Sekunde lang umschlossen seine Finger leidenschaftlich ihre Hand, dann stand er plötzlich auf und trat einige Schritte zurück. »Nein«, erwiderte er leise, »tut mir leid, nein. Du bist vertrauensvoll zu mir gekommen. Bring mich nicht dazu, das Vertrauen zu brechen.«

Als sie schnell den Kopf hob, traf sie ein letzter Lichtstrahl. Ohne ihren Gesichtsausdruck wahrnehmen zu können, spürte er die unausgesprochene Verletzung.

»Ich liebe dich«, flüsterte er sanft und wußte, daß er die schmerzliche Wahrheit ehrlich aussprach, »und ich brauche dich weit mehr, als du dir vorstellen kannst. Wenn ich dich jetzt küssen würde, dann – und das kannst du mir glauben – wäre ich nicht in der Lage, es dabei zu belassen.« Er schwieg, um ihr die Bedeutung seiner Worte klarzumachen, dann fügte er kaum hörbar hinzu: »Morgen – nächste Woche – jederzeit, aber jetzt nicht, mein Liebling. Bitte, jetzt nicht.«

Er lehnte an der Tür des Ankleidezimmers und stellte fest, daß er am ganzen Leib zitterte. »Verstehst du mich?«

Er hörte kaum ihre Zustimmung und starrte kurz auf die Flasche Brandy und schüttelte den Kopf, ehe er energisch die Tür hinter sich schloß. Der Alkohol würde ihm vielleicht helfen zu schlafen, aber noch wahrscheinlicher würde er dazu beitragen, daß er seinen Entschluß bereute.

Wie nicht anders zu erwarten war, schlief Robert wenig, aber die langen stillen Stunden waren keine verlorene Zeit. Noch ehe der Morgen graute, hatte er einen Plan, der zwar einige Zeit in Anspruch nehmen, aber Früchte tragen würde, und den zu verwirklichen sich lohnte. Robert wollte Albert Tempest jammern und klagen hören, auch wenn er den Rest seiner Zeit in York dazu benötigen würde, diese Genugtuung zu erleben.

Robert erinnerte sich mit einem Seufzer auch daran, daß er an diesem Tag als Offizier vom Dienst eingeteilt worden war. Damit hatte er das frühe Verlassen der Messe begründet. Um fünf Uhr stand er auf und rieb sich die Erschöpfung vom Abend zuvor mit kaltem Wasser aus den Augen. Er zog eine Hose an und läutete Harris herbei.

Die Vorhänge im Schlafzimmer waren einen Spalt geöffnet. Im ersten Licht entdeckte er das Hemd, das Louisa übergestreift hatte, und ihren rüschenbesetzten Unterrock am Fußende des Bettes. Arme und Schultern lagen nicht unter der Decke und schimmerten im Halbdunkel blaß wie Alabaster. Er trat näher und mußte plötzlich schlucken. Eine schlaflose Nacht hatte nicht das geringste an seinem Verlangen geändert. Weich und vom Schlaf gerötet wirkte ihr Gesicht so unschuldig wie das eines Kindes. Er wagte kaum zu atmen, bis sein Blick wieder auf die dunklen Flecken fiel. Das heftige Verlangen schlug sofort in ohnmächtigen Zorn um. Er wandte sich schnell ab und schwor sich noch einmal, den Plan zu verwirklichen, den er in dieser Nacht entwickelt hatte.

In der Stille hörte er die leisen Schritte von Harris auf dem Treppenabsatz und öffnete die Tür, noch ehe sein Bursche anklopfte. Sie flüsterten leise miteinander, dann nahm Robert das Tablett mit dem Tee und das heiße Rasierwasser entgegen und schloß geräuschlos wieder die Tür.

Leise, unvertraute Geräusche weckten Louisa. Sie erwachte mitten aus einem Traum und öffnete die Augen. Sie sah ein fremdes Zimmer und unbekannte Möbel. Eine dampfende Tasse Tee stand auf dem Nachttisch neben dem Bett, und durch eine offene Tür sah sie den nackten Rücken eines Mannes. Sie blinzelte mehrmals, aber der Mann mit den erhobenen Armen stand immer noch dort. Seine Muskeln spielten, während er sich bewegte. Das leise plätschernde Wasser, seine spürbare Konzentration und das undeutliche schabende Geräusch waren ihr ebenso unvertraut wie die Umgebung. Louisa setzte sich langsam auf; die Erinnerung stellte sich wieder ein und mit ihr die Bestürzung über ihren halbnackten Zustand.

Als sie nach dem Hemd griff, das Robert ihr gegeben hatte, nahm er die Bewegung in seinem Rücken wahr und drehte sich um. Sie zog die Decke höher, denn das tief ausgeschnittene Leibchen entblößte sie unanständig.

»Ich schließe die Tür, dann kannst du dich anziehen«, sagte er, ohne zu lächeln. »Laß mich wissen, wenn du fertig bist.«

Ihr Baumwollkleid lag sauber und gebügelt über einer Stuhllehne. Als sie die Knöpfe im Rücken schloß, blickte sie kläglich auf ihr Spiegelbild.

Die Flecken im Gesicht waren inzwischen dunkler und noch auffälliger als gestern. Als Louisa sie vorsichtig betastete, dachte sie über Roberts Verhalten nach, erinnerte sich an ihre Kühnheit am vergangenen Abend und errötete heftig. In diesem Augenblick hätte sie alles darum gegeben, ihre Worte zurücknehmen zu können oder, nachdem sie diese Worte ausgesprochen und seine demütigende Antwort gehört hatte, der Notwendigkeit enthoben zu sein, ihm jetzt gegenüberzutreten. Aber sie mußte ihm gegenübertreten. Mit niedergeschlagenen Augen klopfte sie an der Tür des Ankleidezimmers.

Einen Augenblick später betrat er das Schlafzimmer. Er roch nach Seife, hatte die Haare gebürstet und ein frisch gebügeltes weißes Hemd ordentlich in die lange, hoch geschnittene Hose gesteckt. Er wirkte gepflegt und tadellos. Neben ihm kam sich Louisa etwas unordentlich vor.

»Beginnt dein Tag immer so früh?« fragte sie staunend nach einem Blick auf die Uhr.

Er schüttelte den Kopf. »Ich muß mich für das frühe Wecken entschuldigen. Ich bin heute Offizier vom Dienst, und das hatte ich gestern abend völlig vergessen. Ich muß um sechs bei den Ställen sein, aber ich kann gegen neun wiederkommen. Es wird sich eine Gelegenheit bieten, dich unauffällig hier herauszuschaffen, wenn das in deinem Sinn ist. Oder möchtest du lieber bis heute nachmittag hier warten?«

»Ich kann jetzt gehen«, erwiderte sie ruhig, »so früh am Morgen wird mich kaum jemand bemerken – das hoffe ich zumindest.«

»Richtig, aber wie willst du nach Hause kommen? Und was ist mit deiner Familie?«

»Ich werde zu Fuß gehen. Bis ich in der Gillygate-Straße bin, ist es nicht viel früher als sonst.«

Er zog die Vorhänge auf, und das Licht fiel auf sie. »Was willst du mit diesen Flecken machen?« Er musterte sie prüfend mit einem besorgten, aber so sachlichen Blick, als ignoriere er bewußt die Intimität der Situation. »Hast du Rouge oder etwas Puder?« fragte er und ließ damit eine erstaunliche Kenntnis weiblicher Kunstgriffe erkennen.

Louisa schüttelte den Kopf. »Aber ich könnte mir etwas kaufen«, sagte sie und kam sich plötzlich sehr unbeholfen vor. Sein brüskes Wesen irritierte sie. Plötzlich wußte sie nur allzu deutlich, daß sie Fremde waren. Louisa hatte sich unwiderruflich kompromittiert, auch wenn er

sich ihr gegenüber mit soviel Disziplin und Ehrgefühl tadellos verhielt. Im Gesicht verriet sich aber seine Spannung, aus jedem Muskel seines Körpers sprach eine unerbittliche Härte, die Robert ihr im frühen Sonnenlicht unerträglich weit entrückte.
Harris klopfte und trat ein. Auf dem Weg ins Ankleidezimmer reichte er Robert ein Paar glänzende Reitstiefel. Louisa blieb am Fenster stehen. Er setzte sich und zog die Stiefel an. »Was hast du vor?«
»Ich weiß nicht«, antwortete sie nicht ganz wahrheitsgemäß. Aber die Anwesenheit von Harris zwang sie dazu. Sie überlegte, was er wohl denken mochte, während er die Laken faltete und das Feldbett zusammenklappte. Er erschien mit der hochgeschlossenen Jacke, die zu Roberts Dienstuniform gehörte, und half seinem Herrn beim Anziehen. Mit einer kleinen, harten Bürste entfernte er danach unsichtbare Stäubchen von den Schultern. Louisa blickte verlegen und peinlich berührt aus dem Fenster auf einen hübschen, aber vernachlässigten Garten und die Felder dahinter. Robert und seinen Burschen schien ihre Gegenwart nicht im geringsten zu beeindrucken, und so lag die Frage auf der Hand, ob nicht ständig neue Frauen in diesem Zimmer ein- und ausgingen und Robert beim morgendlichen Ankleiden beobachteten. Heftige Eifersucht erfaßte sie und eine Mischung aus Bedauern und Erleichterung, daß er sie allein gelassen und auf dem Feldbett nebenan geschlafen hatte. Sie war wütend auf sich, hob energisch den Kopf und zwang sich, dankbar dafür zu sein, daß er nach Irland wollte.
»So«, sagte er schließlich, als Harris schweigend gegangen war, »du weißt also nicht, was du mit dir anfangen sollst?«
Sie drehte sich heftig um. »Es war bereits besprochen, daß ich am nächsten Samstag nach Blankney fahre, während die Tempests Ferien machen. Aber ich glaube, ich werde jetzt früher hinfahren und länger dort bleiben. Es wird gut sein, wenn ich eine Weile nicht hier bin. Und danach«, sie zögerte, »ich habe keine Pläne. Vielleicht werde ich zu Hause helfen, bis sich etwas Geeignetes findet.«
»Wo liegt Blankney?«
»Ein paar Meilen südlich von Lincoln«, antwortete sie abwehrend, »aber ich glaube kaum, daß man es auf einer Karte findet.«
»Heute in einer Woche werde ich für drei Wochen in Irland sein, wenn ich mich nicht entschließe, früher zurückzukommen. Aber ich werde mich an deinen Rat halten«, sagte er freundlich und erlaubte sich zum

ersten Mal an diesem Morgen, ihr direkt in die Augen zu blicken. »Ich werde mehr Zeit mit meinem Töchterchen verbringen und andere Ablenkungen einfach nicht zur Kenntnis nehmen. Sollte sich das als zu schwierig erweisen, fahre ich mit Letty und Georgina vielleicht eine Weile nach Dublin. Letty wird sich über einen Szenenwechsel nur freuen.«

Louisa verzieh ihm sofort, vergaß alle ihre törichten Phantasien und sagte besorgt und voll echtem Mitgefühl: »Tommy macht sich Gedanken, weil du nach White Leigh willst.«

»Tommy rennt wie eine besorgte Glucke um mich herum«, erwiderte er gereizt, »er weiß nicht, was zwischen uns vorgefallen ist.« Robert verschwand im Ankleidezimmer und kam mit der weißen Kappe zurück. »Übrigens, was macht Tempest eigentlich abends? Geht er oft aus?«

Erstaunt und ängstlich sah Louisa ihn an. »Er geht zu vielen kirchlichen Veranstaltungen, glaube ich ... mittwochs und freitags. Warum fragst du?«

»Ach, ich habe nur darüber nachgedacht, was für eine Art Mann er ist«, antwortete Robert leichthin, »und jetzt weiß ich, daß ich mich nicht getäuscht habe. Er ist ein religiöser Fanatiker. Ißt er zu Hause?«

»Immer. Also, Robert, du willst doch nicht ...«

»Nicht was? Ihn zum Duell fordern? Säbel im Morgengrauen?« Er lächelte, aber seine Augen funkelten böse, und Louisa wußte, genau das hätte Robert am liebsten getan. »Nein, meine Liebe. Ich könnte einen Mann nicht kaltblütig umbringen.

Was sagt die Bibel?« überlegte Robert laut. »Gott weiß sich zu rächen«, oder er wird die Mittel dazu liefern, dachte er grimmig. »Ich muß jetzt gehen. Glaubst du, du kannst wirklich den ganzen Weg zu Fuß gehen?«

»Es ist ein schöner Morgen. Das Gehen tut mir gut.«

»Und deine Tasche?«

»Die Tasche ist nicht schwer«, versicherte sie ihm, »das schaffe ich schon.«

»Es ist besser, wenn man uns nicht zusammen sieht. Harris wird aufpassen, daß die Luft rein ist. Er wird dir noch mehr warmes Wasser bringen. Du kannst ihm dann sagen, wann du gehen möchtest. Die anderen schlafen bestimmt noch eine Stunde.« Der Moment des Abschieds war gekommen, und er wollte sie nicht verlassen. Warum konnte sie nicht bleiben und auf seine Rückkehr warten? »Schreib mir morgen – sag mir auf alle Fälle, wie es bei dir zu Hause geht, sonst werde *ich* mir Sorgen machen. Bitte gib mir auch deine Adresse in Lincoln, damit ich dir aus Irland schreiben kann. Versprichst du mir das?«

Sie nickte kläglich, und in einem letzten Moment der Schwäche zog er sie an sich. »Geliebteste Louisa«, murmelte er, »es tut mir so leid, daß all das geschehen ist. Verzeih mir meine Worte. Ich wollte deine Gefühle nicht verletzen.«

»Ich verstehe«, murmelte sie, »du mußt mir auch vergeben.« Mit einem tapferen Lächeln löste sie sich von ihm. »Du mußt jetzt gehen, sonst kommst du zu spät. Leb wohl, Robert, und vielen Dank für alles.«

Seine blauen Augen leuchteten, als er sich von ihr verabschiedete: »Nicht Leb wohl, Louisa – das darfst du niemals . . ., das darfst du nie zu mir sagen.«

21

Louisa nahm sich Zeit. Sie ging langsam den sehr viel längeren Weg am Fluß entlang und setzte sich eine Weile in den Park an der Skeldergate-Brücke. Als die ersten Läden öffneten, kaufte sie sich Gesichtspuder und Tagescreme. Dann machte sie den Umweg zum Bahnhof, und in der Abgeschiedenheit der Damentoilette überpuderte sie sorgfältig die auffälligsten Flecken.

Gott sei Dank war ihre Mutter kurzsichtig. Trotzdem achtete Louisa darauf, daß sie mit dem Rücken zum Licht stand, und versuchte, Bessies scharfen Augen auszuweichen. Unter dem Vorwand, mit ihrer Mutter allein sprechen zu wollen, zog sie sich in ihr Zimmer zurück und hielt die Vorhänge während des Gesprächs geschlossen. Nach der Hiobsbotschaft der Entlassung aus der Blossom-Straße fand Louisa es einfach unmöglich, ihrer Mutter nicht die Wahrheit über Albert Tempest zu berichten. Zuerst mußte Mary Elliott absolutes Stillschweigen geloben, dann begann Louisa mit erstaunlicher Ruhe, die Ereignisse vom vergangenen Abend zu erzählen. Erst als Mary Elliott Fragen stellte, verlor sie die Beherrschung, und die ganze Wahrheit sprudelte aus ihr heraus.

Getroffen von einem Schock nach dem anderen, verschlug es der Mutter vor Entsetzen zunächst die Sprache. Dann stöhnte sie schließlich: »Großer Gott! Soll das heißen, daß du nach all dem zur Kaserne gefahren bist und die Nacht dort verbracht hast?«

»Nein, nicht in der Kaserne. Robert wohnt mit einigen Offizieren in einem Haus, und außer seinem Burschen weiß niemand, daß ich dort gewesen bin.«

Die alte Frau starrte ihre Tochter verwirrt und erschrocken an. Das im Haus der Tempests Geschehene war schon widerwärtig genug, aber Louisas unerwartetes und unverständliches Verhalten danach erschütterte sie zutiefst. »Hast du denn völlig den Verstand verloren?« fragte sie fassungslos.

»Ja, Mama«, murmelte Louisa zerknirscht. »Wenn ich jetzt darüber nachdenke, sieht es ganz danach aus. Aber ich schwöre dir«, fügte sie hinzu, »zwischen uns ist *nichts* vorgefallen, das heißt nichts Unschickliches. Der Hauptmann hat mir sein Bett überlassen und die Nacht in seinem Ankleidezimmer verbracht.«

»O mein Gott!« stöhnte Mary Elliott noch einmal und schlug die Hände vor das Gesicht. »Du hast ihm natürlich alles erzählt, oder? Ich meine das mit Albert Tempest.«

»Das war kaum nötig«, murmelte Louisa, »zu dem Zeitpunkt war es unübersehbar.«

»Und wie hat er darauf reagiert?«

»Er schien außer sich zu sein.«

»Hast du ihn in den letzten Monaten öfter gesehen?«

»Nein. Ich habe ihn nach dem Samstag, an dem er hier war, eigentlich nicht mehr gesehen und erst recht nicht mit ihm gesprochen.«

»Aha. Könntest du mir vielleicht sagen, warum?«

Louisas Wangen glühten plötzlich schuldbewußt. »Ich . . . ich fand, das sei nicht sehr klug.«

»Ja, um alles auf der Welt, was ist dann in dich gefahren, daß du gestern abend zu ihm gegangen bist?« fragte Mary Elliott zornig. »Du hättest doch zu Emily gehen können . . . sogar Blanche hätte dir unter diesen Umständen ein Zimmer gegeben! Wie dumm von dir! Ausgerechnet *du* verlierst plötzlich den Verstand! Ich kann es einfach nicht glauben!«

Louisa seufzte und senkte den Kopf.

»Also, was nun? Vermutlich wirst du dich jetzt regelmäßig mit ihm treffen.«

»Nein, ich fahre nach Blankney«, erklärte sie, »ich möchte von hier weg.«

»Nun ja, ich hoffe, er wird mich während deiner Abwesenheit nicht besuchen, sonst bekommt er von mir mehr zu hören, als ihm lieb ist!«

»Oh, Mama – es war nicht seine Schuld! Außerdem wird er nicht hierher kommen. Er hat Urlaub und fährt nach Irland – und ich weiß nicht, wann er zurück sein wird.«

Mary Elliott schnaubte zufrieden. »Wenn du mich fragst, dort gehört er auch hin. Ich hoffe doch sehr, daß er dort viele Verpflichtungen hat, damit er auf andere Gedanken kommt. Daraus wird nichts – das ist dir doch klar, oder? Er kann dich nicht heiraten, Louisa, selbst wenn er wollte. Seine Familie würde es nie erlauben!« rief sie. Sie verstummte, da ein noch beunruhigenderer Gedanke sie durchzuckte. »Ich hoffe nur, daß Albert Tempest nie etwas davon erfährt!« Zitternd stand sie auf und glättete mit fahrigen Bewegungen ihre Schürze. »O je – was soll ich nur Bessie sagen . . . und Edward, wenn er hier erscheint?«

Trotz Angst und Sorgen besaß Mary Elliott noch soviel Geistesgegenwart, Bessie nur das Allernötigste zu sagen. Danach schickte sie Bessie zum Einkaufen für das Wochenende. Glücklicherweise sah Bessie, die alte, gute Seele, in der Schande von Louisas Entlassung Grund genug für das aschgraue Gesicht von Mrs. Elliott und verstand auch Louisas Wunsch, das Zimmer nicht zu verlassen. Mary Elliott fiel dann noch gerade rechtzeitig ein, daß Emily zum Tee kommen wollte. Sie schickte ihr eine Nachricht und sagte ab. Es gab genug zu tun, und sie wollte nicht noch mehr Anlaß zu Fragen liefern.

Das eigentliche Problem war Edward. Er hielt sich meist aus allem heraus, aber wenn es um Louisa ging, dann war er nicht auf den Kopf gefallen und würde mit großer Wahrscheinlichkeit sofort vermuten, daß etwas nicht in Ordnung war. Als Edward um halb eins erschien, sorgte Mary Elliott dafür, daß sie alle Hände voll zu tun hatte. Als er sich nach Louisa erkundigte, erwiderte sie nur kurz, sie habe sich mit Kopfschmerzen hingelegt.

In der Küche war es erstickend heiß. Edward zog das Jackett aus und ging in den Hinterhof. Er atmete tief den Duft der Kräuter ein, die in Blumentöpfen auf der Mauer standen – violetter Salbei und grüner Majoran, ein stachliger Busch Rosmarin und drei verschiedene Arten Minze. Überall, wo ein bißchen Erde war, wucherte leuchtend roter Mohn. Wie man ihm erzählt hatte, stammten die ersten Samenkörner und auch der Lavendel, der in einem eingefaßten Beet unter dem Küchenfenster wuchs, noch aus Lincolnshire. Edward zupfte ein paar der verwelkenden Lavendelblüten ab und zerrieb sie gedankenverloren zwischen den Fingern. Er dachte daran, daß Louisa unter dem Dach, also im heißesten Teil des Hauses lag. Es wäre viel besser für sie gewesen, hier draußen im Schatten zu sitzen und nicht im Bett zu liegen. Vielleicht würde er ihr später einen Stuhl heraustragen und ihr etwas vorlesen. Das gefiel ihr immer.

Als Edward sich am Spülbecken in der Küche die Hände wusch, bemerkte er, daß seine Tante ein Tablett richtete. Neugierig erkundigte er sich, für wen es bestimmt sei, erhielt aber keine Antwort.

»Was ist los?« fragte er noch einmal und folgte Bessie in das kühle Wohnzimmer zum Tisch, der für zwei Personen gedeckt war.

»In der Küche ist es zu heiß, um dort zu essen«, erwiderte Bessie und eilte zurück, um ihre drei Gäste im Eßzimmer zu bedienen.

Edward nahm verwirrt Platz. Seine Tante ließ sich auf kein Gespräch ein, bis sie gegessen hatten. Erst als Bessie zwei Tassen Tee brachte, hielt sie eine Erklärung für angebracht und kam sofort zur Sache.

»Albert Tempest hat Louisa gekündigt.«

»Wie bitte? Aber *warum*?«

»Die Sache ist völlig aus der Luft gegriffen, Edward. Es hat etwas mit seiner verwöhnten Tochter zu tun, die sich einfach nicht benehmen kann. Aber auch das ist es im Grunde nicht.« Sie seufzte tief. »Er billigt den Umgang seiner Tochter nicht, und er hat Louisa vorgeworfen, sie in dieser Hinsicht noch zu unterstützen. Es hat gestern abend Streit gegeben – Rachel erklärte, Arthur Bainbridge habe um ihre Hand angehalten, und daraufhin ist das Unwetter losgebrochen. Louisa wollte sich und die Kleine verteidigen –« Sie schwieg und schloß die Augen, da ihr plötzlich die unselige Doppelbedeutung dieser Formulierung bewußt wurde. Dann sprach sie so fest und entschlossen wie möglich weiter. »Nun ja, das gefiel ihm nicht. Er hat Louisa auf der Stelle entlassen – ohne Zeugnis, einfach so!«

»Arthur Bainbridge? Ich glaube, Louisa hatte davon gesprochen, daß sie mit dem alten Tempest über die Sache reden wollte. Ja, das stimmt, ich erinnere mich, sie hat mit mir ein paarmal darüber gesprochen.«

»Ja, sie hat versucht, ihn auf die Beziehung der beiden aufmerksam zu machen. Aber der alte Mann wollte es nicht hören, und jetzt macht er sie dafür verantwortlich.«

»Das ist ja lächerlich.«

»Natürlich, aber was kann sie machen? Sie regt sich sehr darüber auf.«

»Gut«, erklärte Edward heftig, »ich weiß nicht, was *sie* tun kann, aber *ich* werde ganz bestimmt mit ihm reden. Er ist vielleicht jähzornig und impulsiv – nun ja, aber bis Montag hatte er Gelegenheit, über alles nachzudenken, und es wird ihm vermutlich leid tun.«

Mary Elliott stöhnte innerlich und preßte die Hände fest zusammen, um das Zittern zu unterdrücken. Dann schüttelte sie energisch den Kopf. »Das glaube ich nicht, Edward. Außerdem ist Louisa so empört, daß sie die Stelle nicht mehr annehmen wird, auch wenn er vor ihr auf die Knie fallen und sich für sein Verhalten entschuldigen würde.«
»Sie muß ein Zeugnis bekommen, Tante Mary. Das ist doch das mindeste!«
Seine Tante zuckte mit den Schultern und seufzte. »Hör zu, mein Junge, an deiner Stelle würde ich mir keine Gedanken machen. Laß die Sache auf sich beruhen – Louisa möchte, daß nicht noch mehr Staub aufgewirbelt wird.«

»Und deine Bildung? Das kann doch nicht alles umsonst gewesen sein! Und die jahrelange Erfahrung?!«
Die Vorhänge waren immer noch wegen der grellen Sonnenstrahlen geschlossen. Louisa sah besorgt ihren Vetter an, der erregt im Zimmer auf und ab ging. Sie war erschöpft, aber bei seinen Worten regte sich ihr Zorn, und sie ließ sich zu einer heftigeren Antwort hinreißen, als sie eigentlich beabsichtigt hatte. »Und was habe ich bis jetzt davon gehabt? Ich bin beinahe sechsundzwanzig, Edward. Und wozu bin ich fähig, abgesehen davon, daß ich mich um die Kinder anderer Leute kümmere?« Die Bitterkeit über ihre erbärmliche Lage ließ sie hinzufügen: »Als Kindermädchen würde es mir besser gehen, dann wäre ich wenigstens nicht gebildeter, als es meiner Klasse und meinem Stand entspricht.«
Edward fuhr herum und sah sie an. »Wie kannst du das sagen? Du hast es doch so gewollt! Niemand hat dich dazu gezwungen. *Du* wolltest doch York verlassen, um die Vergangenheit zu begraben.«
»Ich bin zurückgekommen, und die Vergangenheit ist wieder lebendig geworden.«
»Was soll das heißen?«
Unter seinem prüfenden Blick drehte Louisa den Kopf zur Seite, denn sie fürchtete, er könnte die blauen Flecken auf ihrem Gesicht entdekken. Bei der Erinnerung an Albert Tempest krampfte sich ihr Magen vor Angst zusammen, und sie begann am ganzen Körper zu zittern. »Das soll heißen, daß der sogenannte Gentleman, bei dem du so viele Jahre arbeitest, mich auf höchst unangenehme Weise an meine Vergan-

genheit erinnert hat. Er hat *alles* wieder ans Licht gezerrt, Edward – Tanner Row, der Skandal – alles. Er hat sogar *dich* mit ins Spiel gebracht. Und deshalb werde ich nicht mehr bei ihm arbeiten, auch wenn er vor mir im Staub kriechen würde. Zeugnis hin, Zeugnis her – ich habe nichts mehr mit ihm zu tun. Wenn ich nur gesund und bei Verstand bleibe, ist es mir gleichgültig, womit ich meinen Lebensunterhalt verdiene.«

Es überraschte Edward nicht, daß Albert Tempest über ihre Herkunft Bescheid wußte. Trotzdem überlief es ihn kalt, als er von dieser Beleidigung erfuhr. Es schien ihm, als quittiere ihm sein Arbeitgeber die vielen Jahre treuer Ergebenheit mit einem höhnischen Lachen. Er war schockiert und sprachlos, denn er hatte Albert Tempest immer für einen ehrenwerten Mann gehalten. »Was genau hat er gesagt?«

Louisa wußte, daß sie vielleicht schon zuviel verraten hatte. Sie suchte verzweifelt nach der richtigen Antwort – einer Antwort, die möglichst wenige Lügen verlangte. Wenn sie Edward die Wahrheit sagte, Albert Tempest wörtlich zitierte, dann mußte sie ihm noch sehr viel mehr erzählen. »Er ließ durchblicken, daß eine Person von zweifelhafter Herkunft nicht dazu geeignet sei, seine Kinder zu erziehen.«

»Er kann doch nicht erst jetzt etwas über deine Herkunft erfahren haben?«

»Natürlich nicht. Aber ich bin zu dem Schluß gekommen, daß so etwas für Albert Tempest eine Frage ist, die er ganz nach Belieben aufwirft. Er ist ein Opportunist. Das mußt du doch inzwischen auch wissen.«

»Aber was hat er *gesagt*, Louisa?«

Sie schüttelte trotzig den Kopf. »Ich weigere mich, seine Worte zu wiederholen. Wozu soll das außerdem gut sein? Höchstens, daß du ebenso wütend und verletzt bist wie ich.«

Sie waren dicht davor, sich zu streiten. Edward senkte den Kopf und gab sich mit einem Schulterzucken geschlagen. Er kannte den Blick und den Ton ihrer Stimme. Weitere Fragen wären nur Kraftverschwendung gewesen. »Ich werde zumindest verlangen, daß er dir ein Zeugnis ausstellt«, sagte er ruhig.

»Du wirst nichts verlangen, Edward«, rief sie, und ihre Stimme überschlug sich vor Erregung. »Hast du mich verstanden? *Nichts!* Wenn du deine Stelle behalten willst, vergiß alles. Vergiß, was ich dir gesagt habe – vergiß, daß zwischen uns eine Verbindung besteht.« Der Ausdruck

verletzter Überraschung auf seinem Gesicht bewog sie, etwas freundlicher hinzuzufügen: »Tu so, als wäre nichts geschehen – bitte. Ich möchte keinen Ärger, keine Vorwürfe, einfach nichts . . .«
Edward nickte langsam, aber ihm war nicht wohl dabei, denn er spürte, daß Louisa ihm das Eigentliche nicht erzählt hatte. Ihr mangelndes Vertrauen verletzte ihn tief, und deshalb konnte er auch nicht weiter in sie dringen. Aber er fühlte sich durch Albert Tempest so sehr beleidigt, daß er dieses Thema unmöglich stillschweigend beiseite schieben und trotzdem in Zukunft für diesen Mann arbeiten konnte. Ein gerechtfertigter Wutausbruch würde ihn zwar erleichtern, bestimmt aber die Kündigung bedeuten. Es gab nicht viele freie Stellen, und er konnte es sich nicht leisten, lange ohne Arbeit zu sein. Zunächst, überlegte Edward, mußte er seinen Zorn hinunterschlucken, so schwer ihm das auch fiel. Mit einem resignierten Seufzer blickte er seine Cousine lange und forschend an. Dann wandte er sich ab.
Als Louisa hörte, wie er die Tür seines Zimmers hinter sich schloß, preßte sie die Augen zusammen. Sie haßte sich, weil sie ihn belogen hatte. Auch wenn sie nur log, indem sie ihm etwas verschwieg; er wußte es, und das verletzte ihn. Nach all der Hilfe und liebevollen Fürsorge der letzten Wochen war das unverzeihlich. Nach und nach hatte sie ihm ihre Gefühle für Robert Duncannon gestanden, obwohl sie ihm gegenüber den eigentlichen Grund dafür, daß sie ihn abgewiesen hatte, ebensowenig über die Lippen brachte wie gegenüber ihrer Mutter. Edward hatte teilnahmsvoll zugehört und ihr lediglich versichert, sie habe richtig gehandelt. Obwohl er sich kaum über Robert geäußert hatte, spürte Louisa, daß er den Iren nicht sonderlich mochte. Sie wußte nicht, ob eine persönliche Abneigung der Grund dafür war, oder ob Edward Robert nicht traute. Trotzdem erschien es ihr merkwürdig, daß ihr Vetter den Mann ablehnte, der sie liebte, aber bereit war, Albert Tempest zu verteidigen. Als gewisse Bilder wieder vor ihr auftauchten, drückte sie sich in die Kissen und weinte heiße, stumme Tränen der Demütigung und des Bedauerns. Mit der plötzlichen und gezielten Kraft eines Orkans hatte der vergangene Abend ihr ganzes Leben verändert, die sorgfältig errichtete Verteidigungsmauer gegen Robert zum Einsturz gebracht und ihre Beziehung zu Edward vielleicht für immer zerstört. Die Wirkung auf ihre Mutter vermochte sie im Augenblick nur zu ahnen.

Louisa wand und krümmte sich innerlich vor Scham und Gewissensbissen. Dann rief sie sich zur Ordnung und schob die Überlegungen mit aller Macht beiseite. Sie mußte vor all diesen zerstörerischen Gedanken fliehen. Die Aussicht auf das friedliche und stille Blankney mit den wogenden Feldern und dem weiten Himmel lockte wie ein verführerischer Traum.

22

Robert ließ Albert Tempest durch Harris überwachen. Zwölf Jahre Leben beim Militär hatten ihm eine tiefere Einsicht in die elementaren Bedürfnisse der menschlichen Natur verschafft, als Louisa sich hätte vorstellen wollen. Robert kannte die abwegigen Möglichkeiten nicht weniger Männer, damit umzugehen, und wenn sie nicht ganz der feinen Art entsprachen. Im Spaß hatte er mit Louisa über ein Duell im Morgengrauen gesprochen, denn der Gedanke daran hatte ihn die halbe Nacht verfolgt. In seiner Phantasie zog er den messerscharfen Säbel aus der Scheide und schlug mit sausenden, wirbelnden, gezielten Hieben so lange auf Albert Tempest ein, bis kein Funken Leben mehr in dem Mann war. Dann wieder stellte er sich vor, wie die Klinge nur die Haut berührte, und er langsam und grausam Brust und Rücken mit tausend winzigen Schnitten überzog. Auf diese Weise würde er vielleicht lernen, was Schmerzen waren.

Seine abgrundtiefe Verachtung sagte ihm, daß ein Mann mit so ungezügelten Begierden wie Albert Tempest irgendwie und irgendwo ein Ventil für seine Triebe haben mußte. Es gab genug Bordelle in der Stadt, und Scheinheiligkeit war so an der Tagesordnung, daß Robert nicht im geringsten daran zweifelte, daß dieser eifrige Kirchgänger seine Sinnenlust bei einer Prostituierten befriedigte.

Er mußte lediglich herausfinden, wo und wann Albert Tempest seinem persönlichen, natürlich geheimgehaltenen Vergnügen nachging. In der folgenden Woche fuhr Harris jeden Abend mit der Trambahn in die Blossom-Straße, setzte sich in die Bar des Windmill Pub und ließ die Haustür der Tempests nicht aus den Augen. Diese Tür öffnete sich nur selten. Aber am Mittwochabend erschien Albert Tempest. Die Gestalt des makellos gekleideten Herrn war nicht zu übersehen. Er ging nicht weit. Harris folgte ihm in sicherem Abstand bis zur Weslayn-Kirche in

der Priory-Gasse. Enttäuscht richtete sich Harris auf längeres Warten ein und war dankbar für den schönen Sommerabend.
Er konnte sich immer noch nicht vorstellen, aus welchen Gründen der Hauptmann ihn auf diese Jagd beordert hatte. Es sei denn, das Feldbett war nur eine Ablenkung gewesen, und die junge Frau *war* seine Geliebte. Harris zweifelte nicht daran, daß der Hauptmann sie sich als Geliebte gewünscht hätte, auch wenn er sich noch soviel Mühe gab, es nach außen hin nicht zu zeigen. Die ganze Situation gab Harris viele Rätsel auf, und sooft er sich die wenigen Fakten auch vor Augen führte, er fand keine zufriedenstellende Erklärung.
Harris war ein schüchterner junger Mann. Seine persönlichen Erfahrungen beschränkten sich auf gelegentliche wortkarge Gespräche mit Verkäuferinnen oder noch seltenere Abenteuer auf der Suche nach Liebe. Aber das war eine klare Angelegenheit, für die er bereit war zu zahlen. Alles andere war ihm leider völlig verschlossen. Er wußte aus dem Gerede der anderen Offiziersburschen nur, daß Frauen, die vergewaltigt oder von Männern belästigt wurden, beinahe immer Anlaß dazu gaben. Es fiel ihm jedoch schwer, eine solche Vorstellung mit dem Bild in Einklang zu bringen, das er sich von Louisa Elliott gemacht hatte. Sie war seiner Meinung nach eine anständige und ehrbare Frau, die sich ihren Lebensunterhalt selbst verdiente und vermutlich auch schwer arbeitete. Harris konnte sich nicht vorstellen, daß eine junge Frau wie sie einem Mann verführerische Blicke zuwarf – es sei denn, sie wollte ihn verführen. Und da Robert Duncannon mit im Spiel war – gleichgültig, ob es dabei um eine Heirat ging oder nicht –, warum sollte sie dann dem miesen alten Kerl aus der Blossom-Straße mehr geben als ihre Arbeitszeit?
Harris kam zu dem Schluß, daß dieser Tempest ein alter, geiler Bock sein mußte, der nicht mit einer Frau unter einem Dach leben konnte, ohne sie ins Bett zu zerren. Angewidert drückte er wieder einen Zigarettenstummel aus und setzte seine Wache fort.
Als es dunkel wurde, verließ der »alte Bock« die Kirche und ging schnurstracks nach Hause. Am Donnerstag konnte Harris überhaupt nichts berichten, aber am Freitagabend verließ Albert Tempest kurz nach sieben wieder das Haus und schlug den Weg in Richtung Stadtmitte ein. Harris beobachtete gespannt, wie sein Opfer an der Priory-Gasse vorbei und weiter in die Stadt ging.

Das Haus stand in einer ruhigen und ehrbaren Gegend von Bootham. Hätte sich Tempest nicht mehrmals verstohlen umgesehen, hätte Harris sich vermutlich täuschen lassen. Aber diese Blicke machten ihn argwöhnisch. In den folgenden zwei Stunden seiner Wache erschienen fünf weitere, ebenfalls gut gekleidete Herren, denen ein Hausmädchen die Tür öffnete, das kaum älter als zwölf oder dreizehn Jahre alt sein konnte. Harris zog sich in die Dunkelheit der Straße zurück, als man Albert Tempest wieder verabschiedete, und folgte ihm unbemerkt zur Blossom-Straße.

Am Mittwochabend hatte man das Haus für die Nacht verriegelt, als Albert Tempest aus der Kirche zurückkam. Aber an diesem Abend war es anders. Das Dienstmädchen wartete bereits an der Haustür auf ihn. Im ersten Stock brannte überall Licht, und Harris sah von der anderen Straßenseite, wie Tempest von einem Zimmer ins andere lief. Neugierig blieb Harris auf seinem Platz. Es dauerte nicht lange, und Albert Tempest erschien wieder auf der Straße. Er rannte jetzt beinahe. Harris trat schnell die brennende Zigarette aus und folgte ihm. In der Nunnery-Allee winkte Tempest eine vorüberfahrende Droschke herbei. Da eine zweite leider nicht zur Stelle war, konnte Harris ihm nicht mehr folgen. Aber er hörte gerade noch, wie Tempest dem Kutscher das Fahrtziel nannte.

»Du hast ihn also aus den Augen verloren?«

»Tut mir leid, Sir, aber ich habe gehört, wie er zu dem Kutscher sagte: ›Nach Fulford!‹«

»Fulford! Was kann Tempest zu so später Stunde in Fulford wollen?« fragte Robert.

»Keine Ahnung, Sir. Er war jedoch ziemlich aufgeregt, und davor sah es aus, als suche er im Haus jemanden.«

In Gedanken versunken starrte Robert auf die Uhr. »Rachel!« rief er plötzlich, »seine Tochter.« Was hatte Louisa gesagt? Er hat etwas gegen die Freundschaft seiner Tochter mit den Bainbridges, ganz besonders gegen die Freundschaft mit dem jungen Arthur. »Aha«, überlegte er laut. »Harris, ich wette, sie ist zu ihnen, das heißt zu *ihm* gelaufen. Wenn alles gut geht«, rief Robert fröhlich, »ist sie mit dem jungen Dummkopf geflohen. Bleib am Ball, Harris. Diese Entwicklung ist nicht uninteressant, und ich möchte doch wissen, wie es weitergeht.

Die Tempests wollten morgen nach Bridlington fahren. Aber wenn Rachel verschwunden ist, wird unser abstinenter Druckereibesitzer vielleicht auf den Urlaub verzichten. Und das könnte zur Folge haben, daß ich ihn erwische, noch ehe ich nach Irland muß. Nun ja, je früher, desto besser.« Robert rieb sich zufrieden die Hände. »Das hast du gut gemacht, Harris. Ich bin sehr dankbar für deine Hilfe. Also – die Auslagen für die Woche – ist ein Guinea genug?«
»Sehr großzügig, Sir.«
»Keineswegs – das hast du verdient. Ich werde es dir nie vergessen. Jetzt muß man nur noch herausfinden, was für ein Haus das ist. Ich kenne es nicht, aber ich werde es selbst herausfinden und morgen abend hingehen.«
»Was ist mit Ihren anderen Plänen, Sir?«
»Irland muß noch warten. Ich schicke morgen ein Telegramm. Im Augenblick, Harris, ist die andere Sache sehr viel wichtiger. Dieses Schwein soll nicht ungeschoren davonkommen.«

Robert setzte sich am nächsten Abend zu Hugh Darnley. Die feuchten braunen Spanielaugen wirkten bekümmert, und Hugh wollte vermeiden, über die Bainbridges zu sprechen, denn er mochte sie sehr. Er empfand es als eine Art Verrat, über die Familie zu klatschen, die ihn in ihr Haus aufgenommen hatte. Außerdem gab es in der Messe bereits alle möglichen Gerüchte, und Hugh wollte sie aus allem raushalten.
»Ich halte nichts von Klatsch, Hugh, und du auch nicht, ich weiß das. Ich frage nicht aus läppischer Neugier, das kannst du mir glauben. Erinnerst du dich an Miss Elliott, die Gesellschafterin von Rachel Tempest?«
Darnley sah ihn überrascht an. »Ja natürlich. Ich habe sie oft gesehen.«
»Frag mich nicht, wieso ich das weiß, aber ich weiß nun einmal, daß man sie in der vergangenen Woche wegen Rachel Tempests Freundschaft mit dem jungen Arthur entlassen hat – man hat sie ohne Zeugnis entlassen. Ich finde das mehr als ungerecht und – nun ja, ich möchte einfach wissen, was gestern abend geschehen ist.«
Darnley war einige Jahre jünger als Robert, und wenn es um Frauen ging, hatte er ein weiches Herz und starke Gefühle. Aber er war nicht dumm. Er sah Robert durchdringend und fragend an, ehe er antwor-

tete: »Nun ja, erfahren haben wir es alle erst, als der Vater des Mädchens an die Tür hämmerte und seine Tochter zurückforderte. Der Major war nicht zu Hause, und Mrs. Bainbridge brach unter dem Ansturm des Tobsüchtigen nach den ersten fünf Minuten zusammen. Die arme Sophie wurde hysterisch, und selbst der Butler konnte den alten Tempest nicht loswerden. Deshalb rief er mich um Hilfe. Ich kam gerade aus der Messe und hatte mich noch nicht umgezogen. Als ich im Wohnzimmer erschien, setzte Lily dem Alten zu. Also, man kann sagen, was man will, das Mädchen hat Mumm in den Knochen. In Gesellschaft fühlt sie sich nicht wohl, aber sie ist viel in den Ställen bei den Stallburschen und kann besser fluchen als eine ganze Schwadron! Tempest war starr und sprachlos vor Entsetzen. Ich mußte ihm nicht erst den Kopf zurechtrücken.«

»Gut für Lily«, sagte Robert bewundernd.

»Nun ja, als sie schließlich schwieg, versuchte ich herauszufinden, was eigentlich geschehen war. Tempest erklärte, Rachel sei davongelaufen. Er wisse, sie sei hier, und wenn nicht hier, dann bei Arthur. Er verlangte, daß seine Tochter auf der Stelle in ihr rechtmäßiges Heim zurückkehre, *et cetera, et cetera.* Daraufhin habe ich ihm versichert, sie sei *nicht* in diesem Hause, und soweit mir bekannt, befinde sich Arthur in der Messe, und über den Verbleib seiner Tochter Rachel sei *uns* nichts bekannt. Da fing er an, über die Bainbridges als Familie zu schimpfen, und ich verlor die Geduld. Als er sich weigerte zu gehen, packte ich seinen Arm, drehte ihn auf den Rücken und brachte den Alten zur Tür.«

»Wirklich?« fragte Robert mit leuchtenden Augen. »Bei Gott, ich wünschte, ich wäre auch da gewesen! Du hast ihm nicht zufällig noch einen Tritt versetzt?«

»Nein«, erwiderte Darnley bescheiden, »aber ich hätte es tun sollen – er hat mich persönlich beleidigt *und* die Kavallerie Ihrer Königlichen Majestät.«

Robert schnaubte verächtlich. »Wirklich? Bei Gott! Er wird seine Worte teuer bezahlen, ehe ich mit ihm abgerechnet habe, das verspreche ich dir.«

»Ach ja? Und was hast *du* für einen Grund dazu? Oder sollte ich nicht fragen?«

»Frag nicht«, erwiderte Robert knapp, »aber erzähl weiter – du bist mit deiner Geschichte noch nicht am Ende.«

»Ja, also, nachdem wir ihn hinausgeworfen und die Damen sich wieder erholt hatten, kamen wir zu dem Schluß, daß der Mann verrückt sein muß. Wahrscheinlich war es von Rachel nur vernünftig gewesen davonzulaufen. Wir vermuteten, daß die Arme vermutlich zu einer Verwandten geflüchtet ist, um vor ihrem tobsüchtigen Vater Schutz zu suchen, und rechneten damit, daß Arthur jeden Augenblick aus der Messe kommen und unsere Vermutungen bestätigen würde. Gegen elf kehrte der Major zurück – er war in der Messe der Yorkshire-Husaren gewesen, aber Arthur hatte er nicht gesehen. Als ihr Sohn um Mitternacht noch nicht zu Hause war, geriet Mrs. Bainbridge vor Sorgen beinahe außer sich. Sophie war völlig niedergeschlagen. Wie konnte ihre beste Freundin sie so hinters Licht führen? – Nun ja, du weißt schon, in diesem Sinn fing sie an, mir ihr Herz auszuschütten.«

»Ja, das verstehe ich«, sagte Robert und bedeutete dem Diener, ihnen noch zwei Drinks zu bringen. »So etwas ist sehr romantisch, wenn es andere betrifft, aber weit weniger amüsant, wenn die Karriere des eigenen Bruders auf dem Spiel steht.«

»Wenn der Dummkopf doch nur darüber gesprochen und um Erlaubnis gebeten hätte. Die Bainbridges sind sehr vernünftige Leute und ihren Kindern gegenüber sehr nachsichtig – also mit meinen Eltern zum Beispiel nicht zu vergleichen«, sagte Darnley und lachte bitter. »Und die Freiwilligenregimenter sind keineswegs mit den Königlichen Dragonern und all unseren strengen Regeln zu vergleichen. Arthur hätte um Erlaubnis bitten und eine Zeitlang warten sollen. Jetzt muß er sie natürlich heiraten«, fügte Darnley seufzend hinzu, »denn er hat sie völlig kompromittiert.«

Robert nickte, und ein angespanntes Lächeln erschien auf seinem ansonsten ausdruckslosen Gesicht. »Natürlich.«

»Es liegt an der Hitze«, sagte Darnley im Ton des erfahrenen Kenners. »Man sagt, die Leute verlieren in Indien völlig den Verstand, und ich glaube das inzwischen auch. Es ist jetzt in York schon lange so schrecklich heiß, und wir sind diese Hitze einfach nicht gewöhnt.« Er griff sich an den engsitzenden Kragen der Uniform und warf einen Blick auf den klaren Abendhimmel. »Mein Gott, wenn es doch endlich bald regnen würde.«

»Aber nicht heute nacht«, widersprach Robert und lächelte. »Ich habe noch eine Verabredung in der Stadt. Ich muß jetzt gehen und mich umziehen. Aber vielen Dank für die Information – und keine Angst, ich behalte alles für mich.«

Eine Stunde später stieg Robert am Bootham Bar, dem nordwestlichen Stadttor, aus einer Droschke. Mit dem Rücken zu den alten verwitterten Steinen blickte er die Gillygate-Straße entlang und spürte dabei eine heftige Sehnsucht und auch nicht zu leugnendes Verlangen nach Louisa. Sie hatte ihm nicht geschrieben, aber die Adresse in Lincolnshire hinterlassen. Er würde ihr schreiben, sobald er die Sache mit Albert Tempest zum Abschluß gebracht hatte.

Ihn drängte es vorwärts, aber er zwang sich, langsam die Bootham-Straße entlang zu gehen, damit es so aussah, als mache er wie die vielen anderen harmlosen Bürger noch einen kleinen Abendspaziergang. Sein Blick fiel auf das große Gelände der Irrenanstalt, und mit einem Schauder dachte er kurz an Charlotte. Er gab sich einen Ruck und blickte angestrengt auf die Straßennamen und suchte die Straße, die Harris ihm genannt hatte. Er fand sie schließlich. Sie führte nach links hinunter zum Fluß. Hier standen nur gepflegte Häuser, die ihren Nachbarn harmlose und ordentliche Fassaden zeigten. Als Robert die Stufen zur Haustür hinaufstieg und auf die Klingel drückte, fragte er sich, wieviel man hier wohl für die angebotenen Dienste verlangen würde. Wenn Tempest so geizig war, wie Louisa ihn geschildert hatte, dann mußten seine persönlichen Freuden sehr weit oben auf der Liste der Prioritäten stehen. Kein Wunder, daß er diesen Dienst nicht bezahlen will, dachte Robert bitter, und mit einer gefügigen Geliebten im Haus viel Geld sparen wollte.

Das kleine Hausmädchen wollte ihn nicht einlassen, bis er sagte, ein Freund habe ihm dieses Haus empfohlen. Im Flur erschien eine schmale, unauffällig gekleidete Frau, deren Alter man nicht bestimmen konnte. Peinlich berührt dachte Robert im ersten Moment, er habe sich geirrt, dies sei der Treffpunkt einer kulturellen Gesellschaft, und er habe Albert Tempest leider völlig falsch beurteilt. Die Gedanken überschlugen sich in seinem Kopf, als er nach einer glaubwürdigen Entschuldigung für seinen Besuch suchte, und er verbeugte sich tief. Aber als er den Kopf wieder hob, begegnete er dem unmißverständlichen, abschätzenden Blick, den *diese* Frauen alle haben. Ihre Augen taxierten ihn in Pfund, Shilling und Penny und hielten ihn als Kunden für brauchbar.

Robert wollte Zeit gewinnen, um keinen Fehler zu machen. Er lächelte langsam und erlaubte seinen Augen, stumm größtes Lob zu suggerieren. Als die Frau seinen Blick freundlich erwiderte, entschuldigte er sich für sein unangemeldetes Eindringen. »Einer meiner Freunde hat Sie, Madame, und Ihr Haus in den glühendsten Farben geschildert. Und da ich zufällig in dieser Gegend war, bin ich einfach vorbeigekommen.«

»Und wer ist dieser Freund?« fragte sie unverblümt, ohne den Blick von ihm zu wenden.

»Mr. Tempest«, antwortete er und dachte plötzlich daran, daß Albert Tempest hier möglicherweise einen anderen Namen nannte. Er seufzte erleichtert, als sie lächelte.

»Ach ja, er gehört zu unseren besonders geschätzten Kunden«, sagte sie mit geübter Gewandtheit. In Wirklichkeit war Albert Tempest ihr lästig, und sie wollte mit seinen Freunden nichts zu tun haben. »Leider, Mr. ...«

»Hauptmann – Hauptmann Devereaux«, sagte er mit einem gewinnenden Lächeln und hoffte, seine Mutter werde ihm verzeihen, daß er in einer solchen Umgebung ihren Namen benutzte.

Die harten braunen Augen der Frau leuchteten bei der Erwähnung seines militärischen Rangs auf. Ihr Haus bot noch nicht allzulange gewisse Dienste an, und die richtigen militärischen Verbindungen konnten sehr nützlich sein. »Ich kann mir nicht vorstellen, daß Sie Mr. Tempest kennen«, sagte sie mit einem Anflug von Ironie. »Aber wie auch immer, Herr Hauptmann, ich wollte gerade sagen, daß wir im allgemeinen feste Termine haben, und die meisten meiner Mädchen sind zur Zeit beschäftigt.«

Robert versuchte, so enttäuscht wie möglich zu wirken. In Wirklichkeit hatte er den Beweis, den er suchte, und er konnte es sich ersparen, nach oben zu gehen. »Natürlich, mein Freund hat auch das erwähnt. Ich hatte nur gehofft ..., nun ja, macht nichts. Vielleicht an einem anderen Abend ...?«

Die Frau griff nach einer Liste. »Verstehen Sie, Herr Hauptmann, wir versuchen nach Möglichkeit, eine Übereinstimmung der Persönlichkeiten zu gewährleisten. Ich glaube daran, daß Menschen eine natürliche Verbindung miteinander haben, wenn Sie verstehen, was ich meine«, fügte sie mit einem wissenden Lächeln hinzu.

»O ja – ja wirklich«, stimmte er ihr eifrig zu und vermutete, daß ihre Kunden für *diesen* Dienst besonders viel zahlen mußten.
»Vermutlich«, meinte sie mit leicht nachdenklich gerunzelter Stirn, »unterscheidet sich Ihr Geschmack nicht allzusehr von dem Ihres Freundes ...«
»Nun ja ...«
»Das habe ich mir gedacht«, erklärte sie fröhlich, und die Fröhlichkeit wirkte sehr unecht in dem harten Gesicht. Wie eine Tante, die ihren Lieblingsneffen mit einem besonderen Geschenk quält, verkündete sie, Miss Leonie sei zufällig frei, und Albert Tempest schenke ihr nur allzu gerne seine Aufmerksamkeit. »Wenn Sie bereit sind, ein paar Minuten zu warten, Herr Hauptmann, dann werde ich mich darum kümmern, daß Miss Leonie sie empfängt.«
»Aber natürlich«, erwiderte Robert zuvorkommend und fragte sich, ob das klug sei.
»Bitte bemühen Sie sich in den Salon.« Sie führte ihn aus dem bescheidenen Flur in ein luxuriös eingerichtetes Wartezimmer. Aber ehe er auf einem der roten Plüschsofas Platz nehmen konnte, nannte sie den Preis, den er vorher zu zahlen hatte.
Sie muß gut sein, dachte Robert, als er ihr das Geld gab. Mit der Summe, die Albert Tempest für sein Vergnügen ausgab, konnte eine durchschnittliche Familie eine Woche gut leben.
Drucke aus der italienischen Renaissance schmückten die Wände. Botticellis *Geburt der Venus* konkurrierte mit einer ruhenden Venus von Tizian. Ihm gegenüber hing ein erotisches Bild unbekannter Herkunft, das ihm aber nur ein müdes Lächeln entlockte, als er die drastische Darstellung betrachtete.
Das kleine, junge Hausmädchen riß ihn aus seinen Gedanken. Sie trug ein schwarzes Kleid, eine weiße Schürze und ein weißes Häubchen und stieg vor ihm die Treppe hinauf. Der schmale, zierliche und kindliche Rücken erweckte in ihm einen solchen Abscheu, daß er fürchtete, das Gespräch mit Miss Leonie nicht ertragen zu können. Prostitution war eine Sache, aber Verführung Minderjähriger etwas anderes. Die Verführung von Kindern konnte er nicht gutheißen. Er fragte sich zornig, welche Art Freuden in diesem schönen Haus gehandelt wurden.
Das Mädchen blieb vor einer Tür am anderen Ende des Gangs stehen. Sie nickte der Frau im Zimmer zu, kündigte den Besucher an und ging.

Wie die meisten seiner Kameraden hatte auch Robert Erfahrungen mit hochkarätigen Prostituierten gemacht und betrat das üppig eingerichtete, stark nach Parfüm duftende Boudoir nicht unvorbereitet. Trotzdem schlug sein Herz so schnell wie beim ersten Mal, als er kaum mehr als ein unreifer, unbeholfener Junge gewesen war. Damals fürchtete er, sich beim Liebesakt lächerlich zu machen. Jetzt überlegte er nervös, wie er das Interesse dieser Frau aufrechterhalten konnte, ohne das in Anspruch zu nehmen, wofür er bezahlt hatte.
Er lehnte sich an die geschlossene Tür und lächelte so aufrichtig wie möglich. Dabei betrachtete er die sinnliche Miss Leonie. Sie trug ein durchsichtiges, langes seidenes Gewand und ruhte auf einer rosa Chaiselongue. Ihre langen, dunklen Haare umspielten in verführerischen Locken die runden Schultern. Sie war etwa zwanzig, aber die dunklen, tiefliegenden Augen wirkten sehr viel älter. Man kann sie nicht so leicht täuschen, dachte er, als er sich ihr näherte.
»Sie sind also ein Hauptmann?« fragte Miss Leonie herausfordernd mit heller Stimme und gepflegter Aussprache. »Infanterie oder Kavallerie?«
»Kavallerie«, erwiderte er, ohne nachzudenken.
»Wirklich?« fragte sie schelmisch und betrachtete ihn von oben bis unten. »Dann wirst du ganz bestimmt eine neue Erfahrung für mich sein. Komm setz dich«, befahl sie und klopfte auffordernd auf das Kissen neben sich. Sie streichelte ihm die Schultern. Ihre Hand fuhr über seine Armmuskeln und löste mit einem spitzen Fingernagel ein unfreiwilliges, angenehmes Erschauern aus.
Robert konstatierte ihr Können mit einem trockenen Lächeln und gestand sich stumm die Versuchung ein, die sie darstellte. Hinter der strengen und eher asketischen Fassade, die er nach außen zur Schau trug, verbarg sich ein sinnlicher, körperlich gut trainierter Mann in der Blüte seiner Jahre. Seine sexuellen Bedürfnisse waren ihm nur allzusehr bewußt, und es beschwerte sein Gewissen keineswegs, daß er hin und wieder auch bezahlte, um diesen Hunger zu stillen. Für Robert war das etwas wie essen oder schlafen. Nur mußte es nicht so häufig und regelmäßig sein, und in seinen Augen war es weit weniger unmoralisch, als mit vorgespielten Gefühlen zu bezahlen. In seiner Klasse gab es genug Frauen, die es mit der Tugend nicht allzu genau nahmen. Aber er hatte sich bereits einmal die Finger verbrannt und gelernt, diese auf

Männer versessenen Frauen auf Distanz zu halten. Nach Charlotte glaubte er, sich nie wieder emotional binden zu können. Und seitdem lebte er enthaltsam, aber weniger aus einer bewußten Entscheidung heraus, sondern weil ihn nicht das Verlangen nach einer anderen Frau erfüllte. Das sorgfältig eingedämmte Feuer war nach der Begegnung mit Louisa jedoch wieder hoch aufgelodert, und seit der vergangenen Woche lebte er an dem gefährlichen Abgrund heftigsten sinnlichen Verlangens. Er dachte Tag und Nacht an Louisa, er sehnte sich nach ihr, er warf sich vor, nicht mit ihr geschlafen und so die einzige Gelegenheit in seinem Leben vertan zu haben. Louisa verfolgte ihn in seinen Träumen, entzog sich ihm aber immer vor dem Höhepunkt der Befriedigung. Dann erwachte er erschöpft und wütend auf sich selbst. Er verachtete die einfachste und bewährte Lösung und quälte den widerspenstigen Körper mit kalten Bädern und langen morgendlichen Wanderungen. Er hatte das Gefühl, sich geradezu lächerlich zu benehmen, aber sein Verzicht vor einer Woche hatte ihn zu einer Art Schwur bewogen: Früher oder später würden er und Louisa mit oder ohne den Segen der Kirche zusammen sein, und auf diesen Tag wollte er warten.

Aber Robert war nur ein Mensch, und er wußte, die Selbstkontrolle war etwas sehr Zerbrechliches. Also mußte er Miss Leonie seine Absicht gestehen, ehe sie ihn zu sehr animiert hatte.

»Wenn Sie nichts dagegen haben, werde ich die Jacke anbehalten«, erklärte er mit einem freundlichen Lächeln. »Verstehen Sie, ich möchte mich nur mit Ihnen unterhalten.«

»Unterhalten, mein Schatz?« fragte Miss Leonie und vergaß vor Staunen die gepflegte Aussprache.

»Sie sind hübsch«, sagte er aufrichtig und entschloß sich zu einer Lüge. »Ich bin ein glücklich verheirateter Mann – sonst wäre ich nur allzu bereit, Ihre Großzügigkeit anzunehmen.«

»Aber –«

»Aber ich bin rein geschäftlich hier und bitte Sie um einen Vertrauensbruch, für den ich gerne bereit bin zu bezahlen. Ich möchte etwas über einen Ihrer Kunden erfahren, zum Beispiel wie oft er dieses hervorragende Etablissement besucht.«

»Moment mal, Kleiner«, sagte sie heftig, »sind Sie ein Polizist? Wenn ja, dann möchte ich Ihnen sagen, daß wir mit einem Ihrer Vorgesetzten eine Abmachung haben –«

»Sehe ich wie ein Polizist aus?« unterbrach er sie.
»Eigentlich nicht. Aber heutzutage weiß man das nie so genau. Einige dieser Widerlinge geben ganz schön an.«
»Ich bin kein Polizist. Ich möchte die Information aus einem sehr persönlichen Grund. Einer Ihrer Kunden erpreßt einen Freund von mir, und ich will dem ein Ende machen, indem ich meinerseits Erpressung ins Spiel bringe. Wollen Sie mir dabei helfen?«
Sie sah ihn listig an. »Na ja, das hängt ganz davon ab, wer es ist. Wenn ich etwas sage, dann kommt der Mann sicher nicht mehr hierher, und Mrs. Dodsworth wird das nicht gerade gefallen. Sie will dieses Haus in Schwung halten und nicht zu Fall bringen.«
Robert versprach ihr, es werde sich lohnen, aber Miss Leonie zögerte. »Sagen Sie mir zuerst, wer es ist.«
Robert holte tief Luft. »Albert Tempest.«
Die Frau lachte schallend. »Ach *der*! Mein Gott, warum haben Sie das nicht gleich gesagt? Fragen Sie, was Sie wollen, und ich werde es Ihnen sagen. Diesen widerlichen alten Knacker werde ich bestimmt nicht vermissen – und Mrs. Dodsworth auch nicht. Er ist ein alter Geizhals. Wir einigen uns auf ein paar Pfund, und ich sag Ihnen, was Sie wissen wollen.«
Robert seufzte über die »paar Pfund«, gab ihr aber zwei Goldsovereigns.
»Also, er kommt einmal die Woche, jeden Freitag – zumindest war es so in den letzten Monaten«, berichtete sie und legte das Geld in ein Holzkästchen, das auf dem Frisiertisch stand. »Moment mal, das war bald, nachdem wir hier angefangen haben – Ende Februar, Anfang März. Irgend jemand hat ihn empfohlen, aber ich weiß nicht mehr, wer es war. Also, er kommt jede Woche, und jede Woche machen wir dasselbe Spiel. Er beschimpft mich, ich muß verrückt spielen – also wirklich hysterisch sein, ihn anschreien und ihn heruntermachen. Das fällt mir bei ihm nicht so schwer, das kann ich Ihnen sagen. Aber es ist verdammt anstrengend, viel anstrengender als das übliche, wofür ich bezahlt werde. Und der alte Geizhals darf auch ganz schön viel zusätzlich dafür bezahlen.«
»War er am letzten Freitag auch hier?«
»Gestern?«
»Nein, in der Woche davor.«

»Ja – ja, bestimmt . . . Ach ja!« Sie lachte wieder. »Also das war komisch, denn er kam zu spät. Das ist ungewöhnlich, denn er ist pünktlich wie die Uhr. Komisch, daß Sie die letzte Woche erwähnen . . . Er war nicht pünktlich und er wollte keine Beschimpfungen. Es war die leichteste halbe Stunde seit langem mit ihm«, erklärte sie lachend.

»Hmmm, das überrascht mich nicht«, murmelte Robert und spürte den Zorn wieder in sich aufsteigen.

Miss Leonie betrachtete sein Gesicht, bemerkte, wie seine Lippen schmal wurden und er die Kiefer aufeinanderpreßte. Seine Augen verrieten wenig, aber sie wußte intuitiv, daß Albert Tempest etwas bevorstand, und dieses Wissen versetzte sie in Erregung. Sie lehnte sich zurück und streichelte ihm die weichen Haare im Nacken. Dieser Mann sah gut aus. Er war groß und schlank. Unter dem teuren Anzug mußte ein hübscher und drahtiger Körper stecken. »Willst du nicht doch bleiben, Schatz?« flüsterte sie lockend, »nur einmal . . . Du wirst es bestimmt nicht bereuen, und deine Frau wird nichts merken. Ich wette, du bist kein schlapper Vertreter!«

Robert grinste. »Du wärst sicher überrascht.«

»Bestimmt, wenn du mir Gelegenheit dazu gibst, Schatz.«

Er stand auf und fuhr sich mit der Hand durch die zerzausten Haare. »Sie sind sehr verführerisch, Miss Leonie, aber ich habe das bekommen, weshalb ich hier bin, und ich kann Ihnen nicht genug für Ihre Hilfe danken.« An der Tür drehte er sich noch einmal um und lächelte sie an. »Darf ich Sie als eine kleine Entschädigung vielleicht anderen empfehlen?«

Ihre Augen ruhten lange und voll Bedauern auf ihm. »Ich sage nie nein, mein Schatz.«

23

Es waren lange und heiße Tage. Die Sonne brannte von einem so tiefblauen Himmel, daß das Blau über den Weizenfeldern wie eine feste Masse von Horizont zu Horizont zu reichen schien. Von Zeit zu Zeit drohten dicke weiße Wattewolken mit grauen Rändern mit Regen. Die Alten in den Dörfern schüttelten die Köpfe und schnalzten mit der Zunge. Als Propheten des Unheils sonnten sie sich in pessimistischen Ermahnungen und trieben die Arbeiter an. Die Familien vergaßen alte Streitigkeiten und schufteten von Sonnenaufgang bis Sonnenuntergang auf den Feldern, um die frühe Ernte einzubringen, ehe das strahlende Wetter wechselte – denn das mußte früher oder später geschehen.

John Elliott freute sich über die seltene Einmütigkeit und arbeitete mit den anderen in guter Kameradschaft zusammen. Er brachte die Pferdegespanne für die Heuwagen und türmte Garben zu immer höheren Stößen. Die Männer mochten jede von Gott gegebene Stunde arbeiten, aber die schweren Zugpferde wurden versorgt und umhegt wie stillende Mütter. Sie zogen die riesigen Ladungen nur wenige Stunden am Tag. Weiche Strohkappen schützten ihre Köpfe vor der Sonne und den Fliegen. Jeden schweren Tritt begleitete sie aufmunterndes Nicken, jedes Nicken ein kurzes Schütteln der Strohkappe. Es waren starke, schöne Tiere, und John liebte sie aufrichtig und hingebungsvoll. Seine Zärtlichkeit und der Stolz auf die Pferde übertraf bei weitem seine Achtung vor den überzüchteten Jagdpferden des Gutsherrn, die er für eitle, dumme und viel zu temperamentvolle Tiere hielt.

Jedesmal, wenn er an seinem Haus vorüberkam, liefen seine jüngeren Kinder zum Tor und wollten neben ihm sitzen, um ihn auf dem Weg vom oder zum Feld zu begleiten. Manchmal nahm er sie mit, aber nur dann, wenn auch Louisa mit aufstieg. Er fürchtete, den Kleinen könne etwas geschehen, wenn niemand auf sie achtgab. William, sein zweiter Sohn, war sechs und Johnnie, der Älteste, sieben. Die beiden lasen bereits mit den anderen Dorfkindern Ähren auf den abgeernteten Feldern. Es tat ihm leid, daß Louisa ihre Stelle verloren hatte, aber er freute sich darüber, daß dieses Pech ihren Aufenthalt verlängerte, denn ihre Hilfe und Mitarbeit erleichterten seiner Frau das Leben.

Bei einer dieser Fahrten zu den Feldern mit Tom und der kleinen Beth betrachtete Louisa ihren Vetter von der Seite. Die Rolle als Vater und Ehemann tat ihm gut. Er war sanfter und besonnener, als sie es sich vorgestellt hatte. Er liebte seine Jenny. Ihre Schwangerschaft bereitete ihm so große Freude, daß Louisa sich fragte, wie er sich wohl verhielt, wenn sie *nicht* schwanger war. Nach anfänglicher Verlegenheit hatte sie sich an dieses unbefangene Verhalten gewöhnt und beneidete die beiden sogar um die ungezwungene, liebevolle Beziehung.

Jenny schien sich über ihre Schwangerschaft beinahe ebenso zu freuen wie ihr Mann, obwohl Louisa fand, daß die Hitze ihr sehr zusetzte.

»Machst du dir keine Sorgen um sie?« fragte sie John, als er das Fuhrwerk um eine scharfe Kurve lenkte.

»Um wen? Um Jenny?« Louisa nickte, und er schwieg einen Augenblick. »Ja schon . . . manchmal schon. In solchen Zeiten mache ich mir Sorgen. Es wäre gut für uns, wenn du immer hierbleiben könntest«, sagte er im Spaß.

»Das geht nicht, John, sosehr mir das Leben hier auch gefällt. Mein gespartes Geld wird nicht ewig reichen, leider nicht einmal sehr lange.« Sie erinnerte sich an die beiden Kinder an ihrer Seite und überlegte sich die nächsten Worte sorgfältiger. »Weißt du, das kann nicht immer und ewig so weitergehen. Ich meine, jedes Jahr – es wird ihrer Gesundheit schaden. Ist dir das bewußt?«

Er zog die von der Sonne gebleichten Brauen zusammen und gab keine Antwort.

Louisa räusperte sich. »Es gibt *Methoden*, John – Methoden, um . . . diese Situation . . . zu verhindern.«

»Unsinn!« rief er. »Nichts als Altweibergeschwätz und außerdem unanständig. Es überrascht mich, Louisa, daß du so etwas sagst.«

»Es ist *kein* Altweibergeschwätz, John. Nimmst du denn nie ein Buch in die Hand? Nein, vermutlich bekommt ihr hier in Blankney keine solchen Bücher. Aber glaub mir, es gibt Methoden und Mittel – sie sind erprobt, wenn auch nicht unbedingt gebilligt. Vielleicht sind sie auch nicht völlig sicher, aber sie verringern das Risiko. Ach du liebe Zeit, ich erkläre das nicht sehr gut«, sagte sie plötzlich unsicher und wurde feuerrot über die Kühnheit, mit der sie ein so heikles Thema angesprochen hatte. »Wenn ich Jenny doch nur besser kennen würde, dann könnte ich *ihr* erklären, was ich gelesen habe.«

Ihr Vetter sah sie prüfend an. Seine hellblauen Augen blinzelten in der Sonne. »Ist das dein Ernst? Oder machst du dich über mich lustig?«

»Nein, natürlich nicht. Ich hätte den Mund gehalten, wenn ich mir nicht solche Sorgen um Jenny machen würde.«

»Ich sage es ihr«, erklärte er entschlossen, »ich werde sie dazu bringen, mit dir darüber zu sprechen. In den letzten Monaten geht es ihr nicht besonders gut, und ich mache mir wirklich Sorgen um sie. Ich denke, es ist zumindest einen Versuch wert.« Er nickte nachdenklich und trieb die Pferde auf das Feld. Damit war ein weiteres Gespräch nicht mehr möglich.

Am nächsten Tag, einem Samstag und Johns Abend im Pub von Metheringham, kam Jenny zögernd auf das Thema zu sprechen. Nach heftigem Erröten und wiederholtem Stocken erklärte Louisa der Frau ihres Vetters die Prinzipien der Empfängnisverhütung, die sie vor zwei oder drei Jahren in einer teuren und nicht sehr verbreiteten Zeitschrift gelesen hatte. Ein Arzt in Leeds erteilte noch immer Rat und verkaufte empfängnisverhütende Mittel, obwohl man ihn wegen seiner Haltung aus der Ärzteschaft ausgestoßen hatten. In Ermangelung einer wirksamen und angenehmen Hülle für das männliche Glied hatte er ein Verhütungsmittel für Frauen verfeinert, das als die sicherste und ungefährlichste Methode galt, eine Schwangerschaft auszuschließen. Louisa beschrieb Abbildungen einer kegelförmigen Vorrichtung, die man sich zusammen mit einer genauen Gebrauchsanleitung schicken lassen konnte.

»Ich weiß nicht, wie es funktioniert, Jenny«, sagte sie, »ich weiß nur noch, daß mich sehr beeindruckt hat, was ich damals gelesen habe. Verstehst du«, erklärte sie zögernd, »ich finde es nicht richtig, daß Frauen einfach nicht gefragt werden. Ich weiß, ich bin nicht verheiratet, und vielleicht sollte ich nicht darüber sprechen – aber wenn ich verheiratet wäre, möchte ich nicht damit konfrontiert sein, jedes Jahr ein Kind zu bekommen, bis ich entweder den Verstand oder meine Gesundheit verliere. Ich liebe Kinder, und es macht mich traurig, daß ich vielleicht nie heiraten und eigene Kinder haben werde Aber trotz allem«, fügte sie lächelnd hinzu, »möchte ich nicht jedes Jahr ein Kind bekommen.«

Jenny klopfte sich mit einem reuigen Lächeln auf den dicken Bauch. »Es wäre mir recht, wenn das mein letztes wäre – aber nicht, weil ich vielleicht sterbe, ehe ich noch einmal schwanger werde. Oh, sieh mich nicht so besorgt an!« rief sie begütigend. »In mir steckt noch viel Leben! Aber mit jedem Kind ..., na ja, wir alle müssen uns mit dem Gedanken anfreunden. Ich glaube, ich werde John überreden, mit mir zu dem Arzt nach Leeds zu fahren. Wie du weißt, liebe ich meine Kinder aus ganzem Herzen, aber sie nehmen mir meine Kraft – ganz besonders jetzt. Und ich liebe John viel zu sehr ...« Sie schwieg plötzlich, denn sie wollte nicht indiskret sein. »Vielleicht könnte mir Emily einen Rat geben.«

Louisa wurde wieder rot. »Ich weiß nicht – ich bezweifle es. Wir sprechen leider nicht über solche Dinge. Ich glaube, sie wäre schockiert.«

»Ich bin dir sehr dankbar«, sagte Jenny entschlossen. »Wir lassen es dabei, und die Methoden der alten Frauen sind nicht ganz das Wahre, um nicht mehr zu sagen, obwohl jede Frau eine Methode zu kennen scheint, auf die sie schwört.« Sie lachte plötzlich. »Glaub mir, ich habe sie alle probiert.«

Als Jenny im Bett lag, blieb Louisa noch eine Weile sitzen. Sie wollte noch nicht nach oben. Die ganze Hitze des Tages sammelte sich in dem winzigen Zimmer unter dem Dach. Sie wollte auch Beth und das Baby, die kleine Mary Anne nicht stören, wenn sie nicht einschlafen konnte. Die Küchentür stand offen, und Louisa sah vor sich den Garten im Mondlicht. Sie versuchte sich vorzustellen, wie ihr Leben sein könnte, wenn ihre Mutter und Tante Elizabeth hier in diesem Dorf geblieben wären. Entweder eine oder sogar beide hätten geheiratet und ein Dutzend Kinder zur Welt gebracht und wären wie ihre Cousinen an das Land gebunden. Es war ein langsameres, einfacheres Leben. Auch hier gab es unaufhörlich Arbeit und ebenso große Armut wie in der Stadt. Doch die Luft war wenigstens sauber, die Kinder waren zwar arm, aber gesund und gut genährt. Die falschen, materialistischen Werte der Stadt traten hier weniger in Erscheinung. Blankney war von der Welt abgeschnitten und weit hinter der Zeit zurück. Aber die Menschen hier wußten wenigstens, wer sie waren. Sie wußten, wer und was *sie* waren.

Hier mußte niemand lügen, denn alles war bekannt, und man hatte sich damit abgefunden. Man hielt die Wahrheit in Ehren, und es gab keine falsche Bescheidenheit. Achtung mußte verdient werden und wurde nicht wie ein Mantel umgehängt, um Taten zu verhüllen, die nicht ans Tageslicht kommen durften. Hier war man entweder Landbesitzer oder Landarbeiter. Dem Grafen gehörte das Land, und der Graf kam gleich nach Gott. Alle anderen waren mehr oder weniger gleichgestellt. Diese Sicht war etwas zu vereinfacht, und Louisa wußte sehr wohl, daß sich die Zeiten änderten, aber im Augenblick beließ sie es dabei, denn die einfache Sicht tröstete und heilte ihre Wunden.

Sie ging in den Garten hinaus und freute sich über die kühlere Nachtluft. Es war gut, hier zu sein, auch wenn diese Reise in das Dorf einer Flucht vor den Menschen und den Dingen glich, mit denen sie es zur Zeit nicht aufnehmen konnte. Sie vermochte nicht, an den Namen ihres Arbeitgebers zu denken, und fand auch keine Gründe für die versuchte Vergewaltigung. Aber die Spuren auf der Brust und an der Schulter unter dem Kleid schwanden, und so verloren sich auch die Schrecken mit jedem weiteren Tag.

In den fünf Tagen ihres Hierseins hatte sie auch versucht, mit den anderen Gefühlen ins reine zu kommen, und das fiel ihr seltsam schwer. Es war relativ einfach, den Haß und die Abneigung gegen einen Mann zu überwinden, den sie nie wiedersehen mußte, einen Mann, der in den Tiefen ihres Bewußtseins verschwinden konnte. Er war weniger als nichts. Er zählte nicht. Selbst sein abscheuliches Verhalten und die Angst, die sie erlebt hatte, würden mit der Zeit in der Erinnerung verblassen. Aber Robert Duncannon – das war etwas anderes! Er war gefährlich und unendlich verwirrender und beunruhigender, denn ihn liebte sie. Roberts nackte Gefühle so kurz nach Albert Tempests Handgreiflichkeiten zu erleben, hatte eine verblüffende Wirkung gehabt. Louise staunte über diesen offenen Einblick in ihr Wesen immer noch so sehr, daß sie oft ihr Gesicht im Spiegel betrachtete. Aber sie fand darin nichts, was ihr eine Antwort gegeben hätte. Dieses Gesicht, das sie so prüfend ansah, schien so normal wie immer zu sein – vielleicht ein wenig zarter durch den Gewichtsverlust und nicht so pausbäckig wie das Gesicht einer Bauernmagd, aber es war trotz allem ein unauffälliges, ganz gewöhnliches Gesicht.

Louisa seufzte und dachte an Robert. Neben ihm kam sie sich so klein und so schwach vor. Wenn er sie ansah, konnte sie fast glauben, sie sei schön. Es war für sie eine solche Freude, ihn zu sehen. Er war alles, was sie nicht war. Selbst seine weiche, musikalische Stimme empfand sie wie eine Liebkosung. Der unbestimmte Charakter und die Herzlichkeit, mit der er sie immer umgab, erklärten mühelos die Anziehungskraft, die er für sie besaß. Deshalb hatte sie sich in ihn verliebt. Aber sie verstand weit weniger, was ein solcher Mann in ihr sah. Er konnte sich mühelos mit ihr unterhalten, das war ihr aufgefallen. Und wenn er in ihr nur eine Freundin und Vertraute gesehen hätte, wäre sie sehr stolz darauf gewesen. Aber alles andere blieb ihr ein Rätsel. Und doch, dachte sie, seine Gefühle in jener Nacht waren wirklich genug Beweis gewesen. Unwissentlich hatte sie sich ihm beinahe wie auf einem Teller angeboten – wie ihre Mutter gesagt hätte. Und bei diesem Gedanken wurde Louisa blaß. Robert hatte sich als Gentleman erwiesen, aber war sie eine Dame?

Am warmen nächtlichen Himmel über dem stillen Obstgarten leuchtete der volle Erntemond. Louisa blickte lange zu ihm auf und fürchtete sehr, sie sei keine Dame.

Das Knarren des Gartentors rettete sie vor diesem beunruhigenden Gedanken. Es mußte John sein. Louisa drehte sich um, als er um das Haus kam.

»Ich bin es«, sagte sie leise, denn sie wollte nicht, daß ihr helles Kleid zwischen den Bäumen ihn erschreckte.

»Kannst du nicht schlafen?« fragte er, und sie roch Bier und Tabak. Die von der Sonne gebleichten Haare und Augenbrauen hoben sich im Mondlicht weiß von dem tiefgebräunten Gesicht ab. Seine Augen leuchteten. Plötzlich wurde sie vorsichtig. John war zwar nicht betrunken, aber hatte genug Akohol in sich, um Louisa an Emilys Hochzeit denken zu lassen.

»Vorhin war es noch zu warm, aber jetzt kann ich bestimmt schlafen«, erwiderte sie.

»Geh noch nicht«, bat er sie, »ich hatte seit deiner Ankunft noch keine Möglichkeit, richtig mit dir zu sprechen. Ich möchte doch wissen, wie alles bei dir gegangen ist. Hast du deinen feschen Dragoner wiedergesehen?«

Ein trauriges ironisches Lächeln huschte über Louisas blasses Gesicht. »Ja, das habe ich. Erstaunlicherweise sogar in der letzten Woche.«

»Und hast du meinen Rat befolgt?« fragte er mit einem verschmitzten Augenzwinkern.

»Nein, das habe ich nicht«, erwiderte sie und holte tief Luft. Sie wollte ins Haus zurück.

John hielt sie fest und drehte sie zu sich. Er seufzte, als er den Zorn in ihren Augen sah. »Schon gut, schon gut«, murmelte er sanft, aber umschloß mit seinen großen braunen Händen ihr Gesicht. »Vergiß nicht, was ich dir gesagt habe – du bist zu hübsch, um eine alte Jungfer zu werden, mein Schatz.«

»Weißt du was, John? Wenn wir gestern nicht miteinander gesprochen hätten, würde ich schwören, daß du glaubst, es sei die einzige Aufgabe einer Frau, Kinder zu bekommen. Und jetzt laß mich los. Du hast zuviel getrunken, und das ist dir in den Kopf gestiegen.«

Lachend ließ er die Hände sinken. »Dein fescher Dragoner verdient die Peitsche, Louisa – er weiß nicht, was du brauchst. Wenn ich ihm begegnen sollte, werde ich es ihm sagen.«

»Gott sei Dank ist das wohl kaum möglich«, murmelte sie und wollte gehen.

Er sagte noch etwas, aber sie hörte nur »Wallache«, als sie die Treppe hinauflief. Seine Grobheit war ihr nicht fremd, aber plötzlich stieß sie das ab. Sie entkleidete sich schnell, zitterte wie vor Kälte und wollte nur noch ins Bett, um alle Probleme im Schlaf zu vergessen.

24

»Sind Sie Ire?«

Der sehr viel größere Robert blickte auf Albert Tempest hinunter und lächelte. »Das möchte ich meinen, aber Ihr Dienstmädchen ist da vielleicht anderer Ansicht.«

Etwas verwirrt blickte der ältere Mann noch einmal auf die geprägte Visitenkarte. »Also kommen Sie bitte zur Sache. Manche Leute halten sich noch an den Tag des Herrn«, erklärte er mit beißendem Sarkasmus, »ich muß in einer halben Stunde in der Kirche sein. Wenn es um meine Tochter Rachel geht, kann ich Ihnen gleich sagen, Sie verschwenden meine und Ihre Zeit. Das Fräulein sollte eine ordentliche Tracht Prügel erhalten..., sie wird mit ihren Schatten nicht mehr meine Schwelle verdunkeln.«

»Ich komme nicht wegen Ihrer Tochter«, erwiderte Robert ruhig. »Es ist Ihnen vielleicht entgangen, aber *mein* Regiment sind die Königlichen Dragoner. Soweit ich weiß, ist Ihre Tochter mit einem Leutnant der Yorkshire-Husaren davongelaufen.« Als er das bestürzte Gesicht seines Gegenübers sah, fügte Robert hinzu: »Ja, die Welt ist klein, und solche Dinge sprechen sich herum.«

Albert Tempest mußte schlucken. Er starrte zuerst den Mann mit harten Augen an und dann das Bild seiner verstorbenen Frau, als hoffe er auf eine Eingebung. Schließlich nahm er Zuflucht zu grober Unhöflichkeit. »Was wollen Sie also? Sagen Sie mir, was Sie hierher führt und gehen Sie, denn ich habe nicht viel Zeit.«

Robert erwiderte den Blick mit eiskalten Augen. »Ich möchte, daß Sie ein Zeugnis schreiben – ein ausgesprochen gutes Zeugnis – für Miss Elliott.«

»*Was?*«

»Ich glaube, Sie haben mich verstanden.«

»O ja, ich habe Sie verstanden, aber ich kann es nicht glauben! Was hat *sie* mit Ihnen zu tun?«

»Ich glaube, das geht Sie nichts an«, erwiderte Robert kalt, »aber ich bin zufällig ein Freund der Familie.«

»Sie?« Albert Tempest lachte, »ein Freund der Elliotts?« Er schnaubte verächtlich. »Das ist ja noch schöner. Sie sind wohl eher ihr Angebeter!«

Robert umklammerte den dünnen Ebenholzspazierstock, den er noch immer in der Hand hielt. Er hatte Moira Hut und Handschuhe übergeben, aber darauf bestanden, den Stock bei sich zu behalten. Es war ein sehr altes Stück, eine Besonderheit seines verstorbenen Großvaters George Duncannon. Er hatte ihn immer bei sich, als Dublin für einen Engländer noch gefährlicher war als heute. »Schreiben Sie das Zeugnis.«

»Oder was ...? *Mir* machen Sie keine Angst, Herr Hauptmann – oder welchen militärischen Rang Sie auch haben mögen. Sie haben keinen Gerichtsbeschluß, und ich beabsichtige keineswegs, dieser Frau, die ich entlassen habe, ein Zeugnis auszustellen.«

»Sagen Sie mir, warum Sie Miss Elliott entlassen haben«, sagte Robert.

»Weil sie ihren Pflichten nicht nachgekommen ist. Weil sie meine Tochter nicht überwacht, sondern zugelassen hat, daß sie mit einer Art Mann anbändelt, von dem sie sehr wohl wußte, daß ich ihn ablehne.«

»Sie haben gewußt, wohin Ihre Tochter geht«, erklärte Robert, »warum haben Sie es ihr nicht selbst verboten?«

Albert Tempest brauste auf und schob diesen Vorwurf ohne große Überzeugungskraft weit von sich. Robert musterte ihn. Er sah unter dem elegant geschnittenen Anzug den gut genährten Bauch, er betrachtete sich das angriffslustige Kinn und die gerissenen, kalten Augen. Er dachte an Louisa und wußte, sein Zorn würde bald explodieren. Es war an der Zeit, das Spiel zu beenden und zur Sache zu kommen.

»Sie haben Louisa Elliott entlassen, weil sie sich Ihren Annäherungsversuchen nicht gefügig zeigte. Und wie ich gehört habe, sind Ihre Neigungen leicht abartig.« Robert holte Luft. Seine Nasenflügel bebten in plötzlicher Erinnerung an die blauen Flecken. »Sie *werden* das Zeugnis schreiben«, betonte er noch einmal ungerührt, »denn, wenn Sie es nicht tun, werde ich den Kirchenältesten Ihrer Gemeinde eine Liste mit Tagen und Stunden überreichen, an denen Sie das Bordell von Mrs. Dodsworth besucht und sich den Diensten einer besonders gesprächigen Miss Leonie überlassen haben.«

Albert Tempest sank wie ein Ballon, der die Luft verliert, in den nächstbesten Sessel. Der Unterkiefer fiel ihm fassungslos herunter. Benommen überlegte er, wie dieser Mann *das* herausgefunden haben mochte, aber er machte sich nicht die Mühe, danach zu fragen. Die genannten Einzelheiten waren zu eindeutig. Dieser Schuft hatte ihn gestellt, und Albert Tempest wußte es. »Erpressung«, flüsterte er, »das ist Erpressung.«

Robert nickte und seine Lippen wurden schmal. »Aber diese Erpressung ist wirksamer als Ihre, glaube ich.« Noch ehe Albert Tempest sich wieder erholen konnte, hob Robert die Hand und zog an der Klingelschnur. Im nächsten Augenblick erschien Moira. Ihre Augen streiften nervös Robert, ehe sie sich ihrem beinahe völlig in sich zusammengesunkenen Herrn zuwandte.

»Mr. Tempest wünscht eine Feder, Tinte und ein Blatt Papier«, sagte Robert ruhig. Moira zuckte zusammen. Der ungewöhnliche Befehl *und* der unverkennbar irische Akzent des Offiziers verwirrten sie völlig. Einen Augenblick lang starrte sie Robert entgeistert an, dann eilte sie in das Arbeitszimmer. Die beiden Männer schwiegen, bis sie zurückkam. Robert bedankte sich bei ihr. Albert Tempest entließ Moira mit einem unbestimmten Nicken, und als sich die Tür wieder hinter ihr geschlossen hatte, ging er schwerfällig zum Tisch.

Robert griff in die Brusttasche seiner Jacke und zog ein Blatt Papier hervor. »Um Zeit und Mühe zu sparen, habe ich bereits ein angemessenes Führungszeugnis aufgesetzt. Eine Abschrift auf einem Blatt mit Ihrem Briefkopf in Ihrer Handschrift wird genügen.«

Das Zeugnis war kurz und sachlich. Es vermied übergroßes Lob und besagte schlicht, daß Louisa Elliott ehrlich und fleißig war, ihren Pflichten als Gesellschafterin und Erzieherin der Kinder des Unterzeichneten für eine Dauer von elf Monaten nachgekommen war und er sie auf ihren eigenen Wunsch und zu seinem großen Bedauern aus dem Dienst entlassen hatte.

Mit einem gewissen Hohn im Gesicht schrieb Albert Tempest sorgfältig und gestochen seinen Namen. »Ich wünsche Ihnen alles Gute mit dieser Frau«, sagte er und und ließ die Tinte trocknen. »Sie wissen natürlich, sie ist nicht besser, als das unter diesen Umständen der Fall sein kann . . .« Als Robert nichts erwiderte, fügte er hinzu: »Wie die Mutter, so die Tochter heißt das Sprichwort. Und die alte Frau war zu ihrer Zeit eine Art Hure. Wissen Sie, ihr gehörte das Temperance Hotel – eine geschickte Tarnung, nicht wahr?«

Robert war fassungslos. Einen Moment lang konnte er weder sprechen noch sich bewegen. Er hatte mit Unverschämtheiten gerechnet, aber er hatte nicht erwartet, daß . . . Hatte er richtig gehört? Albert Tempests höhnisches leises Lachen klang triumphierend.

»Sind Sie schockiert? Die alte Frau hat nie geheiratet, ihre Schwester übrigens auch nicht. Das ist eine ganze Familie von dieser Sorte . . .«, sagte er mit widerlichem Genuß. »Kein Wunder, daß der junge Elliott nicht wagen kann, den Kopf zu heben.«

Der aufgestaute Zorn erreichte den Höhepunkt und explodierte. Roberts Faust traf das böse Maul mit solcher Wucht, daß Albert Tempest sich einmal um sich selbst drehte, ehe er gegen den Tisch fiel, wodurch die Mahagoniplatte ins Wanken geriet und krachend umstürzte.

Als sein Kopf ein paar Minuten später wieder klar wurde, stellte Albert Tempest mit aufgerissenen Augen fest, daß sein Gegner über ihm stand, und der tödlich entschlossene Ausdruck in seinem Gesicht verriet, daß er es ernst meinte mit der schmalen Klinge, die auf sein Herz zielte.

»Ich hätte Sie mit meinen bloßen Händen töten können«, sagte Robert mit täuschender Ruhe, »ich könnte Sie jetzt töten, aber zu Ihrem Glück sind Sie es nicht wert. Sie werden mir jedoch das Vergnügen bereiten, das zurückzunehmen, was Sie eben gesagt haben.« Die Spitze der Klinge bewegte sich und schlitzte den dicken Wollstoff so mühelos wie ein Skalpell.

Albert Tempest versuchte, den Kopf zu heben. Mit hervorquellenden Augen sah er, wie die tödliche Klinge sich zurückzog und wieder erschien, diesmal über den Geschlechtsteilen. Er schluckte, schmeckte das Blut im Mund und mußte sich vor Angst beinahe übergeben. Er war bereit, allem zuzustimmen – beinahe allem.

»Ja, ja – gut«, murmelte er mit blutigen Lippen. Ein Zahn war abgebrochen und schnitt ihm in die Zunge. »Vielleicht habe ich – den Fall – übertrieben. Tut mir leid.«

»Sie haben gelogen«, betonte Robert und die Klinge kam näher.
»Nein«, widersprach Albert Tempest mit Nachdruck. »Ich habe nicht gelogen. Louise Elliott und ihre Schwestern sind . . .«, er wollte sagen »Bastarde«, aber er überlegte es sich und sagte statt dessen ». . . uneheliche Kinder. Und auch ihre Vettern. Das ist die Wahrheit!« rief er verzweifelt, als er sah, wie die Hand mit der Klinge bebte, und die Augen über ihm vor Zorn blitzten.
Eine Ewigkeit schien zu vergehen, ehe die blitzende Klinge sich hob und der Mann sich langsam aufrichtete.
Mit einer schnellen Bewegung griff Robert nach den zwei Blatt Papier und steckte sie in die Jackentasche. Er schob den Degen in die schmale Ebenholzscheide, in der er mit einem Zischen verschwand, und dann hielt Robert wieder einen harmlosen altmodischen Spazierstock in der Hand.
Er drehte sich entschlossen um und ging zur Tür. Mit einem tiefen, zitternden Seufzer hörte Albert Tempest, wie er das Haus verließ.

25

Ein seltsames Gefühl der Gleichgültigkeit hatte Robert erfaßt. Er konnte sich nicht auf die Vorbereitung für die Fahrt nach Irland konzentrieren. Er befahl Harris schließlich zu packen und verließ das Haus in Reithosen.

Der Kasernenhof lag verlassen. Kein Lufthauch bewegte den weißen Staub unter seinen Füßen. Ruhig und hinter geschlossenen Jalousien wirkten die hellen Steinbauten verschlafen in der Hitze des Sonntagnachmittags. Robert erwiderte den Gruß der Wache und betrat die Ställe. Er atmete tief den scharfen Ammoniakgeruch des Strohs ein und ging an leeren Mannschaftsräumen vorbei zum Sattelraum. Dort nahm er sich Sattel und Zaumzeug für sein Pferd. Auf dem Weg zurück näherte sich ihm der wachhabende Feldwebel und fragte mit vor Überraschung hochgezogenen Augenbrauen:

»Reiten Sie aus, Herr Hauptmann?«

»Das habe ich vor, Feldwebel.«

»Sehr wohl, Herr Hauptmann. Ich schicke einen der Burschen zum Satteln.«

»Das ist nicht nötig. Ich kann das allein.«

Der Feldwebel zögerte, denn diese ungewöhnliche Situation verwirrte ihn. *So* gehörte sich das nicht. Der Feldwebel fragte sich, ob das nicht auch gegen die Bestimmungen verstieß. »Gut«, sagte er langsam, »sind Sie sicher, Herr Hauptmann?«

»*Ganz* sicher, Feldwebel.«

Der Mann blieb noch einen Moment stehen. Als Robert ihn nicht weiter beachtete, drehte er sich ärgerlich auf dem Absatz um, weil die Wache ihn wegen nichts und wieder nichts herbeigerufen hatte.

Robert wiederum ärgerte sich darüber, daß einfache Handgriffe etwas waren, zu dem sich ein Offizier oder Gentleman nicht herablassen sollte, schwang den Sattel auf die Schulter und ging zur Koppel, wo die Pferde ruhig weideten. Er legte den Sattel auf den Zaun, nahm das Zaumzeug und pfiff dem großen braunen Wallach. Das Pferd stellte die Ohren, erkannte seinen Herrn und kam langsam näher. Der Wallach rieb den Kopf an Robert und ließ sich die Gebißstange mit einem eher halbherzigen Protest zwischen die Zähne schieben. Dann wartete er ruhig, während Robert den Sattel auflegte und die Gurte festzog.

Im Hof stand der diensthabende Feldwebel, hielt ihm den Steigbügel, nachdem er betont förmlich salutiert hatte, und sah Robert mit leerem Blick nach, der zur Fulford-Straße ritt.

Als Robert das Dorf hinter sich hatte, verließ er die Hauptstraße und ritt durch die Felder in Richtung Fluß. Der große Braune fiel zögernd in einen gemäßigten Galopp, aber als Robert ihn antrieb, wurde er schneller. Das Gefühl der Geschwindigkeit war an sich schon wie eine Erleichterung. Der Wind setzte sein Blut in Wallungen, und Robert empfand plötzlich den Schmerz, der ihm bis jetzt nicht bewußt geworden war. Das trieb ihn dazu, dem Pferd die Sporen zu geben und es noch mehr anzutreiben. Er war schon beinahe in Naburn, ehe er das Tempo verlangsamte. Das vor ihm liegende Land nahm er nur als ein verschwommenes Band goldener Felder und dunkelgrüner Bäume wahr. In einem kleinen Wäldchen ließ er den Braunen in Schritt fallen, lenkte ihn unter die Bäume und ließ ihn am Flußufer stehen. Roberts Lungen schmerzten, keuchend sprang er aus dem Sattel, schlang die Zügel um einen niedrigen Ast und ließ sich dann ins Gras fallen.

Jetzt erst traf ihn die volle Wucht der Worte, die Albert Tempest gesagt hatte. Er stöhnte über die widerwärtigen Andeutungen und verstand nicht, wie Louisa eine Stelle bei einem Mann hatte annehmen können, der offensichtlich so viel über ihre Vergangenheit wußte. Denn in Albert Tempests Worten steckte ein Kern der Wahrheit. Robert wußte, der Mann hatte nicht gelogen, obwohl er im nachhinein nicht daran denken wollte. Er machte sich inzwischen heftige Vorwürfe. Wie konnte er mit so törichter Sicherheit glauben, ein Vergehen zu rächen? Er erinnerte sich an seine Worte: »Das wird Gott ihm heimzahlen.« Er mußte doch wissen, daß Hochmut vor dem Fall kam. Kein Wunder also, daß Louisa sich so vor Tempest gefürchtet hatte; kein Wunder, daß sie voll Entsetzen glaubte, ihr Vetter würde ihn zur Rede stellen; kein Wunder, daß Louisa ihn so leidenschaftlich beschworen hatte, er möge

nichts gegen diesen Mann unternehmen, denn es stand so viel auf dem Spiel – nicht nur ihr Ruf, sondern auch der Ruf ihrer Mutter.
Robert dachte an Mary Elliott. Sosehr er sich auch darum bemühte, es gelang ihm nicht, sie sich als eine Miss Leonie oder eine Mrs. Dodsworth vorzustellen. Er hätte sein Leben gewettet, daß Mary Elliott keine ehemalige Dirne war. Albert Tempest hätte Louisa niemals als Gesellschafterin eingestellt, wenn das so gewesen wäre. Die Anspielungen des Mannes beruhten bestimmt zum größten Teil auf seiner übersteigerten und lüsternen Phantasie.
Mit beißender Ironie erkannte Robert plötzlich, daß der Vater von Mary Elliotts Kindern in seiner Lage gewesen sein mochte – ein Mann, der in einer lieblosen Ehe ohne Hoffnung auf Scheidung gebunden gewesen war. Robert konnte sich gut vorstellen, daß dieser Mann bei Mary Elliott Liebe und Glück gefunden hatte – ein Glück, das Robert bei ihrer Tochter suchte. Aber wenn er die körperliche Befriedigung dieser Liebe wollte, ging er das Risiko ein, Louisa in dieselbe Lage wie ihre Mutter zu bringen. Louisa mochte Kinder zur Welt bringen, denen er seinen Namen nicht geben konnte, und diese Kinder würden dann wiederum unehelich sein.
Die Ungeheuerlichkeit, einem grausamen Schicksal als williges Instrument zu dienen, entsetzte ihn. Seine Gedankenlosigkeit, sein grenzenloser Egoismus stand ihm plötzlich anklagend vor Augen. In allen zwanglosen Begegnungen und kurzen Liebesaffären hatte er nie an die möglichen Folgen gedacht – zumindest nicht ernsthaft. Er gab sich im allgemeinen Mühe, sich an eine gewisse Methode zu halten, die sich offenbar im Verlauf der Jahre bewährt hatte. Soweit er es wußte, gab es durch ihn bis jetzt keine vaterlosen Kinder. Aber vielleicht war das ebensoviel Glück gepaart mit etwas Vorsicht gewesen, und mit dem Glück war es möglicherweise jetzt vorbei.
Robert versuchte sich vorzustellen, wie Louisas Leben als Kind ausgesehen haben mochte. Es gelang ihm nicht. In einer seltenen kurzen Einsicht erkannte er jedoch, daß die Kraft und die Beweglichkeit, die er an ihr so bewunderte, auf weniger festen Fundamenten ruhte, als er geglaubt hatte. Die ihr eigene Zurückhaltung schien weniger auf einer typisch bürgerlichen Moral zu beruhen, sondern auf dem tiefsitzenden Zögern, sich mit irgendeinem Menschen näher einzulassen.
Louisa hatte ihm nicht geschrieben. Tag für Tag wartete er auf Post,

aber von ihr kam kein Brief. Das schien angesichts dessen, was er jetzt wußte, sehr bedeutsam. Louisa wollte ihn nicht. Wie konnte sie ihn denn auch als Liebhaber wollen? Robert dankte der Vorsehung, daß sie ihm wenigstens die Adresse hinterlassen hatte, als er sie darum bat. Er konnte ihr zumindest schreiben und ihr sagen, daß er sie liebte.
Aber wenn du sie wirklich liebst, hörte er eine leise, aber deutliche Stimme in sich, dann mußt du sie freigeben.

Harris wartete bei dem Gepäck und musterte den großen Offizier, der die Abfahrtzeiten der Züge studierte. Er wollte mit dem Zug nach Leeds fahren und in Liverpool umsteigen. Wonach suchte er auf dem Fahrplan so lange? Harris seufzte und hoffte, der Hauptmann werde sich beeilen. Was mochte ihn nur so sehr beschäftigen? Gestern morgen war er so mitteilsam und zufrieden gewesen, aber danach hatte Harris nichts mehr von ihm erfahren. Er hatte ihm noch nicht einmal richtige Anweisungen zum Packen gegeben. Harris hoffte, nichts vergessen zu haben, und seufzte wieder. Er warf einen Blick auf die Bahnhofsuhr. Wenn der Hauptmann noch länger vor dem Fahrplan stand, dann würde der Zug ohne ihn abfahren.
»Endlich!« murmelte Harris erleichtert.
»Ich habe es mir anders überlegt«, sagte Robert ruhig, »ich fahre mit dem Lincoln-Zug. Ich muß vor meiner Abfahrt nach Irland noch etwas erledigen.«
Robert stieg in Doncaster um und erreichte Lincoln kurz vor zwölf Uhr Mittag. Er kaufte sich in dem Buchladen am Bahnhof eine Landkarte und nahm ein Zimmer in dem großen, düsteren Great Northern Hotel. Nach einem nichtssagenden Mittagessen grübelte er wieder über dem Fahrplan. Metheringham war der nächste Bahnhof für Blankney und lag ungefähr eine Meile von dem Dorf entfernt auf dem Weg nach Spalding. Ein Zug war gerade abgefahren, aber in ein paar Stunden würde der nächste fahren. Der letzte Zug sollte kurz vor elf Uhr abends hier ankommen. Also hatte er mehr als genug Zeit, um sie zu finden und mit ihr zu sprechen.
Als er die Fahrkarte im Bahnhof von Metheringham abgab, erkundigte er sich nach dem Weg nach Blankney. Robert konnte den starken Dialekt des Mannes kaum verstehen und erriet mehr durch Gesten als durch Worte, daß es zwei Wege gab – ein langer entlang der Straße und

ein kürzerer Fußpfad über die Felder. Außer Sichtweite studierte er die Landkarte und stellte fest, daß der Fußpfad nicht eingezeichnet war. Aber er vertraute auf sein Glück, und vielleicht konnte er unterwegs noch einmal nach dem Dorf fragen. Er entschied sich für die Abkürzung und machte sich auf den Weg.

Auf die verwitterten Kreidesteinmauern folgten bald grüne Hecken. Es dauerte nicht lange, und Robert erreichte ein Tor und einen Zauntritt. Das Feld dahinter war bereits abgeerntet. Gebückte Gestalten lasen die zurückgelassenen Weizenähren. Es waren ein paar Frauen, aber in der Mehrzahl Kinder. Sie befanden sich jedoch in zu großer Entfernung, und er konnte sie nicht nach der Richtung fragen. Sie unterbrachen die Arbeit und sahen ihm nach, als er vorüberging. Robert lief unbeeindruckt auf dem ausgetretenen Pfad zwischen den Stoppeln weiter. Er fand, die Gegend sei bestens für die Jagd geeignet, und stellte sich die rötlichbraunen kahlen Felder im Winter vor. Es war ein weites, hügeliges Land mit verstreuten Baumgruppen. Es glich überraschend dem Vale von York. Auch die hellen terracottafarbenen Häuser verstärkten das Gefühl, er sei nicht weit von York entfernt.

Weiße dicke Wolken ballten sich im Süden am Horizont, aber über ihm war der Himmel klar und blau. Die Sonne trieb ihm Schweißperlen auf die Stirn und unter die Augen. Am nächsten Zauntritt blieb er eine Weile stehen und fächelte sich mit der Hutkrempe. Er trug zwar einen leichten Tweedanzug, aber selbst der war für den heißen Tag viel zu schwer. Mit einem Achselzucken setzte Robert sich über die Regeln des Anstands hinweg, zog die Jacke aus und legte sie sich über die Schulter. Dann marschierte er weiter.

Zu seiner Rechten hinter einer Gruppe junger Bäume entdeckte er plötzlich viele hohe alte Schornsteine. Er stieg eine leichte Anhöhe hinauf und sah vor sich graue Dächer und Sprossenfenster, die hinter einem goldenen Feld mit blutig roten Mohntupfen wie eine Fata Morgana schimmerten. Sein Puls schlug schneller. Hier müßten nur noch Fahnen flattern, dachte er, und Lanzen in der Sonne funkeln . . .

Durch die Stille drangen plötzlich Gelächter, Rufe und fröhliche Stimmen hinter den Bäumen hervor. Jetzt sah er, daß die Fata Morgana kein Schloß, noch nicht einmal eine alte Festung war, sondern nur ein paar Bauernhäuser – die Verkörperung des romantischen Traums eines anderen Mannes, der nicht wie er etwas mit dem Krieg zu tun hatte.

Hinter dem Wäldchen standen Erntearbeiter mit einer Mähmaschine vor dem Tor. Sie riefen einem Mann etwas zu, der zwei Ackergäule den Weg entlangführte. Als Robert sich ihnen näherte, verstummten die Männer und traten zurück. Einige wirkten etwas abweisend, die anderen unverhüllt neugierig. Die Älteren grüßten den Fremden höflich, indem sie die Finger an die Mützen legten. Er grüßte zurück und wollte sich nach dem Weg erkundigen. Der Mann mit den Pferden erreichte jedoch im selben Moment die Gruppe, und Robert zögerte. Er lehnte sich gegen den Zauntritt und freute sich über den Anblick der gut gepflegten Pferde. Unter den gutmütig gemeinten Späßen der Arbeiter spannte der Mann die Pferde vor die Mähmaschine. Dann trat er zurück und sah zu, wie das Gespann durchs Tor aufs Feld gelenkt wurde.
Es war ein stattlicher Mann. Die Sonne hatte das schüttere blonde Haar fast weiß gebleicht. Als er sich umdrehte, erlebte Robert einen leichten Schock. Der Mann hatte ein nußbraunes Gesicht, aber die Augen, die sich seinem forschenden Blick stellten, erinnerten Robert an Louisa – große, blaue Augen mit dichten, langen Wimpern. Auch die Form seiner Lippen glich ihren Lippen. Der Mann mußte ein Elliott sein!
Als Robert seine Frage stellte, verzog sich das Gesicht des Mannes zu einem breiten Grinsen. Er musterte Gestalt und Auftreten des Fremden, seinen eleganten Anzug und den gezwirbelten, militärischen Schnurrbart und wußte: Das mußte Louisas fescher Dragoner sein! Wer sonst hätte sich nach dem Haus von John Elliott erkundigt, ohne den Mann zu kennen, den er suchte?
»Sir, Sie haben den Mann gefunden, wenn auch nicht das Haus. In welcher Weise kann ich Ihnen behilflich sein?«
Robert verließ den Zauntritt und reichte ihm die Hand. »Robert Duncannon«, sagte er lächelnd und mit einem Nicken in Richtung der beiden Ackergäule: »Sie haben gute Pferde, Mr. Elliott.«
»Wenn sie nur mir gehören würden«, erwiderte John lachend, »also, was kann ich für Sie tun, Herr Hauptmann?«
Überrascht sah Robert den Mann an und suchte nach einer Erklärung, die plötzlich nicht mehr nötig zu sein schien. »Ich stelle fest, mein Ruf ist mir vorausgeeilt«, murmelte er trocken, »offenbar hat Miss Elliott – von mir gesprochen.« Der Blick des anderen war vielsagender als sein Nicken. Robert fühlte sich plötzlich irgendwie verraten und wandte sich verlegen zur Seite.

»Keine Angst, Herr Hauptmann, ich habe sie vor ein paar Monaten an einem schweren Tag überrascht. Ihre Schwester hatte gerade geheiratet. Ich glaube, sie hat außer mir keinem etwas erzählt. Aber was führt Sie her? Soweit ich weiß, erwartet Louisa sie nicht.«
»Nein.« Robert zog die Jacke wieder an. Er wußte nicht, was er sagen sollte, was er sagen mußte. »Seit ihrer Abreise haben die Dinge in York eine überraschende Wendung genommen. Ich wollte ihr schreiben, aber da ich gerade Urlaub habe, dachte ich, ich komme persönlich. Ich hoffe, Sie haben nichts dagegen?«
»Das zu entscheiden, steht nur Louisa zu«, sagte John lachend. Er musterte Robert so abschätzend, wie er sich etwa einen Neuzugang im Stall angesehen hätte. Er taxierte den kräftigen Körper und freute sich über die klaren Augen und das Fehlen jedweder Überheblichkeit. John lächelte und nickte Robert aufmunternd zu, dann ging er mit ihm zum Dorf.
Zur Linken schützte eine hohe graue Mauer das Gelände von Blankney Hall. Am Ende der Mauer stand das verlassene Schulhaus. Dort stießen sie auf die staubige, weiße Hauptstraße mit dem Haus des Butlers vor dem großen Tor. In hierarchisch abnehmender Pracht sah man rechts und links alte Miniaturherrenhäuser. In jedem winzigen Garten summten die Bienen über den Blumen – Stockrosen und Löwenmäulchen, Nelken und duftende Levkojen. Roberts Hand streifte über eine verblühte Lavendelhecke, und der plötzlich so vertraute Duft führte seine Gedanken in die Gegenwart.
John Elliotts Haus war das letzte und kleinste in der Reihe. Aber wie bei den Nachbarn überschlugen sich auch in seinem Garten die vielen bunten Farben der Blumen, an der Seite standen tragende Obstbäume, und dahinter befand sich vor dem goldgelben Weizenfeld ein Gemüsegarten. Eine hochschwangere Frau nahm Wäsche von der Leine. Zwei rundliche kleine Kinder spielten vor der Küchentür.
»Wir haben einen Gast, Jenny. Wo ist Louisa?«
»In der Küche«, antwortete sie und begrüßte den Fremden mit einem scheuen Lächeln.
John lief ins Haus, während Robert zögernd an der Tür wartete. Seine Gestalt nahm Louisa das Licht; sie bügelte gerade Hemden und hob verwundert den Kopf. Als Louisa ihn erkannte, glaubte sie, nicht richtig zu sehen. Sie hielt das Bügeleisen in der Hand, stand am Küchen-

tisch mit aufgerollten Ärmeln, offenem Kragen, gerötetem Gesicht und mit großen, überraschten Augen.
Louisa war völlig unvorbereitet und sah so unglaublich schön aus, daß ihm die Worte fehlten. John nahm Louisa das Bügeleisen aus der Hand und half den beiden mit Lachen über den Moment hinweg und forderte sie auf, mit ihm ins Wohnzimmer zu gehen.
»Ein Krug Bier, Herr Hauptmann?« fragte er und ließ Louisa und Robert, ohne eine Antwort abzuwarten, allein.
Wie gebannt sahen sie sich an. Louisa konnte vor Überraschung nicht sprechen, und er wollte aus Unsicherheit nichts sagen. Roberts Herz schlug wie rasend. Er fürchtete, seine Gefühle lagen so offen vor ihr wie ein aufgeschlagenes Buch.
»Robert, was ist los? Was führt dich her?«
Seufzend schüttelte er den Kopf. »Muß etwas los sein?« flüsterte er und hob ihre Hand an die Lippen. »Ich wollte dich einfach sehen – ich mußte dich sehen –, ehe ich nach Irland fahre.«
Aber Louisa betrachtete ihn besorgt. »Nur das?«
»Nur das«, log er tapfer und trat zurück, als Jenny mit zwei Krügen hereinkam. Als John mit großem Nachdruck darauf bestand, daß Robert zum Abendessen blieb, nahm er die Einladung an, nachdem er sich mit einem schnellen Blick Louisas stumme und lächelnde Einwilligung geholt hatte.
»Und bis dahin«, sagte John, »könntet ihr doch einen Spaziergang machen. Ihr müßt viel miteinander zu besprechen haben.« John leerte seinen Krug, denn er wußte, er wurde an anderer Stelle gebraucht, und ging zur Tür. »Ich würde den Weg durch den Park empfehlen zur alten Jagdhütte. Dort ist es bestimmt ruhig, da alle mit der Ernte beschäftigt sind.«
Louisa entging nicht das schelmische Zwinkern. Sie hoffte inständig, Robert möge es nicht bemerkt haben. Aber als sie wagte, den Kopf zu heben, sah sie, daß auch er lächelte.
»Ich muß mich umziehen«, sagte sie und wurde rot. »So kann ich doch nicht aus dem Haus gehen«
Aber Robert fand, sie sehe bezaubernd aus und nahm sie bei der Hand. Sie folgten Jenny in die Küche. Als sie das Haus verließen, verschwand John bereits um die Hausecke. Robert lächelte über diesen schnellen Rückzug und erzählte Louisa, wie sie sich unterwegs begegnet waren.

»Er ist durchaus eine Persönlichkeit«, erklärte Robert, aber Louisa lachte nur und schüttelte den Kopf.
Sie liefen durch das Tor von Blankney Hall. Er drehte sich um und warf einen Blick auf das eindrucksvolle Herrenhaus am Ende der geschwungenen Auffahrt. Es war im palladianischen Stil erbaut, aber im Laufe der Jahre immer wieder umgebaut und erweitert worden. Es war ein riesiges Anwesen, aber dem Ganzen fehlten die klaren Linien von White Leigh.
»Man kann es kaufen«, erklärte Louisa, froh darüber, das Thema zu wechseln. »Würde Edwards Mutter noch leben, dann wäre sie jetzt sehr zufrieden.«
»Oh? Warum das?«
»Na ja, sie hat die Familie der Grundbesitzer immer gehaßt, weil sie ihrer Meinung nach für den Abstieg unserer Familie verantwortlich ist. Inwieweit das auf Wahrheit beruht, kann ich nicht sagen.«
»Was ist geschehen?«
»Um die Wahrheit zu sagen, ich weiß es nicht. Ich weiß nur, die Geschichte hat damit etwas zu tun, daß die Elliotts einmal hier die reichen Landbesitzer waren. Damals war Tante Elliott noch ein kleines Mädchen. Sie behauptet, die Elliotts waren die Gutsherren und der Onkel oder Großonkel dieser Leute habe ihrem Großvater durch Betrug das abgenommen, was ihm rechtmäßig gehörte, und so alle Elliotts zu armen Leuten gemacht. Aber meine Mutter erzählt, der alte Mann, also der bewußte Großvater, war geldgierig und von Natur aus ein Spieler. Also hat er vermutlich selbst zu seinem Sturz beigetragen. Offenbar hat er viel Geld für einen großen Plan investiert und ist damit reingefallen. Er verlor das Land, und die Familie mußte verkaufen, um die Schulden des alten Mannes zu bezahlen. Den Schock hat er nicht überlebt, aber die Eltern meiner Mutter mußten für den Rest ihres Lebens die große Demütigung ertragen. Tante Elizabeth ist nie darüber hinweggekommen – sie klammerte sich krampfhaft an die Erinnerungen einer großen, vergangenen Zeit.«
»Und deine Mutter?«
»Oh, Mama war anders. Sie wurde sozusagen nach dem Zusammenbruch geboren und erbte nur eine gute Erziehung und eine vernünftige Ausbildung. Die Bitterkeit ist ihr, Gott sei Dank, erspart geblieben. Aber welch eine Ironie«, sagte Louisa mit einem Blick auf die Hall,

»John hat mir erzählt, daß der Gutsherr wegen großer Spielschulden verkaufen muß.« Sie lachte und schüttelte den Kopf. »Damit hat sich also wieder der Kreis geschlossen.«
Aber Robert beeindruckte diese Ironie nicht. Louisa hatte ihm gerade einige interessante Einzelheiten über ihre Familie erzählt, die er sich aus dem bereits Bekannten zusammengereimt hatte. »Also«, sagte er vorsichtig, denn er wollte es von ihr selbst hören, »deine Mutter – und Edwards Mutter – waren Schwestern?«
Sie wurde plötzlich ernst. Sie hob schnell den Kopf und ließ ihn wieder sinken. Dann seufzte sie kurz und sagte. »Ja, Robert. Sie waren Schwestern. Aber sie waren nicht verheiratet – beide nicht. Ich weiß nicht, wer Edwards Vater ist, denn Tante Elizabeth nahm das Geheimnis mit ins Grab. Aber mein Vater war ein Wollkaufmann in West Riding. Meine Mutter hat ihn über alles geliebt. Er war die eine, große Liebe ihres Lebens. Leider war sie nicht seine einzige Liebe – verstehst du. Er war verheiratet ...«
»Wie ich«, sagte Robert leise.
»Wie du«, wiederholte sie, »das Leben scheint in Kreisen zu verlaufen, nicht wahr?«
Eine Weile gingen sie schweigend nebeneinander. Als sie die Hauptstraße überquerten, nahm er ihre Hand und half ihr über den Graben dahinter. »Sag mir, wolltest du, daß ich es weiß? Oder ist dir nicht klar, was du gerade gesagt hast?«
Louisa antwortete nicht sofort. Als sie die leichte Anhöhe hinaufgingen, drehte sie sich um und blickte auf das Dorf hinunter. Die Umrisse der Häuser zitterten in der großen Hitze. »Ist das wichtig? Ich wollte es dir nicht verheimlichen, wenn du das meinst. Du hast dich aber nie nach meinem Vater erkundigt. Wenn du gefragt hättest, hätte ich es dir erzählt. Nun ja«, sie seufzte, »nun weißt du es, und ich bin froh darüber. Du hast ein Recht, es zu erfahren.«
Er stellte sich vor sie und blickte ihr ins Gesicht. »Ich habe kein Recht auf irgend etwas«, erinnerte er sie, »aber ich liebe dich trotzdem.«
Plötzlich strahlte sie vor Glück. »Wirklich, Robert? Ist es nicht wichtig?«
Er schüttelte den Kopf. »Wie könnte es wichtig sein?« fragte er, griff nach ihrer Hand und schob seine Finger durch ihre. Hand in Hand stiegen sie den Hügel hinauf.

Robert hatte den Grund für sein Kommen völlig vergessen. Ihr Gesicht verschwand fast völlig unter dem breitkrempigen Sonnenhut, den sie aufgesetzt hatte, als sie das Haus verließen. Aber der Kragen ihres einfachen Baumwollkleides stand noch immer offen und enthüllte etwas von dem weißen Halsansatz und, als er zu ihr hinuntersah, die weiche schattige Einbuchtung darunter. Sie hielt mit ihm Schritt. Unter dem wippenden Rock bemerkte er den spitzenbesetzten Unterrock und die nackten Füße in den weichen Lederschuhen. Von ihren Bewegungen ging etwas Weiches und Fließendes aus, das ihn verzauberte und quälte, bis er begriff, daß sie nicht wie üblich das enge Korsett trug, das in dieser Hitze ebenso beengend wie hinderlich gewesen wäre. Sein Griff um ihre Hand wurde fester, aber sie blickte zur Seite und bemerkte plötzlich, daß das weiße Band der Straße und das Dorf ihrer Sicht entschwunden waren. Vor ihnen lagen nur noch Felder und der Wald. Er blieb stehen und zog die Jacke aus. »Wir können eigentlich ruhig auch so aussehen, als gehörten wir zusammen«, sagte er lachend. Er knöpfte die Manschetten und den Kragen auf, rollte die Ärmel hoch und entfernte die Krawatte. »Herrlich!« Er atmete tief ein und genoß die kühlere Luft auf der Haut. »Das erinnert mich an meine vertane Jugend. Ich habe schon damals förmliche Kleidung und ganz besonders Anzüge gehaßt – sehr zur Verzweiflung meiner Mutter. Und was habe ich getan? Ich bin zum Militär gegangen und trage seitdem fast nur noch hochgeschlossene Kragen!«

Louisa lachte und griff nach dem Kragen, den er mit den anderen Dingen in die Jackentasche steckte. Papier knisterte, und das Knistern erinnerte ihn plötzlich an den Grund seines Besuchs.

»Ist etwas?« fragte sie besorgt, als sich sein Gesichtsausdruck mit einem Mal veränderte.

Nach kurzem Zögern zog er den Umschlag heraus und reichte ihn ihr: »Ich hätte das auch schicken können – aber ich wußte nicht, was ich schreiben sollte. Ich konnte es einfach nicht erklären. Es hätte leicht ein Mißverständnis entstehen können. Aber ehe du das liest«, bat er mit gepreßter Stimme, »sag, daß du mir verzeihst.«

»Was soll ich dir verzeihen, Robert?«

»Meine schreckliche Dummheit.«

Verwirrt öffnete sie ungeschickt den Umschlag. Als sie Albert Tempests Handschrift sah, fingen ihre Finger so sehr zu zittern an, daß sie die

Worte kaum lesen konnte. Sie schwieg lange. Ihr Gesicht war eine leere Maske. Robert konnte es nicht länger ertragen. Gequält von Selbstvorwürfen senkte er den Kopf.
»Wie hast du das bekommen?«
»Louisa, es tut mir leid...«
Sie wich vor ihm zurück. Sie wich vor seinen flehenden Armen zurück.
»Wie hast du das bekommen, Robert?«
Er hob die Schultern und fand keine Worte. »Auf eine Vermutung hin. Ich ließ ihn beobachten. Er hat ein schmutziges Geheimnis, mit dem ich ihn erpreßt habe. Leider keine sehr angenehme Geschichte...«
»Er kann dir das nicht so ohne weiteres gegeben haben«, stellte sie fest, und ihre Gedanken überschlugen sich. Was mochte Albert Tempest alles gesagt haben?
»Nein, das hat er nicht getan.« Diese gemurmelte Bestätigung war sehr aufschlußreich.
»Er hat es dir gesagt, nicht wahr?« rief sie. »Du hast es gewußt, ehe ich dir etwas sagen konnte. Deshalb hat es dich nicht überrascht!« Zornig schleuderte sie ihm das Zeugnis vor die Füße. »Behalte es! Ich will es nicht! Es ist nicht mehr wichtig!« Sie drehte sich auf dem Absatz um, lief den Hügel hinunter zum Bach und dem Weg am anderen Ufer.
Er holte sie ein, als sie unten am Wasser zögerte, aber sie schüttelte ihn ab. »Wie konntest du nur?« fragte sie. »Wie konntest du zu ihm gehen, nachdem er mir *das* angetan hatte, und dir die Schlechtigkeiten anhören, die er dir gesagt haben muß?«
»Wenn es dich tröstet, ich habe ihm dafür beinahe den Kopf abgerissen. Zumindest wird ihn ein ausgeschlagener Zahn daran erinnern, seine Zunge in Zukunft im Zaum zu halten!« Sie hob den Rock, um durch das Wasser zu waten. Er zog sie zurück und nahm sie in seine Arme.
»Sei doch nicht so böse – das ist doch alles nicht mehr wichtig! Glaube mir, Louisa, es ist nicht wichtig!«
Sie wehrte sich gegen ihn. Durch das dünne Leinen seines Hemdes spürte er das zornige Heben ihrer Brüste. Der schwache Panzer seiner Selbstkontrolle gab nach. Sein Mund verschloß ihr beinahe rauh die Lippen und ließ ihren Protest verstummen. Seine Zunge umfuhr ihre Lippen, teilte sie, stieß vor und setzte sein Blut in Flammen. Er drückte mit der Hand gegen ihren Rücken, zog sie fest an sich, bis sie sich nicht mehr wehrte, und er wieder ihre leidenschaftliche Reaktion spürte, die

ihn vor einigen Monaten so überrascht hatte. Angst, Schuldgefühle, Sehnsucht, die Gründe für diesen kurzen Ausbruch des Zorns entzündeten sich und mündeten in einer heißen Welle des Verlangens, die sie beide verzehrte. Überwältigt von der nackten Leidenschaft dieses Verlangens hörte Louisa kaum sein geflüstertes: »Nicht hier, Liebste, nicht hier...« und spürte nur, daß seine Küsse zärtlicher wurden, und der Druck seiner Finger nachließ.

»Weiter oben ist ein Tor«, stieß sie atemlos hervor, während seine Augen die undurchdringliche Weißdornhecke am anderen Ufer entlangwanderten. Sie führte ihn zu der Stelle etwas weiter oben, an der die Äste uralter Bäume über den Weg hingen.

Hinter dem Durchgang stand eine dicke Eiche, um deren Äste sich Misteln rankten. Ein Platz von märchenhaftem Zauber, wo die schrägen Sonnenstrahlen spielten und es nur heidnische Unbeschwertheit zu geben schien. Es war ein Platz wie geschaffen für Liebespaare, und John Elliott war in seiner Jugend oft dort gewesen.

Robert setzte sich neben Louisa in das weiche, dicke Gras. Er legte sich auf die Seite, ohne sie zu berühren. Aus den unergründlichen Tiefen seiner Augen stieg leichte Belustigung auf, als er ihr den breitrandigen Sonnenhut abnahm und den hinderlichen Gegenstand beiseite schob.

»Ich möchte dich sehr gerne küssen«, sagte er schließlich.

Sie erinnerte sich an die Worte, sah ihn von der Seite an und fragte: »Solltest du das wirklich?«

Langsam schüttelte er den Kopf. »Ganz bestimmt nicht, denn wenn ich dich küsse, möchte ich mit dir schlafen.«

Sie schloß kurz die Augen, denn sie konnte nicht verhindern, daß ihr die Röte in die Wangen stieg. Er gab ihr die Möglichkeit, auszuweichen und nein zu sagen. Aber sie konnte sich ihm nicht verweigern. Nichts zählte mehr, wie er gesagt hatte. Die Vergangenheit war unwichtig, und die Zukunft lag im Nebel der Unsicherheit. Alles Wichtige floß in diesem Moment zusammen, und sie sehnte sich schmerzlich nach ihm. Ihre Finger zitterten, als sie seine Lippen berührte, sie um seinen Mund und am Kinn entlangführte, dann an seinem Hals angelangt, ihm die Hand um den Nacken legte und seinen Kopf mit einem leichten Druck zu sich zog.

Sie wußte nicht, daß er an Charlotte dachte, aber sie spürte seinen Widerstand. Sie führte es auf die Zügel zurück, die er seiner Leidenschaft

anlegte, um sie nicht zu verletzen oder zu ängstigen. Es stand nicht in ihrer Macht, diese Angst richtig einzuschätzen.
Aber das Wissen um den eigentlichen Liebesakt war nicht dasselbe, wie ihn zu erleben. Sie rang vor Überraschung immer wieder nach Luft, als seine Hände ihren erwachenden Körper sanft erkundeten, und wußte, daß sie zu seiner Nervosität beitrug. Sie wünschte sich um seinetwillen, daß sie in der Liebe erfahrener wäre. Als sie wieder die Luft anhielt und erstarrte, berührten seine Finger ihre nackten Schenkel, und zum ersten Mal lächelte er, flüsterte ihr zärtlich spöttische Liebesworte ins Ohr, da sie keine Unterwäsche trug, und als sie sich entschuldigen wollte, verschloß er ihr den Mund mit einem Kuß. Sie bebte, als er ihre sanfte Wärme spürte. Die Berührung entfachte so starke Gefühle, daß alle Gedanken verblaßten.
Einen Augenblick lang entzog er sich ihr. Sie öffnete die Augen, und er war über ihr. Sein angespanntes Gesicht verriet beinahe Sorge.
Schmerz durchzuckte sie plötzlich heftig und stark, und sie unterdrückte einen Schrei, als er in sie eindrang. Sie umklammerte ihn fest und ruhig. In den wenigen Sekunden, die folgten, dachte sie an all die geflüsterten Schrecken, die sie gehört hatte, an die gespitzten Lippen, die wissenden Augen, an die Brutalität, mit der Männer ihre Frauen nahmen, und sie wäre beinahe in Panik geraten. Aber seine weiche, sanfte, liebevolle Stimme beruhigte sie. Louisa entspannte sich und hatte den Schock überwunden. Er bewegte sich langsam, bis tief in ihr eine seltsame, sehnsüchtige Freude erwachte, Schmerz und Erinnerungen unter sich begrub und sich in ihr wie eine Flutwelle erhob. Sie wünschte, daß es nie aufhören werde, und fürchtete, daran zu sterben. Aber in den letzten Sekunden vor dem Liebestod zog er sich heftig bebend zurück und drückte sie mit beinahe unerträglicher Macht an sich.
»Oh, Liebste – es tut mir leid, es tut mir so leid«, flüsterte er, während sie sich verzweifelt an ihn klammerte und das Gesicht an seiner Schulter vergrub. »Ich konnte nicht, ich konnte einfach nicht auf dich warten.« Er wiegte sie in seinen Armen und küßte sie sanft. »Das nächste Mal wird es besser sein. Das verspreche ich dir.«
Mit der zurückkehrenden Ruhe stellten sich auch wieder Bewußtsein und Verstehen ein. Sie fühlte plötzlich die Sonne im Gesicht, hörte Vögel zwitschern, spürte spitze Zweige im Rücken und Roberts Gewicht,

das ihr den Atem zu nehmen drohte. Aber sie war glücklich. Es war lächerlich, aber wahr. Sie küßte seine Augen und die Lippen. Sie schmeckte Salz. Sie schob ihm die Locken aus dem Gesicht und sah die Schweißperlen auf der Stirn. Sie strich über sein feuchtes und zerknittertes Hemd auf ihrer Brust und bedauerte nichts.
Aber aus seinen Augen sprachen Kummer und Sorge. Mit einem zärtlichen Lächeln berührte sie seine Wange und wollte die Wolke der Angst vertreiben, die ihn umgab. »Ich liebe dich, Robert«, flüsterte sie. Und diese Worte wirkten wie eine Zauberformel. Die dunklen Schatten verschwanden.
»Ich liebe dich auch«, sagte er leise und küßte sie wieder, »und ich weiß, daß ich dich immer lieben werde.«

Beim Abendessen wahrten sie die Illusion und den sorgsam gewahrten Anschein von Normalität, den John Elliotts Zwinkern und wissendes Lächeln ständig bedrohte. Louisa war nach ihrer Rückkehr sofort nach oben geeilt, um sich zu waschen und umzuziehen. Sie bemühte sich, das Geheimnis des Nachmittags zu wahren, und wagte kaum, den Kopf zu heben. Aber sie benahm sich übertrieben zurückhaltend, und ihr Vetter ließ sich nicht täuschen. Der Hauptmann strahlte unverkennbar zufriedenes Wohlbehagen aus und bestätigte damit Johns Verdacht. Seine sinnliche Natur jubilierte.
Louisa empfand zwar keine Schuld, aber doch Verlegenheit, obwohl Jenny die Ahnungslose spielte und sie mit der üblichen freundlichen Achtung behandelte. Louisa atmete erleichtert auf, als das Essen vorüber war und Robert erklärte, er müsse aufbrechen, um den Zug nicht zu versäumen. Louisa begleitete ihn bis zu den Feldern.
Die Männer, die am Nachmittag mit dem Mähen des Getreides begonnen hatten, arbeiteten noch immer. Aber sie waren zu weit entfernt und zu beschäftigt, um ein Liebespaar zu bemerken, das im Schatten der Hecke stand. Am westlichen Horizont färbte sich der Himmel rot. Blankneys alte Schornsteine ragten als dunkle Silhouetten zwischen den Bäumen auf.
Robert empfand wieder den Zauber dieses Ortes und seufzte. Der Seufzer kam aus einer solchen Tiefe, und aus ihm sprach so viel echte Zufriedenheit, daß Louisa lächeln mußte. Er zog sie enger an sich und freute sich, sie in seinen Armen zu halten. »Kein Bedauern?«

»Nein, Robert, kein Bedauern.«
»Ich bedaure auch nichts.«
Sie schwiegen eine Weile. Das Rot verwandelte sich in Violett und Dunkelblau. Die Männer auf den Feldern riefen sich zum Abschied einen Gruß zu.
»Dann bis morgen«, flüsterte er an ihren Lippen. Als sie leise zustimmte, nahm er ihre Hand, griff nach dem Ringfinger und streifte ihr das warme Gold seines Siegelrings über. »Ich wollte, es könnte anders sein«, sagte er ernst, »ich würde dich so gern in dieser kleinen Kirche treffen, an der wir heute nachmittag vorübergekommen sind, um dir öffentlich und vor dem Gesetz als meine Frau ewige Treue zu geloben... Ohne den Segen der Kirche oder des Staates, Liebste – heirate ich dich trotzdem mit diesem Ring und bete dich mit meinem Körper an...«
Zart berührte er mit seinen Lippen die ihren. Einen Augenblick lang war sie zu bewegt, um sprechen zu können. Sie blickte auf den großen goldenen Ring und die eingravierten deutlich sichtbaren Initialen. Er sagte: »Im Augenblick muß er genügen... wir können später noch einen richtigen finden.«
Der Ring war zu groß und hing schwer an dem schlanken Finger, aber Louisa schüttelte den Kopf. »Wenn es dir recht ist, Robert, dann möchte ich ihn behalten. Er ist der Ehering, den ich mir wünsche. Einen anderen brauche ich nicht, und ich werde ihn immer in Ehren halten.«

Robert versicherte ihr, daß sie sich um das Hotel keine Gedanken machen müßte, aber Louisa kleidete sich mit größter Sorgfalt an, ehe sie nach Lincoln aufbrach. Sie wollte Robert in keiner Weise blamieren und fürchtete, auch ihrem besten Sommerkleid fehle die Eleganz und der Schick, den man bei der Frau eines Hauptmanns der Kavallerie erwartete.
Sie traf mit dem ersten Zug am Nachmittag ein und trug ihr neues Kleid. Es war aus einem dezent blau und weiß bedruckten Stoff, der die Farbe ihrer Augen betonte. Die in Spitzenhandschuhe gehüllten Hände hielten einen gerüschten Sonnenschirm, und auf den gewaschenen und gelockten Haaren saß ein winziger Strohhut mit angesteckten blauen Seidenrosen und Maiglöckchen.
Robert stand auf dem Bahnsteig und küßte sie auf die Wange, als sie

aus dem Waggon stieg. »Wie kannst du es wagen zu behaupten, du seist der Rolle nicht gewachsen?« flüsterte er, »du siehst bezaubernd aus.«
Der Hoteldiener stand bereit, Louisas Koffer zu tragen, und begleitete das Paar den kurzen Weg zum Hotel. Sie nahm Roberts Arm, beantwortete seine sprunghaften Fragen nach der Fahrt einsilbig und betete im stillen, Vorübergehende würden ihre Nervosität für Langeweile halten. In der Empfangshalle des Hotels hob sie unbewußt das Kinn, und Robert berichtete ihr später, das habe ausgesehen, als sei sie eigentlich eine elegantere Umgebung gewöhnt.
Als der Hoteldiener sein Trinkgeld hatte, die Tür ihres Zimmers hinter sich schloß und Robert sie verriegelt hatte, nahm er sie fröhlich in die Arme und wirbelte sie überglücklich herum. »Ich kann es kaum glauben, daß du gekommen bist«, rief er lachend, »ich war fest davon überzeugt, daß du es dir im letzten Moment anders überlegen würdest, oder daß deine Verwandten dich einsperren und an der Abreise hindern würden.«
Louisa mußte an Johns Gesicht denken und lachte. »Mein Vetter ist ein gerissener und heimtückischer Mensch. Dir ist doch klar, daß er uns bewußt in den Wald geschickt hat?!«
Mit einem schiefen Lächeln zog Robert die Jacke aus und warf sie zusammen mit der Krawatte auf einen Sessel. »Das dachte ich mir auch. Macht es dir etwas aus, daß er versucht hat, uns zusammenzubringen?« Er lachte, als sie den Kopf schüttelte. »Und was ist mit der lieben Jenny? Was hat sie gesagt?«
Louisa hob die Schultern, aber ihre Wangen färbten sich plötzlich rot, als sie sich an ihr Gespräch erinnerte und an den gutgemeinten Rat, den sie Jenny gegeben hatte. »Nichts. Ich glaube, es gefällt ihr nicht, aber ich habe ihr gesagt, daß ich nach York zurückkehre. Sie hat das nicht bezweifelt.«
»Wie lange wagst du zu bleiben? Drei oder vier Tage?«
»Was ist mit Irland?« fragte sie.
»Irland kann warten«, antwortete er und zog sie neben sich auf das Bett. Irland hatte keine Schrecken mehr für ihn. Die Zurückweisung seiner Frau und ihre Beschimpfungen, die Fehler, zu denen sie ihn verleitet hatte, lagen unter der Eiche in dem namenlosen Wald für immer begraben.
Mit einem Vertrauen und einer Sicherheit, die er bis zu diesem Tag nie

gekannt hatte, knöpfte er die vielen winzigen Knöpfe ihres Kleides auf, neckte sie dabei die ganze Zeit über und spottete über die viele Unterwäsche, die sie diesmal trug. Nackt war sie noch schöner und begehrenswerter, als er sie sich vorgestellt hatte. Sie besaß weiche, lange Beine, eine glatte und helle Haut, die warm und empfänglich auf seine Berührungen reagierte. Trotz ihrer Schüchternheit und ihres Schamgefühls, das sie bewog, sich sofort unter dem Laken zu verbergen, zuckte sie bei seinem Anblick nicht zurück, und dafür liebte er sie noch mehr.

Das Wissen, daß sie ihn liebte und ihm vertraute, löste Roberts Spannungen, und er nahm sich diesmal viel Zeit. Er fand Wege, ihr zu gefallen, und zeigte ihr zärtlich und behutsam die Geheimnisse seines Körpers. Seine Geduld wurde belohnt, denn er entdeckte bei Louisa eine sinnliche Natur, die seiner eigenen mehr als gewachsen war.

In den folgenden Tagen wachten sie früh am Morgen auf, liebten sich und frühstückten gemeinsam. Dann gingen sie spazieren und freuten sich über das Vergnügen, durch einen Ort zu gehen, an dem sie Fremde waren. Arm in Arm stiegen sie auf den Hügel zur Kathedrale, bummelten durch Geschäfte, kauften Erinnerungsstücke und sprachen über Irland, über White Leigh und über die Vergangenheit, über York und die Ereignisse der letzten Zeit. Robert berichtete ihr von Rachel Tempests Flucht. Das hätte er im Wirbel der letzten Tage beinahe vergessen. Die Nachricht bekümmerte Louisa, aber sie machte sich größere Sorgen um Victoria als um Rachel, denn sie kannte die Ängste und Alpträume des kleinen Mädchens. Rachel würde überleben, und Louisa war sicher, daß ihr Vater seine Abneigung gegen die Brainbridges überwand. Robert bezweifelte, daß die Brainbridges ihm sein unbeherrschtes Benehmen an dem Abend verzeihen würden, als das junge Paar davongelaufen war.

Aber sie machten sich in der zunehmend schwülen Hitze darüber keine allzugroßen Sorgen und überließen sich ganz der neuen Besessenheit ihrer Körper.

Am späten Abend des dritten Tages öffnete der Himmel seine Schleusen. Bei einem heftigen, stürmischen Gewitter lagen sie Seite an Seite nebeneinander und beobachteten die Blitze, die den nächtlichen Himmel spalteten. Sie sprachen über John Elliott und hofften, daß die Ernte in Blankney eingebracht war. Aber in der trockenen Wärme und Si-

cherheit ihres kleinen Paradieses waren auch Gedanken an die Ernte nicht von großer Bedeutung.
Nach ein paar Minuten gemeinsamen Schweigens griff Robert nach seinen Zigarren und trat ans Fenster. Er sah in den Regen und Hagel hinaus, der gleichmäßig prasselnd gegen die Scheiben schlug. »Und dein anderer Vetter?« fragte er leise, denn das Leben in York begann sich bereits wieder in ihr Glück einzudrängen.
Die Zigarre glühte, und als wieder ein Blitz über den Himmel zuckte, schimmerten seine Brust und die Beine blaß in der grauen Dunkelheit. Louisa beobachtete ihn. Ihre Gedanken waren wie ein unangenehmes Echo seiner Frage. »Edward?«
»Und deine Mutter und deine Schwestern? Was ist mit ihnen?«
»Ich weiß nicht. Ich habe darüber noch nicht nachgedacht.«
»Aber das müssen wir tun. Du mußt dich ihnen morgen stellen, und dann bin ich nicht bei dir.« Sie gab keine Antwort, und nach einem Augenblick fügte er hinzu: »Ich muß dich auch in Zukunft sehen können, Louisa. Und das bedeutet, sie werden es früher oder später erfahren. Wäre es nicht besser, ihnen von Anfang an die Wahrheit zu sagen?« Sie antwortete immer noch nicht, und er sprach weiter. Er suchte nach Worten, die er lieber nicht ausgesprochen hätte. »Wie wird deine Mutter auf mich als ... deinen Liebhaber reagieren? Sie hat mir buchstäblich das Leben gerettet. Sie wird glauben, daß ich ihr die Mühe schlecht danke.«
»Ich weiß nicht. Ich habe ihr nicht gesagt, daß du verheiratet bist.« Louisa seufzte und zog sich zitternd das Laken bis zum Kinn. »Die Reaktion meiner Mutter macht mir weniger Kummer als Edwards mehr oder weniger voraussehbare Reaktion. Ich wage mir nicht vorzustellen ...« Louisa konnte den Satz nicht beenden, denn sie konnte Edwards Mißbilligung nicht in vernünftige Worte fassen. Ihr ganzes Leben lang war sie sein ein und alles gewesen. Sie hatten soviel gemeinsam erlebt und durchgemacht. Wie würde er reagieren, wenn sie ihm einfach erzählte, sie sei die Geliebte von Robert Duncannon? Edward war so weltfern. Wie sollte er die Art Liebe vestehen, die sich nicht leugnen ließ, diese tiefe und überwältigende Leidenschaft, die sie mit diesem Mann teilte? Sie sah Edwards Gesicht vor sich, seine über alle Maßen verletzten Augen, den möglichen Anflug von Verachtung um die sensiblen Lippen, und schob das Bild von sich. Sie wollte sich nicht

eingestehen, wieviel ihr an der Meinung ihres Vetters lag, und wie leer das Leben ohne die Sicherheit seiner Zuneigung sein würde. Einen kurzen Augenblick spürte Louisa die Leere, die sie umgab, und ahnte die schreckliche Wahrheit, die aus Roberts Worten sprach. Er konnte nicht bei ihr sein. Er würde nie bei ihr sein, wenn sie ihn am meisten brauchte. Aus Angst, aber noch mehr, weil sie fürchtete, Robert könne es spüren und fälschlich für Bedauern halten, suchte sie Zuflucht in Tapferkeit. »Und was Emily und Blanche betrifft . . . nun ja, Liebster, um eine deiner treffenden Formulierungen zu gebrauchen – mich kümmert es einen Dreck, was sie denken.«

Er lachte und kam zu ihr. »Mich auch. Du wirst es ihnen also sagen?«

»Nein, das kann ich nicht, Robert. Sie müssen es irgendwann selbst herausfinden.«

Er blickte in der Dunkelheit auf sie hinunter und legte zärtlich eine Hand an ihre Wange. »Glaubst du, das ist klug?«

Sie suchte Trost in seinen Armen und zog ihn neben sich. »Vielleicht nicht, aber ich habe noch genug Zeit, darüber nachzudenken, wenn du in Irland bist.«

»Du solltest die Sache wirklich nicht aufschieben, Louisa. Es wäre besser, es ihnen zu sagen – und den Schmerz schnell überwinden . . . ihren und deinen.«

Sie sah ihn an, und zum ersten Mal bemerkte er ihren trotzigen Mund und das energische Kinn. »Sie sind meine Familie, Robert. Laß mich das so machen, wie ich es für richtig halte.«

Er hätte ihr am liebsten widersprochen, aber er wußte, es konnten Wochen vergehen, ehe sie wieder zusammensein würden. Es erschien ihm sinnlos, die Zeit mit Streiten zu vertun. Mit einem Seufzer küßte er das energische, spitze Kinn und überließ sich ihren warmen, weichen Armen.

Sie fuhren zusammen bis nach Leeds und trennten sich am fauchenden, zischenden Liverpool-Expreß mit trockenen Augen und Lippen, die nicht lächelten. Roberts letzter, beinahe brüderlicher Kuß fiel in der Menge der vielen anderen Umarmungen, lauten Verabschiedungen, Bitten und Beteuerungen, Briefe zu schreiben, nicht weiter auf.

Ein Träger hielt ihm die Tür zum Erster-Klasse-Abteil auf, und als die

Wagen plötzlich warnend quietschten, sprang Robert hinein. Die letzten Türen schlugen zu, ein schriller Pfiff ertönte, eine laut zischende Dampfwolke quoll in die Luft, und der Zug setzte sich mit einem letzten stöhnenden Protest langsam in Bewegung.

Als Louisa winkte, überfiel sie eine so große Niedergeschlagenheit, daß sie die letzten Tage auszulöschen drohte. Die gähnende Leere tat sich wieder vor ihr auf, und sie fragte sich entsetzt, was sie getan hatte. Die vertraute und sichere Vergangenheit war vorüber, und die Zukunft lag wie ein neues Land vor ihr, ein Land, in dem nur Fremde lebten, deren Sprache sie nicht sprach und deren Sitten sie nie verstehen würde. Sie drehte sich hastig um und ging davon.

Zweites Buch

1892–1893

❧ 1 ☙

Die Woche nach Louisas Abreise wurde mit jedem Tag unerträglicher. Edwards Unruhe wuchs wie ein Ungeheuer, bis er völlig irrational davon überzeugt war, daß ihr in Lincolnshire noch größeres Leid drohe als je in den Höfen und Straßen von Walmgate. Aber er konnte nicht den Finger darauf legen. Er fand keinen vernünftigen Grund für seine Sorge, die ihn bis in die frühen Morgenstunden nicht schlafen ließ.

Er beschäftigte sich so lange mit dem kurzen Gespräch an jenem Sonntagmorgen, bis er glaubte, verrückt zu werden, wenn er keine richtige Erklärung bekam. Es schien gegen alle Vernunft, daß sie sich ihm entzog, und das nach den letzten Wochen großer Nähe. Er hatte sich in der wieder erwachten Wärme des Vertrauens gesonnt, Geheimnisse mit ihr geteilt und nach und nach etwas über Robert Duncannon erfahren. Louisa vermittelte Edward natürlich ihre Sicht, aber in Verbindung mit seinen Erinnerungen an den Hauptmann verstand er teilweise die Gefühle, die solche verheerende Folgen gehabt hatten. Was auch immer dieser Mann von ihr wollte, sie hatte ihn abgewiesen, und Edward war darüber zutiefst beruhigt. Er fand, Duncannon sah gut aus und besaß zweifellos großen Charme. Aber die Iren, so dachte Edward, waren weniger für strenge Moral als für ihre Unberechenbarkeit bekannt. Nun ja, der Hauptmann gehörte einer anderen Klasse an. Eine Beziehung hätte nie gutgehen können, auch wenn Duncannon an eine Ehe gedacht haben mochte, was Edward sehr bezweifelte.

Edward hatte Louisa geduldig und teilnehmend zugehört. Er hatte die Vertrautheit ihrer Hand auf seinem Arm genossen, wenn sie spazierengingen, und er hatte sich über das zaghafte Lächeln und den ersten Funken echter Heiterkeit gefreut. Er hatte zuversichtlich geglaubt, sie habe das Schlimmste überwunden. Seine Spannung war allmählich der Gewißheit gewichen, daß sie wieder Freunde waren.

Dann hatte das irrationale Verhalten von Albert Tempest diese Illusion mit einem einzigen Schlag vernichtet. Louisas Vertrauen zu ihm war zerstört, und Edward wußte nicht warum. Er wünschte nichts sehnlicher, als daß sie ihm genau berichtet hätte, was Albert Tempest gesagt hatte, und seine Phantasie überschlug sich in Spekulationen.

In der Druckerei in der Fossgate-Straße herrschte eine eisige Atmosphäre. Louisa wurde mit keinem Wort erwähnt. Sie stand zwischen Edward und seinem Arbeitgeber wie ein unsichtbarer Eisberg und ließ erstarren, was seit vielen Jahren eine passable Beziehung gewesen war. Edward konnte nicht ehrlich behaupten, daß er Albert Tempest mochte. Aber er achtete ihn. Er sah in ihm eine aufrechten, wenn auch gelegentlich rücksichtslosen Geschäftsmann, der wie alle anderen seiner Klasse und seiner Mitbürger regelmäßig die Kirche besuchte und mit seinen Geldspenden dazu beitrug, daß die Not der hilfsbedürftigen Armen gelindert wurde. Zugegeben, Albert Tempest war jähzornig und intolerant, aber er mischte sich selten in das ein, was mit der Abteilung Buchbinden in seinem Geschäft zu tun hatte. Und nur darauf kam es Edward im Grunde an. Abgesehen von dem, was in der Druckerei allgemein bekannt war, und gelegentlichen Bemerkungen von Louisa wußte Edward sehr wenig über Albert Tempests Privatleben. Nichts ließ ihn ahnen, welche sexuellen Neigungen dieser Mann hatte.

Der Umstand, daß sein Brotherr sein Wissen über die Vergangenheit der Elliotts preisgegeben hatte – noch dazu mit solcher Verachtung –, führte dazu, daß Edward sich zum ersten Mal fragte, welche wunden Punkte sich hinter der glänzenden und tadellosen Fassade verbergen mochten.

Aus einem anderen, kaum erklärlichen Grund war auch die Atmosphäre zu Hause in der Gillygate-Straße äußerst angespannt. Mary Elliott war Bessie und Gästen gegenüber ungewöhnlich scharf und kurz angebunden. Wenn Edward auf Louisa zu sprechen kam, überhörte sie das entweder oder wechselte sofort das Thema. Sie machte unmißverständlich klar, daß über ihre Tochter nicht gesprochen wurde. Das vergrößerte Edwards Sorgen noch mehr. Er gewann immer mehr die Überzeugung, daß hinter Louisas Entlassung weit mehr steckte, als man ihm gesagt hatte.

Da er nicht schlafen konnte, suchte er Trost im Schreiben. Aber die banalen Verse, die er verfaßte, konnte er unmöglich drucken. Der

Schmerz ließ Worte in ihm aufsteigen, die ihn beschämten. Er formulierte Qualen der Sehnsucht und der Enttäuschung so unmittelbar, daß er kaum wagte, die Zeilen zu überfliegen. In den einsamen Stunden der Nacht erforschte er sein Gewissen, bis das zarte Gewebe nur noch hauchdünn war und er gepeinigt fürchtete, seine Gefühle für Louisa überstiegen bei weitem das Maß brüderlicher Zuneigung. Für Edward bedeutete Liebe der Verzicht auf das Ego und der innige Wunsch, dem geliebten Menschen Glück und Wohlergehen zu verschaffen. Für rein persönliche Befriedigung gab es keinen Platz. Dieser strenge Maßstab ließ sich gut auf seine Liebe zu Louisa anwenden. Aber da Louisa eine Cousine ersten Grades war und sie in größter Nähe miteinander aufgewachsen waren, empfand er Unbehagen, wenn er an das Wesen dieser Liebe dachte.

Gegen Ende dieser unerträglichen Woche sehnte er sich wie nie zuvor in seinem Leben nach den sieben Tagen Urlaub, die folgen sollten. Und in einer nie gekannten Geste der Verzweiflung nahm er die seit langem ausgesprochene Einladung eines Lyrikers aus Whitby an.

Sie standen seit mehr als zwei Jahren im Briefwechsel. In jedem Sommer kam der Vorschlag, Edward solle doch ein paar Tage bei dem älteren Lehrer verbringen. Edward hatte nie abgelehnt, sondern den Besuch verschoben, weil er zwingende Gründe fand, die ihn in York festhielten. Zum ersten Mal ließ ihn die Stadt im Stich. Die Hitze führte zu klaustrophobischen Zuständen, und seine Verzweiflung schien in den Wänden des Hauses in der Gillygate-Straße eingeschlossen zu sein. Er sehnte sich nach einem Ortswechsel und wich Bessie nicht von der Seite, die seine besten Hemden wusch und den einzigen sehr leichten Anzug bügelte.

Mit dem Gefühl beinahe euphorischer Erleichterung machte er sich am Montagnachmittag auf den Weg.

Hinter Pickering wich die breite Ebene mit den wogenden Weizenfeldern und dem weiten Himmel den tiefen Tälern des nördlich von York liegenden Moors. Der Zug schnaufte langsam, aber entschlossen die gewundene Strecke nach oben und rollte durch dunkle Wälder, in denen vereinzelte Sonnenstrahlen spielten, und fuhr an schmalen Flecken landwirtschaftlich genutzten Lands und ausgetrockneten Bächen vorüber. Edward saß lauschend am offenen Fenster und beobachtete die vorbeifliegende Landschaft. Er freute sich über jede Biegung der Gleise, die ihm wie chinesische Kästchen eine Überraschung nach der anderen brachte und schnell wieder verschwinden ließ. In Levisham wurde das Tal weiter, und der Zug fuhr wieder aufwärts. Das dünne Unterholz ging in steile, kärglich bewachsene Heide über, die gelblich braun unter dem leuchtend blauen Himmel lag. Schafe weideten zwischen den violetten Kissen des Heidekrauts und rannten in panischer Angst davon, wenn die dampfende und schnaubende Lokomotive heranbrauste. Hin und wieder zeugten verkohlte, rauchende Flächen davon, wie trocken und heiß dieser Sommer war. In diesem Abschnitt der Strecke standen Feuerwachen mit Besen und Spaten entlang der Gleise. Edward wünschte ihnen zwar Regen, aber er hoffte egoistisch noch auf ein paar Tage schönes Wetter.

Das trockene sonnige Wetter hielt bis zur Nacht vor seiner Rückkehr an, als die ersten Gewitter über das Land tobten. Der Lehrer und seine Frau brachten Edward zum Bahnhof. Sie hatten ihm Ölzeug geliehen. Die beiden waren ein fröhliches Paar. Sie lebten seit vierzig Jahren an der ungeschützten Küste, ohne sich von dem Wetter beeindrucken zu lassen. Der Regen platschte von den Dächern, und das braune, schlammige Wasser gurgelte in den Rinnsteinen. Edward bedankte sich bei ihnen für die herzliche Gastfreundschaft. Die alte Frau überreichte ihm mit einem verschmitzten Lächeln ein kleines, gut verschnürtes Päckchen. Edward betastete es, dann roch er daran und begann zu lachen. Vier Tage in der Nähe der Räucherhütten an den östlichen Klippen hatten mit seinem Vorurteil gegen Bückling aufgeräumt.

»Eine kleine Erinnerung an Ihren Urlaub!« sagte sie augenzwinkernd. Trotz des Regens verabschiedeten sie sich lachend und heiter.

Während sie ihn noch einmal herzlich einluden wiederzukommen, setzte sich der Zug in Bewegung, und Edward blickte zurück auf die zwei fröhlichen Gestalten in Ölzeug auf dem verlassenen Bahnsteig, die ihm heftig nachwinkten. Er schlug ein Buch auf, las aber nicht. Seine Gedanken beschäftigten sich noch mit den Freunden, die er gewonnen hatte. Er dachte an die langen sonnigen Tage, an denen sie die Steilküste entlangliefen, über Gedichte und Prosa sprachen, Schriftsteller und eigene Ideen diskutierten. Im Morgengrauen hatte er beobachtet, wie die Fischerboote ausliefen, und sie abends bei der Rückkehr gezählt. Dann schimmerten und glitzerten an Deck die gefangenen Heringe. Er wanderte kreuz und quer durch Whitby, stieg den steilen Weg zur Kir-

che hinauf und besuchte die Klosterruine, wo vor mehr als tausend Jahren der Dichter Caedmon der Freund der Äbtissin Hilda gewesen war.
Der Zug hatte das halbe Vale von York bereits hinter sich, das Münster kam in Sicht, als Edward plötzlich feststellte, daß er seit seiner Abfahrt kaum an Louisa gedacht hatte. Schuldgefühle wichen der Vernunft. Wie sie hatte er für ein paar Tage einmal alles hinter sich lassen müssen. In Erinnerung an seine Befürchtungen konnte er beinahe lächeln. Inzwischen kamen sie ihm leicht albern vor, wie Hirngespinste der Schlaflosigkeit, des Kummers und der Enttäuschung. Im Urlaub hatte er wie ein Kind geschlafen. In der Sonne und der warmen Meeresluft waren alle Spannungen verflogen. Glücklich und zuversichtlich freute er sich auf Louisas Rückkehr und hoffte, daß sie die Ferien ebenso genossen hatte wie er.
Es erschien ihm als ein günstiges Vorzeichen, als er hinter der Sperre in der Menge plötzlich ihre schlanke Gestalt entdeckte. Ungeduldig gab er dem Kontrolleur an der Sperre die Fahrkarte und eilte ihr nach.
»Louisa! Was für eine schöne Überraschung!« Er küßte ihr die warme rosige Wange. »Mit welchem Zug bist du gekommen?«
»Mit welchem Zug?« wiederholte sie leise und bückte sich plötzlich nach dem Sonnenschirm, der ihr aus der Hand gefallen war. »Oh, ich – ich bin aus Leeds gekommen. Ich bin eingeschlafen und habe das Umsteigen in Doncaster verpaßt.«
»Welch ein Glück«, er lächelte. »Wärst du früher hier angekommen, dann müßtest du allein das Gepäck schleppen. Oh, es regnet immer noch – sollten wir nicht eine Tasse Tee trinken, ehe wir uns auf den Weg machen? Vielleicht hört es inzwischen auf.«
»Wenn ... wenn du willst«, erwiderte sie und beschäftigte sich mit ihren Handschuhen, dem Korb und dem Koffer, der plötzlich jedem im Weg zu stehen schien.
Edward verstaute das Gepäck in einer Ecke des Gastraums und setzte sich ihr gegenüber. Er strahlte, als er sie ansah. »Du siehst hinreißend aus«, sagte er und lachte zufrieden, als sie leicht errötete. »Ist das ein neues Kleid?«
Louisa sah ihn verwirrt an. »Nein, das habe ich doch schon lange.«
»Vielleicht liegt es an deinem Hut.« Er lächelte und sah sie spaßhaft übertrieben von allen Seiten an. Sie errötete noch mehr. »Nun ja,

woran es auch liegen mag, du siehst blendend aus. Wie war es in Blankney?«

»Schön – dort verändert sich nichts.«

»Ich rede immer davon, daß ich irgendwann wieder einmal hinfahre. Vielleicht werde ich es nächstes Jahr auch tun. Übrigens«, stellte er plötzlich fest, »es scheint dich überhaupt nicht zu überraschen, mich hier zu sehen.« Über den Rand der Teetasse hinweg bemerkte Edward in Louisas großen blauen Augen flüchtig eine schuldbewußte Verlegenheit, und sie senkte verwirrt den Kopf.

»O Edward, tut mir leid. Ich war noch völlig woanders«, und mit einem etwas unbehaglichen Lächeln fügte sie hinzu: »Vermutlich noch in Blankney.«

»Das stimmt.« Er nickte ernst. »Ich hoffe, du machst dir keine Sorgen mehr.«

»Worüber?«

»Über Albert Tempest.«

Die Röte, die ihr so heftig in die Wangen gestiegen war, wich sofort einer erschrockenen Blässe. Sie schluckte mehrmals. »Ach, er! Nein . . . darüber mache ich mir keine Sorgen. Ich kann dir versichern, daß ich nicht mehr daran denke.«

»Gut«, sagte er leise.

»Jetzt siehst du aber bekümmert aus!« rief sie lachend. »Ich hatte das alles vergessen. Du hast mich verwirrt. Ich komme zurück, und deine Worte erinnern mich daran, daß ich mir eine Stelle suchen muß. Das wird nicht leicht sein.«

»Du könntest zu Hause bleiben und deiner Mutter helfen.«

»Eine Zeitlang schon. Nun ja«, sagte sie fröhlich, »denken wir nicht daran. Erzähl mir, wo du gewesen bist. Irgendwo in der Sonne – das steht fest, denn du bist so braun wie eine Haselnuß!«

Er lachte. »In Whitby«, antwortete er. Als er begann, von seinem Besuch zu berichten, entspannte sie sich sichtlich und lachte herzlich über die Bücklinge. Ermutigt erzählte er ihr ausführlicher, beschrieb in allen Einzelheiten und mit ansteckender Begeisterung seine neuen Freunde und den kleinen Hafen am Meer. Er erzählte ihr alles, aber über den Grund für diesen Urlaub sprach er nicht.

In den folgenden Tagen bemerkte er an ihr eine unerklärliche Veränderung. Sie war bewußt fröhlich und umgänglich; trotzdem gab sie ihm zu verstehen, daß Albert Tempest nicht erwähnt werden durfte. Er hatte den Eindruck, daß die Wand, die Louisa in der Zeit des Kummers um sich errichtet hatte, inzwischen noch höher geworden war, als hüte sie ein Geheimnis und sei entschlossen, es nicht mit ihm zu teilen. Das quälte ihn, und er beobachtete sie verstohlen. Aber die Maske fiel nie. Wenn er von der Arbeit nach Hause kam, war Louisa immer zur Stelle. Sie hatten eine alte Gewohnheit wieder aufgenommen. Sie saß abends bei irgendwelchen Näharbeiten, und er las ihr laut vor.

Allmählich schwand seine Sorge. Er wußte, daß sie eine geeignete Stelle suchte und mehr als ein erfolgloses Vorstellungsgespräch hinter sich hatte. Trotzdem traf es ihn wie ein Schock, als Louisa erklärte, sie werde sich eine Wohnung suchen, wenn sie wieder eine Arbeit gefunden habe.

Erst als ihre Mutter zu Tränen Zuflucht suchte, verlor sie etwas von ihrer eisernen Selbstkontrolle. Mit ebenso vorwurfsvoller Stimme wie ihre Mutter erklärte sie, man müsse doch verstehen, daß sie nicht ewig ohne eine anständig bezahlte Stellung weitermachen könne. Emily hatte sich ihr Geld ehrlich verdient. Aber nach ihrer Hochzeit hatten die beiden alten Frauen die Arbeit gut organisiert. Louisas Hilfe war im Grunde überflüssig und nicht sehr zu spüren. Außerdem hatte sie sich an ihre Unabhängigkeit gewöhnt und wollte nicht mehr darauf verzichten.

Das konnte man nicht bestreiten, aber trotzdem versuchten alle, sie von ihrem Entschluß abzubringen.

Etwa drei Wochen nach der Rückkehr aus Blankney bewarb sich Louisa im Royal Station Hotel als Büroangestellte. Sie hatte eine ausgezeichnete, gestochene Handschrift und besaß schon lange Grundkenntnisse in Buchführung. Sie rechnete damit, daß ihre Bewerbung Erfolg haben würde, wenn man ihre Zeugnisse nicht nachprüfte.

Als Edward mit ihr die Unterlagen durchging, kam er auf das Problem zu sprechen. »Sie werden natürlich fragen, was du in den letzten zwölf Monaten gemacht hast. Was wirst du antworten?«

Sie schüttelte stumm den Kopf und wollte nicht gestehen, daß Robert seine Hand im Spiel hatte. »Ich weiß nicht. Vielleicht geben sie sich mit den alten Zeugnissen zufrieden.«

»Sie kann sagen, daß ich schwer krank gewesen bin«, verkündete Mary Elliott und hob den Kopf von ihrer Näharbeit. »Sie hat *dieses* Hotel für mich geführt.« Ihr Gesicht verriet Entschlossenheit und schien die beiden aufzufordern, einen Einwand gegen die Behauptung zu finden. »Sie werden nichts überprüfen. Und wenn sie es tun, dann werde ich genau das sagen, was sie hören wollen.«

Trotz Edwards Zögern tat Louisa, als leuchte ihr dieser Vorschlag ein. Sie wußte genug über den Alltag in einer kleinen Pension, um jede sachkundige Frage zu beantworten. Ihre Erfahrungen konnten nur für sie sprechen. Albert Tempests Brief befand sich in Roberts sicheren Händen. Das Zeugnis enthob sie natürlich der Notwendigkeit zu lügen, aber das konnte sie Edward nicht sagen.

Nach dem Vorstellungsgespräch kam sie freudestrahlend über den Erfolg nach Hause. Sie hatte die Stelle mit einem Monat Probezeit bekommen. Bezahlung und Arbeitszeit waren vernünftig. Sie würde mit zwei anderen jungen Frauen in einem Büro sitzen, Rechnungen überprüfen und ablegen, außerdem die Rechnungen der abreisenden Hotelgäste vorbereiten. Mit Bargeld hatte sie nichts zu tun. Das gehörte zu den Privilegien ihres unmittelbaren Vorgesetzten – eines Mannes.

»Ach du liebe Zeit«, schnaubte Mary Elliott, als sie das hörte, »trauen sie dir nicht? Oder dürfen die Hände junger Frauen kein schmutziges Geld anfassen?« Sie schnaubte noch einmal verächtlich, während sie die Einnahmen der Woche zählte. »Du solltest ihnen sagen, daß deine Mutter seit vierzig Jahren ein eigenes Geschäft hat . . . und Gott sei Dank nie etwas mit dem Arbeitshaus zu tun hatte!«

Louisa seufzte. »Es ist eben so, Mama.«

»Nein, so ist es nicht. Es ist die Einstellung. Die Männer billigen uns nie auch nur einen Funken Verstand zu . . . Sie sind zu Tode erschrokken, wenn wir ein bißchen Macht bekommen und sie im Vergleich zu uns einmal dumm wirken!«

»Wann hat ein Mann es je geschafft, daß du dumm wirkst?« fragte Louisa.

»Schon viele Jahre lang nicht mehr. Das kannst du mir glauben!«

»Sie sind nicht *alle* so.«

»Nein, aber die Männer, für die du arbeiten sollst, das sind die schlimmsten – die kleinen Würstchen, die Büroangestellten und Speichellecker dieser Welt. Die Aufsteiger, die ihre Karriere auf dem Rükken von Frauen wie dir aufbauen. Du machst die Arbeit, und sie streichen den Lohn dafür ein. Also sei vorsichtig und zeige nicht, was du alles kannst.«

Louisa sehnte sich nach Unabhängigkeit und wollte sich von der Mahnung ihrer Mutter nicht beeinflussen lassen. Nach dem Unrecht, das ihr in der Blossom-Straße widerfahren war, hoffte sie sehr, Spaß an der neuen Arbeit zu haben und ihr auch gewachsen zu sein. Nach einer Woche mußte sie sich jedoch die Wahrheit in den Worten ihrer Mutter eingestehen. Es *gab* in dem großen Hotel Mißgunst und Überheblichkeit. Es gab die eifersüchtig bewachte Hierarchie, von der sie früher in den Dienstbotenunterkünften gehört, die sie aber nie erlebt hatte. Zum ersten Mal begriff sie, daß eine Gouvernante besonders in einem reichen Haus sehr viele Vorteile genoß. Eine Gouvernante war allein. Sie hatte keine Familie und gehörte nicht zum Dienstpersonal, sondern war ihre eigene Herrin. Eine Büroangestellte in einem großen Betrieb wie dem Station Hotel stand in der Hackordnung sehr weit unten.

Louisa verrichtete ihre Arbeit mit niedergeschlagenen Augen und gelegentlich mit zusammengebissenen Zähnen. Sie hielt sich zurück und erledigte ihre Aufgaben gut, damit sie keinen Anlaß zu Vorwürfen oder Neid gab. Das verdiente Geld garantierte ihr die ersehnte Unabhängigkeit und die Freiheit, wenigstens einen Teil ihres Lebens mit Robert verbringen zu können.

Bei einem der sehr seltenen Besuche erzählte Blanche herablassend, in ihrem Wohnheim für alleinstehende Damen sei ein Zimmer frei. Aber Louisa hielt nichts von dieser Idee. Kaum zwei Wochen später war sie am Ziel ihrer Wünsche: Sie würde mit ihren Büchern und ihrer Habe in eine kleine möblierte Wohnung in der Nähe der Marygate-Straße ziehen.

Bis zu diesem Augenblick hatte niemand in der Familie ernsthaft daran geglaubt, daß sie ausziehen werde. Aber alle Ermahnungen und Warnungen erwiesen sich als zwecklos. Auf Einwände gegen die Kosten und die Unbequemlichkeiten erwiderte Louisa nur ungerührt, was sie bereits ein dutzendmal wiederholt hatte. Schließlich bat Mary Elliott ihren Neffen, sich nicht länger mit ihr zu streiten. Und seiner Tante zuliebe schwieg Edward daraufhin.

Am Samstagnachmittag half er ihr halbherzig, ihre Sachen auf einen gemieteten Wagen zu tragen. Als der Wagen sich in Bewegung setzte, bot er an, Louisa in die neue Wohnung zu begleiten. Sie lehnte ab, aber er ließ nicht locker, und es tat ihm seltsamerweise gut zu sehen, daß Louisa mit den Tränen kämpfte, als sie sich von ihrer Mutter verabschiedete.

»Mama! Ich bleibe doch ganz in der Nähe! Bitte weine nicht!«

»Deshalb weine ich nicht, das weißt du ganz genau!« stieß Mary Elliott heftig zwischen den Zähnen hervor, drehte sich um und verschwand schnell im Haus.

Edward sah, wie Louisa das Kinn hob, und die inzwischen vertraute undurchdringliche Maske auf ihrem Gesicht erschien. Er wandte sich ab und ging langsam voraus, damit sie ihn einholen konnte, wenn sie es wollte. Kurz darauf stellte Louisa so unbeschwert, als sei nichts geschehen, fest, es sei ein schöner Nachmittag. Sie dankte der Vorsehung, daß der Regen von gestern aufgehört hatte. Edward sah mit leerem Blick geradeaus. Ihm waren die gelegentlich auftauchenden Sonnenstrahlen gleichgültig, die die andere Straßenseite etwas freundlicher aussehen ließen. Louisa zog aus, und eine dicke Wolke mit Regen wäre seiner Stimmung angemessener gewesen.

Nach einer längeren Pause sagte er: »Warum mußt du das tun?«

Ärgerlich nahm sie die Hand von seinem Arm. »Man könnte glauben, ich fahre ins dunkelste Afrika! Ich wohne kaum eine Meile von hier – ihr werdet mich oft sehen. Warum seid ihr nur alle so besitzergreifend?«

Der plötzliche Zorn überraschte ihn. Bis zu diesem Augenblick war es ihr gelungen, nach außen hin gelassen und geduldig zu bleiben. »Sieht es so aus?« fragte er aufrichtig zerknirscht. »Es ist nicht so gemeint. Ich . . . wir . . . machen uns einfach Sorgen um dich. Das ist alles.«

»Tut mir leid.« Louisa seufzte. Sie schob ihre Hand wieder verstohlen unter seinen Arm. »Ich muß einfach mein Leben selbst in die Hand nehmen und zur Abwechslung einmal meine eigenen Fehler machen, ohne daß andere sie mir aufladen. Dann kann ich mir selbst die Schuld geben. Kannst du das nicht verstehen?«

Edward schüttelte den Kopf. Er verstand sie nicht. Er wußte nur, daß er sich um sie Sorgen machen würde, wenn sie allein lebte.

»In ein paar Tagen«, fügte sie leise hinzu, »werde ich sechsundzwanzig. Ich möchte ein wenig die Flügel ausbreiten, bevor ich zu alt bin und mich nicht mehr traue, Mamas weiches Nest zu verlassen. Vielleicht

wird nichts daraus«, murmelte sie halb zu sich selbst, »vielleicht bin ich in einem oder zwei Monaten mit gestutzten Flügeln wieder zurück. Aber zuerst muß ich es ausprobiert haben.«
»Ist das für dich so wichtig?«
»Ja, Edward. Es ist mir wichtig.«

2

Robert Duncannon saß im Erker von Louisas winzigem Wohnzimmer und blickte auf den Fluß. Es war ein milder, dunstiger Tag. Die Blätter fielen langsam, eins nach dem anderen, und segelten wie große gelbe Schmetterlinge durch die Luft. Auf dem Weg hatte sich schon ein Blätterteppich gebildet. Zwei kleine Jungen bahnten sich jubelnd ihren Weg durch das Laub und ließen hinter sich eine braune Blätterwolke aufsteigen. Am Fluß war es still. Boote und Barken lagen vertäut am Ufer neben der Marygate-Anlegestelle. Als das Lachen der Kinder verhallte, hörte er deutlich in der Stadt das Läuten zweier Kirchenglocken, die die Gläubigen zum morgendlichen Gottesdienst riefen.

Robert genoß das Gefühl tiefer Zufriedenheit und gähnte und streckte sich. Dann goß er sich noch eine Tasse Kaffee ein und griff nach den Zigarren. »Liebling, was wollen wir heute machen?«

Louisa knöpfte sich im Schlafzimmer den Kragen zu und befestigte ihre Goldbrosche direkt unter dem Hals. In der Tür blieb sie stehen. Aus ihren Augen sprach aufrichtiges Bedauern. »Habe ich es dir nicht gesagt? Man erwartet mich um eins in der Gillygate-Straße zum Essen.«

Robert runzelte die Stirn und schüttelte den Kopf. »Nein, das hast du nicht gesagt.«

»Ich dachte, du gehst aus«, erwiderte sie leicht vorwurfsvoll.

»Ach ja, tut mir leid. In der Familie hatten sie einen Todesfall, und deshalb ist die Party abgesagt worden. Tommy ist ganz unglücklich – er hatte sich bei der ehrenwerten Cecilia gewisse Fortschritte erhofft. Aber das wird nun eine Weile warten müssen.« Er sah sie an, und seine Augen verrieten unverhüllt sein Verlangen. »Ich wünschte, es wäre nicht nötig.«

»Was?« fragte sie leise, denn seine Offenheit erregte sie. Er hatte die

Angewohnheit, sie mit den Augen zu liebkosen und zu streicheln, wenn sie allein waren.
»All das scheinheilige Getue. Du weißt, ich lehne weit mehr Einladungen ab, als ich annehme. Hin und wieder *muß* ich einfach ja sagen. Aber«, fügte er hinzu, und plötzlich strahlten seine blauen Augen, »am nächsten Wochenende habe ich von Samstag bis Montag frei – keine Einladungen –, und am Dienstag muß ich erst spät zum Dienst. Also mach keine anderen Pläne!«
»Ja, Sir!«
Lachend griff er nach ihrer Hand und zog sie auf seine Knie. »Entdecke ich Anzeichen von Widerspenstigkeit, Miss Elliott? Ich möchte dir sagen, es wird dir schlicht und einfach nicht gelingen!« Sie küßte ihn flüchtig und wollte sich befreien, aber er ließ sie nicht los, sondern erwiderte ihre Umarmung spielerisch und mit nicht ganz ernst gemeinter Leidenschaft. »Komm, wir gehen noch mal ins Bett«, flüsterte er und freute sich über ihre Verwirrung.
Nicht weit von dem Haus entfernt gewann ein Zug, der gerade den neuen Bahnhof verließ, auf der Scarborough-Brücke an Geschwindigkeit, und als er vorüberrollte, erzitterte das Haus. Wie jedesmal zuckte Robert erschrocken zusammen und schimpfte über die ungelegene Störung, als Louisa die Ablenkung nutzte und sich ihm lachend entzog.
»Du hast dich für diese Wohnung entschieden«, rief sie, als er fluchte und sie seinen Händen entfloh. Dann räumte sie das Frühstücksgeschirr ab.
»Ich habe den herrlichen Blick über den Park und den Fluß gesehen«, gestand er zerknirscht, »und nicht im Traum an die Züge gedacht. Ich glaube, der Hausbesitzer hat sich den Fahrplan angesehen, ehe er mir den Besichtigungstermin gegeben hat.«
Ein lautes, energisches Klopfen an der Tür ließ Louisa ihre Antwort vergessen. Sie blieb mit dem Geschirr in der Hand stehen und schüttelte auf seinen fragenden Blick hin nur verwundert den Kopf. Sie brachte die Sachen schnell hinter die abgeteilte Nische, aus der ihre kleine Küche bestand, und bedeutete ihm, ins Schlafzimmer zu gehen. Robert stand auf, griff nach seiner Zigarre und der Jacke und verschwand.
Louisa öffnete vorsichtig die Tür. Vor ihr stand Blanche mit gespitzten Lippen.

»Na? Willst du mich nicht hereinlassen?« fragte sie und ging entschlossen an Louisa vorbei. Ihre Augen musterten prüfend das Zimmer, und ihre Nase roch sofort den durchdringenden Zigarrenrauch. »Mit wem um alles in der Welt hast du denn gesprochen?«

»Ich? Mit niemandem . . .«

»Aber ja, ich habe dich doch gehört«, erwiderte Blanche streng, »das heißt, ich habe eine Männerstimme gehört, die vermutlich mit dir gesprochen hat.«

»Ihre Ohren haben Sie nicht getäuscht, Miss Elliott«, sagte Robert.

Blanche fuhr herum, und ihre Augen wurden kreisrund vor schockiertem Staunen.

Louisa registrierte noch, daß Robert schnell Krawatte und Jacke angezogen hatte, und stöhnte innerlich auf. Wieviel ihre Mutter auch geahnt haben mochte, jetzt, nachdem Blanche Robert hier gesehen hatte, war das Geheimnis ein für allemal gelüftet. Da halfen keine Ausreden mehr. Sie gab sich geschlagen, schüttelte den Kopf und setzte sich.

»Aha!« rief Blanche schließlich mit großem Nachdruck, »Hauptmann Duncannon! Und was suchen Sie hier an einem Sonntagmorgen? Aber vielleicht«, fügte sie mit einem vernichtenden Blick auf ihre Schwester hinzu, »sollte ich lieber nicht fragen.« Sie rümpfte die Nase vor Empörung, drehte sich auf dem Absatz um und wollte zur Tür, aber Robert war schneller.

»Sie könnten sich irren«, sagte er ruhig.

Sie durchbohrte ihn mit einem kalten Blick. »Das glaube ich nicht.«

»Und Erklärungen sind nicht nötig?«

»Vielen Dank, ich ziehe es vor, meine Ohren nicht zu beschmutzen.«

»Aber ich wette, es hat Sie jemand auf die Fährte gesetzt, und Sie sind gekommen, um sich von der Wahrheit zu überzeugen. Ich wette auch, daß Sie ziemlich lange an der Tür gelauscht haben, ehe Sie geklopft haben.«

»Wie können Sie es wagen!« fauchte Blanche. »Treten Sie beiseite! Ich möchte gehen!«

»Um Himmels willen, Robert, wenn sie gehen will, dann laß sie gehen!«

Er zögerte, verließ dann aber achselzuckend seinen Platz an der Tür. »Ich würde es begrüßen, wenn Sie Mrs. Elliott davon in Kenntnis setzen, daß Louisa nicht zum Essen kommt.«

Blanche lief wütend an ihm vorbei, und ohne ihre Schwester noch eines Blickes zu würdigen, war sie verschwunden.
»Ich mochte Blanche von Anfang an nicht«, erklärte Robert, »und jetzt weiß ich auch warum. Sie erinnert mich an meine Schwägerin.«

Blanche eilte mit ihrer Neuigkeit sofort in die Gillygate-Straße. Sie bebte innerlich vor Empörung. Robert Duncannons Vorwürfe hatten sie verletzt und gedemütigt. Dieser Mann war unausstehlich. Es war typisch für jemanden seiner Klasse, sofort zum Angriff überzugehen, wenn er sich im Unrecht befand. Sie hatte diesen Besuch nicht geplant, sondern wollte nur gemeinsam mit ihrer Schwester zum Essen bei ihrer Mutter gehen. Sie hatte nichts geahnt oder beinahe nichts. Obwohl, wenn sie darüber nachdachte, war es ihr doch ein Rätsel gewesen, wie Louisa sich diese hübsche kleine Wohnung leisten konnte. Mit gehässigem Vergnügen wußte Blanche, daß das Rätsel gelöst war. Er bezahlte die Wohnung – natürlich! Das würde sie ihrer Mutter auf alle Fälle berichten! Plötzlich fiel ihr ein, daß Louisa zwei neue Kleider hatte – auch das war ihr bis heute ein Rätsel gewesen. Blanche hob den Kopf und betrat energisch das Haus. Ihre Schwester ließ sich von einem Mann aushalten! Das mußte sie ihrer Mutter erzählen.

Erregt und entsetzt rang Mary Elliott die Hände. »Blanche! Wie konntest du so etwas Häßliches in Anwesenheit von Bessie sagen?!«
»Was macht das schon? Es ist die Wahrheit. Ganz York wird es bald wissen!«
»Nicht, wenn du deinen rachsüchtigen kleinen Mund hältst!« rief Edward, und Blanche erschrak vor seinem heftigen Zorn. »Du hast gesagt, was du sagen wolltest, und jetzt vergiß es! Ich möchte Louisa zu Wort kommen lassen, ehe ich mir noch weitere Beschuldigungen von dir anhöre!«
»Bitte, verteidige sie nur! Das hast du ja schon immer getan, oder? In deinen Augen war sie immer ein Unschuldsengel! Also, für mich hat sie endlich ihr wahres Gesicht gezeigt. Sie bringt nur Schmach und Schande über uns!«
»Sei still, Blanche! Du hast erreicht, daß Bessie in der Küche weint und deine Mutter hier. Ist dir das noch nicht genug?«
»*Mir* genug? Hat *sie* nicht genug getan? Du bist unmöglich!« schrie

Blanche außer sich. »Man könnte glauben, es sei *meine* Schuld, daß Louisa sich mit allem Luxus umgibt und wie eine Prostituierte lebt!«
Sie schwankte, als Edwards Hand ihr Gesicht traf. »Nimm dieses Wort nie wieder in den Mund – nicht in diesem Haus und *nie* wieder im Zusammenhang mit deiner Schwester!«
»Wo ... wo willst du hin?« schluchzte sie, als er nach seinem Mantel griff und ihn sich überwarf.
»Wohin wohl? Ich gehe natürlich zu Louisa! Und wage nicht, das Haus zu verlassen, bis ich wieder zurück bin!«
Edward lief die Bootham-Straße entlang bis nach Clifton, kam am Green Park vorbei und nahm den Weg, der Water End hieß, und dann den schlammigen Leinpfad. Vor zehn Tagen war der Fluß über die Ufer getreten, und auf beiden Seiten lagen noch die schmutzigen Überreste der Flut. Aber Edward stapfte wütend durch den Dreck, ohne an seine Schuhe oder die Flecken an den Hosenbeinen zu denken. Ein älterer Herr in Galoschen sah ihm neugierig und kopfschüttelnd nach, aber trotz der Sonne, die durch den Dunst brach, waren nur wenige Spaziergänger unterwegs. Als er die Scarborough-Brücke erreichte, war er wieder etwas ruhiger und bedauerte bereits die Ohrfeige, die er Blanche verpaßt hatte. Ein paar Minuten blieb er im Schatten des Brückenbogens stehen und sah den vorbeitreibenden Blättern zu. Einige verfingen sich in dem Treibgut, das ein überhängender Ast blockierte, andere sammelten sich zu dicken Polstern am Ufer und verdeckten das Wasser. Der Anblick wirkte seltsam bedrückend auf ihn, aber er hypnotisierte ihn auch. Nur mit Mühe konnte er den Blick davon wenden und fragte sich, was er sagen sollte ... Wie sollte er über dieses Thema in Gegenwart eines Mannes sprechen, der buchstäblich ein Fremder war? Für Louisa war Robert Duncannon allerdings kein Fremder mehr, erinnerte er sich mit Bitterkeit.
Plötzlich verstand er die ganze Bedeutung von Blanches Worten. Rückblickend und angesichts der vielen Ungereimtheiten mußte er sich eingestehen, daß er es hätte wissen müssen. In gewisser Weise hatte er versagt. Nachdem sein Zorn verflogen war, senkte sich eine bleierne Schwere auf seinen Körper. Eine schmerzliche Befürchtung lastete auf ihm. Schließlich zwang er sich weiterzugehen und legte die letzten hundert Schritte zu dem Haus langsam, aber entschlossen zurück.
Der kleine Garten wirkte vernachlässigt. Mit Mehltau befallene Hor-

tensien säumten den Weg, und an der Mauer neben der Haustür stand eine fast kahle Kletterrose. Eine einzige Blüte erinnerte traurig an bessere Zeiten. Edward öffnete die Tür und stieg langsam die Treppe hinauf. Sein Kopf war leer und wollte keinen ersten Satz formulieren. Benommen klopfte er zweimal an der Wohnungstür. Es rührte sich nichts. Er klopfte lauter, aber an der Stille der Zimmer hinter der Tür änderte sich nichts. Er wußte, sie waren ausgegangen. Ein merkwürdiges Gefühl der Enttäuschung bewog ihn, einfach stehenzubleiben und zu warten. Er wußte einfach nicht, was er tun sollte.
Kurz darauf schlug unten eine Tür zu. Ein Mann stürmte die Treppe hinauf und nahm zwei oder drei Stufen auf einmal. Edward drehte sich um und sah, wie der große Robert Duncannon die letzten Stufen etwas langsamer heraufkam und zögerte, als ihre Blicke sich trafen.
»Wir haben Sie vom anderen Ufer aus gesehen«, erklärte er atemlos, blieb vor Edward stehen und holte Luft. »Ich bin über die Fußgängerbrücke gelaufen – wir wollten Sie nicht verpassen. Louisa wird gleich kommen.« Er holte einen Schlüssel aus der Tasche, öffnete die Tür und trat beiseite, um Edward eintreten zu lassen. »Wir haben Sie nicht erwartet, aber in gewisser Hinsicht bin ich erleichtert, daß Sie gekommen sind.«
Er nahm den Hut ab, zog den Mantel aus und bot an, Edwards Mantel und Hut zu nehmen. Er war mit den Sachen schon halb durch das Zimmer gegangen, als er sich plötzlich umdrehte, die Mäntel über einen Sessel und die Hüte nebeneinander auf den Tisch legte. Edward stand in der offenen Tür und zögerte, sich zu setzen. Mit jeder seiner unbewußten Gesten bestätigte Robert Duncannon Blanches Worte. Edward entging nicht die Spannung und Verlegenheit des Mannes, aber er war noch immer wie betäubt. Er konnte es einfach nicht verstehen und schüttelte den Kopf, als wolle er dadurch seine Gefühle wieder wecken. Er biß sich auf die Innenseite der Lippe, um etwas zu spüren.
»Ich weiß nicht, was ich sagen soll«, gestand der andere, und Edward hörte ein absurdes Echo in sich, »außer, daß ich sie liebe.«
»Tun Sie das?« hörte Edward sich fragen und sah, wie die schwarzen Wimpern des Mannes sich kurz schlossen und er mit den Händen die Stuhllehne umklammerte, an der er lehnte.
»Ich wünschte, ich könnte Ihnen sagen, wie sehr ich sie liebe«, erklärte er, »dann würden Sie mich nicht verurteilen.«

Würde ich das nicht? dachte Edward und empfand plötzlich das zornige Verlangen, diesen Mann tausendmal zu verurteilen. Er fuhr sich mit der Hand über die Augen und fürchtete, wenn er erst seine Stimme wiederfand, würden ihn die Worte jeder Selbstkontrolle berauben. Er spürte Louisa mehr hinter sich, als daß er sie hörte. Er drehte sich um, und sie stand im Flur. In ihren Augen lag Angst. Sie wirkte nicht trotzig, sondern unglücklich und sehr eingeschüchtert. Unsicher blickte sie von Edward zu ihrem Geliebten und wieder zurück. Edward ließ sie nicht aus den Augen, sondern versuchte verzweifelt, ihr in diesem einen unbeobachteten Augenblick all seine innersten Gefühle zu zeigen: Kummer, Vorwurf, Bedauern und die Qual der Szene mit Blanche, aber vor allem seine unveränderte, bedingungslose Liebe.
Edward sah die Tränen in ihren Augen und spürte die Bitte um Vergebung; dann sank sie in seine Arme, und er wurde von einem Sturm der widersprüchlichsten Eindrücke und Gefühle zerrissen. Er war sich der Anwesenheit von Robert Duncannon im Zimmer bewußt und versuchte, sich gegen die Umarmung zu wehren. Aber als sich seine Arme um sie schlossen, brach jedes Gefühl für Schicklichkeit zusammen. Er drückte sie fest an sich und wußte, er mußte alles tun, damit sie mit ihm in das Haus in der Gillygate-Straße zurückkehrte.
»Warum hast du mir nichts gesagt?« fülsterte er, als ihre Arme sich von seinem Hals lösten. Er spürte ihre Finger an seiner Wange und hielt sie dort fest. »Wenn du es mir doch *nur* gesagt hättest!«
»Ich konnte es nicht, Edward. Es tut mir leid. Und je länger ich damit gewartet habe, desto unmöglicher wurde es.«
»Aber Blanche, daß es Blanche sein mußte!«
»Ich weiß, es tut mir leid. Ich hatte sie nicht erwartet, wirklich nicht.«
»Du mußt doch gewußt haben, daß du ein solches Geheimnis nicht für dich behalten konntest ...«
»Robert hat mich gedrängt, es zu sagen – er hat mir prophezeit, daß so etwas geschehen würde. Aber ...«
»Deine Mutter hat sich schrecklich aufgeregt – ist dir das klar?«
Louisa begann zu weinen. Er zog sie an sich und hielt sie diesmal liebevoll in den Armen. »Genug jetzt – hör auf zu weinen. Du mußt deine Sachen packen«, erklärte er energisch, »und mit mir nach Hause kommen.«

Sie löste sich von ihm und trat einen Schritt zurück, dann sah sie ihn an. »Nein, ich komme nicht zurück.«
»Aber du mußt. Das hier kann nicht so weitergehen–« Er sah sich um, aber Robert Duncannon war verschwunden. Der Zigarrengeruch und die halb offene Schlafzimmertür verrieten, wo er sich befand. Edward sprach leiser. »Es ist nicht richtig, Louisa. Ganz gleich, wie sehr er vorgibt, dich zu lieben–«
»Er gibt es nicht vor!«
»Also gut, tut mir leid.« In einer stummen Abbitte breitete er die Hände aus. »Aber kannst du mir sagen«, fragte er schließlich, »warum er dich nicht heiratet, wenn er dich so liebt?«
»Er kann es nicht, Edward. Es ist nicht möglich!«
»Vermutlich bist du ihm nicht gut genug!«
Aber noch ehe sie antworten konnte, kam der Hauptmann wieder in das Zimmer. Seine Augen waren hart vor Feindseligkeit und Groll. Er trat neben Louisa und legte ihr schützend den Arm um die Schulter. Offensichtlich hatte er jedes Wort gehört.
Seine Augen durchbohrten Edward, der aber den Blick nicht senkte. »Also?« wiederholte Edward herausfordernd, »warum heiraten Sie Louisa nicht?«
Der Hauptmann senkte kurz den Kopf. Ein bitteres Lächeln trat auf seine Lippen. »Und füge damit meinen anderen Sünden noch Bigamie hinzu?«
Einen Augenblick schien sich das Zimmer zu verdunkeln und vor ihm zu versinken. Edward hielt sich haltsuchend an der Lehne des Stuhls vor dem Kamin fest, bis sein Kopf wieder klar war. Es schien so unwirklich, daß dies alles geschah, wirklich und wahrhaftig geschah. Wie in Gottes Namen konnte Louisa in eine solche Situation geraten sein? Sein Kopf wollte und konnte es einfach nicht glauben.
Er fürchtete, die Beine würden ihn nicht mehr tragen, und sank auf den Stuhl. Louisa eilte zu ihm, legte seine schlaffe Hand an ihre Wange und murmelte unverständliche Entschuldigungen.
Der Hauptmann hatte plötzlich eine Flasche Brandy in der Hand, nahm ein Glas, schenkte ein und reichte es Edward. »Es tut mir leid«, sagte er mit unerwarteter Aufrichtigkeit, »das war unter der Gürtellinie.«
Zögernd nahm Edward das Glas und die Entschuldigung an. Er sah, wie Robert Duncannon sich ebenfalls einen Brandy eingoß und das Glas

leerte, noch ehe er selbst auch nur einen Schluck trinken konnte. Edward war Alkohol nicht gewöhnt und trank den Brandy wie Medizin schnell und mit Widerwillen. Aber sein Kopf war sofort wieder klar.
»Ich habe nicht gewußt, Hauptmann Duncannon, daß Sie verheiratet sind.«
»Nein«, erwiderte Robert in demselben sachlichen Ton, »es ist ein gut gehütetes Geheimnis. Wenn Sie wollen, wird Louisa Ihnen vielleicht eines Tages die Geschichte erzählen.«
»Ich würde es vorziehen, sie jetzt zu hören«, sagte Edward, »von Ihnen.«
»Jetzt?« Ärger meldete sich kurz, aber dann lächelte er plötzlich müde. »Nun gut, da ich in diesem Augenblick nicht in der Lage bin, mein Herz zu offenbaren, Mr. Elliott, werde ich mich damit begnügen, Ihnen die Fakten zu nennen. Ich habe vor fünf Jahren geheiratet. Ich habe eine vierjährige Tochter. Meine Frau ist ...« Er schwieg, starrte in das leere Glas und stand auf, um es wieder zu füllen. Louisa umklammerte zitternd Edwards Hand.
»Sie ist geistesgestört. Ohne meine Familie, die deshalb seit langem zu leiden hat, wäre sie zweifellos in einer Institution wie Bootham Park. Nein«, korrigierte er sich, »wohl eher im Retreat, glaube ich. Die Quäker sind, Gott sei Dank, etwas fortschrittlicher.«
Edward war sprachlos. Er brachte keine Worte hervor. Er vermochte nicht einmal die Glaubwürdigkeit des Mannes in Frage zu stellen. Angesichts der Kürze seiner gequälten Worte wäre es eine Beleidigung gewesen, einen Beweis zu verlangen.
»Es mag vielleicht etwas platt klingen«, fuhr der Hauptmann fort, »aber seit ich Louisa kenne, hat sich mein Leben unglaublich verändert. Erst als ich vor kurzem wieder in Irland war, wurde mir bewußt, in welchem Ausmaß. Zum ersten Mal war ich gerne dort.« Er lächelte. »Ich verbrachte die Zeit mit meiner Tochter und hatte nicht den leisesten Wunsch, meine Frau zu sehen. Und ehe Sie mich deshalb verurteilen, lassen Sie mich Ihnen versichern: Sie *nicht* zu sehen, war wohl das beste, was ich in all den Jahren getan habe.« Robert mußte über die Ironie plötzlich lachen und prostete Louisa zu.
»Wissen Sie, Mr. Elliott, vorhin ... haben Sie mir einen Augenblick Angst gemacht –, ich habe wirklich geglaubt, ich würde Louisa verlieren!«

Edward wurde aus dem momentanen Mitgefühl herausgerissen und drückte Louisas Hand fester. »Und wenn Sie York verlassen, was dann?«
»Oh, es sieht ganz so aus, als gehe es nach Dublin zurück. Das Versprechen der Autonomie ist eine Verlockung und eine Gefahr, finden Sie nicht auch?«
Edward biß sich gereizt auf die Lippen. »Ich meine, was ist dann mit Louisa? Was soll aus ihr werden, wenn Sie nicht mehr da sind?«
»Sie wird mich natürlich begleiten.«
Edward verschlug es die Sprache. Er blickte von Duncannon zu Louisa und staunte, daß eine solche Sittenlosigkeit sich scheinbar so harmlos geben konnte. »Wie können Sie das auch nur in Betracht ziehen? Und ausgerechnet in Irland! Wenn Gladstone sich durchsetzt, werden die Unionisten losschlagen, und wenn nicht, dann ...«
»– dann werden die anderen für Unruhen sorgen. Grundbesitzer und Bauern sind überall gleich. Aber Louisa wird in Sicherheit sein«, erwiderte er ruhig, »glauben Sie, ich setze ihr Leben aufs Spiel?«
»Ich weiß nicht. Mir scheint, Sie denken kaum an Louisas künftiges Glück und noch weniger an ihren Ruf!«
Wieder flammte der Zorn in seinen Augen auf, den er aber auch diesmal zügelte. »Ich übergehe das«, sagte er eisig, »unter den Gegebenheiten sind Sie zu solchen Vorhaltungen berechtigt. Trotzdem stimmt es nicht.«
»Wirklich nicht?« fragte Edward. Plötzlich wurde er wütend. Wie konnte dieser Fremde mit seiner eleganten Kleidung und seiner kühlen Selbstsicherheit in Louisas Leben treten und es so unverfroren ruinieren? Wie unfair und schlecht das Leben ihn auch behandelt haben mochte, er hatte nicht das Recht, seine Wunden auf Louisas Kosten zu heilen. Denn sie würde am Ende die Rechnung bezahlen. Daran zweifelte Edward nicht im geringsten. Ärgerlich wünschte er, Louisa wäre weit weg. Ihre Anwesenheit verlangte äußerste Selbstkontrolle, und er wollte unter keinen Umständen die Beherrschung verlieren, um sich vor ihr nicht schämen zu müssen.
Er stand schnell auf und blickte von einem zum anderen. »Es ist falsch«, sagte er kurz, »wie Sie es sich auch zurechtlegen mögen, es ist falsch.«
»Ich glaube, das kommt ganz auf den Standpunkt an.«

»Nein, Herr Hauptmann. Moralisch, praktisch, ethisch – es ist falsch. Louisa wird leiden, und nicht Sie. Ich hatte geglaubt, Sie seien intelligent genug, um das zu wissen.«
Aber noch ehe Robert antworten konnte, sagte Louisa: »Edward, das verstehst du nicht. Die Entscheidung liegt bei mir.«
»Dann bist du töricht«, sagte er bitter, ohne seine Worte zurückhalten zu können, »ich hätte mehr von dir erwartet! Die Leute werden reden, das weißt du – gerade du weißt das ganz genau. Du solltest wissen, wie boshaft sie alle sein können. Und was ist mit deiner Mutter? Findest du nicht auch, sie hat genug gelitten?« Er wußte, daß sie das traf, aber er hielt auch nicht mit der letzten Waffe zurück. »Und was ist, wenn sie dich verstößt?«
»Diese Entscheidung liegt bei ihr«, erwiderte Louisa tapfer, aber ihre Lippen zitterten. Sie holte bebend Luft und fragte dann: »Und du, Edward? Jetzt weißt du es, und wirst *du* mich von dir stoßen?«
Edward begriff, daß sie ihre Entscheidung getroffen hatte. Unendlich traurig nahm er Hut und Mantel und ging zur Tür. »Würde es dir etwas ausmachen?« fragte er ruhig, und während er die Worte aussprach, gab er sich geschlagen.
Sie griff nach seinem Arm und zwang ihn, sie anzusehen. In ihren Augen spiegelte sich seine Qual. »Natürlich macht es mir etwas aus!«
»Ich könnte eher mein eigenes Leben leugnen«, flüsterte er. Er nahm ihre Hand von seinem Arm und schloß die Tür leise hinter sich.

In der Nacht, als er mit Louisa an seiner Seite im Bett lag, starrte Robert in die Dunkelheit und dachte über Edward Elliott nach. Er hatte ihn nur einmal zuvor gesehen. Roberts Eindrücke beruhten im wesentlichen auf Louisas Bemerkungen, und sie schienen weit mehr verhüllt als enthüllt zu haben.
Robert hatte den dünnen Gedichtband vergessen und sich Edward als eine Vaterfigur ohne Frau und Kinder vorgestellt – ein unbeugsamer Mann, der vorzeitig gealtert war. Jetzt mußte er sich den Irrtum dieser Vermutung eingestehen, denn Edward Elliott war alles andere als alt. Er besaß zwar das klare Pflichtbewußtsein und die Moralvorstellung seiner Klasse, aber er war offenbar bereit, das alles auf dem Altar seiner Liebe für Louisa zu opfern.
Robert vergegenwärtigte sich kurz den Moment ihrer Rückkehr, bei

dem ihm das Herz bis zum Hals geklopft hatte. Er sah wieder wie ein Eindringling die unverhüllte Vertrautheit und Innigkeit der beiden, staunte aufs neue, als sie ihrem Vetter in die Arme sank, und er seine Arme erst abwehrend hob, aber dann langsam über ihrem Rücken schloß. In der Dunkelheit sah Robert das gequälte Gesicht von Edward Elliott vor sich, und er drehte sich ärgerlich auf die Seite. Er wollte dieses Bild vergessen, das sich ihm so deutlich eingeprägt hatte. Louisa hatte nie die Tiefe dieser Beziehung auch nur angedeutet, und diese Enthüllung schockierte ihn noch immer.

Louisa erwachte durch seine plötzliche Bewegung. Mit schläfriger Stimme murmelte sie seinen Namen.

»Ich sollte gehen«, sagte er, »ich habe Frühdienst.«

»Es kann noch nicht Morgen sein«, widersprach sie gähnend.

»Es ist kurz nach zwei, und ich habe noch nicht geschlafen. Wenn ich jetzt einschlafe, werde ich nie rechtzeitig aufwachen – und du auch nicht.«

»Aber wenn du jetzt gehst«, sagte sie und zitierte ihn, »wird der zuverlässige Harris dafür sorgen, daß du nicht verschläfst.«

Er löste sich von ihr und setzte sich auf. »Richtig. Dazu ist er da.«

Louisa gähnte noch einmal. »Warum hast du nicht geschlafen? Hast du an gestern gedacht?«

»An was sonst?«

»Oh, Robert, das tut mir leid. Ich dachte, wir hätten alles besprochen, und ich war so müde. Ich habe sicher schon geschlafen, als mein Kopf das Kissen berührte.« Mit einem Finger berührte sie vorsichtig seinen Arm. »Willst du mir nicht sagen, was dich beschäftigt?«

Insgeheim mußte er ihr recht geben. Sie hatten stundenlang miteinander geredet, jeden erdenklichen Aspekt angesprochen und alle Folgen dieses Tages bedacht, aber über das eine nicht gesprochen, was Robert am meisten beschäftigte. In den stillen, schlaflosen Stunden hatte er versucht, sich die Beziehung von Louisa und Edward aus allen Blickwinkeln vorzustellen, und jedesmal kam er wieder zu der ersten Schlußfolgerung. Jetzt mußte er sie damit konfrontieren.

»So ist es besser«, sagte er und schaltete das Nachttischlämpchen ein, »jetzt kann ich dich sehen.«

Ihre großen Augen schimmerten in dem weichen Licht. Sie blinzelte, als sie sein Gesicht musterte. »Bist du böse auf mich?«

»Ein wenig«, gestand er.
»Aber warum?«
Wie immer rührte ihn ihre Unschuld kurz nach dem Aufwachen. Es schien, als lösche jede Nacht bei ihr alle Härten und Angriffe der herzlosen Welt völlig aus. Er versuchte, die Spannung in seiner Stimme nicht hörbar werden zu lassen, und fragte so freundlich und vernünftig wie möglich: »Warum hast du mir nichts über Edward erzählt? Ich habe versucht, das zu verstehen.«
Fassungslos schüttelte Louisa den Kopf. »Was gibt es da zu verstehen? Ich weiß nicht, was du meinst.«
Mit einem ärgerlichen Seufzer senkte er den Kopf und versuchte, den eifersüchtigen Zorn, der plötzlich in ihm aufstieg, zu unterdrücken. »Meiner Meinung nach gibt es vieles, was du mir nicht erklärt hast, Louisa. Du hättest mir zum Beispiel sagen können, wie wichtig du für ihn bist.«
»Natürlich bin ich für ihn wichtig – er hat mich praktisch großgezogen. Er war für mich wie ein Bruder. Nein«, korrigierte sie sich, »mehr als ein Bruder. Er war auch immer ein Freund.«
»Ist das alles?« fragte Robert eindringlich, »warum hast du ihm nichts von uns sagen wollen?«
Louisa drehte sich ärgerlich zur Seite. »Nach allem, was gestern geschehen ist«, sagte sie, »sollte dir das doch inzwischen klar sein.«
»O ja, das ist es«, flüsterte er, »glaub mir, das ist es.«
»Was meinst du damit?«
»Weißt du es wirklich nicht?« fragte Robert »Dieser Mann liebt dich!«

3

Als Robert gegangen war, konnte Louisa nicht mehr richtig schlafen. Um sechs Uhr wankte sie aus dem Bett und stellte Teewasser auf. Aber an Frühstück war nicht zu denken. Ihr Magen revoltierte schon bei dem Gedanken an Essen, ihr Bauch krampfte sich schmerzhaft zusammen, und sie hatte heftige Kopfschmerzen.

Sie zitterte in der kalten, feuchten Morgenluft. Sie kannte die Symptome, aber anstatt Erleichterung zu empfinden, glaubte sie sich verraten, als habe sich ihr Körper nun ebenfalls gegen sie verschworen und wollte ihre Leiden vollkommen machen. Es schien höchst unfair, daß der Fluch aller Frauen sie an einem Tag heimsuchen sollte, an dem sie überhaupt nicht in der Lage war, damit fertig zu werden. Louisa suchte nach ihrem Vorrat sauber gesäumter und gefalteter Tücher, wusch sich sorgfältig und kleidete sich an.

Mit einer großen Schürze angetan, machte sie sich an die alltäglichen Pflichten. Sie trug den Nachttopf mit geschlossenem Deckel die zwei Stockwerke hinunter zur Toilette im Hinterhof. Die Asche wurde aus dem Rost geschüttelt und in einen Eimer geschaufelt, dann schleppte sie mühsam die Kohlen zwei Stockwerke nach oben und bereitete Feuer soweit vor, daß sie es abends nur noch anzünden mußte. Sie säuberte den Rost und bearbeitete den Kaminvorsetzer mit Messingpolitur. Dann wusch sie sich die Hände und machte das Bett. Sie wünschte sich nichts sehnlicher, als wieder unter die Decke zu kriechen, um im Schlaf alle Ängste und körperlichen Schmerzen zu vergessen.

Eine zweite Tasse heißen, süßen Tees belebte sie etwas. Sie zog den Mantel an und lief im grauen Morgenlicht hinunter zum Fluß. Es gab eine Abkürzung zum Bahnhof, einen Fußweg über die Eisenbahnbrücke. Der Weg war zu kurz, um ihren Kreislauf in Gang zu setzen, aber lang genug, um kalte Füße zu bekommen.

Ausgefroren wärmte sie sich kurz vor dem Ofen im Büro, um das Blut zirkulieren zu lassen. Sie war früher als gewöhnlich, und als ihre Kolleginnen plaudernd erschienen, gelang es ihr, ihnen das übliche sichere Auftreten vorzuspielen. Der hohe Stuhl ohne Lehne trug nicht dazu bei, das körperliche Unwohlsein zu mildern. Sie arbeitete langsam an diesem Tag. In Gedanken beschäftigte sie sich mehr mit Robert als mit den Zahlen vor ihr. Er irrte sich in Edward, das wußte sie mit jeder Faser ihres Wesens, aber es war ihr in der Nacht nicht gelungen, Robert davon zu überzeugen.

Robert konnte sich nicht vorstellen, wie das Leben von Edward und Louisa ausgesehen hatte im Schatten des geheimen Stigmas der Unehelichkeit und in ständiger Angst vor näheren Beziehungen zu anderen, um ja nicht bloßgestellt zu werden. Die Familie war zusammengerückt; jeder empfand die Abhängigkeit von den anderen. Die Verschwörung der gegenseitigen Liebe schützte sie nun schon so viele Jahre, daß sie ihnen inzwischen kaum noch bewußt war. Louisa fand, daß sie damals in der Tanner Row noch eine Einheit gewesen waren: ihre Mutter, Tante Elizabeth, Bessie. Diese Einheit bestand auch später noch in der Gillygate-Straße, und dort war der Pakt fester als je zuvor, denn endlich schien das Geheimnis sicher gewahrt werden zu können. Blanche hatte schon vor Jahren die Vergangenheit ausgelöscht und war auf ihre Weise geflohen. Emily hatte den Sprung in die Ehe und in die Ehrbarkeit auf Anhieb geschafft. Die verschworene Gruppe war kleiner geworden. Louisa wußte, wenn nicht Robert in ihr Leben getreten wäre, hätte sie nie den Wunsch gehabt, sich daraus zu lösen. Sie hatte bisher nur die Sicherheit dieses Lebens kennengelernt; vermutlich würde sie eine andere nie erleben, und deshalb litt sie so sehr. Verzweifelt fürchtete sie, daß sie mit Robert alle Brücken hinter sich abgebrochen hatte. Selbst jetzt sah sie keinen Rückweg, wenn ihr einmal nichts anderes blieb.

Erst durch Roberts hartnäckiges Beharren bekam sie allmählich einen Blick für die unnatürliche Isoliertheit der Elliotts. Robert war der Meinung, ihre Arbeit als Gouvernante hätte ihre Sicht eigentlich erweitern und ihr helfen müssen, das Abnorme der Situation besser zu verstehen. Aber das war nicht der Fall gewesen. Die Welt der großen Familien hatte so wenig mit ihr zu tun, daß sie keinen Zusammenhang mit ihrem Leben sah. Die Kinder lebten von ihren Eltern getrennt im Umkreis der Kindermädchen und Dienstboten. Oft schon im frühen Alter

schickte man sie in ein Internat, und so wurde die Familie für diese Kinder nichts anderes als Teil der Pflichten und des Erbes – das heißt, die Familie blieb ein abstrakter und seltsam unpersönlicher Begriff. Louisa fand das unnatürlich. Das sagte sie auch. Robert warf ihr vor, sie übertreibe, denn sein Leben zum Beispiel war anders verlaufen. Und grausam hatte er ihr an den Kopf geworfen, wenn etwas unnatürlich sei, dann Edwards Beziehung zu ihr. Seiner Meinung nach hätte Edward genau wie sie schon vor Jahren heiraten sollen. Robert liebte seine Schwester, aber wenn er sich je einer derartigen Zurschaustellung leidenschaftlicher Zuneigung schuldig gemacht hätte, wäre das von anderen als äußerst befremdlich empfunden worden.
Nach diesen Vorwürfen war er gegangen. Gequält und bekümmert dachte Louisa noch einmal an die Worte und Gefühle ihrer ersten Auseinandersetzung und fragte sich, wann er wohl zurückkommen werde – wenn überhaupt. Er hatte etwas von Dienstag gemurmelt, aber das bezweifelte sie. Der Zorn war so groß, und seine Meinung stand so im Gegensatz zu ihrer Meinung, daß Louisa nicht wußte, wie sie beide darüber hinwegkommen und den Streit vergessen sollten, auch wenn es gelang, die frühere Vertrautheit wiederzugewinnen.
Als Louisa erschöpft durch die Stadt nach Hause ging, kaufte sie frisches Brot, Schinken und Eier bei einem Lebensmittelhändler in der Bootham-Straße. Sie machte sich nicht viel aus den Spiegeleiern mit Schinken, aber das ließ sich einfach zubereiten, denn Kochen empfand sie eher als Prüfung und weniger als Vergnügen. Der neue Gasherd kostete sie viel Nerven. Entweder war das Gemüse nur halb gar oder angebrannt. Nichts schmeckte so, wie es schmecken sollte. Plötzlich sehnte sie sich danach, im Haus ihrer Mutter in Ruhe ein anständig gekochtes Essen genießen zu können. Dann hätte sie auch wieder Appetit bekommen.
Robert lachte immer, wenn sie sich wegen eines mißratenen Gerichtes entschuldigte, und aß unverdrossen alles, was sie ihm vorsetzte. Insgeheim empfand sie es als Wohltat, daß er die meisten Mahlzeiten in der Messe einnahm. Im allgemeinen erwartete er nur Frühstück von ihr und hin und wieder ein einfaches Abendessen. Manchmal gingen sie zusammen in ein kleines Hotel, wo sie in relativer Sicherheit vor unliebsamen Blicken essen konnten. Beim ersten Mal trug sie ihr bestes schwarzes Kleid, aber danach bestand er auf etwas weniger Strengem.

Er begleitete sie sogar zu einer Schneiderin, um Abendkleider in Augenschein zu nehmen. Er kannte ihren Sinn für Schlichtheit und die fixe Idee, keine Schönheit zu sein, und traute ihr deshalb nicht zu, ein Kleid zu wählen, wie er es sich wünschte. Louisa machte sich auf einen Streit gefaßt und stellte erstaunt fest, daß er einen ausgezeichneten Geschmack besaß. Er entschied sich für einen weichen rostbraunen Samt, und als Konzession an ihr Gefühl für Schlichtheit stimmte er einem einfachen Schnitt zu. Als Louisa den Stoff an die Schulter hielt, sah sie, daß der Samt ihre Haare golden schimmern ließ und durch den Kontrast erstaunlicherweise die Farbe ihrer Augen betonte.

»Du bist so schön wie der Herbst«, flüsterte er am ersten Abend, an dem sie das Kleid trug. »Der Herbst war mir schon immer die liebste Jahreszeit.«

Und soll unsere Liebe nun auch nur so kurz wie der Herbst sein? fragte sie sich. Schweren Herzens stieg sie die zwei Stockwerke hinauf, griff nach dem Schlüssel und betrat die kalte Wohnung. Sie hatte ihren Charme verloren. Als Louisa einen Brief aufhob, der auf dem Fußabstreifer lag, schwor sie sich, nicht hier zu bleiben.

Sie blickte auf den Umschlag und überlegte, wer wohl der Absender sein mochte. Es war eine ungelenke und weit auseinandergezogene Schrift wie bei einem Kind. Louisa dachte an Victoria Tempest, ließ den Gedanken aber wieder fallen. Victoria schrieb doch sehr viel besser. Schnell riß sie den Briefumschlag auf und blickte auf die Unterschrift des billigen Papiers. Sie sah, daß der Brief von Moira Hanrahan stammte.

»Liebe Miss Elliott«, schrieb sie, »ich hoffe, es get Ihnn so gud wie mir. Ich weiß aus Ihrm letzten Brief, daß Se arbeiden. Aber ich würd Se so gern mal sehn, Miss. Ich komm am Dienstag gegen sieben. Wenn Se nicht sind da, auch nicht schlim. Ihre ergebne Dienerin Moria Hanrahan. P. S. Ich war nie fiel in der Shule. Ich hoffe, Se können das lessen.«

Louisa setzte sich und drückte den Brief an die Brust. Die liebe, liebe Moira! Louisa hatte Moira einmal gesehen, als sie noch in der Gillygate-Straße wohnte, aber seitdem nicht mehr. Louisa beschloß zu versuchen, um sieben da zu sein. Sie wollte für sie beide auch ein richtiges Essen kochen – etwas Einfaches, aber es sollte doch besser sein als Mrs. Pettys Reste.

Der Brief tat ihr seltsamerweise sehr gut. Louisa setzte das Feuer in Gang und machte sich eine Tasse Tee. Eilig schrieb sie Moira eine Antwort und bat sie zu warten, falls sie sich verspäten sollte. Dann informierte sie Robert mit ein paar Sätzen über Moiras Besuch und bat ihn, an einem anderen Tag zu kommen.

Mit einem Blick auf die Uhr eilte sie hinaus. Sie wollte unbedingt noch rechtzeitig im Hauptpostamt in der Lendal-Straße sein.

Es war bitterkalt. Der Vollmond und die Sterne versuchten, die üblichen Rauchschwaden zu durchdringen. Ihr Gesicht brannte, und als sie zurückkam, waren auch die Hände trotz der Wollhandschuhe blutleer und gefühllos.

Während sie nach dem Schlüssel suchte, ging die Tür auf, und wie durch ein unverdientes Wunder stand Robert vor ihr. Er sah sie besorgt und entschuldigend an.

Sie standen sich stumm gegenüber, dann breitete er die Arme aus und drückte sie fest an sich. »Es tut mir leid«, flüsterte er, »ich war wütend und eifersüchtig – bitte verzeih mir.«

Louisa nickte. »Es war ein schrecklicher Tag«, seufzte sie.

»Auch für mich«, sagte er und küßte sie auf die Stirn, »als ich den weiten Weg nach Fulford hinter mir hatte, konnte ich wieder vernünftig denken. Es gibt nichts Besseres als eine kalte Nacht und einen langen Spaziergang, um wenigstens wieder ein bißchen zur Vernunft zu kommen«, sagte er und lachte kurz. »Aber der Tag hat mich fast umgebracht – ich konnte es nicht erwarten, dich wiederzusehen. Als du nicht hier warst, dachte ich, du seist zurück nach Hause.«

»Wirklich?«

»Ja. Dann habe ich das Feuer bemerkt und gehofft, du würdest früher oder später wiederkommen.«

Louisa erzählte, wo sie gewesen war und warum. Robert sah sie aufmerksam an und fragte dann, ob sie schon etwas gegessen habe. Als sie den Kopf schüttelte, schnalzte er ärgerlich mit der Zunge.

»Wenn du diese lächerliche Stelle aufgeben würdest, Liebste, dann hättest du auch Zeit, richtig für dich zu kochen. Aber wir wollen uns nicht streiten«, fügte er schnell hinzu, als sie trotzig das Kinn hob, »was hast du denn da?«

Louisa seufzte und wies auf den eingewickelten Schinken und die Tüte mit Eiern.

»Sehr gut. Du setzt dich jetzt vor das Feuer, während ich versuche, die Eier zu braten. Du siehst wirklich bemitleidenswert aus – und bist absolut nicht in der Lage, für dich zu sorgen.« Robert zog die Jacke aus, band sich eine von Louisas weiten weißen Schürzen um und zündete das Gas an.

Louisa lächelte über den Anblick, den er bot, und fragte: »Wann haben Sie sich zum letzten Mal etwas selbst gekocht, Robert Duncannon?«

»Ach, hin und wieder, der ausgezeichnete Harris gibt mir Überlebensunterricht, wie er das bezeichnet. Er fürchtet, er könnte in dem höchst unwahrscheinlichen Fall eines Krieges umkommen, und ich müßte dann verhungern!«

»Du bist ein schrecklicher Lügner, Robert!«

Er schnitt das Brot in dicke Scheiben und schüttelte energisch den Kopf. »Stimmt nicht! Ich kann Feuer machen, Tee kochen, scheußlich schmeckenden Kakao machen, Schinken braten und ein Huhn ausnehmen. Harris hat mir angekündigt, daß er mir als nächstes geschmortes Kaninchen beibringen wird.« Er schob Brotscheiben auf eine Toastgabel und reichte sie Louisa. »Hier, toaste das, während deine Zehen auftauen!«

»Aber vergiß nicht, zuerst mußt du ein Kaninchen fangen!« neckte sie ihn und sog genußvoll den Duft des brutzelnden Schinkens ein.

»Kein Problem«, versicherte er, »ich habe schon mit zwölf im Wald meines Vaters gewildert und die Wildhüter überlistet. Natürlich«, gestand er achselzuckend, »war es für mich nur ein Spaß, aber für meine Kameraden war die Sache etwas ernster. Für einige sogar eine Sache auf Leben und Tod. Vermutlich haben sie mich mitmachen lassen, weil sie wußten, ich würde sie raushauen, wenn man uns erwischte.«

»Und hat man euch erwischt?« fragte sie staunend über die Beiläufigkeit, mit der er das gesagt hatte.

Robert stellte ein Tablett mit Tellern und Besteck, Salz und Pfeffer auf den Tisch und schüttelte den Kopf. »Im Grunde kann man sich an Menschen leichter heranpirschen als an einen Hirsch, genaugenommen an jedes Wild, aber wir waren sehr vorsichtig. Ich hatte ein paar außergewöhnliche Kameraden«, sagte er nachdenklich. »Manchmal frage ich mich, ob sie noch immer wildern. Ich hoffe nicht – William ist nicht annähernd so tolerant, wie mein Vater es war.«

»Triffst du dich mit ihnen – wenn du zu Hause bist, meine ich?«

»Wir reden ein paar Worte miteinander, wenn wir uns sehen. Und Letty«, fügte er vielsagend hinzu, »hält für mich die Augen offen.«
Plötzlich fluchte er leise und sagte: »Ich glaube, den Eiertest habe ich nie bestanden, Liebste. Das ist eher Rührei als Spiegelei geworden!«
»Macht nichts, am Geschmack ändert das nichts.« Sie sah zu, wie er geschickt den Toast mit Butter bestrich. Seine Augen wirkten gelassen und gutmütig. Er glich so überhaupt nicht dem Mann, der in der Nacht zornig die Tür zugeschlagen hatte und aus dem Haus gestürmt war. Am frühen Morgen hatte sie noch gedacht, sie werde ihn nie wiedersehen. Aber hier saß er und zeigte eine höchst unerwartete Seite seines Wesens.
»Du bist ein erstaunlicher Mann, Robert Duncannon.«
»Natürlich.«
»Du bist außerdem unausstehlich«, murmelte sie und kaute genüßlich den knusprigen Schinken, »du kochst sogar besser als ich.«
»Aber in der Schürze sehe ich nicht so hübsch aus wie du«, erwiderte er und legte die Schürze mit einem Seufzer beiseite. »Geht es dir jetzt besser?«
»Mmmm.«
»Gut.« Mit einem geübten Griff holte er die Brandyflasche aus dem Schrank, schenkte sich ein und setzte sich. Dann streckte er die langen Beine vor dem Feuer aus. Mit einem zufriedenen Gähnen schloß er kurz die Augen. »Ich glaube, ich könnte dir erlauben, eine Tasse Tee selbst zu machen, mein Schatz – das kannst du entschieden besser.«
Louisa lachte. »Vielleicht ist es nicht viel, aber jeder von uns muß ja irgend etwas können!«
Verschmitzt betrachtete er sie mit halb geschlossenen Augen und sagte: »Oh, ich weiß nicht, ob das alles ist. Ich denke zum Beispiel an . . .«
Louisa wurde rot und schlug die Augen nieder. »Nein«, flüsterte sie, »nicht heute.«
Robert schlug sich theatralisch stöhnend an die Stirn. »Mein Gott, wenn ich an die vielen Einladungen denke, die ich abgelehnt habe!« Lachend griff er nach ihrer Hand. »Macht nichts, Liebste. Eine Nacht in meinem Bett tut mir nur gut. Gestern habe ich ohnehin nicht viel geschlafen. Paß auf!« Er drückte ihr einen Kuß auf die Nasenspitze. »Ich bleibe, bis du dich hinlegst, dann nehme ich eine Droschke und fahre nach Fulford.«

4

Moira wartete oben am Treppenabsatz, als Louisa von der Arbeit nach Hause kam. Sie trug ihren besten Hut – einen mit vielen künstlichen Blumen geschmückten blauen Strohhut, der bei diesem Wetter überhaupt nicht paßte. Louisa kam keuchend die Stufen hinauf, stellte die schweren Einkaufskörbe ab und begrüßte das Hausmädchen der Tempests wie eine alte Freundin.

»Sie frieren, Moira. Kommen Sie herein. Das Feuer brennt gleich, keine Angst.« Louisa ging voraus und amüsierte sich, als Moira mit großen Augen und naiver Bewunderung die Einrichtung betrachtete. »Abgesehen von den Büchern und den Bildern gehört das alles nicht mir«, erklärte Louisa lächelnd, »ich habe es mit der Wohnung gemietet.«

»Das muß Sie aber viel kosten«, entfuhr es Moira, und sie schlug entsetzt die Hand vor den Mund. »Entschuldigen Sie, ich wollte nicht unhöflich sein.«

Louisa schüttelte verständnisvoll den Kopf. »Ich weiß, schon gut. Außerdem«, sagte sie mit, wie sie hoffte, entwaffnender Offenheit, »muß man hier gewisse Nachteile in Kauf nehmen ... die Züge zum Beispiel.« Sie dachte an Roberts Flüche, lachte nervös und beruhigte Moira mit dem Hinweis: »Die Wohnung ist nicht so teuer, wie Sie glauben.« Verstohlen kreuzte sie die Finger bei dieser Lüge, denn sie wußte, die Miete war alles andere als niedrig. Robert hatte große Mühe gehabt, einen entgegenkommenden Vermieter außerhalb des Kasernenbereichs zu finden.

Moira betrachtete ehrfürchtig die bequemen Ledersessel vor dem Kamin, den dicken türkischen Teppich, die Chenillevorhänge und die dazu passende Tischdecke. Die Einrichtung war nicht steif und neu, sondern wirkte durch ihr Alter und die lange Benutzung gemütlich und einla-

dend. Als Louisa sich vor den Kamin kniete, um das Feuer anzuzünden, eilte Moira zu ihr und sagte: »Lassen Sie mich das machen, Miss Elliott. Kümmern Sie sich um die Einkäufe.«
Dankbar für das Angebot ging Louisa daran, das Essen vorzubereiten. Sie hatte etwas Besonderes gekauft: Schweinekoteletts und Nieren, zarten Rosenkohl und Kartoffeln. Als Nachtisch sollte es Zitronencreme geben. Bessie hätte sich bei der Vorstellung, Zitronencreme zu kaufen, schrecklich aufgeregt. Louisa hatte aber weder Zeit noch den Mut, eine Zitronencreme selbst zu machen. »Moira, es wird eine Weile dauern. Ist es schlimm, wenn Sie etwas später in die Blossom-Straße kommen?«
»Oh, nur der übliche Ärger, mehr nicht.«
»Wie geht es denn so?«
Moira wartete aufmerksam den richtigen Moment ab, um Kohlen auf das flackernde Feuer zu schütten, und stöhnte dramatisch. Dann begann sie eine lange Tirade und schimpfte über die Unzulänglichkeiten im Hause Tempest und ganz besonders über die neue Gouvernante. »Sie ist eine widerliche alte Schachtel! Daran läßt sich nichts deuteln! Sie ist der Grund für mein Kommen – ich habe mir gesagt, wenn ich nicht jemanden finde, dem ich es erzählen kann, dann werde ich auf der Stelle verrückt. Der alte Besen – oh, Entschuldigung, Miss Elliott –, aber das ist sie. Sie ist auf ihre Weise sogar noch schlimmer als Mrs. Petty, und das will viel heißen, finden Sie nicht auch?«
Louisa stand am Herd und mußte lächeln. »Hat dieses erstaunliche Wesen einen Namen?«
»Eine Miss Maitland. Angeblich ist sie zweiundvierzig, aber sie ist mindestens fünfzig und keinen Tag jünger und redet unaufhörlich von den großen Häusern, in denen sie früher einmal gewesen ist. Ich habe ihr gesagt: ›Geben Sie doch nicht so an.‹ Wenn Mr. Tempest in der Nähe ist, hält sie den Mund. Aber das sage ich Ihnen, er ist nur noch selten da. Und sie liebt die Flasche.«
Louisa fuhr herum und stieß beinahe gegen die Kartoffeln. »Wollen Sie damit sagen, sie trinkt?«
»O ja. Sofort nach dem Frühstück verschwindet sie in ihrem Zimmer – ihre Gin- und Pfefferminzfahne riecht man überall.«
»Und was sagt ...?«
»Mr. Tempest? Wie ich schon gesagt habe, ihn sieht man kaum noch.

Und da nur ich mich um Miss Victoria kümmere, habe ich bald keine freie Minute mehr, um Luft zu holen. Die arme Kleine bekommt kaum noch Stunden. Sie ist ganz allein und schrecklich unglücklich, seit Sie und Miss Rachel nicht mehr da sind. Sie würden sie nicht wiedererkennen, Miss Elliott – dünn wie eine Bohnenstange, und die alte Ziege dick wie eine gestopfte Gans.«
Louisa fehlten die Worte, und sie versuchte, die Fülle der Nachrichten richtig einzuordnen, während sie die Koteletts und den Rosenkohl nicht aus dem Auge ließ. Louisa kannte Moiras derb-fröhliche und unbekümmerte Art. Es mußte schon sehr schlimm sein, um sie so aus der Fassung zu bringen.
Als sie am Tisch Platz nahmen, fragte sie: »Heißt das, Rachel hat sich mit ihrem Vater noch nicht ausgesöhnt?«
»Er hat ihr das Haus verboten«, antwortete Moira und sah mit großen, hungrigen Augen zu, wie Louisa zwei vorgewärmte Teller mit dem Essen füllte. »Vor ein paar Wochen war sie da. Aber Mrs. Petty hat ihr aufgemacht, und ich konnte ihr nichts sagen. Also – da ich nicht mehr ein noch aus wußte, dachte ich, dann gehe ich eben zu Ihnen. Hat Miss Rachel sich nie bei Ihnen gemeldet?«
Louisa tat so, als widme sie sich dem Essen und überlegte genau ihre Antwort. Rachel hatte keinen Kontakt zu ihr aufgenommen, aber von Robert wußte sie, wo Rachel wohnte und unter welchen Umständen. Nachdem die Bainbridges sich von dem *fait accompli* von Arthurs durchaus rechtskräftiger schottischer Hochzeit erholt hatten, verzichteten sie auf alle Vorwürfe und richteten ihrem Sohn und seiner Frau mit großer Geste eine hübsche kleine Villa nicht weit von der Fulford-Straße ein. Wie lange die finanziellen Flitterwochen bei Rachels Vorliebe zum Geldausgeben dauern würden, wußte Louisa nicht. Aber Rachel schien die Lage so gut wie möglich zu nutzen. Vor ein paar Wochen hatte sie Robert zusammen mit Darnley und einigen anderen aus dem Bekanntenkreis der Bainbridges zum Nachmittagstee eingeladen. Robert hatte mehr auf Drängen von Tommy die Einladung angenommen und erschien in der Marygate-Straße mit einer Menge zynischer Anekdoten. Er verachtete Rachel Tempest, wie er sie hartnäckig immer noch nannte, und lehnte zwei weitere Einladungen ab. Die Gesellschaft war für seinen Geschmack zu jung, und die Fröhlichkeit bei weitem zu übertrieben. Louisa nahm sich vor, ihn zu bitten, die nächste Einladung

anzunehmen. Seine Bekanntschaft mit Rachel und Arthur Bainbridge konnte sich als die einzige Möglichkeit erweisen, Victoria zu helfen.
»Wenn ich mich richtig erinnere, wohnt sie in der Nähe der Kaserne. Ich werde versuchen, ihre Adresse zu finden und ihr eine Nachricht zukommen lassen. Aber ich glaube, viel mehr kann ich nicht tun. Wenn ihr Vater ahnt, daß ich auch nur im entferntesten versuche, mich einzumischen, könnte das die Lage für Victoria nur verschlechtern. Sagen Sie also niemandem, daß Sie hier waren – auch nicht Rachel, wenn Sie ihr zufällig begegnen sollten.«
Mit der Gabel in der Luft sah Moira Louisa nachdenklich an, aber sie ging auf die Bitte ein. Moira schien zu ahnen, daß es besser war, die Sache auf sich beruhen zu lassen, und lobte überschwenglich das ausgezeichnete Essen. Auch Louisa fand, daß es ihr gelungen war. Beinahe zum ersten Mal hatte sie nicht nur etwas Eßbares, sondern etwas Schmackhaftes gekocht, das man mit Genuß essen konnte. Sie fragte sich, ob sie es zu gut meinte, wenn sie für Robert kochte. Als Moira den Teller geleert hatte, bat sie um ein Stück Brot, denn sie wollte auch den letzten Rest der Sauce aufwischen. Louisa servierte anschließend die Zitronencreme und stellte spontan auch noch Obst und Käse auf den Tisch. Robert aß zum Abschluß immer einen Apfel und ein Stück Wesleydale. Moira kannte diesen Käse sicher nicht, aber vielleicht würde er sie richtig satt machen, wenn sie noch Hunger hatte.
Moira hielt eine von Louisas Porzellantassen in der Hand und seufzte zufrieden. »Miss Elliott, das ist das beste Essen gewesen, das ich seit Jahren bekommen habe. Vielen Dank.«
Aus diesen Worten sprach soviel Aufrichtigkeit, daß Louisa wirklich gerührt war. Als Moira beim Abwaschen des Geschirrs noch alles mögliche erzählte, stellte Louisa erleichtert fest, daß der Name Albert Tempest bei ihr kaum noch eine Reaktion auslöste. Es interessierte sie nicht, wie oft er kam und ging, was seinen Zorn erregte, und als Moira immer weiter sprach, wurde ihr bewußt, sie hätte ebensogut über einen Fremden reden können. Erst als Moira jenen letzten Abend in der Blossom-Straße erwähnte, zuckte Louisa innerlich zusammen. Sie überging beinahe unhöflich dieses Thema und erzählte statt dessen von dem Urlaub in Blankney, von den Kindern ihres Vetters und auch, daß Johns Frau bald wieder ein Kind bekommen werde.
Aus irgendeinem Grund erinnerte sich Moira plötzlich an Roberts Be-

such bei Albert Tempest. Sie ahnte nichts von den Zusammenhängen und berichtete auch diesen merkwürdigen Zwischenfall, der etwa nach einer Woche sich ereignete, nachdem Louisa für immer das Haus der Tempests verlassen hatte.
Louisa hörte teilnahmslos zu, bis Moira den anonymen Gast in glühenden Farben beschrieb. Sie lachte laut, um ihre Verlegenheit zu überspielen. »Dieser militärische Gentleman scheint ja einen großen Eindruck hinterlassen zu haben!«
»O ja!« bestätigte Moira und kicherte. »Aber nicht nur auf mich! Er hat Mr. Tempest die Birne weich geschlagen. Ich habe den Knall gehört, als die Tischplatte heruntergefallen ist. Mr. T. hat den ganzen Tag sein Zimmer nicht mehr verlassen, und ich mußte ihm die Suppe hinauftragen – mehr konnte der arme Teufel nicht schlucken!« Sie schüttelte sich vor Lachen. »Sein Gesicht sah vielleicht aus! Die Lippen geschwollen, und ein Zahn fehlte – ich konnte kaum verstehen, was er sagte. Ah – das hat mir so richtig gutgetan! Eine Woche lang ist er im Haus geblieben, sonst hätte nämlich ganz York etwas zu reden gehabt!«
»Das hat er verdient«, sagte Louisa, aber ihre Hände und Knie zitterten. Sie bot Moira den Sessel vor dem Kamin an und setzte sich.
»Da haben Sie recht«, sagte Moira und sah Louisa merkwürdig an. »Eine Art Gerechtigkeit des Himmels könnte man sagen...«, dann fügte sie schmunzelnd hinzu: »Ich wollte, er wäre auch *mein* Schutzengel, das kann ich Ihnen sagen!«
Louisa wurde rot, beugte sich vor und stocherte heftig in der Glut. »Ja, gewiß«, murmelte sie und warf betont einen Blick auf die Uhr. Es ging schon auf neun.
Sie stand auf und holte aus dem Schlafzimmer Moiras fadenscheinige, dünne Jacke und den viel zu auffälligen Hut. Beides war irgendwie charakteristisch für Moira. Schon aus diesem Grund wurde Louisa plötzlich traurig und hatte den Wunsch, Moira hätte etwas Warmes und Vernünftiges anzuziehen.
»Passen Sie gut auf sich auf, Moira – und tun Sie für Victoria alles, was Sie können. Grüßen Sie die Kleine von mir. Aber sie soll Ihnen erst schwören, absolutes Stillschweigen zu bewahren.«
»Das werde ich, Miss. Victoria wird es auch tun, denn sie liebt Sie über alles.«
»Es wird nicht so leicht sein«, sagte Louisa, »aber ich werde versuchen,

etwas für sie zu tun. Vielleicht wird es einige Zeit dauern. Wie auch immer, lassen Sie wieder von sich hören.«
Sie gingen zusammen die Treppe hinunter. Mit Moiras überschwenglichem Dank im Ohr winkte Louisa ihr nach und beobachtete, wie die komische kleine Gestalt in der Dunkelheit der Straße verschwand.

5

Über den rußgeschwärzten Dächern und rauchenden Schornsteinen von Walmgate erhob sich langsam eine schwache Novembersonne am fahlen Himmel. Mit jedem Atemzug erschienen und verschwanden in der trockenen Luft neblige Wolken. Droschkenpferde trotteten klappernd wie unruhige Geister vorüber, die zu einer Séance gerufen werden. Rauhreifkristalle besetzten Gehwege und Kopfsteinpflaster, und in den Rinnsteinen lauerten die während der Nacht auf dem Weg zur Foss gefrorenen Abwässer als spiegelglatte Schwärze.

Edward wich Arbeitern und Fuhrwerken aus und hastete in die Fossgate, ohne auf das tückische Eis am Boden zu achten. Seine Gedanken beschäftigten sich mit anderen Gefahren.

Am Eingang der Druckerei erwartete ihn der Botenjunge und sah stumm mit vorwurfsvollen Blicken zu, wie Edward die Tür aufschloß. Edward eilte durch die zugigen Arbeitsräume am Bücherlager und an der Setzerei vorbei, kämpfte mit Riegeln und Vorhängeschlössern und öffnete schließlich – ganze zehn Minuten später als üblich – auch allen anderen Angestellten von Albert Tempest die Türen. Stampfend und unter nachdrücklichem Reiben und Blasen der kalten Hände drängten sich die Männer herein. Ein oder zwei machten halb im Scherz bissige Bemerkungen über sein Zuspätkommen. Aber Edward war nicht in der Stimmung, auf Späße zu reagieren, und überhörte sie. Er betrat sein winziges Büro, legte Mantel und Hut ab, zog einen braunen Kittel über und setzte sich, um das Auftragsbuch zu kontrollieren. Er rieb sich die Augen und versuchte, alle persönlichen Gedanken beiseite zu schieben, denn er wollte sich auf den beginnenden Arbeitstag konzentrieren. Aber die Probleme tauchten wieder wie tanzende schwarze Punkte vor ihm auf. Seit Sonntag hatte er nicht mehr richtig geschlafen. Der Schock dieses Tages überlagerte die Verdrehungen und Verrenkungen seiner Tante, mit denen sie die Situation einkreisen und in den Griff bekommen wollte.

Mary Elliott hatte die Schleier des Kummers und des Entsetzens so energisch abgeworfen wie ein Machiavelli, der plötzlich wieder aus der Versenkung auftaucht, und verteidigte ihre älteste Tochter und mit ihr den Mann, der ihr Geliebter war. Edward staunte und war fassungslos über die Geschwindigkeit, mit der sie sich offenbar von dem Schlag erholte. Während er noch innerlich unter den Folgen zusammenzubrechen drohte, hörte er verwundert, wie sie ihm gegenüber Wort für Wort die Anweisungen wiederholte, die sie Bessie und Blanche und gestern auch Emily gegeben hatte. Nur die Protagonisten der Tragödie mußten noch informiert werden. Und das sollte am nächsten Sonntag geschehen. Sie hatte Louisa bereits schriftlich zum Essen eingeladen. Bessies Einspruch hatte sie energisch zur Seite geschoben, und als Edward nachdrücklich erklärte, er werde ein derart unmoralisches Verhalten nicht billigen, indem er sich mit Louisas Geliebten an einen Tisch setze, reagierte sie mit einem eisigen Blick. »Du schluckst deine Empörung mit dem Fleisch hinunter«, erklärte sie, »und denkst dabei an deine Herkunft.«

Damit hatte sie ihn wirkungsvoll zum Schweigen gebracht, und er nickte nur stumm, als sie sich in aller Form entschuldigte und meinte, er bedürfe doch am allerwenigsten dieser Erinnerung. Später fiel ihm natürlich all das ein, was er hätte sagen sollen: Man müsse *Louisa* an ihre Herkunft erinnern und an das Unglück, das durch die Unehelichkeit heraufbeschworen worden war. Louisa hatte keine Freunde – und das traf auf sie alle zu. Das Stigma war nicht mit der Kindheit zu Ende. Die Opfer einer solchen illegitimen Beziehung mußten ein Leben lang versuchen, den moralischen Makel zu verbergen, der an ihnen haftete. Und so wurden Verschwiegenheit und Mißtrauen zu einer zweiten Natur, Lügen und Halbwahrheiten die einzigen Mittel, um zu überleben.

Je länger Edward über Louisas Lage nachdachte, desto weniger verstand er seine Cousine. Liebe? Ja, er konnte sich an die Freude der Liebe erinnern, an das beinahe unglaubliche Wunder der Erkenntnis, geliebt zu werden. Aber er hatte auch nicht die geistigen und körperlichen Qualen vergessen, die folgten, als das »Wunder« wie eine Seifenblase platzte. Er zweifelte nicht daran, daß auch Louisa etwas Ähnliches wie er bereits erlebt hatte. Warum also hatte sie dann die Waffen gestreckt? War ihr Sinn für Moral so schwach entwickelt? Sollte das der Fall sein – woran er nicht glaubte –, dann verlangten ihre Erfahrungen von ihr, alles Erdenkliche auf sich zu nehmen, um ihren Kindern ein ähnliches Los zu ersparen! Louisa konnte doch nicht in aller Naivität glauben, sich dieser schicksalhaften Verantwortung entziehen zu können! Wie war sie Robert Duncannon in die Hände gefallen? Und wann war das geschehen?

Das Wie und Warum entzog sich ihm völlig. Allmählich sah er jedoch in der Bindung an den Hauptmann eine Art Verwirrung, die dieser Mann genährt und verstärkt hatte. Früher hatte es für Louisa nur die Vernunft gegeben, jetzt schien sie plötzlich für alles blind zu sein. Edward glaubte, die Veränderung in ihr stehe im Zusammenhang mit der Kündigung der Stelle in der Blossom-Straße. Dieses Ereignis war weit mehr gewesen, als man eingestanden hatte. Es schien nur logisch, zu vermuten, daß Robert Duncannon in die Sache verwickelt war. Louisa hatte ihn getroffen, während Rachel Tempest ihre Liebesaffäre mit dem jungen Bainbridge verfolgte. Kein Wunder, daß der alte Tempest so wütend gewesen war. In diesem Fall wurde plötzlich verständlich, warum Albert Tempest Anspielungen auf Louisas und seine Herkunft gemacht hatte. Ebenso verständlich war dann auch, weshalb Louisa seine Worte nicht wiederholen wollte.

Nachdem Edward auf diese Weise Louisa die Schuld gegeben hatte, sah er seinen Brotherrn wieder mit etwas freundlicheren Augen. Er entwickelte ein gewisses Mitgefühl für Albert Tempests Probleme, und es erschien ihm plötzlich auch nicht mehr so wichtig, sich eine andere Stelle zu suchen. Edward nahm sich vor, die Atmosphäre so weit wie möglich zu bereinigen, und richtete seine Aufmerksamkeit wieder auf die Aufträge – zumindest der Arbeitstag lag jetzt klarer vor ihm.

Am Abend versuchte er noch einmal, die Dinge mit seiner Tante ins reine zu bringen. Während Bessie sich im Eßzimmer um die Gäste kümmerte, beendete er die Mahlzeit am Küchentisch und brachte das Gespräch wieder auf Louisa.

»Möchtest du mir denn nicht wenigstens sagen, welche Haltung du einnehmen wirst? Du kannst doch diese Situation nicht einfach billigen? Man muß versuchen, Louisa zur Rückkehr zu bewegen, ehe die Dinge völlig entgleiten.«

»Entgleiten, Edward? Meiner Meinung nach sind sie bereits entglitten. Oder glaubst du, Louisa spielt sich und uns nur etwas vor?«
Vor Verlegenheit und Ärger röteten sich seine Wangen. Edward bemühte sich darum, die Stimme unter Kontrolle zu behalten. »Du weißt schon, was ich damit meine«, brummte er mißmutig.
»Natürlich, aber vielleicht ist es für Tränen bereits zu spät. Wenn nicht, dann kommt es auf ein paar Tage auch nicht an. Solche Dinge muß man richtig anpacken. Weinen und Klagen hilft wenig. Wir müssen ruhig und stark sein. Vor allem müssen wir wie immer zusammenhalten – ganz gleich, was geschieht.«
»Das ist alles schön und gut«, wehrte Edward ab, »aber du hast noch nicht mit ihr gesprochen. Du weißt nicht, womit du es zu tun hast.«
»Ach ja? Wie auch immer, ich werde sie heute abend besuchen.«
Edwards Stirn glättete sich ein wenig. Er zog nachdenklich an seinem Bart – das hatte er sich angewöhnt, um seine Nervosität abzureagieren. »Ach ...« Nach kurzem Schweigen fragte er: »Willst du versuchen, ihr die Augen zu öffnen?«
Mary Elliott räumte gereizt Teller und Besteck vom Tisch und stellte das Geschirr klirrend in das Spülbecken. »Ich werde mein Möglichstes versuchen.«
»Und am Sonntag ...«, fuhr er zögernd fort, »glaubst du, es ist richtig, wenn du mit ihm sprichst? Ich meine, ist das nicht schwierig für dich? Vielleicht wäre es einfacher, wenn ich mit ihm rede – ich meine, von Mann zu Mann.«
Sie sah ihn lange und durchdringend an. Dann seufzte sie. »Du hattest deine Chance, Edward. Und was hast du erreicht?«
»Nicht viel«, räumte er ein, »aber Louisa war dabei, und ich war wie vor den Kopf geschlagen und konnte nicht klar denken.«
»Richtig. Deshalb habe ich bisher nichts getan. Weißt du, ich bin nicht von gestern – ich bin sehr wohl in der Lage, mit dem Hauptmann zu reden. Vergiß nicht«, fügte sie etwas freundlicher hinzu, »ich habe ihn gepflegt, als er so krank war, daß er nicht mehr wußte, wo er sich befand, ganz zu schweigen davon, *wer* er ist. Ich habe ihm das Essen eingeflößt und ihn gewaschen. Ich habe ihn so nackt gesehen, wie er an dem Tag war, als er geboren wurde. Er unterscheidet sich nicht von anderen Männern – er hat keine Hörner und ist ebensowenig ein Teufel wie du.«

»Ich habe nicht ...«, widersprach Edward.
»O ja! Du glaubst, er hat sie verzaubert und hält sie gegen ihren Willen fest. Du irrst dich! Es geht mehr und weniger um die Gefühle, mit denen der liebe Gott uns alle gesegnet und verflucht hat.«
»Du meinst mit unserer niederen Natur!«
Mary Elliott schob den Einwand ihres Neffen mit einer energischen Geste beiseite. »Nenne es, wie du willst. Darüber streite ich nicht mit dir. Es ist ein Päckchen, das uns *allen* aufgebürdet ist, mögen wir es nun zugeben oder nicht.«
Getroffen schob Edward den Stuhl zurück und wollte gehen. Aber noch ehe er die Tür erreicht hatte, rief seine Tante ihn zurück. »Bist du so vollkommen«, fragte sie, »daß du den ersten Stein werfen kannst?«
Dieser Pfeil saß, wie sie sehr wohl wußte. Langsam kehrte er zum Tisch zurück, stützte sich mit dem ganzen Gewicht auf die Stuhllehne und entschuldigte sich. »Ich werfe keine Steine«, sagte er ruhig, »ich möchte sie nicht verurteilen. Aber ich verstehe es einfach nicht. Ich verstehe es *nicht*«, wiederholte er. »Ich weiß, sie liebt ihn. Aber dadurch wird die Sache nicht richtig.« Der Kummer fraß an ihm, er drehte sich heftig um und lief vor dem Herd auf und ab. Dann blieb er stehen und blickte starr in die Kohlenglut. »Du kannst mir glauben, ich mache mir nicht nur Sorgen um ihre Seele.«
Mary Elliott seufzte ergeben und setzte sich. »Ich weiß. Tut mir leid, Edward.« Bessie erschien und holte das Dessert für die Gäste. Als sie wieder in die Küche kam, stand Mary Elliott auf und sagte: »Ich gehe jetzt und kämme mir die Haare.«
»Soll ich dich begleiten?« fragte Edward. »Ich werde nicht bleiben, aber ich kann dich später wieder abholen.« Sie schüttelte den Kopf, aber er ließ nicht locker. »Ich muß mir die Beine vertreten.«

Warm angezogen und von einem dicken Mantel vor dem kalten Wind geschützt, der die dunkle Gillygate-Straße hinunterfegte, stützte sich Mary Elliott auf den Arm ihres Neffen. Unter dem Mantel hielt sie einen Korb mit frischgebackenem Brot und Brötchen. Braune, brüchige, abgefallene Blätter flogen an ihnen vorbei und fingen sich raschelnd in Hauseingängen. Der Wind brachte den scharfen Geruch des Winters mit, den Geruch der gepflügten Felder unter dem wolkenlosen Himmel vor der Stadt. Die nächste heftige Böe trieb ihnen den

Gestank von Schwefel und Ruß in die Nase. Später erinnerte sich Edward immer an diesen Abend, der sich für ihn mit Wind, fallenden Blättern und verrußten Schornsteinen verband.

Vielleicht rief der Geruch des weiten Landes in Mary Elliott andere Erinnerungen wach, denn sie sagte plötzlich: »Weißt du, als deine Mutter und ich noch Mädchen waren, wurde nie viel von Sünde geredet. Alle hatten viel zuviel zu tun. Natürlich sind wir sonntags in die Kirche gegangen. Aber die Predigt des Pfarrers bot Vater immer eine gute Gelegenheit zu einem ungestörten Nickerchen. Ich kann mich nicht daran erinnern, daß damals jemand mit dem Finger auf junge Frauen wies, die ein uneheliches Kind hatten. Wenn überhaupt, dann wurde der Vater zur Rechenschaft gezogen. Und wenn er die Frau nicht heiraten wollte, dann mußte er zahlen. Das war nur recht und billig. Eine kurze Aufregung – mehr nicht. Da gab es kein Gezeter, Palaver und diese schreckliche Geheimnistuerei. Das war auch nicht nötig – alle wußten ohnehin Bescheid. Nun ja«, sagte sie nachdenklich, »ich werde alt. Auch damals und sogar auf dem Land änderten sich die Zeiten. Neue Pfarrer, neue Ansichten – die Hölle und die ewige Verdammnis drohten, wenn Vater samstags zu tief ins Glas schaute. Und den Armen blieb nur Gottes Erbarmen, denn sonst konnte ihnen niemand mehr helfen.«

Edward hörte aufmerksam zu, denn er spürte, daß diese Gedanken nur zusammenfaßten, was seine Tante in den letzten Tagen bewegt haben mußte. In all den vielen Jahren, in denen er unter ihrem Dach lebte, hatte sie noch nie so freimütig und offen über die Vergangenheit gesprochen. Ein Teil in ihm reagierte leicht schockiert, denn er war das Produkt einer anderen Zeit mit einer sehr viel strengeren Moral. Aber er begriff, daß dies eines der Geheimnisse ihrer Weltanschauung war. Vermutlich war es deshalb soviel einfacher, mit ihr zusammenzuleben als mit seiner Mutter. Seine Tante kannte keine Bitterkeit. Sie hatte ihr Leben im Einklang mit ihren Erkenntnissen gelebt und die Folgen mit kaum mehr als einem Schulterzucken auf sich genommen. Ihre Ansichten stammten aus einer Zeit vor seiner Geburt und von einem Ort, mit dem sich einige der glücklichsten Erinnerungen an seine Kindheit verbanden. Mit einem noch größeren Erschrecken begriff er plötzlich, daß Freunde und Verwandte in Lincolnshire wußten und schon immer gewußt hatten, daß er Elizabeths Sohn war; niemand hatte sich je nach dem Vater erkundigt. Wenn es in Metheringham keine Geheimnisse

gab, wie seine Tante behauptete, dann wußte man vielleicht dort, wer sein Vater war.
Edward überlegte sich seine Antwort sorgfältig, denn er fürchtete, seine Sehnsucht, die Wahrheit zu erfahren, würde die Tante vorsichtig machen. Deshalb sagte er so beiläufig wie möglich: »Wenn man dir zuhört, Tante, dann klingt das Leben auf dem Land sehr erstrebenswert. Vielleicht sollten wir Louisa überreden, nach Lincolnshire zu gehen. Warum eigentlich nicht?« überlegte er laut, »unter diesen Umständen wäre es eine gute Idee. Ich kann mir einfach nicht vorstellen, warum meine Mutter damals unbedingt weggezogen ist. Weißt du eigentlich warum? Natürlich weißt du es, und ich würde mich freuen, die Wahrheit zu erfahren. Meine Mutter ist jetzt tot – es kann doch nicht mehr wichtig sein.«
Unter der zuckenden Straßenlaterne hob Mary Elliott den Kopf und sah ihn an. Sie wußte, sie hatte einen Fehler gemacht, aber Lügen schienen einfach lächerlich, und die ewigen Ausreden hatte sie satt. Seufzend antwortete sie: »Deine Mutter hat Metheringham verlassen, weil sie schwanger war und weil die Familie deines Vaters sie dazu gezwungen hat. Sie hat mir das Versprechen abgenommen, es dir nie zu sagen, denn sie fürchtete, du würdest zurückkehren . . ., sie wollte nicht, daß du den Kontakt wieder aufnimmst. Das war für sie von allergrößter Bedeutung.«
»Warum?«
Mary Elliott seufzte noch einmal. Die Gründe schienen veraltet, abgedroschen und trivial im Vergleich zu ihren derzeitigen Ängsten. »Oh, es hat etwas mit einem Dokument zu tun. Ich vermute, die Familie fürchtete den Skandal, und deshalb mußte sie schwören, den Namen deines Vaters nie zu offenbaren. Als Gegenleistung und unter der Bedingung, daß sie die Gegend verließ, erhielt sie eine Geldsumme und eine kleine Leibrente für deine Erziehung. Elizabeth hatte Glück«, fügte Mary trocken hinzu, »die Familie war nicht kleinlich.«
Von Widerwillen gepackt blieb Edward wie angewurzelt stehen. »Willst du damit sagen, man hat sie ausbezahlt?« fragte er und wunderte sich im nächsten Moment bereits, weshalb ihn das so überrascht hatte.
»Ach, sei doch erwachsen, Edward! Ihr blieb damals keine Wahl. Hätte sie das Angebot abgelehnt und wäre in Metheringham geblieben, was hätte das wohl bedeutet? Na denk nach – denk gut nach! Versuch dir

vorzustellen, wie unser Leben damals wohl ausgesehen hätte. Unsere Eltern waren arm und wurden alt. Zwanzig Jahre lang hatten sie wie die Sklaven geschuftet – und wofür? Sie versuchten, die Schulden des alten Tom Elliott zu bezahlen – einen Shilling hier, eine Guinea da. Und sie haben alles getan, um ihren Kindern einen anständigen Einstieg ins Leben zu verschaffen. Damals war Elizabeth einunddreißig und trotz der vielen Heiratsanträge noch nicht verheiratet! Und eines Tages kommt sie nach Hause und erklärt, sie sei schwanger!«

Mary Elliott schnaubte angewidert und ging weiter. Sie achtete nicht darauf, ob Edward ihr folgte oder nicht. Elizabeth! dachte sie bitter und erinnerte sich an ihre Schwester damals – eine hübsche, kluge und eitle junge Frau. Sie war auch stolz und beschwor immer wieder die vergangene Zeit, in der ihr Vater und der Großvater begüterte Männer gewesen waren und sie als einzige Tochter der Augapfel ihres Vaters war. Mary kam nach dem Sturz der Familie zur Welt. Sie konnte sich nur an die vornehme Armut in dem kleinen Haus erinnern, wo an feuchten Wänden die wenigen verbliebenen schönen Möbelstücke vermoderten. Die vor der Versteigerung geretteten Bücher ihres Vaters hatten vom vielen Blättern Eselsohren und waren für die jungen Köpfe schwierig zu verstehen. Aber sie wurden immer und immer wieder gelesen. Jahr um Jahr änderte und besserte die Mutter ihre Kleider aus, bis der früher gute Stoff so fadenscheinig war, daß man sie kaum noch als Lumpen benutzen konnte. Für Mary gehörte das zum Alltag, denn etwas anderes hatte sie nie kennengelernt. Aber für ihre Schwester waren es tägliche Demütigungen und Anklagen, denen sie unter allen Umständen aus dem Weg gehen wollte.

Elizabeth mit ihrem affektierten Wesen und der Leidenschaft für schöne Kleider eignete sich gut als die Zofe einer Dame, dachte Mary, und wünschte, ihre Schwester hätte genug Vernunft besessen und die Torheit eingesehen, nach Höherem zu streben. Aber als sie schwanger war und die drohende Armut über ihr hing, hatte die Wirklichkeit ihr den Kopf zurechtgerückt. Es half nichts, das Schicksal anzuklagen, zu schwören, der Mann habe ihr die Ehe versprochen, und die Familie zu verfluchen, deren Namen sie angestrebt hatte. Die alte Baronin saß am längeren Hebel und wußte es. Auch die Elliotts konnten sich dem nicht verschließen.

Zumindest die Eltern hatten sich als Realisten erwiesen, auch wenn sie, bestürzt und hilflos wie sie waren, das Geschick ihrer Tochter nicht ändern konnten. Sie wußten aus Erfahrung, daß ohne Geld wenig erreicht werden konnte. Man bot ihrer älteren Tochter genug, um ihr eine gesicherte Zukunft zu ermöglichen. Man rief Mary aus Lincoln zurück, und mit ihrer Hilfe gelang es schließlich, Elizabeth zur Vernunft zu bringen. Sie beide einigten sich schließlich auf die praktischen Dinge. Die Elliotts hatten in Yorkshire in der Nähe von Darlington Verwandte. Dort konnte sie bis zur Geburt des Kindes bleiben. Später sollte sich Elizabeth mit Hilfe der großzügig bemessenen Geldsumme eine Art Geschäft aufbauen. Elizabeth willigte schließlich ein. Aber sie gab nur unter der Bedingung nach, daß auch Mary ein Opfer brachte. Sie erklärte, sie werde Metheringham nur verlassen, wenn Mary sie begleitete.

Damals hatte Mary das nicht wirklich bedauert, aber später verletzte sie Elizabeths unverhüllte Empörung über Marys Probleme zutiefst. Leider hatte Elizabeth nie wirklich die Last eines eigenen Kindes auf sich nehmen wollen. Sie war damit zufrieden, daß die älteren Verwandten in Darlington ihren Sohn großzogen, und konnte Marys Liebe zu ihren zwei Töchtern einfach nicht nachvollziehen oder das Bedürfnis verstehen, sie von Geburt an bei sich zu haben. Durch dieses Bedürfnis kam der Klatsch auf; die mütterliche Liebe führte schließlich zum Ende ihrer Partnerschaft. Und das bedeutete das Ende der Freundschaft und das Ende der schwesterlichen Zuneigung. Ein zorniges, leises Schluchzen entrang sich ihrer Brust, während sie die Straße entlang eilte. Plötzlich bemerkte sie wieder Edward an ihrer Seite, der besorgt nach ihrem Arm griff.

Er zwang sie, die wütenden Schritte zu verlangsamen. Als sie schließlich ihre Selbstbeherrschung wiederfand und die drohenden Tränen zurückdrängte, konnte sie auch wieder relativ ruhig sprechen. Leise berichtete sie von den Umständen seiner Geburt und überging geflissentlich die weniger erfreulichen Charakterzüge seiner Mutter.

»Ich denke, sie hat ihn geliebt – sie hatte viele Heiratsanträge und alle Verehrer abgelehnt. Aber wie so viele andere, mein Lieber, verschwand er von der Bildfläche, als man ihn am meisten brauchte. Das war tragisch, denn sie hat es nie überwunden. Aber sie landete wenigstens nicht auf der Straße wie zahllose andere in ihrer Lage. Ich weiß nicht«, sagte sie seufzend, »die Männer haben das Vergnügen, und wir bezahlen den Preis. Eine ungerechte Welt! Wie immer auch die Absichten deines Vaters gewesen sein mögen, er konnte sie vor seiner Familie nicht gut vertreten. Das habe ich auch Louisa versucht zu sagen – aber da wußte ich noch nicht, daß der Hauptmann verheiratet ist.«

»Du scheinst mir alles erzählt zu haben«, sagte Edward, »nur nicht, wer mein Vater ist.«

»Das habe ich dir nicht gesagt, weil ich es nicht weiß. Gewiß, ich kann dir den Namen der Familie nennen – dein Großvater ging mit der Blankneymeute auf die Jagd, als ich noch ein Mädchen war. Ich habe ihn oft gesehen, und du siehst ihm ähnlich. Aber verstehst du, mein Lieber, sie hatten drei Söhne und eine Tochter, alle etwa im gleichen Alter, und keiner hat geheiratet. Deine Mutter mag Fehler gehabt haben, Edward, aber das kann ich bezeugen, sie hat sich an den Eid gehalten und nie wieder seinen Namen ausgesprochen.«

Edward sah sie ärgerlich an. »Ist das wieder eine Lüge? Wieder eine Ausrede, um mir die Wahrheit vorzuenthalten?«

Mary Elliott wich seinem bohrenden Blick nicht aus. »Ich habe dich nie belogen. Du hast mich gefragt, wer dein Vater ist. Ich wußte es damals nicht und weiß es auch jetzt nicht. Das ist die reine Wahrheit.«

Edward brachte sie bis zu dem Haus, in dem Louisa wohnte, und ging dann in Richtung Stadt zurück. Er mußte unbedingt laufen. Der trübe, stürmische Abend und die menschenleeren Straßen der Stadt schenkten ihm einen gewissen Trost. In einigen kleinen Läden brannte immer noch Licht, aber ihm begegneten nur wenige Menschen, und sie beachteten ihn kaum.

Blind für seine Umgebung lief er zweimal über den Fluß, erreichte, ohne es richtig gewahr zu werden, die Fossgate-Straße und stand vor der Tempest-Druckerei. Wie ein Schlafwandler, der plötzlich erwacht, starrte er auf das Haus und fragte sich, warum und wie er hierher gekommen war. Er blinzelte, und von plötzlichem irrationalem Zorn gepackt, drehte er sich um und ging davon. Nur wenige Schritte entfernt, blickte ihn aus einem zurückliegenden Hauseingang ein geschminktes Gesicht verführerisch an. Ohne den Kopf zu wenden, übersah Edward die Frau und wollte an ihr vorbei, aber die Prostituierte griff nach seinem Arm, und mit einer obszönen Geste nannte sie ihren Preis. In einer Art Reflex riß er sich los, packte die Frau und preßte sie gegen eine Schaufensterscheibe. Als ihre schreckgeweiteten Augen ihn anstarrten, spürte er mehr, als es zu hören, wie die Scheibe knackte. Er zog die Frau an sich, und die beiden standen wie ein Liebespaar umschlungen.

Das billige Parfum in Verbindung mit dem Geruch des ungewaschenen Körpers stieg ihm ekelerregend in die Nase. Als sie den Mund öffnete, um zu schreien, ließ er sie los und stieß sie von sich. »Geh nach Hause!« zischte er, »zu deinen Kindern, wenn du welche hast!«

Mit ihren Flüchen im Rücken lief er weiter, verließ die Schatten der Halbwelt und erreichte breitere und hellere Straßen. Vor ihm hob sich blaß der beleuchtete Turm der Allerheiligenkirche vor dem nächtlichen Himmel ab. Spontan suchte er dort Zuflucht.

Zitternd und bebend sank er im Schatten des Marienaltars auf die Knie. Seine Gedanken überschlugen sich, während er die Szene in der Fossgate-Straße immer wieder überdachte. Schließlich zweifelte er nicht mehr daran, daß er in seinem Zorn die Frau beinahe umgebracht hatte. Sein unkontrolliertes Handeln entsetzte ihn. Nicht zum ersten Mal hatte ihn eine Prostituierte angesprochen. Huren gehörten bedauerlicherweise ebenso zum Leben wie Armut, und es gab sie überall. Meist schenkte er ihnen keine Beachtung, nur wenn ihn eine alte und notleidende Frau bedrängte, gab er ihr ein paar Silbermünzen.

Vor dem Altar brannten Kerzen. Die winzigen Flämmchen leuchteten als Symbole eines größeren Lichts in der Dunkelheit, als Symbole der Hoffnung, des Friedens und der Liebe in einer harten und gefühllosen Welt. Trotz der eigenartigen Frömmigkeit seiner Mutter hatte Edward das nie vergessen, obwohl sein Glaube manchmal allergrößten Belastungen ausgesetzt war und ihn zu verlassen drohte. Sein Gesicht glühte vor Scham, als er sich die Macht der Enttäuschung eingestand, den verführerischen Sog der Dunkelheit und der Verzweiflung, die Mühelosigkeit, mit der sogar ein vernünftiger, intelligenter Mann zu brutaler Gewalt greifen konnte ...

Doch am meisten beschäftigte ihn der abgrundtiefe Verrat – der Verrat seiner Mutter, die ihm nie vertraut hatte, und Louisas Verrat, die alles zurückwies, wofür er, Edward, stand. Sein ganzes Leben hatte er an Anstand, Freundlichkeit, Liebenswürdigkeit und moralische Gebote auf der Grundlage des Christentums geglaubt. Er war kein Heiliger. Er lehnte Fanatismus ab und verabscheute die verlogene Scheinheiligkeit, die überall so beklagenswert praktiziert wurde. In dem Versuch zu verstehen, ohne zu verurteilen, hatte er sich bemüht, diese Ansichten seinen drei Cousinen zu vermitteln. Bei Blanche war das verlorene Liebesmüh gewesen. Emily ließ sich leichter beeinflussen, drehte ihr Fähnchen allerdings schnell nach dem Wind. Nur Louisa war stark und in sich gefestigt. Er hatte auf eine tiefe und dauerhafte Beziehung zu ihr gehofft. Er hatte ihr vertraut, an sie geglaubt, sich auf sie verlassen, und vor allem: Er hatte sie für das *geliebt*, was er in ihr sah. Jetzt glaubte er, sie überhaupt nicht mehr zu kennen.

Er erinnerte sich an ihr Gesicht an jenem Sonntag und daran, wie sie geweint hatte, als sie ihn umarmte. Edward wußte trotz der später zur Schau getragenen Tapferkeit, daß ihr die Entscheidung für Duncannon nicht leichtgefallen war. Louisa liebte ihn noch immer. Sie liebte Robert Duncannon eben mehr.

Aber warum gerade *ihn*? fragte sich Edward zornig. Duncannon war verheiratet und konnte nichts bieten. Dieser verheiratete Mann würde sie verstoßen, sobald er genug von ihr hatte. Louisa war gut, intelligent und liebenswert. Sie war auch bezaubernd und charmant. Sie hätte *jeden* Mann haben können. Warum nur hatte sie *ihn* gewählt? Wie konnte sie so blind sein und diese Dummheit begehen?

Edward wollte beten, aber es gelang ihm nicht. Selbst der Allmächtige, der diese Katastrophe hätte verhindern können, schien über ihn zu lachen, und ER schien ihm seinen Glauben höhnisch vor die Füße zu werfen.

Erschöpft und benommen stand er auf; nur ein Gedanke vermochte ihn zu trösten: Er hatte einen Namen! Inmitten all dieser Wirren bekam er die Antwort auf seine lebenslange Frage. Und er war entschlossen, der Wahrheit mit seinem ganzen Geschick und Können auf den Grund zu gehen. Mochte es ein Hornissennest sein oder nicht – für Edward war das nicht wichtig. Seine Mutter war tot. Ihre Ängste und ihre Bitterkeit waren mit ihr begraben. Er würde die Wahrheit herausfinden – koste es, was es wolle.

6

Trotz der Ehrlichkeit des langen Gesprächs mit ihrer Mutter, in der sie zum ersten Mal als Gleichgestellte miteinander gesprochen hatten, war Louisa nervös, als sie die Gillygate-Straße entlangging. Sie hatte Edward nach dem denkwürdigen Sonntag nicht mehr gesehen, und auch die Beteuerungen ihrer Mutter konnten die Erinnerung an das Gesicht nicht auslöschen, mit dem er die Wohnung verlassen hatte. Bessie hatte sie überhaupt noch nicht wieder zu Gesicht bekommen. Sie kannte ihre vehemente Fürsorglichkeit und machte sich deshalb auf das Schlimmste gefaßt. In angstvoller Vorahnung holte Louisa tief Luft und ging langsamer. Sie versuchte, den Anschein zu erwecken, sie besuche ihre Familie wie immer an jedem Sonntag und könne der Welt sorglos in die Augen sehen.

Die lange gerade Straße schien länger als sonst und der böige Wind, der an ihrem Mantel zerrte, noch kälter. In der hin und wieder zwischen den Wolken auftauchenden Sonne liefen Kinder nach Hause und wirbelten dabei mutwillig die staubigen Blätter in die Luft. Junge sonntäglich gekleidete Männer begleiteten befangen junge Frauen auf dem Heimweg von der Kirche. Louisa war plötzlich froh darüber, allein zu sein, obwohl es sehr viel ruhiger war als an einem Wochentag. Die Läden waren geschlossen, und keine beladenen Fuhrwerke rollten schwerfällig auf der Straße entlang. Ein Nachbar, der in seinem Sonntagsstaat fremd wirkte, grüßte sie und zog den Hut. Ein paar Häuser weiter lächelte ein kleines Mädchen ihr scheu zu und nickte grüßend, als sie vorüberging. An diesem ach so besonderen Tag wäre Robert an ihrer Seite ein großer Trost gewesen, aber in letzter Minute hatten sie sich darauf geeinigt, dem Anstand zuliebe darauf zu verzichten. Sie wählte den direkten Weg, während er beschloß, über Monk Bar und durch die Lord-Mayor-Allee durch die Stadt zu gehen. So würde er das Haus ihrer Mutter aus der anderen Richtung als bei seinen bisherigen Besuchen in den vergangenen Monaten erreichen. Robert hatte sich vor Louisa auf den Weg gemacht, aber als die Pension in Sicht kam, ging Louisa noch langsamer, denn sie wollte nicht allein eintreffen.

Wie eine Fremde, die nicht weiß, ob sie willkommen ist, läutete Louisa. Nervös musterte sie den Hauseingang mit den kunstvoll zu Säulen geschnitzten Holzbalken, als sehe sie ihn zum ersten Mal. Die Lünette darüber blitzte spiegelblank. Louisa konnte in der spiegelglatten grünen Farbe beinahe ihr Gesicht sehen. Bessie muß bis tief in die Nacht gearbeitet haben, dachte sie, als sie die gescheuerten Stufen bemerkte, oder sie ist besonders früh aufgestanden, damit niemand gesehen hat, daß sie an einem Sonntag arbeitet ...

Louisa blickte noch einmal angespannt die Straße hinunter, aber von Robert war weit und breit nichts zu sehen. Der Bauernhof und die Gebäude an der Ecke der Lord-Mayor-Allee ruhten in verschlafener Sonntagsstille. Die Ulmen und Kastanien dahinter verliehen der sonst so geschäftigen Straßenecke den täuschenden Anschein ländlichen Friedens. Als Kind gehörte es zu ihren Aufgaben, dort jeden Morgen die Milch zu holen. Louisa freute sich immer auf den Anblick der zufrieden kauenden Kühe in den Ställen. Die Mägde lehnten beim Melken die Köpfe gegen die Seiten der Tiere. Noch schöner fand sie die saubere Meierei, den angenehmen Geruch nach Butter und Käse, den geputzten Steinboden und die glänzenden braunen Kacheln. Louisa erinnerte sich an die Bauersfrau mit den unglaublich dicken Armen und der gestärkten weißen Haube. Louisa lächelte und dachte: Schöpft sie immer noch mit der Kelle Milch und schenkt den Kindern ein Stückchen Käse ...?

Die Tür wurde plötzlich geöffnet. Vor ihr stand Bessie so steif und förmlich wie eine Wache. Die Augen unter den zusammengezogenen Brauen durchbohrten sie.

Louisa seufzte. »Tut mir leid, Bessie ...«, sagte sie zögernd.

»Schon gut«, unterbrach sie die alte Frau hastig, »gewiß wird Ihnen bald noch mehr leid tun. Sie wissen ja, Sie haben *noch* nicht alle Brote im Ofen«, fügte sie bissig hinzu.

Louisa hob trotzig das Kinn und ging an Bessie vorbei. »Er ist übrigens bereits da.« Sie nickte in Richtung Wohnzimmer und ließ Louisa allein durch den Flur gehen.

»Mußt du immer alle überraschen?« fragte sie Robert, als er sich erhob,

um sie zu begrüßen. Aber er sah den Kummer unter ihrem Lächeln und wußte, daß Bessie sie abweisend empfangen hatte.
»Das strategisch günstige Überraschungselement«, erwiderte er und bezog Mary Elliott in sein entwaffnendes Lachen ein. »Offen gestanden, ich habe gemogelt und mir am Exhibition-Platz eine Droschke genommen und den Kutscher gebeten, mich direkt am Monk-Bar-Stadttor abzusetzen. Das war einfach lächerlich, denn er drehte um und fuhr durch die Gillygate-Straße und die Mayor-Allee – also mußte ich wieder zurücklaufen! Aber das war nicht weiter schlimm, denn ich fand es schön, den Stadtgraben entlangzugehen.«
Louisa schüttelte lächelnd den Kopf. »Mama, ich finde, er ist ziemlich unberechenbar und unverbesserlich.«
Ihre Mutter nickte. »Das sehe ich«, bestätigte sie ruhig. Dann unterbrach sie das verlegene Schweigen und sagte: »Für Bessie möchte ich mich entschuldigen. Sie ist leider alt, und das alles war ein entsetzlicher Schock für sie.«
Robert hob den Kopf und überraschte sie durch seinen teilnahmsvollen Blick. »Ich dachte«, sagte er langsam, »es sei für *Sie* ein noch größerer Schock gewesen, Mrs. Elliott.«
»Nun ja, Herr Hauptmann«, murmelte sie mit einer wegwerfenden Geste, »ich bin sicher, Ihnen ist bewußt, daß ich nicht völlig weltfern bin. Louisa ist meine Tochter. Glauben Sie wirklich, ich würde meine Tochter im Stich lassen?«
»Das ist es nicht. Ich wollte nur sagen –«
»Bessie ist die Wirtschafterin, aber sie ist inzwischen beinahe dreißig Jahre bei uns. Ich billige ihre Haltung im Augenblick nicht, aber ich verstehe sie. Bestimmt wird sie sich mit der Zeit an den Gedanken gewöhnen. Bis dahin hoffe ich, daß Sie Geduld mit ihr haben.«
Robert hatte das Gefühl, Mary Elliott habe diese kleine Rede in letzter Zeit nicht zum ersten Mal gehalten. Völlig zerknirscht sah er die ältere Frau bittend an. »Ich glaube, ich sollte mich entschuldigen«, sagte er verlegen, »aber das würde Louisa herabsetzen. Ich bedaure jedoch aufrichtig den Schmerz, den wir Ihnen verursacht haben ...«
Mary Elliott legte ihre kleine Hand auf seine. »Lassen Sie uns später darüber reden. Edward kann jeden Augenblick hereinkommen, und ich glaube, Bessie braucht mich in der Küche.«
Robert fürchtete die Begegnung mit ihrem Vetter genauso wie Louisa.

Trotz ihrer Beteuerungen und ausführlichen Erklärungen konnte Robert den ersten, vernichtenden Eindruck ebensowenig vergessen wie die hart formulierten Ansichten, die ihn so eindeutig ins Unrecht setzten. Dieser schlanke Mann mit den leidenschaftlichen Augen hatte Robert erheblich aus dem Gleichgewicht gebracht. In seinem Zorn hatte er sich verteidigen wollen. Und als er es tat, war es ihm nur gelungen, Louisa zu verletzen. Robert wußte, ihr zuliebe und ihrer Mutter zuliebe mußte er unter Aufbietung aller Kräfte seinen Stolz und die Feindschaft überwinden.

Edward erschien. In seinen Augen lag noch immer Vorsicht und Feindseligkeit. Er vermied es sogar, Louisa beim Sprechen anzusehen, aber er gab sich offenbar ihr zuliebe große Mühe. Robert fand Edwards Selbstbeherrschung in dieser Lage bewundernswert. Mary Elliott plauderte ungezwungen über Belanglosigkeiten, und man konnte die schrecklichen Ereignisse der vergangenen Woche beinahe vergessen. Er folgte Louisa zum Tisch und nahm den Platz ein, den ihre Mutter ihm zuwies. Edward sprach ein kurzes Tischgebet, und als der erste Gang aufgetragen wurde, äußerte er sich trocken über die Kochkünste seiner Cousine. Aus seinen Worten ging hervor, daß Louisas mangelnde Erfahrung in der Küche eine Art familiärer Witz war. Sie wurde vor Verlegenheit rot, und Robert fühlte sich verpflichtet, sie zu verteidigen, aber ihre Mutter ließ ihn nicht zu Worte kommen. »In einem Monat geht das schon besser, Louisa. Du mußt dir nur etwas Mühe geben.«

Wieder hatte er das Gefühl, das sei eine schon oft wiederholte Ermahnung und das Thema Anlaß zu ständigem Streit.

»Du weißt doch, Mama, ich habe zum Kochen nie Zeit gehabt.«

»Nun ja, meine Liebe, wenn du dir nie die Zeit *nimmst*, wirst du es auch nie lernen.« Mary Elliott warf Robert einen Blick zu, als nehme sie sich vor, auch darüber später mit ihm zu sprechen. Amüsiert aß er noch ein Stück von dem knusprigen, köstlichen Eierkuchen und lächelte voll Wohlbehagen.

Bessie brachte den dampfenden Rinderbraten inmitten von Bratkartoffeln und stellte ihn vor Edward ans Kopfende. Während Edward das Fleisch aufschnitt, servierte sie das Gemüse und stellte zum Abschluß eine Sauciere mit kochendheißer Bratensauce mitten auf den Tisch.

Robert nahm sich gerade von der Sauce, als Edward ihn zum ersten Mal direkt ansprach. »Sagen Sie«, fragte er, »wir lesen in letzter Zeit so viel

über Reformen. Aber ich frage mich oft, wie das Leben beim Militär wirklich ist. Das Essen zum Beispiel – ist es so schlecht, wie wir den Zeitungen nach glauben sollen?«
»Nicht in der Offiziersmesse«, erwiderte Robert mit Nachdruck, »aber es muß auch gut sein, denn wir zahlen nicht wenig für dieses Vergnügen. Und die Mannschaften bekommen inzwischen sehr viel bessere Rationen als früher. Außerdem fordert man uns ständig auf, die Qualität des Essens zu überprüfen. Die Zutaten sind im allgemeinen in Ordnung. Aber«, fügte er mit einem trockenen Lächeln hinzu, »ich glaube, das Essen wäre sehr viel schmackhafter, wenn Mrs. Elliott kochen würde! Und genau betrachtet, auch unser Essen wäre sehr viel besser!«
Mary Elliott machte eine abwehrende Bemerkung und bot ihm noch einmal von dem Fleisch an. Als er sich eine Scheibe nahm, sagte Edward: »Entschuldigen Sie bitte meine bedauernswerte Unwissenheit, Hauptmann Duncannon – aber abgesehen von den Darbietungen auf dem Knavesmire, wenn meine Tante mich überredet, sie zu begleiten, habe ich keine Vorstellungen vom Soldatenleben.« Er schwieg. Robert hob den Kopf und sah, daß der freundliche Ton im krassen Gegensatz zu seinen Augen stand. Robert erlebte kalten und unverhüllten Haß nicht zum ersten Mal. Er hatte ihn in den Augen von Rekruten beobachtet, wenn ihnen der Unteroffizier den Rücken zudrehte. Er hatte ihn in den Augen der Feldwebel gesehen, wenn einer der jüngeren Offiziere sie zur Rede stellte. Diese Reaktion war ihm vertraut und verständlich. Nach zwölf Jahren Dienst konnte Robert auch damit umgehen. Unerträglich waren ihm jedoch verletzte Gefühle; damit konnte er nicht umgehen. Deshalb dankte er dem Himmel, daß Edward Manns genug war, um das überwunden zu haben.
»Herr Hauptmann, was tun Sie denn eigentlich?«
Robert mußte vor Erleichterung lächeln. »Ach, wissen Sie, im Winter«, erwiderte er ruhig, »machen wir im Grunde wenig. Das übliche Exerzieren natürlich und das Ausbilden der Rekruten. Die Pferde müssen bei jedem Wetter bewegt werden. Im allgemeinen reiten wir zwei- oder dreimal in der Woche auf die Jagd. Das ist einer der großen Vorteile, in York stationiert zu sein – hier gibt es in unmittelbarer Nähe genug Jagdgelände.
Aber im Sommer«, fügte er hinzu, »arbeiten wir wirklich hart, gleich-

gültig, wo wir sind, und solange es hell ist. Manöver, Gewehrschießen und das Einüben der Vorführungen, die Sie bereits erwähnt haben. Wenn Sie einen Blick auf eine Gruppe unausgebildeter Rekruten werfen, dann wissen Sie, wieviel Mühe dahintersteckt, die scheinbar selbstverständliche Koordination zu erreichen.« Er lachte plötzlich. »Manchmal glaube ich zu verzweifeln. Aber schließlich gelingt es doch. Und darin liegt die Befriedigung.«

Edward nickte und sagte dann mit trügerischer Unschuld: »Ich glaube, in gewissen Kreisen zweifelt man an der Zukunft der Kavallerie bei der modernen Kriegführung. Stimmt das?«

Robert warf ihm einen kurzen, leicht gereizten Blick zu. Er bemerkte die kaum verborgene Provokation in dieser harmlosen Frage. Mit einem, wie er hoffte, entwaffnenden Lachen antwortete er: »Vielleicht ist es so, wie ein junger Subalterner zum General gesagt hat: ›Ich glaube, wir sind dazu da, Sir, dem ansonsten vulgären Geschrei den richtigen Ton zu geben!‹ «

Das allgemeine Lachen auf diesen Witz entlockte Edward nur ein kühles Lächeln. »Aber wie sehen *Sie* Ihre Rolle?«

»Wie *ich* sie sehe? Nun ja, Mr. Elliott, das ist – wenn Sie mir verzeihen – eine Suggestivfrage und mein Lieblingsthema. Ich könnte Sie und diese netten Damen den ganzen Nachmittag mit meinen Gedanken über die Rolle langweilen, die die Kavallerie in der modernen Zeit spielen *sollte*. Das will ich jedoch nicht tun«, sagte er mit einer leichten Verbeugung vor seiner Gastgeberin. »Aber lassen Sie es mich vielleicht so ausdrücken: Ich bin nicht der Meinung, daß Tapferkeit und die Bereitschaft, in einer nach mittelalterlichem Vorbild geplanten Operation, in Glanz und Gloria zu sterben, genug sind. Die modernen Waffen sind viel zu genau und tödlich, als daß ein Angriff eine große Wirkung haben könnte. Es ist nichts dagegen zu sagen, wenn es um schlecht bewaffnete Eingeborene geht, denn die rennen davon, sobald sie *hören*, wie eine Schwadron angreift. Aber gegen zielsichere Karabiner und Granatfeuer kann die Kavallerie wenig ausrichten. Das ist in Balaklava sehr deutlich geworden – und wenn wir daraus nichts gelernt haben, dann sollte man die ›Hurra-Generale‹ auf der Stelle in den Ruhestand schicken. Leider haben wir im Generalstab noch viele von diesen alten Dickschädeln.«

»Und was ist die Antwort darauf?«

»Änderungen sind die Antwort. Aber wie alles beim Militär wird das noch viel Zeit in Anspruch nehmen. Pferde wird man natürlich immer brauchen – und zwar auf immer neuen Einsatzgebieten –, aber die Menschen werden sich ändern müssen. Wir können uns nicht mehr auf die alten Grundsätze verlassen, sondern werden eine Art – möge Gott mir vergeben – berittene Infanterie werden – also ebenso Experten im Umgang mit Karabinern wie mit Säbel und Lanze. Auch die Strategien werden sich ändern. Es wird dauern, aber es muß schließlich sein. Natürlich«, Robert lachte über seine Ernsthaftigkeit, »mache ich mich mit meinen Ansichten in der Messe nicht sehr beliebt!«

»Das kann ich mir vorstellen«, murmelte Edward, und Robert sah, daß der andere ihm widerwillig eine gewisse Achtung zollte. Robert atmete hörbar erleichtert auf und war froh, als das Essen vorüber war.

Bei Obst und Käse wurde noch über dieses und jenes gesprochen, und dann erinnerte eine zufällige Bemerkung Mary Elliott offenbar an andere Dinge. Sie verschwand in der Küche und erschien wieder mit einem Brief für Louisa.

»Das hätte ich beinahe vergessen. Er ist gestern für dich gekommen... aus Blankney – der Handschrift nach ist er von deinem Vetter John. Vermutlich geht es um das Baby«, bemerkte sie, als Louisa den Umschlag mit dem Messer öffnete. »Beeil dich und lies«, drängte sie, »dann sag uns, was er schreibt.«

Louisa überflog das Blatt Papier. Nach anfänglicher Spannung lächelte sie und berichtete, daß John Elliott, Gott sei Dank, Vater eines weiteren gesunden und kräftigen Sohns geworden war. Die Geburt habe Jenny sehr zugesetzt, und sie müsse jetzt unbedingt Ruhe haben.

»Sie muß krank gewesen sein, wenn der Arzt gekommen ist«, sagte Mary Elliott und schnalzte mitfühlend mit der Zunge. »Die Arme, wie soll sie das mit dem neuen Baby schaffen und sich außerdem um all die anderen Kinder kümmern?«

»Das ist es«, seufzte Louisa, »sie schafft es nicht. John fragt, ob ich für ungefähr eine Woche kommen und ihnen helfen kann.«

Robert sah sich schnell in der Runde um und fing den Blick auf, den Edward und seine Tante sich zuwarfen – ihr Eifer war ihm für seinen Geschmack etwas zu groß.

»Dann mußt du gehen«, sagten sie beinahe einstimmig zu Louisa.

»Aber er weiß nicht...«, erwiderte sie und wurde vor Verlegenheit rot.

»Ich meine, er glaubt, ich bin noch immer hier und helfe euch. Er weiß nicht, daß ich im Station Hotel arbeite.«
Robert unterdrückte eine heftige Bemerkung. Er wollte nicht, daß sie ihn verließ – auch nicht für ein paar Tage. Aber das wäre ein kleiner Preis, wenn man sie auf diese Weise dazu bewegen könnte, die Stelle aufzugeben. Er wollte für sie sorgen, sie mit allem erdenklichen Luxus verwöhnen, wenn sie es sich nur gefallen ließe. Im Grunde war Louisa, von seiner Schwester Letty abgesehen, die anspruchsloseste Frau, die er kannte. Außerdem ließ sie sich absolut nicht bestechen.
Mary Elliott griff ahnungslos zu dem Argument, das alle Versuche ihrer Tochter beendete, wenigstens teilweise unabhängig zu bleiben. Sie schnaubte und sagte: »Aber die Arbeit gefällt dir noch nicht einmal.«
Robert hätte sie umarmen können.
»Darauf kommt es nicht an –«
»Es kommt darauf an, daß John Hilfe braucht, und er bittet dich darum. Du hast dich im Sommer dort glänzend erholt, Louisa, und eine gute Tat verlangt Dankbarkeit ...«
Robert biß sich innen auf die Lippe und blickte angestrengt auf das Tischtuch. Er betete inbrünstig darum, daß die Einzelheiten dieser »Erholung« nie zur Sprachen kommen würden.
»... du mußt dich im Hotel beurlauben lassen. Nun ja, und wenn sie dir keinen Urlaub geben, mußt du eben kündigen. Du kannst dir immer wieder eine andere Stelle suchen, wenn du wiederkommst.«
»Das ist leichter gesagt als getan.« Louisa seufzte. Bedrängt von ihrer entschlossenen Mutter, wußte sie, daß sie von Robert keine Hilfe erwarten konnte, denn er wollte ohnehin, daß sie aufhörte zu arbeiten. Deshalb sah sie Edward hilfesuchend an, und Robert bemerkte ihre Enttäuschung. Es fiel ihm nicht schwer, sich die Gedanken in diesem klugen Kopf vorzustellen: Louisa konnte einige Wochen weg sein, und in diesen Wochen würde sich der »gelangweilte Liebhaber« hoffentlich einen anderen Trost suchen.
Ihr Vetter zog leicht an seinem Bart und murmelte: »Wenn sie dich wirklich in Blankney brauchen – und es sieht fast so aus –, dann mußt du gehen, Louisa.«
Als der Kaffee gebracht wurde, entschuldigte sich Edward taktvoll und verschwand mit seiner Tasse in der Küche. Ein paar Minuten später folgte ihm Louisa. Ihre Wangen glühten vor unterdrückter Empörung.

»Ist Bessie nicht da?«
»Nein. Aber sie hat eine Kanne Kaffee auf den Herd gestellt«, antwortete er ruhig und deutete auf die Platte.
»Ich will keinen Kaffee!« rief Louisa und ging wütend zum Spülbecken. Edwards Augen folgten ihr wachsam und besorgt. Er sah, wie sie ein halbes Glas Wasser trank und wie erstarrt aus dem Fenster blickte. Hinter dem von Blättern übersäten Hof standen die inzwischen beinahe kahlen Bäume auf den Wällen. Die Stadtmauer hob sich hell vor dem dunkler werdenden Himmel ab. Edward dachte zusammenhanglos, daß er den Winter liebte – und zwar einfach deshalb, weil er dann von seinem winzigen Zimmer oben unter dem Dach das Münster sehen konnte. Im Sommer verdeckten die weit ausladenden Platanen die Aussicht, so wie es im Erdgeschoß die Befestigungsmauern taten. Aber man hörte immer die Glocken, die die Gläubigen Tag für Tag zu den Gottesdiensten riefen. Das Vesperläuten setzte ein, und ohne einen Blick auf die Uhr werfen zu müssen, wußte er, es war bald vier.
»Es ist nicht zu glauben!« stieß sie schließlich hervor, »man sollte erwarten, daß Mama ihn beschimpft, weint und eine Szene macht... Warum verlangt sie nicht von ihm, daß er ihr die arme Tochter, die den Verstand verloren hat, zurückgibt? Aber nein! Ihr Kopf ist wie eine Registrierkasse. Wenn es um Geld geht, ist sie ganz Ohr!«
»Was redest du da?«
»Er will sein Testament ändern«, sagte sie mit ruhigem Nachdruck, als sei es wichtig, die Worte im Rhythmus der Glocken zu sprechen. »Und er will mir eine Summe aussetzen. Aber das möchte ich nicht.«
Die melodische Begleitmusik lenkte Edward ab, und es fiel ihm schwer, ihre Worte aufzunehmen und noch schwerer, den Grund für ihren Zorn zu verstehen. »Und weshalb nicht?«
Louisa drehte sich um. »Weil ich ihn liebe!« erklärte sie und staunte darüber, daß dies einer Erklärung bedurfte. »Ich möchte nicht seine *ausgehaltene Frau* sein!«
Edward sah sie verloren an. Er wollte sagen: Aber das bist du! Jetzt verstand er ihre Entschlossenheit, die Stelle nicht aufzugeben. Die Arbeit brachte ihr ein gewisses Maß an Unabhängigkeit. Ohne das selbstverdiente Geld war sie von Robert Duncannon abhängig – oder von zu Hause.
Unter dem Eindruck seines eigenen Mißtrauens fragte er: »Traust du ihm nicht?«

»*Natürlich* vertraue ich ihm!«

»Warum bist du dann so entsetzt?«

»Verstehst du denn nicht? Das wäre so, als – würde ich für geleistete Dienste bezahlt. Das will ich nicht.«

»Unsinn!« erwiderte er energisch. Aber noch während er das sagte, erinnerte er sich an seine Reaktion auf Mary Elliotts Aussage, daß seine Mutter Geld angenommen hatte. Er verstand Louisas Einwand, obwohl er immer noch glaubte, der Ruf aus Blankney sei ein Geschenk Gottes. Sie muß aus York weg, dachte er, und in ein paar Wochen ist der Wahn verflogen. Vielleicht wird es schmerzlich für sie sein. Aber besser diesen Schmerz jetzt als die lebenslange Reue und ein uneheliches Kind. O Gott! betete er verzweifelt, bitte laß das nicht geschehen!

Die Ungerechtigkeit ihrer Lage erbitterte ihn, und das um so mehr, als die Frauen dumm genug zu sein schienen, auch weiterhin die mit Fallgruben gespickten, ausgetretenen Pfade zu gehen. Er seufzte ärgerlich und sagte: »Ja, ich verstehe dich. Aber ich finde, du bist zu empfindlich. Wärt ihr verheiratet, würdest du erwarten, daß er für dich und für die Kinder aus dieser Ehe sorgt.«

»Aber wir sind nicht verheiratet, und das ist nun einmal der große Unterschied.«

»Gewiß«, stimmte er ihr traurig zu, »aber ich glaube, du denkst nicht sehr praktisch, und das sieht dir ähnlich.«

»Ich bin sehr viel praktischer, als du mir zugestehen willst«, erklärte sie heftig. Aber als er wissen wollte, was sie damit meinte, drehte sie ihm nur den Rücken zu und schwieg.

Schließlich ließ er die Sache auf sich beruhen und kam wieder auf ihre Arbeit zu sprechen. »An deiner Stelle«, sagte er so ruhig wie möglich, »würde ich dem Rat deiner Mutter folgen. Antworte John Elliott, daß du nach Blankney kommst, und frage im Hotel, was sie dort dazu sagen. Und wenn – also, wenn der Hauptmann für dich sorgen will, warum nicht? Ich finde es ganz natürlich, daß er dich auch finanziell unterstützen möchte, denn auf andere Weise kann er es offenbar nicht tun.«

»Ich liebe ihn«, sagte sie plötzlich und mit solchem Nachdruck, daß Edward zusammenzuckte, als habe sie ihn geschlagen. »Ich liebe ihn so sehr, daß es mir Angst macht. Und wenn er mich morgen verlassen würde und nie wieder zurückkäme, würde ich keine Minute unseres Glücks bedauern. Kannst du das verstehen?«

Nein, dachte er gequält. Ich kann es nicht verstehen, und ich will es nicht verstehen. Ihm fröstelte, und er trat näher an den Herd. Er rieb sich die schwieligen Hände und blickte in die glühenden Kohlen. »Das klingt beinahe so, als rechnest du damit, daß er dich verläßt«, warf er ihr vor, während Sehnsucht und Kummer sich wieder einmal in bittere Verzweiflung verwandelten. Er sah sie an und rief: »Ich verstehe nicht, wie du so dumm sein kannst! Bedeutet dir die Vergangenheit denn nichts mehr? Deine Kindheit – und meine? Man hat dich gequält und verhöhnt – und mich auch. Ich weiß noch, wie du eines Tages mit schwarzen und blauen Flecken an den Armen aus der Schule gekommen bist. Am Kopf hast du geblutet, weil einer der kleinen Quälgeister dir ein Büschel Haare ausgerissen hat.«

Als sie bei der Erinnerung zusammenzuckte, fügte Edward bitter hinzu: »Und auch unsere Mütter haben den Preis bezahlt. Ich weiß noch, wie Leute in der Tanner Row vor ihnen ausspuckten, kurz bevor wir dort ausgezogen sind. Ich weiß noch, mit welchen Schimpfnamen man sie belegt hat«, flüsterte er heiser, »auch wenn du dich offenbar nicht mehr daran erinnern kannst.«

Louisa schüttelte langsam den Kopf. »Ich habe es nicht vergessen.«

»Aber es ist dir nicht mehr wichtig, oder? Du glaubst, dir könnte das nicht geschehen?«

Mit einem verzweifelten Seufzen schüttelte sie den Kopf. Er ließ nicht locker. »Gott sei Dank hatten unsere Mütter Geld, Louisa – denn ohne Geld wären sie entweder auf der Straße gelandet oder mit gebrochenem Stolz und gebrochenem Herzen in der Besserungsanstalt. Und was wäre dann aus uns geworden?«

»Oh, hör auf!« rief sie und hielt sich die Ohren zu. »Du warst zwanzig. Du hattest eine Stelle, Edward. Sie hatten Geld! Wir waren keine armen Leute!«

»Nein«, sagte er leise, »wir waren keine armen Leute. Das Geld hat uns vor dem Abgrund bewahrt. Wir waren beschmutzt, aber, Gott sei Dank, nicht entehrt.«

Einen Augenblick lang musterte er ihr Gesicht im Dämmerlicht. Er sah, wie die Schamröte sich vertiefte. Trotz der zornigen Erregung wirkte sie so unglaublich jung und verletzlich, daß Edward unwillkürlich die Hand ausstreckte und sie am liebsten in die Arme genommen hätte. Er wollte eine Mauer um sie errichten, um sie vor sich selbst zu schützen. Aber Louisa zuckte zurück, als habe sie sich verbrannt.

»Du weißt nicht, was Liebe ist!« stieß sie hervor, »wenn du es wüßtest, könntest du mich verstehen!«

Der Schmerz durchzuckte ihn, die Knie gaben unter ihm nach. Haltsuchend drehte er sich um und lehnte sich gegen den Küchenschrank. Er atmete tief und versuchte, wieder etwas von der Distanziertheit zu finden, die ihm immer als Verteidigung gegen seine Mutter geholfen hatte. Leiden und es zu zeigen, bedeutet nur, noch mehr Schmerz herauszufordern, und das wollte er nicht.

Als er die Stimme wiederfand, sagte er gepreßt: »Vielleicht hast du recht. Aber ich glaube, du solltest eine Leibrente nicht ablehnen, auch wenn du das Geld im Augenblick nicht brauchst. Vielleicht kommt der Tag, an dem du froh darum bist.«

Sie gab keine Antwort. Aber er spürte sie in seiner Nähe. Auf dem Schrank stand aus Porzellan das Schloß von Lincoln, eine kleine, hübsche Nachbildung und für Mary Elliott eine Erinnerung an ihre Heimat. Er starrte ein paar Minuten darauf, ehe es ihm bewußt wurde.

»Wann fährst du nach Blankney?« fragte er.

Die Frage ärgerte sie. »Oh, mein Gott, ich weiß es nicht! Vielleicht in der nächsten Woche. Wie kannst du das in diesem Augenblick fragen?«

Er seufzte: »Ich weiß nicht. Mir fiel nur gerade ein, daß ich in Lincoln etwas zu tun habe.«

7

Die Haltestelle der kleinen Nebenlinie im Südwesten von Lincoln befand sich beinahe eine Meile von dem Dorf entfernt, für das sie gedacht war. Edward sah dem Zug nach, der sich laut schnaufend und ratternd entfernte, und kam sich merkwürdig verlassen vor, als habe ihn ein alter Freund bis zur Höhle des Löwen begleitet, dann aber plötzlich festgestellt, daß ihn dringendere Geschäfte an einen anderen Ort riefen.
Bis zu diesem Augenblick war es lediglich eine Idee gewesen, eine phantastische Vorstellung, die gewachsen war und allmählich Gestalt angenommen hatte. In seiner Phantasie hatte Edward sich hier wie ein unsichtbarer Beobachter ankommen sehen. Der starke Geruch der nassen Erde in der Nase und die knarrenden Holzbretter des Bahnsteigs unter den Füßen erinnerten ihn an die Wirklichkeit. Er war ein Fremder, und die Dorfbewohner würden seine Anwesenheit mit der Neugier aller Dorfbewohner auf der ganzen Welt zur Kenntnis nehmen, seine Kleidung mustern und den etwas schäbigen Koffer. Man würde versuchen, ihn einzuordnen, und darüber nachdenken, was ihn wohl in das Dorf führte. Man würde in seinem Gesicht bekannte Züge suchen und Spekulationen über mögliche verwandtschaftliche Beziehungen anstellen – und man würde ihm Fragen stellen. Einen Augenblick fühlte er seine Entschlossenheit wanken. Wäre der beißende Wind nicht gewesen, hätte Edward vielleicht auf den Gegenzug gewartet und wäre nach Lincoln zurückgekehrt, ohne seiner Neugier und der inneren Stimme zu folgen.
Dieser Wind verhieß Regen, und er fror bereits. Fröstelnd griff er nach dem kleinen Koffer, strich sich nachdenklich über den Bart und machte sich auf den schlammigen Weg.
In der Bibliothek in Lincoln hatte er einem Führer über die Gegend alle wichtigen Informationen über das Dorf und seine Gegebenheiten ent-

nommen. Es gab ein Gasthaus, eine Kirche, ein Postamt und drei Geschäfte. Burke's Peerage lieferte ihm eine knappe Biographie seiner Großeltern väterlicherseits in Form von Geburts- und Todesdaten und die Namen ihrer Kinder. Sir Alfred Gregory war 1795 zur Zeit von George III. geboren worden und hatte vier Könige überlebt. Er starb schließlich im Jahr des goldenen Jubiläums der Regierungszeit von Königin Victoria. Seine Frau, die Tochter eines Peers, war dreißig Jahre vor ihm gestorben und hatte sich in einer für die damalige Zeit bemerkenswerten Weise für die Armen eingesetzt. Von ihren drei Söhnen hatte der älteste und derzeitige Baron, Sir Oswald, im Jahr 1859 geheiratet. Aus der Ehe waren zwei Töchter hervorgegangen. Der Baron ging den üblichen Interessen des Landadels nach, was er sich, wie Edward glaubte, auf Grund der beachtlichen Anteile der Familie an der Nottinghamshire-Kohle leisten konnte.

Alfred, der zweite Sohn, war als Tory für die Midlands Mitglied des Parlaments für die laufende Legislaturperiode. Auch er war verheiratet und hatte zwei Söhne und drei Töchter. Es bestanden kaum Aussichten, einen Blick auf ihn werfen zu können, da er in London und Warwickshire wohnte, aber Edward wollte zu den bevorstehenden wichtigen politischen Debatten nach London fahren. Und so wie es im Parlament im Augenblick aussah, würde diese Debatte bald stattfinden. Seit dem Sieg der Liberalen im Juli machte die Autonomie für Irland ständig neue Schlagzeilen. Die Tories, die sich der Einheit verschrieben hatten, waren zum Kampf gerüstet. Alfred Gregory konnte bestimmt nicht wagen, an der Abstimmung über dieses Gesetz nicht teilzunehmen – es sei denn, er lag im Sterben.

Edward würde den Grundherrn vermutlich nicht zu Gesicht bekommen, denn die Jagd war auf, und der Baron würde wahrscheinlich nicht anwesend sein. Es bestand nur die Möglichkeit, daß er den Gottesdienst am Sonntagmorgen besuchte. Edward konnte aber mit größter Wahrscheinlichkeit damit rechnen, den jüngsten der drei Brüder anzutreffen.

George, der jüngste, war bei Edwards Geburt kaum dreiundzwanzig Jahre alt gewesen und hatte nicht geheiratet. Er legte 1860 die Gelübde ab und stand seit über fünfundzwanzig Jahren als Pfarrer an der Spitze der Gemeinde. Er schien der am wenigsten in Frage kommende Kandidat zu sein. Aber Edward, der unbedingt herausfinden wollte, was für eine Familie die Gregorys waren, hatte beschlossen, sie alle unvoreingenommen in Augenschein zu nehmen. Und wenn der Pfarrer seine Pflichten ernst nahm, würde er morgen auch die Sonntagspredigt halten...

Als es schließlich anfing zu regnen, spannte Edward den Schirm auf. Er war etwa zehn Minuten gleichmäßig gegangen. Der Weg verlief zwischen gepflügten Feldern auf der einen Seite und dichtem Wald auf der anderen. Eine niedrige, mit grauem Moos bewachsene Mauer trennte den Wald von der Straße. Der Karte nach stand das Herrenhaus etwa eine halbe Meile hinter den hohen Bäumen. Obwohl dieser natürliche Sichtschutz ihm jeden Einblick verwehrte, konnte Edward den Blick nicht davon wenden, denn er hoffte, vielleicht eine Lücke zu entdecken. Als die Straße nach rechts bog, sah er plötzlich das graue Pförtnerhaus und dahinter das große schmiedeeiserne Tor in einer halbkreisförmigen, mit Zinnen geschmückten Mauer. Die Kieseinfahrt führte zwischen hohen Rhododendronbüschen in einem weiten Bogen zum Haus, das auch hier den neugierigen Blicken von Vorübergehenden entzogen war.

Edward blieb stehen. Ihm war bewußt, daß man ihn möglicherweise vom Pförtnerhaus aus beobachtete. Er wünschte, er hätte den Mut aufgebracht, umzukehren, über die Mauer zu klettern und unbemerkt das Gelände zu durchstreifen. Aber es bestand die große Wahrscheinlichkeit, zwischen den Bäumen in eine Falle zu geraten, oder peinlicherweise von einem Aufseher ertappt zu werden. Deshalb ging Edward seufzend, aber entschlossen weiter auf das Dorf zu.

Aus der schlammigen Landstraße wurde die Dorfstraße. Sie zog sich wie ein braunes Band zwischen steilen Giebelhäusern mit Strohdächern und weiß getünchten Lehmwänden dahin. Vereinzelte rote Backsteinhäuser in der Reihe wirkten wie Wächter. Ein breiter Weg bog nach rechts zur Kirche ab, deren Turm die Dächer überragte. Zur Linken stand das große, zweistöckige Gasthaus mit einem Hof und den Ställen dahinter.

Edward betrat nach kurzem Zögern die Gaststube. Er wartete, während der Wirt einem gebeugten Alten seine Pinte Bier brachte, und lenkte dann die Aufmerksamkeit auf sich. Er hatte vor zwei Tagen telegrafisch ein Zimmer und Verpflegung für eine Nacht bestellt. Der Wirt machte sich auf die Suche nach seiner Frau. Edward sah sich um und bemerkte

– wie nicht anders erwartet – die neugierigen Blicke einer Gruppe älterer Arbeiter vor dem Kamin. Es war ein typischer Schankraum mit Steinboden, Holzstühlen und Bänken. Aber das Sägemehl war frisch und das Messing poliert. Die Holzscheite im offenen Kamin brannten lodernd.

Der Wirt kam mit einem jungen Mann zurück, den er hinter die Theke führte. Dann ging er mit Edward durch eine Halle, die offenbar als Aufenthaltsraum diente. Hier gab es eine winzige Bar mit vielen Flaschen, Sessel und in der Ecke einen großen Tisch. Edward trug sich ein und mußte eine Reihe Fragen über sich ergehen lassen, und da er nicht lügen wollte, lächelte er und schüttelte immer wieder den Kopf. Er erinnerte sich an die Informationen aus dem Führer und murmelte etwas von interessanten Altertümern in der Kirche. Der kleine, rundliche Mann atmete daraufhin sichtlich erleichtert auf. Offenbar kamen öfter Besucher in das Dorf – meist jedoch in den Sommermonaten –, um sich die Gräber einer Familie anzusehen, die seit vierhundert Jahren dort ruhte. Es gab sogar eine sehr alte Messingtafel, die immer großes Aufsehen erregte, obwohl der Wirt nicht wußte, warum. Trotzdem berichtete er voll Stolz von diesem Ruhm und erzählte bereitwillig alles, was er an Fakten und Geschichten kannte, bis Edward schließlich glaubte, er werde sein Zimmer nie zu sehen bekommen.

Endlich hörte er laute Tritte auf dem knarrenden Holzboden, und die Frau erschien. Der Wirt entschuldigte sich und verschwand. Wortlos führte die Frau Edward nach oben und öffnete die Tür zu seinem Zimmer. Als sie sich umdrehte und gehen wollte, fragte er: »Könnten Sie mir vielleicht sagen . . .«, er zögerte, »wann morgen früh der Gottesdienst ist?«

»Um halb elf, Sir«, erwiderte sie knapp.

Edward wollte sich noch erkundigen, ob Sir Oswald sich mit seiner Familie zur Zeit auf dem Gut aufhielt, aber die abweisende, beinahe feindselige Haltung der Frau nahm ihm den letzten Rest Selbstvertrauen. Er warf einen Blick auf die Taschenuhr. Es war genau drei Uhr nachmittags. Es blieb also genug Zeit, um hinüber zur Kirche zu spazieren. Dort konnte er die Grabsteine aus jüngerer Zeit in Augenschein nehmen, sich die reservierten Bänke der Familie ansehen und auf den Gottesdienst morgen vorbereiten.

Für ein so kleines Dorf war die Kirche ein erstaunlich schönes Bauwerk in früher und später Gotik. Man hatte sie mit großem Einfühlungsvermögen vor etwa zwanzig Jahren restauriert. Edwards Meinung von der Familie stieg beträchtlich, als er das prächtige frühenglische Portal, die alten Spitzbogenfenster in den Seitenschiffen und die schöne Stichbalkendecke sah. Nur das Ostfenster fiel aus dem Rahmen, denn das mit einem Familienwappen geschmückte Fenster über dem Altar wirkte anmaßend, obwohl ein Zusammenhang mit den Gräbern der seit langen verstorbenen Ritter und ihrer Damen im Kirchenschiff bestand.
Die alten Grabmale fesselten Edward zwar, aber er interessierte sich mehr für die Gräber der neueren Zeit. Wenn man den Inschriften auf den Marmortafeln glauben durfte, dann waren die Vorfahren der jetzigen Familie patriotische Vorbilder von größter Tugend, herausragende Jäger, Soldaten und öffentliche Wohltäter gewesen. Im Laufe der vielen Jahre gab es unter ihnen mehrere Geistliche, immer natürlich die jüngeren Söhne, aber nur einer hatte den Purpur erworben. In Anbetracht der langen Amtszeit des gegenwärtigen Pfarrers dieser bescheidenen Gemeinde schien es unwahrscheinlich, daß er einen ähnlichen Ehrgeiz hegte. Und beinahe ohne es zu wollen, fand Edward diesen Pfarrer sympathisch.

Edward wartete auf den Anfang des Gottesdienstes und sah sich immer wieder verstohlen nach den eintreffenden Gläubigen um. Mehrere reiche Bauern nahmen mit Frauen und Kindern in namentlich reservierten Bänken ihre Plätze ein. Es erschienen aber auch Landarbeiter mit roten wettergegerbten Gesichtern, Mägde im Sonntagsstaat, Dienstboten und Ladenbesitzer. Die Kirche füllte sich langsam, aber die Sitze der adligen Familie blieben leer. Edward empfand eine unberechtigte Enttäuschung, als er sich schließlich erhob, um zwei junge Frauen vorbeizulassen, die sich neben ihn auf die Bank setzen wollten. Sie wurden beide rot. Die hübschere nahm neben ihm Platz. Sie zog die Backen nach innen, um ein verschämtes Lächeln zu unterdrücken. Er spürte, wie ihm die Lippen zuckten, als er verstohlene Blicke zur Seite und auf ihren Schoß warf. Dem Aussehen nach zu urteilen, waren es Bauernmädchen. Sie trugen unter ihren vermutlich besten Wollröcken derbe Stiefel; die artig gefalteten Hände waren rot. Aber die Form der Wange, die weichen Lippen und das energische Kinn der Hübscheren neben ihm erinnerten Edward an Louisa, und er mußte sich schließlich zwingen, den Blick von ihr zu wenden.

Als er den Kopf wieder hob, war die Bank, die er nicht aus den Augen gelassen hatte, besetzt. Sein Herz schien stehenzubleiben und begann dann heftig zu klopfen. Er schlug schnell die Augen nieder und beschäftigte sich mit dem Gesangbuch. Er fand die angegebene Seite, und als er die Panik überwunden hatte, blickte er wieder hinüber

Ein sehr behäbiger älterer Mann saß am weitesten von ihm entfernt. Er hatte vorstehende Augen und dichte weiße Haare. Gelbe Flecken auf dem üppigen Schnurrbart verrieten seine Liebe zum Tabak und das gerötete Gesicht die Liebe zum Portwein. Edward musterte ihn mit einer Mischung aus Widerwillen und Enttäuschung. Ohne überzeugenden Grund hatte Edward in ihm den wahrscheinlichsten Kandidaten für die Rolle des ehemaligen Liebhabers seiner Mutter gesehen, denn er war etwa in ihrem Alter und der älteste Sohn. Da er den Titel erbte, mußte eine gute Ehe für ihn von größter Bedeutung gewesen sein. Mit einem Blick auf die hagere, hochmütig wirkende Frau an seiner Seite überlegte Edward, ob es eine glückliche Ehe war, und vermutete nein. Ein junges Paar gehörte zu ihnen. Die Frau war eine jüngere, noch hochmütigere Version ihrer Mutter, und an dem Mann war nur der elegante Anzug bemerkenswert.

Edward richtete den Blick wieder auf das Gesangbuch und dachte daran, daß seine Mutter auf ihre Weise auch hochmütig gewesen war. Vielleicht hatte Sir Oswald solche Frauen schon immer attraktiv gefunden. Die Erkenntnis, daß dieser Mann sein Vater sein konnte, war desillusionierend. Er wünschte, er wäre nicht hierher gefahren, sondern hätte es bei den in Lincoln gefundenen Informationen belassen und wäre mit einer unbeschadeten Vorstellung nach York zurückgekehrt. Selbst ein Blinder konnte erkennen, daß er mit diesem Mann nichts, überhaupt nichts gemein hatte. Ohne eine Spur von Eitelkeit wußte Edward, daß er dem Mann weder ähnlich sah, noch seine Ansichten teilte. Aber ihm drängte sich die beunruhigende Erkenntnis auf, daß nur wenige Söhne ihren Vätern glichen. Die Nähe schien sie zu zwingen, anders zu sein. Allerdings hatte er auch keine Ähnlichkeiten mit seiner Mutter gehabt . . .

War er wirklich Elizabeth Elliotts Sohn? Plötzlich dachte Edward wieder an die Formulierung in ihrem Testament: »Und meinem angeblichen

Sohn Edward Thomas Elliott...« Das hatte ihn schwer getroffen. Seine Gedanken wirbelten durcheinander, und er hielt die Hand vor die Augen, da er fürchtete, jemand könnte seine Panik bemerken.

Die Gemeinde erhob sich. George Crispin Gregory, der Pfarrer, schritt, gefolgt von seinem Kuraten, durch den Mittelgang und nahm rechts neben der Kanzel Platz. Edward warf kaum noch einen Blick in das Gesangbuch. Er kannte das Eingangslied gut und die meisten Verse auswendig. Seine Augen ruhten wie gebannt auf dem Pfarrer, dem jüngsten Bruder von Sir Oswald. Die beiden waren so grundverschieden, daß Edward an der Identität des Mannes auf der Familienbank zu zweifeln begann. Der Pfarrer war ein kleiner, schlanker Mann und auf dem Papier nur fünf Jahre jünger als sein älterer Bruder, aber nach dem Aussehen hätten es zwanzig sein können. Er bekam schüttere Haare, in denen das ehemalige Blond vom Grau überdeckt wurde. Er hatte eine schmale, lange Nase und weder Bart noch Moustache. Augen und Haut waren blaß wie Pergament. Es waren sehr viele Jahre vergangen, seit Edward sich zum letzten Mal glatt rasiert gesehen hatte, aber im Gesicht des Pfarrers sah er eine deutliche Ähnlichkeit. Edward glaubte, eine ältere Version von sich zu sehen.

Plötzlich durchzuckte ihn die Gewißheit wie ein Blitz. Schauer liefen ihm über den Rücken, und er glaubte, den Boden unter den Füßen zu verlieren. Es war reiner, unbegründeter Instinkt, aber Edward wußte mit jeder Faser seines Wesens, daß dieser Mann, der vor der Gemeinde stand, sein Vater war. Er hielt sich an der hölzernen Lehne vor ihm fest, zweifelte, prüfte und verwarf dieses Wissen als lächerlich. Der Mann im Talar wäre zur Zeit von Edwards Zeugung gerade zweiundzwanzig gewesen, also ganze neun Jahre jünger als Elizabeth Elliott! Es schien unmöglich, daß ein junger Mann, der bestimmt schon damals religiöse Absichten hegte, sich mit einer Zofe eingelassen hatte, noch dazu mit einer Frau, die so viel älter war als er selbst. Man konnte sich Sir Oswald vorstellen, wie er mit einer gewissen Selbstverständlichkeit Hausmädchen entjungferte, aber dieses Bild ließ sich nicht mit dem Pfarrer in Einklang bringen. Abgesehen von seiner Berufung verriet die Tatsache, daß er unverheiratet war, daß er fleischlichen Lüsten nicht frönte.

Edward versuchte beim Knien, sich auf die Worte der Beichte zu konzentrieren, aber ihn beschäftigten nicht seine Sünden. Als die helle, trockene Stimme die Absolution verkündete, dachte er an Mary Elliotts Worte und daran, daß sie die Aussage seiner Mutter wiederholt hatte, ihr Liebhaber habe geschworen, sie zu heiraten. Im Zorn und in der Enttäuschung jenes Abends hatte er geglaubt, das sei nur ein abgedroschener Vorwand für den Fehltritt gewesen. Als Edward den Mann jetzt vor sich sah, glaubte er zum ersten Mal, daß es die Wahrheit sein könnte. Vielleicht *hatte* der junge George Gregory die sehr viel ältere Elizabeth Elliott geliebt, aber der Druck der Eltern hatte dafür gesorgt, daß er nicht die Torheit beging, sie zu heiraten.

Edward dachte an Maud und die Parallele zu seinem Leben. Er hatte sich mit gebrochenem Herzen, aber nur schwachem Protest der Entscheidung ihrer Eltern gebeugt. Maud hatte geweint und sich gegrämt, aber es war undenkbar gewesen, daß sie sich den Eltern widersetzen würde. Edward sagte sich, daß dieser Mann damals weit mehr zu verlieren gehabt hatte als die elterliche Zustimmung.

Die Worte der Kirchenlieder und die Antworten der Gemeinde kamen ihm wie mechanisch über die Lippen. Er achtete nur auf das Gesicht und die Stimme seines Vaters. Die Predigt kreiste um die Lesung für den einundzwanzigsten Sonntag nach Trinitatis. Es war die Geschichte von Nebukadnezar und den drei Juden Shadrach, Meshach und Abednego, die unbeschadet aus dem Feuerofen hervorgingen. Der Pfarrer sprach vom richtigen Glauben und der Abkehr von den falschen Göttern. Seine Worte klangen nicht sonderlich mitreißend, und er trug sie auch nicht mit tönender Überzeugung vor, sondern forderte seine Gemeinde freundlich auf, weniger den irdischen Besitztümern zu vertrauen, der Versuchung eines sorglosen Lebens zu widerstehen und nur auf Gott allein zu vertrauen.

Edward dachte im stillen, kaum die Hälfte der Anwesenden könne überhaupt vor einer solchen Entscheidung stehen, denn nach ihren armseligen Kleidern und den ehrlichen Gesichtern zu urteilen, besaßen sie kaum mehr als den Glauben an Gott. Die übrigen – die zufriedenen und wohlhabenden Bürger – dachten nur an ihre gesellschaftliche Stellung –, der Glaube war für sie eine sehr abstrakte Theorie. Mit einem verstohlenen Blick auf Sir Oswald sah er den gesenkten Kopf und die geschlossenen Augen und den verschleierten Ausdruck seiner Frau. Sie haben diese Predigt schon oft gehört, dachte Edward, und ihm tat der Mann auf der Kanzel plötzlich leid.

Der Gottesdienst schien viel zu schnell vorüber zu sein. Die Baronin verließ mit Tochter und Schwiegersohn eilig die Kirche, nachdem sie kaum ein paar Worte mit ihrem Verwandten gewechselt hatten. Sir Oswald schloß sich ihnen jedoch nicht an, sondern blieb neben seinem jüngeren Bruder stehen, schüttelte liebenswürdig die Hände der wichtigsten Gemeindemitglieder und nickte den anderen freundlich zu. Sie boten das Bild einer intakten Gemeinsamkeit von gütiger Kirche und väterlichem Staat.

Edward blieb mehr aus Neugier als aus Höflichkeit sitzen und wartete, bis die Menge sich langsam verlief. Er erhob sich, um die Bauernmädchen vorbeizulassen, und folgte ihnen dann langsam zum Ausgang. Der Pfarrer erwiderte ihren Knicks mit einem Lächeln, aber dabei richteten sich seine Augen bereits auf den Fremden. Edward neigte höflich den Kopf bei dieser freundlichen Musterung, aber noch ehe er hinausgehen konnte, redete ihn der Pfarrer mit der inzwischen vertrauten Stimme an.

»Wie schön, ein neues Gesicht in der Gemeinde zu sehen! Werden Sie lange bei uns bleiben, Mr. –?«

Auf diese Frage war Edward nicht vorbereitet gewesen. Als er die ausgestreckte Hand ergriff und seinen Namen nannte, wußte er, eine Lüge wäre ihm nicht über die Lippen gekommen, auch wenn es ihn das Leben gekostet hätte. »Elliott«, sagte er, »Edward Elliott.«

Er fragte sich, ob das Zucken in den ruhigen grauen Augen Einbildung war, aber in den folgenden stummen Momenten schloß sich die Hand, die seine hielt, merklich fester. »Es – es ist nur ein kurzer Besuch –, ich wollte mir die Kirche ansehen«, stammelte Edward und spürte eine aufsteigende Wärme in den Wangen und auf der Stirn. Er zog die Hand zurück, aber die Augen des anderen ließen ihn nicht los. Sie sahen ihn fragend und nicht nur neugierig an.

»Ach ja – das kommt öfter vor. Sie ist berühmt. Haben Sie die Sehenswürdigkeiten bereits alle betrachtet?« fragte er mit einer Geste zur Nordwand. »Sehr interessant – die älteren Inschriften sind natürlich lateinisch. Und es ist kein sehr gutes Latein!« Er lachte kurz und warf dann einen Blick auf seinen unruhigen Bruder, der offenbar möglichst schnell gehen wollte. Sie standen inzwischen allein in der Kirche. »Vielleicht haben Sie die Freundlichkeit, mich morgen nachmittag im Pfarrhaus zu besuchen, Mr. Elliott?« bot er an. »Dann könnte ich Ih-

nen die Kirche zeigen. Ich versichere Ihnen, es macht mir keine Mühe. Der Kirche und ihren Sehenswürdigkeiten gehört meine ganze Liebe.«
Edward mußte sich plötzlich überwältigt auf die Lippen beißen. »Ich wünschte, ich könnte Ihre freundliche Einladung annehmen, Sir. Aber leider muß ich heute abend wieder in York sein. Trotzdem danke ich Ihnen herzlich.«
Der Pfarrer schien aufrichtig enttäuscht zu sein. »Wie schade! Aber vielleicht werden Sie uns noch einmal besuchen?«
»Ganz bestimmt«, versprach Edward. Er verneigte sich höflich und wünschte den beiden Männern einen guten Tag.
Seine Schritte hallten auf dem Steinboden des Vorraums. Er hörte noch, wie Sir Oswald sagte: »Zum Kuckuck, George! Mußt du dich mit jedem hergelaufenen Menschen anfreunden, der die alten Steine bewundert? Ich muß los, sonst bringt mich Hermione um. Kommst du zum Essen?«
Edward konnte die Antwort nicht hören, aber die Worte des Barons bestätigen, als er an der Kutsche vorüberkam, die vor dem Tor stand. Lady Hermione durchbohrte ihn mit ihren hellen Augen, und zum Teil als Entschuldigung dafür, daß er der Grund war, daß sie warten mußte, zog er den Hut. Er war überglücklich, und sein Herz schien Purzelbäume zu schlagen. Gewiß, er hatte keinen Beweis außer seinem klaren Instinkt, aber er zweifelte nicht daran, daß die Einladung mehr mit seinem Namen und ihm zu tun hatte als mit Sehenswürdigkeiten aus alter Zeit, wie interessant sie auch sein mochten. Aber er hatte die Einladung aus zwei Gründen nicht angenommen.
Albert Tempest war entsetzt gewesen, als Edward plötzlich zweieinhalb Tage Urlaub verlangt hatte. Er mußte ihm schließlich erklären, daß dringende familiäre Angelegenheiten, die nicht an einem Sonntag erledigt werden konnten, der Grund dafür waren. Die vielen Halbwahrheiten verursachten Edward keinerlei Gewissensbisse. Sogar jetzt fühlte er sich versucht, sein Versprechen, am Montagmorgen wieder an seinem Arbeitsplatz zu sein, nicht zu halten. Das Versprechen zügelte seinen Wunsch zu bleiben weniger, als die Angst, alles gehe plötzlich zu schnell. Edward glaubte, erst einmal verarbeiten zu müssen, was er erlebt und erfahren hatte. Er mußte seine Gefühle und Gedanken ordnen, und er brauchte Zeit, um sich, wenn nötig, auf eine Enttäuschung vorzubereiten.

8

Harris brachte die gewohnte Kanne Tee auf einem Holztablett, über dem ein sauberes weißes Tuch lag, zusammen mit der Morgenpost. Es waren diesmal zwei dünne bräunliche Umschläge mit dem Yorker Poststempel – das sah nach Rechnungen aus – und einem dicken weißen, der in Lincolnshire gestempelt war. Die Adresse des Hauptmanns war in einer sauberen und gestochenen Handschrift geschrieben. Das wird ihn aufmuntern, dachte Harris, als er das Tablett absetzte. In der ersten Woche ihrer Abwesenheit war das der einzige Brief, und der Hauptmann war in den letzten vier Tagen so griesgrämig gewesen wie ein alter verbitterter Oberst.
Harris zog die Vorhänge auf und verkündete, es sei ein schöner Morgen. »Es ist noch etwas neblig, Sir, aber der Himmel dürfte bald klar sein. Aber kalt – soll ich das Feuer anzünden, Sir?«
Robert murmelte mit geschlossenen Augen ein verschlafenes »Ja«. Er lauschte eine Minute auf das Rascheln und Knistern, ehe er sich aufsetzte. Die kalte Luft im Zimmer machte ihn wach. Zitternd zog er sich die Decke um die nackten Schultern, griff nach der Tasse und entdeckte plötzlich die Briefe.
»Mein Gott, Harris, da ist ja ein Brief! Warum haben Sie mir das nicht gleich gesagt? Geben Sie mir bitte das Papiermesser, ja?« Er schob die beiden Rechnungen beiseite und hielt prüfend Louisas Brief in der Hand. »Na ja, sie schreibt vielleicht nicht so oft, wie man sich das wünscht, aber ...«
Hastig schnitt er das Couvert auf und zog ein halbes Dutzend eng beschriebener Seiten hervor. Auf dem ersten Blatt mit dem Datum »Sonntag abend« beschrieb Louisa das Chaos im Haus der Elliotts. Die Kinder tobten, Jenny hatte hohes Fieber, und es gab genug schmutzige Wäsche, um eine Waschfrau gut und gern eine Woche in Atem zu hal-

ten. Robert lächelte bei dem Bild, das die Beschreibung von John Elliotts schwieriger Lage in ihm weckte, und der Erleichterung ihres Vetters, als Louisa den Haushalt geschickt in Ordnung brachte und den hilfsbereiten, aber unsicheren Nachbarn klare Anweisungen gab.

Der Bericht brach ab, offenbar gab es eine unvorhergesehene Krise, und Louisa setzte ihn erst wieder am Dienstag fort. Sie sang ein Loblied auf die älteste Tochter ihres Vetters, ein entzückendes fünfjähriges Mädchen, und das brachte Louisa dazu, sich nach Victoria Tempest zu erkundigen.

Robert seufzte tief und drehte das Blatt um. »Hast Du in der letzten Woche die Bainbridges oder Rachel gesehen? Ich hoffe es. Der Gedanke an Victoria macht mir sehr zu schaffen. Nur Rachel kann etwas für das Kind tun, und ich fürchte, sie ist von ihrem Erfolg in der Gesellschaft viel zu sehr in Anspruch genommen, um an ihre Schwester zu denken.

Bei dem Gedanken an York spüre ich, wie sehr Du mir fehlst. Diese Woche habe ich alle Hände voll zu tun gehabt. Mir blieb kaum Zeit zum Nachdenken, und ich bin Abend für Abend völlig erschöpft ins Bett gesunken! Die älteren Kinder sind wie eine Herde Affen, wenn sie zusammen sind. Sie stellen meine Geduld auf eine harte Probe. Aber das Baby ist ein kleiner Engel. Der Kleine schläft die ganze Nacht und schreit überhaupt nicht. Das ist sehr bemerkenswert. Ich muß Dir gestehen, Du hast einen Rivalen, Robert, denn ich habe mich in meinen kleinen Neffen verliebt! Jenny fürchtet bereits, daß ich ihn mitnehme, wenn ich wieder nach Hause fahre!

Ich freue mich, daß es ihr in den letzten Tagen sehr viel besser geht, obwohl der Arzt gestern gesagt hat, er hofft, daß ich mindestens bis zum Ende des Monats bleibe.

Wenn alles gut geht, werde ich in der ersten Dezemberwoche wieder bei Dir sein, und dann können wir an Weihnachten denken. Ich kann es kaum glauben. Das Jahr ist so schnell vorüber gewesen. Es kommt mir seltsam vor, daß ich Dich im letzten Jahr um diese Zeit noch nicht einmal kannte und nicht ahnte, daß Du in mein Leben treten und mein Herz erobern würdest. Jetzt kann ich mir nicht mehr vorstellen, Dich nicht gekannt und nicht geliebt zu haben. Es ist so seltsam und doch so schön.

Ich hoffe, ich fehle Dir sehr, mein Schatz, und daß das Wetter in York-

shire gut für die Jagd ist. Hier war es einfach wunderbar. Ich habe an einem kalten Morgen einmal die Blankney-Meute gesehen. Es war ein unvergeßlicher Anblick. Manchmal wünschte ich, ich hätte reiten gelernt und nicht nur als Kind auf einem alten Gaul sitzen dürfen, der langsam über ein Feld trabte. Wenn wir eines Tages vielleicht nach Irland gehen, wirst Du es mir dann beibringen?
Ich muß jetzt wirklich Schluß machen und den Brief morgen früh zur Post bringen. Ich kann kaum noch die Augen offen halten. Aber ich gehe gleich schlafen und hoffe, von Dir zu träumen, bis wir wieder zusammen sind – Deine Dich immer liebende Louisa.«
Am Ende der Seite stand noch ein hastig geschriebenes Postskriptum: »Danke für Deine Nachricht, die eben eingetroffen ist. Es tut mir leid, daß Du Dir Sorgen gemacht hast, aber das mußt Du wirklich nicht. Freue mich, daß Du Mama besucht hast. Wenn Du noch einmal hingehst, grüße sie bitte von mir und erzähle ihr alles, denn ich habe keine Zeit mehr zum Schreiben. PPS. – das sag ihr aber nicht: Ich habe heute morgen einen Brief von Edward bekommen. Sein Ausflug nach Lincolnshire hat sich als höchst erfolgreich erwiesen – mehr darüber, wenn ich Dich wiedersehe. In Liebe, Louisa.«

Robert dachte stirnrunzelnd über die letzte mysteriöse Bemerkung nach. Kopfschüttelnd griff er wieder nach der ersten Seite und las den Brief noch einmal. Er war so typisch für sie und in einer Art und Weise enthüllend, wie sie es sich nicht hätte träumen lassen. Das liebte er an ihr, wenn er auch teilweise anderer Ansicht war. Louisa arbeitete schwer. Sie verrichtete Dienstbotenarbeit, und er bedauerte bereits die leicht vorwurfsvolle Nachricht, die er ihr geschickt, und in der er sie aufgefordert hatte, so schnell wie möglich zu schreiben. Aber er wußte aus Erfahrung, daß sie nicht sehr dazu neigte, Briefe zu schreiben, und er hatte schon gefürchtet, sie werde überhaupt nicht schreiben.
In den vergangenen sieben Tagen hatte sie ihm so sehr gefehlt, daß seine Verzweiflung über das Alleinsein in keinem Verhältnis zur Dauer ihrer Abwesenheit stand. Sie war für ihn so unerreichbar, daß er sich sowohl geistig als auch körperlich nach ihr verzehrte und in eine Ruhelosigkeit verfiel, die wenig mit der erzwungenen Untätigkeit des Winters zu tun hatte.
Er seufzte und schob die eng beschriebenen Seiten wieder in den Um-

schlag, lehnte sich zurück und genehmigte sich den Luxus, sich noch einmal lange und ausgiebig zu strecken.
»Harris«, sagte er schließlich, »es ist Zeit. Ich muß mich in Bewegung setzen. Soweit ich weiß, ist meine Anwesenheit auf dem Exerzierplatz heute morgen erforderlich.«
Er sprang wie immer nackt aus dem Bett und schob die Arme in den Morgenmantel, den sein Bursche ihm hielt. »Ich würde gern wissen, ob es heute schön wird – man könnte arrangieren, heute oder morgen auf die Jagd zu reiten. Wird es so bleiben, was glauben Sie?« fragte er und blickte zu dem breiten blauen Streifen über den tief hängenden Dunstschwaden hinauf.
»Es könnte heute abend neblig sein, Sir. Aber auf dem Land müßte es klar bleiben.«
»Hmmm. Wir können es ja morgen versuchen. Ein wenig Bewegung würde mir gut tun. Mal sehen, was der Dienstplan vorsieht, und dann mache ich etwas mit Tommy aus.«
»Sehr richtig, Sir.«
Harris hatte bereits heißes Wasser für das Bad seines Herrn heraufgebracht und überprüfte automatisch jedes Stück der Uniform für den morgendlichen Appell: Waffenrock, Reithose, Schaftstiefel und Sporen, Säbel mit Säbeltasche, den weißen Schultergurt und den Gürtel, weiße Handschuhe und zuletzt die »Pillenschachtel«, die runde Mütze. Aus zwei verschiedenen Schubladen der Kommode nahm er ein frisch gebügeltes Hemd und saubere Unterwäsche. Er holte frische weiße Handtücher und legte sie zum Wärmen ans Feuer.
Während der Hauptmann im Ankleidezimmer badete, machte Harris sich daran, die Bettwäsche auf dem schmalen Bett zu wechseln. Er mußte lächeln, als er an den warmen Sommerabend dachte, an die Nacht, in der sie hier geschlafen hatte, und an die seltsame Kette der Ereignisse, die danach folgten.
Harris lächelte noch immer, während er das Bett bezog, das Laken an den vier Ecken sorgfältig glattzog, die Daunendecke und die Bettdecke in die richtige Lage brachte. Er und der Hauptmann hatten ein stillschweigendes Einverständnis in Sachen Miss Elliott. Für einen Notfall hatte Harris die Adresse der kleinen Wohnung, und er wußte, wie oft und wie lange der Hauptmann sie besuchte. Obwohl er ihr nur einmal begegnet war, glaubte Harris, Louisa Elliott genau zu kennen. Das lag

ganz einfach daran, daß sein Herr ein Spiegelbild all ihrer Stimmungen und Gefühle war. Auf ihre einzigartige Weise hatte sie den Mann wie eine Marionette im Griff – einer Kurtisane wäre das nicht besser gelungen. Über diese Situation konnte sich Harris in aller Unschuld oft und herzlich amüsieren.

Er schob das Bett wieder an seinen Platz und brachte die inzwischen warmen Handtücher in den Ankleideraum. Als er das Tablett vom Nachttisch nahm, blinzelte und nickte er Louisas Bild im Silberrahmen zu. Wie immer hätte er schwören können, daß die langen Augenwimpern sich verstohlen senkten, und der geheimnisvolle Mund sich zu einem verschwörerischen Lächeln verzog. Harris drehte sich mit dem Tablett in der Hand noch immer lächelnd um und sah, daß sein Herr bereits im Zimmer stand, ihn beobachtete und mit trügerischer Ruhe anredete.

»Sir?«

Robert wickelte sich ein Handtuch um die Hüfte und rieb sich langsam Arme und Brust mit dem anderen trocken. »Machen Sie es sich zur Gewohnheit, dieses Bild anzugaffen?«

»Nein, Sir!«

»Gut. Es freut mich, das zu hören. Ich würde Sie nicht gerne an den Exerzierfeldwebel verlieren.«

Mit dem Tablett in der Hand versuchte Harris zu salutieren. »Sir!«

Als sein Bursche gekränkt das Zimmer verließ, nahm Robert das bewußte Bild in die Hand. Er sah es lange Zeit mit einem Lächeln auf den Lippen an und dachte dabei an den Nachmittag, als sie in das Photostudio in der Lendal-Straße gegangen waren. Er hatte sich absichtlich hinter die Kamera gestellt und sie angesehen. Als Ergebnis hatte er nun drei bezaubernde Bilder von ihr. Sie sah oft so aus: belustigt, geheimnisvoll herausfordernd und mit der damenhaften Zurückhaltung, die sie trug wie ein hochgeschlossenes Kleid. Das gehörte zu ihrem Charme, fand Robert und spürte plötzlich die vertraute Reaktion. Entschlossen stellte er das Bild zurück, lief in das Ankleidezimmer und schlug die Tür hinter sich zu.

»Dieser verdammte Harris!« schnaubte er und griff nach seinen Sachen.

Um sechs Uhr kam er zurück. Um zehn Uhr war er mit seiner Schwadron hoch zu Roß zum Appell angetreten, um zwölf hatte er die Ställe inspiziert und eine Stunde später die Verpflegung der Männer stichprobenweise überprüft. Nach dem Mittagessen hatte er mit dem Adjutanten über den Weihnachtsurlaub gesprochen und danach im wesentlichen nichts mehr zu tun gehabt. Den Rest des Nachmittags hatte er in der Reitschule verbracht und zugesehen, wie der Rittmeister ein halbes Dutzend Rekruten und zwei neue Subalterne einer Art Folter unterzog.

An freien Nachmittagen war das im allgemeinen unterhaltsam und oft sehr aufschlußreich. Die Reiter drehten mit Sattel, ohne Sattel, mit Zaumzeug, ohne Zaumzeug Runde um Runde im Ring, mußten regelmäßig die Pferde wechseln und sprangen mit auf dem Rücken gefalteten Händen über Hürden. Robert sah grimmig lächelnd zu und wußte sofort, auf wen man sich verlassen konnte, wer gebremst und wer ermutigt werden mußte. In der Reitschule gab es keine Eitelkeit und keinen Stolz. Mit jedem schmerzlichen Fall auf das Sägemehl wurde den Männern die Wirklichkeit eingehämmert, und am Ende saßen die meisten auf einem Pferd, als seien sie dort geboren worden, und lenkten das Tier instinktiv. In der Hitze der Schlacht würde das lebensnotwendig sein.

Tommy erschien kurz, um sich mit ihm für den kommenden Tag zu verabreden. Aber als sie abends die Ställe verließen, standen die Aussichten auf die Jagd wieder schlecht. Mittags war die Sonne hinter dichten Nebelschwaden verschwunden, die von der Küste den Fluß heraufzogen. Das war sicher nicht nur in der Stadt so. Als die beiden Männer die Kaserne verließen und lachend den Weg zum Haus suchten, spürten sie den Schwefel in der feuchten Luft auf den Lippen. Die Schwierigkeit, das Haus zu finden, schien auszuschließen, daß sie später zum Essen in die Messe zurückkehren würden. Sie beschlossen, die Sache mit der Jagd am nächsten Morgen zu entscheiden, und trennten sich vor Roberts Zimmertür.

Das flackernde Feuer begrüßte ihn mit freundlicher Wärme. Die Lampen brannten, und Louisas Photo schien ihn glücklich anzustrahlen. Robert legte den feuchten Mantel ab, sank in den Sessel neben dem Kamin und gähnte. Seine Augen brannten vom Nebel, und er fühlte sich ungewöhnlich müde. Gott sei Dank, dachte er, gibt es keinen Grund,

das Haus noch einmal zu verlassen. Er schloß kurz die Augen. Harris kam herein, und nach fester Regel zog er Robert zuerst die Stiefel aus und legte dann die Kleidungsstücke für den Abend zurecht.
»Nicht nötig, Harris. Ich gehe nicht noch einmal aus. Ich schreibe ein paar Briefe und gehe früh schlafen. Ich bin mit allem als Abendessen zufrieden, was Sie haben – Brot und Käse, eine Scheibe Schinken –, irgend etwas. Ach, und Kaffee, eine Tasse guten heißen Kaffee mit einem Schuß Rum zum Einschlafen.«
Kaum eine Stunde später saß er an seinem Schreibtisch und beantwortete bereits Louisas Brief. Er zündete sich eine Zigarre an und griff nach einem neuen Blatt.
»In Erinnerung an unser Gespräch vor Deiner Abreise habe ich am Dienstagnachmittag eine Einladung zum Tee bei Bainbridge *(junior)* angenommen. Nach zwei Absagen rechnete ich mit einem kühlen Empfang (es hätte mir nicht das geringste ausgemacht), aber Rachel begrüßte mich sehr herzlich. Sie scheint meine Anwesenheit bei ihren kleinen Empfängen als eine Art Schmuck zu empfinden (Ich möchte wissen, wie sie reagieren würde, wenn sie etwas von unserer Beziehung wüßte!).
Vorher hatte ich mir lange Gedanken darüber gemacht, was ich sagen sollte. Aber als sie mir erst einmal ihre Aufmerksamkeit schenkte, ging alles erstaunlich einfach. Ich äußerte mich zunächst über die Zeit, die sie nun schon verheiratet ist, spielte die Rolle, die ich mir vorgenommen hatte, und sagte bewundernd, die Flucht sei ein Zeichen wahrer Liebe. (Ja, ja, jetzt kannst Du lachen, Liebste!) Ich erkundigte mich, wie ihr Vater es hingenommen hat, und wollte wissen, ob er ihr inzwischen vergibt.
Es war vielleicht naiv, von Rachel so etwas wie Sorgen zu erwarten. Aber im Grunde hatte ich damit gerechnet. Davon war nichts zu spüren. Sie lachte und erklärte, ihr Vater sei nach wie vor unversöhnlich. Dann erkundigte ich mich nach ihrer kleinen Schwester. Ich fragte: ›Fehlt Ihnen das Kind nicht, und wird die Kleine sich nicht nach Ihnen sehnen?‹ Ich muß gerechterweise sagen, daß daraufhin das Lachen verstummte. Ich sah, daß ich ihr einen sehr schmerzlichen Schlag versetzt hatte, und das tat mir beinahe leid.
Ich erfand schnell eine Geschichte und erzählte, ich hätte die Kleine auf dem Knavesmire in Begleitung eines Hausmädchens gesehen (ich be-

schrieb Moira, so gut ich sie in Erinnerung hatte) und Victoria nicht sofort erkannt, denn sie sei sehr viel dünner als früher. Aber, so sagte ich, sie habe mir beim Vorbeireiten zugewinkt.
Rachel hörte sich die Geschichte sehr bewegt an. Daraufhin schlug ich vor, sie könne doch entweder mit der kleinen Schwester oder dem Hausmädchen Kontakt aufnehmen und vielleicht einmal nachmittags eine Begegnung arrangieren. Sie erwiderte, ihr Vater werde ihre Handschrift erkennen! (Ist sie denn wirklich so dumm? Ich hätte sie in solchen Dingen für geschickter gehalten!) Ich mußte ihr also erklären, wenn sie die Adresse in schlechter Druckschrift schreibe und den Brief in der Stadt zur Post bringe, würde ihr Vater nichts bemerken.
Du siehst, Liebste, ich habe getan, worum Du mich gebeten hast, und ich hoffe, damit ist die Sache endgültig erledigt. Ich verstehe, daß Du Dir um das Kind Gedanken machst. Mir ist aber schleierhaft, warum Du Dich um die Tempests immer noch bemühst. Du trägst nicht mehr die Verantwortung für Victoria, ich habe Rachel auf das Problem aufmerksam gemacht, und Du solltest versuchen, das alles zu vergessen. Ich mache mir Gedanken darüber, daß der Vater erraten könnte, daß Du hinter dieser Initiative stehst. Er ist so bösartig, daß er Wege finden wird, Dich dafür leiden zu lassen.«
Robert legte die Feder beiseite und stand auf. Er warf den Zigarrenstummel in das Feuer und griff nach der warmen Kaffeetasse. Der schwarze Kaffee schmeckte bitter, und mit dem Schuß Rum konnte er ihn gerade noch trinken. Seine Augen überflogen noch einmal die Seiten, die er geschrieben hatte. Bei dem letzten Satz seufzte er wieder. Er hoffte sehr, daß für Louisa die Tempest-Episode damit beendet war. Schon der Name Tempest löste bei ihm erhebliche Unruhe aus. Er liebte inzwischen York, aber er wußte, in vieler Hinsicht würde er froh sein, die Stadt zu verlassen. An einem anderen Ort war Louisa eine Fremde, und der Klatsch wäre kein so großes Problem mehr. Es war zwar nur eine berechtigte Vermutung, daß er nach Dublin, also in seine Heimat versetzt werden würde, aber dort konnte er Louisa schützen. Die Duncannons gehörten zwar nicht in die Reihen von Charlottes adligen Verwandten, aber sie hatten unter dem alten irischen Landadel auch Freunde. Da Robert seit seiner Eheschließung praktisch das Leben eines Einsiedlers führte, war vielleicht die Zeit gekommen, einige alte Verbindungen wieder aufleben zu lassen. Und wenn teilnahmsvolles

Verständnis von ein paar Worten in die richtigen Ohren abhing, dann war er dazu bereit. Früher wäre er lieber gestorben, als Charlottes Wahnsinn einzugestehen. Aber jetzt sah er das anders. Er hatte den Preis hundertfach bezahlt. Louisa würde in Zukunft an seiner Seite stehen, und er war entschlossen, dafür zu sorgen, daß man sie in der Gesellschaft akzeptierte.

Robert griff wieder nach der Feder und schrieb: »Da Du doch sehr viel länger weg sein wirst, als wir zuerst gedacht hatten, habe ich für Ende nächster Woche um Urlaub gebeten. Ich will nicht nach Blankney kommen, obwohl das herrlich wäre, sondern werde nach Irland fahren. Ich muß dort einige wichtige Dinge erledigen. Während Du anderweitig beschäftigt bist, scheint mir das eine gute Gelegenheit dafür zu sein.

Der Adjutant hat mir außerdem heute mitgeteilt, daß ich an Weihnachten Dienst habe. Also sind meine Fragen in dieser Richtung jetzt beantwortet. Ich werde versuchen, Letty zu überreden, daß sie an Weihnachten nach York kommt. Natürlich soll sie dann Georgina mitbringen.

Es wird schön sein, mein Kind wiederzusehen, denn ich gestehe, sie wird immer bezaubernder, und ich möchte zu gern, daß du sie kennenlernst. Bestimmt wirst Du sie lieben, denn sie ist intelligent und charmant wie ihr Vater! Sie ist jedoch hübscher und sehr viel bescheidener!

Ich werde mir unterdessen das Dubliner Haus genauer ansehen. Wenn wir dort wohnen wollen, dann müssen bestimmt einige Räume instand gesetzt werden. Ich muß zu meiner Schande gestehen, daß das Haus sehr vernachlässigt worden ist. Ich kann den Gedanken nicht ertragen, daß Du es in diesem Zustand siehst.

Bestimmt werde ich vor Dir wieder in York sein und zähle die Stunden und Minuten bis zu Deiner Rückkehr. Du hast mir entsetzlich gefehlt, und Du darfst mich nie mehr verlassen, auch nicht, um anderen in einer Notlage zu helfen! Trotzdem bitte ich Dich, Deinen Vetter von mir sehr herzlich zu grüßen, und ich wünsche auch Jenny eine baldige Genesung.

Bis zu unserem Wiedersehen, mein Schatz, schicke ich Dir meine ganze Liebe – Robert.«

9

Drei Tage vor Weihnachten eilte Robert erwartungsvoll in die Bahnhofshalle. Er warf einen Blick auf den Fahrplan mit den Ankunftszeiten, kaufte eine Bahnsteigkarte und ging durch die Unterführung zu den Bahnsteigen. An den Wänden hingen Plakate, die für Haushaltsartikel warben: Reckitt Wäscheblau, Wright Teerseife, Van Houten Kakao, Rowntree Heiße Schokolade und etwas weiter das Plakat für Fry's Schokoladenmalztrunk. Er eilte durch den Tunnel und überlegte, ob das Ende der Nation gekommen sei, wenn es plötzlich die beliebtesten Kakaogetränke nicht mehr geben sollte. Ein Werbespruch forderte sogar: *Kein Frühstück mehr ohne ...* Ein kalter Schauer lief ihm bei diesem Gedanken über den Rücken. Er stieg wieder zum Licht hinauf und spürte, wie die rußige Luft ihm die Kehle reizte.

Ein kalter Ostwind stob um die weite Bahnhofsbiegung, und Robert zog den Mantel enger um sich. Die Uhr zeigte siebenundzwanzig Minuten nach elf. Wenn der Zug pünktlich eintraf, blieben ihm noch fünf Minuten – fünf Minuten mit gemischten Gefühlen. Er freute sich darauf, sein Töchterchen und Letty wiederzusehen, aber was dann kam, bereitete ihm Unbehagen.

Gepäckträger warteten auf dem Bahnsteig, um den eintreffenden Reisenden ihre Dienste anzubieten, und bliesen sich die eiskalten Finger. Robert suchte nach einer Münze, drückte sie in eine wartende Hand und gab seine Anweisungen. Er versprach dem Mann noch eine Münze, wenn er das Gepäck ins Royal-Station-Hotel gebracht hatte. Ein Blick auf die Uhr verriet ihm, daß der Zug bereits eine Minute Verspätung hatte. Aber im nächsten Moment hörte er ihn und sah, wie die schwarz glänzende und Dampf ausstoßende Lokomotive langsam um die Kurve rollte. Zischend und dampfend wie ein Ungeheuer fuhr sie an ihm vorbei und blieb mit einem lauten Schnaufen quietschend stehen.

Er entdeckte zuerst Georginas Gesicht und ihre aufgeregt winkenden Hände am Fenster, dann sah er Lettys große Gestalt, die Haare wie immer durcheinander; ihr Hut mit der breiten Krempe lag wie ein Boot auf einer hohen Welle. Als die Waggontür geöffnet wurde, flog Georgina in seine Arme. Ihr warmer, aufgeregter Körper klammerte sich so fest an ihn, als wollte sie ihn nie wieder loslassen. Er hob sie glücklich hoch, umarmte seine Schwester mit der freien Hand und begrüßte Bridget, das Dienstmädchen, das vor ihm knickste und ihn mit ihrem rosigen frischen Gesicht anstrahlte.
Bridget führte den Gepäckträger zu den Koffern. Robert ging mit seiner Tochter zur Lokomotive, die noch immer leise zischte und gelegentlich eine Dampfwolke ausstieß, als habe sie es eilig, den Bahnhof wieder zu verlassen. Georgina sah ehrfürchtig und beeindruckt mit großen runden Augen zu, wie ein Mann mutig Messingstangen und Beschläge putzte und mit einem weichen Tuch über die roten, grauen und beigen Linien auf Lokomotive und Tender fuhr. Als der Heizer ihren Blick bemerkte, lächelte er und zwinkerte ihr zu. Dann öffnete sich in dem schwarz verschmierten Gesicht ein rosa Mund mit weißen Zähnen und verzog sich zu einem breiten Grinsen. Georgina hielt erschrocken die Luft an. Der Lokomotivführer berührte grüßend die Mütze, und Robert erwiderte den Gruß mit einem angedeuteten Salut. Georgina kicherte, denn sie sah erleichtert, daß der »schwarze Mann« kein Dämon war. Aber sie wollte nicht gehen und drehte sich immer wieder sehnsüchtig und neugierig um, bis die Tunnelwände schließlich den Blick auf die Lokomotive versperrten.
In der Unterführung fand sie die Sprache wieder und berichtete von den Höhepunkten der Reise. Sie stellte so viele Fragen, daß man ihr kaum antworten konnte.
»Ich dachte immer, Kinder soll man sehen und nicht hören«, sagte Robert kopfschüttelnd, denn er bemerkte, wie einige Leute sich umdrehten und über die hohe, piepsende und aufgeregte Stimme des kleinen Mädchens lachten.
»Bei ihr ist das anders«, erwiderte Letty ruhig, »sie hat alle im Griff, von Bridget bis zum Butler. Nicht wahr, Bridget?«
»Dann habe ich erst recht keine Chance«, erklärte Robert und erwiderte das strahlende Lächeln seiner Tochter.
»Papi, kannst du dir das vorstellen? Das Schiff hat sich gehoben und

gesenkt und sich immer gedreht – das hat großen Spaß gemacht! Es war herrlich, aber Tante und Bridget wollten, daß ich mich hinlege. Sie haben das Rauf und Runter *überhaupt nicht* komisch gefunden!«
Letty rümpfte die Nase bei dem Gedanken an die Seekrankheit.
Robert fragte taktvoll: »War es eine schlimme Überfahrt?«
»Schlimm?« Seine Schwester sah ihn an. »Hätte ich das geahnt, wäre ich in Dublin geblieben!«
»Aber du bist doch schon öfter übergesetzt.«
»Ja, im Sommer!«
»Es kann auch im Sommer unangenehm sein«, sagte er mitfühlend, »wie auch immer – du hast jetzt wieder festen Boden unter den Füßen, und ich habe euch eine angenehme Suite reservieren lassen. Du kannst dann wenigstens ungestört essen und dich erholen – Hotels sind nicht das Richtige für Kinder.«
Letty sah ihren Bruder dankbar an. »Das klingt wunderbar.«
»Ich hoffe, es wird dir gefallen«, erwiderte er mit etwas zu großem Nachdruck, und sie dachte: Die Suite muß also teuer sein. Sie setzte den Hut auf die dichten, widerspenstigen Locken und folgte in Vorfreude auf das Hotel, das Robert mit so viel Liebe und Mühe für sie ausgewählt hatte, ihrem Bruder die Stufen hinauf zur Empfangshalle des Royal Station. Aber ihr sank das Herz, denn sie sah mit einem Blick, daß es zu den Hotels gehörte, für die sie wenig übrig hatte. Es war zu modern und viel zu aufdringlich mit den roten Wänden und schweren Möbeln. Ein großes goldgerahmtes Porträt der Königin blickte traurig von der Wand hinter der prachtvollen, geschwungenen Treppe, und majestätische Landseer-Hirsche röhrten in schottischen Bergschluchten. Die königliche Liebe für alles Schottische fand ihren Niederschlag auch in dem Tartanmuster des Teppichs. Es war alles so anders als White Leigh mit den Chippendale- und Sheraton-Möbeln und sanften Pferden von Stubbs, die den Betrachter aus noch sanfteren Landschaften anblickten.
Überall saßen und standen Menschen, unterhielten sich angeregt auf Plüschsofas und stellten ihre neuesten und elegantesten Kleider zur Schau. Letty sah ihr Spiegelbild in einem der bodenlangen Spiegel und zog eine Grimasse. Sie war viel zu groß, dünn wie ein Besen, wie ihr Vater immer sagte, und so schäbig angezogen wie eine Pfarrerstochter. Schuldbewußt senkte sie den Kopf und wünschte, sie hätte den Rat ih-

rer Schwägerin befolgt und sich neu eingekleidet. Aber Letty lehnte Annes Gewohnheit ab, ständig Geld für Kleider auszugeben, und war stolz auf ihre Bescheidenheit; deshalb hatte sie Annes Vorschlag sofort heftig abgelehnt. Mit einem reumütigen Seufzer nahm sie ihre Nichte an die Hand und stieg die Treppe hinauf.

Die Suite war mehr nach Lettys Geschmack. Hier herrschten helle Farben und Blumenmuster vor, und die Zimmer waren nicht mit Tischen und Sesseln überladen. Vergnügt ging sie zum Fenster und schlug die grünen Samtvorhänge zurück, um das Licht hereinzulassen. Der Blick überraschte sie: Vor ihr lag ein hübsch angelegter Park, der im Frühling und Sommer ein Vergnügen sein mußte. Die Stadt dahinter mit den weißen Türmen des Münsters wirkte im rauchigen Dunst irgendwie schwerelos.

Robert legte ihr mit einem zufriedenen Lächeln den Arm um die Schultern. »Siehst du das Münster? Wundervoll, nicht wahr? Warte nur, bis du es aus der Nähe siehst – ich schwöre dir, es gibt in ganz England nichts Vergleichbares.«

In den schiefergrauen Augen seiner Schwester zeigte sich ein spöttisches Lächeln. »Das hast du damals, als du zum ersten Mal nach York gekommen bist, nicht so gesehen«, erinnerte sie ihn.

»Es muß ein nebliger Tag gewesen sein«, erwiderte er lachend.

»Ich glaube, der Nebel war in deinem Kopf!«

»Vielleicht.« Sein Blick glitt den Fluß entlang. Er entdeckte die Eisenbahnbrücke, und dahinter ahnte er mehr, als daß er sie sah, Louisas Wohnung. Die Ruine des St.-Mary-Klosters ragte weiß zwischen den kahlen Bäumen auf, und man sah auch den Fachwerkbau des Hospitiums am Flußufer. »Siehst du die Ruine?« fragte er. »Der Park ist auch im Winter sehr schön. Ich muß mit dir dort einmal spazierengehen. Sie haben viele seltene Pflanzen und Bäume – der Park von White Leigh ist natürlich sehr viel größer, aber es ist eine hübsche Anlage.«

»Das würde mir Spaß machen«, erwiderte sie vergnügt, denn Gärtnern war ihr Hobby, das sie mit Leidenschaft betrieb. »Vielleicht heute nachmittag?«

»Wenn du willst«, erwiderte er, »wenn das Wetter so bleibt, machen wir einen Spaziergang.«

Damit Bridget die Sachen in Ruhe auspacken konnte, erklärte sich Letty bereit, unten zu essen. Aber als sie den hohen Speisesaal betraten, schwor sie sich, daraus keine Gewohnheit zu machen.

Mit den weißen Tischdecken und dem üppigen Chrysanthemenschmuck aus dem Gewächshaus hatte der Speisesaal die Atmosphäre einer Kirche. Die Gäste widmeten sich beinahe inbrünstig dem Essen, und ihre gedämpften Gespräche waren im Gegensatz zu den Tellern unbedeutend und nichtssagend. Georgina hatte ihrer Energie in den Räumen oben kurz freien Lauf gelassen und verstummte nun wieder ehrfürchtig, wofür ihre Tante dankbar war. Sie liebte das Kind wie eine Mutter, aber wie eine Mutter sah sie auch deutlich die Schwächen und Stärken der Kleinen.

Georgina konnte herrisch und unberechenbar sein, und manchmal wirkte sie auch sehr frühreif. »Sie ist nicht zum ersten Mal auf dieser Welt«, sagte Bridget oft, und Letty stimmte ihr hin und wieder zu. Im allgemeinen führte sie Georginas altkluge Bemerkungen ganz einleuchtend auf die besonderen Umstände ihres Zuhauses zurück. Die schwierige Atmosphäre mußte ihre Spuren hinterlassen. Das Kind wußte, daß Charlotte ihre Mutter war, und wußte auch, daß die Arme ein krankes Bewußtsein hatte, so wie andere einen kranken Körper. Letty betonte das immer wieder, wenn sie mit Georgina die Alten und Kranken besuchte, was zu den Pflichten der Besitzer von White Leigh gehörte. Aber selbst in den besten Zeiten war es schwierig; William und Anne ertrugen die Situation mit starrer Miene und ignorierten Charlottes Anwesenheit in ihrem Haus, so gut sie konnten. Letty wußte sehr wohl, daß sie Charlotte nur aufgenommen hatten, weil sie mit den Zinsen von Charlottes Vermögen ihre Rechnungen bezahlten.

In schlechten Zeiten war die Lage beinahe unerträglich. Letty machte sich noch immer für die Ereignisse im letzten Jahr heftige Vorwürfe und wußte, sie würde die schrecklichen Erinnerungen bis zu ihrem Tod nicht vergessen.

Aber Charlotte hatte sich so lange bestens gehalten! Sie war geistig klar gewesen, hatte sich bemüht, zu allen freundlich zu sein, und vergnügt und zufrieden ihrer kleinen Tochter beim Spielen zugesehen. Natürlich ließ man sie nie mit der Kleinen allein. Letty gefror das Blut in den Adern, wenn sie daran dachte, daß leicht Georgina hätte etwas geschehen können, und sah in Alpträumen Charlottes Tochter blutend und entstellt auf dem Boden liegen . . . Die plötzliche Besessenheit von Sauberkeit, und die Beschäftigung mit dem eigenen Aussehen hätten ein

Hinweis sein können, aber da Charlotte so sanft blieb, regte sich kein Verdacht, während sie in Wirklichkeit wie eine Spinne auf ihr Opfer wartete. Und ich, dachte Letty gequält, habe ihn noch aufgefordert, ihr ins Netz zu gehen.

Bis zu diesem Tag hatte sie Mitleid mit Charlotte gehabt. Sie spürte, die junge Frau war in vieler Hinsicht die Geschädigte. Aber nachdem Charlotte sie bösartig und hinterlistig getäuscht hatte, war es damit vorbei. Letty konnte die Szene nicht vergessen, die sich am Weihnachtsmorgen ihren Augen geboten hatte. Sie kam aus der Kirche, sah die verstörten Gesichter der Dienstboten, rannte die Treppe hinauf und fand Robert mit blutigem Hemd auf dem Bett liegen. Sie dachte, er wäre tot. Georgina glaubte das auch und begann, in panischer Angst zu schreien. Letty hatte diese Schreie immer noch im Ohr und würde sie nie vergessen.

Selbst jetzt hatte die Kleine immer wieder Alpträume. Wenn Robert abreiste, weinte sie abends noch wochenlang, verlangte nach ihm und wollte wissen, wo er war, und warum er nicht zurückkam. Aus einem unerklärlichen Grund liebte sie ihren Vater über alles. Aber an ihrer Mutter hatte sie bis vor kurzem wenig mehr als oberflächliches Interesse gezeigt. Letty hatte geglaubt, Robert könne das Kind nicht lieben, denn sie erinnerte ihn an die Dornen, die sein Gewissen durchbohrten. Irgend etwas hatte jedoch seine Besessenheit von Charlotte beendet, das bereits erschreckend erstarrte Gesicht aufgetaut und den scheinbar endlosen Strom Alkohol versiegen lassen. Robert konnte wieder klar denken und sich am Leben freuen.

Letty wußte natürlich, daß eine Frau dieses Wunder bewirkt hatte. Sie mußte sehr mit sich kämpfen, um ihre Neugier zu zügeln. Wer war sie? Was für eine Frau war es? Wie hatte es sich ereignet?

Ein- oder zweimal im Sommer schien er beinahe bereit gewesen zu sein, darüber zu sprechen. Aber er war davor zurückgeschreckt, als sei das Glück zu neu, zu zerbrechlich, um einem anderen, und sei es auch seiner Schwester, anvertraut zu werden. Vor einem Monat hatte er plötzlich aus Dublin telegrafiert. Als Letty dann dort eintraf, steckte er mitten in der Renovation des Hauses. Er studierte Vorhang- und Tapetenmuster und wollte ihr unbedingt seine Zukunftspläne erzählen.

Sie freute sich über die dringend notwendige Instandsetzung des Hauses ihrer Mutter, aber Roberts Ideen und Wunschträume dämpften

diese Freude. Sie mißgönnte ihm seine Geliebte nicht, aber die Vorstellung, daß diese Frau dort wohnen sollte, während die Königlichen Dragoner in Irland stationiert waren, grenzte an Wahnsinn.
Letty hatte die Einladung, nach York zu kommen, auch deshalb angenommen, um Miss Louisa Elliott kennenzulernen. Robert beschrieb sie als eine anständige und vernünftige Frau, die sich nicht auf seine Kosten in der Gesellschaft zur Schau stellen wollte. Aber man kann nie wissen, dachte Letty. Wenn es um Frauen ging, waren die Männer oft unverständlich blind. Sie hatte sich vorgenommen, ihn in einem geeigneten Moment aufzufordern, die junge Frau zum Essen einzuladen – vielleicht schon morgen abend, denn an Weihnachten hatte er andere Verpflichtungen. Wenn Georgina im Bett lag und schlief, würde sie die Möglichkeit haben, sich von Miss Elliotts Charakter ein Bild zu machen.
Wer sie auch sein mochte, man konnte ihr nur dankbar sein. Robert war glänzend gelaunt, locker, fröhlich, und sein Sinn für Humor zeigte sich in herzlichem Lachen, das an andere, glücklichere Zeiten denken ließ. Während sie ihn jetzt beobachtete, wie er sich mit leuchtenden Augen Georginas Geheimnisse anhörte, wußte sie, daß sich die Reise bereits gelohnt hatte, ganz gleich, was bei dieser anderen Sache herauskam. Es war ihr einziges Motiv gewesen, das Kind hierher zu bringen, damit es weit weg von White Leigh Weihnachten mit seinem Vater feiern konnte. Wenn alles gut ging, würden die Schrecken des vergangenen Jahres bald vergessen sein.

10

Seit der Rückkehr aus Blankney gab es in Louisas Tagen keine Routine mehr. Unerwarteterweise und beinahe schuldbewußt freute sie sich über die neugewonnene Freiheit. Sie konnte kommen und gehen, wie es ihr gefiel. Manchmal stand sie früh auf, kaufte wie eine gute Hausfrau das beste Fleisch und das frischeste Gemüse ein, dann wieder lag sie bis zum Mittagessen im Bett und las Zeitschriften und Bücher. Früher konnte sie höchstens einmal eine gestohlene Stunde vor dem Einschlafen lesen, aber jetzt las sie heißhungrig und überließ sich ganz dieser Leidenschaft. Das war etwas Neues für sie, und im Augenblick genoß sie dieses Leben, denn sie wußte sehr wohl, ihre Tage würden sich von selbst ordnen.

Aber als sie ihre Bücher wegstellte und die Kleider aufräumte, empfand Louisa eine Angst, die ihr auf den Magen schlug. Robert war es trotz Dienst gelungen, sich über Weihnachten zwei Tage Urlaub genehmigen zu lassen. Als er sich an diesem Morgen angezogen hatte, gestand er ihr, daß er sich zum ersten Mal wie ein Ehebrecher vorkomme.

»Das bin ich ja auch«, erklärte er düster, »aber bisher ist es mir nie in den Sinn gekommen. Es muß an Letty liegen – ich möchte nur wissen, wie sie alles aufnimmt.«

Diese Bemerkung hatte in Louisa Panik ausgelöst. Offenbar hatte sie sich geirrt, als sie annahm, es sei bereits alles geklärt. Jetzt stellte sich heraus, daß er Letty bisher nur sehr wenig gesagt hatte. Da er fürchtete, sie werde die Reise ablehnen, hatte er sie nicht aufgefordert, Louisa kennenzulernen. Aber er schob fröhlich alle Befürchtungen beiseite und behauptete, das sei nicht weiter wichtig. »Ich möchte nur, daß du Georgina kennenlernst, und irgendwie wird mir das gelingen.«

Daran zweifelte Louisa nicht und spürte, wie die freudige Erwartung ihre Angst etwas zurückdrängte. Vater und Tochter zusammen würden ihr eine andere Seite des Mannes zeigen, den sie liebte. Diese Seite wollte sie unbedingt kennenlernen und mit ihm teilen. Seine Schwester Letty war jedoch etwas ganz anderes. Trotz der leuchtenden Farben, in denen Robert sie beschrieb, hatte Louisa genug Erfahrungen mit Damen der feinen Gesellschaft gemacht, um zu wissen, daß selbst die besten, wenn es um einen unmoralischen Lebenswandel ging, Menschen, die in Klasse und Rang unter ihnen standen, wie Luft behandeln konnten.

Louisa beschäftigte sich etwa eine Stunde in der Wohnung, aber dann konnte sie die Spannung nicht länger ertragen. Sie wechselte die Kleider, zog den neuen Mantel an, setzte den neuen Hut auf und ging in Richtung Stadt. Sie lief den Hügel zur Bootham-Straße hinauf, durch das Stadttor und bog in die Petergate-Straße ab.

Die große Erwartung vor dem Fest erfüllte und belebte die Stadt. Eine besondere Erregung schien Augen, Ohren und Nase für das zu öffnen, was noch vor einer Woche unbemerkt geblieben war. Die mittelalterlichen, rußgeschwärzten Gebäude wirkten wie Häuschen aus *Hänsel und Gretel*. Sie drängten sich zusammen und lockten mit ihren verführerisch dekorierten Fenstern die Käufer. Als Louisa an einem der besseren Gasthäuser vorüberkam, erinnerte sie der angenehme Geruch von Zigarren und Wein mit unerwarteter Deutlichkeit an Robert. Der Geruch der Tannenzweige und Früchte vor einem Gemüseladen weckte in ihr den Wunsch, hineinzugehen und von allem, was dort lag, etwas zu kaufen. Auch die Menschen waren anders: Herren zogen den Hut, Damen lächelten freundlich beim Vorübergehen, und Louisa lächelte zurück. Sie liebte die Tage vor Weihnachten, denn dann war die Welt freundlicher, und alles, wirklich *alles* schien möglich.

Sie stand lange vor einem Spielzeugladen. Robert hatte dort vor ein paar Tagen eine wunderschöne Porzellanpuppe mit blauen Augen und echten Haaren gekauft. Bis in jede Einzelheit war die Puppe wie eine echte Dame gekleidet. Louisa hatte sich wie ein Kind darüber gefreut und lachend seine kleine Tochter beneidet, für die diese Puppe als Geschenk bestimmt war. Louisas Puppen waren derb und nicht elegant gewesen, aber Louisa hatte sie alle geliebt und mit großer Hingabe gepflegt. Mit einem verstohlenen Lächeln erinnerte sie sich an die Kinderzeit, an die großen Erwartungen und an das Herzklopfen bei der Frage, welche Geschenke Mama wohl für sie haben mochte. Die

Strümpfe waren immer gefüllt gewesen mit Äpfeln und kleinen, bitteren Orangen, neuen Kupfermünzen, die am dunklen Wintermorgen wie Schätze blitzten. Und für sie alle gab es in jedem Jahr eine besondere Überraschung.

Weihnachten in North Riding war immer etwas Großartiges gewesen und erinnerte, wie Louisa dachte, beinahe an die prächtigen Feste einer anderen Zeit . . . vielleicht vor hundert Jahren. Die Köchin hatte eine Woche oder noch länger alle Hände voll zu tun. Die Kinder übten Theaterstücke ein, bastelten Geschenke und sammelten Wagenladungen Misteln und Stechpalmenzweige. Es war ein so unglaublicher Spaß gewesen, und sie hatte kaum etwas dagegen gehabt, erst im neuen Jahr wieder zu Hause zu sein.

Im letzten Jahr fehlte seltsamerweise jede Freude und Fröhlichkeit. Die Weihnachtsfeier bei den Tempests, wenn man überhaupt von einer Feier sprechen konnte, verlief in beinahe asketischer Strenge. Offiziell hatte die Familie noch Trauer, da Mrs. Tempest mit dem alten Jahr für immer gegangen war. Aber da auch keine unterdrückte Freude zu spüren war, vermutete Louisa, daß es in diesem Haus selbst an Weihnachten wenig oder keine Freude gegeben hatte.

Spontan betrat sie ein Geschäft. Nach vielem Seufzen und Suchen kaufte sie ein Geschenk, das unbemerkt den Weg in den Unterrichtsraum in der Blossom-Straße finden konnte. Es war ein kleines Buch aus Karton, das man mit Schere und Leim geschickt in ein winziges Theater verwandeln konnte. Es gab sogar Kulissen und Akteure. Vielleicht war Victoria noch nicht alt genug, aber sie würde sich bestimmt darüber freuen. Louisa nahm sich vor, das Büchlein mit einer entsprechenden Nachricht an Moira zu schicken, damit Victoria das Geschenk auch bekam. Rachel brauchte natürlich kein Mitgefühl und keine Geschenke. Ihr Weihnachten war sicher ausgefüllt mit Partys und Unterhaltungen aller Art. Louisa hoffte, Rachel werde trotzdem auch einmal an ihre kleine Schwester denken.

Sie kehrte um und ging unter dem riesigen Besen am Bürstenhaus Seale hindurch und kam sich dabei sehr mutig vor – auch das Kindheitserinnerungen . . . Louisa mußte lächeln, denn damals glaubte sie immer, der Besen werde sie alle davonfegen. Er hatte ihr viele Jahre entsetzliche Angst eingejagt, und sie hatte ihre Mutter immer wieder überredet, auf der anderen Straßenseite zu gehen. Aber dort war Merriman, der Pfandleiher. Und diese Stelle wollte ihre Mutter vermeiden, obwohl Louisa als Kind nie richtig verstand warum. Sie betrachtete die staubigen Dinge, die vor dem Laden an Stöcken hingen, und fragte sich, ob ihre Mutter wohl einmal Grund gehabt hatte, Mr. Merriman aufzusuchen, und hielt die Luft an, um den muffigen Geruch nicht einatmen zu müssen.

Sie wollte zu einem Juweliergeschäft in der Stonegate-Gasse, denn dort hatte sie besonders hübsche Manschettenknöpfe entdeckt – winzige emaillierte Kleeblätter in einem Goldring. Ein Preisschild fehlte, aber sie hielt es für überaus wichtig, Robert ein Geschenk von ihrem selbstverdienten Geld zu kaufen. Deshalb hatte sie etwas von ihrem Ersparten abgehoben. Als sie jetzt den Laden betrat, hoffte sie, es würde genügen. Sie erkundigte sich nach dem Preis und stellte fest, daß die Manschettenknöpfe weniger kosteten, als sie befürchtet hatte. Zufrieden nickte sie und ließ sich ihr Geschenk für Robert hübsch einpacken. In bester Laune verließ sie das Geschäft und schlug den Rückweg ein.

Es war schneller und angenehmer, durch den Museumspark zu gehen. Sie trug Victorias Buch unter dem Arm und Roberts Geschenk in ihrem kleinen Einkaufsnetz und bezahlte bereitwillig den Penny Eintritt. Wie immer hielt sie Ausschau nach der kleinen Victoria. Sie waren oft hier im Park gewesen, manchmal auch mit Rachel. Louisa hatte die Hoffnung zwar aufgegeben, Victoria zu begegnen, musterte aber automatisch die Gruppen der Kinder mit den Kindermädchen, die hier spazierengingen. Aber es war ein kalter Tag. Der Zauber des sonnigen Mittags verblaßte schnell, und abgesehen von ein paar mißmutigen Pfauen lag der Park praktisch verlassen.

Es gab drei Hauptwege. Der eine führte zu der Anhöhe, wo hoch über dem Fluß die neoklassizistische Fassade des Museums den Blick auf sich lenkte. Ein Fußweg führte am Ufer entlang und ein anderer diagonal von einem Ende zum anderen Ende des Parks. Hier stand, beinahe verborgen hinter Bäumen und Büschen, das kleine Observatorium. Louisa wählte den mittleren Weg; sie lief den Hügel bereits wieder herunter, als sie durch die Bäume hindurch in einiger Entfernung Robert entdeckte. Er drehte ihr den Rücken zu und hielt offenbar nach jemandem Ausschau. Zuerst wollte Louisa zu ihm hinlaufen, aber dann dachte sie an seine Schwester und zog sich in den Schutz der Büsche zurück. Sie lehnte sich kurz an die Wand des achteckigen Gebäudes und

spürte, wie ihr Herz unter dem eng geschnürten Mieder wie rasend schlug.
Louisa wollte sich zuerst wieder beruhigen, bevor sie verstohlen weiterging. Den beiden hier zufällig zu begegnen, wäre doch etwas vorschnell gewesen. Louisa hatte kein Verlangen danach, Roberts Schwester auf diese Weise gegen sich einzunehmen. Aber sie konnte sich nicht verkneifen, noch einen Blick zu riskieren. Sie wollte Letty Duncannon wenigstens sehen und noch viel mehr die kleine Georgina.
Die breiten Äste einer Zeder versperrten ihr die Aussicht. Sie bückte sich und sah die unteren Hälften von zwei Gestalten, die auf dem Weg standen. In diesem Augenblick überraschte sie ein geflüstertes: »Hallo!«
Runde blaue Augen in einem zarten, hübschen Gesicht blickten Louisa mit entwaffnender Offenheit an. »Versteckst du dich auch?«
Die melodische Aussprache nahm ihr den letzten Zweifel. Das war Roberts Tochter, die sich ihr nach all den Plänen und vielen Gedanken buchstäblich selbst vorstellte. Louisa lachte leise über die Ironie des Schicksals.
»Ja«, gestand sie leise und bemerkte die silberblonden Zöpfe unter dem Häubchen, die hellen Brauen und Wimpern und die rosa helle Haut. Abgesehen von Form und Farbe der Augen glich das Kind seinem Vater kaum. Es war so zerbrechlich und zart wie Meißner Porzellan, und mit einem plötzlichen Schauder dachte Louisa, daß sie vermutlich eine kleine Charlotte vor sich sah.
Mit der in vielen Jahren erworbenen Selbstbeherrschung lächelte sie und flüsterte: »Aber du darfst mich nicht verraten.«
»Wem darf ich es nicht verraten?« fragte Georgina und suchte mit leuchtenden Augen zwischen den Bäumen und Büschen andere Kinder.
Verwirrt dachte Louisa nach. »Jaaa weißt du«, sagte sie schließlich, »das ist noch ein Geheimnis.«
»*Ich* verstecke mich vor meiner Tante«, erzählte die Kleine und fügte stirnrunzelnd hinzu: »Und auch vor meinem Papi. Es ist so schrecklich langweilig mit ihnen. Sie sehen sich immer nur Pflanzen und alles mögliche an. Und ich möchte doch die – die Au..., also die Ausstellung sehen. Und Papi ist unmöglich – er sagt mir nicht, was es dort zu sehen gibt.«

Das kleine Persönchen sprach mit so großer Empörung, daß Louisa ein Lachen unterdrücken mußte. Sie nickte und sagte, das sei nicht sehr nett von ihrem Papi. »Aber ich glaube, du solltest dich jetzt wieder zeigen, sonst macht er sich Sorgen. Du könntest ja überall sein – er weiß sicher nicht, wo er dich suchen soll.«
»O doch.« Georgina blickte sehr, sehr vorsichtig um die Ecke des Observatoriums und wich sofort aufgeregt kichernd wieder zurück. Dann drückte sie sich gegen Louisas Rock. »Er ist da!«
Vor Panik und Unsicherheit wie erstarrt, rechnete Louisa damit, entdeckt zu werden. Sie wand sich innerlich bei der Vorstellung, Roberts Schwester *jetzt* und auf so unwürdige Weise kennenzulernen. Sie schloß die Augen, öffnete sie wieder und wartete, aber niemand erschien. Das Kind blickte noch einmal vorsichtig um die Ecke, Louisa ebenfalls.
»Soll mich doch der Teufel holen!« rief plötzlich eine Männerstimme hinter ihnen. »Habe ich dich endlich gefunden! Ja so was und nicht nur dich, mein süßer Schatz!«
Mit fröhlichem Jauchzen warf sich Georgina in Roberts Arme. »Habe ich dir nicht gesagt, du wirst mich finden? Gehen wir jetzt? Gehen wir? Bitte?!«
»Nicht so schnell! Tante Letty sucht dich auf dem anderen Weg, und wo bleiben deine Manieren? Was ist das für eine Dame, die du überfallen hast? Ich glaube, du mußt uns miteinander bekannt machen. Findest du nicht auch?« Er sah Louisa an, und seine Augen strahlten vor Vergnügen.
»Ich weiß nicht, wie sie heißt«, gestand Georgina.
»Aber ich«, sagte er leise, ohne den Blick von Louisa zu wenden. »Sie heißt *Miss Elliott*. Ich würde mich freuen, wenn du nett zu ihr bist, denn sie ist meine beste Freundin.«
Durch die kleinen Finger hindurch betrachtete Georgina diese »beste Freundin« ihres Vaters, und ihm zuliebe wollte sie jetzt unbedingt schüchtern sein. »Guten Tag, Miss Elliott«, flüsterte sie.
Louisas Lippen zitterten, als sie lächelte, aber sie ergriff die kleine behandschuhte Hand. »Guten Tag, Georgina. Ich freue mich, dich endlich kennenzulernen. Ich habe schon sehr viel von dir gehört.« Widerstreitende Gefühle erfüllten sie. Louisa schloß völlig verwirrt die Augen. Sie wollte bleiben und wußte, sie mußte gehen. Da sie Robert liebte,

liebte sie auch seine Tochter. Aber plötzlich empfand sie Neid, und das schmerzte und erschreckte sie. Die Sehnsucht danach, Mutter zu sein, traf sie wie ein Keulenschlag.

Sie wich Roberts Blick aus und murmelte mühsam: »Ich muß jetzt aber leider nach Hause gehen –«

Er legte ihr mitfühlend die Hand auf den Arm. »Nein, lauf nicht davon. Bitte, noch nicht.«

»Was wird deine Schwester von mir denken?«

»Ich glaube, das werden wir gleich feststellen«, murmelte er.

Sie folgte seinem Blick und sah eine große schmale Gestalt, die von dem oberen Weg zu ihnen hinunter kam. Sie lief über das Gras, offenbar ohne sich große Gedanken um Stiefel und Rocksaum zu machen.

»Da seid ihr also!« rief sie. »Ich dachte schon, ich hätte euch verloren ...«

Georgina lief ihr entgegen. Sie sprudelte über vor Aufregung und erzählte zusammenhanglos von dem Versteckspiel. Robert folgte ihr langsam. Mit seiner Hand stützte er Louisa am Ellbogen und schob sie sanft vorwärts.

Louisa glaubte, vor Verlegenheit zu sterben. Sie haßte sich selbst, weil sie diese Begegnung so übereilt herbeigeführt und eine Frau in eine schwierige Lage gebracht hatte, auf die sie unbedingt einen guten Eindruck machen wollte. Sie rechnete mit dem Schlimmsten und nicht mit dem belustigten, wenn auch etwas trockenen Lächeln, das Miss Duncannons schmales attraktives Gesicht so anziehend machte.

Letty Duncannon schüttelte den Kopf, hob drohend einen Finger und sagte zu ihrem Bruder: »Was bist du doch für ein schrecklicher Mensch!« Aber sie lachte, als sie vor ihm stand.

Robert hob die Hände, wie um sich zu verteidigen, und beteuerte seine Unschuld in so breitem irischen Dialekt, daß Louisa ihn verwundert ansah. Das Kind kicherte aufgeregt, und Louisa mußte lächeln – und das um so mehr, als sie erkannte, was für ein Spiel hier gespielt wurde. Sie ergriff Lettys ausgestreckte Hand ebensosehr aus Dankbarkeit wie zur Begrüßung.

»Miss Elliott, Sie müssen uns entschuldigen! Wissen Sie, wir sind alle leicht verrückt in Irland.«

»Das glaube ich nicht«, erwiderte Louisa lachend, »ich hoffe, Sie wer-

den mir verzeihen, daß ich mich so aufdränge. Ich war auf dem Weg nach Hause, als ich plötzlich Georgina traf.« Sie lachte verlegen. »Wir haben dann Versteck miteinander gespielt.«
Letty sah ihre Nichte liebevoll an. »Mindestens eine Woche lang Brot und Wasser, du kleiner Frechdachs!«
Kichern und heftiges Ziehen an der Hand ihres Vaters straften diese Worte sofort Lügen. Die allgemeine gute Laune sprach von einer solchen Freude und Zuneigung, daß Louisa wieder fürchtete, in einem Augenblick zu stören, der für die drei so kostbar war.
»Also«, sagte sie so strahlend wie möglich, »ich muß jetzt wirklich gehen. Es war so schön, Sie kennengelernt zu haben, Miss Duncannon –«
Letty warf ihrem Bruder einen kurzen Blick zu. »Robert hat versprochen, uns die Ausstellung zu zeigen – möchten Sie uns nicht begleiten? Das heißt, wenn Sie nicht erwartet werden.«
Louisas Gefühl für richtiges und angemessenes Benehmen meldete sich energisch; sie zögerte und stammelte: »O danke, aber –«
»Ach sei keine Spielverderberin, Louisa. Sag, daß du mitkommst!« Robert strahlte wie ein Schuljunge und drückte ihren Arm. »Du bist auch noch nicht dort gewesen, und morgen ist der letzte Tag.«
»Was gibt es denn da zu sehen, Papi?«
Er zwickte Georgina spielerisch das Näschen. »Sollen wir es herausfinden?«
Der Wintergarten des Ausstellungsgebäudes war Australien gewidmet – Robert vermutete, um Einwanderer in das ferne Land zu locken. Als unterhaltsamer Zeitvertreib war das Ganze mit Sicherheit ein großer Erfolg, denn selbst an einem Freitagnachmittag drängten sich dort Schaulustige aus allen Schichten.
Es wurden wertvolle Erze gezeigt und faszinierende Modelle, Ansichten von Bergen und Minen und riesige Ameisenhaufen, einsame Schafzuchtfarmen und die endlose Wüstenlandschaft. Es gab exotische Pflanzen und lebende Tiere, bunte Vögel in Glaskäfigen und zwei laute Esel. Als zusätzliche Attraktion – wenn das überhaupt nötig war – lockten Stände mit Süßigkeiten und Schießbuden.
Robert ließ sich zögernd ein Gewehr in die Hand drücken. Er traf zwei Enten, aber nicht so, daß sie umfielen, und dann noch drei sauber in die Mitte.

»Das hätte ich Ihnen ansehen müssen, daß Sie Offizier sind«, murmelte der Budenbesitzer kleinlaut, und Robert durfte unter den billigen Preisen wählen.

»Ich bin nicht der einzige«, erwiderte Robert, »aber keine Angst, mit diesen Gewehren kommen Sie schon auf Ihre Kosten.«

Georgina jubelte über das Äffchen mit der Leiter und war sehr stolz auf ihren geschickten Papa, der den Preis für sie gewonnen hatte. Wie ein kleines Schoßhündchen wich sie nicht von seiner Seite und ließ sich gehorsam und aufmerksam alles zeigen und erklären.

Robert gab witzige Kommentare von sich, die, beabsichtigt oder nicht, Louisas Schweigen überdeckten. Sie bildete den Schluß der kleinen Gesellschaft, sah sich lächelnd alles an, was Robert ihnen zeigte, aber in Gedanken beschäftigte sie sich mit anderen Dingen. Für sie waren Robert und seine Schwester weit faszinierender als seltene Schnabeltiere oder die Werkzeuge der australischen Eingeborenen.

Ein Fremder, der ihnen zum ersten Mal begegnete, sah ihre Verwandtschaft auf den ersten Blick, auch wenn sie sich nicht nur äußerlich ähnelten. Teint und Knochenbau wiesen eine gewisse Ähnlichkeit auf, aber ihre Gesichter glichen sich sehr, und je länger sie zusammen waren, desto unüberhörbarer wurde die irische Aussprache. Louisa staunte jedoch nicht nur über Äußerlichkeiten. Robert hatte schon immer die Fähigkeit besessen, sie zu überraschen und zu verwirren, aber daß es Letty auch gelang, brachte Louisa leicht aus der Fassung. Sie begann, an ihren Grundsätzen zu zweifeln, an ihrer Erziehung, denn trotz der unehelichen Herkunft hatte sie gelernt, moralische und gesellschaftliche Regeln strikt zu befolgen. Robert mochte diese Regeln brechen, denn er liebte sie. Aber wie seine Schwester das so ohne weiteres billigen konnte, ging über Louisas Verstand. Vielleicht stimmte, was sie gesagt hatte, und die Iren waren alle leicht verrückt. Oder war Irland eine andere Welt, in der englische Verhaltensregeln nicht galten?

Louisa kannte Tommy Fitzgerald nur flüchtig und hielt ihn wegen seiner Eigenarten schlicht für exzentrisch. Robert war für sie einmalig. Seine Geschichten aus dem gesellschaftlichen und militärischen Leben amüsierten sie oft sehr. Sie lachten wie zwei ungezogene Kinder über humorlose Erwachsene, und Louisa erzählte ihm sogar komische Ereignisse, über die sie nie und mit niemandem gesprochen hatte. In ihr

Lachen mischten sich jedoch Schuldgefühle, denn sie machte sich genau über das lustig, was sie zu verehren gelernt hatte. Zum ersten Mal vermutete sie, daß Robert als Außenstehender diese Dinge nie verehrt hatte. Seine Ansichten entsprachen nicht den starren Regeln der englischen Oberschicht, sondern waren von einer ungezwungeneren und weit vielschichtigeren Gesellschaft geprägt, deren Wurzeln in einer Kultur lagen, die ein Engländer nie verstehen würde.
Louisa erinnerte sich, daß Robert erst mit dreizehn auf ein Internat geschickt worden war. Sein Vater, so hatte Robert ihr erklärt, mißtraute dem Schulsystem und engagierte Hauslehrer, bis er glaubte, der Charakter seiner Söhne sei genügend gefestigt, um den Härten des Schullebens gewachsen zu sein. Letty hatte nie eine Schule besucht, und deshalb, so sagte Robert, war sie intelligenter und wußte mehr als die meisten Männer ihres Alters und ihrer Klasse. Louisa dachte, das sei vielleicht der Grund dafür, daß sie nicht geheiratet hatte.
Als sie die beiden jetzt zusammen sah, wurde Louisa bewußt, wie falsch es gewesen war, vorschnelle Vermutungen über seine Herkunft anzustellen. Trotz des leichten Akzents war er für sie im Grunde ein Engländer. Und genau das stimmte nicht. Und wenn Letty auch ein Maßstab für ihn war, dann hatte seine Erziehung nichts Englisches gehabt.
Durch diese plötzliche Einsicht rückte er ihr fern. Als er sich lächelnd umdrehte und etwas zu ihr sagte, sah sie einen Augenblick das Gesicht eines Fremden. War dies der Mann, den sie liebte?
Er legte ihr die Hand auf den Arm. »Ist alles in Ordnung?« Sie schüttelte den Kopf, aber seine zärtliche Sorge ließ ihre Angst verschwinden.
»Es ist sehr warm hier. Komm, gehen wir hinaus.«
»Nein – nein, es geht mir gut.« Sie lächelte mit leichtem Zittern. »Ich hatte nur plötzlich eine Gänsehaut – mehr nicht. Es geht schon wieder.«
Er sah sie prüfend und nicht völlig überzeugt an. »Bestimmt? Wir können gehen, wenn du willst. Wir haben ohnehin fast alles gesehen, was zu sehen ist.«
»Nein, Robert«, sagte sie energisch, »es geht mir gut.«
»Erfrischungen gibt es hier nicht. Ich habe beim Hereinkommen ein Hinweisschild gesehen.« Er fragte Letty: »Wie wäre es mit einer Tasse Tee? Das würde uns allen nicht schaden.«
Georgina nahm Louisa bei der Hand und fragte: »Hast du *wirklich* eine Haut wie eine Gans?«

Louisa mußte lachen. »Ich hoffe nicht, mein Schatz. Das ist nur so eine Redewendung.«
Die Kleine runzelte verständnislos die Stirn. Louisa beugte sich zu ihr hinunter. »Mit einer Redewendung kann man manchmal etwas besser ausdrücken. ›Eine Gänsehaut‹ haben oder bekommen, bedeutet, daß man plötzlich und ohne besonderen Grund zittert oder friert. Gänse bedeuten Unglück, glaube ich, und Unglück läßt einen zittern, nicht wahr, weil man Angst hat.«
»Hast du Angst gehabt?«
Louisa kreuzte die Finger und schüttelte lachend den Kopf. »Nein, natürlich nicht.« Als sie sich aufrichtete, sah sie, wie Letty eine ausgestreckte Hand ergriff, und als Robert zu ihr trat, um seine Tochter vorzustellen, standen Hugh Darnley und Sophie Bainbridge vor ihr. In der Nähe wartete ungeduldig einer der jüngeren Söhne der Bainbridges.
»Oh, ist sie nicht süß!« hörte Louisa Sophie rufen, und das darauf folgende perlende Lachen ließ die Kleine unsicher lächeln. »Und was hat sie denn *da*? Ein Äffchen auf der Leiter! Wie *süß*!«
Georgina suchte Schutz und klammerte sich an Louisas Rock, und Sophie lachte wieder. Hugh Darnley sah Louisa verblüfft an, während Robert mit dem richtigen Zögern, als habe er das beinahe vergessen, Louisa mit in die Runde einbezog. »Ich glaube, ihr kennt Miss Elliott bereits.«
Darnley hatte sich sofort wieder unter Kontrolle; er lächelte und verneigte sich, aber Sophie blieb der Mund offen stehen, und sie starrte Louisa sprachlos an.
»Aber natürlich«, sagte sie schließlich etwas atemlos, »ich hatte ja völlig vergessen, daß Sie Rachels Gesellschafterin kennen, Herr Hauptmann. Wie geht es Ihnen, Miss Elliott?«
»Danke, sehr gut, Miss Bainbridge.«
»Das ist doch seltsam – Rachel hat erst gestern abend von Ihnen gesprochen. Wir haben uns gefragt, was Sie jetzt wohl machen?«
Louisa empfand die anzügliche Frage als Beleidigung. Aber ehe sie antworten konnte, sah Robert Sophie mit einem gefährlichen Lächeln an.
»Wie nett, daß man sich so gut an Sie erinnert, Miss Elliott! Ich bin sicher, Sie werden für uns in Irland ganz bestimmt eine große Hilfe sein. Meinst du nicht auch, Letty?«

»Aber natürlich! Ich bin sehr beeindruckt nach allem, was ich gehört habe.« Gekonnt wie eine große Schauspielerin legte sie die Hand auf Louisas Arm. »Und Mrs. Delaney-Jones hatte Sie so ins Herz geschlossen, ehe sie abreiste, meine Liebe.«

Louisa biß sich hilflos auf die Lippen und ärgerte sich zum ersten Mal nicht über die Röte, die ihr in die Wangen stieg.

»Ich habe den Damen Tee versprochen«, verkündete Robert heiter. »Wir müssen Sie leider verlassen. Darnley, die Ausstellung ist ausgezeichnet. Du mußt dir unbedingt *alles* ansehen.«

Unter Kopfnicken und Verneigungen trennten sie sich. Die anderen Herrschaften waren offensichtlich so verwirrt und sprachlos, daß Louisa ein Lächeln nicht unterdrücken konnte. In der Eingangshalle führte Robert sie an dem Restaurant vorbei und zum Ausgang. »Trinken wir den Tee im Hotel – hier ist alles überfüllt. Das heißt, wenn du einverstanden bist, Letty?«

»Aber natürlich – ich glaube, unsere neue Gouvernante braucht einen Tee!« Sie lachte und drückte Louisa die Hand. »Wie *unverschämt* diese junge Frau war!«

»Wer, um Himmels willen«, fragte Robert, »ist Mrs. Delaney-Jones?«

»Das weiß *ich* doch nicht. Der Name fiel mir eben ein. Also, ich finde, er klingt sehr gut. Und ihre Gesichter hätte man malen können! Nun ja, ihre Fragen sind alle beantwortet und so vielsagend – das Rätselraten wird noch Tage anhalten.«

Louisa mußte kichern, und dann lachte sie. Alle vier lachten immer wieder auf dem Weg ins Royal-Station-Hotel.

Als Edward an Heiligabend spätnachmittags nach Hause kam, schlug sein Herz wie immer schneller, als er Louisas Stimme hörte. Dann meldete sich trotzig die Erinnerung, und zurück blieb wie üblich der schmerzliche, bittere Nachgeschmack. Nach der Rückkehr von ihrem Besuch bei John Elliott hatte er alle Hoffnungen aufgeben müssen, die Affäre mit Duncannon werde im Sand verlaufen. Louisa hatte sich mit ihrer finanziellen Abhängigkeit nicht nur abgefunden, sondern schien die Situation in vollen Zügen zu genießen. Sie ließ sich zwei- bis dreimal in der Woche von ihrer Mutter im Kochen unterrichten, besprach mit ihr sogar Rezepte und die neue Mode der Frauenzeitschriften. So

etwas hatte Louisa nie zuvor getan. Das alles gehörte schon zum Alltag, und Edward seufzte nur, als er seine Päckchen auf den Tisch im Flur legte und nach der Abendzeitung griff.
Die schmucklos eingewickelten Päckchen enthielten seine Geschenke für die Familie: ein Gästebuch für seine Tante mit dem eingravierten Namen der Pension auf dem Einband, für Bessie eine Schachtel ihrer Lieblingspralinen, und gute Lederhandschuhe für Emily und Blanche. Louisa hatte sein Hochzeitsgeschenk für Emily, ein ledergebundenes Photoalbum, sehr bewundert. Er hatte lange darüber nachgedacht, was für sie wohl das richtige Weihnachtsgeschenk sei, und war schließlich zu dem Schluß gekommen, daß es unbedingt ein solches Album sein mußte. Er konnte unmöglich mit dem konkurrieren, was Robert Duncannon ihr kaufen mochte, aber er dachte, sie werde die vielen Stunden liebevoller handwerklicher Arbeit vielleicht zu schätzen wissen, die er dem Album gewidmet hatte. Edward hatte bestes, weiches Saffianleder gewählt und auf jeder Seite des dicken Kartons ein hübsches Motiv eingraviert. Für ihn war das Album ein Symbol von größter Wichtigkeit. Es sollte zum Ausdruck bringen, daß er sie trotz allem immer noch liebte. Edward hoffte, Louisa werde es verstehen.
Es roch appetitlich nach der Suppe, die auf dem Herd stand. Er teilte Bessie mit, es sei sehr kalt und werde vermutlich schneien. Über ihre ungnädige Antwort mußte er lächeln. Dann ging er ins Wohnzimmer. Die Gäste waren alle abgereist, um wenigstens ein paar Tage bei ihren Familien zu verbringen. Seine Tante ruhte sich in ihrem Lieblingssessel vor dem Kamin aus und hatte die Füße auf einen Schemel gestellt. Jemand – vielleicht Louisa – hatte einen kleinen Weihnachtsbaum gekauft und geschmückt. Bunte Kerzen brannten auf dem Kaminsims und verbreiteten ein warmes Licht in der hereinbrechenden Dunkelheit eines kalten Winterabends. Er goß sich eine Tasse Tee ein, verzog das Gesicht, weil er so bitter war, und nahm Milch und Zucker
»Es riecht gut in der Küche. Ißt du bei uns, Louisa?«
»Heute abend nicht – ich bin gerade dabei zu gehen. Aber morgen komme ich zum Weihnachtsessen.«
»Blanche kommt auch«, sagte seine Tante und unterdrückte ein Gähnen. »Aber Emily geht zu den Chapmans. Es wird merkwürdig sein ohne sie.« Mühsam richtete sie sich auf. »Mein Gott, bin ich müde,

und es ist noch so viel zu tun. Edward, du kannst doch unmöglich bei dem Licht lesen. Sei doch so nett und hol etwas heißes Wasser für den Tee und mach Licht, damit du dir die Augen nicht verdirbst.«

Edward legte die Zeitung weg und tat, worum er gebeten worden war. Er reichte seiner Tante eine Tasse mit dem verdünnten Tee und fragte Louisa, ob sie auch Tee wollte.

»Nein, ich muß los. Robert wird gleich da sein.«

Als ihr Vetter die Lampen anzündete, verließ sie das Zimmer und kam kurz darauf mit Hut und Mantel zurück. »O je, ist das kalt draußen! Ich glaube, du hast recht, Edward, heute nacht wird es schneien. Das wäre schön – weiße Weihnachten!«

Lächelnd trat sie mit dem Hut und den Hutnadeln vor den Spiegel und machte sich daran, das Problem mit dem albernen kleinen Ding zu lösen, das aus wenig mehr als ein paar Bändern und einem Schleier zu bestehen schien und auf ihren kurzen Locken kaum Halt fand. Während sie mit erhobenen Armen dort stand, sah Edward plötzlich, wie schön sie war, und hielt die Luft an. In dem Gesicht im Spiegel waren die ängstlichen Schatten verschwunden, Augen und Haut vom Feuer erwärmt, schimmerten sanft und strahlten, wie es ihm noch nie zuvor aufgefallen war. Als seine Augen weiter wanderten, bemerkte er den weichen dunkelblauen Samt ihres hochgeschlossenen Kleids mit den langen Ärmeln. Das lange Abendkleid war jedoch so geschickt geschnitten, daß ihre Stundenglasfigur in allen Nuancen zur Geltung kam. Eine neue Sinnlichkeit ging von ihr aus, als öffne sich ihr weicher Körper und fordere auf, berührt zu werden.

Edward wußte wenig über die Raffinessen von Blanches Gewerbe und spürte plötzlich verwirrt eine völlig natürliche Reaktion – aber dann auch Feindseligkeit, als habe Louisa ihn bewußt provoziert.

Nachdem sie den Hut zu ihrer Zufriedenheit festgesteckt hatte, drehte sich Louisa mit einem koketten Lächeln um. »Wie gefalle ich dir?« fragte sie wie so oft in der Vergangenheit. »Kann ich so gehen?«

Er sah ihr einen Moment in die Augen. »Natürlich«, antwortete er und setzte sich wieder.

Als er nach der Zeitung griff, beugte sich Louisa über ihn. Er roch ihr Parfüm. Es war schwerer als der Lavendelduft, den er normalerweise mit ihr in Verbindung brachte. »Was ist?« fragte sie. »Ist etwas, Edward?«

»Nein, nichts«, murmelte er, ohne aufzublicken. Aber als sie sich abwandte, sah er das beredte Schulterzucken und die stumme Antwort seiner Tante. Wütend über die beiden konzentrierte er sich auf die Tagesnachrichten, aber er fand es geradezu lächerlich schwierig, auch nur eine Zeile zu lesen.

»Geht die Uhr richtig, Mama?«

»Sie geht so genau, wie ich sie nach dem Glockengeläut des Münsters stellen kann«, sagte er mürrisch.

»Dann hat er sich verspätet. Das sieht ihm eigentlich nicht ähnlich – normalerweise ist er pünktlich.« Sie lief zum Fenster und blickte durch die Tüllvorhänge hinaus.

»Warum bist du denn so nervös?« fragte Edward und stöhnte.

»Wir gehen mit Roberts Schwester aus. Ich glaube, sie hat nichts dagegen, wenn wir uns etwas verspäten, aber er hat Karten für das Theater, und die Vorstellung beginnt um halb acht.«

»Für das Theater? Bist du wahnsinnig?« fragte Edward. Er raschelte ärgerlich mit der Zeitung. »Warum annoncierst du nicht deine ... deine *Liaison* in der Zeitung!«

Louisa sah ihn zornig an. »Roberts Schwester ist bei uns. Wir sind also zu dritt!«

Er wich ihrem Blick nicht aus und sagte langsam: »Glaubst du wirklich, das macht einen Unterschied?«

Das Geräusch einer Droschke, die vor dem Haus hielt, löste die Spannung.

Louisa lief hastig ans Fenster und warf dabei beinahe den kleinen Weihnachtsbaum um. »Wo ist mein Mantel? Ach hier – danke, Mama«, flüsterte sie atemlos, als Mary Elliott ihr den Mantel um die Schulter legte. Louisa war auf dem Weg zur Tür, als Bessie Robert hereinführte.

Er brachte kalte Luft und fröhliche Erregung mit. Edward sah mit zusammengekniffenen Augen die elegante Abendkleidung, die besitzergreifende Hand, die sich auf ihren Arm legte, und das beinahe unabsichtliche Strahlen seiner Tante. Dann drückte Robert ihr einen Kuß auf die Wange, überreichte ihr ein hübsch eingepacktes Geschenk und Bessie ein Sträußchen Christrosen. Er entschuldigte sich, weil es ihm nicht möglich sein würde, sie am Weihnachtstag alle zu sehen, schüttelte Edward herzlich die Hand, nahm Louisas Arm und führte sie mit einer Flut guter Wünsche für das Fest zur Tür.

»Ihr Schirm!« rief Bessie ihnen nach. »Vergessen Sie den Schirm nicht. Es wird wahrscheinlich heute nacht schneien . . .«
Louisa eilte zurück, küßte Bessie und ihre Mutter; dann fiel die Tür endgültig hinter ihnen ins Schloß, und zurück blieb eine seltsame, leere Stille.

11

Robert küßte sie in der dunklen Kutsche stürmisch. »Tut mir leid, daß ich so spät gekommen bin«, flüsterte er atemlos, »ich bin in der Messe aufgehalten worden – sie feiern dort bereits. Verzeihst du mir?«
»Vielleicht«, neckte ihn Louisa, »wenn du mich noch einmal küßt.«
»Mmmmm«, hauchte er gegen ihre Lippen, »das ist eine schreckliche Strafe.« Seine Hand unter ihrem Mantel glitt von der Schulter zur Brust. »Du siehst hinreißend aus in diesem Kleid – so hinreißend, daß ich kaum erwarten kann, daß du es ausziehst ...«
Kichernd schob Louisa seine Hand weg. »Hör sofort damit auf!«
»Ja«, sagte er lachend, »ich glaube, du hast recht.« Er lehnte sich zurück und kramte in seinen Taschen. Schließlich zog er ein kleines, quadratisches Schächtelchen hervor »Dein Weihnachtsgeschenk – ein wenig früh, aber ich dachte, du willst es vielleicht tragen. Der blaue Samt müßte schön dazu aussehen. Hier.« Er öffnete das Schächtelchen, und in der Dunkelheit glitzerte etwas.
Louisa wagte kaum zu atmen, als sie die kleine Brosche – ein Stern aus Saphiren und Diamanten – herausnahm. »Oh!« rief sie, »Robert, das darfst du nicht ...«
»Sag das nicht!« warnte er sie, »sag nicht, daß ich dir das nicht schenken soll, oder daß du es nicht annehmen kannst, sonst bin ich böse. Es ist mehr als nur ein Weihnachtsgeschenk«, fuhr er schnell fort, ehe sie ihn unterbrechen konnte, »ich möchte, daß du es auch als eine Art Versicherungspolice betrachtest.«
»Versicherung?« wiederholte sie verwirrt über die Worte und seinen Ton, der so unpassend geschäftlich klang.
»Ja, Versicherungspolice. Schließlich, mein Schatz, weiß keiner von uns, was die Zukunft bringen mag.« Er brach plötzlich ab, zog sie eng an sich und küßte sie auf die Stirn. Sehr viel liebevoller fügte er dann

hinzu: »Es ist etwas ›für alle Fälle‹, verstehst du? Es kann eine Zeit kommen, in der du plötzlich Geld brauchst, und dann müßte dir das genug bringen . . . genug wenigstens für das Allernötigste.«
Er nahm ihr die Brosche aus den plötzlich kraftlosen Fingern und steckte sie an das Samtkleid. »Sie sieht schön aus, und ich möchte, daß du dich darüber freust, wenn du sie trägst. Sei doch nicht so traurig«, flüsterte er und küßte sie wieder, »es ist Weihnachten, und ich liebe dich.«
Fröstelnd klammerte sie sich an ihn. »Oh, Robert, ich liebe dich auch«, murmelte sie.

Als Letty die Brosche bewunderte, strahlten ihre Augen beinahe so wie die Brosche. Louisa zwang sich zu lächeln und versuchte, das Frösteln einer unheilvollen Vorahnung zu vergessen. Dieses Wissen begleitete sie immer dicht unter der Oberfläche, obwohl Robert selten von der Zukunft sprach und nie von einer Zeit, in der sie nicht zusammensein könnten. Es warf einen Schatten über ihr Glück, daß er es jetzt getan hatte – und ausgerechnet an ihrem ersten gemeinsamen Weihnachten.
Sie sahen eine beschwingte weihnachtliche Komödie, die Louisa so amüsierte, daß sie die gedrückte Stimmung bald vergaß, die zuerst auf dem Abend gelastet hatte; und als die ersten Schneeflocken auf die Straße fielen, während sie das Theater verließen, war alles verflogen. Letty und Louisa jubelten wie zwei ausgelassene Kinder und beglückwünschten sich und Robert zum Glück einer weißen Weihnacht, als sei es ein besonderes Geschenk.
Beim Essen in Lettys Suite sonnte sich Robert an dem Anblick der beiden Damen. Er ließ sich von ihrem Lachen bezaubern und von der Leichtigkeit, mit der sie sich angefreundet hatten. Er wußte sehr wohl, wie unberechenbar Frauen waren, und hatte kaum zu hoffen gewagt, daß sie sich mögen würden. Aber daß es der Fall war, und sie es so offen und aufrichtig taten, verblüffte und freute ihn. Es war das schönste Weihnachtsgeschenk, aber als er die Manschettenknöpfe in die Hand nahm, die Louisa ihm geschenkt hatte, war er wieder tief gerührt.
Als der Kaffee kam, entschuldigte Robert sich und nahm die Attraktion eines hervorragenden Billardzimmers zum Vorwand, um die beiden Damen allein zu lassen.

Letty lächelte, als er die Tür hinter sich schloß. »Alte Gewohnheiten lassen sich schwer überwinden«, sagte sie und bot Louisa aus einem silbernen Etui eine Zigarette an. Über Louisas große, staunende Augen mußte sie lachen.
»Robert findet das auch nicht gut«, gestand sie, »aber ich versuche ihm immer zu sagen – es ist besser, als sich mit Alkohol umzubringen!« Plötzlich ernst geworden, goß sie zwei Tassen Kaffee ein und reichte Louisa eine Tasse über den Tisch. »Ich dachte schon, das habe er vor, verstehen Sie. Vor einem Jahr hatte er immer ein Glas in der Hand – zumindest zu Hause. Ich kann kaum glauben, wie sehr er sich verändert hat, und Ihnen nicht genug dafür danken.«
Louisa rührte die Sahne in der Tasse um und hob erstaunt den Kopf. »Mir?«
Letty nickte und lachte leise. »Natürlich. Es gibt niemanden außer Ihnen.«
Louisa wurde rot und erklärte, sie habe nichts mit seinen Trinkgewohnheiten zu tun. Insgeheim fand sie, daß er immer noch bei weitem zuviel trank. Aber sie vermutete, das sei in der Messe üblich. Trotzdem freute sie sich, daß Letty die positiven Veränderungen ihrem Einfluß zuschrieb.
»Darf ich Ihnen eine sehr persönliche Frage stellen?« Als Louisa nickte, fuhr die andere Frau fort: »Können Sie sich vorstellen, in Irland zu leben? Robert ist beinahe sicher, daß das Regiment nach Dublin verlegt wird – und das schon im nächsten Sommer. Er hat sogar damit begonnen, das Devereaux-Haus von Grund auf instand zu setzen. Ich möchte hinzufügen, es war allerhöchste Zeit! Seit Jahren haben wir versucht, ihn zu bewegen, etwas an dem Haus zu tun. Nun ja«, sie zögerte, »ich frage mich, wie Sie darüber denken.«
»Ich weiß nicht. Ich kann es mir kaum vorstellen – ich bin ein wenig nervös.« Diese Aussicht lag ihr tatsächlich schwer auf dem Herzen. Nach kurzem Schweigen sagte sie: »Ich weiß, er hat dort mit Charlotte gelebt.«
»Ja, auch darüber habe ich nachgedacht.«
Louisa fragte stockend: »Haben Sie etwas dagegen, wenn ich im Haus Ihrer Mutter lebe?«
»Du meine Güte, nein – darum geht es nicht – überhaupt nicht!« Letty stand auf und setzte sich zu Louisa auf das Sofa. Sie drückte ihr die

Hand. »Ich mache mir um Sie Gedanken«, gestand sie mit einem tiefen Seufzer. »Verstehen Sie, Dublin ist nicht London. Robert stellt sich vor, sie in das Devereaux-Haus zu bringen, Arm in Arm mit Ihnen auszugehen, und er erwartet, daß die Leute nicht das geringste dabei finden. Der Prinz von Wales kann sich so etwas vielleicht leisten – und auch viele seiner Freunde –, aber Robert gehört nicht zu diesen Kreisen und wird auch nie zu ihnen gehören.«

»Es ist schon komisch«, fuhr sie fort, »wenn Sie eine verheiratete Frau wären oder eine Witwe, könnte man vielleicht so tun, als sei nichts. Aber Sie sind jung, unverheiratet . . .«, als ihre Worte leiser wurden, schüttelte sie den Kopf. »Es kann nicht gut gehen, nicht so, wie er es sich vorstellt. Glauben Sie mir, ich weiß es.«

Louisa sah in die grauen Augen und wußte, Letty hatte recht, und ihr Wissen mußte auf einer sehr persönlichen Erfahrung beruhen. Louisa wollte sich dem Problem Dublin jetzt nicht stellen. Sie hätte gerne erfahren, was diese Frau bekümmerte, was ihr Leben geformt hatte und womit sie sich jetzt beschäftigte. Aber die früh gelernte Zurückhaltung verbot ihr die Frage, noch ehe sie ihre Lippen erreichte.

Doch ihre Augen verrieten sie. Letty entging der fragende Blick nicht, und sie lächelte reumütig. »O ja, es hat einen gegeben – vor langer, langer Zeit. Er war sehr viel älter als ich und natürlich verheiratet. Seine Frau schöpfte Verdacht und zwang ihn, nach Dublin zurückzukehren. Er ist jetzt Mitglied des Parlaments und kämpft an der Seite von Gladstone für die Autonomie.« Mit ihrem leisen, leicht spöttischen Lachen machte Letty sich lustig über sich selbst. »Wie Sie sehen, verfolge ich seine Karriere mit großer Anteilnahme!«

»Sehen Sie ihn manchmal?«

»Seit fünfzehn Jahren habe ich ihn nicht mehr gesehen. Ich habe durch ihn einmal gelitten, und das reicht mir«, sagte sie mit Nachdruck. »Im Leben gibt es kein glückliches Ende nach dem Motto: ›Und wenn sie nicht gestorben sind, dann leben sie noch heute . . .‹« Sie lachte wieder und vertrieb damit die Traurigkeit. »Seine Frau ist immer noch sehr gesund, und ich fürchte, sie wird uns alle überleben.«

Lettys unbekümmerter, respektloser Humor wirkte ansteckend, und Louisa mußte lachen. Sie freute sich über die Herzlichkeit zwischen ihnen, und über die Freundschaft, die so natürlich war wie ihre Liebe zu Robert. Doch plötzlich überschattete ein Gedanke ihre Heiterkeit.

»Und Charlotte?« fragte sie leise, »was können Sie mir von ihr erzählen, Letty? Wird sie uns alle Ihrer Meinung nach auch überleben?«

Das spöttische Lachen verstummte. »Hätte ich Bridgets Glauben«, gestand sie, »würde ich jetzt vermutlich das Kreuz schlagen und viele inbrünstige Gebete murmeln. Aber da ich kaum noch an etwas glaube, was soll ich Ihnen antworten? Ich würde Ihnen gerne Hoffnung machen – aber in diesem Punkt kann ich es nicht. Wenn man Mord oder Selbstmord ausschließt.« Letty seufzte. »Glauben Sie mir, es gab Zeiten, da schien alles möglich zu sein. Aber sie kann noch viele Jahre leben, die Dauer eines normalen Lebens ...«

»Wenn es noch Gerechtigkeit in dieser Welt gäbe«, fügte sie bitter hinzu, »dann müßte sie noch morgen sterben und uns alle von diesem schrecklichen Spiel befreien.«

Einen Moment herrschte Schweigen. »Es muß wirklich schwer sein«, murmelte Louisa schließlich, »mit ihr in einem Haus zu leben.«

»Das stimmt. Robert begreift nicht, welche Belastung es ist. Er glaubt, er sei gut zu ihr, aber –« Sie brach plötzlich ab. »Es ist für uns alle schwer, dort zu leben. Und ich mache mir über Georgina Gedanken. Wenn ich daran denke, was im letzten Jahr geschehen ist –« Sie schwieg wieder und seufzte. »Aber ich sollte nicht all diesen Kummer Ihnen auf die Schultern laden, meine Liebe. Robert wird mir das nie verzeihen.«

Sie lächelte Louisa plötzlich herzlich und strahlend an. Es wirkte wie heller Sonnenschein nach dunklem Regen. Sie schenkte noch einmal Kaffee ein und sagte: »Jetzt ist es immerhin möglich, mit Robert darüber zu reden. Vielleicht können wir dieses Thema über kurz oder lang mit etwas Vernunft behandeln!«

Noch ehe Louisa fragen konnte, was sie damit meinte, öffnete sich eine der Innentüren, und Georgina tapste blinzelnd und verschlafen in das hell erleuchtete Zimmer. Sie fragte nach ihrem Vater, aber als sie Louisa sah, lächelte sie bezaubernd und schmiegte sich an ihre Knie.

Louisa hob das kleine Mädchen sofort auf den Schoß und drückte es an sich. Lettys strafenden Blick überging sie lachend. »Dein Papi ist unten. Aber er ist gleich wieder da. Wenn du jetzt wieder zu Bett gehst, werden wir ihm sagen, daß er zu dir kommt und dir gute Nacht wünscht.«

»Kommst du auch?«

»Ich komme mit und decke dich zu.«

Im Schlafzimmer sprachen sie über den Weihnachtsmann und überlegten, wo er wohl seine Geschenke hinlegen würde. Sie versicherte Georgina, Robert habe dem Mann mit dem langen weißen Bart einen Brief geschrieben und ihm mitgeteilt, Georgina sei in York, und er möge die Geschenke ans Fußende des Bettes legen. Wieder froh und glücklich hob die Kleine den Kopf und ließ sich küssen.

»Aber du vergißt es nicht, ja?«

»Was?«

»Du mußt ihm sagen, daß er mir noch einen Gutenachtkuß gibt!«

Louisa lächelte. »Ich werde es nicht vergessen – das verspreche ich dir.«

Im Salon schenkte Letty für sie beide Sherry ein. Sie wirkte sehr zufrieden. »Auf Ihr Wohl, Louisa, und frohe Weihnachten! Ich glaube, ich habe das Problem gelöst.«

»Was für ein Problem?«

»Sie und Robert – das Devereaux-Haus! Wenn das Regiment nach Dublin kommen kann, dann können wir das auch, das heißt Georgina und ich. Es wäre das beste für das Kind, nicht länger in White Leigh zu sein, und außerdem ganz natürlich: Sie *sollte* ihren Vater öfter sehen.«

»O ja, das sollte sie«, stimmte Louisa zu, »aber ich kann Ihnen nicht ganz folgen.«

Letty lachte fröhlich. »Aber es ist doch klar. Verstehen Sie nicht? Sie *sind* doch eine Gouvernante oder etwa nicht? Wir bieten Ihnen die Stelle an, meine Liebe, zu der Sie bestens geeignet sind. Schließlich«, fügte sie ausgelassen hinzu, »haben Sie die allerbesten Zeugnisse, wie ich gehört habe. Ich habe es doch selbst Miss Bainbridge gesagt!«

12

Als besonderen Beitrag zum Weihnachtstag holte Mary Elliott eine Flasche von ihrem besten Holunderblütenwein. Bessie überwachte mit Argusaugen die Töpfe in der Küche, während sie einen letzen kritischen Blick über die Tafel warf. Dann nahm sie Platz und griff nach dem Glas mit der blaßgoldenen Flüssigkeit und erklärte, der Wein sei ausgezeichnet, und das stimmte auch. Hätte jemand darauf hingewiesen, daß es Alkohol sei, wäre sie tödlich beleidigt gewesen, trotzdem stieg allen der Wein sofort in den Kopf. Bereits nach einem Glas begann Blanche sichtbar aufzutauen, und nach zwei Gläsern wurden ihre Wangen rot, und die Augen leuchteten. Sie unterhielt sich sehr freundlich mit ihrer Schwester und erzählte in ihrer üblichen boshaften, aber amüsanten Art Geschichten von Miss Devine und einigen ihrer höchst angesehenen Kundinnen.

Blanche konnte ausgezeichnet andere nachahmen. Aber noch während Louisa lachte, erinnerte sie sich an Szenen aus der Kindheit, als glühender Zorn Blanche dazu gebracht hatte, ihre Mutter oder Bessie geradezu vernichtend zu karikieren. Als das Gelächter sich legte, fragte sich Louisa, wie gut und wie oft *sie* von ihrer schauspielerisch begabten Schwester bereits verkörpert worden war – ganz besonders für Emily und die Chapmans. Seit der Hochzeit ihrer Schwester besuchte Blanche die Chapmans hin und wieder. Louisa fand das seltsam, denn Blanche mochte Emily nicht besonders und fand John sehr gewöhnlich. Louisa hatte in letzter Zeit den Verdacht, daß die Schwestern sich auf ihre Kosten die tollsten Dinge ausmalten, wobei die beiderseitige Prüderie sie zweifellos zu schlüpfrigen Vorstellungen reizte. Emily hatte sich nie über die intimeren Aspekte der Ehe geäußert, und Louisa vermutete, ihre jüngere Schwester empfand sie bei Licht besehen eher als Pflicht und weniger als Vergnügen. Und Blanche würde es natürlich immer für richtig halten, schockiert zu sein, ganz gleichgültig, wie sie in Wirklichkeit darüber dachte.

Als Louisa an Letty Duncannon dachte und daran, wie wohlwollend Roberts Schwester die Situation akzeptiert hatte, besserte sich ihre Laune. Aber wie ihr Bruder schien auch Letty dem modischen Trend des Unglaubens zu huldigen, während Louisas Schwestern nach wie vor jeden Sonntag in die Kirche gingen, wie sie es seit der Kindheit kannten.

Der Weihrauch von St. Maurice hatte Blanche noch umgeben, als sie in der Gillygate-Straße erschien, und als Edward vom morgendlichen Gottesdienst im Münster zurückkehrte, fragte sich Louisa, wer wohl recht haben mochte. War ihre Beziehung zu Robert Duncannon so sündhaft wie in den Augen der Religion? War sie vor Gott auf immer und ewig verdammt?

In ihrem derzeitigen Dilemma hätte sie liebend gerne an Roberts eher fatalistische Philosophie geglaubt, die der persönlichen Sünde keinen großen Stellenwert einräumte, sondern alles für Bestandteile einer grandiosen Komödie hielt, die ein allmächtiges und sehr grausames Höheres Wesen sich ausgedacht hatte. Ihr fehlte jedoch sein Sinn für Ironie, und so konnte sie das nur schwer glauben. Sie bezweifelte sogar manchmal, daß er daran glaubte, obwohl er hin und wieder entsprechende Zeilen mit dem größten Vergnügen aus dem *Rubaiyat* zitierte. In Edward FitzGeralds Übersetzung lösten sie ein verwirrendes Echo auf die Fragen aus, die Louisa quälten. In seinen bitter-süßen Versen, der Behauptung, das Leben sei etwas Vergängliches, der Tod sei nahe und allzu endgültig, fand sie die Bestätigung für das Bedürfnis, alles Glück, das sich hier und jetzt bot, mit beiden Händen zu ergreifen und festzuhalten.

Louisa sehnte sich danach, daß Edward sie verstand, und deshalb hatte sie ihm als Weihnachtsgeschenk eine schön illustrierte Ausgabe gekauft. Sie lag noch unausgepackt unter dem Weihnachtsbaum. Louisa fragte sich nervös, was Edward wohl davon halten mochte.

Als er erschien, drückte er Blanche einen keuschen Kuß auf die Wange, und Louisa spürte nur seinen weichen Bart auf der Haut. Er nahm dankend ein Glas Holunderblütenwein von seiner Tante entgegen und setzte sich auf das Sofa, aber Louisas Blicken wich er aus.

Die Geschenke wurden ausgepackt und bestaunt. Als Louisa Edwards

Geschenk in der Hand hielt, ahnte sie, was es war. Sie wollte in Gegenwart von Blanche nicht zu viel Aufhebens darum machen und schob es unter den Stuhl. Sie versuchte, sich bei ihm diskret mit einem Blick zu bedanken, aber er schien felsenfest entschlossen, keinen Dank entgegenzunehmen, denn er wich ihren Blicken einfach aus.

Wie immer, wenn Geschenke ausgepackt wurden, freute er sich einerseits sehr, aber andererseits machte es ihn verlegen. Er bedankte sich bei allen, ohne dabei zu übertreiben. Louisa ließ ihn nicht aus den Augen. Er betrachtete aufmerksam den Buchrücken, zeigte aber kaum eine Reaktion auf den kleinen Versband. Das kurze Lächeln und der gemurmelte Dank standen jedoch in krassem Gegensatz zu den traurigen Augen.

Bei dem anschließenden Essen schien er mit seinen Gedanken woanders zu sein, obwohl er nicht vergaß, die knusprig gebratene Gans und den ausgezeichneten Plumpudding seiner Tante zu loben. Als der Tisch abgeräumt wurde und Bessie ihnen kandierte Früchte, Schokoladentaler und winzige Tassen Kaffee brachte, bestürmten alle Edward, ihnen aus Dickens vorzulesen.

Mit seiner klaren, weichen Stimme las er die vertrauten Worte dieses meisterhaften Erzählers. Er begann mit Dingly Dell und Mr. Pickwick, der Lieblingsgeschichte seiner Tante, dann ging es weiter mit *The Chimes* und *The Cricket on the Hearth*, bis Bessie und ihre Herrin erschöpft von den Anstrengungen des Tages tief und fest schliefen. Auch Blanche schlummerte sanft unter der Wirkung des Holunderblütenweins. Nur Louisa hörte das Ende von Mr. Scrooge und Tiny Tim, während sie unverwandt in die Glut des Feuers starrte.

Edward legte schließlich mit einem tiefen Seufzer *A Christmas Carol* neben die anderen Bücher. Er hob den Kopf und sah sie einen Augenblick lang mit einem unergründlichen Ausdruck auf dem Gesicht an. Plötzlich beugte er sich zum Feuer und entzündete mit einem brennenden Holzspan die Kerzen ihres kleinen Weihnachtsbaums.

Als er an Louisas Stuhl vorbeiging, griff sie nach seiner Hand. »Eine Tasse Tee?« fragte sie leise. Er nickte und warf den Holzspan ins Feuer. Sie stand auf, wollte sich bei ihm für das Album bedanken und auch fragen, was er zu ihrem kleinen Geschenk meinte und wenn nötig, ihm dazu auch etwas sagen. Sie spürte die Traurigkeit, die schon den ganzen Tag aus irgendeinem Grund auf ihm lastete, und küßte ihn aus einem plötzlichen Impuls heraus auf die Wange. Aber als ihre Lippen ihn berührten, erstarrte er und sah sie so anklagend an, daß sie fast erwartete, er werde »Judas« zu ihr sagen.

Unwillkürlich zuckte sie zusammen und wich zurück. Edward ging an ihr vorbei zu seinen Büchern und stellte sie wieder in das Regal.

»Ja, ich würde gern eine Tasse Tee trinken«, sagte er steif, und sie floh aus dem Zimmer, denn sie wollte ihm unter keinen Umständen die Tiefe dieser unerwarteten Wunde zeigen.

Ohne nachzudenken, füllte sie den Kessel mit Wasser, setzte ihn auf die Herdplatte und entfachte das Feuer. Während Louisa Tassen, Milch und Zucker auf das Tablett stellte, hörte sie die Türglocke. Mit einem schnellen Blick in den Spiegel strich sie sich über die Haare, als Bessie auch schon in die Küche kam.

»Miss Emily ist da.«

»Ja, ich weiß. Ich komme gleich. Unterhalten Sie sich so lange mit ihr.«

Bessie sah sie durchdringend an und fragte: »Was ist los?«

»Nichts.« Louisa versuchte zu lächeln und sagte: »Nun ja, Dickens – also bei Tiny Tim kommen mir immer die Tränen!«

»O ja«, Bessie lachte, »gut, daß ich eingenickt bin, sonst hätte ich auch Rotz und Wasser geheult!«

Sie verschwand. Louisa stand am Fenster und wartete darauf, daß das Wasser kochte. Draußen war es dunkel, doch der Hof und die Stadtmauern leuchteten hell im hohen Schnee, und sie mußte an den letzten großen Schneesturm vor fast einem Jahr denken. Müde und besorgt war sie, begleitet von Edward, an jenem Abend nach Hause gekommen und – hatte den kranken Robert Duncannon kennengelernt. Wieviel, dachte sie, ist in diesem einen Jahr geschehen. Damals wäre es undenkbar gewesen, daß der liebe treue Edward sie so heftig angreifen würde. Selbst nach dem ersten Schock war er wieder freundlich zu ihr gewesen, vielleicht etwas zurückhaltender, aber nie kalt und abweisend. Was habe ich nur getan, daß er mich so abweist? Louisa wußte es nicht und konnte es sich auch nicht vorstellen.

Als sie sich vorbeugte, um die Vorhänge zu schließen, sah sie, wie ein dunkler Schatten vorsichtig auf dem vom Schnee geräumten Weg über den Hof sprang und eilig mit steifen Beinen zur Küchentür kam. Sie öffnete der Katze, die dankbar miaute und sich klagend an ihren Rock drückte, bis Louisa lächelnd zur Vorratskammer ging. Mit einem schuldbewußten Blick zur Tür, die Bessie nur angelehnt hatte, nahm Louisa ein paar Stückchen von dem Gänsebraten und legte sie der Katze auf den Boden vor dem Spülbecken.

Diese kleine freundliche Geste half ihr erstaunlicherweise sehr. Sie goß entschlossen den Tee auf und trug das Tablett ins Wohnzimmer.

Als Louisa eintrat, erhob sich John Chapman und wünschte ihr mit einem kurzen Nicken frohe Weihnachten. Emilys Wünsche waren ebenso kühl, aber sie musterte kritisch Louisas blaues Samtkleid. Emily trug noch immer das taubengraue Seidenkleid ihrer Hochzeit, wenn auch mit einer neuen Wollstola.

Nach einem kurzen Gespräch über das Wetter versiegte die Unterhaltung. Louisa suchte nach einem ähnlich unverfänglichen Thema und erwähnte die Australien-Ausstellung. Emily sah ihren Mann bedeutungsvoll an und spitzte die Lippen.

»Ja. Wir haben die Ausstellung gesehen«, sagte sie, »*dich* haben wir übrigens auch gesehen.«

Diese Aussage hing einen Augenblick lang in der Luft. Louisa fühlte sich angegriffen und auch schuldbewußt. Sie verwünschte im stillen die Röte, die ihr in die Wangen stieg. »Wie merkwürdig«, sagte sie ruhig, »ich habe euch nicht gesehen. Warum habt ihr nicht guten Tag gesagt?«

»Ach du liebe Zeit, du warst viel zu sehr von deinen vornehmen Freunden in Anspruch genommen – oder wer auch immer das gewesen sein mag... Jedenfalls haben John und ich nicht *gewagt*, dich anzusprechen.«

Erbost und verärgert erwiderte Louisa heftig: »Ihr kennt den Hauptmann gut genug – und ich hätte euch gerne mit seiner Schwester bekannt gemacht.«

»Bei dir standen aber noch ein Paar und ein paar Kinder.«

Louisa sah sie verwirrt an. »Ach so, aber nur ganz kurz. Das waren Sophie Bainbridge und – und ihre Brüder. Ich hatte sie ganz vergessen.«

Nachdem Emily ihre Schwester aus der Fassung gebracht hatte, trank sie ihren Tee mit selbstzufriedener Genugtuung, während Blanche die langen Wimpern niederschlug und vielsagend lächelte. Emily hatte ein wenig zugenommen, was sie matronenhaft aussehen ließ. Aber in diesem Augenblick waren Blanche und Emily sich so ähnlich, daß Louisa ihnen beiden am liebsten eine Ohrfeige gegeben hätte. Mit zitternden Händen goß sie ihrer Mutter und Edward Tee ein. Als sie ihm die Tasse reichte, sah er sie an, und aus seinen Augen sprach deutlich die schmerzliche Bitte um Vergebung. Louisa war aber zu wütend, um das zur Kenntnis zu nehmen. Sie saß schweigend und wie versteinert auf einem Stuhl, während ihre Mutter versuchte, die geladene Atmosphäre zu entspannen.

Bei Weihnachtskuchen und Plätzchen begannen alle mit einiger Überzeugungskraft, ihre Rollen zu spielen. Louisa setzte sich ans Klavier, und alle stimmten in die bekannten Weihnachtslieder ein. Edwards heller Bariton und Johns Baß boten den richtigen Hintergrund für Emilys klaren Sopran. Aber in Louisas Ohren klang die Fröhlichkeit bestürzend hohl, und sie war erleichtert, als die Uhr neun schlug. In der Küche verabschiedete sie sich von ihrer Mutter.

Als sie die weiche Wange küßte, die Mary Elliott ihr entgegenhielt, umarmte ihre Mutter die älteste Tochter und drückte sie an sich. »Du bist sehr tapfer gewesen – ich rechne dir das hoch an, Liebes. Ich weiß, es ist nicht leicht für dich. Und«, fügte sie mit einem fragenden und leuchtenden Blick hinzu, »ich vermute, du hättest heute abend auch woanders sein können.«

»Ja, Mama. Sie hatten mich eingeladen, mit ihnen zu feiern.«

»Das war sehr lieb von dir abzulehnen.« Sie schwieg und sagte dann: »Blanche und Emily verstehen das nicht. Sie können es nicht verstehen. Aber ich verstehe dich, vergiß das nie.«

Mit Tränen in den Augen fiel Louisa ihrer Mutter um den Hals. »Nein, Mama, ich werde es nicht vergessen. Danke.«

»Wofür, mein Kind?«

»Nichts . . . für alles . . . dafür, daß du so bist, wie du bist.«

»Raus mit dir!« rief Mary Elliott und fing energisch an abzuwaschen. »Glaubst du, du kannst dich jetzt allein auf die Gillygate-Straße wagen?«

»Aber ja, Robert wartet an der Ecke auf mich.«

Aber ehe sie ins Wohnzimmer gehen konnte, um sich von den anderen zu verabschieden, erschien Edward in der Tür mit ihrem Hut und Mantel in der Hand.

»Ich begleite dich«, sagte er ruhig.

»Nicht nötig. Aber ich glaube, Blanche würde sich über einen Kavalier freuen – sie muß durch die Stadt gehen.«
»Emily und John haben ihr bereits angeboten, sie zu begleiten.«
»Ich möchte nicht, daß du dir meinetwegen Mühe machst.«
»Es ist keine Mühe«, versicherte er ihr.
»Robert wartet an der Bootham-Straße auf mich, und bis dort kann ich ohne weiteres allein gehen.«
Ihre Kälte schmerzte ihn um so mehr, als er wußte, sie hatte allen Grund dazu. »Ich möchte sicher sein, daß dir nichts passiert«, erklärte er hartnäckig, »es ist glatt draußen, und vielleicht sind Betrunkene auf der Straße.«
Mary Elliott schnalzte plötzlich mit der Zunge. Sie drehten sich beide überrascht um. »Also, ihr zwei werdet doch jetzt nicht noch das Spiel verderben! Was ist das für eine Familie, und außerdem ist doch Weihnachten! Edward hat recht – es ist besser, wenn er dich begleitet.«
»Tut mir leid, Mama«, murmelte Louisa. Ohne ihn anzublicken, sagte sie: »Also gut, Edward, wenn du soweit bist, können wir gehen.« Sie gab ihrer Mutter noch einen Kuß und unterzog sich dem Abschiedsritual im Wohnzimmer. Bessie begleitete sie bis zur Tür. Nach der erstickenden Atmosphäre im Haus war die kalte, scharfe Luft auf der Straße eine Wohltat.
Edward wollte sich bei ihr entschuldigen, aber er fand keine Worte. Eine Entschuldigung bedeutete eine Erklärung. Und wie sollte er die Gefühle erklären, die ihn bei ihrer Berührung innerlich zerrissen hatten? Ihm fiel nicht einmal eine halbwegs glaubhafte Lüge ein. Die Veränderung, die ihr Weihnachtsgeschenk deutlich unterstrich, das ihr überhaupt nicht ähnlich sah, stieß ihn ab. Gleichzeitig sehnte er sich mit seinem ganzen Wesen danach, sie zu beschützen. Er glühte vor Scham und Zorn, wenn er an Emily und Blanche dachte.
Hätte Robert Duncannon nicht am Ende der Straße auf sie gewartet, dann hätte er vielleicht versucht, mit ihr darüber zu sprechen. Aber daß er Louisa erwartete, um sie nach Hause zu bringen, sie in die Arme zu nehmen und in sein Bett, erstickte jeden Versuch im Keim.
Sie gingen, ohne sich zu berühren, Seite an Seite. Das Schweigen war so eisig wie der Schnee unter ihren Füßen. Wie schon einmal achtete er besorgt auf jeden ihrer Schritte, damit sie nicht ausglitt. Er dachte an einen anderen Abend vor so langer Zeit, als sie sich an ihn gelehnt

hatte, und er von reiner Freude erfüllt den Kopf hob, um sich vom weichen, kalten Schnee küssen zu lassen.
Die Torheit jenes flüchtigen Glücks traf ihn schwer. Damals wie heute hatte er sie zu einem anderen Mann gebracht – der Unterschied zu damals bestand nur darin, daß er es jetzt wußte.

13

Die lange Zeit bis Weihnachten war zwar von Ängsten und Sorgen überschattet gewesen. Aber sie hat auch ihre schönen Augenblicke gehabt, dachte Louisa. Sie nahm nur ungern von Letty und Georgina Abschied, und da man sie immer wieder ermahnte, oft zu schreiben, versprach sie es. Es waren nur wenige und im nachhinein kostbare Momente mit Roberts kleiner Tochter gewesen, und wann immer sie an das Kind dachte, wurden in ihr mütterliche Sehnsüchte wach, die sich nicht leicht unterdrücken ließen.

Trotz Lettys Warnungen begann sie, sich auf Dublin zu freuen. Es würde schön sein, Georgina zu unterrichten und mit Robert und seiner Schwester als Familie zusammenzuleben. Er hatte dem Plan bereitwillig zugestimmt und erklärt, nichts sei ihm lieber, als seine Tochter ständig in Dublin zu haben. Und wenn es Letty gefalle, könne sie sich als Anstandsdame betrachten. Aber er werde nicht erlauben, daß Louisa sich im Haus und vor den Leuten versteckte. Die beiden Frauen mußten das hinnehmen. Letty äußerte zwar ihre Befürchtungen, aber Louisa hoffte, es werde ihr mit Lettys Hilfe gelingen, Robert zur Vernunft zu bringen.

Der winterliche Übergang vom neuen Jahr bis Ostern verlief ruhiger. Das Leben bewegte sich in alltäglicheren Bahnen, die Zufriedenheit brachten, auch wenn die Sinne dabei abstumpften. Louisa besuchte einoder zweimal in der Woche ihre Mutter. Sie tat es nachmittags, denn sie wollte weitere Zusammenstöße mit Edward vermeiden. Und wenn ihre Wege sich einmal kreuzten, was selten genug vorkam, dann schien seine Stimmung in Einklang mit dem Wetter zu stehen, denn es war immer noch bitter kalt. Das bedrückte Louisa, aber sie konnte auch nicht mit Robert darüber sprechen, denn das Thema Edward löste auch bei ihm Spannungen aus. Sie spürte wohl, daß ihre Mutter Bescheid wußte, aber nichts unternahm, um die Luft zu bereinigen.

Auch die Nachricht von Emilys erster Schwangerschaft konnte den Riß zwischen den Schwestern nicht heilen. Emily sonnte sich wie eine zufriedene Katze, als spüre sie den Neid ihrer Schwester. Blanche war außer sich vor Sorge und großer Anteilnahme und erklärte immer wieder, wie sehr sie sich darauf freue, Tante zu werden. Louisa versuchte, sachlich und gerecht zu bleiben, obwohl sie sich dem Kummer ihrer Mutter nicht ganz entziehen konnte, als das junge Paar die Absicht erklärte, York zu verlassen. Dieser Plan war schon seit einiger Zeit erörtert worden, da sich das Land wirtschaftlich in einer Depression befand. John rechnete sich aus, er werde in Leeds bessere Verdienstmöglichkeiten haben, denn dort blühte die neue Konfektionsindustrie. Die Leute hatten deshalb auch Geld für Möbel und Beerdigungen. Es war einleuchtend, aber Louisa entgingen die anderen Gründe hinter dieser Entscheidung nicht. Diese Gründe waren zwar auch verständlich, aber nicht sehr erfreulich.
Louisa gab sich Mühe, das nicht zu zeigen, aber Robert spürte ihre Verzagtheit und versuchte mit allen Mitteln, sie aufzumuntern. Er kaufte ein kleines gebrauchtes Klavier, das gerade noch hinter dem Sofa Platz fand. An den langen Februarabenden verbrachten sie viele vergnügte Stunden damit, Duette zu spielen und alte und neue Lieder zu singen. Wenn ihm danach zumute war, brachte er sie zum Lachen, schlug heftig auf die Tasten und sang mit gespielt trauriger Stimme irische Lieder. Aber wenn sie für ihn spielte, wurde er meist ernst und sang die Lieder so, wie sie gesungen werden sollten.
Er äußerte sich selten über Gladstone und die beabsichtigte Autonomie. Louisa wußte, er quälte sich mit dem Zwiespalt darüber, wem er vor allem Treue schuldig war. In erster Linie fühlte er sich dem Regiment und seinen Offizierskameraden verpflichtet. Doch seine Herkunft sagte ihm klar und deutlich, Irland müsse ein unabhängiges Parlament bekommen. Beinahe vor einem Jahrhundert hatten die Duncannons sich mit vielen anderen alteingesessenen Familien der Eingliederung widersetzt, durch die das alte irische Parlament und mit ihm das Ideal einer eigenen Identität für Irland beseitigt worden war. Als Grundbesitzer mußten sie unter den unfähigen und willkürlich ernannten englischen Verwaltungen leiden, ganz besonders in den Jahren der großen Hungersnot. Damals hatten Gesetze aus London alle Versuche zunichte gemacht, diese schreckliche Tragödie zu lindern. Roberts Großvater hatte

beinahe seinen ganzen Besitz aufs Spiel gesetzt, um die Welle des Hungers und der Krankheiten aufzuhalten, die unter der Bevölkerung wütete. Schließlich stellte er die eigene Küche zur Versorgung seiner Leute zur Verfügung und bezahlte all denen die Reise, die auswandern wollten.

Louisa bereute inzwischen die Anschuldigungen, die sie innerlich erhoben hatte, als sie Moiras Tragödie erlebte, und bereute sie noch mehr, als Robert sagte: »Erzähle mir nichts von abwesenden Grundbesitzern – das waren die Duncannons nie, ganz gleich, was sie sich vielleicht sonst haben zuschulden kommen lassen. Wir haben uns nie von der Hungersnot erholt und auch viele unserer Nachbarn nicht. Ich habe immerhin Charlotte geheiratet«, fügte er bitter hinzu, »wenn ich sie nicht geheiratet hätte – oder eine andere reiche Erbin –, dann wäre White Leigh jetzt verfallen wie so viele andere Landgüter im Süden. William hat eine Frau mit noch verrückteren Ideen und noch weniger Geld geheiratet, als er hatte. Sie taugen einfach nichts!« fluchte er und goß sich noch ein Glas ein. »Gott schütze uns vor dem irischen Landadel.«

Trotzdem glaubte er felsenfest daran, daß Irland von Menschen regiert werden sollte, die das Land und seine besonderen Probleme wirklich verstanden. Die Engländer würden die Dinge nie in Ordnung bringen, auch wenn sie es bis zum Weltuntergang versuchen sollten, und doch schienen sie sogar entschlossen, bei dem Versuch zu sterben. Robert wußte sehr wohl, daß die meisten seiner Kameraden Konservative und Unionisten waren. Sie wollten die Vergrößerung des Reichs und dazu selbst beitragen. Sie wollten es auf keinen Fall verkleinern. Deshalb wünschten sie Gladstone den Tod. Robert hatte gelernt zu schweigen. Nur mit Tommy diskutierte er leidenschaftlich die in den Zeitungen abgedruckten Parlamentsdebatten und ihren möglichen Ausgang.

Gerüchten nach begann Ulster bereits, sich insgeheim zu bewaffnen, damit der mögliche Bürgerkrieg in der Provinz sofort losbrechen konnte, wenn das Gesetz in Kraft treten sollte. Ein Artikel ging sogar soweit zu behaupten, neunundneunzig Prozent der Offiziere würden ihr Patent zurückgeben und sich weigern, mit ihren Regimentern in einer Mission nach Irland zu ziehen, die von ihnen verlangte, auf die Loyalisten zu schießen.

»Sie besitzen die Unverschämtheit, das kaltblütige und mörderische

Tyrannei zu nennen«, knurrte Robert, als er diese Stelle Louisa vorlas. »Diese Scheinheiligkeit! Demokratie ist nur gut, wenn sie zu ihren Gunsten arbeitet, glaube ich. Das Heer darf nur gegen aufständische katholische Bauern kämpfen: Carson und sein Trupp loyalistischer Räuber zählen nicht! Wir dürfen natürlich nicht vergessen, er ist ein Industrieller«, sagte Robert sarkastisch, »und damit einer von ihnen. Jawohl, diese unwesentliche, aber bemerkenswerte Tatsache dürfen wir nicht aus den Augen verlieren. Aber ich finde, Louisa, Mob ist Mob, und Anstiftung zum Aufruhr ist ein Verbrechen, ohne Ansehen von Namen oder Titel. Man sollte Carson jetzt verhaften, ehe er noch mehr Schaden anrichten kann.«

Louisa erkundigte sich, ob er diesen Mann kenne. Robert verneinte und erwiderte: »Es ist merkwürdig, aber ich glaube, er ist durch Einheirat mit Charlottes Familie entfernt verwandt. Und auch aus diesem Grund würde ich gerne sehen, daß er zum Schweigen gebracht wird.« Das war eine Enthüllung, bei der ihr ein Schauer über den Rücken lief.

Die auf diese Weise offenbarte Macht von Charlottes Familie beschäftigte Louisa einige Zeit, und sie fragte sich ernsthaft, ob es klug sei, nach Dublin zu ziehen. Robert hatte scheinbar keine Bedenken.

Die endlosen Debatten im Unterhaus gingen weiter, aber er wehrte sich dagegen, solche Ängste sein Leben überschatten zu lassen. Abgesehen von gelegentlichen wütenden Ausbrüchen enthielt er sich längerer Kommentare. Er ging regelmäßig auf die Jagd, nahm hin und wieder eine Einladung an und erfüllte allein die üblichen, halboffiziellen gesellschaftlichen Pflichten. Aber als die Verlegung des Regiments aus York ernsthafte Formen annahm, hatte er eine, wie Louisa fand, geradezu lächerliche Idee.

Ende April sollte ein Regimentsball stattfinden. Man sah darin eine Art Dankesgeste gegenüber den Gutsbesitzern in der Nachbarschaft und den Honoratioren der Stadt, und das Regiment wollte sich auf diese Weise für die erwiesene Gastfreundschaft erkenntlich zeigen. Als Robert vorschlug, Louisa solle ihn auf den Ball begleiten, lehnte sie das entschieden ab. Diese Taktlosigkeit wäre erstens eine große Dummheit, erklärte sie, und zweitens habe sie seit Jahren nicht mehr getanzt und alle Schritte inzwischen vergessen. Robert erwiderte, mit Tanzstunden lasse sich das ändern, aber als sie entsetzt aufstöhnte, kam er mit Tommy, der Klavier spielen mußte, während sie die Grundschritte übten.

Auch als sie die meisten Möbel in das Schlafzimmer gebracht und den Rest an die Wände geschoben hatten, blieb zum Tanzen viel zu wenig Platz. Nach anfänglicher Verlegenheit über Tommys ersten Besuch, nach angestoßenen Zehen und blauen Flecken an den Schienbeinen von Stuhl- und Tischbeinen, endete die erste Stunde in ausgelassener Heiterkeit. Nach dem dritten Nachmittag lösten sich Louisas Beklemmungen, denn sie schätzte inzwischen Tommys lakonischen Sinn für Humor und erkannte zum ersten Mal, daß die zwei Männer sich trotz des sehr unterschiedlichen Temperaments sehr glichen. Sie waren beide unberechenbar und hielten wenig von englischen gesellschaftlichen Regeln. Als Louisa spürte, daß Tommy nicht den geringsten Anstoß an der Beziehung seines Freundes zu ihr nahm, wurde ihr Verhältnis zu ihm immer natürlicher.

Schließlich erklärten beide Männer, sie sei jetzt durchaus in der Lage, auf dem Ball zu tanzen, ohne sich lächerlich zu machen. Für Louisa war damit aber nur der eine Teil des Problems gelöst. Etwas später, nachdem Tommy sich verabschiedet hatte, äußerte sie ihre eigentlichen Ängste: Sie fürchtete, plötzlich Rachel Tempest gegenüberzustehen.

»Du weißt doch, es wird nicht einfach, wenn sie uns zusammen sieht.« Sie hielt inne und schob einen Sessel wieder an seinen alten Platz, drehte sich um und sah Robert an. »Sie hätte einmal alles darum gegeben, dich in die Liste ihrer Verehrer einzureihen.«

»Unsinn«, brummte Robert.

»Nein, im Ernst. Hättest du sie auch nur im geringsten ermutigt, Robert, dann hätte sie dich so umgarnt wie Arthur Bainbridge. Du warst in ihren Augen viel erstrebenswerter.«

»Ich war überhaupt nicht erstrebenswert«, korrigierte er sie und griff nach dem Buch, das er angefangen hatte zu lesen, »sondern Darnley, Tommy und eine ganze Reihe anderer. Der arme Arthur hat nur als erster angebissen.«

»Richtig. Das sage ich ja. Aber Robert, *du* warst ihr großer Schwarm. Glaube mir! Sie hat in den ersten Wochen nach Sophies Fest nur von dir gesprochen – ich bin bald wahnsinnig geworden, besonders dann, als . . . als du mir das von Charlotte erzählt hattest. Und nur, weil du mir aus dem Weg gegangen bist, und weil sie sich nie lange genug mit dir unterhalten konnte, fing sie an, Arthur den Kopf zu verdrehen. Und das nur, weil –«

»Weil sie die erste in ihrem Kreis mit einem Ring am Finger sein wollte.«

»Ja! So ist es!«

»Schätzchen«, sagte Robert abwinkend, »glaube mir, ich habe das nicht zum ersten Mal erlebt...«

»Aber du denkst, sie ist dumm und hat nur Stroh im Kopf«, erwiderte Louisa erregt, »du kennst sie nicht, wie ich sie kennengelernt habe. Sie ist ein habgieriges und mißgünstiges kleines Biest. Wenn alles nach ihrem Kopf geht und wenn sie überall den Rahm abschöpft, dann ist alles gut, aber sie ist nicht mehr liebenswürdig, wenn man ihre Pläne durchkreuzt. Robert, ich war ihre *bezahlte Gesellschafterin* – sie mochte mich nicht besonders, aber ab und zu, wenn es ihr paßte, spielte sie mit Vergnügen die Großzügige. Was glaubst du, was sie denken wird, wenn sie sieht, daß ich den Preis gewonnen habe? Sie wird *toben*, und wenn sie es mir nicht auf irgendeine Weise heimzahlen kann, dann wird sie boshaft und gehässig Klatsch über mich verbreiten. Und das beherrscht sie sehr gut!«

»Hör zu, ich sehe nicht ein, daß die Rachel Tempests dieser Welt mein Tun und Handeln bestimmen – oder das deine«, fügte er ärgerlich hinzu und klappte das Buch energisch zu, als sei die Sache damit endgültig erledigt. Aber er zog die Stirn in Falten, während er wie ein Löwe im Käfig im Zimmer auf und ab ging. Kurz darauf rief er: »Diese verdammte Familie! Müssen denn diese Leute uns immer das Leben schwer machen? Ist es denn wichtig, was sie denken? Sie sind *nichts*, Louisa, absolut nichts!«

»Mir ist gleichgültig, was sie *denken*«, entgegnete Louisa, »aber es ist nicht gleichgültig, was sie anderen Leuten sagen.« Sie dachte an Edwards Worte und an die letzten Tage in der Tanner Row, als sie noch ein Kind gewesen war. Louisa erinnerte sich an die Verachtung, den Hohn, die bissigen Bemerkungen, an das anzügliche Lachen und daran, wie eine Frau ihre Mutter angespuckt hatte. Sie schluckte heftig und begann aufzuräumen. Sie rückte die Sitzkissen zurecht, legte die Zeitung in den Zeitungsständer neben Roberts Sessel und versuchte auf diese Weise, die immer noch so gegenwärtigen Bilder aus ihrem Kopf zu vertreiben und die Angst zu überwinden, bei der sich ihr plötzlich der Magen zusammenkrampfte.

»Hast du Angst vor ihrem Vater?« fragte Robert etwas freundlicher und bereitwilliger, sie zu verstehen. »Du mußt keine Angst vor ihm haben. Er hat sich von ihr losgesagt, sie enterbt, und sie darf nicht mehr über seine Schwelle. Wenn wir in Dublin sind, kann er dir nichts mehr anhaben.«

»Es geht nicht um den Vater«, rief Louisa, »*sie* wird mit jedem, der zuhört, reden. Die Vergangenheit wird wieder hervorgeholt – Mamas Name kommt ins Spiel – und auch Edwards.«

»Allmächtiger Gott!« Robert explodierte. Der Name ihres Vaters weckte seinen Zorn aufs neue. »Müssen wir uns auch noch um ihn kümmern? Kann er nicht selbst für sich sorgen!?«

Louisa antwortete nicht, sondern stand schweigend vor ihm, mit verkrampft gefalteten Händen, niedergeschlagenen Augen und zusammengepreßten Lippen. Er sah sie an, und einen Augenblick haßte er alles, was sie repräsentierte. »Mußt du denn so verdammt englisch sein?« fragte er, und es klang wie eine Beschimpfung. »So verdammt *etepetete*? Es gibt Frauen, die würden alles tun, um auf den Ball gehen zu können! Und du stehst hier und weigerst dich, weil du Angst vor ein bißchen Klatsch hast! Mein Gott, wo bleibt denn dein Mut?«

Seine Verachtung traf sie, wie nichts anderes es vermocht hätte. Sie krümmte sich innerlich und erschrak vor dem Abgrund, der zwischen ihnen gähnte. Nicht zum ersten Mal schien ihre Beziehung nicht viel mehr zu sein als eine zerbrechliche Brücke zwischen zwei grundverschiedenen Welten. Und in der Tiefe brauste ein heftiger Strudel der Unwissenheit und der Mißverständnisse. Unter anderen Umständen hätte sie vielleicht geschwiegen oder versucht, ihn zu besänftigen, aber die Unterstellung von Feigheit trieb sie zu wütender Gegenwehr.

Sie ging an ihm vorbei und rief: »Es geht nicht um Mut! Ich spreche von Klugheit, und wie man sagt, ist Klugheit das beste am Mut. Aber das scheinst du nicht zu verstehen!«

»O ja, das verstehe ich«, räumte er ein und griff nach ihrem Arm. »Das habe ich acht lange Monate unter Beweis gestellt. Ich komme hierher im Schutz der Dunkelheit, gehe nur äußerst selten mit dir aus, tue so – lange genug sogar Tommy gegenüber –, als würdest du mir nichts bedeuten. Ich habe es getan, weil ich dich liebe – und nicht, weil es mir Spaß macht.«

Sie wich zurück und wollte sich aus seinem Griff lösen. Diese unerwartete Enthüllung entsetzte sie. Für Louisa waren die Monate nach Weihnachten die schönste Zeit ihres Lebens als erwachsene Frau gewesen. Befreit von Sorgen, geschützt und eingehüllt in den Schleier der Verborgenheit hatte sie zum ersten Mal gelernt, sich zu lockern, und in den Strahlen von Roberts Liebe war sie als Frau erblüht. Das Opfer, sich dabei ihrer Familie zu entfremden, schien sich bis jetzt gelohnt zu haben. Doch mit einem Schlag und noch dazu aus völlig belanglosen Gründen drohte Robert, die kostbare Sicherheit aufs Spiel zu setzen, und bedrohte damit die Grundlage ihres Zusammenlebens.

»Wir sind in wenigen Wochen in Dublin«, erinnerte er sie, »du mußt lernen, deine Angst zu besiegen. Verstehst du denn nicht, wieviel leichter es sein wird, wenn ich jetzt mit dir erscheine? Dann wird deine Anwesenheit später weit weniger Aufmerksamkeit erregen. Und in dieser Menschenmenge«, fügte er vernünftig hinzu, »wer wird da schon auf dich und mich achten? Noch dazu, wenn der halbe Adel des Landes anwesend ist!«

Die Auseinandersetzung verlief nun wieder in ausgetretenen Bahnen. Erschöpft sank Louisa in einen Sessel, denn alles war so vertraut. Sie legte erschöpft und niedergeschlagen die Stirn an seinen Arm. Bin ich wirklich feige? fragte sie sich. Fürchte ich, daß unsere Liebe welkt, wenn sie ans Tageslicht kommt? Die Frage hatte sie sich noch nie gestellt, und die mögliche Antwort ängstigte sie. Waren die Monate des Glücks nur eine Illusion gewesen? Diese Frage quälte sie am meisten. Sie hatten so viele Gemeinsamkeiten entdeckt. Wie bitter war für sie jetzt die Erkenntnis, daß seine Freude von der Verborgenheit getrübt wurde, an die sie sich so klammerte. Aufgerieben und verwirrt schüttelte sie stumm den Kopf.

Robert ahnte nichts von den verzweifelten Fragen, die sie quälten. Er sah nur die verneinende Geste und deutete sie falsch. Er stöhnte verärgert auf. Im Grunde hatte er kaum mit einer Kapitulation gerechnet. Trotzdem schmerzte die Enttäuschung sehr. Er haßte es, sich mit ihr zu streiten, aber es gab Zeiten, in denen er Louisas Unnachgiebigkeit einfach wie getrieben mit einem Wutausbruch begegnen mußte – und zwar immer dann, wenn er die zarte Wehrlosigkeit dieser Frau als Illusion durchschaute und sich eingestehen mußte, daß Louisa einen Willen besaß, der seinem starken Willen in nichts nachstand. An guten Tagen konnte er diesen eigenen Willen achten, aber in problematischen

Situationen – wie dieser zum Beispiel – löste das bei ihm Zorn und kalte Wut aus, und – er fühlte sich sehr einsam. Tief in ihm lag uneingestanden und verborgen wie ein Samenkorn die Angst, daß eines Tages Liebe nicht genug sein und sie ihn verlassen würde. Diese Ahnung drängte sich an den Rand seines Bewußtseins und wurde von der ungewohnten Unterwürfigkeit ihres gesenkten Kopfs noch verstärkt. Zerknirscht berührte er ihre Haare und küßte sie. Das plötzliche Erwachen körperlichen Verlangens drängte die verräterische Angst zurück.
Immer, wenn sie sich gestritten hatten, wollte er mit ihr schlafen. Das war nicht widernatürlich, sondern eine Form der Sicherheit und der Bestätigung, daß zumindest im Bett sie nichts trennte. Er hob ihr Kinn und zwang sie, ihn anzusehen. Der Ausdruck ihrer Augen verwirrte ihn etwas.
»Komm ins Bett«, flüsterte er und gab ihr einen Kuß, »es ist spät, und wir sind beide müde.«
Louisa zog sich schweigend aus und erwiderte seinen Blick mit dem seltsamen Ausdruck der Enttäuschung und des Flehens. Als Robert sie in die Arme nahm, spürte er die Veränderung in ihr. Es war nicht direkt Abwehr, sondern eher beunruhigende Passivität. Ein Funken des alten Zorns flammte in ihm auf. Seine Küsse wurden plötzlich brutaler als beabsichtigt. Seine Hände umklammerten sie fest und schmerzlich. Als sie reagierte, tat sie es heftig und so unerwartet, daß aus ihrer Vereinigung beinahe ein verzweifelter Kampf wurde, und der Augenblick des Sieges kurz und schmerzlich intensiv war.
In der nachfolgenden Welle klammerte er sich, immer noch innerlich aufgewühlt, an sie; das körperliche Bedürfnis war unbefriedigt, und er wußte, diesen kleinen Sieg richtig als Seifenblase, als Illusion einzuordnen. Die Angst erfaßte ihn kalt und deutlich. Krampfhaft legte er die Hände um ihre Schultern und vergrub das Gesicht in den warmen, weichen Brüsten. »Tut mir leid«, flüsterte er, »das wollte ich nicht.«
O doch, dachte sie, als sie seine Verzweiflung spürte. Halb geformte Gedanken und widersprüchliche Gefühle trieben wie Strandgut nach einem Sturm durch ihren Kopf. Scham und Kummer, Schuld und Verlangen, die Sehnsucht nach dem, was ihrer Vereinigung so erschrekkend gefehlt hatte, bewog sie, ihn fest an sich zu ziehen. Sie wollte sprechen, ihm das alles erklären, aber die Worte konnten die Mauer der Unsicherheit und der Verzweiflung nicht überwinden. Louisa brauchte

sein Mitgefühl und fürchtete plötzlich, es habe Grenzen, und sie sei dabei, Robert mit ihren Ängsten zu vertreiben. Die Ursache für ihren Streit schien so banal zu sein, und doch enthüllte sie den Abgrund, vor dem sie sich von Anfang an gefürchtet hatte. Robert hatte diesen Abgrund überquert, um sie zu besitzen. Jetzt verlangte er dasselbe von ihr. Eine Geste des Vertrauens war notwendig, aber die Worte wollten nicht kommen.

Louisa sah ihn an. Das schwache Mondlicht fiel auf die zerknitterten Bettlaken und -decken und beleuchtete die Umrisse seines Körpers, der sie umfing. Eine dunkle Einbuchtung zog sich der Länge nach am Rückgrat entlang, glatte feste Muskeln wölbten sich in klar gezogenen Linien am Rücken und an den Schultern. Sein Gesicht schien im Gegensatz zu ihren runden weißen Brüsten von der Sonne gebräunt, die schwarzen Flecken von Brauen und Wimpern erinnerten an Kohle auf dunklem Papier.

Nicht zum ersten Mal bewunderte sie seine männliche Kraft und Schönheit und staunte darüber, daß dieser Mann sie liebte. Louisa wußte, sie würde es nicht ertragen können, ihn zu verlieren, oder daß er sie ansah, und der Schatten des Bedauerns und der Enttäuschung in seinen Augen lag.

Ihre Finger strichen zärtlich über die kurzen, kräftigen Haare, berührten die weichen Locken im Nacken und glitten weiter nach unten über die kräftigen Schultern. Wie ein Kind, das aus dem Schlaf erwacht, regte er sich und suchte Trost an ihrer Brust. Als die Brustwarze sich unter der Berührung seiner Lippen hob, begann er langsam, sie zu liebkosen, sie mit so behutsamer, wunderbarer Zärtlichkeit zu erregen und sie zu führen, daß es beinahe unerträglich schön für sie war.

»Langsam«, murmelte er, als sie sich an ihn schmiegte, »kein Kampf mehr.«

»Habe ich gekämpft?«

»Wie eine Tigerin«, flüsterte er an ihren Lippen, und die Worte wurden zu einem Kuß. Diesmal drang er sanft in sie ein; mit der Vereinigung ihrer Körper war alles andere vergessen. Und mit dem Höhepunkt ihrer Leidenschaft stellte sich eine andere Art Entspannung ein.

Als Robert sie in seinen Armen wiegte und küßte, spürte er den Frosthauch winterlicher Tränen in ihren Haaren. Sanft und geduldig beruhigte er ihr Schluchzen und versuchte, die gestammelten und unzusammenhängenden Sätze zu verstehen.

Aber erst als sie ruhig und still in seiner Armbeuge lag und schlief, begriff er: Sie würde nicht mehr gegen ihn kämpfen. Die Schlacht, denn das war es gewesen, war vorüber. Er hatte gewonnen.
Robert fragte sich nur beklommen, warum mit diesem Sieg soviel Scham verbunden war.

14

Schlichtheit! Als Louisa sich daran erinnerte, wie sie darum hatte kämpfen müssen, lächelte sie beinahe. Madame Marcelle war bei dem Gedanken blaß geworden, in weniger als zwei Wochen ein Ballkleid zu kreieren, und hatte mit Tränen gedroht, als Louisa auf einem betont schlichten Schnitt bestand. »Das ist geradezu lächerlich schlicht«, erklärte sie, »und für einen so großen Anlaß einfach unmöglich!« Als Louisa jetzt das Ergebnis in dem bodenlangen Spiegel begutachtete, fragte sie sich wieder einmal, warum Schneiderinnen Rüschen und Volants so liebten. Sie fühlte sich nicht wohl in aufgedonnerten Kleidern, und Robert zog ebenfalls etwas Schlichtes vor. Er erklärte, die Schlichtheit im Schnitt betone vorteilhaft ihre Figur, und mit einem angedeuteten Lächeln stimmte sie ihm zu.

Es war ein schönes Kleid in zartem Mitternachtsblau. Der tiefe Ausschnitt enthüllte den vollkommen weißen Hals und die Schultern. Louisa fand den Ausschnitt sehr gewagt und betastete nervös mit den weißen Handschuhen die Spitze über dem Busen. Das eng geschnürte Mieder darunter betonte die schmale Taille und die runden Hüften. Ein halbes Dutzend winziger Rosetten schmückten den Saum. Als Louisa sich drehte, um die Schleppe zu betrachten, hob und senkte sich der weite Petticoat, und man sah die verschwenderisch verarbeitete Spitze.

»Wunderschön«, murmelte sie, »genau so, wie ich es haben wollte. Danke, Madame.«

Die an Dank nicht gewöhnte Madame Marcelle machte eine wegwerfende Bewegung. »Es ist nichts Besonderes. Es ist so einfach. Ich gestehe, ich hatte nicht geglaubt, daß es geht. Ich weiß, ich habe gesagt, Ma'm'selle wird wie eine arme Gouvernante aussehen. O ja, ich erinnere mich! Aber ich habe mich geirrt. Ma'm'selle hat das königliche

Auftreten – o ja! Das ist nicht geschmeichelt! Ich habe Damen von Adel, die alles für Ihre Figur, Ihre Haltung geben würden. Ma'm-'selle.«

Louisa errötete und rief damit ein verschmitztes Lächeln und einen Schwall Französisch hervor, von dem sie nur Roberts Namen verstand. Zwei- oder dreimal hatte er sie begleitet, und der alte Drachen hatte unverschämt mit ihm geflirtet, wie Louisa fand. Auch jetzt seufzte Madame Marcelle dramatisch und erweckte den Eindruck, noch vor dreißig Jahren hätte sie Louisa mühelos ausgestochen. Madame Marcelle durchschaute offenbar die Situation. Bei dem ersten Gespräch über den Auftrag hatte Robert unmißverständlich klargemacht, daß alle Rechnungen ihm zugeschickt werden sollten. Er hatte es jedoch unterlassen, Louisa als seine Frau vorzustellen. Mit einem französisch-nonchalanten Schulterzucken hatte Madame die neue Kundin unter ihre Fittiche genommen und sich darangemacht, das häßliche Entlein in einen Schwan zu verwandeln. Madames Vergnügen über die Aufgabe schien nicht wesentlich dadurch geschmälert worden zu sein, daß die eigensinnigen Vorstellungen des Entleins zu vielem Hin und Her geführt hatten. Auch wenn sie die Unsicherheit und das Unbehagen ihrer Kunden bemerkte, so unterließ sie doch jede Anspielung.

Während Louisa sich wieder umkleidete, gab Madame Marcelle Anweisungen, das blaue Abendkleid am folgenden Tag zu liefern. Louisa verließ den Salon an der Lendal-Straße mit einem verkniffenen Lächeln und einem Stoßseufzer der Erleichterung. Sie überquerte vorsichtig die verkehrsreiche Museumsstraße und bezahlte ihren Penny, um durch den Museumspark nach Hause gehen zu können.

Wie immer lohnte sich der kleine Preis für den Frieden, die Ruhe und für die Freude an dem gepflegten Rasen, den gerechten Kieswegen und der gotischen Reinheit des verfallenen St.-Marien-Klosters. Louisa entdeckte eine geschützte Bank vor der Mauer und setzte sich. Nach dem parfümierten und überhitzten Salon wirkte die klare Luft mit ihren unzähligen Düften wie eine köstliche Erfrischung, die sie in vollen Zügen genoß. Die uralten Mauern strahlten wohltuende Wärme ab. Eine einsame Biene flog summend zu dem blühenden Goldlack, der üppig über Louisas Kopf wuchs. Sie beobachtete versonnen die Biene, beneidete sie um die klare Einfachheit ihres Tuns und bedauerte einen Augenblick die Kompliziertheit des menschlichen Lebens.

Vor zwei Wochen, im Nachklang des schrecklichen Streits, schien Zustimmung das einzige Beruhigungsmittel für ihre glühende Scham zu sein. Aber Angst und Sorgen hatten sich mit zehnfacher Stärke wieder eingestellt, je näher der Ball rückte. Das große gesellschaftliche Ereignis gewann inzwischen eine Art graphische, klare Bedeutung, denn es zeigte schwarz auf weiß alle Unterschiede zwischen ihr und Robert. Es gab nicht länger die angenehmen Grautöne, und die Klarheit, mit der Louisa alles sah, war nicht wenig erschreckend. Das Kleid war als Tarnung nur ein kleiner Trost. Sie fürchtete weniger, der Rolle nicht gerecht zu werden, als sich zum gesellschaftlichen Gespött zu machen. Wenn man ihr verächtlich die kalte Schulter zeigen sollte, würde sie nie mehr den Mut aufbringen, das Experiment zu wiederholen – daran zweifelte sie nicht, und das machte ihr noch mehr Kummer, denn sie hatte Robert versprochen, an seiner Seite den Schritt in die große Welt zu wagen.

Eine japanische Zierkirsche leuchtete in den Strahlen der langsam sinkenden Sonne und hob sich vor den dunklen, dicken Wolken klar und deutlich ab. Regen drohte, aber Louisa blieb sitzen und betrachtete gebannt die vergängliche Vollkommenheit, das kurze, einzigartige Schauspiel dieser Blüten, das sich ihr in unerträglicher Klarheit aufdrängte. Mit den ersten Regentropfen wehte ein Windstoß eine Wolke Blütenblätter wie Schnee ins Gras. Der Goldlack duftete stark, aber mit der Brise kam auch ein durchdringender Erdgeruch, und er war so kalt wie das Grab. Fröstelnd nahm Louisa ihre Einkäufe und ging nach Hause.

Drei Abende später zog sie weiße Glacéhandschuhe über ihre eiskalten Hände. Robert mußte jeden Augenblick kommen, und Louisa fragte sich, weshalb um alles in der Welt sie sich auf dieses Abenteuer eingelassen hatte. Ihre Mutter war gekommen, um ihr beim Ankleiden zu helfen. Ohne sie, das wußte Louisa, würde sie vor Angst erstarrt immer noch im Frisiermantel vor dem Spiegel sitzen. Sie hatte nichts essen können. In letzter Minute hatte Mary Elliott sie gezwungen, ein Glas Milch zu trinken und ein paar Kekse zu essen, und wich nicht von ihrer Seite, bis sie alles hinuntergeschluckt hatte. Als sie jetzt Louisa ansah, schnalzte sie mißbilligend mit der Zunge.

»An der Beerdigung deiner Tante Elizabeth hast du besser ausgesehen.«

»Danke, Mama.«
»Dein Gesicht, meine ich. Du siehst so blaß wie der Tod aus, mein Kind. Wo ist der Brandy, den der Hauptmann immer trinkt?«
»Brandy? Nein, das ist nichts für mich.«
»O doch – du trinkst ihn als Medizin. Wo hat er die Flasche?«
Seufzend stützte sich Louisa auf einen Stuhl am Eßtisch. »In dem Schrank dort drüben – wo auch die Gläser stehen.« Ihre Augen wurden groß, als sie die Menge sah, die ihre Mutter eingoß. Mary Elliott schob das Glas energisch über den Tisch und befahl ihr zu trinken.
»Nun los, hinunter damit! Es wird dich aufwärmen – und vielleicht etwas Farbe in die Wangen bringen.«
Louisa nahm einen kleinen Schluck und verzog das Gesicht. Dann leerte sie den Rest mit großem Widerwillen. Tränen traten ihr in die Augen, als der starke Alkohol brennend durch die Kehle rann, und sie mußte husten. Wie konnte Robert *das* freiwillig trinken? Aber schon nach einer Minute fühlte sie sich etwas besser, und als Louisa seine Schritte auf der Treppe hörte, spürte sie wieder etwas Wärme in Armen und Beinen.
Mutter und Tochter hatten beide Robert noch nicht aus der Nähe in Galauniform gesehen. Mary Elliott seufzte und lief mehrmals um ihn herum. Louisa lächelte und überließ sich der Genugtuung, die hinreißende Erscheinung auf sich wirken zu lassen. Von dem hochgeschlossenen, goldbesetzten Stehkragen der scharlachroten Uniformjacke bis zu den Spitzen der auf Hochglanz polierten Stiefel sah Robert enorm eindrucksvoll aus. Epauletten, Rangabzeichen, Knöpfe – alles schimmerte und glänzte im gedämpften Licht der Lampe über seinem Kopf. Sein Anblick nahm Louisa den Atem.
Robert amüsierte die Bewunderung der beiden Damen. Er sah sie strahlend an. Die aufgezwirbelten Enden seines schwarzen Schnurrbarts hoben sich in einem glücklichen Echo seines Lächelns nach oben.
»Kann ich mich sehen lassen?« fragte er augenzwinkernd und blickte von der Mutter zur Tochter.
»Aber natürlich«, bestätigte ihm Mary Elliott, »Sie haben etwas zugenommen. Das paßt zu Ihnen.«
»Louisa paßt zu mir«, erklärte er kühn und nahm ihre Hand. Er sah sie bewundernd an. »Du siehst sehr schön aus.«
Ihre Mutter runzelte die Stirn. »Sie sieht besser aus, nachdem sie end-

lich wieder lächelt. Nun aber los«, sagte sie barsch und schob die beiden zur Tür. In ihrem Gesicht zeigte sich aber ein verdächtiges Strahlen, während sie zusah, wie Robert Louisa besorgt und behutsam den Mantel umlegte. »Ich schließe ab, wenn ich gehe. Also macht euch keine Sorgen. Und amüsiert euch um Himmels willen gut!« befahl sie streng.

»Gewiß!« versprach Robert, aber als sie kurz darauf in der Droschke saßen, berührte er zärtlich besorgt Louisas Wange. »Bist du sehr nervös?«

»Es ist schlimmer, als wenn mir ein Zahn gezogen würde«, gestand sie und griff ängstlich nach seiner Hand. Sie schloß die Augen, lehnte sich gegen den Sitz, versuchte, sich auf den gleichmäßigen Rhythmus der Hufe zu konzentrieren, und zwang sich, den eisernen Knoten der Spannung im Magen zu vergessen.

Robert empfand warmen, besitzergreifenden Stolz, als er sie im Halbdunkel betrachtete und die langen, gebogenen Wimpern auf den leicht geröteten Wangen bewunderte. Die Brosche mit den Diamanten und Saphiren hielt ein Sträußchen weißer Rosen, und ein Krönchen aus winzigen Knospen schmückte die goldbraunen Locken auf dem Kopf. Um den alabasterweißen, schlanken Hals hing an einer dünnen Goldkette ein ovales Medaillon. Als er daran dachte, welche Qualen der Unschlüssigkeit Louisa beim Juwelier ausgestanden hatte, mußte er vergnügt lächeln. Im gleißenden Glanz der Kolliers und Diademe, Armreifen, Ringe und Anhänger würde Louisas weniger Schmuck eher bescheiden wirken. Er drückte beruhigend ihre Hand und warf einen Blick auf seine Uhr.

»Ich glaube, wir kommen genau richtig. Tommy hat versprochen, mit uns hineinzugehen, und er wird bis zu einer halben Stunde warten. Jetzt ist es beinahe fünfundzwanzig Minuten vor zehn. Also treffen genug Gäste ein, damit wir nicht besonders auffallen.«

Louisa blickte aus dem Droschkenfenster und zitterte. Sie kamen gerade am Ende der Gillygate-Straße vorüber, und plötzlich wünschte sie sich nichts sehnlicher, als zu Hause mit einem guten Buch und einer Tasse Schokolade vor dem Kamin zu sitzen. Trotz des Brandy war ihr wieder kalt, und die Hände unter den neuen Handschuhen waren schweißnaß vor Angst.

»Ich weiß, wie dir zumute ist«, tröstete er sie, »keine Angst. Du mußt

dich wirklich vor nichts fürchten – Tommy und ich werden gut auf dich aufpassen.«
An der Kreuzung Duncombe-Platz mußte die Droschke warten. Die zwei hohen Türme des Münsters ragten blaß in die Nacht. Louisa flehte sie in einem Stoßgebet um Rettung an, aber als sie an den hell erleuchteten Ballräumen vorfuhren, schwand alle Hoffnung. In der schmalen Blake-Gasse drängten sich bereits die Kutschen – viele Kutscher trugen Livree. Ihre Droschke wendete an der Kreuzung Stonegate-Straße und reihte sich in die lange Schlange ein. Jede Minute schien eine Ewigkeit zu dauern. Als Louisa schließlich glaubte, sie könne das Warten nicht länger ertragen, hielt die Droschke vor dem Eingang, den man für den Fall, daß es regnen sollte, mit einer Markise überdacht hatte. Louisa wartete mit klopfendem Herzen, bis Robert ausstieg und ihr beim Hinabsteigen der Stufen half. Es schien Stunden zu dauern, bis sie schließlich seine Hand unter dem Ellbogen spürte, und er sie behutsam die von Säulen getragene Treppe hinauf zum ovalen Foyer der Ballsäle führte. Wie versprochen erwartete sie dort Tommy Fitzsimmons in seiner Galauniform mit zwei Damen an seiner Seite – dem Aussehen und der Kleidung nach Schwestern.
Später zweifelte Louisa nicht daran, daß sie mit den Damen bekannt gemacht worden war, aber in diesem Augenblick waren ihre Ohren taub und ihre Augen blind. Sie wagte kaum zu atmen, bewegte sich und sprach wie hinter einem Schleier und registrierte nichts als Roberts Sicherheit verleihende Anwesenheit. Diener in Uniformen nahmen ihre Karten entgegen und versorgten die Mäntel der Damen.
Im ersten Empfangssaal berührte der Wedel einer Kübelpalme ihren Arm, und sie zuckte wie gestochen zusammen. Roberts Finger schlossen sich fester um ihren Arm, und beim Weitergehen murmelte er ihr aufmunternd zu: »Du machst das ausgezeichnet, mein Schatz. Halte nur noch ein oder zwei Minuten durch.«
Er sah sie an und streckte eine weißbehandschuhte Hand aus. Sie zitterte beinahe unmerklich. »Siehst du? Mir geht es nicht besser.« Aber seine Augen leuchteten in dem gewissen durchdringenden Blau, das nur die Erregung hervorbrachte. Er lächelte, und sie dachte gequält: Er genießt die Angst!
Im zweiten Empfangssaal mußte die kleine Gesellschaft ausgerechnet zwischen den höchsten Offizieren Spießruten laufen. Geblendet von

dieser Fülle an Scharlachrot und Gold erstarrte Louisas Gesicht in einem angedeuteten Lächeln, während Robert ihr Freunde und Kameraden vorstellte. Während er lächelte und fröhlich plauderte, stand sie unbeweglich neben ihm und umklammerte ihren Fächer. Ein Dutzend Schritte..., nein noch mehr und ebenso viele Augenblicke, die wie Stunden zu vergehen schienen, bis endlich der strahlend erleuchtete runde Saal mit dem Ring neugieriger Zuschauer hinter ihnen lag.

Der kleine Ballsaal war wie eine andere Welt. Louisa blieb stehen. Angst und Schrecken waren plötzlich verschwunden, denn der unerwartete Anblick dieser schier unvorstellbaren Schönheit nahm sie gefangen. Der lange, schmale Salon war in ein angenehm sanftes Licht getaucht. Seide und Damast verbreiteten beinahe orientalische Pracht, und inmitten all der wunderbaren Blumendüfte glaubte sie sich in einem Märchen von Tausendundeiner Nacht. Unter hohen Palmen standen einladende Tische und Sitzgruppen. Mit Azaleen und Farnen hatte man intime Lauben gezaubert. In der Blumenpracht saßen wie im Harem eines Sultans prächtig gekleidete Damen und fächelten sich, wobei sie diskret alle Neuankömmlinge musterten. Hinter dem Schutz der Blätter erwartete der riesige ägyptische Saal den ersten Walzer. Zwischen schlanken, hohen korinthischen Säulen strahlten dreizehn Kristallüster.

Tommy nickte den vielen Bekannten freundlich zu und ging voran. Er hatte sich während der Vorbereitungen umgesehen und die geeignetste versteckte Nische gesucht, von der man den besten Blick auf den großen Ballsaal hatte. Nach einigem diskreten Hin und Her mit dem Ball-Komitee hatte er den entsprechenden Tisch auf seinen Namen reservieren lassen.

Als sie Platz nahmen, flüsterte Robert: »Wie findest du es?«

Louisas Lippen umspielte das erste Lächeln: »Ich komme mir wie Schehezerade vor«, gestand sie mit strahlenden Augen.

»Aber ich bin nicht an Märchen interessiert«, erinnerte Robert sie, »du wirst dir etwas anderes einfallen lassen müssen, um mich zu unterhalten! Nun ja«, fügte er trocken hinzu und nahm ihre Ballkarte an sich, »man erwartet, daß du beeindruckt bist, denn man hat keine Kosten und Mühen gescheut.«

»Es ist schön.« Sie nickte bestätigend. »Den Damen wird es gefallen.«

»Da hast du recht«, bemerkte er bissig und warf einen geübten Blick über die versammelten Gäste, von denen er die meisten kannte. »Ihre Kleider passen zu dem Schauspiel.« Mit einem nachsichtigen Lächeln tätschelte er ihre Hand, denn er war stolz auf ihre schlichte Eleganz inmitten all des Prunks. »Trotzdem, auch ich muß meine Rolle spielen und mit einigen von ihnen tanzen. Aber keine Angst, du wirst genug Partner haben.«

Lächelnd bat er die beiden Damen in Tommys Begleitung um das Vergnügen, mit ihnen zu tanzen. Wie Marionetten, die an denselben Fäden aufgehängt sind, überreichten sie ihm ihre Ballkarten mit dem Königlichen Wappen über dem Kaiserlichen Französischen Adler – ein Symbol dafür, daß die Königlichen Dragoner in der Schlacht von Waterloo unter Wellington Napoleon Bonaparte besiegt hatten.

Elegant und hübsch waren Amelia und Flora, die Damen Conyingham, und sich so ähnlich, daß man sie für Zwillinge halten konnte. Sie waren so aufeinander eingespielt, daß oft eine den Satz anfing, den die andere beendete. Louisa dachte an Blanche und Emily und beobachtete die beiden Damen fasziniert. Sie staunte über die fehlende Rivalität zwischen ihnen, denn sie waren beide unübersehbar in Tommy Fitzsimmons vernarrt. Mit der huldreichen Mühelosigkeit eines östlichen Potentaten sonnte sich Tommy in der doppelten Bewunderung und fand sie nur angemessen. Abgesehen von einem gelegentlichen boshaften Grinsen ließ Robert seine Meinung über Tommys Harem nicht erkennen. Louisa fragte sich, ob es an der Umgebung lag, ob die festliche Atmosphäre vorübergehend allen die Vernunft raubte, so daß die Moral außer Kraft gesetzt war. Dann kam ihr der Gedanke, für die beiden Männer sei das vielleicht etwas ganz Normales, und sie war leicht schockiert, obwohl sie nicht hätte sagen können, warum.

Tommy sprach die beiden Schwestern als eine Person an, und nach einer Weile stellte Louisa fest, daß sie es auch tat. Amelia und Flora behandelten Louisa freundlich, aber ohne jede Neugier. Sie waren so sehr mit Tommy beschäftigt und dem wachsenden Strom neu eintreffender Gäste, daß sie dem Paar an ihrem Tisch kaum mehr als höfliche Aufmerksamkeit schenkten. Leise nannte Robert Louisa zuliebe die Namen einiger bekannterer Gäste, die zu den Tischen in der Mitte geleitet wurden, wobei ihm die Titel mühelos über die Zunge kamen. Lords und Ladies schienen an der Tagesordnung, und es waren genug

Obersten für ein Dutzend Regimenter anwesend. Namen von Grafschaften wie Fawkes und Fairfax, Deramore und Howard waren überall im Saal verstreut; Louisa kannte sie gut aus den Gesellschaftsspalten der Zeitschriften. Einige gehörten zu den regelmäßigen Besuchern von North Riding, wo sie einmal Gouvernante gewesen war. Louisa empfand mehr das angenehm Prickelnde der Situation, diesmal als Gast unter ihnen zu sein, als die Sorge, von ihnen erkannt zu werden. Trotzdem hielt sie wachsam Ausschau nach den Bainbridges.

Als Roberts befehlshabender Offizier mit dem Oberbürgermeister und anderen Würdenträgern erschien, lenkte er ihre Aufmerksamkeit auf einen jungen Mann, der in dieser Gruppe älterer Männer und ihrer rundlichen Frauen wie ein Junge wirkte.

»Siehst du«, flüsterte er, »Seine Durchlaucht, Prinz Francis von Teck, der Urenkel von George dem Dritten.«

Unerwartete Ehrfurcht überkam Louisa bei dieser lakonischen Erklärung, aber sie war auch irgendwie überrascht. »Ich dachte, seine Familie kommt aus Deutschland?« murmelte sie und erinnerte sich beunruhigend deutlich an Albert Tempests Bemerkung vor mehr als einem Jahr.

»Die Georges *waren* Deutsche!« erinnerte er sie lachend und verdrehte bewußt ihre Frage. »Aber du hast recht. Sein Vater ist Deutscher, die Mutter eine Cousine ersten Grades Ihrer Königlichen Majestät. Aber Francis ist in England geboren und aufgewachsen. Er ist mehr Engländer als ich«, fügte Robert mit einem verschmitzten Lächeln hinzu, »aber er ist in Ordnung. Zumindest hat er Sinn für Humor.«

»Ich glaube, das braucht er in dieser Gesellschaft«, bemerkte Louisa leise und blickte in die gutgenährten, ach so würdevollen Gesichter. »Stimmt es, Robert, daß seine Schwester den Herzog von York heiraten wird?«

Betont geheimnisvoll beugte er sich zu ihr und flüsterte: »Ich weiß aus gut informierter Quelle, daß mit der Bekanntgabe der Verlobung jeden Tag gerechnet wird.«

Halb zu sich sagte sie leise: »Also hatte Mr. Tempest doch recht.« Sie spürte mehr, als daß sie sah, wie Robert sich bei der Erwähnung dieses Namens drohend aufrichtete. »Er hat behauptet, Prinzessin May sei ein zu wertvolles Pfand, um ihre Tage als Jungfer zu beenden«, erklärte sie mit einem bitteren Lächeln. »Die arme Rachel hat sich schrecklich darüber aufgeregt. Oh, das erinnert mich übrigens – sag mal, hast du sie schon gesehen? Oder einen von den Bainbridges?«

Robert schüttelte den Kopf. »Vielleicht sind sie nicht da. Außerdem sind heute abend über dreihundert Leute anwesend. Mit etwas Glück bekommen wir sie nicht zu Gesicht, und sie sehen uns auch nicht.«

Musik und Gespräche verstummten kurz, als der erste Tanz, ein Wiener Walzer, angekündigt wurde. Der Oberst führte mit seiner Gemahlin die vornehmsten Gäste auf das Parkett. Prinz Francis folgte mit einer so häßlichen jungen Frau, daß Louisa vor Mitleid leise stöhnte. Nur ihr Rang sprach für sie, und der Prinz mußte diesem Rang seine Reverenz erweisen. Aber als sie an ihnen vorübertanzten, sah Louisa, daß er lächelte und gut aussah, und seine Partnerin sonnte sich in dem Moment ihres Ruhms. Andere Paare folgten auf das Parkett, und Louisa sah verzaubert den Tanzenden zu. Die Juwelen unter den strahlenden Lüstern funkelten und glänzten. Sie war geblendet vom Kreisen und Schwingen des weichen Chiffons und den duftigen Spitzen, von den anmutigen Damen in allen Regenbogenfarben mit Kavalieren in Scharlachrot und Gold, eng anliegenden dunklen Hosen mit breiten gelben Streifen, die sie irgendwie alle größer erschienen ließen. Louisa fand, daß sie die anderen Männer in nüchternen schwarzen und weißen Fräcken bei weitem ausstachen.

Die Musik war hypnotisierend und zog immer mehr Paare in ihren Bann, bis Robert ihren Arm berührte und sie daran erinnerte, daß der erste und auch der letzte Tanz ihm gehörten. Nervös und wieder von Panik erfaßt, da nun der Moment der Wahrheit gekommen war, zögerte Louisa, aber er zog sie hoch und in seine Arme.

Die ersten Drehungen waren wie ein Nebel berauschender Freude, als sie spürte, daß sie wirklich tanzen konnte und sich dem reinen Vergnügen der Musik überließ. Vor allem aber genoß sie es, in Roberts Armen in aller Öffentlichkeit zu tanzen, und daß sein strahlendes Gesicht ihr so nah war. Louisa erlebte die Leichtigkeit, das Schweben im Kreis im Zauber der Melodie und sicher geführt von seinen starken Händen. Als der Rausch alle Ängste verdrängte, begann sie zu verstehen, warum er leidenschaftlich darum gekämpft hatte, dieses Erlebnis mit ihr zu teilen. Sie fühlte sich frei, glücklich und wie auf Wolken. Die Bainbridges und auch Rachel Tempest waren vergessen.

»Ich dachte, du kannst nicht tanzen«, fragte Robert, als die Musik verstummte, und sie lachte vor Vergnügen, denn sie liebte die ganze Welt. Robert sah sie an und dachte, daß er sie nie mehr geliebt hatte als in diesem Moment. Sie stand endlich neben ihm, wie er es sich erträumt hatte. Sie war glücklich und unbefangen und sehr, sehr schön. In einer Woge von besitzergreifendem Stolz führte er sie zu ihrem Tisch zurück, lächelte die strahlend schimmernden Augen verliebt an, und legte ihr ohne zu überlegen den Arm um die Hüfte.

Als Tommy vielsagend vorwurfsvoll den Kopf schüttelte, beobachteten auf der anderen Seite des Saals gerade zwei Augenpaare Robert und Louisa atemlos und mit beinahe ohnmächtigem Entsetzen. Arthur Bainbridge räusperte sich. Er klopfte seiner Frau auf die Hand und erkundigte sich bei ihr mit einem einfältigen Grinsen, ob er ein Gespenst gesehen habe. Rachel stieß gereizt seine Hand weg und fragte aufgeregt ihre Schwägerin: »Das kann doch nicht *sie* gewesen sein, oder?«

»Ich glaube doch . . . die richtige Größe, die richtige Haarfarbe . . .–«

»Es *kann nicht* sein!« fauchte Rachel und rang nach Luft, »nicht mit *ihm*. Ich glaube es nicht!«

Sophie drehte sich noch einmal um. »Sie ist es! Ich habe dir doch erzählt, wir haben sie vor Weihnachten zusammen in der Australien-Ausstellung gesehen.«

Rachel blickte zwischen zwei Palmwedeln hindurch und stellte verächtlich fest: »Wahrscheinlich ist das wieder ein Kleid ihrer Schwester – die arme Blanche muß inzwischen wohl Tag und Nacht für sie schuften. Oh, sieh dir das an . . .«

Sophie reckte den Hals. »Was? Was denn?«

»Sie trägt Diamanten – o nein! Sieh doch, Sophie, die kleine Brosche. Warte, bis sie sich bewegt – da – hast du das Funkeln gesehen? Diamanten! Ich schwöre es bei meinem Leben!«

»Sei doch nicht albern, Rachel. Das müssen Imitationen sein. Woher soll *sie* denn Diamanten haben?«

Rachel griff beinahe unbewußt an ihre winzigen Ohrringe und an den Anhänger am Hals. »Wie bekommt man so etwas wohl?« murmelte sie kaum hörbar, aber ihre Schwägerin war entweder zu naiv, um diese Anspielung zu verstehen, oder hörte sie nicht.

»Es muß eine Imitation sein«, wiederholte Sophie. »Sie sieht aber gut aus, findest du nicht auch? Man würde nie glauben, daß sie einmal eine Gouvernante war.«

Aber Rachels Augen hingen an Robert Duncannon, an diesem unerreichbaren Mann. Sie durchschaute nur allzu gut jede seiner Gesten, sein Lachen, seine Zuvorkommenheit und den Charme, mit dem er ihre ehemalige Gesellschafterin bedachte, während er ungezwungen mit ihr plauderte. Rachel glaubte plötzlich, vor Zorn und Eifersucht zu erstikken. Der Hauptmann hatte hin und wieder ihre kleinen *Soirées* besucht, aber sie hatte ihn nie so angeregt und heiter erlebt. Es war unerträglich, daß diese schlichte, langweilige alte Jungfer ihm so den Kopf verdreht haben sollte. Und als Rachel wieder hinüberblickte, mußte sie sich in schmerzlicher Ohnmacht eingestehen, daß diese Frau in dem eleganten Kleid alles andere als schlicht und langweilig war, wenn sie lächelte oder sprach.

»Ich möchte nur wissen«, sagte Sophie, »wie es ihr gelungen ist, eine Einladung zu ergattern. Papa hatte große Mühe, für uns alle Karten zu bekommen.«

Mit der unendlichen Überlegenheit der Ehefrau schnalzte Rachel mit der Zunge über Sophies Naivität. »Ich hätte gedacht, das sei offensichtlich«, erwiderte sie boshaft, »sie ist natürlich seine Geliebte.«

Ihre Schwägerin holte tief Luft und blickte mit schockierten Augen auf die Tanzfläche. »Glaubst du wirklich, Rachel?«

»Er wird sie natürlich nie heiraten – nun ja, das kann er wohl nicht, oder? Ich meine, die Elliotts sind *niemand und nichts*«, verkündete sie geringschätzig, »sie haben nicht einmal *Geld*. Ihre Mutter hat nur eine alte Pension in der Gillygate-Straße. Oder ist es vielleicht ein Bordell?« flüsterte sie anzüglich, »man kann nie so genau wissen . . .«

Da Sophie plötzlich laut kicherte, fiel nicht weiter auf, daß Hugh Darnley mit hochrotem Kopf seinen Platz hinter Rachel verließ und sich auf die Suche nach Robert Duncannon machte.

»Es ist töricht, so zu lächeln, daß man seine Gefühle mit den Augen verrät«, ermahnte Tommy sie, als der nächste Tanz ihn kurz mit Louisa zusammenführte. »Da bleibt nichts und niemandem etwas verborgen . . .«

Louisa lachte. »Ich kann nichts dafür – ich bin so glücklich.«

»Vorsicht«, flüsterte er, als er sie zu Robert zurückbrachte. Aber sie lächelte ihn unbekümmert an. Sie wollte in der festlich vergnügten Menge keine Gefahr sehen.

»Ich habe Lady Haygarth den nächsten Tanz versprochen«, sagte Ro-

bert, »und sie hat zahllose Nichten. Also mach dir keine Sorgen, wenn ich nicht gleich wieder bei dir bin.«
Bevor er ging, erschien jedoch ein junger Leutnant und bat um die Ehre, mit Louisa zu tanzen, wenn sie frei sei. Louisa vermutete hinter dieser Aufforderung Robert, aber er wich ihrem fragenden Blick entschlossen aus und verschwand mit einem zufriedenen Lächeln.
Als der junge Mann sie durch die Menge führte, sah Louisa plötzlich Hugh Darnley mit seinen ängstlichen feuchten Spanielaugen, der zuerst Robert nachlief und sich dann ihr zuwandte. Etwas an seinem Verhalten ließ sie zögern. In diesem Augenblick setzte die Musik ein, und ihr junger Kavalier wartete. Louisa griff mit einem, wie sie hoffte, freundlichen Lächeln nach ihrer Schleppe und betrat das Parkett.
Er war zwar schüchtern, aber ein glänzender Tänzer. Louisa versuchte, eine nervöse Angst zu unterdrücken, und entschied sich, ihm gegenüber die Umwissende zu spielen. Sie erkundigte sich nach den Fahnen und Standarten zu beiden Seiten des Orchesters. Sie zeigte sich wortreich beeindruckt und von den zwei aus glitzernden Säbeln gebildeten Sternen gegenüber dem Eingang zum Ballsaal und noch mehr von den Namen der berühmten Schlachten und Feldzüge, die die Eckkapitelle schmückten: Dettingen, Peninsular, Waterloo und Balaklava. Diese Namen brachte sie mit vielen Geschichtsstunden in Zusammenhang, aber plötzlich waren diese Stunden Wirklichkeit. Louisa erinnerte sich, daß man auch vor Waterloo einen Ball gegeben hatte, und daß eine junge Dame – eine Irin, wie Robert erzählte, aus Kilkenny – darum bat, Wellington den Degen umlegen zu dürfen. Das klang immer wie eine sehr melodramatische Geste, aber plötzlich konnte sich Louisa die Atmosphäre jenes schicksalhaften Abends vor beinahe achtzig Jahren vorstellen. Das junge, glatte Gesicht ihres Kavaliers weckte ihr Mitleid, und als sie flüchtig Robert entdeckte, der sich mit strahlenden Augen und einer eleganten Lady mittleren Alters im Arm zu den Walzerklängen drehte, klopfte ihr Herz schmerzlich.
Aber sie ermahnte sich energisch und zwang sich zu einem Lächeln. Sie drückte die Hand des jungen Leutnants fester und ließ sich willig von ihm führen. In diesem Augenblick sah sie kurz und unvermutet Rachel Tempest. Louisa glaubte, ihr Herz bleibe stehen.

15

Diese wenigen Sekunden überschatteten den Rest des Abends und nahmen ihm den strahlenden Glanz. Louisa tanzte und lächelte nur noch mechanisch und dachte dabei ständig an diese Augen, die sie durchbohrt hatten. Robert stellte ihr seine Kameraden und Bekannten vor, und da er im Ruf stand, ein unnahbarer Witwer zu sein, gab es viel vielsagendes und wissendes Zwinkern, geflüsterte Fragen, und mehr als einmal traf sie der kritische Blick einer enttäuschten Mutter mit heiratsfähigen Töchtern. Tommy bemühte sich sehr, Louisa immer wieder zum Lachen zu bringen, und er lenkte sie so ab, daß sie wie benebelt alles mitmachte. Er forderte sie zu Polka und Lancers auf, flirtete beim Tanzen schamlos mit ihr, und als sie ihn daran erinnerte, daß die Damen Conyinghams eifersüchtig würden, lachte er nur und erklärte, die Schwestern seien sich selbst genug, und brächten alle Junggesellen weit und breit zur Verzweiflung. Er führte Louisa zum Büfett und überließ Robert die Sorge um Flora und Amelia, aber als Louisa unter dem Einfluß von Champagner Genaueres über die Schwestern wissen wollte, konnte sie kein Wort mehr aus ihm herausbringen.

Das Büfett im angrenzenden Konzertsaal war eine Augenweide und dazu bestimmt, auch den verwöhntesten Gaumen zu verführen. Louisa versuchte immerhin, etwas zu essen, bis sie zum zweiten Mal die Bainbridges entdeckte. Beim Anblick von Rachel in lila Tüll inmitten der Menge verging ihr der Appetit endgültig. Ein bekümmerter Blick von Hugh Darnley durchbohrte ihre lächelnde Maske und drohte, alles zunichte zu machen, was sie glaubte, so vollkommen bewältigt zu haben. In einem Anfall von Selbstmitleid leerte Louisa ihr Glas. Sie überlegte plötzlich, was Tommy seinen Damen gesagt haben mochte, um sie, die Fremde, in ihrer Mitte zu erklären, und wußte, trotz ihrer selbstgenügsamen Gleichgültigkeit würde auch die Neugier der Schwestern erwa-

chen, wenn Rachel anfing, über sie zu klatschen. Hastig bat Louisa um noch ein Glas Wein. Obwohl Robert sie warnend ansah, leerte sie es in blinder Verzweiflung auf einen Zug.
Als sie kurz nach zwei die Ballsäle verließen, war Louisa mehr als beschwipst und vor Erleichterung richtig albern. Das ständige Kichern, das sie in der Droschke nicht eindämmen konnte, versiegte erst, als sie zu Hause waren. Die zwei Stockwerke erschienen ihr plötzlich wie die Besteigung des Matterhorns, aber sie stieg ohne Hilfe hinauf und brach oben angekommen völlig erschöpft zusammen. Robert entkleidete sie mit unendlicher Geduld und brachte sie zu Bett. Er schob ihr ein Kissen in den Rücken, da er fürchtete, ihr werde übel. Er wollte bleiben, aber er war in Uniform, und Harris wartete auf ihn. Zweimal lief er nach unten, um den wartenden Kutscher zu beruhigen, dann verließ er sie schließlich um halb vier. Zufrieden, daß Louisa endlich tief schlief, stieg er in die Droschke und fuhr in die Fulford-Straße zurück.
Als er am folgenden Nachmittag wieder erschien, lag Louisa immer noch im Bett und klagte über Kopfschmerzen. Robert lachte, und er lachte noch lauter, als sie sich den Kopf hielt und flüsterte, er solle aufhören. Aber in wenigen Minuten brannte das Feuer im Kamin, und bald darauf erschien er bei ihr mit Kaffee und Toast.
»Du wirst nie trinkfest, mein Schatz«, sagte er kopfschüttelnd, »an deiner schrecklichen Krankheit ist nur der Wein schuld, den du gestern getrunken hast – auf leeren Magen. Ich hatte dir doch gesagt, du mußt erst etwas essen.«
»Ich konnte nicht ...«
»Jetzt bezahlst du dafür mit einem Kater. Du mußt unbedingt an die frische Luft. Also zieh dich an, und wir gehen aus.« Er blickte durch das Fenster. »Ich glaube, wir werden auf dem Fluß rudern – dann wird dein Kopf wieder klar, und mir könnte ein bißchen Bewegung nichts schaden.«
»Warum denn, um Himmels willen?« stöhnte sie und dachte, jetzt warte auf sie neben allem anderen auch noch die Seekrankheit.
»Ein paar der Jungs organisieren für den Samstag ein Picknick auf dem Wasser. Und du, mein Schatz, bist eingeladen.«
»Ich?«
»Ja, du!« Er lachte. »Du warst gestern ein großer Erfolg. Ein *sehr* großer Erfolg sogar.« Er setzte sich zu ihr auf das Bett und küßte ihre

nackten Schultern. »Man hat mir schwere Vorwürfe gemacht, so verschwiegen zu sein. Sie wollen alle wissen, wo du dich in den letzten zwei Jahren versteckt hast. Keine Panik!« erklärte er, als sie ihn erschrocken ansah, »ich war diskret und habe nichts verlauten lassen. Man nennt dich jetzt *die geheimnisvolle Dame in Blau*. Klingt sehr romantisch – findest du nicht auch?«

Trotz seiner Fröhlichkeit war Louisa mehr ängstlich als beeindruckt.

Robert schwamm mehrere Tage auf dem Kamm dieser Welle. Er achtete nicht auf Darnleys vorwurfsvolle Blicke oder Tommys Berichte, daß in gewissen Kreisen das Thema Louisa weit größeres Interesse fand als der Ball. Genau das hatte Louisa befürchtet. Sie hoffte, der Ball und das Gerede darüber seien früher oder später vergessen, und wollte wieder den Blicken aller entschwinden. Ein so persönliches geselliges Ereignis wie ein Picknick war das Letzte, was sie sich wünschte. Es blieb ihr jedoch erspart, Krankheit vorzutäuschen, denn gnädigerweise regnete es am Samstag, und das Picknick wurde abgesagt.

Roberts Euphorie legte sich allmählich, und er wurde wieder vernünftiger. Wie es schien, schwand auch das Interesse der anderen. Kaum vierzehn Tage später gab es zu Louisas Erleichterung ein anderes Thema, das alle bewegte. Die ganze Stadt jubelte über die Verlobung des Herzogs von York mit Prinzessin May von Teck.

Das junge Paar sollte in zwei Monaten heiraten – also wenige Tage bevor die Königlichen Dragoner York verließen und in Dublin stationiert wurden. Das Regiment konnte also noch an den Feierlichkeiten der Stadt teilnehmen. Die Stadt hatte Prinz George schon ins Herz geschlossen, als die Herzogswürde auf ihn überging. Alle waren sich darin einig, daß der junge Prinz der künftigen Königswürde weit besser gewachsen war als sein älterer, verstorbener Bruder. Da Prinzessin Mays Bruder seit über zwei Jahren in der Stadt lebte, gab es noch einen Grund mehr zum Feiern, und auch die einfachsten Bürger fühlten sich durch diese Verbindung geehrt.

Robert erschien nachmittags überglücklich wie ein Kind an Weihnachten, um Louisa die Nachricht zu überbringen. Er umarmte und küßte sie stürmisch. Sie roch den Wein auf seinen Lippen. Er war so außer sich, daß sie ihn verwundert ansah. Zunächst dachte sie, er sei betrunken und wollte sich schon weigern, mit ihm spazierenzugehen, aber dann erkannte sie, daß seine Freude über die Verlobung aufrichtig und echt war. Das überraschte sie noch mehr. In ihrer Gegenwart äußerte er sich über das Regiment im allgemeinen sehr sarkastisch, als seien die militärischen Spiele, die sie spielten, für ihn nur eine Quelle der Belustigung. Oft berichtete er von Gesprächen und Ereignissen mit treffendem Zynismus, wodurch Louisa den Eindruck hatte, er würde bereitwillig etwas anderes tun, wenn er damit seine Zeit vernünftiger nutzen könnte.

»Aber er ist doch ein Offizierskamerad«, erklärte er, als sie den Fußweg nach Clifton entlang spazierten. Unter dem Einfluß des Weins und ihrer vorsichtigen Fragen erzählte Robert zum ersten Mal ernsthaft von seinem Leben bei den Königlichen Dragonern. Sie erkannte plötzlich die tiefsitzenden brüderlichen Gefühle, die seine üblichen spöttischen Bemerkungen überdeckten. Er konnte über sie schimpfen, ihnen in aufrichtigem Zorn reaktionäres Verhalten vorwerfen, und trotzdem brauchte er sie. Das Regiment war seine Familie. Er war mit den Dragonern mehr verheiratet als je mit Charlotte. Die Männer mochten kommen und gehen, aber das Ideal, das sich mit dem Regiment verband, war beinahe greifbar, wenn er darüber sprach. Es besaß eine Wirklichkeit und Zuverlässigkeit, die der normalen Welt fehlte. Louisa erinnerte sich an seine zornigen Worte am Abend ihrer großen Auseinandersetzung, und sie begriff, er wollte, daß sie diese Welt kennenlernte und verstand. Sein größter Wunsch war, daß sie dazugehörte, in der bescheidenen Art, in der es Frauen erlaubt war. Es war eine sehr intime Welt, und sie verstand nun, wie schwierig es für ihn gewesen sein mußte, das Geheimnis ihrer Beziehung so lange zu wahren. In seiner Welt gab es keine Anonymität.

»Das wird ein großes Fest werden heute abend«, fuhr Robert fort. »Also . . .«, er lachte, »es war schon heute morgen im Gang. Glücklicherweise ist es mir gelungen zu entfliehen.«

»Und zweifellos werdet ihr alle um Mitternacht ekelhaft betrunken sein«, bemerkte Louisa bissig.

Robert wollte seine gute Laune nicht verlieren und drückte ihr die Hand. »Sei doch keine Spielverderberin, Louisa. Es kommt selten vor, daß die Messe völlig aus dem Häuschen gerät.«

»Vermutlich spielt ihr so alberne Spiele, die Schuljungen komisch finden, wie sich gegenseitig die Hosen ausziehen, und dann führt ihr Brot- und Champagnerschlachten.«

Er lachte unsicher. »Wie kommst du darauf?«
»Ach Robert, das ist kein Geheimnis! Ich habe fünf Jahre in einem herrschaftlichen Haus gearbeitet. Die jungen Herren sind alle gleich. Ich habe den Lärm gehört und gesehen, was sie dabei angerichtet haben. Diese Herren fänden das alles nicht so komisch, wenn sie hinterher den Dreck selbst beseitigen müßten... du übrigens auch nicht!« fügte sie wütend hinzu. Um ihren Ärger zu verdecken, begann sie mit ungewöhnlicher Heftigkeit, Glockenblumen zu pflücken.
Er stand unter den Bäumen und sah ihr stirnrunzelnd zu. Dieser scharfe, gouvernantenhafte Tadel demütigte ihn, und er ärgerte sich darüber, daß sie so wenig Sinn für harmlose Späße hatte. Er wartete einige Minuten und fragte sich, warum sie so lange im hohen, feuchten Gras herumlief und ihn vergessen zu haben schien.
»Warum machst du das?« rief er schließlich und versuchte, seinen wachsenden Ärger zu unterdrücken.
»Was?«
»Du machst dir Handschuhe und Kleid schmutzig!«
»Nein! Ich pflücke Glockenblumen.«
Robert schüttelte mit einem theatralischen Seufzer den Kopf. »Wer spielt jetzt kindische Spiele?« fragte er ironisch und lief durch das hohe Gras auf sie zu. »Komm Schatz, sei doch nicht albern. Gehen wir zurück. Du weißt doch, ich habe nicht viel Zeit.«
»Zeit wozu?« fragte Louisa mit trotziger Ruhe und beschäftigte sich weiter mit den langstieligen Glockenblumen.
»Zeit«, wiederholte er vielsagend und legte die Hände um ihr rundes Gesäß, »für etwas, das wir beide brauchen.«
Louisa überging seine Worte und die vertraute Zärtlichkeit, richtete sich auf und entfernte sich ein paar Schritte. Dann drehte sie sich um und betrachtete ihn. In seinem tadellos sitzenden dreiteiligen Anzug, den Hut mit der gebogenen Krempe modisch schräg auf dem Kopf, stand Robert in der Pose selbstverständlicher Eleganz auf der Wiese. Er war unverkennbar, der er war; ebenso unmöglich konnte man sich vorstellen, daß er sich an lächerlichem, derbem Unfug beteiligte. Aber er hatte auch schon oft genug bei Louisa den Unberechenbaren gespielt, und diese Spiele hatten wenig mit Vornehmheit, sondern nur etwas mit Sinnlichkeit zu tun.
Die Bäume im Hintergrund, auf deren Blättern die Sonnenstrahlen

tanzten, erinnerten sie an Blankney, an das erste Mal. Louisa runzelte die Stirn. Sie dachte an die Unterschiede, die die Zeit und ihre Beziehung mit sich gebracht hatten. Sie blickte auf ihr schönes Kleid und dachte an das alte Baumwollkleid, das sie damals getragen hatte, an den brennenden Zorn, der sich so schnell in heftige, unbezähmbare Leidenschaft verwandelt hatte. Es kränkte sie, daß ihr gemeinsamer Tag von seinem Wunsch beeinträchtigt werden sollte, schnell in die Messe zurückzukehren. Louisa fühlte sich in ihrem weiblichen Stolz getroffen. Sie wollte sich nicht nach Hause treiben und ins Bett legen lassen, um wie eine eilig hinuntergeschlungene Mahlzeit genossen zu werden.
Sie warf trotzig den Kopf zurück und lief weiter in den Wald hinein.
Louisa hörte, wie das Gras unter seinen Füßen raschelte und kleine Zweige knackten, als er ihr folgte. Er packte sie nicht allzu sanft am Arm und drehte sie zu sich.
»Was hast du vor?« fragte er, und in seinen Augen lag eine beunruhigende Mischung aus Zorn und Verlangen. »Wenn wir jetzt nicht umkehren, dann haben wir keine Zeit mehr – und ich will dich. Ich habe morgen Dienst und auch übermorgen –«
»Denkst du nie an etwas anderes?«
»Nein«, gestand er gepreßt und verschloß ihr den Mund mit seinen Lippen. »Nicht, wenn ich bei dir bin. Ich will dich immer.« Robert nahm ihr die Glockenblumen aus der Hand und ließ sie ins Gras fallen. Er zwang ihre widerstrebende Hand zwischen seine Beine. »Fühlst du, wie sehr?« Er berührte ihre Brust und fragte eindringlich: »Gehen wir nach Hause – oder soll ich dich hier auf der Stelle nehmen?«
»Hör auf!« schrie sie und machte sich los. »Glaubst du, ich bin deine *Hure*, der du befiehlst wann und wie? Die du in jeder freien halben Stunde zwischen anderen Unterhaltungen haben kannst?«
Sprachlos ließ er die Hände sinken. »Sei doch nicht albern!« rief er mit einem gezwungenen Lachen. »Wann habe ich je ...«
»O ja, das hast du, Robert. Du tust es ständig! ›Ich habe nur ein paar Stunden Zeit – komm ins Bett.‹«
»Und das möchtest du nicht, was?« fuhr er sie wütend an, »dein unersättliches Verlangen ist nur ein Akt der Gefälligkeit, ein Akt, den eine Hure ihren Freiern vorspielt.«
Louisas Hand schlug so schnell zu, daß er nicht sie, sondern nur die Wucht des schmerzhaften Schlags spürte und zurücktaumelte. Er

starrte Louisa mit der Hand auf der Wange sprachlos an, und als er die Hand langsam wieder sinken ließ, sah sie die hellroten Spuren in seinem Gesicht.
»Das tut weh!« rief er und schluckte.
»Das soll es auch!« Louisa glättete mit zitternden Fingern ihr Kleid und vergewisserte sich, daß die vielen kleinen Knöpfe des Oberteils zugeknöpft waren. Robert bewegte sich nicht.
Als sie sich schließlich bückte, um die auf der Erde liegenden Blumen aufzulesen, sagte er: »Das wollte ich nicht. Es tut mir leid. Was ich gesagt habe – war nicht so gemeint.«
»Nein?« murmelte sie wütend, »gut, aber *meine* Worte waren genau so gemeint, wie ich sie gesagt habe. Und da du offenbar so sehr daran interessiert bist, zu deinen Spielkameraden zurückzukehren, Robert, schlage ich vor, du gehst auf dem kürzesten Weg in die Kaserne und läßt mich in Ruhe meinen Spaziergang machen. Allein! Ich möchte dich nicht sehen«, fügte sie mit Betonung hinzu, »ich habe viel zu tun. Also mach dir nicht die Mühe vorbeizukommen.«
»Du meine Güte, Louisa! Findest du nicht, du bist zu –«
»Es ist mein Ernst, Robert.«
Ein Blick in ihre funkelnden Augen überzeugte ihn davon, daß es so war. Achselzuckend hob er seinen Hut auf und klopfte den Staub ab. »Glaube mir, es tut mir leid. Aber ich werde mich nicht noch einmal entschuldigen. Wenn du mich brauchst, weißt du ja, wo ich zu finden bin.«
Nach einer tiefen und höchst überflüssigen Verbeugung drehte er sich um und ging ruhig unter den Bäumen entlang in Richtung Fluß. Louisa war so wütend, daß sie hätte schreien können. Sie bückte sich nach einem abgebrochenen Ast und schleuderte ihn in seine Richtung. Er traf ihn nicht, aber er hörte ihn auf die Erde fallen. Ohne sich umzudrehen, hob er die Hand und winkte.
Als Louisa sich etwas beruhigt hatte, ging sie auf dem Fußpfad zur Marygate-Anlegestelle zurück. Die Sonne schien heiß, und sie lief langsam mit den Glockenblumen in der Hand, die schon die Köpfe hängen ließen. Von Robert war nichts zu sehen, aber sie kam an Gruppen von Kindermädchen mit ihren Schützlingen vorbei. Auch ältere Ehepaare gingen gemächlich spazieren. Auf dem Fluß sah man viele Boote. Junge Männer bewiesen den hübsch gekleideten Damen, die sich mit bunten

Sonnenschirmen vor der heißen Sonne schützten, ihre Geschicklichkeit. Auch Lastkähne waren unterwegs. Es sind so viele, dachte sie, und blickte gedankenverloren auf einen überladenen und plumpen Kahn. Unbeabsichtigt begegnete sie dem Blick des Steuermanns. Er war jung und sah gut aus, trug ein bunt getupftes Halstuch, und die nackten braunen Arme glänzten in der Sonne. Er pfiff ihr anzüglich und bewundernd zu, während der Kahn langsam vorüberglitt. Louisa wurde vor Verlegenheit dunkelrot und hielt den Sonnenschirm vor das Gesicht. Zwei ältere Matronen auf einer Bank in der Nähe bedachten sie mit abfälligen Blicken.

Sie halten mich vermutlich für eine Prostituierte, dachte Louisa zornig und verwünschte das elegante Kleid. Damen zeigten sich im Grunde nie allein in der Öffentlichkeit. Und Damen sagen auch nicht, was ich gerade gesagt habe, dachte sie und errötete bei der Erinnerung daran. Sie tun auch nicht das, was ich getan habe.

Sie lief unter der Eisenbahnbrücke hindurch, eilte den Weg am Ufer entlang und rannte beinahe schluchzend die Treppe zu ihrer Wohnung hinauf. Sie stellte die Blumen schnell in eine Vase, riß sich das Kleid vom Leib und schrubbte sich von oben bis unten mit kaltem Wasser. Ich hasse ihn, dachte sie und machte Robert für die heftigen Worte verantwortlich, für jedes Zeichen der Liebe, für jede erotische Geste ihm gegenüber. »Ein Akt, wie ihn Huren ihren Freiern vorspielen«, sagte sie schließlich laut und stöhnte wieder. Nie zuvor hatte sie ihre Situation so sehr in Frage gestellt. Da alles im Namen der Liebe geschehen war, schien es gut gewesen zu sein. Aber ein Satz, eine Geste hatte alles ins Gegenteil verkehrt. Plötzlich bestürmten sie Zweifel, und sie fühlte sich gedemütigt. Ohne ihn hätte sie nicht das Tun der Huren kennengelernt und ohne Huren – wie viele mochten es gewesen sein? – hätte er ihr das nicht beibringen können. Robert hatte nie von anderen sexuellen Beziehungen gesprochen als zu Charlotte. Louisa hatte in aller Unschuld geglaubt, er habe keine gehabt. Wie konnte ich nur so dumm sein, verwünschte sie sich. Es muß andere Frauen in seinem Leben gegeben haben, vielleicht sogar Dutzende. Wie konnte er sonst all das wissen, was er mir so selbstverständlich beigebracht hat? Der Akt der Zeugung ist einfach und klar. Es geschieht instinktiv, besonders bei einem Mann, dachte sie. Aber bei Robert Duncannon geschieht nichts einfach – mit Ausnahme des ersten Mals war das nie der Fall gewesen.

Louisa biß die Zähne zusammen. Sie wollte nicht weinen, und sie wollte nicht niedergeschlagen sein. Sie zog ein frisches weißes Batistnachthemd an, machte sich eine Tasse Tee, setzte sich mit untergeschlagenen Beinen in einen Sessel und griff zu einem neuen Buch. Aber nach drei Seiten legte sie es wieder weg. Sie hatte kein einziges Wort aufgenommen. Sie spürte Kopfschmerzen hinter den Augen und schloß sie. Eine Welle der Erschöpfung und Müdigkeit überkam sie.
Nach dem außergewöhnlich heißen Tag hielt sich die Hitze lange unter dem Dach. Das Fenster zum Fluß stand offen. Aber kein Wind wehte. Die Glockenblumen standen mit hängenden Köpfen auf dem Kamin und verströmten den zarten Duft einer Sommerwiese. Nach ein paar Minuten war Louisa fest eingeschlafen.
Etwa eine Stunde später schreckte sie ein energisches Klopfen aus ihren Träumen. Verschlafen und verwirrt lief sie zur Tür und fragte sich, wer sie um diese Zeit besuchte. Plötzlich zweifelte sie nicht daran, daß es Robert war, der kam, um sich zu entschuldigen. Sie riß die Tür auf und wollte ihn wegschicken. Aber vor ihr stand Edward. In seinem besten schwarzen Anzug wirkte er seltsam fremd.
Louisa hatte ihn seit Wochen nicht mehr gesehen und davor nur die allernötigsten Worte mit ihm gewechselt, wenn sie das Haus ihrer Mutter verließ. Sie überlegte, was der unerwartete Besuch zu bedeuten haben mochte, während er das Nachthemd mit großen Augen ansah und dann verlegen den Blick abwandte.
»Entschuldige«, sagte er und wandte sich bereits wieder zum Gehen, »ich wollte nicht stören. Ich komme später noch einmal vorbei.«
»Du störst nicht«, erwiderte sie knapp und gereizt, »ich bin allein. Komm herein.«
Sie schloß die Tür hinter ihm, entschuldigte sich und verschwand im Schlafzimmer, um einen Morgenmantel anzuziehen. »Es ging mir nicht gut«, erklärte sie ihm, »deshalb habe ich mich hingelegt.«
Edward musterte ihr angespanntes und blasses Gesicht. Ihre heftigen Bewegungen verrieten jedoch, daß sie mehr verärgert als krank war.
»Wenn es dir lieber ist, komme ich später vorbei . . .«
»O nein, ganz im Gegenteil«, beteuerte sie, »wenn du meinen etwas unkonventionellen Aufzug entschuldigst, wäre mir lieber, du bleibst. Ich habe nicht oft die Ehre, Besucher zu empfangen.«
Ihr aggressiver Ton verwirrte ihn, und in Hinblick auf den Grund sei-

nes Besuches erschwerte das die Lage. Edward fand einfach nicht die richtigen Worte für das eigentliche Thema und beließ es bei höflichem, unbedeutendem Geplauder. Er versicherte ihr, alle seien, soweit ihm bekannt, gesund und munter. Emily und John hatten schließlich ein geeignetes Haus gefunden und wollten so bald wie möglich nach Leeds ziehen. John Chapman war seit einigen Wochen Tag für Tag dort gewesen.

Als es schließlich nichts mehr zu erzählen gab, seufzte er und sah sie hilflos an. Er bemerkte, wie ihre Augen weich wurden, und spürte, wie ihr Kummer sich mit seinem mischte. Er schlug die Augen nieder und versuchte, sich dem zu verschließen.

Sein Blick fiel auf die Glockenblumen in der grünen Tonvase, und er dachte an einen anderen Frühling – er lag so lange zurück, daß es ihn schmerzte, die vergangenen Jahre zu zählen. Es war ein Tag wie dieser gewesen. Die Sonne fiel durch das Laub der Bäume, und die schattigen Wege waren von einem blauen Blütenteppich gesäumt. Ein kleines Mädchen hielt den ersten selbst gepflückten Blumenstrauß in den rosigen Patschhändchen. Sie trug eine weiße Schürze, die goldblonden Locken umrahmten völlig zerzaust den kleinen Kopf, und die blauen Augen strahlten vor Freude und Glück. Er sah sich als vierzehn- oder fünfzehnjährigen Jungen. Er nahm sie bei der winzigen Hand und trug sie auf den Schultern, wenn die kleinen Beine zum Laufen zu müde waren. Es schien erst gestern gewesen zu sein, und doch waren seither unmerklich mehr als zwanzig Jahre verflossen.

»Warum hast du sie gepflückt?« fragte er, und plötzlich verschwand ihre Blässe, und sie wurde rot.

Louisa lachte, um die Verlegenheit zu übergehen. »Ich weiß nicht. Vermutlich nur, weil sie da waren. Ich hätte es nicht tun sollen«, gestand sie. Als erfordere das eine Erklärung, fügte sie nach kurzem Nachdenken hinzu: »Sie sahen dort schöner aus, wo sie standen.«

»Ja«, sagte er leise, »sie verwelken so schnell, nicht wahr?«

Besorgt beugte sich Louisa vor und fragte: »Edward, was ist los? Sage es mir bitte.«

»Victoria Tempest...«, sagte er tonlos, ohne sie anzusehen. »Sie ist sehr krank. Ich dachte, du solltest es wissen.« Er spürte ihre Fassungslosigkeit und den Schock und verstummte. Er wollte sie in die Arme nehmen und mit all seiner Liebe trösten. Er wollte die Zeit zurückdre-

hen, damit er mit seinem jetzigen Wissen den Gang der Ereignisse ändern und Robert Duncannon aus ihrem Leben auslöschen könnte. Selbst ohne seine Anwesenheit spürte Edward ihn deutlich, und jede liebevolle Geste, jedes Wort, das er ihr sagen wollte, erstarrte in seinem Kopf, sobald er daran dachte. Unbeholfen und wütend auf sich selbst erklärte er schließlich überflüssigerweise: »Ich weiß, du hast dir sehr viel Sorgen um sie gemacht.«
»Ja«, flüsterte sie betroffen, als ahne sie bereits, daß für die Kleine nur noch sehr wenig Hoffnung bestand.
Edward seufzte und empfand eine unerklärliche Anteilnahme für das Kind, das er nie gesehen hatte. Er wußte, wenn es am Leben blieb, stand ihm für den Rest des Lebens ein bedauerliches Schicksal bevor. Aber die Chancen einer Genesung waren nur sehr gering. »Hirnhautentzündung«, murmelte er und spürte Louisas Schock, die entsetzt die Hand auf den Mund legte. »Ihr Vater kam heute morgen sehr spät ins Geschäft. Er rief mich in sein Büro und informierte mich über die Diagnose des Arztes.«
Bei der Erinnerung an das bedrückende Gespräch schwieg Edward und dachte an sein Mitleid und seine Verlegenheit. »Er brach völlig zusammen. Er weinte wie ein Kind. Es war schrecklich – ich habe noch nie einen so verzweifelten Menschen gesehen. Er betet die Kleine an.«
»Er betet sie an?« wiederholte Louisa mit schriller, unnatürlicher Stimme. Sie starrte zur Decke, als denke sie über ihre Frage nach. »Vermutlich *kann* man es so ausdrücken«, sagte sie schließlich, »wenn du damit meinst, sie ist für ihn wie eine Wachspuppe in einem Glasschrank, die man von Zeit zu Zeit herausholt, mit der man aber nie wirklich spielt – ja, dann könnte man sagen, er betet sie an. Aber er *liebt* sie nicht. Ich glaube, sie ist für ihn nicht einmal etwas *Wirkliches*. Aber das ist für ihn niemand«, fügte sie bitter hinzu, »für Albert Tempest sind Menschen nur Gegenstände – nützliche oder attraktive Gegenstände ..., auf die er auch verzichten kann, wenn sie ihm mißfallen, wie zum Beispiel Rachel.«
Edward unterbrach sie ungeduldig: »Was ist denn mit dir? Mein Gott, der Mann hat geweint, er war aufrichtig erschüttert.«
»O ja, das glaube ich«, sagte sie mit einem kalten, spöttischen Lächeln, »Albert Tempest ist seinen Gefühlen nicht gewachsen, Edward. Er ist egoistisch und für das Leiden anderer blind. Er sieht nichts, was nicht

deutlich erkennbar ist. Und selbst dann sieht er nur das, was ihm paßt!«
Louisa schwieg erregt. Dann fuhr sie fort: »Die Kleine bekam schon immer wenig Wärme und war meist sich selbst überlassen. Nachdem Rachel das Haus verlassen hatte, scheint sich nur Moira Hanrahan gelegentlich mit ihr beschäftigt zu haben – und sie ist mit ihren Sorgen zu *mir* gekommen, denn in den Augen von Albert Tempest ist Moira nicht mehr als ein Fußabstreifer für seine schmutzigen Schuhe! Würdest *du* eine eiskalte, verbitterte und alkoholabhängige Frau als Lehrerin und einzige Bezugsperson deines Kindes einstellen?«
Edward schüttelte den Kopf. »Nein, aber das tun viele.«
Louisa schnaubte vor Abscheu und sagte: »Wenn Albert Tempest *wirklich* etwas an seiner Tochter läge, dann hätte auch er gesehen, was Moira schon vor Monaten sah, und etwas unternommen! Er ist grausam, Edward, wenn auch nur durch seine Gleichgültigkeit. Er ist gedankenlos und grausam. Ich habe kein Mitleid mit ihm. Nein, das bestimmt nicht!«
Edward schwieg, sprachlos über die heftigen und haßerfüllten Worte seiner Cousine. Zuerst dachte er, Louisa übertreibe, weil sie diesen Mann aus tiefster Seele verachtete. Aber dann erinnerte er sich an Ereignisse der Vergangenheit, zum Beispiel an rücksichtslose Kündigungen von Männern mit kranken Frauen oder Kindern, und er dachte an die bedrückende Atmosphäre in der Druckerei. Edward konnte sich dem entziehen, denn Albert Tempest war Drucker und kein Buchbinder. Edward legte so hohe Maßstäbe an seine Arbeit, daß es nie Grund zu Beschwerden gab. Vielleicht vertraute Albert Tempest ihm, weil sie nie wirklich aneinandergeraten waren. An diesem Morgen hatte er Edward sogar die alleinige Verantwortung für das Geschäft übertragen, da er in den nächsten Tagen nicht anwesend sein konnte. Edward hatte das weniger geschmeichelt als verlegen gemacht, denn der Vorarbeiter der Drucker fühlte sich dadurch zurückgesetzt.
»Ich gebe zu«, sagte Edward schließlich, »im Laufe der Jahre habe ich von ihm nur eine Seite kennengelernt. Ich weiß, er ist hart. Vermutlich war ich deshalb heute morgen so erschrocken. Ich konnte es einfach nicht glauben.«
»Er ist nicht nur hart«, erklärte Louisa ruhig mit ausdruckslosem Gesicht. Aber dann fiel die steinerne Maske von ihr ab. »Das arme Kind«,

flüsterte sie, »ich habe mir solche Mühe gegeben. Schon am Anfang, als ich mit ihr so große Schwierigkeiten hatte, konnte ich sehen, daß es nicht ihre Schuld war. Und dann – dann war sie so liebenswert. Wenn doch nur –« Sie brach ab und schlug die Hände vors Gesicht. »Ich konnte nichts für sie tun, Edward – nichts! Das tut so weh . . .«

Er saß mit niedergeschlagenen Augen vor ihr und blickte auf den kleinen Teppich, der zwischen ihnen lag. Es hätte genausо gut eine gefährliche Wanderdüne sein können: Ein falscher Schritt, und er riskierte, endgültig verloren zu sein. Ihre nackten und zarten Füße, die unter dem Saum des Nachthemds hervorkamen, zogen seinen Blick auf sich. Edward hatte das höchst seltsame Verlangen, sie zu küssen, und Louisa um Verzeihung für die Distanz zu bitten, die er unbeabsichtigt zwischen ihnen hatte entstehen lassen, aber nun schon so lange bewußt aufrechterhielt. Im nächsten Augenblick wußte er, daß es ihn zum ersten Mal in seinem Leben verwirrte, Louisa im Nachthemd zu sehen, obwohl er in der Vergangenheit an diesen Anblick durchaus gewöhnt gewesen war.

Wir waren uns zu nahe, dachte er unbehaglich und machte sich Vorwürfe wegen seiner Blindheit. Es schmerzte, sich eingestehen zu müssen, daß ein anderer Mann kommen mußte, um ihm die Augen zu öffnen, damit er Louisa endlich als das sah, was sie war – eine begehrenswerte Frau! Und es traf ihn immer noch wie ein Schock, ihr gegenüberzutreten. Es fiel ihm schwer, das Bild der Unschuld, an dem er so lange festgehalten hatte, aufzugeben. Und es war noch schwerer, sich auf die begehrenswerte Frau einzustellen, die sie geworden war.

Edward wußte, man deutete seine Haltung in den letzten Monaten als moralische Mißbilligung – zum Teil stimmte das. Aber Weihnachten war für ihn der Tag gewesen, an dem sie zu viel von ihm verlangte. Sie hatte ihm ein Buch mit Versen geschenkt, deren Philosophie allem widersprach, woran er glaubte, und ihn dann auf die Wange geküßt, als sei nichts geschehen. Durch die kurze und unbeschwerte Berührung hatte sie ihn bis auf die Haut entblößt und alle seine Wunden bloßgelegt, die noch nicht verheilt waren. Seit dieser Zeit war ihm überdeutlich bewußt, daß er sich vor ihr schützen mußte. Sie wollte ihm zwar nicht absichtlich wehtun, aber er fürchtete, sie werde es aus Blindheit tun, denn er war einfach Edward. Die Konturen seiner Männlichkeit verschwammen angesichts der Vertrautheit und, wie er zugeben

mußte, auf Grund seiner Unfähigkeit, sich klar und deutlich auszudrücken.
In dieser Hinsicht hatte er jedoch begonnen, die Dinge richtigzustellen. Es hatte zuviel Leid, und was ihn betraf, zu viel Selbstvorwürfe gegeben. Die Zeit für positivere Dinge war gekommen. Und selbst wenn er für den Rest seines Lebens einsam sein würde und auf das Zusammensein mit ihr verzichten mußte, dann mußte er eben lernen, sich damit abzufinden – und sie ebenfalls.
Ein Photo von Robert Duncannon auf dem Tisch neben ihm erinnerte Edward deutlich genug daran, daß Louisa nicht allein war und in den Augenblicken des Kummers einen Menschen hatte, der sie tröstete. Auch wenn ihr Auftreten im Nachthemd nichts weiter bedeutete, dachte er, konnte der Hauptmann bald erscheinen. Dieser Gedanke schmerzte, und er stand auf. »Ich halte dich auf dem laufenden«, sagte er, »was mit dem Kind geschieht.«
Louisa sah ihn mit großen ungläubigen Augen an. Schmerz und Fassungslosigkeit standen ihr deutlich ins Gesicht geschrieben. Als Edward das sah, schwanden alle seine festen Vorsätze. Er wollte bleiben, wollte sie in die Arme nehmen und sie fest an sein Herz drücken. Aber vor allem: Er wollte sie mit nach Hause nehmen. Beschwörende Worte drängten sich ihm auf, und mit ihnen alle Zweifel und der ganze Kummer der letzten zwölf Monate. Er machte sogar einen Schritt auf sie zu, aber dann schloß er fest die Augen, und die Vernunft siegte.
»Ich kann nicht bleiben«, sagte er schließlich mit gepreßter und gequälter Stimme.
»Warum nicht?« fragte sie. Er glaubte in dieser Frage einen schrillen Anklang von Hysterie zu hören. »Bringe ich dich in Verlegenheit?«
»Das ist es nicht«, murmelte er dumpf.
»Was ist es dann, Edward?« fragte sie wieder in diesem schrillen Ton. »Fürchtest du dich zu bleiben? Hast du Angst davor, dich anzustekken?«
Er schloß wieder die Augen. Nein, rief er stumm, ich fürchte mich vor dir – vor dir und deiner Macht, mich zu verletzen.
»Ich bin schuld, nicht wahr? Nicht wahr?« fragte sie heftig, und als er nicht sofort antwortete, fügte sie verächtlich hinzu: »Du kannst es ruhig sagen – es steht dir ins Gesicht geschrieben. Du schämst dich meiner!«

Wenn sie diesen Vorwurf wiederholt oder auch nur einen Schritt auf ihn zu gemacht hätte, dann – das wußte Edward – hätte er ihr eine Ohrfeige gegeben. Aber als sie sich umdrehte, holte er tief Luft und löste langsam die Finger von der zerknitterten Hutkrempe. Es gelang ihm mit großer Mühe, sich zu beherrschen. Dann zwang er sich, ruhig und ohne Erbitterung zu sprechen. Es wäre für ihn sehr viel leichter gewesen, schweigend die Wohnung zu verlassen, aber er wußte, daß dann das schwache Glied, das sie noch verband, vielleicht für immer gerissen wäre.

»Ich habe eine Verabredung. Ich möchte mir in der Piccadilly ein Haus ansehen. Ich wollte es dir eigentlich noch nicht sagen, denn es schien mir – gefühllos.« Er rang nach den richtigen Worten, um es ihr zu erklären; ihm entging jedoch nicht, daß sie ihm kaum zuhörte. »Ich ... denke schon seit einiger Zeit darüber nach ..., daß ich Tempest verlassen sollte. Es wäre mir lieber, die Gelegenheit würde sich nicht gerade jetzt bieten. Nun ja«, fügte er mit einem Seufzer hinzu, »vielleicht ist das Haus nicht geeignet. Ich muß es mir ansehen.« Er warf einen Blick auf die Uhr und seufzte. »Ich muß gehen, Louisa. Ich komme wieder, wenn es etwas Neues mit dem Kind gibt.«

Unten auf der sicheren Straße blieb er einen Augenblick stehen. Es wurde ihm übel. Er fuhr sich mit der Hand über die Stirn und bemerkte, daß seine Hände zitterten. Er kämpfte darum, sich wieder in den Griff zu bekommen, schluckte mehrmals und versuchte, langsam und tief zu atmen. Aber es war ein warmer Abend, die Luft von Gerüchen überladen, die sich zwischen den Steinmauern fingen, und er glaubte beinahe zu ersticken. Er wollte nur noch weg und lief hastig davon. Dabei überraschte er ein Liebespaar, das im Schatten überhängender Fliederzweige stand. Er entschuldigte sich und kam sich dabei wie ein Aussätziger vor. Ohne auch nur einen Blick auf sie zu werfen, lief er mit unsicheren Schritten auf das untere Ende der Marygate-Straße zu. Am Landesteg lehnte er sich an einen Poller. Der durchdringende faulige Geruch des Flusses ließ ihn würgen. Er wartete, bis die Übelkeit vorüber war.

Die Besatzungen von Schiffen und Kähnen genossen den Feierabend. Sie rauchten Pfeife und unterhielten sich laut von einem Boot zum anderen. Am Bug eines Lastkahns stand ein schwarzweißer Hund und kläffte eine Gruppe zerlumpter Kinder an, die am Ufer spielten. Alles wirkte völlig normal, wodurch ihm die Ereignisse der letzten Stunde wie reiner Wahnsinn vorkamen.

Nachdem es vorüber war, kam er sich widerlich vor und empfand nicht die leiseste Spur Stolz auf die überzeugend zur Schau getragene ruhige Selbstbeherrschung. Er wünschte sich beinahe, Louisa geohrfeigt zu haben – das wäre wenigstens ein gewisser sichtbarer Beweis für Gefühle gewesen. Aber ihr Kummer ließ ihn wieder an die Tanner Row denken, an das kleine verwirrte und jammernde Mädchen, das von einer Bande von Straßenjungen mit Schimpfnamen und anzüglichen Beleidigungen gequält wurde, während es nach Hause rannte. Es war eine große Erleichterung gewesen, diese Gegend endlich verlassen zu können. Aber Edward hatte die Schmach der letzten Wochen dort nie vergessen. Er schauderte bei dem Gedanken, daß Louisa ein Kind bekommen könnte, dem Ähnliches bevorstand.

Edwards Kindheit war in vieler Hinsicht sogar noch leidvoller, obwohl er sich selten erlaubte, daran zu denken. Rückblickend waren die ersten Jahre seines Lebens ein undurchdringlicher Schleier unbeantworteter Fragen und bleierner Ungewißheit gewesen. Und dazu kamen dann noch Hohn und Spott, die er in der Schule über sich ergehen lassen mußte. Deshalb überraschte es ihn kaum, daß er sich in die Welt der Bücher verkrochen hatte.

Als seine Mutter darauf bestanden hatte, daß er ein vernünftiges Handwerk erlernte, begann ein Leben des sich Fügens, ein ständiges Eingehen auf die Pläne und Wünsche anderer Menschen. Obwohl ihm seine Arbeit Freude machte, sah er nun deutlich, daß er nur aus reiner Trägheit bei Albert Tempest geblieben war. Es fiel ihm leichter, die Fehler dieses Mannes zu übersehen, als das Risiko auf sich zu nehmen, sich an einer anderen Stelle durchzusetzen. Die unbewegliche Welt der Bücher und der Dichtung hatten dafür gesorgt, daß er in mehr als einer Hinsicht den Kopf nicht hob. Und so fügte er sich unauffällig in seine Umgebung ein und erstickte nach und nach die letzten Funken der Unzufriedenheit.

Das Auftauchen von Robert Duncannon in dieser sicheren und bequemen Welt störte, und das *Fait accompli* seiner Affäre mit Louisa ließ alles auseinanderbrechen. Auch wenn dadurch ihrer aller Leben durcheinandergerüttelt worden war, so hatte er doch am meisten darunter zu leiden. Aus dem Trümmerhaufen seiner Träume gelang es Edward jedoch, etwas zu retten, das sonst verloren gewesen wäre, und für diesen Segen – so klein er auch sein mochte – war er aufrichtig dankbar.

Er war in den langen Wintermonaten nicht untätig gewesen. Mit dem Familiennamen seines Vaters ausgerüstet, hatte er Fakten aufgespürt. Er hetzte Bibliothekare wie ein Jagdhund die Beute, bis alle erdenklichen Informationen wieder ausgegraben waren. In seinen Notizbüchern hatte er hastig niedergeschriebene Einzelheiten vermerkt, die viele Generationen und Menschen umfaßten, deren Leben so wenig mit seinem Leben zu tun hatten, daß er zunächst keine Verbindung sah, bis er in einer kalten Nacht plötzlich begriff, wie unwichtig es war, die Identität seines Vaters nachzuweisen. Es kam nur darauf an, daß er ein Produkt der Familie dieses Mannes war, der Erbe ihrer Schwächen und auch ihrer Stärken. Bei dem Versuch, sie zu ergründen, begann er, sich selbst zu verstehen. Ihm wurden Zusammenhänge bewußt, die bei den Elliots nie zutage getreten wären. Und wenn der Mann mit dem schmalen, asketischen Gesicht wirklich sein Vater war, dann verstand er auch plötzlich, weshalb Elizabeth Elliott ihren Sohn mit dieser unverhüllten Verachtung behandelt hatte. Edward sah ihr nicht nur *nicht* ähnlich, er schien auch andere Eigenschaften geerbt zu haben. Die Zerstreutheit eines Gelehrten zum Beispiel, die, wie Edward sehr wohl wußte, eine gute Tarnung von Feigheit sein konnte. Es war so viel einfacher, sich in ein Buch zu flüchten, so zu tun, als habe man nichts gehört, als sich den geäußerten Worten zu stellen. Es war auch weit einfacher nachzugeben, Selbstlosigkeit um des lieben Friedens willen vorzutäuschen und die Niederlage als Opfer mitanzusehen.

Deshalb gab er jetzt den Kampf nicht auf – den Kampf mit Louisa und Albert Tempest. Er konnte für beide Mitgefühl empfinden, aber an diesem Knotenpunkt schien es verpflichtend, den jeweiligen Appell an sein Mitleid zu überhören. Louisa hatte ihren Geliebten, erinnerte er sich, und Albert Tempest würde immer überleben – mit seiner Hilfe und auch ohne seine Hilfe. In der Welt von Albert Tempest war niemand unersetzlich.

Edward warf einen Blick auf seine Taschenuhr, richtete sich auf und gab sich einen Ruck. Es war Zeit, nach der Zukunft Ausschau zu halten – nach seiner Zukunft. Wenn er noch länger zögerte, entschied sich vielleicht ein anderer für das Haus in der Piccadilly.

16

Alle, die die eigentliche Ursache von Victoria Tempests Krankheit kannten, erklärten, der Tod sei eine Erlösung für das Kind, aber Louisa konnte es nicht so sehen. Visionen von Victorias Leiden in der Vergangenheit und in der Gegenwart quälten sie. Daneben verblaßte der Streit mit Robert und wurde unwichtig. Sie verstand nicht mehr, was um alles in der Welt zu solchen heftigen Worten geführt hatte. Sie wollte den Zwischenfall nur noch vergessen und ihren Kummer in der Sicherheit seiner tröstenden Arme begraben. Am nächsten Tag schickte sie ihm eine kurze Nachricht, und als Antwort erschien er abends.

Auf beiden Seiten brachen die letzten Überreste von Stolz und Vorsätzen innerhalb weniger Minuten zusammen. Robert wußte noch nichts von der Krise im Hause Tempest, und so nahm er Louisa einfach in seine Arme und ging mit ihr ins Bett.

Robert verzichtete zwar auf weitere verbale Entschuldigungen, aber sein Wunsch, alles wiedergutzumachen, war unverkennbar. Doch während er sich geduldig die Probleme anhörte, die aus ihr heraussprudelten, gelang es ihm nicht, ihre Schuldgefühle und den Kummer zu verstehen, der sie bedrückte.

Zuerst versuchte er mit energischen Worten, sie davon abzubringen, und als das auch in den nächsten Tagen nichts half, zeigte sich bei ihm unübersehbar eine gewisse Ungeduld. Louisa ärgerte sich darüber. Sie wurde gereizt und bitter und bedauerte beinahe, daß sie so schnell eingelenkt hatte. In ihr regte sich der Verdacht, sie habe sich im Hinblick auf seine Motive vielleicht doch nicht geirrt, und das führte dazu, daß sie sich immer mehr – auch körperlich – von ihm zurückzog. Seine Ungeduld wuchs daraufhin noch mehr.

Edward erschien Abend für Abend. Er blieb immer nur ein paar Minuten und berichtete ihr, was er über Victorias Befinden wußte. Sie hätte

sich über seine Gesellschaft gefreut und auch über die Möglichkeit, mit ihm zu sprechen. Aber Edward erklärte, er habe zu tun, und schien vermeiden zu wollen, daß er mehr Zeit als unbedingt nötig in der Wohnung verbrachte. Louisa war überzeugt, daß die Kleine sich nach Zuneigung und Fürsorge gesehnt hatte und in dem geschwächten Zustand zur wehrlosen Beute der Krankheit wurde, die sie fest im Griff hielt. Davon konnten sie auch Edwards tröstende und beruhigende Worte nicht abbringen. Louisa warf sich nachts unruhig im Bett herum. Die Meilensteine des vergangenen Jahres ließen sie nicht mehr zur Ruhe kommen. Jedes Ereignis untersuchte sie im klaren Licht der späten Einsicht. Sie machte sich Vorwürfe, nicht genug getan zu haben. Sie hätte zum Beispiel Rachel schreiben oder sie aufsuchen sollen, um sie zu zwingen, etwas für ihre kleine Schwester zu tun. Sie wußte von Moira, daß Rachel Victoria mehrmals gesehen hatte. War sie bewußt blind, fragte sich Louisa, oder nur dumm? War sie zu stolz oder zu ängstlich, um an die Tür ihres Vaters zu hämmern und sich Einlaß zu verschaffen? Und als Louisa schon zehn Tage später die Nachricht von Victorias Tod erhielt, tröstete es sie nicht, als Robert ihr erzählte, daß täglich Kinder an den Folgen der Armut starben. Es tröstete sie nicht, daß Albert Tempests Kind nicht hatte hungern müssen, daß Victoria immer genug zu essen, etwas anzuziehen, ein warmes Zimmer und ein sicheres Dach über dem Kopf gehabt hatte. Louisa hatte auch unter diesem Dach gelebt, und sie wußte, was für ein Leben es dort war. Deshalb wußte sie auch, daß Victoria an einer anderen Art Armut gestorben war, eine Armut, die Robert einfach nicht zu verstehen schien.
Moira erschien nur wenige Minuten, nachdem der Hauptmann gegangen war. Aber selbst das schien nicht weiter wichtig. Überwältigt von dem gemeinsamen Kummer vergaß Louisa ihr elegantes Seidenkleid und den Geruch von Zigarrenrauch in der Wohnung. Die Beerdigung sollte am Freitag sein. Aber Moira bezweifelte, daß Albert Tempest in der Lage sein würde, daran teilzunehmen. Die Nachricht vom Tod seiner Tochter hatte bei ihm eine Art Anfall ausgelöst, erzählte sie. Er mußte das Bett hüten, und der Arzt besuchte ihn jeden Tag. Rachel war gekommen, als ihr Vater gerade schlief, und Mrs. Petty hatte ausdrücklichen Befehl, ihn nicht zu stören. Moira hatte mit beiden Mitleid. Albert Tempest war nur noch ein Schatten seiner selbst, und Rachel so außer sich, daß ihr Gesicht von Tränen rot und geschwollen war.

Louisa kannte Rachels Hang zu Tränen und die Neigung ihres Vaters zu hemmungslosen Ausbrüchen. Sie konnte für die beiden kein Mitleid aufbringen, sie empfand nur Zorn darüber, daß Albert Tempest am Leben bleiben sollte, während ein unschuldiges Kind tot im Sarg lag.
Aber als sie ihn bei der Beerdigung sah, traf sie sein Anblick doch wie ein Schock. Sie trat tief verschleiert in eine der letzten Bankreihen in der Priory-Kirche. Edward saß vorne inmitten der zahlreich erschienenen Trauergemeinde als Vertreter der Belegschaft. Auf der anderen Seite des Mittelgangs saßen Moira und Mrs. Petty – beide in neuen, wenn auch schlecht sitzenden Trauerkleidern. Rachel in einem eleganten schwarzen Schneiderkostüm saß mit gesenktem Kopf zwischem ihrem Vater und einem älteren Ehepaar – Louisa vermutete, es waren Rachels Tante und Onkel aus Bradford.
Als der kleine Sarg hinausgetragen wurde, wankte Albert Tempest mit aschfahlem Gesicht hinterher. Er war unübersehbar so krank, daß sein Schwager und ein anderer Mann ihn stützen und durch den Mittelgang führen mußten. Er wirkte merkwürdig eingefallen und war nur noch ein graues, schwaches Abbild des Mannes, vor dem sie einmal gezittert hatte. Beim Gedanken daran überlief es Louisa kalt. Sie senkte den Kopf und wollte seine gelblichen Augen nicht sehen. Als sie wieder aufblickte, stand Rachel neben ihm in der Vorhalle. Sie nahm den Arm ihres Vaters wie eine folgsame und höchst pflichtbewußte Tochter. Er erhob keinen Einspruch, sondern sah sie in sentimentaler Dankbarkeit an, während die Verwandten um sie herumstanden und wie dressierte Esel nickten.
Louisa sah eine Szene vor sich, die einzig und allein der sentimentalen Wirkung wegen gespielt wurde. Sie wartete darauf, daß die Menge sich zerstreuen würde, aber sie hatte nur einen Gedanken: Das ist die totale Bankrotterklärung dieser angeblich rührenden Versöhnung. Zu spät, zu spät, dröhnte es in ihrem Kopf. Warum habt ihr das nicht früher getan?!
Louisa schob sich durch die Menge, denn das Ausmaß der menschlichen Torheit bedrückte sie sehr, und sie sehnte sich nur noch nach sauberer, frischer Luft. Als sie oben an den Stufen der Vorhalle stand, half man Rachel und ihrem Vater gerade in die erste Droschke. Auf der anderen Seite stand vollzählig die Familie Bainbridge. Alle bemühten sich um angemessene Trauermienen, aber es gelang ihnen nur, die ge-

meinsame Verlegenheit sichtbar werden zu lassen. Louisa wandte sich mit mühsam unterdrücktem Widerwillen ab und sah sich nach Edward um.
Sie entdeckte ihn am Fuß der Stufen. Er unterhielt sich höflich mit einem ihr unbekannten Ehepaar. Da sie nicht vorgestellt werden wollte, hielt sie sich zurück, aber Edward bemerkte sie sofort, entschuldigte sich und kam zu ihr.
Seufzend drückte er ihr die Hand. »Alles in Ordnung?«
»Ich glaube ja«, flüsterte sie und blickte auf die erste Droschke. »Aber ich hoffe, er leidet! Ich hoffe, sie begreifen beide, welche Rolle sie bei dem Tod dieses Kindes gespielt haben, und ich hoffe, sie werden es nie, *nie* vergessen!«
»Leise«, murmelte Edward und blickte sich ängstlich um, »so kannst du hier nicht reden...«
»Du verstehst mich nicht!«
»Das ist schon möglich, aber für solche Worte ist das nicht der richtige Ort und der richtige Zeitpunkt. Das Kind ist tot, Louisa. Bitterkeit macht Victoria nicht wieder lebendig.«
Sie kaute einen Augenblick lang auf ihren Lippen. »Natürlich nicht«, räumte sie schließlich ein, »aber ich wünschte mir nur – oh, Edward, wie sehr wünschte ich –, sie hätten ihren Stolz etwas früher überwunden. Es ist alles so sinnlos – Streit in den Familien, man redet nicht mehr miteinander, und andere leiden... Und dann, wenn alles zu spät ist –.« Die Stimme versagte ihr, und sie schüttelte nur stumm den Kopf. »Warum«, flüsterte sie, »müssen erst Tragödien den Menschen die Augen öffnen?«
Edward führte sie sanft etwas abseits von der Menge zum Straßenrand. Er schüttelte seufzend den Kopf. »Ich weiß nicht. Aber...«, er schwieg, und in seinen Worten lag ein trauriger Vorwurf, »es gibt viele Dinge, die ich nicht verstehe.«
Im leisen Gemurmel gedämpfter Stimmen und dem ungeduldigen Scharren von Pferdehufen schien es Louisa, er warte nur darauf, daß sie einsah, wie sehr ihre Kritik nicht nur auf die Tempests zutraf. Schließlich begriff sie es. Und als ihr die Erkenntnis dämmerte, überflutete sie die Reue wie eine heiße Welle.
»Tut mir leid«, stieß sie hervor.
»Mir auch«, murmelte Edward mit unendlichem Bedauern. Lange

schwiegen sie beide. Dann sagte er, und es schien ihn große Überwindung zu kosten: »Wir sollten miteinander reden.«
Überwältigt wollte sie ihm alles erzählen, denn sie wußte, das hätte schon vor langer Zeit geschehen müssen. Sie drückte ihm nur stumm die Hand.
»Gehst du mit zum Friedhof?« fragte er, und als sie den Kopf schüttelte, warf er einen Blick zurück auf den sich inzwischen formierenden Zug. »Ich sollte es eigentlich tun, aber ich bezweifle, daß man mich am Grab vermissen wird. Paß auf, wir gehen als letzte im Zug. Dann können wir uns bestimmt unbemerkt davonmachen.«
»Wohin gehen wir?« fragte sie, als Edward an der Castle-Mills-Brücke seine Schritte verlangsamte.
»Zu meiner neuen Werkstatt«, erwiderte er und folgte dem Leichenzug, der langsam an den leeren Rindergattern vor den Mauern von Walmgate vorbeizog, mit den Augen. »Es ist nicht weit. Wenn ich dir alles gezeigt habe, trinken wir irgendwo zusammen eine Tasse Tee. Ich glaube, wir haben es beide verdient.«
Er hob den dichten Schleier von ihrem Gesicht und lächelte sie zuversichtlich an. Sie schob ihren Arm unter seinen Arm, und er führte sie um die Ecke in die Piccadilly, eine enge, kopfsteingepflasterte Straße, die wenig Ähnlichkeit mit dem eleganten Londoner Gegenstück hatte. Die Architektur spiegelte die wechselnden Stile von mindestens drei Jahrhunderten wider. Verwahrloste, pechschwarze Gebäude mit vor Alter schiefen Türen und Fenstern standen Seite an Seite mit Häusern, die nicht ganz klassische georgianische Fassaden zur Schau trugen, während Ställe und landwirtschaftliche Betriebe an private und öffentliche Gebäude grenzten. Ein starker Biergeruch drang in ihre Nasen, als sie an einem Wirtshaus in einem Fachwerkgebäude vorbeikamen. Er übertönte kurz den immer gegenwärtigen Gestank der Abwässer in der Foss, die ganz in der Nähe vorbeifloß, und den Geruch von Pferden. Eine Gruppe Soldaten drängte sich vor dem Eingang. Die Männer tranken Bier aus Zinnkrügen und machten anzügliche Bemerkungen, als Louisa an ihnen vorüberging.
»Geh niemals allein hierher«, murmelte Edward erbost und eilte mit ihr weiter. Louisa mußte daran denken, daß Walmgate nicht weit entfernt lag, und nickte heftig.
Edward zog einen großen eisernen Schlüssel aus seiner Brusttasche, als

er sich mit ihr einem uralten Haus näherte, das vielleicht im fünfzehnten Jahrhundert gebaut worden sein mochte. Das malerische obere Stockwerk neigte sich wie betrunken zur Straße, der rissige und zum Teil bereits abgefallene Putz brachte es in malerischen Einklang mit den Nachbarhäusern. Edward drehte lächelnd den Schlüssel im Schloß, stieß schwungvoll die alte Eichentür auf und ließ Louisa eintreten.
Er war sehr fleißig gewesen, das sah sie auf den ersten Blick. Der ausgetretene Steinboden war sauber und geschrubbt, der Raum leer. Die Wände – zum Teil gemauert, zum Teil noch altes Holz, waren ebenso frisch gestrichen wie die Balkendecke. Eine neue Holztreppe führte nach oben. An der Wand unter dem Fenster stand ein neuer Arbeitstisch, und ein Regal aus Kiefernholz mußte offenbar nur noch zusammengebaut werden. Im Gegensatz dazu schien der riesige gemauerte Kamin an der Wand gegenüber, in dem ein uralter Herd stand, seit vielen Jahren nicht mehr benutzt worden zu sein. In der ansonsten hübschen Werkstatt war das der einzige unstimmige Ton.
Edward ließ Louisa nicht aus den Augen, und als sie sich umdrehte und ihn ansah, sah sie seinen Stolz und seine Freude. »Glaubst du, das reicht für den Anfang?«
»Es ist nicht zu glauben!« rief sie, »wie hast du das nur geheimhalten können? Und du hast in so kurzer Zeit soviel gearbeitet?«
»Genaugenommen nicht ich«, unterbrach er sie, »ein Schreiner hat das Wesentliche gemacht. Und wie du siehst, ist er noch nicht ganz fertig.«
»Aber es ist so *schön*!« Sie seufzte und sah sich alles noch einmal ganz genau an. »Ich weiß nicht, Edward, du bist mir ein Rätsel . . .«
»Das liegt vielleicht in der Familie«, erwiderte er.
Von dieser Spitze getroffen, drehte sie sich schnell um und fragte: »Was ist oben?«
»Nicht viel, altes Zeug, das man vielleicht noch einmal brauchen kann. Den Dreck habe ich hinausgeschafft, aber ich bin noch nicht dazu gekommen, alles richtig sauberzumachen. Der Raum hier unten kommt an erster Stelle.«
»Weißt du, ich hätte nie geglaubt, daß du von Tempest weggehst«, sagte sie nachdenklich, »ich konnte mir nicht vorstellen, daß du es dir leisten kannst. Aber du mußt das schon lange geplant haben, oder?«
Er schüttelte den Kopf. »Nein, keineswegs. Vor ein paar Monaten habe

ich angefangen, darüber nachzudenken, länger ist es noch nicht her. Mir wurde plötzlich klar, daß ich nur noch auf der Stelle trat, und es nichts als Routine für mich gab – ich arbeite schwer für einen anderen –, ich habe den Laden in den letzten Jahren mehr oder weniger ganz auf dem Buckel gehabt, zumindest was das Buchbinden angeht. Also habe ich ein wenig gerechnet und gefunden, es sei machbar. Dann habe ich mich nach geeigneten Räumen umgesehen. Du kannst dir vorstellen«, sagte er lachend, »das Haus hier ist sehr billig!«
Er strich mit der Hand über den neuen Arbeitstisch und fügte leise hinzu: »Aber ich wünschte, ich hätte schon vor Jahren so gedacht. Vermutlich hätte ich mir das vor dem Tod meiner Mutter nicht leisten können, aber ich hätte darüber nachdenken und Pläne machen können. Ich bedaure jetzt nur den Zeitpunkt. Es wird zwar noch ein paar Wochen dauern, bis ich hier anfangen kann. Aber ich mache mir doch Gewissensbisse, daß ich den alten Tempest jetzt im Stich lasse, da er mich am allermeisten braucht.«
»Das mußt du nicht«, erwiderte Louisa heftig, »er würde nicht zweimal darüber nachdenken, dir zu kündigen, wenn es für ihn günstig wäre – und natürlich ohne Rücksicht auf deine Lage.«
Edward schüttelte den Kopf und schnalzte plötzlich mißbilligend mit der Zunge. »Du bist schon wieder so bitter. Es sieht dir überhaupt nicht ähnlich, jemandem etwas nachzutragen.« Als sie keine Antwort gab, fügte er freundlicher hinzu: »Es geht dir nicht nur um Victorias Tod. Willst du es mir denn nicht sagen?«
Louisa wich seinem Blick aus und nickte. Als sie den Kopf hob, sah er in ihren Augen Schmerz, Schuld und Trauer, und in diesem Augenblick wußte Edward, was immer der Grund dafür sein mochte, es würde auch ihn unvermeidlich tief und schmerzlich berühren. Er überlegte kurz, ob diese Aussprache klug sei, und schloß die Augen. Als er sie wieder aufschlug, näherte sie sich ihm mit halb ausgestreckten Händen. In der schwarzen Trauerkleidung sah sie so blaß aus und wirkte wie eine trauernde Witwe. Unter ihren Wimpern glänzten sogar Tränen. Mit einem tiefen, gequälten Seufzen und dem Bewußtsein, daß alle seine guten Vorsätze Gefahr liefen, für immer aufgegeben zu werden, griff Edward nach ihren Händen und drückte sie fest. In der großen Stille, die ihn umgab, hörte er den schnellen Pulsschlag seines Blutes und sah plötzlich all die Wochen, Monate und Jahre vor sich, in denen sie sich nicht

mehr so nahe gewesen waren wie jetzt. In dem verzweifelten Wunsch, sie zu umarmen, fragte er atemlos: »Warum fürchtest du dich, es mir zu erzählen? Das war doch früher nicht so.«

Die zurückgehaltenen Tränen liefen ihr über die Wangen. »Es tut mir leid«, schluchzte sie und lehnte den Kopf an seine Schulter. »Oh, Edward – es tut mir leid – so leid!«

Diesmal behauptete sich der Instinkt. Die plötzliche, leidenschaftliche Freude, die ihn erfaßte, als er sie in die Arme nahm, war in ihrer Intensität beinahe unerträglich. Mit zitternden Fingern strich er ihr über die Haare, über den Nacken und den weichen Rücken. Er überließ sich dem Verlangen, diese kostbare Weichheit so fest an sich zu drücken, bis sie mit seinem Körper völlig verschmolz. Er hielt sie behutsam und genoß die unendliche Freude dieses Augenblicks. Seine Lippen berührten die weichen Löckchen, die samtige Biegung eines Ohrs und schmeckten die salzige Wärme der Tränen auf ihren Wangen. »Du mußt nicht weinen«, murmelte er, während er sich an dem Geschmack der Tränen labte. Sie vergrub das Gesicht wieder an seiner Schulter und schluchzte.

»Du verstehst nicht«, stieß sie schließlich undeutlich hervor, aber er hörte ihre Worte.

»Was verstehe ich nicht?« fragte er leise.

»Du weißt nicht, was geschehen ist – als ich das Haus in der Blossom-Straße verließ.«

»Ja, du hast recht, Louisa«, murmelte er begütigend. »Aber das ist jetzt nicht mehr wichtig.«

»O doch!« rief sie, wich zurück und sah ihn an. Sie wischte sich unbeholfen die Tränen aus dem Gesicht. Edward zog ein Taschentuch hervor, setzte sich auf den niedrigen Arbeitstisch und begann sehr zärtlich, ihr die Tränen zu trocknen.

»Verstehst du, sie sind jetzt wieder zusammen ... sie reden – über die Vergangenheit und über das, was zu dem Bruch geführt hat. Und dabei geben sie anderen die Schuld – denn sich selbst werden sie ganz bestimmt nicht die Schuld geben. Ich bin der Sündenbock, Edward – da kannst du sicher sein!«

Seufzend zog er sie wieder tröstend an sich. »Ich glaube, du erzählst mir die Geschichte besser von Anfang an ...«

Trotz ihrer Erregung spürte er seine Euphorie und wußte, wenn er Louisa nur halten und berühren konnte, war alles andere unwichtig.

Edward fragte sich verwundert, warum er das noch nie zuvor erlebt hatte. Die Gründe, die hinter ihrem Kummer lagen, verwirrten ihn. Während er sich aber früher verzweifelt nach Antworten auf seine Fragen gesehnt hatte, erfaßte ihn ein seltsames Zögern, denn er wollte sie im Grunde nicht mehr hören. Lächelnd und seufzend drückte er die Lippen auf ihre Stirn. »Also«, sagte er sanft, »fang mit Albert Tempest an. Was für eine Rolle spielt er bei der ganzen Sache?«

Louisa überlief ein Schauer, aber Edward glaubte, es sei lediglich die letzte Welle nach dem heftigen Weinen und Schluchzen. Als sie sich an ihn lehnte und flüsternd bat, sie fest an sich zu drücken, wehrte sich Edward nicht dagegen.

Sie saßen vor dem Arbeitstisch; er streichelte ihren Rücken und hörte aufmerksam zu, als sie begann, ihm von jenem Nachmittag bei den Bainbridges zu berichten. Louisa brachte die ganze Geschichte in eine chronologische Folge und versäumte auch nicht, darauf hinzuweisen, daß und aus welchen Gründen sie Robert Duncannon damals monatelang nicht mehr gesehen hatte. Edward dachte an seine falschen Schlußfolgerungen und schämte sich zunächst. Aber als er dann das stockende Geständnis und den Bericht über die widerwärtige, mißlungene Vergewaltigung hörte, wollte er um sich schlagen, sich die Ohren zuhalten, irgend etwas tun, nur nicht das Entsetzen und die Demütigung begreifen, die sie hatte erdulden müssen. Der Schmerz traf ihn wie ein körperlich empfangener Schlag. Trotz ihres Widerwillens, die Einzelheiten zu berichten, war Edward nicht so naiv, um sich nicht sehr genau vorstellen zu können, was damals im Wohnzimmer von Albert Tempest geschehen war.

Kalte und nackte Wut erfaßte ihn in seinem tiefsten Innern und ließ ihn bis auf das Mark in den Knochen erstarren. Er begann, unkontrollierbar zu zittern, klammerte sich heftig und in dem verzweifelten Wunsch nach Wärme an sie. »Oh, Gott«, rief er zitternd vor Leidenschaft, »dafür wird er bezahlen! Er wird für *alles* bezahlen!«

17

Zorn und tief verwundeter Stolz ließen keinen Raum für Bedauern. Edward schrieb am nächsten Tag einen Kündigungsbrief, obwohl er ursprünglich vorgehabt hatte zu warten, bis das Schlimmste der gegenwärtigen Krise überstanden war. Mit einiger Genugtuung erklärte er in seinem Schreiben, er beabsichtige, ein eigenes Geschäft aufzumachen. Er verschloß den Umschlag und brachte den Brief sofort zum Postamt in der Fossgate-Straße. Albert Tempest würde ihn zweifellos am späten Nachmittag erhalten – und dann war es für ihn zu spät, um noch etwas zu unternehmen. Ihm blieben der Abend und die langen ruhigen Stunden am Sonntag, um zu toben, nachzudenken und zu brüten. Am Montag würde er dann bestimmt in der Druckerei erscheinen, wie auch immer sein Gesundheitszustand sein mochte.

Die Ereignisse, die Louisa ihm berichtet hatte, tobten in seinem Innern, aber er weigerte sich, darüber nachzudenken. Edward war entschlossen, soviel Arbeit wie möglich zu erledigen. Er rief seinen ersten Gesellen zu sich und berichtete ihm von seiner Kündigung, ohne auf die vor Überraschung hervorquellenden Augen des Mannes zu achten. Edward erklärte ihm, wie er sich die Übergabe der Arbeit vorgestellt habe, und begann sofort, ihm die Aufträge und Listen zu zeigen. Er mußte sich zwingen, seinen ungeduldigen Ärger über die Langsamkeit des jüngeren Mannes zu unterdrücken.

Sie arbeiteten bis zum späten Nachmittag. Dann spürte Edward, daß der Mann nichts mehr aufnehmen konnte und schickte ihn mit einem Seufzer nach Hause. Kurz darauf sah Edward zu seiner Überraschung, daß der Lehrling noch immer arbeitete.

»Nanu, Dick, was machst du denn noch? Ich dachte, du bist schon längst zu Hause.«

Dick war groß und schlaksig und überragte Edward. Er wirkte verlegen.

»Ja, Mr. Elliott, Sir . . ., da Sie gesagt haben, Sie gehen, dachte ich, vielleicht können Sie Hilfe brauchen. Sieht so aus, als sei noch viel zu tun.«

»Mmmm«, nickte Edward mißmutig. Er wünschte, daß der Geselle mit diesem Lehrling hätte den Platz tauschen können. Wäre Dick bereits Geselle, dann hätte Edward jetzt weniger Sorgen gehabt . . . Edward blickte auf die Uhr. Es war bereits drei Uhr vorbei. »Ich bin noch eine Weile hier. Wenn du bleiben kannst, freue ich mich.«

Dick strahlte vor Vergnügen. »Danke, Sir.« Damit machte er sich wieder an seine Aufgabe, die Schnittkanten eines ungebundenen Buches mit einem scharfen Streichmesser vorzubereiten.

Wenn er einen Stapel fertig hatte, brachte Dick ihn Edward zum Begutachten. Edwards sensible Finger strichen über jede Schnittkante. Er warf einen geübten Blick auf die Zwingen, bevor der schwarze Bleilack aufgetragen wurde. Schließlich erklärte er, die Kanten seien zum Bestreichen mit Eiweiß bereit. Edward ging zu dem Safe, in dem das Blattgold aufbewahrt wurde, und warf dabei einen prüfenden Blick auf seine Hände. Zufrieden stellte er fest, daß sie nicht mehr zitterten. Im letzten Jahr hatte ihm das mehr als einmal die Arbeit erschwert.

Er schlug das Buch mit dem Blattgold auf und fuhr sich mit den Fingern mehrmals durch die Haare, die sich auf diese Weise elektrostatisch aufluden, wodurch das hauchdünne Goldblatt an ihnen haftete. Schnell und geschickt legte er es auf das ungebundene Buch und drückte es mit einem Stück Polierstein in die richtige Lage. Wenn es angetrocknet war, würde er das Gold bürsten. Er freute sich immer auf den Augenblick, wenn er die Seiten aufblätterte, das Licht auf dem Gold spielte, er das Buch wieder schloß und dann scheinbar ein massiver Block Gold vor ihm lag.

Nach beendeter Arbeit seufzte Edward zufrieden. »Damit ist der Tag morgen gesichert, glaube ich.« Das Buch war für einen wichtigen Kunden in East Riding bestimmt. Es schien ihm plötzlich persönlich wichtig, daß dieser Herr nicht enttäuscht sein würde.

»Morgen ist Sonntag, Mr. Elliott«, erinnerte ihn der Lehrling.

»Ich weiß.«

»Wollen Sie morgen arbeiten?«

»Ja.« Automatisch begann er aufzuräumen, und der junge Mann folgte seinem Beispiel.

»Sie rechnen am Montag wohl mit Ärger, Mr. Elliott?« fragte der Lehrling teilnahmsvoll und ehrerbietig. Edward sah ihn scharf an. Aus dem Gesicht des jungen Mannes sprach große Sorge. Edward zwang sich zu einem Lächeln.

»Ich glaube, du kennst Mr. Tempest gut genug«, erwiderte er ziemlich trocken, »und weißt, daß ihn meine Kündigung nicht gerade freuen wird.«

»Ja, Sir.«

»Nun, ja, er möchte natürlich wissen, warum ich kündige. Und wenn ich es ihm sage, wird ihm das noch sehr viel weniger gefallen. Ich rechne damit, daß ich dann auf der Stelle gehen werde.«

Dick sah ihn betrübt an. »Wie schade«, murmelte er schließlich, »dann wird sich vieles hier ändern, Sir.«

»Ich wollte ohnehin gehen, Dick. Ein paar Tage mehr oder weniger – darauf kommt es nun auch nicht mehr an.«

»Darf ich eine Frage stellen..., warum machen Sie sich dann noch die Mühe, diesen Auftrag zu erledigen? Ich meine, wenn Sie gehen, kann Ihnen das doch gleichgültig sein...«

Edward lächelte nachdenklich. »Man könnte es Handwerkerstolz nennen. Dieser Herr ist ein guter Kunde. Ich möchte ihn nicht enttäuschen.«

Der Lehrling ging zur Tür, und als Edward den Kopf hob, sagte er: »Wenn Sie morgen Hilfe brauchen, komme ich gern.«

Gerührt sah ihn Edward an. »Nicht nötig. Es ist Sonntag und dein freier Tag. Deine Eltern werden es mir nicht danken, wenn ich dich arbeiten lasse.«

»Ach, sie haben bestimmt nichts dagegen. Außerdem möchte ich, daß Sie mit den Büchern rechtzeitig fertig sind. Also, ich bin wie immer um acht Uhr da.«

Edward lächelte. »Sagen wir um neun.«

Sie gingen zusammen bis zur Allerheiligen-Kirche. Der junge Mann lief die Coppergate-Gasse hoch, und Edward sah ihm lächelnd nach. Er erinnerte sich daran, daß die Welt nicht nur aus der Fossgate-Straße bestand. Auch hier in dieser Straße gab es gute Dinge.

Der Wochenmarkt beherrschte die Länge und Breite der Parliament-Straße. Das geschäftige Treiben war noch voll im Gang. Eine schreiende und bunte Ansammlung von Karren und Ständen, von Händlern,

Marktweibern und Hausierern, die versuchten, die Aufmerksamkeit der Leute auf sich zu lenken, sorgte für einen ständigen Zustrom von Menschen. Bauersfrauen hinter ihren Butter- und Käseständen priesen lautstark ihre Waren an, Käufer mit griffbereiter Börse probierten hier und kosteten da, wenn sie die Lust dazu überkam. Edward hatte seit dem Frühstück nichts mehr gegessen und spürte plötzlich seinen großen Hunger. Aber an diesem schönen warmen Abend wollte er nicht nach Hause. Nachdem er den ganzen lieben langen Tag an seinem Arbeitsplatz eingesperrt gewesen war, brauchte er frische Luft und Ruhe zum Nachdenken.

Spontan kaufte er Brot und lief zurück, um etwas Butter und Käse zu erstehen. Eine dralle junge Frau mit blonden Haaren und rosigen Wangen fiel ihm besonders auf. Sie bot ihm eine Kostprobe ihrer Waren an. Errötend suchte er in seiner Hosentasche nach einer Münze und ließ ein Stückchen Butter auf der Zunge vergehen. Er bestätigte der Frau, die Butter sei köstlich, und während sie ihm ein Stück einwickelte, entschied er sich noch für etwas Weißkäse. Als sie ihm noch mehr verkaufen wollte, schüttelte er verneinend den Kopf.

Ein paar Stände weiter kaufte er sich einen Apfel und ging dann gemächlich durch die Menge, wich müden Kindern und ihren ärgerlichen Müttern aus, zwängte sich an großen Körben vorbei und an herumlungernden Arbeitern, die nach der Arbeit einen Zeitvertreib suchten.

In der Devygate-Allee wurde es ruhiger, und die Lendal-Straße war verlassen. Edward lief die Stufen neben der Brücke hinunter und am Fluß entlang zur Marygate-Anlegestelle. Dort blieb er stehen und blickte durch den Park hinüber zu dem Haus, in dem Louisa wohnte. Im Augenblick wollte er sie jedoch nicht sehen.

Der Zorn vom Vortag war einer Art Betäubung, einer Art Ungläubigkeit gewichen, die ihm abends geholfen hatte, wie ein Toter ins Bett zu sinken und lange und tief bis zum Tagesanbruch zu schlafen. Er träumte von Louisa und erwachte in der Einsamkeit seiner Realität, der Bitterkeit, dem Bedauern und einem Kummer, der ihn wie ein plötzlicher schmerzlicher Verlust überfiel. Er hatte geweint und die Tränen wie eine Reinigung empfunden. Jetzt akzeptierte er solche heftigen Gefühle als unvermeidlich, und es gelang ihm, Louisas Geschichte mit etwas mehr Distanz zu betrachten.

Allmählich sah er das Ganze vor sich, angefangen von den Ereignissen jenes schicksalhaften Nachmittags und Abends bis zu dem Versuch des Hauptmanns, Rache zu nehmen. Auslassungen und ihre Verlegenheit hatten ihm mehr über Blankney enthüllt, als Louisa gestehen wollte. Aber er hatte sie nur noch enger an sich gedrückt, um seinen Schmerz nicht zu zeigen.

Edward liebte sie aufrichtig – soviel stand schon immer fest. Der Tag gestern hatte ihm jedoch ein anderes und klareres Bewußtsein gebracht. Er hatte sich sehr viel länger dagegen gewehrt, als er sich eingestehen wollte. Das Bedürfnis, sie zu berühren, schien falsch zu sein – und zwar so falsch, daß er es nie wahrhaben wollte. Aber die übergroße Freude des ersten Augenblicks schützte ihn vor der Wucht der danach einsetzenden Schmerzen. Wie konnte das falsch sein? Während er sie in den Armen hielt, glaubte er, seine Knochen würden von den Flammen verzehrt, die Lippen, Lenden und Finger umspielten. Als er jetzt daran dachte, konnte er plötzlich leichter die Kraft verstehen, die Louisa an einen anderen Mann fesselte, und auch den Reiz jener Verse, die er für Gotteslästerung gehalten hatte.

Ihm fielen wieder folgende Worte ein: »Und wenn der Wein, den du trinkst, die Lippen, die du küßt, im Nichts enden wie alles ...«

Edward seufzte. Der alte Dichter, der weder an Gott noch an die Welt glaubte, hatte seinen Finger auf etwas Wahres gelegt, sagte sich Edward. Am Anfang ist nichts, am Ende ist nichts und der Rest ist Illusion ...

Trotzdem erfaßte ihn Reue, als er erkannte, daß die Bande der Liebe Louisa beinahe rechtmäßig an ihn gefesselt hätten. Louisa liebte ihn, das wußte er jetzt, auch wenn er im vergangenen Jahr so oft daran gezweifelt hatte. Seine kühle Zurückhaltung hatte sie verletzt. Er betete schnell um Vergebung, weil dieses Eingeständnis ihm guttat. Anstatt ihr seine Liebe zu erklären und sie zu heiraten, war er damit einverstanden gewesen, daß sie fünf Jahre allein in einer ihm fremden Welt lebte, sich veränderte und entwickelte. Und als sie zurückkam, war das Mädchen eine unabhängige Frau geworden und er ein Fremder, den ihre Nähe befangen machte.

Edward ging noch eine Weile weiter, aß dann sein einfaches Mahl und beobachtete das Wasser im Fluß auf seinem unaufhaltsamen Weg zum Meer. Dieser Weg ist lang, dachte er, so lang wie mein Weg. Aber es gab keinen Grund zur Eile, sondern nur das Gefühl von Ruhe und Frieden. Das Morgen würde kommen und gehen wie der nächste Tag und alle Tage, die folgten. Was auch immer Albert Tempest sagen oder nicht sagen würde, der Fluß war dann noch immer da, und das Münster in der Ferne, das in den Himmel ragte wie ein sichtbarer Beweis des Glaubens – und genau das war es auch . . .

Unbewußt betend legte Edward alles in die Hände Gottes. Etwas anderes konnte er nicht tun.

18

Als der Lehrling kurz vor elf das wichtige Paket mit den Büchern gerade versiegelte, fuhr eine Mietdroschke vor dem Geschäft in der Fossgate-Straße vor. Dick unterbrach seine Arbeit und erschien leise und unauffällig in Edwards kleinem Büro.

»Er ist da, Mr. Elliott. Ich meine Mr. Tempest, Sir«, fügte er hinzu, als sei die Klarstellung notwendig.

»Sehr gut«, erwiderte Edward ruhig, obwohl sein Herz plötzlich zu schlagen begann und die gestern noch so ruhigen Hände wieder zitterten. Er griff entschlossen zu Feder und Lineal und konzentrierte sich auf das Geschäftsbuch, das vor ihm auf dem Schreibtisch lag. »Bitte arbeite weiter, Dick. Mr. Tempest sieht es nicht gerne, wenn du nichts tust.«

Die Augen unter Dicks dichten Brauen wurden groß und sein Gesicht bis unter die Haarwurzeln rot. Dick nickte stumm und ließ die Tür offen, als er in die Werkstatt zurückkehrte.

Edward hörte Schritte, die Stimme seines Arbeitgebers und des Angestellten hinter der Theke. Albert Tempests Bürotür ging auf und wieder zu. Kurz darauf wurde sie wieder aufgemacht. Danach erschien der Kopf des sichtlich besorgten Verkäufers in Edwards Tür.

»Er möchte Sie sprechen, Mr. Elliott – in fünf Minuten. Also wissen Sie, Sir, er sieht nicht gut aus . . . überhaupt nicht gut.«

»Wenn Sie Mr. Tempest meinen«, erwiderte Edward kühl, »dann vielen Dank, daß Sie mich informiert haben. Aber gehen Sie jetzt wieder zur Theke, sonst klaut irgendein Spitzbube noch das Geld in der Kasse!«

»Jawohl, Sir!« Es kam Edward vor, als falle die Tür in der plötzlich entstandenen Stille laut ins Schloß. Edward warf einen Blick auf die Taschenuhr, lehnte sich im Stuhl zurück, faltete die Hände und versuchte, ruhig und tief zu atmen. Seine Stunde war gekommen. Der Haß verur-

sachte ihm körperliche Übelkeit. Edward fürchtete sich, den Mann anzusehen und ihm gegenübertreten zu müssen. Einen Moment fühlte er sich versucht, einfach zu verschwinden. Aber Louisa hatte mehr als nur ärgerliche Worte über sich ergehen lassen müssen. Ihretwegen mußte er es auf sich nehmen, um ein für allemal zu einem Ende zu bringen, was Robert Duncannon vor einem Jahr versucht hatte.
Der Sekundenzeiger seiner Uhr wanderte zum dritten Mal an der Zwölf vorbei. Angstvoll und steif erhob er sich, richtete die Krawatte und vertauschte den Kittel mit der Jacke, die er immer auf seinem Weg zur Arbeit trug. Er strich sich eine Locke aus der Stirn, fuhr sich automatisch über den Bart und war froh, daß er ihn am Abend zuvor kurz geschnitten hatte. Das gab ihm ein härteres, weniger verletzliches Aussehen.
Er wartete noch eine Minute. Dann klopfte er an die Innentür des Büros und trat unaufgefordert ein. Der Drehstuhl fuhr herum. Buschige Augenbrauen hoben sich vor Überraschung über den eingefallenen, fiebrig glänzenden Augen. Albert Tempest wandte sich sehr langsam, als kostete es ihn große Mühe, dem Mann zu, der in den letzten drei Wochen sein Geschäft geführt hatte. Mit einer Hand, die stärker zitterte, als Edwards Hände es je getan hatten, wies er auf den vor ihm liegenden Brief.
»Was soll das denn?« Die Stimme klang kraftlos, aber die Verachtung, die aus ihr sprach, war unüberhörbar. »Was für eine unausgegorene Vorstellung hat dazu geführt? Wo bleibt Ihr Pflichtbewußtsein, Mann? Sie arbeiten seit so vielen Jahren bei mir, und jetzt mitten in Trauer und Krankheit drohen Sie, mich zu verlassen! Ich vermute, Sie wollen mehr Geld, was?«
»Ich will *nichts* von Ihnen«, erwiderte Edward ruhig, aber mit solchem Nachdruck, daß Albert Tempest den Kopf hob und die Augen nachdenklich zusammenkniff. »Und der Brief ist keine Drohung – er ist meine Kündigung, auf die Sie, wie ich glaube, ein Recht haben.«
Der Kopf hinter den Augen dachte nach, dann entschied er sich für eine andere Strategie. Mit dem Versuch eines Lachens sagte Albert Tempest: »Aber Edward, das kann doch nicht Ihr Ernst sein! Was ist das für ein Unsinn: ›Recht haben!‹ Sie arbeiten seit zwanzig Jahren bei mir – mein Vater lebte noch, als Sie angefangen haben. Wir kennen uns doch schließlich, oder?«
»Wir kennen uns überhaupt nicht, *Mr.* Tempest.« Mit dem aufsteigen-

den Zorn glaubte Edward, seine Hände nicht mehr unter Kontrolle halten zu können. Deshalb verschränkte er sie schnell hinter dem Rükken.

Verblüfft und verwirrt starrte ihn sein Gegenüber mit offenem Mund an. Albert Tempest schien sich kurz darum zu bemühen, aufzustehen, aber er war zu schwach. »Aber Sie können jetzt nicht gehen! Ich brauche Sie noch ein paar Wochen. Was Sie auch vorhaben, Elliott, das kann noch eine Weile warten«, erklärte er verdrießlich, »zumindest so lange, bis ich wieder auf den Beinen bin. Und überhaupt«, fragte er wieder mit zusammengekniffenen Augen, »was ist denn der Grund für das alles?«

Das war die Frage, die kommen mußte, wie Edward gewußt hatte. Eine so starke Welle der Befriedigung überkam ihn, daß er beinahe aufgelacht hätte. »Wollen Sie es *wirklich* wissen?« fragte er, trat schnell einen Schritt vor und sah die Angst in den gelben, durchtriebenen Augen. »Seien Sie froh, wenn ich Ihnen das erspare«, flüsterte er wütend, »seien Sie froh, daß Sie krank und schwach sind. Der Tod hat schon die Hand nach Ihnen ausgestreckt – er braucht mich nicht, um sein Werk zu vollenden!«

Edward beugte sich vor, und das aschgraue, schlaffe Gesicht wich zurück. »Ja! Ich kann Ihre Angst sehen und riechen! Haben Sie sich über die Angst in Louisas Augen gefreut? Haben Sie innegehalten, um *sie* zu bemitleiden – sie, eine schwache, hilflose Frau, die unter Ihrem Dach lebte und sich *Ihrem* Schutz anvertraut hatte?«

»So hilflos war sie nicht«, stammelte Albert Tempest. Edward packte ihn und wollte ihn vom Stuhl zerren. Er beherrschte sich nur mit großer Mühe und ließ die Hand wieder sinken, die den Mann hätte töten können.

»Nein, Gott sei Dank nicht! Aber das spricht *Sie* nicht frei. Sie hätten Ihre Lust an ihr befriedigt, wenn Sie gekonnt hätten!«

»Sie hat mich dazu verführt –«

»Sie verführt? *Sie*, einen alten Mann? Ich staune über Ihre Eitelkeit!« Mit einem bitteren Lachen schüttelte Edward den Kopf. »Nein, Sie hat ein aufreizender Skandal verführt, der so alt ist, daß er schon längst von der Vergangenheit begraben sein müßte. Aber Sie haben sich daran geklammert, nicht wahr, bis sich Ihr schmutziges Wissen als nützlich erweisen würde. Mit Ihrem Hang zu Widerlichkeiten und Perversionen wollten Sie nicht vergessen. Sie konnten der Versuchung nicht widerstehen, das wieder ans Licht zu zerren!«

»Ich habe nie ein Wort gesagt!« rief Tempest, »ich wollte sie nur damit zum Schweigen bringen – ich schwöre es!«

Edward trat zurück und wollte gehen. Aber die zusammengesunkene Gestalt hinter dem Schreibtisch erhob sich mit gehässiger Bosheit.

»Wieso glauben Sie denn, überhaupt Kunden zu bekommen?« fragte er, »wenn ich mit Ihnen fertig bin, wären Sie froh, Sie hätten den Mund gehalten! Sie ist eine Hure – ich habe es gesagt, und sie hat es unter Beweis gestellt. Sie hat sich diesen reichen Dragoner geangelt. Ein Freund der Familie nennt er sich – ein schöner Freund!« höhnte er. »Ganz York weiß Bescheid, wie mir meine Tochter Rachel erzählt hat.«

Der Haß würgte Edward und schnürte ihm die Kehle zu. Er bekam keine Luft mehr. Er hatte nur noch das Verlangen, Albert Tempest in der Hölle zu sehen. Edward umklammerte die Türklinke, um nicht dem Drang nachzugeben, so lange auf dieses böse, gemeine und widerliche Gesicht einzuschlagen, bis es nicht mehr sprechen konnte.

Plötzlich sah er, daß die Tür offen stand und sich eine Gruppe interessierter Zuhörer eingefunden hatte. Mit unmenschlicher Anstrengung gelang es ihm, sich zusammenzunehmen.

»Ach«, stieß er gepreßt hervor, »ich bin froh, daß Sie auf dieses Thema zu sprechen kommen, Mr. Tempest. Ich hatte beinahe vergessen, was Sie auf diesem Gebiet für ein Kenner sind ... ich meine Kenner von Huren! Der Hauptmann ist ein alter Freund. Wie er sagt, haben Sie jeden Freitagabend eine Verabredung mit einer gewissen Mrs. Dodsworth, nicht weit von der Bootham-Straße entfernt, nicht wahr? Ich kenne das Haus nicht persönlich – denn ich habe nie Geschmack an Prostituierten gefunden, wie Sie offenbar an einer gewissen Miss Leonie. Und selbst diese Frau ist Ihre sadistischen Spiele leid ...«

Albert Tempest rang nach Luft und keuchte; er wollte aufspringen, fiel aber plötzlich zurück und zerrte an seinem Kragen. Die Adern an Hals und Schläfen schwollen, die blauroten Lippen rangen nach Worten.

Abgestoßen und angewidert drehte sich Edward auf dem Absatz um. Er stieß beinahe mit seinem Gesellen und dem Drucker zusammen.

»Mein Gott, will denn niemand hingehen und ihm den Kragen öffnen? Jemand sollte außerdem den Arzt holen.« Edward kritzelte Namen und Adresse auf ein Stück Papier. »Er wohnt in der Micklegate-Straße.«

Nach diesen Worten lief er zum Abtritt im Hinterhof und übergab sich heftig.

Es schien eine Ewigkeit zu dauern, bis der Arzt erschien.

Als er Tempest untersucht und behandelt hatte, kam er in Edwards Büro. Es war ein kleiner, älterer, schlanker Mann. Seine braunen Knopfaugen leuchteten jugendlich frisch. »Wie ich höre, hatten Sie eine Auseinandersetzung. Erlauben Sie mir die Frage worüber?«

»Ich hatte ihm meine Kündigung schriftlich mitgeteilt«, erwiderte Edward aufgewühlt, »und er ist hier erschienen, um mich deshalb zur Rede zu stellen. Ich fürchte, die Sache wurde dann sehr persönlich.«

Der Arzt hob die Schultern. »Ich wage zu behaupten, das war nicht Ihre Schuld. Mr. Tempest neigte sehr zu cholerischen Anfällen. Aber«, fügte er hinzu, »Sie kennen ihn vermutlich besser als ich. Er hatte bereits einen Anfall. Ich habe ihm schon vor geraumer Zeit geraten, sich zurückzunehmen. ›Verkaufen Sie das Geschäft‹, habe ich ihm gesagt.« Der alte Mann schüttelte den Kopf, als staune er über die Dummheit eines anderen. »Er wollte nicht auf mich hören. Das tun sie alle nicht.«

»Wird er es überleben?«

»Irgendwie, ja. Natürlich kann er nicht mehr gehen, und ich bezweifle, daß er wieder sprechen kann.« Der Arzt zog mit einem dünnen, trockenen Lächeln den Hut. »Ich muß gehen.«

Er blieb an der Tür stehen, als sei ihm noch etwas eingefallen. »Machen Sie sich keine Vorwürfe, junger Mann – das hätte jeden Augenblick geschehen können. ›Wer zum Schwert greift . . .‹ Sie wissen ja.«

Als der Arzt die Tür hinter sich schloß, begann Edward zu lachen.

19

Louisa stand in einem weichen, zartrosa Kleid am Fenster und ordnete die Rosen in einer dickbauchigen Vase. Von den geschlossenen Knospen bis zu den weit geöffneten Blüten atmeten alle zarten Schattierungen die Farbe, die sie trug, und im Gegenlicht schienen ihre Haare von einem Strahlenkranz umgeben zu sein.

Sie drehte sich etwas zur Seite. Auf ihren Wangen lag der rosige Hauch der Freude.

»Wo hast du sie entdeckt? Sie sind so schön!«

»Oh, sie standen in einem verwilderten Garten«, erwiderte Robert wegwerfend, »ich dachte, dir würden sie gefallen.« Er lehnte sich im Sessel zurück, streckte die Beine vor dem kalten Kamin aus und bewunderte still das Bild, das sie bot.

»Bist du von Fulford zu Fuß gekommen?«

»Nein«, gestand er schmunzelnd, »es ist viel zu heiß zum Laufen.«

»Unsinn!« Sie lachte. »Du wolltest natürlich nicht mit dem Blumenstrauß gesehen werden!«

Er zog eine Grimasse und lächelte, aber er wollte die Wahrheit dieser Bemerkung nicht eingestehen. »Du siehst hinreißend aus«, murmelte er, »vielleicht sollte ich dir öfter Rosen bringen . . .«

»Vielleicht«, sagte sie nickend, »ich habe frische Limonade. Möchtest du ein Glas?«

Er nickte und folgte ihr mit den Augen, wobei er unbewußt auf den Lippen kaute. So gut hatte sie den ganzen vergangenen Monat nicht ausgesehen. Sie wirkte auch aufgeräumter, obwohl eine gewisse Zurückhaltung nicht zu übersehen war. Er hatte beinahe den Eindruck, als mache sie *ihn* für den Tod der kleinen Victoria verantwortlich. Im nachhinein glaubte er, vielleicht nicht genug Anteilnahme gezeigt zu haben. Aber es fiel ihm schwer, mehr zu tun, als ehrlich seine Meinung zu sagen, besonders da die Tempests eine solche Quelle des Ärgers und der Spannungen gewesen waren.

»Edward war gestern abend hier«, rief sie fröhlich, »aber vermutlich hast du die Neuigkeit schon gehört.«

Und er ist die andere Quelle, dachte Robert und erinnerte sich an Louisas Erleichterung darüber, daß es ihr gelungen war, ihn soweit zu bringen, daß er Tempest verlassen hatte. Schon wieder dieser Name, dachte er gereizt. Der Teufel soll sie alle holen!

»Welche Neuigkeit?«

»Neues über Albert Tempest!« Sie sah ihn erwartungsvoll, mit leuchtenden Augen und einem zufriedenen Lächeln an.

Er schüttelte den Kopf. »Ich habe Darnley heute nicht zu Gesicht bekommen. Was ist? Hat der Zorn Gottes den alten Mann schließlich getroffen?«

»So könnte man es ausdrücken«, erwiderte sie. »Ein Schlaganfall. Ein sehr schwerer Schlaganfall, wie Edward sagt. Er wird sich nicht mehr davon erholen.« Sie setzte sich und hob das Glas. »Wie schade, daß es kein Champagner ist – wir hätten einen Grund zum Feiern!«

Sie lachte schrill und erregt. Irgendwie finde ich das abstoßend, dachte Robert und runzelte die Stirn. »Wann war das?«

»Am Montagvormittag. Er hat bei Edward dieselbe Taktik versucht wie bei dir. Er konnte der Versuchung einfach nicht widerstehen, sagt Edward – das hast du damals auch gesagt. Erinnerst du dich an die vernichtende Bemerkung, als du gehen wolltest? Diesen Trick hat er auch bei Edward versucht«, sagte sie verächtlich, »aber Edward war gut vorbereitet. Ich hatte ihm *alles* erzählt – über Mrs. Dodsworth – die ganze Geschichte. Und Edward hat es ihm an den Kopf geworfen. Stell dir das vor!« rief sie triumphierend. »Ich wäre gern dabeigewesen!«

»Es ist schlimm genug, daß du es Edward nicht schon damals gesagt hast«, erinnerte sie Robert. Ihre Genugtuung wirkte auf ihn irgendwie unanständig, als habe etwas Ungutes viel zu lange gegoren. Unangenehm berührt starrte er auf sein Glas und trank. Er wünschte, es wäre etwas Stärkeres als Wein. Albert Tempest verdiente sein Leid, und Robert hatte ihm mehr als einmal den Tod gewünscht. Trotzdem fand er Louisas Schadenfreude übertrieben und unweiblich. Er hoffte, sie würde das Thema nicht weiter ausschlachten. Das tat sie jedoch und genoß sichtlich, ihm Edwards Zusammenstoß mit Albert Tempest in al-

len Einzelheiten zu schildern. Außerdem berichtete sie, was der alte Arzt ihm prophezeit hatte.
»Also«, schloß sie, »nach all dem Toben und Schreien ist er jetzt ans Bett gefesselt. Er ist stumm und hilflos wie ein Baby. Was für eine Ironie!« Sie leerte das Glas und lachte zufrieden. »Und ich kann mir nicht vorstellen, daß Rachel ihn pflegt! Du vielleicht?«
»Ach, darüber mache ich mir keine Gedanken«, erwiderte er mit trügerischer Gelassenheit, »vielleicht findet sie ein gewisses perverses Vergnügen daran. Was meinst du?« Er hob eine Augenbraue und sah sie forschend und durchdringend an.
Louisa errötete wütend. »Wenn du eine Frau wärst, würdest du mich verstehen!«
»Gewiß. Aber das bin ich nicht, und es gibt gewisse Tiefen, in die ich lieber nicht vorstoßen möchte.«
»Wie kannst du es wagen!« Louisa sprang leichenblaß und zitternd vor Erregung auf. »Nach allem, was er *mir* angetan hat? Du hast die blauen Flecken gesehen – wie kannst du meine Empfindungen jetzt nicht verstehen? Wie kannst du das Kind vergessen?«
Robert erhob sich beinahe lässig und ging zum Schrank, um sich einen Brandy einzugießen. Er tat es und sagte bekümmert: »Die Rache ist also süß? Es tut mir leid, meine Liebe, aber ich finde, sie steht dir nicht besonders gut.«
»Oh, ich verstehe. Um liebenswürdig und freundlich zu wirken – und so unendlich begehrenswert –, muß ich tun, als hätte ich Mitleid, nicht wahr? Ich muß Bedauern zeigen für diese – diese groteske Parodie eines Menschen? Das ist es wohl? Das willst du also? Heuchelei?«
Ihre Stimme klang beängstigend schrill. Robert zuckte zusammen und leerte sein Glas. »Um Himmels willen, Louisa, hör auf! Bitte!« Er griff wieder zur Flasche, aber noch ehe er sich wieder einschenken konnte, ließ ihre plötzlich ängstliche Stimme ihn innehalten.
»Stell die Flasche hin«, bat sie ihn, »stell sie hin, und ich verspreche dir, ich werde kein Wort mehr über diese Angelegenheit verlieren.«
Robert sah sie an und dann die Flasche – die Spannung wuchs. Er wollte nicht nachgeben, aber er mußte sich eingestehen, es war von großer Bedeutung, daß er es tat. Er trank wieder zuviel. Aber in den vergangenen Wochen war ihre Beziehung beinahe bis zum Zerreißen gespannt gewesen. Oft war er bewußt nicht gekommen und hatte vor-

gegeben, die Arbeit und das Exerzieren der neuen Rekruten halte ihn fern. Und wenn er kam und auf Versöhnung hoffte, hatte sie sich ihm entweder im Bett verweigert oder ihn passiv gewähren lassen. Robert dachte daran, daß er in weniger als einem Monat in Dublin sein würde. Plötzlich fürchtete er, sie werde es vielleicht ablehnen, ihm zu folgen.

Langsam stellte er die Flasche in den Schrank zurück und das Glas auf den Tisch. Dann kam er zu ihr.

»Kein Wort mehr – versprochen?«

»Versprochen.« Sie seufzte und ließ den Kopf an seine Schulter sinken.

»Können wir das alles jetzt endgültig hinter uns lassen? Wirklich endgültig?«

»Ich werde es versuchen.«

Robert hob ihr Kinn und blickte ihr tief in die Augen. Er sah die Schatten, die nicht weichen wollten und ihn so bekümmerten. Sehr behutsam und zärtlich küßte er sie. »Ich liebe dich«, flüsterte er.

»Und ich liebe dich auch!«

Sie umarmte ihn plötzlich voll Verzweiflung und mit einem leisen gequälten Schrei. Er fühlte sich von ihr belohnt. Zum ersten Mal seit vielen Wochen sehnte sie sich mehr als Robert nach der körperlichen Befriedigung. Hinterher legte er sich erleichtert auf die Seite und betrachtete sie.

Es ist gut, daß wir uns wieder so nahe sind, dachte er. Es wird noch besser sein, wenn wir erst in Dublin sind. Er kannte bereits das Datum, an dem er abreisen mußte. Jetzt konnte er auch ihre Abreise planen und die Tage zählen, bis er dankbar die Tür zu allen Tempests und Bainbridges schloß – und auch, dachte er heftig, zu allen küssenden Cousins, besonders denen mit gequälten, liebeskranken Augen.

Vorsichtig griff er nach seiner Uhr und wollte sehen, wie spät es war. Schon fünf vorbei, also später, als er geglaubt hatte. Ihm blieb noch eine Stunde, dann mußte er in die Kaserne zurück. Er wollte sich nicht bewegen und Louisa nicht wecken. So beobachtete er einige Minuten lang kleine Staubpartikel, die auf einem goldenen Sonnenstrahl langsame Gavotten tanzten. Dann weckte er sie mit einem zärtlichen Druck aus dem Schlaf und küßte ihre Schulter, als sie leise protestierte.

»Tut mir leid, mein Schatz, aber ich muß gehen. Mein Arm ist abgestorben, du kannst es mir glauben!« Er bewegte die Finger seiner linken Hand und zuckte zusammen, als das Blut wieder zu kreisen begann.

»Schon Zeit zu gehen?«

»Mmmm, bald. Es ist beinahe zwanzig nach fünf.«

»Ach du liebe Zeit!« rief sie und zog das Laken an sich. »Mir fällt gerade ein, daß Moira um sechs hier sein will!«

»Wozu das?«

»Ich weiß nicht. Sie hat mir gestern eine Nachricht geschickt.« Louisa zog den Morgenmantel über und suchte die im ganzen Zimmer verstreuten Kleider zusammen. »Vermutlich will sie mich nur sehen ... na ja, sie wird sich auch Gedanken darüber machen, was aus ihr wird, nun da Albert Tempest im Krankenhaus liegt. Ich könnte mir denken, daß man das Haus schließt.«

Robert lachte boshaft und rollte aus dem Bett. »Ich wette mit dir: Rachel wird dort einziehen, noch ehe der Kamin kalt ist. Es ist ein weit besseres Haus als die schäbige kleine Villa in Fulford.«

»Aber was auch geschieht, Moira wird ihre Stelle verlieren. Rachel konnte sie nie leiden.«

»Warum bietest *du* ihr nicht eine Stelle an?« fragte Robert. Als er das Hemd zuknöpfte, fügte er hinzu: »Die Reise nach Dublin ist lang, und du bist allein. Ich finde, du könntest ein Mädchen haben, wenn du dort bist.«

»Meinst du das wirklich?«

»Natürlich!« Robert lachte. Er nahm sie in die Arme und küßte sie sanft. »Es ist wirklich an der Zeit, daß wir umdenken, mein Schatz. Das Leben in Dublin wird sich von dem Leben hier in York unterscheiden.«

Louisa wich zurück. »Bist du sicher, daß du Moira willst?«

»Die Frage ist: Willst du sie? Sie wird deine Zofe sein.«

»Darüber habe ich wirklich noch nicht nachgedacht.« Louisa hakte den Unterrock zu und streifte das hübsche seidene Nachmittagskleid über den Kopf, was ihre Stimme dämpfte, als sie fragte: »Vergiß nicht, Moira ist eine gute Katholikin?«

»In Dublin sind alle katholisch – so ungefähr alle jedenfalls. Eine Protestantin, die auf diese Weise ihr Geld verdienen muß, ist mit Sicherheit zu vornehm für meinen Geschmack, das kannst du mir glauben. Nun ja«, sagte er vor dem Spiegel, während er sich die Krawatte band, »denk darüber nach. Du kannst sie fragen. Findest du nicht auch? Vielleicht will sie York nicht verlassen ...«

»Aber wie soll ich ihr *dich* erklären?«

Robert sah Louisa an und legte den Kopf spöttisch von der einen Seite auf die andere. »Nun komm schon, Louisa. Ist sie wirklich so dumm? Sie *muß* wissen, daß hier ein Mann ein- und ausgeht. Wie oft ist sie denn schon hier gewesen?«

Louisa setzte sich mit einem ergebenen Seufzer auf das Bett. »Du hast natürlich recht. Daran hatte ich noch gar nicht gedacht. Was sie wohl denkt?«

»Nicht viel, meiner Meinung nach«, erwiderte er fröhlich, »oder sie würde nicht mehr kommen ...«

Robert blieb absichtlich, bis Moira erschien. Das große Staunen vertrieb den Kummer aus ihren Augen. Und als Louisa sie Robert vorgestellt hatte, machte sie einen angedeuteten Knicks, worüber er sich freute und auch amüsierte. Er verabschiedete sich höflich von Louisa, blinzelte ihr hinter Moiras Rücken verschmitzt zu und gab durch ein aufmunterndes Nicken zu verstehen, daß sie dem Gespräch bedenkenlos entgegensehen konnte.

Als Robert gegangen war, fing Moira unbeherrscht an zu kichern. Louisa versuchte erfolglos, ernst zu bleiben, und bald lachten die zwei ausgelassen. Sie erinnerten sich an den Besuch des Hauptmanns in der Blossom-Straße vor einem Jahr und an Albert Tempests abgebrochenen Zahn.

»Oh, Miss!« japste Moira und hielt sich die Seiten, »entschuldigen Sie bitte ..., und ich hatte wirklich keine Ahnung! Ich dachte – ich hoffe, Sie verzeihen mir –, es muß noch jemand hier sein, aber ich hatte ja keine Ahnung, daß *er* es ist! Oh, das freut mich aber für Sie – wirklich. Er ist doch ein *richtiger* Gentleman.«

Louisa lachte wieder und schüttelte den Kopf. »Täuschen Sie sich nicht, Moira«, sagte sie, »er hat seine Launen, und es gefällt ihm überhaupt nicht, wenn man ihn ärgert.«

»Na ja, das ist doch klar.«

»Vergessen Sie das nie«, schärfte ihr Louisa ein, erzählte ihr von dem bevorstehenden Umzug nach Dublin und Roberts Vorschlag, Moira möge doch einmal darüber nachdenken, ob sie Louisa als Zofe begleiten wolle.

Es war nur allzu deutlich, daß Moira sich über jedes Angebot riesig gefreut hätte, aber die gute Stellung als Zofe in Dublin bei den Duncannons überstieg ihre kühnsten Träume. Sie einigten sich sofort und vereinbarten für Moira eine Probezeit von einem Monat. Sollte es notwendig sein, würde man ihr die Rückfahrt nach York bezahlen. Bei Louisas Großzügigkeit traten Moira die Tränen in die Augen. Sie versprach, treu und fleißig zu arbeiten, sich immer große Mühe zu geben und nie mehr den Namen Tempest zu erwähnen – ganz bestimmt nicht in Hörweite des Hauptmanns.

»Denn er möchte nicht mehr an die Tempests erinnert werden«, betonte Louisa, »auch nicht von mir.«

»Nie«, schwor Moira und schlug vorsichtshalber das Kreuz vor der Brust. »Ich werde schweigen wie ein Grab und wenn nicht, dann soll mich der Teufel holen.«

»Ich hoffe, nicht auf der Stelle«, sagte Louisa lächelnd und stand auf. »Wie wäre es, wenn Sie gleich anfangen und uns beiden eine Tasse Tee machen würden – Sie wissen ja, wo alles ist. Ich habe nebenan noch etwas zu tun. Dann können wir uns über Ihre Aufgaben unterhalten und darüber, wo Sie wohnen, bis wir umziehen.«

Als Louisa im Schlafzimmer das Bett machte, mußte sie lächeln. Trotz der offenbar unvermeidlichen Kompromisse war sie froh, daß sie sich mit Robert wieder ausgesöhnt hatte. Die Einfühlsamkeit seines Vorschlags rührte sie. Die Idee schien so naheliegend, aber Louisa wäre nie darauf gekommen. Sie würde ihre Haltung ändern müssen, wie Robert sie immer wieder ermahnte. Es war auch schön, daß man etwas für Moira tun konnte, obwohl der Vorteil im Grunde bei Louisa lag. Trotz der oft burschikosen und etwas oberflächlichen Art war Moira im Grunde ein fröhlicher und gutartiger Mensch, der sich nie lange verdrießlichen Stimmungen überließ. In der fremden neuen Welt, die auf Louisa wartete, würde ihr Moira die so wichtige Vertrautheit geben, ein Verbindungsglied zu York und zu Hause.

20

Zwei Tage vor der Hochzeit des Herzogs von York mit Prinzessin May von Teck verließ eine erste Schwadron der Königlichen Dragoner die Stadt. Louisa wußte von Robert, daß sie den Weg nach Dublin in einfachen Etappen zurücklegen würden. Leeds, Huddersfield, Rochdale, Wigan und Ankunft in Liverpool am Samstag. Einfache Etappen hin, einfache Etappen her, in ihren Augen schien das eine ungeheuer lange Strecke und schwierige Aufgabe zu sein. Deshalb ging sie zum Micklegate-Bar-Stadttor, um die abziehenden Dragoner vorbeireiten zu sehen.

Louisa trug ein einfaches marineblaues Kleid und einen passenden Strohhut mit breiter Krempe. Vor dem Windmill-Gasthaus mischte sie sich unter die wartende Menschenmenge und spürte, wie ihr Herz klopfte, als sie nach beinahe einem Jahr wieder das Haus der Tempests vor sich sah. Sie hatte ohne nachzudenken, dasselbe Kleid angezogen, das sie an dem Abend trug, als sie dieses Haus verlassen hatte, denn es war das unauffälligste und dunkelste. Als ihre Finger über den Kragen glitten, dachte sie plötzlich an das andere, das zerrissene und fleckige Kleid. Sie hatte damals darauf bestanden, daß ihre Mutter es wegwarf.

Es tat weh, wieder in der Blossom-Straße zu sein, obwohl Albert Tempest sich jetzt in einem Heim befand und ihr nichts mehr anhaben konnte. Zumindest hat Rachel das für ihn getan, dachte Louisa und fragte sich, ob er wohl ahnte, wieviel Geld man für seinen Aufenthalt dort verlangte, und ob Rachel ihrem Vater gesagt hatte, daß er sich in einem Heim für Geistesgestörte befand. Rachel mußte spüren, daß der Verstand in dem gelähmten Körper noch funktionierte.

Louisas Augen ruhten auf den Fenstern im oberen Stockwerk. Dort hatten sie, Rachel und Victoria, an jenem Wintertag vielleicht dieselbe Schwadron beim Vorbeiritt beobachtet, die heute die Stadt verlassen

würde. Als sie plötzlich das rundliche Kind mit den tanzenden goldenen Locken wieder vor sich sah, das die Arme hob und seinen Vater stürmisch begrüßte, mußte sie schlucken, denn sie spürte einen Kloß im Hals.
Louisa drehte den Kopf zur Seite und wurde plötzlich hin und her gestoßen, weil die Menge in Bewegung geriet, um die Dragoner zu sehen. Man hörte sie schon von weitem. Als sie erschienen, breitete sich eine gewisse Enttäuschung unter den Schaulustigen aus, denn die Dragoner trugen nicht die scharlachroten Uniformjacken, und in den schmucklosen dunklen Waffenröcken, die beinahe schwarz aussahen, wirkte der Trupp sehr düster. Aber als die Schwadron aus dem Schatten des Stadttors auftauchte, tanzten Sonnenstrahlen auf brünierten Goldhelmen und spielten auf Lanzenspitzen und Zaumzeug. In der Sonne glänzten die Hälse und die Leiber ihrer Pferde, und sie boten wie immer ein sehr eindrucksvolles Bild.
Die Menge brachte Hochrufe aus, Taschentücher wurden geschwungen. Louisa sah ein junges Mädchen verzweifelt schluchzen und war plötzlich froh, daß Robert nicht mit ihnen davonritt. Ein Hund rannte plötzlich auf die Straße und bellte laut. Der Offizier an der Spitze, an dessen Namen sie sich nicht erinnern konnte, zügelte seinen schönen Rappen, der scheute und stieg. Das Pferd tanzte quer über die Pflastersteine, aber sein Reiter hatte es schnell wieder unter der Kontrolle. Der Wallach schritt gehorsam weiter, ohne auf das Kläffen neben seinen Hufen zu achten. Beifall brandete auf, dann hörte man Gelächter, als der Hund zum ersten Mal die vielen anderen Pferde zu bemerken schien, den Schwanz einklemmte und schutzsuchend verschwand. Louisa sah das rote, aber deutlich erleichterte Gesicht des Offiziers. Unter den schwungvollen Moustaches lächelten nicht wenige seiner Männer.

Der Tag der königlichen Hochzeit wurde zum öffentlichen Feiertag erklärt, und abgesehen von den etwa zweitausend Ärmsten der Armen, die entweder vom Oberbürgermeister oder der Yorker Mission verköstigt wurden, verbrachte die Mehrheit der arbeitenden Bevölkerung den Tag am Meer. Die North-Eastern-Bahn setzte aus diesem Anlaß zwanzig Sonderzüge ein.
Mary Elliott hatte in ihrer Pension nur einen Junggesellen als Gast. Sie

einigte sich mit ihm auf ein Mittagessen, anstatt des üblichen Abendessens. Nachdem Geschirr und Besteck abgeräumt waren, legte sie sich den ganzen Nachmittag ins Bett.
Edward lief durch die menschenleeren Straßen zu seiner Werkstatt zurück. Fahnen flatterten an jedem Fahnenmast, die Sonne schien, und überall in der Stadt läuteten fröhlich die Kirchenglocken. Aber er sah nur so wenige Menschen, daß es beinahe gespenstisch wirkte. In der Fossgate-Straße waren alle Geschäfte geschlossen, auch die Druckerei der Tempests. Beim Vorübergehen fragte er sich, wie lange das Geschäft ohne eine treibende Kraft überleben konnte. Rachel Tempest hatte einen Geschäftsleiter eingestellt. Aber Edwards ehemaliger Lehrling hatte ihm erzählt, daß das Geschäft nicht gut ging. Edward bemerkte das auch, denn einige der alten Kunden von Tempest erteilten ihm inzwischen Aufträge, nachdem sie festgestellt hatten, daß die alte Firma nicht mehr zu der Art Arbeit in der Lage war, die man früher hatte erwarten können. Schöne Kunstbücher machten Spaß und brachten auch etwas ein. Aber davon gab es immer nur wenige. Edward brauchte einfachere Arbeit zum Überleben, um den Lebensunterhalt zu verdienen. Er hoffte, die Anzeige im städtischen Handelsblatt werde ihm einen Zuwachs an Aufträgen bringen. Mit dem Rest seiner Ersparnisse konnte er das Geschäft einige Zeit über Wasser halten, aber er wußte, spätestens in einem halben Jahr mußte er Gewinn erwirtschaften. Diese Sorge lastete nicht allzu schwer auf ihm, denn im großen und ganzen fand er die Herausforderung aufregend und anspornend.
Mit einem zufriedenen Seufzen betrat er das Haus. Er ließ Tür und Fenster offen, damit die warme Luft zirkulierte. Er überlegte kurz, was Louisa wohl tun mochte, denn der Hauptmann würde heute zur großen Truppenparade in Strensall sein. In der Zeitung hatte er gelesen, daß General Williamson, der Oberbefehlshaber für den Nordosten, die Truppen inspizieren werde. Für alle, die Interesse an solchen Dingen hatten, würde die Parade sicher ein großartiges Schauspiel werden. Würde Louisa auch unter den Zuschauern sein? Soweit er wußte, hatte sie ihrer Mutter und Bessie versprochen, sie am Abend zu einer Fackelparade auf dem Knavesmire mitzunehmen. Louisa hatte auch Edward eingeladen, sie zu begleiten, aber er hatte abgelehnt. Er entschuldigte sich mit Müdigkeit und zuviel Arbeit. In Wirklichkeit zog er es vor,

durch die Stadt zu laufen, denn York feierte die Hochzeit seines Herzogs und des künftigen Königs. Deshalb würde es aus diesem Anlaß ganz bestimmt einige außergewöhnliche Festbeleuchtungen geben. Er hatte bereits im Rathaus die Worte »George«, »May« und »Gott segne unseren königlichen Herzog und die Herzogin« entdeckt und darüber eine Krone, das Stadtwappen und die Insignien der Stadt. Am Abend würde das alles im strahlenden Gaslicht leuchten. Die Eisenhütte Victoria in Walmgate hatte sich als königliche Eisengießerei ein noch spektakuläreres Schauspiel ausgedacht, und es würde sich auch lohnen, viele andere kleinere Bekundungen von Stolz und Treue in Augenschein zu nehmen.
Als Edward einen Packen Leder, der am Tag zuvor eingetroffen war, Stück für Stück in Augenschein nahm, begannen die Glocken wieder zu läuten. Er hob den Kopf und lauschte, um das Geläut der verschiedenen Kirchen zu identifizieren. Plötzlich wurde ihm bewußt, daß er allein war. Er befand sich in einer verlassenen Straße. Alle Arbeiter verbrachten den Feiertag vermutlich mit ihren Familien am Meer, während zweihundert Meilen entfernt zwei junge Menschen in der königlichen Kirche getraut wurden. Edward wünschte dem Brautpaar Glück und Kraft für die Zukunft, und plötzlich erfaßte ihn Wehmut. Er dachte an die Vergangenheit, an das, was hätte sein können. Dann wünschte er, die Glocken würden aufhören zu läuten, denn sie bildeten nur einen lärmenden Kontrapunkt zu seiner Einsamkeit.

Robert lenkte sein Pferd langsam und vorsichtig durch die Menge auf sie zu. Als Louisa ihn sah, erfaßte sie eine Welle besitzergreifenden Stolzes. Im Rot, Dunkelblau und Gold seiner Uniform bot er auf dem Pferderücken einen prachtvollen Anblick. Sie blieb ruhig stehen und freute sich darüber, wie die Leute zu ihm aufblickten und ehrerbietig zur Seite wichen, um ihm Platz zu machen.
Louisa lächelte. Sie wußte es und konnte es nur geschehen lassen. Als Robert bei ihr anlangte, sah sie, daß auch er lächelte.
»Wie fandest du es?« fragte er sie. Aber sein Gesicht verriet schon, daß das wochenlange Exerzieren sich gelohnt, daß die Parade geklappt und keiner dem Regiment Schande gemacht hatte.
»Wunderbar! Hinreißend, und ihr seid die besten gewesen! Durch das Opernglas habe ich Gay Gordon klar und deutlich gesehen.«

Er lachte. »Das Opernglas! Freut mich, daß es sich als nützlich erwiesen hat.«

»Wo ist Gay Gordon?« fragte sie und kopfte dem Graugefleckten den weichen Hals.

»Oh, er ist noch in Strensall«, sagte Robert, »und frißt vor sich hin, soweit ich weiß. Der hat es gut. Ich habe heute so gut wie noch nichts gegessen. Nachdem die Parade vorüber war, mußten wir diese kleine Gruppe zusammenstellen, um hierher zu kommen. Als ich Dandy geholt habe, konnte ich immerhin in der Messe schnell etwas essen. Dandy eignet sich besser für diese Art Aufgabe – ihm machen Menschenmengen nicht soviel aus.«

Robert klopfte dem Grauen auf die Schulter. Obwohl es bereits dunkel wurde, sah Louisa Müdigkeitsfalten um Augen und Mund. »Du siehst erschöpft aus«, sagte sie leise.

»Das bin ich«, gestand er, »und wir müssen dieses Schauspiel noch hinter uns bringen. Es müssen Tausende heute abend hier sein – im Vergleich dazu waren bei der Parade in Strensall nur wenige Zuschauer. Aber«, fügte er hinzu und sah sich nachdenklich um, »ich glaube, es gibt keinen Ärger.«

»Habt ihr damit gerechnet?« fragte sie überrascht.

Er schüttelte lächelnd den Kopf. »Nein, nur mit zuviel Begeisterung vielleicht. Es sind viele Menschen gekommen, und alle wollen die marschierenden Kapellen sehen. Es kann Probleme geben, wenn die Leute vorwärtsdrängen, um besser sehen zu können. Wo ist übrigens deine Mutter?«

»Ich glaube, sie und Bessie sind ziemlich weit vorne ...«

»Hol sie lieber und folge mir. Harris hält inoffiziell in der Absperrung einen Platz für euch frei. Von dort habt ihr einen sehr viel besseren Blick, und es ist da auch sicherer als mitten unter der Menge.«

Louisa kam seiner Aufforderung nach. Es fiel ihr nicht schwer, Robert im Auge zu behalten. Sie schoben sich durch die Menschen hindurch, die sich um die riesige Arena versammelt hatten, in der sich bereits die Kapellen der Regimenter formierten. Kein Wind regte sich an diesem Abend. Der Geruch von zertrampeltem Gras erfüllte die Luft. Im Rükken der Menge war es kühler. Louisa zog das Tuch enger um ihre Schultern und war froh, als sie das obere Ende des Platzes erreicht hatten, wo Harris ihnen einen Platz freihielt.

Harris war ein einfacher Mann mit dem traurigsten Gesicht, das Louisa je gesehen hatte. Sie dachte an die Hingabe und den Eifer, mit dem er Robert versorgte, und begrüßte ihn mit einem freundlichen Lächeln. Er bedankte sich mit einem kurzen Nicken und hörte sich dann an, was Robert ihm zu sagen hatte. Danach kam er wieder zu den drei Frauen.

»Ich soll bei Ihnen bleiben, Miss«, murmelte er ehrerbietig, »und aufpassen, daß Ihnen nichts passiert.«

Als die Kapellen anfingen, die vertrauten Melodien zu spielen, erkundigte sich Mary Elliott nach der Kapelle der Königlichen Dragoner.

Harris schüttelte den Kopf. »Unsere Kapelle spielt nicht, Ma'am. Unsere Männer sind nur da, um für Ordnung zu sorgen. Sie haben sich alle vorne – also um den ganzen Platz – verteilt – es sind die mit den Lanzen.«

»Natürlich«, sagte sie lachend, »das hätte ich sehen müssen – wie dumm von mir! Sie sehen *sehr* gut aus.«

Bessie stieß Louisa verstohlen an und deutete auf die Männer zwischen den Dragonern. »Was tragen sie?« fragte Bessie leise.

»Fackeln«, flüsterte Louisa, »wenn es ganz dunkel ist, zünden sie die Fackeln an.«

Als der Musikzug des 4. Lincoln-Regiments sich näherte, machte Harris sehr zur Freude von Mary Elliott sie darauf aufmerksam. »Ich hätte sie auch erkennen müssen«, gestand sie, »wissen Sie, ich bin in Lincolnshire geboren und aufgewachsen.«

Als nächstes kamen die Dublin-Füsiliere mit Trommeln und Querpfeifen. Ihnen folgten die Königlichen Schotten, die Durham Leichte Infanterie und die Northumberland-Füsiliere. Unter dem Begeisterungssturm der großen Menschenmenge spielten sie zusammen »Auf, gegen den Feind!« und »Der siegreiche Held naht!«.

Mary Elliott drückte den Arm ihrer Tochter. »Bist du nicht *stolz*?« flüsterte sie hingerissen, und Louisa konnte nur nicken.

Um halb neun war es dunkel. Ein Trompeter blies den »Weckruf«, die Fackeln wurden entzündet, die Dragoner in ihren scharlachroten Waffenröcken und den langen Lanzen verließen plötzlich ihre Stellungen. Banner flatterten in der wachsenden Hitze, und als die letzten Töne der Trompete verklangen, zogen die Militärkapellen unter dem Geleit von Fackelträgern mit Trommeln und Pfeifen über den Platz. Die Musikzüge marschierten aufeinander zu, und als sie sich in der Mitte trafen, zogen Fackelträger und Musikanten unter dem ehrfürchtigen Staunen der Zuschauer durch die Reihen der ihnen entgegenkommenden Männer hindurch.

So etwas hatte man noch nie gesehen, und als die Kapellen kehrt machten, sich in der Mitte der Arena formierten und gemeinsam »Herrsche, Britannien!« spielten, tobte die Menge vor Begeisterung.

Nach dem »Zapfenstreich« und der Nationalhymne war die Darbietung vorüber. Als die Dragoner den Musikzügen hinter die Absperrung folgten, hielt Louisa nach Robert Ausschau, aber es dauerte eine Weile, bis er schließlich erschien. Harris hielt den Grauen, als er absaß.

»Nichts Ernstes«, antwortete er auf Louisas Frage, »ein paar rauflustige Betrunkene. Aber eine Nacht in der Zelle wird sie abkühlen, und der Richter morgen bringt sie wieder zur Vernunft«, fügte er grimmig lächelnd hinzu. »Seht ihr euch noch das Feuerwerk an? Alles strömt offenbar zur Tribüne. Harris wird euch sicher gern begleiten.«

Als Mary Elliott und Bessie sich langsam auf den Weg machten, nahm Robert im Schutz des breiten Rückens seines Burschen und des Pferdes Louisa in die Arme. »Mein Gott, wie hast du mir in dieser Woche gefehlt«, flüsterte er und drückte sie fest an sich. »Ich würde alles dafür geben, heute nacht bei dir zu sein, aber es geht nicht. Wir müssen um fünf wieder in Strensall sein, und ich bin völlig erschossen.« Er küßte sie sehnsüchtig und ließ sie dann mit einem bedauernden Seufzen wieder los. »Am Sonntag habe ich frei. Mit etwas Glück kann ich mich bei Einbruch der Dunkelheit in Strensall davonmachen. Bis dann also. Ich muß gehen, mein Schatz.«

In einer einzigen Bewegung saß er wieder im Sattel, erwiderte Harris' Salut und lenkte den Grauen um die Menge herum zu einer von Fackeln erleuchteten Stelle, wo sich berittene Offiziere versammelten.

Robert verbrachte Samstag nacht in der Wohnung und packte am Sonntag die wenigen persönlichen Dinge zusammen, die sich noch dort befanden. Er sprach ausführlich über die Reise, die Louisa und Moira in einem Monat antreten sollten, und schrieb lange Listen mit Anweisungen und Erinnerungen. Zehn Tage darauf verließ er an der Spitze seiner Schwadron York durch das Micklegate-Bar-Stadttor und machte sich auf den Weg nach Liverpool. Louisa hatte sich nicht eingefunden, um ihn zu verabschieden. Am Ende der Woche war auch das letzte Hab und Gut des Regiments verpackt und bereit, York mit dem Zug zu verlassen. Am Montag sah Louisa die Schwadron der 6. Garde-Dragoner in der Gillygate-Straße und wußte mit schmerzlicher Gewißheit, daß Robert wirklich nicht mehr da war.

21

Schließlich geschah alles so schnell, daß sie kaum in der Lage war, es richtig zu fassen. Natürlich wußte Louisa, daß er abreisen würde – und zwar bald. In der letzten Zeit besuchte er sie nur noch kurz und selten. Entweder wollte er ihr den Abschied ersparen oder wußte wirklich bis zur letzten Minute nicht, wann es soweit sein würde. Louisa konnte es nicht genau sagen. Wie auch immer, es traf sie wie ein Schock, als der Augenblick gekommen war. Sie hatte keine Zeit, traurig zu sein oder lange zu grübeln. Ein schnelles »Adieu« und das Versprechen, sie in Dublin wiederzusehen, dann war er weg, noch ehe es ihr richtig bewußt geworden war.

Moira half Louisa beim Packen und Putzen der Wohnung, denn sie wollte die ihrer Meinung nach letzte Woche ihres Lebens in York im Haus ihrer Mutter verbringen. Louisa zweifelte zwar nicht daran, daß sie an Feiertagen und Ferien nach Hause kommen würde und auch in Notfällen in wenigen Stunden wieder in York sein konnte, aber sie hatte trotzdem das Gefühl, die Stadt für immer zu verlassen. Es brach ihr sehr viel mehr das Herz als damals, als sie im Alter von neunzehn Jahren aufgeregt und abenteuerlustig abgereist war.

Mit jedem vergehenden Tag entglitt ihr Robert weiter und weiter. Mit ihm schwand ihre Sicherheit, so daß die Zukunft unheilvoll, dunkel und unendlich fremd drohend vor ihr aufragte.

Auch seine Briefe klangen fremd. Er berichtete ausführlich von den Unzulänglichkeiten der Islandbridge-Kaserne und schimpfte, man müsse sie dem Erdboden gleichmachen. Er sprach von seiner Hoffnung, seine Männer in die bessere Luft von Curragh bringen zu können. Beinahe nebenbei erwähnte Robert, wenigstens sei das Haus inzwischen bewohnbar. Letty schrieb ausführlicher und entschuldigte Roberts wenige Zeilen. Sie erklärte, seit seiner Ankunft arbeite er quasi Tag und

Nacht, so daß Georgina und sie ihn kaum zu Gesicht bekamen. Aber Letty versicherte Louisa, Robert sei sehr bemüht, bis zu ihrer Ankunft alles in Ordnung gebracht zu haben. Die vollständige Wiederherstellung des Hauses habe sie wirklich überrascht, schrieb Letty, es sei wie verwandelt und nicht mehr der düstere Ort von früher. Sie war sicher, daß es Louisa gefallen werde.

Louisa dachte da anders. Immer wieder hatte sie Alpträume, in denen eine gesichtslose Charlotte sie durch endlose, dunkle Gänge verfolgte. Mehr als einmal saß sie im Morgengrauen am Fenster unter dem Dach des Hauses in der Gillygate-Straße und sah, wie die ersten Sonnenstrahlen den Himmel gold und rosa färbten.

Am Morgen vor dem Tag ihrer Abreise erwachte sie wieder zitternd und ängstlich. Sie bemühte sich darum, die Angst mit der Wirklichkeit zu bekämpfen und begann wie als Kind alles aufzuzählen, was dieses Zimmer an Sicherheit und Trost für sie bedeutete. Das Bett hatte sie mit Blanche und später mit Emily geteilt. Ein paar Schritte entfernt schlief ihre Mutter unter dem anderen Federbett. Ihre geflochtenen Haare versanken tief im dicken Kissen, und ihr Atem klang gleichmäßig und ruhig. Auf der anderen Seite der Treppe schlief Edward, und in einem winzigen Zimmer, das kaum größer als ein Wäscheschrank war, schnarchte zweifellos Bessie. In einer Stunde würde ihre lange Runde beginnen, die aus Saubermachen, Kochen, Waschen und Bügeln bestand. Aber heute war Sonntag, erinnerte Louisa sich – für Bessie also ein einfacher Tag ohne Pensionsgäste. Sie würde demnach bis sieben schlafen.

Plötzlich wurde Louisa mit erschreckender Deutlichkeit bewußt, daß sie alle morgen verschwunden sein würden.

Panik erfaßte sie. Ihr Herz fing heftig an zu schlagen. Sie setzte sich energisch auf, umklammerte die Knie, um das unkontrollierbare Zittern und Beben zu bekämpfen, das sie wie ein Sturm erfaßt hatte. Ihre Augen nahmen jede Einzelheit des Zimmers in sich auf. All diese Dinge kannte sie seit ihrer Kindheit: die große Kommode, in der früher ihre Unterwäsche gelegen hatte, der Schrank, der Spiegel, der Waschtisch, das Fenster mit den Baumwollvorhängen . . .

Nein, dachte sie und schüttelte den Kopf, das wird alles hier bleiben, aber *ich* werde morgen nicht mehr da sein. Es war ein kleiner, aber sehr bedeutsamer Unterschied. Louisa gab sich einen Ruck, stand auf und trat ans Fenster. Sie blickte auf die dicken und hohen alten Mauern der Befestigungsanlagen und auf die Bäume, die in dieser Jahreszeit den Blick auf das Münster versperrten.

Sie hörte ein Knarren und leise Schritte auf der Treppe. Ihr fiel plötzlich ein, daß Edward in dieser Woche vermutlich noch weniger geschlafen hatte. In den frühen Morgenstunden hatte sie ihn mehrmals leise auf der Treppe gehört.

Wie so oft in letzter Zeit dachte sie wieder an den Tag in seiner neuen Werkstatt, und Schuldgefühle bohrten in ihr so schmerzlich wie ein kranker Zahn. Obwohl damals viele Gründe dafür gesprochen hatten, wußte Louisa, sie hatte Edward Unrecht getan. Sie konnte ihr Gewissen auch nicht damit beruhigen, daß ihre Mutter beinahe ebenso dafür verantwortlich war, daß sie Edward die Wahrheit vorenthalten hatten. Damals schien alles dafür zu sprechen zu schweigen. Jetzt zeigte sich deutlich der Irrtum. Man hätte ihn ins Vertrauen ziehen müssen. Edward hätte selbst entscheiden müssen, wie er sich Albert Tempest gegenüber verhalten wollte. Louisa erkannte bedrückt, daß sie noch von einer anderen falschen Vorstellung ausgegangen war. Edward hätte schon damals das Risiko eingehen können, sich selbständig zu machen. Ihr Schuldgefühl wurde kaum dadurch entlastet, daß er ihr vernünftig und überzeugend vergeben hatte.

Im ehrlichen Aufarbeiten dieser Vergangenheit erkannte sie, warum seine unausgesprochene Bitte um Ehrlichkeit sie so berührt hatte: Sie brauchte sein Verständnis, als sie so verbittert und zutiefst bekümmert um Victorias Tod trauerte. Sie brauchte *einen Menschen*, der sie verstand, der sie tröstete, denn Robert konnte das nicht. Edward konnte es. Ein tiefsitzender und seit langem begrabener Instinkt sagte ihr, *er* werde zuhören, *er* werde Geduld und Mitgefühl aufbringen und all die Worte sprechen, die sie so verzweifelt hören wollte. Edward hatte sie auch in der Kindheit nie im Stich gelassen und genauso hatte er es auch nicht am Tag von Victorias Beerdigung getan. Er hatte sie liebevoll und zärtlich in die Arme genommen wie ein bekümmertes Kind.

Getröstet von der so lange vermißten Vertrautheit seiner Berührung hatte Louisa alle Schranken fallen lassen. Oh, welch eine Erleichterung war das für sie gewesen – und danach kam das Schuldgefühl, denn sie wußte, diese Erleichterung mußte *er* bezahlen.

Louisa saß fröstelnd in der Kühle des frühen Morgens am Fenster, marterte und haßte sich, und plötzlich erfaßte sie das niederschmetternde Gefühl des *déja-vu*. Die Erinnerung war real und nicht eingebildet. Auch damals schlaflos, hatte sie über Edwards Auszug getrauert. Sie hatte ihn gehaßt, weil er sie nicht so liebte wie sie ihn. Sie machte ihn dafür verantwortlich, daß er sie im Stich ließ, daß er schwach und gefühllos war. Konnte er jetzt nicht schlafen, weil er sie dafür haßte, daß sie ihn verließ?

Louisa schüttelte den Kopf und wies sich in Gedanken zurecht. Damals war sie noch ein Kind gewesen, und Edward hatte sie brüderlich und platonisch geliebt, so wie er es heute noch tat. Er dachte an ihr Wohlergehen, und ihm brach nicht das Herz, wie ihr, weil er sich kalt und gefühllos verlassen fühlte.

Sein Auszug war ihr nie zufriedenstellend erklärt worden. Sie hatte den Eindruck, die Entscheidung fiel beinahe über Nacht und wurde auch entsprechend schnell in die Tat umgesetzt. Als sie ihn damals flehend und verzweifelt zu bleiben bat, erklärte er einfach, seine Mutter sei allein und brauche ihn. Aber seine Mutter wohnte schon seit vielen Monaten allein in dem Haus, und Edward war mehr als dankbar gewesen, daß Louisa ihm half, über die Sache mit Maud hinwegzukommen. Und da gab es noch etwas Zweideutiges, gestand sie sich. Einerseits hatte sie Mitgefühl für Edward, andererseits jubilierte sie insgehcim, daß die Verlobung gelöst worden war. Die Intensität ihrer Liebe entflammte in Träumen, in denen Edward erkannte, daß er Louisa mehr als Maud liebte und *sie* heiraten wollte. Er hatte zwar bei ihr Trost gesucht, sie gelegentlich umarmt, ihr seine Gefühle sehr offen anvertraut, aber nie in anderer Weise auf sie reagiert.

Louisa wurde plötzlich vor Verlegenheit rot. Sie blickte auf die schlafende Mutter und fragte sich, ob sie etwas von der jungmädchenhaften Verliebtheit geahnt und die notwendigen Schritte unternommen hatte, um Edward zu entfernen. Mit seinen siebenundzwanzig Jahren war er ein unglücklich verliebter Mann gewesen, der in den Augen ihrer Mutter vermutlich für diese Art Versuchung empfänglich war. Außerdem durfte sie nicht vergessen, sie waren Cousins ersten Grades.

Louisa erinnerte sich mit beunruhigender Klarheit an Worte und Formulierungen aus jener Zeit. Ihre Mutter schimpfte zum Beispiel: »Du meine Güte, laß doch Edward in Ruhe!« wenn sie sich an seine Schulter lehnte oder sich auf seinen Schoß setzte, um ihm ihre Geheimnisse anzuvertrauen. Und wenn sie ihm das Gesicht zum Gutenachtkuß hinhielt, hörte sie ihre Mutter sagen: »Edward, sie ist zu alt und zu groß, um noch wie ein Kind behandelt zu werden. Ermutige sie nicht.«

Danach gab es keine Gutenachtküsse mehr. Der Keim wurde erstickt, und bald darauf zog Edward aus. Tante Elizabeth tat alles, um möglichst viel von seiner Zeit in Anspruch zu nehmen, und reagierte mit großer Kühle auf Besuche ihrer Nichte, obwohl Blanche und Emily nach wie vor dort ein- und ausgingen.

Die Erinnerung an den großen Kummer ihrer Kindheit überwältigte Louisa wieder. Sie stand abrupt auf, drehte dem Fenster den Rücken zu, blieb am Bett der Mutter stehen und blickte auf die zufrieden schlafende Gestalt. Louisa würde vermutlich nie erfahren, ob Mary Elliott ihren Neffen aus dem Haus geschickt, oder ob er freiwillig ins Exil gegangen war. Wenn es um peinliche Dinge ging, erwies sich das Gedächtnis ihrer Mutter immer als sehr schwach. Louisa wollte jedoch plötzlich unter allen Umständen die Wahrheit erfahren. So oder so, sie *mußte* es wissen.

Edward trank in der Küche Tee. Er hob überrascht den Kopf, als sie eintrat, und griff nach einer zweiten Tasse. »Habe ich dich geweckt?«

»Nein, ich habe die ganze Woche kaum geschlafen. Vermutlich liegt es an der Umstellung«, murmelte sie, denn sie wollte die Alpträume nicht gestehen und die Zweifel darüber, ob ihr Vorhaben richtig sei. Sie trank einen Schluck Tee und sagte: »Es ist schwer, dies alles zu verlassen.«

»Das kann ich mir vorstellen«, erwiderte er. Er setzte sich mit dem Rücken zum Fenster. Sein Gesicht lag im Schatten.

»Ich mußte gerade an etwas denken«, sagte Louisa unvermittelt, »ich meine an damals, als *du* hier ausgezogen bist, um bei deiner Mutter zu wohnen. Warum bist du gegangen?«

Er sah sie einen Augenblick verwirrt an, dann rutschte er unruhig auf dem Stuhl hin und her. »Du weißt warum«, antwortete er, »meine Mutter war allein – sie brauchte mich.«

»Ich weiß, das war die Erklärung damals. Ich habe plötzlich den Eindruck, es könnte noch einen Grund gegeben haben. Stimmt das?« Sie spürte an seinem Unbehagen, daß sie recht hatte. Aber trotz seiner Verlegenheit und der Röte, die ihm ins Gesicht stieg, ließ Louisa nicht locker. »War ich der Grund?« fragte sie mit zusammengebissenen Zähnen. »Hat Mama dich meinetwegen aus dem Haus geschickt?«

Sie hörte, wie er Luft holte. Als er antwortete, klang seine Stimme jedoch ruhig und kontrolliert. »Wie kommst du darauf?«
»Ich weiß nicht«, gestand sie und kam sich plötzlich albern vor. »Einfach so. Aber ich möchte, daß du es mir sagst – ich muß es wissen. Bitte belüge mich nicht.«
»Wann habe ich dich je belogen?«
Sie wurde rot. »Vielleicht weichst du mir aus. Bitte, tu das nicht.«
»Ist es so wichtig?«
Louisa nickte, ohne zu wissen, weshalb es ihr so wichtig war, die Bestätigung ihrer Vermutung zu haben. Sie konnte ihre Ungeduld und Sorge kaum beherrschen, während sie auf seine Antwort wartete.
»Es ist so lange her – ich weiß nicht mehr genau, was eigentlich los war. Ich weiß nur noch, daß es mich überraschte. Deine Mutter schien zornig und erregt. Ich erinnere mich noch, daß ich nicht wußte, was ich getan haben sollte. Damals litt ich so sehr unter dem Verlust von Maud, und ich fürchte, ich hatte wenig Augen und Ohren für die Probleme anderer.«
»Was hat sie dir gesagt?«
»Mein Gott, Louisa – das war vor zehn Jahren! Ich kann mich an ihre *Worte* ganz bestimmt nicht mehr erinnern. Sie wies auf die Lage meiner Mutter hin – du weißt sicher noch, sie arbeitete nicht mehr und wohnte in dem kleinen Haus –, und sie sagte etwas in der Art, daß die Mädchen größer werden, mehr Platz brauchen, und so weiter, und so weiter...«
»Edward, ich bin kein Kind mehr. Und du warst damals schon erwachsen. Sie wollte dir etwas anderes sagen, oder?«
»Ich weiß nicht, was sie sagen wollte«, erwiderte er trotzig, »und ich habe sie nicht danach gefragt.«
»Oh, du weißt sehr wohl, was sie dir sagen wollte«, flüsterte Louisa, »ich muß es dir nicht wiederholen.«
»Nein«, sagte er ruhig, »das mußt du nicht. Es wäre mir auch lieber.«
»Fühltest du dich nicht verletzt?« fragte Louisa. Sie dachte an ihre romantische Unschuld damals. Eine Ehe schien kaum mehr als ein etwas größeres Puppenhaus zu sein, und die Erfüllung der Liebe nichts anderes, als zufrieden mit einem Mann im selben Bett zu schlafen. Schamröte erfaßte sie, als sie an seine Verlegenheit dachte.

»Nein«, sagte Edward leise, »ich staunte nur. Nichts hätte mir ferner liegen können. Nichts«, wiederholte er sanft, »aber ihre Befürchtungen waren vermutlich mehr als verständlich. Sie tat nur, was sie für richtig hielt – eine Mutter hat die Pflicht, ihre Töchter vor allem zu schützen, was sie für gefährlich hält.«

Louisa war einen Augenblick zu schockiert, um etwas zu sagen. Sie konnte nur innerlich toben vor Wut. »Sie schützen!« rief sie schließlich, »wovor? Vor wem? Vor einem Menschen, der ihre Tochter geliebt hat – vor einem Menschen, der *mich* geliebt hat?! Nur darum ging es doch. Um mich! Warum?« rief sie. »War ich schon damals so verdorben?«

»Dieses Gespräch«, sagte er bekümmert, »ist sinnlos, Louisa. Hör um alles in der Welt damit auf. Warum erregst du dich über etwas, was schon so lange der Vergangenheit angehört? Es ist doch nicht mehr wichtig – es ist vorbei und geschehen.«

»Wirklich?« Sie ging zum Fenster und starrte auf die Töpfe mit den Kräutern auf der Mauer, die ihren Hof vom nächsten trennte. »Als du ausgezogen bist – habe ich es nicht verstanden. Ich fühlte mich verraten, mir war der einzige Mensch genommen, dem je wirklich etwas an mir gelegen hatte. Damals hat keiner auch nur den Versuch gemacht, mich zu trösten, Edward – nicht einmal du. Ich weiß noch«, sagte sie bitter, »wie ich dich unbedingt sehen wollte, wie ich auf dich nach der Arbeit gewartet habe. Aber du hast immer nur gesagt, es sei so das Beste.« Bäume und Mauern verschwammen vor ihren Augen. »Ich dachte, du würdest mich nicht mehr lieben«, flüsterte sie, »ich konnte es nicht ertragen – es ... es hat mich zerrissen. Ich habe dich damals aus ganzem Herzen geliebt, und du hast das nicht verstanden!«

»Du warst noch ein Kind«, murmelte er protestierend.

»Nein, du hast in mir ein Kind gesehen, du hast mir die Gefühle einer Frau, das Verständnis einer Frau nicht zugebilligt. Du hättest es mir erklären sollen!«

»Wie konnte ich das?« fragte er schmerzerfüllt und mit unterdrücktem Zorn. »Es wäre wie ... wie eine Verführung gewesen! Du hast mich so vertrauensvoll, so unschuldig geliebt. Wie konnte ich das mit solchen Vorstellungen besudeln? Mit Vorstellungen, die selbst ich als Mann entehrend fand. Du hättest dich voll Abscheu von mir abgewandt.«

Es entstand ein verlegenes Schweigen. Ein oder zwei Minuten dachten

beide über die Ungeheuerlichkeit dessen nach, was gerade ausgesprochen worden war.
Schließlich sagte Edward aus seiner dunklen Ecke: »Ich habe nicht so gedacht. Ich konnte es nicht einmal andeutungsweise mit dir in Verbindung bringen. Deshalb schwieg ich. Was sollte man sagen? Und schließlich habe auch ich gelitten. Glaub ja nicht, es sei mir leichtgefallen, dich zu verlassen und zu schweigen. Nein, das war es nicht! Auch ich habe dich geliebt. Und als ich sah, wie sehr du gelitten hast, war für mich alles nur noch schwerer zu ertragen.«
Louisa vermutete, daß sie als Mädchen nur mit ihrem Herzeleid und unreifen Sehnsüchten beschäftigt gewesen war und alles aus dieser egoistischen Sicht wahrgenommen hatte. Wenn sie jetzt als Frau auf diese Zeit zurückblickte, dann begriff sie: Edward hatte zu einer alten und herrischen Mutter zurückgehen und ihr viele Jahre seines Lebens schenken müssen. Sie wollte weinen. Elizabeth Elliotts Ablehnung, mit der sie ihrem Sohn sein Ehr- und Pflichtgefühl dankte, kam ihr so unmenschlich vor, daß sie sich schämte. Louisa hatte damals nichts von all dem verstanden und Edward das Vertrauen entzogen. Und als das Vertrauen schwand, hatte sie ihre Gefühle so entschlossen unterdrückt, daß die alte Zuneigung erlosch.
»Oh, Edward«, flüsterte sie und trat zu ihm, »es tut mir leid. Ich habe es nicht gewußt... Warum nur habe ich es nicht geahnt? Wenn du es mir doch gesagt hättest...« Der Schmerz über eine andere verschwiegene Wahrheit traf sie so heftig, daß sie vor ihm auf die Knie sank und ihr Gesicht an seine Schulter legte. Er bewegte sich nicht. Er tröstete sie nicht, aber er wies sie auch nicht zurück. Und da wußte sie mit überdeutlicher Klarheit, wie sehr er ihretwegen gelitten hatte. Zitternd versuchte sie, diese Erkenntnis beiseite zu schieben, und sagte: »Wir haben uns gegenseitig sehr weh getan..., ja?«
Er sah sie an, drückte sie an sich und vergrub sein Gesicht in ihren Haaren. Sie spürte seinen abgerissenen Atem, das Ringen um Selbstkontrolle. Und wenn sie je an der Tiefe seiner Gefühle für sie gezweifelt hatte, dann versank das alles in der Umarmung. Die ganze Liebe, die sie je für ihn empfunden und mit ihrer Enttäuschung fest verschlossen hatte, brandete wie eine hohe Flutwelle in ihr auf. Sie wollte es ihm sagen, aber als die Worte auf ihre Lippen kamen, brachte sie es nicht über sich. Was für einen Zweck hatte es, ihm zu sagen, daß sie ihn

liebte und immer geliebt hatte, wenn sie einem anderen Mann gehörte?

Als sie die Ruhe wiederfand, trieb sie der scharfe, bittere Kern des gefundenen Wissens von seiner Seite. Sie beugte sich über das Spülbekken, besprengte sich das Gesicht mit kaltem Wasser und blickte mit einem Handtuch in den Händen durch das Fenster. Draußen brach strahlend der neue Morgen an. Plötzlich wollte sie alles umarmen. Louisa sehnte sich danach, die vom Regen gewaschene frische Luft tief einzuatmen und dem Gefängnis des Hauses mit seinen unterdrückten und erstickenden Gefühlen zu entfliehen. Vögel sangen fröhlich und unbekümmert in den Bäumen. Eine Amsel pickte ein paar Brotkrumen im Hof, dann flog sie auf die Befestigungsmauer. Louisa sah zwischen den Zweigen hindurch, wie der Vogel auf den Steinen landete und wie bewundernd nach allen Seiten den Kopf drehte.

Als die Amsel im Garten der Deanerys verschwand, sagte Louisa laut: »Ich habe in dieser Woche um diese Zeit jeden Tag im Zimmer oben am Fenster gesessen und mir gewünscht, das Münster zu sehen. Albern, nicht wahr? Wenn man das Münster im Sommer sehen will, versperren die Bäume die Sicht, und im Winter vergißt man, sich das Münster bewußt anzusehen.« Mit einem tiefen Seufzer fügte sie hinzu: »Dahinter verbirgt sich doch eine Erkenntnis...«

Edward stand auf. An der Tür blieb er stehen, drehte sich um und sagte: »Für heute habe ich genug Erkenntnisse – mehr als genug.« Seine Stimme klang verdächtig rauh. Er schwieg und räusperte sich. »Verstehst du«, fügte er mit trauriger Eindringlichkeit hinzu, »für Spiele mit der Wahrheit und ihren Folgen ist es zu spät – viel zu spät. Morgen –«, achselzuckend brach er ab und öffnete mit unnötiger Heftigkeit die Tür, »ich mache einen Spaziergang.«

»Warte, Edward!« Louisa eilte zu ihm, denn sein plötzlicher Zorn schmerzte sie. »Es tut mir leid, glaub mir.«

Mit der Hand auf dem Geländer sah er sie stirnrunzelnd an. »Ich möchte davon nichts mehr hören. Wir müssen das alles vergessen.«

»Gut.« Zaghaft legte sie ihre Hand auf seine Hand. »Darf ich dich begleiten? Ich verspreche dir: Kein Wort mehr!«

»Wenn du willst.«

Als sie wieder herunterkam, wartete Edward an der Haustür mit dem Regenschirm in der Hand. Sie wollte unter allen Umständen die Spannung auflösen und machte einen Scherz über seine Vorsicht. In demselben Bemühen lächelte er, hob den Schirm wie einen Spazierstock, und sie machten sich mit forschen Schritten auf den Weg durch die noch im Dunkel liegende Gillygate-Straße. Auf allen Straßen fehlten wunderbarerweise die holpernden Wagen und das geschäftige Treiben der Menschen. Nur die Vögel zwitscherten munter. Eine jagende Katze hörte ihre hallenden Schritte und sah Edward und Louisa empört nach, während zwei Spatzen aufflatterten und sich auf einem Fenstersims in Sicherheit brachten.

Edward ging langsamer, als sie unter dem breiten, mächtigen Stadttor hindurchschritten. Louisa wäre aus alter Gewohnheit weiter und die Petergate-Gasse hinaufgegangen, aber er berührte ihren Arm und wies zu einem überdachten Durchgang zwischen den Häusern zur Linken.

»Wenn du das Münster sehen möchtest, dann ist das der beste Blick«, sagte er lächelnd, als sie in die enge Gasse mit den kleinen Klinkerhäusern, deren Fensterläden verschlossen waren, abbogen. Am Ende der Precentor-Stiege ragte plötzlich die hohe Westfront des Münsters wie ein riesiges Schiff mit vollen Segeln vor ihnen auf, so daß die Flottille der rußigen Häuser in seiner Umgebung wie kleine Nußschalen wirkten.

Louisa blieb voll Bewunderung stehen. Aus der Ferne, dachte sie, ist das Münster einfach *da*, und man kann es im weiten Umkreis von überall sehen. Aber aus der Nähe nimmt seine überwältigende Vollkommenheit jedem den Atem. Alle Augen blicken auf dieses Wunder, und die eiligen Schritte werden langsamer . . .

Louisa und Edward waren gleichermaßen beeindruckt und sich ihrer Bedeutungslosigkeit bewußt, ohne sich dadurch gering zu fühlen. Wieder einmal machte sie die unvergleichliche Illusion aus Licht und Anmut benommen, die dazu angetan war, die Seelen und auch die Augen zu Gott zu erheben.

Sie liefen behutsam und still weiter, denn sie wollten nicht einmal die Vögel in den angrenzenden Gärten stören. In Gedanken und Gefühlen vereint, brauchten sie keine Worte. Zwischen den aufziehenden Wolken am Himmel brach die Sonne hindurch, und dunkle Schatten fielen plötzlich auf die Westfront des Münsters, während der Münsterplatz in strahlendes Licht getaucht war. Dankbar für die Wärme hob Louisa das Gesicht den Sonnenstrahlen entgegen. Unter dem erhebenden Eindruck des Münsters fühlte sie sich leicht, nicht länger von der Vergangenheit bedrückt und auch nicht von Gedanken an eine unsichere Zukunft gequält. Es galt nur, *jetzt* glücklich und sich dessen bewußt zu sein. Und das war sie in diesem Augenblick mit Edward an ihrer Seite. Unwichtig war, daß er ihr vor kaum einer halben Stunde noch vorgeworfen hatte, sie klammere sich an die Strohhalme des Verstehens, und daß sie morgen abreisen würde. In diesem Augenblick galt es nur, sich an York in seiner ganzen verschlafenen Schönheit des frühen Morgens zu erfreuen. Ihnen allein gehörten die leeren Straßen, das strahlende Sonnenlicht und die langen, dunklen Schatten.

Louisa dachte daran, wie zerbrechlich und vergänglich das Glück doch war. Aber die Stadt würde es immer geben. Die Stadt war ein verläßlicher, beständiger Ort, an dem sich im Grunde nie etwas wirklich änderte. Sie hatte eintausendachthundert Jahre in der einen oder anderen Weise feindliche Angriffe, Seuchen, Bürgerkriege und Massensterben überstanden. Die Stadt würde bleiben, auch wenn Louisa ging, und unbeirrbar noch immer da sein, wenn sie zurückkehrte.

Eine Wolke verdeckte die Sonne; die Schatten verschwanden, und das Leuchten des Münsters wich Düsterkeit. Im dämmrigen Grau bemerkte Louisa Gestalten unter dem breiten Torbogen des St. William Colleges. Es waren zweifellos Menschen, die zu arm waren, um in dieser blühenden und bevölkerten Stadt ein eigenes Dach über dem Kopf zu haben. Als sie sich ihnen näherten, schob man ein Mädchen mit Fetzen am Leib zum Betteln vor. Die Kleine hatte nur Gamaschen um die dünnen Beinchen, aber keine Schuhe an den Füßen.

Edward und Louisa blieben stehen. Das schmutzige, häßliche Gesicht und die bejammernswerte Gestalt entsetzte sie. Louisa mußte heftig schlucken. Wie oft sie die Opfer der Armut auch zu Gesicht bekam, sie konnte sich nicht an den Anblick gewöhnen und vergessen, daß Tausende unter solch erbärmlichen Umständen in der Stadt hausten. Es kam jedoch selten vor, daß man so direkt angesprochen wurde.

»Hast du eine Mutter?« fragte sie, als die Kleine in einiger Entfernung vor ihnen stehenblieb. Das Mädchen sah sie ausdruckslos an, und Louisa wiederholte die Frage. Schließlich deutete sie auf den Torbogen, und das Kind nickte. Während Edward nach Münzen in seiner Hosentasche suchte, nahm sie ihr Schultertuch und gab es dem Kind, ohne auf Edwards Einwand zu achten.

»Sie werden es ihr doch nur abnehmen«, sagte er.
»Darf sie das Geld behalten?«
»Vermutlich nicht«, murmelte er.
Das Kind rannte zurück. Gierige Hände packten es, und das kleine Mädchen verschwand im dunklen Torbogen ihren Blicken. Edward seufzte.
»Sind wir unverbesserliche Narren, Edward?«
»Vermutlich. Und wenn, dann bin ich das schon immer gewesen.« Er seufzte. »Diese Armut ist einfach unanständig.«
Bei den ersten Regentropfen begann Louisa zu frösteln. Trotz ihrer Einwände zog Edward seine Jacke aus und legte sie ihr über die Schultern. Dann hob er den zuvor verachteten Regenschirm mit dem Anflug eines Lächelns.
»Mitleid sollte nicht mit einer Lungenentzündung belohnt werden«, erklärte er, und sie schob dankbar die Hand unter seinen Arm.
Sie gingen durch den Park an der Nordseite, ohne auf das satte Grün des Rasens und die blühenden Büsche zu achten. Es fing heftig an zu regnen. Die Tropfen trommelten auf den dünnen Stoff des Regenschirms. Sie drückten sich enger aneinander, während der knirschende Kies ihr Alleinsein noch zu betonen schien.
»In gewisser Weise bin ich froh«, sagte er schließlich, »das – vorhin – hat alles zurechtgerückt.«
Louisa verstand, nickte und drückte seinen Arm. »Ja, das hat es.«
»Du wirst mir fehlen«, sagte er in stiller Aufrichtigkeit, »ich glaube, du weißt, wie sehr. Aber ich werde deshalb nicht sterben.«
Sie lachte ein wenig unsicher. »Versprichst du das?«
»Ich verspreche es«, sagte er ernst.
Sie liefen schweigend weiter. Edward dachte an das kleine Bettelkind und sagte: »In Dublin soll es noch schlimmer sein – ich meine die Armut. So schlimm wie in ganz Europa nicht.«
Sie zuckte bei der Vorstellung innerlich zusammen. »O nein – hier ist es schon schlimm genug.« Kurz darauf sagte Louisa so fröhlich und unbekümmert, wie es ihr möglich war: »Du wirst mir doch schreiben, nicht wahr, Edward? Jede Woche? Schreib mir alles – wie viele Bücher du bindest und von den Veränderungen in deiner Werkstatt. Dann kann ich es mir vorstellen und dich dort sehen.«
Louisa blickte ihn eindringlich an und sah die Fältchen um seine Au-

gen. Der kurzgeschnittene Bart ließ seine Backenknochen deutlich hervortreten. War er wirklich so viel dünner geworden? Er wirkte härter, war weniger der romantische Dichter und mehr der angespannte Geschäftsmann. Besorgt drückte sie seinen Arm und spürte zu ihrer Beruhigung die kräftigen Muskeln unter dem Hemd. »Und du darfst nicht soviel arbeiten. Du mußt dir auch Freizeit gönnen. Fahre wieder nach Whitby, wenn du kannst – die Seeluft wird dir gut tun.«
Ein herzliches Lächeln ließ die Fältchen um seine Augen noch deutlicher hervortreten. In einer seltsam intimen Geste legte er seine Hand auf ihre, als wolle er den Druck noch länger spüren. »Wenn ich Zeit habe, werde ich es tun. Aber ich will nach Lincolnshire zurückkehren.«
»Um deinen Vater zu sehen?«
»Wenn es mein Vater ist.«
»Und wenn nicht?«
Edward zuckte die Schultern. »Wenn er es nicht ist – dann ist auch nichts verloren.«
»Nichts?«
Sein Lächeln schwand. »Nur ein bißchen Zeit.«

Früh am nächsten Morgen erschien Moira mit feuchten Augen und ihrem Koffer. Bessie begleitete sie alle zur Droschke, die sie an den Bahnhof bringen sollte. Seltsam gefühllos überließ sich Louisa noch einer Umarmung und stieg seufzend mit ihrer Mutter und Edward in die Droschke. Sie zwang sich zu einem Lächeln und winkte, als sie losfuhren.
Am Bahnhof gab es für sie nur Geschäftigkeit. Sie ignorierte die ängstlichen Ermahnungen ihrer Mutter und Moiras nervöse Aufregung. Edward befahl Moira mit energischem Nicken, in den Zug zu steigen, und seiner Tante, auf Louisas Gepäck zu achten. Er und Louisa übernahmen es, dafür zu sorgen, daß alle Koffer und Taschen ordnungsgemäß verstaut wurden. Dann blieben noch zehn Minuten, und sie hatten nichts mehr zu tun. Hilflos standen sie einen Augenblick da und sahen sich an.
Louisa biß sich plötzlich von Panik ergriffen auf die Lippen und fragte sich, was für eine Dummheit sie beging. Warum reiste sie ab, da doch alle wollten, daß sie blieb? Sie spürte, daß Edward dieselbe Verzweif-

lung empfand. Er griff nach ihrer Hand und drückte sie fest. Das Gefühl ging vorüber, und sie konnte wieder atmen.

»So ist es richtig«, flüsterte er, »du mußt dagegen ankämpfen. Laß dich nicht unterkriegen, bitte, laß dich nicht unterkriegen.«

»Nein, das werde ich nicht«, versprach sie.

»Gut, denn sonst wird deine Mutter in Tränen zerfließen, und ich muß sie nach Hause bringen!« Er lachte kurz. »Denk daran!«

Arm in Arm gingen sie zu Mary Elliott, die neben einer offenen Wagentür stand. Moira verstaute Louisas Sachen, so gut sie es vermochte. Es war ein Abteil Erster Klasse und ausschließlich für sie reserviert. Abwechselnd weinend und lächelnd erteilte Mary Elliott letzte Ermahnungen, als sei ihre Tochter noch nie im Leben verreist. Louisa blickte mit einem flauen Gefühl im Magen auf den langsam vorrückenden Zeiger der Uhr, der unbarmherzig die Abfahrt ankündigte. Es schien soweit zu sein. Überall am Bahnsteig wurden Türen zugeschlagen.

Plötzlich ging alles viel zu schnell. Sie küßte ihre Mutter und umarmte Edward. Sie spürte, wie sich seine Arme in einer leidenschaftlichen Umarmung um sie schlossen. Die Knöpfe seiner Jacke drückten sich schmerzhaft durch das dünne Seidenkleid, die harten, geschnittenen Barthaare preßten sich auf ihre Wange, und dann legten sich unerwartet seine sanften Lippen auf ihren Mund. Die Überraschung durchzuckte sie wie ein Blitz; sie klammerte sich an ihn und erwiderte den Kuß.

»Vergiß nicht«, flüsterte er, als er sie losließ. Seine Finger berührten kurz ihre Wange, »wenn etwas schiefgehen sollte, wenn du mich brauchst –«

Sie zitterte plötzlich und umarmte ihn noch einmal. »Ich vergesse es nicht.« Als sie das Abteil betrat, schlug ein Schaffner hastig die Tür zu.

Der Zug ächzte und bebte, gewann in der langen Kurve langsam an Geschwindigkeit. Louisa beugte sich aus dem Abteilfenster und sah, wie ihre Mutter auf dem Bahnsteig mit einem weißen Spitzentaschentuch winkte.

Aber Edward hatte sich bereits abgewandt und blickte ihr nicht nach.

Drittes Buch

1893–1896

1

Der August war ein trauriger Monat mit grauem Himmel und strömendem Regen; es war ein Monat der Regenschirme und Überschuhe, bekümmerter und einsamer Spaziergänge auf schlammigen Straßen und aufgeweichten Wegen, ein Monat, in dem die Kälte des Herbstes einsetzte, noch ehe der Sommer seine Pracht entfaltet hatte.

Edward litt unter Louisas Abwesenheit mehr, als er sich vorgestellt hatte. Obwohl sie vor der Abreise zum ersten Mal seit vielen Monaten wieder eine Woche im Haus in der Gillygate-Straße verbracht hatte, fehlte sie ihm dort am meisten. Oft stand er frühmorgens an seinem Zimmerfenster, starrte auf die weinenden Bäume und dachte an die unerwartete Nähe jener letzten Stunden. Das Wissen, sie würde gehen, hatte das Bewußtsein so geschärft, daß er, auch wenn sie in einiger Entfernung saß, spürte, wie seine Seele nach ihr verlangte. Auch ihr war das bewußt gewesen, und sie öffnete sich ihm noch mehr als in ihrer Kindheit. Bei der Erinnerung daran dehnte sich sein Herz vor Liebe, dehnte sich, bis er glaubte, es würde bersten.

Der Schmerz, sie zu lieben und zu entbehren, war wie eine tödliche Folter. Jeder Augenblick in dem Haus erinnerte ihn daran und machte ihm auch seine Eifersucht auf den anderen Mann bewußt. Er kämpfte mit dem schwarzen Haß auf den Hauptmann, der sie beanspruchte, sie jede Nacht in sein Bett nahm und sich den Zugang zu ihrem geheimen, liebenden Herzen erzwang. Edward vermochte trotz aller Bemühungen diese Seite der Beziehung nicht zu ignorieren, zu vergessen und beiseite zu schieben. Er wußte sehr wohl, Louisa wäre nicht zu einem Mann gefahren, der sie vergewaltigte, aber es fiel ihm leichter, daran zu glauben, als sich vorzustellen, daß sie Robert Duncannon mit offenen Armen an sich drückte. Es fiel ihm sehr viel leichter, an stumme Ergebenheit zu glauben als an Stöhnen und Schreie der Lust.

Er verabscheute die wilden Phantasien, die ihn nicht schlafen ließen. Er verabscheute die ausschweifenden Abgründe seiner Gedanken und die körperlichen Reaktionen, die er nur mit Mühe übergehen konnte. Bei der Entdeckung der illegitimen Beziehung hatte er schwer gelitten, aber jetzt steigerten sich seine Qualen noch, denn er wußte, daß er Louisa liebte und zur Frau haben wollte. Wie *konnte* sie ihn also verlassen und zu einem anderen gehen?

Diese Frage stellte er sich immer und immer wieder. Sie schob sich in jeden Gedanken, lastete im Schlaf auf ihm und meldete sich wieder beim Erwachen. Dann stand er widerwillig auf und sprach kaum ein Wort mit Bessie oder seiner Tante, während eingefallene Wangen und hohle Augen deutlich von einem Leiden sprachen, das er so geschickt zu verbergen glaubte.

Es herrschte ein stillschweigendes Einverständnis, nicht darüber zu sprechen. Bessie zeigte verstohlen ihr Mitgefühl und schob ihm die besten Portionen von allem zu, was sie kochte. Trotz seiner Appetitlosigkeit ließ Edward sich von ihr verwöhnen und aufmuntern. Er wußte, sie meinte es gut, und er wollte ihr die mütterliche Zuneigung danken. Seine Tante sah sich weniger zu solcher Zuwendung veranlaßt. Hätte Edward es nicht besser gewußt, dann hätte er vermuten können, sie wisse von dem heiklen Gespräch mit Louisa in den frühen Morgenstunden an jenem Sonntag, denn die entschlossen zusammengepreßten Lippen, die schnell getrockneten Tränen und schmerzlich abgewandten Augen verrieten ebenso viele Schuldgefühle wie Trauer über Louisas Abreise. Er empfand es deshalb beinahe als seine Pflicht, den Kummer so schnell wie möglich zu überwinden, damit das Leben wieder zur Normalität zurückkehren konnte.

Dieser Gedanke kam ihm eines Abends nach einem besonders bedrükkenden Schweigen. Er mußte lächeln. Die seit Wochen ungewohnte Muskelbewegung erschütterte ihn, und er schüttelte ungläubig den Kopf. Mein Verhalten ist lächerlich, dachte er, ich pflege meinen Kummer wie ein Baby, das ich in den Armen wiege . . .

Daraufhin gab er sich einen Ruck und dachte an all die Dinge, über die er dankbar sein konnte. Am nächsten Tag ging er bewußt die Walmgate entlang und verschloß nicht die Augen vor Elend und Armut. Danach waren seine Taschen zwar leer, aber am Ende des Tages wußte Edward, wie wichtig ein ordentliches Dach über dem Kopf, gutes Essen und

Freunde waren. Bevor er an diesem Abend nach oben in sein Zimmer ging, küßte er Mary Elliott auf die Stirn, und zum ersten Mal seit vielen Wochen lächelte sie wieder.

Die Arbeit, für die er keine Begeisterung mehr hatte aufbringen können, weckte wieder sein Interesse. Er bekam immer noch nur wenige, aber regelmäßige Aufträge. Mit dem festen Vorsatz, sich von nun an auf andere Dinge als Louisa und ihre Abwesenheit zu konzentrieren, erledigte er jeden Auftrag vor dem zugesagten Termin. Da ihm noch freie Zeit blieb, beschäftigte er sich mit der Verbesserung seiner Werkstatt. Er baute zusätzliche Regale für sein Handwerkszeug, reparierte Löcher in Türen und Fensterrahmen als Vorbereitung auf den Winter und machte sich an die gewaltige Aufgabe, den Lagerraum oben zu säubern und die Sachen dort zu sortieren. Er untersuchte den Schornstein, da der Herd nicht richtig brannte, und entdeckte Vogelnester, lose Steine, und in der Höhe des ersten Stockwerks im losen Mörtel einen Babyschuh. Im ersten Augenblick war er entsetzt und fürchtete noch andere Funde – vielleicht Windeln oder das schwarze Gerippe eines Babys. Er untersuchte im schwachen Lichtschein die losen Steine im Rauchfang, fand aber nichts mehr.

Edward trug seinen Fund zu einem alten Maurer, der ein paar Häuser weiter wohnte. Er übergab dem alten Mann den verformten Babyschuh aus hart gewordenem Leder wie ein zerbrechliches, verletztes Wesen. Der Maurer betastete ihn mit gekrümmten arthritischen Fingern und lächelte, als sei das für ihn etwas Alltägliches. Er riet Edward, den Schuh wieder in den Kamin zurückzustellen. »Er soll Glück bringen«, erklärte der alte Mann, »man hat ihn beim Bau des Hauses in den Kamin eingemauert.« Der Maurer erzählte, daß er im Laufe seines Lebens auf viele solcher Babyschuhe gestoßen sei und sie immer an Ort und Stelle gelassen habe. Es sei natürlich Aberglaube, aber: »... man kann ja nie wissen!«

Edward nahm den kleinen Schuh unbehaglich wieder mit, denn er wollte solche heidnischen Sitten nicht auch noch fördern, und stellte ihn in eines der neuen Regale. Dort stand er einige Wochen und zog immer wieder seinen Blick auf sich. Edward mußte an das Baby denken, dem der Schuh einmal gehört hatte. Das Kind war vielleicht in diesem Haus aufgewachsen und vor Jahrhunderten hier gestorben. Die Gebeine lagen womöglich auf einem Kirchhof in der Nähe. Solche Gedanken an Leben und Tod in einer Zeit, in der er noch immer sehr niedergeschlagen war, brachten ihn schließlich dazu einzulenken. Als die Arbeiten am Kamin fast abgeschlossen waren, trug er den kleinen Schuh in das ehemalige Versteck zurück und war seltsam erleichtert, als er mit frischem Mörtel die lockeren Steine verschmierte, hinter denen er nun wieder stand.

Danach zog der Kamin ausgezeichnet, und Edward konnte in den kommenden kalten Monaten mit einem wärmenden Feuer im Herd rechnen. Da er nach wie vor alle Aufträge einer Woche in drei oder vier Tagen erledigen konnte, dachte er wieder einmal daran, sich ein paar freie Tage zu nehmen.

Etwas hielt ihn jedoch davon ab, und das war ein Grund, der ihm beträchtliche Sorgen machte. Während die hitzigen Auseinandersetzungen im Parlament über das Autonomiegesetz ihren Verlauf nahmen, las Edward ängstlich die Zeitungen. Am zweiten September wurde das Gesetz im Unterhaus mit einer knappen Mehrheit von vierunddreißig Stimmen angenommen. Das war ein schwacher Sieg, und die endgültige Niederlage im Oberhaus schien auf der Hand zu liegen. Edward sympathisierte zwar mit Gladstones Idee der Autonomie für Irland, fürchtete aber die Folgen, die eine Durchführung des Gesetzes nach sich ziehen würde. Deshalb wartete er voll Spannung auf das zweite Abstimmungsergebnis.

Wie erwartet und befürchtet lehnte das Oberhaus die Entscheidung der gewählten Volksvertreter ab. Nur einundvierzig Lords und Bischöfe sprachen sich dafür aus, daß das Königreich diese widerspenstige Insel aus der Herrschaft entlasse, während alle anderen – vierhundertneunzehn an der Zahl, die ihre Stimme mit dem Adelstitel geerbt hatten – mit ihrer überwältigenden Mehrheit gegen solche radikalen Ideen stimmten. Gladstone mochte noch so scharf über das morsche Holz des Oberhauses wüten und fordern, den Lords das Vetorecht zu nehmen, sie konnten in dem sicheren Wissen, daß ähnlich radikale Entscheidungen des Unterhauses jederzeit an ihrem Einspruch scheitern würden, über solche Angriffe nur lächeln. Sie waren unantastbar, und das wußten sie. Edward seufzte erleichtert, wenn auch voll Bedauern. Seit Parnells Sturz und Tod vor ein paar Jahren waren die Nationalisten Tiger ohne Zähne, während die Unionisten ihre Fänge von Woche zu Woche schärften. Sir Edward Carson, der konservative Vertreter der Dubliner

Universität, würde zweifellos nicht nur den Sieg einer höchst erfolgreichen Lobby feiern, sondern auch den Sturz der liberalen Regierung, denn nach dieser Niederlage war Gladstone mit Sicherheit erledigt.
Aber nicht in Irland, wo sich die einheimischen Nationalisten mit ihrem Los ohne Kampf abfanden, zeigte sich die Ironie des Geschehens dieser Woche, sondern in England, nicht weit von York entfernt. Der Herzog von Cambridge mußte eine wichtige Truppeninspektion absagen, die in York hätte stattfinden sollen, weil diese Truppen im Einsatz waren und versuchten, Aufstände in den Kohlengruben von West Riding niederzuschlagen. Ein Streik der Grubenarbeiter wuchs sich sehr schnell zu Aufständen in der ganzen Region aus, von Barnsley im Süden über Pontefract bis in den Norden nach Leeds. Man forderte aus dem ganzen Umkreis Truppen an. Hundert Dragoner kamen sogar von der Südküste, aus Brighton. Am Ende der gewalttätigen Woche waren Lord Mashams Kohlengruben zerstört, seine Halden standen in Flammen, und man hatte fünf Männer erschossen. In Heckmondwike griff die Polizei die Menge mit gezogenen Säbeln an.
Edward schauderte bei dem Gedanken an die wahre Natur von Robert Duncannons Aufgaben – die Bilder dieser Berichte waren so anders als die hübschen Darbietungen auf dem Knavesmire! Und so erschien das Irlandproblem im Augenblick dagegen sehr klein.
Trotzdem schrieb er Louisa eifrig und bat sie um Nachrichten. In ihrer Antwort schien sie wie in den anderen Briefen ihm zuliebe alles Unerfreuliche auszuklammern. Sie berichtete immerhin ein makabres Ereignis, das ihn jedoch eher belustigen und weniger seine möglichen Ängste verstärken sollte. Einige Tage nach der Abstimmung im Oberhaus, so schrieb sie, hatte man in den Randgebieten von Dublin ein Pferd »ermordet«. Diese Greueltat wurde jedoch als politische Bosheit und Provokation abgetan. Louisa fügte hinzu, Robert sei bei der Nachricht außer sich vor Wut gewesen und habe sich noch mehr geärgert, als sie lachte. Es habe auch nichts geholfen, ihm zu erklären, ihr Lachen beziehe sich auf die symbolische Aussage und nicht auf die Tat. Sie fügte hinzu: »Wenn es um Pferde geht, hat Robert keinen Sinn für Humor.«
Edward legte den Brief, ohne zu lächeln, auf den Tisch und dachte: Wenn es um Robert Duncannon geht, habe ich auch keinen Sinn für Humor...

Er fragte sich, ob Louisa glücklich sei. Nach ihren Briefen ließ sich das kaum beurteilen. Die ersten Berichte wirkten steif, was auf verborgene und unausgesprochene Schwierigkeiten schließen ließ, die sie zu übergehen versuchte. Aber wenn sie wirklich Probleme hatte, dann mußten es sowohl praktische als auch persönliche sein. Ohne alle Gewissensbisse betete er, daß ihre Schwierigkeiten wachsen und unerträglich würden. Edward betete darum, sie möge sich nach ihm verzehren und ebenso leiden, wie er litt, denn dann werde sie gewiß nach York zurückkehren.
Da Edward nicht genug Arbeit hatte, um sich von seinem Kummer abzulenken, sehnte er sich plötzlich nach einem Ortswechsel. Er dachte an seine Freunde in Whitby, und dann dachte er an Lincoln. Er fragte sich, ob die Zeit gekommen sei, die kurze Bekanntschaft vom Februar zu vertiefen, und überlegte, ob er einfach wie damals auftauchen oder zuerst seinen Besuch ankündigen und den alten Pfarrer an die ausgesprochene Einladung erinnern sollte. Schließlich schrieb er einen Brief, äußerte die Absicht, in der Gegend ein paar Tage Urlaub zu machen, und erkundigte sich, wann ein günstiger Zeitpunkt sei, um gemeinsam die Dorfkirche zu besichtigen.

Louisa legte Edwards letzten Brief seufzend auf den Frisiertisch. Er schreibt gut, zu gut, dachte sie, denn jede Zeile sprach beredt von der Heimat und der Familie und beschwor Bilder und Szenen, die sie nur allzu gerne vergessen hätte. Sogar die geübte Handschrift bot ein angenehmes Bild auf dem Papier. Sie war so einprägsam wie die Worte, jeder Bogen und jeder Schwung ausgewogen und im Gleichgewicht. Er unterschrieb schlicht mit: »Edward« ohne jeden Zusatz, ohne jeden Schnörkel. Er schrieb nicht einmal: »Dein Dich liebender Vetter«, so wie sie mit »Deine Dich liebende Cousine« schloß, wenn sie ihm antwortete. Er verzichtete auf jeden Nachdruck, jedes Bitten, jede Andeutung von Liebe; er ließ nicht einmal anklingen, daß sie ihm fehlte. Manchmal glaubte sie, er sei tapfer und erspare ihr das Ausmaß des Kummers, den er empfand, dann wieder fragte sie sich, ob sie die Enthüllungen an jenem Sommermorgen ebenso geträumt habe wie die Leidenschaft der letzten gemeinsamen Stunden. Louisa wußte nur, Edward fehlte ihr weit mehr, als sie es erwartet oder sich vorgestellt hatte. Mit einem Gefühl der Treulosigkeit gegenüber Robert wußte sie auch, daß Edward eine Lücke in ihrem Leben hinterließ, die Robert einfach nicht füllen konnte. Dummerweise hatte sie diese Lücke erst an dem letzten Tag in York richtig wahrgenommen.

Du bist selbst daran schuld, tadelte sie ihr Spiegelbild, du hättest alles auf sich beruhen lassen und nicht die Vergangenheit beschwören sollen.

»Die Vergangenheit ist tot«, flüsterte sie und betrachtete die blauen Augen und dann das gespiegelte Schlafzimmer, die sanften Rosa- und Beigetöne, die rosa Samtvorhänge vor dem hohen georgianischen Fenster und die passende Decke auf dem neuen Doppelbett.

Es ist wirklich nicht schwer gewesen, das Bett an diesem Morgen zu machen, dachte sie traurig, denn Robert war nicht da, und sie hatte allein geschlafen. Wenn sie allein war, zerknitterte sie kaum das Laken.

Auch Robert fehlte ihr, aber auf eine andere, sehr viel unverständlichere Weise. Sie sehnte sich nicht nur nach seiner körperlichen Anwesenheit, die ihr Sicherheit verlieh, sondern eher nach dem Robert, den sie in York gekannt hatte. Auf unbestimmte Weise war er hier in Dublin anders – nicht weniger liebevoll und auch nicht weniger um sie besorgt, das nicht! Aber sehr viel geschäftiger und unendlich viel mehr im Einsatz. Er erschien und verschwand meist unangekündigt und hastig, so daß selbst Letty manchmal in Rage geriet, da in ihrem straff durchorganisierten Haushalt plötzlich spät abends Mahlzeiten serviert werden mußten, oder da er nicht erschien, wenn sie ein Essen eigens für ihn vorbereitet hatte. Robert behauptete, es liege nur daran, daß das Regiment hier neu stationiert sei und viele unerwartete Aufgaben seine Zeit beanspruchten. Die Sommermanöver in Curragh wurden wegen des Autonomiegesetzes verkürzt. Man rechnete mit Unruhen und verlegte Truppen nicht nur nach Dublin, sondern ins ganze Land. Das Militär hatte die Aufgabe, eventuell ausbrechende Unruhen im Keim zu ersticken, und Robert mußte dafür sorgen, daß die Befehle bis ins letzte durchgeführt wurden.

Louisa dankte dem Schicksal aus vollem Herzen, als sie Edwards ausführliche Berichte über die Unruhen in der Heimat las und die kürzeren Nachrichten darüber in den irischen Zeitungen. In York wäre Robert bestimmt im Einsatz gewesen und hätte sich in sehr viel größerer Gefahr befunden als hier in Irland. Welch eine Ironie, dachte sie, daß die erwarteten Schwierigkeiten ausblieben, an anderer Stelle dafür um so heftiger ausbrachen. Stimmte es wirklich, was Robert gesagt hatte: Ein rechtzeitig erkanntes Problem kann man im Keim ersticken, aber ein Problem, das einen überrascht, kann sich verselbständigen. Nun ja, sie war jedenfalls froh, daß Robert hier und nicht in York war. Und wenn seine Aufgaben ihn so sehr in Anspruch nahmen, daß sie auf ihn verzichten mußte, dann war das besser so. In der kleinen Wohnung am Fluß hatten sie sich in ihrer Liebe gesonnt. Hier blies der scharfe Wind der Wirklichkeit; Robert war mit seinen Gedanken oft woanders, und die Zeit für die Liebe war allzu kurz. Sie mußte deshalb lernen, sich damit abzufinden und sich nicht länger nach Orten und Zeiten zu sehnen, die es wahrscheinlich nie wieder geben würde.

Auch wenn Louisa sich das vorsagte, wurde das Leben deshalb nicht leichter. Trotz der wachsenden Freundschaft mit Letty fühlte sie sich einsam und hatte Heimweh. Ihre Tage waren kaum ausgefüllt mit der selbstauferlegten Pflicht, Georgina zu unterrichten. Das Haus unterstand Lettys Verantwortung – darüber hatten sie sich von Anfang an geeinigt, und Louisa wollte es nur allzugern auch dabei belassen. Ihre Stellung gegenüber dem Personal war schwierig genug, auch wenn sie nicht versuchte, den Leuten ihren Willen aufzuzwingen. Am Anfang zeigten sie der Geliebten des Hauptmanns beinahe unverhüllt ihre streng katholische Mißbilligung und Ablehnung. Letty erklärte, es sei das beste, darüber hinwegzusehen. Die Leute würden sich mit der Zeit daran gewöhnen und damit abfinden. Aber Louisa merkte bald, daß sich die untergeordneten Dienstboten wie Schafe verhielten und willig die Meinung des älteren Butlers, eines griesgrämigen Mannes namens McMahon, übernahmen. Der Butler stammte noch aus der Zeit von Roberts Mutter und ließ keine Gelegenheit vergehen, an die ehrliche, aufrichtige, protestantische Lady zu erinnern, die Tochter aus einer angesehenen adligen Familie.

Letty bestritt nicht die Tugend ihrer Mutter, aber sie konnte darüber nur lachen und erzählte Louisa unter vier Augen, daß ihre Mutter einen gewissen Ruf genossen hatte, weil sie es vorzog, als Mittelpunkt eines literarischen Salons allein in Dublin zu leben. Sie umgab sich mit einem großen Kreis von Freunden, die ihre Liebe zur Malerei und zur Literatur teilten. Diese Dame besaß einen einmaligen Sinn für Humor; außerdem ließ sie sowohl ihren Kindern als auch den Dienstboten sehr viele Freiheiten, und sie übersah geflissentlich die Seitensprünge ihres Mannes. Letty berichtete trocken, in White Leigh gebe es viele Familien, deren älteste Söhne und Töchter eine auffällige Ähnlichkeit mit den drei rechtmäßigen Duncannons besäßen.

Louisa lächelte leicht schockiert über diese Enthüllung, dann mußte sie lachen und teilte Lettys etwas wehmütige Belustigung. Sie wunderte sich, daß Robert nie über diese Seite seiner Familie gesprochen hatte, sondern nur über »Freunde«, mit denen er sich als Junge auf gewagte Abenteuer einließ. Aber sie wußte, wie sehr er seine Mutter verehrte und liebte; deshalb vermutete sie, diese Dinge ließen sich mit seinem Bild von ihr nicht in Einklang bringen, und so hatte er sie bequemerweise vergessen.

Wieder einmal staunte sie über die Kluft, die zwischen Menschen von Roberts Klasse und der ihren bestand. Mit Geld und einer gewissen gesellschaftlichen Stellung konnte man erreichen, daß buchstäblich alles übersehen und als exzentrisch abgetan wurde. Alle diejenigen aber, die ihren Lebensunterhalt verdienten, mußten sich einer starren, von der Gesellschaft abgesteckten Moral beugen, um überleben zu können. Das war zwar höchst ungerecht, aber Louisa bereitete sich innerlich entschlossen darauf vor, sich mit dem Leben an Roberts Seite anzufreunden. Vielleicht *konnte* sie in seinem Schutz die Regeln umgehen und unbeschadet davonkommen.

Louisa machte sich Lettys Wissen zunutze und begann als erstes damit, den alten Butler für sich zu gewinnen. Sie verärgerte ihn nie, gab sich ausnahmslos liebenswürdig und reagierte nur einmal auf eine Bemerkung von ihm. »Oh...«, erwiderte sie mit gespielter Unwissenheit, »Sie sprechen bestimmt von der Zeit, als Lady Duncannon diese vielen hinreißenden Partys gegeben hat? Der Hauptmann und seine Schwester haben erst vor kurzem davon erzählt«, log Louisa, »ja, ich muß sagen, ich wäre gerne schon damals hier gewesen. Sie muß eine faszinierende Dame gewesen sein, die einen Sinn für das Bohèmeleben hatte!«

Louisa konnte nicht entscheiden, ob McMahon die Anspielung auf das unkonventionelle Künstlermilieu verstand oder nicht, aber er begriff ohne Zweifel, daß sein kleines Spiel vorüber war. Langsam taute er auf, und als er schließlich auf seine säuerliche Mißbilligung verzichtete, taten es die anderen Dienstboten auch.

Da Louisa selbst einmal in einem herrschaftlichen Haus gearbeitet hatte, verstand sie ihre Motive und wußte auch, daß es nur an den kulturellen Unterschieden lag, daß die Leute nicht sahen, was englische Dienstboten sofort durchschaut hätten: Louisa gehörte einer anderen Klasse an als die Duncannons. Engländerin und Protestantin zu sein, bedeutete in Irland, daß man sich automatisch von allen anderen abhob. Aus Erfahrung wußte Louisa, daß sie zumindest im Rahmen dieses Hauses ihre Rolle überzeugend spielte. Sogar Moira trug voll Stolz über ihre neue Position, die sie nicht durch die Wahrheit ihrer Vergangenheit beeinträchtigen wollte, unwissentlich dazu bei, daß ihre Herrin glaubwürdig wirkte. Moira übertrieb, so gut sie es konnte, vermittelte den Eindruck, sie habe zuvor bei einer der besten Familien in York gearbeitet, und ließ auch durchblicken, daß den Elliotts eines der größten Hotels der Stadt gehörte. Das brachte Louisa in Zusammenhang mit einem »Geschäft«, und in der Creme der englischen Gesellschaft wäre das ein unverzeihlicher Makel gewesen. Hier wies es nur darauf hin, daß sie reich war. Und das akzeptierte man beinahe. Außerdem sprach ihre akademische Bildung für sie. Man schrieb es ihrer Exzentrizität zu, daß sie die kleine Georgina unterrichtete.
Louisa fürchtete allerdings ihren Auftritt in der irischen Gesellschaft. Diese Angst ließ sie nachts oft nicht schlafen. Robert sprach zwar hin und wieder darüber, aber bis jetzt hatte er keine Zeit gehabt, das in die Wege zu leiten. »Im Winter«, wiederholte er immer wieder, »wenn die Unruhen beigelegt und wir permanent in Dublin stationiert sind, zeigen wir uns, und es wird herrlich werden. Das verspreche ich dir. Außerdem ist da White Leigh – du *mußt* White Leigh sehen.«
Der Gedanke an White Leigh ließ ihren Mut noch weiter sinken – White Leigh in all seiner Pracht, mit Sir William und Lady Anne, die sie verächtlich musterten, und irgendwo im Hintergrund lauerte böse und drohend wie ein unheilvoller Geist Charlotte Duncannon, Roberts rechtmäßige Frau . . .
»Oh, Edward«, flüsterte Louisa dem Brief zu, der so harmlos auf ihrem Frisiertisch lag, »was habe ich getan?«

2

Edward trat in der dritten Oktoberwoche die Reise nach Lincolnshire nicht ohne Zittern an, obwohl er eine sehr herzliche Einladung erhalten hatte. Als er von der kleinen Bahnstation zum Dorf wanderte, hatte er kaum einen Blick dafür übrig, daß die Schäden der langen Regenfälle im August unter einem goldenen Herbstschleier verschwunden waren. Orangene Hagebutten und dunkelrote Weißdornbeeren, glänzende Brombeeren in den Hecken unter gelb werdenden Weiden und violettem Holunder boten sich ergeben als Kulisse für die Generalprobe seiner Begrüßungsworte an. Während er daran arbeitete, war das Auge des Poeten nach innen gekehrt und sah nicht die braune Erde und die hellen, abgeernteten Felder, das schimmernde Bronze und Gold der Wälder in der Ferne. Ein junges Kaninchen verschwand raschelnd in der Hecke, als er vorüberkam. Edwards Augen suchten nur das große Eisentor hinter der Biegung der Straße, und seine Gedanken kreisten wieder einmal um die Familie, der er sein Leben verdankte.

Wie beim ersten Mal ging er an der herrschaftlichen Einfahrt vorüber, weiter ins Dorf und in das Gasthaus. Er trug sich in das Gästebuch ein und wollte sein Gepäck in dem bestellten Zimmer lassen. Der Wirt erinnerte sich an den Gast und begrüßte Edward wie einen alten Freund. Er brachte einen Krug Bier und bot ihm einen Teller mit Käse und sauren Gurken an. Sogar die Frau war diesmal freundlicher und teilte Edward mit, zum Abendessen habe sie gebratenen Hammel mit Johannisbeersauce und als Nachtisch Apfelstrudel. Der Wirt war so redselig, daß Edward fürchtete, er könne ihn nicht mehr loswerden.

Schließlich zog Edward die Taschenuhr hervor und seufzte tief: »Ich muß jetzt leider gehen – ich habe eine Verabredung.«

»Ah«, murmelte der Wirt kopfnickend, »vermutlich mit dem Pfarrer. Wollen Sie sich die Kirche noch einmal ansehen?«

Edward lächelte erleichtert. »O ja. Ich konnte beim letzten Mal mit dem Pfarrer nicht darüber reden. Ich hoffe, diesmal in den Genuß seines Wissens zu kommen.«
»Er wird Ihnen gern alles erzählen. Der alte Pfarrer tut nichts lieber. Außerdem ist es gut für ihn, einmal mit jemandem sprechen zu können – er ist Junggeselle, verstehen Sie. Seine Familie kümmert sich nicht weiter um ihn. Er ist mit Mrs. Pepperdine, seiner alten Haushälterin, allein. Die Frau ist in Ordnung, aber es ist doch etwas anderes, wenn man verheiratet ist, nicht wahr, Sir?«
»Ja«, stimmte Edward zu, »es ist etwas anderes ...«
Er ließ die kleine Spitze auf sich beruhen und dachte: Wird es mir auch so gehen? Vielleicht in dreißig Jahren ..., mir fallen die Haare aus und keine Worte mehr ein ..., die Verwandten sind gestorben oder wohnen weit weg. Bin ich dann auch so ein alter Junggeselle?
Seine Schritte knirschten laut auf dem Kiesweg. Das freundliche alte Pfarrhaus schien in der Herbstsonne zu schlafen. Die roten Blätter von wildem Wein überzogen beinahe völlig die Mauern im Süden und Osten. Die bereits abgefallenen Blätter bedeckten den Boden wie ein bunter, mit Edelsteinen geschmückter Teppich. Während Edward wartete, daß man ihm öffnete, überkam ihn das beinahe unkontrollierbare Verlangen, über die herrlich getönten Blätter zu laufen. Einer anderen Versuchung gab er nach, hob ein Blatt auf und legte es zwischen die Seiten seines kleinen Notizbuchs. Er schob es gerade wieder in seine Jackentasche, als die Tür aufging.
Eine kleine, untersetzte ältere Frau bat ihn einzutreten, als er seinen Namen nannte. Er werde erwartet, erklärte sie, und führte ihn durch die riesige Eingangshalle zu einer Eichentür. Edwards Herz klopfte heftig, als sie ihn ankündigte und dann zur Seite trat. Edwards Beine trugen ihn irgendwie in ein mit vielen Büchern ausgestattetes Arbeitszimmer, wo im offenen Kamin ein Feuer brannte. Die schrägen Sonnenstrahlen fielen durch die Sprossenfenster. Aus einem alten Ledersessel erhob sich eine schmächtige Gestalt in klerikalem Schwarz und kam mit ausgestreckten Händen auf ihn zu.
Alle wohlüberlegten Sätze waren wie weggeblasen. Edward schüttelte dem Pfarrer stumm und linkisch wie ein Schuljunge die Hand. Dann nahm er mit völlig leerem Kopf in dem angebotenen Sessel Platz. Es gelang ihm, auf die höflichen Floskeln über das Wetter und die Fahrt

von York nach Lincolnshire etwas Angemessenes zu erwidern. Aber noch ehe er seine Fassung völlig wiedergefunden hatte, begriff er plötzlich, daß sein Gegenüber ihn behutsam, aber sehr direkt ausfragte.
»Ich kenne York gut«, sagte George Gregory, »in erster Linie durch kirchliche Verpflichtungen, aber ich bin auch aus persönlichem Interesse dort gewesen. Wie Sie bereits wissen, interessiere ich mich für mittelalterliche Architektur. York ist eine schöne Stadt, aber wie in Lincoln befinden sich viele Kirchen in einem bejammernswerten baulichen Zustand. Und viel zu vielen droht leider eine völlig falsche Instandsetzung.«
Edward hatte erlebt, wie zwei baufällige Kirchen aus dem Mittelalter abgerissen und durch Neubauten ersetzt worden waren, und stimmte George Gregory zu. Die beiden Männer beklagten den Trend der Zeit, lobten eine oder zwei gelungene Restaurationen alter Bausubstanz in York. Und dann brachte der Pfarrer das Thema wieder auf Edward.
»Wohnen Sie schon lange in York? War Ihr Vater auch Buchbinder?«
Bei dieser scheinbar beiläufigen Frage hob Edward den Kopf, blickte in die blaßgrauen Augen und sah dort mehr als die übliche Neugier, mehr als das einfache Bedürfnis, ihn in die gesellschaftliche Skala einzureihen. Edward hatte sogar den Eindruck, der ältere Mann wartete eher begierig auf seine Antwort, und er schien ihm teilnahmsvoll zuzuhören, wie ein Vater seinem Sohn.
Edward mußte schlucken, dann sagte er: »Bedauerlicherweise, Sir, habe ich meinen Vater nie gekannt.«
»Sehr bedauerlich«, erwiderte der andere mitfühlend, »er starb vermutlich ... vor Ihrer Geburt?«
»Möglicherweise«, flüsterte Edward, »aber ich weiß es nicht. Ich muß sogar gestehen, daß ich nicht das Geringste über meinen Vater weiß. Meine Mutter hat nie von ihm gesprochen – nie.«
Edward wagte kaum zu atmen, um das einsetzende Schweigen nicht zu brechen. Er spürte das ängstliche Klopfen seines Pulses. Sogar die Luft zwischen ihnen, die ein Sonnenstrahl durchschnitt, schien greifbar und spannungsgeladen.
Schließlich bewegte sich der andere Mann. Er ließ die Hand sinken, die er vor das Gesicht gelegt hatte, und Edward glaubte im ersten Moment, das Gesicht sei noch schmaler, die grauen Augen seien unendlich trauriger und dunkler geworden. »Ich höre das mit dem allergrößten Be-

dauern. Jeder Mensch sollte seinen Vater kennen – sei er nun gut oder schlecht.«

»Das habe ich auch immer gedacht. Leider gelang es mir nicht, meine Mutter davon zu überzeugen.«

»Darf ich mich vielleicht nach ihrem Namen erkundigen?«

»Elizabeth Elliott.« Wieder zuckte George Gregory zusammen und schwieg lange. »Sie wurde nicht weit von hier geboren«, fuhr Edward fort. Er wollte nicht ihre Identität unter Beweis stellen, sondern einfach weitersprechen, »in Blankney. Sie hatte vier ältere Brüder und eine jüngere Schwester –«

»Blankney, sagen Sie? Ich dachte, es sei –« Was er auch denken mochte, er beendete den Satz nicht. »Sind Sie mit Blankney sicher?«

»Ja. Die Elliotts zogen erst später nach Metheringham. Ich glaube, damals war meine Mutter zehn ...«

»Ich kannte jemanden – mit diesem Namen – aus Metheringham.«

»Vielleicht war es meine Mutter«, sagte Edward freundlich und zog aus seiner Brusttasche eine kleine Photographie. Das Bild zeigte eine junge, ernste Frau in einem einfachen dunklen Reifrock. Sie hatte helle Augen und dunkle Haare mit einem Mittelscheitel und den nach der damaligen Mode aufgesteckten Ringellöckchen. In dem ebenmäßigen Gesicht fielen die weichen, üppigen Lippen auf, die fast alle Elliotts hatten. Edward dachte, wenn sie lächelte, könnte man sie für hübsch halten. Aber auf dem Photo zog sie die Mundwinkel leicht nach unten. Dieser Ausdruck war, wie er wußte, am Ende ihres Lebens sehr ausgeprägt.

»Ach ja, Elizabeth.« Der Name klang aus seinem Mund wie hingehaucht, aber es lag soviel Sanftheit darin, daß Edward gerührt von dem beinahe greifbaren Gefühl innehielt und schwieg. »Wissen Sie, ich habe sie geliebt – aber sie ging davon.« Der alte Mann griff nach Edwards Hand und drückte sie. »Es war meine Schuld, nicht ihre.«

George Gregory wollte seine Gefühle verdecken, lief heftig im Zimmer auf und ab, ging dann zum Kamin und zog energisch am Klingelzug. »Ich glaube, wir trinken eine Tasse Tee. Dann müssen Sie mir alles von ihr erzählen – ich meine, was sie getan hat, wohin sie gegangen und was Ihnen beiden widerfahren ist. Junger Mann, Sie haben mich lange warten lassen«, fügte er mit spöttischem Ernst hinzu, »und da Sie jetzt endlich hier sind, müssen Sie mir *alles* erzählen.«

Beim Tee berichtete Edward soviel über das Leben und Sterben seiner Mutter wie ihm bekannt war. Es war bedauerlich wenig, und im nachhinein schämte er sich, daß er so wenig Interesse an ihr gehabt hatte. Vielleicht war der Grund dafür ihre Weigerung gewesen, ihm das zu sagen, was für ihn von großer Bedeutung gewesen wäre. Und so hatte er kaum auf das geachtet, was sie ihm vielleicht hatte vermitteln wollen. Aber Edwards Gedanken waren schon immer nur um die Geschichte seines Vaters gekreist.

Ehe George Gregory sie ihm jedoch erzählte, wollte er etwas über Edwards Leben hören. Es fiel Edward sehr viel schwerer, darüber zu sprechen. Pausen und Zögern unterbrachen seinen Bericht immer wieder, und wegen des stummen Mitgefühls, das ihm entgegengebracht wurde, gab es Augenblicke, in denen er durch das Zimmer laufen mußte, um nicht wie ein Kind zu weinen. Der alte Geistliche war ein ausgezeichneter Zuhörer. Er stellte überraschend kluge Fragen und ließ eine Vertrautheit mit dem Leben in der Stadt erkennen, die Edward bei ihm nicht vermutet hätte.

Seine Jahre als Erwachsener faßte er nur kurz zusammen, denn er wollte unter keinen Umständen etwas von dem offenbaren, was schließlich dazu führte, daß Mary Elliott ihm die Wahrheit nicht länger vorenthalten hatte. Edward erzählte nur, seine Tante habe ihm den Namen der Familie genannt, und danach habe er eigene Nachforschungen angestellt. Während Edward über seine Entschlossenheit sprach, soviel von der ganzen Wahrheit wie möglich ans Licht zu bringen, begriff er plötzlich, daß George Gregory ihn als Sohn anerkannte und an seiner Identität so wenig zweifelte wie Edward, der schon bei der ersten Begegnung gewußt hatte, daß dies sein Vater war.

Edward brach ab und fragte: »Sagen Sie, Sir – haben Sie es gewußt? Haben Sie damals in der Kirche gewußt, wer ich bin?«

»Ich habe es nicht gewußt«, antwortete George Gregory langsam, »ich war mir nicht sicher. Verstehen Sie, der Name – traf mich wie ein Schock. Er ist hier in der Gegend ungewöhnlich, und als ich ihn hörte, mußte ich sofort an Elizabeth denken. Und dann wirkten Sie irgendwie... irgendwie sehr vertraut. Das genügte, um mit Ihnen ins Gespräch kommen zu wollen. Es hat mich sehr enttäuscht, daß ich diese Gelegenheit damals nicht hatte.

Zuerst hoffte ich, Sie würden zurückkommen, aber ich habe es nicht wirklich erwartet. Und als ich dann Ihren Brief erhielt, hatte ich sehr stark das unerklärliche Gefühl, daß Sie mit Elizabeth verwandt sind und durch Elizabeth mit mir. Ich erinnerte mich plötzlich an etwas – etwas, was mir flüchtig aufgefallen war, als wir uns an jenem Morgen die Hand schüttelten: *Sie* hatten mich erkannt.«

»Und deshalb wußten Sie es?«

»Nein, ich habe es nur *gehofft*. Aber wenn ich Sie jetzt ansehe, dann weiß ich es. Ich weiß auch, warum mir beim ersten Mal Ihr Gesicht so bekannt vorkam.« George Gregory lächelte trocken. »Wir sehen uns ähnlich ... Sie und ich, nicht wahr? Vor langer Zeit – in meiner rebellischen Phase, als ich mich der Kirche zuwandte – hatte ich auch einen Bart.«

Beide Männer sahen sich einige Zeit offen und ohne jedes Gefühl der Verlegenheit abwägend an. Sie spürten auf beiden Seiten ein Gleichgewicht, die angenehme Wärme der Zusammengehörigkeit, und sie wußten, ihre gegenseitige Sympathie ging über die Blutsbande hinaus.

Überwältigt von plötzlicher Dankbarkeit und Zuneigung spürte Edward, wie ihm der Mund trocken wurde. Ihm fehlten die Worte, und er konnte nur lächeln.

Sein Vater ließ eher barsch noch mehr Tee kommen, schob klappernd Tassen und Teller hin und her und stellte mißbilligend fest, daß heißes Wasser fehlte. Er zog wieder am Klingelzug, und als das heiße Wasser gebracht wurde, hatte er seine Fassung wiedergewonnen. Beinahe beiläufig, als unterhalte er sich mit einem alten und sehr vertrauenswürdigen Freund, begann er von seiner Jugend zu sprechen.

George Gregory hatte nie daran gedacht, Pfarrer zu werden. Er studierte in Cambridge Jura und verbrachte wie ein typischer Studienanfänger Ostern zu Hause. Er hatte den Entschluß gefaßt, die ersten drei ziemlich verbummelten Jahre nachzuholen und auf die unendlich wichtigen Abschlußexamen hinzuarbeiten. Wie die meisten seiner Freunde hatte er viel zu viel Zeit damit verbracht zu trinken, in die Stadt zu laufen und anstelle der langweiligen juristischen Wälzer Shelley und Byron zu lesen. Er hielt sich für hochgradig verderbt und verrucht. »In Wirklichkeit war ich – nun ja, waren wir alle – so entsetzlich naiv.«

Die Vernarrtheit seiner Schwester in den Sohn von Freunden der Familie führte bei einem der Besuche in deren Haus zu seiner Begegnung mit Elizabeth. Gelangweilt überließ er seine Schwester sich selbst und

machte nach dem Mittagessen allein einen Spaziergang, und dabei begegnete er Elizabeth.
Sie saß im Frühlingssonnenschein mit einem Buch in der Hand und in einem hübschen Kleid unter einem Baum. George Gregory hielt sie für einen Gast des Hauses oder eine der Einheimischen, denen erlaubt war, den Park zu benutzen. Er nickte ihr beim Vorübergehen zu und blieb auf dem Rückweg stehen. Aus höflicher Entfernung erkundigte er sich danach, welches Buch ihre Aufmerksamkeit fesselte. Es war ein Gedichtband, sie las gerade Thomas Grays berühmte »Elegy«. Der junge Mann wollte sie beeindrucken und fing an, sich leider etwas verschwommen und sentimental darüber zu äußern, und verstummte erst, als er bemerkte, daß sich ihr höfliches Interesse in herablassende Verachtung verwandelte. Elizabeth Elliott erklärte ihm ziemlich unumwunden, er verstehe nichts davon und warf seine gewählten Worte literarischer und stilistischer Anerkennung mit ein paar kurzen treffenden Sätzen über den Haufen. Ihre Deutung des Gedichts machte ihn sprachlos vor Bewunderung. Er konnte kaum glauben, daß eine so schöne Frau auch noch so klug sein sollte. Er ahnte nicht, daß ihre überzeugenden Argumente auf persönlicher Erfahrung beruhten, und daß sie mehr oder weniger das war, was sie zu sein schien.
Mit der Klugheit des Alters und in dem Bewußtsein, ein Leben lang diese frühen Irrtümer korrigiert zu haben, gestand Edwards Vater seine jugendliche und unverzeihliche Blindheit. Er erzählte, Dienstboten seien damals für ihn so gut wie nicht vorhanden gewesen, da sie nicht eine Spur der Kultur von seinesgleichen besaßen und im wesentlichen Analphabeten waren. Er konnte sich nicht vorstellen, daß eine Zofe mehr als ihren Namen lesen konnte, und in seiner jugendlichen, männlichen Überlegenheit erschien es ihm unglaublich, daß eine solche Frau intelligenter und reifer sein sollte als er.
George bemühte sich zwar darum, ihr einige Informationen zu entlokken, aber Elizabeth hüllte sich über ihre Identität in Schweigen. Sie machte sogar ein Spiel daraus, das ihren folgenden Begegnungen noch größeren Reiz verlieh. Natürlich hatte er den quälenden Verdacht, sie spiele nur mit ihm, aber die ganze Situation war viel zu aufregend, um darauf zu verzichten.
Während sein Vater erzählte, schienen die Jahre wie im Flug zu vergehen. Edward sah den temperamentvollen, aufgeschlossenen jungen

Mann von damals und stellte sich die attraktive, geistreiche und spöttische junge Frau neben ihm vor. Aber das Bild, das der alte Mann beinahe vierzig Jahre lebendig gehalten hatte, entsprach nicht Edwards Erfahrungen mit seiner Mutter. Erst als er erkannte, daß Elizabeth Elliott auch damals kein Mädchen mehr gewesen war, fing er an zu begreifen. Sie war eine Frau gewesen und viele Jahre älter als der unreife und beeindruckbare Student, den sie verführte. Es tat weh zu sehen, wie diese Verführung noch immer ihr Werk tat, denn er mochte George Gregory und spürte eine natürliche Nähe zu ihm, die er zu seiner Mutter nie gehabt hatte. Seltsamerweise half ihm das, die beiden so unterschiedlichen Bilder von ihr miteinander in Einklang zu bringen. Ja, er wußte jetzt, sie sprachen von derselben Frau.

In Cambridge kam George weniger gut als gehofft mit seinem Studium voran. Er lebte nur noch auf das Semesterende hin, denn dann würde er seine geliebte Elizabeth wiedersehen. Er erreichte sogar, daß er für eine Woche in das Haus der befreundeten Familie eingeladen wurde. »Und in dieser Zeit«, murmelte George Gregory traurig, »habe ich erfahren, wer sie war. Am zweiten Tag stand ich ihr im Wohnzimmer plötzlich gegenüber.«

Der Schock war vernichtend. Sie unerwartet sehen, war eine Sache, aber zu erkennen, daß sie zum Personal gehörte, wenn auch in einer gehobenen Stellung, eine andere. Ihn traf jedoch am schmerzlichsten, daß sie nur mit dem Vornamen angesprochen wurde wie ein gesichtsloses, charakterloses Wesen, das eben da war, aber nicht lebte.

»Ihre Ausdruckslosigkeit machte mir angst«, gestand George Gregory, »denn sie wirkte so, wie man es von ihr erwartete. Aber das war nicht die Elizabeth, die *ich* kannte. Es war abscheulich anzusehen, wie meine geliebte Elizabeth mit all ihrem Verstand und ihrer Sensibilität buchstäblich an eine langweilige, schwerfällige Frau gefesselt war, die ein Sonett nicht von einem Schweineohr hätte unterscheiden können! Ich wollte laut Einspruch erheben und allen erklären, das sei ein entsetzlicher Irrtum ... aber ich sagte nichts. Ich glaube, ich habe nur eine volle Teetasse umgeworfen.«

In den Stunden zwischen dem schicksalsschweren Tee und ihrer nächsten Begegnung machte sich der junge George Gregory auf den Weg des Verstehens. Elizabeths elegante Kleider waren geschickt umgearbeitete, abgelegte Sachen ihrer Herrin und wie die freien Nachmittage ein Privileg ihrer besonderen Stellung. Diese Stellung verdankte sie einfach ihrer Bildung und natürlichen Kultiviertheit, die George auf die falsche Fährte gebracht hatte.

George Gregory erzählte Edward, Elizabeth sei am nächsten Tag zerknirscht und blaß an ihrem üblichen Treffpunkt erschienen. Sie wollte sich entschuldigen und gehen. Aber nach allem, was zumindest für ihn geschehen war, wollte er sie nicht loslassen. Nach und nach ließ er sich ihre Geschichte erzählen. Die Tragödie, durch die Reichtum und gesellschaftlicher Rang mit einem Schlag in trostlose Armut verwandelt worden war, rührte ihn zutiefst, und er liebte sie nur um so mehr. Er machte ihr einen Heiratsantrag und schwor ihr, alles wiedergutzumachen, was sie hatte erdulden müssen, ohne im Traum daran zu denken, daß er dazu nicht in der Lage sein würde.

»Es wurde ein sehr gefühlvoller Nachmittag«, berichtete George Gregory lakonisch, aber die Jugendlichkeit war verflogen. Vor Edward saß wieder ein über sechzigjähriger Mann, dessen geistliche Kleidung sein Alter noch betonte.

Edward verstand. In dem folgenden Schweigen dachte er an seine Mutter und ihre lebenslange Bitterkeit über ein gebrochenes Versprechen. Er dachte an sein Leben, das nicht hätte sein dürfen. Er verdankte es nur den leidenschaftlichen Gefühlen eines Nachmittags. Und dann dachte er an Louisa in Irland und an Robert Duncannon.

Seine eigene Tragödie ließ Edward kurz den Faden der Erzählung verlieren. George Gregory sprach offenbar vom Zorn seines Vaters, Sir Alfred, der sich maßlos darüber erregte, daß sein Sohn die Abschlußexamen nicht bestanden hatte, und ihm das Taschengeld drastisch kürzte.

»Im letzten Moment«, sagte er, »biß ich mir auf die Lippen und verschwieg meine wahren Absichten. Mit so wenig Geld konnte ich Elizabeth damals natürlich nicht heiraten. Ich versprach meinem Vater, in den nächsten zwei Semestern wie ein Sklave zu arbeiten, und wußte, ich würde Elizabeth bitten müssen zu warten.«

George Gregory breitete die schmalen, blau geäderten Hände plötzlich bittend und verzweifelt aus. »Leider erklärte sie mir beim nächsten Treffen – und ich weiß noch, daß wir uns in diesem Sommer oft gesehen hatten –, daß sie nicht warten konnte. Zuerst«, gestand er mit leichter Ironie, »war ich so dumm, daß ich das nicht verstand. Ich muß zu meiner Schande gestehen, sie mußte es mir erklären. Nun ja, immerhin geriet ich nicht in Panik – noch nicht. Ich erinnere mich daran, idiotischerweise sogar stolz gewesen zu sein. Ich erklärte, wir müßten fliehen, und sie war damit einverstanden. Wir schmiedeten Pläne, die, wie Sie wissen, nicht verwirklicht wurden.«

Edward war zwar durch den Bericht von Mary Elliott auf das vorbereitet, was danach geschah, aber die Geschichte seines Vaters, die für ihn den Zusammenhang herstellte, erschütterte ihn zutiefst. Während Edward wie gebannt an dem schmalen, asketischen Gesicht hing, erlebte er jedes Wort und jeden Satz, als habe sein Großvater, dieser hartherzige alte Mann, auch ihn gedemütigt. Und in gewisser Weise traf das auch zu.

»Natürlich wurde unser Verhältnis entdeckt. Wie und durch wen kann ich auch heute nur ahnen – aber das ist nicht so wichtig. Wichtig ist, daß mein Vater es erfuhr. Und Sie können es mir glauben, nach all den vielen Jahren rufen die Worte, die damals in dem Gespräch mit ihm gefallen sind, noch immer bei mir Gefühle des – Abscheus hervor. Ja«, wiederholte er nachdenklich und kopfschüttelnd, »Abscheu ist das richtige und einzige Wort dafür. Er griff zu den gröbsten und brutalsten Begriffen. Mein Vater, den ich rückhaltlos geliebt und geachtet hatte, zerstörte meine Unschuld, alle meine jugendlichen romantischen Illusionen mit einem einzigen Schlag. Was für mich die vollkommenste und schönste Erfahrung meines Lebens gewesen war, schien plötzlich nichts anderes als ein Akt der Verführung gewesen zu sein – ein vulgärer Akt, der alles überstieg, was ich bis dahin kannte oder mir auch nur vorzustellen vermochte.«

»Seine Worte waren auch eine Art Verführung«, sagte George Gregory langsam, »denn zu meinem unendlichen Bedauern glaubte ich ihm. Er fand die verwundbare Stelle in meinem Panzer, als er mir Elizabeths Alter verriet. Ich wußte zwar, daß sie etwas älter war als ich, aber ich ahnte nicht *wieviel* älter. Ich war sprachlos, als er erklärte, sie sei dreißig und mir Beweise dafür anbot. Ich war damals gerade einundzwanzig. Er beschrieb sie als eine raffinierte, berechnende, erfahrene Frau, die mit der Naivität eines Jungen gespielt hatte. Und alles war plötzlich so einleuchtend. Noch ehe ich ihm sagen konnte, daß sie schwanger war und mein Kind erwartete, und daß ich sie deshalb nicht verlassen könnte, sagte er, als könne er Gedanken lesen, diese Frau werde so etwas behaupten, um mich zu fangen, ob es nun der Wahrheit entsprach oder nicht, denn sie habe es auf meinen Reichtum abgesehen, auf Reichtum und gesellschaftlichen Rang. Und das habe nichts mit Liebe zu tun. Außerdem, wie könne sich eine Frau in ihrem Alter und ihrer Erfahrung in einen so unreifen und törichten Einfaltspinsel wie mich verlieben?«

Edward zuckte zusammen. Ihn schmerzte nicht die Naivität seines Vaters, sondern die offenbar so richtige Einschätzung und Charakterisierung seiner Mutter. Elizabeth war damals dreißig, ihre Schönheit begann zu verblassen, und da entschied sie sich spontan, alles auf eine Karte zu setzen, um sich George Gregory zu angeln. Vielleicht mochte sie ihn. Aber Edward sah in dem Geschenk ihrer Jungfräulichkeit, das sie dem jungen Mann machte, die Trumpfkarte, die seine Mutter ausspielen würde. Und nachdem sie das Spiel so grausam verloren hatte, war das Rennen vorbei und sie verbittert entschlossen, ihren Körper nie wieder einem Mann zu überlassen.

Sein Vater ahnte nichts von diesen Gedanken und erzählte weiter: »Rückblickend schäme ich mich. Ich *war* einfältig und töricht – o je, er kannte mich gut. Aber bei dem Versuch, meine jugendliche Dummheit ein für allemal zu kurieren, ging mein Vater zu weit. Er erstickte meine Liebe für Elizabeth, aber es gelang ihm auch, andere Gefühle zu töten. Ich haßte ihn und verachtete mich. Ich hatte zwar versprochen, sie zu heiraten, aber jetzt wollte ich sie nicht einmal mehr wiedersehen. Mein Vater riet mir, ihr eine höfliche Nachricht zukommen zu lassen und alle weiteren Begegnungen abzusagen. Auch dazu war ich nicht in der Lage. Ich wollte nur noch weg. Ich wollte allein sein und keinen Menschen mehr sehen.«

Seine Mutter fürchtete um die Gesundheit ihres Sohnes und schlug ihm vor, ein paar Tage in den Süden zu Verwandten zu fahren. George ging bereitwillig darauf ein und blieb dort mehrere Wochen. Schließlich, so sagte er, habe er versucht, Elizabeth zu schreiben. Aber es gelang ihm nur, Berge von Papier zu verschwenden. Danach wußte George, er mußte sie sehen. Aber als er bereit war, sich seiner Verantwortung zu stellen, war sie nicht mehr da. Seine vorsichtigen Nachforschungen kamen seinem Vater zu Ohren. Er wurde wieder zu einem Gespräch befohlen. Diesmal fielen nur wenige Worte. Man zeigte ihm lediglich das Dokument, das Elizabeth Elliott unterschrieben hatte. Sie bestätigte den Erhalt einer großen Geldsumme und versprach dafür, die Gegend zu verlassen.

»Q.E.D. – dieser Beweis überzeugte. Ich habe ihm viele Jahre geglaubt«, gestand George Gregory bekümmert, »danach entschloß ich mich, Pfarrer zu werden – natürlich aus den völlig falschen Gründen –, zum Teil tat ich es, weil ich wußte, mein Vater würde darüber erbost sein, zum Teil auch deshalb, weil die Kirche mir einen sicheren Schutz bot. Die Juristerei erschien mir als eine hohle Farce in einer verlogenen, ungerechten Welt, für die ich nur das passende, hohle Gefäß hätte sein können. Damals glaubte ich vermutlich noch nicht einmal an Gott: Ich hatte dadurch einfach etwas zu tun.

Erst als ich viele Jahre später nach Lincoln kam, begann ich ernsthaft, das Geschehene zu untersuchen und in Frage zu stellen. Lincoln war eine sehr arme Gemeinde – als junger Hilfspfarrer bekam ich viele herzzerreißende Geschichten zu hören, und ich habe viele vaterlose Kinder getauft, denen der Tod innerhalb eines Jahres bestimmt war. Das brachte mich endlich zur Vernunft. Das Leben brachte mich zum Nachdenken und weckte auch wieder meine Gefühle. Endlich verstand ich, *weshalb* Elizabeth das Versprechen geben und das Geld hatte nehmen *müssen*. Sie hatte mich nicht belogen – sie war schwanger gewesen –, und es war mein Kind. Zum ersten Mal sah ich die grauenhafte Situation mit ihren Augen, sah ihre Möglichkeiten, nachdem ich mein Versprechen nicht gehalten und sie im Stich gelassen hatte. Wissen Sie, Frauen in dieser Lage können sich keine großartigen Grundsätze und das Ehrgefühl eines Mannes leisten. Frauen werden lügen, betrügen und stehlen, um zu überleben und ihre Kinder zu schützen – sie werden alles tun, was sich ihnen bietet. Ich kann ihnen deshalb keinen Vorwurf machen. Und Sie auch nicht«, fügte er leise hinzu.

»Oh, ich mache ihr deshalb keinen Vorwurf«, versicherte ihm Edward, »jetzt nicht mehr. Ich wünschte nur, sie wäre nach allem, was geschehen ist, nicht so verbittert gewesen.«

Der alte Mann nickte und seufzte. Sie schwiegen eine Weile, versunken in geteilten Gedanken und Überlegungen. Schließlich fragte Edward, ob er je versucht habe, Elizabeth zu finden. Daraufhin beschrieb sein Vater unter schmerzlichem Seufzen eine Reise, die er unternommen hatte, als Edward etwa sechs oder sieben gewesen sein mußte. Damals blühte das Hotel in der Tanner Row, und man hatte einen verwirrten

Jungen von den alten Verwandten in Darlington nach York gebracht und ihm gesagt, er müsse seine Mutter »Tante« nennen.

»Ich fuhr nach Metheringham und erkundigte mich unauffällig. Ich erfuhr viel über die Elliotts. Das meiste bestätigte die Aussagen Ihrer Mutter – ein weiterer Beweis ihrer Ehrlichkeit, wenn ich ihn noch gebraucht hätte. Man erzählte mir, die Elliotts seien anständige, vielleicht etwas zu stolze Leute in diesem kleinen Dorf. In den letzten Jahren sei das Schicksal wieder gnädiger mit ihnen gewesen. Als man mir die Eltern Ihrer Mutter beschrieb, konnte ich mich davon überzeugen, daß es keine armen Leute waren – nicht so arm wie das, was ich inzwischen an Armut kennengelernt hatte. Mein Informant berichtete, daß von den vier Kindern, die das Dorf verlassen hatten, die beiden Töchter es gut getroffen hätten. Soweit er wußte, besaßen sie ein eigenes Geschäft im Norden. Der Name York fiel jedoch nie. Ironischerweise«, er seufzte wieder, »habe ich viel Zeit in dieser Stadt verbracht, ohne zu ahnen, daß Elizabeth dort lebte.«

»Haben Sie sich auch nach meinen Großeltern erkundigt?«

»Nein. Sie brauchten meine Hilfe nicht. Ich schämte mich zu sehr, um mit ihnen Kontakt aufzunehmen.«

Edward schloß die Augen, da ihn der Schmerz plötzlich überflutete. »Wie schade«, flüsterte er, »als Kind habe ich jeden Sommer bei ihnen verbracht.«

Diese Ironie schmerzte sie beide. Aber als der alte Mann ihn um Verzeihung bat, war Edward überrascht und auch gerührt, denn auf den schmalen, blassen Wangen glänzten Tränen.

»Sie müssen sich nicht entschuldigen«, murmelte Edward und wiederholte diese Worte in seinem Herzen: Nein, das ist nicht nötig, denn ich verstehe, jetzt...

Edward verstand George Gregory, mochte ihn, spürte die heilende Kraft der Wärme und Wahrheit und wußte, bedauern würde er immer nur, daß sie sich so spät begegnet waren. Die Vergangenheit, der Schmerz und die Einsamkeit, die seine Erfahrungen bei weitem übertraf, machten ihn traurig. Aber er hatte das Gefühl, als sei etwas abgeschlossen und wieder in Ordnung gebracht. Aufgrund dieser Begegnung und all der noch folgenden würden sie beide nie wieder so allein sein wie zuvor, denn sie hatten sich als Vater und Sohn gefunden.

3

Am Ende des Monats kehrten die Känglichen Dragoner wieder nach Dublin zurück. Das Regiment freute sich auf die leichte Zeit des Winters, auf die Wochen vergleichsweiser Erholung und Abwechslung an den Fleischtöpfen der Stadt. Für die Offiziere zumindest gab es außerdem die unterhaltsame Jagd.

Nachdem Robert seine Männer so gut wie möglich in den wenig erfreulichen Quartieren der Islandbridge-Kaserne untergebracht hatte, war er entschlossen, in der nächsten Zeit seine Sorgen, die um das Regiment kreisten, zu vergessen. Louisa hatte äußerste Geduld bewiesen, und er wollte seine lange Abwesenheit wiedergutmachen. Oft war er nur zum Essen und Schlafen erschienen. Zu einem vernünftigen Gespräch war nicht die geringste Zeit geblieben. Am Ende dieser sehr aufreibenden Woche wollte er nur noch seine militärischen Pflichten zum Abschluß bringen und so schnell wie möglich nach Hause. Ein Punkt stand noch auf seiner Liste: Er mußte zu einem Gefangenen im Mountjoy-Gefängnis, um eine Aussage aufzunehmen und ein paar Dokumente zu unterschreiben. Aber dann hatte er dienstfrei . . .

Erleichtert kam er nach dieser Pflicht zu Harris zurück, und sie gingen zur wartenden Droschke. Robert spürte, wie ihn die Müdigkeit übermannte, und er schloß die Augen. Als sie ein paar Minuten später unsanft über Eisenbahnschienen holperten, schlug er sie wieder auf und blickte verärgert auf den stockenden Nachmittagsverkehr. Bei Einbruch der Dämmerung hatte es angefangen zu regnen. Das feine, alles durchdringende Nieseln ließ die Käufer zu den Droschken eilen, denn sie wollten bei dem schlechten Wetter alle schnell zum Tee wieder zu Hause sein. Welch eine Illusion, dachte Robert kopfschüttelnd, denn jede Droschke steckte inzwischen bis hin zur Sackville-Straße hoffnungslos im Stau, und für alle gab es kein Vor und Zurück mehr.

Vor ihnen sah er gerade noch St. George. Dort hatte er einer Frau ewige Treue und Liebe geschworen, die kaum die Bedeutung solcher Worte fassen konnte. Es ist, als sei das in einem anderen Leben, in einer anderen Zeit geschehen, dachte Robert. Wäre Charlotte nicht geistig gestört gewesen, hätte er sie zu einer Scheidung überreden können. Aber die Krankheit machte sie unantastbar, und da Robert sich nicht ergeben in sein Los fügen wollte, war er vor dem Gesetz und in den Augen der Gesellschaft der schuldige Ehebrecher. Unter diesen außergewöhnlichen Umständen war die Ehe zwar eine rein theoretische Angelegenheit, aber er litt trotzdem darunter, denn sie schob sich wie eine dunkle Wolke vor das Glück, das Louisa für ihn verkörperte.
Robert haßte diesen Teil der Stadt und wünschte, der Verkehr würde nachlassen. Aber an diesem Abend sollte die Fahrt besonders lange dauern, auch wenn der Kutscher jede Lücke ausnutzte. Über dem Meer schwankender Regenschirme am Rutland-Platz richteten sich seine Augen auf das Herrenhaus gegenüber. Dort wohnte Charlottes Onkel. Dort hatte er sie in aller Unschuld umworben und sich wie eine Fliege im Netz der Verschwiegenheit und Täuschung verstrickt. Seit der Hochzeit hatte er die Familie nicht mehr gesehen und wollte es auch jetzt nicht. Sie würden natürlich wissen, daß er sich wieder in Dublin befand, denn sie wußten bestimmt auch alles über Charlotte. Und es konnte ihnen auch nicht entgangen sein, daß Louisa in seinem Haus wohnte, und daß er sich von den tragischen Ereignissen nicht hatte unterkriegen lassen.
Die Droschke rollte plötzlich vorwärts, und das Haus entschwand seinen Blicken. Sie überquerten den schwarzen Fluß, auf dem ebenfalls geschäftiges Treiben herrschte, und fuhren in Richtung Süden durch die Grafton-Straße, in der sich die Droschken und Fuhrwerke im Novembergrau drängten. Dann bogen sie nach Osten und fuhren am endlosen schmiedeeisernen Zaun des Stephen's Park entlang, vorbei an regennassen Bäumen und künstlichen Seen, die bereits im Dunst verschwammen. Hier ließ der Verkehr nach, und die Straßen in ihrer verblassenden georgianischen Pracht verrieten die Anwesenheit eines ebenso verblassenden Adels. Zu viele der alten Aristokraten spürten empfindlich die hohen Steuern, denen niedrige Pachteinnahmen gegenüberstanden. Sie kehrten deshalb auf die verarmten Landgüter zurück und verkauften die Stadthäuser an die aufstrebenden Bürger der

Mittelklasse. Ärzte und Anwälte gehörten zu den Neureichen in Dublin. Robert konnte das nicht so ohne weiteres billigen. Vor wenigen Minuten hatte er noch seine Ehe bereut, aber als sie den Fitzwilliam-Platz erreichten, hatte er allen Grund, dem Schicksal dafür zu danken. Ohne Charlottes Geld hätte er es sich nicht leisten können, das Devereaux-Haus instand setzen zu lassen. Welch eine Ironie, dachte Robert, als die Droschke vor dem eleganten Haus vorfuhr, vor ein paar Jahren hatte er es gehaßt und wollte es verkaufen. Jetzt aber, da Louisa ihn dort erwartete, war daraus ein Zuhause geworden, das zu haben er nie gehofft hatte, besonders nachdem White Leigh an William gefallen war. Louisa hatte für ihn den Geist der ersten Wochen mit Charlotte besiegt und wirksamer vertrieben, als Farbe oder Tapeten es vermochten.

Georgina stürmte ihm zur Begrüßung entgegen. In der Halle drehte er sich mit ihr ausgelassen im Kreis und erntete ein mißbilligendes Naserümpfen von McMahon, als er es mit Louisa ebenso tat. Sie lachte und wich atemlos zurück, als Letty erschien und sich weigerte, ihrem Bruder nahe zu kommen, bis er versprach, sie nur auf die Wange zu küssen. Harris schien dem alten Butler die Stirn zu bieten, als er lächelte, nach ein paar Taschen griff und sie nach oben trug.

»Legen Sie mir etwas Bequemes für heute abend zurecht, Harris«, rief Robert ihm nach. »Ich komme gleich zum Umziehen nach oben.«

Im Wohnzimmer umarmte Robert alle seine Damen noch einmal, denn er freute sich, wieder zu Hause zu sein. Er setzte sich in seinen Lieblingssessel mit der hohen Lehne am offenen Kamin und ließ den Blick über den wunderschönen Raum gleiten. Die hohen Fenster zum Fitzwilliam-Platz umrahmten dunkelgrüne Samtvorhänge. Die Felder der exquisiten Stukkatur waren mit Singvögeln und wilden Rosen ausgemalt. Der cremefarbene Seidendamast der Wände bildete den perfekten Hintergrund für sein Lieblingsgemälde von Stubbs. Der Adam-Kamin war an sich schon ein Traum klassischer Vollkommenheit.

Und das war auch seine kleine Tochter. Zart wie Meißner Porzellan lächelte sie ihn an; er konnte nicht widerstehen, nahm sie auf den Schoß und hörte sich aufmerksam alle ihre Neuigkeiten an.

Robert war fasziniert von ihrem anschaulichen Bericht und ahnte nicht, welch bezauberndes Bild sie boten: Robert trug noch die rote und goldene Uniform. Die kleine Georgina in Blau hob sich hell und blond vor seiner dunklen Haut und den schwarzen Haaren ab.

Louisa betrachtete die beiden voll Liebe und Glück. In diesem Moment verstand sie nicht, wie sie hatte an ihm oder an dem Entschluß zweifeln können, nach Dublin zu kommen. Natürlich war es richtig gewesen. Sie liebte ihn so sehr, und er liebte sie. Robert hatte einfach seine Pflichten als Offizier zu erfüllen, und diese Arbeit führte ihn von Zeit zu Zeit weg. Sie mußte lernen, weniger anspruchsvoll zu sein und mehr Verständnis für die Anforderungen zu zeigen, die an ihn gestellt wurden.

Louisa setzte sich ruhig auf das Sofa und hörte belustigt Georgina zu, die aufgeregt piepste und quietschte, sah glücklich die strahlende Bewunderung ihres Vaters in den blauen Augen der Kleinen und überließ sich dem aufsteigenden Gefühl besitzergreifenden Stolzes. Das Kind war so aufgeweckt und intelligent. Es war eine wahre Freude, Georgina zu unterrichten, und sie war von Natur aus so glücklich, daß Louisa sie einfach lieben mußte. Inzwischen galt Georgina als ihre Cousine ehrenhalber, und Louisa bedauerte nur, daß sie keine engeren Bande knüpfen konnten. Georgina sah Letty als ihre Mutter an, und nur ihrem Vater galt ihre uneingeschränkte und unkritische Zuneigung. Für ihn würde sie alles tun.

Als Letty nach einer halben Stunde erklärte, es sei Zeit, zu Bett zu gehen, drohten sofort Tränen. Aber Robert deutete auf die Uhr und sagte, er müsse jetzt nach oben und sich zum Abendessen umziehen. Georgina biß sich zitternd auf die Lippen und fragte so betörend wie möglich, ob er sie zu Bett bringen werde.

»Nein, du kleiner Wildfang, ich habe dir doch gesagt, ich muß mich umziehen. Aber«, fügte er freundlich hinzu und setzte sie auf seinen Arm, »ich bringe dich hinauf in dein Kindertraumreich zu deinen Puppen und zu deinem Bett. Komm, wir gehen.«

Mit der freien Hand griff Robert nach Louisa und zog sie hoch. Lachend gingen die drei nach oben.

Am Fuß der Treppe zum zweiten Stockwerk küßte Louisa Georgina auf die Wange, und Robert trug sie in das Kinderzimmer hinauf. Sie blieb noch einen Augenblick stehen und lauschte auf die beiden Stimmen. Dann ging sie durch den Flur, der zu ihrer kleinen Wohnung auf der Rückseite des Hauses führte. Robert würde wie üblich, wenn er herunterkam, durch das große Schlafzimmer vorne kommen, obwohl er dort nur seine Kleidung hatte. Wie alle Zimmer war es neu gemacht worden. Aber trotz der warmen rostroten und goldenen Farben klagte er, es sei kalt und schlief nie dort. Auch Louisa hatte kein Verlangen, über diese Schwelle zu gehen. Als hätten sie sich darauf geeinigt, sprachen sie nie darüber, daß er dieses Schlafzimmer einmal mit Charlotte geteilt hatte. Es war reine Formsache, daß dieses Zimmer ihm vorbehalten war. Im Zuge der Renovation hatte Robert auch Badezimmer einbauen lassen, unter anderem eines in seinem ehemaligen Ankleideraum. Es befand sich zwischen dem großen Schlafzimmer und Louisas Zimmer und hatte eine geheime Verbindungstür. Louisa zweifelte nicht daran, daß diese Tür kein Geheimnis mehr war und fragte ihn oft, warum er sich so viel Mühe damit gemacht hatte. Aber völlig unlogisch behauptete er, der Schein sei auf diese Weise gewahrt. Darüber, daß er immer bei ihr schlief, schien er sich keine Sorgen zu machen. Als sie jetzt darüber nachdachte, wurde Louisa bewußt, daß nicht einmal Moira früh morgens in ihr Zimmer kam, wenn Robert im Haus war.

Sie lächelte über seine geheimen Anweisungen und betrachtete sich kritisch im Spiegel. Dieses Kleid hatte Robert ihr als erstes gekauft. Die satten Herbsttöne machten es zu seinem Lieblingskleid, und der weiche Samt schmeichelte ihrer Figur. Sie strich vorsichtig über die Haare und steckte eine Locke fest, dann betrachtete sie das Zimmer. Alles war ordentlich, der Frisiertisch aufgeräumt, ein Strauß mit getrockneten Blumen ersetzte die Rosen des Sommers. Und auf dem Nachttisch stand in Reichweite ein Kistchen mit seinen Lieblingszigarren. Der Rauch fing sich in den Vorhängen und Bettdecken. Moira rümpfte immer die Nase, wenn sie morgens die Fenster öffnete, aber Louisa störte der Geruch nicht. Sie mochte das schwache Zigarrenaroma sogar, denn es erinnerte sie an Robert, wenn er nicht bei ihr war.

Die Verbindungstür öffnete sich, und er trat langsam in das Zimmer. Seine Augen strahlten, und er knöpfte sich bereits geschickt den engen Kragen der Uniformjacke auf.

Dann lehnte er sich an die Täfelung, ließ Louisa zu sich kommen und schloß sie mit einem kehligen Lachen in die Arme. »Mein Gott, wie hast du mir gefehlt!« rief er zwischen hungrigen Küssen. »Es war eine schreckliche Woche . . . Du kannst es dir nicht vorstellen . . . Ich dachte schon, ich würde nie nach Hause kommen. Ich klebe vor Dreck, ich brauche ein Bad und muß mich umziehen – außerdem bin ich am *Verhungern* und«, er küßte sie wieder, »ich sehne mich nach dir . . .«

Louisa zog ihm lachend Jacke und Hemd aus. »Dann nichts wie ins Bad mit dir – das Abendessen wartet. Mich kannst du später haben.«
»Ich kann nicht warten!«
»O doch, das kannst du!« rief sie und schlug auf die gierigen Hände. »Nun los, ab ins Bad!«
»Nur wenn du dich zu mir setzt und mit mir redest . . .«
Sie schob ihn in das Badezimmer. »Sei nicht so ein verwöhntes Baby – wir können später miteinander reden. Außerdem«, sagte sie und deutete auf den kostbaren Samt, »ein Tropfen Wasser, und es ist ruiniert.«
»Ich kaufe dir ein neues Kleid.«
»Oh, bist du still. Du verschwendest nur die kostbare Zeit!«
Als er ein paar Minuten später nach ihr rief, ging sie zu ihm, blieb aber in der offenen Tür stehen.
»Weißt du«, sagte Robert, während er sich Arme und Schulter seifte, »wir sollten doch bald nach White Leigh fahren. Ach, zieh nicht so ein Gesicht – früher oder später müssen wir hin. Und ich bin immer der Meinung: Das Unangenehme kommt zuerst . . . natürlich muß es nicht unbedingt unangenehm sein. Ich denke eigentlich, wir müssen nichts fürchten. William hat mir vor kurzem geschrieben. Er fragt, wann ich komme, und meint, es sei Zeit, daß auch Letty und Georgina sie wieder einmal besuchen. Also habe ich die Gelegenheit am Schopf ergriffen und ihm von dir berichtet.«
Schon bei dem Gedanken an White Leigh spürte Louisa, wie ihr das Blut aus den Wangen wich. »Du meine Güte, was hast du ihm denn gesagt?«
»Mehr oder weniger die Wahrheit.« Robert spülte die Seife vom Körper und griff nach einem Handtuch. Dann stieg er aus der Badewanne. »Ich habe ihm geschrieben, daß du hier in diesem Haus wohnst, und wenn er mich in White Leigh noch einmal sehen will, dann muß er auch dich willkommen heißen. Aber noch wichtiger, seine *Frau* muß dich ebenfalls willkommen heißen. Sie ist das Haar in der Suppe, Louisa – nicht er! Will ist wie mein Vater – ihm ist völlig gleichgültig, wer etwas mit wem hat, solange alle glücklich und zufrieden sind.« Robert begann sich völlig unbekümmert zu rasieren.
»O Robert, wie konntest du nur? Das hättest du nicht sagen dürfen – deine Schwägerin wird mich um so mehr hassen!«

»Anne haßt *jeden* und mich ganz besonders. Es hat keinen Sinn, bei Frauen wie ihr taktvoll zu sein. Sie halten das für ein Zeichen von Schwäche und schlagen bei der ersten Gelegenheit zu. Diese Frau ist wie eine bösartige Stute – man muß ständig die Peitsche zur Hand haben. Will ist nicht der erste, der sie . . .«, er machte mit dem Rasiermesser eine beredte Geste, und Louisa zuckte zusammen.
»Nein, nicht«, flehte sie und fragte dann leise: »*Müssen* wir sie denn besuchen?«
»Ja, ich habe einige Geschäfte zu erledigen, und sehe nicht ein, daß ich freie und kostbare Tage verschwende, indem ich allein fahre. *Außerdem* möchte ich, daß du White Leigh siehst. Mein Gott, ich bin dort geboren – habe dort die besten Jahre meines Lebens verbracht – du *mußt* White Leigh sehen!« Er wusch das Gesicht mit kaltem Wasser und trocknete es. »Eigentlich feiern wir dort immer zusammen Weihnachten. Aber in diesem Jahr habe ich nicht die Absicht, das zu tun. Weihnachten soll uns gehören – dir, mir und Georgie – und natürlich auch Letty. Wir werden hier sein und nicht in White Leigh. Meinem Bruder wird das nicht gefallen, und er wird beleidigt sein, wenn wir uns überhaupt nicht sehen lassen – deshalb finde ich, wir sollten *jetzt* fahren und nicht erst im Frühjahr.«
»Wenn ich dein Bruder wäre, wäre ich über deinen Brief beleidigt«, erwiderte sie, als Robert ins Nebenzimmer lief, um seine Sachen zu holen, die Harris dort ausgebreitet hatte.
»Unsinn!« rief er lachend. »Will und ich, wir verstehen uns.«
Auf der Schwelle zu dem anderen Zimmer spürte Louisa Charlottes Geist so deutlich, als stünde sie dort. Sie fröstelte und fragte: »Und was ist mit dem *eigentlichen* Haar in der Suppe, wie du es ausdrückst? Was ist mit –«, sie wollte sagen: Mit deiner Frau, überlegte es sich jedoch anders, denn Robert haßte diesen Ausdruck, und sie wollte ihm nicht die gute Laune verderben. »Was ist mit Charlotte?«
Robert schüttelte energisch den Kopf. »Über sie müssen wir uns keine Sorgen machen«, sagte er leise und knöpfte sich die Hose zu. Dann kam er zu Louisa. »Sieh nicht so gequält aus – du wirst Charlotte nicht einmal zu Gesicht bekommen.«
Aber Louisa hatte Angst. Sie legte ihm die Arme um den Hals und klammerte sich an ihn. Sie spürte die feuchte Haut nach dem Bad, seine beruhigende Wärme und männliche Kraft. »Ich liebe dich«, flüsterte

sie, küßte ihn auf die Schulter und verschluckte angstvoll die Worte, die ihr auf die Lippen kamen.
»Und ich liebe dich.« Er löste sich mit einem zärtlichen Kuß aus ihren Armen. »Du kannst mir vertrauen«, beteuerte er.

Im neblig verblassenden Licht eines Novembernachmittags fuhren sie die einzige gerade Straße eines Dorfes entlang, das ebenso einfach und wenig bemerkenswert war wie alle Dörfer in Irland. Seit sie den Zug in Waterford vor drei Tagen verlassen hatten, staunte Louisa immer wieder über die Gleichförmigkeit dieser Dörfer. Mit Dublin und seinen eleganten georgianischen Straßen konnte sie sich identifizieren. Zumindest an der Oberfläche trug die Stadt den englischen Stempel. Aber die Dörfer hatten nichts mit Lincolnshire oder den Yorkshire Wolds gemeinsam. Sie waren nicht hübsch, keine Gärten verschönten die rauhen Mauern und die durchhängenden Strohdächer; nichts Malerisches dämpfte die harte Wirklichkeit der Armut in ihrer bittersten und traurigsten Form. Es war sehr viel erstrebenswerter, in England arm zu sein und auf dem Land und nicht in der Stadt zu leben. Hier gab es wohl kaum einen Unterschied. Man konnte allenfalls sagen, daß diese Dorfstraße sauber gefegt war, und daß sich die Hütten am Straßenrand in einem besseren Zustand als die meisten anderen befanden.
Louisa erwartete am Dorfende wieder offenes Land wie in allen anderen Dörfern, durch die sie gefahren waren. Aber die Kutsche wurde langsamer. Vor ihnen lag dunkler Wald. Aus der Dorfstraße wurde plötzlich ein breiter Fahrweg, der sie durch zwei offene Torflügel führte. Dann folgte eine Allee mit riesigen, fremd wirkenden Bäumen.
Plötzlich umgab sie völlige Dunkelheit. Erschrocken umklammerte sie Roberts Arm und spürte mehr, als daß sie es hörte, wie er leise an ihre Wange gelehnt lachte.
»Araucarias, mein Schatz – man nennt sie auch Schirm- oder Schuppentannen. Das klingt dann schon weniger furchteinflößend und macht sie zu den lächerlichen Bäumen, die sie im Grunde auch sind.«
»Ich habe noch nie so viele und so hohe gesehen.«
»Ja, unser Urgroßvater liebte diese Bäume geradezu leidenschaftlich. Sie mußten größer und breiter sein als alle anderen im ganzen Land. Das zeigt, wie bedauerlich wenig Geschmack der Mann besaß.«
»Als Kind hattest du immer Angst vor ihnen«, erinnerte ihn Letty.

»Wirklich? Daran kann ich mich nicht erinnern.«

Letty lachte, während Georgina nachdrücklich erklärte: »Es sind schreckliche Bäume, Daddy. Ich hasse sie.«

»Ich kann nicht behaupten, daß ich sie mag«, gestand Louisa und atmete erleichtert auf, als die Allee hinter ihnen lag.

Vor ihnen erhob sich auf einer leichten Anhöhe aus den Nebelschwaden im grauen Dämmerlicht das fahle und irgendwie gespenstische Haus. Es war so unwirklich wie ein Traum – eher ein Alptraum. Säulen und Giebel, Treppengeländer und hohe Fenster zauberten die Illusion von unermeßlicher Größe – diese Illusion machte es an diesem feuchten Novembernachmittag sowohl eindrucksvoll als auch fröstelnd kalt.

»Das Haus unserer Vorfahren zeigt sich nicht in seinem besten Licht«, bemerkte Letty ironisch, »ganz besonders, wenn man es zum ersten Mal sieht. Hoffen wir, daß wenigstens morgen einmal die Sonne scheint.«

»Und hoffen wir auf ein warmes Feuer heute abend«, murmelte Robert.

»O, da hast du recht. Laßt uns beten, daß Annes Sparsamkeit sich inzwischen nicht auch auf das Feuerholz erstreckt!«

Letty lachte über ihren Witz, aber Louisa sank das Herz. Sie dachte sehnsüchtig an das Haus in der Gillygate-Straße und spürte einen Kloß im Hals. Mochte es auch ein kleines Stadthaus sein ohne jede Eleganz, aber an einem kühlen Abend war es wenigstens warm und gemütlich. Dieses Haus wirkte kalt und majestätisch wie ein Eispalast. Sie erwiderte den Druck von Roberts Hand und fragte sich, wie er es lieben konnte. Dann versuchte sie, tapfer zu lächeln.

Als die Kutsche vor der breiten Treppe hielt, schwand etwas von Louisas Ehrfurcht. In der Nähe war White Leigh sehr viel kleiner, als es aus der Ferne wirkte und auch weniger der gespenstische Palast, sondern eher der vornehme und eindrucksvolle Landsitz aus massivem Kalkstein. Trotzdem erinnerte sie sich an Lettys Warnung, warme Sachen einzupacken, denn das Haus sei zugig und kalt. Außerdem sei das Dach im Ostflügel undicht und dort regne es herein wie durch ein Sieb.

Als der Tritt heruntergeklappt wurde, sprang Georgina aus der Kutsche und rannte zu ihrem Vetter Harry, der oben an der Freitreppe neben seinen Eltern die Gäste erwartete. Wenigstens sie freut sich, dachte Louisa und folgte Letty. Sie schüttelte den Rock des neuen Reisekleids nach dem langen Sitzen. Rock und Jacke waren einfach, dunkel und sehr teuer. Aber Louisa war dankbar für das Selbstvertrauen, das ihr dieses Kleid verlieh. Lady Anne Duncannon konnte ihr nicht vorwerfen, sie sei billig und auffallend gekleidet oder etwas Ähnliches an ihr aussetzen. Diesmal konnte sie auch nicht über Lettys Aussehen seufzen, denn Roberts Schwester hatte sich zu zwei neuen Winterkleidern überreden lassen. Louisa fand, sie wirkte im violetten Wollstoff sehr vornehm.

Louisa holte noch einmal tief Luft und stieg die Stufen hinauf. Taktvoll blieb sie etwas hinter Robert und Letty zurück, die kurz umarmt wurden. Sir William trat dann jedoch auf sie zu, ohne zu warten, bis sie sich vorgestellt wurden, und schüttelte ihr mit echter Wärme und Freundlichkeit die Hand. Es fiel Louisa deshalb nicht schwer, sein Lächeln zu erwidern. Dankbar für diese kleine Geste wußte Louisa, sie würde diesen großen Bär von einem Mann mögen, auch wenn Robert immer wieder über seine vielen Fehler klagte. William war breitschultrig, trug einen Bart, hatte frische Farbe und unbändige rote Haare. Von Familienähnlichkeit war wenig zu erkennen, abgesehen von der Herzlichkeit und dem Charme, dachte Louisa, den die Duncannons so überaus reichlich zu besitzen schienen.

Seine Frau allerdings nicht. Ihr sprödes, übertriebenes Englisch stand in starkem Gegensatz zu den weichen, melodischen Sätzen ihres Mannes. Aber ihre Augen – sie erinnerten Louisa sehr an Blanche! – musterten Louisa von oben bis unten. Ihnen entgingen bestimmt nicht die winzigsten Einzelheiten ihres Aussehens und ihrer Erscheinung.

»Das ist also Miß Elliott«, murmelte sie und berührte kaum mit den Fingerspitzen Louisas ausgestreckte Hand, »von der wir so viel gehört haben.« Die leichte Betonung von »viel« machte aus der Begrüßung eine Art Beschimpfung, und Louisa spürte, wie ihr das Blut glühend in die Wangen stieg. Robert holte deutlich hörbar tief Luft. Sie wollte seinem Blick nicht begegnen und schlug die Augen nieder. Erfreulicherweise mischte sich Letty ein und ging mit ihrer Schwägerin fröhlich plaudernd ins Haus.

Robert durchbohrte Annes entschwindenden Rücken mit zornigen Blicken, sah dann seinen Bruder vielsagend an, drückte Louisas Ellbogen so fest, daß es schmerzte, und führte sie in das Haus.

Später gab es noch mehr Ärger. Als er Louisas Zimmer im heruntergekommenen Ostflügel sah, wurde Robert wütend. Er schlug die Bettdecke zurück und legte die Hand zwischen die Laken.

»Das Bett ist feucht«, erklärte er, »hier kannst du unmöglich schlafen.«

Er war schon beinahe aus der Tür, als sie ihn zurückrief. »Robert, bitte, mach keinen Ärger. Es brennt immerhin ein Feuer, und mit ein paar Bettflaschen überlebe ich es.«

»Du bekommst eine Lungenentzündung«, murmelte er.

Robert machte sich auf die Suche nach seiner Schwägerin, denn er wollte das nicht hinnehmen. Trotz Feuer war das Zimmer eiskalt. Und als Louisa sich umsah, fand sie es wirklich unheimlich. Der Teppich war abgetreten, die Vorhänge waren verstaubt und ausgefranst. In einer Ecke sah sie schwarzen Schimmel auf der Seidenbespannung. Sie fuhr mit dem Finger darüber und stellte fest, daß der Stoff feucht war und moderte. Als Louisa den Kopf hob, sah sie, daß sich unter der Deckenleiste bereits ein großes Stück löste. Es war ein trauriger Anblick. Die chinesische Seide aus dem achtzehnten Jahrhundert mußte einst sehr schön gewesen sein. Sie erkannte verblaßte exotische Vögel zwischen lanzenförmigen Blättern. Das Zimmer war durch die eindringende Feuchtigkeit hoffnungslos dem Verfall preisgegeben.

Louisa mußte niesen. Es hallte unnatürlich laut. Abgesehen von dem knisternden Feuer herrschte Totenstille. Es war unheimlich. Sie hätte allein in diesem Haus sein können. In diesem Teil war sie es offenbar auch. Oder nicht? Mit einem Schauer – diesmal waren es die Nerven – dachte Louisa an Charlotte. Wo wohnte Charlotte eigentlich? Wenn Lady Anne in diesem Flügel einen Gast einquartierte, dann mochte sie auch eine verrückte Verwandte hier unterbringen . . .

Louisa wich zum Feuer zurück und ließ die Tür nicht mehr aus den Augen. Ihre Spannung stieg, so daß sie sogar aufschreckte, als Robert eintrat. Sie zitterte plötzlich vor Erleichterung und sank auf einen Sessel neben dem Kamin.

»Laß dich hier nicht nieder«, erklärte er heftig, »du ziehst in den Westflügel – und Gott sei Dank damit etwas mehr in meine Nähe.«

Louisa mußte schlucken. Sie stand auf und begann, ihre Sachen zu packen.

»Nein, nein, nein – ein Dienstmädchen wird sich darum kümmern. Komm, wir brauchen jetzt einen Drink.«

»Aber was –«, sie brach ab und blickte auf ihr Reisekleid. »Ich habe mich noch nicht umgezogen.«
»Das geht auch nicht, bis dein Zimmer fertig ist. Wir trinken jetzt Tee, du kannst dich später umziehen.«
Mit einem Blick zurück folgte ihm Louisa aus dem Zimmer. Bei dem Gedanken an eine zweite Konfrontation mit Anne fragte sie zögernd: »Was hast du ihr gesagt ... oder sollte ich nicht fragen?«
»Frag nicht«, knurrte Robert. Vor den Türen, die ins Haupthaus führten, legte er ihr plötzlich beschützend die Hand auf die Schulter und drückte sie. »Glaub mir, Lady Anne ist keine Lady. Laß dich von ihr nicht aus der Fassung bringen, Louisa. Wenn sie es versucht«, ermahnte er sie, »zeig es ihr. Strecke dein hübsches kleines Kinn vor, mein Schatz, und sieh auf ihre spitze Nase – etwas anderes verdient sie nicht. Und vergiß nicht: Du bist *mein* Gast.«
»Aber es ist ihr Haus, Robert.«
»Das Haus meines Bruders«, korrigierte er sie, »und das Haus meiner Kindheit.«
Robert küßte sie sanft auf die Nasenspitze und lächelte plötzlich. »Komm, gehen wir hinunter und zeigen wir es ihr!«
Nicht zum ersten Mal fand Louisa, daß er bei Konflikten, bei einer Herausforderung aufblühte, wenn er einen Gegner reizte, und der Widersacher ihm nichts anhaben konnte. Sie dachte, als Soldat braucht er das vermutlich, aber sie fand diesen Zug an ihm beunruhigend. Sie folgte ihm wie eine Art Soldatenliebchen, für die sie Anne Duncannon vermutlich auch hielt.
Louisa verzog den Mund und nickte. »Ich werde mir Mühe geben«, flüsterte sie. Ehe er jedoch die Tür öffnen konnte, zog sie an seinem Arm. »Sag mir noch – wo sind Charlottes Zimmer? Ich möchte es wissen«, fügte sie schnell hinzu, »damit ich mich nicht dorthin verirre. Ich möchte ihr oder ihrer Pflegerin nicht zufällig begegnen ...«
»Da besteht keine Gefahr«, erwiderte er, »erinnerst du dich nicht? Sie wohnt schon lange nicht mehr hier im Haus – nicht mehr, seit dem letzten kleinen Zwischenfall vor einigen Jahren. William hat ihr im Park ein kleines Haus gebaut. Sie hat dort ihre Pflegerin und ein paar Dienstboten. Die neue Umgebung tut ihr gut – hat man mir zumindest erzählt«, fügte er trocken hinzu. Er sah Louisa nachdenklich an und fragte: »Machst du dir ihretwegen Gedanken?«

»Nun ja . . . ja«, gestand sie angespannt und ließ ihren Ärger und ihre Enttäuschung erkennen. »Es ist dumm von mir, aber ich habe es nicht gewußt, und niemand hat sich die Mühe gemacht, es mir zu sagen.«
Robert seufzte und schüttelte den Kopf. »Über dieses Thema sprechen wir nicht gerade jeden Tag. Seit damals ist viel Wasser ins Meer geflossen. Außerdem dachte ich, du weißt es . . .«
»Nein, ich habe es nicht gewußt«, wiederholte Louisa, und trotz seiner Erklärung war die Angelegenheit nicht bereinigt.
Das andere Zimmer lag am Ende des Westflügels direkt neben der Dienstbotentreppe. Es war sehr viel kleiner und wärmer. Auch die Einrichtung war nicht so verkommen. Es war das fünfte Schlafzimmer. Zwischen ihrem und dem Mr. Cabtrees, des Hauslehrers des jungen Harry, lag noch ein Zimmer und ein weiteres zwischen ihm und Robert.
»Eine Sache der Diskretion«, erklärte Robert, als er sie die Treppe nach oben begleitete. »Anne wollte dich nicht in Verlegenheit bringen – sagt sie –, weil du jetzt die einzige Frau in diesem Teil des Hauses bist. Deshalb hatte sie dir liebenswürdigerweise das große Zimmer im Ostflügel gegeben.«
»Ich möchte wissen, wer dort wohl einmal gewohnt hat.«
Er überhörte den bissigen Ton und antwortete ruhig: »Vor ein paar Jahren konnte man noch sehr gut da wohnen. Die Zimmer sind erst in den letzten zwölf Monaten so heruntergekommen.«
»Warum behebt man den Schaden nicht? Es ist doch eine Schande, daß jetzt alles ruiniert ist.«
»Oh, mein Gott!« rief er, »fang du jetzt nicht auch noch an und versuche mir zu sagen, was getan werden muß und was nicht! Wir haben das Dach hier vor vier Jahren repariert – dann kam das Haupthaus –, und dann mußte das Haus für Charlotte gebaut werden. Und danach, verdammt noch mal, mußte das Devereaux-Haus ein völlig neues Dach haben und noch vieles mehr. Ich konnte *dieses* Haus nicht nur mit meinem Sold bezahlen – und auch wenn diese irrige Meinung besteht, Charlottes Vermögen ist *keine* unerschöpfliche Quelle!«
»Nein«, sagte sie ruhig, »das bestimmt nicht.« Sein Vorwurf schmerzte, und die wütend abgegebene Erklärung hinterließ einen bitteren Nachgeschmack. Er sprach nie mit Louisa über Geld. Das erwartete sie auch nicht. Aber sie hatte geglaubt – dummerweise, wie es jetzt

schien –, Charlottes Geld fließe nur nach White Leigh, und ein klares Gefühl der Rechtschaffenheit hindere Robert daran, ihre Einkünfte für den eigenen Gebrauch zu nutzen.

Die Zofe hatte Louisas rostbraunes Samtkleid, immer eines ihrer Lieblingskleider, bereitgelegt. Louisa musterte es jetzt argwöhnisch und fragte sich, mit wessen Geld es wohl bezahlt sein mochte. Als Robert ihr zum ersten Mal von Charlotte erzählte, und das war jetzt schon sehr lange her, hatte er ihr gesagt, er sei kein reicher Mann. Aber Reichtum war eine relative Sache, und für Louisa waren hundert Goldstücke im Jahr ein unvorstellbarer Reichtum gewesen. Der Preis für dieses Kleid hatte sie entsetzt, und sie hatte schon lange aufgehört, sich nach den Preisen zu erkundigen. Der Gedanke, daß die Kleider, die sie trug, das Bett, in dem sie schlief, ja sogar die Bilder an den Wänden im Devereaux-Haus mit Charlottes Geld bezahlt sein könnten, erfüllte sie mit Scham und Widerwillen. Kalte und heiße Schauer liefen ihr über den Rücken.

Louisa setzte sich auf einen Stuhl und betrachtete einen Augenblick das Kleid. Sie überlegte, was sie tun sollte. Sie konnte unmöglich hier und jetzt die Angelegenheit mit Robert klären. Ebenso unmöglich war es auch, sich zum Abendessen nicht umzuziehen. Außerdem, dachte sie mit einem Blick auf das teure Reisekleid, hatte Charlotte auch dafür bezahlt. Wütend, gedemütigt und voll Haß auf sich und Robert zog sie die Jacke, den Rock und die gerüschte Seidenbluse aus und streifte das weiche Samtkleid über, ohne auf Falten und Nähte zu achten.

Mit zusammengekniffenen Lippen legte sie sich ein weiches leichtes Wolltuch gegen die Kälte in den dunklen Korridoren um die Schultern und ging mit Robert zum Abendessen hinunter.

Seine Schwägerin wies ihm den Platz neben ihr zu, Letty und Louisa saßen ihnen gegenüber. Sir William nahm wie immer am Kopfende Platz. Ein dreiarmiger Leuchter stand zwischen ihnen und dem Rest der endlos langen Tafel. Auf der Anrichte brannten einige Öllampen, aber der schweigende Lakai war nur ein noch dunklerer Schatten in dem düsteren Raum mit seiner hohen gewölbten Decke. Etwas weiter weg brannte hell ein Feuer im offenen Kamin, ohne aber die Gruppe an der Tafel aufmuntern zu können.

Robert stellte fest, daß das Feuer mehr oder weniger umsonst brannte, und zitterte vor Kälte. »Du meine Güte, ist es hier kalt. Müssen wir denn so weit vom Kamin entfernt sitzen? Ich weiß doch noch, daß wir sonst dort drüben saßen.«

»Das war vor vielen Jahren, als dein kranker Vater noch lebte«, murmelte Anne vorwurfsvoll. »Das hier ist der richtige Platz für die Tafel – ein Raum muß im Gleichgewicht sein.«

»Gleichgewicht ist das für dich? Für mich ist es *kalt*. Wer sieht im Dunkeln schon etwas von dem Raum? Wenn der Kronleuchter brennen würde, könnte ich es verstehen.«

Seine Schwägerin seufzte dramatisch und betupfte sich mit der Serviette vorsichtig die Lippen, als die Suppenteller abgeräumt wurden. »Kerzen sind heutzutage kaum noch zu bezahlen, Robert. Du kannst dir nicht vorstellen, *wie* wir uns einschränken müssen.«

Louisa spürte, wie Letty neben ihr das Lachen unterdrückte. Robert knirschte weniger belustigt mit den Zähnen und sagte knapp: »Offenbar nicht.«

Lady Anne schien nicht zu bemerken, welch gefährliches Terrain sie betrat. Oder spielt sie nur eine Rolle? dachte Louisa. Ist sie bewußt provozierend? Als der erstaunlich heiße Fisch serviert wurde, sagte sie gedehnt: »Die Blamires haben sich im Schloß Elektrizität legen lassen – das ist so bequem –, man dreht einen Schalter, und es ist hell.«

Letty stieß Louisa mit dem Fuß an. Die seit Stunden aufgestaute Spannung drohte, sich in hemmungslosem Gelächter zu entladen. Louisa drückte die Serviette fest auf den Mund und betrachtete unschuldig den Lachs vor ihr auf dem Teller.

Nur mit einer leichten Unsicherheit in der Stimme fragte Letty: »Wie machen sich deine Pferde, William, in diesem Jahr? Jagt ihr schon die jungen Füchse? Robert sagte vor ein paar Tagen – stimmt doch, Robert? –, er hofft, einmal mit mir auszureiten.«

Das gerettete Gespräch kreiste eine Weile um Sir Williams Lieblingsthemen. Nach dem Essen blieben Letty und Louisa kurz allein. Sie kicherten und lachten wie zwei ungezogene Schulmädchen. Das Lachen wirkte jedoch als Heilmittel. Louisa überwand ihre Niedergeschlagenheit und rückte die bedrohliche Anne Duncannon in die richtige Perspektive.

»Darf ich auch über den Witz lachen?« fragte Robert, als er mit seinem Bruder wieder zu ihnen trat.

»Ach, lieber Robert, der Witz ist uralt«, erwiderte Letty unbekümmert, während William sich Kaffee eingoß. »Ich habe ihn schon oft erzählt, und du hast noch nie darüber gelacht. Also werde ich ihn jetzt nicht wiederholen.«

Er sah erst seine Schwester und dann Louisa durchdringend an, und seine Spannung wich erst, als sie ihm zuzwinkerte. Ein paar Minuten unterhielten sie sich locker und fröhlich miteinander. Dann kehrte Lady Duncannon zur Gesellschaft zurück. Louisas gute Laune verschwand schnell, denn diesmal waren die scheinbar so harmlosen bissigen Bemerkungen gegen sie gerichtet.

Anne Duncannon erkundigte sich bei Louisa, beinahe als sei sie ein Dienstmädchen, das sich um eine Stelle bewirbt, nach ihrer Arbeit als Gouvernante. Sie wollte die Namen ihrer ehemaligen Arbeitgeber wissen und fragte, ob sie Robert durch die Adligen in North Riding kennengelernt hatte.

Robert antwortete verärgert für Louisa: »Nein, wir haben uns in York kennengelernt. Wir waren beide Gäste einer kleinen Geburtstagsfeier im Haus von Major und Mrs. Bainbridge, und diesen Namen, liebe Anne, hast du in deinem Leben noch nie gehört. Weshalb interessierst du dich also dafür?«

»Wie du sehr wohl weißt, Robert, bin ich in England erzogen worden. Ich dachte nur, es könnte sein, daß ich einige von Miß Elliotts früheren Herrschaften kenne.« Beinahe ohne Unterbrechung fragte sie honigsüß weiter: »Vermutlich war Ihr Vater Pfarrer, Miß Elliott. Ungefähr jede Gouvernante, die ich kenne, behauptet, die Tochter eines Pfarrers zu sein. Ich weiß eigentlich nicht warum...« Ton und Blick verrieten deutlich, daß sie damit andeuten wollte, alle Gouvernanten seien Lügnerinnen.

Louisa erwiderte diesen kalten boshaften Blick ungerührt. Alle schienen auf ihre Antwort zu warten. Dann lächelte sie kurz und erwiderte ruhig: »Vermutlich *sind* die meisten Pfarrerstöchter. Und wie Sie vermutlich sehr wohl wissen, Lady Duncannon, sind viele anglikanische Pfarrer heutzutage Söhne des verarmten Adels.« Sie ließ diese Bemerkung im Raum stehen und fügte hinzu: »Ich meinerseits habe allerdings einige Gouvernanten kennengelernt, die behaupten, die Töchter von Landärzten zu sein. Ich bin die Tochter eines Wollhändlers aus Bradford – und damit haben Sie, Lady Duncannon, eine Gouvernante kennengelernt, die *keine* Pfarrerstochter ist. Und jetzt«, sagte Louisa

entschlossen und erhob sich, »bitte ich Sie, mich zu entschuldigen. Ich möchte mich zurückziehen. Es war ein anstrengender Tag.«
Letty freute sich über die Möglichkeit zu fliehen und bot an, Louisa in ihr Zimmer zu begleiten. Robert holte sie ein. Er wünschte seiner Schwester vor den Türen zum Westflügel eine gute Nacht und fragte Louisa leise: »Soll ich zu dir kommen oder kommst du zu mir?«
»Weder noch«, erwiderte sie heftig, »ich will mich nicht dabei ertappen lassen, wenn ich wie in einem billigen Lustspiel mitten in der Nacht durch Gänge irre. Und du auch nicht.«
»Ich verstehe. Und wer, wenn ich fragen darf, soll uns ertappen?«
»Das weiß ich nicht, Robert. Aber wenn du es vergessen haben solltest, ein gewisser Mr. Crabtree schläft im Zimmer zwischen uns.«
»Er würde nicht einmal aufwachen, wenn das Dach einstürzt.«
»Ist mir gleich. Und dabei bleibt es.«
»Also gut. Bis morgen dann beim Frühstück ... um halb neun.«

4

Wie immer ritt Robert frühmorgens zu dem kleinen Haus, das ihn wie ein Magnet anzog. Es lag gut geschützt inmitten von Bäumen nicht weit vom Osttor entfernt. Es glich den Häuschen im Dorf, war aber größer, hatte zwei Schornsteine, ein schindelgedecktes Dach und einen kleinen Garten. Robert hatte nicht die Absicht, das Haus zu betreten, sondern blieb bewegungslos einige Minuten auf dem Pferd sitzen, blickte durch die Bäume und auf den grauen Nebel.

Dünner Rauch stieg aus den beiden Schornsteinen auf, und durch das Küchenfenster hindurch sah er Bewegungen. Vermutlich bereitete das Hausmädchen, das dort lebte, bereits für alle das Frühstück vor. Später kam sicher wie jeden Tag eine Frau aus dem Dorf für die schweren Arbeiten. Es war eine gute Regelung, und er wünschte, er hätte früher daran gedacht, denn dadurch wären viele Auseinandersetzungen und Katastrophen vermieden worden. Seit Charlotte nur noch die Pflegerin und die beiden Dienstmädchen um sich hatte, schien es ihr besser zu gehen – besser als seit vielen Jahren. Außerdem war es in White Leigh ruhiger, denn die Bewohner wurden nicht länger von Charlottes unberechenbaren Ausbrüchen von Gewalttätigkeit beunruhigt.

Das Zaumzeug klirrte, als das Pferd den Kopf schüttelte und mit den Hufen stampfte. Das ungeduldige Schnauben zeigte sich in der kalten Luft als eine kleine, weiße Wolke. Robert fröstelte plötzlich, zog die Zügel an und lenkte das Tier vorsichtig durch die Bäume. Auf dem freien Weg trieb er es an und ließ es gleichmäßig über den harten Boden traben.

Robert war fast eine Stunde unterwegs, ritt einmal um das Gelände und kehrte im leichten Galopp durch die Araucarien-Allee zurück. Die Sonne war inzwischen aufgegangen, und der Nebel wich langsam vor ihren Strahlen. Nur in vereinzelten, tiefer liegenden Baumgruppen in der Umgebung von White Leigh blieb er hartnäckig hängen. Die große, vom Oval der kiesbestreuten Auffahrt umrahmte Rasenfläche glitzerte vor der mächtigen, klassisch-schlichten Südfront, die vor dem Hintergrund von Zedern und Koniferen wie eine Bühnenkulisse wirkte.

Wie immer berührte ihn dieser Anblick. Robert zügelte das Pferd und ließ es im Schritt weitergehen. Sofort nach dem Frühstück wollte er Louisa das zeigen. Sie mußte White Leigh so sehen, wie man es sehen sollte. Dieser Blick, dachte er, lohnt die Instandhaltung, und wenn auch William den Titel trug, das Haus würde in seinem Herzen immer ihm gehören.

Mit Anne Duncannons anzüglichen Bemerkungen im Kopf und den Gedanken an Charlotte, die um Mitternacht hier herumgeistern mochte, schlief Louisa schlecht. Das Bett war fremd, und sie schauderte bei jedem Knacken und Ächzen in dem alten, unheimlichen Haus. Inzwischen bedauerte sie sehr, Roberts Angebot, bei ihr zu schlafen, abgelehnt zu haben. Den Stolz hätte sie bezwingen können, die Wahrheit nicht: Hier hatte man, wenn auch unwillig, Roberts Frau Unterkunft gewährt. Louisa als nur geduldeter, nicht sehr willkommener Gast wollte es nicht beschmutzen, indem sie mit Robert hier in einem Bett schlief. Vielleicht traf aber etwas anderes den Kern der Sache noch besser: die Erkenntnis, daß die schattenhafte Gestalt, die zwischen ihr und Robert stand, nicht länger ein unwirkliches Wesen war.

Noch vor Tagesanbruch war Louisa hellwach. Sie fühlte sich jedoch zerschlagen und hatte wenig Lust zum Aufstehen. Aber als man ihr Tee und Kekse brachte, und das Feuer im Kamin wieder brannte, fühlte sie sich etwas besser. Zitternd vor Kälte stand sie so nah wie möglich am Kamin, zog ihre wärmsten Sachen an und bereitete sich auf den Tag vor.

Als Louisa an Roberts Tür klopfte, regte sich nichts. Und ein Blick in das Zimmer verriet ihr, daß er schon aufgestanden war. Durch seine Flucht glaubte sie sich verraten und machte sich voll Selbstmitleid auf die Suche nach dem Frühstück. Trotz der Beschreibung des Zimmermädchens – oder vielleicht gerade deshalb – fand sie das Frühstückszimmer nicht, sondern betrat durch eine kunstvolle Doppeltür einen großen, blauen Salon. Am anderen Ende öffnete eine kleine Gestalt in weißer Haube und Schürze gerade den letzten Fensterladen. Sanftes, graues Licht fiel auf ein großes Gemälde, das diesen Raum beherrschte. Louisa wollte sich entschuldigen und wieder gehen, als ihre Aufmerksamkeit erwachte. Das Ölgemälde unterschied sich sehr von der steifen und eher langweiligen Ahnengalerie über der Treppe. Louisa trat langsam neugierig näher.

Das Bild zeigte eine schöne Frau mit rabenschwarzem Haar. Sie trug einen üppigen, tiefblauen, leuchtenden Reifrock, der die helleren Blautöne des Salons noch mehr betonte. Jetzt nicht mehr, dachte Louisa, denn im Vergleich zu dem Bild war der Salon inzwischen verblaßt und wirkte vernachlässigt. Die Dame auf dem Bild lehnte am geschwungenen Ende einer Chaiselongue. Die ungezwungene Haltung und das tief ausgeschnittene Kleid sprachen von Fraulichkeit und Wärme. Die weichen Schultern, der Busen und die runden weißen Arme standen damit in vollem Einklang. In den Augen lag Belustigung, und die Wangen waren von einer anmutigen Röte überhaucht, als habe der Maler seinem Modell ein zu gewagtes Kompliment gemacht. Diese Dame besaß die volle Blüte einer erfahrenen Frau *und* die Frische der Jugend. Der Schnitt des Kleides verriet Louisa, daß das Bild vor vielen Jahren entstanden sein mußte. Es ist mindestens dreißig Jahre alt, dachte sie, und vermutlich war Robert damals noch nicht geboren.

Louisa mußte sich nicht fragen, wer das war. Es gab genügend Ähnlichkeiten mit den vornehmen irischen Zügen und der Gestalt, die deutlich verrieten, wem Letty und Robert nachgeschlagen waren. Als Louisa darüber nachdachte, hörte sie hinter sich Schritte.

Sie drehte sich um und sah Robert in Stiefeln und Reithose. Seine Wangen waren vom Ritt durch die frische Luft gerötet, Haare und Jacke glänzten feucht. Er blickte von Louisa auf das Gemälde und lächelte.

»Meine Mutter, Elizabeth Devereaux . . ., oder hast du es bereits erraten?«

»Ja . . . eine sehr schöne Frau.«

»Das war sie . . . natürlich noch vor meiner Geburt. Ich vermute, sie war damals Mitte zwanzig. Trotzdem«, fügte er wehmütig hinzu, »sie war auch als ältere Frau sehr, sehr liebenswert.«

Sie schwiegen beide lange. Dann fragte Louisa: »In welchem Alter ist . . . ist sie gestorben?«

»Sie ist nicht alt geworden. Ich glaube mit fünfundvierzig oder sechsundvierzig. Ich weiß noch, daß William gerade einundzwanzig geworden war. Letty war schon älter.« Er schwieg und seufzte. »Ich war fünfzehn und auf dem Internat.« In dieser knappen Aussage lagen unendliche Trauer und Bedauern. Dann sagte er: »Sie liebte diesen Raum. Ich weiß immer noch, wie sich hier im hell erleuchteten Salon viele Menschen trafen, und daß gelacht und gefeiert wurde.« Robert sah sich langsam um. »Es scheint noch nicht so lange her zu sein. Wie sich die Zeiten doch ändern ...«

Sein Kummer rührte Louisa und vertrieb im Augenblick ihre stummen Vorwürfe. Sie legte ihm die Hand auf den Arm und sagte sanft: »Die Zeiten müssen sich ändern, Liebster. Nichts bleibt so, wie es ist.«

»Nein, welch ein Jammer.« Er lächelte plötzlich. Aber sein Lächeln wirkte gezwungen, und seine Augen leuchteten etwas zu hell. »Komm, laß uns frühstücken. Ich war schon über eine Stunde unterwegs. Ich bin am Verhungern!«

Nach einem Tag, an dem Louisa sich Haus und Park angesehen hatte, schlief sie besser, aber auf ihren Wunsch wieder allein. Robert und William machten sich wie geplant bald nach dem Frühstück auf den Weg. Sie wollten mit ihren Nachbarn, den Blamires, auf die Jagd gehen.

Die Frauen blieben sich selbst überlassen und verbrachten einen ruhigen Vormittag. Georgina hatte beschlossen, mit Harry bei Mr. Crabtree den Unterricht zu besuchen.

»Sie hat beschlossen, die beiden durcheinanderzubringen«, sagte Letty beim Kaffee am späten Vormittag lachend.

»Nein«, erwiderte Louisa nachdenklich, »sie lernt von Natur aus gern. Ich bin ganz sicher, für sie ist Lernen nichts Oberflächliches. Georgina möchte wirklich über alles Bescheid wissen. Ich finde, für ein Kind ihres Alters stellt sie sehr kluge Fragen.«

»Ach, Miß Elliott, das müssen Sie *uns* nicht sagen!« rief Anne Duncannon, »das Kind ist für seine Fragen berüchtigt! Die Kleine ist meiner Meinung nach einfach frühreif. Wenn Sie eine ihrer Fragen beantworten, Miß Elliott, garantiere ich Ihnen, daß Sie den ganzen Tag von ihr in Beschlag genommen werden. Ich finde, das ist ein unseliger Charakterzug, den man schnellstens korrigieren sollte. Ich sage das Letty immer wieder.«

»Aber Fragen deuten auf ein aufgeschlossenes, suchendes Bewußtsein

hin, Lady Duncannon. Ich als Lehrerin glaube, man sollte das fördern.«
»Im Unterricht vielleicht«, erwiderte sie kalt, »aber in Gesellschaft ist so etwas schwerlich angemessen. Aber da Sie nicht zur Gesellschaft gehören, haben Sie vielleicht nichts dagegen einzuwenden. Trotzdem«, fügte sie sarkastisch hinzu, »kennen Sie doch wohl auch das Sprichwort: Gut erzogene Kinder sollte man sehen, aber nicht hören.«
»Ich kenne es. Vom Standpunkt der Erwachsenen ist es sicher ein erstrebenswertes Ideal. Aber Sie werden mir sicher zustimmen, dieses Ideal ist dazu bestimmt, die Welt eines Kindes völlig von der wahren Welt zu trennen, in der wir leben.« Als ihr Gegenüber nickte, und Letty ein Lächeln unterdrückte, fuhr Louisa fort: »Mir scheint, Unschuld und Naivität werden auf diese Weise zu einem sehr hohen Preis bewahrt.«
»Ich weiß nicht, ob ich Ihrem Gedankengang folgen kann, Miß Elliott...«
»Wie viele junge Frauen – Damen – aus Ihrem Bekanntenkreis sind auf die Gefahren der Wirklichkeit vorbereitet? Selbst in der verfeinerten Atmosphäre der Gesellschaft, Lady Duncannon, ist nicht alles hell und angenehm. Da werden Sie mir doch zustimmen? Den Männern gehört die Welt – nun ja, aber wie viele junge Mädchen wissen, daß gutes Aussehen und gute Manieren nur allzuoft viele Sünden überdecken? Sie gehen ahnungslos in die Ehe, bekommen ebenso unwissend Kinder und sind entsetzt, wenn ihnen zum ersten Mal wirkliche Armut und schwere Krankheiten begegnen. Sie sind nicht in der Lage, etwas zu verstehen, und erst recht nicht, damit fertig zu werden. Und doch erziehen sie ihre Töchter genau auf dieselbe Weise.«
Anne Duncannon nickte kalt und lächelte dann gefährlich. »Ach ja, jetzt verstehe ich Ihre Gedanken. Meine Schwägerin hat ähnliche Ansichten, nicht wahr, Letty? Kein Wunder, daß ihr zwei euch so gut versteht und inzwischen Busenfreundinnen seid! Aber ich wage mir nicht vorzustellen«, erklärte sie und erhob sich, »was bei diesen freidenkerischen Ansichten aus dem Kind wird! Trotz dieser rührenden Tarnung als Georginas Gouvernante weiß ich, was Sie für eine Beziehung zu Robert haben. Versuchen Sie also gar nicht erst, es abzustreiten!«
»Ich hätte nicht die Kühnheit, das zu tun«, erwiderte Louisa mutig, »und ich glaube, Robert hat nicht versucht, mich bei Ihnen als etwas anderes anzukündigen als seine Geliebte.«

»Tut mir leid, Louisa«, sagte Letty, »ich habe gesagt, du seist eine Gouvernante.«

Letty fuhr zusammen, als es plötzlich aus Anne herausbrach: »Jawohl! Und welche Unverschämtheit, darauf zu bestehen, daß *ich* Sie empfange, nachdem *er* die vergangenen fünf Jahre meines Lebens damit ruiniert hat, daß ich mich um seine *Frau* kümmern mußte!«

Sie überging Lettys Einspruch und fuhr fort: »Er hat sie einfach hierher gebracht – wußten Sie das? –, als sie schwanger war. ›Bis das Kind da ist‹, habe ich gesagt, ›und keinen Tag länger!‹ Aber er hat sie hier gelassen, William um den kleinen Finger gewickelt, bis er zugestimmt hat, und dann hat er uns einfach alles überlassen.«

»Wir mußten uns also um zwei Babys kümmern – Harry war damals noch nicht zwei – und um eine Verrückte, die sich umbringen wollte. Uns war auch klar, daß sie ohne weiteres einen Mord begehen würde. Wir haben bei dem Gedanken, was geschehen könnte, kaum gewagt, ein Auge zuzumachen. Harry hat immer noch Alpträume, der arme Junge! Er fragt ständig, ob die Wahnsinnige endgültig aus dem Haus ist. Also erzählen Sie mir nichts von einem aufgeschlossenen und suchenden Bewußtsein und über die Vorbereitung auf die große, weite Welt – ich möchte lieber, daß mein Kind in glücklicher Unwissenheit aufwächst!«

»Es tut mir leid – ich . . .«

»Leid? Sie haben keine Ahnung, Miss Elliott! Sie haben nicht die leiseste Ahnung, was wir durchgemacht haben! Und wenn Sie sich solche Gedanken um Georgina machen, dann möchte ich *Sie* fragen: Was soll aus dem Mädchen werden? Selbst wenn sie nichts von dem Blut ihrer Mutter geerbt hat – und wenn Sie mich fragen, wäre das ein Wunder! –, wie soll das alles ihr Leben beeinflussen? Ihre Mutter ist verrückt – dank Letty weiß sie es –, und ihr Vater lebt kaltblütig und unverfroren mit einer Geliebten zusammen! Was soll das Kind denken? Was wird sie in einem unbedachten Moment sagen? Und noch wichtiger: *Wer* wird Georgina einmal heiraten wollen?«

Anne Duncannon nutzte das beklemmende Schweigen, noch mehr von ihrem Gift zu versprühen. »Mein Schwager, Miss Elliott, ruiniert das Leben seiner Tochter – und auch Ihr Leben. Er tut es so gedankenlos, wie er das Leben all der anderen Menschen ruiniert hat. Ich an Ihrer Stelle würde nach England zurückkehren, solange Sie es noch können.

Ich meine damit, solange von Ihrem Ruf noch etwas besteht, an das Sie sich halten können.«
»Ich soll ihn im Stich lassen, meinen Sie? Sie sollen glauben, gewonnen zu haben?«
»Gewonnen?« wiederholte Anne Duncannon mit einem bitteren Lachen, »das ist kein *Spiel,* Miss Elliott. Und wenn Sie das glauben, dann rate ich Ihnen, gehen Sie doch einmal zum Osttor, ehe Sie White Leigh wieder verlassen. Reden Sie mit Mrs. Hanrahan! Sehen Sie sich an, *wen* er geheiratet hat, und dann versuchen Sie doch zur Abwechslung einmal, Robert Vorträge zu halten.«
»Und ich hoffe aufrichtig«, fügte sie leise hinzu, als sie an der Tür stand, »daß er Ihnen nicht erzählt, was ich sooft zu hören bekomme – daß Sie dieser geistesgestörten Kreatur das Dach über dem Kopf und die Kleider auf dem Leib zu verdanken haben.«
Als Lady Duncannon die Tür hinter sich geschlossen hatte, herrschte eisiges und erstickendes Schweigen. Louisa sehnte sich nach Luft; sie ging schwankend zum Fenster und öffnete es. Sie sog die kalte, feuchte Luft tief in die Lunge.
»Tut mir leid«, sagte Letty, »ich habe von Anne alles erwartet, aber das nicht. Du darfst es nicht so ernst nehmen. Sie ist sehr verbittert.«
»Ich finde, sie hat Grund, verbittert zu sein – oder?«
»Ja und nein.« Die ältere Frau seufzte tief und lange, dann sagte sie ruhig: »Das Problem mit Menschen wie Anne – und Robert – besteht darin, daß sie das Leben nur aus ihrem Blickwinkel sehen. Vieles von dem, was sie sagt, ist wahr, aber –«
»Ist es wahr, daß Charlotte auch unser Leben finanziert?«
»Nein, nein . . . natürlich nicht.«
Aber Louisa glaubte ihr nicht.

Sehr bedrückt machten sie am Nachmittag mit den Kindern einen langen Spaziergang. Sie gingen durch den Wald, während Anne zu ihrer Schneiderin nach Waterford fuhr. Letty blieb bei ihrer Behauptung, der Angriff ihrer Schwägerin sei reine Strategie. Sie beabsichtigte damit, Unfrieden in Roberts Lager zu schaffen, indem sie sicherstellte, daß Louisa sich in Zukunft weigern würde, noch einmal nach White Leigh zu kommen. Louisa war davon nicht so überzeugt, und trotz einer langen Diskussion, die beinahe den halben Nachmittag dauerte, kreisten Louisas Gedanken immer noch in erster Linie um Charlotte.

Auf dem Rückweg öffnete Letty das Tor zum ummauerten Küchengarten, und die Kinder rannten an ihnen vorbei zum Haus. Louisa fragte: »Nimmst du mich mit zu ihr?«

Es wurde bereits dunkel. Letty fröstelte in ihrem dicken Wollkleid, denn es war kalt und feucht. »Du meine Güte, Robert würde mir das Fell über die Ohren ziehen!«

»Muß er es denn erfahren?«

»Er kann es schnell herausfinden.«

»Dann sag ihm, ich hätte gedroht, allein zu gehen. Das werde ich auch tun, wenn du mich nicht mitnimmst.«

»Aber es ist Zeit für den Tee«, widersprach Letty schwach und sah, wie die beiden Kinder in der hell erleuchteten Küche verschwanden.

Kurz darauf betrat Letty jedoch selbst die Küche und rief den zwei Kindern zu, sie sollten sich benehmen, und sie werde sich in einer halben Stunde davon überzeugen, daß sie es taten. Dann nahm sie Louisas Arm und führte sie über den gepflasterten Hof und zu den Ställen. Dort überzeugte sie sich, daß ihre Brüder noch nicht zurück waren.

»Ich besuche Charlotte fast täglich, wenn ich hier bin«, gestand Letty, als sie den ausgefahrenen Weg zum Osttor einschlugen. »Es ist nicht weiter wichtig, denn sie scheint mich nicht zu erkennen. Trotzdem«, sie seufzte, »Mrs. Hanrahan freut sich über meinen Besuch –, sie haben nur wenige Besucher, wie du dir denken kannst.«

»Es muß schrecklich anstrengend sein, jemanden wie sie Woche für Woche zu pflegen. Hat sie denn auch einmal Urlaub?«

»Sie hat noch nie Ferien gemacht, aber sie fährt einmal in der Woche nach Waterford. Ich glaube, sie besucht dort eine Verwandte.« Nach einer kurzen Pause sagte Letty: »Natürlich will es niemand wahrhaben, aber Mrs. Hanrahan ist selbst etwas merkwürdig. Seit sie in dem kleinen Haus wohnen, ist es noch deutlicher geworden. Ich meine, alle betonen, wie wunderbar sie das macht. Mrs. Hanrahan kümmert sich um die Arme wie eine Mutter. Aber wenn du mich fragst, sie hält Charlotte für ihre Tochter. Sie ist sehr besitzergreifend und steht schützend vor Charlotte. Robert käme inzwischen nicht mehr in Charlottes Nähe, auch wenn er es versuchen würde.«

»Versucht er das? Ich meine, versucht er, sie zu sehen?«

»Nun ja«, antwortete Letty ausweichend, »er möchte gerne wissen, was geschieht.«

Ein schmaler Pfad führte vom Weg in den Wald. Die Koniferen und immergrünen Bäume waren ursprünglich dazu gedacht, auch im Winter die hohe Steinmauer zu verdecken. Jetzt boten sie außerdem einen guten Sichtschutz für das kleine Haus.

Louisa hielt sich mit heißen Wangen und feuchten Händen zurück, als Letty an die Tür klopfte. Ihr war übel, und sie hatte Angst. Einerseits wollte sie sich umdrehen und davonlaufen, andererseits konnte sie sich nicht mehr von der Stelle rühren.

Eine kräftige junge Frau öffnete und machte einen tiefen Knicks vor Letty. Dann führte sie die beiden Damen in das kleine Wohnzimmer.

»Ich hole Mrs. Hanrahan«, murmelte sie.

»Nur wenn es ihr paßt, Mary.«

Letty drückte Louisas Arm und zwinkerte ihr zu. Dann flüsterte sie: »Jetzt ist es zu spät – du wolltest es ja so.«

Noch ehe Louisa antworten konnte, öffnete sich eine Tür, und eine ältere Frau betrat das Zimmer. Die grauen Haare waren so glatt aus dem Gesicht gekämmt, daß Louisa im ersten Augenblick dachte, die Frau sei kahl. Sie war so groß wie Letty, sehr kräftig und hatte ein breites, blasses Gesicht. Durch das strenge schwarze Kleid wirkte sie noch blasser. Kurzsichtige braune Augen blinzelten mißtrauisch in das Halbdunkel, dann lächelte sie Letty freundlich an.

Louisa wurde als Georginas neue Gouvernante vorgestellt. Louisa war unendlich dankbar, daß sie für den Spaziergang einen einfachen braunen Mantel und eine praktische, enganliegende Haube gewählt hatte.

Als man ihnen Tee anbot, lehnte Letty dankend ab. Aber sie unterhielten sich eine Weile. Schließlich fragte Mrs. Hanrahan, ob sie ihrem Schützling guten Tag sagen wollten.

»Sie ist heute brav gewesen – wir haben heute nachmittag ein hübsches Puzzle gespielt und sind beinahe damit fertig. Kommen Sie«, bedeutete sie den beiden und führte sie in ein gemütliches kleines Zimmer, das Louisa durch das hohe Kamingitter und das Fehlen aller wohnlichen Dinge an ein Kinderzimmer erinnerte. Ein schlankes Mädchen saß mit gekreuzten Beinen auf dem Teppich und beugte sich über ein Brett. Es war ein einfaches Puzzle aus Holz. Das Kind trug ein weißes Kleidchen.

Eine große rosa Spange hielt die hüftlangen, silberblonden Haare zusammen.
Was für hübsche Haare, dachte Louisa. Sie fragte sich, wessen Kind das wohl sei, und sah sich suchend nach der geistesgestörten Charlotte um, die Roberts Frau war.
Die Pflegerin folgte ihnen und ging mit ihrem massigen Körper neben dem Kind auf die Knie. Erst jetzt begriff Louisa, um wen es sich handeln mußte. Die Zeit schien stillzustehen. Es dauerte sehr lange, bis die alte Frau kniete, und dann sehr behutsam und liebevoll die Hand hob und die hellen, silbrigen Haare streichelte.
Louisa hörte Worte – Worte, die keine Bedeutung zu haben schienen. Dann trat Letty zu den beiden, beugte sich vor und flüsterte Charlottes Namen. Louisa glaubte, ohnmächtig zu werden. Sie klammerte sich an eine Stuhllehne, blinzelte und schluckte mehrmals. Das Mädchen hob nicht den Kopf. Letty und Mrs. Hanrahan hätten ebensogut nicht im Zimmer sein können. Louisa betrachtete sie und staunte über die Zartheit. Wie groß sie wohl sein mochte? Louisa versuchte, die schmalen Handgelenke und das kindliche Kleidchen zu übersehen und stellte sie sich in einem Ballkleid vor – die Haare kunstvoll in Locken und Löckchen aufgesteckt. Konnte dies Georginas *Mutter* sein? hörte sie sich stumm fragen. Roberts *Frau*? Hatte dieses zarte, blutlose Wesen wirklich soviel Unheil angerichtet?
Louisa bewegte sich, um besser sehen zu können. In diesem Augenblick hob Charlotte den Kopf. Sofort waren die Haare und das Kinderkleidchen unpassend. Sie hatte ein schmales Gesicht – kein Kindergesicht – und alte, wissende und abschätzende Augen. Louisa glaubte, diese blassen Augen sahen bis auf den Grund ihrer Seele. Wie ein Kaninchen vor dem Wiesel hätte Louisa sich nicht bewegen können, selbst wenn das ihr Tod gewesen wäre.
Letty und Mrs. Hanrahan spürten die Spannung; sie drehten sich beide gleichzeitig um. In diesem Augenblick sprang Charlotte auf, stieß die Holzfiguren um, packte das Holzbrett und schleuderte es nach Louisa. Sie verfehlte um Haaresbreite das Gesicht, aber das Holz prallte schmerzhaft gegen Louisas Brust, und mit einem unterdrückten Aufschrei krümmte sie sich. Niemand konnte sagen, ob Charlotte sie danach angegriffen hätte, denn Mrs. Hanrahan umklammerte die sich windende Gestalt, nahm sie in ihre dicken Arme und rief laut nach

Mary. Das Dienstmädchen war sofort mit einer Flasche und einem Löffel zur Stelle und flößte Charlotte die Flüssigkeit ein, während Mrs. Hanrahan ihr die zusammengepreßten Kiefer aufdrückte.

Letty gab Louisa in der Küche ein Glas Wasser und schob ihr einen Stuhl hin. Aber Louisa zitterte am ganzen Leib und wollte so schnell wie möglich weg.

»Ich muß mich erst vergewissern, daß es ihr gut geht.«

»Wem? Charlotte?«

»Nein, Mrs. Hanrahan.«

Das Dienstmädchen eilte lächelnd in die Küche. Ihre rosigen, gutmütigen Wangen verrieten, daß sie nicht weiter beunruhigt war. »In einer halben Stunde ist alles vorbei«, erklärte sie Letty, und mit einem freundlichen Lächeln in Richtung Louisa fügte sie hinzu: »Machen Sie sich keine Vorwürfe, Ma'am. Man muß nichts tun, um Miss Charlotte zu erregen. Sie hat hin und wieder ihre kleinen Anfälle – einfach so.«

Aber Louisa machte sich große Vorwürfe: geistesgestört oder nicht, sie spürte, daß Roberts Frau sie durch und durch kannte. Charlotte wußte, wer sie war und was sie war.

Als sie sich verabschiedeten, vertraute ihnen das junge Dienstmädchen noch ihre Meinung an: »Es liegt daran, daß Mr. Robert heute und gestern morgen hier war. Ich habe ihn gesehen – er war draußen und saß auf dem Pferd. Ich wage zu behaupten, auch sie hat ihn gesehen.«

5

Jeder Schock, jeder Eindruck dieses Tages schien unauslöschlich in ihr Bewußtsein geprägt. Es gelang Louisa nicht, das unfreiwillige Zittern, das sie immer wieder überfiel, unter Kontrolle zu bringen. Sie hatte Fieber und wäre zu Bett gegangen, wenn sie nicht hätte fürchten müssen, daß Robert sich dann zu ihr gesetzt hätte. Und seine Gesellschaft, seine besorgten und bohrenden Fragen konnte sie jetzt am allerwenigsten ertragen. Als sie sich zum Abendessen ankleidete, dachte sie daran zu packen und nach Hause zu fahren – nicht nach Dublin, sondern nach York. York, Gillygate-Straße und Edward – das war gleichbedeutend mit Zuhause, Geborgenheit und Vernunft. Louisa sehnte sich mit solcher Inbrunst danach, daß sie weinen mußte.

Letty kam und schlug ihr vor, sich etwas auf das Zimmer bringen zu lassen. Louisa lehnte ab. Seufzend fragte die ältere Frau, was sie Robert sagen solle, denn er werde die Veränderung an ihr bemerken.

»Wenn er fragt, sag ihm, ich bin krank und möchte nach Hause. Ich *hasse* dieses Haus!«

»Und Anne?«

Louisa legte sich ein feuchtes Handtuch auf die Augen und schüttelte den Kopf. »Sie kann meinetwegen zur Hölle fahren!«

Louisa kämpfte sich durch das Essen. Sie war dankbar für das Kerzenlicht, dankbar für die unruhigen Schatten, dankbar auch für die Anwesenheit von Mr. Crabtree und einem der Blamires an diesem Abend. Sie aß wenig, sprach noch weniger und spielte höfliches Interesse an dem lebhaften Gespräch der Männer vor. Sie hatten einen langen Ausritt in lustiger Gesellschaft hinter sich, wenn auch wenig Erfolg auf der Jagd. Und als sich die Damen nach der Mahlzeit erhoben, sah es so aus, als würden sie noch lange beim Portwein zusammensitzen.

Louisa trank in dem kleinen Wohnzimmer eine Tasse Kaffee, dann ent-

schuldigte sie sich. Als sie den Raum verließ, hörte sie Lettys Stimme, verstand aber nicht ihre Worte, Anne Duncannons Antwort dagegen um so deutlicher.
»Sie mußte doch nicht hingehen, oder? Und *du* hättest sie nicht mitnehmen dürfen, Letty!«
Louisa glaubte, sich übergeben zu müssen. Langsam stieg sie die Stufen zu ihrem Zimmer hinauf. Sie glaubte, kein Auge zutun zu können, schlief aber auf der Stelle ein und erwachte, als sich gegen Mitternacht die Tür öffnete und wieder schloß.
Erschrocken und noch im Bann unruhiger Träume, sah sie die Gestalt eines Mannes und die glühende Asche eines Feuers. Sie wollte schreien, als Robert flüsterte:
»Keine Angst – ich bin es.« Er beugte sich über das Bett und küßte sie auf die Wange. Sie roch den süßlichen Duft von Wein und Zigarren und wußte, Robert war leicht betrunken. »Tut mir leid, daß es so spät geworden ist, mein Schatz – es hat länger gedauert, als ich dachte. Wie Letty mir sagt, fühlst du dich nicht gut, eine Art Erkältung. Ich fand, du warst sehr still beim Essen. Dann dachte ich, es muß an dem jungen Blamire liegen, der wie ein Wasserfall geredet hat.«
Robert war so beruhigend normal, daß sie seine frühmorgendlichen Besuche am kleinen Haus im ersten Moment vergaß. Louisa wollte ihn umarmen, seine Sicherheit und Kraft an ihrer Seite spüren und vergrub das Gesicht an seiner Brust. »Ich möchte nach Hause«, flüsterte sie und kämpfte verzweifelt gegen die Tränen.
»Jetzt?« fragte er leise lachend, »mitten in der Nacht?«
»Ja, wenn möglich *ja bitte*! Aber es geht nicht, oder?«
»Nein, mein Schatz. Das geht nicht. Außerdem«, murmelte er und rieb die Nase an ihrer Wange, »möchte ich mit dir schlafen.«
Sie wich zurück. »Hast du nicht gehört, was ich gesagt habe? Ich möchte nach Hause – weg von hier – weg! Ich kann dieses Haus nicht länger ertragen. Es tut mir leid, aber ich hasse es. Können wir morgen abfahren, bitte ...«
Robert zog die Frackjacke aus und löste die Schleife am Hals. Der gestärkte Kragen und die Hemdbrust raschelten laut in der Stille. Plötzlich hörte das Rascheln auf. »Wir können morgen noch nicht fahren – ich habe dem jungen Blamire versprochen, ein Pferd mit ihm anzusehen. Außerdem habe ich gesagt, wir bleiben bis Samstag.«

»Aber das sind ja noch drei Tage!« Entsetzt griff Louisa nach seiner Hand. »Robert, das halte ich nicht aus, wirklich nicht. Wir *müssen* fahren.«
Er schüttelte den Kopf. »Morgen nicht – Blamire braucht meinen Rat, und ich habe versprochen, mir dieses Jagdpferd anzusehen.«
»Nun ja . . .«, begann sie, aber Robert legte ihr einen Finger auf die Lippen.
»Nein, Louisa, ich habe ihm mein Wort gegeben. Außerdem muß ich noch geschäftlich nach Waterford. *Vielleicht* kann ich morgen alles erledigen, wenn wir uns das Pferd angesehen haben. Dann können wir am Freitag zurückfahren. Es tut mir leid«, sagte er zärtlich, »aber früher geht es nicht.«
Louisa wußte, ohne Streit, ohne einen Bericht über die widerlichen Ereignisse dieses Tages würde sie ihn nicht von seinem Entschluß abbringen. Sie nickte deshalb nur und drehte ihm den Rücken zu.
»Am besten bleibst du morgen im Bett«, riet er ihr, »kuriere diese Erkältung, sonst bist du nicht reisefähig, und wir müssen noch länger hierbleiben.«

Auf dem Rückweg fuhren sie mit dem Zug an der Küste entlang und kamen durch Wicklow und Wexford. Die geänderten Pläne bedeuteten, daß sie danach weiter durch das Landesinnere und durch eine weniger malerische Landschaft kamen. Louisa starrte aus dem Fenster, aber ihre Augen sahen nichts. Ihre Gedanken kreisten um das kleine Haus unter den Bäumen und um die Kindfrau, die Robert geheiratet hatte. Louisa brachte es kaum über sich, Georgina anzusehen. Sie hatte die gleichen aschblonden Haare wie ihre Mutter.
Die Kleine war unnatürlich ruhig. Die tiefblauen Augen musterten die Erwachsenen ernst und wachsam. Nach einer Weile zog Robert sie auf den Schoß und legte fürsorglich den Arm um sie.
»Ich glaube, mein kleiner Schatz ist müde«, murmelte er und schob ihr eine verirrte silbrig glänzende Locke aus der Stirn. Seine Finger glitten langsam über die weichen, seidigen Zöpfe, und Louisa spürte einen unerwartet heftigen Stich im Herzen. Sie zuckte zusammen und drehte den Kopf zur Seite.
Das kleine Mädchen glitt von den Knien ihres Vaters und drückte sich an sie. Dann berührte sie ihre Hand mit zärtlicher Sorge. Georgina

konnte Louisas Namen noch nicht richtig aussprechen und fragte: »'Ouisa? Hast du Kopfschmerzen? Tante hat auch Kopfschmerzen.« Sie suchte Louisas Blick, und Louisa lachte schuldbewußt. »Ja, mein Kleines, ich habe Kopfschmerzen. Aber keine Angst, es wird sicher bald besser.«
»Gott sei Dank«, murmelte Robert, »ich dachte schon, lange Gesichter seien jetzt die große Mode.«
Hinter der Kleinstadt Kildare fuhren sie an Curragh vorüber. Das weite Land mit dem Truppenübungsplatz und der Rennbahn lag unter einer feuchten Decke von Dunst und Nebel und war kaum zu sehen. Robert sagte, in dieser Einöde müsse er wieder den nächsten Sommer verbringen und schnitt eine Grimasse. Er blickte noch düsterer, als sie sich Dublin näherten. In der Dunkelheit deutete er dann auf die Lichter der Islandbridge-Kaserne.
»Und die Kaserne braucht nicht nur ein neues *Dach*. Sie müßte abgerissen und völlig neu aufgebaut werden. Sie ist bestimmt älter als die Arche Noah, aber ihr könnt mir glauben, Noah würde seine Tiere hier nicht unterbringen.« Er deutete auf das dunkle Land dahinter. »Und dort drüben – auf der anderen Seite von Liffey – ist der Phoenix Park. Er ist im ganzen englischen Heer für Paraden berühmt!«
»Wirklich?« fragte Louisa, »und warum?«
»Liebste«, erwiderte Letty trocken, »mehr als zwanzigtausend Soldaten halten diese kleine Insel in Schach. Die Generäle müssen sich für alle ihre Männer schon etwas einfallen lassen und jeden beschäftigen. Dazu brauchen sie auch einen geeigneten Platz. Phoenix Park gehört zum Alltag wie Kricket, Gartenpartys und Teegesellschaften.«
»Und für Morde«, murmelte Robert dunkel, denn er wollte sich nicht von Letty ausstechen lassen, »aber zur Zeit scheint das nicht in Mode zu sein.«
Über seinen sarkastischen Humor konnte Louisa nicht lächeln. Sie nickte nur. Kurz darauf erreichte der Zug den Bahnhof in der Nähe von Liffey. Robert half seinen Damen durch die aufgeregte und geschäftige Menge, und sie gelangten sicher zu ihrer wartenden Kutsche auf dem Vorplatz. Als sie sich setzten, drückte Letty Louisa die Hand.
»Dublin mag viele Nachteile haben«, flüsterte sie, »aber es ist gut, wieder zu Hause zu sein, findest du nicht auch?«
Louisa brachte kein Wort heraus, sondern erwiderte nur den Hände-

druck. Aber als die Kutsche langsam in dichtem Verkehr an der Victoria-Mole entlangfuhr, blickte sie auf das endlose schwarze Wasser und dachte sehnsüchtig an York.

Die Kutsche bog in die Patrick-Straße. Die Windlichter der Marktstände beleuchteten die schmierige Armut dieser Gegend. Schinken und Schafsköpfe, Fässer mit Salzheringen wurden zwischen den Reihen gestapelter gebrauchter Kleidungsstücke zum Verkauf angeboten. Diese Sachen wirkten so schmutzig und verlaust wie die Verkäufer. Der Gestank von altem Fleisch und faulendem Gemüse mischte sich mit anderen widerlichen Gerüchen, drang in die Kutsche, und Louisa mußte würgen. Sie kramte in ihrer Handtasche und fand eine Puderquaste, die sie sich unter die Nase hielt. Letty war nach zahllosen Gängen durch solche Straßen abgehärtet und lächelte nur. Georgina hustete und verzog das Gesicht. Robert zündete sich eine Zigarette an und verfluchte alles, auch den Kutscher, während über ihnen in der Dunkelheit die Glocken von St. Patrick läuteten.

Louisa dachte: Selbst Walmgate mit seinem Elend, dem Schmutz und den trostlosen Hinterhöfen ist nicht so schlimm wie das hier. Nie hat es eine derartige Verwahrlosung und Menschenunwürdigkeit auf offener Straße gegeben, nie Armut in diesem Ausmaß. »Im ganzen Gebiet um die Kathedrale und das Schloß ist es nicht anders«, sagte Robert. Und so wurden die An- und Abfahrten zu und von hohen und festlichen gesellschaftlichen Ereignissen zu einer Tortur. Aber das gehörte zum Fluch der Stadt, und alle mußten damit leben. Wären sie von Osten und in dem anderen Bahnhof angekommen, erklärte er mit einem bedeutungsvollen Blick auf Louisa, dann wäre die Fahrt mit der Kutsche kürzer und angenehmer gewesen.

Am Fitzwilliam-Platz lag der kleine Park im Dunst. Die Straßenlampen warfen ein gespenstisches Licht auf die Nebelschleier unter den Bäumen. Das Devereaux-Haus in seiner wiederhergestellten Schönheit bot sich endlich ihren Blicken. Louisa glaubte bedrückt, sie habe das Ende einer Reise noch nie so herbeigesehnt. Hier war zwar nicht ihr Zuhause, nach dem sie sich sehnte, aber es war ein sehr luxuriöser Zufluchtsort. Über dem breiten Mitteleingang leuchtete eindrucksvoll eine fächerförmige Lünette und warf ein weiches, warmes Licht zur Begrüßung auf den Platz. Eine Öllampe brannte in einer reich verzierten Halterung neben den Stufen der Treppe mit dem geschwungenen Geländer auf beiden Seiten. Darunter befanden sich eine große modernisierte Küche und die bequemen Dienstbotenräume und an der Rückseite des Hauses ein umschlossener, großer Garten mit den Stallungen. Es war ein vornehmes Stadthaus, das bestens zu dem ebenfalls vornehmen georgianischen Platz paßte, der sich viele tausend Meilen entfernt von den Abscheulichkeiten der Patrick-Straße hätte befinden können.

Louisa freute sich über die Wärme und war dankbar für den Komfort und die Modernisierungen, die Robert hatte einbauen lassen. Eleganz und Schlichtheit sprachen ihr ästhetisches Gefühl an. Sie wünschte sich jedoch, sie könnte das Haus wirklich lieben und es als ihr Heim empfinden.

Der Besuch in White Leigh hatte sie bis in ihre tiefsten Tiefen erschüttert, und sie litt unter chronischem, verzweifeltem Heimweh, aber sie sah es als Ehrensache an, ihren Kummer für sich zu behalten. Sie durfte und konnte nicht wagen, mit Robert über White Leigh zu sprechen. Und das andere war ihr nicht wichtig, denn es erschien ihr undankbar, Heimweh zu haben.

Ihm entging es natürlich nicht. Als die fieberhafte Erkältung vorüber war und ihre Augen ihn immer noch so traurig und wehmütig ansahen, Louisa nur gezwungen lächelte, versuchte er alles, um sie aufzuheitern. Er sagte ihr, die Sehnsucht nach der Heimat sei natürlich und werde vorübergehen. Zunächst machte er sich über ihre Teilnahmslosigkeit keine Gedanken und behielt die gute Laune. Er bat Letty, Louisa tagsüber so gut wie möglich zu beschäftigen. Er nahm unterdessen eine Reihe Einladungen für die Weihnachtszeit an.

Zunächst jedoch bereitete er mit seiner Schwester eine kleine Abendgesellschaft vor – im wesentlichen geschah es für Louisa. Auf diese Weise sollte sie Leute kennenlernen, die sich in Zukunft als nützlich erweisen konnten. Auf der militärischen Seite glaubte er, mit den Kellys sei ein guter Anfang zu machen. Hauptmann Kelly war noch nicht lange beim Regiment und erst seit kurzem verheiratet. Seine Frau, die Witwe eines Offizierskameraden, war angenehm und stand erfrischend mit beiden Beinen auf der Erde. Robert glaubte instinktiv, sie werde am besten die Exzentrizitäten seiner Schwester verstehen und sowohl Letty als auch Louisa unter ihre Fittiche nehmen. Sie war außerdem Mutter von drei erwachsenen Töchtern: Die jüngste konnte er möglicherweise als

Tischnachbarin von Darnley einladen, der sich trotz seines guten Aussehens nicht band, wohin er auch ging.
Louisa kannte Darnley und mochte ihn – ebenso Tommy. Die beiden würden das Polster der Vertrautheit für sie bedeuten. Tommy würde zweifellos seine neueste Eroberung mitbringen, eine hübsche junge Witwe aus Blackrock. Robert wollte auch ihren Nachbarn, einen jungen irischen Arzt, einladen, der Molloy hieß, denn damit konnte er seiner Schwester eine Freude machen. Der Arzt hatte eine Reihe reicher Patienten, aber er kümmerte sich auch um die Armen. Deshalb interessierte sich Letty für ihn. Robert billigte zwar ihr wachsendes Engagement an karitativen Tätigkeiten nicht aus ganzem Herzen, aber den geistreichen und amüsanten Molloy konnte man kaum ablehnen.
Um das Dutzend voll zu machen, hoffte Robert, die Loys würden zusagen. Gerald war ein entfernter Vetter auf der Devereaux-Seite und in seinem Alter. Auf dem Internat waren sie Freunde gewesen. Sie hatten sich im Lauf der Jahre völlig aus den Augen verloren, aber in Hinblick auf Louisa und dem Wunsch nach unterschiedlichen gesellschaftlichen Anknüpfungspunkten hatte Robert ihn nach seiner Ankunft im Sommer besucht. Er sprach nur andeutungsweise von Louisa, aber es gelang ihm, die Situation klarzustellen.
Robert hatte lange genug in der Messe Andeutungen fallen lassen und Tommy der Schweigepflicht enthoben. Inzwischen schienen deshalb die meisten über seine Lage Bescheid zu wissen. Nur Darnley hatte sich einmal dazu geäußert, als er bemerkte: »Jetzt verstehe ich!« Aber mehr sagte er nicht. Früher hätte Robert selbst stillschweigendes Mitgefühl in Raserei versetzt. Aber da er Louisa wirklich liebte, wollte er, daß man verstand: Sie war nur deshalb seine Geliebte, weil er sie nicht heiraten konnte.
Die Loys kamen vielleicht aus Neugier. Robert stellte zu seiner Freude fest, daß Geralds Frau eine begeisterte Anhängerin der Jagd war. Die überraschend junge Frau – sie war erst zwanzig – sah aus, wie Robert später lachend erklärte, wie ein kleiner Whippet. Aber die mangelnden weiblichen Konturen machte sie wett durch ihre Persönlichkeit und ein gehöriges Maß an Selbstbewußtsein. Wenn sie etwas von den Besonderheiten im Haus Duncannon wußte, dann ließ sie es sich nicht anmerken. Sie begrüßte Letty herzlich als Cousine ih-

res Mannes und Louisa als Freundin der Familie, die sie angeblich war.
Die haselnußbraunen Augen von Mrs. Kelly verrieten vielleicht etwas mehr Wachsamkeit. Sie beobachtete alles und ließ wenig von ihren Gefühlen erkennen. Sie wechselte einige Worte mit Louisa, aber das tat sie mit allen.
Robert bemühte sich, Louisa in die Unterhaltung einzubeziehen und ließ dem Anstand zuliebe seine Schwester die Beschützerrolle spielen. Es würde zu nichts führen, an diesem Punkt zu viel zu offenbaren.
Mit großer Freude stellte er später fest, daß Mrs. Kelly Louisa unter ihre Fittiche zu nehmen schien, und Louisa wenigstens mit einer Spur Herzlichkeit darauf reagierte. Es war nicht so einfach, das wußte Robert, denn viele der Offiziersfrauen seines Regiments kannten die Bainbridges und wußten möglicherweise mehr über Louisa, als sie in aller Offenheit zugeben wollten. Aber Robert war zuversichtlich, daß Louisa damit fertig wurde. Sie war rebellisch genug, um allen die Stirn zu bieten, wenn sie es wollte.
Als ein Anfang war der Abend ein großer Erfolg. Das Essen war ausgezeichnet. Lettys Chopin ein Hochgenuß, und anschließend fühlten sich ihre Gäste so wohl, daß sie sich gerne an einem zwanglosen musikalischen Abend beteiligten.
Mit aufrichtigem Dank und großem Lob verabschiedeten sich die letzten. Robert drehte sich zufrieden und glücklich lächelnd nach seinen beiden Damen um und umarmte sie.
»Ein kleiner Anfang, aber ein guter Anfang.«
»Finde ich auch«, stimmte ihm Letty zu und drückte Louisas Arm. »Wenn ich mich nicht sehr irre, dann hast du es geschafft, meine Liebe. Hast du nicht Mrs. Kelly gehört? ›Ich bin am Donnerstag zu Hause, Miss Duncannon. Ich würde mich sehr freuen, wenn Sie und Miss Elliott mich besuchen.‹ Und Amelia Loy hat sich erkundigt, wann wir zu Hause sind. Das heißt also –«, Letty brach plötzlich ab und schlug sich in gespielter Verzweiflung an die Stirn. »O Gott, was sage ich da? Ich hasse die ewigen *Anstandsbesuche* –, ich finde es schrecklich und reine Zeitverschwendung, sich um eine alberne Unterhaltung zu bemühen! Louisa, ich bin wohl verrückt geworden!« Aber sie umarmte sie noch einmal und küßte ihren Bruder auf die Wange.
»Ich finde, Louisa hat genau den richtigen Ton getroffen. Sie war ruhig,

bescheiden, angenehm – sie mögen sie alle, Robert, habe ich recht?« Sie lächelte Louisa zufrieden an wie ein Kind, das sich gut benommen hat.

»Du hast recht«, stimmte er ihr zu und küßte Louisa auf die Wange.

Er hätte sich jedoch gewünscht, daß sie etwas zufriedener aussähe . . .

6

Die Wochen vergingen langsam, und Weihnachten rückte näher. Die erschütternden Eindrücke von White Leigh begannen zu verblassen. Louisa sah Charlotte zwar immer noch klar und deutlich vor sich, besonders wenn Georginas blonde Haare und ihre schnellen, grazilen Bewegungen die Erinnerungen belebten, aber sie stellte fest, daß sie das Bild dieser Frau längere Zeit zurückdrängen konnte, wenn sie sich mit etwas anderem beschäftigte. Zunächst waren die morgendlichen Unterrichtsstunden mit Roberts Tochter eine Prüfung für sie, die durch eine große Sensibilität der Kleinen für jede Stimmungsschwankung noch erschwert wurde. Louisa mußte sich innerlich größte Mühe geben, die negativen Gefühle zu überwinden, und das war ihr inzwischen gelungen. Zumindest die Beziehung zwischen ihr und Georgina war wieder entspannter und unbeschwerter.
Letty hielt es für das beste, White Leigh überhaupt nicht zu erwähnen. Praktisch wie immer versuchte sie, Louisa in ihre Arbeiten einzubeziehen. Zwei Nachmittage in der Woche ging sie mit einer Frauengruppe in die Slumgegend der Patrick-Straße. Sie verteilten Suppe an die Armen und Bedürftigen. Letty widmete sich außerdem unter Dr. Molloys Leitung einer kleinen Ambulanz. Mit Galgenhumor erklärte sie, das sei gut für die Seele. Ein Nachmittag in dieser Umgebung garantierte die Heilung jedes Selbstmitleids – auch in der hartnäckigsten Form. Louisa stimmte ihr zu, aber während sie in Gedanken alles Gute, das sie im Überfluß umgab, aufzählte, wurden die abstoßenden Bilder von Armut und Krankheiten zu einer neuen Quelle der Angst und Entmutigung.
Es war ein endloses und hoffnungsloses Unterfangen, als habe man vor, den Seetang aus dem Meer zu fischen. Als sie das Letty einmal zerknirscht sagte, lachte die ältere Frau nur. Und die Iren machten Louisa

am meisten Angst. Sie hatte noch nie Not in diesem Ausmaß erlebt: Verstümmelte und häßliche Bettler lauerten in jeder Ecke und grinsten die Vorübergehenden mit zahnlosen Mündern an oder bespuckten sie treffsicher. Bewaffnete Banden überfielen beutegierig die Behausungen der Ärmsten der Armen. Sogar Moira, die ihre freie Zeit opferte, um ihre Herrin wie eine Leibwächterin zu begleiten, erinnerte sich an Walmgate in den rosigsten Farben. Nur Letty nahm alles mit einem Achselzucken und einem Lächeln hin. »Das ist Irland«, sagte sie, »Armut ist hier an der Tagesordnung, und Blutfehden gehören zum Leben. Man tut einfach, was man kann.«

Louisa hielt sie für eine Heilige und sagte es auch. Bedauerlicherweise glaubte sie selbst nicht von dem Stoff zu sein, aus dem Heilige gemacht sind. Louisa ekelte sich vor dem Geruch der Kleider, die diesen Exkursionen vorbehalten waren. Und sie ekelte sich noch mehr vor den Karbolbädern, die sie anschließend nehmen mußten. Sie fühlte sich nicht mehr sauber, und wenn sie sich abends ins Bett legte, glaubte sie, etwas klebe immer noch an ihr. Letty beruhigte sie mit den Worten, sie werde sich mit der Zeit daran gewöhnen. Aber Louisa wußte, das würde nie geschehen. Robert rümpfte die Nase über das ›Eau de Carbol‹, wie er es nannte, und kaufte ihr teures französisches Parfüm, um den hartnäckigen Geruch zu überdecken.

Er war von den gleichbleibenden täglichen Pflichten des Regiments voll in Anspruch genommen und kämpfte mit vielen Problemen – in erster Linie machte er sich Sorgen um das Wohlergehen seiner Leute. Die Bedingungen in der Kaserne, so erzählte er, seien kaum besser als die Zustände in der Patrick-Straße. Robert kämpfte verbissen mit den Verantwortlichen des Militärs und hatte keine Lust, sich ähnliche Klagen auch noch in seiner freien Zeit anzuhören. Er war einfach glücklich, daß Louisa in seinem Haus lebte, und wenn sie zusammen waren, wollte er, daß alles Unangenehme verbannt sei. Louisa tat ihr Bestes, um dem nachzukommen. Aber da sie ihre wahren Gefühle unterdrückte, wuchs das Heimweh. Ihr fehlten York und die wohltuende Vertrautheit. Dublin konnte das nicht ersetzen, denn hier gab es nur Fremde, die höchstens Robert kannte.

Der schmerzliche Gegensatz zwischen den Nachmittagen in der Patrick-Straße und der unechten, erzwungenen und isolierten Idylle im Haus machte alles nur noch schlimmer. Die Offiziersgattinnen lebten in einem so ausgeprägten Hierarchiebewußtsein, daß Letty nur darüber lachen konnte. Die ungeschriebenen Regeln konnte man kaum befolgen, und die allgemein praktizierte Überheblichkeit war unerträglich. Es zeigte sich bald, daß Mrs. Kelly bei weitem die liebenswürdigste unter diesen Damen war. Aber selbst ihre Versuche, Louisa den Weg zu ebnen, garantierten nicht die Aufnahme in dieser hartgesottenen Clique. Lettys pflichtschuldig angesetzte Nachmittage besuchten nur Mrs. Kelly mit ihrer Tochter, Tommys dumme Witwe und eine der rangniederen Frauen, die offenbar glaubte, aus Versehen hierher geraten zu sein. Amelia Loy erschien aus reiner Höflichkeit und lud sie nur der Form halber zu sich ein. Letty gelang es immerhin, sich belustigt und munter den Gesellschaftsklatsch anzuhören, aber Louisa fehlte dafür einfach das Verständnis. Sie wußte wenig über die Besonderheiten der Jagd und noch weniger über den irischen Adel. Diese Menschen waren ihr fremd. Aus allen sprach eine krankhafte, unenglische Neugier untereinander und offene Verachtung für ihre Verwandten, die das Land von England aus beherrschten. Das schockierte Louisa. Sie hatte keine Ahnung, was diese Damen über sie dachten – wahrscheinlich nicht sehr viel, redete sie sich energisch ein. Jedenfalls ignorierte man sie zumindest meistens.

Allmählich schwand ihre Fröhlichkeit und natürliche Widerstandskraft; wozu sie sich im August noch hatte aufraffen können, das wurde im Dezember immer mehr ein hauchdünner Schleier, den sie sich jeden Abend überwarf, wenn sie sich zum Essen umkleidete. Robert schien es mit männlicher Kurzsichtigkeit nicht zu bemerken.

Bis Weihnachten hatte er sehr viel zu tun. Wenn er im Haus erschien, kam er zwar immer zu ihr, aber sie schliefen nur selten miteinander. Für Louisa war das eine Art Erleichterung, denn ihre Müdigkeit schien trotz der vielen Stunden, die sie schlief, eher zuzunehmen. Wenn er sie zärtlich küßte und sich dann auf die andere Seite legte, glaubte Louisa, er sei so müde wie sie. Es überraschte sie daher, daß Robert eines Abends mehr von ihr wollte, und er wurde wütend, als sie nur halbherzig reagierte. Nach einigen vorwurfsvollen Worten über York, Heimweh und Treueschwüre verschwand er in seinem Zimmer und schlief dort.

Louisa fühlte sich so elend, daß sie nicht einmal weinen konnte. Sie litt unter seiner Abwesenheit sehr und fand keine Ruhe. In dieser Nacht schlief sie kaum und träumte dann wirr. Alpträume quälten sie, die grauen Schatten ihres Alltags: verkrüppelte Bettler, die sie verhöhnten und nach ihr griffen; feiste, rote und lachende Offiziersgesichter, und eine höhnische irische Stimme wiederholte ständig: »Die Waren sind gekauft und bezahlt – gekauft und bezahlt – gekauft und bezahlt . . .« Eine Hand packte sie und zog sie zurück, zurück in ein namenloses Entsetzen . . .

Louisa erwachte in Tränen gebadet. Robert beugte sich über das Bett und schüttelte sie. »Komm, wach auf! Es ist nur ein Traum . . .« Es war noch dunkel, aber er war bereits fertig angezogen. Sie spürte den rauhen Wollstoff seiner Uniform an ihrem Gesicht, als er sie an sich drückte. »Ich wollte dich nicht stören. Ich habe nur meine Uhrkette gesucht. Du hast geweint und geschrien«, sagte er fröhlich, »ich dachte schon, du würdest das ganze Haus aufwecken.«

»Tut mir leid«, schluchzte sie leise an seiner Schulter.

»Du mußt dich nicht entschuldigen – du konntest ja nichts dafür.«

»Ich meine wegen gestern abend.«

Seine Hände spannten sich kurz, dann sagte er verlegen: »Ach ja. Mir tut es auch leid. Ich war im Grunde viel zu müde«, gestand er seufzend, »deshalb war ich wohl auch so gereizt. Ich habe schlecht geschlafen.«

»Ich auch«, flüsterte sie. Sie hob die Hände und berührte sein Gesicht. Sie spürte die glatt rasierte Haut unter den Fingern und sagte: »Ich liebe dich, Robert, wirklich.«

Ein Kiefermuskel spannte sich. Er lachte kurz und sagte: »Kann ich das schriftlich haben?«

»Oh, Robert, *nicht*. Ich wünschte, ich könnte es erklären – ich verstehe mich selbst nicht – ich . . .«, sie brach ab und konnte nicht weitersprechen.

Seine Finger klammerten sich fest um ihre Schultern. Sie hörte, wie er bebend Luft holte und dann plötzlich ausatmete: »Mein Schatz, ich muß gehen. Ich würde gern bleiben, aber Harris wartet. Wir werden später miteinander reden.«

Nach einem kurzen Kuß ließ er sie los. Sie lehnte sich in die Kissen und beobachtete, wie er unter den Dingen auf dem Nachttisch seine Uhrkette suchte. Keine Zeit, dachte sie bekümmert und enttäuscht, nie ist Zeit . . . Und in einem Haus mit so vielen Menschen gibt es auch keine Ungestörtheit.

Vor dem Mittagessen kam Moira mit der Vormittagspost in ihr Zimmer, als Louisa sich gerade die Kreide von den Händen wusch. »Ein schöner dicker Brief von Mr. Edward, Ma'am.«
Louisa nahm mit einem kalten »Danke« den Brief entgegen. »Moira, Sie wissen doch, es ist sehr irritierend, wenn man hört, wer der Absender ist, ehe ich eine Möglichkeit hatte, den Brief zu öffnen. Ich wünschte, Sie würden das unterlassen.«
»Oh, Entschuldigung, Ma'am. Ich dachte, es würde Sie aufmuntern.« Moira wartete auf eine Antwort, während Louisa das Couvert mit einem schmalen Elfenbeinmesser aufschnitt, aber sie wurde nur frostig entlassen. Erzürnt verließ Moira das Zimmer und schloß die Tür lauter als nötig.
Louisa achtete nicht darauf, sondern nahm die vielen Bogen und setzte sich. Der Anblick der vertrauten Handschrift wärmte ihr das Herz. Der lange Brief tröstete sie sofort.
»Meine liebe Louisa«, las sie, »es tat gut, nach den vielen Wochen ohne eine Nachricht, Deinen langen Brief zu erhalten. Deine regelmäßigen Briefe an Deine Mutter gaben mir jedoch die beruhigende Gewißheit, daß es Dir gesundheitlich einigermaßen gut geht. Aber ich fürchtete schon, Weihnachten werde ohne ein persönliches Wort von Dir kommen und gehen.
Nachdem ich Deine vielen langen Seiten mehrmals gelesen habe, verstehe ich, weshalb Du nicht früher schreiben konntest, und ich bedaure zutiefst die Ängste und die dramatischen Ereignisse, unter denen Du in letzter Zeit gelitten hast. Es *ist* eine schwierige Situation, und daran wird sich zweifellos auch nichts ändern. Aber, meine Liebe, auch auf die Gefahr hin, kalt und gefühllos zu klingen, darf ich vielleicht sagen, daß Du das hättest erwarten müssen . . ., oder doch etwas Ähnliches.
Und diese arme junge Frau, die er geheiratet hat – also, Liebste, was kann ich dazu sagen? Vielleicht, daß es anderen noch viel schlimmer geht? Auf seine Weise, daran zweifle ich nicht, tut der Hauptmann alles, was in seinen Kräften steht. Immerhin hat man sie nicht in ein Irrenhaus gebracht und bequemerweise vergessen.
Zur finanziellen Seite: Ich kenne sein Einkommen ebensowenig wie Du. Vielleicht fragst Du ihn danach? Ich weiß, es ist ein unangenehmes Thema für Dich, aber vielleicht ist es die Peinlichkeit wert, anstatt der vielen Sorgen, die vielleicht unbegründet sind.

Einen anderen Rat kann ich Dir nicht geben. Wenn Du aber wirklich so unglücklich bist, wie es Dein Brief andeutet – und nur Du kannst es wissen –, dann ist vielleicht die Zeit gekommen, Deine Entscheidung zu überdenken. Du *mußt* nicht dort bleiben, das weißt Du. Dein Zuhause ist immer noch hier, und wir vermissen Dich alle sehr ——«

Unter dem langen Strich hatte Edward mit dunklerer Tinte weitergeschrieben. Er berichtete in seiner flüssigen, eher graphischen Handschrift von der Arbeit und von zu Hause. Sie sah die betulichen Kunden vor sich, hörte die Stimme ihrer Mutter und auch Bessie, als er Bemerkungen und Ereignisse wiedergab. Louisa griff mit einem Seufzer nach den beiden ersten Blättern und begann, sie noch einmal zu lesen.

Bei den Worten »meine liebe Louisa« und »Liebste« wurde ihr wieder warm ums Herz, aber sie ärgerte sich auch über seine erbarmungslose Fairneß allen Beteiligten, besonders Robert gegenüber. Und die Formulierung: »Wir vermissen Dich alle sehr« machte sie so wütend, daß sie das Blatt zerknüllte und fallen ließ. Heftiges Selbstmitleid erfaßte sie, und einige Minuten lang wütete sie gegen Edward und fragte sich gepeinigt, warum kann er nicht schreiben: *Ich* vermisse Dich – *ich* brauche Dich – *ich* möchte, daß Du nach Hause kommst«, ohne zu ahnen, wieviel Seiten Edward geschrieben und verworfen und welchen Sturm der Gefühle ihr Brief und seine Antwort bei ihm ausgelöst hatten.

Louisa wußte es nicht, und Edward konnte ihr nicht sagen, daß seine Briefe so abgefaßt waren, daß auch andere sie lesen konnten. Er wußte nicht, ob Robert seine Briefe zu sehen bekam. Und die beiden Koseworte sollten nur die Härte seiner Ratschläge mildern.

Der Gong ließ Louisa aufspringen, und sie eilte hinunter zum Mittagessen. Da ein Nachmittag in der Patrick-Straße folgen würde, lief sie anschließend sofort nach oben und zog die alten Sachen an, die sie für solche Zwecke aufbewahrte. Sie wurden wie alles regelmäßig gelüftet und gesäubert, aber die Gerüche hingen am Stoff und zwangen ihre Gedanken, sich ausschließlich auf die beklemmenden Ereignisse zu richten, die ihr in den nächsten Stunden bevorstanden.

Robert hatte einen besonders unerfreulichen Vormittag. Es goß in Strömen, der Exerzierplatz versank im Schlamm, und er konnte keinen der Leute erreichen, mit denen er sprechen wollte. Eine Stunde wartete er vergeblich im Büro des Adjutanten, und nach einem miserablen Mittagessen in der Messe verlor er die Geduld. Er verfluchte jeden und alles, brüllte nach Harris und erklärte ihm, sie würden nach Hause fahren.

Auf der zwei Meilen langen Fahrt von Islandbridge zum Fitzwilliam-Platz tröstete er sich mit dem Gedanken an trockene Sachen und ein warmes Feuer. Er wollte lange und ausgiebig baden und dann im Arbeitszimmer mit Louisa Tee trinken – nur sie beide. Sie würden sich einmal vernünftig unterhalten, denn das war überfällig. Anschließend wollte er mit ihr allein zum Abendessen ausgehen und danach . . .

Als Harris ihm in der Halle seinen Mantel abnahm, sagte Robert: »Gehn Sie zuerst in die Küche und trinken Sie etwas Heißes.«

Während er die Treppe hinauflief, rief er ihm noch zu: »Sie können später meine Sachen holen, aber ziehen Sie sich vorher etwas Trockenes an.«

Harris schüttelte den Kopf über den plötzlichen Stimmungswandel und hätte beinahe gelächelt. Den ganzen Morgen über war der Hauptmann schlecht gelaunt gewesen, und das hatte sich von Stunde zu Stunde verschlimmert. Und plötzlich – nichts als Freundlichkeit und Heiterkeit. Das ging über seinen Verstand. Er sprach in der Küche nicht darüber, aber Moira gab ihm Grund, sich doch seine Gedanken zu machen. Sie saß mit aufgestützten Ellbogen vor einer Tasse Tee und unterhielt sich aufgeregt mit der Köchin. Beim Anblick von Harris richtete sie sich auf und nahm eine etwas damenhaftere Haltung ein, während die Köchin automatisch nach einer Tasse für Harris griff.

Er ging zum Herd und wärmte sich dort; dabei sah er Moira verstohlen an. In diesem Haus mit beinahe ausschließlich weiblichen Dienstboten fühlte er sich immer etwas verlegen. Er mochte Moira Hanrahan, aber er wußte nie genau, was sie von ihm hielt. Ihr Gesicht hätte er am liebsten ständig angesehen, denn ihr Gesichtsausdruck änderte sich ununterbrochen und blieb keine zwei Minuten gleich. Moira konnte hintereinander ausgelassen, traurig und fröhlich sein. Es hing ganz davon ab, was sie gerade sagte. Das faszinierte Harris, denn er hatte ein Leben lang gelernt, seine Gefühle unter allen Umständen für sich zu behalten. Auch in einer Stadt mit vielen hübschen jungen Frauen war Moira hübsch. Er mochte es, wenn sie lächelte, denn sie war nie boshaft, auch wenn sie ihn verspottete – und das geschah oft. Im Augenblick war sie jedoch nicht zu Spott aufgelegt, denn sie schäumte vor Wut.

»Also nach all dem hab ich es mir anders überlegt! Warum soll ich bei diesem scheußlichen Wetter einen freien Nachmittag opfern? Wenn sie aus dem Haus gehen und sich den Tod holen wollen, bitte. Außerdem ist es in der Patrick-Straße noch schlimmer. Aber mit mir nicht! Es ist schließlich mein freier Nachmittag!«
Die Köchin erklärte teilnahmsvoll, sie würde unter keinen Umständen auf ihre freie Zeit verzichten und erst recht nicht, um diesem Abschaum aus den Gefängnissen Kohlsuppe und Schweinsfüße zu bringen.
»Ärgern Sie sich über etwas?« fragte Harris mit belegter Stimme, als die Köchin in der Vorratskammer verschwand.
»Ärgern?« rief Moira und warf den Kopf zurück, »ich könnte platzen vor Wut. Sie hat mich angeschnauzt, nur weil ich ihr einen Brief gebracht und gesagt habe, von wem er kommt. Sie ist so unleidlich in letzter Zeit. Also, wenn ich das gewußt hätte, wäre ich zu Hause geblieben. Und ich«, sagte sie kopfschüttelnd, »glaubte, der Brief würde sie aufheitern.«
Harris hatte Mitleid mit ihr und dachte nach. Er sprach grundsätzlich nicht über die Launen seines Herrn, aber schließlich war das hier nicht das Regiment, und morgen war Heiligabend. Nach einer Pause sagte er freundlich und verständnisvoll: »Er war auch nicht besser – wie ein Löwe mit Zahnschmerzen. Vielleicht haben sie sich gestern abend gestritten. Bis morgen ist alles wieder in Ordnung, glauben Sie mir.«

Die beiden Frauen kamen um fünf nach Hause zurück und legten Überschuhe und Regenschirme in der Halle ab. McMahon nahm mit spitzen Fingern ihre Mäntel entgegen und brachte sie in einen verschwiegenen Winkel. Wie immer mußte Letty über seinen unverkennbaren Widerwillen und die stumm zum Ausdruck gebrachte Kritik lächeln.
»Und jetzt ins Bad«, rief sie und lief die Treppe hinauf. »Ich kann es kaum erwarten – mir juckt der Kopf. Ich beneide dich um deine kurzen Haare, Louisa, glaube mir!«
»Dir würden kurze Haare nicht stehen, Letty«, erwiderte Louisa mit einem müden Lächeln.
»Nein, aber sie lassen sich bestimmt sehr viel leichter waschen!« Sie kratzte sich drollig am Kopf und verschwand in ihrem Zimmer.
Im Bad, das sie mit Robert teilte, zog Louisa alles aus und stopfte die

Sachen in einen Weidenkorb. Sie goß die Karbollösung in das Badewasser und wusch sich schnell, aber sehr gründlich. Dann ließ sie das Wasser ab und frisches einlaufen. Schließlich streute sie duftendes Badesalz hinein und seifte sich mit einem teuren Stück Seife von Kopf bis Fuß ein.

Nachdem sie sich die Haare zweimal gewaschen hatte, zog sie den Bademantel an, wickelte um den Kopf ein Handtuch und ging mit einem zufriedenen Seufzer in ihr Schlafzimmer. Dort, das wußte sie, stand ein Tablett mit Tee und Keksen.

Sie fand aber auch Robert dort. Er lag angezogen mit einer halb gerauchten Zigarette auf Louisas Bett und musterte sie, ohne zu lächeln, mit halb geschlossenen Lidern. Auf dem Nachttisch neben ihm, wo er morgens die Uhrkette gesucht hatte, lag Edwards wieder geglätteter Brief.

»So«, stieß er grimmig hervor, »hast du deine Entscheidung überdacht, *meine Liebste*? Hast du beschlossen, ob du bleiben oder gehen willst?«

Nach einer halben Stunde stritten sie sich immer noch. Sie beschuldigten sich gegenseitig der Geheimnistuerei, verteidigten sich erregt und kreisten immer wieder um dieselben Punkte. Louisas Haare waren inzwischen trocken, aber sie hatte sich nicht angezogen. Der Tee stand noch unberührt auf dem Tablett.

»Ich wiederhole noch einmal«, schnaubte Robert wütend, »ich lese keinen an dich gerichteten Brief. Ich weiß, wo die Briefe liegen – in der Schublade der Frisierkommode, aber ich habe nicht den geringsten Wunsch zu lesen, was darin steht. Ich hätte auch *das da* nicht gelesen, wenn ich gewußt hätte, was es ist. Die Blätter lagen zerknüllt unter dem Stuhl. Ich habe die erste Seite überflogen, ehe mir klar wurde, was es ist.«

»Und dann hast du den Rest auch gelesen«, stieß sie voll Verachtung hervor.

»Ja, verflucht noch mal! Das habe ich getan. Ich wollte wissen, wovon er überhaupt spricht. Du hast mir immer noch nicht erklärt, weshalb *meine* Angelegenheiten *ihn* etwas angehen. Ich glaube, ich habe das Recht auf eine Erklärung.«

Erschöpft mußte Louisa ihm zustimmen. Sie setzte sich und sah ihn an, während er erregt auf und ab lief. Schließlich bat sie ihn, stehen zu bleiben. »Mich hat viel beschäftigt«, sagte sie, als er sich an den Kaminsims lehnte, »und ich wünschte, du könntest das verstehen. In White Leigh sind Dinge geschehen – Dinge, die ich dir nicht erzählen wollte –, ich wollte dich damit nicht belasten. Ich konnte mit keinem Menschen hier darüber sprechen, und ich wollte meine Leute zu Hause auch nicht beunruhigen. Aber es wurde immer schlimmer, Robert, so schlimm, daß ich nicht mehr klar denken konnte. Du dachtest, es sei Heimweh, aber es war mehr als das. Ich brauchte einen *Rat*. Also schrieb ich schließlich Edward. Vielleicht war es ein Fehler«, räumte sie zweifelnd ein, »aber wie dir sein Brief zeigt: Er ist *fair* – unbestechlich – und zieht keine vorschnellen Schlußfolgerungen.«

»Sag mir, was in White Leigh geschehen ist«, fragte er und überging die bewußte Anspielung ihrer letzten Bemerkung. Während er sich den sehr abgeschwächten Bericht von Anne Duncannons heftigem Angriff anhörte, eilten seine Gedanken voraus, und ehe Louisa es ihm sagte, wußte er, daß sie sich hatte verlocken lassen, Charlotte zu besuchen. Mit einem halb unterdrückten Fluch wandte er sich zum Fenster und starrte in die Dunkelheit hinaus.

Stockend und zögernd beendete Louisa ihre Geschichte. Sie sah Roberts Spiegelbild im Fensterglas, und darin spiegelte sich ihre eigene Not. »Es tut mir leid«, sagte sie aufrichtig, »ich hätte es nicht tun dürfen. Ich habe deiner Schwägerin zum Sieg verholfen, nicht wahr?«

»Das stimmt«, murmelte er, »aber du weißt jetzt wenigstens, daß ich nicht gelogen habe.« Er ging zur Tür und sagte: »Ich glaube, ich lasse dich jetzt allein zum Anziehen – es ist Zeit zum Abendessen. Ach, übrigens«, fügte er hinzu, ohne sie anzusehen, »du sollst wissen, daß dieses Haus nicht nur deinetwegen renoviert worden ist und daß wir nicht nur deinetwegen hier leben. Ich muß schließlich auch irgendwo wohnen, und White Leigh ist nicht mehr mein Zuhause. Es war auch Zeit, meiner Tochter ein Zuhause zu schaffen.«

Nach dem Essen erklärte Robert, er müsse arbeiten und verschwand in seinem Arbeitszimmer. Louisa klagte über Kopfschmerzen, wünschte Letty eine gute Nacht und zog sich in ihr Zimmer zurück. Sie marterte sich mit Selbstvorwürfen. Mit dem Schreckgespenst der Erlebnisse des Nachmittags vor Augen konnte sie sich nicht erlauben, in Selbstmitleid zu versinken. Sie griff nach Edwards Brief und las die beiden ersten Bogen noch einmal.

Wenn Du wirklich so unglücklich bist, wie Dein Brief erkennen läßt – war sie das? –, *dann ist vielleicht die Zeit gekommen, um Deine Entscheidung zu überdenken. Du mußt nicht bleiben.* Vielleicht nicht. Aber war es wirklich schon so weit?
Im kühleren Licht der distanzierten Betrachtung erkannte Louisa, daß sie zuviel erwartet hatte, oder besser gesagt, da sie die Gewässer nicht kannte, in die sie sich wagte, hatte sie andere Gefahren vorausgesehen. Louisa fürchtete unbekannte Tiefen und entdeckte den Schmerz spitzer Felsen im seichten Wasser. Jetzt saß sie fest und wußte nicht, wie es weitergehen sollte. War es leichter, sich in das tiefe Wasser zu wagen und darauf zu vertrauen, daß sie schwimmen konnte, oder sollte sie lieber den größeren Schmerz auf sich nehmen und an das sichere, vertraute Ufer zurückkehren?
Nur Du kannst das wissen, schrieb Edward.
Aber ich weiß es immer noch nicht, antwortete sie stumm. Sie glättete die Seiten, faltete sie und schob sie in den Umschlag. Nachdem der Zorn verraucht war, stand sie neben dem Frisiertisch, blickte in die Schublade, in der sie die anderen Briefe aufbewahrte, und war plötzlich dankbar, daß sie keine zärtlicheren Worte enthielten. Edward blieb Edward: ruhig, unvoreingenommen und absolut fair. Robert begriff das nicht und würde deshalb immer eifersüchtig auf ihn sein.
Louisa schob seufzend die Schublade zu, und die Einsamkeit senkte sich auf sie wie ein bleiernes Gewicht. Weihnachten, dachte sie und seufzte wieder. Es war bereits zu spät, um eine Entscheidung zu treffen, und sie war viel zu müde. Energisch nahm sie sich vor, während der Feiertage fröhlich und guter Laune zu sein, und klingelte nach Moira. Später, so dachte sie, wollte sie in aller Ruhe mit Robert sprechen und ihm sagen, was sie empfand. Dann würden sie gemeinsam entscheiden, ob sie nach York zurückkehren sollte.
Moira kam und half ihr beim Auskleiden. Froh über die Gesellschaft, plauderte Louisa mit ihr über die Pläne für Weihnachten und über Georginas Geschenke. Morgen wollten sie einen Weihnachtsbaum in der Halle aufstellen und schmücken. Als Moira sie verließ, strahlte sie wieder.
Es war kurz nach zehn und für Robert immer noch früh. Nach einem Blick auf die Uhr fragte sie sich unglücklich, ob er in seinem Zimmer schlafen werde und setzte sich mit einem Buch an den Kamin. Eine

halbe Stunde später hatte sie sich mit der Einsamkeit abgefunden, war überzeugt davon, daß das neue Jahr sie wieder in York sehen werde und ging ins Bett.

Mitternacht war schon vorüber, als er zu ihr kam. Er war durchfroren und zitterte. Auf Gesicht und Haaren lag die feuchte Nässe der Nacht.

»Wo bist du gewesen?« flüsterte sie, als seine eiskalten Hände sich an ihrer warmen Haut wärmten.

»Weg – spazieren. Ich brauchte Luft. Harris war noch wach, und so sind wir losgegangen. Mein Gott, friere ich!« stieß er zähneklappernd hervor und preßte sich an sie. Schenkel und Hintern waren eiskalt. Sie zog ihn instinktiv an sich, rieb ihm den kalten Rücken und wärmte ihm Gesicht und Ohren mit Küssen. Als die Leidenschaft sie beide erfaßte, hörte das Zittern auf. Seine eben noch kalten Lippen glühten plötzlich gierig.

Aufgewühlt und voller Spannungen reagierte sie heftig. Ihre Gedanken überschlugen sich, und das Blut brannte und prickelte in den Adern wie hunderttausend winzige Nadeln. Sie liebte ihn; sie wollte ihn; sie konnte ohne ihn nicht mehr leben; diese Wonne, diese Freude, der Gesang im Kopf, im Herzen und im Leib war Robert; diese Vereinigung war das einzige, wofür es sich lohnte zu leben, zu sterben und zu leiden . . .

Zu spät erinnerte Louisa sich an das, was nie vergessen werden sollte – zu spät, um ihn flüsternd zur Vorsicht zu mahnen, der die Zügel schon lange hatte schleifen lassen . . .

7

Hinterher entzündete Robert eine Kerze und eine Zigarre mit einem einzigen Streichholz und lächelte. »So sollte es immer sein«, flüsterte er, »mit nichts zwischen uns – nichts.«

»Hast du es gewußt?« fragte sie und dachte an das kleine Ding, das unbenutzt in der Nachttischschublade lag.

Als Verkörperung nichtsahnender Unschuld schüttelte er den Kopf. »Gewußt, was?« fragte er, und seine Hand streichelte zärtlich die Rundung ihres Bauchs. »Ich meine, es sollte keine Geheimnisse mehr zwischen uns geben, nicht mehr.« Aber dann beugte er sich vor und küßte ihr mit höchst bemerkenswerter Hingabe und Zärtlichkeit, wie Louisa fand, den Leib.

»Was wir auch getan haben«, flüsterte er ehrfurchtsvoll, »es war das Schönste, das Aller-, Allerschönste ...«

Wann immer Louisa daran dachte, bekam sie Angst. Aber da ihre Beziehung zu der früheren Leidenschaftlichkeit zurückgefunden hatte, schwanden ihre Sorgen, und zum ersten Mal seit ihrer Ankunft war sie glücklich. Weihnachten war wunderschön. Es gab Spielsachen und ausgelassene Spiele für Georgina. Sie sangen von Letty am Klavier begleitet Weihnachtslieder, aßen zuviel, tranken zuviel und gingen alle müde und erschöpft früh schlafen. Am zweiten Weihnachtstag durften die Dienstboten feiern. Die Köchin hatte ein warmes Mittagessen vorbereitet und abends für die Familie ein kaltes Büfett. Die Feier begann zwanglos im Laufe des Nachmittags. Beim Tee konnte man sogar den abstinenten Harris zu einem Drink überreden, und abends waren alle Hemmungen verschwunden. Als Robert und Louisa der verdächtig ernsten Einladung des Butlers folgten, tanzte Harris mit einem der Küchenmädchen, während der Kutscher in der Ecke saß und einen schnellen irischen Tanz fiedelte. Trotz seiner Größe und militärischen Steifheit hielt sich Roberts Bursche fabelhaft. Gelächter und Händeklatschen waren kein Spott, sondern Anfeuerung. Moira strahlte ihn an, packte ihn an der Hand, tanzte mit ihm und steuerte ihn dabei geschickt unter einen wohlüberlegt aufgehängten Mistelzweig, als die Musik abbrach. Unter Beifall und Hochrufen neigte er den Kopf und küßte Moira voll Hingabe. Plötzlich entdeckte er seinen Herrn, wurde bis unter die Haarwurzeln rot und salutierte. Die Ausgelassenheit kannte keine Grenzen mehr, als Robert ihm knapp befahl: »Weitermachen!«

Es war ein ehrlicher und liebenswerter Spaß, den Louisa gut verstand. Inzwischen kannte sie alle und konnte sich ohne Verlegenheit mit ihnen freuen. Sie hoffte insgeheim, sie werde sich eines Tages unter Roberts Freunden ebenso unbeschwert fühlen, wenn sie diese Menschen erst einmal besser kannte. Aber außer bei den beiden treuen Freunden Tommy und Darnley wollte sich dieses Gefühl bei keinem anderen einstellen.

Während der zwölf weihnachtlichen Tage gingen sie oft essen und besuchten eine Reihe informeller Bälle. Aber obwohl Letty sie ostentativ als Freundin und Anstandsdame überallhin begleitete, spürten sie deutlich eine unterschwellige Feindseligkeit und Ablehnung, wenn sie erschienen. Die Offiziersgattinnen waren die schlimmsten, denn sie benahmen sich so, als stelle Louisa für sie eine Bedrohung dar. Sie gaben vor, Louisa nicht zu bemerken, und behandelten sie besonders in Lettys Begleitung wie eine bezahlte Gesellschafterin. Das war mehr oder weniger beleidigend, aber Louisa hatte sich im Lauf der Jahre daran gewöhnt. Im Grunde wäre sie nur allzu froh darüber gewesen, wenn der Anschein hätte gewahrt werden können und es möglich gewesen wäre, ihre wahre Position zu verschweigen. Aber das wollte Robert nicht. Er reichte ihr immer wieder den Arm, ließ sie nicht von seiner Seite weichen, er zog sie in Gespräche, wenn sie viel lieber geschwiegen hätte, und unterließ es nicht, in zahllosen kleinen Gesten seine Gefühle für sie unter Beweis zu stellen.

Die Empörung der Frauen seiner Kameraden schien er zu übersehen und achtete ebensowenig auf die langen, manchmal unverschämten Blicke der Männer. Louisa entging das nicht, und so empfand sie es als eine subtile Form der Folter. Sie wollte Robert jedoch gefallen, unterdrückte den Instinkt zu fliehen, mobilisierte ihren ganzen Stolz und erwiderte herausfordernd alle Blicke. Robert bewunderte ihren Kampfgeist und ermutigte sie. Er half ihr bei der Kunst des zwanglosen Plauderns und der doppelbödigen Antworten. »Es wird Zeit, daß du die Kunst der Selbstverteidigung lernst«, erklärte er ihr, »denn du bist gescheit genug, um die meisten verbal niederzumetzeln.« Louisa bezweifelte es, aber sie übte den treffsicheren und geistreichen Schlagabtausch, trug schulterfreie Abendkleider, die ihm gefielen, griff sogar zu etwas Schminke, um die Schönheit ihres Gesichts zu betonen, und sie lernte zu lächeln, zu lächeln, zu lächeln, was auch immer geschah.

Als Anfang Februar Dublins gesellschaftliche Saison mit Empfängen und Levers im Schloß in vollem Gange war, wichen Louisas ängstliche und nur halbeingestandene Ahnungen eiskalter Gewißheit. Nach einem Nachmittag in der Patrick-Straße wurde ihr plötzlich schlecht. Der Geruch von Brandy und Portwein nach dem Essen verursachte ihr Übelkeit. Beim Frühstück brachte sie keinen Bissen mehr herunter. Als die zweite Monatsblutung ausblieb, bat sie den offensichtlich nicht zu schockierenden Dr. Molloy um eine Untersuchung.

Mit professioneller Gelassenheit stellte er die notwendigen Fragen, aber als er seine Krankenschwester rufen wollte, hielt er inne. Normalerweise, erklärte er, ließ er die Krankenschwester im Sprechzimmer anwesend sein, wenn er seine Patientinnen untersuchte. Aber wenn absolute Diskretion erforderlich sei, könnte Miss Elliott es vielleicht anders wünschen... Louisa hatte nicht daran gedacht, sich vor einem Mann entkleiden zu müssen, den sie gesellschaftlich besser kannte als in seiner Funktion als Arzt. Sie wurde feuerrot und fragte, ob eine Untersuchung unumgänglich sei.

»Wenn Sie eine sichere Diagnose wünschen«, erwiderte er freundlich, »dann, so fürchte ich, ja. Sie sind nicht zu Besuch bei mir – in diesem Sprechzimmer bin ich Arzt, und Sie sind Patientin«, erinnerte er sie ernst. Dann fügte er mit einem fröhlichen Lachen hinzu: »Wissen Sie, wir haben in der Patrick-Straße soviel zu sehen bekommen. Deshalb hätte ich nicht gedacht, daß Sie so empfindlich sind.«

Louisa mußte lachen. Trotzdem war es ihr sehr peinlich, als sie im Unterhemd auf seiner Liege lag. Es machte sie noch verlegener, als er ihre Brüste mit kalten Fingern und noch kälterer Gelassenheit betastete. Wangen und Kehle glühten, und Louisa konzentrierte sich auf die Stuckengel an der Decke – erst hinterher fand sie diese Engel unpassend –, als seine geübten Finger noch anderes untersuchten.

Wieder angekleidet saß sie ihm einigermaßen gefaßt gegenüber und war sicher, er werde ihre schlimmsten Befürchtungen zerstreuen und rundheraus sagen, es handle sich um eine Störung im normalen Zyklus. Aber er sah sie schweigend an, hmmmmte und haaamte eine Weile, kaute auf dem Federhalter und zeigte alle Symptome eines Mannes, der schwierige und möglicherweise unwillkommene Neuigkeiten zu überbringen hat.

»Sie sind eine junge Frau«, sagte er schließlich, »bei bester Gesundheit, wie ich voll Freude sagen kann – in dieser Hinsicht besteht also kein Anlaß zur Sorge. Sie haben einen guten, starken Körper, und es sollte für Sie nicht schwer sein, Kinder zu bekommen . . .«

»Es steht also fest?« flüsterte Louisa, »ich bekomme ein Kind?«

»Nun ja, es ist noch etwas früh, um es mit absoluter Sicherheit sagen zu können. Ich müßte Sie etwa in einem Monat oder sechs Wochen noch einmal untersuchen – aber ja, ich würde sagen ja. Alle Anzeichen und Symptome sprechen dafür.«

Auf Louisa wirkten diese Worte, als werde eine Tür endgültig zugeschlagen. Sie hatte diese Tür sorgfältig offen gehalten, um Licht und Luft hereinzulassen, und auch als Fluchtweg. Jetzt gab es keinen Weg zurück. Sie hatte sich unwiderruflich und für immer gebunden. Erst in diesem Augenblick begriff sie, wie ungebunden sie gewesen war, und wie sehr sie sich an die Idee geklammert hatte, jederzeit nach Hause zurückkehren zu können, wenn sie das wollte. Jede Rückkehr war nun unmöglich.

Die Ungeheuerlichkeit dieser Vorstellung lähmte Louisa. Sie hörte kaum noch den freundlichen Rat des Arztes, nach Hause zu gehen und eine Weile zu ruhen. Sie wollte etwas erwidern, stammelte aber nur unzusammenhängende, belanglose Dankesworte – weshalb? –, als er aufstand und zu ihr trat.

»Ich sehe, es ist für Sie ein Schock, aber es ist kein Weltuntergang. Ich weiß, Sie stehen nicht allein.« Dann half er ihr beim Aufstehen und sagte: »Denken Sie daran, Sie haben in Letty Duncannon eine gute Freundin. Und versuchen Sie, sich keine Gedanken zu machen. In ein paar Monaten sind Sie Mutter und haben ein schönes, gesundes Baby – Ihnen geht es nicht so wie den armen Seelen im Frauenhaus.«

Die Aussage war richtig, bot aber nur wenig Trost. Die Aufforderung, sich an das Gute zu erinnern, das sie umgab, erbitterte Louisa. Sie be-

mühte sich um eine Haltung, die sie nicht empfand, richtete ihr Häubchen und wünschte dem jungen Arzt kühl einen guten Tag.
Sie ging durch die große Halle, die der im Devereaux-Haus völlig glich, hinaus auf die Straße, wo sie ein kalter, heimtückischer Wind und die blasse, zitternde Wintersonne empfingen. Das Wetter war sich noch unschlüssig; am wäßrig blauen Himmel hingen Wolken, die Regen bringen oder weiterziehen konnten. Die Bäume am Platz verharrten noch im Winterschlaf, reckten sich aber bereits in der Ahnung des kommenden Frühlings. Die weißen Sonnenflecken hätten gut Schnee sein können. Louisa blieb stehen. Sie wollte nicht in das Haus gegenüber zurückkehren, aber sie wußte nicht, wohin sie sonst hätte gehen können. Das Echo dieser Frage hallte in ihr. Sie war sich ihres Körpers unter dem eleganten Kleid plötzlich sonderbar bewußt, als sei ihr Verstand zur Seite getreten und betrachtete die Änderungen, die sich ohne seine Erlaubnis vollzogen, mit kaum verhülltem Widerwillen.
Louisa ging auf der anderen Seite des Platzes in Richtung Stephens Park und kam an sieben Kindermädchen mit Kinderwagen vorüber. Im Park sah sie noch mehr, die ihre kleinen kräftigen Schützlinge beim Ballspielen beaufsichtigten. Die gut genährten, hübsch gekleideten Kinder mit den aufgeregten Stimmen erinnerten sie an Georgina im Museumspark vor ungefähr einem Jahr. Dort war sie Roberts Töchterchen zum ersten Mal begegnet und hatte Neid und die Sehnsucht nach eigenen Kindern gespürt. Aber diese Sehnsucht verband sich mit einem eigenen Zuhause und der Ehe, nicht mit dieser Art Hölle, in der sie je nach Situation eine andere Maske anlegen mußte. Nach dem monatelangen Rollenspiel wußte Louisa, ihr drohte die Gefahr, den Menschen aus dem Auge zu verlieren, der sie einmal gewesen war. Selbst als Gouvernante, als sie sich Tag und Nacht um die Kinder anderer Leute hatte kümmern müssen, war ihr Zeit für sich selbst geblieben – Zeit zum Lesen, Zeit zur Stille, Zeit, um mit der zurückgezogenen Seele in Frieden zu sein. In dem fremden Land unter fremden Menschen mit fremden Sitten fühlte sie sich ständig angegriffen. Ihre Seele verlor in dem Bemühen, zu absorbieren und zu verstehen, immer mehr das Gleichgewicht.
Mit einem heftigen Verlangen, das sie wie ein unerträglicher Schmerz erfaßte, sehnte Louisa sich wieder nach zu Hause, nach Frieden und nach Zeit zum Nachdenken. Sie wußte, sie hätte Dublin noch vor

Weihnachten verlassen müssen und es nicht noch einmal versuchen dürfen. Zu spät! erklärte der Verstand mit kalter Zufriedenheit. Dann dachte sie daran, was ihre Mutter wohl sagen werde, und bei dem Gedanken an Edward krümmte und wand sie sich innerlich.

»Du hast es mir gesagt«, flüsterte sie und schloß die Augen, um die spielenden Kinder im Park nicht sehen zu müssen, »aber ich habe dir nicht geglaubt . . .«

Als sie die Augen wieder aufschlug, lag der große Park vor ihr. Sie sah Leute zu zweit und zu dritt, Offiziere mit Stöckchen und in der Ferne Reiter. Sie zweifelte nicht daran, diese Menschen waren freundlich, glücklich und sorgenfrei.

Nur sie stand allein und verwundbar vor einem gähnenden Abgrund – sie, die unverheiratete Frau in einem fremden, ihr feindseligen Land. Und jetzt wuchs in ihr ein neues Leben heran . . .

Louisa war eine gebrandmarkte Frau, eine Ausgestoßene.

8

Louisa brauchte Zeit, um sich an die neue Lage zu gewöhnen. Deshalb schwieg sie. Sie redete sich ein, die Schwangerschaft könne erst in einem Monat mit Sicherheit bestätigt werden, aber in Wirklichkeit fürchtete sie Roberts Reaktion. Sie hatten nie ernsthaft über die Möglichkeit von Kindern gesprochen, und als sie dieses Thema ein einziges Mal zögernd anschnitt, hatte er ihre Ängste mit der Beteuerung beiseite gewischt, er werde sie dann natürlich nicht im Stich lassen.

Das bezweifelte sie nicht. Aber sie wußte ebenso sicher, daß er keine Kinder wollte. Selbst Georginas Belangen widmete er sich mehr nebenbei, obwohl er behauptet hatte, das Haus auch ihretwegen instand gesetzt zu haben. Robert war Louisa gegenüber liebevoll, großzügig und sehr besitzergreifend. Sie sollte immer für ihn da sein, sich seinen Plänen anpassen, seinen Freuden und seinen Bedürfnissen. Wie würde er reagieren, wenn ein Kind mit seinen Forderungen ihre Zeit und Zuneigung beanspruchte? Dieser Gedanke machte Louisa Angst.

Trotz der ständigen Sorgen begann sie sich körperlich erstaunlich wohl zu fühlen, nachdem die frühmorgendliche Übelkeit sich gelegt hatte. Diese Anfälligkeit konnte sie leicht verbergen. Robert bestand nach Weihnachten darauf, daß sie auf einen Nachmittag mit Letty bei den Armen verzichtete. Das erleichterte das Leben in vieler Hinsicht. Wie hätte sie sonst dem Wirbel gesellschaftlicher Verpflichtungen gerecht werden sollen? Manchmal sah Letty sie prüfend an, und Louisa fragte sich oft, ob diese kluge Frau ihren Zustand ahnte – ganz im Gegensatz zu Robert. Er stellte nur fest, daß sie zunahm. Dann wieder bemerkte er, sie werde schöner und schöner. Ein Blick in den Spiegel überzeugte Louisa von der Richtigkeit seiner Beobachtung. Noch nie hatte sie besser ausgesehen. Die klaren Augen strahlten, die Haut schimmerte, die Haare waren dichter und glänzender.

Lügen, dachte sie und drehte sich um, alles Lügen wie die unbeschwerten kurzen Briefe, die sie Woche für Woche ihrer Mutter und Edward schrieb.

In der zweiten Märzwoche suchte sie Dr. Molloy wieder auf. Wie nicht anders erwartet, bestätigte er ihr seine erste Diagnose und rechnete mit der Geburt Ende September. Mehr denn je fühlte sie sich als Ausgestoßene und Verbannte, als sie auf den Platz hinaustrat und durch den Park ging, wo die nickenden Blüten der ersten Osterglocken sie schmerzlich an York erinnerten. Auf den alten Befestigungsanlagen gegenüber dem Bahnhof würden sie jetzt in Massen anfangen zu blühen, sich im Wind wiegen, die müden Reisenden und die nach Hause Zurückkehrenden fröhlich begrüßen.

Sie blieb mit weit offenen Augen stehen und ließ die beiden Bilder miteinander verschmelzen. Dann schüttelte sie den Kopf, wandte sich ab und ging zum Tee nach Hause zurück.

Louisa überlegte, wie und wann sie Robert die Nachricht mitteilen sollte, und kam zu dem Entschluß, bis nach dem siebzehnten zu warten, denn dann war die Ballsaison offiziell vorüber. Während der letzten Anproben für ihr Abendkleid zum Galaball am St.-Patricks-Tag machte sich ihr Zustand deutlich bemerkbar. Im Verlauf von nur zwei Wochen war ihr Taillenumfang beachtlich angewachsen, und das Mieder ließ sich trotz aller Versuche nicht mehr enger schnüren. Die Schneiderin sah Louisa mißmutig an, sprach düster von den Nähten und ging daran, sie auszulassen. Louisa verbrachte den ganzen Nachmittag bei ihr, aber mit dem Ergebnis war niemand so recht zufrieden. Als Louisa das Kleid in ihrem Zimmer anprobierte, stellte sie fest, daß ihr Busen sehr viel voller geworden war. Durch das eng geschnürte Korsett in Verbindung mit dem Schnitt des Kleides quollen die Brüste beinahe unanständig hervor.

Robert lachte zufrieden und machte einige anzügliche Bemerkungen, als er sie sah. Louisa hätte ihm am liebsten eine Ohrfeige gegeben.

»So kann ich nicht gehen!« rief sie und versuchte mit Schultertüchern, Stolen und Spitze zu verhüllen, was sich nicht verbergen lassen wollte.

»Unsinn«, erklärte er energisch, »du siehst hinreißend aus – einfach atemberaubend! Ich habe erlebt, daß verwitwete Damen des Hochadels weit mehr zur Schau stellen und noch ein Heer Falten dazu.« Er nahm ihre Hände, lächelte und küßte sie zärtlich. »Du bist die begehrenswerteste Frau, die ich je gesehen habe«, flüsterte er, und seine blauen Augen funkelten im Licht der Lampe. »Um dir die Wahrheit zu sagen, ich würde lieber zu Hause bleiben und mit dir schlafen, als mich heute abend durch die Menge im Schloß zu wühlen.« Er küßte sie noch einmal und legte ihr leidenschaftlich die Hände um die weißen, hervorquellenden Brüste.

Louisa schob ihn energisch von sich, lachte nervös und schickte ihn aus dem Zimmer, um sich in Ruhe für den bevorstehenden Abend vorzubereiten. Als er die Tür hinter sich geschlossen hatte, sank sie auf das Bett. Es verwirrte sie, daß sie sich trotz allem mehr als jemals zuvor nach ihm sehnte. Ihr ungehorsamer Körper schien entschlossen, sich alles zu nehmen, auch wenn ihr Kopf es mißbilligte.

Als Louisa später in die Halle hinunterkam, hob Letty überrascht die Augenbrauen.

»Ja, ich weiß«, sagte Louisa nervös, »die verwünschte Schneiderin hat es viel zu eng gemacht.« Sie seufzte. »Aber es war zu spät, um noch viel ändern zu können.«

»Es ist ein hübsches Kleid«, sagte Letty und fuhr bewundernd über die blasse aprikosenfarbene Seide, »es wird sich wunderschön abheben von all dem Grün, das heute abend mit Sicherheit dort vorherrscht.«

Ein unnahbarer McMahon brachte auf einem silbernen Tablett kleine Kleeblätter. Robert steckte Letty ein Kleeblatt an die linke Schulter ihres violetten Kleids, eines befestigte er an seinem Revers und betrachtete dann mit einem schiefen Lächeln Louisas Kleid. »Da kann man nicht viel anstecken... Paß auf«, sagte er und gab ihr den Rest der winzigen grünen Kleeblätter, »steck sie vorne in den Ausschnitt – sie verhüllen ein bißchen etwas.«

Als Louisa in der Kutsche saß, war sie noch immer rot. Sie mußte an den ersten Ball in York denken. Aber ihre chronische Befangenheit beruhte diesmal nicht nur auf der Angst vor Fremden. Dr. Molloy stieg auf der anderen Seite des Platzes in ihre Kutsche, denn man hatte der Einfachheit halber beschlossen, ihn mitzunehmen. Er begrüßte alle fröhlich, aber Louisa konnte ihm nicht in die Augen sehen. Froh über die Dunkelheit, blickte sie aus dem Fenster und überließ das Gespräch den anderen.

Sie fuhren durch die elegante, hell erleuchtete Grafton-Straße mit den teuren kleinen Läden und Cafés. Aber sehr schnell erreichten sie die dunklen, schmutzigen Slums. Robert zündete sich eine Zigarre an, als die Kutsche sich in die langsam vorwärtsrückende Schlange der Wagen einreihte, die alle zum Schloß wollten. Der aromatische Tabak vermochte die ekelhaften Gerüche etwas zu überdecken. Nachdem Louisa sich so oft unter die Armen begeben hatte, war sie fast unempfindlich für den Anblick und den Gestank. Aber sie staunte über die aufgeregte, drängende und schiebende Menschenmenge vor dem Schloß.

Ein beißender Wind machte den Abend noch kälter. Viele Zuschauer, die die prunkvolle Anfahrt der Reichen sehen wollten, waren barfuß und trugen nur Lumpen am Leib. Männer und Frauen machten bissige und bösartige Bemerkungen, und sie hörten unverhüllte Drohungen. Hin und wieder brach die Menge aber auch in Hochrufe aus. Das ist sehr viel mehr Beifall, dachte Louisa, als einer der Gäste verdient.

»Du meine Güte«, murmelte Molloy, als er Letty in dem gepflasterten Schloßhof aus dem Wagen half, »worüber können sie denn jubeln?«

Mit Ausnahme von Robert waren sie alle vom Anblick der lachenden und begeisterten Menge irgendwie niedergeschlagen.

Es war ein Galaball, aber trotz der langen Reihen der Lakaien in silberner und hellblauer Livree, trotz des Empfangs durch Lord und Lady Cadogan, den Vizekönig von Irland und seine Gemahlin, war der Abend, wie Robert sagte, nichts als ein heilloses Gedränge von über siebenhundert Gästen.

Unbezahlbare, kostbare Diamanten funkelten und glitzerten wie Weihnachtsbaumschmuck. Die Menschenmenge drehte sich unaufhörlich zu den Walzerklängen. Im lärmenden Stimmengewirr hörte man *alle* irischen und englischen Dialekte. Kirschrot, Rosa und Orange prallte auf zahllose Schattierungen von Smaragdgrün. Champagner floß wie Bier durch die Kehlen, und betrunkene Väter erlaubten ihren Töchtern alles im Endspurt des Rennens, sich einen Ehemann zu angeln.

Im Kunterbunt der sehr gemischten Geschmäcker hatte Louisa bald ihr tiefes Dekolleté vergessen, tanzte, aß und unterhielt sich bestens. Die Loys gesellten sich zu ihnen. Und während sie als kleine Gruppe an ihrem Tisch saßen, um den viele sie beneideten, bemerkte Louisa plötzlich, wie Roberts amüsiertes Lächeln gefror. Er erhob sich und verneigte sich mit kalter Förmlichkeit vor einem älteren Ehepaar, das eher darauf bedacht zu sein schien, ihn *nicht* zu sehen.

Letty und Gerald wechselten verlegene und dramatische Blicke, als Louisa sich erkundigte, wer das sei, aber offenbar wollte keiner von beiden ihr eine Antwort geben.

»Niemand Wichtiges«, sagte Robert und legte die Hand auf ihren Arm. »Komm, Liebling, ich glaube, der Tanz gehört uns.«

Als er sie durch die Menschenmenge zur Tanzfläche führte, verfolgte er die beiden gepflegten grauhaarigen Köpfe mit seinen Blicken. Louisa bemerkte, daß die Diamanten der Frau den Schmuck von Lady Cadogan in den Schatten stellten. Sie trug ein elegantes Satinkleid in Kirschrot und Fuchsienblau, das überhaupt nicht zu ihrem Teint paßte. Als ihre harten, stolzen Augen Robert im Vorübergehen streiften, wandte sie abrupt den Kopf ab.

»*Wer* ist das?« fragte Louisa beim Walzer.

»Verwandte von mir«, antwortete er mit zusammengepreßten Zähnen, »durch Heirat...«

»Durch Anne?«

»Nein, durch Charlotte.«

Louisa unterdrückte einen Aufschrei. Sie tanzte mechanisch weiter, aber ihr Herz schlug bestürzt. »*Möchtest* du, daß sie uns zusammen sehen?«

»Ja.«

»Warum?«

»Weil ich möchte, daß sie wissen: Ich habe es überlebt.«

»Aber wissen sie das mit Charlotte?« fragte sie zu den Klängen der lauten Musik.

»Natürlich wissen sie es«, erwiderte Robert und drehte sich mit ihr im Kreis. »Wenn sie etwas wissen wollen, erfahren sie es, denn sie sind reich genug, um es herauszufinden.«

Noch etwas benommen von dem Eindruck dieser Begegnung kehrten sie nach dem Tanz zu ihrem Tisch zurück. Prinz Francis kämpfte sich gerade mit einem verliebten hübschen jungen Ding in zuckersüßem Rosarot zur Tanzfläche. Als er Robert sah, lachte er und sagte etwas über die unmögliche Menschenmenge. Sein Blick fiel auf die bezaubernde Louisa, und Robert bat um Erlaubnis, sie ihm vorstellen zu dürfen. Mit charmanter Freundlichkeit wurde ihm die Bitte gewährt. Louisa sank vorschriftsmäßig vor dem Prinzen anmutig in einen Hofknicks, erinnerte sich plötzlich jedoch an den tiefen Ausschnitt und er-

rötete heftig, als sie sich aufrichtete und das fröhliche, anerkennende Augenzwinkern des Prinzen sah.
»Oh, dieses verwünschte Kleid«, murmelte Louisa wütend. Aber als das junge Paar ihren Blicken entschwunden war, lachte Robert wieder heiter.
»Nun, mein Schatz. Das ist für dich ein Pluspunkt – nicht jeder wird dem Ehrengast des Abends vorgestellt!«
Letty war sehr beeindruckt und Amelia Loy eindeutig neidisch. Sie erinnerte Robert an den versprochenen Tanz und bat ihn darum, sie ebenfalls dem Prinzen vorzustellen. Robert zwinkerte Louisa beim Weggehen zwar noch zu, aber Louisa wurde plötzlich unverständlich eifersüchtig. Robert zuliebe hätte sie zwar gern die Frau seines Vetters gemocht, aber das war unmöglich. Amelia war eine so unausstehliche Mischung aus Mannweib, Kokotte und unnahbarer Hoheit, daß Louisa nie wußte, woran sie bei ihr war. Letty erklärte ihr schnell, daß Amelia Loy mit ihren Landgütern und der riesigen, in Kürze zu erwartenden Erbschaft so stolz und überheblich sein konnte, wie es ihr paßte.
Gerald sah zwar sehr gut aus, aber er war nicht sehr begütert. Louisa fragte sich deshalb, ob er Amelia aus Liebe oder aus einem Selbsterhaltungstrieb heraus geheiratet hatte. Roberts Vetter besaß die Neigung der Familie zum sorglosen, herrschaftlichen Landleben, ohne aber die Mittel zu besitzen, um sich das leisten zu können. Aber trotz der kaum vorhandenen Gemeinsamkeiten eines familiären Hintergrunds war Gerald immer freundlich und höflich zu ihr gewesen, und Louisa mochte ihn. Mit seiner hellen Haut und den grauen Augen erinnerte er sie an Edward, und ohne rechte Anhaltspunkte zu haben, schrieb sie ihm dasselbe sanfte und liebenswürdige Benehmen zu. An diesem Abend hatte er jedoch bereits zuviel getrunken; und das war weder guten Manieren noch höflicher Unterhaltung zuträglich. Louisa fand, daß seine ständig belustigten grauen Augen dazu neigten, sie lüstern anzustarren. Und als Letty mit Tommy Fitzsimmons tanzte und sie allein am Tisch saßen, wurden seine Geschichten unangenehm gewagt.
Louisa fühlte sich nicht wohl bei seinen zunehmend boshafteren Bemerkungen über einige der berühmten Gäste und hielt besorgt Ausschau nach Anzeichen für eine Rettung. Robert schien ausgesprochen lange verschwunden. Es mußten inzwischen mindestens drei Tänze vergangen sein, seit er mit Geralds Frau gegangen war. Plötzlich ent-

deckte sie Letty und Tommy in der Menge, die zum Tisch zurückkehrten.

»O gut!« rief Gerald und zog Louisa hoch. »Sie werden den Tisch eine Weile bewachen. Komm, meine Schöne – jetzt sind wir an der Reihe, solange wir die Möglichkeit dazu haben.«

Erfaßt vom Strudel der Tänzer vermochte Louisa kaum zu protestieren, als er sie mehr emphatisch als höflich mit sich zog. Gerald drückte sie viel zu fest an sich, legte seine Wange an ihre und dirigierte sie geschickt durch die Menge. Bei freier Tanzfläche mußte er ein ausgezeichneter Tänzer sein, aber Brust an Brust und Schenkel an Schenkel war Louisa zu verwirrt, um sich von ihm führen zu lassen. Sie trat ihm zweimal auf die Zehen und stolperte, aber er hob sie unbeeindruckt und gekonnt in die nächste Drehung. Louisa staunte über seine Kraft, denn er war kaum größer als sie und wirkte eher schmächtig.

Am Ende des Tanzes klagte Louisa über Hitze und Erschöpfung, noch bevor das Orchester mit dem nächsten Tanz einsetzte, und bat Gerald, mit ihr zum Tisch zurückzukehren. Gerald lächelte, nahm zwei Gläser vom Tablett eines vorüberkommenden Dieners und ging mit ihr durch eine Doppeltür in einen wenig beleuchteten, mit dicken Teppichen ausgelegten Gang. Erleichtert stellte Louisa fest, daß viele Paare diesen kühleren und ruhigeren Zufluchtsort vor dem Lärm nutzten, um sich etwas zu erholen.

Vorsichtig trank sie von dem Champagner und versuchte, nicht zu zittern. Sie gingen ein paar Minuten auf und ab. Louisa achtete dabei auf einen gewissen Abstand zwischen ihnen, aber als sie sich ihm zuwandte, um höflich zu erklären, sie sei zum nächsten Tanz bereit, riß Gerald sie an sich, schob sie in eine dunkle Nische und preßte gierig seine Lippen auf ihren Mund. Auch als Louisa sich wehrte und versuchte, ihn wegzuschieben, ließ er seine Hände nicht von ihren Brüsten.

»Ich möchte dich nackt ausziehen«, flüsterte er ihr leidenschaftlich ins Ohr, hielt sie mit einem Arm wie eine Beute fest und drückte seine schwellende Härte gegen sie. »Ich möchte mit dir ins Bett und ...«

»Zum Teufel mit dir!« fauchte Louisa, krallte die spitzen Fingernägel in seinen Nacken und trat ihm fest auf den Fuß. »Du bist widerlich!« Als die Musik aussetzte, hatte sie sich befreit und floh durch den Gang, während in ihrem Rücken aus dem Ballsaal ein plötzliches allgemeines

Lachen aufbrandete. Sie lief an den Reihen gelangweilter und gähnender Lakaien vorbei zur Damentoilette.
Ihr war übel, und sie glaubte, ohnmächtig zu werden. Sie lieh sich einen Fächer, denn Gerald Loy hatte ihren eigenen behalten. Ein Dienstmädchen brachte ihr ein Glas Wasser und Riechsalz. Das scharfe Ammoniak brachte sie wieder zu sich. Sie kochte vor Zorn darüber, daß ein sogenannter *Gentleman* sie wie eine gemeine Hure behandeln durfte und glaubte, ungeschoren davonzukommen.
Das ist Roberts *Vetter,* dachte sie fassungslos über die Sittenlosigkeit der Männer. Im nächsten Augenblick wußte sie aber, daß sie über das Geschehene niemals sprechen konnte, wie sehr sie ihm diese Beleidigung auch heimzahlen wollte. Die Damen, die ständig herein- und hinausströmten, ließen sie nicht zur Ruhe kommen. Deshalb kehrte Louisa in den kühleren Gang zurück, denn dort war auch die Luft frischer. Nach ein paar Minuten fühlte sie sich etwas besser und wieder in der Lage, das Menschengewühl zu ertragen.
Louisa stand auf der Schwelle des Ballsaals und hielt, zu einem Lächeln bereit, nach bekannten Gesichtern Ausschau. Plötzlich spürte sie jemanden an ihrer Seite. Es war Dr. Molloy. Er rauchte eine Zigarre und wirkte in seinem eleganten Frack im ersten Moment wie ein Fremder.
»Geht es Ihnen gut? Sie waren sehr blaß, als Sie gerade an mir vorbeigeeilt sind.« Durch den blauen Zigarrendunst musterte er sie verstohlen, und er glaubte ihr nicht, als sie beteuerte, es sei alles bestens. »Verausgaben Sie sich nicht«, riet er und fragte dann leise: »Haben Sie es dem Hauptmann noch nicht gesagt?«
»Nein«, flüsterte sie, »es hat sich noch nicht die richtige Gelegenheit ergeben ...«
»Nun ja, das können Sie am besten beurteilen«, sagte er kopfnickend und runzelte die Stirn, »aber ich glaube, Sie sollten nicht viel länger warten.«
Das klang vorwurfsvoll, und nach dem Zwischenfall mit Gerald Loy schmerzte es sie unverständlicherweise besonders. Ihre Augen füllten sich plötzlich mit Tränen, und sie senkte den Kopf. Der junge Arzt griff besorgt nach ihrem Arm.
»Kommen Sie ..., setzen Sie sich hinter diese hübsche Palme. Wir können so tun, als seien wir zwei Verschwörer, die mit dem ganzen Un-

sinn hier Schluß machen wollen. Möchten Sie ein Glas Wasser – nein? Also gut, vielleicht sollten Sie mir erzählen, was geschehen ist. Geständnisse sind bei mir gut aufgehoben«, fügte er scherzhaft hinzu. Unter dem Vorwand, ihr die Hand zu halten, fühlte er den Puls. Er runzelte die Stirn und sagte: »Sie muten sich zuviel zu. Sie sollten bereits zu Hause im Bett liegen.«

»Nein, mir geht es gut . . . mir *ging* es gut«, gestand sie, »noch bis vor wenigen Minuten. Jemand hat mich beleidigt und aus der Fassung gebracht. Das ist alles.«

»Wer?«

»Fragen Sie nicht. Ein Mann. Nun ja«, schluchzte sie, »es ist meine Schuld, wenn ich dieses lächerliche Kleid trage. Ich habe zugenommen, verstehen Sie.«

»Ja«, sagte er trocken, »das gehört auch dazu.«

»Ich weiß«, erwiderte sie ernst, »aber ich habe nicht daran gedacht, als ich das Kleid in Auftrag gegeben habe.«

»Sie müssen vieles Ihrer neuen Lage anpassen – nicht nur die Kleider . . .«

Sie schwiegen einen Augenblick lang beide. Ohne einen Blick auf Dr. Molloy zu werfen, sagte Louisa dann traurig und mehr zu sich selbst: »Wissen Sie, eigentlich bin ich froh darüber. Wenigstens ist dann all das vorbei. Ich muß nicht mehr lächeln, ein freundliches Gesicht machen und so tun, als amüsierte ich mich königlich.«

»Finden Sie das alles so schlimm?« fragte er und beantwortete die Frage selbst: »Ja, vermutlich. Sie sind nicht damit groß geworden, soweit ich weiß.«

»Nein. Zu Hause war das Leben ruhig, und das fehlt mir hier.«

»Ich könnte mir denken, daß auch Miss Duncannon nur allzugern aufbrechen wird«, erklärte er trocken. Dr. Molloy entdeckte Robert, der sich ihnen offenbar auf der Suche nach Louisa näherte. Der junge Arzt berührte ihren Arm. »Er sucht Sie. Aber lächeln Sie nicht zu sehr. Ich werde ihm sagen, daß Sie in der Hitze ohnmächtig geworden sind. Vielleicht bringt er Sie dann nach Hause.«

»Ach du meine Güte!« rief Robert bedauernd, als er bei ihnen war, »ich dachte, du amüsierst dich glänzend. Hör zu –«, er zögerte, »kannst du noch ein paar Minuten warten? Ich habe einen Tanz versprochen . . .«

»Herr Hauptmann«, erklärte Dr. Molloy energisch, »als Arzt finde ich, Sie sollten Miss Elliott jetzt nach Hause bringen. Ich werde Miss Duncannon begleiten.«

Leicht gereizt wollte Robert Einwände machen. Aber ein Blick auf Louisa verriet ihm, daß sie tatsächlich sehr müde aussah, obwohl es erst kurz nach eins war und der Ball noch Stunden dauern würde.

»Warten Sie hier«, bat er Molloy, »während ich mich um die Kutsche kümmere?«

Der Arzt nickte. Louisa wirkte so erleichtert, daß Robert anfing, sich echte Sorgen zu machen. Er drückte ihr liebevoll die Hand. »Ich habe den Garderobenschein.«

Ein Lakai machte sich auf die Suche nach dem Kutscher, und Robert hoffte, der Mann sei inzwischen nicht allzu betrunken. Dann kam er zu Louisa zurück. Er half ihr in den Mantel, bedankte sich bei Molloy und fand, der stämmige Ire habe ihn beim Abschied höchst merkwürdig angesehen.

Der eindringliche Blick gab ihm ein Rätsel auf. Robert schwieg, als sie auf die Kutsche warteten. Louisa fragte ihn, ob er ärgerlich sei. Das stimmte: Er war ärgerlich. Und bei dem Gedanken, daß etwas mit Louisa nicht in Ordnung war, nahm er sich vor, Molloy die Ohren lang zu ziehen, weil er es ihm verschwiegen hatte.

»Ärgerlich?« wiederholte Robert, »nein, natürlich nicht.« Er zwang sich zu einem Lächeln. »Wie kommst du darauf?«

Im Wagen legte er liebevoll und beschützend den Arm um sie. »Wir sind bald zu Hause und im Bett«, flüsterte er, »du kannst bis mittags schlafen, wenn du willst.« Sie schwieg und legte den Kopf an seine Brust. Dann fragte Robert so beiläufig wie möglich: »Ich fand Molloy etwas übertrieben besorgt – es ist doch nichts mit dir, mein Schatz? Ich weiß, du bist in letzter Zeit nicht ganz die alte gewesen. Aber du bist doch nicht krank?«

»Nein, ich bin nicht krank«, erwiderte sie kleinlaut, »ich bekomme ein Kind.«

»Wie?« fragte er fassungslos, denn er glaubte nicht richtig gehört zu haben, »was hast du gesagt? Du – hast du gesagt, du bekommst ein *Kind*?«

Robert hatte das nie ernsthaft erwogen. Einerseits machte die Nachricht ihn lächerlich stolz, andererseits versetzte ihn die Aussicht auf ein Kind in Alarm.

In den nächsten Tagen gab es immer wieder Augenblicke, in denen er es einfach nicht glauben konnte. Dann eilte er zu Louisa, um es sich von ihr noch einmal bestätigen zu lassen.

»Man könnte glauben, du seist noch nie Vater geworden«, sagte sie einmal lachend. Er fuhr sich verwirrt durch die Haare.

»Es mag albern klingen«, gestand er ungewöhnlich verschämt, »aber genauso komme ich mir vor.«

»Verstehst du«, fuhr er nachdenklich fort, »diese Erfahrung hatte ich noch nicht. Charlotte war so merkwürdig. Ich glaube, sie wußte nicht, daß sie schwanger war. *Mir* ist es schließlich aufgefallen, und damals muß sie schon im fünften Monat gewesen sein. Ich konnte es nicht glauben – *wollte* es nicht glauben –, aber es stimmte. Ich habe dann einen Arzt gerufen, und er hat meinen Verdacht bestätigt.« Er seufzte und sagte: »Ich hatte das Gefühl – in der Falle zu sitzen –, anders kann ich es nicht ausdrücken. *Ich* wollte kein Kind. Inzwischen war mir auch ihre Krankheit bewußt, und ich wollte auch Charlotte nicht mehr. Und ich war nicht in der Lage, mich um beide zu kümmern. Das Regiment wurde verlegt. Ich wußte nicht, wo ich in Zukunft sein würde. Es war die reinste Hölle.«

Aus persönlicher Erfahrung konnte Louisa seine Gefühle verstehen und nickte. Trotz Roberts Begeisterung fühlte sie sich noch immer in der Falle. Aber sie sagte nur: »Die arme Georgina«, und seufzte.

»Ja, das stimmt. Aber damals war es noch nicht Georgina – sie war nur eine Vorstellung, ein Gedanke, den ich mehr fürchtete als alles zuvor. Ich dachte nicht: Das ist *mein* Kind. Kannst du das verstehen? Etwas wuchs in Charlotte – möglicherweise ein Ungeheuer –, das nichts mit *mir* zu tun hatte. Deshalb wollte ich auch Georgina als Baby nicht.« Dann sagte er ruhig: »Ich glaube, sie war bereits zwei Jahre alt, als ich bemerkte, daß sie ein bezauberndes, hübsches und liebenswertes kleines Mädchen ist ...«

»Machst du dir immer noch um sie Gedanken? Ich meine, daß sie so wird wie Charlotte?«

Robert nickte. Er wußte, die Angst würde nie von ihm weichen. »Aber Letty fand – und ich habe ihr zugestimmt –, Georgina dürfe nicht in Watte gepackt werden, wie es bei ihrer Mutter der Fall gewesen sein muß. Wir wollten, daß die Kleine so ungezwungen und natürlich aufwächst wie alle Kinder in White Leigh. Und auch deshalb ließen wir sie dort. Georgina hatte Harry als Freund und die Kinder auf dem Anwesen zum Spielen. Aber dann – ach ich weiß nicht – vielleicht haben die Belastungen in White Leigh die Vorteile aufgewogen.«

»Nun ja«, fügte er lächelnd hinzu und drückte ihr die Hand, »Georgie wird bald ein Brüderchen zum Spielen haben.«

»Oder ein Schwesterchen«, erinnerte ihn Louisa lachend.

»Nein, tut mir leid«, erwiderte Robert in gespieltem Ernst, »diesmal möchte ich einen Sohn . . .«

9

Er sollte seinen Willen haben. An einem schönen Morgen Anfang Oktober, als die Sonne aufging, erkämpfte sich Roberts Sohn seinen Weg in die Welt.

Als Robert den langgezogenen Protestschrei hörte, endete sein verzweifeltes Hin- und Herlaufen. Er lauschte angestrengt, aber er hörte keinen Laut von Louisa, deren unterdrücktes und gequältes Stöhnen ihn die halbe Nacht gefoltert hatte. Ihr letzter Schmerzensschrei wie in Todesnot hatte ihn so sehr getroffen, als sei er körperlich verwundet worden. Er schluckte mehrmals und näherte sich der Tür. Er blieb stehen, um sich auf die Nachricht vorzubereiten, sie sei tot. Dann verließ er den Treppenabsatz und ging zu ihrem Zimmer.

Noch ehe er anklopfen konnte, öffnete sich die Tür. Der unrasierte Molloy sah ihn mit einem zufriedenen Lächeln auf dem irischen Gesicht an, und hinter ihm entdeckte Robert die sehr lebendige, erschöpfte, aber strahlende Louisa im Bett.

Der Arzt hob die Hand und hinderte ihn am Eintreten. »Es ist ein Junge, und es geht beiden gut, aber warten Sie bitte. Wir müssen hier noch ein wenig aufräumen und saubermachen. Geben Sie uns fünf Minuten – ja?«

Robert konnte jetzt nicht allein bleiben. Er lief zum Zimmer seiner Schwester und klopfte aufgeregt. Letty öffnete, noch während sie den Morgenmantel überstreifte. Die Haare waren völlig zerzaust, und sie hielt eine brennende Zigarette in den zitternden Händen.

»Es geht ihr gut!« flüsterte Robert heiser und fiel ihr um den Hals. Und erst als sie ihre Frage dreimal wiederholt hatte, stieß er atemlos hervor: »Es ist ein Junge!«

»Gott sei Dank!« rief Letty und sank kraftlos noch einmal in seine Arme. »Was für eine Nacht ...«, seufzte sie. »Hast du Louisa schon gesehen?«

»Nur kurz an der Tür – in fünf Minuten, hat mir Molloy versprochen, darf ich zu ihr.«
Es wurden sehr lange fünf Minuten. »Verdammter Ire«, schimpfte Robert, zündete sich eine von Lettys Zigaretten an und verzog das Gesicht. »Die sind ja schrecklich, Letty – wie kannst du so etwas rauchen?«
»Mühelos, liebes Brüderchen, besonders in solchen Zeiten.«
Sie hörten Schritte draußen. Robert drückte die Zigarette hastig aus und eilte zur Tür. Eine Kinderschwester mit dem weißen Häubchen und der langen, hellblauen Schürze forderte ihn lächelnd auf, ihr zu folgen.
»Aber nur fünf Minuten«, sagte Molloy und trocknete sich die Hände, »sie ist sehr erschöpft.«
Robert grinste. »Das heißt also eine halbe Stunde?«
»Ganz bestimmt nicht«, erwiderte der Arzt ernst, aber Robert ließ sich bereits verzaubern von Louisas Lächeln. Er sah den Stolz auf das Geleistete, und ihre Augen strahlten sanft vor Liebe. Sie wirkte müde und glücklich. Und sie sieht so anders aus, dachte Robert. Ganz im Bann der Veränderung küßte er sie zärtlich und zögernd. Er nahm ihre Hand und setzte sich auf den äußersten Rand des Bettes. Beinahe in Decken verborgen ruhte neben ihr ein winziges Bündel mit glatten rosa Wangen und einem vorgeschobenen Mündchen, das sich unermüdlich bewegte.
Staunend, fasziniert und von Ehrfurcht erfüllt, war Robert einen Augenblick völlig fassungslos. Louisa schob das Umschlagtuch zurück, und eine winzige Hand kam zum Vorschein, die sich ruckhaft bewegte und dann wie ein Seestern öffnete. Louisa berührte die Handfläche, das Händchen schloß sich um ihren Finger, und Robert sah vollkommen geformte rosa Nägel mit weißen Rändern.
Sie lachte leise. »Ist er nicht schlau? Er kennt mich bereits!«
»Nach all der Zeit sollte er das auch. Ich dachte schon, er würde nie kommen.«
»Das Warten hat sich gelohnt«, murmelte Louisa, »er ist wirklich vollkommen – und so schön. Kein bißchen rot und faltig.«
Mit angehaltenem Atem berührte Robert die weiche kleine Seesternhand. Winzige Fingerchen griffen mit unglaublicher Kraft nach ihm. Überrascht lachte er. Das Babygesicht verzog sich sofort, und das rosa Mündchen stieß einen langgezogenen Schrei aus.

»Oh!« flüsterte Robert erschrocken, »seine Lungen sind offenbar in Ordnung!«
Die Kinderschwester eilte in berufsbedingter Sorge um ihre beiden Schützlinge herbei, hob zu Roberts großer Verblüffung das winzige Bündel in einer einzigen mühelosen Bewegung hoch und wiegte es in den Armen. Der Schrei wurde zum Wimmern und verstummte. »Es ist ein strammer Junge, Sir«, sagte sie stolz, »und er ist schon groß – sehen Sie sich diese riesigen Hände an.« Robert blickte pflichtschuldigst noch einmal hin, aber er fand sie immer noch sehr klein. »Außerdem wiegt er beinahe neun Pfund«, bedeutete sie ihm vorwurfsvoll, »kein Wunder, daß die Mutter es nicht leicht hatte.«
Schuldbewußt warf Robert einen verstohlenen Blick auf Louisa, die ein Lachen unterdrückte. Dann hielt ihm die Kinderschwester erstaunlicherweise das Baby hin.
»So machen wir das – in die Armbeuge, gut – seien Sie nicht so steif und passen Sie auf das Köpfchen auf.«
Das kleine Gesicht verzog sich alarmiert und runzelte ärgerlich die Stirn darüber, so mir nichts, dir nichts wie ein Paket herumgereicht zu werden. Robert glaubte, der Kleine werde wieder schreien, und geriet beinahe in Panik. Aber als die Kinderschwester die dicken Samtvorhänge öffnete und die strahlende neue Welt vor ihnen lag, blinzelte das Baby mit seinen wolkigen graublauen Augen, aus denen plötzlich eine sehr erwachsene Klugheit sprach. Aber die Anstrengung war zu groß. Der Kleine schlief ein, während die ersten Sonnenstrahlen auf die weichen langen Wimpern fielen, die zarten Augenbrauen streichelten und die schimmernden blonden Haare mit einer Strahlenkrone umgaben.
Überwältigt spürte Robert plötzlich, wie die Gefühle ihm die Kehle zuschnürten. Nach monatelangem Warten und Reden, den Versuchen, Pläne zu schmieden, den Sorgen im entfernten Curragh, den eiligen Fahrten in die Stadt, wann immer sich eine Gelegenheit dazu bot, war *das* die Wirklichkeit, dieses winzige Etwas an Menschheit, dessen winzige Muskeln zuckten und sich selbständig bewegten. Die Last der Verantwortung überstieg plötzlich alles, und als die Kinderschwester die Arme ausstreckte, war Robert sehr erleichtert, daß sie ihm die Last abnahm und ihn energisch aus dem Zimmer komplimentierte.
Wieder allein blieb er stehen und hielt sich am Treppengeländer fest. Seine Muskeln zitterten plötzlich vor Erschöpfung und Erleichterung.

Mit unsicheren Schritten ging er zu Molloy hinunter und genehmigte sich einen nervenstärkenden Drink.
Nach den vielen Wochen der Unsicherheit vor der Geburt einigten sie sich schließlich darauf, den Kleinen William zu nennen. Zuerst sagte Louisa mehr im Scherz, das Baby sehe seinem Onkel ähnlich. Aber da sie so gute Erinnerungen an den Bruder ihrer Mutter hatte, gefiel es ihr, seinen Namen fortbestehen zu lassen. Robert stimmte lachend zu. Er sagte, sein Bruder werde glauben, der Kleine sei nach ihm benannt, und damit fühlten sich beide Familien geehrt.
»Geehrt« war jedoch nicht das richtige Wort, das die Elliotts mit dem Kind verbanden. Für ihre Familie in York war die Schwangerschaft eine Tragödie. Keiner zögerte, das auch zu sagen. Ihre Mutter freute sich natürlich über die problemlose Entbindung und bedankte sich in diesem Sinne auch für Roberts Telegramm. Aber Louisa wurde das Gefühl nicht los, für Emily und Blanche wäre der Tod die einzige ehrenvolle Lösung gewesen. Von Edward kam kein Kommentar – wie schon seit vielen Monaten nicht. Louisa verstand ihn und machte ihm auch keine Vorwürfe. Aber sein Schweigen bekümmerte sie, denn ihr fehlten seine Briefe, die das Fenster zur Heimat gewesen waren. Sie litt darunter, daß sie nicht wußte, was er tat. Sie litt unter der fehlenden Gewißheit, daß er noch so oft an sie dachte wie sie an ihn. Gelegentlich setzte sie sich an den Schreibtisch und wollte ihm einen Brief schreiben, aber dann warf sie das Geschriebene in den Papierkorb. Warum sollte sie ihn noch mehr verletzen? Mit diesem Gedanken machte Louisa sich an irgendeine Arbeit, um die Sehnsucht nach York zu vergessen.
Da der Winter wieder Einzug gehalten hatte, gab es wenig im Garten zu tun, mit dem sie sich im Frühjahr und Sommer sehr ausgiebig beschäftigt hatte. Das Gärtnern war Lettys Leidenschaft. Es sei für sie ein wunderbares Gegengewicht, erklärte sie, zu all dem Schmutz und Elend in den Slums. In einem Garten sah man Ergebnisse – man plante, führte durch und sah den Erfolg – und all das erforderte nur Geduld. Louisa glaubte, im Verlauf der Jahre viel Geduld erworben zu haben, aber sie wußte nichts über Gartenkultur. Schon bald entdeckte sie ihre Neigung, etwas zu pflanzen, und zog daraus große Freude und Befriedigung. »Da zeigt sich das Blut deiner Ahnen«, sagte Letty scherzhaft. Sie beklagte während Louisas Schwangerschaft nur, daß sie nicht die Landsitze besuchen konnte, über die sie im Winter ständig gesprochen

hatten. Die beiden Frauen mußten sich mit Parks in ihrer Nähe begnügen. Und als die Zeit der Geburt näherrückte, wurde auch das verbotenes Land. Den August über mieteten sie eine Villa in Dalkey. Louisa genoß den Monat am Meer in vollen Zügen, wenn sie wie eine richtige verheiratete Frau am Ufer spazierenging.
»Im nächsten Sommer«, versprach ihr Letty, »tun wir all das, worauf wir in diesem Jahr verzichten müssen.« Louisa drückte ihr Baby an sich und fand Trost in dem warmen, weichen kleinen Körper. Roberts Sohn wuchs schnell. Darüber wunderte sich niemand im Haus, denn der kleine Liam, wie ihn alle Dienstboten hartnäckig nannten, war ein hungriges Kind, dessen innere Uhr alle drei Stunden die nächste Mahlzeit forderte. Er lehnte die Flasche ab und schrie so laut nach seiner Mutter, daß Louisa sehr schnell darauf verzichtete, ihm die letzte Mahlzeit vom Kindermädchen verabreichen zu lassen. Es war eine einengende und ermüdende Pflicht, die um sechs Uhr morgens begann und kurz vor Mitternacht endete. Louisa konnte sich zwar in den Zwischenzeiten ausruhen, aber ihr blieb wenig Zeit und Energie für etwas anderes. Sie hielt weiterhin an dem Zusammensein mit Georgina fest und führte mit Lettys Hilfe den Unterricht fort, den sie vor achtzehn Monaten begonnen hatte. Mit sechs zeigte sich die wache Intelligenz des kleinen Mädchens von der besten Seite. Georgina konnte fließend lesen, hatte eine gute Handschrift, und unter Lettys Anleitung bewies sie eine Begabung für Zeichnen und Klavierspielen. Der Besuch von White Leigh im vergangenen Jahr hatte in ihr den Wunsch nach einem eigenen Pony geweckt. Robert schenkte ihr zum Geburtstag ein Shetlandpony, das sie sofort Dinky taufte. Wie alle Ponys seiner Rasse konnte auch Dinky ungezogen und störrisch sein, aber Georgina liebte das Pony mit all seinen Eigenarten und ließ sich nicht im geringsten einschüchtern, was Louisa in Angst und Schrecken versetzte, ihren Vater aber von Herzen freute.
Neben den Kutschpferden und Roberts Vollblütern stand nun auch Dinky in den Ställen an der Rückseite des Hauses. Wenn Robert einen freien Tag hatte, ritt er mit Georgina im Stephens Park aus. Louisa amüsierte sich immer, wenn sie die beiden davonreiten sah. Robert saß groß und aufrecht auf seinem hohen Grauen. Das Pferd ging geschmeidig langsam und federnd; mit den kleinen Beinchen über dem dicken Bauch des Shetlandponys hüpfte Georgina munter im Sattel auf und ab, während Dinky flink neben dem grauen Hengst her trabte.

Manchmal begleitete Amelia Loy die beiden. Wenn sie am Haus vorüberkamen, kniff Louisa die Augen zusammen. Sie haßte die Frau aus keinem besonderen Grund und wünschte, sie werde von dem tänzelnden Vollblüter herunterfallen. Aber das geschah nie. Wie für sie charakteristisch hielt Amelia beim Reiten die Zügel fest in der Hand. Louisa konnte sich gut vorstellen, wie sie ihr Pferd die Peitsche spüren ließ, denn manchmal tat sie »das« verbal auch mit ihrem Mann. Sie verstand nicht, daß Robert Amelia überhaupt mochte. Er sagte, sie sei amüsant und auf einer langen Jagd eine unterhaltsame Begleiterin. Tommy stimmte dem ohne Einschränkung zu. Louisa hätte sich gewünscht, die Jagd in Meath wäre weniger reizvoll, denn dann hätten Robert und seine Freundin als Gäste der Loys nicht auch noch dort übernachtet.

Die sechs Wochen dauernde Saison in diesem Jahr war mehr oder weniger eine peinliche Sache. Die Nachricht von Louisas Niederkunft hatte sich mit dem reizvollen Beigeschmack einer schockierenden Neuigkeit wie ein Lauffeuer von Wohnzimmer zu Wohnzimmer verbreitet. Die eher Hundertprozentigen entsetzte die mangelnde Diskretion der Duncannons, die Mutter und Kind unter ihrem Dach wohnen ließen. In ihren Büchern wurden alle drei Namen von den Gästelisten gestrichen. Andere schnalzten mit der Zunge und rieten Robert im Vertrauen, seine Amouren nicht unter den Augen der Öffentlichkeit auszuleben. Wieder andere beneideten offen seinen Mut. In allen Fällen stand jedoch eindeutig und ernüchternd fest, daß Louisa nicht mehr gesellschaftsfähig war, und ebensowenig Letty, weil sie die Situation stillschweigend duldete.

Robert überraschte das nicht. Er hatte damit gerechnet. Auf einer Familienkonferenz vor beinahe einem Jahr hatten sie offen über die relativen Vor- und Nachteile völliger Geheimhaltung gesprochen. Man hätte den Anschein der Ehrbarkeit nur dann wahren können, wenn Louisa während der Schwangerschaft Dublin verlassen und das Kind Adoptiveltern übergeben hätte. Aber diese Vorstellung widerstrebte ihnen allen. Einen Mittelweg einzuschlagen, hätte nur eine mehr oder weniger schnelle Enttarnung bedeutet und wäre reine Energieverschwendung gewesen. Sie beschlossen deshalb, Louisa werde in Dublin bleiben, ohne die Sache an die große Glocke zu hängen. Und sie würden die gesellschaftlichen Konsequenzen auf sich nehmen.

Als Robert sich der Peinlichkeit stellen mußte, daß Einladungen nur noch an ihn ergingen, entdeckte er, daß ihre Situation einer gewissen Ironie nicht entbehrte. Er als Mann wurde nicht kritisiert und konnte sich in den besten Kreisen sehen lassen; die unerlaubte Beziehung machte ihn offenbar eher noch attraktiver, wie das wachsende Interesse an ihm verriet. Louisa, die Partnerin seiner Liebe oder Sünde, war dagegen die gefallene Frau, die es hätte besser wissen müssen, und alle lehnten sie mit großem Nachdruck ab. Seine unschuldige, unbeteiligte Schwester galt nun als Komplizin. Die wahre Ironie lag aber darin, daß die beiden Frauen sich durch das Urteil der Gesellschaft nicht bestraft fühlten. Besonders Letty seufzte erleichtert auf und machte einige treffende Bemerkungen. Sie erklärte, jetzt könne sie endlich auf das innere, gedankliche Korsett verzichten und sich ihren wahren Interessen widmen. Louisa lächelte nur geheimnisvoll zufrieden und versorgte das Baby.
Schließlich litt Robert am meisten. Er hatte die moralische Verpflichtung, die gesellschaftlichen Anlässe des Regiments zu besuchen und mußte Musikabende und Empfänge nun allein über sich ergehen lassen. Er hatte sich große Mühe gemacht, wieder Anschluß an den Bekanntenkreis in der Dubliner Gesellschaft zu finden, und inzwischen meldeten sich diese Leute bei ihm mit zahllosen Einladungen zu Partys, größeren und kleineren Festessen und Bällen im Schloß. Robert hätte ablehnen können, aber in Wirklichkeit wollte er das nicht. Nach den Jahren in England genoß er es noch immer, wieder daheim unter seinesgleichen zu sein, obwohl ihn Schuldgefühle plagten, weil er Louisa allein zu Hause ließ. Aber es waren nicht nur Schuldgefühle. Anfangs waren die öffentlichen Auftritte für Louisa eine harte Prüfung gewesen, aber jetzt fehlte sie ihm wirklich; ganz besonders deshalb, weil er auf den Reiz verzichten mußte, eine bezaubernde Frau am Arm zu haben, um die ihn alle beneideten. Dieser Luxus war ihm lange verwehrt gewesen, und er gab ihn nur höchst ungern wieder auf.

10

Robert fand jedoch einigen Trost in dem Wissen, daß ein gemeinsames gesellschaftliches Leben nicht völlig unmöglich geworden war. Ein Essen im kleinen Kreis mit den besten Freunden konnte stattfinden, und Theateraufführungen und öffentliche Konzerte besuchten sie als Paar, nicht als Teil eines Kreises. Bei solchen Anlässen mußte Robert sich mit einem kurzen Nicken begnügen. Niemand blieb stehen und unterhielt sich mit ihnen. Louisa erklärte bald enerviert, es verderbe ihr das Vergnügen an der Musik. Deshalb gingen sie nur, wenn etwas ganz Besonderes auf dem Programm stand. Nur wenige Freunde waren bereit, sie einzuladen. Dazu gehörten Tommy und Darnley, einige unverheiratete ehemalige Schulfreunde von Robert, denen er durch Gerald Loy wieder begegnet war, und natürlich die Loys. Robert verstand Louisas Abneigung nicht, die gelegentlichen Einladungen in das Haus am Mountjoy-Platz anzunehmen. Nachdem sie zweimal wegen Unpäßlichkeit abgesagt hatte, bestand er darauf, eine dritte Einladung, die Ende Februar eintraf, zuzusagen.

»Frank O'Mara wird auch kommen – du magst ihn – und Tom McNeill. Ich weiß, er liegt dir nicht so, aber unter der rauhen Schale ist er ganz akzeptabel.«

»Wie dein Vetter«, erwiderte Louisa, »er trinkt zuviel und behandelt Frauen wie Dreck. Mich überrascht es nicht, daß er noch Junggeselle ist – ich würde ihn nicht nehmen, auch wenn er mir mit all seinem Geld als ein hübsches Geschenk angeboten würde.«

Robert mußte lachen. Dann dachte er über ihre Worte nach und fragte: »Behandelt Gerald Frauen *wirklich* so schlecht? Mir ist das nie aufgefallen. Ich dachte immer, sein Benehmen sei tadellos, ganz besonders wenn es um Frauen geht.«

»An der Oberfläche«, murmelte sie dunkel.

Mountjoy besaß wie der Fitzwilliam-Platz immer noch ein gewisses Prestige und wirkte mit Butlern, Messingtabletts und Visitenkarten wie eine uralte Oase am Rand der Slums von Dublin. Es gab aber auch Hinweise auf den bevorstehenden Niedergang, als müßten die meisten Anlieger sich noch entscheiden, ob sie die Häuser instand setzen oder verkaufen und umziehen wollten. Der Sieg der Hoffnung über die Erfahrung, dachte Louisa und sah mit der Klarheit eines Unvoreingenommenen die unbarmherzig näherrückende Armut. Offenbar besaßen die Neureichen mehr Vernunft als die alten Aristokraten, denn sie wohnten bereits in Gegenden wie Ballsbridge und Rathmindes in besserer Luft und neuen Häusern.
Amelia Loy schien sich über das Prestige, das sich mit frischer Farbe und zugfreien Fenstern verband, hinwegzusetzen. Louisa bemerkte fleckige und verstaubte Tapeten in dem Wohnzimmer, das einmal bessere Tage gesehen hatte. Der kalte Luftzug vom Fenster in ihrem Rükken nötigte sie, verstohlen die Spitzenstola um die Schulter zu legen. Dabei dachte sie mit Sehnsucht an die zurückgelassenen gemütlichen Räume. Sie waren die ersten Gäste, und ohne Letty fiel Louisa nichts ein, worüber sie sich hätte unterhalten können. Gerald vermied wie immer, sie anzusehen, und seine Frau nahm rücksichtslos Robert für sich in Anspruch. Mit großer Erleichterung hörte sie, wie der Butler schließlich die anderen Gäste ankündigte. Es überraschte Louisa, daß auch Damen anwesend sein würden.
Nach wenigen Minuten begriff sie jedoch, daß der Begriff »Damen« in solchen Fällen sehr weit gefaßt war. Die eine mochte vielleicht eine ältere adlige Witwe sein, aber Louisa war sicher, daß sie aus einem weit weniger vornehmen Milieu stammte als ihr verstorbener Mann und die Bühne als Sprungbrett in die Gesellschaft benutzt hatte. Die andere ließ sich schwerer einordnen. Sie war selbstbewußt und hatte kalte Augen. Sie konnte Anfang, aber auch Ende Dreißig sein, und wie ihre Aussprache und Benehmen verrieten, kam sie aus besseren Kreisen. Aber sie trug keine Ringe, und ihr Kleid war eher das Kleid einer *Femme fatale.* Schließlich begriff Louisa, daß sie Amelias Nachbarin in Meath war, und grübelte darüber nach, wie sie sich hatte in Frank O'Mara verlieben können. Dann erinnerte Louisa sich daran, daß Frank sehr viel Geld besaß und Amelias Freundin offenbar wenig.
Frank war ungefähr in Roberts Alter, ein zurückhaltender, wenig at-

traktiver Mann, sehr liebenswürdig, aber nicht besonders klug. Aus diesem Grunde war er sehr beliebt, und alle, die ihn kannten, nahmen sich seiner an. Robert erzählte, er habe kein Glück mit Frauen, und Louisa sah betrübt, daß auch diese zwei Damen ihm wieder einmal wenig Glück bringen würden. Es überraschte sie auch, daß die Gastgeberin die Damen nach dem Essen nicht zum Kaffee in das Wohnzimmer bat. Die Damen blieben bei den Herren, die bereits nicht gerade wenig Alkohol konsumiert hatten, und tranken mit ihnen Portwein. Die Unterhaltung wurde sehr schnell freizügiger, als Louisa für richtig und schicklich hielt.

Der dunkelhaarige und drahtige Tom McNeil war sehr schlagfertig und neigte zu Anzüglichkeiten. Der Alkohol und Amelias herausforderndes Lachen ermutigten ihn, und bald hatte jede Bemerkung etwas Zweideutiges. Auch der unschuldigste Satz und jedes weibliche Erröten führte zu noch lauterem Gelächter. Seine Begleiterin, die üppige und sehr geschmacklose Witwe, machte es sich zur Aufgabe, ihm die Stichworte zu liefern, wie die naive Komikerin in einer Klamotte. Wie alle anderen amüsierte sie sich dabei köstlich. Nachdem Louisa mehr als einmal ahnungslos etwas gesagt hatte und plötzlich im Mittelpunkt der Heiterkeit stand, schwieg sie eine Weile. Plötzlich begegnete sie unabsichtlich Geralds Blick. Sein selbstgefälliges Lächeln war sehr enthüllend. Jetzt zahlt er es mir heim, dachte sie wütend. Und dann richtete sich der Zorn gegen Robert, der sie gezwungen hatte, ihn zu begleiten, und der offenbar bereits zu betrunken war, um zu bemerken, wie ordinär sie diese Gesellschaft fand. Es war eine Sache, solche Dinge im Schlafzimmer zu erzählen, aber eine andere, mit Menschen darüber zu lachen, die ihr ausgesprochen mißfielen. Auch Frank O'Mara, der dumme Naivling, war bereits zu weit jenseits von Gut und Böse, um seine Hände bei sich zu behalten. Er wird diesem berechnenden Weibsstück einen Antrag machen, dachte Louisa, noch ehe der Abend zu Ende ist.

»Wir scheinen Sie nicht besonders gut zu unterhalten«, sagte Tom McNeill über den Tisch hinweg, »sag mal, Bob, was können wir tun, damit sich deine hübsche Dame amüsiert? Sie sitzt so stumm wie eine Maus neben dir – sie lacht nicht, trinkt nicht und redet nicht –«

»Sie haben leider recht«, erwiderte Louisa laut und deutlich und erhob sich. »Sie unterhalten mich nicht. Überhaupt nicht. Ich finde Ihren

Humor geschmacklos. Und wenn Sie es genau wissen wollen«, fügte sie hinzu und sah alle die auf sie gerichteten Gesichter zornig an, »Sie langweilen mich. Gute Nacht.«

Mit diesen Worten verließ sie das Zimmer, und Robert mußte das über sich ergehen lassen, was folgte. Sie hörte Stimmengewirr und Lachen, als ihr ein Diener mit völlig ausdruckslosem Gesicht den Mantel holte. Kurz darauf kam Robert mit hochrotem Kopf wütend zu ihr hinaus.

Er schwieg, bis sie in der Kutsche saßen und nach Hause fuhren. Dann beschuldigte er sie mit kaum unterdrücktem Zorn, prüde zu sein und alle Regeln des Anstands vergessen zu haben. Sie habe nicht nur ihn in größte Verlegenheit gebracht, sondern seine Freunde auf unverzeihliche Weise beleidigt.

Sie fuhren durch die Gardiner-Straße, das Zentrum des Nachtlebens mit zahllosen Bordellen. Gruppen von Soldaten in allen möglichen Uniformen schlenderten auf den Gehwegen, während übertrieben geschminkte Frauen mit billigem Schmuck unter den Straßenlaternen standen und Freier für die Nacht lockten.

»Siehst du«, sagte Louisa und deutete aus dem Fenster, »siehst du die Soldaten, Robert? Und siehst du diese Frauen? Was für ein Unterschied besteht zwischen ihnen und uns? Kannst du mir das sagen?«

Angewidert blickte er auf das dunkle Treiben. »Hast du denn heute abend völlig den Verstand verloren? Wie kannst du diese Leute mit uns vergleichen? Da besteht nicht die geringste Ähnlichkeit!«

»Ach nein?« fragte sie versteinert, »soweit ich weiß, gibt es in den Augen des Gesetzes und in den Augen deiner vornehmen Gesellschaft keinen Unterschied.« Sie wies aus dem Fenster und sagte bitter: »*So* war mir heute abend zumute. Ich kam mir vor wie eine gewöhnliche Prostituierte in der Gesellschaft von Prostituierten!«

»An deiner Stelle«, murmelte er mit zusammengebissenen Zähnen, »würde ich das zurücknehmen –«

»Nein, das werde ich nicht!« Sie schüttelte seine Hand ab und erklärte heftig: »Schuld daran sind deine netten Freunde und deine vornehmen Verwandten! Und du bist auch schuld daran, Robert, weil du mich in diese Gesellschaft mitgenommen hast!«

»Ich wußte nicht, daß diese Frauen da sein würden –«

»Aber du hattest nichts gegen sie einzuwenden? Und du hast dich so ordinär benommen wie die anderen auch.«

»Moment mal –«
Aber Louisa in ihrem selbstgerechten Zorn ließ ihn nicht zu Worte kommen. »Und was diese kleine Schlampe, diese Amelia Loy angeht«, fuhr sie unbeirrt fort, »mir ist gleich, wie weit ihre Familie zurückreicht, sie ist ebensowenig eine Dame wie dieses gesellschaftlich avancierte Ballettmädchen. Das gilt auch für ihre vornehme Freundin – ich wette, sie hat bereits jeden in Frage kommenden Mann in der Grafschaft Meath im Bett gehabt und noch ein paar andere auch! Mir tut der arme Frank leid. Er verdient eine bessere Frau als sie. Und das weißt du auch!«
»Hörst du endlich auf! Mir ist Frank O'Mara im Augenblick völlig gleichgültig. Du sollst mir zuhören –«
»Nein«, erwiderte sie heftig, »*jetzt* hörst du mir einmal zu, Robert Duncannon. Ich möchte deinen Vetter und seine Frau nie wieder sehen – *nie*. Und auch diesen McNeill nicht. Du kannst sie meinethalben in dein Haus einladen – das ist dein Recht. Aber erwarte nicht von mir, daß ich sie als Gäste empfange. Ich bin vielleicht in den besseren Kreisen nicht mehr gern gesehen, Robert, aber ich schwöre dir: Lieber lebe ich als Einsiedlerin, als mich unter solche Leute zu mischen.«
»Mein Gott!« rief er und lachte bitter, »du bist so spießig, so *bürgerlich*!«
»Vielleicht«, sagte sie, »aber ich habe immerhin noch Anstand und meine Grundsätze. Auch wenn ich deine Geliebte bin, so habe ich das nicht vergessen – nicht ganz.«

Robert versuchte von nun an nicht mehr, Louisa solche Einladungen aufzudrängen. Beinahe aus Prinzip besuchte er auch in Zukunft Gerald und Amelia und sah sich oft in der nicht ganz unangenehmen Lage, Tischherr einer alleinstehenden Freundin oder Bekannten zu sein. Es amüsierte und ärgerte ihn, daß Amelia mit allen Mitteln versuchte, ihn mit einer anderen Frau zu verkuppeln.
Als sie eines Abends besonders nachdrücklich auf die Vorzüge einer ungewöhnlich attraktiven Frau hinwies, sagte er: »Sei doch nicht albern, Amelia. Ich bin, abgesehen von allem anderen *verheiratet*, falls du das vergessen haben solltest.«
Auf dem kleinen Gesicht zeigte sich ein kleiner Ausdruck der Enttäuschung. »Aber ja! Man vergißt das einfach, da du so oft allein bist.« Sie

seufzte. »Und wie geht es *la petite bourgeoise*? Obwohl sie im Grund nicht gerade *petite* ist, sondern eher eine Amazone, nicht wahr?«

»Schluß jetzt!« Er wies sie zurecht wie ein Kind. »Es steht dir nicht, wenn du die Krallen zeigst.«

»Ich würde gern wissen, was mir steht«, erwiderte sie kokett, »das heißt in deinen Augen. Ich wäre mehr als glücklich, wenn ich herausfinden könnte, was dein eisernes Herz schmelzen läßt, Robbie, mein Schatz...«

»Das bezweifle ich nicht«, sagte er sarkastisch und ließ sie stehen.

»Es ist mein Ernst, Robert.«

Er sah sich erstaunt nach ihr um. Amelia lächelte ihn herausfordernd und spöttisch an. Aber ihre Augen verrieten Unsicherheit.

»Ich brauche *keine* andere«, sagte er ruhig.

»Nein?« Sie lachte und drehte den dünnen Stiel eines Glases zwischen den Fingern. »Nun ja, aber wenn, dann laß es mich wissen...«

11

Nach einem milden, nassen Winter wurde der März bitterkalt. Es gab Frost, Stürme und viel Schnee. Der Frühling kam wie ein Schock. Und da alles in der Natur spät kam, war Ende Mai mit einem Schlag der Sommer da. Innerhalb einer Woche verwandelte sich der geschützte Garten im Devereaux-Haus und schmückte sich mit Farben und Düften: gelbe Tulpen, blaue Hyazinthen, violetter und weißer Flieder und Goldregen blühten. Liam lag glücklich in seiner Wiege unter dem Flieder, »unterhielt« sich brabbelnd mit Georgina, während Louisa und Letty Pflanzenkataloge studierten und Gartenratgeber lasen. Robert würde bald zu Manövern in Curragh sein, und während seiner Abwesenheit konnten sie sich mehr oder weniger das Leben schön machen. Mit seinen acht Monaten würde Louisa den kleinen Liam bald entwöhnen und hoffte, dann mehr freie Zeit zu haben, um mit Letty zu reisen.

Sie wollten den Botanischen Garten von Glasnevin besuchen und den schönen Glendalough in Wicklow. Wenn Robert einwilligte, würden sie eine Woche in Killarney verbringen, ehe die Sommergäste es übervölkerten. »Wie schade, daß wir nicht in White Leigh übernachten können«, sagte Letty, aber sie hatte Verständnis für Louisas Weigerung. »Der Park ist im Sommer wirklich sehenswert.« Als Georgina »White Leigh« hörte, wollte sie unbedingt ihren Vetter Harry sehen. Schließlich einigten sie sich darauf, daß Letty mit Georgina ein paar Tage allein hinfahren würde. Dieser Plan fand auch Roberts Zustimmung.

Mitte Juli, als Letty und Georgina abgereist waren und Robert für ein paar Tage nach Dublin zurückkehrte, fiel Louisa plötzlich auf, daß sich ihre monatlichen Blutungen trotz der Entwöhnung des Babys nicht wieder eingestellt hatten. Noch mehr Kummer machte ihr, daß sie eher zu- als abnahm. Sie war gesund, sah gut aus und verspürte morgens keine Übelkeit mehr, aber ihr Verdacht verstärkte sich. Robert wollte an diesem Morgen früh nach Curragh zurückfahren. Louisa stand vor dem bodenlangen Spiegel und musterte ihre Figur. Der Bauch sah verdächtig rund aus. Mit sinkendem Herzen zog sie den Morgenmantel an und ging ins Bad, wo Robert sich gerade rasierte. Sie hielt die Türklinke in der Hand und blieb einen Augenblick wartend stehen. Instinktiv wußte sie, für ihn war es keine gute Nachricht. Aber sie brauchte seine liebevolle Zuneigung, und sie mußte es ihm sagen, und zwar sofort. Nach der zermürbenden Zeit, in der sie die letzte Schwangerschaft so lange verschwiegen hatte, konnte sie diese Qual nicht noch einmal ertragen – und sei es auch nur für eine Woche.

»Ich glaube, ich bekomme wieder ein Kind«, sagte sie tonlos.

Das geschmeidig über die Wange gleitende Rasiermesser stand plötzlich still, und unter dem Kinn begann aus einem langen dünnen Schnitt Blut zu fließen. Einige Sekunden herrschte Schweigen. Dann drehte er sich heftig um, griff nach einem Handtuch, drückte es auf die Wunde und fluchte lange und nachdrücklich.

»Soll ich mir vielleicht die Kehle durchschneiden?« fragte er schließlich, als sich seine Flüche erschöpft hatten. Louisa brach in Tränen aus und floh ins Schlafzimmer.

Kurz darauf kam er halb angekleidet zu ihr und entschuldigte sich, während immer noch Blut floß. Mit der freien Hand umarmte er sie. In seinen Augen lag jedoch wenig Freude.

»Bist du sicher?«

»Nein, nicht ganz. Man kann es schwer sagen, . . . mit dem Baby und – und allem. Aber ich glaube schon.«

Er sah sie durchdringend an und sagte: »Das ist doch nicht *möglich*. Ich dachte, solange du stillst, daß –« Er brach unsicher ab. »Und seit dem – na ja, du hast immer gesagt, es sei alles in Ordnung –«

»Das dachte ich auch! Offenbar habe ich mich geirrt. Es tut mir leid – ich wollte es nicht –, du meine Güte, es ist für mich ein ebenso großer Schock wie für dich!«

»Schon gut, schon gut. Beruhige dich. Ich habe es nicht so gemeint.« Seufzend drückte er ihre Schulter und senkte den Kopf. Er sah auf dem Handtuch, wieviel Blut er verloren hatte, und fluchte leise. »Ach du meine Güte, Louisa, du wählst auch immer die besten Momente. Sieh dir das an. Wenn du mich lossein willst, dann mußt du das nur noch einmal machen. Vermutlich erwische ich das nächste Mal die Kehle!«

»Tut mir leid. Das habe ich nicht gesehen und an so etwas schon überhaupt nicht gedacht.«
Er lachte leise. »Das gilt für uns beide, glaube ich.« Er fuhr ihr durch die Haare und küßte sie auf die Wange. »Weinen hilft nicht, mein Schatz, noch dazu, wenn es nicht feststeht. Vielleicht gehst du besser zu Molloy und sagst mir dann *sofort*, was los ist.«
Wie immer war die Zeit gegen ihn. Er mußte den Zug erreichen, zog sich rasch an, trank bei ihr im Zimmer noch eine Tasse Kaffee und aß eine Scheibe Toast. Das Essen brachte wieder Farbe in ihre Wangen, und er lächelte reumütig, als er sie zum Abschied küßte. »Ich weiß, was Molloy sagen wird – dich umgibt wieder dieses besondere Strahlen. Ich hätte es sehen müssen.« Er küßte sie noch einmal sehnsüchtig und sagte dann: »Vielleicht habe ich es auch gesehen. Danke für die letzte Nacht – es war die schönste seit langem.«
Unter diesen Umständen fand sie seine Bemerkung taktlos und wurde vor Verlegenheit rot. Louisa schüttelte den Kopf und zog den Morgenmantel enger um sich. Robert seufzte und kniff ihr in die Wange. »Schreib mir. Ich will versuchen, nächste Woche zu kommen – wenn nicht, dann übernächste Woche. Paß auf dich auf und gib Georgie von mir einen Kuß.« An der Tür blieb er noch einmal stehen und blickte sie an: »Was wird es diesmal sein? Ein Brüderchen oder ein Schwesterchen?«

Georgina war enttäuscht. Da sie ein Brüderchen hatte, erklärte sie ihrem Vater, es wäre sehr schön, zum Spielen jetzt ein Schwesterchen zu bekommen. Aber das eine Woche alte Brüderchen in der Wiege schien an Weihnachten so richtig gekommen zu sein, daß sie Louisa vergab und das Kind wieder mit großen staunenden Augen ins Herz schloß wie damals Liam nach seiner Geburt. Der inzwischen geübte Vater nahm seinen zweiten Sohn mit weit größerer Freude auf den Arm als erwartet und betrachtete das kleine Gesicht, von dem Letty behauptete, es sei sein Ebenbild. Er brummte, das sei Unsinn, und entgegnete, Babys sähen wie Babys aus, aber insgeheim fühlte er sich sehr geschmeichelt. Nun ja, das Kerlchen hatte dunkle, gelockte Haare, seidige schwarze Wimpern, und die Augen würden vielleicht einmal seine Farbe haben . . .
Man kam schnell überein, er müsse nach seinem Vater Robert genannt werden, und daraus wurde dann Bobby – ein Kind, für das die Sonne

immer zu strahlen schien. Der kleine Bobby weinte von Anfang an selten und ließ sich zufrieden von jedem herumtragen und auf den Arm nehmen. Die absolute Zufriedenheit, mit der er sich in das Leben fand, war ein großes Glück, denn Louisa erholte sich trotz der sehr viel leichteren Geburt nur langsam. Zwei Kinder in weniger als fünfzehn Monaten hatten sie viel Kraft gekostet. Sie war erschöpft und sehr niedergeschlagen. Dr. Molloy verordnete viel Ruhe und kräftigende Speisen. Aber Louisa nahm ab und verlor alle Lebenslust. Es war sehr beunruhigend.

Letty fand sie oft im Kinderzimmer, wo sie in Tränen aufgelöst bei ihren beiden Söhnen saß. Manchmal schluchzte sie so heftig, als breche ihr das Herz. Auf Fragen nach der Ursache ihres Kummers konnte oder wollte sie keine Antwort geben. Letty verzichtete auf die Nachmittage in den Slums und widmete sich den Babys und Georginas Unterricht. Zusammen mit ihren üblichen Haushaltspflichten kam es ihr vor, als sei sie eine schwerbeschäftigte Mutter mit drei Kindern, wie sie einmal ihrem Bruder sagte. Robert war völlig hilflos. Der anfängliche Ärger über den grundlosen Kummer wich bald größter Sorge. Ein Gespräch mit Dr. Molloy trug wenig dazu bei, ihn zu beruhigen. Der Arzt erklärte ihm, das sei ein bedauerlich häufiger Zustand nach einer Geburt. Molloy empfahl, Louisa ständig zu überwachen, um eine mögliche Tragödie zu verhindern. Außerdem dürfe sie unter keinen Umständen noch einmal schwanger werden.

»Zumindest«, fügte er nachdrücklich hinzu, »bis ich feststellen kann, daß sie wieder gesund ist. Und danach muß noch für etwa ein Jahr das Risiko einer erneuten Schwangerschaft ausgeschlossen werden. Sie verstehen, was das heißt?«

»Ich glaube«, murmelte Robert, aber er wollte nicht an die Konsequenzen denken. »Ich verstehe zumindest, was *Sie* sagen wollen.« Robert erwog Molloys Position, seine mögliche Reaktion und schwieg. Dann holte er Luft und sagte ganz im Ton eines Mannes von Welt: »Aber heutzutage gibt es doch Wege und Mittel – Sie als Arzt wissen doch sicher ...«

»Wollen Sie, daß ich aus der Ärzteschaft ausgestoßen werde? Als Arzt muß ich Ihnen sagen, daß ich so etwas – nicht – billigen kann.« Molloy sah Robert an und gab kurz, aber deutlich sein Mitgefühl zu erkennen. Dann blickte er aus dem Fenster und fügte hinzu: »Ich kann Ihnen sagen, diese Mittel und Wege sind unsicher und unzuverlässig. Es gibt nur eine Möglichkeit, um eine Schwangerschaft auszuschließen – die Kirche nennt es Zölibat. Ich nenne es Vernunft, Herr Hauptmann, denn keine andere Methode bietet Ihnen Sicherheit.«

»Sicherheit nicht«, erwiderte Robert, »aber eine gewisse Aussicht auf Erfolg.«

Der junge irische Arzt schüttelte mißbilligend den Kopf. »Unter anderen Umständen würde ich vielleicht sagen: ›Also gut, riskieren Sie es‹, aber nicht in dieser Situation und ganz bestimmt nicht jetzt. Es ist eine Besonderheit von Mutter Natur, Herr Hauptmann, daß Frauen, die gerade eine Geburt überstanden haben, sehr leicht wieder schwanger werden. *Ein* Ausrutscher und schon ist es geschehen. Richten Sie sich auf ein Jahr Enthaltsamkeit ein«, riet er ihm mit bitterem Humor, »es soll wie das Fasten wahre Wunder für die Seele bewirken.«

»Meine Seele ist bereits verdammt«, sagte Robert sarkastisch, »zumindest nach Überzeugung Ihrer Kirche.«

»Ich glaube, Ihre Kirche ist derselben Auffassung«, erwiderte Molloy rasch, aber er lächelte wieder, denn er hatte Spaß an den Wortgefechten, in denen sie sich immer übten. Ehe Robert ging, bat Molloy ihn, Louisa an einen Kollegen überweisen zu dürfen. »Er ist ein Spezialist«, sagte er, »und steht in hohem Ansehen.«

»Was für ein Spezialist?« fragte Robert mißtrauisch.

Der Arzt spürte, daß er ein gefährliches Thema angeschlagen hatte, und versuchte erfolglos, Robert zu beruhigen. »Bei dieser Art Krankheit«, erklärte er, »möchte ich mir als Arzt keine Vorwürfe machen müssen, und deshalb wäre mir eine Bestätigung meiner Diagnose sehr wichtig. Stevens wird vermutlich auch eine Behandlung vorschlagen, die ich noch nicht kenne.«

»Warum sagen Sie es nicht ehrlich, Molloy? Er ist ein Spezialist für Geisteskrankheiten – glauben Sie, Louisa ist verrückt wie –« Robert spürte den heftigen Schmerz, brach ab und drehte sich wütend um. »Das ist sie nicht. Das wissen Sie ganz genau! Sie muß nur wieder aus sich herausgehen und aufgemuntert werden ...« Dann murmelte er gequält: »Wenn das doch nur irgendwie möglich wäre.«

»Ich habe nicht gesagt, daß sie geistesgestört ist, und ich glaube es auch nicht. Aber sie spricht nicht mit Ihnen oder Miss Duncannon darüber. Und mir sagt sie auch nichts. Stevens ist ein Fremder – und ein sehr kluger Kopf – ihm gegenüber wird sie keine Hemmungen haben und sprechen.«

»Nein, ich bin dagegen«, erklärte Robert heftig. »Kein Spezialist konnte meiner Frau helfen. Und Sie können mir glauben, wir haben sie alle zu Rate gezogen!«

»Ihn nicht«, entgegnete Molloy vernünftig, »und wenn Sie mir erlauben, darauf hinzuweisen, Ihre Frau ist ein völlig anderer Fall.«

Aber Robert ließ sich nicht überzeugen. Er glaubte, der schlimmste Alptraum seines Lebens sei dabei, sich zu wiederholen. Er schwankte zwischen Gewißheit und Ungewißheit; über seine Nächte und Tage senkte sich der Schleier der Unwirklichkeit. Molloy erschien in dieser Woche jeden Nachmittag und verließ kopfschüttelnd das Haus. Er wiederholte mit Nachdruck, eine zweite Meinung sei unbedingt erforderlich. Roberts Geduld war am Ende. Er stellte den Arzt zur Rede und verlangte eine Erklärung.

»Aber ich bin *kein* Spezialist«, wiederholte Molloy zum zigsten Mal. »Ich kann eine Krankheit diagnostizieren, und meistens stimmt die Diagnose. Ich kann Ihnen die Wirkungen von Armut und Unterernährung beschreiben und auch die unterschiedlichen Leiden reicher Frauen in einem gewissen Alter behandeln, aber ich kann Louisas geistige Verfassung nicht einordnen, denn sie sagt mir nichts oder zu wenig, um die richtige Medizin zu verordnen. Ich will gestehen, es scheint ihr *ein wenig* besser zu gehen. Ich bin nicht mehr in so großer Sorge, und ich glaube nicht, daß sie den Kindern etwas antun wird, aber –«

»Großer Gott!« rief Robert und glaubte, das Haus stürze über ihm zusammen, »nur das nicht.« Er genehmigte sich einen Drink. Sein Widerstand war gebrochen, und er sagte nur: »Wer es auch sein mag – ziehen Sie ihn ins Vertrauen.«

In der Kaserne brach die Ruhr aus. Niemanden, der die sanitären Bedingungen kannte, überraschte das, und Robert am allerwenigsten. Aber es blieb keine Zeit, sich darüber zu freuen, recht behalten zu haben. Die Kranken mußten in das Seuchenkrankenhaus verlegt werden und die anderen nach Curragh. Robert wollte die Kinder nicht anstekken und wagte sich drei Wochen lang nicht nach Hause. Während seine Kameraden ständig zwischen Dublin und Curragh hin- und herfuhren, um das Ende der Ballsaison mitzuerleben, tauschte er lange Briefe mit Letty und Dr. Molloy.

Molloy schrieb Ende März: »Es wird Sie erleichtern zu erfahren, daß Stevens den Fall nicht für ernst hält. Ich kann Ihnen außerdem von großen Fortschritten in letzter Zeit berichten und schließe mich seiner Diagnose an. Er möchte jedoch persönlich mit Ihnen sprechen, und deshalb sage ich im Moment nichts weiter ...«

Robert läutete nach Harris und ließ sich noch mehr Kaffee und einen großen Brandy bringen. Er beugte sich zitternd und klappernd über den Kanonenofen, als habe er Schüttelfrost. Am liebsten wäre er auf der Stelle nach Hause geeilt. Er wollte Louisa sehen, mit ihr reden und mit ihr schlafen. Er wollte die greifbare, körperliche Bestätigung, daß es ihr wirklich besser ging. Er konnte es nicht ertragen, noch einmal dieses unendliche Leid in ihren Augen zu sehen, und er wollte nie mehr diese schreckliche Kälte im Herzen spüren, wenn er sie ansah.

Als er den Brief ein zweites Mal las, stellte er fest, daß beide Ärzte nicht erklärt hatten, sie sei wieder gesund. Es gehe ihr *besser* – mehr nicht. Und sie hielten den Fall – was auch immer der Grund für alles sein mochte – für nicht ernst. Darin schien ohne genauere Einzelheiten das Versprechen zu liegen, daß die Rückkehr zur Normalität möglich sei, mehr nicht. Enttäuschung und Niedergeschlagenheit senkten sich wieder bleiern auf ihn.

Als Harris erschien, trank er den Brandy in einem Zug und unterstützte die wärmende Wirkung des Alkohols mit dem heißen Kaffee. Während sein Bursche Holzscheite in den Ofen warf, lief Robert in dem kleinen Zimmer auf und ab. Draußen ging die Sonne unter. Es war klar und kalt. Der Frost hatte sich den ganzen Tag über an den schattigen Stellen gehalten und würde in der Nacht wieder zunehmen. Robert lief es kalt über den Rücken, und er zog den Mantel wie eine Decke um sich. Er dachte voll Sehnsucht an das Haus in Dublin. Früher hätte er die nackten Holzwände seines Zimmers und den entsprechenden Mangel an Bequemlichkeit und Wärme kaum zur Kenntnis genommen. Aber die letzten drei Jahre hatten ihn in dieser Hinsicht verweichlicht und an ein Leben in Komfort gewöhnt.

Allein im klammen, schmalen Bett dachte er oft an Louisa. Er fror und konnte nicht schlafen und hätte bereitwillig alles für ihre Wärme gegeben. Robert sehnte sich nach ihr und versuchte, sich an das letzte Mal zu erinnern, als sie miteinander geschlafen hatten – es mußten inzwischen bestimmt sechs Monate vergangen sein. Er fügte sich in die Notwendigkeit der Enthaltsamkeit, aber sie quälte ihn wie ein rauhes, kratzendes Hemd. Er redete sich vernünftig zu und erinnerte sich daran, daß das körperliche Verlangen nur ein Teil ihrer Beziehung sei und keineswegs der alleinige Grund ihrer Liebe. Aber es schien so unglaublich ironisch, daß seine Geliebte, die er vor vier Jahren gefunden hatte, inzwischen so sehr seine Frau geworden sein sollte, daß nicht einmal mehr Sex erlaubt war.

Frau, Geliebte, Schwester, Kinder – die Verantwortung, für sie alle zu sorgen, ihnen Kleidung, Haus und Mahlzeiten zu garantieren, ihre unzähligen kleinen Probleme immer geduldig anzuhören und ein Dutzend große zu lösen ... Es wurde einfach zuviel. Er mußte in Curragh quasi in Quarantäne leben, im Winter der trostloseste Platz auf Erden. Hier gab es nur die große Einsamkeit und nichts, worauf er sich freuen konnte. Robert bemitleidete sich. Er wußte, er sollte sich ein paar Tage zu Hause gönnen. Aber sosehr er sich auch wünschte, wieder mit Louisa zusammenzusein, der Gedanke an all den Kummer hielt ihn zurück.

Am nächsten Morgen saß er über ermüdenden Akten im Zusammenhang mit den Kranken. Harris erschien mit der Post und bat um die Erlaubnis, mit ihm zu sprechen.

»Ja, was gibt es, Harris?«

»Entschuldigen Sie, Sir, aber ich habe mich gefragt, ob wir überhaupt nach Dublin zurückkehren werden.«

Gereizt schloß Robert eine Akte. »Meinen Sie mit *wir* das Regiment? Wenn ja, dann lautet die Antwort nein. Wir bleiben noch lange hier.«

Harris räusperte sich und sagte: »Nein, Sir. Ich habe gemeint – mit Ihrer Erlaubnis –, wollte ich fragen, ob Sie in absehbarer Zeit nach Dublin zurückkehren.«

»Das werde ich, aber ich weiß noch nicht wann. Jetzt jedenfalls nicht. Warum wollten Sie das wissen?«

Harris wurde plötzlich vor Verlegenheit rot und sagte: »Nun ja, Sir, es hat gewissermaßen damit zu tun, daß meine Dienstzeit zu Ende geht.«

»Ach du liebe Zeit, ja – ich vergesse das immer wieder.« Robert zog eine Schreibtischschublade auf und suchte in den Papieren. »Sieben Jahre – und sechs davon bei mir –, es wird schrecklich sein, mich an

einen neuen Burschen zu gewöhnen!« Dann fragte er im Spaß: »Können Sie nicht noch sieben Jahre dienen?«
»Ich würde gerne, Sir. Man läßt mich nicht...«
»Ja, ja, die Bestimmungen.« Robert seufzte. »Wann ist es soweit? Ende Mai?«
»Am 20. Mai, Sir.«
»Sie wissen, ich habe im Augenblick soviel zu tun«, murmelte Robert und fand endlich das Blatt, das er suchte, »ich habe alles andere vorläufig beiseite geschoben. Aber ich habe nicht vergessen, worüber wir an Weihnachten gesprochen haben«, fügte er hinzu und hob den Kopf. »Wollten Sie mich deshalb sprechen?«
»Nun ja, nein, das heißt ja.« Harris salutierte plötzlich mit hochrotem Kopf. »Ich möchte Sie um die Erlaubnis bitten, Sir, Miss Moira einen Heiratsantrag machen zu dürfen. Ich weiß, sie ist katholisch, Sir, aber dafür kann sie nichts. Sie ist sauber und fleißig. Außerdem weiß ich, daß sie bei den Damen gelernt hat zu schreiben und zu rechnen – ich glaube, sie wird sehr gut für mich sein. Sie haben es selbst gesagt, Sir«, fügte er hinzu, als Robert verblüfft schwieg, »das Alleinsein wird schwer für mich sein. Ich habe darüber nachgedacht und ich finde, es stimmt. Wenn Sie also einverstanden sind, Sir, werde ich sie um ihre Hand bitten.«
»O mein Gott«, murmelte Robert hinter vorgehaltener Hand. Er unterdrückte ein Lächeln und sagte: »Weiß Moira um Ihre Absichten, Harris? Ich meine, wird sie Ihren Antrag annehmen?«
Harris nickte und wurde etwas lockerer. »Ich glaube schon, Sir. Miss Moira mag mich durchaus. Ich glaube, sie weiß, ich hätte ihr schon einen Antrag gemacht, wenn ich es hätte tun können – Sie verstehen, was ich meine, Sir. Das Leben beim Militär ist nichts für eine Frau...« Er fügte schnell hinzu: »Zumindest nicht bei den Mannschaften. Und ich weiß, sie hat Sehnsucht nach York. Also, wenn ich mir in York ein Gasthaus suche, dann sagt sie sofort ja.«
»Sie wäre schön dumm, Ihnen einen Korb zu geben«, sagte Robert ruhig. »Ja, Harris, ich bin damit einverstanden, daß Sie Moira einen Heiratsantrag machen.« Er lächelte wieder und fügte hinzu: »Und nehmen Sie zwei Tage Urlaub. Sie haben es verdient!«
»Wann, Sir?«
»Ach ja, wann...?« Robert suchte unter der Post nach einer Anwei-

sung, die ihm vielleicht helfen konnte, diese Frage zu beantworten, und schüttelte den Kopf. »Sprechen wir heute abend darüber, ja?«
»Jawohl, Sir und vielen Dank, Sir!« Mit einem zackigen Salut verließ Harris das kleine Büro. Er wirkte mindestens einen halben Kopf größer als beim Eintreten. Robert sah ihm nach, und sein Lächeln schwand.
Ich weiß, sie hat Sehnsucht nach York – hallte es dumpf in seinem Kopf. War das Louisas Problem? überlegte er. Hatte sie nach beinahe drei Jahren einfach Heimweh und sehnte sich nach ihrer Familie und der Heimat? Am Anfang hatte er Louisa versprochen, mit ihr einmal zurückzufahren. Aber durch die Schwangerschaften und die Kinder hatte sich bislang keine Gelegenheit dazu geboten. Wir müssen diese Gelegenheit schaffen, nahm er sich vor und dachte wieder an Harris und seine Pläne für die Zukunft.
Der fleißige, sparsame und bescheidene Harris würde seinen Plan zum Erfolg führen – daran zweifelte Robert nicht. Robert hatte Harris Geld angeboten, damit er seinen Traum erfüllen und sich in einer Garnisonsstadt ein kleines Gasthaus kaufen konnte. Als Sicherheit bot ihm Harris nur das Vertrauen, das er in diesen Mann setzte. Ohne diese finanzielle Hilfe würde Harris es äußerst schwer haben, denn auch sein Sold in der bevorzugten Stellung bei Robert erlaubte ihm nicht, viel auf die hohe Kante zu legen. Trotzdem hatte Harris im Laufe der Jahre eine verhältnismäßig große Summe gespart, und Robert würde ihm nicht allzuviel Geld geben müssen. Harris mußte nur noch ein geeignetes Objekt finden, und das konnte erst im Mai geschehen, wenn er das Militär verließ.
Vielleicht fahren wir dann gemeinsam hinüber, dachte Robert, und bleiben ein paar Tage in York ...
Er griff wieder nach den Umschlägen auf dem Schreibtisch und sah sie durch: Letty hatte ihm einen dicken Brief geschrieben, außerdem sah er ein paar Rechnungen und ein in spitzer Handschrift adressiertes dünnes Couvert von Amelia Loy.
Neugierig öffnete er diesen Brief zuerst. Er lächelte, als er ihre Nachricht las. Langweilige, aber gastfreundschaftliche Vettern hatten sie und Gerald nach Kilkenny eingeladen. Sie erkundigte sich bei Robert, ob er sich ein paar Tage freimachen könne, um mit ihnen zu jagen. Amelia erinnerte ihn daran, daß sie lange nichts von ihm gesehen oder gehört hatten. Sie frage sich bereits, ob Curragh nur ein Vorwand sei.

»Gestehe!« befahlen die spitzen Buchstaben, »Du bist den Trappisten beigetreten und sitzt in einem Kloster im Sumpf von Connaught! Nun ja, ich hoffe, meine Zeilen werden Dich erreichen und Dein Gelübde, in bitterster Armut zu schweigen und keusch zu sein, wird Dich nicht an einer schriftlichen Antwort hindern.«

Er mußte lachen. Die treffende Analogie amüsierte ihn wirklich. Ohne nachzudenken, antwortete er sofort und versprach, sie in der kommenden Woche für einen Tag und eine Nacht zu besuchen.

12

Sobald die schlimmsten Probleme im Regiment wieder behoben waren, dachte Robert, es sei Zeit, nach Dublin zurückzukehren. Außerdem freute er sich auf die Jagd in fröhlicher Gesellschaft. Das sollte ihn stärken, denn er fürchtete die Begegnung mit Molloys Kollegen Dr. Stevens. Er entschloß sich aber mutig, als erstes einen Gesprächstermin mit dem Arzt zu vereinbaren. Er mußte Bescheid wissen, ehe er Louisa wiedersah.

Stevens war wie Molloy knapp über dreißig, ein großer hagerer Mann mit durchdringenden Augen, einer hohen gewölbten Stirn und einem schmalen Gesicht. Er schüttelte Robert fest und lange die Hand. Robert spürte, daß die langen Finger ihn ebenso abtasteten wie die bohrenden Augen, und bekam ein schlechtes Gewissen. In der Art eines Mannes, dessen Zeit kostbar ist, äußerte sich Stevens nach kurzem Schweigen offen über seine Patientin.

Seiner Meinung nach, erklärte er, handle es sich um eine Depression, die durch die Geburt ausgelöst worden war. An sich sei sie nicht besonders schwerwiegend, sondern werde erst durch einige andere Faktoren verstärkt. Er sagte, die Patientin neige wesensmäßig nicht zu Niedergeschlagenheit, und es sei höchst unwahrscheinlich, daß sie auf Dauer darunter leide. Trotzdem, fügte er hinzu, mache er sich noch große Sorgen.

Robert räusperte sich. »Warum?« fragte er und hatte das unangenehme Gefühl, man werde ihm den Fall unumwunden aufbürden.

Der Arzt zog vielsagend die Augenbrauen hoch und seufzte noch vielsagender. Dann sagte er ernst: »Herr Hauptmann, Ihre Situation ist alles andere als üblich. Miss Elliott ist nicht Ihre Frau, und doch leben Sie mit ihr zusammen, als sei es der Fall – es gibt zwei Kinder aus dieser Verbindung, nicht wahr?«

»Hören Sie!« rief Robert energisch und erhob sich. Aber der große Arzt bedeutete ihm, wieder Platz zu nehmen.
»Beruhigen Sie sich«, befahl er ihm, »ich sitze nicht hier, um kleinliche moralische Urteile zu fällen. Ich möchte Ihnen nur meine rein medizinischen Überlegungen mitteilen. Meine Honorare sind nicht niedrig, also verschwenden Sie bitte nicht meine Zeit.«
»Tut mir leid«, murmelte Robert und kam sich vor, als sei er von seinem Oberst abgekanzelt worden.
»Wollen Sie mir zuhören? Gut. Dann möchte ich Ihnen folgendes sagen: Es hat einige Zeit in Anspruch genommen herauszufinden, welche Probleme Miss Elliott hat. Erst nach mehreren Sitzungen konnte ich ihr Vertrauen gewinnen. Zuerst glaubte sie sich Ihnen gegenüber, Herr Hauptmann, zu Loyalität verpflichtet.« Er schwieg einen Augenblick. Als er den Kopf hob, sah er Robert mißbilligend an, als habe der Mann, der vor ihm saß, eine Tat begangen, über die man unter Gentlemen nicht sprach. »Sie ist eine bewundernswerte Frau – trotz der Ungesetzmäßigkeit Ihrer Verbindung –, eine gute Frau mit einem starken Gefühl für Moral. Und dieses Moralgefühl zerstört sie. Weshalb? Sie hat *Schuldgefühle*. Ihre Kinder sind lebende Beweise für ihre Verfehlungen. Aber sie liebt diese Kinder aus ganzem Herzen, so wie Sie ihr am Herzen liegen.«
Eine Weile herrschte Stille. Die Aussage des Arztes traf Robert wie ein Schock; er kämpfte mit den eigenen Schuldgefühlen und brachte kein Wort hervor. Schließlich sagte Dr. Stevens: »Wenn Sie vielleicht irgendwo zurückgezogen hätten leben können . . . fern von den Zwängen der Gesellschaft, fern von öffentlicher Verurteilung, hätte sie sich möglicherweise damit abfinden können. Aber so wie es aussieht, fällt es mir schwer, eine Lösung zu finden. Wenn Sie sich von ihr trennen – selbst wenn Sie das über sich bringen würden –, wäre alles nur noch schlimmer. Und auf die körperliche Seite Ihrer Beziehung nicht zu verzichten, ist, wie ich glaube, ebenso schlimm. Verstehen Sie, Miss Elliott fürchtet sich, sie fürchtet sich *sehr* davor, noch mehr Kinder zu bekommen. Sie hat keine Angst vor den körperlichen Schmerzen«, fügte er schnell hinzu, »nein, sie fürchtet die moralischen, seelischen Schmerzen – kurz gesagt, die *Schuld*.«
Als Robert die Sprache wiederfand, flüsterte er: »Ist sie – und sind die Kinder – in Gefahr . . .?«

»Nein, das glaube ich nicht. Nein«, wiederholte er nachdrücklich, »sie ist unglücklich, aber ich kann zerstörerische Züge an ihr nicht entdekken, eher das Gegenteil. Nachdem die postnatale Depression gewichen ist, geht es ihr wieder besser. Sie versteht jetzt, *warum* sie unglücklich ist und kann damit ins reine kommen. Aber sie darf nicht weiter unter Druck gesetzt werden. Verstehen Sie das?«

»Ja, ich verstehe«, sagte Robert tonlos.

»Da ist noch etwas – ihre Familie. Soweit ich weiß, steht sie mit ihrer Mutter in Verbindung, aber sie glaubt, alle anderen Verwandten hätten sie verurteilt. Ich weiß nicht, wie Sie zu den Leuten stehen, Herr Hauptmann, aber wenn jemand sich bereit finden würde, der Familie zu schreiben und die Situation zu erklären – wenn man *die Familie* dazu bringen könnte, ihr zu vergeben und das auch zu sagen –, würde sie eine solche Geste meiner Meinung nach am ehesten auf den Weg der Besserung bringen. Das Urteil der Gesellschaft ist vielleicht weniger wichtig.«

Ihre Familie! dachte Robert und sah Edward klar und deutlich vor sich. Glühende, zornige Eifersucht brachte das Eis zum Schmelzen, und plötzlich fühlte er sich durch all das verraten, was Louisa diesem Mann gestanden hatte. Arzt oder nicht Arzt, er hatte nicht das Recht, ihre geheimsten Gedanken zu kennen. Er hatte nicht das Recht, dorthin vorzustoßen, wohin Robert sich nie gewagt hatte.

Mit zusammengepreßten Lippen sagte er: »Ich könnte das unmöglich schreiben – vielleicht meine Schwester ...«

»Bitte überreden Sie Ihre Schwester dazu«, sagte Dr. Stevens, »es ist wichtig.«

Es war bereits Nachmittag, als Robert die Praxis am Merricon-Platz verließ. Von hier war es nicht weit zu Fuß zum Devereaux-Haus, aber Robert lief in die entgegengesetzte Richtung zu einem Pub in der Nähe des Trinity College. Es war ein stürmischer, kalter Tag. Aus vereinzelten Regentropfen wurde plötzlich ein heftiger Schauer. Aber Robert empfand es als das Erfreulichste seit Wochen, sich gegen das Wetter zu behaupten. Nachdem er den kleinen rauchigen Raum betreten hatte, spürte er das Blut als Kribbeln in den Fingern und auf dem Gesicht. Er wollte die Aufmerksamkeit nicht auf sich lenken, bestellte einen doppelten Whisky und trank ihn in einem Zug. Dann überließ er sich der Hitzewelle in der Brust. Er bestellte noch einen Whisky und trank ihn langsam. Er hielt das Glas wie Glühwein mit beiden Händen umfaßt. Einige Studenten diskutierten laut und aufgeregt in einer Ecke. Sie sprachen ihn an und baten ihn gutmütig um seine Meinung. Aber er hatte keine Lust, sich auf ihre Absurditäten und verrückten Theorien einzulassen, sondern schüttelte mit einem schwachen Lächeln den Kopf und ging.

Er schlich sich beinahe verstohlen in das Haus und ging sofort in sein Arbeitszimmer. Dann trug er McMahon auf, Letty zu holen. Während er auf sie wartete, genehmigte er sich noch einen Drink. Als er schließlich auf den Stuhl sank, spürte er, wie die unerträgliche Spannung sich allmählich etwas löste. Vorsicht, ermahnte er sich streng und schob die Flasche von sich. Zuviel Alkohol, und er würde völlig die Fassung verlieren. Das würde auch nicht weiterhelfen.

Letty kam geräuschlos herein. Überrascht drehte er sich um. Sie lehnte an der Tür und schüttelte den Kopf. »O Robert, fang bitte nicht wieder *damit* an.«

Wütend knallte er das Glas auf den Schreibtisch. »Ein Drink! Darf ich nicht einmal mehr *das* nach allem, was ich hinter mir habe?«

Sie seufzte. »Du hast also Dr. Stevens gesprochen? Was hat er gesagt?«

»Ich habe genug! Keiner dieser Ärzte taugt etwas! Oh, mein Gott – sie wird darüber hinwegkommen. Es ist nicht *sehr* ernst, hat er gesagt. Nur«, fügte er bitter hinzu, »wäre sie sehr viel glücklicher, wenn ich verschwinden und in ein Kloster gehen würde!«

Letty ließ sich von seinen Grobheiten nicht beeindrucken; sie biß die Zähne zusammen und sagte finster: »Wir halten hier nichts von Kasernenjargon, Robert – in diesem Haus nicht!«

Er lehnte sich zurück und legte die Füße auf die Schreibtischplatte. Er hatte noch nicht einmal die Stiefel ausgezogen. Auch das gehörte zu seinen Untugenden. Er sah sie herausfordernd an, während sie auf dem Teppich vor ihm auf und ab ging. Er wartete auf die nächste unvermeidliche Bemerkung. Als sie ausblieb, sagte er leichthin: »Wie es aussieht, Schwesterherz, leidet sie unter Hysterie, weil einige Leute häßliche Dinge über sie in Umlauf gesetzt haben. Genauer gesagt, häßliche Dinge, von denen sie *glaubt*, man habe sie in Umlauf gesetzt, denn meines Wissens hat kein Mensch ihr wirklich etwas ins Gesicht gesagt!«

»Du hast getrunken, Robert. Ich weiß es. Bestreite es nicht!« rief Letty wütend, »denn wenn ich den Eindruck hätte, daß du nüchtern bist, würde ich dich auf der Stelle umbringen!« Letty griff nach dem schweren Messingschürhaken und stieß damit in die Glut. Dann packte sie ihn wie eine Waffe. »Wie du so etwas sagen kannst, weiß ich nicht. Wenn ich wüßte, daß das dein Ernst ist, wenn ich wüßte, daß dir nichts an ihr liegt–«

»Mein Gott, Letty! Mir liegt sehr viel an ihr!«

»Du hast eine bezaubernde Art, das zu zeigen.«

»Ich weiß, es gehört zu meinem natürlichen Charme – behauptest du zumindest.«

Letty trat mit funkelnden Augen vor den Schreibtisch und bedrohte ihn mit dem Schürhaken. Dann holte sie tief Luft und legte ihn auf die Platte. Sie beugte sich vor und ließ erschöpft den Kopf hängen. »Bitte«, sagte sie ruhig, »streite nicht mit mir. Ich versuche, dir zu helfen. Ich muß wissen, was der Arzt gesagt hat, ich meine, was er *wirklich* gesagt hat. Bitte keine sarkastischen Interpretationen! Ich habe mir ebenso viele Sorgen gemacht wie du, Robert. Ich habe über dieselben Dinge nachgedacht, mir in schlaflosen Nächten Charlottes Fall in allen Einzelheiten vor Augen geführt und mich an all das erinnert, was sie nach Georgies Geburt gesagt und getan hat. Also *bitte*, wenn ich helfen soll, dann sag mir die Wahrheit.«

Robert konzentrierte sich, versuchte, die Bitterkeit zu unterdrücken, und berichtete Letty stockend, was der Arzt ihm gesagt hatte. Er wurde jedoch wieder sehr sarkastisch, als er über den abschließenden Rat sprach, ihrer Familie zu schreiben. Dieses Geständnis setzte seinem verletzten Stolz sehr zu, und er war nicht sehr erfreut, als Letty sich sofort bereit erklärte, diese Aufgabe zu übernehmen.

Mit einem Blick auf die Uhr stand er langsam auf. »Wo ist sie?« fragte er, »ich glaube, ich sollte sie sehen.«

»O ja, das solltest du!« sagte Letty energisch, »was ist mit dir los? Möchtest du sie nicht sehen?«

Robert konnte nicht sofort antworten. Dann gestand er in aller Offenheit: »Ich habe Angst.«

Mehr konnte er nicht sagen. Er konnte mit seiner Schwester nicht über die Geheimnisse seines Lebens sprechen. Trotz ihrer Aufgeschlossenheit vermochte er nicht, Letty die Wirkungen jener ersten Tage mit

Charlotte zu beschreiben – die sexuellen Ängste und die dadurch heraufbeschworenen Schuldgefühle, die sich mit Louisa so wunderbar aufgelöst hatten. Sie hatte sich ihm liebevoll geöffnet und hingegeben. Es war das für ihn so dringend notwendige Heilmittel gewesen. Ihr Lachen und ihre Freude hatten ihn fester an sie gebunden als jeder Eheschwur. Es fiel ihm schwer zu glauben, daß sie ihn nicht mehr wollte und daß die gemeinsam erlebte und starke Leidenschaft so sang- und klanglos enden sollte; und doch zweifelte er nicht daran. Die Veränderung hatte langsam und subtil mit der Bestätigung ihrer zweiten Schwangerschaft eingesetzt und war nach Bobbys Geburt in der unnatürlichen Niedergeschlagenheit und dem grenzenlosen Kummer deutlich zum Ausdruck gekommen. Louisa brach ständig in Tränen aus und wich in krankhafter Sorge nicht von der Seite ihrer Kinder. Er hatte erlebt, wie sie die beiden an sich drückte, als stehe der Tod auf der Schwelle, als breche sie unter der Last menschlicher Sünden zusammen. Robert hatte versucht, sie zu trösten, aber sie hatte ihn zurückgewiesen. Er hatte mit ihr geredet, aber dabei den Eindruck gehabt, gegen Wände zu reden. Und auch Letty, ihre Freundin, konnte wenig mehr als er erreichen.

Robert dachte an Louisas Angst vor Klatsch, ihre Einstellungen, die er so oft als *bourgeois* abgetan hatte, und glaubte an die Diagnose des Arztes; die unerträglichen Schuldgefühle waren seiner Meinung nach im Klartext sexueller Ekel.

Für ihn war das noch einmal Charlotte: Angst und Haß, die völlige Ablehnung all dessen, was ihn in seinen Augen zum Mann machte.

Er fand Louisa mit allen drei Kindern im Kinderzimmer. Georgina spielte mit Liam. Die Kleine führte ihn auf seinen runden Beinchen im Zimmer herum. Unter dem dichten, wuscheligen blonden Haarschopf strahlten seine Augen vor Vergnügen. Als er Robert sah, gurgelte er glücklich, lief ein paar Schritte ohne Hilfe, umklammerte die Knie seines Vaters und lachte ihn an.

»Ist er nicht klug?« rief Georgina und hängte sich jubelnd an Roberts Arm. Er küßte die ihm entgegengehaltene Wange, lobte Liam, überrascht von seinen Fortschritten, und nahm ihn auf den Arm. Über Liams Kopf hinweg sah er jedoch Louisas unsicheres, zitterndes Lächeln, und sein Herz krampfte sich schmerzlich zusammen.

Sie legte den kleinen Robert in die Wiege, kam zu ihm und hob ihm das

Gesicht zum Kuß entgegen. Mit trockenen Lippen berührte er ihre Wange, freute sich betont unbeschwert über ihr gutes Aussehen, lobte jedes der drei Kinder, hörte sich Georginas aufgeregt erzählte Neuigkeiten an und war unendlich erleichtert, als das Kindermädchen erschien, um die Kleinen zu Bett zu bringen.
Im Wohnzimmer spielte ihm Georgina ihre neuesten Klavierstücke vor, aber als sie nach oben in ihr Zimmer gegangen war, breitete sich eine unübersehbare Verlegenheit aus. Letty versuchte beim Essen, das Gespräch in Gang zu halten, und ließ ihren Bruder von den Problemen in Curragh berichten. Seine Arbeit beschäftigte ihn im Augenblick aber überhaupt nicht, und Louisa blieb so stumm, als habe sie keine Zunge. Robert fragte sich, ob sie etwas von dem Gespräch mit Dr. Stevens wußte. Er jedenfalls wollte dieses Thema nicht zur Sprache bringen.
Letty spielte ihnen dann Schumann vor, aber im Zauber dieser Musik schwangen Wehmut und Trauer mit, die in diesem stillen Raum ein unerträgliches Echo fanden. Robert saß mit ausgestreckten Beinen in seinem Lieblingssessel am Kamin, rauchte eine Zigarre und starrte in die Flammen. Louisa arbeitete an einer Stickerei.
Letty klappte schließlich den Klavierdeckel zu, verließ das Zimmer, ohne gute Nacht zu sagen, und ging zu Bett.
Louisa war nur zu einem halben Dutzend Stiche in der Lage gewesen. Sie faltete die Stickerei zusammen und legte sie in den Korb zurück. Robert hörte ihren Seufzer, hob den Kopf und sah ihre geröteten Wangen. Sie trug ein blaues Samtkleid, das er noch nicht kannte. Es stand ihr sehr gut. Ihre Haare waren besonders schön frisiert, und abgesehen von ihrem Schweigen schien sie wieder gesund und ganz wie früher zu sein, so daß er versucht war zu glauben, es sei alles nur ein Alptraum, aus dem sie bald erwachen würden. Er erinnerte sich jedoch auch an solche Augenblicke mit Charlotte und wappnete sich gegen die Versuchung. Natürlich schweigt sie aus Verlegenheit, redete er sich ein. Sie denkt mit Schrecken und Nervosität daran, mit mir das Bett zu teilen, und überlegt, wie sie mich abweist, ohne mich zu verletzen.
Robert mußte über diese Ironie lächeln. Als Louisa es sah, stieg ihr die Röte noch mehr ins Gesicht. Mit zitternden Fingern ordnete sie den Inhalt des Nähkorbs.

»Nun«, sagte sie munter, »vielleicht sollten wir auch nach oben gehen. Für mich war es ein langer Tag, und du siehst auch müde aus.«
»Das bin ich«, gestand er seufzend, »aber ich glaube, ich komme etwas später. Ich brauche noch einen Schlummertrunk.«
»Du bleibst aber nicht lange, oder?«
Diese Frage klang traurig und zerrte an seinen ohnehin bis zum Zerreißen gespannten Nerven. Er stand abrupt auf und ging zu dem Tisch, auf dem die Karaffe und Gläser standen. Er füllte sich ein Glas und sagte knapp: »Vielleicht doch – ich weiß es nicht.«
In der einsetzenden Stille klang das Ticken der Uhr so laut wie eine Totenglocke. Es schien eine Ewigkeit zu vergehen, bevor sie sich bewegte. Und dann kam sie zu ihm. Er konnte es nicht glauben. Als sie ihn berührte, zuckte er beinahe zusammen und schloß die Augen vor ihrem bittenden, herzzerreißenden Blick. Er wünschte, sie würde einfach zu Bett gehen, und ihn allein seinem Leid überlassen.
Aber sie durchbrach seinen Panzer, umarmte ihn und flüsterte: »Du hast mir so gefehlt.«
Er umklammerte kurz ihre Schultern und hätte sie am liebsten geschüttelt. Was versucht sie denn? dachte er in plötzlichem Zorn. *Weiß* sie es nicht? Bin *ich* denn allein für ihr Wohlergehen verantwortlich?
Robert kämpfte darum, seine Haltung nicht zu verlieren. Er wollte zärtlich sein und konnte doch nur bitter enttäuscht sagen: »Du hast mir auch gefehlt.«
»Warum kommst du dann nicht ins Bett?«
»Nein, besser nicht«, erwiderte er mit gepreßter Stimme. Er wollte sie streicheln, war aber entschlossen, es nicht zu tun, und sagte: »Du bist noch sehr schwach – du brauchst deine Ruhe.«
Die Arme, die sie zusammenhielten, lösten sich langsam. Ihre Unterlippe zitterte einen Augenblick, dann schlug sie die Augen nieder und lächelte. »Ja«, sagte sie leichthin, »ja, ich glaube, du hast recht. Ich gehe jetzt hinauf, und wir sehen uns morgen.«
»Ja«, wiederholte er und wußte nicht, ob der Schauer, der ihm über den Rücken lief, Dankbarkeit oder Bedauern bedeutete, »geh hinauf. Wir reden morgen miteinander.«
Am nächsten Tag bewegte das Haus jedoch eine andere Neuigkeit. Harris und Moira hatten sich verlobt. Aber während das glückliche Paar kein großes Aufheben um die bis jetzt nicht sonderlich enge Beziehung

machen wollte, war die Verlobung bei den Dienstboten unten ein Grund zum Feiern.
Auch oben bei den Herrschaften wurde aufrichtig und herzlich gratuliert, aber die Verlobung warf lange Schatten voraus. Robert wurde dadurch sehr deutlich daran erinnert, daß er nach sechs Jahren den besten Burschen verlieren würde, den er je gehabt hatte. Außerdem war Harris in den Grenzen ihrer offiziellen Beziehung im Laufe der Zeit ein verläßlicher Freund geworden. Harris mußte er nie etwas erklären, Harris wußte immer über alles Bescheid und verstand. Robert fand die Vorstellung, sich bald mit einem Fremden in der Kaserne und in seinem Haus abfinden zu müssen, alles andere als erfreulich. Das signalisierte Veränderungen – überall Veränderungen, und dagegen wehrte er sich mit aller Macht.
Louisa freute sich über die Neuigkeit zuerst aufrichtig. Moira war so glücklich. Nachdem viele Monate kein Lichtstrahl zu ihr vorgedrungen war, tat es gut, etwas zu haben, worüber man glücklich sein konnte. Es hob die Stimmung wenigstens etwas nach der bitteren Enttäuschung über Roberts Kälte nach seiner Rückkehr.
Louisa wußte, der Tunnel schwarzer, erschreckender Verzweiflung lag hinter ihr. Aber in den verbleibenden Schatten verbargen sich andere Ängste und Sorgen, und sie wußte nicht, wie sie allein damit fertig werden sollte. Sie brauchte Roberts Hilfe, um sich für einen Weg in die Zukunft zu entscheiden, und sie brauchte eine Hand, die ihr Halt bot, wenn der Weg beschwerlich wurde. Vor allem brauchte sie jemanden, mit dem sie aufrichtig reden konnte, so wie sie mit Dr. Stevens gesprochen hatte. Seine professionelle Anteilnahme und Distanziertheit in Verbindung mit der sicheren Gewißheit, daß er zum Stillschweigen verpflichtet war, hatten es Louisa möglich gemacht, über ihre Ängste zu sprechen. Nach vielen Wochen, in denen es qualvoll gewesen war, auch nur über die einfachsten Probleme nachzudenken, und unmöglich, die belanglosesten Fragen zu beantworten, hatte sie es als wohltuende Erleichterung empfunden, wieder mit einem Menschen offen und ehrlich zu sprechen. Die Wahrheit zu sagen, die oft bedrohlich und manchmal anstößig war, fiel ihr schwer, denn sie hatte sich daran gewöhnt, das Unangenehme hinunterzuschlucken und zu schweigen. Aber nachdem sie sich überwunden und es einmal geschafft hatte, sah sie die Bedeutung, die darin lag.

Robert gehörte zu den Männern, mit denen man nur schwer einmal in Ruhe reden konnte, besonders wenn ihn andere Dinge beschäftigten. Aus diesem Grund bedauerte sie die plötzliche und vorzeitige Verlegung seines Regiments nach Curragh. Wäre er zu Hause gewesen und hätte sich nur mit der nächsten Jagd beschäftigen müssen, wäre es ihr sicher gelungen, das Thema zur Sprache zu bringen – sie hätte nur den richtigen Augenblick abwarten müssen. Aber wenn er nur für zwei oder drei Tage auftauchte, alle ihn in Beschlag nahmen, und seine Gedanken um Probleme kreisten, die sie nicht verstand, schien das Hindernis unüberwindlich.

Als man ihr sagte, sie dürfe unter keinen Umständen noch einmal schwanger werden, hörte sie das mit gemischten Gefühlen. Nachdem sie hintereinander zwei Kinder zur Welt gebracht und entsprechend darunter zu leiden hatte, wollte sie keine Kinder mehr. Schon der Gedanke an eine neue Schwangerschaft vermochte sie in Panik zu versetzen, und das nicht nur wegen der damit verbundenen Leidenszeit, sondern weil sie wußte, Robert hatte in seinem tiefsten Innern keines der beiden Kinder haben wollen. Als er Liam auf dem Arm hielt, war er natürlich glücklich gewesen, aber inzwischen wurde der Gedanke an die Kinder für ihn mehr zu einer Last als zur Freude.

Louisa wußte nicht, ob man ihm gesagt hatte, sie dürfe keine Kinder mehr bekommen. Der Abend gestern hatte ihr die Antwort gegeben. Im nachhinein wußte Louisa, sie hätte nicht lockerlassen dürfen und sich über seinen verletzten Stolz hinwegsetzen müssen; sie wußte, sie hatte sich eine entscheidende Gelegenheit entgehen lassen. Aber sie war selbst so verletzt gewesen. Seine Gefühlskälte hatte sie bis ins Herz getroffen, und es überstieg ihre Kraft, sich dagegen zu wehren. Eine bittere und schlaflose Nacht lag hinter ihr, und ihm war es bestimmt ebenso ergangen.

Als Louisa nach dem Mittagessen in ihrem Zimmer ruhte, hatte sie den Eindruck, daß sie nicht nur die Wand trennte, nicht nur die Entfernung zwischen Dublin und Curragh. Sie liebte ihn; sie sehnte sich nach ihm, aber es war ihr offenbar nicht gelungen, ihm das ohne nackte Worte verständlich zu machen. Und die Zeit war längst vorüber, in der sie Worte hätte gebrauchen können, ohne ihre Würde oder Weiblichkeit zu verlieren. Sie konnte sagen: »Ich liebe dich.« Aber wenn sie nicht im Bett lagen und sich berührten, wie sollte sie ihm vermitteln, daß sie sich körperlich nach ihm verzehrte? Wenn sie mitten am Tag oder beim Tee sagte: »Ich sehne mich nach dir«, wäre das viel zu plump und viel zu direkt. Das konnte nur ein Mann sagen, und diese Worte aus Roberts Mund zu hören, hatte sie immer in eine angenehme Erregung versetzt. Aber eine Dame durfte so etwas nicht. Andererseits, dachte Louisa, erwartete man von einer Dame geduldiges Ertragen und keine Freude, keinen Genuß. Aber wozu führte das? Sie machte sich schuldig, nicht ganz die Dame zu sein, für die sie sich hielt und noch weit weniger die Dame, als die sie auf Roberts Wunsch in der Öffentlichkeit erscheinen sollte. Damit befand sie sich unweigerlich in der Gesellschaft von Frauen, die sie verachtete: gierige, vulgäre und gefühllose Frauen, mit denen sich die Männer alle Freiheiten erlauben konnten, weil sie keine Achtung verdienten.

Früher hatten solche Gedanken sie nicht gequält. Es war nur wichtig gewesen zu lieben und geliebt zu werden und den körperlichen Beweis dieser Liebe zu erleben, in welcher Form auch immer. Aber diese Zeit ihrer Liebe war etwas Persönliches gewesen, ein Geheimnis, das sie gemeinsam hüteten. Es hatte keine Bemerkungen herausgefordert und kein Urteil, denn kaum jemand wußte etwas davon. War Schuld demnach eine Frage öffentlicher Ächtung – und Unschuld eine Frage öffentlicher Anerkennung? Der Meinung der Mehrheit? Wenn die Gesellschaft erklärte: *Wir verhalten uns so, und deshalb ist es richtig*, war dann jedes abweichende Verhalten falsch?

Auf der Suche nach Antworten durchforschte Louisa die innersten Tiefen ihres Wesens und wußte, so war es nicht. Während die eine Hälfte der Gesellschaft im Überfluß lebte, verhungerte die andere. In Irland glaubte die katholische Mehrheit an die Fürsprache der Heiligen. Die protestantische Minderheit warf den Katholiken vor, Götzenbilder anzubeten. Jedes Argument hatte mindestens zwei Aspekte. Sogar Christus hatte gesagt: Gebt dem Kaiser, was des Kaisers ist, und Gott, was Gott gehört. Er verurteilte nicht die Ehebrecherin, aber Er hatte gesagt: *Gehe hin und sündige nicht mehr.*

Die kalte, dunkle und grausame Verzweiflung verurteilte sie nur allzu beredt. Unter dieser Last hatte Louisa reuige Tränen geweint und Dinge versprochen, die sie im klaren Licht des Tages nicht einhalten wollte. Sie liebte Robert. Ihr Körper sehnte sich nach seiner Berührung, sehnte

sich nach seiner Wärme und Kraft, sehnte sich nach der Bestätigung, daß er sie noch liebte . . .
Keine Kinder mehr, hatte der Arzt gesagt. *Gehe hin und sündige nicht mehr,* tönte es von der Kanzel. Wo, um Himmels willen, lag der Kompromiß?

13

Nach ein paar schrecklichen Tagen floh Robert am Sonntagabend. Er hatte für eines seiner Jagdpferde den Transport per Bahn im voraus buchen lassen. »Für alle Fälle, wenn sich eine Möglichkeit bietet«, erklärte er Letty. Ein Stallbursche brachte das Pferd zum Bahnhof und stellte es dort ein. Harris mußte Reitgerte, Reithose, Cutaway und die braunen Reitstiefel für den Ausflug nach Kilkenny in der folgenden Woche einpacken.

Beim Abschied von Louisa hatte er Gewissensbisse. Sie drückte sich einen Augenblick an ihn, als er sie auf die Wange küßte. Es kamen zwar keine Tränen, aber sie glänzten in ihren Augen. Georgina wollte mißmutig und traurig wissen, wann er zurückkommen werde, und hoffte, es sei bald. Seine Schwester stand auf der Treppe und winkte ihm mit versteinertem Gesicht nach.

»Ich glaube, Sie hätten noch etwas bleiben sollen, Sir«, bemerkte Harris, als das Gepäck verstaut war.

»Um Himmels willen, Harris«, rief Robert ärgerlich, »fangen Sie nur nicht auch noch damit an! Wenn ich nicht ein paar Tage weg bin und mich abreagieren kann, geschieht ein Mord, das können Sie mir glauben.«

Über die traurigen Züge des jüngeren Mannes flog ein angedeutetes Lächeln. Er sagte: »Es gibt immer noch den Sudan, Sir – dort sucht man händeringend Offiziere, Sir.«

»Glauben Sie ja nicht, ich hätte nicht auch daran gedacht«, erwiderte Robert säuerlich. »In diesem Augenblick hat der Gedanke, durch die Wüste zu marschieren, und jedem den Schädel einzuschlagen, der sich mir in den Weg stellen würde, einen gewissen Reiz.« Er sagte das im Spaß, aber es lag mehr als ein Körnchen Wahrheit in seinen Worten. Berichten nach schien der Vormarsch zum Niltal eine sorgfältig und von langer Hand geplante militärische Aktion zu werden. Wie Harris richtig sagte, brauchte die ägyptische Kavallerie unter Kitcheners Kommando dringend britische Offiziere. Es war eine verführerische Aufgabe – sehr verführerisch, aber Robert trug im Augenblick eine große häusliche und finanzielle Verantwortung. Er mußte auf dem laufenden bleiben, und das konnte er nur in Irland. Deshalb mußte er in Irland bleiben.

Zur Zeit, so dachte er, mußte er sich mit anderen Fluchtmöglichkeiten begnügen, wie kurz sie auch sein mochten, und sich allem anderen verschließen.

Am Montag sorgte er dafür, daß man seine Anwesenheit in den Ställen und in der Messe zur Kenntnis nahm und am Dienstag auf dem Exerzierplatz. In der Zwischenzeit erledigte er die aufgelaufenen Akten und schickte ein Telegramm nach Kilkenny. Am Mittwoch fuhr er frühmorgens los.

Es war ein wundervoller Frühlingstag – ein Tag, an dem selbst die erbärmlichste Kreatur sich darüber freute, am Leben zu sein. Kaninchen tummelten sich auf den grünen Feldern, und am Wegrand blühten wilde Primeln. Die Berge von Kilkenny ragten violett in den tiefblauen Himmel. Amelia holte ihn mit einem Stallburschen ab. In ihrem grünen Samtkleid mit gelben Aufschlägen wirkte sie wie eine Narzisse. Wie immer mußte er bei ihrem Anblick lächeln.

»Das Kloster hat dich also ziehen lassen«, rief sie und kniff ihm freundschaftlich in die Wange. Sie gab dem Stallburschen Anweisungen und beteuerte Robert, auf den Mann sei Verlaß. Dann forderte sie ihn auf, in dem offenen Zweisitzer neben ihr Platz zu nehmen.

»Komme ich lebend an, wenn du fährst?« fragte er lachend.

»Das bezweifle ich, aber es wird bestimmt eine aufregende Fahrt!« versprach sie ihm.

Beim Einsteigen erkundigte er sich ganz nebenbei: »Wo ist Gerald? Sitzt der faule Kerl noch beim Frühstück?«

»Gerald ist nicht da«, erwiderte sie leichthin. »Du weißt doch, seine Arbeit nimmt ihn voll in Anspruch.«

Als der Bahnhof hinter ihnen lag und keine neugierigen Fußgänger mehr zu fürchten waren, legte Robert seine Hand auf ihre Knie. »Weißt du«, sagte er langsam und mit einem lakonischen Lächeln, »das hatte ich eigentlich auch gehofft.«

Das Abenteuer mit Amelia verlief ganz nach seiner Vorstellung – zumindest die erste Zeit. Robert konnte stürmische körperliche Bedürfnisse befriedigen, und sein Leben erhielt wieder den Reiz, der ihm seit einiger Zeit fehlte. Und Amelia schien sich mit der Beziehung zu schmücken.
Sie sahen sich anfangs häufig – meist als Gäste bei gemeinsamen Freunden auf dem Land. Aber als die Jagdsaison sich dem Ende näherte und die militärischen Pflichten in Curragh zunahmen, wurden die Gelegenheiten seltener. Sie nahmen ein paarmal das Risiko eines Hotels auf sich und trafen sich zweimal in Meath. Aber von Curragh aus war der Landsitz der Loys schlecht zu erreichen, und selbst für jemanden, der solche Gefahren liebte, war es dort viel zu riskant. Amelia genoß das Vergnügen des Sündhaften und Geheimnisvollen – daran gab es keine Zweifel. Sie stürzte sich auf jede Begegnung wie ein hungriges Tier und verschlang Robert beinahe in ihrer Gier. Für sie war das typisch, denn so tat sie alles. Aber er fragte sich oft, besonders nachher, wenn Amelia kaum entspannt neben ihm lag, ob ihr Sex überhaupt Spaß machte. Sie schien unersättlich. Er fand das zunächst sehr schmeichelhaft, und eine Zeitlang war das auch eine Erklärung dafür, daß sie außer dem Ehemann noch einen Geliebten haben wollte.
Ziemlich am Anfang ihrer Beziehung fragte er sie danach. Sie erwiderte, Gerald sei ein langweiliger, einfallsloser Liebhaber. Sie warf ihm vor, er habe sie nur wegen ihres Geldes geheiratet. Robert konnte das kaum glauben, denn er erinnerte sich, daß sein Vetter Amelia einmal sehr verehrt und geliebt hatte. Darüber, wie ihre Beziehung inzwischen aussah, konnte sich jeder seine eigenen Gedanken machen. Für Robert stand fest, daß er keineswegs Amelias erster Liebhaber war. Er ahnte seit langem, daß Tom McNeill diese zweifelhafte Ehre genoß, und danach hatten zwei weitere Verehrer sie umtanzt . . . Richtig, Robert sah Gerald in diesem Sommer nur selten, aber er konnte nicht sagen, ob sein Vetter wirklich soviel geschäftlich unterwegs sein mußte, oder ob er von Amelias Amouren wußte und sie ihm gleichgültig waren.
Wenn sie gelegentlich im Vorübergehen ein paar Worte miteinander wechselten, empfand Robert schmerzlich seinen Verrat an der Freundschaft ihrer Jugendzeit. Nach einer Weile gelang es ihm jedoch, nichts mehr zu empfinden. Zwischen ihm und Geralds Frau ging es nicht um Liebe, sondern nur um Sex. Robert glaubte, das Spiel werde Amelia

früher oder später langweilen, so wie es ihn bereits zu langweilen begann, und sie würden sich schließlich so freundschaftlich trennen, wie sie sich gefunden hatten, ohne daß wahre Gefühle dabei im Spiel waren. Zur Erhärtung seiner Theorie mußte er nur Tom McNeill ansehen, der immer noch als *persona grata* bei Amelia erschien.

In Hinblick auf das häusliche Leben in Dublin erwies sich die Affäre in Roberts Augen ebenfalls als erfolgreich. Während der Manöver im Sommer war er ohnehin wenig zu Hause. Und so fiel ein Tag oder eine Nacht, die er woanders verbrachte, auch nicht sonderlich auf. In der Vergangenheit hatte er im allgemeinen Harris mit nach Dublin genommen. Aber nachdem Harris im Mai das Regiment verlassen hatte, gab Robert bei dem neuen Burschen diese Gewohnheit auf.

Er erschien jetzt weit besser gelaunt im Devereaux-Haus. Anfangs quälten ihn zwar Gewissensbisse, aber er redete sich ein, es sei langfristig gesehen so das Beste für Louisa und machte aus der Sünde vor sich eine Tugend. Wenn die Erregung hinter ihm oder vor ihm lag, konnte er die Ernsthaftigkeit seiner Schwester und Louisas zwanghafte Beschäftigung mit den Kindern leichter ertragen. Er liebte seine Familie, aber im Haus herrschte meist eine viel zu ruhige, bürgerlich nüchterne Atmosphäre. Gewiß, es ging den Frauen weniger um Sitte und Anstand, sondern mehr um Gartenkataloge, aber es gelang Robert beim besten Willen nicht, ihren Neigungen etwas abzugewinnen.

Louisa wurde ihm immer mehr zum Rätsel. Sie gärtnerte mit Letty, versorgte die Kinder, beschäftigte sich an den Abenden mit ihrer Stikkerei, trug nur noch einfache Baumwollkleider und bot der Welt das perfekte Bild einer ehrbaren Matrone. Sie sprach wenig, wurde manchmal auch beißend ironisch, aber nie persönlich. Sie hatte sich eindeutig von der schweren Depression des Winters erholt, und nichts wies darauf hin, daß ein Rückfall drohte. Im Gegenteil, allem Anschein nach war sie wieder ganz die Louisa von vor einem Jahr – nur war sie nicht schwanger. Gewisse, beinahe unmerkliche Veränderungen fielen ihm jedoch auf. Diese Veränderungen gaben ihm keinen Grund zur Sorge, aber sie beschäftigten ihn genug, um ernsthaft darüber nachzudenken.

Im Frühjahr, als er Vorwürfe und Tränen nicht mehr ertragen konnte, hatte es bei ihr einige Gefühlsausbrüche gegeben, über die Robert ihr entschlossen fröhlich und gut gelaunt hinweggeholfen hatte. Er sprach mit ihr in aller Ausführlichkeit, aber er ließ sie allein schlafen. Rückblickend erinnerte er sich daran als eine Zeit übertriebener Ruhe und Schweigsamkeit; bei einem seiner Besuche hatte sie kaum ein Wort mit ihm gewechselt. Er bekam es mit der Angst zu tun, da er fürchtete, die Affäre mit Amelia sei ihr zu Ohren gekommen. Aber da Letty sich ihm gegenüber mehr oder weniger wie immer verhielt, wußte er, das konnte nicht der Grund sein.

Von da an stellte sie ihm kaum noch Fragen, es sei denn, wenn es um Georgina oder die Babys ging. Er seinerseits erwähnte mit keinem Wort sein gesellschaftliches Leben, als halte er sich an eine ungeschriebene Regel. Abgesehen davon gab es nur wenig, über das man sich unterhalten konnte.

Als Ende August die Manöver zu Ende waren, wollte Robert zwei Wochen Urlaub machen. Seine Familie hatte ein Haus am Meer gemietet, und er wollte dort zu ihnen stoßen. Ende September stand ihm die große Anstrengung der Verlegung des Regiments in die Winterquartiere nach Dublin bevor, und so schien es nur recht und billig, sich Ruhe und die dringend notwendige Erholung zu gönnen. Seit Februar hatte er intensiv in Curragh gearbeitet. Der Sommer war besonders aufreibend gewesen, denn Harris fehlte ihm – er war im Mai sofort nach York gefahren –, und Darnley verließ das Regiment im Juni, denn er hatte sich für den Sudan gemeldet. Robert vermißte die beiden Männer auf unterschiedliche Weise. Er beneidete Darnleys Ungebundenheit, die ihm ermöglichte, das zu tun, was seinen Wünschen entsprach. Tommy erklärte Robert für verrückt. Er fragte, wie könne man jemanden beneiden, der die Härten und Unannehmlichkeiten eines Feldzugs in der Wüste auf sich nahm? Das Exerzieren auf der grünen Wiese in Curragh sei schon schlimm genug, auch wenn die Fleischtöpfe von Dublin lockten. Die Lage in der Heimat sei jedenfalls sehr viel angenehmer als die harte Realität des Sterbens und der Krankheiten in einem fremden Land.

»Du verweichlichst, Tommy«, sagte Robert. Aber der inzwischen sehr viel beleibtere, sehr viel behäbigere Tommy, für den die Tage, in denen er sich beim Einsatz die schreckliche Narbe im Gesicht geholt hatte, längst ferne Vergangenheit waren, lachte nur und konterte auf seine Weise.

»Ich verstehe nicht, weshalb gerade du so versessen auf den Sudan bist«, erwiderte er, »du hast eine Geliebte zu Hause, und eine zweite ist hinter dir her . . ., du sitzt wie die Made im Speck, Mann! Meine Kleine hat mir gerade den Laufpaß gegeben und sich einen Husarenbubi genommen, der ihr einen goldenen Ring an den Finger gesteckt hat. Ich habe ein gebrochenes Herz, und ich sollte mich freiwillig für die Wüste melden, nicht du!«

Robert lachte über Tommys Spaß, aber er spürte, daß sein Freund wirklich litt, weil ihn seine neueste Eroberung hatte sitzen lassen. Aber für Tommy war der Verzicht auf eine Bindung so selbstverständlich geworden, daß Robert wußte, er wäre auch nicht mehr dazu fähig gewesen.

An dieses Gespräch und an die Gedanken, die ihn damals bewegt hatten, erinnerte sich Robert, als er im Sommerhaus in Dalkey eintraf. Moira öffnete ihm die Tür, und Robert beneidete wieder einmal Harris. Wie einfach war das Leben für diesen Mann! Er arbeitete in York im Weinhandel, um Erfahrungen zu sammeln, und suchte das geeignete kleine Gasthaus. Harris konzentrierte sich ganz auf sein Ziel und würde es deshalb auch erreichen. Louisa hatte sehr richtig am Tag der Verlobung gesagt, Harris werde sich bestimmt nicht durch leidenschaftliche Liebe von seinem Weg abbringen lassen. Davon zeugten auch die Briefe seines ehemaligen Burschen. Es wurden viele Gasthäuser zum Kauf angeboten, aber sie entsprachen alle nicht Harris' Vorstellungen. Entweder waren sie zu teuer oder sie standen nicht in der richtigen Gegend. Harris wollte zwar unbedingt ein Gasthaus finden, heiraten und mit der Verwirklichung seiner Pläne beginnen, aber das konnte sein Urteilsvermögen nicht trüben.

Miss Letty und Miss Louisa machten gerade einen Spaziergang am Strand, wie ihm Moira erklärte. Die Kinder hielten ihr Nachmittagsschläfchen, aber sie habe einen Brief für ihn, fügte sie fröhlich und augenzwinkernd hinzu – und zwar aus Dublin. »Er ist heute morgen angekommen, Sir.«

»Mit guten Nachrichten?« fragte er und erkannte die saubere Handschrift von Harris.

»O ja, Sir. Er hat etwas gefunden. Das Haus ist zwar etwas heruntergekommen, aber ansonsten in Ordnung – und er möchte auf der Stelle loslegen!«

»Das *sind* gute Nachrichten!« Robert lächelte. »Dann gibt es wohl bald eine Hochzeit?«

Moira wurde rot. »Nun ja, das hängt davon ab, ob wir den Pub bekommen, Sir.«
»Ach, das wird schnell geschehen, Moira. Da müssen Sie sich keine Sorgen machen. Sagen wir also: Hochzeit im September!« Lachend ging er nach oben.
Als Robert den Brief las, konnte er allem nur zustimmen, was Harris vorschlug. Das Haus lag in der Fishergate-Straße, war klein, vernachlässigt und verdreckt. Robert war zwar nie in dem Pub gewesen, aber er konnte sich an das Haus erinnern. Harris wies darauf hin, daß die Bausubstanz in Ordnung sei, und er es sehr billig erwerben könne. Schmutz und Verwahrlosung seien kein Problem. Das lasse sich mit harter Arbeit beseitigen. Aber da auch Robert Geld investiere, sei es ihm wichtig, daß er sich das Haus ansehe und dem Kauf zustimme.
Als Robert darüber nachdachte, wollte er Harris spontan schreiben und ihn auffordern, alle nötigen Schritte zum Kauf einzuleiten. Aber dann erinnerte er sich daran, daß er zwei Wochen Urlaub hatte, und Louisa mit einer Fahrt nach York eine große Freude machen konnte. Sie hatte ihn in letzter Zeit sehr kühl behandelt. Vielleicht würde ein Besuch in der Heimat sie versöhnlicher stimmen – vorausgesetzt natürlich, sie ließ die Kinder ein paar Tage allein ...
Beim Abendessen berichtete er von Harris' Brief. Louisa und seine Schwester freuten sich für Harris und Moira, aber dann sagten sie beide wie aus einem Mund, es sei entsetzlich, Moira so schnell zu verlieren.
Robert lachte. »Seit März wißt ihr es. Wie könnt ihr dann sagen, das sei ›schnell‹?«
»Nun ja, eine Verlobung ist noch keine Hochzeit, oder?« erwiderte Louisa, »der Hochzeitstag hing davon ab, daß Harris finden würde, was er sucht. Es hätte noch lange dauern können. Jetzt wissen wir es, und wir sind überrascht – mehr nicht. Wir haben einfach so weitergemacht und nicht darüber nachgedacht, daß Moira uns verlassen wird – die Zeit ist so schnell verflogen.« Sie betrachtete einen Augenblick den leeren Teller und lächelte ironisch. »So vergeht eben die Zeit, nicht wahr? Ich habe gerade heute zu Letty gesagt – stimmt doch, Letty? –, vor genau drei Jahren bin ich nach Irland gekommen.« Sie hob den Kopf, und Robert sah in ihren Augen ein kurzes Aufblitzen – Schmerz, Spott, Vorwürfe? –, das ihn beunruhigte.

»So lange schon?« Er lachte. »Sind wirklich drei Jahre vergangen?«
»Liam wird in einem Monat zwei«, antwortete sie verteidigend und ging dann zum Angriff über, »oder hast du das vergessen?«
»Nein«, log er, »ich habe es nicht vergessen.«
»Wieso glaubst du dann, es seien weniger als drei Jahre?«
Er lachte gequält. »Es *scheint* nicht soviel Zeit vergangen zu sein. Die Jahre fliegen vorbei.«
»So ist es, wenn man das Leben genießt.«
Robert biß sich auf die Lippen und senkte den Kopf. Letty schob verlegen den Stuhl zurück und stand auf.
»Wollen wir den Kaffee draußen auf der Terrasse trinken? Es ist ein wundervoller Abend, und im Garten blühen die Levkojen.«
Robert wollte die Spannung unter allen Umständen durchbrechen und nickte. Er reichte Louisa den Arm, als sie hinausgingen, und sagte: »Harris möchte, daß ich mir das Haus ansehe, bevor er es kauft. Ich glaube, das ist im Grunde nicht nötig, aber ich dachte, du würdest vielleicht gerne wieder einmal ein paar Tage in York sein. Wir könnten einen Urlaub daraus machen.«
Louisa erstarrte sichtlich und zog den Arm zurück. »Nein, das will ich nicht«, murmelte sie.
Robert staunte über ihre ablehnende Haltung und blieb stehen. Er traute seinen Ohren nicht. »Aber warum denn nicht?«
»Weil«, sagte sie und setzte sich in einen der Korbsessel, »nun ja, wenn ich jetzt nach York zurückkehre, Robert, dann bezweifle ich sehr, daß ich wieder mit nach Dublin kommen möchte.«
»Entschuldige bitte, Letty«, fuhr sie in dem verblüfften Schweigen fort, »ich wollte *dich* damit nicht verletzen. Du bist immer eine gute Freundin für mich gewesen, und ich hoffe, daran wird sich auch in Zukunft nichts ändern. Aber es ist wahr – wenn ich nach Hause fahre, könnte ich es nicht ertragen, nach Dublin zurückzukehren.«
»Meine Liebe«, sagte Letty, sah ihren Bruder an und drückte Louisa die Hand, »ich verstehe. Ich möchte mich jedoch nicht einmischen. Mehr habe ich zu diesem Thema nicht zu sagen.« Sie klopfte die Kissen auf dem Sessel zurecht und sagte dann energisch: »Ich möchte auch nicht auf den Abend verzichten und mich diskret ins Bett zurückziehen. Wenn du über diese Sache noch sprechen möchtest, Robert, dann würde ich einen Spaziergang auf der Promenade vorschlagen, ja?«

Robert war so schockiert, daß er weder antworten noch denken konnte. Er räusperte sich schließlich und wollte etwas sagen, überlegte es sich dann aber anders. Er zwang seine erstarrten Beine, ihn über die Terrasse und von den Frauen weg zu bringen. Hölzern stieg er die Stufen zum Garten hinunter und ging langsam und allein zwischen Rasen und Büschen auf und ab.
Er empfand weder Schmerz noch Zorn. Es war wie ein Schock, wie die Nachwirkung eines heftigen Schlags ins Gesicht. Das gedämpfte Rauschen der Wellen hinter dem Haus verschmolz mit den undeutlichen Stimmen auf der Terrasse, aber er konnte kein Wort verstehen, sondern sich nur vorstellen, wie man ihn verurteilte und über seine wirklichen und eingebildeten Unzulänglichkeiten sprach.
Wußten sie etwas von der Affäre mit Amelia? Der Gedanke schlug so plötzlich wie ein Blitz bei ihm ein; sein Herz klopfte heftig, Schuldgefühle trieben ihm die Röte ins Gesicht und machten ihm die Kehle trokken. Er zündete sich mit zitternden Fingern eine Zigarre an und zog den Rauch tief in die Lunge. Wie schrecklich, dachte er, wenn es jetzt ans Licht kommen würde, denn er hatte bereits einen strategischen Rückzug aus dieser Affäre beschlossen.
Robert fröstelte plötzlich und ging weiter. Dann kehrte er beinahe unabsichtlich und auf Umwegen zu den Stufen der Terrasse zurück. Letty hielt angenehmerweise die Augen geschlossen, aber Louisa erwiderte seinen Blick, ohne zu lächeln. Sie hatte das Kinn gehoben, und Robert spürte eine gewisse Herausforderung. Er blieb eine Weile schweigend stehen und rauchte ohne Eile die Zigarre zu Ende.
Schließlich erklärte er wie jemand, der eine wichtige Entscheidung getroffen hat: »Ich glaube, wir machen den Spaziergang.«
Im Westen war die Sonne über dem Land untergegangen. Den Himmel überzogen Streifen in Rosa, Gold und Violett, als sei ein genialer Maler am Werk. Über dem Meer lag bereits Dunkelheit. Die schwarze einlaufende Flut zeigte sich an den weiß schäumenden Rinnsalen, die sich unten am Strand in den Sand und die Kiesel vorwagten. Das Rauschen und Klatschen des Wassers war hier sehr viel lauter und füllte das Schweigen zwischen ihnen und den Raum, den die Zeit geschaffen hatte. Auf der Promenade war niemand mehr außer ihnen, und sie waren einsamer, als sie es in den vier Wänden eines Zimmers sein konnten.

»Also sag mir«, begann er schließlich, »warum möchtest du nach Hause zurück?«
»Das habe ich nicht gesagt.«
»Nein, aber deine Worte haben keinen Zweifel daran gelassen, daß du genau das gemeint hast.«
Der Wind vom Meer blies stärker und vertrieb mit seiner kühlen Frische die Schwüle des heißen Nachmittags. Als sie um einen Vorsprung der felsigen, gewundenen Steilküste kamen, drohte ein Windstoß, Robert den Strohhut vom Kopf zu reißen. Er nahm ihn ab und sah Louisa forschend an. »Also?« fragte er noch einmal, aber auch sie mußte mit ihrem Häubchen kämpfen, das sie erfolglos auf dem kurzen Haar feststecken wollte. Schließlich nahm sie es ungeduldig ab, lehnte sich nachdenklich an die Strandmauer und blickte auf die Felsen hinunter. Der Wind zerzauste ihr die Haare, und sie fragte: »Möchtest du, daß ich gehe? Ich meine nach Hause – für immer?«
Er mußte dicht vor ihr stehen, um ihre Worte zu hören. Als er schließlich begriff, was sie sagte, erfaßte ihn ein Gefühl, das sehr stark an Angst erinnerte, mit unglaublicher Macht. »Nein«, antwortete er langsam, »*ich* möchte nicht, daß du gehst...«
»Ich kann nur staunen«, erklärte sie sarkastisch, »ich habe seit langem das Gefühl, daß ich in deinem Leben nur eine beschwerliche Last bin, im Grunde eher ein schlechter Witz – die Geliebte, mit der du nicht mehr schläfst!« Sie lachte und schüttelte den Kopf über diese Ironie, aber Robert starrte sie nur unbeweglich an.
»*Dir* zuliebe«, sagte er.
»Wirklich? Bist du sicher?« Selbst in der Dunkelheit ließ ihn ihr Blick zusammenzucken. »Bist du sicher, es liegt nicht daran, daß es eine andere gibt? Robert, ich kenne dich, und ich kann nicht glauben, daß du die lange Enthaltsamkeit nur *mir* zuliebe erträgst!«
»Danke«, erwiderte er knapp.
»Kein Grund.«
»Glaubst du mir, wenn ich es leugne?«
»Nein.«
»Dann nützt es also nichts, wenn ich dir sage, daß ich dich liebe?« sagte er, »oder wenn ich dir beteure, daß ich alles getan habe, um Molloys und Stevens' Forderungen zu folgen?«
Als Robert sich wieder daran erinnerte und an die Angst, die er ausge-

standen hatte, als er die Situation mit Charlottes Krankengeschichte verglich, mußte er keine Gefühle heucheln. Schmerz und Verbitterung waren so echt wie sein ohnmächtiger Zorn auf das blindwütige Schicksal. Zum ersten Mal ließ er seinen Gefühlen freien Lauf. Er verschwieg nichts, als er ihr ausführlich berichtete, was ihn damals während Louisas Krankheit bewegt hatte. Selbst im zeitlichen Abstand der vergangenen Monate tat es ihm gut, endlich darüber sprechen zu können. Es erleichterte ihn, seine Verzweiflung buchstäblich in die Welt hinauszuschreien, Wind und Wellen zu übertönen und dabei den salzigen Geschmack auf der Zunge zu spüren.

»Ich habe immer nur Charlotte gesehen«, wiederholte er und beschwor damit das Bild, das sie aus eigener Erfahrung kannte und verstand, »und als man mir sagte, daß du nie wieder ein Kind haben darfst–« Er schwieg, denn er dachte nicht an Kinder, sondern an die gemeinsam durchlebte Leidenschaft und wünschte nichts sehnlicher, als daß er damals darüber mit ihr gesprochen hätte.

»Aber du willst doch keine Kinder mehr«, antwortete sie tonlos.

»Ich wollte *dich*!« rief er außer sich, packte sie an den Schultern und sah sie an, »aber man hat mir gesagt, es würde dir schaden. Man hat mir gesagt, du hast Angst und bist von Schuldgefühlen gequält – durch das, was ich getan habe, geisteskrank geworden!«

»O mein Gott!« flüsterte Louisa und sank gegen seine Brust, »das stimmt nicht. Wer auch immer dir das gesagt hat–, es stimmt nicht! Ich hatte Angst – ja –, und ich hatte schreckliche Schuldgefühle wegen der Kinder, wegen uns, aber ich wollte dich trotz allem – und ich brauchte dich so sehr!«

Er drückte sie fest an sich und wiegte sie in seinen Armen. Er bekämpfte Schuld und Reue und verfluchte stumm den Schmerz und den verletzten Stolz, der ihn in Amelias Arme getrieben hatte. Es gibt keinen Vergleich, dachte er, zwischen ihrem unnatürlichen und kalten Verlangen und der Liebe, die mir Louisa so vorbehaltlos schenkt.

»Wir hätten miteinander reden müssen«, sagte er kläglich.

Robert wußte jetzt, es war alles nur seine Schuld. Um sein Gewissen zu beruhigen, klammerte er sich aber immer noch an die Vorstellung, daß die lange Trennung dazu beigetragen hatte.

»Ich habe es versucht«, schluchzte sie an seiner Brust, »ich *mußte* mit dir sprechen, Robert, aber du hast mir nicht zugehört.«

»Ich weiß, ich weiß – oh, es tut mir so leid. Wenn ich öfter zu Hause gewesen wäre, hätten wir uns helfen und wieder zusammenfinden können.« Er küßte ihre Haare, ihr Gesicht und flüsterte: »Kannst du mir noch einmal vergeben?«

Zögernd suchten seine Lippen ihren Mund, und als das Verlangen ihn überkam, küßte er sie mit wachsendem Hunger. Er wollte sie nicht aus seinen Armen lassen, aber er wollte auch mehr als nur Küsse, er murmelte Zärtlichkeiten und Versprechungen in ihr Ohr, machte Pläne für die Zukunft, aber er spürte, wie sie sich zurückhielt, die Bereitschaft des Körpers zügelte, und sich Gedanken überließ, die er nicht wagte, in Worte zu fassen. »Gehen wir zurück«, drängte er schließlich, »zurück zum Sommerhaus. Ich möchte mit dir wieder in einem Bett liegen und nicht hier draußen in der Kälte stehen. Dir ist auch kalt.«

Er zog seine Jacke aus und legte sie ihr um die Schultern. »Komm, gehen wir«, er lächelte, »komm nach Hause.«

Louisa umklammerte plötzlich seine Hand und sah ihn eindringlich an. Der Nachtwind blies noch stärker, zerrte an ihrem Kleid und fuhr ihr in die lockigen Haare. Die Luft war kalt und frisch, schmeckte nach Salz und Seetang, und um die Felsen unten strudelte und schäumte die Flut.

»Sag mir ehrlich«, flehte sie, »gibt es eine andere? Hat es eine andere gegeben?«

Er schloß die Augen und hatte den überwältigenden Wunsch, ihr alles zu gestehen. Aber der Verstand setzte sich durch. Louisa liebte ihn, und Liebe konnte vieles verzeihen – aber nicht Amelia Loy. Er zog sie an sich, und mit dem Mund an ihren Lippen flüsterte er: »Nein, es hat nie eine andere gegeben.«

14

Zum ersten Mal seit vielen Monaten – es war noch vor Bobbys Geburt gewesen – lagen sie wieder zusammen in einem Bett. Louisa war zunächst sehr zurückhaltend, was Robert schuldbewußt ihrem Argwohn zuschrieb. Er bemühte sich aufrichtig darum, ihr Vertrauen zurückzugewinnen, und war besonders zärtlich. Aber dieses Bewußtsein in Verbindung mit der Notwendigkeit zur Vorsicht führte zu einer wenig befriedigenden Wiedervereinigung. Louisa erklärte, sie sei glücklich, nur mit ihm zusammenzusein. Und Robert tat ein paar Tage alles, um vor dem Einschlafen *nur* unschuldige Gedanken zu haben. Aber Enthaltsamkeit und die körperliche Nähe waren für sie beide eine schwierige Kombination. Nach beinahe vier Jahren hatte der kegelförmige Gegenstand aus Leeds inzwischen ausgedient, und es bedurfte diskreter Nachforschungen, ob man in Dublin Ersatz beschaffen konnte. Wenn nicht, so sagte Robert, mußte sie nach England reisen. Und während sie über dieses Thema sprachen, erneuerte er den Gedanken an einen Urlaub in York.

Aber wieder wehrte Louisa sonderbarerweise ab. Sie konnte keinen einleuchtenden Grund dafür nennen, und da Harris und Moira sehnlichst auf seine Antwort warteten, ließ er das Thema wieder fallen. Er schrieb Harris, seinem neuen Geschäftspartner, er möge alle notwendigen Schritte einleiten und so bald wie möglich zur Hochzeit nach Dublin zurückkehren. Robert amüsierte sich königlich über das Wort »Geschäftspartner« und dachte, die Partnerschaft werde nicht von langer Dauer sein. Er betrachtete seine Investition mehr als eine Art Kredit und machte zur Bedingung, daß Harris ihm seinen Anteil auszahlen konnte, wann immer er sich dazu in der Lage sah. Und sollte Robert dann nicht mehr am Leben sein, würde das Geld Louisa gehören. Da die Möglichkeit bestand, daß Harris im höchst unwahrscheinlichen Kriegs-

fall wieder eingezogen werden würde, einigte man sich darauf, daß Moira dann den Pub weiterführen oder verkaufen und Louisa die entsprechende Summe zurückzahlen sollte.
Die Hochzeit wurde auf Ende September festgesetzt, und als der Termin feststand, kam es in der zweiten Woche ihres Aufenthalts zu einem häufigen Hin und Her zwischen Dalkey und Dublin. Aufregung lag in der Luft, und die Freude über das junge Glück. Die Frauen beschäftigten sich mit Moiras Aussteuer, als gehörte sie zur Familie. Man kaufte irisches Leinen für die Bettwäsche und schwelgte in Anschaffungen. Selbst Robert ließ sich vom Fieber der Hochzeitsvorbereitungen anstecken. Er hätte Moira zwar gerne als Brautführer dem Bräutigam übergeben, aber man einigte sich schließlich darauf, daß dem katholischen McMahon diese Ehre zustand und Robert als Harris' Trauzeuge fungieren sollte. Georgina geriet in helle Aufregung, denn sie würde die Brautjungfer sein. Die bescheidene Trauung sollte in der kleinen Kirche stattfinden, wo Moira jeden Sonntag die Messe besuchte, und daran würde sich ein Empfang im Parterre des Devereaux-Hauses anschließen.
Im Trubel der Vorbereitungen für die Hochzeit und der Verlegung des Regiments nach Dundalk zwei Tage später vergaß man Louisas Geburtstag. Sie wußte, er ging dem großen Ereignis etwa zehn Tage voraus, aber angesichts der allgemeinen Glückseligkeit fürchtete sie sich beinahe abergläubisch davor, ihren Geburtstag zu erwähnen. Es war der dreißigste, und er bedeutete das Ende der Jugend. Der Gedanke an den bevorstehenden neuen Lebensabschnitt hatte sie den ganzen Sommer über nicht mehr losgelassen und Roberts Distanziertheit grausam unterstrichen. Daß die Zeit verging, während sie stillzustehen schien, war ebenso erschreckend wie die Überzeugung, Robert habe eine jüngere, hübschere und unbeschwertere Frau gefunden, mit der er seine kostbare freie Zeit genoß. Louisa fühlte sich mit ihren beiden Babys wehrlos und gefangen. Sie hätte sich der Verzweiflung überlassen, wenn nicht die noch sehr lebendige Erinnerung an die gerade überwundene Dunkelheit sie wachsam und vorsichtig hätte sein lassen.
In diesem Sommer dachte sie ständig an York. Wie der Gesang einer verführerischen und gefährlichen Sirene wurde der Sog immer stärker, je mehr sie sich dagegen wehrte. Nur die Liebe zu Robert konnte sie davor bewahren, und ohne Gegenliebe bestand die Gefahr, daß ihre

Liebe starb. Ihre Worte an jenem Abend in Dalkey waren nicht übertrieben gewesen, und seine leidenschaftliche Reaktion war wie segensreicher Regen nach einer langen Dürre gewesen: Sie gab Louisa das Leben und das Vertrauen zurück und die Liebe, um sich dem Heimweh zu widersetzen. Louisa wußte, sie würde nie zurückkehren und wieder in York leben können – nicht mit zwei Kindern.
Aber sie war jetzt glücklicher und sah zuversichtlicher in die Zukunft, obwohl Robert den Winter über nicht in Dublin sein würde. Zumindest, so dachte sie, in einem guten Winterquartier und nach dem Ende der Manöver würde er viel Zeit und Urlaub haben. Im vergangenen Jahr hatte er noch nicht einmal die üblichen sechs Wochen beansprucht, obwohl es ihm wie allen seinen Kameraden normalerweise gelang, etwa zweieinhalb dienstfreie Monate im Jahr zu haben. Mit etwas Glück würde er vor oder nach Weihnachten ein paar Wochen in Dublin sein und vermutlich noch einmal einen längeren Urlaub Ende Februar nehmen können. Von Dundalk war man etwa eine Stunde mit der Bahn unterwegs, und sehr viel schneller in Dublin als von Belfast aus, wo Tommys Schwadron stationiert werden sollte.
Louisa fühlte sich wohler, zögerte aber immer noch, sich dem Meilenstein ihres dreißigsten Geburtstags zu stellen. Sie schwieg wie ein Grab, und als frühmorgens die Post eintraf, stellte sie fest, daß es ihr beinahe gelungen war, den Geburtstag zu vergessen. Edward und ihre Mutter schickten Briefe und ihre Schwestern offenbar Glückwunschkarten, wie Louisa durch die Umschläge fühlte. Trotz einer gewissen Trauer über diesen Tag verschaffte ihr jeder Umschlag eine Mischung aus Überraschung und Freude. Nach dem langen Schweigen, in dem sie nur etwas von ihrer Mutter hörte, hatte sie bei jedem Brief – auch denen von Blanche und Emily – aus York, den sie in der Hand hielt, einen Kloß im Hals. Sie fühlte sich versucht, alle sofort zu öffnen. Aber sie legte die Geburtstagspost ungelesen in die Schublade und ging hinunter zum Frühstück, denn sie wollte sich später darüber freuen.
Wie üblich, wenn Robert in Dublin war, ritt er frühmorgens aus. Er saß in Reitsachen am Tisch und las bei einer Tasse Kaffee seine Post.
Er schien völlig in Gedanken versunken und reagierte kaum, als Louisa ihn auf die Stirn küßte. Als sie vor der Anrichte stand und sich Schinken und Pilze auf den Teller nahm, schob er einen Brief zur Seite und fluchte ausgiebig und lange.

»Was ist los? Hat es mit dem Regiment zu tun?«

»Nein, das wäre mir lieber.« Ohne Rücksicht darauf zu nehmen, daß sie gerade anfing zu essen, zündete er sich eine Zigarre an und starrte mit leerem Blick und gerunzelter Stirn in den Rauch.

»Was ist denn?« fragte sie noch einmal, diesmal leicht beunruhigt. »Ich hoffe, keine schlechten Nachrichten.«

Er seufzte. »Leider ja. Und das Schlimmste ist, ich weiß nicht, was ich tun soll.« Nach kurzer Pause sagte er: »Mrs. Hanrahan, Charlottes Krankenpflegerin, ist gestorben. Ein Herzanfall, schreibt William.«

Louisa wußte genug über die Beziehung zwischen Charlotte und Mrs. Hanrahan, um zu ahnen, daß dieser Todesfall in White Leigh große Probleme heraufbeschwören würde – und in Dublin ebenfalls, denn die Hochzeit stand dicht bevor, und Robert mußte bald darauf nach Dundalk.

»Ich müßte hinfahren – William möchte es –, aber ich weiß wirklich nicht, wie ich das schaffen soll... Und was nützt es, wenn ich es tue? Ich weiß, sie können ebenso gut wie ich eine andere Krankenpflegerin einstellen...«

Louisa dachte an Charlottes Angriff auf sie und zitterte. »Das wird nicht leicht sein. Wo sollen sie eine zweite Mrs. Hanrahan finden?«

»Das weiß der Himmel! Aber sie müssen jemanden einstellen, und zwar schnell, denn Mary wird nicht allein mit ihr fertig.« Robert legte die Stirn in noch tiefere Falten, als er über das Problem nachdachte. Dann zuckte er plötzlich mit den Achseln und stand auf. »Ich gehe am besten zu Letty. Mal sehen, was sie dazu meint.«

Letty fand, er müsse beim Begräbnis anwesend sein, schon als Zeichen seiner Anerkennung so vieler treuer Dienstjahre. Louisa stimmte ihr zu, hätte sich jedoch gewünscht, daß Robert auch sie um ihre Meinung fragen würde. Aber wenn es um Charlotte und White Leigh ging, redete er nie mit ihr. Es schien, als habe der erste katastrophale Besuch jedes vernünftige Gespräch unmöglich gemacht. Entweder ist es das, dachte Louisa, oder ihn quälen noch Schuldgefühle. Wie auch immer, dieses Problem ließ ihren Geburtstag völlig in Vergessenheit geraten.

Am Ende des Tages hatte sie Edwards Brief zweimal gelesen. Jedesmal empfand sie voll Rührung seine schlichte Aufrichtigkeit und wurde das Gefühl einer großen Enttäuschung nicht los. Nur ihre Familie hatte an sie gedacht, die anderen nicht...

Robert fuhr nach Waterford zum Begräbnis und kam am nächsten Tag bedrückter als je zuvor zurück. Charlotte war außer sich und untröstlich, und das ließ nichts Gutes ahnen. Da Robert sofort nach Dublin zurückkehren mußte, konnte er keine Anstellungsgespräche mit Krankenpflegerinnen führen. Also überließ er das alles seinem Bruder. Letty erbot sich, nach White Leigh zu fahren, wenn William eine zweite Meinung benötigen sollte.

Sofort nach seinem Eintreffen in Dublin mußte Robert weiter nach Curragh, um die Verlegung des Regiments nach Dundalk vorzubereiten. Er kam zur Hochzeit, blieb eine Nacht und fuhr am nächsten Morgen zurück. Das junge Paar machte ein paar Tage Flitterwochen in Blackrock und trat dann die Reise nach York an.

Louisa stand winkend am Quai in Kindstown und konnte Moira und Harris in der Menge an Bord des Dampfers kaum noch erkennen. Die Szene kam ihr so unwirklich vor wie eine schwindelerregende Fahrt im Karussell. Es herrschte tatsächlich eine Jahrmarktsstimmung; es war ein sonniger, warmer Nachmittag, und alle möglichen Menschen drängten sich am Quai – Zuschauer, Freunde und Verwandte, die ihren Lieben zum Abschied winkten. Louisa sah arme Frauen mit Schultertüchern und reiche mit modischen Hüten und Sonnenschirmen, kräftige Hafenarbeiter in eisenbeschlagenen Holzschuhen, Schiffsoffiziere in Uniform und vornehme Herren in Gehröcken und Zylindern. Die Leute waren aufgeregt und ließen ihren Gefühlen freien Lauf: Taschentücher wurden benutzt, um zu winken und um Tränen zu trocknen, und als die letzten Taue ins Wasser fielen, jubelte die Menge und klatschte Beifall. Das Schiff glitt langsam, ganz langsam auf das Wasser hinaus. Moira winkte hektisch, Harris lächelte, und ihre Gesichter wurden allmählich undeutlicher und undeutlicher, während das Schiff sich mehr und mehr in seiner ganzen Größe zeigte.

Als es sich der Hafenausfahrt näherte, begann sich die Menge zu verlaufen. Man sah traurige Gesichter und ausdruckslose Mienen. Der Quai war nur noch ein ganz gewöhnlicher gepflasterter Arbeitsplatz, und die ausgelassene Stimmung war wie ein Spuk verflogen.

Mit dem starken Gefühl eines Tiefpunkts kehrte die kleine Gruppe vom Fitzwilliam-Platz nach Hause zurück.

Die Babys weinten, Georgina war müde und den Tränen nahe, Letty machte sich um Charlotte Gedanken, und Louisa begriff erst in diesem

Moment, daß Moira nicht mehr da war. Keine lächelnde Moira würde sie mehr begrüßen, mit ihrer Fröhlichkeit die Tränen der Kinder versiegen lassen, und die Kleinen zum Tee in das Kinderzimmer bringen, lustige Geschichten aus der Küche berichten, über die Louisa mißbilligend die Augenbrauen heben konnte, kein Mensch mehr, mit dem sie kostbare Momente der süßen Erinnerung an zu Hause teilen konnte. Moira hatte geheiratet; sie gründete eine eigene Familie und besaß nun selbst ein Geschäft. Moira kehrte nach York zurück!

Sie kehrte zurück zu Louisas geliebtem Museumspark, zu den fallenden Blättern am Flußufer, den weißen Stadtmauern vor dem klaren blauen Himmel, zurück zu den Münsterglocken, den schiefen und alten Toreinfahrten, den engen, gewundenen Straßen und Gassen, dem Duft der Chrysanthemen an Weihnachten und der weißgelben Narzissenmeere im Frühling . . .

15

Robert war kaum in Dundalk, als Amelia ihn mit flehenden Briefen überschüttete. »Ich habe Dich seit über einem Monat nicht mehr gesehen«, schrieb sie, »und wenn Du nicht *sehr* bald etwas dagegen unternimmst, treibt mich die Verzweiflung wieder in Geralds Arme.«

Amelia formulierte immer witzig und unbeschwert; Robert antwortete zunächst im selben Stil. Er stöhnte über zuviel Arbeit, sprach vage von der kommenden Jagdsaison, denn dann würde er sich bestimmt vom Dienst freimachen können. Aber zwischen den Zeilen von Amelias drittem Brief entdeckte er einen unverkennbaren Ernst, der ihn alarmierte. Die Affäre würde nicht sang- und klanglos enden. Robert würde klar und deutlich einen Schlußstrich unter diese Beziehung setzen müssen, und diese Aussicht war alles andere als erfreulich.

Mitte November konnte er ihr nicht länger ausweichen. Amelia erschien unangekündigt an einem Freitagnachmittag, als er gerade nach Dublin aufbrechen wollte. Zur Beruhigung des Adjutanten und anderer neugieriger Ohren erzählte sie eine wunderbar einleuchtende Geschichte von Gerald und seinen geschäftlichen Verpflichtungen und der Gelegenheit zu einer gemeinsamen Fahrt nach Dublin. Robert war wütend.

»Bist du *verrückt*?« fluchte er, als sie draußen waren. »Das ganze Regiment wird über dich reden!«

»Das macht mir nicht das geringste aus, mein Schatz«, erwiderte sie und fügte hinzu: »Wenn der Berg nicht zu Mohammed kommt ...«

»Dieser Berg ist auf dem Weg nach Hause, Amelia. Und dort erwartet man ihn zum Abendessen.«

»Schick ein Telegramm. Sag ihnen, du bist verhindert. Ich habe eine Suite im Adelphi gebucht ...« Sie klopfte ihm nachdrücklich und verspielt auf den Arm. »Wir können dort essen.«

Robert blieb stehen und sah sie an. Er fragte sich, wie zu einem so zierlichen Körper ein so entschlossener, tollkühner Kopf gehören konnte. Er wäre zwar lieber geradewegs nach Dublin gefahren, aber dann dachte er, die Gelegenheit sei günstig, der Sache ein Ende zu machen. Amelia mußte ein für allemal begreifen, daß zuviel auf dem Spiel stand.

Beim Abendessen in der Suite plauderte Amelia geistreich und amüsant wie immer, ohne auf seine Wortkargheit besonders zu achten. Sie trank viel und stand dabei Robert mit keinem Glas nach, zeigte aber im Gegensatz zu ihm nicht die geringsten Anzeichen von Betrunkenheit. Sie ist Anfang Zwanzig, dachte er mit leichtem Widerwillen, und sollte unbedingt weniger trinken. Früher hatte ihre Unverfrorenheit ihn erregt. Amelia konnte reiten, fluchen, spielen und trinken wie ein Mann. Aber ihr Jungmädchengesicht und der zierliche Körper ließen sie dabei paradoxerweise so unschuldig wie ein Kind erscheinen. O ja, Amelia spielte das *enfant terrible* sehr gut. Aber eines Tages würde sie dafür bezahlen. Sie würde alt werden, und vielleicht hatte dann auch Gerald keinen Spaß mehr an dem kleinen Biest.

Robert wartete, bis die Kellner abgeräumt hatten, und suchte dann nach Worten und Sätzen, um das Unangenehme zur Sprache zu bringen. Alles, was ihm einfiel, klang abgedroschen und verlogen oder hatte wenig mit dem zu tun, was ihre Beziehung bislang auszeichnete, die er im wesentlichen für offen und ehrlich hielt.

Mit dieser Erkenntnis entschloß er sich zur unverblümten Wahrheit und sagte beim Kaffee: »Eine Wiederholung gibt es nicht.«

»Nein, Robbie, mein Schatz, bestimmt nicht. Du hast recht. Ich hätte mich nicht in die Höhle des Löwen wagen sollen, und ich verspreche dir, es gibt keine Wiederholung. Aber ich war verzweifelt, verstehst du. Ich habe es dir ja oft genug geschrieben.« Sie lächelte bezaubernd und hob begütigend die Hände. Dann zog sie eine Nadel aus den hochgesteckten Haaren und schüttelte anmutig die schwarze Flut der langen, dichten Locken. Im nächsten Augenblick saß sie auf seinem Schoß, fuhr mit den Fingern durch seine Haare und küßte ihm Hals, Ohren und Wangen.

Robert versuchte, auf die aufreizenden Spielchen nicht einzugehen, und wollte ernst bleiben, aber Amelia lachte nur und setzte sich über seinen Einspruch hinweg. Sie entkleidete ihn spielerisch so weit, daß es

albern schien, wenn er sich wieder angezogen hätte. Eine Zeitlang war das amüsant, aber nachdem sein Hemd bis zum Nabel offenstand, packte er ihr Handgelenk und hielt sie fest.
Als sie sich befreien wollte, sagte er sehr ernst: »Schluß jetzt! Und hör mir gut zu. Die Affäre ist zu Ende. Es muß sein. Wir zwei hatten viel Spaß miteinander, und bis jetzt ist niemand verletzt worden. Amelia, sei doch vernünftig und vergiß nicht, wir haben Glück gehabt. Aber noch so ein Zwischenfall wie heute, und wir stehen beide vor dem Scheidungsrichter. Dann wird Gerald mich als Mitbeklagten vor Gericht zitieren!«
»Unsinn!« erwiderte sie ausgelassen, »Gerald ist das alles gleichgültig.«
»Wirklich?« fragte Robert, »ich bin da nicht so sicher.«
»Aber ich. Und außerdem ist es mir ganz egal, was er denkt. Wäre ich wieder frei und ungebunden, könnte ich mich mit jedem treffen, und wie oft auch immer – oder?«
»Sei doch nicht kindisch. Die Demütigung einer Scheidung würde dir bestimmt nicht gefallen. Denk doch nur, mit welchem Vergnügen die Zeitungen in solchen Fällen alle Einzelheiten berichten«, erinnerte er sie sarkastisch, »und was würden deine Dienstboten denken?« fügte er hinzu.
Sie schüttelte trotzig den Kopf und schwieg. Robert ließ nicht locker. »Findest du nicht auch, es wäre klüger, die Sache zu beenden, solange es noch bei uns liegt? Jetzt können wir noch als die Freunde auseinandergehen, die wir immer gewesen sind.«
Wieder flüchtete sie in Schweigen. Dann ließ sie den Kopf wie ein getadeltes Kind hängen und verbarg das Gesicht hinter den dichten Haaren. »Du willst mich nicht mehr«, sagte sie plötzlich unerwartet kleinlaut, und nach einem kurzen fragenden Blick fragte sie: »Warum nicht?«
Robert verschlug es die Sprache bei dem plötzlichen Wechsel von der eiskalten, welterfahrenen Frau zum kleinen, verlorenen Mädchen. Er konnte nur noch den Kopf schütteln. Wenn die Stunde der Wahrheit gekommen war, dann jetzt. Aber plötzlich fiel es ihm schwer, sie zu verletzen. Sehr sanft, als sei es Georgina, schob er ihr die Haarmähne aus dem Gesicht. »Glaube mir, darum geht es nicht – ich kann mir solche Abenteuer einfach nicht mehr leisten. Vielleicht fürchtest du nicht, daß Gerald es erfährt, aber ich habe Louisa gegenüber eine Verantwor-

tung. Verstehst du, die dumme Frau liebt mich, und ich kann nicht ertragen, daß man sie verletzt. Das ist alles.«

»Und du liebst sie?«

»Natürlich. Habe ich je etwas anderes behauptet?«

»Warum bist du dann zu mir gekommen?«

Er unterdrückte ein trockenes Lächeln und sagte: »Du kennst die Antwort so gut wie ich.« Und nach einer kurzen Pause fügte er hinzu: »Es war die Langeweile – bei dir wie bei mir. Für uns beide war es eine angenehme Abwechslung.«

Amelia blickte lange auf die zarten braunen Handgelenke in seiner Hand, als denke sie über die unausgesprochenen Worte nach. Dann murmelte sie mit belegter Stimme: »Für mich war es mehr als das. Ich glaube, ich habe mich in dich verliebt.«

Robert sank das Herz. Einen Moment lang wollte er ihr glauben, aber dann stöhnte er innerlich über seine Leichtgläubigkeit. »Nein, das hast du nicht. Du hast dich blendend amüsiert, mein Mädchen, und jetzt möchtest du nicht nach Hause gehen. Das ist alles.«

Amelia bestritt das energisch. Dann begann sie, herzzerbrechend an seiner Brust zu weinen. Robert sah sie plötzlich so, wie sie wirklich war: ein verwöhntes undiszipliniertes Kind, das einen nachgiebigen Vater mit einem ebenso gutmütigen Ehemann vertauscht hatte. Dieser Mann war in Roberts Alter, also alt genug, um nicht tatenlos mit anzusehen, daß seine Frau sich wie eine Kurtisane benahm. Er hätte sie längst mit einer Tracht Prügel zur Vernunft bringen müssen, dachte Robert böse und hoffte, daß sie durch diese Erfahrung vielleicht ihre dringend nötige Lektion lernen würde.

Aber er brachte es nicht über sich, sie ihrem Kummer zu überlassen. Er drückte sie an sich und streichelte sie. Schließlich trug er sie ins Bett. Zum letzten Mal, schwor er sich, und schlief mit ihr auf ungewohnt zärtliche und sanfte Weise. Sie war anpassungsfähig und passiv. Das schien merkwürdig bei ihr. Robert mußte nicht mit ihr kämpfen und hatte auch nicht das Gefühl, sie wolle ihn mit Haut und Haaren verschlingen. Es war sehr schön, und als er sich hinterher entspannte, bereute er es kaum.

Als sein Kopf wieder klar wurde, fiel ihm noch etwas auf: Auch Amelia hatte sich zum ersten Mal gelockert, war wirklich befriedigt und wollte nicht mehr von ihm.

Louisa hörte ihn kurz nach ein Uhr morgens kommen, aber er ging sofort in sein Zimmer. Sie überlegte kurz, ob sie ihn rufen oder zu ihm gehen sollte, aber sie war müde und brachte es nicht über sich, das warme Bett zu verlassen.
Am nächsten Morgen äußerte er sich nur sehr unbestimmt über die Angelegenheit, die ihn in Dundalk aufgehalten hatte. Flüchtig glaubte sie, Robert habe sie belogen. Aber dann sprach Letty über die Situation in White Leigh, und Louisa vergaß die Angelegenheit. Die Woche endete trostlos. Es regnete und wurde tagsüber nicht richtig hell. Bei diesem Wetter wollte Robert nicht wie versprochen mit Georgina ausreiten. Ihn schien Charlotte zu beschäftigen, die nicht besonders gut mit der neuen Krankenpflegerin zurechtkam, wie die letzten Briefe berichteten. Und der kleine Bobby bekam Zähne. Alle waren gereizt und nervös. Zum ersten Mal seit Monaten war Louisa erleichtert, als Robert am Montagmorgen das Haus wieder verließ.
Als sie etwas später ins Unterrichtszimmer kam, saß Georgina in Tränen aufgelöst am Fenster.
»Was ist denn los, mein Schatz?« fragte sie, legte Georgina den Arm um die schmalen Schultern und ging mit ihr in die Wärme vor dem offenen Kamin. »Warum die Tränen?«
Georgina war für ihre acht Jahre groß und hatte lange Beine. Sie setzte sich dankbar auf Louisas Schoß und drückte sich trostsuchend an ihre Brust. »Papi ist schrecklich«, schluchzte sie, »und ich liebe ihn nicht mehr.«
»O je, aber warum denn das?«
»Er liebt mich nicht!« rief sie empört, und von neuem liefen ihr Tränen über die Wangen.
»Aber mein Schatz, natürlich liebt er dich! Du bist sein Augenstern, Liebes, bestimmt.«
»Nein, das bin ich nicht. Er hatte *versprochen*, mit mir auszureiten. 'Ouisa, ich schwöre es: Er hatte es mir versprochen! Und ich habe es Dinky versprochen, und dann ist er *nicht* mit mir ausgeritten–« Sie schluchzte wieder herzzerreißend. »Und er hat gesagt, ich bin frech, weil ich ihn daran erinnert habe!«
»Weißt du, es hat so schrecklich geregnet – das war wirklich kein Wetter zum Ausreiten. Du hättest dir eine schwere Erkältung holen können.«

»Stimmt nicht«, widersprach Georgina, »und Papi reitet auch bei Regen aus. Er geht aus dem Haus, wann er will – das ist *gemein.*«
»O mein Schatz«, sagte Louisa seufzend, »im Leben ist vieles nicht so, wie es sein sollte, soviel … Wir müssen eben lernen, uns damit abzufinden.«
»Aber er hat es mir *versprochen*«, erwiderte sie empört und sah Louisa an. »Das hätte er nicht tun dürfen, oder? Er hat gelogen, oder? Und das ist *nicht* richtig.«
Louisa seufzte noch einmal. Die klare Schwarz-Weiß-Sicht des Kindes brachte etwas in ihr zum Klingen, und ohne genau zu wissen warum, fühlte sie sich plötzlich unbehaglich. Vielleicht bedrücken mich meine Kompromisse, dachte sie, denn wenn alles gut geht, kann ich die Situation gerade noch im Gleichgewicht halten.
»Ja, es ist nicht richtig«, stimmte sie Georgina zu, »er hätte es dir nicht versprechen dürfen. Aber manchmal«, fügte sie bedrückt hinzu, »versprechen wir etwas im guten Glauben, und dann geschieht etwas anderes, das uns daran hindert, das Versprechen zu halten. Es ist wie mit dem Wetter – auch auf das Wetter haben wir keinen Einfluß.«
»Trotzdem ist es gemein«, sagte Georgina, aber es klang schon nicht mehr so verbittert. Louisa nahm ihre Hand und ging mit ihr in das Kinderzimmer. Und der kleine Liam mit seinem munteren Babyplappern vertrieb bald Georginas Verdruß.
Louisa schrieb nachmittags Edward einen Brief; sie gestand ihm eine gewisse Bedrücktheit: »Das hat bestimmt das Wetter ausgelöst«, und sie berichtete auch von der erneuten Sorge um Roberts Frau.
»Letty und William – natürlich auch Anne! – sind der Meinung, man müsse sie in eine geschlossene Anstalt geben, aber Robert will wie immer nichts davon hören. Er hat Charlotte jedoch nicht besucht, sondern Letty, und sie macht sich große Sorgen. Die neue Pflegerin – die zweite seit Mrs. Hanrahans Tod – ist der Aufgabe offenbar besser gewachsen, aber weit weniger umgänglich. Deshalb droht jetzt Mary, das Dienstmädchen, zu kündigen. Charlotte hat wieder eine gewalttätige Phase, und so ist das Leben für alle dort sehr schwierig. Die Probleme reißen nicht ab, und mir scheint, man wird nicht umhinkönnen, Charlotte auf Dauer in fachkundige Obhut zu geben. Leider hat Robert vorgefaßte Meinungen von Heimen und den Grausamkeiten dort, und er neigt sehr zu Sentimentalität, was seinen Blick manchmal trübt.

Nun ja«, schrieb sie weiter, »ich sollte Dich nicht mit all diesen Problemen belasten, Edward...«
Als sie etwas später den Brief noch einmal durchlas, stockte sie bei diesem Satz. In letzter Zeit schien sie ihn mehr und mehr über die alltäglichen Sorgen im Hause Duncannon zu informieren. Anfangs hatte sie versucht, genau das zu vermeiden und ihm Orte geschildert, die sie besucht hatte oder ihre Eindrücke von der irischen Hauptstadt. Durch die Kinder fand ihre Korrespondenz zunächst ein Ende, und vermutlich weil es danach außer ihrem Alltag wenig gab, worüber sie schreiben konnte, waren Louisas Briefe sehr viel persönlicher geworden.
Sie besaß noch den ersten Brief, den er im Frühjahr nach Bobbys Geburt geschrieben hatte, und wurde immer noch geradezu lächerlich gefühlvoll, wenn sie die Anfangssätze las: »Verzeih«, hatte Edward geschrieben, »daß ich zornig und verletzt bin. Von Anfang an hatte ich das Gefühl, ich sehe zu, wie meine beste, geliebteste Freundin ihren Hals in die Schlinge legt, und bei der Nachricht von Deiner Schwangerschaft wußte ich, daß die Schlinge jetzt unweigerlich zugezogen wird. Ich wollte mir das nicht eingestehen, habe einfach die Augen zugemacht und mir eingeredet, es sei zu spät. Jetzt erkenne ich, wie sehr ich Dich damit verletzt habe – aber trotz allem hast Du und brauchst Du Deine Familie, auch wenn eine Verbindung über die Entfernung hinweg schwierig ist und sich auf die dürftigen geschriebenen Worte beschränken muß. Ich bitte deshalb um Dein Verständnis und bete darum, daß unser Briefwechsel wieder in Gang kommt.«
Das war geschehen. Und durch diese Briefe kam es zu einem anderen Paradox in ihrem Leben. Louisa wußte, man hatte ihr vergeben, und so wurde das Leben wieder erträglich. Aber mit der Zeit gaben seine Briefe ihrem latenten Heimweh, das sich immer deutlicher bemerkbar machte und so schmerzlich an die Oberfläche gedrungen war, als Robert einen Urlaub in York vorschlug, neue Nahrung.
Ihre Mutter äußerte immer wieder den Wunsch, die kleinen Enkelkinder zu sehen. Auch das verfehlte seine Wirkung nicht. Louisa sehnte sich danach, daß ihre Mutter die Kinder kennenlernte, und doch fürchtete sie sich davor, mit ihnen nach York zu reisen. Sie hatte zwar ihre Mutter nach Dublin eingeladen, aber Mary Elliott lehnte diese Reise entschieden ab.
»Ich bin noch nie in meinem Leben über das Meer gefahren«, schrieb

sie, »und inzwischen bin ich zu alt, um damit anzufangen.« Solche Äußerungen ließen Louisa an die Zukunft denken. Sie sah ihre hilflose, gebrechliche Mutter, die in Einsamkeit alt und immer kränker wurde, während ihre Kinder inzwischen ein anderes Leben führten.

»Das ist doch lächerlich«, machte ihr Letty klar. »Mary Elliott hat Bessie, und sowohl Emily als auch Blanche wohnen in ihrer Nähe.« Louisa setzte in dieser Hinsicht aber keine großen Hoffnungen auf ihre Schwestern. Sie hatte Gewissensbisse, denn sie glaubte, sie werde ihre Mutter nie wiedersehen und darunter später sehr leiden.

Louisa stand im Kinderzimmer am Fenster. Wind und Regen schlugen gegen die Scheiben. Sie blickte auf den Platz hinaus und sah die kahlen Bäume und vereinzelte nasse Blätter über die Erde wirbeln. Wie idyllisch erschien ihr jetzt die Zeit, als sie noch in der Wohnung am Fluß gelebt hatte. Dort konnte sie ihre Familie jederzeit erreichen, und Robert war in Strensall, nur fünf Meilen entfernt. Auch damals arbeitete er lange und viel, aber das machte sich nicht so bemerkbar wie jetzt. Alles war natürlich dichter beisammen, während Curragh dreißig Meilen entfernt lag. Damals war er in jeder freien Minute zu ihr geeilt – jetzt hatte er scheinbar kaum noch Zeit. Das gesellschaftliche Leben in Dundalk mußte im Vergleich zu Dublin sehr provinziell sein. Aber es gab natürlich immer einen guten Grund, dachte Louisa, dem Regiment zuliebe die eine oder andere Einladung anzunehmen. Im Dezember verließen die Füchse mit ihren Jungen den Bau, und die Meute würde über das weite Land von Meath stürmen und sie jagen wie die Soldaten die rothaarigen Rebellen.

»Vielleicht hätte ich reiten lernen sollen«, sagte Louisa zu Liam, »und mich für die Jagd interessieren müssen.« Aber der Kleine beschäftigte sich vergnügt damit, Buchstabenholzklötze aufeinander zu schlagen. Selbst wenn er gewollt hätte, eine Antwort hätte er ihr nicht geben können. Mit einem kehligen Lachen streckte er seiner Mutter einen Würfel entgegen und dann noch zwei. Pflichtschuldigst legte Louisa sie übereinander, und Liam brachte den kleinen Turm jauchzend wieder zum Einsturz.

Der Dienstplan im Dezember sah vor, daß Robert die Weihnachtstage in Strensall verbringen würde. Das war Pech, aber Robert erklärte Louisa, er habe in den letzten drei Jahren keinen Dienst während der

Feiertage gehabt und könne sich nicht mit gutem Gewissen beschweren. Ihr tat es leid wegen der Kinder. Sie wußte, ohne ihn würde das Weihnachtsfest nicht dasselbe sein. Eine erstaunliche Gelassenheit bewirkte bei Louisa, daß sie nicht zu enttäuscht war. Sie gewöhnte sich an diese Dinge. Roberts Abwesenheit war inzwischen so selbstverständlich geworden, daß sie sich fragte, was wohl geschehen würde, wenn sie plötzlich eine längere Zeit zusammen wären. Der eintönige Alltag ging weiter. Der wöchentliche Gang in die Slums bedeutete kaum noch eine Abwechslung. Die erbärmlichen Behausungen in den engen Gassen waren inzwischen vertraut und konnten Louisa nicht mehr daran erinnern, wieviel besser es ihr ging. Außerdem spürte sie, daß nur die Freundschaft mit Dr. Molloy verhinderte, daß die anderen Helferinnen sie noch offener brüskierten. Die kleine Mannschaft verehrte den Arzt sehr, und auch Letty stand in hohem Ansehen; deshalb wagte niemand, Louisa mehr als eine gewisse Kühle spüren zu lassen. Trotzdem war die Verachtung unübersehbar, und Louisa litt darunter. Aber sie wollte sich nicht verdrängen lassen und gab nicht auf.
Samstage und Sonntage waren früher Feiertage gewesen, auf die man sich freuen konnte. Jetzt bedeuteten sie eine neue Art Konflikt für ihre zerrissene Seele. Roberts diskrete Nachforschungen hatten sich als erfolgreich erwiesen. Louisa besaß zwar jetzt ein neues, keineswegs hübscheres Gerät, aber das entschärfte die Lage nur wenig. Beim Anblick des sehr dubios wirkenden Arztes aus der Sackville-Straße hatte sie eine Gänsehaut bekommen. Louisa konnte sich des Eindrucks nicht erwehren, daß dieser Mann die Bordelle in der Nachbarschaft ebenso mit seiner Erfindung belieferte wie Damen, die noch etwas dazulernen wollten. Diese Vorstellung führte dazu, daß das kleine, unverwüstliche Ding aus Draht und Gummi die Sünde an sich bedeutete. Louisa wurde das Gefühl nicht los, daß sie etwas Falsches tat. Alles in ihrem Leben war falsch, und es hatte mit diesem elementaren Akt zu tun.
Robert spürte, daß etwas nicht stimmte, und versuchte erfolglos, der Sache auf den Grund zu gehen. Aber als ihm das während eines kurzen Urlaubs Mitte Dezember nicht gelungen war, fuhr er am siebzehnten nach Dundalk zurück. Er sagte, er werde am Ende der nächsten Woche noch einmal kommen, aber dann erst wieder an Silvester.
»Dann feiern wir«, versprach er aufmunternd, küßte Louisa auf die Wange und verließ das Haus.

Zwei Tage später ging Letty mit Georgina in die Stadt. Louisa dachte, das sei eine gute Gelegenheit, die Weihnachtsgeschenke der Kinder einzupacken. Sie brachte die Geschenke, Geschenkpapier, Siegelwachs und Bänder hinunter zum Tisch im Eßzimmer und wollte gerade mit dem Einpacken beginnen, als es an der Haustür läutete. Es war die richtige Zeit für Nachmittagsbesuche, aber abgesehen von Dr. Molloy oder einer der freundlicheren Damen aus der Gruppe der Helferinnen bekam Letty wenig Besuch. Louisa seufzte ärgerlich, als McMahon öffnete, und lauschte auf die Stimmen. Undeutlich hörte sie, daß der Besucher ein Mann war, und dachte, es sei der Arzt. Sie lief bereits zur Tür, als McMahon eintrat. Mit eisiger Förmlichkeit, die höchste Mißbilligung verriet, verkündete der Butler, Mr. Gerald Loy wünsche sie zu sprechen.

Louisa wollte widerwillig im ersten Moment sagen, sie sei nicht zu Hause, aber dann wurde sie doch neugierig und dachte angstvoll, es sei vielleicht ein Unglück geschehen. Gerald hatte seit mehr als einem Jahr das Haus nicht betreten und war nie tagsüber erschienen. Vielleicht hatte ihn das Regiment beauftragt, eine schreckliche Nachricht zu überbringen, da man wußte, daß er Roberts Vetter war – ein Reitunfall, Unruhen in den Straßen, Robert das Opfer einer verirrten Kugel der Rebellen . . .

»Vielleicht sollte ich doch mit ihm sprechen«, sagte sie, und ihre Stimme zitterte unüberhörbar, »führen Sie ihn bitte in das Wohnzimmer.«

Louisa wartete einen Augenblick, faltete die zitternden Hände und wünschte, Letty wäre im Haus. Ihr wurde abwechselnd kalt und heiß, aber sie ging entschlossen durch die Halle an dem noch ungeschmückten Weihnachtsbaum vorbei in das Wohnzimmer. Gerald stand vor einem der großen Fenster und blickte auf den kahlen, regennassen Garten. Sein Gesicht wirkte ebenso frostig, und das verstärkte Louisas Ängste.

Sie verzichtete auf konventionelle Höflichkeiten und sagte einfach: »Sag mir bitte gleich, weshalb du gekommen bist. Und wenn es um Robert geht, sag mir, was ist geschehen.«

Seine blaßgrauen Augen schienen sie eine Ewigkeit aufmerksam und forschend zu mustern, und dann lachte er wider Erwarten. Das Lachen klang nicht angenehm, aber er schien sich über etwas zu amüsieren, was Louisa nicht verstand. »Es *geht* um Robert, aber entschuldige bitte, es ist nicht *ganz* die Tragödie, die du zu befürchten scheinst.« Wieder verzog er das Gesicht zu einem zynischen Lächeln. »Es ist eine Tragödie, aber leider geht es nicht um Leben und Tod.«

»Was willst du damit sagen?« Aus der beabsichtigten energischen Frage wurde ein Flüstern. Sie zitterte nicht mehr vor Spannung, sondern spürte eine plötzliche Schwäche. Langsam setzte sie sich in einen Sessel, ohne Gerald aus den Augen zu lassen und versuchte, in seinem Gesicht und in seinen Gesten zu lesen. Als auch er Platz genommen hatte, wich seine stolze Überheblichkeit kläglichem Selbstmitleid.

»Er hat mir meine Frau genommen«, erklärte Gerald tonlos.

»Deine Frau genommen? Wie genommen?« fragte sie verständnislos, »was meinst du damit?«

»*Genommen*«, wiederholte er in plötzlichem Zorn, »er hat sie mir weggenommen. Er hat mit ihr geschlafen, er war mit ihr im Bett, wie man es auch ausdrücken will. Und dabei ist dieser Hurensohn mein Vetter!«

Louisa hätte am liebsten aufgeschrien. Sie wollte ihm auf den Kopf zusagen, daß er log, aber alles in ihr – Instinkt, Argwohn, Ahnungen – bestätigte: Es ist die Wahrheit.

»Ich hatte schon lange den Verdacht«, sprach Gerald etwas ruhiger weiter, »aber ich konnte es nicht beweisen. Ich wollte mich der Wahrheit nicht stellen. Verstehst du, ich liebe sie, diese Schlange – weiß Gott warum, aber ich liebe sie. Amelia glaubt, ich habe sie nur geheiratet, weil sie reich ist. Aber das stimmt nicht! Leider glaubt sie mir nicht, und ich kann sie nicht überzeugen. Ich habe mich in die Arbeit gestürzt– eigentlich nur, um ihr zu beweisen, daß ich ihr Geld nicht brauche –, sie findet das langweilig. Amelia glaubt, weil ich nicht Tag und Nacht mit ihr zusammen bin, liebe ich sie nicht. Aber das stimmt nicht. Und je mehr Mühe ich mir gebe, desto weniger Erfolg habe ich...«

Seine Worte klangen kindisch und flehend. Louisa hätte ihn am liebsten umgebracht und diese miese, kriecherische, unwürdige Kreatur ausgelöscht. Er wollte Mitleid wecken, aber das hatte sie für ihn nicht. Wäre er stark, klug und weniger auf sexuelle Abenteuer aus gewesen, hätte sie ihn vielleicht bedauern können. Aber durch seine Schwäche war Amelia Loy anderen Versuchungen ausgesetzt. Und wenn Robert

sie hatte verführen wollen, dann gab es für sie bestimmt kein Zögern . . .
»Ich habe ihr alles gegeben«, jammerte er, »ich habe ihr nichts abgeschlagen und jetzt.«
»Und jetzt hat sie genug von dir«, unterbrach ihn Louisa schneidend. »Mich überrascht das nicht. Also erspare mir gefälligst dein blutendes Herz. Ich möchte wissen, wie du darauf kommst, daß Robert etwas damit zu tun hat.«
»Oh, ich weiß es genau, Louisa. Ich weiß es, denn Amelia hat es mir gesagt.«
»Was hat sie dir gesagt?«
»Sie will sich scheiden lassen.«
»Sie will eine *Scheidung*?« Louisa mußte plötzlich lachen und schüttelte fassungslos den Kopf. »Wozu? Will sie Robert heiraten?« Sie lachte noch einmal, und es klang beinahe hysterisch. »Bist du verrückt? Hat sie denn völlig den Verstand verloren? Er ist unwiderruflich verheiratet, Gerald – das weißt du auch! Mein Gott, was erhofft sie sich von einer Scheidung? Sie kann *ihn* nicht heiraten!«
»Sie will ihre Freiheit. Sie sagt, sie liebt ihn, und er sei der einzige Mann, der . . .«, nach einer Pause beendete er den Satz tonlos, »der sie glücklich gemacht hat.«
Louisa wurde es plötzlich übel. »Und was sagt Robert dazu?« fragte sie. »Hat jemand versucht, ihn danach zu fragen, was er von dieser wundervollen Idee hält?«
»Ich hatte noch nicht die Möglichkeit, mit ihm zu sprechen . . .«
»Was willst du bei mir?« fragte sie bitter, »was willst du erreichen, indem du *mir* dies alles berichtest?«
»Ich dachte . . . vielleicht kannst du –«, er zögerte unsicher, denn er schien sich vor ihr zu fürchten, »ihn dazu überreden, auf sie zu verzichten.«
»Was? Ich?« Sie sah ihn lange an und starrte durch ihn hindurch. Gerald Loy senkte verlegen den Kopf. »Ich bezweifle sehr, daß ich in der Lage bin, deinen Vetter zu irgend etwas zu bewegen«, sagte sie schließlich, »und offen gesagt, ich sehe auch keinen Grund, weshalb ich es versuchen sollte. Meiner Meinung nach passen die beiden gut zusammen. Ich gönne sie ihm, Gerald, und ihm gönne ich sie.«
»Das ist doch nicht dein Ernst!«

»O doch«, erwiderte Louisa und zog heftig an dem Klingelzug. »Außerdem habe ich nicht die Absicht, dir diese Arbeit abzunehmen. Sprich mit Robert, fordere ihn zum Duell, tu etwas, sorge für Schlagzeilen. Mir ist es völlig gleichgültig.«

Als der Butler erschien, verabschiedete sie sich kühl und verließ mit zornigem Schwung des weiten Rocks den Raum.

16

Louisa ging ins Eßzimmer zurück und packte die Geschenke ein, als sei die letzte halbe Stunde nur eine ganz gewöhnliche Unterbrechung gewesen. Die Geschenke erforderten nur wenig von ihrer Konzentration, und Gerald, Robert und Amelia Loy nicht viel mehr. Der größte Teil ihres Bewußtseins dachte nichts, sondern war von dem Schock wie gelähmt.

Während Louisa sich ihrer Aufgabe widmete, fühlte sie sich ganz ruhig, und das überraschte sie auf eine nüchterne Weise. Ebenso überrascht stellte sie fest, daß etwas fehlte. Zuerst wußte sie nicht, was. Als sie die letzte Schachtel und das letzte Band fertig hatte, wurde ihr langsam klar, daß die Verwirrung von ihr abgefallen war: Alles war plötzlich sonnenklar! Die Spannung war gewichen, denn der Großmast war schließlich gebrochen. Der heftige Wind blies sie jetzt nur noch in eine Richtung. Die Felsenküste war vergessen.

Während sie oben war, kamen Letty und Georgina zurück. Die Kleine stürmte sofort in das Kinderzimmer. Als sie Louisa dort nicht fand, klopfte sie, ganz erfüllt von ihren Geheimnissen und der Aufregung über die Einkäufe an die Schlafzimmertür. Bei ihrem Anblick wurde Louisa unsicher. Die durch den Schock ausgelöste Entschlossenheit geriet ins Wanken, als ihr bewußt wurde, daß sie von Roberts Tochter Abschied nehmen mußte – und von seiner Schwester, ihrer besten Freundin.

Louisa zitterte, als sie zum Tee ins Wohnzimmer kam. Draußen war es bereits dunkel; die Vorhänge waren geschlossen, die Lampen leuchteten hell und freundlich, und das Feuer brannte knisternd im Kamin. Das Zimmer glich kaum noch dem Raum, in dem sie vor ein paar Stunden mit Gerald Loy gesprochen hatte. Auf einem Silbertablett schimmerte das Teegeschirr, und auf einem Teller neben dem Kamin stand ofenwarmes Gebäck. Letty strahlte und berichtete sofort von ihrem Nachmittag, dem Gedränge und Menschengewühl in der Grafton-Straße; sie erwähnte kopfschüttelnd die absurd hohen Preise und erzählte lachend, wie schwer es gewesen sei, Georgina von Geschenken zu überzeugen, die ihrem Taschengeld angemessen waren.

Als sie Louisa eine Tasse Tee reichte, bemerkte sie die zitternde Hand und das aschgraue Gesicht. Besorgt fragte sie: »Mein Gott, Louisa, du siehst ja schrecklich aus. Was ist denn geschehen?«

»Letty, hättest du etwas dagegen, wenn ich nach Hause fahre?«

»Aber natürlich. Du weißt doch, wie sehr du mir fehlst. Aber wenn du es für richtig hältst – nun ja, ich würde dich natürlich nie daran hindern.« Sie dachte einen Augenblick nach und sagte dann: »Wir haben schon öfter darüber gesprochen. Aber es muß etwas geschehen sein, nicht wahr? Willst du es mir nicht sagen?«

»Gerald Loy ist heute nachmittag hier gewesen.« Diese nackte Feststellung besagte noch wenig, aber Louisa konnte einfach nicht weitersprechen. Sie trank einen Schluck Tee und umschloß dabei die Tasse mit beiden Händen, als brauche sie die Wärme in den Fingern, die nach dem Schock immer noch eiskalt waren.

Letty bewies eine Geduld, die ganz im Gegensatz zu ihren Gefühlen stand. Aber sie wartete, bis Louisa die Geschichte langsam und stokkend erzählte. Dann stand sie wortlos auf, setzte sich neben Louisa auf das Sofa und drückte sie fest an sich wie ein Kind. Letty war weniger schockiert als überrascht. Sie stöhnte und schimpfte über die Torheit ihres Bruders.

Als ihr Zorn sich etwas gelegt hatte, meldete sich wieder ihr Verstand. »Nun ja«, sagte sie immer noch wütend, »wir wissen das alles nur von Gerald, und er beruft sich auf Amelia. Sie ist so ein widerliches Biest, Louisa. Ich würde ihr zutrauen, daß sie die ganze Sache einfach erfunden hat.«

»Gerald behauptet, er habe schon lange den Verdacht gehabt«, flüsterte Louisa, »und um die Wahrheit zu sagen, im Sommer ging es mir ähnlich. Aber Robert hat es *bestritten*, und ich habe ihm geglaubt!«

»*Vielleicht* hat er die Wahrheit gesagt. Amelia versucht möglicherweise nur, Gerald unter Druck zu setzen. Wir sollten nicht sofort den Stab über Robert brechen und ihn direkt fragen.«

»Für mich besteht kein Zweifel mehr«, sagte Louisa mit einem tiefen, schweren Seufzen. »Ich habe genug, Letty. Ich kann dieses Leben nicht länger ertragen. Das ist nichts für mich.«

»Es sieht dir nicht ähnlich, kampflos das Feld zu räumen.«

Mit dem Anflug eines Lächelns erwiderte Louisa: »Meinst du? So wie ich es sehe, gibt es nichts mehr, wofür es sich lohnen würde zu kämpfen.«

»Willst du Robert nicht die Möglichkeit geben, sich zu verteidigen?«

»Er hat mich belogen, Letty. Wenn er mich einmal belügt, kann er mich auch wieder belügen. Ich möchte ihn nie wieder sehen.«

Vor dem Abendessen ging Louisa nach oben, um zu packen. Letty telegrafierte ihrem Bruder und forderte ihn auf, wenn möglich auf der Stelle und mit dem nächsten Zug zu kommen; Gerald Loy sei dagewesen, und Louisa fahre nach York zurück.

Als Robert zwei Stunden später in der Messe saß, nahm er stirnrunzelnd das Telegramm in Empfang. Er las die Nachricht und spürte, wie ihm das Blut aus dem Kopf wich. Er schwankte und klammerte sich benommen an die Stuhllehne. Jemand fragte, ob er eine schlechte Nachricht erhalten habe. Robert nickte und erklärte, er müsse sofort nach Dublin zurück. Nach zwei großen Brandys fühlte er sich etwas besser. Er sagte besorgt, daß in den nächsten zwei Tagen der Dienst umverteilt wurde, informierte kurz den Adjutanten und fuhr zum Bahnhof.

In der Amiens-Straße nahm er eine Droschke und erschien kurz vor Mitternacht im Haus. Letty stand in seinem Arbeitszimmer am Fenster und wartete auf ihn. Sie ließ Robert ins Haus und reichte ihm einen Drink. Nach wenigen Sekunden hatte sie seine Maske unschuldigen Erschreckens durchschaut und im nächsten Moment abgerissen. Robert mußte sich mit klopfendem Herzen eingestehen, daß er in der Falle saß.

»Hüte dich vor dem Haß einer Frau«, murmelte er kopfschüttelnd. »Wie seltsam, daß Sprichworte immer recht haben. Ich hätte daran denken sollen, Letty, nicht wahr?«

»Du bist ein Dummkopf, Robert. Wie konntest du dich überhaupt mit ihr einlassen?«

»Du hast recht«, sagte er, »ich hätte vernünftiger sein müssen. Aber es ist geschehen – Leugnen hilft nichts –, und Madame Loy will ihre Rache haben, wie mir scheint. Ich glaube keine Sekunde, daß Gerald sich von ihr scheiden läßt, und er wird ihr keinen Grund geben, daß sie sich scheiden lassen kann. Er wäre ein Idiot, wenn er das täte.«

»Es sieht so aus, als wollte er Louisa überreden, *dich* zu überreden, auf Amelia zu verzichten.«
»Ein Punkt für ihn!« rief Robert sarkastisch. »Er hat sein Ziel endlich erreicht, denn genau das wollte er schon vor – Monaten, nun ja Wochen...«, gestand er mit verschämtem Grinsen, »wenn wir genau sein wollen. Wenn dieser Dummkopf doch wenigstens zuerst zu mir gekommen wäre. Dann hätte sich alles noch vermeiden lassen...«
Letty lachte verächtlich und zündete sich eine Zigarette an. »Aber das war noch nie Geralds Art. Unser Gerald ist ein kleiner, feiger Intrigant, wenn ich mich recht erinnere. Er hat keinen Mumm, zumindest dann nicht, wenn es gilt.«
Vom Brandy aufgekratzt lachte Robert. »O Letty, du bist wirklich ungeheuer scharfsinnig!«
»Nicht wahr? Und ich sage dir, Robert, du gehst jetzt mit einer verdammt guten Erklärung die Treppe hinauf, denn sonst ist Louisa morgen nicht mehr da, und sie nimmt die Kinder mit, vergiß das nicht!«
Robert leerte das Glas und ging zur Tür. Er blieb noch einmal kurz stehen. »Sag mal, würdest du mir verzeihen? Ich meine, du an Louisas Stelle?«
»Tja, das ist der entscheidende Punkt«, sagte sie traurig, »ich weiß es wirklich nicht.«
Robert erwartete, Louisa sei zu Bett gegangen. Vielleicht würde sie nicht schlafen, sondern niedergeschmettert von den Ereignissen des Nachmittags wach liegen und weinen. Robert stellte sich vor, er werde sie trösten, ihr erzählen, wie es dazu kommen konnte und warum. Dann wollte er sie um Verzeihung bitten und ihr einen neuen Anfang versprechen. Er wollte alles tun, um die Dinge zwischen ihnen wieder zu bereinigen.
Als erstes sah er jedoch einen Schrankkoffer mit Kindersachen und Spielzeug in der offenen Tür ihres Zimmers. Louisa stand in Nachthemd und Morgenmantel vor einer Kommode und beugte sich über eine Schublade. Auch andere Schubladen waren herausgezogen, und der Inhalt lag zusammengefaltet auf einem Stuhl.
Louisa mußte gehört haben, daß er hereinkam, aber sie drehte sich nicht um. Sie reagierte auch nicht, als Robert erklärte, Letty habe ihn gerufen.
Er schloß die Tür hinter sich. Unsicher blieb er ein oder zwei Minuten

ruhig stehen und beobachtete sie. Dann sagte er wieder etwas. Sie gab keine Antwort. Er warf ihr vor, kindisch zu sein. Auch das half nichts. Robert fürchtete, die Geduld zu verlieren und setzte sich. Er wollte seinen Teil sagen und erklären, was erklärt werden mußte, mochte sie ihm zuhören oder nicht.

Da ihm nichts anderes übrigblieb, als ehrlich zu sein, begann er mit dem Abend in Dalkey. Er erklärte ihr den Grund für seine Lüge. Er sagte, er habe sich alles in allem vielleicht ein dutzendmal mit Amelia getroffen. Er habe das bedauert, noch ehe ihm Louisa die entscheidende Frage gestellt hatte. Robert berichtete alles – auch Amelias unerwartetes Auftauchen in Dundalk.

»Ich habe ihr gesagt, es sei vorbei. Und ich habe ihr auch gesagt, warum. Ich wollte meiner Entscheidung Nachdruck verleihen und habe ihr zu meinem tiefsten Bedauern erklärt, wir dürften uns nicht wieder treffen, damit Gerald nichts von der Sache erfahre, sonst werde er sich vielleicht scheiden lassen. Darüber haben wir in aller Ausführlichkeit gesprochen. Ich bin sicher«, fügte er hinzu, »dieses Gespräch hat ihr die Idee in den Kopf gesetzt. Sie wollte noch eine Begegnung, aber das habe ich rundweg abgelehnt. In der letzten Woche hat sie mir noch einmal geschrieben. Ich habe geantwortet und ihr in aller Klarheit gesagt, sie soll mich in Ruhe lassen.

Ich kann mir nur vorstellen, daß sie das alles eingefädelt hat, um sich zu rächen. Sie will dich und mich auseinanderbringen nach dem Grundsatz, wenn *sie* mich nicht haben kann, dann sollst du mich auch nicht haben. Wenn du fährst, Louisa«, sagte er zu ihrem unbeweglichen Rücken, »verhilfst du ihr zum Sieg. Genau das will sie. Aber es ist alles nur Täuschung: Ich bin sicher, sie läßt sich nicht von Gerald scheiden, und auch er wird sich nicht scheiden lassen.«

»Robert, das ist mir alles gleichgültig. Sie kann meinetwegen tun und lassen, was sie will. Ich habe meine Überfahrt gebucht, und ich habe mich bereits von allen verabschiedet«, fügte sie leise hinzu, »morgen liegt das alles hinter mir. Ich gehe nach Hause zu einem vernünftigen und natürlichen Leben zurück. Und ich komme nicht wieder.«

»Das kann nicht dein Ernst sein! Du gönnst einer Amelia Loy diesen Sieg?«

»Es hat sehr wenig mit Amelia Loy zu tun!« erklärte Louisa. »Du sprichst von Ehrlichkeit, Robert – und lügst im selben Atemzug.«

»Ich wollte dich nicht verletzen!«

»Trotzdem ist es dir gelungen. Nun ja, ich möchte nicht darüber sprechen. Bitte geh, ich möchte weiter packen.«

»Nein, das werde ich verdammt noch mal nicht!« Er atmete heftig und bemühte sich sehr, die Beherrschung nicht zu verlieren. Er wollte ihr sagen, wie sehr er sie liebte, nur sie und keine andere Frau. Er wollte ihr sagen, wie wichtig sie für ihn war, so wichtig, daß er sie nicht kampflos gehen lassen würde.

»Hör zu, das kannst du nicht tun. Du kannst nicht einfach *gehen*, ohne mich anzuhören. Ich *brauche* dich, Louisa.«

»Ja, das habe ich gemerkt«, sagte sie tonlos, legte ein einfaches graues Kleid zusammen und ging damit zu dem offenen Schrankkoffer.

»Bedeutet dir denn unser gemeinsames Leben nichts?« fragte er und packte sie am Arm, als sie an ihm vorüberkam. »Die Kinder? Das Haus hier? Letty und Georgina?«

»Das könnte ich ebenso gut dich fragen!« erwiderte sie heftig und sah ihn zum ersten Mal an. Sie riß sich los und ging zum Kleiderschrank. Aber sie zitterte, und er sah, daß er ihre kalte Unversöhnlichkeit erschüttert hatte.

Irgendwie hoffte er, körperlicher Kontakt könne vermitteln, was Worte nicht vermochten und setzte auf diesen winzigen Vorteil. Er machte einen Schritt auf sie zu, und als sie sich umdrehte, legte er ihr die Hand auf die Schulter. »Ich liebe dich«, flüsterte er mit belegter Stimme, »und ich lasse dich so nicht gehen.« Aber als seine Lippen ihren Mund berührten, stieß ihn Louisa mit der ganzen Kraft ihres zornigen Widerwillens von sich. Darauf war er nicht gefaßt. Er verlor das Gleichgewicht, schwankte rückwärts, stieß gegen die Bettkante und fiel so ungeschickt quer über das Bett, daß er sich die Schulter an dem geschnitzten Fußteil verletzte.

Wut packte ihn, als er sah, wie sich Louisa angeekelt über den Mund fuhr. Er sprang auf und schlug ihr mit aller Kraft ins Gesicht.

Der laut hallende Schlag entsetzte ihn. Das Echo schien nicht mehr aufzuhören, als sie ohnmächtig zu Boden sank. Der weiße Abdruck seiner Hand färbte sich vor seinen Augen rot, während ihm die Finger nach dem heftigen Schlag brannten.

Von bitterer Reue erfaßt, kniete er nieder, nahm sie in die Arme, verfluchte sich, seinen Zorn und seine Kraft ebenso wie den Brandy, von

dem er gedankenlos zu viel getrunken hatte. Louisa stöhnte. Er atmete erleichtert auf und bemühte sich ungeschickt, ihr das Kleid zu öffnen und sie auszuziehen. Dann legte er sie auf das Bett. Schnell hatte er sich ausgezogen und drückte sich an sie. Sie schluchzte und zitterte unter dem Schock. Er wärmte sie mit seinem Körper; er küßte ihr die Tränen von den Wangen und überging ihren Widerstand mit abgehackten, flehenden Bitten. Er spürte, wie sehr, wie sehr er sie wollte, sie liebte. Und in dem Glauben, Leidenschaft könne die Liebe, das Verlangen und all das zu neuem Leben erwecken, was sie einmal geteilt und irgendwie verloren hatten, drang er gewaltsam in sie ein. Sie wehrte sich wild, aber daß sie sich ihm verschloß, erregte ihn so sehr, daß alle Gedanken, jede Rücksichtnahme ausgelöscht waren. Robert nahm sich mit Gewalt das, was ihm zu gehören schien, erzwang sich ihre Lippen, und löste die tiefere, innere Reaktion schließlich doch aus, weil er diesen wunderbaren, sinnlichen Körper in allen Einzelheiten kannte und genau wußte, wie er ihn stimulieren konnte.
Robert stieß blindlings einem gewaltigen, explosionsartigen Höhepunkt entgegen, bei dem sein Bewußtsein ausgeschaltet war. Er triumphierte über einen Erfolg, den er als Mann errungen hatte. Und auch danach, bevor der Schlaf alles auslöschte, und ihre Körper schlaff und in Schweiß gebadet ruhten, glaubte Robert, sie gehöre ihm – nur ihm.

Viertes Buch

1898–1899

1

Hohe graue Mauern und noch höhere Bäume; schwere schmiedeeiserne Tore, die dazu bestimmt zu sein schienen, für die Welt nie geöffnet zu werden. Robert betrachtete sie lange durch das Fenster der Kutsche. Die Finger seiner freien Hand trommelten gedankenlos auf dem Oberschenkel. Er wollte den Besuch schnell hinter sich bringen und diesen Ort mit den geistig verwirrten und verwirrenden Insassen wieder verlassen. Er dachte an White Leigh. Dort wurden die Tore nur sehr selten geschlossen und nie verriegelt. Robert wußte, auch dahin mußte er bald wieder, und sei es auch nur, um William und Anne pflichtschuldig die Ehre zu erweisen. Beinahe zwei Jahre waren seit seinem letzten, hastigen Besuch vergangen. Damals hatte er sich nicht einmal richtig verabschiedet, weil William es so gewollt hatte. Robert hatte an jenem bitterkalten Januartag alles stehen und liegen lassen – die anstrengenden Anproben für die Uniform, Informationsgespräche und Reisevorbereitungen für den Sudan –, um diesem gebieterischen Ruf zu folgen. Ob wohlüberlegt oder nur zufällig, der Zeitpunkt war eindeutig gut gewählt gewesen, denn er hatte weder die Zeit noch die Neigung zu langen Auseinandersetzungen, und als er Charlotte zum ersten Mal seit Jahren wieder gegenüberstand, mußte er sich einfach fügen.

Ein arthritischer alter Mann in altem und viel zu großem Ölzeug bemühte sich zittrig, das Tor zu öffnen. Als die Kutsche hineinfuhr, warf ihm Robert eine Münze zu, die der Mann erstaunlich gewandt auffing. Belustigt lehnte sich Robert vorsichtig zurück und zuckte zusammen, als die verletzte Schulter an die harte Polsterung stieß.

Die Auffahrt führte etwa eine halbe Meile durch offenes Parkgelände. An einem trockenen Tag wäre es bestimmt hübsch gewesen, aber die schwache untergehende Herbstsonne vermochte kaum noch den Dunst zu durchdringen, und Schlamm und Regen schluckten die letzten

Strahlen beinahe völlig. Die Kutsche blieb im knirschenden Kies vor einem erstaunlich gepflegten Herrenhaus stehen. Die verputzte Fassade zeigte kaum Risse oder abblätternde Farbe. Beeindruckt zog Robert den Mantel enger um sich. Er lehnte die Hand des Kutschers ab, und es gelang ihm unter Schmerzen, ohne Hilfe auszusteigen. Bei jeder Bewegung schien man seine Schulter mit Messern zu durchbohren, und das erinnerte ihn daran, daß er sich noch schonen sollte. Aber er biß die Zähne zusammen und stieg entschlossen die Stufen hinauf.

Ein Mädchen öffnete schließlich die Tür. Helle Augen und gerötete Wangen verrieten, daß sie aus einem der oberen Stockwerke nach unten geeilt war. Sie sah Robert kurz an und schlug dann die Augen nieder. Als die Tür sich hinter ihm geschlossen hatte, schob sie die Hände unter die Schürze. Sie entschuldigte sich dafür, daß man ihn hatte warten lassen, und erklärte, Schwester Cuthbert erwarte ihn. Er möge ihr bitte folgen.

Robert ging mit ihr zum Fuß einer breiten, freitragenden Treppe. Dort blieb er kopfschüttelnd stehen. »Treppen sind für mich sehr anstrengend. Glauben Sie, ich kann hier warten?«

Das Mädchen schien erst jetzt den reglosen Arm in der Schlinge zu bemerken. Mit einem verlegenen Nicken lief sie allein die Treppe hinauf. Während er der schmächtigen Gestalt in dem schlecht sitzenden, langen schwarzen Kleid nachsah, überlegte er, welche Pflichten sie außerdem haben mochte. War sie ein Dienstmädchen oder eine Novizin? Plötzlich erinnerte er sich unbehaglich und völlig unpassend an den Besuch bei Mrs. Dodsworth vor vielen Jahren. Das Dienstmädchen in jenem Haus, das noch ein Kind gewesen war, hatte bei ihm einen starken Widerwillen geweckt. Die beiden Häuser konnten nicht unterschiedlicher sein, auch nicht der Zweck, den sie erfüllten, und doch glaubte Robert, dieses Haus sei ebensowenig der richtige Ort für ein unschuldiges junges Mädchen wie das andere.

Robert sah sich aufmerksam um. Er betrachtete das einzige Gemälde in der Halle, eine Darstellung Christi, der die Kranken heilt, und den bemalten Gipsheiligen in einer Nische, die sicher einmal für eine griechische Marmorstatue bestimmt gewesen war. Eine leichte Luftbewegung, ein leises Rascheln wie von trockenen Blättern veranlaßte ihn, sich umzudrehen. Diesmal kam eine erwachsene Nonne die Treppe herunter und trat zu ihm. Das alterslose Gesicht hätte von einem Rembrandt gemalt sein können. Die gestärkte weiße Haube und das ebenso weiße Brusttuch hellten Gesicht und Augen auf. Robert spürte die Wirkung ihrer ruhigen Gelassenheit und betrachtete sie mit offener Bewunderung. Im Gegensatz zu dem Mädchen erwiderte sie seinen Blick unerschrocken. Sie streckte ihm aber nicht die Hand entgegen. Die Nonne sprach unverkennbar wie eine Engländerin der Oberklasse. Verblüfft hörte Robert nur die Hälfte ihrer vermutlich oft gehaltenen kleinen Rede über die Arbeit dieses kleinen, unscheinbaren Ordens, der sich der Krankenpflege verschrieben hatte. Sie wiederholte noch einmal das Angebot, mit ihm einen Rundgang durch das Haus zu machen, aber er lehnte entschieden ab. Mit einem entschuldigenden Lächeln erklärte Robert, seine Schwester habe ihm die Gegebenheiten in aller Ausführlichkeit beschrieben, und sein gesundheitlicher Zustand erlaube ihm bedauerlicherweise nicht, den Besuch lange auszudehnen. Wenn es möglich sei, bitte er nur darum, Mrs. Charlotte Duncannon sehen zu dürfen.

Ohne noch ein Wort zu verschwenden, drehte sich Schwester Cuthbert um und bat Robert wie eine Hausherrin, die sie zweifellos auch war, ihr zu folgen. Sie gingen durch eine Glastür und betraten einen wunderschönen Wintergarten, wo wie in einem kleinen Dschungel exotische Pflanzen und Sträucher üppig gediehen. Unter baumhohen Palmen saßen mehrere Damen an kleinen Tischen. Ohne die Anwesenheit der zwei Nonnen, die in identischen, schwarz gebundenen Büchern lasen, hätte man glauben können, im Palmengarten eines Luxushotels am Meer zu sein. Völlig verwirrt äußerte sich Robert staunend über die vielen Besucher.

»Es sind Patienten, Herr Hauptmann – natürlich die leichteren Fälle.«

Robert hob die Augenbrauen und folgte der Nonne mit dem leise raschelnden Gewand durch einen langen Gang. Er erinnerte sich daran, daß Molloy immer behauptet hatte, Stevens sei ein ausgezeichneter Arzt mit einer neuen medizinischen Auffassung, was die Behandlung von Geistesgestörten anbelangte, und Letty hatte die Meriten der Nonnen hervorgehoben, aber Robert konnte es immer noch nicht ganz glauben.

»Und die anderen?« fragte er.

»Wir behandeln jeden Fall individuell«, erwiderte sie, »Ihnen ist sicher bewußt, daß Ihre Frau in höchstem Grad verwirrt war, als sie zu uns kam. Aber mit Pflege und Geduld und unter Anleitung von Dr. Stevens ist es uns gelungen, Charlottes Vertrauen zu gewinnen. Sie hat Zeiten, in denen sie ruhig und bei Verstand ist. Wir hoffen, diese Zeiten allmählich zu verlängern.«

»Rechnen Sie mit einer Heilung?«

Die Nonne schüttelte den Kopf. »Sie wissen sicher, wie unwahrscheinlich das ist, Herr Hauptmann. Aber durch die Güte und Gnade Gottes können wir ihr helfen, weniger unglücklich zu sein.«

Sie hüllt sich in ihren Glauben wie in einen Mantel, dachte Robert beeindruckt und nahm gleichzeitig Anstoß daran. Er glaubte, hinter ihren Worten auch einen gewissen Vorwurf zu hören. Unwillkürlich fühlte er sich angegriffen und sagte zu seiner Verteidigung: »Mein Beruf zwingt mich, oft unterwegs zu sein. Ich war gezwungen, Charlottes Pflege anderen Menschen zu überlassen.«

Schwester Cuthbert blieb vor einer geschlossenen Tür stehen. Robert machte sich auf alles gefaßt. Seine Befürchtungen suggerierten ihm das Schlimmste. Er hatte Charlotte seit beinahe zwei Jahren nicht mehr gesehen. Der letzte Anblick hatte ihn bis ins Mark getroffen: Sie hatte wie ein geängstigtes und gejagtes Tier in einer Ecke gekauert. Daraufhin war ihm sofort klar gewesen, daß eine unzulänglich ausgebildete Krankenpflegerin ihr nicht helfen konnte. Es blieb ihm nichts anderes übrig, als William und Letty die Vollmacht zu erteilen, für Charlotte einen angemessenen und zufriedenstellenden Pflegeplatz zu finden.

»Charlotte malt gern«, sagte Schwester Cuthbert, »wußten Sie das?«

Robert hörte es mit Staunen. Er staunte noch mehr, als die Tür aufging, und sie in einem Atelier mit Staffeleien standen. An den Wänden hingen die seltsamsten Bilder, die er je gesehen hatte. Einige waren nur kindliche Kritzeleien, andere dagegen sorgsam ausgearbeitete Skizzen mit beunruhigenden Inhalten und Perspektiven. Ein paar waren farblich kühn und leuchtend, und ein Bild war einfach schwarz.

»Schwester Matthew kann auf diesem Gebiet viele Anregungen geben. Ich werde Sie miteinander bekannt machen. Sie ist eine äußerst begabte Künstlerin und eine wunderbare Lehrerin. Sie beschäftigt sich gerade mit Charlotte.«

Sein Herzschlag schien auszusetzen. Seine Augen glitten an den Staffeleien entlang. In der letzten Reihe entdeckte er eine Nonne in einem

unförmigen weiten Kittel. Ihre Schülerin saß vor einer Staffelei und malte verbissen und sehr konzentriert. Sein Blick glitt flüchtig über die kleine Gestalt und richtete sich dann wieder auf Charlotte. Sie hatte sich sehr verändert. In seiner Erinnerung sah sie so anders aus, daß er sie kaum erkannte. Er wußte zwar, daß sie kaum über dreißig sein konnte, aber sie wirkte sehr viel älter und altjüngferlich hager. Die einst so langen und schimmernden Haare waren glatt aus der Stirn gekämmt und zu einem kurzen Zopf geflochten. Im kalten Nordlicht wirkten sie eher stahlgrau und nicht mehr silbrig blond. Das Gesicht war wie die Lippen verkniffen und schmal und völlig farblos. Aber Augen und Hände verrieten eine lebendige und lebhafte Intensität. Diese Verwandlung seit seinem letzten Besuch in White Leigh grenzte in der Tat an ein Wunder.
Charlotte hatte nichts mehr von einem verängstigten und beängstigenden Tier an sich. Aber die Krankheit und die Jahre hatten ihr die Schönheit genommen. Robert konnte kaum glauben, daß diese reizlose Frau ihn einmal in ihren Bann geschlagen und ihm den Verstand geraubt, ja, ihn sogar zur Verzweiflung getrieben hatte. Das schien unmöglich zu sein. Nur wenige Schritte trennten sie, aber er hätte ebenso gut unsichtbar sein können, so vertieft war sie in ihre Arbeit. Erleichterung erfaßte ihn, und dann waren alle Gefühle wie weggeblasen. Diese Frau soll in den Augen der Kirche und des Staates meine Frau sein? dachte er kopfschüttelnd. Vermutlich war in seinem Leben inzwischen so viel geschehen, und die Flut der Ereignisse hatte das Wrack seiner Ehe soweit abgetrieben, daß ihm kaum mehr eine Bedeutung zukam. Und nur in ganz besonders trostlosen und niedergeschlagenen Augenblicken machte er sich diese Ehe bewußt. Als Schwester Cuthbert von seiner *Frau* sprach, hatte Robert sofort Louisa vor sich gesehen. Louisa war immer die Frau gewesen, die er wirklich zur Frau haben wollte. Daran würde sich nichts ändern. Trauer überkam ihn und eine Spur bittere Wehmut. Ohne Charlotte hätte er Louisa heiraten und glücklich machen können.
Schwester Cuthbert machte die Nonne auf sie aufmerksam. Die Frau nickte und bedeutete mit einer Handbewegung, sie werde gleich zu ihnen kommen. Robert wollte das Bild betrachten, an dem Charlotte arbeitete, überlegte es sich dann aber anders. Wenn sie durch das Malen ihre Gedanken und Gefühle zum Ausdruck brachte, war es sicher bes-

ser, sich das nicht allzu genau anzusehen. Er fröstelte und zuckte zusammen, als sich seine Schulter wieder bemerkbar machte. Dann ging er langsam zur Tür zurück.
Der Besuch hatte ihn zufriedengestellt, aber er war völlig erschöpft. Er lehnte dankend eine Tasse Tee ab und ging zur Kutsche zurück. Die Fahrt und die Emotionen des Wiedersehens waren zuviel für ihn gewesen. Wie immer hatte Letty recht gehabt, als sie sagte, er müsse noch etwas warten. Aber als der Tod sich bei ihm meldete, hatte er bestimmte Versprechungen gemacht. Und diese Versprechungen mußten so schnell wie möglich eingelöst werden, ehe das Leben wieder in den alten Bahnen verlief, ehe er in der Euphorie des Überlebens wieder alles vergaß. Die Fahrt zu Charlotte war die erste und kürzeste gewesen; ihm standen noch andere Fahrten bevor, die länger und unendlich schwieriger waren...

»Hatten Sie eine angenehme Fahrt, Sir?« murmelte McMahon, als Robert zu Hause eintraf, »Miss Letty gibt Miss Georgina im Wohnzimmer Klavierunterricht.«
Robert bedankte sich und überließ sich den anschwellenden Tönen einer fehlerlos gespielten Mazurka. Als er leise das Wohnzimmer betrat, in dem seine Schwester und seine Tochter zusammen am Klavier saßen, spürte er, wie seine Niedergeschlagenheit langsam wich. Letty hatte die grauen Haare wie immer nur nachlässig frisiert. Einige Strähnen fielen ihr ins Gesicht, als sie die Noten umblätterte. Georgina war in den zwei Jahren unglaublich gewachsen. Er konnte es immer noch nicht fassen, daß der blonde Kopf schon bis an die Schulter ihrer Tante reichte. Sie war so schmal wie Letty – nur Knochen und Beine wie ein junges Fohlen, aber das Gesicht verriet bereits ihre Persönlichkeit. Georgina würde nie die ätherische Schönheit ihrer Mutter besitzen, und dafür war Robert aus tiefstem Herzen dankbar.
Erstaunlicherweise empfand er die Anwesenheit von Schwester und Tochter als Trost. Robert hatte gefürchtet, nachdem Charlotte White Leigh verlassen hatte, würden Letty und Georgina dorthin zurückkehren. Aber sie waren geblieben, und er freute sich aufrichtig darüber. Ohne sie, ohne Louisa wäre das Haus wieder wie früher gewesen: leer, trostlos, leblos. Er hatte noch ein Zuhause, wenn auch nicht mehr Louisa. Sie fand Robert nur in seinen Erinnerungen.

Nach zwei Jahren konnte er es kaum glauben, konnte das Gefühl des Verlusts kaum verstehen, das sich mit seiner Rückkehr eingestellt hatte. Es war, als habe Louisa ihn erst seit einer Woche verlassen, und diese langen Monate in der Ferne wären nur Phantasie und ein Alptraum gewesen. Robert hatte immer wieder das Gefühl, daß sie da sein *müßte*. Er glaubte, er brauche nur die Augen zu schließen, schnell wieder zu öffnen, und sie wäre da. Louisa würde ihn mit lachenden Augen über diesen gelungenen Scherz ansehen.
Robert entschuldigte sich nach einem frühen Abendessen und ging nach oben, denn der Tag hatte ihn körperlich und geistig völlig erschöpft. Ehe er McMahon läutete, damit er ihm beim Auskleiden half, öffnete er die Tür zu Louisas altem Zimmer. Er schaltete die Nachttischlampe ein und sah sich langsam in dem Raum um. Es hatte sich nur wenig verändert. Rosa und Beige weckten immer noch die Illusion von Wärme und Weiblichkeit. Die Bilder, mit denen sie die Wände geschmückt hatte, verrieten ihre Liebe zu Vögeln, Blumen und weiten Landschaften.
In der Fensterscheibe spiegelte sich undeutlich sein Gesicht. Aber er blickte hinaus. Er erinnerte sich an den Garten unten im Sommer, wie sie ihn zum ersten Mal gesehen hatte. Die Rosen standen in voller Blüte, der Rasen war gemäht, und an der Südmauer blühte üppig der Heliotrop. Seufzend zog Robert den Vorhang zu. An ihrem Frisiertisch fuhr er sanft über Porzellan und Kristallglas und über die hübschen Parfümflakons, die er ihr einmal geschenkt haben mußte. In einer Schublade lagen noch ein paar Spitzentaschentücher mit ihrem Monogramm und ein Lavendelduftkissen, dessen Duft ihn nicht enttäuschte. Selbst bei einer anderen Frau würde er diesen alten, vertrauten Duft immer mit ihr in Verbindung bringen – dem rosenwangigen Mädchen vom Land mit den nackten Armen und dem breitkrempigen Strohhut, das über die hügeligen Wiesen von Lincolnshire lief...
Robert setzte sich auf das Bett und zündete sich eine Zigarre an. Warum sah er sie so? Das war doch nur ein Tag in fünf langen Jahren gewesen. Vielleicht war es die sinnliche Erinnerung, dachte er. Das sexuelle Erlebnis hatte sich körperlich so tief und überwältigend eingeprägt, daß es ihn selbst jetzt noch erregte. Robert dachte darüber nach und fand, daß dieser Gedanke mehr oder weniger die Sache traf und mit seiner Frage zusammenhing, aber nicht die Antwort darauf war. In-

stinktiv glaubte er, es habe etwas mit dem Menschen zu tun, der sie für ihn eigentlich war. Es hatte etwas zu tun mit seinem ersten Eindruck von Louisa mitten im Winter in York, mit dem Eindruck von Sonne und endlosem blauen Himmel, die zu Zeit und Ort in einem seltsamen Widerspruch stand, und einer warmen, großzügigen Haltung.

Aber diese Frau hatte hier nicht gelebt. Das war nicht die Frau gewesen, die ihn nicht anhören und ihm nicht vergeben wollte, die ihn mit den Kindern verlassen und von der er seitdem kein Wort mehr gehört hatte.

Warum hat sie sich so verändert? fragte er sich, und im nächsten Augenblick mit plötzlicher Klarheit: Hat sie sich überhaupt geändert? Oder habe ich mich zu sehr bemüht, aus ihr etwas zu machen, was sie nie sein konnte...? Er hatte versucht, sie zu seiner Frau zu machen. Und er sah sie beide wieder vor sich, wie sie bei gesellschaftlichen Anlässen auftraten: Louisa elegant, geistreich und schön, und er, den man um die bezaubernde Frau an seinem Arm so sehr beneidete. Aber sie war nicht seine Frau, konnte es nicht sein. Und als seine Geliebte türmten sich zu viele Hindernisse vor ihr auf.

Louisa hatte versucht, diese Hindernisse zu überwinden. Er konnte ihr wirklich keinen Vorwurf machen. Aber die Kinder hatten sie zu Fall gebracht. Die Kinder hatten jeden Aspekt seiner Beziehung zu Louisa verändert, und zwar so sehr, daß er es selbst jetzt kaum glauben konnte. An die Kinder gefesselt, hatte sich ihr strahlendes, lebhaftes und unabhängiges Wesen so völlig verwandelt, daß man sie kaum wiedererkannte. Und im Licht der späten Einsicht erkannte Robert, wie töricht es von ihm gewesen war, sich vorzustellen, er könne sie auf diese Weise an sich binden. Gelegentlich hatte er geglaubt, im Exzeß der Häuslichkeit zu ersticken. Aber er konnte das Haus verlassen – Louisa nicht. Und auch als sie ging, nahm sie die Kinder mit.

Robert hatte nicht im Ernst daran geglaubt, daß sie ihn verlassen werde. Die Affäre mit Amelia Loy war für ihn nie mehr als eine Farce gewesen, der jede Substanz fehlte, und er konnte nicht glauben, daß Louisa sich das wirklich zu Herzen nehmen würde. Aber genau das hatte sie getan. In diesem Zimmer hatte er sie beim Packen angetroffen. Sie hatte es ruhig und methodisch getan und war für alle seine Pläne und Vorschläge blind und taub gewesen.

Robert schob den Gedanken an das beiseite, was dann geschehen war, und stand auf. Er ging durch den Raum und warf den Zigarrenstummel in den leeren Kamin. Er öffnete den Kleiderschrank und wußte, daß dort noch alle eleganten Kleider hingen. Sie hatte nur wenige persönliche Dinge mitgenommen. Erst vor zwei Tagen hatte er entdeckt, daß Louisa von allem Schmuck nur die kleine Diamantbrosche mit den Saphiren nicht zurückgelassen hatte – sein erstes Weihnachtsgeschenk in York.

Wieder stieg ihm der Lavendelduft in die Nase. Robert blieb mit gesenktem Kopf und geschlossenen Augen stehen. Wie sehr bedauerte er seine kurzsichtige Dummheit und den zornigen Stolz, der nie ertrug, verletzt zu werden. Der Brandy mochte ihm in dieser Nacht zwar Mut gemacht haben, aber er hatte auch sein Wahrnehmungsvermögen beeinträchtigt. Und nur deshalb hatte er sie in der einzigen Art an sich gezogen, von der er glaubte, sie könne Louisa am Gehen hindern, um sie dann später von seinen guten Absichten zu überzeugen. Aber es war anders gekommen. Als er viele Stunden später erwachte, war sie bereits gegangen.

Damals wußte er mit absoluter Gewißheit, daß Louisa nicht zurückkommen werde. Er wußte in seinem Herzen auch, sein Verhalten in der Nacht war unverzeihlich gewesen. Er konnte sich die Affäre mit Amelia Loy verzeihen, aber alles andere nicht.

Letty hatte Louisa und die Kinder nach Kingstown und an Bord des Dampfers gebracht. Dann kam sie zurück und machte ihm heftige Vorwürfe. Der verwundete Stolz bewirkte, daß er Schmerz und Zorn mit kalter, gelassener Ruhe tarnte. Er schickte Telegramme nach York und bat um die Bestätigung der sicheren Ankunft der Kinder. Nur wenn es um Leben oder Tod gegangen wäre, hätte Robert sich entschließen können, ihnen nachzureisen. Er sah sich nicht einmal in der Lage, schriftlich den Versuch zu einer Versöhnung zu machen. Sein törichtes Verhalten hinderte ihn daran, und er redete sich ein, es sei so das Beste.

Seine Schwester war außer sich. Georgina wurde hysterisch und flehte ihn an, Louisa und die Kinder zurückzubringen. Als er sich weigerte, warfen Letty und Georgina ihm Grausamkeit und Gefühllosigkeit vor. Er wünschte beinahe, es wäre der Fall gewesen. Mit dem letzten Rest Selbstbeherrschung kehrte er nach Dundalk zurück, um andere Pläne in die Tat umzusetzen.

Innerhalb von drei Wochen nach Louisas Abreise war Robert unterwegs nach Kairo. Die Ironie entging ihm nicht, denn er hatte im Sommer sechsundneunzig oft mit diesem Gedanken gespielt. Kitcheners Feldzug verlief gut, und Robert sehnte sich danach, in der Wüste zu kämpfen. Aber er wollte Louisa und die Kinder nicht zurücklassen und war geblieben. Hätte er seine Verantwortung nicht ernst genommen, hätte es keine Amelia Loy gegeben. Louisa hätte sich vermutlich mit der Situation abgefunden und wäre in Dublin bei Letty und Georgina geblieben . . .

Die Ironie zog sich wie ein Faden durch das ganze Abenteuer in der Wüste und prägte die Erfahrung dort. Bei der Erinnerung daran mußte Robert müde lächeln. Seine Vorstellungen hatten sich vermutlich an dem Offiziersdasein in Indien orientiert, aber die Wirklichkeit sah ganz anders aus. Von ihm wurde harter und unermüdlicher Einsatz gefordert, der zwar Befriedigung verschaffte, aber ihm auch nicht Verzweiflung und Niedergeschlagenheit ersparte. Robert wußte, er hatte in weniger als zwei Jahren mehr über das Soldatentum gelernt, als ihm ein ganzes Offiziersleben zu Hause hätte vermitteln können. Besonders der Einsatz im Sudan, die Monate in der Wüste mit Haig, Broadwood und Kitchener vermittelten ihm mehr Einsichten in die menschliche Natur, als er sich hätte träumen lassen.

In der unangenehmen Nähe zum Tod schien das Leben auf das Wesentliche reduziert zu sein. Alle verschleiernden Nebensächlichkeiten wurden belanglos und waren verschwunden. Menschen und Situationen traten klar und nüchtern zutage. Robert begriff, daß Schuld und Haß ebenso unnötige Lasten waren wie die Stühle und Bettgestelle, die sich einige Offiziere überallhin nachtragen ließen. Er sah ein, daß Egoismus ein engstirniger Luxus war, so geschmacklos und widerlich wie billiger Sekt. Ja, er hatte sich ungeschminkt kennengelernt, und in Hinblick auf seine persönlichen und engsten Beziehungen konnte er sich wenig zugute halten. Es blieb dahingestellt, ob er sich noch sehr würde ändern können, aber er mußte Louisa unbedingt wissen lassen, was er entdeckt hatte.

Drastische Veränderungen konnte er an dieser Front kaum erwarten, und Robert wollte sich damit abfinden. Aber im Hinblick auf seinen Beruf konnten Veränderungen sehr wohl zwangsläufig sein; im Augenblick sah seine Zukunft sehr ungewiß aus. Es kam alles darauf an, ob die Verletzungen an Arm und Schulter so heilten, daß keine bleibende Behinderung zurückblieb . . . wenn nicht, dann mußte er mit siebenunddreißig in den vorzeitigen Ruhestand.

Diese Vorstellung und die schweren körperlichen Schmerzen drückten ihn schwer. Robert schloß die Tür zu Louisas Zimmer und wünschte, es wäre möglich, die Vergangenheit ebenso endgültig hinter sich zu lassen. Er seufzte tief und klingelte nach McMahon.

2

Robert erwachte schweißgebadet. Er hatte wieder von dem Gemetzel in Omdurman geträumt. Welle um Welle stürmten die Berittenen in das Feuer der Engländer. Dann kamen die Derwische zu Fuß. Die besessene Masse rannte kopflos in den Tod, ohne auf den Kugelhagel zu achten. Das dauerte zwanzig Minuten, die Stunden zu sein schienen, qualvolle Minuten, in denen es aussah, als werde McDonalds Infanterie in diesem Meer der Leiber untergehen ..., und dann kam endlich gnädigerweise für die Kavallerie der Befehl zum Angriff, die wilde Freude über die Attacke und der Stolz auf die Wucht seiner Männer. Sie rasten in fliegendem Galopp auf den Feind zu in der absoluten Gewißheit zu siegen. Aber die Derwische ergriffen nicht die Flucht. Sie kämpften verbissen wie Tiger, ohne zu weichen – alle, bis auf einen, der niederkniete und um Gnade flehte ...

Zitternd zog Robert den Morgenmantel an und griff nach seinen Zigarren. Er öffnete das Fenster und blickte auf den Platz hinunter. Er versuchte, die Erinnerung an das unterwürfige Gesicht zu vertreiben, und wußte, es würde ihn bis zu seiner Todesstunde verfolgen.

Trotz der Hitze des Gefechts, trotz der zahllosen Feinde, die er mit barbarischem Genuß niedergemäht hatte, bewirkte diese pathetisch am Boden kniende Gestalt, daß sein tödlicher Hieb ausblieb. Und als er vorbeijagte, wirbelte der verborgene Krummsäbel durch die Luft und traf ihn. Er hörte noch den Schrei, als der Verräter von einem seiner Männer niedergemacht wurde, aber danach wußte er nur noch wenig. Es war Robert ein Rätsel, wie er sich im Sattel gehalten und die Gewehrsalven überlebt hatte. Gnädigerweise war das jedoch die letzte Schlacht gewesen. Um drei Uhr nachmittags war der Kampf nach beinahe neun Stunden im wesentlichen vorüber. Das siegreiche Heer, zahlenmäßig nur halb so stark wie der Feind, schlug das Lager am Ufer des Nils auf. Roberts Pferd lief erschöpft und durstig zum Wasser und senkte den Kopf zum Saufen. Ihn verließ plötzlich die Kraft, er rutschte langsam aus dem Sattel und fiel in das warme, schlammige Wasser. Er wäre zweifellos friedlich ertrunken, wenn nicht die zwei Fellachen entschlossen eingegriffen hätten, die ihn vom Schlachtfeld gebracht hatten. Sie waren klein, und er war groß, aber sie trugen ihn durchnäßt und blutend in ein eilig errichtetes Sanitätszelt.

Ein paar Tage danach brachte man ihn und die anderen Verwundeten mit Schiff, Bahn und Gespann in das Militärkrankenhaus in Kairo. Auf der Fahrt hörte er viele Geschichten von Männern, die durch eine ähnliche List verletzt oder getötet worden waren, die auch sein Ende hätte bedeuten können. Robert wußte, nur der gestreckte Galopp hatte ihn vor dem tödlichen Krummsäbel gerettet. Er konnte sich auch jetzt nicht vorstellen, wie der Derwisch ihn vom Boden aus hatte treffen können: Der Mann mußte mit einer einzigen blitzschnellen Bewegung und mit geballter Kraft in die Luft gesprungen sein und zugeschlagen haben; und der Krummsäbel, der ihn an der Hüfte lebensgefährlich hätte verwunden oder den Oberschenkel bis auf den Knochen hätte zerschneiden können, streifte die rechte Schulter. Die Schneide fuhr tief in die Muskeln des Oberarms. Robert hatte außergewöhnliches Glück, daß er mit dem Leben davongekommen war. Trotzdem ärgerte er sich noch immer über das momentane Fehlverhalten. Für den Bruchteil einer Sekunde hatte er die Erfahrungen von achtzehn Monaten im Nahen Osten vergessen und war einem Reflex der Kindheit gefolgt: *Friede – ich gebe mich geschlagen.* Er hätte wissen sollen, daß sich von den Derwischen keiner geschlagen geben würde – nicht in einem Heiligen Krieg. Und für die Moslemtruppen des Kalifen war es ein Heiliger Krieg, denn sie kämpften gegen das Eindringen der Christen in ihr Land.

»Trotzdem«, sagte er eine Stunde später zu Molloy, »General Gordon ist vermutlich endlich gerächt, selbst wenn wir zehn Jahre dazu gebraucht haben. Wir haben Omdurman und das Grab des Mahdi zerstört, so wie diese Teufel Khartum.«

»Aber noch wichtiger«, erwiderte der kluge Molloy, »die Engländer haben den Sieg im Niltal errungen und damit den Kolonialisierungswünschen der *Franzosen* einen Riegel vorgeschoben!«

Robert lachte. »Richtig! Also haben wir alle verdient, daß man uns an-

erkennend auf den Rücken klopft, auch wenn uns der Kalif entkommen ist!«
»Wird er noch Schwierigkeiten machen? Was meinen Sie?«
Robert schüttelte den Kopf. »Das glaube ich nicht – er hat seine Macht verloren. Man wird ihn früher oder später gefangennehmen.«
Molloy trank einen Schluck Kaffee. »Gehen Sie zurück?«
Robert versuchte, die Schulter zu entlasten, und dachte über die Antwort nach. »Ich weiß es nicht. Das hängt von dieser blöden Schulter ab. Wenn sie ausheilt, dann gehe ich lieber zum Regiment zurück. Ich habe in diesem Leben von Sand und Sonne genug!«
Molloy lachte und stellte die Tasse ab. »Na, dann sehen wir uns die Schulter mal an.« Er wärmte die Hände am Kamin, löste die Schlinge und half Robert beim Ausziehen von Jacke und Hemd. Seine geübten Finger glitten über die verletzten Muskeln. Er forderte seinen Patienten zu bestimmten Bewegungen auf und beobachtete besorgt die Reaktionen.
Einige Minuten später klopfte es an die Tür des Arbeitszimmers. Letty kam herein und entschuldigte sich für die Störung. »Pardon, ich dachte, Sie seien fertig. Ich komme später noch mal.«
»Schon gut, wir haben es gleich geschafft«, murmelte der Arzt und berührte vorsichtig Roberts ausgestreckten Arm. »Beugen Sie den Ellbogen, bitte, und wenn möglich versuchen Sie, mit der Hand den Hinterkopf zu berühren.«
»Sie machen wohl Witze!« schnaubte Robert in den Spiegel. Aber er beugte den Ellbogen und biß die Zähne zusammen, bis er mit den Fingerspitzen das rechte Ohr berührte. »Verdammt, weiter geht es nicht!« fluchte er und lehnte sich keuchend an den Kaminsims.
Letty sah, wie Robert der Schweiß über die Stirn rann, und mußte schlucken. Sie drehte sich um und unterdrückte den Ausdruck der Sorge auf ihrem Gesicht.
»Ausgezeichnet«, sagte Molloy, »in einer Woche sind Sie wieder mit der Meute unterwegs, und noch eine Woche später schwingen Sie wieder geübt das Schwert.«
»Den Säbel«, murmelte Robert bitter, »und sparen Sie sich Ihren Trost für andere Patienten, Molloy. Ich möchte die Wahrheit hören.«
»Ich werde alles versuchen«, erwiderte Molloy freundlich, »aber Ihre Schulter ist wirklich sehr mitgenommen. Aber das wissen Sie selbst.

Die Wunde ist erstaunlich gut verheilt – trotz der Militärärzte, die da am Werk waren. Na ja«, murmelte er nachdenklich und betastete die schlecht vernähten Wunden, »diese Metzger sollten wirklich einmal einen Nähkurs machen.«
»Mein Gott, sie haben Leute oben, unten und in der Mitte vernäht«, erwiderte Robert grimmig, »das Zelt am Nil wimmelte von Fliegen. Die Schlacht dauerte bis zum Sonnenuntergang, und als ich schließlich an die Reihe kam, war es bereits dunkel. Ich hatte viel Blut verloren und kann von Glück reden, daß ich den Arm überhaupt noch habe! Also halten Sie mir keine Vorträge über Nähkunst, Molloy! So weit ich es beurteilen kann, haben die Metzger beste Arbeit geleistet.«
»O ja, gewiß. Ich mache mir nur Gedanken über Ihre Bewegungsmöglichkeiten.«
»Ich auch. Ich hoffe, Sie sagen mir, wie ich eine dauerhafte Behinderung vermeiden kann.«
»Robert, bitte«, murmelte Letty und reichte ihm das Hemd. »Dr. Molloy kann doch nichts dafür. Sei nicht so aggressiv.«
»Tut mir leid.« Robert sank erschöpft auf einen Stuhl und mühte sich mit Knöpfen und Hemdkragen.
»Schon gut«, Molloy lächelte. »Schmerzen zerren an den Nerven.« Er ließ sich von Letty noch einmal Kaffee einschenken und sagte dann: »Sie müssen üben! Und zwar jeden Tag ohne Unterlaß! Verstehen Sie, Sie dürfen sich nicht überanstrengen – nur sanfte und gleichmäßige Bewegungen. Verzichten Sie auf die Schlinge – sie schadet jetzt mehr, als daß sie nützt. Gebrauchen Sie den Arm, so gut es geht. Es wird Sie anstrengen. Also sorgen Sie für viel Ruhe. Sie müssen ihn früh ins Bett schicken, Miss Duncannon«, sagte er augenzwinkernd zu ihr, »und keine Abenteuer in der nächsten Zeit!«
»Ich werde mir Mühe geben«, versprach sie. Als Letty sah, daß ihr Bruder mit der Krawatte Schwierigkeiten hatte, half sie ihm. Seine Haut war noch sonnengebräunt, aber unter dieser künstlichen Schicht frischer Hautfarbe krümmte Robert sich vor Schmerzen und Erschöpfung. Er tat ihr leid.
»Ich gehe jetzt«, sagte Molloy, »und sehe in ein paar Tagen wieder nach Ihnen. Machen Sie inzwischen regelmäßig Bewegungsübungen.«
Letty begleitete den Arzt hinaus. Als sie zurückkam, gab sie Robert ein Glas Sherry.

»Ein wenig früh am Tag, findest du nicht?« fragte er mit Galgenhumor, »wie komme ich zu dieser Ehre?«

»Trink. Es wird dir guttun.«

In spöttischem Staunen hob er das Glas. »Also, zum Wohl, ich hätte nie geglaubt, *das* von dir zu hören!«

»Es ist Sherry, Robert, kein Brandy.« Letty zog einen Briefumschlag hervor und zögerte. »Die Post ist gerade gekommen – mit einem Brief von Louisa.«

Er richtete sich heftig auf und zuckte vor Schmerzen zusammen. Dann stellte er das Glas ab und fragte: »Für mich?«

»Nein. Es ist die Antwort auf einen Brief, den ich ihr schon vor Wochen geschickt hatte, nachdem wir wußten, daß du in Kairo bist. Die Liste der Verwundeten wurde von allen Zeitungen abgedruckt. Ich wollte, daß sie erfährt, daß du am Leben bist und daß es dir besser geht.«

»Wie schön von ihr, so schnell zu antworten«, erwiderte er sarkastisch.

»Ja, ich habe mich schon gewundert, daß sie nicht sofort geantwortet hat.« Letty zog zwei kleine Briefbogen aus dem Umschlag und reichte sie Robert.

Robert überflog sie schnell. Louisa war erleichtert, daß Robert in Sicherheit und im Krankenhaus war – sie zweifelte nicht an seiner Genesung – Letty sollte sich keine allzu großen Sorgen um ihn machen. Er lächelte trocken darüber und las weiter. Ihre Mutter war krank – sehr krank – schon seit einiger Zeit – Louisa pflegte sie zu Hause – sie hatte keine Zeit zum Schreiben – den Kindern ging es gut . . .

Robert hob den Kopf und seufzte. »Ich verstehe.«

»Klingt nicht gut, findest du nicht auch?«

Er las den Brief noch einmal und nahm jede Zeile intensiv und schnell auf. »Nein«, sagte er schließlich, »das klingt nicht gut. Mein Gott«, fügte er bitter hinzu, »es könnte kaum schlimmer sein.«

»Warum?«

Robert schwieg lange. Er lehnte sich zurück und schloß die Augen. Plötzlich wurde ihm klar, wie sehr er auf Mary Elliott gesetzt hatte. Nur Louisas Mutter konnte Robert bei dem helfen, was geschehen mußte. Zu Louisa bestand kein direkter Kontakt mehr. Sie hatte auf seine Briefe nicht reagiert, und Robert konnte nicht hoffen, daß sich an ihrer Haltung etwas geändert hatte. Er hatte sich ausgerechnet, durch

Mary Elliott irgendwie mit seinen Kindern in Verbindung zu treten und über die Kinder mit Louisa. Wenn sie eine schriftliche Entschuldigung für die Ereignisse vor zwei Jahren nicht annehmen wollte, dann mußte er sie sehen und unter vier Augen mit ihr sprechen. Aber wenn Mary Elliott unheilbar krank war, gab es für ihn bald keine Vermittlerin mehr in York.

Und damit stellte sich noch ein Problem: Vor der Abreise in den Sudan hatte Robert veranlaßt, daß auf Mary Elliotts Konto monatlich eine gewisse Summe überwiesen wurde. Das Geld war für die Kinder bestimmt. Bei einer Krankheit lag das Geld ungenutzt auf der Bank, und nach ihrem Tod hätte er keine Möglichkeit mehr, Louisa und die Kinder zu unterstützen. Louisa konnte hungern, und die Kinder konnten in Lumpen laufen, sie würde von ihm kein Geld annehmen.

»Ich muß sie sehen – und zwar bald.«

»Wen?«

»Mary Elliott natürlich.«

Als Letty das Zimmer verlassen hatte, setzte sich Robert an den Schreibtisch. Mit großer Mühe schrieb er einige Zeilen an Louisas Mutter. Unter dem Vorwand einiger Geschäfte mit Harris erklärte er, in naher Zukunft nach York zu kommen. Er bat um die Möglichkeit, sie zu besuchen. Er habe durch Letty erfahren, daß es ihr nicht besonders gut ging, aber er vertraue darauf, daß es sich nur um eine vorübergehende Unpäßlichkeit handle und sie bei seinem Eintreffen wieder ganz die alte sei. Sollte er von ihr nichts mehr hören, würde er in Kürze, vermutlich innerhalb der nächsten zehn Tage, bei ihr sein.

Trotz der heftigen Vorwürfe seiner Schwester buchte Robert die Überfahrt und unterwarf sich einem strengen Reglement von Ruhe und Übungen, was im Grunde Exerzieren gleichkam. Harris schickte er ein Telegramm mit der Bitte um Bett und Verpflegung für ein paar Tage und betete, Mary Elliott werde in der Lage sein, ihn zu empfangen.

3

Nach sieben Stunden erschöpftem Schlaf versuchte Louisa langsam bei einer Tasse Tee von Bessie richtig wach zu werden.
»Sie schläft noch. Im Augenblick geht es ihr gut. Also, ich gehe jetzt zu Bett.«
»Gut, Bessie. Ich stehe gleich auf.« Louisa zwang sich, die Augen aufzuschlagen, und kämpfte darum, nicht wieder einzuschlafen. Sie versuchte, nicht an die Stunden zu denken, die vor ihr lagen, ehe sie wieder ins Bett durfte. Sie wusch sich automatisch wie eine Maschine, zog ein Kleid an und lief hinunter in die Küche, um Frühstück für Edward zu machen. Danach eilte sie wieder nach oben zu den Kindern, die gewaschen und angezogen werden und frühstücken mußten. Dann verabschiedete sie Edward an der Haustür.
»Ich bin wahrscheinlich um acht wieder da«, sagte er beim Gehen, »ich hoffe, daß der Tag für dich nicht so schlimm wird.«
»Das hoffe ich auch«, murmelte sie ergeben. Aber jeder Tag schien schlimmer als der vorhergehende zu sein.
Louisa ignorierte den Protest und dann das versteinerte Schweigen, als sie ihre Mutter wie eine Krankenschwester wusch, ihr aus dem Bett half, die Bettwäsche wechselte und die Patientin für den Tag so gut wie möglich vorbereitete. Dann mußte sie wieder nach unten, die Bettwäsche im kalten Wasser einweichen, die Hände waschen, die Schürze wechseln, ein weich gekochtes Ei und dünne Scheiben Brot und Butter vorbereiten, in der vagen Hoffnung, den verflogenen Appetit ihrer Mutter wiederzubeleben. Sie legte auf das Frühstückstablett eine Leinenserviette, stellte darauf das Porzellan mit dem Goldrand und vergaß auch nicht die silbernen Löffel. Sie brühte den Tee, entfernte am Ei vorsichtig die Schale an der Spitze und trug das Tablett mit einem tiefen, aus dem Herzen kommenden Seufzer in den Flur hinaus.

Louisa hätte beinahe die zwei Briefe auf dem Fußabstreifer liegen lassen, aber der Gedanke, es *könnte* ein Brief für die Mutter dabeisein, veranlaßte sie, das Tablett abzustellen und die Briefe aufzuheben. Obenauf lag ein beiger Brief für Edward und darunter ein dicker weißer Umschlag mit dem klaren und deutlichen Poststempel: Dublin... Er war an Mary Elliott adressiert.
Trotz der ungelenken Buchstaben kannte Louisa die Handschrift nur allzu gut und begann plötzlich zu zittern. Sie konnte die Augen nicht von dem Brief wenden und mußte sich einen Moment auf die Treppe setzen. Auf dem dicken Umschlag schien in riesigen Buchstaben ROBERT zu stehen. Es kam ihr vor, als sei er plötzlich beängstigend nahe. Nach der brutalen kurzen Meldung in der Tageszeitung und dem erleichterten Brief von Letty, er sei am Leben und in Kairo, hatte Louisa jetzt das Gefühl, durch ein Fernrohr zu blicken und die Ankunft eines Henkers zu sehen.
Sie wünschte ihm nicht den Tod. O nein! Sie war froh, daß er überlebt und weder Arm noch Bein verloren hatte. Ein behinderter oder zeit seines Lebens entstellter Robert wäre für sie nicht abstoßend, sondern herzzerbrechend gewesen. Sie hätte ihn bedauert und sich die Schuld an dem Unglück gegeben. Wenn er lebte, konnte sie ihn wenigstens verachten und ihn für verachtenswert halten, ihm eine andere Amelia Loy wünschen...
Aber warum schrieb er ihrer Mutter? Und *was* hatte er geschrieben?
Vorsichtig, als enthalte der Umschlag ein gefährliches Geheimnis, vielleicht eine Bombe, legte Louisa ihn mit der Vorderseite nach unten auf das Frühstückstablett und stellte behutsam einen Tellerrand auf eine Ecke.
Mary Elliott war verdrießlich und mürrisch. Sie jammerte über Schmerzen besonders im Rücken und unter den Armen, weil – wie sie behauptete – Louisa sie aus dem Bett *gezerrt* habe. Louisa biß sich gereizt auf die Lippen und stellte das Tablett ab. Sie half ihrer Mutter liebevoll beim Aufsitzen und stopfte ihr die Kissen in den Rücken. Roberts Brief schob sie unter ein Buch, und dann begann die übliche Litanei von der Notwendigkeit zu essen, damit es ihr bald wieder gut gehe. Daraufhin bekam Louisa die gewohnte Weigerung zu hören.
»Also, Mama, wenn du nichts essen willst, bitte, aber dann bekommst du auch nicht den Brief, der heute morgen in der Post lag. Wenn du

nicht wenigstens das Eigelb ißt und mindestens eine halbe Scheibe Brot, dann bleibt der Brief in seinem Versteck.«
»Ein Brief?« fragte Mary Elliott. »Von wem?« Plötzlich war die alte Lebhaftigkeit wieder da, und die verschleierten Augen funkelten beinahe.
»Woher soll ich das wissen? Ich habe nicht auf den Absender geblickt. Komm, iß jetzt, und ich hole ihn.« Louisa griff zum Löffel und begann, ihre Mutter erst mit dem Eiweiß und dann dem Eigelb zu füttern. Wie bei einem Baby, dachte sie bekümmert über die Unwürdigkeit der Krankheit und des Alters. Louisa sah sehr wohl, daß die kleinen, klauenartigen Hände zu stark zitterten, um einen Löffel halten zu können. Sie wußte wie alle, es war nur noch eine Frage der Zeit. Natürlich sprach es niemand aus, selbst der sonst so unverblümte Dr. Mackenzie nicht, aber auch ohne medizinische Kenntnisse sah man, daß Mary Elliott Krebs hatte. Noch quälten sie keine Schmerzen, aber der Krebs verzehrte sie stumm, unerbittlich und mit erschreckender Geschwindigkeit beinahe vor ihren Augen.
Das immer gegenwärtige Wissen war an sich wie eine Art Krebs, der Louisas Bewußtsein zersetzte. Neben Mitleid, Kummer, Zorn und Erschöpfung stand es ständig im Mittelpunkt, schob alle anderen Sorgen in den Hintergrund und verdrängte alle anderen Gefühle als unbedeutend. Angesichts ihrer Mutter wurde Roberts Brief im Moment nur insofern wichtig, als er dazu diente, sie zu bestechen.
»Hat John Elliott geschrieben? Du kennst doch seine Handschrift?«
»Du kannst selbst herausfinden, von wem er ist«, erwiderte Louisa, »wenn wir das Ei gegessen haben.« Über die Hälfte hatte ihre Mutter bereits ohne größere Schwierigkeiten bewältigt, und schon die Befriedigung darüber stellte alles andere in den Schatten. Louisa wartete geduldig, während Mary Elliott mit qualvoller Langsamkeit an der Scheibe Brot kaute. Sie spürte die Kraft und Mühe, die das Schlucken ihre Mutter kostete und bot ihr schnell einen Schluck Tee an. Den Rest Brot lehnte Mary Elliott energisch ab, aber ihr Wille und die Entschlossenheit reichten aus, um das Ei ganz aufzuessen. Dann klopfte Louisa ihrer Mutter froh auf den Arm und spürte dabei deutlich das fehlende Fleisch auf den Knochen unter dem weißen Ärmel des frisch gewaschenen Nachthemds. »Du hast dich heute morgen wirklich glänzend geschlagen«, sagte sie lächelnd, »ich wünschte mir, du würdest jeden Tag einen Brief bekommen.«

Mary Elliott wollte sich nicht schmeicheln lassen. Sie lächelte andeutungsweise und stieß einen verächtlichen Laut hervor. »Das wäre etwas anderes. Nun ja, mir wäre lieber, du würdest nicht länger von dem Brief reden. Warum holst du ihn nicht endlich und gibst ihn mir?« Trotz der schwachen Stimme funkelten ihre Augen so gebieterisch wie eh und je. Louisa staunte, wie ihre Mutter es fertigbrachte, blitzschnell zwischen unzusammenhängendem Gejammer und dieser gezielten Klarheit des Bewußtseins zu wechseln.
»Ich habe dir nicht ganz die Wahrheit gesagt«, erklärte sie entschuldigend und zog den Umschlag unter dem Buch hervor. »Ich weiß leider, wer der Absender ist . . . Es ist Robert.«
Mary Elliotts Augen wurden sichtbar dunkler, die dünne Haut über dem kleinen vogelähnlichen Gesicht legte sich plötzlich in tausend Fältchen. »Gut, gib ihn mir!«
»Soll ich ihn nicht öffnen?«
»Nein, nicht nötig. Ich kann meine Briefe noch selbst öffnen, danke. Gib mir ein Messer.«
Louisa biß sich auf die Lippen und tat wie befohlen. Dann blieb sie stehen und sah zu, wie Mary Elliott mit großer Mühe ihr Ziel erreichte. Sie hob den Kopf und sah ihre Tochter streng an.
»Also? Worauf wartest du? Er schreibt mir – nicht dir!«

Edward rieb sich die Augen, nachdem wieder ein Buch den gewünschten Ledereinband hatte, und warf einen Blick auf die Uhr: Es war kurz nach sieben. Der Kessel über den wenigen glühenden Kohlen im Herd zischte leise. Er machte sich noch eine Tasse Tee, wärmte sich die Hände und ging daran, auf seinem Arbeitstisch das Material für den nächsten Auftrag zurechtzulegen. Mit solchen Arbeiten verdiente er sein Geld. Er legte sie auf die Abende, wenn seine Konzentration nachließ. Edward maß, zählte, schnitt zu und verleimte beinahe mechanisch. Das Notizbuch und der Stift lagen in Reichweite neben ihm, so daß er jederzeit eine Verszeile aufschreiben konnte, wenn ihm etwas einfiel. Während seine Finger arbeiteten, war auch sein Bewußtsein nicht untätig, sondern glättete und verbesserte Worte mit dem Geschick eines Handwerkers. Seit Louisas Rückkehr hatte er zwar viel geschrieben, aber im Laufe der Jahre war er auch sehr viel kritischer geworden. Vieles vernichtete er wieder. Das Beste verwahrte er in der Kassette mit dem

Blattgold, und das Wenigste davon hielt er für eine Veröffentlichung geeignet.

Aber seine Gedanken beschäftigten sich an diesem Abend weniger mit Worten als mit Zahlen. Er quälte sich mit gedanklicher Arithmetik, die ihm die Antwort, die er so dringend brauchte, hartnäckig verweigerte. Wie alle anderen, so waren auch ihre gemeinsamen finanziellen Mittel in den letzten Monaten bis zum Äußersten gespannt. Louisa versuchte, so gut wie möglich zu sparen, aber durch das große Haus liefen Rechnungen auf, die immer schwieriger zu bezahlen waren.

Die Pension hatte sich nach Louisas Rückkehr noch etwa ein Jahr über Wasser gehalten. Aber mit den Kindern im Haus verbreiteten sich die Gerüchte eines Skandals wie giftiger Schwefel, und selbst die Stammgäste blieben alarmierend schnell aus, so daß es nur eine Frage der Zeit war, wann sie die Pension aufgeben mußten. Sie beschlossen, dem Bankrott vorzubeugen und auszuziehen, und hatten sich vor einem halben Jahr sogar einige geeignete Häuser angesehen. Dann verlor seine Tante das Interesse, und nach dem Ausbruch der Krankheit wollte sie nur noch dort bleiben, wo sie war. Edward hatte dafür größtes Verständnis und zunächst nichts gegen ihre finanziellen Beiträge zum Haushalt einzuwenden. Aber da er nicht wußte, wie groß ihre Ersparnisse waren – es konnte nicht sehr viel Geld sein –, wollte er das Wenige, das noch auf der Bank lag, für ein anständiges Begräbnis sparen.

Vor Mary Elliott behauptete er, Geld sei kein Problem. Und wirklich, sein Geschäft ging inzwischen so gut, daß er die Aufträge allein kaum noch bewältigen konnte. Er arbeitete bis zur Erschöpfung, um der Nachfrage gerecht zu werden. Sein Problem bestand darin, daß neue Kunden, deren Kreditwürdigkeit er nicht einschätzen konnte, ihm größere Summen für offenstehende Rechnungen schuldeten. Sein Kredit bei der Bank stand nicht auf sicheren Füßen, und man hatte ihn schon wiederholt davor gewarnt, mehr Geld aufzunehmen, als er Sicherheiten hatte.

Aber da er für die Familie sorgte, mußte er sich notgedrungen immer wieder auf das gefährliche Spiel einlassen. Und das vergrößerte seine Ängste. Die Rechnungen blieben unbezahlt, die Papierberge wuchsen, und Edward wußte, er brauchte noch ein Paar Hände, um die Sache zu bewältigen, auf die er sich eingelassen hatte. Edward brauchte jeman-

den wie seinen Lehrling, der erstaunlicherweise immer noch bei Tempest arbeitete. Er brauchte ihn schnellstens, aber er konnte sich die Lohnkosten nicht leisten.
Er fand die Antwort auf das Problem nicht. Solange die Tante lebte, konnten sie nicht umziehen. Und erst in einem weniger anspruchsvollen Haus würde sich an seiner Lage etwas ändern. Die Krise verschärfte sich von Tag zu Tag. Edward hatte den nächsten Band gebunden und räumte seinen Arbeitstisch auf. Er hätte mindestens noch eine Stunde arbeiten müssen, aber es half alles nichts. Er hatte keine Kraft mehr. Er nahm Mantel und Schal, löschte das Feuer und machte sich auf den Weg nach Hause.
Als Edward sich zum Abendessen an den Tisch setzte, spürte er, daß nicht nur die üblichen Mühen des Tages Louisa aus dem Gleichgewicht gebracht hatten. Ihr Schweigen verriet mühsame Selbstbeherrschung. Edward war entschlossen, dem Drang zu widerstehen und *nicht* zu fragen.
Er widmete sich einem Eintopf, in dem es mehr Gemüse als Fleisch gab. Aber die Suppe schmeckte, und er hatte Hunger. Er wollte nicht, daß etwas weggeworfen wurde. Als er anschließend langsam einen Bratapfel mit Zimt und Vanillesauce aß, betrachtete er den Brief nachdenklich, der vor ihm auf dem Tisch lag. Er kam von seinem Vater aus Lincoln. Edward freute sich darauf, ihn zu lesen, aber er wußte, der Brief mußte noch warten.
»Was ist?« fragte er schließlich und schob den leeren Teller beiseite. »Was ist geschehen?«
Louisa saß auf dem Stuhl am Feuer und sagte: »Abgesehen davon, daß Mama heute sehr streitsüchtig war – genauer gesagt, einfach *gemein* –, hat sie heute morgen ebenfalls einen Brief bekommen.« Louisa zögerte und deutete dann auf den Umschlag vor Edward. »Er kam zusammen mit deinem Brief – aus Dublin – von Robert. Aber frag mich nicht, was er schreibt«, fügte sie trotzig hinzu, »Mutter hat ihn mich nicht lesen lassen.«
Bei dem Namen Robert spürte Edward einen heftigen Stich, und er senkte den Kopf, denn er wollte nicht, daß Louisa sein Gesicht sah. Er wußte, das war erst der Anfang von etwas, womit er schon lange gerechnet hatte. Er mußte gegen die eigenen, schmerzlichen Gefühle ankämpfen und hörte kaum, was Louisa noch erzählte.

»Abgestempelt in Dublin, sagst du?«

»Ja.«

»Dann mußt du damit rechnen, ihn zu treffen«, sagte er, ohne die Bitterkeit unterdrücken zu können, »er wird früher oder später kommen, darauf kannst du dich verlassen.«

4

Robert hatte auf der Überfahrt einigermaßen gut geschlafen und vor dem Anlegen ein gutes Frühstück gegessen, aber die Bahnfahrt ermüdete ihn mehr, als er geglaubt hatte. Als er in York eintraf, war er leichenblaß vor Erschöpfung. Er konzentrierte sich darauf, einen Gepäckträger zu finden, während seine Schulter heftig schmerzte. Deshalb bemerkte er den dünnen Harris nicht, der mit großen Schritten auf ihn zukam. Unerwartet und sehr erleichtert hörte Robert die vertraute Stimme, die ihn begrüßte. Die großen Hände drückten seine voll Begeisterung, bis es schmerzte, und dann kümmerte sich sein ehemaliger Bursche um das Gepäck.

Die Treppe hinauf und hinunter war eine Prüfung, aber vor dem Bahnhof warteten mehrere Droschken auf Fahrgäste. Robert sank mit einem erleichterten Seufzer in das weiche Polster, während Harris den kleinen Koffer und die Ledertasche verstaute. Mit Schieben und Drücken war auch das schließlich erledigt, Harris setzte sich neben ihn, und der Wagen fuhr langsam los, während die Räder auf dem sandigen Granitpflaster widerwillig knirschten.

Beinahe gegen seinen Willen blickte Robert auf die Stadt, die ihn seit Jahren immer wieder mit vielen Erinnerungen verfolgte. Hier waren er und Louisa zumindest eine Weile wirklich glücklich gewesen. Aber an diesem Nachmittag, unter dem schmutziggelben Himmel und den nassen, trostlosen dunklen Straßen, wirkte das kalte Lächeln der Stadtmauern bedrohlich – eine deutliche, seltsam wirkungsvolle Erinnerung an alten Trotz, der immer noch lebendig war. Die schiefen und schwarzen Grabsteine aus der Zeit der Cholera neben der Straße am Fuß der alten, gewaltigen Wälle wirkten wie faule Zähne, und Robert fröstelte.

»*Ein feste Burg*« zitierte er das alte deutsche Kirchenlied, »aber finden

Sie nicht auch, Harris, man sollte die alten Mauern schleifen? Sie scheinen schaurige mittelalterliche Gespenster zu beschwören, wenn man den Bahnhof verläßt – abgeschlagene Köpfe auf Lanzen und derartiges mehr. Kaum zu glauben, daß es so etwas einmal gegeben hat, fast noch in unserer Zeit und nicht nur im gottverdammten Mittelalter.« Harris schwieg, Robert lehnte sich zurück und schloß die Augen.

Nach einem Augenblick versuchte es Robert noch einmal. »Also, Harris, wie kommen Sie mit den Leuten zurecht? Sind sie unverbesserlich und rückständig? Macht sie das Leben hinter den Stadtmauern reaktionär und unbeweglich?«

Harris rutschte unbehaglich hin und her. »Das weiß ich nicht, Sir. Ich habe eigentlich nie darüber nachgedacht.«

»Das sollten Sie, Harris. Das sollten Sie. Sie werden feststellen, ich habe recht.«

Robert zuckte plötzlich vor Schmerzen zusammen, als die Droschke über die Trambahnschienen in der Nessgate-Straße holperte. Besorgt sagte Harris übertrieben fröhlich: »Wir sind bald da, Sir. Die Frau hat Ihr Zimmer fertig, und es gibt etwas Warmes zu essen. Danach können Sie sich ein paar Stunden hinlegen – das wird Ihnen bestimmt gut tun.«

Die Droschke holperte noch öfter, als sie über die Castle-Mills-Brücke fuhren. Harris schimpfte nervös mit dem Kutscher, als er den Mann bezahlte. Der andere Fahrgast sah jedoch so erbärmlich aus, daß der Kutscher sich eine Bemerkung verkniff. Harris überließ dem Mann das Gepäck und half Robert in die Schankstube, wo ein freundliches Feuer brannte. Kurz darauf kam er von der Theke mit einem Glas und einer Flasche.

»Da wären wir, Sir«, rief er fröhlich, »ein Tropfen von Ihrem Lieblingsbrandy.« Er schenkte ihm das Glas voll und schob es über den Tisch. »Trinken Sie das. Dann denken wir darüber nach, wie wir Sie die Treppe hinauf bekommen und ins Bett. Ich glaube, Sie essen erst später.«

»Verdammt, Harris, wollen Sie mich nach oben tragen?« murmelte Robert, »ich kann das nicht einfach so hinunterstürzen.«

»Um so besser – das stoppt den Schmerz auf der Stelle. Wirklich, Sir, Sie sollten in diesem Zustand nicht reisen.«

»Das hat meine Schwester auch gesagt.«

»Und sie hatte recht. Kommen Sie, Sir, trinken Sie ...«

»Also gut, Harris, also gut! Um Himmels willen, soll ich ersticken, Mann?«
»Nein, Sir. Ich möchte ja nur, daß Sie die Treppe schaffen.«
Robert leerte tapfer das Glas und stand mühsam auf. Er sah kurz Moira hinter der Theke und erwiderte ihr flüchtiges, besorgtes Lächeln, als er sich der Treppe und dem Treppenabsatz näherte, der wie ein Schiff unter ihm schwankte. Er murmelte etwas von schon wieder betrunken sein, und Harris lachte. »Das Haus ist betrunken, Sir!« Da hat er recht, dachte Robert, es ist ja ein Pub.
Harris mußte nicht erst den Koffer holen. Er wußte von früher, daß der Hauptmann beim Schlafen nichts auf der Haut haben konnte. Mit geübten Griffen half er ihm vorsichtig aus dem Mantel, der Jacke, der Weste und zog ihm dann die Stiefel aus. Er trat zurück, als Robert das Hemd aufknöpfte, dann die Hose und die dicke wollene Unterwäsche ablegte, auf der Letty wegen der langen Schiffsreise bestanden hatte.
»Sie kratzt wie ein Reibeisen«, knurrte er, als Harris ihm das Wollhemd über den Kopf zog. Robert lächelte bitter, als er hörte, wie Harris plötzlich die Luft anhielt und einen leisen Pfiff ausstieß. »Ich weiß, das ist kein schöner Anblick. Aber glauben Sie mir, es sieht schlimmer aus, als es ist.« Mit gespielter Lockerheit wies er auf die langen, gezackten Narben, die sich weiß von der sonnengebräunten Haut an Unterarm und Handgelenk abhoben. »Erinnern Sie sich daran? An den *Reitunfall*? Sie würden es nicht glauben, nicht wahr, Harris?« Als sein alter Bursche lächelnd den Kopf schüttelte, deutete Robert auf eine halbmondförmige Narbe über dem rechten Knie. »Das war noch vor Ihrer Zeit – sah damals wirklich scheußlich aus. Habe ich mir geholt, als Tommy Fitzsimmons das Gesicht zerschnitten wurde.« Robert glitt mit einem langen Seufzer zwischen die kühlen, sauberen Laken und murmelte: »Möchte doch wissen, wie es Tommy geht ... Habe seit Ewigkeiten nichts mehr von ihm gehört.«
»Ihm geht es bestimmt gut, Sir«, sagte Harris, legte die Kleidungsstücke zusammen und holte Kleiderbügel hinter einem Vorhang hervor, der eine Nische neben dem Kamin verdeckte. Er verzog das Gesicht und erklärte mit einem schiefen Lächeln, daß richtige Möbel ganz unten auf ihrer Liste standen. Während sie den Pub in Gang brachten, hielten Moira und er es für richtiger, alles Geld auf die Gasträume zu verwenden. »Aber wie Sie sehen, Sir, wir haben das Haus gründlich

renoviert. Wir haben die Balken, Fensterrahmen und Türen streichen lassen und die Zimmer neu tapeziert. Irgendwann können wir uns sicher auch richtige Möbel leisten.«

»Sie haben wahre Wunder gewirkt«, sagte Robert und betrachtete die hellgelbe Tapete und die dunkelgrünen Vorhänge. Der Nachttisch wirkte wie eine Seekiste mit einer Decke, aber er erfüllte seinen Zweck, und das Bett war bequem. Er hatte keinen Grund, sich zu beklagen.

»Sir, ich lasse Sie jetzt schlafen. Wir haben Eintopf zum Abendessen, und der läßt sich gut warmhalten.«

Mit schweren Augenlidern murmelte Robert noch: »Lassen Sie mich nicht zu lange schlafen. Ich habe viel zu tun ...«

Kurz vor fünf Uhr nachmittags saß er an einem Extratisch in dem kleinen Schankraum. Der Schlaf hatte ihn erfrischt; die Schulter schmerzte nicht allzu sehr, und als er den kräftigen Hammeleintopf roch, spürte Robert, wie hungrig er war. Harris brachte einen vollen Teller und zum Nachspülen einen Krug dunkles, süßes Porter – für Robert das beste seit Jahren. Moira arbeitete in der Küche, erschien hin und wieder an der Durchreiche und lächelte froh, als sie sah, wie schnell der Teller sich leerte.

»Bedienen Sie sich, wenn Sie soweit sind, Sir«, sagte Harris und kam mit Kaffee und der bewußten Flasche Brandy. »Ich trinke lieber ein Bier.«

Bald darauf saßen die zwei Männer bequem neben dem hellen Feuer und tauschten die Nachrichten aus, auf die sie bei der Ankunft mehr oder weniger hatten verzichten müssen. Robert sah sich um und stellte fest, daß die jahrelange militärische Disziplin unverändert in diesem Haus spürbar war. Messing und Kupfer glänzten wie bei einer Parade. Die Mahagonitheke schimmerte, und das Buntglas neben der Durchreiche funkelte im Schein der Flammen. Robert machte dem Wirt ein Kompliment über das Bier und bemerkte, das Geschäft müsse gut gehen. Mit einem verlegenen Lächeln erklärte Harris, es gehe immer besser. Die unangenehmsten Gäste – meistens Händler und Hausierer, von denen es an Tagen, an denen Rindermarkt war, in der Gegend wimmelte, habe er sich schnell vom Hals geschafft, und damit die besseren Gäste angelockt – Bauern aus der ländlichen Umgebung etwa und ein paar Stammgäste, Unteroffiziere aus der Kavalleriekaserne.

»Wir hatten auch ein paar von der Infanterie«, fügte er hinzu, »aber es gab sofort den üblichen Ärger. Ich habe versucht, mich zurückzuhalten und keine Partei zu ergreifen, aber als sich erst einmal herumgesprochen hatte, daß ich bei der Kavallerie gewesen war, ließen sich die anderen nicht mehr blicken.«

Das Gespräch drehte sich eine Weile um die relativen Vor- und Nachteile von Militär- und Zivilleben. Harris vermißte manches, was ihm sein Beruf früher geboten hatte, aber nicht viel und nicht genug, um sich wirklich nach dem ehemaligen Leben im Regiment zu sehnen. Er bedauerte nur aufrichtig, daß ihn sein ehemaliger Offizier nicht mit in den Sudan genommen hatte.

»Ich hätte ja nicht mitkommen können, Sir, selbst wenn ich noch im Regiment gewesen wäre – aber ich habe immer gedacht: Wenn etwas sein sollte, dann sind wir zusammen. Sie verstehen, was ich meine.«

Robert rührte das mehr, als er zugeben wollte; er blickte verlegen in sein Glas und lächelte. »Ja, Harris«, murmelte er, »ich weiß, was Sie meinen. Aber das kann ich Ihnen sagen«, fügte er etwas heiterer hinzu, »in gewisser Weise haben Sie mich begleitet. Als wir durch die Wüste zogen und für Kitchener die Lage erkundeten, habe ich mich oft schon bei dem Gedanken geschüttelt, was die Schwarzen uns wieder für einen schrecklichen Fraß zum Abendessen vorsetzen würden, und dann habe ich an Sie gedacht und an das Kaninchenragout, das wir zusammen kochen wollten! *Wo ist Ihr Kaninchen jetzt, Harris?* habe ich mich gefragt. *Wo sind die fetten kleinen Hühner und die Fasane, die wir bei den Geflügelhändlern in der Fulford-Straße gekauft haben?*« Die blauen Augen zwinkerten belustigt, und Harris machte ein betretenes Gesicht.

»Trotzdem, ich hätte bei Ihnen sein sollen, Sir.« Seine schlichte Aufrichtigkeit löste ein gefährliches Schweigen aus, denn die unvermeidliche Frage, was in Omdurman wirklich geschehen war, stand zwischen ihnen. Harris wirkte seltsam verlegen, Robert etwas weniger, denn er hatte bereits Letty und Molloy Versionen der Wahrheit erzählt.

Wieder auf neutralem Boden sagte Harris: »Die Zeitungen haben ein großes Trara um den blödsinnigen Angriff gemacht – als sie schließlich davon erfahren hatten. Es klang so, als seien die Kavalleristen vom 21. Regiment richtige Helden gewesen ...« Mit unüberhörbarer Verachtung fügte er hinzu: »Also ich hatte den Eindruck, das war mehr als übertrieben, Sir.«

Robert hob die Augenbrauen und lächelte schwach. Dann nickte er. »Es freut mich, daß es auch Leute gibt, die zwischen den Zeilen lesen«, sagte er anerkennend, »alle reden nur davon – über die Ehre und den Ruhm.« Er schüttelte den Kopf und fügte hinzu: »Kitchener war so außer sich vor Wut, daß er nicht einmal eine Pressemitteilung machte.«
Robert hatte von Leuten in Kitcheners Stab gehört, daß die Öffentlichkeit nur durch die Kriegsberichterstatter, die nach einer aufregenden Geschichte gierten, von diesem verfrühten Angriff erfahren hatte. In der Begeisterung über den »Sieg« von Omdurman verwandelten sie das Fiasko in eine faszinierende und ruhmreiche Heldentat. Der Mut der unerfahrenen und vorschnellen Truppen stand natürlich nicht zur Debatte. Aber Klugheit und Disziplin waren eine ganz andere Sache. Der große Kitchener hatte alles ganz anders geplant. Es gelang zwar trotz des Fiaskos, die Stadt Omdurman zu erobern, aber das eigentliche Ziel, die Gefangennahme des Kalifen, wurde nicht erreicht. Soweit Robert wußte, waren sie immer noch hinter ihm her . . .
Als Robert an den Angriff dachte, schüttelte er traurig den Kopf. »So viele unnötige Tote«, murmelte er, »Männer, Pferde und nun ja, auch Mut, wurden für nichts und wieder nichts geopfert. Alles umsonst.«
»Warum, Sir?«
Robert lachte spöttisch. »Ich weiß, hinterher ist es leicht, klug zu sein, Harris, aber sie waren noch nicht trocken hinter den Ohren, im wahrsten Sinn des Wortes ein Haufen blutiger Anfänger, frisch aus England importiert. Man sagte ihnen, ihre Aufgabe sei es, die Hauptstreitmacht des Kalifen von Omdurman abzudrängen – vermutlich war ein Sturmangriff die einfachste Art, das zu erreichen. Aber soweit mir bekannt ist, wurde der Befehl zum Angriff nie gegeben – der Haufen hat sich einfach spontan in Bewegung gesetzt. Ich glaube, sie haben die Nerven verloren und konnten nicht länger warten. Die Idioten dachten, zu so einer spektakulären Heldentat seien sie angereist.«
Harris zuckte zusammen. »Ein Blutbad . . .«, flüsterte er.
»Völlig richtig!« rief Robert, »und am Ende mußten sie absitzen und ihre Karabiner benutzen. Das ist bei weitem kein solches Vergnügen, wie im gestreckten Galopp anzugreifen! Aber dann«, fügte er seufzend hinzu, »war es zu spät, um wirklich noch etwas auszurichten. Die verdammten Derwische zogen sich zurück und stießen wieder zur Hauptstreitmacht. Dann haben sie uns alle angegriffen, die wir hinter der

leichten Kavallerie kamen. Kitchener«, murmelte Robert trocken, »war nicht gerade glücklich – wir auch nicht. Und dann folgte ein schwerer Tag ...«

»Wurden Sie dort – eh –«

»Ein Krummsäbel war das. Ja, Harris, dort ist es geschehen.« Mit einem bitteren Lächeln leerte Robert das Glas. »Aber das ist eine andere Geschichte – das ist etwas für später. Ich muß jetzt wirklich los.«

»Wie geht es Mr. Darnley, Sir und Seiner Durchlaucht? Er ist doch dabeigewesen, nicht wahr?«

Robert lachte. »Oh, der Prinz hält sich gut – er wird sogar den D.S.O.* verliehen bekommen!«

Robert mußte daran denken, daß man auch ihm diesen hohen Orden verleihen würde ... Er versuchte, den Gedanken beiseite zu schieben, und hob die Schultern. Er zuckte vor Schmerzen zusammen und mußte lachen. »Und Hugh Darnley«, fügte er nicht ganz ohne Neid hinzu, »hat diese Hölle ohne eine einzige Schramme überstanden! Keine Ahnung, wie er das geschafft hat! Er ist natürlich immer noch dort – und möchte keine Minute missen.«

In diesem Augenblick warf Moira einen Blick durch die Durchreiche und rief, es sei schon nach sechs. In der großen Schankstube saß kein einziger Gast mehr. Sie wollte eine Kanne Tee machen.

Harris öffnete eine Tür in der Holzwand, die die beiden Räume voneinander trennte. Robert wechselte abrupt das Thema und erkundigte sich, ob Moira die Elliotts in letzter Zeit gesehen habe. Harris trat verlegen von einem Bein auf das andere und spitzte die Lippen. Robert kannte das und wußte, er würde eine ausweichende Antwort erhalten. Er unterdrückte seinen Unmut und erinnerte sich daran, daß ihre Beziehung ihm nicht mehr erlaubte, von Harris eine klare Antwort zu fordern.

»Nicht in letzter Zeit, nein«, gestand Harris schließlich. »Wir haben sehr viel zu tun, Sir, und können uns nicht leisten, anderen viel zu helfen. Abgesehen von den Einkäufen kommt die Frau kaum aus dem Haus.«

»Aber sie hat Louisa doch besucht, oder?«

»O ja, Miss Louisa hat ihr geschrieben, nachdem sie wieder in York war. Und sie ist ein paarmal dort gewesen, soweit ich weiß. Aber Miss

* D.S.O. = *Distinguished Service Order.* Eine hohe Auszeichnung für Soldaten im Feld. A. d. Ü.

Louisa ist nie hierher gekommen, und ich weiß nicht, ob die Frau in letzter Zeit etwas von ihr gehört hat. Wenn Sie wollen, frage ich...«

»Nein, das ist nicht weiter wichtig. Ich müßte wissen, wie es jetzt dort aussieht. Die Vergangenheit interessiert mich nicht, Harris.«

»Tut mir leid, Sir«, murmelte der andere, aber es klang etwas bedrückt.

»Oh, ich wollte Ihnen nicht den Kopf abreißen, Harris – ich treffe mich nur mit Mrs. Elliott. Soweit ich weiß, lebt sie wohl nicht mehr lange.«

Harris und Moira sahen ihn entsetzt an. Da sie von Robert nur das Telegramm mit der Bitte um ein Zimmer und Verpflegung erhalten hatten, wußten sie nicht, warum er eigentlich nach York gekommen war.

»Ich habe lange nichts von Miss Louisa gehört«, gestand Moira. »Jetzt verstehe ich, das ist vermutlich der Grund.«

Robert reagierte unverständlich gereizt auf diese Nachricht und dachte, Moira hätte unbedingt den Kontakt aufrechterhalten müssen, und sei es auch nur als Verbindungsglied zwischen ihm und den Kindern. Nach allem, was Louisa für Moira getan hatte und er für Harris, hätte sie sich seiner Meinung nach etwas mehr Mühe geben können... Jetzt blieb ihm nichts anderes übrig, als wie ein Fremder dort zu erscheinen und bedauerlich wenig über die Situation bei Elliotts zu wissen.

Unter dem Vorwand, er werde bei den Elliotts erwartet, erklärte Robert, er müsse jetzt aufbrechen. Während Moira nach oben ging, um seinen Mantel zu holen, lief Harris hinaus, um eine Droschke zu finden.

Einige Minuten später erschien er atemlos und hustend. »Kein Wunder, daß es hier so still wie im Grab ist«, rief er, als er die Stimme wiederfand, »da draußen braut sich der Nebel wie eine dicke Suppe zusammen. Ich mußte durch die Rindergatter bis zum Droschkenplatz laufen. Es standen nur zwei dort, Sir und beide Kutscher saßen drüben im City Arms. Nun ja«, fügte er besorgt hinzu, »ich habe den genommen, der nur angetrunken war. Ich hoffe also, Sie werden nicht im Fluß landen.«

»Ich bin nicht hierher gekommen, um im Fluß zu landen!« rief Robert, »Ich muß irgendwie in die Gillygate-Straße, Harris, und wenn ich zu Fuß gehe.«

»Das würde ich Ihnen nicht empfehlen«, sagte Moira lachend, »den giftigen Nebel würden Sie bestimmt nicht überleben.«
Sie begleiteten ihn hinaus zur Droschke, und Harris gab dem formlosen Bündel auf dem Kutschbock genaue Anweisungen. Als Antwort erhielt er nur ein heiseres Husten, aber das alte Pferd setzte sich offenbar in die richtige Richtung in Bewegung. Harris kreuzte die Finger, als er Robert nachwinkte.

5

Dichter, schwefliger Nebel lag über der ganzen Stadt. Alle Bewegungen wurden langsamer, die Geräusche klangen gedämpft; die unheimlichen Dunstschwaden nahmen unmerklich die Orientierung und täuschten die Sinne. Es schien eine Ewigkeit zu dauern, bis die Droschke die kurze Strecke von der Fishergate bis zur Clifford-Straße zurückgelegt hatte. Nur der heisere Husten und der langsame, zögernde Hufschlag durchbrachen die bedrückende Stille. Robert wußte nicht, wie weit sie schon waren, und beugte sich aus dem Fenster. Er sah die Umrisse der hohen Schloßmauer im schwachen Licht einer Straßenlaterne. Ein paar Schritte weiter verstummten die Hufe plötzlich. Er beugte sich noch einmal vor und sah die Stufen, die zur Polizeiwache hinaufführten. Den Eingang konnte er nicht ausmachen. Stöhnend warf er einen Blick auf die Uhr, und als sie nach fünf Minuten kaum zwanzig Schritte vorwärts gekommen waren, beschloß er zu laufen.

Das mißmutige Gebrumm des Kutschers verstummte plötzlich, als sie einen Schrei hörten und dann hastige Schritte. Ohne auf den Nebel zu achten, stürmten im nächsten Augenblick einige Gestalten an Robert vorbei und die Stufen hinauf. Er hörte, wie jemand abgehackt von einem Unfall in der Nessgate-Straße berichtete. Der Kutscher hüllte sich fester in die Decke und wickelte sich den Schal um den Hals, dann fluchte er böse und ließ seinen Fahrgast gehen. Erleichtert lief Robert neben der langen Schlange von Fahrzeugen, die sich vor der berüchtigten Nessgate-Kreuzung stauten, weiter. Dort trafen vier Durchgangsstraßen aufeinander, und der tückische Nebel hatte offenbar das erste Opfer des Abends gefordert.

Menschen eilten zur Unfallstelle, Pferde stampften und wieherten, tänzelten und schnaubten unruhig im Kampf mit Deichsel und Zügeln. Einige Polizisten in Uniform überholten ihn im Laufschritt; ihnen folgte ein Mann in einem dicken Wollmantel und Überschuhen. Dann hörte Robert das durchdringende Wiehern eines Pferdes in Todesqual. Instinktiv schob er sich energisch durch die Menschenmenge. Im nächsten Augenblick hörte er einen Schuß, und das Wiehern war verstummt. Das gedämpfte, aber erregte Gemurmel von Menschen durchbrach die Stille. Da Wagen und Droschken ihm den Blick versperrten, konnte er nicht sehen, was geschehen war; aber als er versuchte, die Kreuzung am anderen Ende zu überqueren, bot sich ihm plötzlich ein Bild des Schreckens, das der Nebel teilweise verhüllte.

Zwei kräftige Polizisten versuchten, ein schweres Zugpferd zu beruhigen, das eine offene Wunde in der Seite hatte, während der zitternde Fuhrmann mit den verknäulten Zügeln kämpfte und einer gesplitterten Deichsel. Der Tierarzt im Wollmantel und Überschuhen kniete noch neben dem anderen Pferd, das gräßlich verrenkt zwischen den Überresten eines leichten Zweisitzers am Boden lag. Ein junger Mann kniete mit dem Kopf in den Händen am Straßengraben, während eine ältere Frau tröstend auf ihn einsprach.

Das Pferd dieses jungen Dummkopfs muß wenigstens nicht mehr leiden, dachte Robert, und wird auch keinen weiteren Schaden anrichten. Man muß es nur noch aus dem Weg schaffen. Das Zugpferd dagegen war in Panik geraten und deshalb gefährlich. Es stieg und schlug mit den schweren Hufen um sich. Die Ladung Getreide konnte jeden Augenblick umstürzen, wenn der Kaltblüter durchging. Robert schob sich aufgebracht an einem Polizisten vorbei und erklärte dem Kutscher mit ein paar energischen Worten, man müsse das Pferd so schnell wie möglich ausschirren.

»Sie sehen doch, es wird durchgehen! Geben Sie mir den Futtersack und halten Sie die Zügel fest, aber warten Sie, bis ich Ihnen ein Zeichen gebe!«

Robert rief dem erstbesten Polizisten zu, den Kopf des Pferdes nach unten zu drücken. Dann streichelte er dem Tier sanft die Nüstern und den schweißbedeckten Hals. Er murmelte ihm leise beruhigende Worte zu und schob ihm den Futtersack über die Nüstern, um den Blutgeruch zu vertreiben. Robert redete auf das Tier ein, wie er es mit seinen Pferden auch tat, und zog den riesigen Kopf immer weiter nach unten, bis er an seiner Brust war und die aufgerissenen Augen nichts mehr von der schrecklichen Szene sahen. Der Futtergeruch und die verständigen

Hände beruhigten das Tier schließlich soweit, daß man es ausschirren und in die schmale Gasse hinter die Kirche führen konnte. Dort in der relativen Ruhe des schwach beleuchteten Fußwegs schüttelte sich das Pferd zitternd. Der Schweiß lief ihm in Strömen über den Bauch, als stehe es unter einem offenen Wasserhahn, aber es verhielt sich ruhig, während Robert die Wunde untersuchte. Der Fuhrmann bedankte sich immer wieder stammelnd bei ihm.

Der Tierarzt erschien schließlich und bestätigte, daß die Wunde nicht übermäßig gefährlich sei. Robert machte sich wieder auf den Weg. Der Unfall hatte ihn erschüttert, und er wollte nur ungern an dem toten Pferd vorbeigehen, das mit klaffenden Wunden in Brust und Kopf noch immer auf der Straße lag. Er tastete sich deshalb an den glatten Steinen der Kirchenmauer entlang und ging durch die überdachte Passage zur eleganten Coney-Straße. Die hell erleuchteten Läden erleichterten ihm die Orientierung, und in der warmen geschäftigen Menschenmenge hatte sich der Nebel etwas aufgelöst. Aber Robert dachte bitter: Die eleganten Mäntel und Capes und die hohen seidenen Hüte haben niemanden daran gehindert, angesichts der Tragödie auf der Kreuzung stehenzubleiben und zu gaffen, wie Louisa sagen würde.

Der Zwischenfall mit dem Zugpferd hatte ihn Zeit und Kraft gekostet. Der erneut einsetzende Schmerz in der Schulter erlaubte ihm nicht, sich zu beeilen. Und doch war ihm nur allzu deutlich bewußt, wie schnell die Zeit verging. Edward war vermutlich schon auf dem Heimweg. Robert dachte plötzlich, er werde sich lächerlich machen, wenn man ihm nicht erlaubte, das Haus zu betreten. Als er an einem Blumenladen vorüberkam, ging er hinein und kaufte einen großen Strauß roter und gelber Chrysanthemen. Mit diesem Vorwand für einen Besuch näherte er sich der Gillygate-Straße.

Die Stoffrollos hinter den Fenstern der Pension ließen keinen einzigen Lichtstrahl auf die Straße fallen, um Fußgängern, die sich wie Blinde auf der winterlichen Straße entlangtasteten, einen Hinweis zu geben. Robert hatte die Hand schon auf die Klingel gelegt, als er innehielt und den Kopf hob. Er hielt Ausschau nach der aufmunternden Tafel, die vor langer Zeit seine Aufmerksamkeit auf sich gezogen hatte. Aber der Nebel wurde immer noch dichter, und er konnte kaum die Fenster im ersten Stock erkennen. Die Tafel hing bestimmt noch höher. Die dunkelgrüne Haustürfarbe war stumpf und blätterte ab. Auf den Fensterbän-

ken standen noch die traurigen Überreste der Sommerblumen in den Kästen. Das Haus wirkte so unnatürlich still und dunkel, daß Robert plötzlich fürchtete, er sei zu spät gekommen und werde Mary Elliott nicht mehr lebend antreffen.
Entmutigt trat er einen Schritt zurück und war froh, daß der Nebel ihn verhüllte. Vor dem Laden eines Kurzwarenhändlers blieb er stehen und nahm seinen Mut zusammen. Er versuchte, die sich überschlagenden Gedanken zu beruhigen. Zitternd vor Kälte sehnte er sich nach der trockenen Hitze Ägyptens und des Sudans und verzog das Gesicht zu einer Grimasse. Dort hatte er in letzter Zeit, wenn ihm die Augen vor Staub, vor Qual und Erschöpfung brannten, von York geträumt, von dunstigen Tagen, fallenden Blättern und dem friedlichen Klang der Kirchenglocken. Jetzt schmeckten diese Träume so bitter wie der Nebel.

Louisa legte die Hand auf den schmerzenden Rücken und lief aufgeregt auf dem kleinen Teppich zwischen Bett und Fenster hin und her. Sie versuchte verzweifelt, das Stöhnen und die Schmerzensschreie ihrer Mutter zu überhören. Sie schlug die schweren Vorhänge auseinander, blickte in den dichten Nebel hinaus und hoffte inständig, Dr. Mackenzie werde sich beeilen. In der letzten halben Stunde hatte sie vielleicht zwanzigmal auf die Uhr geblickt, wie sie es auch jetzt tat. Dann lief sie zum Bett zurück, beugte sich hinunter und umschloß die zerbrechlichen, zittrigen Hände. Völlig erschöpft spürte sie, wie ihre eigene Lebenskraft immer weiter schwand, je länger ihre Mutter noch lebte. Verzweifelt flehte sie den unbezwingbaren Geist an nachzugeben, ihre Mutter loszulassen, und damit auch den ausgehöhlten Körper, an den er sich so hartnäckig klammerte.
Beschämt ließ sie plötzlich den Kopf sinken. Sie nahm ihren letzten Mut zusammen und konzentrierte sich auf ihre Mutter. Allmählich ließen die fiebrigen Zuckungen nach, die Schreie wurden zum Wimmern, und Mary Elliott schien endlich einzuschlafen. Louisa hoffte, der Arzt werde kommen, denn sie wagte nicht, sie allein zu lassen. Sie wagte kaum, den Blick von ihr zu wenden. Und als sei ihr Gebet erhört worden, hörte sie leise das Läuten der Türglocke.
Sie verstummte, dann hörte sie Stimmengemurmel. Zuerst lauschte sie ängstlich, dann wurde sie ärgerlich, weil Bessie den Arzt mit Reden aufhielt. Sie ließ die Hände ihrer Mutter los und eilte zur Treppe.

»Wenn es der Arzt ist, Bessie«, rief sie leise und lehnte sich über das Geländer, »dann hören Sie bitte auf, sich mit ihm zu unterhalten, und führen Sie ihn herauf.«

Die alte Wirtschafterin kam ihr auf dem Treppenabsatz entgegen. »Es ist der Hauptmann, Ma'am. Soll ich ihn wegschicken?«

»Wer ist es?« fragte Louisa, und die Beine gaben plötzlich unter ihr nach. Sie setzte sich auf die Stufen und fragte schwach: »Was haben Sie gesagt?«

Im Schatten tauchte unten an der Treppe eine große Gestalt auf. »Ich bin es, Louisa – Robert.«

Im ersten Augenblick sah sie nur Blumen. Die riesigen Gewächshausblüten – rot und gold, rot und gold – schienen den Flur völlig auszufüllen. Sie umklammerte das Geländer, holte tief Luft und zwang sich, nicht ohnmächtig zu werden. Edward, erinnerte sie sich, hat gesagt, Robert wird kommen. Und hier stand er! Unter keinen Umständen wollte sie jetzt zusammenbrechen und sich lächerlich machen. Sie wollte Robert Duncannon keinen Grund geben, Mitleid mit ihr zu haben. Das durfte nicht sein!

»Schon gut, Bessie«, sagte sie und setzte sich über die Sorge der alten Frau hinweg, »führen Sie den Hauptmann in das Wohnzimmer – ich komme gleich hinunter.«

»Ja, Ma'am«, murmelte Bessie. Mißbilligend stapfte sie die Treppe hinunter.

Louisa lief in das Zimmer ihrer Mutter, blieb mit dem Rücken an die Tür gelehnt stehen und zitterte wie Espenlaub. Sie fluchte leise wie ein Soldat, fluchte, weil er gekommen war, fluchte, weil er sie dazu gebracht hatte, York zu verlassen, und verfluchte ihn wegen all seiner wirklichen und imaginären Sünden. Als das Zittern nachließ, ging sie zum Spiegel und fluchte wieder. Bessie hatte ihr die Haare kurz geschnitten – mehr aus praktischen Gründen und weniger, weil es Mode war. Nach den vielen Tagen im überheizten Zimmer lagen sie stumpf und verklebt an ihrem Kopf. Louisa hatte so abgenommen, daß ihr ein Gespenst aus dem Spiegel entgegenzustarren schien. Wütend wusch sie sich das Gesicht mit kaltem Wasser, kniff sich in die bleichen Wangen und beugte sich zum Feuer hinunter. Mit etwas Ruß auf einer Fingerspitze fuhr sie über die Wimpern, wusch sich die Hände und band eine frisch gewaschene Schürze um, die sie für alle Fälle immer zur Hand hatte. Sie bürstete heftig die Haare und überprüfte noch einmal ihr Aussehen. Im Gefühl einer bevorstehenden Schlacht klingelte sie nach Bessie.

»Ich komme wieder«, sagte sie, »wenn Dr. Mackenzie eintrifft. Mama geht es soweit gut – er muß jeden Moment kommen.«

Bessie schnaufte nur noch einmal mißbilligend und setzte sich stumm auf den Stuhl neben dem Bett. Louisa ging nach unten.

Das Feuer im Wohnzimmer brannte nicht, und der Raum war kalt. Mit einer gewissen Genugtuung sah Louisa, daß seine Muskeln unter dem Kiefer zuckten – entweder war er nervös oder er versuchte, sein Zittern zu unterdrücken. Er hatte den Mantel nicht abgelegt und auch noch den Schal um den Hals. Die langstieligen Chrysanthemen lagen auf dem Tisch neben Hut und Handschuhen. Bessie hatte nur das Gaslicht über dem Kamin angezündet und danach Robert sich selbst überlassen.

Aber er zitterte vor Anspannung und Aufregung wie sie. Louisa brachte kaum ein Wort heraus, als sie sich wegen der Kälte entschuldigte. Mit unsicherer Stimme erklärte sie, seit der Krankheit ihrer Mutter hätten sie alle Hände voll zu tun und würden das Zimmer nur selten benutzen. Sie ließ ihn nicht aus den Augen, und er verschlang sie gieriger als je zuvor mit seinen Blicken. Sie mochte abgenommen haben, aber er war mager wie ein Skelett, und unter der gespannten Haut standen die Backenknochen spitz hervor. Und trotzdem, dachte sie nervös, füllt er den kleinen Raum, und ein Blick genügte, um ihr Herz schneller schlagen zu lassen.

Sie bewegte sich. Er tat es ihr nach. Aber die steife rechte Seite sprach deutlich von der Verwundung. Im Bann seiner flehenden Blicke wollte Louisa ihn trösten. Sie kämpfte gegen den heftigen Wunsch an, ihn zu berühren, ihn zu umarmen, ihm alles zu vergeben. Dann senkte sie den Kopf, holte tief Luft und erinnerte sich an ihre Vorsätze. Wenn er gelitten hatte, dann hatte sie nicht weniger gelitten. Sie hatten beide für ihre Sünden bezahlt. Die Rechnung war ausgeglichen – beinahe.

»Letty hat mir berichtet, daß deine Mutter schwer krank ist. Ich hatte einige geschäftliche Dinge mit Harris zu besprechen, deshalb habe ich mich entschlossen, hierher zu kommen. Wie geht es ihr?«

Seine Stimme hatte sich nicht verändert. Sie klang immer noch tief, weich und volltönend. Louisa spürte, wie ihr Herzschlag aussetzte, und geriet in Panik. Sie holte noch einmal tief Luft, ehe sie ihm antwortete. »Sie kann unmöglich Besuch empfangen«, sagte sie so kühl wie möglich. »Sie hat seit ein paar Tagen hin und wieder heftige Schmerzen. Aber heute ist es ganz schlimm. Sehr viel schlimmer«, wiederholte sie und spürte, wie ihr die Tränen in die Augen stiegen. Sie mußte schlucken, trat ans Fenster und schob das Rollo hoch. »Wir warten auf den Arzt. Aber ich glaube, er ist durch den Nebel aufgehalten worden.«

»Am Fluß ist der Nebel sehr dick«, sagte er ruhig. »In der Nessgate-Straße hat es einen Unfall gegeben, und am Ende der Straße hier staut sich der Verkehr ebenfalls. Möglicherweise ist der Arzt im Stau stekkengeblieben.« In vorsichtigem Mitgefühl berührte er ihre Schulter und fügte hinzu: »Wenn ich darf, würde ich deine Mutter gerne sehen ...«

Louisa wich zurück, als habe sie sich verbrannt. »Mir wäre es lieber, du wartest, bis der Arzt bei ihr gewesen ist. Sie hat starke Schmerzen. Ich bezweifle, daß sie dich überhaupt erkennt.« Louisa zitterte plötzlich, rieb sich fröstelnd die Arme und ging zum Kamin. »Es ist kalt hier. Ich mache Feuer.«

Sie lief in die Küche, nahm die Schaufel, mit der sie sonst die Asche aus dem Herd räumte, stieß sie in das Feuer und füllte sie mit glühenden Kohlen. »Nimm das Funkengitter weg, Robert und geh aus dem Weg!« rief Louisa, als sie durch den Flur kam.

Robert starrte entgeistert auf die qualmenden und glühenden Kohlen, trat einen Schritt zurück und schimpfte: »Mein Gott, wie kannst du nur so leichtsinnig sein! Du kannst dich dabei verbrennen!«

Louisa schüttete frische Kohlen auf die Glut und biß die Zähne zusammen. »Aber ich brenne nicht, oder? Und nur auf diese Weise brennt das Feuer sofort!«

Das Klingeln an der Haustür ließ sie verstummen. Louisa stand mühsam auf, aber schon eilte der kleine Arzt herein und lief ohne weitere Förmlichkeiten durch den Flur.

Robert hatte den Mantel noch an und hielt die Hände über die schwachen, knisternden Flammen. Er fragte sich, warum er eigentlich gekommen war, und ob er nicht besser wieder gehen sollte. Die Lage hier war kritisch. Unter den Umständen war sein Besuch wahrhaft unpassend. In den vergangenen zwei Jahren hatte er sich immer wieder unterschiedliche Wiederbegegnungen vorgestellt, aber nie geglaubt, er werde allein in diesem kalten, düsteren und unbewohnten Zimmer stehen. Von der ehemals freundlichen Atmosphäre war nichts mehr zu spüren. Die Atmosphäre im ganzen Haus hatte sich verändert. Robert kam sich wie ein unangenehmer und unliebsamer Eindringling vor, wie ein Fremder, dem Louisa ein höfliches und freundliches Gesicht zeigen mußte, obwohl Kummer und Sorge ihr offenbar die letzten Kräfte raubten.

Schmerzen und Sterben – er hatte von beidem genug gesehen, um zu wissen, daß Schmerzen, echte Schmerzen immer häßlich sind. Es war schlimm genug, selbst Schmerzen zu haben, aber die Qualen eines anderen ansehen zu müssen, war noch schlimmer. Robert hoffte, Louisa und auch ihrer Mutter zuliebe, daß der kleine Arzt Morphium bei sich hatte.

Die schwarzen Gedanken machten Robert niedergeschlagen. Er wollte schon nach Hut und Handschuhen greifen, als er Schritte auf der Treppe hörte.

»Vergessen Sie nicht, was ich Ihnen gesagt habe«, hörte er die mitfühlende Stimme des Arztes. »Sie müssen sich jetzt ausruhen! Bessie soll heute nacht bei ihr wachen – oder Edward. Und wenn er nach Hause kommt, sagen Sie ihm, daß ich ihn sprechen möchte. Ich gehe jetzt zum Tee nach Hause.«

Die Haustür wurde geschlossen. Robert sah, wie Louisa, mit der Hand auf den Mund gepreßt, an der Wand im Flur lehnte.

»Es tut mir leid, daß ich in einer so schweren Zeit gekommen bin«, sagte Robert leise, »soll ich gehen?«

Louisa schüttelte den Kopf. Aber er wußte nicht, was das bedeutete: Sollte er bleiben oder gehen oder brachte sie einfach kein Wort heraus? Ihre Trauer war unübersehbar; bei ihrem Anblick brach ihm beinahe das Herz. Robert hätte sie am liebsten in die Arme genommen und sie an seiner Brust weinen lassen. Aber da sie vor ihm zurückgezuckt war, wagte er nicht, sie zu berühren.

»Tut mir leid«, flüsterte er noch einmal, und in den drei Worten lag das ganze Bedauern von zwei langen Jahren. »Es tut mir so schrecklich leid.«

»Und das sollte es auch«, flüsterte sie kaum hörbar und zornig, »warum bist du gekommen? Warum bist du nach zwei Jahren gekommen, Robert? Warum konntest du nicht einfach bleiben, wo du warst, und uns alle vergessen lassen, daß es dich gibt?«

Das war wie ein Schlag, und er zuckte zusammen. Aber ihm blieb nichts anderes übrig, als ihr zu sagen, woran sie nicht glauben konnte. Eine andere Antwort auf ihre Frage kannte er nicht. »Ich muß mit dir sprechen – irgendwann, wenn du Zeit hast, um mir zuzuhören –, wenigstens über die Kinder.«

»Es gibt nichts zu besprechen. Es sind *meine* Kinder, und sie tragen *meinen* Namen. Du hast keinen legalen Anspruch auf die Kinder – nicht den geringsten Anspruch.«

»Das will ich nicht«, erwiderte er langsam, »ich erhebe keinen *legalen* Anspruch auf sie. Aber du meine Güte, ich bin ihr Vater. Ich will mich nur vergewissern, daß es dir und ihnen gut geht und für euch gesorgt ist.«

»Es geht ihnen gut. Mir geht es gut. Es ist für uns gesorgt. Bist du nun zufrieden?«

»Nicht ganz. Ich möchte sie sehen.« Robert nahm seinen ganzen Mut zusammen und fügte unsicher hinzu: »Ganz besonders mein Töchterchen – von der du mir nie etwas erzählt hast.«

In dem folgenden Schweigen hörte er außer den eigenen Atemzügen eine Kinderstimme – es hätte Liam sein können. »Darf ich sie sehen?«

»Nein, nicht jetzt.« Louisa wischte sich mit einem Taschentuch die Augen und schneuzte sich. Aber sie konnte die Tränen nicht länger zurückhalten. »Sie sind im Bett. Ich muß für Edward das Abendessen vorbereiten«, fügte sie unvermittelt hinzu und ging an ihm vorbei. »Hast du schon gegessen?«

Verwirrt nickte er. »Ja, bevor ich hierher gekommen bin.«

»Also, wenn du Mutter sehen willst, dann komm jetzt mit nach oben. Sie wird bestimmt bald schlafen.«

»Hat der Arzt ihr etwas gegeben?« fragte Robert, als sie die Treppe hinaufstiegen.

»Ja, und er hat ein Rezept ausgestellt. Ich weiß nicht, warum er Edward sprechen möchte«, bemerkte sie traurig, »er glaubt wohl, ich kann nicht lesen. Er hat ihr Morphium verschrieben.«

Auf der Schwelle des Zimmers, in dem sie sich zum ersten Mal gesehen hatten, blieben beide stehen. Robert fragte sich, ob auch auf Louisa die

Erinnerungen einstürmten. Er lauschte, um vielleicht die Kinder zu hören, und fand es sehr seltsam, nach all den Jahren wieder zurückzukommen. Aber die Kinder, wo immer sie auch sein mochten, schliefen wohl schon. Louisa flüsterte Bessie etwas zu und ließ Robert dann allein eintreten.

Er hörte das Rascheln ihres Rocks und wußte, sie war gegangen. Robert seufzte und blinzelte. Dann holte er tief Luft, und bereitete sich darauf vor, daß seine Augen ihn mit der Realität konfrontierten. Nervös versuchte er, sich auf den unvermeidlichen Schock einzustellen, Mary Elliott an der Schwelle des Todes zu sehen. Aber der Tod, wie er ihn kannte, mit gespaltenen Schädeln und verstümmelten Gliedern und Schwärmen von gierigen Fliegen, ließ sich nicht mit dem vergleichen, was hier geschah. Der stille, vertraute, nur vom Feuerschein schwach erhellte Raum entführte ihn in eine andere Zeit. Damals hatte er sich fiebernd unruhig im Bett hin und her geworfen, und eine mütterliche Frau mit rosigen Wangen hatte nicht zugelassen, daß er starb.

Deshalb war der Schock größer als erwartet. Die winzige, eingefallene Gestalt in dem riesengroßen Bett schien kaum mehr Substanz als ein brüchiges Herbstblatt zu haben. Sie schlief und hätte eine Fremde sein können. Erst als sie die Augen aufschlug, nachdem er leise und flehend auf sie eingeredet hatte, sah er einen Rest der Frau, die er kannte.

Als Robert unten an der Treppe stand und seinen Mantel suchte, um so unauffällig wie möglich das Haus zu verlassen, kam Edward herein. Der Nebel umgab ihn wie eine Wolke.

Robert machte sich auf einen Zusammenstoß gefaßt, aber im schwachen Licht sah er, daß der Mann vor ihm eher bekümmert als feindselig wirkte. Edward streckte Robert nicht die Hand entgegen, sondern betrachtete ihn ruhig. Dann gelang ihm ein trauriges, eher forschendes Lächeln.

»Aha«, murmelte er, nahm den langen Wollschal ab und den weichen Filzhut vom Kopf, »Sie sind also schließlich gekommen.«

»Das scheint Sie nicht zu überraschen.«

»Nein, ich habe Sie erwartet.« Er ging zum Wohnzimmer voraus, und Robert folgte ihm völlig verwirrt. »Wollen Sie nicht Platz nehmen, Herr Hauptmann? Ich werde Ihnen etwas zu trinken holen. In diesem Haus gibt es keinen Alkohol, aber der Holunderblütenwein wärmt an

kalten Tagen wie heute.« Edward nahm aus dem Eckschrank eine Flasche mit einem handgeschriebenen Etikett und hielt sie vor das Licht.
»Woher wußten Sie, daß ich komme? Ich habe es bis vor wenigen Tagen selbst nicht gewußt.«
Edward lächelte, als er den öligen, rubinroten Wein in zwei Gläser goß. »Nun ja, es lag auf der Hand, daß Sie früher oder später hier erscheinen würden. Ihr Brief war natürlich ein Hinweis, und Louisa berichtete mir vor einer halben Stunde beim Essen, daß Sie da sind. Ich bin eben bei Dr. Mackenzie gewesen.«
»Ich verstehe.«
Schweigend hob Edward das Glas, und die beiden Männer betrachteten sich eine Weile, ohne etwas zu sagen. Der eine staunte nicht nur über die gelassene Haltung des anderen, mit der er eine schwierige Situation meisterte, sondern auch darüber, daß er offenbar nicht alterte. Ohne Bart schien Edward eher zehn Jahre jünger zu sein. Robert sah das ebenmäßige Gesicht zum ersten Mal ohne Bart und mußte sich eingestehen, daß sein Gegenspieler gut aussah. Der andere prüfte und betrachtete ihn genau. Edward sah ein sehr viel älteres Gesicht, als er in Erinnerung hatte. Dieses Gesicht war vom Leben und von Erfahrungen erstaunlich verändert und geprägt worden. Die früher herausfordernden Augen sahen ihn jetzt fragend an. Ehemals mühelose und geschmeidige Bewegungen wirkten plötzlich untypisch steif. Um Augen und Mund hatten sich tiefe Falten eingegraben. Die dichten schwarzen Haare wiesen die ersten grauen Strähnen auf. Edward erinnerte sich an die Verletzung und ahnte an der Art, wie Robert den einen Arm hielt, wo er verwundet worden sein mußte. Aber sein Mitgefühl hielt sich in Grenzen, wenn er an Louisas Leiden dachte, und er beschloß, nichts zu sagen, bis Robert das Schweigen brach.
»Ich nehme an, der ... der Arzt wollte Sie wegen Mrs. Elliott sprechen.«
Edward nickte ernst. »Er glaubt, es ist der Anfang vom Ende. Wenn sie Glück hat, ist es eine Frage von Stunden, wenn nicht, kann es noch Tage dauern.« Er starrte in die züngelnden Flammen, die langsam den Raum erwärmten. Dann fügte Edward leise hinzu: »Aber er macht sich auch Sorgen um Louisa. Sie ist am Ende ihrer Kräfte – völlig erschöpft. Wenn Tante Mary bei Bewußtsein ist und Schmerzen hat, ruft sie immer nach Louisa ...«

»Das kann ich gut verstehen«, sagte Robert und erinnerte sich an die vergleichsweise harmlosen Schmerzen und Leiden, die Louisa in der Vergangenheit gelindert hatte. Sie besaß diese unfaßbare und unerklärliche Gabe, die trotz allem sehr real war. Robert spürte den stechenden Schmerz in der Schulter, änderte seine Haltung und seufzte. »Ich wünschte«, sagte er zögernd, »ich wünschte, ich könnte etwas tun. Irgend etwas – ganz gleich was. Ihre Tante war so gut zu mir – sie hat mehr für mich getan, als ich verdiene.«

»Sie hat die Menschen verstanden«, sagte Edward, »und die menschliche Natur.«

»Und sie hat nie verurteilt.«

»Nun ja, ich weiß nicht. Manchmal schon, und sie hatte nicht *immer* recht.«

Robert verstand die aufrichtige Äußerung nicht und hob schnell den Kopf. Aber sein Gegenüber hielt den Blick gesenkt und dachte nach, als erinnere er sich an ein Urteil, das ebenso wichtig, aber sehr viel willkürlicher gewesen war als ihre eigenartige Zuneigung für Robert Duncannon.

»Ich wünschte, ich könnte etwas tun«, wiederholte Robert.

»Das geht uns allen so, und das ist das Schlimmste«, Edward seufzte, »wenn man weiß, daß man nichts tun kann . . . als zusehen und warten – und beten, daß das Ende kommt.«

»Werden Sie es mich wissen lassen? Ich bleibe ein paar Tage bei Harris.« Robert leerte das Glas und stand auf. »Ich möchte über vieles sprechen – besonders mit Louisa –, aber es hat nun schon lange gewartet, und ich wage zu behaupten, es wird auch noch etwas länger warten. Ich muß jetzt wirklich gehen und Sie schlafen lassen.«

»Ich werde noch ein paar Stunden wach bleiben müssen«, gestand Edward mit einem müden Lächeln, »ich muß Bessie schlafen lassen. Sie hat die letzte Nacht kein Auge zugetan und die Nacht davor auch nur ein paar Stunden.«

Robert blieb in Gedanken versunken stehen. Er blickte auf seine Uhr und dann durch das Fenster auf den Nebel. Zögernd, als fürchte er eine Zurückweisung, sagte er: »Ich kann ein paar Stunden bleiben, wenn nötig auch die ganze Nacht. Wenn es nur darum geht, daß jemand bei ihr ist und bei ihr wacht. Ich kann mich wachhalten und auf sie achten.«

Edward blickte mit einem schwachen Lächeln aus dem Fenster. Dann ging er an Robert vorbei in den Flur. Kurz darauf schloß er die Haustür und sagte: »Warum nicht. Ich glaube, Sie würden in dieser Nacht ohnehin nicht zu Harris zurückfinden.«

Um halb elf stand Robert wie ein Schuljunge vor der strengen Bessie und hörte sich ihre Anweisungen an. Er wiederholte sie dreimal und setzte sich nicht allzu bequem neben das Bett mit ein paar Büchern und Zeitschriften, die ihm Edward gebracht hatte. Mary Elliott schlief friedlich unter der Wirkung des Morphiums.

Edward kam noch einmal und blickte nachdenklich auf seine Tante. »Ich weiß nicht, wieviel er ihr gegeben hat, aber die Wirkung könnte in den frühen Morgenstunden nachlassen. Wecken Sie mich spätestens um zwei Uhr. Wissen Sie, wo mein Zimmer ist? Unter dem Dach, einen Stock höher.«

Robert nickte, und Edward sah auf die Uhr. »Ich mache Louisa noch eine Tasse Schokolade. Möchten Sie etwas trinken?«

»Nein danke. Bessie hat mir Kaffee gebracht, damit ich wach bleibe. Wie geht es Louisa?«

»Sie ist zu müde um zu schlafen. Trotzdem –« Er schüttelte den Kopf und verließ das Zimmer.

Robert hörte, wie er bald darauf die Treppe heraufkam, hörte, wie Louisas Zimmertür geöffnet und geschlossen wurde. Aber so aufmerksam er auch lauschte, er hörte nicht, daß Edward das Zimmer wieder verließ.

Trotz des Feuers hatte Louisa sich das Schultertuch umgelegt. Mit bleichem Gesicht lehnte sie völlig erschöpft in den aufgestellten Kissen. Ihre Augen waren groß und hatten dunkle Ränder. Im zuckenden Kerzenlicht wirkte sie so zerbrechlich, daß Edwards Herz vor Sorge schneller schlug. Noch vor einer halben Stunde hatte sie sich heftig aufgeregt, als er ihr von Roberts Angebot berichtete. Sie hatte aggressiv erklärt, ja gewiß, Robert könne bleiben. Natürlich, Robert könne tun und lassen, wonach ihm der Sinn stehe – das tat er ja immer! Aber der Zorn war bald verflogen. Edward sah, daß sie ihre heftigen Worte inzwischen bereute. Nach dem Schock seines plötzlichen Auftauchens begann sie allmählich, wieder klar zu denken.

Er gab ihr die Schokolade, sah, wie die roten, von der Arbeit rauhen Hände sich wärmesuchend um den Becher schlossen, und spürte, wie die unpersönlichen Barrieren der Worte, der Arbeit und der Müdigkeit sich langsam auflösten. Er überlegte kurz, ob es ein Fehler gewesen sei, Robert Duncannon, wie kurz auch immer, wieder in ihr Leben treten zu lassen. Aber dann erinnerte er sich an zurückliegende Einsichten und Beobachtungen und wußte, es mußte sein. Edward hatte nie daran gezweifelt, daß Louisa sich Robert wieder stellen mußte oder noch wichtiger, den Folgen ihres Tuns. Seit zwei Jahren schlug sie wie ein Kind die Hände vor das Gesicht, weil sie den Tadel der Erwachsenen fürchtete. Sie hatte sich vor der Welt versteckt und tat, als gäbe es keinen Robert Duncannon. Louisa würde die Hände nicht ewig vor das Gesicht halten können, und jetzt war er gekommen. Edward wollte Louisa wirklich helfen, aber er wußte, es war unmöglich, denn über das Thema Robert Duncannon sprachen sie nicht.

»Ich war bei den Kindern«, sagte er zu ihr und setzte sich auf den Bettrand, »sie schlafen tief und fest.«

Aber diesmal kreisten Louisas Gedanken einmal nicht um die Kinder. Sie fragte: »Und was macht *er*?«

»Nichts Besonderes – er sitzt am Bett, trinkt Kaffee und liest ein Buch. Ich denke, er wird nicht einschlafen, wenn du dir deshalb Sorgen machst...«

Louisa schloß die Augen und griff nach seiner Hand. »Warum mußte er kommen?« flüsterte sie. »Warum gerade *jetzt*?«

Edward strich ihr über die Haare. »Ich weiß es nicht. Vermutlich war es ihm nicht früher möglich.«

»Er möchte die Kinder sehen.«

»Das kann ich mir vorstellen.« Edward seufzte. »Du weißt, wir müssen über vieles reden – nicht sofort –, auch nicht in den nächsten Tagen, aber bald. Es wäre besser, es ihm zu erlauben. Das würde uns allen auf Dauer gesehen viele unnütze Streitigkeiten und Kummer ersparen.«

»Ich möchte es nicht.«

»Ich weiß das. Aber du bist sehr müde, und jetzt solltest du nicht darüber nachdenken. Ich gehe«, sagte er sanft, »wir können morgen darüber sprechen.« Er wollte aufstehen, aber Louisa hielt ihn fest. Sie bat ihn zu bleiben, ohne wie ein ängstliches Kind sagen zu können warum. Edward erklärte sich seufzend bereit zu bleiben, bis sie eingeschlafen war.

Er lehnte sich bequem in die Kissen und legte den Arm um sie. Edward war unsagbar müde und sehnte sich nach seinem Bett, aber die angenehme Wärme und verführerische Nähe zu Louisa hinderten ihn daran, wieder aufzustehen. Nach einer Weile löschte er die Kerze, zog die Schuhe aus und lag bald darauf tief schlafend an ihrer Seite.

6

Robert spürte den nach ihm greifenden Schlaf, gähnte lange und stand auf. Er ging die wenigen Schritte zum Fenster, öffnete mehr aus Gewohnheit als aus Neugier die Jalousie und blickte hinaus in den Nebel. Er war so dicht wie zuvor, und draußen war es totenstill. Seit einigen Stunden fuhren keine Wagen mehr auf der Straße, und es schien auch schon lange her zu sein, daß die Angetrunkenen fluchend und lachend das Gasthaus in der Nähe verlassen hatten.

Mary Elliott schlief noch immer. Sie schnarchte, ohne Robert wahrzunehmen oder das Licht neben seinem Stuhl. Er hatte sich langsam an die unfaßliche Veränderung gewöhnt und konnte sie inzwischen ohne Widerwillen oder Entsetzen ansehen. Robert hatte das Lächeln bemerkt und in ihren Augen gesehen, daß sie ihn erkannt hatte, und so vermochte er die Gegenwart mit der Vergangenheit in Einklang zu bringen. Während er allein bei ihr war, kniete er neben ihrem Bett und sprach mit ihr, während er die knochigen Finger in den Händen hielt. Sie hatte ihn angesehen und gelächelt. Ein- oder zweimal hatte sie sogar seinen Namen gemurmelt, aber er wußte nicht, ob sie verstand, was er sagte. Darauf kam es auch nicht an. Er wußte, sie hatte verstanden, daß er sich so gut wie möglich um Louisa und die Kinder kümmern wollte, wenn ihm das erlaubt sein würde. Er zweifelte auch nicht mehr daran, daß seine Reise nach York vergebens gewesen sei.

Aber sie überließ sich jetzt den willkommenen Armen des Vergessens und bewegte sich kaum noch. Das Ende war nahe, das wußte er.

Robert blickte auf die Uhr und sah, daß es zwanzig Minuten nach zwei war. Er seufzte und schob die goldene Taschenuhr in die Tasche zurück. Sollte er Edward rufen oder nicht? Edward hatte ihm gesagt, er möge ihn um zwei Uhr wecken, aber Robert wußte, er war nicht in seinem Zimmer. Die Verlegenheit hinderte ihn daran, Louisas Zimmer zu betreten. Er hatte zwar schon lange seinen Zorn bezwungen und sich halbwegs damit abgefunden, daß sie natürlich eng und unzertrennlich zusammen lebten. Aber er glühte noch immer vor Scham bei dem Gedanken, daß sie es ihm so deutlich zeigten. Edward wollte in seinem Zimmer schlafen, erinnerte sich Robert, aber Louisa hatte ihn bewußt nicht von ihrer Seite gelassen, um das zu unterstreichen, was sie ihm vor zwei Jahren an den Kopf geschleudert hatte.

Als er das Feuer schürte, hörte er eine Bewegung hinter sich. Er richtete sich schnell auf und sah Edward in zerknittertem Anzug und zerzausten Haaren an der Tür lehnen.

»Ich bin eingeschlafen«, sagte er nur.

Robert gab zuerst keine Antwort, aber er sah an der zerknitterten Jacke, daß Edward die Wahrheit sprach. »Ist nicht schlimm«, erwiderte Robert ruhig, »ich habe Ihnen ja gesagt, ich kann wenn nötig die ganze Nacht aufbleiben.« Aber die eifersüchtige Spannung war von ihm gewichen, und als Edward nach unten ging, um Tee zu brühen, hätte Robert vor Erleichterung am liebsten gelacht.

Als Edward zurückkam, hatte Robert sich wieder unter Kontrolle. Die beiden Männer saßen rechts und links neben dem Feuer und tranken in einverständigem Schweigen ihren Tee. Edward hatte sich die Haare gekämmt und die Krawatte gerichtet, aber seine Augen waren noch halb geschlossen. Robert sah helle Bartstoppeln an seinem Kinn im Licht des Feuers schimmern. Er fuhr sich mit der Hand über das Gesicht und spürte die unangenehm rauhe, stachlige Haut. Seine Augen brannten vor Müdigkeit. Robert überlegte gerade, ob er sich ein Rasiermesser leihen konnte, als Edward ihn ansah und lächelte.

»Unten gibt es heißes Wasser. Wenn Sie sich rasieren wollen, können Sie mein Rasiermesser haben.«

»Können Sie Gedanken lesen?«

»Nein«, erwiderte Edward, »aber Ihre Geste war deutlich. Wir sehen beide etwas mitgenommen aus. Übrigens, wie geht es Ihrer Schulter?«

»Gut. Es ist immer besser, wenn ich ruhig sitze und nichts tue.« Dann fragte er: »Aber woher wußten Sie, daß ich Schmerzen hatte? Ich habe doch nichts gesagt.«

Edward sagte achselzuckend: »Das konnte man an Ihrem Gesicht ablesen und an Ihrer Haltung. Außerdem hat Ihre Schwester uns geschrieben. Wir wissen, daß Sie verwundet worden sind.«

»Sie sind ein guter Beobachter«, erklärte Robert.
Nach einer Weile unterhielten sie sich leise. Robert erzählte von dem Kampf und von den Erlebnissen in Ägypten; er sprach aber bewußt nicht von den Gründen, die ihn bewogen hatten, sich zu dem Einsatz in der Wüste zu melden. Er erwähnte die Möglichkeit einer Rückkehr und sprach über die Möglichkeiten, wieder bei den Königlichen Dragonern zu dienen.
»Sie wollen also nicht in den Ruhestand?«
»Mein Gott, nein! Die Kavallerie ist mein Leben! Ich habe nie etwas anderes gekannt und möchte nicht jetzt schon darauf verzichten. Ich habe erlebt, was es heißt, befördert zu werden, verstehen Sie?« Robert lachte leise. »*Major* Duncannon für die Dauer des Einsatzes bei der ägyptischen Kavallerie. Ich muß gestehen, das hat mir gefallen. Ich würde es sehr gerne auch gedruckt sehen – natürlich bei meinem alten Regiment!«
»Natürlich«, wiederholte Edward lächelnd. »Sie wollen sich also nicht auf das Land zurückziehen und sich mit der Landwirtschaft den Lebensunterhalt verdienen?«
Robert lachte leise und schüttelte den Kopf. »Ich glaube nicht, obwohl ich dazu eigentlich geboren und erzogen worden bin. Ich finde das auch ganz schön, aber nach ein paar Wochen langweile ich mich dabei zu Tode. Als mein Leben finde ich das trostlos – zumindest jetzt noch.«
»Für mich ist das Landleben auch nichts«, stimmte Edward zu, »ich liebe die Stadt – *diese* Stadt – einfach zu sehr. Auf dem Land würde ich mir vermutlich wie im Exil vorkommen.«
Ihre Blicke trafen sich, und in diesem Augenblick wußten beide Männer, daß Louisa ein einsames Haus auf dem Land am liebsten haben würde. Beinahe schuldbewußt senkten sie beide den Kopf und wechselten wie zwei Verschwörer, die von einem Dritten überrascht worden sind, schnell das Thema.
Um vier Uhr morgens schlief Robert. Edward berührte ihn vorsichtig an der Schulter. »Das Bett im Ankleidezimmer ist frisch bezogen. Ich glaube, Sie sollten sich hinlegen.«
Robert winkte erst ab, aber der Gedanke an Schlaf war doch zu verführerisch, um darauf zu verzichten. In der Tür zum Ankleidezimmer drehte er sich noch einmal um, als sehe er den Kamin, die Lampe und das Bett zum ersten Mal.

»Wie merkwürdig«, sagte er leise, »genauso war es, als ich Louisa zum ersten Mal gesehen habe.« Er schwieg, und Edward hob plötzlich hellwach und fragend den Kopf. »Eine Winternacht – jemand ist krank. Und ich hatte immer noch Fieber, denn ich habe im Schlaf gerufen –, Louisa kam, um mich zu wecken. Sie hielt in dieser Nacht Krankenwache bei ihrer Mutter im Ankleidezimmer. Erinnern Sie sich, das war damals die Grippe-Epidemie ...? Dann kam sie aus irgendeinem Grund noch einmal – ich weiß nicht mehr warum –, und wir saßen wie Sie und ich heute nacht zusammen neben dem Kamin dort, wo wir uns auch unterhalten haben.«

Edward sagte nach kurzem Schweigen: »So haben Sie sich also kennengelernt? Ich habe es nicht gewußt, mich das aber oft gefragt.«

»Ja, hier in diesem Zimmer. Dort saß sie – in dem Sessel Ihnen gegenüber. Ich weiß noch, wie hübsch sie im Schein der Flammen aussah. Aber sie war auch sehr unruhig«, fügte er lächelnd hinzu, »denn sie unterhielt sich mitten in der Nacht mit einem Fremden!« Aber wenn ihn die Erinnerung amüsierte, so empfand er auch Bedauern und Kummer. Robert drehte sich unvermittelt um und sagte: »Gute Nacht.«

»Ja, schlafen Sie gut.«

Ihn weckten Stimmen im Zimmer nebenan. Licht fiel durch die Spalten des Vorhangs. Es mußte also schon nach acht sein. Robert blieb bewegungslos liegen und versuchte zu hören, was gesagt wurde. Weinte jemand? Aber Robert erkannte nur die tiefe Stimme des Arztes und eine hohe Stimme – vermutlich war das Louisa. Dann hörte er Schritte auf der Treppe, und die Stimmen wurden leiser – kurz darauf wieder Schritte, und im nächsten Augenblick klopfte es laut an der Tür.

Er zweifelte nicht daran, daß es Louisa war, zog die Decke schnell über die verwundete Schulter und rief sie herein. Ohne ihn anzusehen, brachte Louisa heißes Wasser und ein Rasiermesser. Sie teilte ihm mit, es gebe ungefähr in einer halben Stunde unten Frühstück. Sie war bereits wieder an der Tür, als er einen klaren Gedanken fassen konnte.

»Louisa!«

Die Hand auf der Türklinke blieb sie stehen. »Ja?«

»Wie geht es deiner Mutter?«

»Den Umständen entsprechend – so sagt man doch, oder?« Mit unüberhörbarer Bitterkeit fügte sie hinzu: »Noch etwas, mein Herr?«

Wut stieg in ihm auf, und er schüttelte nur stumm den Kopf. Er wollte noch sagen, daß ihn das Ankleiden eine Ewigkeit kostete, verkniff es sich aber. Er wußte sehr wohl, wie häßlich die heilenden Wunden aussahen, und wollte nicht den Anschein erwecken, er hoffe auf Mitleid, wenn er sie um Hilfe bat.

Wie jeden Morgen ließen sich Schulter und Arm so gut wie nicht bewegen. Es gelang ihm nur unter großer Mühe, das Bett zu verlassen und die Hose anzuziehen. Das Rasieren fiel ihm noch schwerer, aber es gelang ihm. Hemd und Weste waren kein Problem, aber bei dem gestärkten Kragen und den winzigen Knöpfen mußte er beinahe aufgeben. Als Robert sich die Krawatte band, war er leichenblaß und zitterte.

Sie frühstückten gut, wenn auch schweigend in dem ehemaligen Speisesaal der Pensionsgäste. Einige verstohlene Blicke auf Louisa überzeugten ihn mit großer Erleichterung davon, daß ihre Wangen wieder etwas gerötet waren, obwohl die dunklen Ränder unter den Augen deutlich genug für ihre Verfassung sprachen. Wenn auch möglicherweise seine Anwesenheit die Röte bewirkte, so bedeutete es doch einen Fortschritt gegenüber der Blässe gestern. Die Haare waren weich und locker, als seien sie frisch gewaschen. Sie trug ein einfaches marineblaues Kleid, das ihre schlanke Figur betonte. Ihr Aussehen hatte ihn gestern schockiert. Heute morgen entdeckte er zu seiner Freude wieder einen Funken Leben und Munterkeit in ihren Augen.

Robert hörte plötzlich hohe, durchdringende Stimmen und lautes Geschrei und wußte, die Kinder waren in der Nähe – vermutlich in der Küche. Er hörte das Getrappel von kleinen Füßen im Gang. Sein Herz schlug wie rasend, daß er kaum atmen konnte. Edward sah ihn an und lächelte unbestimmt.

»Ich habe mich schon gefragt«, sagte er, »wie lange sie sich bändigen lassen . . .«

Ehe Louisa an der Tür war, streckte ein kleiner Junge den Wuschelkopf ins Zimmer. Erstaunt beim Anblick des Fremden blieb er stehen, dann rannte er zu seiner Mutter und drückte die plötzlich roten Wangen an ihren Rock.

Louisa wurde ebenfalls langsam rot. Sie vermied es, Robert anzusehen, und sagte zu ihrem Sohn: »Wo bleibt dein Benehmen, William? Sag guten Tag. Du weißt doch, wer das ist, oder?«

Sie streichelte dem Kind sanft über den Kopf. Robert sah, daß Louisa immer noch die beiden Ringe trug, den Siegelring und den einfachen Goldring, den er ihr in Dublin gekauft hatte. Er freute sich darüber und lächelte, als der kleine Junge ihn zögernd ansah. Liam war in den zwei Jahren groß geworden. Er sah Louisa ähnlicher denn je; der Kleine hatte das gleiche energische Kinn, die strahlend blauen Augen und den fragenden Blick. Erinnert er sich an mich? fragte sich Robert und spürte, wie seine Schlagader am Hals klopfte und die unerträgliche Spannung, als alle auf Liams Antwort warteten. Es dauerte lange, bis der Junge trotzig den Kopf schüttelte und sich wieder an die Mutter drückte.

Zwei Jahre sind für ein kleines Kind ein halbes Leben, rief sich Robert ins Gedächtnis. Aber ihn überkamen Trauer und Verlegenheit. Er senkte den Kopf, räusperte sich, weil er plötzlich einen Kloß im Hals spürte. Verwirrt und aller Worte beraubt, überließ er sich dem stummen Zorn und machte Louisa für alles verantwortlich. Zwei Jahre waren eine lange Zeit, und sie hätte den Kindern etwas sagen müssen – oder überhaupt nichts sagen dürfen, dachte er bitter. Wie auch immer, was er sagen würde, wäre falsch.

Louisa flüsterte etwas und versuchte, Liam vorwärts zu schieben, aber er hielt sich krampfhaft an ihr fest. »Guten Tag«, sagte er schließlich ernst und höflich.

Robert gelang ein Lächeln und er erwiderte den Gruß. Die trotzigen blauen Augen musterten ihn unverwandt, und Robert mußte schlukken. »Wie schade, daß du dich nicht an mich erinnerst, Liam – wir haben früher viel zusammen gespielt. Weißt du noch, wie du in Dublin warst? Erinnerst du dich an das große Haus?« Der kleine Junge runzelte die Stirn, als versuche er, sich an etwas zu erinnern. »Wir haben oft Ball miteinander gespielt«, redete Robert verzweifelt weiter, »mit Georgina. Kannst du dich noch an Georgina erinnern?«

Liam nickte langsam, und Edward sagte: »Letty und Georgina haben uns im letzten Sommer besucht.«

Robert reagierte nicht darauf und sagte: »Georgie läßt dich grüßen – und deine Mama auch«, fügte er hinzu und sah Louisa an. »Sie wollte unbedingt mitkommen, aber ich habe sie auf ein andermal vertröstet. Georgie ist meine kleine Tochter. Sie ist wie du sehr gewachsen. Als ich weggegangen bin, warst du noch sehr klein – und erst zwei Jahre alt . . . Das ist lange her, nicht wahr?«

»Ich bin jetzt groß«, erklärte Liam energisch, »ich komme bald in die Schule. Bobby ist noch klein . . . Er ist noch nicht einmal drei . . ., und Tisha ist noch ein Baby.«

Robert hob überrascht den Kopf. »Tisha?«

»Letitia – Letty hat dir doch sicher gesagt, daß wir das Kind nach ihr genannt haben«, sagte Louisa.

Er schlug die Augen nieder. »Ja – ja, das hat sie. Tut mir leid, ich habe die beiden Namen nicht gleich in einen Zusammenhang bringen können.« Letty *hatte* es ihm in dem Brief gesagt, in dem sie ihm die Nachricht zukommen ließ. Bis zu diesem Zeitpunkt hatte er nichts davon gewußt. Selbst jetzt fiel es ihm schwer, seiner Schwester zu verzeihen, ihm die Wahrheit vorenthalten zu haben. Letty hatte ihm erklärt, sie habe es auch nicht gewußt, weil Louisa nicht wollte, daß er es erfuhr. Aber Robert bezweifelte das noch immer . . .

Er hatte Louisa geschrieben und sie um Verzeihung gebeten. Er bot an, Himmel und Hölle in Bewegung zu setzen, um einen Heimurlaub zu bekommen, wenn sie eine Versöhnung in Betracht ziehen könnte. Er hatte vergeblich auf eine Antwort gewartet. In all der Zeit hatte sie ihm kein einziges Wort zukommen lassen. Das war schwer zu verstehen und noch schwerer zu verzeihen.

»Darf ich sie sehen?«

»Wenn du willst«, erwiderte sie so gleichgültig, als habe er darum gebeten, ein Buch oder ein Bild ansehen zu dürfen.

Louisa beugte sich zu Liam und sagte ihm, Bessie möge das Baby hinunterbringen. Aber Robert unterbrach sie. Sein Zorn wurde noch deutlicher sichtbar, weil er sich so zusammennehmen mußte. »Wenn ich will?« wiederholte er. »Glaubst du, ich möchte sie nicht sehen? Sie ist doch meine Tochter, oder?«

Eine Hand legte sich ihm auf die rechte Schulter.

»Bitte«, flüsterte Edward beschwörend, »nicht vor dem Kind!« Dann führte er Liam aus dem Zimmer.

Robert kochte vor Wut, als er das weiße, verschlossene Gesicht Louisas sah. Er wollte sie schlagen und wußte, dann hätte er sie vermutlich halb umgebracht. Er konnte nicht glauben, daß diese kalte, gefühllose Frau dieselbe Louisa war, die er so leidenschaftlich geliebt hatte. Er wollte nicht glauben, daß er etwas getan hatte, um diese bewußte Grausamkeit zu verdienen.

Edward kam zurück, und Robert sah ihn herausfordernd an und wollte seinem Zorn freien Lauf lassen. »Also?« fuhr er ihn an, »ist sie meine Tochter – oder Ihre Tochter?«
Edwards Kopf fuhr herum. Er biß die Lippen zusammen. In diesem Moment verließ ihn die Beherrschung, und seine Augen durchbohrten Robert mit eiskalter Verachtung. Robert sah zum ersten Mal die eigene Qual und den eigenen Zorn in den Augen eines anderen. Er sah den Haß und die Feindseligkeit, die er am Abend zuvor erwartet hatte.
Louisa rief unterdrückt: »Mein Gott, Robert! Glaubst du, alle seien so widerlich und gemein wie du?«
Er hatte sich bei Edward entschuldigen wollen, aber er unterließ es. »Gemein und widerlich?« wiederholte er in spöttischem Staunen, »beziehst du dich damit ein?«
Edward unterbrach sie scharf. »Hört auf! Sofort! Ihr seid ja schlimmer als Kinder!« rief er. »Was sollen diese wüsten Beschuldigungen?« Und als Louisa aufstand, um den Tisch abzuräumen, bedeutete er ihr, sich wieder zu setzen.
»Einen Moment, Louisa. Ich möchte etwas sagen.« Er schwieg, griff sich an das Kinn und sah beide abwechselnd an. »Im Augenblick sind wir alle drei übermüdet. So oder so, die letzten Monate waren für uns alle . . . sehr schwer. Wir haben alle drei gelitten. Das weiß ich. Und im Augenblick schlagen die Gefühle über uns zusammen. Aber soviel steht fest: Es wird nie eine ideale Zeit geben«, fuhr er etwas ruhiger fort, »um über das zu sprechen, worüber wir sprechen müssen. Vermutlich ist aber der Zeitpunkt jetzt der denkbar ungünstigste. Außerdem ist es höchst unpassend, den Gefühlen freien Lauf zu lassen, wenn Louisas Mutter oben im Sterben liegt . . .«
Louisa schluchzte plötzlich und sprang auf. Aber ehe sie an der Tür war, packte Edward sie am Arm.
»Setz dich und hör mir zu. Ich werde das nicht wiederholen.« Während Louisa gegen die Tränen kämpfte, sagte er zu ihr: »Du und Robert, ihr habt drei Kinder in die Welt gesetzt –, und ich werde nicht daneben stehen und mitansehen, wie sie leiden, weil ihr einen Dauerkrieg führen möchtet. Es ist an der Zeit, an die *Kinder* zu denken«, sagte er mit Nachdruck und sah Robert an, »und nicht länger an euch und eure Fehler.«
»Er hat recht«, murmelte Robert. Er staunte und war nicht wenig ent-

mutigt über den Einfluß, den Edward auf Louisa ausüben konnte, und auch darüber, wie Edward die Situation beherrschte. Robert zündete sich eine seiner leichten Zigarren an und blies den blauen Rauch in das Zimmer. »Was schlagen Sie vor?«

»Wir sollten die Sache noch ein paar Wochen auf sich beruhen lassen – zumindest so lange, bis wir darüber hinweg sind –, ich meine über das, was uns in den nächsten Wochen bevorsteht. Sie verstehen sicher...«

Robert versuchte, Louisas verzweifeltes Schluchzen zu überhören, und nickte. »Und bis dahin – ein Waffenstillstand?«

»Natürlich«, erwiderte Edward geduldig und zurückhaltend. »Ein Waffenstillstand.« Dann beugte er sich über Louisa und zog ihr sanft, aber entschlossen die Hand vom Gesicht. »Ich hoffe, du bist einverstanden?« Als sie nickte, forderte er sie auf, sich die Tränen zu trocknen. Zu Roberts Staunen tat sie es.

Louisa stand auf und verließ leise das Zimmer. Ein verlegenes Schweigen breitete sich aus. Edward seufzte tief und lange. Robert betrachtete stumm den langsam aufsteigenden Rauch der Zigarre. Er wollte etwas sagen, brach aber ab, als er vor der Tür ein Geräusch hörte. Edward öffnete, und Robert sah Liam mit seinem verlegenen kleinen Bruder. Er hatte drei Finger in den winzigen Mund gesteckt und sah Robert mit großen Augen an.

Robert war aufgestanden, setzte sich aber wieder, denn er dachte an seine eher furchteinflößende Größe. Er wollte noch so eine peinliche Begrüßungsszene vermeiden, beugte sich vor und sagte lächelnd: »Also, das muß Bobby sein. Du meine Güte, ich hätte dich nicht wiedererkannt. Er ist so groß geworden. Und er hat Hunger und kaut schon auf den eigenen Fingern. Komm her. Wir wollen mal sehen, was wir für dich haben.« Robert wünschte, er hätte außer den Chrysanthemen auch noch Süßigkeiten mitgebracht. Schnell schnitt er eine Scheibe Brot ab, bestrich sie mit Butter und Erdbeermarmelade.

Der ältere Liam wagte nicht näherzukommen, denn der große Mann mit der gebräunten Haut und dem großen schwarzen Schnurrbart machte ihm Angst. Sein kleiner Bruder war da ganz anders. Bobby kletterte munter auf die freundlich dargebotenen Knie, strahlte wie eine kleine Putte und streckte das bereits klebrige Händchen nach dem Brot aus. Robert sah die beiden an: der eine dunkel, der andere blond.

Zwei außergewöhnlich hübsche Kinder, aus denen einmal gutaussehende junge Männer werden würden. Aber als Louisa mit Tisha in das Zimmer kam, wußte er sofort, dieses Kind würde einmal sehr schön sein. Mit fünfzehn Monaten besaß sie eine reine, schimmernde Haut, rosige Wangen und einen süßen Rosenmund. Sie war so vollkommen wie eine Porzellanpuppe und sah ihn unter den glänzenden goldenen Locken mit großen, unergründlichen Augen an. Robert wußte, er war verloren.

7

Edward ging an diesem und am nächsten Tag nicht zur Arbeit. In der Nacht kam für Mary Elliott das friedliche Ende. Louisa hatte etwa zwölf Stunden geschlafen, ohne zu wissen, daß ihre Mutter gestorben war.

Im nachhinein machte ihr das großen Kummer, abgesehen von der Dankbarkeit, abgesehen von der Erleichterung, abgesehen von dem schrecklich schmerzenden Loch irgendwo in der Brust, abgesehen von den Gefühlen, die sie hätte haben sollen. Es schien unnatürlich und ungerecht, daß nach allem, was sie gemeinsam gelitten hatten, ihre Mutter diese Welt verließ, ohne daß Louisa etwas davon ahnte. Sie konnte Dr. Mackenzie nicht das Schlafmittel verzeihen, auf dem er in dieser Nacht bestanden hatte, und sie machte sogar Edward Vorwürfe, weil er dem Arzt zugestimmt hatte. Wütender als sie Edward im allgemeinen kannte, fuhr er Louisa an und sagte, sie möge aufhören, sich wie ein ungezogenes Kind zu benehmen. Sie habe Ruhe dringend nötig gehabt und müsse immer noch schlafen. Er stand wie ein strenger Polizist neben ihr und paßte auf, daß sie die bitter schmeckende Medizin Tropfen für Tropfen schluckte.

Louisa wußte, sie hatte sich falsch benommen. Sie reagierte noch immer bei jedem kleinen Anlaß hysterisch und unberechenbar. Die Kinder waren bestürzt und verwirrt. Bessie und Edward saßen jetzt nachts an ihrem Bett, als sei die Krankenwache ihnen schon zur lieben Gewohnheit geworden, bis sie endlich wieder einschlief. Und Louisa schlief die ganze Nacht und den halben Tag. Sie schlief in völliger Erschöpfung.

Robert wollte erst nach Dublin zurückkehren, aber als Mary Elliott gestorben war, hielt er es für richtig, zum Begräbnis zu bleiben, und kam nach dem ersten Besuch noch öfter in das Haus in der Gillygate-Straße.

Da Louisa im Bett lag, mußte sie ihn nicht sehen. Aber er schwand nicht aus ihrem Bewußtsein. Seine Gegenwart hing wie ein drohendes Schwert über ihr.

Im Augenblick hatte sie jedoch Frieden und Ruhe. Blanche kam und verschwand wieder. Emily nahm erfreulicherweise die Kinder mit nach Leeds, und Bessie wirtschaftete in ihrer geliebten Küche, um den Tee nach der Beerdigung vorzubereiten. Aber wenn wir umziehen, dachte Louisa bitter, wird sie nicht bei uns bleiben, denn wir können uns eine Wirtschafterin nicht mehr leisten. Und da es Emily immer besser geht und sie eine Haushälterin haben *muß*, wird Bessie zu ihnen gehen – in die anständige, nette und ehrbare Familie, wo die gerahmte Heiratsurkunde im Wohnzimmer an der Wand hängt . . .

Bessie hatte in den vergangenen zwei Jahren das heikle Thema zwar mit keinem Wort erwähnt, aber es gelang ihr ständig, auf subtile Weise ihre rigorose Mißbilligung zum Ausdruck zu bringen. Bessie ließ keinen Zweifel daran, daß sie nur aus Treue zu ihrer alten und geliebten Herrin im Haus blieb und sich nicht eine neue Stelle suchte. Das schmerzte Louisa mehr als alles andere, denn Bessie gehörte mehr zur Familie und war weniger eine angestellte Haushälterin. Sie gehörte als Mensch zu ihnen und war immer freundlicher und zuverlässiger gewesen als ihre beiden Schwestern. Bessie hatte ihr mehr Zuneigung als ihre Mutter in den schwierigen Jahren entgegengebracht, als aus dem Kind eine Frau wurde.

Nach dem Tod von Mary Elliott ließ sich der Umzug in ein anderes Haus nicht länger aufschieben, und damit hatte Bessie keinen Grund mehr zu bleiben. Trotz ihres Grolls wußte Louisa, Bessie würde ihr sehr fehlen. Wenn Bessie sie verließ, dann war das ein deutliches Zeichen für die großen Veränderungen, denen sich Louisa nicht stellen wollte.

Selbstmitleid überkam sie, und sie wehrte sich nicht dagegen. Sie wünschte sich, wie Letty zu rauchen, oder wie Robert zu trinken, damit der Kummer und die Qualen einen sichtbaren Ausdruck fanden. Louisa fürchtete sich vor dem Begräbnis schon deshalb, weil sie all den Leuten begegnen würde, denen sie so lange aus dem Weg gegangen war – Leute wie Mrs. Chapman, die mehr Klatsch in die Welt gesetzt hatte, als Louisa sich vorzustellen wagte. Und dann gab es eine gewisse hochnäsige Nachbarin, die keine Gelegenheit ausließ, um die Stirn zu runzeln und den Rock zur Seite zu drücken, wenn sie sich zufällig auf der Straße begegneten. Eine andere Nachbarin hatte einmal beim Metzger *Hure* gezischt. Aber der freundliche Mann hatte die alte Hexe finster angesehen und Louisa ein halbes Pfund Fleisch mehr gegeben. Danach hatte sich Ähnliches nicht mehr wiederholt. Nun ja, dachte Louisa, in gewisser Weise haben sie recht. Ich habe, was sie angeht, nicht nur alle Regeln gebrochen, sondern auch noch die Kühnheit besessen, zurückzukommen und es allen deutlich zu zeigen. Als damals die Schwangerschaft immer sichtbarer wurde, hatte Louisa auf das Einkaufen verzichtet. Bessie übernahm diese Aufgabe, und ihre Mutter machte mit den beiden Jungen Spaziergänge. Wenn nicht Edward gewesen wäre, hätte Louisa das Haus überhaupt nicht mehr verlassen. Aber er sorgte von Anfang an dafür, daß aus ihr keine Einsiedlerin wurde. Er hatte alles in seiner Macht Stehende getan, um die Neugier der Nachbarschaft zu besänftigen.

Auch in der Familie hatte er sie getröstet und unterstützt, Blanches Überheblichkeit zurückgewiesen und die selbstgefällige Emily in ihre Grenzen verwiesen. Es fielen zwar manchmal harte Worte – meist um ihr Selbstmitleid zu erschüttern –, aber Edward machte ihr nie Vorwürfe, mit denen sie sich ständig marterte. Bis zur Krankheit ihrer Mutter hatte Louisa gehofft, sie werde sich langsam erholen. Aber das qualvolle Leiden ließ die alten Schuldgefühle in neuer Schärfe aufleben: Wäre sie in Dublin geblieben, würde die Pension noch florieren, und Mama wäre noch gesund; Edward müßte nicht so schwer arbeiten, um sie alle zu ernähren . . . Die Liste hatte kein Ende.

Jetzt mußte sie sich der Ironie stellen: In Dublin hatte sie geglaubt, eine Rückkehr nach York werde alle Antworten bringen. Genau das Gegenteil war der Fall! Die Leute waren auf ihre Weise ebenso grausam wie überall. Die menschliche Natur war nicht so unterschiedlich, in welcher Klasse, in welcher Sprache sie auch zum Ausdruck kommen mochte. Als einziger Trost blieb ihr Edwards nicht fordernde, uneingeschränkte Zuneigung und Anteilnahme und ihre Liebe zur Stadt. In den frühen Morgenstunden und in der Dämmerung machte Louisa im Sommer lange Spaziergänge auf den vertrauten Wegen. Sie beobachtete den Wandel der Jahreszeiten und konnte, wenigstens für kurze Zeit, ihren Kummer einmal vergessen.

Louisa saß halb schlafend im Lieblingssessel ihrer Mutter und schreckte auf, als es an der Haustür klingelte. Sie hörte Bessies schwere Schritte und einen gereizten Seufzer, als sie sich der Tür näherte. Schweigen. Dann hörte Louisa, wie Bessie mißbilligend Robert aufforderte zu warten.

»Es ist der Hauptmann, Ma'am«, sagte sie Louisa mit gerunzelter Stirn. »Sind Sie zu Hause?«

»Nein, Bessie, ich glaube, ich bin nicht zu Hause.«

»Zu Hause oder nicht«, sagte Robert und kam in das Wohnzimmer, »du bist nicht mehr im Bett, und ich muß mit dir sprechen.«

Bessie warf ihm einen Blick zu, der jeden anderen Mann hätte in den Erdboden versinken lassen. Dann sah sie Louisa fragend an. Als Louisa schwieg, drehte sie sich kopfschüttelnd um, was soviel bedeutete: Sollen sie doch zur Hölle fahren, aber ohne mich!

»Ich möchte – eigentlich – nicht mit dir sprechen.«

»Es ist aber an der Zeit. Wir müssen ein paar Dinge besprechen, ehe ich nach Irland zurückfahre.« Robert legte Hut und Handschuhe ab und setzte sich in den Sessel ihr gegenüber. »Edward hat mir erzählt, daß ihr dieses Haus verlassen wollt.«

»Ja, das stimmt. Wir können es uns nicht länger leisten, hier zu wohnen.«

»Das habe ich verstanden. Aber mußt du zu ihm ziehen?«

Louisa starrte ihn sprachlos über diese unverschämte Frage an. »Ich glaube, das geht dich nichts an!« erwiderte sie wütend über seine Einmischung.

»Die Kinder gehen mich etwas an.«

»O nein! Es sind *meine* Kinder. Das habe ich dir schon einmal gesagt. Ich kann sie ernähren, Robert! Keine Angst!«

»Wie das?« fragte er, »du bist eine unverheiratete Frau ohne eine Stellung. Wie willst du sie ernähren?«

»Ich war eine unverheiratete Frau ohne Stellung«, sagte sie mit kaum unterdrücktem Zorn, »als ich *vor zwei Jahren* hierhergekommen bin. Ich hatte vor, mir eine Stellung zu suchen – ganz gleich welche –, um meine Kinder großziehen zu können. Ich hatte nicht die Absicht, meiner Mutter oder Edward oder irgendeinem anderen Menschen zur Last zu fallen!« Sie atmete heftig, schwieg und ließ ihm Zeit, darüber nachzudenken. Dann sah sie ihn so haßerfüllt an, daß Robert zusammenzuckte. »Aber noch ehe ich das tun konnte – und ich hatte mich bereits

nach einer geeigneten Stelle umgesehen –, stellte ich fest, daß ich *schwanger* war!«
»Du hast dafür gesorgt, daß ich in diesem Haus eine Last bin«, sagte sie ruhig in das beklemmende Schweigen, »und dir habe ich es zu verdanken, daß Edward mich bis jetzt versorgt hat. Wenn du mich in jener Nacht hättest gehen lassen – wenn du hingenommen hättest, daß ich genug hatte und nicht mehr ertragen konnte, Robert –, wenn du das getan hättest, dann wäre ich vielleicht in der Lage gewesen, dir zu verzeihen.«
»Ich weiß«, murmelte er zerknirscht, »es tut mir leid, Louisa. Du ahnst ja nicht...«
»Das möchte ich nicht wissen! Mit *deinem* Kummer möchte ich nichts zu tun haben!« Sie stand auf und ging zur Tür. »Ich glaube, du solltest jetzt gehen.«
Er erhob sich, griff aber nicht nach seinen Sachen. »Bitte, hör mir zu. Ich habe zwei lange Jahre über diese Nacht nachgedacht – und über all das, was ihr vorausgegangen ist –, und ich weiß, was für ein schrecklicher Dummkopf ich gewesen bin. Aber auch damals wolltest du mir nicht zuhören, Louisa – so, wie du mir auch jetzt nicht zuhören willst. Was ich getan habe, ist unverzeihlich. Aber, glaube mir, es ist nur geschehen, weil ich dich so geliebt habe, *weil ich nicht wollte, daß du gehst!*«
»Du mußt das verstehen«, flüsterte er und ging auf sie zu, »du mußt mir glauben, es war Liebe und – und die Angst –, die mich dazu getrieben hat, kein Zorn, keine Wut...«
Louisa wollte es nicht wahrhaben; sie sah den unendlichen Kummer in seinen Augen, aber sie erinnerte sich auch an die letzte gemeinsame Nacht, als er ihren Willen gebrochen hatte. Sie dachte wieder an die ohnmächtige Wut und die Demütigung dieser Nacht und erstarrte, als seine Hand ihre Schulter berührte. Sie wußte, es war auch Haß im Spiel gewesen – nicht nur Haß auf ihn, sondern auch auf sich selbst, weil der schwache Körper den unverzeihlichen Verrat beging und sich ihm dargeboten hatte.
Das sollte nie wieder geschehen! Mochte er noch so sehr versuchen, sie an andere, bessere Tage zu erinnern. Sie wich vor ihm zurück und sagte mit leicht unsicherer Stimme: »Gut – ich glaube dir. Ich hoffe, das macht dich glücklich.«

»Ist das dein Ernst?«
»Ich habe es doch gesagt, oder? Aber vergiß nicht, Robert: Es ist vorbei! Ich habe mich verändert. Ich bin nicht mehr die Frau von vor zwei Jahren –«
»Ich habe mich auch verändert«, sagte er schnell und griff nach ihrer Hand. »Das wollte ich dir sagen. Ich habe aus meinen Fehlern gelernt, aus den Erfahrungen in der Wüste. Ich habe mich verändert, Louisa, aber trotzdem liebe ich dich, und ich – «
»Nein! Es gibt kein Zurück – nicht jetzt und nicht in der Zukunft! Ich lehne deine Art Leben ab, Robert, und um dir die Wahrheit zu sagen, das war von Anfang an so!«
»Du kannst die Regeln bestimmen«, sagte er verzweifelt, »du kannst hier in York bleiben – ich kaufe dir ein Haus –«
»Nein!« Sie wich noch weiter zurück. Schüttelte heftig den Kopf, suchte Zuflucht im Sessel ihrer Mutter und hielt sich die Ohren zu. Die mühsame Selbstkontrolle, mit der sie sich ihm gegenüber kaum zu behaupten vermochte, rann ihr wie Sand durch die Finger. Sie wollte ihn anschreien und fürchtete, wenn sie es tat, dann würde sie nie, nie, nie mehr aufhören zu schreien ...
»Louisa ...« Er beugte sich über sie. Er kam ihr viel zu nah. Sie schlug in die Luft, wehrte ihn ab.
»Faß mich nicht an – bitte –, komm nicht in meine Nähe – bleib dort –«
Robert setzte sich. »Tut mir leid«, flüsterte er, »ich hätte nichts sagen dürfen. Es ist der falsche Zeitpunkt und der falsche Ort.« Er beugte sich vor und schlug die Hände vor das Gesicht. »Es ist immer dasselbe ... keine Zeit – keine Zeit! Ich bin nie lange genug mit dir zusammen, um den richtigen Moment zu finden.« Er hob den Kopf und zündete eine Zigarre an. Der durchdringende Geruch war unerträglich. Er erinnerte Louisa an glückliche, lange zurückliegende Abende und an die Zeiten, nachdem sie sich geliebt hatten. »Ich versuche, dir zu sagen, wenn du es ertragen kannst, mich anzuhören: Ich liebe dich noch und auch die Kinder. Ich bitte darum, sie hin und wieder sehen zu können. Ich hoffe, du schlägst mir das nicht aus. Und was auch geschehen mag, mein Angebot gilt, gilt immer, wenn du es dir anders überlegen solltest.«
Louisa brachte kein Wort heraus. Sie nickte nur, war bereit, zu allem ja zu sagen, wenn er nur gehen und sie in Ruhe lassen würde.

Einige Minuten schwieg Robert. Dann lehnte er sich erschöpft gegen die gepolsterte Rückenlehne und begann, von Letty zu erzählen und über den Plan, den er bereits mit Edward besprochen hatte. Er wollte seine Schwester auffordern, mit Louisa einen kurzen Urlaub zu machen. Sie wurde bei dem Gedanken wieder zornig, daß man hinter ihrem Rücken – ausgerechnet Robert und Edward! – Pläne gemacht hatte. Aber Louisa hatte keine Kraft mehr, und bald darauf stellte sie fest, daß die Vorstellung an einen Urlaub erstaunlich verführerisch war. Sie hatte Letty seit beinahe sechs Monaten nicht mehr gesehen. Letty wiedersehen, mit ihr reden, alles andere eine Weile vergessen, mochte ihr vielleicht wieder auf die Beine helfen.

Louisa wollte auch Georgina wiedersehen. Sie liebte das Kind und sehnte sich nach ihr. Seit dem herzzerreißenden Abschied in Dublin mußte sie immer wieder an Anne Duncannons Worte denken. Was haben wir dem Kind angetan? fragte sie sich und dachte an das ruhige und nachdenkliche Mädchen, an die kindliche Freude, die durch Tragödien getrübt wurde, mit der sie nichts zu tun hatte. Georgina liebte ihre kleinen Brüder, sie hing in aller Unschuld an Louisa, und es war ein Schock gewesen, sie zu verlieren und den heißgeliebten Vater. Das alles mußte schreckliche Wunden bei der Kleinen hinterlassen haben. Nur Letty war in ihrem Leben ein zuverlässiger Halt. Gott sei Dank, dachte Louisa und seufzte. Aber als sie beide vor einem halben Jahr bei ihnen in York gewesen waren, hatte sich Louisa oft gefragt, was wohl in dem kleinen Kopf vorgehen und wie sie Robert jetzt beurteilen mochte . . .

»Wie geht es Georgina?« fragte Louisa, »hat sie sich gefreut, daß du wieder da bist?«

»Ich glaube ja«, sagte er vorsichtig, als Louisa ihn kurz ansah. Er erwiderte den Blick und sagte leise: »Als ich ihr gesagt habe, daß ich zu dir fahre, hat sie gehofft, ich würde mit dir zurückkommen . . .«

8

Bei Elizabeth Elliotts Begräbnis hatten sich nur wenige eingefunden, um ihr die letzte Ehre zu erweisen, aber zur Beerdigung ihrer Schwester Mary kamen viele – Nachbarn und Ladenbesitzer aus der Gillygate-Straße, alte Pensionsgäste und Freunde, die sie im Laufe der Jahre gefunden hatte, und die ihre Töchter kaum kannten.

Louisa zitterte unter dem dichten schwarzen Schleier. Sie klammerte sich an Edwards Arm, als sie mit Blanche und Emily dem Sarg in die große Kirche folgten. Für Louisa waren die zum Trauergottesdienst Versammelten keine Menschen, sondern nur eine amorphe Masse mit Augen – Augen, die sie durchbohrten und untersuchten, Schleier und Krepp wegzogen und sie nackt und bloß der Trauer und dem Schrecken aussetzten. Bebend und fröstelnd versuchte Louisa, sich auf die Trauerfeier zu konzentrieren, aber das war noch schlimmer. Ein Pfarrer leierte unpersönlich und unbeteiligt gefühllose Sätze herunter. Der Geistliche hatte Mary Elliott nicht persönlich gekannt, und er tat so, als entledige er sich einer beschwerlichen und lästigen Aufgabe. Als er über ihre Mutter mit den Worten sprach: »Unsere Schwester, die nun von uns gegangen ist«, klang es in Louisas Ohren wie Hohn. Sie blickte zu Blanche, die mit gefalteten Händen auf ihrem Platz saß, und dann auf Emily, die leise in ihr Taschentuch weinte. Jedesmal, wenn der Pfarrer diese Formel wiederholte, hätte Louisa am liebsten in Protest aufgeschrien.

Louisa fürchtete schließlich, sie werde es wirklich tun, biß auf das Spitzentaschentuch und hielt die Hand vor den Mund. Edward umklammerte fest die andere Hand, und sie wußte, auch er litt entsetzlich. Bei dem abschließenden Lied standen alle auf, aber sie konnten beide nicht singen. Blanches Stimme klang zunächst klar und fest, aber zitterte schließlich ebenso wie Emilys. Louisa hätte sich am liebsten die Ohren zugehalten.

Hinaus! Hinaus an den vielen Gesichtern vorbei, untertauchen und unsichtbar sein in dem dichten Nebel ... Plötzlich neues Entsetzen: Wie sollen wir bei diesem Nebel das Grab finden? Engel mit ausgebreiteten Flügeln bedrohten sie, Obelisken tauchten verschwommen aus dem Dunst auf und wurden wieder verschluckt. Große Marmorsteine oder Granitkreuze versperrten ihnen den Weg. Die Zweige alptraumartiger Bäume, von denen Krokodilstränen tropften, schlugen ihr ins Gesicht. Der Sarg mit den Trägern entschwand im Nebel. Blanche und Emily sah sie nur noch undeutlich und dann überhaupt nicht mehr ...

Edward zog sanft an ihrem Ellbogen. »Es ist bald geschafft, dann können wir nach Hause. Komm weiter.«

»Ich kann nicht!« Sie zitterte am ganzen Leib und wagte keinen Schritt mehr.

Aus der schnell anwachsenden Menge tauchte Bessie auf. Sie hatte die Trauer vergessen, als sie Louisa die Hand entgegenstreckte. Aber Louisa zuckte vor der Berührung zurück. »Nein, laßt mich!«

»Schon gut«, sagte Edward beruhigend; seine Stimme klang freundlich und warm. Er legte ihr sanft den Arm um die Schulter und drückte ihr die Hand. »Keine Panik. Sag mir, was ist los?«

»Sie sind weg. Wir werden sie nicht finden ... wir ... werden das Grab nicht finden!«

»Aber natürlich«, erwiderte er sicher und zuversichtlich, »wir müssen nur dem Weg folgen. Ich weiß, wo es ist.«

Als sie zögernd wieder einen Schritt wagte, sah sie dicht vor sich Robert am Rand der Menge, die er überragte. Er sah sie besorgt an, und seine Augen beschworen sie weiterzugehen. Bei jedem Schritt glaubte sie, die Beine würden ihr den Dienst versagen. Aber auf Edward gestützt und unter seinen aufmunternden gemurmelten Worten gelang es ihr, an den bleichen, unbekannten Gesichtern vorbei Emily und Blanche zu folgen. Bessie ging an der Spitze mit einem kräftigen Mann, der eine schwarze Melone trug. Als Louisa ihn sah, lächelte sie schwach unter dem Schleier. Er drehte sich um, sah sie zuerst besorgt an, verzog aber dann den Mund zu einem breiten fröhlichen Grinsen. Sein vielsagendes Zwinkern zauberte unerwartet ein leises Lachen in ihre Kehle.

»Oh, John Elliott«, flüsterte sie zu Edward, »ich hätte es wissen müssen, so schief wie ihm die Melone auf dem Kopf sitzt ..., das konnte nur John sein.«

»Typisch«, murmelte Edward und drückte erleichtert ihre Hand. »Schön, daß er gekommen ist. Die Fahrt nach York muß schrecklich gewesen sein.«

»Er mochte Mama schon immer. Ich wußte, daß er, wenn irgend möglich, kommen würde.«

Auf der einen Seite am offenen Grab brannten Fackeln. Die Flammen trieben lodernd die Dunstschwaden unter die Bäume, auf ihren Mann gestützt weinte Emily hemmungslos. Sogar Blanche betupfte sich die Augen mit eleganter Spitze, aber Louisa hatte seltsamerweise keine Tränen zu vergießen.

Der Pfarrer murmelte die letzten Worte, aber Louisa hörte einfach nicht mehr zu. Sie hob den Kopf und sah ein paar braune Blätter an dem Ast über ihnen. Sie dachte an ihre Mutter, die sich in den vergangenen endlosen Wochen so hartnäckig an das Leben geklammert hatte. Aber das Leiden war vorüber und der Geist frei. Er mußte sich nicht mehr um den Verbleib der sterblichen Überreste sorgen. Die Bedeutung des Körpers fiel ab. Die Seele ließ sich vom Frühling des ewigen Lebens erfassen, vom Duft der Rosen. Plötzlich wurde Louisa warm. Sie freute sich. Die Angst war ihr genommen, Trauer und Sorgen und der schreckliche Gedanke an den wartenden Tod. Louisa wollte sie alle umarmen, ihnen ihre wunderbare Gewißheit vermitteln: Sie irrten sich! Sie mußten nicht weinen, denn Mary Elliott war befreit. Es war falsch, um eine Seele zu weinen, die ihren Frieden gefunden hatte.

Die erlebte Freude half Louisa, die Tortur des Kondolierens zu überstehen. Edward wich nicht von ihrer Seite und nötigte alle, die ihm ihr Beileid bekunden wollten, zumindest auch Louisa zu begrüßen. Die Flut der Worte ergoß sich über sie – manchmal klangen die gemurmelten Sätze überraschend ehrlich und aufrichtig, manchmal aber auch gepreßt und gezwungen. Sie hinterließen bei Louisa wenig Eindruck. Sie hatte das Gefühl, das alles sei ihr irgendwie vertraut, als habe sie es bereits einmal erlebt. Der Anblick von Robert, der sich mit gesenktem Kopf mit John Elliott unterhielt, gab ihr die Antwort: Es erinnerte sie an die erste Zeit in Dublin, als sie Robert praktisch überallhin begleiten mußte. Er hatte ihr zahllose ähnliche Prüfungen auferlegt, aber Louisa war nie richtig immun geworden gegen unehrliche Blicke und geflüsterten Klatsch. Anders als Robert würde sie nie Freude an Geselligkeit finden. Ihr Leben und ihr Wesen ließen sich nicht damit vereinbaren, aber sie würde der Kinder zuliebe darum kämpfen, etwas von dem verlorenen Selbstvertrauen wiederzufinden. Auch der Mutter zuliebe, dachte sie noch ganz im Bann der flüchtigen Erfahrung am Grab. Es war ein bescheidener Anfang auf dem Weg zurück ins Leben. Aber mit etwas Hilfe, das wußte sie, würde sie es schaffen.

Nur eine Bemerkung dämpfte ihren Entschluß. Louisa hörte, wie Emily ihre Schwiegermutter fragte, ob sie anschließend in die Gillygate-Straße zum Tee kommen werde. Mrs. Chapman lehnte die Einladung entschlossen ab. Es wirkte, als habe sie einen Pfeil auf Louisa geschossen und sie schwer verwundet. Louisa sank in sich zusammen und wurde wieder schwach, aber Edward half ihr energisch in die wartende Droschke.

Dann sagte er ruhig zu Emily, aber noch deutlich hörbar für die neugierige Mrs. Chapman: »Lade nicht einfach jeden ein, Emily – wir haben nicht so viel Platz. Nur die *Freunde* deiner Mutter«, fügte er mit Nachdruck hinzu, »und die engsten Familienmitglieder.«

»Der alte Drachen«, murmelte er, als er sich neben Louisa setzte, »ich weiß nicht, wie sie sich selbst ertragen kann.« Er lächelte und klopfte ihr auf den Arm. »Du hast dich tapfer geschlagen – ich bin stolz auf dich. Was ist denn am Grab geschehen? Ich spürte, wie plötzlich alles von dir abfiel –«

Es klopfte jemand an das gegenüberliegende Fenster. Im Schutz der Droschke und vor neugierigen Blicken verborgen stand dort Robert mit John Elliott an der Seite, um mit ihr zu sprechen.

»Paß auf, ich komme nicht zu euch – ihr habt genug zu tun auch ohne meine Anwesenheit. Ich fahre zu Harris zurück, und –«, er lächelte gewinnend, »John braucht etwas Warmes. Er begleitet mich.«

John griff durch das offene Fenster nach ihrer Hand und drückte sie kurz gegen seine Wange. »Ich komme später, Louisa, wenn du nichts dagegen hast, wenn die Leute gegangen sind. Kann ich für die Nacht ein Bett haben?« Er grinste: »Ich brauche keine frische Bettwäsche – macht euch keine Mühe. Ein paar Decken, und ich bin zufrieden.«

»Natürlich, John. Es ist schön, dich zu sehen.«

»Na klar«, murmelte er plötzlich mit wäßrigen Augen, »wir reden später, ja? Paß auf dich auf.«

Robert berührte ihren Arm. »Moira läßt dich grüßen – sie denkt an dich und drückt ihr Beileid aus. Sie wäre gern gekommen, aber sie konnte nicht. Du verstehst doch?«

Louisa runzelte die Stirn. »Hat sie zuviel zu tun?« fragte sie.

»Nein, die Religion ...«

»Ach natürlich«, Louisa seufzte, »das hatte ich vergessen. Ja, ja – grüße sie von mir, Robert. Ich danke dir.«

»Das werde ich.« Er zögerte, nahm dann plötzlich ihre Hand und streifte sie mit seinen Lippen. »Du hast einen Orden verdient«, sagte er.

»Nett von dir, mir das zu sagen«, erwiderte sie tonlos, »aber der Tag ist noch nicht vorüber ...«

»Das Schlimmste ist vorbei.« Dann sagte er zu Edward: »Letty kommt übermorgen in York an. Ich weiß, sie möchte Louisa sofort sehen. Darf ich mit ihr vorbeikommen?«

Edward nickte. »Natürlich.«

Mit einem Lächeln und dem so vertrauten angedeuteten Salut war er verschwunden. Louisa drehte sich um und bemerkte, daß Edward sie fragend und unsicher ansah.

Die Kinder waren mit Emilys vieren oben im Kinderzimmer unter der Aufsicht eines schlanken Mädchens mit riesigen Augen, das Louisa an ihre Schwester vor der Ehe und den Kindern erinnerte, denn inzwischen war Emily eine stattliche Matrone. Louisa wußte nicht, ob Emily die Kleine als Kindermädchen oder als Dienstmädchen eingestellt hatte. Aber Louisa fragte nicht. Das Mädchen bemühte sich freundlich um die Kinder und war sehr höflich, obwohl Louisa den ungewohnten West-Riding-Dialekt, bei dem die T's fehlten, schlecht verstand. Emilys Kinder übernahmen die Aussprache schon, und das war noch befremdlicher.

Sie überlegte seufzend, wann sie sich zum letzten Mal als Familie getroffen hatten, und ging mit einem Tablett mit Tee in das Wohnzimmer. Wieder empfand sie schmerzlich, daß ihre Mutter nicht mehr da war. Mama wäre gern dabeigewesen, dachte Louisa, um uns alle noch einmal zu sehen. Emily hatte sie regelmäßig besucht, und Blanche kam vorbei, wenn sie einen Nachmittag das Geschäft in der Harrogate-Straße verlassen konnte. Aber sie kamen nie zusammen. Dem Gespräch nach zu urteilen, sahen die beiden Schwestern sich offenbar je-

doch von Zeit zu Zeit in der Harrogate-Straße. Die Bahnfahrt von Leeds dauerte wirklich nicht lange. Und auch nicht von York, dachte Louisa mit leiser Ironie.
Blanche entschuldigte sich immer mit *zu wenig Zeit*. Sie war mittlerweile eine selbständige *Modiste* und hatte vor drei Jahren ein kleines Geschäft in der Harrogate-Straße eröffnet. Dort hatte sie buchstäblich allein angefangen zu arbeiten. York hatte sie lange nicht mehr zu sehen bekommen. Vor kurzem hatte sie jedoch sehr viel größere Räume in der Montpellier-Allee bezogen; Näherinnen und Hilfskräfte arbeiteten für sie; und ihre Leute waren alle, wie sie betonte, ein Herz und eine Seele. Außerdem hatte sie eine Zofe, eine wahre Perle, die sie in der schönen Wohnung mit Blick auf Stray versorgte.
Louisa fragte sich, was daran wohl wahr sei, und wieviel nur dazu diente, die leichtgläubige Gesellschaft zu beeindrucken. Trotz ihrer Begabung war Blanche nie besonders liebenswert gewesen – außer, wenn man sie mit den Augen ihrer Mutter sah. Vielleicht war ihr der Erfolg jetzt gewiß, aber sie hatte sich wenig um ihr Leben gekümmert und stellte vermutlich inzwischen fest, daß sie keine Freunde hatte. Louisa dachte darüber nach und fragte sich auch, ob Männer im allgemeinen oder ein Mann im besonderen im Leben ihrer Schwester eine Rolle spielten. Das dunkle, gleichmäßige Gesicht und das strenge, elegante Kleid verhalfen ihr zu einem beeindruckenden Auftreten, aber daran war wenig Frauliches. Ihr Geschäftssinn trug ebenfalls nicht dazu bei. Männer hatten in Blanches Leben nichts verloren. Wenn doch, so dachte Louisa, dann würde sie nicht so rundheraus die Lage ihrer Schwester ablehnen.
Louisa kam sich wie die Dienstboten vor, über die man sprach, servierte den Tee und kehrte in die Küche zurück. Sie fühlte sich wohler, wenn sie etwas tat, obwohl Edward sie immer wieder aufforderte, sich zu setzen und etwas zu entspannen. Louisa machte belegte Brote und schnitt Kuchen für die Kinder. Dann rief sie das Mädchen aus dem Kinderzimmer herunter. Kurz darauf wollte sie die Kleine noch einmal rufen und ging zur Treppe. John Chapman, der aufstrebende Möbelschreiner, stand in seinem schwarzen Maßanzug mit glänzender neuer Uhrkette am Treppengeländer und hatte den Arm um die Hüfte des Mädchens gelegt. Das dumme, großäugige Wesen sah ihn mit glühenden Blicken an. So sieht es also aus, dachte Louisa eher bedauernd als befriedigt.

Dann räusperte sie sich. Die zwei stoben auseinander. John wurde schuldbewußt bis unter die Haarwurzeln rot, und das Mädchen lief schnell die Treppe hinauf.

»Ich ... äh ..., ich wollte nur – nur nach den Kindern sehen ...«

»Sei doch kein Narr, John«, flüsterte sie streng, »findest du nicht auch, *ein* Skandal in der Familie ist genug? Außerdem«, fügte sie verächtlich hinzu, »was würde deine Mutter dazu sagen? Hmmm?«

Geknickt und ohne ein Wort zu erwidern, verschwand John wieder im Wohnzimmer. Louisa ging nach oben, um dem Mädchen ruhig, aber klar und deutlich die Augen über ihre Zukunft zu öffnen.

»Ja«, sagte Emily traurig, als ihr Mann sich wieder zu ihnen setzte, »ich habe schon immer den kleinen Sekretär gemocht. Ich glaube mich zu erinnern, Mama hat gesagt, sie habe ihn in Lincolnshire gekauft, nachdem ihre Mutter gestorben war. Ich weiß, er ist schrecklich altmodisch, aber ...«

»Ich könnte ein paar der kleinen Tische gebrauchen«, sagte Blanche unumwunden. »Es müssen unzählige in diesem Haus stehen. Ich werde einmal mit Louisa darüber reden. Weißt du, Edward, wenn ihr umzieht, habt ihr nicht mehr den Platz für all die vielen Möbel. Ihr müßt sie doch vor dem Umzug loswerden.«

»Und die vielen hübschen kleinen Sachen«, fügte Emily hinzu, »glaubst du, ich könnte die Glasvasen haben? Das Dunkelblau gefällt mir so gut. Sie würden so gut zu unserer Tapete im Wohnzimmer passen, findest du nicht auch, John?«

»Wir haben noch nicht einmal angefangen, nach einem anderen Haus Ausschau zu halten«, sagte Edward scharf, »und solange wir nichts anderes haben, kann man unmöglich sagen, was wir brauchen und was nicht. Außerdem«, fügte er nachdrücklich hinzu, »liegt die Entscheidung darüber, was *verkauft* werden soll, und was wir nicht mehr brauchen, einzig und allein bei Louisa.«

»Ach!« rief Blanche, »und wie das? Es gibt *drei* Töchter, Edward, falls du das vergessen haben solltest, und du bist nur der Neffe, wenn du mir erlaubst, darauf hinzuweisen.«

»Ich bin darüber hinaus nach dem letzten Willen deiner Mutter auch der Testamentsvollstrecker.«

Schweigen breitete sich aus. Dann stellten alle auf einmal Fragen, und wie auf ein Stichwort erschien in diesem Augenblick Louisa.

Edward deutete auf einen Stuhl, aber sie sah aus, als stehe sie vor Gericht – Schuld und schlechtes Gewissen standen Louisa ins Gesicht geschrieben. Edward war nur allzu froh, daß er die Geldfrage ausgeklammert hatte, als er Louisa vom Inhalt des Testaments berichtete. Louisa glaubte, ihre Mutter habe kaum etwas auf dem Konto gehabt, und so würde sie jetzt das *Verhör* überstehen. Aber wenn ihre Schwestern geahnt hätten, daß auf der Bank annähernd tausend Pfund auf ihrem Konto lagen, dann hätte der Zorn bestimmt keine Grenzen gekannt. Ihn hatte es auch überrascht, denn so gesehen, hätte seine Tante jeder der drei Töchter eine gewisse Summe, und sei sie auch noch so klein, vererben können. Aber nichts davon.
»Warum hast du uns nicht gesagt, daß es ein Testament gibt?« fragte Blanche, »ich habe dich doch erst neulich danach gefragt!«
»Wir wußten es nicht so genau«, erwiderte Edward, um die Aufmerksamkeit von Louisa abzulenken. »Wenn du dich erinnerst, dann war ich an diesem Nachmittag beim Anwalt und auf der Bank.«
»Du warst zu Hause, als *ich* gekommen bin!« sagte Emily empört, »und *mir* hast du nichts gesagt!«
»Du hast mich nicht danach gefragt.«
»Nun gut, ich frage dich jetzt. Was hat sie wem vermacht?«
Edward zog bewußt langsam eine Durchschrift des Testaments aus seiner Brusttasche. »Hier steht es«, sagte er und überflog die wenigen Sätze. »Du kannst es dir ansehen, wenn du willst. Aber um es in einem Wort zu sagen – abgesehen von fünfzig Pfund für Bessie hat sie alles deiner Schwester Louisa vermacht. Und ich kann dir sagen, *alles* – Möbel, Wäsche, Töpfe und Pfannen – alles.«
Emily sank in sich zusammen. »Oh«, flüsterte sie, »und ich dachte immer, sie würde mir das Silber vermachen. Ich habe Jahre damit zugebracht, es zu putzen.«
Mit der üblichen praktischen Ader fragte Blanche: »Und wieviel Bargeld hat sie ihr vermacht, Edward? Es interessiert mich einfach, verstehst du?«
»Genug, um das Begräbnis zu bezahlen«, rief Louisa mit tränenerstickter Stimme und rannte aus dem Zimmer.
Edward biß sich auf die Lippen. Er mußte sich beherrschen, um ihr nicht zu folgen, und Louisa die Wahrheit zu sagen. Aber er durfte ihr gegenüber nie seinen Verdacht äußern, an dem es für ihn fast keinen

Zweifel gab: Robert Duncannon hatte ihr in den vergangenen zwei Jahren zwölf Pfund im Monat auf das Konto überwiesen. Solange seine Tante dazu in der Lage war, hatte sie Geld abgehoben, den Kindern Kleider und Schuhe gekauft und den Haushalt damit unterstützt. Sie hatte es heimlich getan, denn Louisa hatte Roberts Angebot einer Leibrente abgelehnt und geschworen, von ihm keinen Penny anzunehmen.

Abgesehen vom beachtlichen Rest dieser regelmäßigen Zahlungen hatte Mary Elliott erstaunlich viel gespart. Edward mußte beinahe lächeln. Welch eine Ironie! Er hatte in den letzten Monaten bis an den Rand der Erschöpfung gearbeitet, um alle Rechnungen bezahlen zu können, und hatte das Geld, das seine Tante ihm anbot, rigoros abgelehnt. Er verstand jetzt, weshalb sie sich so darüber geärgert hatte, und wußte auch, warum Robert Duncannon sie vor ihrem Tod noch einmal sehen mußte. Aber über diese Ironie mußte er eher lachen. Selbst wenn das Geld auf der Bank blieb, würde Louisa beinahe fünfzehn Shillinge pro Woche Zinsen bekommen – und das war mehr, als für schwere Arbeit bezahlt wurde. Edward wußte, damit war sie finanziell unabhängig. Louisa hatte jetzt die Freiheit zu entscheiden, wie der nächste Schritt aussehen mußte. Und *wenn* sie sich entschließen sollte, mit ihm zusammenzuziehen, dann, so dachte Edward mit stiller Freude, war die Vergangenheit wirklich begraben.

9

Der heftige Regen machte den üblichen und geliebten Sonntagsnachmittagspaziergang unmöglich. Die Regentropfen prasselten heftig gegen das Wohnzimmerfenster. Bessie zog das Schultertuch enger um sich und blickte nachdenklich auf die Wolle und ihr Strickzeug. Sie gähnte und legte die Nadeln zur Seite. Dann griff sie nach einer Kerze und zündete die Lampen an.

»Wie können Sie bei diesem Licht lesen, Mr. Edward?« murmelte sie, »und wenn die Kleine jetzt schläft, dann wird sie heute abend nie zur Ruhe kommen.«

Edward drehte sich zum Fenster, schob das Baby etwas tiefer in die Armbeuge und nahm der kleinen Tisha dann das Däumchen aus dem Mund. »Nur noch eine Seite, und dann trinken wir Tee.«

Die beiden Jungen saßen rechts und links neben ihm. Sie drückten sich enger an Edward und blickten eifrig auf das nächste kolorierte Bild. Es zeigte einen dunklen Himmel, hohe Wellen, ein kleines Fischerboot mit einem braunen Segel und Männer in langen farbigen Gewändern.

Liam kannte alle Geschichten in dem Buch auswendig. »Jesus hat keine Angst«, sagte er und deutete auf den Mann im weißen Gewand, der am Bug stand. »Er befiehlt dem Sturm zu weichen!«

»Kannst du den Text lesen?« fragte Edward und deutete auf die gedruckten Worte: »›Es begab sich aber eines Tages . . .‹«

»›Da stieg er in ein Schiff samt seinen Jüngern‹«, fuhr Liam fort. Edward wußte, der Kleine sagte das auswendig und las nicht, aber er ließ ihn weitersprechen und half ihm erst am Ende weiter, als Liams Gedächtnis versagte.

»› . . . Nachdem er aber erwacht war, bedrohte er den Wind und die Wogen des Wassers, und sie legten sich, und es trat eine Windstille ein.‹«

»Lukas Evangelium, Kapitel acht, Verse zweiundzwanzig bis vierundzwanzig«, sagte Liam stolz zum Abschluß.
»Sehr gut! Was kommt dann?« Er blätterte um. Es folgte ein Gedicht mit dem Bild eines Schiffs im stürmischen Meer, und dasselbe Schiff auf der gegenüberliegenden Seite auf spiegelglattem Wasser.
Das Gedicht machte den zwei Jungen immer besonderen Spaß, denn die Reime »sangen« Edward und Bobby im Chor. Und fast jede Zeile löste Ehrfurcht, Staunen und Kichern aus.

Eine stürmische, stürmische Nacht zwang sie auf die Knie
Den Kapitän und alle Matrosen der Bonnie Marie
Sie fühlten das Ende und Angst überkam sie
Denn den hohen und drohenden Wellen
Konnte keine Macht der Erde sich stellen;
Der Sturm heulte und brauste
Vor der schwarzen Nacht ihnen grauste
Und das gute Schiff schlingerte und schwankte . . .

Edward lächelte und half Liam weiter: »›Aber der kleine Küchenjunge . . .‹

Aber der kleine Küchenjunge froh seinem Gotte dankte,
Sang fröhlich und verrichtete seine Arbeit guter Dinge
Denn er glaubte an IHN, zu dessen Lob und Preis er singe
Denn er vertraute IHM, der Wind und Wellen bewegte
Und der Sturm in Galiläa sich legte.

Und weißt du, wie es weitergeht, oder soll ich es dir vorlesen?« fragte Edward. Liam schüttelte den Kopf und legte die Arme um seine Knie, während er sich die letzte Strophe anhörte.
Bobby unterbrach das anschließende Schweigen mit ängstlicher Stimme und sagte: »Der Mann ist jetzt auf dem Schiff . . .«
Edwards Herz klopfte plötzlich. Dann sagte Liam: »Es kann ihm nichts geschehen. Jesus wacht über ihm.«
Edward glaubte zu hören, daß Bessie murmelte: »Der Teufel verläßt die Seinen nicht . . .«, aber als er sie ansah, hatte sie die Lippen zusammengepreßt und strickte.

»Außerdem ist er ein Hauptmann«, erklärte Liam stolz, »er kann mehr als ein Kapitän. Ich weiß es, denn er hat es mir gesagt.«
»Aber auf einem Schiff hat ein Hauptmann nichts zu sagen«, fühlte sich Edward genötigt zu erklären. »Hauptmann Duncannon ist –« Ist was? dachte er, während die Worte in seinem Kopf sich im Kreis drehten, und er sich haßte, weil er sie nicht aussprechen, weil er den beiden Kindern nicht sagen konnte, daß *der Mann* ihr Vater war. »Hauptmann Duncannon ist bei den Dragonern«, beendete er den Satz nicht sehr überzeugend.
»Wenn ich groß bin, möchte ich auf ein Schiff«, verkündete Liam, »und dann werde ich um die ganze Welt fahren.« Er rutschte vom Sofa und folgte Bessie in die Küche.
»Wo ist Mami?« fragte Bobby traurig. »Wann kommt sie wieder zurück?«
»Sie ist doch erst gestern gefahren«, sagte Edward und fuhr dem kleinen Jungen liebevoll über die dunklen Locken, »es wird noch ein paar Tage dauern, bis sie wiederkommt. Sie ist mit Tante Letty nach Scarborough gefahren.«
»Warum können wir nicht auch dahin, Papa?«
Edward seufzte und drückte den Kleinen an sich. Manchmal war er der *Onkel*, aber öfter, besonders bei Tisha, war er der *Papa*. Sogar Liam gewöhnte es sich an, denn er wollte es seinen Geschwistern gleichtun. Anfangs hatte Louisa sich wie er selbst große Mühe gegeben, diesen Irrtum richtigzustellen, aber bald verzichteten sie auf solche Feinheiten wie auf vieles andere auch. Ohne Robert Duncannons Rückkehr wäre das auch nicht weiter wichtig gewesen. Aber jetzt mußte Edward sich wieder eingestehen, daß er nicht der Vater dieser Kinder war, so gerne er sich das auch eingeredet hätte.
Die Vergangenheit und die Gegenwart ließen sich einfach nicht miteinander verbinden. Einerseits wußte er aus innerster Überzeugung, wie lebenswichtig es für ein Kind war, den eigenen Vater zu kennen, andererseits wuchs in ihm die Überzeugung, daß Sicherheit und Liebe zumindest ebenso wichtig waren. In seiner Zerrissenheit wußte Edward nicht, wie er sich verhalten und welchen Grundsätzen er folgen sollte. Die Kinder liebten ihn, und obwohl er sich ständig um Zurückhaltung bemühte, liebte er sie auch. Aber er hatte kein Recht an ihnen, und er konnte auch keine Rechte an Louisa geltend machen. Wenn sie ihn um

Rat fragte, konnte er versuchen, ihr eine richtige Antwort zu geben, aber er konnte ihr nicht sagen, was sie tun und was sie lassen sollte.
Als Edward vor zwei Abenden Robert und seiner Schwester gegenübergesessen hatte, empfand er eine Mischung aus großer Freude und qualvoller Verlegenheit, als Louisa den beiden ihre Absichten erläuterte. Edward wünschte sich, daß Louisa bei ihm blieb – natürlich. Es war die Erfüllung seiner kühnsten Träume, daß Louisa mit ihm zusammenleben wollte, aber ihm entging auch nicht, daß diese Entscheidung für Robert Duncannon ein schmerzlicher Schlag war – und diesen Schlag mußte der Hauptmann vor Zeugen einstecken. Louisa war sich dieser Wirkung bewußt. Edward hatte das Gefühl, sie nutze die Situation voll aus, und er zweifelte an der Integrität ihrer Motive.
Louisa mochte noch so leidenschaftlich erklären: »Ich will mit Robert nichts mehr zu tun haben!«, es war unverkennbar, daß dieser Mann sie noch immer sehr beschäftigte. Edward wurde das Gefühl nicht los, daß Louisa in ihrem Innern – vielleicht ihr unbewußt – den Iren immer noch liebte. Vermutlich quälte sie das mehr als Roberts Affäre mit dieser anderen Frau und mehr als Roberts Entscheidung, alle im Stich zu lassen, um »in einem albernen Krieg in einem fremden Land zu kämpfen«. Diese Formulierung gebrauchte Louisa immer wieder, und als die Nachricht seiner Verwundung sie erreichte, erklärte sie trotzig: »Geschieht ihm ganz recht.«
Wie auch immer, Edward hatte wenig Mitleid mit Robert Duncannon. Er konnte den Abend der Rückkehr nicht vergessen, als Louisa und die Kinder wie Schiffbrüchige nach einem Sturm, die Obdach und Sicherheit suchen, in York angekommen waren. Seit langem schon hatte er vermutet, daß die Dinge in Dublin nicht zum besten standen. Louisas Briefe verrieten weit mehr, als sie ahnte, denn Edward verstand inzwischen sehr wohl, jede kleine Änderung der Lage in der fernen Stadt zu ahnen und richtig einzuschätzen. Die blauen Flecken im Gesicht garantierten Louisa das Mitgefühl ihrer Mutter und auch Bessies Anteilnahme. In der ersten Welle ihres Bedürfnisses, alles zu berichten und getröstet zu werden, hatte Louisa viel von dem gestanden, was zu der brutalen Ohrfeige geführt hatte. Edward schauerte bei dem Gedanken daran, aber er hatte auch Grund, sich darüber zu freuen, daß sein Rivale die Nerven verloren hatte. Erst sehr viel später, als Edward Zeit hatte, über alles in Ruhe nachzudenken und die Ereignisse von allen

Seiten zu betrachten, erkannte er langsam, daß die Affäre mit Robert Duncannon keineswegs zu Ende war.

In gewisser Weise war er über Roberts Rückkehr nach York froh, denn Edward hatte zwei äußerst schwierige Jahre hinter sich. Es war gewesen, als lebte er direkt an einem Abgrund. Er mußte sich immer wieder fragen, was wohl der nächste Tag bringen werde. Er durfte nie zu viel von seinen Gefühlen zeigen oder seiner Liebe zu deutlich Ausdruck verleihen, denn das konnte bedeuten, alles zu verlieren. Edward wollte, daß Louisa sich entschied – ohne Druck durch ihn oder andere. Aber am wichtigsten war ihm, daß die Liebe, die sie ihm vielleicht schenken mochte, weder von Dankbarkeit noch von Schuldgefühlen beeinträchtigt war.

Leider standen die Kinder zwischen den dreien. Man konnte sie nicht einfach beiseite schieben und sie auf bessere Zeiten warten lassen, auch wenn es schwerfiel, jetzt klare und schnelle Entscheidungen zu treffen. Ihre Zukunft stand auf dem Spiel. Es mochte zwar unfair sein, daß Robert Duncannon jetzt seinen Standpunkt klarmachte, aber Edward konnte ihn verstehen. Robert wollte einen Zugang zu seinen Kindern haben, und er wollte sie finanziell unterstützen. Louisa hätte das am liebsten rundweg mit der Begründung abgelehnt, es seien *ihre* Kinder, und es sei nicht richtig, sie mit komplizierten und peinlichen Beziehungen zu verwirren.

Edward und Letty hatten zurückhaltend gelegentlich Argumente angeführt, aber abgesehen von der Übereinstimmung, daß Robert die Kinder besuchen dürfe, waren die meisten Fragen noch ungelöst.

Große blaue Augen sahen Edward unschuldig und vertrauensvoll an. »Warum fahren wir nicht zu Mami?«

»Jetzt ist nicht die richtige Zeit, um im Sand zu spielen ... Weißt du was, im Sommer, wenn das Wetter schön ist, fahren wir alle ans Meer. Aber jetzt«, fügte er hinzu, »trinken wir Tee. Auf geht's und wasch dir die Hände!«

Tisha jammerte, als er sie hochhob und legte ihm die weichen Ärmchen fest um den Hals. Edward lächelte, als er sie an sich drückte und ihr einen Kuß gab. Er freute sich über den frischen Babygeruch und die seidenweiche Haut an seiner Wange. Er mochte versuchen, noch so distanziert zu sein, es fiel ihm schwer, nicht aus vollem Herzen die Rolle des liebevollen Vaters zu spielen. Kein Vater wäre besorgter gewesen als Edward in den schweren Stunden, da Tisha zur Welt kam. Kein Vater wäre stolzer und erleichterter gewesen, als er endlich Mutter und Kind sehen durfte. Er liebte alle drei Kinder, aber da er die letzte Schwangerschaft von Anfang an miterlebt hatte, nahm Tisha eine ganz besondere Stellung ein. Es war unlogisch, aber insgeheim hielt er sie für sein Kind. Deshalb hatte ihn Roberts brutale und bösartige Bemerkung so sehr verletzt und erzürnt.

Edward setzte die Kleine in das Kinderstühlchen an den Küchentisch und sah zu, wie Bessie ihr ein großes Lätzchen umband. Dann wartete er, bis Liam und Bobby schwiegen.

»Hände falten«, sagte er ruhig, und Tisha belohnte ihn mit einem strahlenden Lächeln, als sie die Patschhändchen zusammenschlug. »Herr, wir danken Dir für Deine Gaben.« Im Chor riefen alle: »Amen!« und Bobby streckte sofort gierig die Hände nach Kuchen und Plätzchen aus.

»*Zuerst* gibt es Brot und Butter!« ermahnte ihn Bessie und schob seine Hand zur Seite. Er weinte nicht, nickte nur und nahm sich brav zwei Scheiben Brot. Edward drehte den Kopf zur Seite und mußte lachen. Bobby hatte Charakter. Mit seinem sonnigen Wesen konnte er jeden bezaubern. Trotzdem fühlte sich Edward mehr zu Liam hingezogen. Als er an dem bitterkalten Dezembertag in York eintraf, war er noch jünger als Bobby jetzt gewesen. Edward wußte, er würde den Anblick von Liam nie vergessen – er würde nie die großen, angstvoll aufgerissenen Augen in dem kleinen Gesicht vergessen, das so bleich und verfroren war wie das seiner Mutter. Er glich ihr so sehr, und Edward hatte ihn sofort ins Herz geschlossen. Bobby war damals noch ein Baby gewesen. Er schlief zufrieden in seiner Wiege, während sein Bruder leise schluchzte. Edward hörte es mitten in der Nacht, während Louisa vor Erschöpfung tief und fest schlief. Er eilte in das Kinderzimmer, und da er kein geeignetes Buch zum Vorlesen hatte, erfand er eine alberne Geschichte von einer Katze, die in drei verschiedenen Häusern lebte. Anfangs heulte Liam nur noch mehr und hatte Angst vor dem fremden Mann. Er sehnte sich nach seiner Mami, nach seinem Papa, nach Georgie und Bridget und stieß viele Namen hervor, die Edward alle nicht kannte. Aber allmählich hatte er sich beruhigt und ihm zugehört. Er lächelte sogar unter Tränen, als die Geschichte ihn schließlich fesselte. Nach diesem bescheidenen Anfang entwickelte sich eine echte Freundschaft. In den ersten Tagen konnte Liam es aber nicht ertragen, wenn er seine Mutter nicht sah, und er fragte auch immer wieder nach seinem Vater.

Man konnte schwer sagen, was in einem Kind vorging – noch dazu, wenn es so klein war wie Liam. Edward vermutete, daß der Junge sich an sehr viel mehr erinnerte, als er bereit war einzugestehen.

Als der Tisch abgeräumt war, ließ er die Kinder bei Bessie und ging zum Abendgottesdienst in die Kirche. Ein fremder Pfarrer hielt die Predigt. Der Gottesdienst war etwas kürzer als normalerweise, und Edward eilte in dem noch immer heftigen Regen schnell nach Hause. Er wählte eine Abkürzung über einen Bauernhof, sprang über Pfützen und lief den dunklen Fußweg unterhalb der Stadtmauer entlang, erreichte das Haus über den Hinterhof und trat durch die Küche ein.

Bessie erschrak, als sie ihn sah, und unterbrach schuldbewußt ihre Arbeit. Sie war gerade dabei, eine Teekanne des Porzellangeschirrs in Zeitungspapier einzuwickeln. Trotzig nahm er die Kanne und legte sie zu den anderen bereits verpackten Stücken in eine Holzkiste, die vor ihr auf dem Boden stand.

»Was um Himmels willen machen Sie denn da?« fragte Edward, schüttelte den tropfenden Regenschirm aus und stellte ihn in das Spülbecken.

»Ich packe.«

»Das sehe ich.«

»Ich weiß, ich sollte an einem Sonntag nicht arbeiten, Mr. Edward, aber ich weiß nicht, wie ich mit dem Packen fertig werden soll, wenn mir die Kinder den ganzen Tag am Rock hängen. Und wenn wir damit bis zur letzten Minute warten, verliert Miss Louisa bestimmt die Nerven ... bestimmt.«

»Aber wir haben noch nicht einmal ein Haus gefunden, Bessie.«

»Ich verpacke nur das, was nie benutzt wird. Ich mache mir Notizen, damit sie weiß, wo was zu finden ist.«

Edward seufzte. »Wahrscheinlich haben Sie recht, Bessie«, räumte er ein, »in letzter Zeit haben die Tage zu wenig Stunden.« Er seufzte. »Ich weiß nicht, ich habe in den letzten Monaten an den Sonntagen mehr gearbeitet als in meinem ganzen Leben. Ich habe nur gehofft, daß nach der Beerdigung –« Er brach ab und setzte sich. »Ich habe gehofft, daß das Leben wieder normal wird, Bessie.«

»Normal!« rief Bessie erbittert, »Ha! Mr. Edward, ich habe in den letzten zwei Jahren vergessen, was *normal* ist!«

Er sah sie erstaunt an. Aber sie wickelte ungerührt das dünne Porzellan in Seidenpapier und Zeitungen. Dann legte sie es in die Truhe. »Jetzt übertreiben Sie aber.«

»Na ja, vielleicht, vielleicht auch nicht. Aber sie hätte meiner Meinung nach nicht zurückkommen dürfen, Ihren guten Namen in Verruf bringen und ihre Mutter – Gott sei ihrer Seele gnädig – in ein frühes Grab.«

Ärgerlich stand Edward auf. »Also Bessie, wenn das wirklich Ihre Meinung ist, dann ist es vielleicht doch richtig, wenn Sie uns verlassen. Die Chapmans werden zweifellos alles bestätigen, was Sie sagen, und bei ihnen können Sie nach Herzenslust über Louisa herziehen. Aber«, fügte er bekümmert hinzu, »ich will Ihnen auch sagen, wie sehr Sie mich enttäuschen. Ich hatte nie, nie im Leben geglaubt, so etwas aus Ihrem Mund zu hören!«

Bessie fing plötzlich an, laut zu schluchzen. »Und ich hätte nie geglaubt«, stieß sie hervor und sank auf den nächsten Stuhl, »ich hätte nie geglaubt, daß sie so ihr Leben ruinieren würde.« Sie hielt sich die Schürze vor das Gesicht und drehte Edward den Rücken zu. Aber er war zu wütend, um Mitleid mit ihr zu haben. Bessie hatte Louisa nie klar und deutlich die Meinung gesagt, aber Edward wußte, Bessie war es gelungen, Louisa seit der Rückkehr das Leben sehr viel schwieriger zu machen, als es hätte sein müssen.

»Ich weiß nicht, warum Sie so schockiert sind«, sagte er kalt, »Sie leben nun schon lange in dieser Familie, und auch wenn meine Mutter und meine Tante sich ständig um Ehrbarkeit bemüht haben, so waren Sie doch auch nicht verheiratet. Weshalb nehmen Sie jetzt Anstoß daran?«

»Damals war ich noch ein Kind und stolz darauf, eine gute Stellung zu haben. Ich bin für Ihre Mutter durch dick und dünn gegangen!« Sie hob beschwörend die Hand und richtete sich auf. »Sie war wirklich eine *Dame*. Man mußte sie nur auf der Straße in ihrem guten schwarzen Kleid sehen – sie hielt sich *immer* kerzengerade. Kein Mensch hätte ahnen können, daß sie nicht das war, was sie zu sein vorgab. Sie wollte hoch hinaus, und sie achtete darauf, daß ihr keiner zu nahe trat.«

Damit hatte Bessie zweifellos recht. Aber als Edward die Bewunderung in ihrer Stimme hörte, bekam er eine Gänsehaut. »Sie haben nicht in den letzten Jahren mit ihr zusammengelebt«, sagte er ruhig.

»Nein, ich bin mit Miss Mary hierhergekommen, weil sie mich brauchte. Und wir beide haben hart gearbeitet. Jawohl, wir haben geschuftet!« wiederholte sie mit Nachdruck, »von morgens bis abends, um das hier aufzubauen und um die Vergangenheit zu begraben. Wir haben geschuftet, um den Kindern ein besseres Leben zu ermöglichen, aber nicht, damit nach zwanzig Jahren alles verschleudert wird, nur weil es Miss Louisa mit ihrem vornehmen Hauptmann nicht genehm ist!«

Bessie schluchzte wieder, aber Edward unterdrückte seinen Zorn und schwieg. Bessie hatte ihren Ärger lange heruntergeschluckt, und nun brach alles in der Trauer um seine Tante aus ihr heraus – besser jetzt als später bei Emily und den Chapmans . . .

»Es war schon schlimm genug, mit ihm einfach so davonzulaufen. Aber immerhin wußte kein Mensch etwas, und wir konnten sagen, sie sei als Gouvernante in Irland. Und dann kommt sie mit zwei Kindern zurück, und ein drittes ist unterwegs. Damit waren wir als Lügnerinnen entlarvt und hatten uns zum Narren gemacht! Oh, sie glaubt, man habe es *sie* spüren lassen – mit Klatsch und wenn die Leute mit dem Finger auf sie deuten . . . . aber ich habe *gehört*, was die Leute sagen, und ich sagen Ihnen jetzt: Die Leute haben nicht nur über Miss Louisa gesprochen, o nein! Auch ihre Mutter kam wieder ins Gerede. Sie wußten zwar nichts, aber sie haben alles mögliche erfunden!«

»Das muß sehr schmerzlich gewesen sein.«

»O ja! Ich hatte geglaubt, das alles wär vorbei, Mr. Edward. Ich dachte, das wär endgültig Vergangenheit.« Sie schüttelte den Kopf und wischte die Tränen mit der Schürze ab. »Ich halte das nicht mehr aus – ich kann einfach nicht mehr. Daran läßt sich eben nichts ändern. Sie tut mir leid – in meinem Herzen tut sie mir leid, auch wenn sie mich zum Wahnsinn treibt –, aber Sie müssen die Suppe selbst auslöffeln. Ich bin eine alte Frau, Mr. Edward – ich möchte ein bißchen Frieden. Ich will meine Arbeit machen und in die Läden zum Einkaufen gehen und nicht jedesmal das Gefühl haben, in den Krieg zu ziehen . . .«

Ihre Worte lösten eine bittere Mischung aus Schuld und Überraschung in ihm aus. Wie alt war Bessie eigentlich? Ende fünfzig, vermutete Edward. Aber sie schien sich in all den Jahren, in denen er sie kannte, nicht verändert zu haben. Es entsetzte ihn, daß Bessie sagte, sie sei alt.

»Es tut mir leid.« Er meinte das aufrichtig. »Es war für uns alle nicht einfach, aber ich wußte nicht, wie schwer es für Sie gewesen ist, Bessie. Sie waren immer wie ein Fels in der Brandung«, fügte er lächelnd hinzu, »vermutlich haben wir alle geglaubt, Sie seien nicht zu erschüttern.«

»Da irren Sie sich. Ich bin auch nur ein Mensch, Mr. Edward – und das will ich Ihnen sagen«, fügte sie hinzu und hob warnend den Finger, »Sie auch!«

»Das heißt?« fragte er leise.

Bessie senkte den Kopf, und ihre Finger beschäftigten sich mit einem Stück Seidenpapier. »Na, ja«, sagte sie schließlich, »vermutlich glauben Sie, ich sollte das nicht sagen. Schließlich bin ich nur eine Haushälterin und dazu noch eine alte Jungfer. Aber ich habe Sie mit großgezogen, Mr. Edward – Sie und Miss Louisa! *Und* ich habe etwas vom Leben gesehen – hier und dort.«

Edward kaute auf den Lippen herum und wünschte, sie würde endlich aussprechen, was sie an Wahrheiten auszusprechen hatte. »Ja und?« fragte er.

Bessie holte tief Luft. »Tja, es ist so, Mr. Edward – können Sie mir sagen, was Sie eigentlich vorhaben? Ich meine, was erhoffen Sie sich von all dem? Die kleine Madam macht mit Ihnen, was sie will – bis Sie tot sind, wenn Sie sich das gefallen lassen –, das hat sie schon immer getan. Und wozu das alles? Was bietet sie Ihnen dafür? Seelenfrieden? Niemals! Nicht solange dieser Taugenichts immer wieder auftaucht und sie besucht. Sagen Sie bloß nicht, er will die *Kinder* sehen – als ob er sich je um seine Kinder gekümmert hätte! Hat er sich je um seine andere kleine Tochter gekümmert? Pflicht? Er weiß nicht, was das heißt! Man könnte sich gut vorstellen, daß er überall im Land Kinder mit anderen Frauen hat.«

»Ist das alles?«

»Nein, das ist noch nicht alles. Es ist an der Zeit, daß Sie ihm sagen, er soll verschwinden, und zwar ein für allemal. Und wenn Sie mit ihr unter einem Dach leben wollen, dann ist es an der Zeit, daß Sie eine anständige Frau aus ihr machen – und die Leute endlich aufhören, über sie zu reden!«

»Ich verstehe«, sagte er gepreßt und lief mit den Händen in den Hosentaschen in der Küche auf und ab. »Bessie, wenn Sie nichts dagegen haben, mache ich mit meinem Leben, was *ich* für richtig halte! Also gut, ich will Ihrem ersten Rat folgen und werde jetzt auch mit dem Packen anfangen. Oben in den Regalen stehen viele Bücher, auf die ich in den nächsten Wochen durchaus verzichten kann!«

Am nächsten Morgen war der Sturm vorbei. Aber vom Meer kam noch immer ein scharfer, kalter Wind. Und wo die Flut sich an der geschwungenen Strandmauer brach, schleuderten klatschend und gurgelnd die hohen Wellen die Gischt bis zur Promenade hinauf. Der weiße Schaum flog hoch in die Luft und fiel auf das aufgewühlte blaugrüne Wasser zurück, um sofort wieder in die Höhe zu schießen. Erregt und wie gebannt vermochte Louisa die Augen nicht von diesem Schauspiel zu wenden. Der Himmel war blau, und obwohl es in drei Wochen Weihnachten sein würde, schien die Sonne so warm wie im Frühling.

»Die Kinder hätten jetzt ihren Spaß«, rief sie Letty zu und wünschte sich, sie wären bei ihr. Es tat ihr gut, aus York einmal heraus zu sein, aber die Kinder fehlten ihr doch sehr. Die Hälfte der Zeit überlegte Louisa, was die drei wohl taten, und ob sie ihnen auch fehlte...

»Das kann ich mir lebhaft vorstellen«, erwiderte Letty trocken, »ich sehe sie geradezu vor mir, wie sie durch die Gischt rennen, bis auf die Haut naß werden und von der nächsten hohen Welle mitgerissen werden. Nein, meine Liebe, das Meer bei diesem Wetter sollte man sich aus der Ferne ansehen – und wir sind schon bei weitem zu nah am Wasser!« erklärte sie, als der Wind an Rock und Schal zerrte. »Gehn wir, bevor die Flut noch höher steigt. Ich bin sicher, wir können uns die Wellen auch hinter Glas bei einer Tasse Tee ansehen!«

»Du hast für Abenteuer einfach keinen Sinn.«

»Vielleicht nicht. Ich ziehe vor, mir das Schauspiel anzusehen, und rechtzeitig davonzulaufen – und zurückzukommen, um es mir das nächste Mal wieder ansehen zu können.«

»Es erinnert mich an unsere Ausflüge nach Dalkey«, sagte Louisa eine Spur wehmütig, als sie den steilen Weg über die Klippen zu ihrem Hotel hinaufstiegen. »Georgina hatte immer so großen Spaß dabei...« Kurz darauf sagte sie etwas außer Atem: »Robert hat erzählt, sie wollte ihn begleiten. Ich kann mir vorstellen, daß sie nicht gerade sehr erfreut darüber war, jetzt auch von dir im Stich gelassen zu werden.«

»Das stimmt. Aber ich habe ihr versprochen, sie das nächste Mal mitzunehmen. Das heißt«, fügte sie leise hinzu, »wenn es ein nächstes Mal gibt.«

Louisa drehte sich heftig um und sah ihre Freundin an. »Oh, Letty! Bitte sag doch nicht so etwas! Wir müssen *immer* Freundinnen bleiben. Mir würde das Herz brechen, wenn ich daran denken müßte, dich oder Georgina nie wiederzusehen.«

»Und Edward?«

»Was ist mit Edward?«

»Vielleicht möchte er uns nicht sehen ...«

Louisa verschlug es die Sprache, sie drehte sich um und ging in das Hotel. Als sie im Speisesaal auf das Mittagessen warteten, sagte sie: »Edward mag dich und auch Georgina. Ich kann mir nicht vorstellen, warum er etwas dagegen haben könnte, daß du uns besuchst. Und außerdem«, fügte sie entschlossen hinzu, »du bist *meine* beste Freundin. Nur darauf kommt es an an!«

Letty trank einen Schluck von dem sehr trockenen Sherry und hob fragend die Augenbrauen, aber sie sagte nichts. Sie ließ die Augen über den weiten Strand vor ihnen hinter den Fenstern gleiten und schien den Blick zu genießen. Dann drehte sie den Kopf, sah ihre Freundin an und sagte: »Dir geht es schon viel besser. Jetzt siehst du eher wieder wie die Louisa aus, die ich kenne. Vielleicht wirst du nach ein paar Tagen Ruhe und dem guten Essen hier auch wieder etwas zunehmen. Als ich dich bei meiner Ankunft in York gesehen habe, dachte ich, vor mir steht ein Gespenst!«

»Jetzt übertreibst du aber, Letty.«

»Nein, überhaupt nicht. Das weißt du ganz genau. Im Sommer warst du noch so gesund. Es war ein Schock, dich wiederzusehen.« Liebevoll besorgt fügte sie hinzu: »Die letzten Monate müssen für dich die reinste Hölle gewesen sein.«

Louisa zuckte mit den Schultern und senkte den Kopf. »Vermutlich ja ..., obwohl es mir nicht so bewußt geworden ist, aber –«, sie schwieg. Es ließ sich so schwer in Worte fassen. Auch Letty konnte sie es nicht richtig erklären. Nach kurzem Nachdenken sagte sie: »Nachdem das Schlimmste vorbei ist, wird mir klar, wie schrecklich es war ... etwa so, wenn man krank ist und nicht weiß, *wie* krank man ist, bis es einem wieder besser geht. Verstehst du, was ich meine? Der Vergleich mit der Hölle ist erschreckend.«

»Ist jetzt alles vorbei?« fragte Letty, und der Blick ihrer schrägen grauen Augen machte deutlich, daß ihre Frage mehr als eine Bedeutung hatte.

Ihre Freundin blickte aus dem Fenster und auf die wild bewegten Wellen. »Ich glaube. Man sagt, die Zeit heilt alle Wunden – ich glaube, das stimmt. Es wird eine Weile dauern, bis wir Mamas Tod überwunden haben. Ich bin sicher, es wird uns helfen, wenn wir erst einmal ein anderes Haus gefunden und die Gillygate-Straße verlassen haben.«

»Da hast du recht. Aber was ist mit Robert? Ist wirklich alles aus zwischen euch beiden?«

»Oh, Letty, du weißt, daß es so ist! Das war schon so vor zwei Jahren.«

»Bist du dir da ganz sicher?«

»Um Himmels willen, Letty, was hast du vor? Willst du mich überreden, zu ihm zurückzukehren? Soll ich nach Dublin zurück und zu all dem, was ich hinter mir gelassen habe? Nein danke!«

»Nein, das will ich nicht. Ich frage dich vermutlich nur danach, ob du ihn noch liebst und nicht doch bedauerst, ihn weggeschickt zu haben.«

»Ich bedaure es nicht«, antwortete sie schnell. »Ich bedaure nichts außer, daß ich so lange zu dieser Entscheidung gebraucht habe.«

»Kannst du ihm nie verzeihen?«

Louisa seufzte tief und schüttelte den Kopf. »Es hat nichts mit Verzeihen zu tun, Letty – nicht mehr. Wir haben uns geirrt – wir beide –, als wir dachten, die Regeln gelten für uns nicht. *Wenn* wir hätten heiraten können, dann hätte es gutgehen können. Vielleicht hätte man mich als seine Frau akzeptiert. Wenn ich keine Kinder bekommen hätte, *dann* hätte es auch gutgehen können. Aber das sind nur Hypothesen«, sagte sie bitter, »fest steht nur, daß am Schluß alles falsch war. Alles fiel auseinander.«

Sie schwiegen eine Weile, dann sagte Letty: »Übrigens, weißt du, daß Amelia Loy sich mit Gerald wieder ausgesöhnt hat – es war alles nur heiße Luft.«

»Ja, du hast es mir erzählt.«

»Robert war wirklich ein Dummkopf. Wie konnte er sich auf so etwas einlassen?«

»Robert hätte vieles nicht tun dürfen, Letty. Und ich kann noch nicht einmal sagen, wenn er ein Dummkopf ist, befreit ihn das von seiner Schuld.«

»Du hast ihm also nicht verziehen?«

Louisa biß sich auf die Lippe. Es gab Dinge, die nur sie und Robert wußten und die kein anderer Mensch außer ihnen erfahren würde. »Amelia Loy habe ich ihm verziehen«, antwortete sie ausweichend, aber mehr wollte sie nicht sagen.

Man servierte ihnen das Essen. Letty aß mit großem Appetit. Aber nach der Suppe stocherte Louisa in ihrem Fisch herum und ließ den Schweinebraten und den Apfelbrei beinahe unangetastet zurückgehen. Sie starrte in die schwächer werdende Sonne und dachte an Gerald Loy und an den Gala-Ball im Dubliner Schloß. Trotz der momentanen Empörung und dem etwas nachhaltigeren Gefühl der Beleidigung gehörte der Zwischenfall zu einer Reihe anderer Ereignisse. Seit dieser Zeit galt er – rational kaum begründbar wie der Besuch in White Leigh und der Anblick der Huren in der Sackville- und Gardiner-Straße – als Symbol für all das, was Louisa an Roberts Leben verabscheute. Es gab auch schöne Erinnerungen, aber wie in Liffey war alles übertrieben und künstlich. Etwas Unangenehmes liegt ständig in der Luft, dachte Louisa, man kann es *riechen*. Und Robert bekam so schnell Langeweile. Das Leben mußte ihm immer eine Herausforderung bieten, eine Gefahr. Deshalb war er vermutlich auch in den Sudan gegangen.

»Für mich ist das nichts«, sagte sie ruhig, »für mich ist das kein Leben. Ich bin zu gewöhnlich, zu einfach. Und jetzt muß ich an meine Kinder denken – und an Edward. Ohne ihn, Letty, wüßte ich nicht, was aus mir geworden wäre. Vielleicht wäre ich tot – oder in der Irrenanstalt.«

Sie dachte an den Schock, als sie die dritte Schwangerschaft bemerkte, und schwieg. Das war in der Woche, als die Nachricht von Roberts Einsatz im Sudan kam. Louisa glaubte, sie werde verrückt. Es war nur Edward und seiner vertrauensvollen Kraft zu verdanken, daß sie die trostloseste Zeit ihres Lebens überstehen konnte und sich nicht der überwältigenden Verzweiflung überließ. Er hatte ihr zugehört und sie getröstet. Er hatte sich mit ihr gestritten und sie gelegentlich sogar energisch zurechtgewiesen. Er hatte alles getan, damit sie an die Zukunft dachte und sich nicht länger mit der Vergangenheit belastete. Er kümmerte sich um die Kinder und zwang sie auf diese Weise, es ihm nachzutun, wenn Louisa in völliger Apathie ihre Söhne der Mutter und Bessie überließ. Und schließlich gelang es ihm, ihr klarzumachen, daß sie für die Kinder am Leben bleiben mußte. Ohne diese Erkenntnis und ohne Edward hätte sie den zweiten Schicksalsschlag – die lange und tödliche Krankheit der Mutter – nicht überlebt.

»Ich verdanke ihm mein Leben, und deshalb«, sagte sie mit Nachdruck, »bin ich entschlossen, dieselben Fehler nicht noch einmal zu machen.«

Man servierte ihnen den Kaffee. Louisa schenkte ihnen beiden ein, während Letty sie dabei beobachtete. »Aber ist Dankbarkeit genug?« fragte sie schließlich.

»Wofür genug?«

Letty zögerte und sah sie aufmerksam mit ihren klugen Augen an. »Nun ja . . . für den Rest deines und seines Lebens?«

Louisa schüttelte langsam den Kopf. Es enttäuschte und verletzte sie, daß Letty, die für das Kind ihres Bruders auf so viel verzichtet hatte, die große Liebe nicht verstand, die ihrer Entscheidung zugrunde lag. »Wenn es nur um Dankbarkeit ging, dann würde ich ihm das mit Mamas Erbe so gut wie möglich vergelten und mir ein billiges Häuschen für mich und die Kinder mieten. Das möchte ja auch Robert – dann könnte er mich von Zeit zu Zeit besuchen. Das wäre so einfach und bequem«, sagte sie bitter.

»Du benutzt doch nicht Edward, um dich hinter ihm zu verstecken?« fragte Letty leise und trank einen Schluck Kaffee.

Louisa schwieg fassungslos. Sie stellte so heftig die Tasse auf die Untertasse, daß sie Kaffee verschüttete, und rief: »Natürlich nicht!«

»Reg dich bitte nicht auf. Versteh doch, ich will mich nur vergewissern, daß du dir deine Entscheidung bewußt machst. Du bist meine Freundin, Robert ist mein Bruder, und ich liebe euch beide. Ich möchte nicht erleben, daß ihr noch mehr Fehler macht und Edward so verwundet, wie ihr euch verwundet habt. Er ist ein anständiger Mann – würde ich ihn näher kennen, würde ich bestimmt auch ihn ins Herz schließen können. Er hat es nicht verdient, daß er da hineingezogen wird –«

»Ich liebe Edward!«

Jetzt war Letty sprachlos. »Wirklich? Ja, mein Gott, warum heiratest du ihn dann nicht?«

Louisa schlug die Augen nieder und schüttelte den Kopf. »Er hat nicht um meine Hand angehalten. Und außerdem, so einfach ist das nicht, Letty.« Sie suchte nach Worten, um die vielen miteinander verknüpften Gefühle zu erklären, die Lettys Frage bei ihr ausgelöst hatte, und es gelang ihr nicht.

»Ich glaube, ich werde nie heiraten«, sagte sie schließlich und hob abwehrend die Hand. »Ich kann es nicht erklären, tut mir leid. Aber bitte, das mußt du wissen, ich werde mit Edward zusammen wohnen, weil ich mein Leben mit ihm teilen möchte – weil ich ihn brauche, und er mich braucht. Ich weiß, er liebt die Kinder, als seien es seine Kinder, und im Gegensatz zu Robert wird er sie nie im Stich lassen.«

Letty nickte traurig. »Ja«, sagte sie langsam, »das ist ein gutes Argument.«

Sie schwiegen eine Weile. In der einsetzenden Dämmerung spiegelten sich ihre Gesichter im Fensterglas. Der Saal hinter ihnen war beinahe leer. Ein einsamer Kellner wartete darauf, den Tisch abzudecken, sobald sie aufstanden und hinausgingen. Louisa bemerkte ihn und erhob sich zögernd. »Ich glaube, wir sollten gehen. Wollen wir noch einen Spaziergang machen, ehe es dunkel wird? Mir würde die frische Luft jetzt guttun.«

Ein Kiesweg führte zwischen Büschen und Bäumen zu der Stelle, an der der Weg sich steil nach unten zur Promenade wand. Der Park war naß und grau, aber der Geruch nach Erde und Blättern wirkte nach der abgestandenen überheizten Hotelluft belebend.

»Weißt du«, gestand Louisa, »ich hätte gern einen Garten. Der Garten war mir im Devereaux-Haus das liebste. Natürlich können wir uns so etwas nicht leisten«, fügte sie lachend hinzu, »aber es wäre hübsch, irgendwo ein kleines Haus mit einem richtigen Garten zu finden . . . mit Blumen und Gemüse . . .« Nachdenklich legte sie die Stirn in Falten. »Und genug Platz für die Kinder zum Spielen.«

»Da höre ich deine Vorfahren, die Bauern, wieder«, neckte sie Letty, »ich bin sicher, in Wirklichkeit bist du noch immer ein richtiges Mädchen vom Land.«

»Da könntest du recht haben«, sagte Louisa und nickte, »aber es gibt Schlimmeres als das.«

10

Es war nicht einfach, ein Haus mit einem Garten zu finden, oder mit einem Stück Land, das man in einen Garten hätte verwandeln können. Innerhalb der Stadt waren solche Häuser alt, heruntergekommen und lächerlich teuer. Die neuen Reihenhäuser in den Außenbezirken hatten keine Gärten, und Dörfer wie Acomb und Clifton lagen zu weit entfernt von Edwards Buchbinderei in der Piccadilly. Fulford wäre ideal gewesen, aber auf Grund der Kasernen wurden Häuser in dieser Gegend nur selten auf dem offenen Markt angeboten, sondern sofort von Offizieren in Beschlag genommen.

Bessie hatte sich zwar bereit erklärt, bis zum Umzug zu bleiben, aber sie wollte unbedingt vor Weihnachten zu ihrer Stelle bei den Chapmans. Louisa und Edward hatten es auch eilig, das Haus in der Gillygate-Straße zu verlassen. Edward sah sich in der ganzen Stadt um und überprüfte entsprechende Angebote, aber ohne Erfolg. Er fürchtete bereits, innerhalb des angestrebten Zeitplans nicht annähernd etwas Geeignetes zu finden. Er war schon entschlossen, Bessie in Gnaden zu entlassen und die Suche bis zum Frühjahr zu vertagen, als einer seiner Kunden ein alleinstehendes Haus in Clementhorpe erwähnte, das vermietet werden sollte.

»Das alte Ehepaar, das dort wohnte, ist gerade in eine meiner Neubauten in der Ebor-Gasse gezogen«, erzählte der Mann, »ich kann mir eigentlich nicht vorstellen, daß Sie es wollen – es ist ein altes Haus. Man müßte viel daran tun. Ich weiß noch nicht einmal, ob es fließendes Wasser hat – aber zu dem Haus gehört etwas Land. Es steht in der Nähe des alten Leinpfads am Flußufer. Sie wissen schon, wo, nicht wahr? Natürlich wird es hin und wieder auch überschwemmt, wenn das Wasser im Fluß sehr hoch steigt.« Er rümpfte die Nase. »Also ich möchte es nicht haben.«

Edward hatte sich die Neubauten in der Nähe der Bishopthorpe-Staße angesehen. »Ich glaube, die Häuser am unteren Ende der Ebor-Gasse werden vom Hochwasser auch nicht verschont«, bemerkte er freundlich.

»Nein, nein, die liegen viel höher«, widersprach der Mann. »Da muß der Fluß aber schon gewaltig über die Ufer treten, bis *meine* neuen Häuser überflutet werden. Na ja, wie Sie wollen.« Er griff in seine Brusttasche und zog einen Zettel hervor. »Hier steht der Name des Vermieters – kenne den Mann nicht. Nun ja, vielleicht schauen Sie es sich mal an, wenn Sie unbedingt etwas mit einem Stück Land wollen.«

»Ansehen werde ich es mir bestimmt«, sagte Edward lächelnd, »haben Sie besten Dank für Ihre Mühe.« Er verpackte zwei neue Bücher sorgfältig in braunes Packpapier und reichte dem Mann das Paket. »Noch einmal, vielen Dank, Mr. Clayton.«

»Schon gut, lassen Sie es mich wissen, wenn Sie eines meiner neuen Häuser haben wollen. Etwas Besseres finden Sie auf dieser Seite der Stadt nicht, da können Sie Gift drauf nehmen!«

Edward lachte. »Geben Sie mir ein Haus mit einem Garten, und das Geschäft ist perfekt.«

»Nein, das geht nicht. Ich brauche das Land zum Bauen und nicht für überflüssige Gärten. Das hat sich doch sicher Ihre Frau in den Kopf gesetzt, was? Ja, ja . . . die Frauen und ihre besonderen Wünsche – also ich weiß nicht!«

Edward brachte ihn freundlich zur Tür, bedankte sich noch einmal und kehrte zu seinem Arbeitsplatz zurück. Merkwürdig, dachte er, seit ich das Haus suche, glauben die Leute plötzlich, Louisa wäre meine Frau. Louisa hatte bis jetzt niemandem diese Illusion genommen, und Edward würde es auch nicht tun. Es mochte eine Illusion sein, aber sie war nützlich.

Er sah sich die Adresse auf dem Zettel an, und nach einem Blick auf die Uhr nahm er sich vor, früher Schluß zu machen, um sich heute abend noch die Schlüssel zu dem Haus geben zu lassen. Dann konnten er und Louisa sich Haus und Gelände bei Tageslicht in aller Ruhe und gründlich ansehen.

In der Fossgate-Straße sah er seinen ehemaligen Lehrling mit einem Packen Bücher unter dem Arm. Bei dem Getreidehändler holte er den jungen Mann ein.

»Sonderzustellung, Dick?« fragte er lachend.

»Oh, guten Tag, Mr. Elliott! Sir, Sie sind aber heute abend früh dran!«

»Ich suche ein Haus zum Mieten – ein Haus mit Garten. Wissen Sie zufällig von einem Angebot?«

»Nein!« Dick lachte. »Wenn Sie mich nach einem Garten fragen, also ich kenne nur die St.-George-Anlagen!«

»Die sind mir etwas zu groß!« Als sie vor der Kirche die Straße überquerten, fragte Edward: »Gehen Sie in meine Richtung? Ich dachte, Sie wohnen oben in der Coppergate-Gasse?«

»Oh, ich gehe noch nicht nach Hause, Sir. Ich muß das in die Blossom-Straße bringen – zu Mrs. Bainbridge..., der ehemaligen Miss Tempest, Sir.«

»Ja, ich kenne Mrs. Bainbridge. Interessiert sie sich seit neuestem für Bücher? Ich wußte nicht, daß sie eine Leseratte ist.«

»Oh, das ist sie bestimmt nicht«, sagte Dick grinsend, »aber sie will einen Blick in diese Bücher werfen. Es sind nicht nur alte Bücher, Mr. Elliott – es sind *die* Bücher, und ich muß sie ihr bringen.«

»Nicht dem Geschäftsführer?«

»Nein, Sir.«

»Traut sie ihm nicht?«

»Weiß nicht, Sir«, erwiderte Dick verlegen, als sei er sich plötzlich seiner Indiskretion bewußt.

»Tut mir leid«, murmelte Edward, »das hätte ich nicht fragen sollen. Ich wollte keinen Vorteil aus unserer alten Freundschaft schlagen.«

Der junge Mann sah Edward treuherzig an. »Schon gut, Mr. Elliott. Ich weiß, Ihnen kann ich vertrauen.«

Sie liefen in freundlichem Schweigen die Anhöhe hinauf, wichen dem Verkehr an der Nessgate-Kreuzung aus und gingen dann hinunter zur Brücke. In der Micklegate-Straße ließ Edward die Hausnummern nicht mehr aus den Augen, bis er das gesuchte Büro fand. Als er sich von Dick verabschieden wollte, blieb der junge Mann plötzlich stehen, als habe er gerade einen Entschluß gefaßt.

»Ich weiß, es klingt komisch, Mr. Elliott, aber ... ich wünsche mir, daß Ihr Geschäft gut geht.«

»Oh, danke Dick. Das ist wirklich sehr freundlich von Ihnen.«

»Nein – ich meine es so –, ich meine, wenn Sie einmal daran denken, einen zweiten Mann einzustellen, wie – also, ich meine, dann wäre ich froh, Sie würden zuerst an mich denken.«

»Das werde ich ganz bestimmt«, erwiderte Edward aufrichtig, »ich kann Ihnen versichern, wenn ich einen zweiten Mann brauche, dann würde ich sofort an Sie denken.«

»Wirklich?« Er strahlte über das ganze Gesicht. »Ich möchte Sie nicht aufhalten. Vielen Dank, Mr. Elliott!«

Edward sah ihm nach und sah, daß er jetzt viel beschwingter davoneilte als vorhin. Edward kaute nachdenklich auf den Lippen und dachte über die Information nach, die Dick ihm unfreiwillig gegeben hatte. Bei den Tempests sah es nicht gut aus, mochte der junge Mann es nun wissen oder nicht. Seit dem Tod des alten Tempest hatte Rachel eine Reihe Geschäftsleiter gehabt. Die Männer waren nicht alle schlecht, aber die meisten wurden Opfer ihrer Launen und Unberechenbarkeit. Ihr Mann, dachte Edward, der sogenannte *Bettgenosse* schläft so tief und fest, daß man ihn in der Fossgate-Straße nur an Weihnachten sieht, wenn er den Leuten etwas zu trinken spendiert. Edward verstand nicht, warum Rachel das Geschäft weiterführte. Es wäre viel vernünftiger gewesen, wenn sie die Druckerei nach dem Tod ihres Vaters verkauft hätte.

Edward wußte die Antwort auf diese Frage nicht, aber soviel war ihm klar: Dick hatte das Menetekel auf der Wand gesehen und suchte eine bessere Stelle. Edward wünschte, er wäre in der Lage, dem jungen Mann diese Stelle zu bieten. Noch war die Zeit nicht gekommen, aber vielleicht in ein paar Monaten, wenn er und Louisa etwas gefunden hatten, wenn Einnahmen und Ausgaben wieder im Gleichgewicht waren ...

Mit einem leichten Achselzucken schob er die Sache beiseite und trat durch die Tür zu seiner Linken.

Der Vermieter war ein vereidigter Rechnungsprüfer und offenbar ein vielbeschäftigter Mann. Edward mußte warten, und das Gespräch mit ihm war kurz.

Nachdem der Mann sich Name und Beruf hatte nennen lassen, fragte er, ob Edward verheiratet sei. Edward nickte, ohne zu zögern.

»Ja«, sagte er ruhig, »wir haben drei Kinder.«

»Ich kann nicht behaupten, daß ich ihn besonders mochte«, gestand Edward, als Louisa den Tisch abräumte. »Ein junger Kerl – vermutlich hat er das Haus geerbt. Nachdem er das alte Ehepaar los ist, erhöht er die Miete. Der alte Clayton hat gesagt, das Haus sei heruntergekommen – also freu dich nicht zu früh, Louisa. Das klingt überhaupt nicht vielversprechend.«

»Es liegt auf der richtigen Seite der Stadt«, erklärte sie, »vermutlich hättest du es nicht mehr so weit zu deinem Geschäft, und die Miete ist nur die Hälfte von dem, was wir hier zahlen.«

»Aber dieses Haus ist in Ordnung, *und* wir haben hier Gas und fließendes Wasser. Die Hütte hat womöglich beides nicht. Und denk an den Fluß«, fügte er hinzu, »vermutlich steht dort alles in jedem Winter unter Wasser.«

»Ach, sei doch nicht so pessimistisch«, rief Louisa lachend, »wir haben das Haus noch nicht einmal gesehen. Vielleicht ist es bezaubernd.«

»Vielleicht auch nicht«, brummte Edward, aber er mußte dann doch lächeln.

Ein eiskalter Wind blies über den Fluß, und am Himmel hingen dicke Regenwolken, als Edward und Louisa sich am nächsten Morgen auf den Weg machten. Sie wollten die Brückengebühr sparen und gingen deshalb über die alte Brücke und dann durch die Skeldergate-Straße; unten am Fluß standen uralte Lagerhäuser und ein Sammelsurium schäbiger Läden; Pubs und Mietshäuser zogen sich hinauf bis zur Bishophill-Straße. Zu dieser Zeit herrschte hier geschäftiges Treiben. Fuhrwerke und Wagen fuhren langsam mit Kohle, Getreidesäcken und Transportkisten vorbei. Man rief den Trägern laut Anweisungen zu. Die Pferde legten sich ins Geschirr. Ihre schweren Hufe schlugen laut auf das schlammige Plaster. Trotz der Kälte standen überall barfüßige Kinder herum. Sie waren unterwegs zur Schule, aber hofften, sich mit einem Botengang einen Penny zu verdienen. Sie konkurrierten mit den Straßenjungen, die vor Toren und Einfahrten standen und offenbar regelmäßige Aufträge bekamen.

Louisa verwirrten die vielen neugierigen Blicke. Noch immer saß ihr die Angst im Nacken, wenn sie sich in die Öffentlichkeit wagte. Sie schlug die Augen nieder, hob vorsichtig den Rock über Pfützen und lose Pflastersteine. Die Skeldergate-Straße erinnerte sie an Dublin mit den

Lager- und Geschäftshäusern an der Liffey-Mole. Der stickige Geruch der Kornspeicher und Mehlsäcke, der faulige Gestank vom Fluß und die eindeutigen Gerüche der Armut: Kohl und Fisch, Urin und Kot, ungewaschene, zahllose Menschen. Aber am Ende der Straße überspannte die eiserne Skeldergate-Brücke den Fluß. Hier konnte man hinüber zu den St.-George-Anlagen und dem Clementhorpe-Ufer gehen. Damit war es mit den Anklängen an Dublin vorbei, und Louisa fühlte sich wieder ganz in York. Die dumpfen, ekelerregenden Gerüche verschwanden. Es roch sehr viel angenehmer und verlockender nach Schokolade.

Terrys Pralinen wurden auf der anderen Straßenseite hergestellt. Am Ufer lagen Lastkähne mit Kakaobohnen und Zucker, die ständig entladen wurden. Eine imposante Eisenkonstruktion spannte sich über die Straße, und wie die Glieder einer endlosen Riesenraupe baumelten die Säcke an sich bewegenden Haken, schwebten über die Straße und verschwanden im offenen Schlund eines Lagers zu ihrer Rechten. Edward nahm Louisa fest am Arm und führte sie schnell unter dem gefährlichen Transportband hindurch. Er hatte einmal gesehen, wie ein Mann an dieser Stelle von einem Sack getötet wurde, und hatte nicht so viel Vertrauen wie all jene, die sorglos unter den Säcken über die Straße liefen. Nach der Schokoladenfabrik folgte etwas weiter flußaufwärts ein Bootshafen mit einer Metallbrücke über die Helling. Dann kamen eine Glaserei und die neuen Reihenhäuser, von denen Mr. Clayton, Edwards Kunde, gesprochen hatte. Als auch das Neubaugebiet hinter ihnen lag, wurde das Flußufer breiter. Auf der gegenüberliegenden Seite des Leinpfads sahen sie bebautes Land mit einem kleinen Bauernhaus – so wirkte es jedenfalls von weitem. Zuerst glaubte Louisa, das ganze umliegende Land gehöre zu dem Haus, aber dann sah sie, daß das Gelände in kleine Gärten unterteilt war. Bei weitem der größte Garten gehörte aber zu dem kleinen Haus, das aus rostroten Ziegeln gebaut war.

Als habe sie ein Pförtner angehalten, blieben sie vor dem mit einer Eisenstange verriegelten Tor stehen, betrachteten sich kritisch von weitem die etwas schief in den Angeln hängende Haustür, zwei leere Fenster im Parterre mit Dachfenstern darüber und das niedrige Ziegeldach.

»Rosen wachsen um die Tür«, sagte Louisa leise.

»Und auf dem Dach fehlen Ziegel!« Edward lachte.
Nach einigem Schieben und Drücken gelang es ihm, das Tor zu öffnen. Die rostigen Angeln quietschten, Rost klebte an seinen schwarzen Lederhandschuhen. Ergeben wie ein Märtyrer folgte er langsam Louisa, die bereits über den unebenen mit Platten belegten Weg eilte.
»Winterjasmin«, jubelte sie, »und Geißblatt! Oh, sieh doch nur – Obstbäume! Das kann ein wunderschöner Garten werden, Edward. Wir können unser eigenes Gemüse anbauen und vielleicht sogar auf dem Markt verkaufen!«
Der große Hausschlüssel ließ sich nur schwer in dem alten Schloß drehen. »Erst sehen wir uns einmal das Haus an, findest du nicht auch?« beschwor er sie und mühte sich mit der Tür. »Es erinnert mich nur allzusehr an meinen Laden«, brummte er, »vor meinem Einzug. Und das ist kein Kompliment!«
Die Zimmer unten hatten Steinböden. Die Wände waren grob verputzt und mit weißer Farbe gestrichen. Sie waren sauber, aber die Luft roch abgestanden und feucht, als sei das Haus seit Monaten nicht mehr bewohnt. Die letzte Flut sah man deutlich an den Wasserrändern eine Handbreit über dem Fußboden an den Wänden.
»Was habe ich dir gesagt?!« rief Edward triumphierend, aber Louisa hatte bereits die Küche entdeckt – ein großer niedriger Raum mit Fenstern nach vorne und hinten und einem altmodischen Küchenherd, der die Kaminecke beinahe völlig ausfüllte. In den Nischen standen dunkelbraun gestrichene Schränke. Louisa hatte sie in Gedanken bereits abgebeizt und in Hellgrün gestrichen. Sie sah in ihrer Vorstellung hellgelbe Vorhänge vor den Fenstern. Der vertraute Küchentisch aus dem Haus in der Gillygate-Straße würde gut hierher passen.
An der Rückseite befanden sich eine Spülküche und eine Vorratskammer. Am Ende des Gartens entdeckte sie etwas, das nach einem Plumpsklo aussah. Sie rümpfte die Nase bei dem Gedanken, das saubermachen zu müssen. Dann strahlte sie wieder, als sie über dem neuen Becken ein Bleirohr entdeckte und einen matt glänzenden Messinghahn.
»Siehst du!« rief sie Edward zu, der gerade durch die Tür kam. Er lachte, hob ihren Schleier und gab ihr einen Kuß. Sie strahlte und sagte: »Fließendes Wasser!«
»Aber kein Gas!« konterte er.
»Macht nichts – wir haben genug Petroleumlampen. Gehen wir nach

oben«, rief Louisa aufgeregt, aber Edward wollte erst das andere Zimmer sehen.
Die Küche war beinahe quadratisch, aber das Wohnzimmer rechteckig. Es hatte ein größeres Fenster zum Garten an der Rückseite. Der Kamin hatte blaue und weiße Delfter Kacheln, die um den alten Rost herum fleckig waren. Aber der Kaminsims aus Hartholz sieht gut aus, fand Edward, trotz des Wassers, das hier in der Vergangenheit eingedrungen sein mußte. Weiße Flecken an der Wand verrieten Größe und Anzahl der Bilder, die hier einmal gehangen hatten. Eine Stelle war beinahe so groß wie ein Alkoven. Hier hatte wohl noch bis vor kurzem einmal ein Schrank gestanden. Trotz der Leere und der bedenklichen Nähe zum Fluß besaß das Haus einen gewissen Charme, der auch auf Edward seine Wirkung nicht verfehlte. Vermutlich hatte das alte Ehepaar hier seit der Hochzeit gelebt. Konnten glatte neue Wände und helles Gaslicht in einem Neubau wirklich die Erinnerungen eines ganzen Lebens ersetzen?
Edward stellte stirnrunzelnd fest, daß ihn völlig falsche Gefühle überkamen, schüttelte den Kopf und warf einen Blick zu den Deckenbalken hinauf. »Da kommt mir ein schrecklicher Gedanke«, sagte er plötzlich und unterbrach Louisa, die bereits wieder von den Freuden des Gärtnerns schwärmte. »Vermutlich hat das Haus nur zwei Schlafzimmer. Hier unten gibt es keine Stützmauern.«
Wortlos hob sie den Rock und rannte in den schmalen Flur hinaus. Er folgte ihr langsam die ebenso schmale wie steile Wendeltreppe hinauf. Aber oben entdeckten sie vier kleine Schlafzimmer. Die Trennwände waren mit Gips verputzte Lattenkonstruktionen, wie Edward sich bald überzeugte. Sie waren dünn, und bestimmt nicht schallgedämpft. Aber die Zimmer erfüllten ihre Bedürfnisse. Er konnte es kaum glauben. Aber Edward wollte auf keinen Fall jetzt schon Begeisterung zeigen und betrachtete sich kritisch einige feuchte Ecken. Dann murmelte er etwas von enormen Kosten, dieses Haus mit den schlecht schließenden Türen und verfaulten Fensterrahmen zu heizen. Aber Louisa war überglücklich und umarmte ihn aufgeregt.
»Wenn der Vermieter nichts reparieren läßt«, fragte sie ihn, »dann können wir doch das übernehmen, oder?« Sie drückte seinen Arm. »Oh, bitte sag ja, Edward – das Haus ist hübsch, wirklich hübsch!«
»Auch wenn du vor Kälte zitterst? Und was ist, wenn es lange genug regnet und der Fluß uns davonschwemmt?«

»Ja, o ja!«
»Wir werden auf viele Möbelstücke verzichten müssen –«
»Das lassen wir alles versteigern!«
»Und dieser sogenannte Garten«, fügte er mit einem Blick durch das Fenster auf die ungepflegte Wildnis hinzu, »wird Sonntage um Sonntage in Anspruch nehmen, um ihn nur zu roden. *Ich* habe dazu keine Zeit.« Er schüttelte den Kopf und versuchte, sich das Lächeln zu verkneifen, das ihn verraten würde. »Also Louisa, ich weiß wirklich nicht –«
»Ach, wir finden einen Jungen – ein paar junge Männer –, die können mir helfen. Davon habe ich geträumt. Edward, diesen Garten wirst du in ein paar Monaten nicht wiedererkennen! Also: Ja?« fragte sie und hüpfte beinahe wie ein Kind vor Freude in die Luft.
Als er ihre strahlenden, aufgeregten Augen sah, mußte er einfach lächeln. Nach diesem glücklichen Gesicht hatte er sich zwei trostlose Jahre lang gesehnt, und er konnte nicht länger Ablehnung spielen. »Wie könnte ich nein sagen?« Er lachte.
Mit glücklichem Stöhnen küßte sie ihn fest und stürmisch auf den Mund und nahm dabei sein Gesicht in beide Hände. »Oh, ich liebe dich!« rief sie impulsiv. Aber der Kuß und ihre Worte hätten auch einem ihrer Kinder gelten können. Während sein Herz heftig zu schlagen begann, war er froh, daß sie ihm keine Zeit ließ, etwas zu sagen.
Im nächsten Augenblick stand sie am Fenster und betrachtete sich die Büsche und Bäume genauer. Sie überlegte bereits eifrig, womit sie als erstes anfangen würde. »Du mußt feststellen, wo das Ehepaar jetzt wohnt. Dann kann ich sie besuchen und sie fragen, was sich lohnt zu behalten und was schon zu alt ist.«
Er traute seiner Stimme noch nicht, trat deshalb schweigend hinter sie und legte ihr die Hände auf die Schultern. Sie lehnte sich an ihn und drückte ihre Wange an seine Wange. »Machst du das?« fragte sie.
»Alles, was du willst«, sagte er leise. Er hätte ihr gerne gesagt, daß er sie liebte, und wieder dachte er an die Worte im Büro des Vermieters ... Aber es war nicht der richtige Zeitpunkt, um sie damit zu belasten.
Sie zitterten beide, aber am meisten vor Kälte. Seine Finger drückten sie. »Komm, Louisa«, sagte er seufzend, »es ist zu kalt, um lange hierzubleiben. Und auf mich wartet eine Menge Arbeit.«

»Was ist mit den Schlüsseln?«

»Ich gehe heute abend in dem Büro vorbei und teile dem Mann unseren Entschluß mit. Dann«, sagte er mit spöttischer Begeisterung, »wartet auf uns Arbeit, Arbeit und nochmals Arbeit! Hier muß noch schrecklich viel geschehen. Wir können an Weihnachten auf keinen Fall einziehen. Ja, ich weiß«, fügte er hinzu, als sie ihn mit großen Augen ansah, »ich weiß, wir wollten Weihnachten nicht mehr im Haus in der Gillygate-Straße sein. Aber ich glaube, das ist nicht möglich.« Als er ihr enttäuschtes Gesicht sah, machte er ihr schnell eine, wie er glaubte, kühne Versprechung: »Wir ziehen noch vor Silvester ein – wie findest du das?«

Edward ließ als erstes eine Ladung Kohle bringen. Danach gingen Bessie und Louisa mit den wie kleine Kutscher dick angezogenen Kindern Tag für Tag vor Weihnachten in das kleine Haus am Fluß, um die Arbeiter zu überwachen und zum Saubermachen. Die fehlenden Ziegel wurden ersetzt, und die Schlösser überholt, die Außentüren so gut wie möglich instand gesetzt und wieder in die alten Rahmen eingepaßt. Edward erteilte den Auftrag zu den Reparaturen auf eigene Rechnung. Der Vermieter würde wie nicht anders erwartet diese Arbeiten nicht sofort durchführen lassen. Aber Edward wollte nicht erleben, daß Louisa und die Kinder bis zum Frühjahr erbärmlich froren. Am Morgen des Heiligen Abends erschienen zwei Anstreicher mit weißer Farbe, und alle Innenwände bekamen einen neuen Anstrich.

Edward schloß den Männern das Haus auf und gab ihnen genaue Anweisungen. Dann kehrte er in die Gillygate-Straße zurück, wo Bessie die wenigen Dinge packte, denn sie wollte den Mittagszug nach Leeds noch erreichen. Eine Kiste mit Porzellan und Bilder für Emily standen im Flur.

»Sagen Sie ihr, das mit den blauen Vasen und den kleinen Figurinen tut mir leid«, erklärte Louisa, »aber ich kann mich nicht von ihnen trennen. Und wenn sie etwas von den Möbeln haben will, dann soll sie uns das bis Donnerstag wissen lassen, denn dann ziehen wir um. Alles, was wir nicht mitnehmen, wird versteigert. Blanche hat mir bereits gesagt, was sie haben möchte.«

Mit Tränen in den Augen nickte Bessie. »Ich bin froh, daß ich vor dem Umzug gehe«, gestand sie, »dann kann ich mich an das Haus erinnern, wie es war. Leere Häuser lassen mich immer an den Tod denken.«

Edward mietete eine Droschke, um Bessie und das Gepäck an den Bahnhof zu bringen. Der Abschied von Louisa und den Kindern in der Gillygate-Straße war schmerzlich. Aber seltsamerweise stellte sich bei allen Tränen das Gefühl einer Versöhnung ein. Sie umarmten sich in dem traurigen Bewußtsein, daß feste Bande von Liebe und Treue zerrissen wurden, die plötzlich bei weitem stärker waren als die peinvollen Ärgernisse der letzten Zeit. Louisa wußte, daß eine Verbindung zu ihrer Mutter sich auflöste, und eine andere – das Haus – würde es in einer Woche nicht mehr geben. Einen Moment lang besiegten die Gefühle den Verstand. Louisa fühlte sich versucht, alles wieder rückgängig zu machen. Sie wollte Bessie bitten zu bleiben und den Umzug und den Mietvertrag für das kleine Haus am Fluß annullieren. Aber als sie in der offenen Haustür standen und die neugierigen Blicke der Passanten sich auf sie richteten, die Vorhänge in den Nachbarhäusern zurückgeschoben wurden, wich die Unentschlossenheit schnell wieder. Louisa lächelte tapfer, als Bessie winkte, drückte die Kinder an sich und sah der Droschke nach, die die lange Straße hinunterfuhr und langsam ihren Blicken entschwand. Erst dann ging Louisa ins Haus zurück.

Am Nachmittag des achtundzwanzigsten Dezember war das Haus in der Gillygate-Straße schließlich ausgeräumt. Mit Tisha auf der Hüfte stieg Louisa zum letzten Mal die Treppe hinauf. Ihre Schritte hallten hohl auf den nackten Dielen. Sie ging zuerst in den zweiten Stock und in Bessies Zimmer. Der kleine, leere Raum hatte nur an der einen Wand eine Schramme, wo Bessies Bett stand. Nur diese Schramme wies noch darauf hin, wie lange die gute alte Bessie hier geschlafen hatte. In Edwards Zimmer, das Onkel Will eine Zeitlang bewohnt hatte, standen die leeren Regale. In dem größeren Raum hatte sie als Kind zusammen mit Blanche und Emily geschlafen. Durch das Fenster sah man die Türme des Münsters deutlich hinter dem Gewirr der kahlen Zweige und Äste. Alles war sauber, alles war leer. Kein Blatt Papier, kein Spiegel, kein Kerzenstummel oder ein Staubtuch, auch kein Besen erinnerte an die Frauen, die hier zwanzig Jahre lang gelebt und gearbeitet hatten. Louisa ging weiter, und die Schritte schienen sich zu vervielfältigen. Sie seufzte und sie hörte den Seufzer, als würden ihn Geister wiederholen. Von Erinnerungen verfolgt, ging sie auf Zehenspitzen hinunter in den ersten Stock. In jedes Zimmer warf sie noch einen kurzen prüfenden Blick. Schließlich erreichte sie den besten Raum an der Straßenseite. Hier warteten die Geister von ihrer Mutter und Robert auf sie. Louisa blieb lange Zeit regungslos stehen, drückte Tisha an die Brust und vergoß stumme Tränen. Sie hatte den Eindruck, als werde das, was hier geschehen war, weitergehen. Sie spürte es in der Luft; sie hörte es und roch es wie verwelkte Rosen ... Mit dem Ausräumen des Hauses war seltsamerweise etwas freigesetzt worden. Louisa mußte gehen. Sie wollte gehen, aber jetzt, als der Augenblick gekommen war, fiel es ihr schwer, sich abzuwenden, wie auf einem Bahnsteig, wenn man sieht, wie ein geliebter Mensch winkt und winkt und winkt ...

Tisha bewegte sich plötzlich und patschte ihr ins Gesicht. »Mama«, sagte sie, und ihre zarten Lippen zitterten, als sie die Tränen der Mutter sah.

»Ja, mein Schatz ...« Louisa schluchzte, wischte sich die Tränen mit der Hand ab und sagte: »Mama kommt jetzt.«

Mit einem letzten Blick drehte Louisa sich um und schloß die Tür.

Über eine Woche hatten Bessie und Louisa, während sie im Haus arbeiteten, in jedem Zimmer geheizt, um die Feuchtigkeit zu vertreiben. Nach zwei Tagen und hemmungsloser Verschwendung von Kohle – wie Louisa fand –, wurde es in dem Haus langsam trocken und warm. Als das letzte Möbelstück seinen Platz gefunden hatte, sah es mit einem Mal richtig gemütlich aus. Die Kisten standen noch immer in Tishas zukünftigem Schlafzimmer, aber in der Küche war alles Wesentliche ausgepackt. Im Wohnzimmer hatte Louisa den Weihnachtsbaum für die Kinder wieder mit rotem Lametta und dem silbernen Stern geschmückt. Von den Schokoladentieren und den bunten Plätzchen waren nicht mehr viele da, aber fast alle der winzigen Glaskugeln ihrer Mutter hatten den Umzug überlebt und glitzerten im Schein des Feuers.

Louisa blieb wie gebannt stehen und betrachtete die glühenden Kohlen auf dem Rost und den tanzenden Widerschein auf den strahlend weißen Wänden und der Decke. Die weiße Tünche war zwar billig, aber sauber und schön. Die Möbel und Wandteppiche hoben sich klar von den Wänden ab. Louisa war begeistert und zog das im Grunde den schweren Tapeten, die seit kurzem so in Mode waren, bei weitem vor. Die besten Wintervorhänge ihrer Mutter aus schwerem kastanienbraunem Samt schimmerten prachtvoll. Der Orientteppich war zwar nicht mehr der beste, aber in Verbindung mit dem Mobiliar schien er in diesem niedrigen Raum eine neue Daseinsberechtigung zu haben. Jedes einzelne Stück wirkte anders und war trotzdem Teil eines Ganzen, das tatsächlich hierher zu gehören schien.

Ihr erster Eindruck, daß dieses kleine Haus sich einmal als Paradies erweisen würde, schien plötzlich bestätigt. Mit Liebe und Pflege würde sie hier Frieden und Zufriedenheit finden, nach der sie sich so sehnte. Nach Jahren des Leids fühlte Louisa sich plötzlich reichlich beschenkt. Die unglücklichen Jahre schienen vorüber, in denen sich so viele Hoffnungen und Träume zerschlagen hatten . . .

Sie strich mit den Fingern über die glänzende Sofalehne und dachte an ihre Mutter. Louisa wünschte, sie wäre hier und könnte das kleine Haus sehen und mit ihr die Freude und das Glück teilen, das ihr wie ein alter Freund liebevoll zunickte. Es tat weh, daß es nicht so sein konnte.

Auch das Datum hatte eine Bedeutung – wie das Doppelgesicht des Janus forderte der letzte Tag des alten Jahres sie auf, zurück und in die Zukunft zu blicken. Die Vergangenheit schien sie an alte Sünden und Sorgen zu erinnern, ehe die Zukunft begann. Louisa glaubte, in einem Jahr werde Mary Elliotts Tod sie nicht mehr so bekümmern, so wie auch das zweite Jahr, nachdem sie Robert verlassen hatte, einfacher zu ertragen gewesen war als das erste. Die Trennung von diesen beiden Menschen war notwendig und in vieler Hinsicht nicht zu früh gekommen. Es war nur schmerzlich, sich mit dem Leben danach abzufinden.

Louisa erinnerte sich daran, daß alles, was Robert anging, Teil der Strafe war, zwei Jahre sowohl ungeschriebene als auch in Stein gemeißelte Gesetze übertreten zu haben. Und jetzt bat sie Gott darum, daß alles vorbei sein und dieses Haus ihr einen sicheren Schutz nach dem Sturm bieten möge. Hier konnten Edward und sie glücklich sein, die Kinder von Lärm und den Gefahren des Verkehrs unbehelligt aufwachsen, ohne von den Nachbarkindern gequält zu werden. Sie hatten einen Garten zum Spielen und Wald und Wiesen am Fluß, wenn sie älter wurden. Auch Geld war da, um ihnen die Angst vor der Armut zu nehmen. Es schien kaum möglich, aber alles war da und wartete nur darauf, daß sie sich darüber freuten.

Louisa hörte, wie die Haustür sich öffnete, und erschrak. Dann kam Edward lachend herein.

»Hast du es schon gesehen?« fragte er und zog sie zum Fenster: »Sieh mal!« Strahlend schlug er die schweren Vorhänge zur Seite. »Es schneit . . .«
Große, dicke Schneeflocken schwebten langsam herab und legten sich wie weiche Daunen übereinander und überzogen nach und nach die Erde, die Wege, die Büsche und die Mauern. Auf dem schwarzen Gitter lag der Schnee bereits, und auf der anderen Seite des Flusses stand eine einsame Straßenlaterne mit einer weißen winterlich schimmernden Haube.
Louisa nahm seinen Arm und drückte ihn. »Wie im Märchen«, flüsterte sie. Seine Freude rührte sie beinahe ebenso wie die Schönheit draußen. »Was hast du noch gemacht?«
»Ich habe Lorbeerzweige geholt«, antwortete er lachend, »und ein Stück Kohle. Wir sind hier neu, und das Haus liegt etwas einsam. Wir können also nicht damit rechnen, daß ein Glücksbringer zu uns kommt. Also habe ich mir gedacht, *ich* werde im neuen Jahr als erster über die Schwelle treten.«
»Du meine Güte, das hatte ich ja völlig vergessen! Wer war es denn im letzten Jahr? Ach natürlich, der Sohn des Metzgers . . .« Sie lachte leise: »Er hat fleißig der ganzen Straße Glück gebracht und war völlig betrunken, als er zu uns kam. Weißt du noch – Mama fürchtete, er werde nicht mehr nach Hause zurück finden und hat ihm Geld gegeben, anstatt . . .« Sie seufzte lange und murmelte dann: »Silvester – wie sich doch alles in einem Jahr ändert.«
»Es war nicht leicht«, sagte Edward und legte ihr einen Arm um die Schultern. »Laß uns beten und hoffen, daß es uns von nun an besser gehen wird.« Lange blickten sie auf das immer dichter werdende Schneetreiben, dann sagte er: »In ein paar Stunden fängt 1899 an – das letzte Jahr in diesem Jahrhundert. Das hört sich sehr bedeutungsvoll an, nicht wahr? Irgendwie klingt es so wichtig – als sollten wir es gut zu Ende bringen, die alten Rechnungen begleichen und auch unser metaphorisches Haus in Ordnung bringen . . .«
In seiner Stimme lag eine Frage, und sie hob den Kopf und sah seine Augen, in denen sich der Schnee spiegelte, auf sich ruhen. Lächelnd schob er ihr eine Strähne aus der Stirn. »Wir haben einen Anfang gemacht, nicht wahr?«
Er erwiderte ihr Lächeln, aber etwas schien ihn zu bekümmern. »Ich

möchte, daß du glücklich bist...« Er seufzte. »Und ich wünsche mir, daß die Kinder hier geborgen und sicher sind. Und ich möchte, daß dich nichts mehr bekümmert oder verletzt.«

Louisa drückte ihre Wange an seine Jacke und holte tief Luft, um die unberechenbaren und heftigen Gefühle zu meistern. Sie roch die frische Luft und seine Haut. Sie drückte ihn fest an sich, liebte ihn so sehr, daß ihr das Herz brechen wollte, und flüsterte: »Nichts kann das, solange du bei mir bist...«

»Oh, mein Engel, ich wünschte, es wäre wahr. Ich wünschte, es wäre wahr!« Seine Stimme klang belegt. Beinahe grob packte er ihre Arme und hielt sie von sich weg. Und einen Moment lang sah sie den heftigen Konflikt in seinen Augen.

»Setz dich«, sagte er unvermittelt und schob den Sessel neben das Feuer. Er saß vorgebeugt, faltete die Hände angespannt zwischen den Knien. Die Flammen beleuchteten die eine Gesichtshälfte. Nase, Backenknochen und Kiefer traten deutlicher hervor. Jede kleine Sorgenfalte wurde tiefer wie bei einem strengen Richter.

»Du weißt, unsere Einsamkeit hier ist eine Illusion«, begann er, »wir leben hier nicht auf dem Land, Louisa. Weit gefehlt! Da draußen ist die Stadt mit Tausenden von Menschen. Viele dieser Menschen kennen uns beide. Meine Kunden sind allgemein der Ansicht, ich sei ein Junggeselle. Obwohl«, fügte er etwas leiser hinzu, »ein oder zwei seit der Haussuche annehmen, daß ich kürzlich geheiratet habe. Ich habe es nicht geleugnet.«

»Ja und?« fragte sie, und ihre Stimme zitterte vor Spannung. Sie fürchtete sich vor dem, was er sagen wollte, und legte die zitternden Finger ineinander. Louisa hörte kaum, was er über das Gespräch mit dem Vermieter erzählte, hörte kaum den Bericht von der Lüge, zu der er sich verpflichtet gefühlt hatte.

»Aber das führte dazu, Louisa, daß ich über Dinge nachdenke, über die wir angesichts der Umstände noch nicht gesprochen haben. Zum Beispiel, was geschieht, wenn Liam in die Schule kommt? Was wirst du sagen, wenn du Name und Adresse seiner Eltern nennst?«

»Das weiß ich nicht. Ich habe noch nicht darüber nachgedacht.«

»Nun Louisa, wir *müssen* darüber nachdenken. Was sollen wir tun? Was sollen wir sagen? Sollen die Leute glauben, wir wären verheiratet, oder korrigieren wir den Eindruck und machen uns zum Gegenstand

von Klatsch? Unsere Lage ist im Augenblick alles andere als normal – im Haus wohnt kein dritter Erwachsener, um den Schein des Anstands zu wahren. Da die Leute nun einmal so sind, wie sie sind, werden sie sich das Schlimmste vorstellen.« Edward griff nervös ans Kinn und blickte sie ängstlich und besorgt an. »Ja, das werden sie leider . . .«
Louisa sprang auf und lief wie gejagt im Zimmer auf und ab, als könne die Bewegung verhindern, daß die unwillkommenen Gedanken Wurzeln faßten. Aber genau das taten sie. Sie drängten sich in das flüchtig empfundene Glück, und Louisa wollte zornig dagegen protestieren.
»Warum«, rief sie, »müssen wir *überhaupt* etwas sagen? Es geht niemanden etwas an! Wir tun nichts Unrechtes, denn unser Leben könnte nicht ehrbarer sein. Du hältst mich nicht aus. Wir leben unabhängig zusammen in einem Haus – mehr nicht!«
»Das weiß ich. Du weißt es. Der Rest der Welt weiß es aber nicht. Ich mache mir keine Gedanken darüber, was die Leute reden. Ich mache mir nur Gedanken um die Kinder. Sie werden unter der Situation leiden, wenn wir es dabei belassen, so wie es uns beiden ergangen ist, als wir klein waren. Willst du ihnen das zumuten?«
Der Schmerz durchbohrte sie wie ein Messer. »Nein!« rief Louisa gequält, »natürlich nicht . . .« Sie lief weiter durch das Zimmer und hatte das Gefühl, daß alle Sünden dieser Welt auf ihren Schultern lagen. Sie verabscheute sich und war auf Edward wütend, weil er die Illusion des Glücks zerstört hatte. Aber seinen Kummer sah sie nicht.
Mit einem tiefen Seufzer, der aus der Tiefe seiner Seele aufzusteigen schien, sagte er schließlich: »Es gibt einen Weg, mit dem wir dem Gerede ein Ende machen könnten.«
»Oh, und das wäre?«
»Wir könnten heiraten«, sagte er tonlos, »wir machen alles legal und unwiderruflich. Zwischen uns muß sich deshalb nichts ändern – ich möchte nur dem Klatsch ein Ende setzen, ehe das Gerede wieder anfängt.«
Louisa klopfte das Herz bis zum Hals. Es verschlug ihr den Atem. »Wie kannst du so etwas sagen?« flüsterte sie schließlich und wunderte sich, weshalb dieser Vorschlag sie so sehr verletzte. »Heiraten – heiraten, nur um den Anschein zu wahren? Und das aus deinem Mund! Es ist – unmoralisch«, stammelte sie, »wie kannst du so etwas auch nur *denken*!«

»Ich habe das nicht leichthin gesagt, das kannst du mir glauben«, erwiderte er gekränkt. »Ich denke seit Tagen nur daran. Ich habe ... der Kinder wegen gewollt, daß ...«
Louisa murmelte eine Entschuldigung und drehte ihm dann heftig den Rücken zu. Sie wollte dieser Art Logik nicht folgen. Sie biß sich auf die Unterlippe und kämpfte um die Kontrolle über ihre Stimme. Dann sagte sie: »Es ist nicht richtig, Edward. Es tut mir leid, aber es ist nicht richtig. Wenn wir heiraten sollten ...« Aber der Mut verließ sie, und sie brach ab. Sie brachte es nicht über die Lippen zu sagen, dann müßte es aus ganzem Herzen, aus Liebe geschehen und eine richtige Ehe sein oder eben nicht.
»Ja?« fragte er.
»Ich wollte sagen«, sie zögerte, »daß alles andere als eine richtige Ehe so etwas Ähnliches wie Betrug wäre.«
»Das finde ich nicht«, rief er und stand auf.
»Aber ich.«
»Ich weiß, du liebst *ihn* noch immer. Aber ich denke an die Kinder!«
»Vergiß Robert«, sagte sie ärgerlich, »ich denke an uns!« Als in seinen Augen plötzlich Hoffnung aufleuchtete, zuckte Louisa zusammen und schüttelte den Kopf. Sie wußte, ihr Nein entrang sich ihr wie ein zu früh geborenes Kind. »Ich kann nicht, Edward – nicht jetzt. Verstehst du das? Ich kann nicht!«
Er bedeutete so viel für sie, und sie liebte ihn. Edward beschützte sie wie ein Bruder und verstand sie wie ein Freund. In Zeiten des Kummers fühlte sie sich bei ihm geborgen. Er tröstete sie zärtlich ohne die Schuldgefühle und Spannungen sexueller Forderungen. Und doch, das wußte Louisa, gab es auch Zeiten, in denen sie mit ihm schlafen wollte. Es hatte Augenblicke gegeben, in denen er nicht viel hätte tun müssen, um den schwachen Widerstand zu brechen. Aber Louisa wußte auch, das waren Reaktionen, die ein anderer Mann ihr beigebracht hatte. Ihr Körper sehnte sich nach der Erfüllung, die zu erwarten und an der zu erfreuen man diesen Körper verführt hatte. Es schien schlimmer als die Sünde der Beziehung zu Robert, Edward *dafür* zu benutzen. Würde sie ihn nur der Ehrbarkeit halber heiraten, würde alles andere in den Schmutz gezogen.
Hätte sie ihn weniger geliebt, wäre es leicht gewesen. Aber da sie ihn mehr liebte, als er das ahnen konnte, blieben ihr die Worte im Mund

stecken. Es gelang ihr nicht, ihm das zu erklären, denn Louisa wußte, Edward würde sie nicht verstehen.
Als er schließlich verletzt und traurig die Treppe hinaufging, zitterte Louisa, weil er sie so kalt verließ. Es schien ein verhängnisvolles Omen zu sein, daß sie sich so schnell in dem neuen Haus gestritten hatten. Der Zauber des Wohnzimmers war dahin. Traurig löschte Louisa das Feuer und stellte das Funkengitter vor den offenen Kamin. Dann ging sie in die Küche, um sich Tee zu machen. Während das Wasser im Kessel langsam zu zischen anfing, schob sie einen Küchenstuhl dicht an den Herd, zog die Schuhe aus und legte die kalten Füße auf die warme Ofenklappe.
Sie fühlte sich erschöpft und war niedergeschlagen. Edwards Motive waren gut, seine Logik beinahe unwiderlegbar, aber sie konnte sich auf diese Bedingungen nicht einlassen, andererseits konnte sie die eigenen nicht erklären.
Er glaubte natürlich, sie nähre die geheime Hoffnung einer Aussöhnung mit Robert, aber nichts konnte ihr ferner liegen. Die Schwierigkeit bestand darin, daß sie Edward, der sie liebte, nicht erklären konnte, was sie für den Vater ihrer Kinder immer noch empfand.
Ihre Strafe bestand darin, daß alles, was sie mit Robert geteilt hatte, von der Gesellschaft verurteilt wurde. Diese Wunde war noch nicht verheilt. Wenn das Ausmaß ihrer Schmerzen wirklich dem begangenen Verbrechen entsprach, dann mußten sie etwas Schreckliches und sehr Falsches getan haben. Wenn Sühne der Vergebung vorausging, dann, so glaubte Louisa, hatte sie bereits den Preis dafür bezahlt. Aber wenn echte Reue dafür notwendig sein sollte, dann war ihre Seele von dieser Sünde noch nicht befreit. Den Anfang ihrer Liebe, die Monate des Glücks in der kleinen Wohnung am Fluß konnte sie nicht bedauern, auch nicht die Freundschaft mit Letty und Georgina, die auf den Trümmern ihrer Liebe zu Robert entstand. Und sie konnte auch nicht bedauern, daß sie die unschuldigen und hübschen Kinder hatte, die sie immer an die unglückliche Verbindung erinnern würden.
Bei dem Gedanken an Robert erfaßte sie Reue – Robert mit seinem Charme und seiner starken sexuellen Macht, die noch immer Sehnsüchte zu wecken vermochte. Das Wissen beschämte sie und beeinträchtigte das schwache und zerbrechliche Selbstbewußtsein. Und wenn sie sich kaum dieser unliebsamen Seite ihres Wesens zu stellen

vermochte, dann konnte sie sie auch Edward gegenüber nicht eingestehen. Er konnte sie sicher nicht verstehen, denn die demütigenden Qualen sexuellen Verlangens kannte er bestimmt nicht.

Aber Edward liebte sie trotz allem. Das wußte Louisa, obwohl er nie viele Worte darum gemacht hatte. Ihr Schweigen verletzte ihn. Als sie sich an die Hoffnung in seinen Augen erinnerte und an die enttäuschte Niedergeschlagenheit, hätte Louisa am liebsten geweint. Sie liebte Edward. Sie liebte ihn, sie vertraute ihm. Sie verstand seine Zurückhaltung und den seltsam romantischen Idealismus. Als ihr Ritter wie Chaucers *verray parfit gentil knight* besaß er eine reine und schöne Seele. Er wollte ihr sein Herz und sein Leben schenken. Aber was besaß sie, um ihn dafür zu belohnen?

Die Stille dieser Nacht wurde unterbrochen. Louisa hob erstaunt den Kopf und lauschte. Sie hörte in der Ferne das Geläut der Glocken. Sie ging langsam in das Wohnzimmer, trat an das Fenster und öffnete es. In der klaren und kalten Nacht funkelten die Sterne über der weißen Schneedecke. Louisa blickte auf den schwarz schimmernden Fluß hinaus und hörte die Glocken des Münsters, die das alte Jahr, das alte Jahrhundert ausläuteten und dann – mit einem plötzlichen freudigen Klang das neue Jahr und das neue Jahrhundert begrüßten.

Louisa wußte nicht, warum sie weinte – vielleicht um ihre Mutter oder um Robert und um alles, was seit zwei Jahren begraben sein sollte . . .

Aber vermutlich weinte sie vor Einsamkeit.

11

Den größten Teil des Winters über machte sich Edward um Louisa große Sorgen. Kraft und Entschlossenheit, die sie seit Kindheit auszeichneten, lagen so danieder, daß sie ihn an ein gestrandetes und schwaches Wesen erinnerte, das echten und eingebildeten Gefahren wehrlos ausgeliefert war. Leichtere, aber trotz allem schwächende Krankheiten quälten sie. Er pflegte Louisa, half ihr über die Krisen hinweg und beobachtete sie aufmerksam. Edward fragte sich, ob das kleine Haus sich wirklich als der dauerhafte Hafen erweisen würde, den Louisa so dringend brauchte. Vielleicht war es doch nur ein vorübergehender Platz, um Kräfte zu sammeln. In ihren großen, ausdrucksvollen Augen lag ein unergründlicher Schmerz. Die Mundwinkel hingen schwermütig nach unten. Vielleicht trauerte Louisa um die Mutter oder verzehrte sich in der Sehnsucht nach etwas, das nicht sein durfte . . .

Louisa bemühte sich zwar darum, die Unstimmigkeit des ersten Abends zu beseitigen, aber Edward zweifelte nicht daran, daß sie einen zweiten Heiratsantrag ebenso ablehnen würde, weil sie in ihrem Herzen noch immer Robert Duncannon liebte und begehrte. Ihn erfüllte es mit Unbehagen, daß sie der Kinder zuliebe einwilligte, nach außen hin so zu tun, als wären sie verheiratet.

Aber wenn Edward abends von der Arbeit zurückkehrte, begrüßte sie ihn mit tiefer Freude und Herzlichkeit. Sie fühlte sich zweifellos in dem neuen Zuhause wohl. Jede kleine Verbesserung wurde voll Stolz bewundert, und ihre Begeisterung darüber, wenn er eine Arbeit oder kleinere Reparatur am Haus abgeschlossen hatte, war echt. Husten und Erkältungen schienen die Kinder nicht anzustecken. Sie entwickelten sich körperlich sehr gut. Sie spielten in allem Wetter draußen und waren so fröhlich und ausgelassen, wie nur glückliche und gesunde Kinder das sein können. Edward freute sich darüber, und er mochte das kleine Haus am Fluß, obwohl er nach dem ständigen Lärm und geschäftigen Treiben auf der Gillygate-Straße einige Zeit brauchte, um sich an die Stille und Einsamkeit zu gewöhnen. Er konnte sich nicht darüber hinwegtäuschen, daß er und Louisa abgesehen von den Kindern völlig allein waren. Eine Weile beunruhigte ihn das.

Nachts lag Edward oft lange nach Mitternacht noch wach. Die dünne Trennwand aus Gips, durch die er alle ihre Bewegungen hörte, empfand er wie eine Folter. Er hörte, wie sie die Kleider aufhängte und sich in das große Doppelbett legte, das unentwegt leise und auch laut knarrte. Er lag angespannt in der Dunkelheit und sehnte sich nach ihr. Er betete darum zu schlafen. Manchmal glaubte er zu hören, wie sie leise und unterdrückt schluchzte – Geräusche, die auch vom Wind, der um das Haus heulte, und Regen, der auf das Dach trommelte, stammen konnten. Aber er sah dann sofort ihr in geheimen Ängsten gequältes Gesicht vor sich, das sie in das Kissen drückte, und war verzweifelt. Jedesmal verließ er das Bett, manchmal blieb er vor ihrer Tür stehen, dann wieder lag seine Hand schon auf der Türklinke. Er wußte, die unausgesprochenen Regeln in diesem Haus erlaubten ihm nicht, zu ihr zu gehen und sie zu trösten.

Aber langsam wurden die kurzen Wintertage länger. Auf den kalten Februar folgte ein stürmischer März, und Edward bemerkte die zunächst kleinen, aber so erfreulichen Veränderungen, die sich wie der herannahende Frühling einstellten.

Als die ersten Narzissen erschienen, begann Louisa, im Garten zu arbeiten. Edward fand einen kräftigen jungen Mann, der ihr half, das Land umzugraben. Die Besorgnis erregende Appetitlosigkeit verschwand, und die gesunde Arbeit im Freien brachte Farbe auf die Wangen, die so lange bleich und eingefallen gewesen waren. Ihre Schritte wurden kräftig und federnd, und am Ende eines Tages strahlte sie glücklich über die vollbrachten Leistungen. Wenn Edward sie im Garten oder mit den Kindern spielen sah, konnte er sich nicht daran erinnern, Louisa einmal gelöster erlebt zu haben. Sie war schöner als je zuvor. Wenn sie sich aufrichtete und ihn anlächelte, weitete sich Edwards Herz vor Liebe. Da er es ihr nicht sagen konnte, vertraute er seine Worte Gedichten an und freute sich still über jeden kostbaren und zarten Moment. Er freute sich über die vielen Belanglosigkeiten, über die sie sich beide amüsierten, und wenn es gelang, kleine Probleme gemeinsam zu lösen. Spannungen und Ängste wichen, und die Geräusche im Zimmer nebenan wurden zu einem allabendlichen Ritual, das er gerne inmitten der Stille hörte, die sie umgab. Allmählich tröstete ihn die Einsamkeit eher und beunruhigte ihn weniger. Er liebte bald das zurückgezogene Leben und konnte immer besser schlafen.

Als Unkraut und das dichte Bültgras ausgegraben und verbrannt, Sträucher und Bäume geschnitten wurden, nahm der Briefwechsel mit Letty zu. Es dauerte nicht lange, und die ersten Beete für unterschiedliche Gemüse waren angelegt und auch Rabatten mit winterharten Stauden um das Haus bepflanzt. Letty schlug vor, mit Georgina ein paar Tage nach York zu kommen. Sie einigten sich auf den Besuch für Anfang Mai. Kurz nach Ostern schrieb Robert, er sei wieder diensttauglich und werde zu seinem alten Regiment in Hounslow zurückkehren. Er kündigte seinen Besuch an, sobald er seine Sachen geordnet habe. Louisa verwies ihn an seine Schwester, sei es nur aus Takt oder dem Wunsch, ihn nicht allein im Haus zu haben. Edward war unglaublich froh darüber, daß alle drei zusammen nach York kommen würden. Sie wollten in der Stadt im Hotel wohnen. Aus Platzmangel mußte Louisa ihnen nicht anbieten, sie unterzubringen. Edward hoffte, damit sei der Ablauf aller künftigen Besuche geregelt. Er mochte Letty, und ihm tat die kleine Georgina leid, und er hatte nichts dagegen gehabt, daß Louisa ihnen beim letzten Besuch Zimmer im Haus in der Gillygate-Straße angeboten hatte. Aber jetzt fühlte er das unerklärliche Bedürfnis, das kleine Haus und seine Beziehung zu Louisa von solchen Besuchen nicht berühren zu lassen. Wenn es in seiner Macht gestanden hätte, Robert von dem Besuch abzubringen, dann hätte er das getan.

Letty und Georgina kamen an einem Donnerstag in York an. Robert stieß am folgenden Abend zu ihnen. Edward wollte einerseits beobachten, wie Louisa auf Robert reagierte, aber andererseits spürte er den ausgesprochenen Widerwillen, sich von dem unbeschwerten irischen Charme der Duncannons anstecken zu lassen. Und so war Edward schlecht gelaunt und verdrießlich. Es gelang ihm nicht, den gewohnten Schutz gelassener Zurückhaltung aufzubringen. Ihm war bewußt, daß er kein besonders gutes Bild bot, und entschuldigte sich am Samstag mit dringenden Arbeiten. Als er gegen fünf in das Haus zurückkehrte, wurde er unerklärlich wütend darüber, daß niemand zu Hause war.

Es war ein klarer und schöner Tag gewesen, und es schien ganz natürlich zu sein, daß die Erwachsenen mit den Kindern einen Ausflug gemacht hatten. Trotzdem ging ihm das Bild einer glücklichen und sorglosen Familie, zu der er nicht gehörte, tief unter die Haut. Es kränkte ihn; er empfand Eifersucht und bitteren Ärger. Schockiert mußte Edward sich eingestehen, daß diese Gefühle immer stärker wurden, je länger er wartete.

Er ging nach oben, wusch sich und kleidete sich um. Dann wartete er unten auf ihre Rückkehr. Er versuchte zu lesen, aber die Worte tanzten vor seinen Augen. Er hatte Hunger und aß ein Brot. Er hatte Durst und trank ein Glas Wasser. Er ging im Haus auf und ab wie ein Tiger im Käfig. Dann lief er hinaus in den kühlen Abend und hielt am Fluß Ausschau nach ihnen.

Es dauerte nicht lange, bis er die hohen fröhlichen Kinderstimmen hörte, die sich deutlich vom Klappern der Hufe abhoben. Die Kinder sangen und lachten. Sie saßen in einem offenen Kutschwagen und feuerten ausgelassen den Kutscher an.

In der stillen Abendluft hörte Edward auch Roberts Stimme, und kurz darauf zügelte er das Pferd, als er die Gestalt auf dem schmalen ungepflasterten Weg erkannte.

»Da seid ihr ja endlich«, rief Edward in kaum unterdrücktem Zorn, »ich habe mich schon gefragt, wo in aller Welt ihr sein könnt!« Er reagierte nicht auf Roberts Antwort und ging dorthin, wo Louisa saß. Er sah zu ihr auf, als sie sich zu ihm beugte. »Wo seid ihr gewesen? Weißt du nicht, wie spät es ist?«

Mit unbekümmerter Fröhlichkeit erwiderte sie: »Ungefähr sieben. Warum?«

»Warum?« erwiderte er wütend. »Warum? Ich hatte keine Ahnung, wo ihr seid und habe mir dummerweise Sorgen um euch gemacht!«

»Das tut mir leid, Edward. Daran habe ich nicht gedacht–«

»Dann ist es Zeit, daß du anfängst darüber nachzudenken!« Er betrachtete die blassen Gesichter der Kinder, die gegen die kühle Abendluft in Decken gehüllt waren, und sagte: »Die Kinder müssen schleunigst nach Hause und ins Bett.«

»Wir sind weiter gefahren, als wir das ursprünglich vorhatten«, erklärte Robert ruhig und mit Nachdruck. »Wir sind so schnell wie möglich bei diesem Licht zurückgekommen. Es tut mir leid. Wir hätten natürlich eine Nachricht hinterlassen sollen. Es ist meine Schuld – ich habe es vergessen.« Er schwieg kurz. »Wollen Sie nicht einsteigen? Dann bringen wir die Kinder nach Hause.«

Edwald schüttelte den Kopf. »Nein danke. Wir sehen uns im Haus.«

Als er zurückkam, brannten die Lampen in der Küche und im Wohnzimmer. Das Pferd stand neben dem Eisengitter und fraß geduldig das Gras am Straßenrand. Als Edward zum Haus ging, kam Robert ihm entgegen, während seine Schwester und seine Tochter sich von Louisa verabschiedeten.

»Das tut mir wirklich leid – es war von mir reine Gedankenlosigkeit«, erklärte er bedauernd. »Ein spontaner Einfall, und ich dachte, wir wären vor Ihnen wieder da.«

Noch immer gereizt, nickte Edward stumm. »Sind Sie morgen noch da?«

»Nein, ich muß nach London zurück. Aber ich glaube, Letty bespricht gerade mit Louisa die Pläne für morgen. Hören Sie«, fügte er hastig hinzu, »können wir einen Augenblick miteinander sprechen?«

Vor dem Tor trat Robert zu dem Pferd und tat so, als würde er das Geschirr überprüfen. »Sie sind zornig, und ich glaube, ich kenne den Grund. Es liegt daran, daß ich hier bin. Leugnen Sie nicht«, fügte er mit einem kurzen Blick zur Seite hinzu, »mir würde es in Ihrer Lage genauso ergehen. Aber vergessen Sie bitte nicht – Sie waren einverstanden . . .«

»Ich habe es nicht vergessen«, erwiderte Edward hölzern.

»Gut, denn ich möchte die Kinder noch so oft wie möglich sehen, solange ich es noch kann.«

Etwas in Roberts Stimme ließ Edward aufhorchen. Er sah Robert fragend an und sagte: »Werden Sie wieder ins Ausland gehen?«

»Vielleicht . . . ich weiß es noch nicht. Es ist mehr ein Gefühl, eine Ahnung. Nein«, sagte er dann, »es ist mehr als das – eine berechtigte Vermutung.« Er klopfte dem Pferd über den Hals. Es hob den Kopf und rieb sich an ihm. Dann wieherte es leise, als wolle es ihn daran erinnern, die Zeit zum Abendessen sei schon vorbei, und sie müßten bereits in der Stadt sein. »Es gibt Ärger mit Krüger im Transvaal – vielleicht ist nicht viel an der Sache, aber ich werde das Gefühl nicht los, es könnte sich ein Krieg daraus entwickeln. Ich habe Letty oder Louisa nichts davon gesagt. Aber das ändert wenig daran, daß ich noch vor Sommeranfang möglicherweise nicht mehr im Land bin.«

Edward wußte aus den Berichten in den Zeitungen, daß Roberts Vermutung nicht unbegründet war. Er hatte den Eindruck, Robert habe geheime und zuverlässigere Informationen. Aber Edward konnte sich nicht lange an der inneren Genugtung freuen, die er bei Roberts Eröffnung empfand, denn Robert sprach weiter.
»Also – die Kinder. Louisa hat mir erklärt, sie möchte nicht, daß unsere komplizierte Beziehung sie verwirrt. Meine Kinder erinnern sich nicht an mich, und sie stehen unter dem Eindruck, daß *Sie* ihr Vater sind.« Er schwieg und Edward hörte, wie Robert heftig atmete. »Ich möchte, daß Sie wissen«, fuhr er drohend, aber selbstbeherrscht fort, »daß ich nur deshalb bereit bin, mich von ihr erpressen zu lassen – und es *ist* Erpressung, ganz gleichgültig, wie man das bezeichnen möchte –, weil ich die Kinder nicht so oft sehen kann, wie mir das lieb wäre. Und natürlich bin ich vielleicht nicht mehr lange im Land . . .«
»Erpressung? Ich weiß nicht, wovon Sie reden!«
»Wirklich nicht?« fragte Robert, »dann stellen Sie bitte diese Frage Louisa.«
Die Spannung zwischen ihnen wuchs. Edward sagte mit schmalen Lippen: »Das werde ich, aber mir wäre eine Erklärung von Ihnen lieber.«
»Ich werde sie Ihnen nicht geben. Ich möchte nicht weiter darüber sprechen.«
Edward drehte sich nach dieser unverschämten Antwort auf dem Absatz um und ging ins Haus.
An der Haustür traf er auf die Frauen und mußte einige höfliche Worte mit Letty wechseln. Aber als Georgina ihre geliebte Louisa leidenschaftlich umarmte, sah er Louisa über den Kopf des Kindes hinweg wütend an und wünschte dann allen verkniffen eine gute Nacht.
Als Louisa die Kinder ins Bett gebracht hatte, kam sie ins Wohnzimmer und erkundigte sich bei Edward, ob er etwas essen wollte. Aber er las verbissen und murmelte nur etwas Unverständliches vor sich hin. Bald darauf erschien sie wieder im Wohnzimmer, legte ihm die Hand auf die Schulter und sagte, es sei in der Küche wärmer und das Essen sei fertig. Edward folgte ihr nur widerwillig, hatte aber zu großen Hunger, um das vorbereitete Essen abzulehnen. Nachdem sein Bedürfnis gestillt war und der warme Herd die Kälte aus den Gliedern vertrieben hatte, fühlte er sich in der Lage, das unangenehme Thema zur Sprache zu bringen.

»Es sieht dir nicht ähnlich, nachtragend zu sein«, sagte sie.

Edward sah sie ernst an. »Ich war wütend und bin es noch.«

»Tut mir leid«, murmelte Louisa und senkte den Kopf. »Es war meine Schuld. Ich hätte es wissen müssen und sie früher zum Aufbruch drängen sollen.«

»Macht nichts. Vergiß es. Aber was ist denn am Nachmittag geschehen? Wie ich gehört habe, gibt es Meinungsverschiedenheiten.«

Louisa sah ihn schuldbewußt an und wurde rot. »Ja, das stimmt. Das war kurz vor dem Aufbruch.« Sie schwieg lange. Er wartete mit angehaltenem Atem. Die Knöchel wurden weiß, so fest umklammerte er die Stuhllehne. »Der Fall war noch gar nicht eingetreten, verstehst du – aber ich dachte, ich sollte darüber sprechen, und deshalb habe ich ihn gefragt, ob ..., also ich habe ihn gefragt«, wiederholte sie, »ob es ihm recht wäre, wenn sie ihn *Onkel* nennen.«

»Und?«

»Er wollte es nicht. Robert wollte es überhaupt nicht. Ich habe ihm gesagt, die Wahrheit werde sie nur verwirren – und das stimmt. Edward!«, fügte sie energisch und um seine Zustimmung heischend hinzu, »du weißt, Liam geht jetzt in die Schule – kannst du dir vorstellen, was er sagen soll und wie ihm dann zumute ist?«

»Nur allzu gut. Aber sprich weiter, das war doch nicht alles, oder?«

Louisa wurde wieder rot. »Nein, nicht alles. Robert griff das Thema auf – und schließlich habe ich gesagt, wenn er die Kinder sehen will, dann nur zu meinen Bedingungen.«

»Das hättest du nicht sagen dürfen«, erinnerte Edward sie ruhig, »dazu hast du kein Recht –.«

»Ich habe das Recht dazu.«

»Wir haben uns mit ihm geeinigt. An Weihnachten hast du ihm versprochen, daß er die Kinder sehen darf. Du hast keine Bedingungen festgesetzt.«

»An Weihnachten war ich nicht in der Lage, klar zu denken!« rief sie erregt. »Nach Mamas Tod – er tauchte plötzlich auf – der Umzug – mein Gott! Wer bin ich denn? Es sind *meine* Kinder, Edward. Ich werde nicht zulassen, daß man ihr Leben zerstört und sie ruiniert, nur weil ihr Vater sich plötzlich für sie interessiert! Sie erinnern sich nicht einmal an ihn. In Dublin haben sie ihn kaum zu Gesicht bekommen und hier erst recht nicht.«

Edward dachte an seinen Vater und daran, wie wichtig für sie beide die Beziehung geworden war. Er schüttelte den Kopf. Wenn er davon jetzt sprach, saß er für einen anderen auf der Anklagebank. Er seufzte gequält und sagte: »Eines Tages werden sie es erfahren müssen, Louisa. Du kannst ihnen die Wahrheit nicht immer vorenthalten.«
»Eines Tages werde ich es ihnen sagen – aber jetzt nicht!«
»Je länger du wartest«, sagte er leise, »desto schwerer wird es.«
Ohne eine Antwort zu geben, stand Louisa auf und räumte den Tisch ab. Ihm entging nicht, daß ihr die Hände zitterten. Als er aufblickte, sah er, daß sie weinte.
Sein Zorn verflog. Er litt für sie; er litt unter der Situation, und er litt, weil er ewig zum untätigen Beobachter verurteilt war. Edward nahm ihr das Tablett aus der Hand und legte die Arme um sie. »O mein Gott«, flüsterte er, als er sie an sich drückte, »was tun wir uns nur an?«
»Ich weiß nicht«, schluchzte sie, »ich komme mir so schlecht – so böse vor. Aber was kann ich denn *tun*?«
»Pst, das darfst du nicht sagen. Das darfst du noch nicht einmal denken. Du bist nicht böse. Es ist eben eine verrückte, lächerliche und schreckliche Situation.« Sie drückte die Wange gegen seine Wange. Er atmete den Duft von Lavendel und warmer Haut ein. Seine Arme schlossen sich fester um ihre Schulter. Einen Augenblick lang verließ sie das Gefühl der Schuld. Es gab nur sie – sonst nichts. Wir sollten die Sache bereinigen, dachte er, wir sollten heiraten und Ordnung schaffen. Wir sollten uns lieben und uns Liebe schenken ...
»Louisa –«, flüsterte er, aber sie richtete sich plötzlich auf und lauschte angestrengt auf etwas, das er nicht wahrgenommen hatte. Jetzt hörte er es auch: eine leise Stimme von oben. Dann rief Liam klar und deutlich nach seiner Mutter.
Louisa drückte die Stirn an Edwards Wange und seufzte: »Tut mir leid«, murmelte sie zitternd, »ich sollte nicht ...« Sie sprach nicht aus, was sie sagen wollte, und klopfte ihm auf den Arm. »Ich gehe wohl besser hinauf und schau nach, was los ist?«
Allein in der Küche stützte sich Edward schwer auf den Tisch. Er holte tief Luft und schüttelte den Kopf: Welch eine Ironie! Wieder einmal wollte er ihr einen Antrag machen, und dann diese Stimme von oben – Liam! Nun ja, vielleicht hatte der Kleine ihn davor bewahrt, sich ein

zweites Mal lächerlich zu machen. Obwohl Edward das Blut heftig in den Adern klopfte und die Illusion von Jugend und Leidenschaft ihn erfaßt hatte, erinnerte er sich stoisch daran, daß er inzwischen nicht mehr und nicht weniger als ein Junggeselle in den mittleren Jahren mit eingefahrenen Gewohnheiten war.
Er verfluchte aber Robert Duncannon und alles, wofür er stand. Dann ging er kopfschüttelnd in die Vorratskammer. Er holte sich eine Flasche Bier, schenkte sich ein Glas ein, trank in vollen Zügen und löschte den quälenden Durst. Die trockene Kehle brannte ihm nicht mehr, aber das Bier konnte die Glut nicht löschen, die sein Blut in Wallungen versetzt hatte.
Als er Louisa auf der Treppe hörte, stand Edward auf und ging nach draußen.

12

Genau fünf Wochen später verließ Robert an einem warmen Sommerabend den Zug aus London. Er hatte nur ein Gepäckstück und nahm ein Zimmer im Royal Station Hotel. Die Fahrt von Hounslow war anstrengend und unerfreulich heiß gewesen. Robert sehnte sich nach einem Bad und wollte sich umziehen, ehe er zu dem kleinen Haus am Fluß, zu Louisa und zu den Kindern ging.

Mit einem dicken weißen Handtuch um die Hüfte geschlungen stand er vor dem Spiegel und wusch sich die Überreste der Rasierseife von Kinn und Wange. Sein Blick fiel auf den Anfang der langen und häßlichen Narbe. Er drehte sich zur Seite und betrachtete sie sich genauer. Die mühelose Muskelbewegung ließ ihn zufrieden lächeln. Die Narbe war noch rosa und würde immer häßlich bleiben, aber seine Entschlossenheit, mit der er die Bewegungsübungen durchgeführt hatte, zahlte sich mittlerweile aus: Er würde keine Behinderung davontragen. Ja, er fühlte sich sehr gut, und seit der Rückkehr zum Regiment erfüllte ihn eine angenehme Zufriedenheit. Das Exerzieren war im Gang, und er genoß jeden Augenblick. Sein Sinn für Disziplin und für Präzision war diesmal durch den bevorstehenden Krieg besonders gefordert. Wie im Sudan hatte die Ausbildung der Männer einen Sinn. Es ging dabei für jeden um Leben oder Tod auf dem Schlachtfeld. Sie exerzierten nicht, um die Menschen mit ihren Darbietungen zu beeindrucken, oder um Unruhestifter bei Versammlungen oder Wettkämpfen zur Ordnung zu rufen. Trotz der langen Abwesenheit vom Regiment gab es Gerüchte, nach denen ihm eine Beförderung bevorstand. Dabei wurde ihm seine Kampferfahrung bei Broadwoods Kavallerie und der Orden besonders hoch angerechnet. Bald würde er nicht nur ehrenhalber, sondern auf Dauer ein Major sein. Dieser Gedanke gab ihm das notwendige Gegengewicht für all das, was in seinem Privatleben fehlte.

Wenn Robert jetzt auf die bedrückenden Novembertage zurückblickte, dann waren seine Motive dafür, die Dinge in Ordnung zu bringen, keineswegs nur altruistisch gewesen. Heftige Schmerzen und das vernichtende Gefühl, versagt zu haben, trieben ihn dazu, unter allen Umständen Frieden zu schließen. Er wollte sein Gewissen beruhigen und dachte dabei weniger an die Folgen. Nach dem Abstand eines halben Jahres bezweifelte er, alles richtig gemacht zu haben, obwohl der Bewegungsspielraum so verzweifelt eingeschränkt war. Als feststand, daß Louisa und Edward das Haus in der Gillygate-Straße verlassen und zusammenziehen würden, vermutete Letty, eine Heirat stehe bevor. Aber Robert war da nicht so sicher. Er wäre nicht überrascht gewesen, wenn beide bei seiner Rückkehr aus Ägypten bereits verheiratet gewesen wären. Da es nicht der Fall war, fragte er sich nach dem Warum. Beim Nachdenken über diese Frage kam er zu dem Schluß, vielleicht lag es daran, daß Louisa ihn doch noch liebte – nur ein wenig unter all dem Groll, all der Bitterkeit und heftigen Vorwürfen. Aber er war ihr nicht gleichgültig, und nur das zählte.

Bei dem spontanen Picknick im Mai hatte er sich nach ihren Absichten erkundigt. Louisa hatte mit einem heftigen Nein bestritten, daß sie und Edward eines Tages heiraten würden. Aber als sie sich dann wegen der Kinder stritten, überraschte es sehr, daß sie ihm keine weiteren Erklärungen geben wollte. Vielleicht, dachte Robert, sollte ich sie noch einmal danach fragen. Möglicherweise spielte sie mit ihm. Vielleicht wollte sie ihn bewußt demütigen, um sich für vergangene Fehler an ihm zu rächen. Wenn ja, sagte er sich, dann benutzte sie Edward zu diesem Zweck. Aber er mußte sich gestehen, daß er Louisa solcher Gefühlskälte nie für fähig gehalten hätte. Robert war unsicher und fragte sich, ob ein Mann überhaupt die Tiefen im Bewußtsein einer Frau ergründen oder sich einen Weg durch die verschlungenen Pfade weiblicher Logik bahnen konnte. Nur eins wußte Robert: Das Ehrgefühl eines Mannes bedeutete im allgemeinen einer Frau nicht viel.

Mit einem tiefen Seufzer zog er sich an und ließ sich ein leichtes Abendessen auf das Zimmer bringen. Es hatte keinen Sinn, sich zum Essen unten anzukleiden, um sich dann noch einmal für den Besuch in Clementhorpe umzuziehen. Robert hatte seinen Besuch zwar erst für den nächsten Tag angekündigt, aber er konnte sich nicht vorstellen, daß sie ausgegangen waren.

Gesättigt und erfrischt machte er sich bei einsetzender Dunkelheit auf den Weg und roch mit Vergnügen das frisch gemähte Gras entlang der Stadtmauern. Er kam an der kleinen und eher unmöglichen Schule unterhalb der Micklegate-Stadttor-Mauern vorbei, wo Liam seit kurzem sein erstes Schuljahr begonnen hatte. Wie mochte es seinem Sohn in dieser Schule wohl ergehen? Er hätte es lieber gesehen, wenn Liam und Bobby Privatunterricht erhalten hätten, aber Louisa wies ihn klar und deutlich darauf hin, praktisch gesehen seien sie ihre Kinder und nicht die seinen. Deshalb sollten sie eine Ausbildung erhalten, die ihrem Leben entsprach – zumindest in der ersten Zeit. Sollte sich herausstellen, daß bei entsprechender Begabung eine höhere Bildung angebracht sei, so hatte ihm Edward versichert, dann sollte das nicht am Geld scheitern. In diesem Punkt waren sie sich mit Robert einig.
An der Kreuzung Blossom-Straße blieb er stehen und blickte plötzlich sehr neugierig auf das Haus der Tempests gegenüber. Er hatte es zum letzten Mal gesehen, als er mit seiner Schwadron York verließ. Robert fragte sich, wie es dem armen Arthur mit einer Frau wie Rachel inzwischen ergehen mochte. Sie würde ihn vermutlich nicht freundlich in ihrem Bett empfangen, dachte er eher belustigt als voller Mitleid. Robert hatte sich nie viel aus dem jungen Bainbridge gemacht. Arthur gehörte zu der schlimmsten Sorte der unprofessionellen Offiziere – eitel, überheblich und dumm. Ist er noch bei den Husaren, fragte sich Robert, oder hatte Rachel ihn dazu verurteilt, die fesche blaue Uniform an den Nagel zu hängen, um in der Druckerei ihres Vaters ehrlich zu arbeiten?
Dann überlegte er, wie es Louisa ergehen mochte, wenn sie jetzt täglich an dieser Ecke vorbeikam, um Liam in die Schule zu bringen und ihn wieder abzuholen. Dieses Haus hatte sie immer in Angst und Schrekken versetzt... Robert nahm sich vor, sie danach zu fragen, ob sie Rachel seit dem Umzug nach Clementhorpe einmal zufällig begegnet war. Außerdem wollte er sich auch nach Moira und Harris erkundigen. Sie wohnten ja ganz in der Nähe auf der anderen Seite des Flusses.
Auf dem Weg am Stadtgraben entlang waren die Schatten tiefblau; die hellgrünen neuen Blätter der Kastanienbäume ließen ihn in der Dämmerung an muntere grüne Finger mit Kerzen denken. Hoch über den Bäumen lag auf den Zinnen der Stadtmauer ein rosa Hauch. Der vertraute Geruch von Pferden in einem Stall zu seiner Linken, von gemäh-

tem Gras und das hoffnungsvoll Neue des frühen Sommers berauschten seine Sinne wie Wein. Zwei junge Frauen in billigen Strohhüten und weißen, bestimmt selbst genähten Kleidern kamen ihm entgegen. Ihre aufgeregten Gesichter und Stimmen verrieten Robert, daß sie sich vermutlich mit zwei ebenso erwartungsvollen jungen Männern trafen. Robert beneidete sie um ihre Unschuld und um das noch unbeschriebene Blatt ihres zukünftigen Lebens. Er spürte den sentimentalen Wunsch, ihnen viel Glück zu wünschen. Robert nickte ihnen mit unverhohlener Bewunderung zu, griff grüßend an den Hut und wurde mit einem bezaubernden Lächeln aus zwei Paar strahlenden Augen belohnt. Das prustende, halb ängstliche Lachen in seinem Rücken machte ihn jedoch traurig. Trotz allem, was er besaß, trotz der sinnlichen Schönheit dieses Sommerabends war er allein. Ihm fehlte es nicht an Möglichkeiten. Nein, das nicht. Aber er sehnte sich verzweifelt nach einer Frau, die ihm den Rücken gekehrt hatte.

Und Robert wußte, wenn alles gesagt und getan war, dann konnte er ihre Unversöhnlichkeit, die verletzenden Worte und die entsetzliche Langeweile des häuslichen Lebens vergessen. Aber wenn er sah, wie Louisa durch das Zimmer lief oder wenn er im Vorübergehen ihr Parfüm roch, erinnerte er sich in allen Einzelheiten daran, wie sie aussah, wie sie roch und sich anfühlte, nachdem sie miteinander geschlafen hatten. Das war die subtilste Form der Folter, und doch hatte er einen zusätzlichen halben Tag Urlaub und den frühen Zug genommen, um das auszukosten . . .

Robert wußte nicht, welche der neuen Straßen zu dem kleinen Haus am Fluß führte und entschied sich für den längeren Weg am Ufer entlang und an der berühmten Schokoladenfabrik vorbei. Dort unten war es noch etwas heller. Der letzte verblassende Schimmer der untergehenden Sonne spiegelte sich auf dem klaren Wasser. Ein vereinzeltes Ruderboot trieb langsam flußabwärts zu der Mündung des Foss. Das war bestimmt ein Bootsmann, der zu seinem Lastkahn zurückkehrte, der in Castle Mills vor Anker lag. Am anderen Ufer zog etwas Rotes seine Aufmerksamkeit auf sich. Unter den Bäumen sah Robert junge Soldaten mit ihren Freundinnen durch die St.-George-Anlagen spazieren – dieser Anblick machte ihn plötzlich wehmütig.

Das metallische Hallen seiner Schritte auf den Gehwegen und dem Pflaster hörte auf, als er den sandigen Leinpfad erreichte, der unter Buchen und hohen Ulmen am Fluß entlang führte. Es dauerte nicht lange, und er sah hinter hohen Sträuchern die Ziegelmauer und das geneigte Dach und dann das Eisengitter neben dem Weg. Das Tor quietschte, und Edward erschien. Sein Gesicht hob sich deutlich in der freien Landschaft ab. Er lachte, als er sich umdrehte. Es war das erste aufrichtige und sorglose Lachen, das er bei Edward je gehört hatte. Robert blieb vor Überraschung stehen. Dann wurde er neugierig und zögerte, die Dunkelheit unter den Bäumen zu verlassen.

»An deiner Stelle würde ich mit dem Unkrautjäten jetzt aufhören«, rief Edward, »sonst wirst du morgen vor Rückenschmerzen nicht mehr aufrecht stehen können. Und bei mir brauchst du dich dann nicht zu beklagen!«

»Ich komme«, rief eine unsichtbare Stimme. Das war natürlich Louisa.

Dann sah Robert, wie Edward wieder mit aufgekrempelten Ärmeln und offenem Hemdkragen erschien. Er hatte ihr wohl geholfen. Er lehnte am Tor und streckte lächelnd die Hand nach der unsichtbaren Gestalt im Garten aus. Er hat schöne Zähne, dachte Robert völlig zusammenhanglos – das war ihm noch nie aufgefallen.

Fröhlich und unbekümmert forderte Edward Louisa auf, sich zu beeilen. Endlich erschien sie lachend. Sie streifte die Gartenhandschuhe ab und löste den hochgesteckten Rocksaum, während sie auf den Weg trat. Als sie ihren Vetter glücklich strahlend anlächelte, flammte in Robert die Eifersucht auf. Er konnte sich nicht von der Stelle bewegen, sah die beiden und haßte sie. Robert fürchtete, sie könnten in seine Richtung kommen, und wich verstohlen in den noch dunkleren Schatten zurück.

Aber sie liefen nur zum Flußufer.

»Ich war schon beinahe fertig«, erklärte sie Edward, der ihr zu dem etwas tiefer liegenden Weg hinunterhalf.

»Ich weiß, aber gleich ist es dunkel. Ich wollte den Fluß und das letzte Licht noch etwas genießen, ehe die Sonne völlig untergegangen ist. Es sind nur ein paar Minuten, dann ist alles vorbei.«

»Du bist völlig verrückt ...« Sie lachte und setzte sich neben ihn ins Gras.

Robert sah nur noch ihre Köpfe und den Ansatz der Schultern dicht nebeneinander. Dann legte Edward den Arm um sie. Seine kräftige

Hand ruhte auf ihrem geschwungenen Nacken. Wie ein Liebespaar, dachte Robert und ging davon, ohne darauf zu achten, ob sie ihn sahen oder nicht.

Es wurde bereits heiß, als er am nächsten Morgen zurückkam. Alle Türen und Fenster standen offen. Louisa arbeitete mit geröteten Wangen in der Küche. Sie bereitete das Essen vor. In dieser Umgebung sieht sie immer hübsch aus, dachte Robert, als gäbe es für sie keinen Kummer und keine Sorgen. Louisa trug über dem blauweiß getupften Kleid eine große, gestärkte Schürze. Sie sah ordentlich aus, wirkte gelassen und ihrer selbst sicher. Sie erinnerte ihn an eine der Krankenschwestern auf dem Schiff, mit dem er von Kairo in die Heimat zurückgekehrt war. Dieser Vergleich amüsierte ihn.

Wie immer begrüßten sie sich ohne besondere Förmlichkeiten und hielten dabei Abstand voneinander. Robert blieb im schattigen Hauseingang stehen, wo eine leichte Brise wehte. Er sah zu, wie sie frische grüne Salatblätter in einer Schüssel wusch. Als sie den Salat aus dem eiskalten Wasser nahm und schüttelte, tropften ihre Hände, und er wollte nichts lieber, als diese kühlen Hände auf seiner Stirn spüren. Louisa bemerkte seinen Blick, lächelte und griff nach einem Krug mit frischer Limonade.

»Hier«, sagte sie und schenkte Robert ein, »trink etwas. Du siehst durstig aus.«

Er bedankte sich und verfolgte sie mit den Augen. Verlegen drehte Louisa sich um. Robert dachte an den gestrigen Abend am Flußufer und blieb eine Weile bewegungslos stehen. Wieder stellte er sich die Frage, die ihn die halbe Nacht gequält hatte: *Hatte* sich die Situation zwischen Louisa und Edward grundsätzlich verändert, oder hatte er sie nur einmal so gesehen, wie sie waren, wenn sie sich unbeobachtet glaubten? Aber Louisa wird mir diese Frage wohl kaum beantworten, dachte Robert und seufzte. Er hörte Kinderstimmen und ging hinaus.

Die beiden Jungen hatten unter den Bäumen im kleinen Obstgarten auf dem Gras, in dem Gänseblümchen wuchsen und herabgefallene Blüten lagen, ein selbstgemachtes Zelt aus Decken errichtet. Sie krochen herein und heraus, veränderten das Zelt und brachten es zum Einstürzen, während die kleine Tisha zufrieden in einem Rüschenkleidchen und einem Sonnenhäubchen im Gras saß und wie eine belustigte kleine Königin ihre unbändigen Untertanen beobachtete. Von Zeit zu Zeit pflückte sie ein Gänseblümchen und aß es. Robert kniete nieder und versuchte, ihr das auszureden, aber Liam rief ihn aufgeregt zum Zelt. Aus dem scheuen, argwöhnischen Kind war ein mutiger, ausgelassener Junge geworden. Robert staunte über diese Verwandlung, als er vor seinen beiden Söhnen stand.

Er betrachtete den runden blonden Kopf und hörte zu, wie sein ältester Sohn ihm das Problem mit den Decken erklärte. Robert wußte, wann sich Liams Verhalten angefangen hatte zu verändern. Es war bei dem letzten Besuch am Nachmittag gewesen, als sie zum Picknick hinaus ins Grüne gefahren waren. Bis dahin hatte Liam nur ungern mit ihm gesprochen und war Berührungen ausgewichen. Als Robert ihn aufforderte, neben ihn auf den Kutschbock zu steigen, war er vor Robert noch entsetzt wie vor einem Aussätzigen zurückgewichen. Und dann kam der Augenblick, als Robert ihn allein neben dem braven alten Pferd stehen sah, das zufrieden Gras kaute. Unter dem Vorwand, das Halfter zu richten, war Robert zu dem Pferd gegangen und erzählte Liam, wie groß das Tier sei und weshalb es sich als Zugpferd eigne. Er erklärte ihm das Geschirr und zeigte ihm Hufe und Hufeisen. Dann erzählte er von seinen Pferden in Irland und den Pferden der Dragoner, die zum Einsatz beim Kampf besonders ausgebildet werden mußten. Der Junge hörte aufmerksam zu, aber er hielt Abstand und schwankte zwischen Faszination und unverhülltem Mißtrauen. Robert wurde des Spiels müde, setzte sich ins Gras und erwiderte den fragenden Blick seines Sohns. Er versuchte, den Grund des verzweifelten inneren Ringens zu erahnen. Es ermutigte ihn, daß Liam nicht sofort zu seiner Mutter rannte. Schließlich fragte Robert rundheraus: »Du weißt nicht, wie du mich nennen sollst, Liam? Du erinnerst dich an mich und an die Pferde – aber du weißt nicht mehr genau, wer ich bin. Stimmt doch?« Sehr langsam nickte der Junge.

Bei der Erinnerung an diesen Augenblick fühlte Robert wieder einen Kloß im Hals. Er streichelte die weichen Haare, und der Junge lächelte ihn an. »Komm, Onkel Bob«, sagte er fröhlich, »du mußt auch einmal in das Zelt kriechen.«

»Nein – nein, ich bin für das kleine Zelt viel zu groß. Ich mache es euch kaputt, und dann müßt ihr wieder von vorn anfangen. Aber ich bleibe vor dem Zelt eine Weile sitzen.«

Robert sah ihnen beim Spielen zu. Liam war der Anführer und Bobby sein getreuer Gefolgsmann. Robert fragte sich, ob das wohl immer so bleiben werde. Je älter sie wurden, desto öfter fangen Jungen an, sich zu streiten – wie er mit seinem Bruder.

»Und du mein kleines Fräulein«, sagte er, als die kleine Tisha auf ihn zu krabbelte, »wirst du einmal so versessen auf deine Unabhängigkeit sein wie deine Tante, deren Namen du trägst?«

Tisha entdeckte wieder ein Gänseblümchen und blieb sitzen. Das hübsche kleine Gesicht war jetzt der Inbegriff von vollkommener Konzentration. Rundliche Fingerchen hoben und näherten sich langsam der winzigen weißgelben Blüte, pflückten sie, und das Gänseblümchen verschwand in ihrem Mund.

»Darf sie das?« fragte er Liam, »darf sie Gänseblümchen essen?«

»Ach ja, ich glaube schon«, erwiderte Liam unbesorgt, »sie mag Gänseblümchen.«

»Ich frage doch lieber deine Mutter«, erwiderte Robert nicht überzeugt und war froh für den Grund, ins Haus und aus der Sonne zu gehen.

Als er nach seiner kleinen Tochter griff, die ihm so fremd war, sah sie ihn gebieterisch an, und dann erteilte ihm das Rosenmündchen die energischste und entschiedenste Absage, die er je bekommen hatte. Lachend hob er sie hoch, und ein durchdringender Schrei ließ ihn zusammenzucken. Schnell brachte er sie Louisa ins Haus.

»Diese Dame wird sich nie von einem Fremden anfassen lassen«, murmelte er kopfschüttelnd, als er Tisha ihrer Mutter reichte.

Louisa beruhigte das Kind, kühlte Gesicht und Hände mit einem nassen Schwamm und sagte: »Ich glaube, es ist Zeit, daß mein kleiner Schatz ins Bettchen kommt.«

»Ja, bitte«, sagte Robert und hielt sich mit beiden Händen den Kopf, »du mußt mir nur sagen, wo ein Bett steht.«

»Was ist los? Geht es dir nicht gut?«

»Mir geht es sogar sehr schlecht«, gestand er und sank auf einen Stuhl.

Louisa sah ihn prüfend an und brachte Tisha nach oben. Als sie wieder herunterkam, fragte sie: »Hast du wieder getrunken, Robert? Ich dachte, das sei vorbei?«

»Nicht ganz. Und gestern abend habe ich zufällig einen alten Bekannten getroffen.«

»Ach . . . und wer war das? Kenne ich ihn?« Louisa legte die bereits gewaschenen und inzwischen abgetropften Salatblätter in eine große Schüssel. Auf dem Tisch lagen die ersten Zwiebeln, Kresse und in einem irdenen Topf braune Eier.
»Arthur Bainbridge.«
»Rachels Mann? Was hat er denn in London zu tun?«
Robert machte sich daran, ihr ausführlich die Umstände der Begegnung in der Blossom-Straße zu erzählen, und ließ dabei geschickt einige Halbwahrheiten einfließen. Diese geistige Anstrengung erschöpfte ihn, und schließlich vergaß er den Grund, der ihn zu diesem Bericht veranlaßt hatte. Louisa fragte plötzlich: »Und ein Glas führte zum anderen . . . ?«
»Ja«, gestand er, »ja, so wird es gewesen sein.«
»Ich hoffe, du kannst etwas essen. Es ist alles kalt – ich habe es nicht über mich bringen können, heute etwas Warmes zu kochen. Aber, so wie es aussieht, hättest du es auch nicht gegessen.« Sie schälte zwei große hart gekochte Eier, entfernte das Eigelb und zerdrückte es in einer Schüssel, fügte Salz, Zucker und Essig hinzu und einige Teelöffel Olivenöl.
Während sie die Salatsauce rührte, sah er ihr zu. Er staunte über Louisas Fähigkeit, Mahlzeiten zu kochen, den Haushalt und drei kleine Kinder zu versorgen. Die Küche war blitzblank und bis in alle Ecken sauber wie das ganze Haus – daran zweifelte er nicht. Er dachte an ihre Arbeit im Garten am späten Abend, und ihm wurde klar, daß sie früh morgens aufstand und den ganzen Tag über arbeiten mußte. Und sie ist glücklich dabei, dachte er kopfschüttelnd.
»Du meine Güte, Louisa, wie schaffst du das alles ohne eine Hilfe?«
»Kein Problem«, erwiderte sie stolz und auch etwas herausfordernd. Sie hackte Petersilie und streute die winzigen Blättchen über den gemischten Salat in der Schüssel, stellte die Salatsauce daneben und holte aus der Vorratskammer eine große Pastete. »Natürlich habe ich jetzt nicht mehr Zeit zum Sticken und Klavierspielen –, aber ich habe Freude an meiner Arbeit. Robert, es ist sehr *befriedigend*, Anerkennung zu finden.«
»Soll das heißen, daß ich dir keine Anerkennung habe zukommen lassen?«
»Ich war für dich selbstverständlich, Robert. Und um ehrlich zu sein«,

fügte sie trocken hinzu, »in Dublin habe ich wirklich nicht viel gemacht, abgesehen davon, Kinder zu kriegen.«
Er seufzte. »Du kannst auch nie aufhören?«
Louisa lachte und schüttelte den Kopf. »Was erwartest du? Soll ich dir in die Arme fallen, sagen, es sei alles ein Irrtum gewesen, und dich fragen, ob du mich wieder mit nach Dublin nimmst?« Sie stemmte die Hände in die Hüfte und sah ihn an. »Ich gehöre hierher, Robert. Was kannst du mir eigentlich bieten? Ich habe es alles ausprobiert – und alles hat sehr bitter geschmeckt.«
»Ich denke da an etwas«, erwiderte er mit brutaler Offenheit, »oder ist dafür auch gesorgt?«
Sie wurde blaß. In ihren Augen lag mehr Schmerz als Zorn. Er bedauerte sofort diese verletzenden und unüberlegten Worte. Als er sich entschuldigte und mit einem Zornesausbruch rechnete oder dem knappen Befehl zu gehen, drehte ihm Louisa nur stumm den Rücken zu.
»Tut mir leid«, sagte er noch einmal und verfluchte sich, »das war unverzeihlich – ich weiß nicht, weshalb ich das gesagt habe ...« Als sie sich gegen den Küchentisch lehnte, griff Robert nach ihrem Arm. Noch ehe sie den Arm zurückzog, bewirkte ein Blick, daß er sie wieder losließ. »Ich habe es nicht so gemeint«, murmelte er leise.
»Nun ja«, sagte sie mit seltsam belegter Stimme, »du kannst denken, was du willst.«
»Ich möchte mir das nicht vorstellen!« Er verschlang sie mit den Augen und verabscheute den leeren, undurchdringlichen Blick. »Sieh mich an«, sagte er und ergriff ihre Oberarme, »und sag mir, daß ich dir nichts mehr bedeute! Sag mir, du könntest meine Leiche sehen und keine einzige Träne weinen – sag mir das, und ich gehe. Ich komme nie mehr wieder und lasse dich in Ruhe!«
»Laß mich los! Du tust mir weh ...«
Einen Augenblick lang bohrten sich seine Finger noch tiefer in ihre weichen Oberarme; dann stieß er zähneknirschend einen Fluch aus, ließ sie los und trat einen Schritt zurück.
Als Robert wieder sprechen konnte, sagte er mit unsicherer Stimme: »Warum gerate ich bei dir so in Zorn? Du weißt, diese Situation hat damals dazu geführt, daß ...« Er schüttelte den Kopf und wollte den Satz nicht zu Ende führen. Er wollte sich nicht eingestehen, daß er sie am liebsten wieder gezwungen hätte, ihm zu Willen zu sein.

Aber während Robert sie in ohnmächtiger Enttäuschung noch wütend anstarrte, drehte Louisa den Kopf und blickte aus dem Fenster. »Edward ist da«, flüsterte sie, »bitte kein Wort mehr davon!«
Als Edward die Haustür öffnete, verschwand Robert schnell durch die Küchentür in den Garten. Als er etwa zehn Minuten später mit den beiden Jungen zurückkam, wusch sich Edward die Hände in der winzigen Spülküche. Die unbeschwerte Heiterkeit vom letzten Abend war verschwunden. Er begrüßte Robert höflich und behandelte ihn so vorsichtig wie immer. Und wie auf ein Stichwort benahmen sich die Kinder vorbildlich in der ungewohnt vornehmen Umgebung des Wohnzimmers, wo sie ausnahmsweise aßen.
Sie sprachen über das Wetter und den Garten. Robert lobte das einfache, aber ausgezeichnete Essen. Anschließend mußten die Jungen eine Stunde schlafen, und Louisa fütterte Tisha in der Küche. Die beiden Männer tranken den Kaffee vor dem Haus.
Robert suchte ein neutrales Thema, um das Eis zwischen ihnen zu brechen, und erwähnte, am Abend zuvor Arthur Bainbridge getroffen zu haben. Er berichtete, wie er das heikle Kriegsthema habe vermeiden wollen und Arthur mit Fragen über sich, seine Familie und gemeinsame Bekannte bombardierte. Nach einigen Drinks in Arthurs Club erfuhr er so die Geschichte von Mrs. Bainbridges Tod und Sophies Martyrium, von nun an die Begleiterin des alten Majors zu spielen.
Als Robert das Gespräch wiedergab, mußte er lachen. »Glückliche Familien! Arthur denkt daran, sich als Berufsoffizier zu bewerben. Er hat die Nase von der Ehe gründlich voll. Ich habe den Eindruck, Rachel treibt ihn zum Wahnsinn.«
»Die hübsche Sophie ist immer noch nicht verheiratet«, bemerkte Louisa, die sich zu ihnen setzte, »ich hatte angenommen, sie werde wie Rachel den ersten besten nehmen. Was ist denn eigentlich aus Lily geworden? Ist sie auch noch zu Hause?«
»Weit gefehlt!« Robert lachte leise. »Sie hat einen exzentrischen Kerl geheiratet mit Ländereien in East Riding. Bei ihnen dreht sich offenbar alles um Pferdezucht und Pferderennen. Aber sie leben, wie Arthur sagt, völlig im Dreck. Er habe bei seinem letzten Besuch in den Ställen geschlafen, denn die waren sehr viel sauberer als das Haus!«
»Das kann ich mir vorstellen«, sagte Louisa trocken, »Lilys Leben spielte sich schon immer im Pferdestall ab!«

Sie goß noch einmal Kaffee ein, und nach einer Weile schwiegen sie zufrieden. Robert hatte keine Kopfschmerzen mehr, und der Zorn war auch verflogen. Wie immer tat es ihm leid, daß ihn die Leidenschaft überwältigt hatte. Er wollte sich irgendwie bei Louisa entschuldigen. Der lange Abend und das angenehme Essen machten sich bei ihm bemerkbar. Er lehnte sich müde zurück und fand den ungepolsterten Gartenstuhl unbequem. Sie brauchen hier eine große, bequeme Gartenbank mit vielen Kissen, dachte er wehmütig, dann könnte ich jetzt die Beine ausstrecken und friedlich schlafen . . .

Später schlug Robert vor, mit den Kindern einen Ausflug auf dem Fluß zu machen. Es gab einige kleine Boote, mit denen man zu den Dörfern flußauf und flußabwärts an Sonn- und Feiertagen Vergnügungsfahrten machen konnte. Vielleicht würde es ihnen Spaß machen, in Bishopthorpe das Schloß zu sehen. Louisa konnte sich für diesen Gedanken überhaupt nicht erwärmen. Sie sagte es zwar nicht, aber Robert wußte, die Vorstellung, zufällig gemeinsamen Bekannten zu begegnen oder auch nur mit Robert zusammen gesehen zu werden, versetzte sie in Panik. An einem so schönen Tag würden natürlich viele Menschen unterwegs sein. Es überraschte ihn, als Edward meinte, er könne doch mit seinen beiden Söhnen allein den Ausflug machen.
In identischen Matrosenanzügen mit kurzen Hosen und Strohhüten winkten Liam und Bobby fröhlich zum Abschied Louisa und Edward zu, die am Gartentor standen. Sie gaben Robert die Hand und liefen alle drei munter davon. Bobby schaffte es bis zur Brücke. Dann jammerte er über schmerzende Beine und mußte getragen werden. Liam ging, ohne mit der Wimper zu zucken, wie ein Livingstone auf der Suche nach der Nilquelle weiter.
An der Anlegestelle wartete eine lange Schlange auf den Vergnügungsdampfer. Robert genügte ein Blick, und er verwarf die Idee. Ehe seine Söhne es richtig begriffen hatten, mietete er einen Zweispänner, und sie fuhren los. Er hatte einen besseren Gedanken. Vielleicht würde es ihm als versöhnliche Überraschung gelingen, Louisa mit einer bequemen Gartenbank ein Geschenk zu machen. Er mußte nur diesen Ausflug dazu benutzen, das richtige Geschäft zu finden . . .
Zuerst wollte er Bobby und Liam zum Schweigen verpflichten und den Schwur mit zwei Portionen Eis besiegeln, dann aber fand er, man dürfe

in ihrem Alter kaum von ihnen erwarten, daß sie ein Geheimnis für sich behalten konnten, und wollte sie mit der Aussicht auf Eis nur ablenken, damit sie den langweiligen Besuch in einem Laden vergaßen, noch dazu wenn dabei sichtbar nichts gekauft wurde. Den Ausflug im Zweispänner würden sie jedoch bestimmt nicht vergessen. Und richtig, sie jubelten und lachten vor Begeisterung auf dem ganzen Weg bis zum Rathaus und waren beinahe enttäuscht, als sie schließlich aussteigen mußten.

Schon am Anfang der Stonegate-Straße sahen sie in der strahlenden Sonne und umrahmt vom tiefblauen Himmel das weiß glänzende Querschiff des Münsters aus dem dreizehnten Jahrhundert vor ihnen, das die schmale Straße überschattete.

»Gehen wir dorthin?« fragte Liam, »gehen wir ins Münster?«

»Heute nicht, aber wenn ihr wollt, sehen wir es uns ein anderes Mal an.« Er erinnerte sich an ein Gespräch hier vor vielen Jahren und sagte wehmütig: »Stellt euch vor, vor Hunderten und Aberhunderten von Jahren marschierten an dieser Stelle römische Soldaten.«

Das kleine Gesicht sah ihn fragend an. »Soldaten wie in der Bibel?«

Diese Frage überraschte Robert. Er hätte kaum geglaubt, daß Liam bereits wußte, was Römer sind. Er nickte, aber als sein Sohn fragte, ob die Römer ins Münster marschiert sind wie sonntags die Soldaten aus der Kaserne, lächelte er und schüttelte den Kopf. »Die Soldaten, von denen wir sprechen, lebten hier lange vor der Zeit, als das Münster gebaut wurde. Nein, sie marschierten in ihr Kastell.«

»Wie schade, daß es das Kastell nicht mehr gibt!« rief Liam, »dann könnten Bobby und ich es erkunden.«

Robert lachte. »Vielleicht gibt es noch etwas – ich meine einige Überreste. Aber, kleiner Mann, wir können sie nie sehen, denn sie sind für immer unter dem Münster begraben!«

»Vielleicht gräbt sie jemand wieder aus?«

»Das glaube ich nicht – dann müßte man zuerst das Münster abreißen.«

Während sie die Straße entlangliefen, blickte Robert immer wieder in die kleinen dunklen Fenster der Geschäfte, denn die Namen der Geschäfte auf den Tafeln und auf den Wänden gaben wenig Anhaltspunkte über das, was hier verkauft wurde. Er fand den richtigen Laden schließlich an einer Ecke. Es war ein kleines verwinkeltes mittelalterliches

Häuschen, das unmittelbar neben einem stattlichen georgianischen Haus stand. Die Kinder lenkten seine Aufmerksamkeit darauf, denn sie sahen sofort die große Galionsfigur an der Wand unter den Fensterchen im ersten Stock. Es entstand der Eindruck, als würde die Fassade wie der Bug eines Schiffes in die Straße ragen. Die hölzerne Frauengestalt hatte ein seltsam schmales Gesicht mit ebenso schmalen Brüsten und wand sich wie eine Meerjungfrau um einen dicken, massiven Balken.

Liam und Bobby wollten unbedingt von Robert hochgehoben werden, um die glatte Gestalt einmal zu berühren.

Als er ihnen den Gefallen tat, hörten sie plötzlich eine hohe, zittrige Frauenstimme. Die Kinder zogen sofort die Hände zurück, und selbst Robert glaubte im ersten Moment, die Galionsfigur habe gesprochen. Dann hörten sie fröhliches Lachen, und ein altes faltiges Gesicht erschien im dunklen Hauseingang.

»Ihr wollt etwas über meine kleine Meerjungfrau wissen?« fragte die alte Frau, die dort saß, zwinkerte vielsagend mit den Augen, legte das Strickzeug zur Seite und, ihrer wie gebannt lauschenden Zuhörer gewiß, fing an, ihnen eine phantastische Geschichte zu erzählen.

»Sie stammt von einem Segelschiff und ist über hundert Jahre alt. Sie hat die Meere überquert, Stürme und Unwetter überstanden und ist auch durch das ruhige Wasser des Indischen Ozeans geglitten. Sie hat Wale und Seeschlangen gesehen und den Ungeheuern aus der Tiefe der Meere getrotzt . . ., sie weiß mehr, als ich je wissen werde und vermutlich auch mehr als ihr, meine jungen Herrn, in eurem Leben noch zu wissen bekommt!«

Liam fragte flüsternd mit großen, runden Augen: »Ist sie wirklich eine Meerjungfrau?«

»O ja.«

»Aber wie ist sie hierher gekommen?«

Die alte Frau schloß kurz die Augen und senkte die Stimme. Sie wirkte plötzlich sehr jung, als sie sagte: »Das weiß niemand.«

»War es ein Zauber?« flüsterte Liam, während Bobby noch immer vor Staunen der Mund offenstand.

»Ich glaube ja.« Die Frau nickte.

Dann lächelte sie Robert zu und zwinkerte wieder verschmitzt. Auf ihrem Gesicht erschienen unzählige Falten und Fältchen. Er hustete, um nicht lachen zu müssen.

Robert sah sich mehrere Ausstellungsstücke in ihrem Laden an, aber die alte Frau führte ihn zu dem Stuhl, in dem sie gesessen hatte. Er mußte sich setzen und die Standfestigkeit und Bequemlichkeit überprüfen. Erst dann war sie zufrieden, als er ihr bestätigte, daß der leichte und zerbrechliche Stuhl sein Gewicht mühelos aushielt. Beeindruckt gab Robert der Frau die richtigen Maße und die Adresse. Man sollte die Bank nach Fertigstellung dorthin liefern.

Er zweifelte nicht daran, daß seine Söhne noch viel zu aufgeregt über die Galionsfigur und die alte Frau waren, um von dem Kauf etwas zu bemerken. Als sie wieder draußen auf der Straße standen, fragte Liam leise: »Ist sie eine Hexe?«

»Aber nein – sie ist nur eine alte Frau.«

»Ich glaube, sie ist eine Hexe.«

»Ja«, sagte Bobby, »eine Hexe.«

Robert wollte ihnen Alpträume ersparen und sagte einlenkend: »Na ja, ihr habt vielleicht recht. Aber sie ist eine nette Hexe, ich meine, eine gute Hexe und keine böse Hexe.« Damit waren die beiden zufrieden und freuten sich auf die Bootsfahrt und das versprochene Eis.

13

Robert kam am nächsten Tag noch einmal zum Essen und nahm den späten Nachmittagszug nach London. Er wollte den Rest der Woche im Hauptquartier in Hounslow sein und danach an den Manövern des Regiments auf der Ebene von Salisbury teilnehmen. Die ungewisse politische Lage gab den Sommermanövern in diesem Jahr ein besonderes Gewicht, und sie würden ihm viel Arbeit abverlangen. Deshalb hatte er vermutlich kaum die Möglichkeit, Urlaub zu machen. Aber Robert versprach, so bald wie möglich wiederzukommen.
Louisa sah ihm besorgt nach. Und während seine große Gestalt unter den Bäumen langsam verschwand, fragte sie Edward: »Glaubst du, es wird Krieg geben?«
»Wer weiß? Die Zeitungen berichten, die Regierung versuche, die Situation herunterzuspielen. Aber dieser Krüger scheint mir ein Hitzkopf zu sein. Er wird möglicherweise nicht mit sich reden lassen.« Edward drückte ihre Hand. »Wenn er es auf einen Krieg ankommen läßt, dann wird dieser Krieg nicht lange dauern. Was glaubst du, kann eine Handvoll Bauern gegen ein gut ausgebildetes Heer schon ausrichten? Krüger hat keine Chance!«
Louisa stimmte ihm zu und lachte nervös. Dann sagte sie: »Vermutlich müssen unsere Leute dort geschützt werden. Aber trotzdem ...«, sie fröstelte plötzlich, »auch damals waren es nur Bauern, nicht wahr? Wie hieß noch der Ort, an dem sie uns geschlagen haben?«
»Majuba Hill«, antwortete er leise, »das war einundachtzig.« Er wollte ihre Sorgen vertreiben und zwang sich zu einem Lächeln. »Wie kommt es, daß du dich daran erinnerst? Damals warst du doch noch ein Kind.«
»Ich war vierzehn. Und ich erinnere mich sehr gut.« Sie setzte Tisha auf die Hüfte, drehte sich um und ging ins Haus zurück.

Edward folgte ihr langsam. Er fühlte sich hin und her gerissen. Einerseits wollte er sie beruhigen, andererseits hatte er nichts dagegen, wenn Robert längere Zeit im Ausland beschäftigt war. Aber dieser Besuch, dachte er, ist sehr viel besser verlaufen als der letzte. Durch die Geschichten über die Bainbridges hatte er außerdem ein paar wichtige Informationen aus erster Hand erhalten, die den Niedergang der Tempest-Druckerei weitgehend erklärten. Edward hatte natürlich viel Klatsch gehört. Aber getreu seinen Prinzipien lehnte er es ab, das Gerede der Leute für bare Münze zu nehmen. In diesem Fall, daran gab es keinen Zweifel mehr, hatten die Leute einmal recht gehabt. Arthur Bainbridge *war* ein Spieler, und wie Robert glaubte, dem Spieltisch verfallen, und Robert hatte genug gesehen, um es zu wissen. Dahin fließen also die Gewinne, dachte Edward, oder Rachel muß seine Spielschulden bezahlen. Wie auch immer, kein Vermögen ist groß genug und kein Geschäft floriert so gut, um dieses Laster lange zu überleben. Die Tempests trieben dem Bankrott entgegen. Das stand fest, und angesichts der vielen Aufträge und der neuen Kunden in den letzten Wochen hatte sich das offenbar bereits überall herumgesprochen.
»Ich werde mich morgen mit Dick treffen«, sagte er zu Louisa, »wenn es bei den Tempests so schlecht steht, dann wird Dick mein Angebot vermutlich sofort annehmen.«
»Das glaube ich auch. Er wird nur allzu erleichtert sein«, erwiderte Louisa, »eine Stelle ist heutzutage etwas Rares.«
»Gute Arbeitskräfte sind es auch.« Edward lachte. »Ich kann mir gratulieren, wenn er zustimmt. Und noch wichtiger: Ich mag ihn, und wir arbeiten gern zusammen. Bei einem Fremden weiß man nie so genau, ob es auf Dauer gut geht ...«
Louisa ging in den Garten und sank dankbar auf einen Stuhl. Die Sonne stand zwar nicht mehr hoch am Himmel, aber es war selbst im Schatten noch heiß. Sie ließ Tisha vom Knie auf die Erde gleiten und mußte lächeln, als die Kleine sofort die Arme nach Edward ausstreckte.
»Sie ist müde.«
»Das überrascht mich nicht«, sagte er, »bei dieser Hitze.« Er zog die dünne Leinenjacke aus, lockerte die Krawatte und setzte sich neben Louisa. Er hob Tisha auf die Knie und hatte nichts dagegen, daß sie sein Gesicht ebenso gründlich untersuchte wie seine Westentaschen. Er ließ

sie das Ticken der Uhr unter dem Silberdeckel hören, entfernte aber die Krawattennadel und gab sie Louisa, damit Tisha sich nicht verletzen konnte.

»Die arme Rachel«, sagte sie nachdenklich und sah Tisha an.

»Hast du Mitleid mit ihr?«

»O ja. Sie wollte immer alles haben wie ein Kind, verstehst du. Der Mond sollte ihr zu Füßen liegen, Edward – und wenn möglich auch die Sonne. Geld, elegante Kleider, romantische Liebe – das hat sie sich versprochen, als sie mit dem jungen Arthur Bainbridge auf und davon rannte. Ich weiß nicht, wer jetzt mehr dafür bezahlen muß, sie oder Arthur ...«

Ihr Mitgefühl rührte ihn. Sie hatten Rachel beide nicht sonderlich gemocht. Er zweifelte nicht daran, daß Rachels Freude an boshaftem Klatsch viel dazu beigetragen hatte, daß Louisa in gewissen Kreisen so verschrien war. Die meisten Leute wären sonst bestimmt weiterhin freundlich zu ihr gewesen, ohne viel zu ahnen. In der gegenwärtigen Lage wäre es verzeihlich gewesen, wenn Louisa sich gefreut hätte. Nach Albert Tempests Tod waren jedoch auch die Angst und der Haß auf ihn gestorben, und das eigene Leid schien jeden Wunsch nach Rache ausgelöscht zu haben.

Tisha war mit ihrer Erkundung zufrieden. Edward blickte auf den kleinen blonden Lockenkopf hinunter, der an seiner Brust lehnte. Mit dem Däumchen im Mund war Tisha eingeschlafen. Er legte sie behutsam und bequem in die Armbeuge, lehnte sich zurück und betrachtete Louisa mit halb geschlossenen Augen. Sie wirkte nach der unvermeidlichen Spannung der letzten beiden Tage müde, aber locker. Langsam fächelte sie sich mit einem Papierfächer Luft zu. Dann öffnete sie nach einem leisen Seufzer den Kragen der hochgeschlossenen Bluse und schob langsam die langen Ärmel hoch. Er sah die leicht gebräunte, helle Haut mit den lustigen Sommersprossen, die die Arbeit im Garten hervorgezaubert hatte. Sie ist so schön wie eine Rose, dachte Edward und sah die weichen, rosa Lippen und Wangen, die kleinen Locken, die das Gesicht wie gerollte Bronzeblätter umrahmten. Liebe und Zufriedenheit breiteten sich aus, und er wünschte, dieser Augenblick könne eine Ewigkeit dauern: die warme Sonne, das Kind in seinen Armen, der Geruch von Erde, Gras und Pflanzen, die hellen Stimmen der Jungen im Obstgarten und Louisa – die schöne Verkörperung all dessen.

Sie schien seine Gedanken zu lesen, sah ihn an und griff nach seiner Hand. Mit einem wehmütigen Lächeln sagte sie: »Ich bin so froh, daß ich dich habe.«

Edward schickte seinem ehemaligen Lehrling am nächsten Morgen eine Nachricht und bat ihn um ein Treffen in einem Gasthaus in der Nähe von Walmgate. Es war ein großes Gasthaus mit vielen kleinen niedrigen Räumen, die wie alte Bilder durch den Tabakrauch von Jahrzehnten inzwischen eine dunkelbraune Patina hatten. Essen und Bier zu angemessenen Preisen lockten Tag für Tag viele Gäste an. Edward aß hier öfter mittags im Speisesaal hinter der großen Bar. Nach einem hellen Bier bestellte Robert für Dick eine große Portion der Spezialität der Wirtin. Zufrieden lächelnd sah er, wie der junge Mann mit Appetit den dampfenden Nieren- und Steakpudding aß.
Dick bedankte sich überschwenglich für Edwards Angebot und zeigte seine große Erleichterung offen. Er gestand, er habe sich seit einiger Zeit schon nach einer neuen Stelle umgesehen.
»Ich sage mir schon seit Wochen, es kann nicht mehr lange dauern – meine Stelle ist bestimmt bald überfällig. Wir haben keine Vorräte mehr, und sie bestellt nichts. Wir haben vor zwei Wochen das letzte Blattgold verarbeitet. Ich warte nur darauf, daß Mrs. B. mir sagt, das sei es gewesen. Jedesmal, wenn sie im Geschäft erscheint, denke ich: Jetzt ist es soweit. Und in der letzten Woche war sie täglich da. Trotzdem«, sagte er achselzuckend, »mit dem Drucken geht es noch – da wird wenigstens noch richtig gearbeitet.«
»Ja, ich glaube, daran will sie festhalten«, sagte Edward und nickte, »obwohl es für sie besser gewesen wäre, alles zu verkaufen – schon vor einem Jahr.« Er seufzte und schüttelte den Kopf. »Es ist zu traurig, wenn man mit ansehen muß, wie eine alteingesessene Firma sang- und klanglos dem Ruin entgegentreibt. Es tut mir auch leid, daß ich Ihnen das Angebot nicht früher machen konnte, Dick. Aber ich mußte erst meine Dinge in Ordnung bringen, und ich mußte sicher sein, daß das Geschäft einen zweiten Mann ernährt.«
»Ich bin froh, daß Sie der Meinung sind, es sei jetzt soweit, Mr. Edward – also, das bin ich wirklich.«
Edward lächelte. »O ja, ich zweifle nicht mehr daran. Wichtig ist mir jetzt nur – wann können Sie anfangen?«

»Am liebsten morgen«, antwortete Dick lachend und wischte die Sauce mit einer Scheibe Brot auf. »Aber ich werde wohl bis nächste Woche warten müssen. Ich muß ihr ja noch kündigen.«

»Ja natürlich. Kündigen Sie sofort.«

Als man die Teller abräumte, warf Edward einen Blick auf die Uhr und erkundigte sich, ob Dick vielleicht Zeit habe, sich das Geschäft anzusehen. Nach kurzem Zögern nickte er, und die beiden Männer verließen die Gaststube durch den Hintereingang. Sie liefen durch das Gewirr der Straßen und erreichten schließlich Piccadilly.

»Ich würde gern umziehen«, gestand Edward, »und einen Laden haben, der etwas zentraler liegt. Die Miete für das Haus ist billig, und es liegt für mich günstig, seit ich in Clementhorpe wohne, aber für Kunden, die es vorziehen, persönlich vorbeizukommen, ist es etwas weit. Nicht alle finden sich im Gewirr der Gassen und Häuser zurecht.« Er lachte und deutete auf die schmutzigen Mietshäuser und Lagerräume, deren Rückfronten am Ufer des Foss lagen. »Und das bedeutet, sie müssen den Umweg um das Schloß machen – und vielen ist das einfach zu weit. Aber wer weiß, vielleicht können wir zwei es schaffen, und wir suchen uns schon im nächsten Jahr ein Geschäft in der Innenstadt.«

»Ich werde mir Mühe geben«, versprach Dick. Die Gasse wurde etwas breiter und war jetzt gepflastert. Dick sah Edward plötzlich an und sagte: »Auf mich können Sie rechnen, Mr. Elliott.«

»Danke, Dick. Das weiß ich«, murmelte Edward. Aber er war in Gedanken schon woanders, denn er sah Louisa vor dem Haus stehen. Bobby saß auf den Stufen und scharrte mit den kleinen Füßen im Staub. Tisha, zufrieden wie immer, thronte wie eine Puppe in ihrem Kinderwagen.

Edward wußte sofort: Es war etwas passiert! Aufgeregt lief er schneller und vergaß Dick an seiner Seite, ohne sich darüber Gedanken zu machen, was der junge Mann von Louisa und ihrem Privatleben wissen mochte.

»Wartest du schon lange?« fragte Edward und schloß die Haustür auf. »Guten Tag, mein Schatz«, sagte er zu Tisha, die die Ärmchen hob und von ihm hochgenommen werden wollte.

Louisa lächelte Dick zu und blieb etwas zurück, als sie hineingingen. Edward machte die beiden schnell miteinander bekannt: »Das ist Dick, Louisa – Dick, Mrs. Elliott« und bat den jungen Mann zu warten. Er

führte Louisa in den kühlen Arbeitsraum. Dick blieb draußen bei den Kindern.
»Edward, dein Vater ist leider krank«, sagte sie leise und reichte ihm ein Telegramm. »Ich dachte, ich mache es auf, denn ...«
»Ja, natürlich«, murmelte er, »das war richtig.« Er setzte sich und las die wenigen Worte der Haushälterin des Pfarrers einmal und dann noch einmal. Sie ist doch eine merkwürdige Frau, dachte er, und ihn rührte die unerwartete Freundlichkeit, ihn an das Krankenbett seines Vaters zu rufen. »Also weiß sie es«, sagte er und sprach damit seine Gedanken aus. »Ich habe mich oft gefragt, ob sie es wohl weiß.«
»Was denn?« fragte Louisa.
»Wer ich bin.« Er lächelte.
Edward sah sich plötzlich vor dem Problem, seine Arbeit im Stich zu lassen und nach Lincolnshire zu fahren. Louisa fand eine Lösung. Sie rief Dick herein, erklärte ihm die Situation und fragte, ob er nicht auf der Stelle Edward vertreten könne.
»Das kann er natürlich nicht«, sagte Edward und biß sich auf die Unterlippe. Dick nickte jedoch.
»Ich habe im Augenblick ohnehin nicht viel zu tun«, sagte er, »ich arbeite eben nur noch halbtags. Mrs. B. wird nichts dagegen haben. Sie muß dann nur noch die Hälfte zahlen. Und ich komme hierher, wenn ich dort fertig bin.«
»Ich kann auch ein paar Stunden täglich hier sein«, erklärte Louisa, »ich kann Auskunft geben und mich um die Büroarbeit kümmern. Wenn du uns einweist, Edward – mich heute nachmittag und Dick heute abend, könntest du morgen in Lincolnshire sein.«
»Ich habe eine bessere Idee«, sagte Dick, »zeigen Sie uns jetzt alles. Es kommt nicht weiter darauf an, ob ich heute nachmittag noch einmal dort bin oder nicht.«
In wenigen Stunden wußte Louisa über das Bescheid, was sie tun konnte. Sie legte eine Liste mit Anweisungen und Hinweisen auf Edwards Schreibtisch und wollte nach Hause zurück. Bobby konnte sich kaum von Leim und Papier trennen, und Tisha weinte jämmerlich, als Edward sie ihrer Mutter auf den Arm setzte.
»Ich bereite alles für dich vor«, sagte Louisa beim Abschied, »und das Essen ist um acht fertig. Komm nicht so spät. Du mußt noch einmal gut schlafen.«

»Ich bin um acht zu Hause«, versprach er lächelnd, »ich danke dir, Liebes.«
Er sah ihnen nach, wie sie die Straße entlang gingen und kehrte ins Haus zurück. Dick arbeitete bereits fleißig, als sei er schon jahrelang hier. Als er sich nach Edward umdrehte, spielte ein vergnügtes Lächeln um seine Mundwinkel.
»Also Mr. Elliott, ich hatte ja keine Ahnung, daß Sie verheiratet sind ... !«
»Ach«, sagte Edward und fügte nach einem kurzen Zögern hinzu: »Ich bin schon lange verheiratet.«

Seit dem ersten Besuch vor sechs Jahren war Edward mehrere Male Gast im Pfarrhaus gewesen. Jedesmal fürchtete er die Besuche reicher Gemeindemitglieder oder der Verwandten seines Vaters. Wie sehr er sich auch darum bemühte und sich sagte, daß sie auch seine Verwandten waren, er konnte es doch nicht so sehen.
Zweifellos ahnte der Rest der Familie nichts von seiner Existenz. Und Edward hatte das sichere Gefühl, daß sie ihn weder als Freund noch als Verwandten willkommen heißen würden, wenn sie sich je begegnen sollten. Bislang waren ihm peinliche Begegnungen dieser Art erspart geblieben. Aber wenn sein Vater wirklich so krank war, wie es aussah, konnte sich die Lage ändern. Edward fürchtete sich davor. Er fürchtete, sich vorstellen und eine Erklärung für seinen Besuch in diesem Haus abgeben zu müssen. Oder – Gott bewahre – ihnen am Totenbett seines Vaters zu begegnen ...
Der Zug ratterte durch das flache Lincolnshire, und mit jedem Klicken der Räder sah er sich ungeduldig seinem Ziel etwas näher. Wenn der Tod wartete, dann bitte, sollte er noch etwas länger warten.
Mit schwerem Herzen verließ Edward den Zug an der Station und machte sich auf den langen Weg zum Dorf. Die beim ersten Mal so fahlen und kahlen Felder streckten und reckten sich vor fruchtbarem Leben. Eine leichte Brise bewegte das Gras auf den Weiden und die schmalen Blätter des wogenden Weizens und linderte etwas die gnadenlose Hitze der Sonne. Als Edward sich dem großen Tor näherte, rollte eine leichte offene Kutsche mit zwei Damen in fließenden pastellfarbenen Kleidern heraus. Unangenehm berührt sah er den schwankenden Sonnenschirmen nach, während die Kutsche in Richtung Dorf fuhr.

Edward erreichte die Kirche, und sein Verdacht bestätigte sich: Kutsche und Kutscher standen unter den Bäumen der Auffahrt zum Pfarrhaus. Im ersten Moment wäre Edward am liebsten weitergegangen, aber dann holte er tief Luft und schritt durch das Tor. Der kühle Schatten der Bäume tat gut nach der heißen Junisonne.

Als man ihm die Tür öffnete, wies zu seiner Erleichterung nichts auf die Damen hin. Die Wirtschafterin begrüßte ihn aber mit einem warnenden Blick, nahm seinen kleinen Koffer und führte ihn in das Arbeitszimmer.

»Wir haben Besuch«, sagte Mrs. Pepperdine mit einem entschuldigenden Lächeln. »Die Frau des Grundherrn und ihre Tochter. Wenn Sie ihnen nicht begegnen möchten, Mr. Elliott, dann bleiben Sie einfach hier. In der Bibliothek des Herrn Pfarrers sind Sie ungestört, und die beiden werden bestimmt nicht lange bleiben.«

Edward dankte ihr und erkundigte sich nach dem Befinden seines Vaters. Es war das Herz, wie er sich schon gedacht hatte. Der alte Mann hatte mehrere leichte Herzanfälle gehabt, aber der letzte, so sagte sie, sei schwer gewesen. Der Arzt habe ihm strenge Bettruhe verordnet, und zum ersten Mal habe er sich gefügt.

Allein gelassen betrachtete Edward die Bücher seines Vaters und nahm sich einen Band über romanische Baukunst aus dem Regal. Dann setzte er sich und fing an zu lesen. Aber die Worte verschwammen ihm vor den Augen, und er legte das Buch auf den Tisch. Er lehnte den Kopf an den hohen glatten Rücken des Ohrensessels. Sonnenstrahlen fielen durch die Fenster, und in den Strahlen tanzten Millionen Staubpartikel langsame, hypnotische Paravanen. Das Ticken einer Uhr unterbrach die Stille, und über seinem Kopf knarrte eine Diele. Dieser Raum erinnerte ihn immer an seinen ersten Besuch im Herbst des Jahres, als Louisa nach Dublin gefahren war. Die grünen Blätter der Bäume draußen hatten sich damals gerade gelb gefärbt – besonders die der Buchen. Er erinnerte sich, wie er das Fallen der Blätter beobachtet hatte, und er erinnerte sich an sein kummervolles Herz –, daran hatte sich nichts geändert.

Er glaubte damals, mit seinem Vater nur Minuten gesprochen zu haben, aber es mußten Stunden gewesen sein. Und als sie anschließend schweigend zusammensaßen und nur die letzten Sonnenstrahlen sie trennten, staunte Edward über die vielen Facetten, die erkennbar wurden, wenn man einen Menschen mit anderen Augen sah. Wer kennt einen Menschen schon ganz? fragte er sich und dachte an alle Menschen in seinem Leben, an ihre Stärken und Schwächen, Sünden und Tugenden – seine Mutter, Mary Elliott, Louisa und ihre Schwestern, Robert Duncannon, seinen Vater . . .

Edward hörte, daß die Damen sich verabschiedeten. Als man ihnen die Tür öffnete, drangen höflich gemurmelte Worte an sein Ohr. Edward stellte sich vor, wie sie ernste Gesichter machten, Bedauern spielten, und seine Spannung wuchs. Die Wirtschafterin kam herein und bot ihm Tee an, aber sie brachte ihm keine gute Nachricht: Die Krankenschwester habe erklärt, der Patient sei von dem Besuch erschöpft und müsse eine Weile ruhen.

Um sieben, kurz vor dem Abendessen, durfte Edward endlich nach oben. Er blieb einen Augenblick auf dem breiten Treppenabsatz stehen und wappnete sich. Mrs. Pepperdine klopfte, trat lächelnd zurück und ließ ihn eintreten. In dem freundlichen und bequem eingerichteten Zimmer, in das die späte Abendsonne schien, saß sein Vater in weiche Kissen gelehnt im Bett. Er sah munter aus und lächelte, obwohl seine Schwäche deutlich sichtbar war. Edward atmete erleichtert auf und spürte, wie Angst und Spannung wichen. Sein Körper war plötzlich lächerlich weich und nachgiebig, als er das Zimmer durchquerte.

»Wie schön, dich zu sehen, mein Junge«, flüsterte der alte Mann, und als Edward sich vorbeugte, um nach seiner Hand zu greifen, sah er das Schimmern ungeweinter Tränen. »Die dumme Mrs. Pepperdine hätte dich nicht rufen sollen – eine lange Fahrt um nichts –, aber ich bin froh, daß du da bist.«

»Ich bin auch froh«, erwiderte Edward, »mein letzter Besuch liegt schon viel zu lange zurück. Ich hätte längst kommen sollen. Ich wünschte, du hättest mir gesagt, daß es dir nicht gut geht.«

Der alte Mann schüttelte langsam den Kopf. »Mir ist es gut gegangen und dann plötzlich –« Seine Hand fiel auf die Bettdecke. »Sie sagen, ich soll nicht sprechen. Also, mach es dir bequem und erzähle mir, was es Neues gibt.«

Sie schrieben sich zwar regelmäßig, aber Edward war beinahe ein Jahr nicht mehr in Lincolnshire gewesen. Mary Elliotts Krankheit und die nachfolgenden Ereignisse hatten dazu geführt, daß er einen Besuch kurzfristig absagte und eine andere Einladung aufschieben mußte. Er hatte einfach keine Zeit gehabt, aber jetzt bedauerte er, nicht doch früher gekommen zu sein. Da sein Geschäft ihn so sehr im Bann hielt, erzählte er einige Minuten eifrig davon. Er pries Dick und erläuterte seine Pläne für die Zukunft. Als er gerade berichtete, daß Louisa in den nächsten Tagen aushelfen werde, erschien die Krankenschwester mit einem gewichtigen Rascheln der frisch gewaschenen und gestärkten Schürze und in ihrem Häubchen und erklärte energisch, die Besuchszeit sei für heute zu Ende.

Der Pfarrer hob die Augen zum Himmel und unterwarf sich ihren Anordnungen. Er sah sehr schwach und gebrechlich in seinem weißen Nachthemd aus. Als die Krankenschwester die Bettdecke sorgfältig glattstrich und begann, die Kissen aufzuschütteln, verließ Edward lächelnd das Zimmer.

Am nächsten Morgen konnten sie sich jedoch sehr viel länger unterhalten. Ein helles Feuer brannte und vertrieb die morgendliche Kühle. Das Gespräch verlief sehr einseitig, denn der Pfarrer sollte sich nicht anstrengen, aber er wollte alles über Louisa und die Kinder wissen. Edward berichtete eifrig von den Fortschritten in den zurückliegenden Monaten. Selbstverständlich konzentrierte er sich dabei auf die positiven Seiten ihres Lebens: das kleine Haus, der Garten, seine Zufriedenheit. In einem unvorsichtigen Augenblick erwähnte er Robert, und dann fiel ihm plötzlich ein, daß er in seinen Briefen nichts von Roberts Rückkehr nach York geschrieben hatte.

»Ich weiß nicht, ob wir die richtige Entscheidung getroffen haben – und das Problem mit den Kindern macht mir sehr große Sorgen.«

Edward stand auf und lief im Zimmer auf und ab. Er blieb am Fenster stehen und blickte über den Rasen und die Blumenbeete zum Buchenwald dahinter. Dann sagte er nachdenklich zu seinem Vater: »Du hast in einem deiner Briefe geschrieben, der Umzug werde Louisa gut tun. Aber ich dachte damals nur an die finanziellen Gründe, die dafür sprachen, das Haus in der Gillygate-Straße zu verlassen. Ich muß gestehen, ich hielt auch ihren Wunsch nach einem Garten für etwas übertrieben. Ich habe mich geirrt, denn der Garten hat sie gerettet. Sie ist jetzt wieder ganz die alte.«

Edward schwieg in Gedanken versunken so lange, daß sein Vater schließlich fragte: »Was beunruhigt dich? Du hast gerade über die Kinder gesprochen ...«

»Ja.« Edward seufzte, denn es gab ein Thema, über das er schon seit langem mit jemand hätte sprechen müssen – die vorgetäuschte Ehe und die Probleme, die unausweichlich auf sie zukamen, quälten ihn noch immer. Aber es war schwer, mit Louisa darüber zu reden, und mit einem anderen Menschen als seinem Vater einfach unmöglich.

»Wenn ich versuche, mit Louisa darüber zu sprechen, sagt sie nur, die Situation sei für die Kinder anders als damals für mich ... Ich kann nichts dagegen einwenden. Ich bin bei Verwandten aufgewachsen, und meine Mutter hat mich erst als ihren Sohn anerkannt, als ich schon erwachsen war. Und selbst dann«, fügte er bitter hinzu, »ist es ihr mit ihrem Testament gelungen, die Sache zweideutig aussehen zu lassen!« Er brach ab. »Oh, tut mir leid. Das hätte ich dir nicht sagen sollen –«

»Wem denn sonst, wenn nicht mir? Sprich weiter.«

»Ich meine folgendes – Louisas Kinder sollten unbedingt wissen, wer ihr Vater ist. Auch Louisas Eltern waren nicht verheiratet. Aber sie kannte ihren Vater und noch wichtiger: *Sie wußte, daß es ihr Vater war.* Louisa will nicht einsehen, wie wichtig das ist. Unsere Situation ist durch meine Anwesenheit im Haus noch komplizierter, und ich liebe die Kinder und wünsche bei Gott, Robert Duncannon wäre –«

»Was? Tot?«

»Nein – nein. Ich wünsche ihm nicht den Tod. Ich wünsche nur, er würde Louisa wirklich loslassen. Ich wünsche«, fügte er bekümmert hinzu, »sie würde ihn nicht länger lieben.«

George Gregory lächelte und schüttelte den Kopf. »Diese Logik verstehe ich nicht. Weshalb glaubst du, daß sie ihn noch immer liebt?«

»Ach, ich sehe es an Kleinigkeiten – an Dingen, die sie sagt und tut – und wenn ich sie zusammen sehe ...« Mit einer gewissen belustigten Trockenheit berichtete Edward von seinem Heiratsantrag. Es machte ihn verlegen. Aber er glaubte, nur dadurch, daß er es seinem Vater erzählte, werde dieser ihn verstehen.

Der alte Mann schwieg lange. Dann dachte er laut über das Problem nach und äußerte sich über das oft unverständliche Verhalten von Frauen im allgemeinen. »Weißt du, sie können sehr verschwiegen sein. Vermutlich liegt es an ihrer Verletzlichkeit ..., deshalb sagen sie nur das, was man ihrer Meinung nach hören möchte. Aber sie stellen sich vor, daß man alles übrige versteht.« Er lachte leise. »Und sie fühlen sich beleidigt, wenn es nicht so ist.«

»Ich habe inzwischen viele abenteuerliche Geschichten zu hören bekommen«, fuhr er fort, »Geständnisse von Frauen aus allen Schichten, bei denen dir die Haare zu Berge stehen würden. Sie beichten einem Pfarrer nicht nur die Sünden, sondern manchmal auch die persönlichsten Dinge ihres Lebens – Sehnsüchte und Träume, die sie ihren Ehemännern nie eingestehen würden. Und praktisch gesehen, Edward«, erklärte der Pfarrer mit Nachdruck, »bist du für Louisa der Ehemann. Ohne zwar in den Genuß einer ehelichen Beziehung zu kommen, nimmst du – weit mehr als Robert – den Platz eines Ehemanns und Vaters ihrer Kinder ein.«

»Aber wenn das so ist, warum will sie mich dann nicht . . .?« Er runzelte über den Widerspruch die Stirn. »Wir waren uns immer so nahe, und . . .«

»Aber die Umstände sind inzwischen – völlig anders. Ihre Gründe sind vielleicht weit weniger offenkundig, als es den Anschein hat. Vielleicht glaubt sie, von dir bereits zu viel angenommen zu haben. Vielleicht braucht sie Zeit, um dir etwas zurückzugeben – ihre Zeit und ihre Fürsorge –, und das ohne jede Verpflichtung auf beiden Seiten.« Er schwieg, während Edward darüber nachdachte. Der alte Mann trank vorsichtig einen Schluck Sherry. »Es war möglicherweise eine Frage von zu schnell und zuviel. Und damals hat Louisa noch um ihre Mutter getrauert. Du darfst nicht vergessen«, fügte er sanft hinzu, »geistige Wunden heilen sehr viel langsamer als körperliche Wunden . . .«

Angesichts der eigenen Erfahrungen nickte Edward und dachte über die Worte seines Vaters nach. »Ja, das stimmt. Es geht ihr inzwischen viel besser. Sie ist ruhiger und ausgeglichener als am Anfang des Jahres.«

»Aber auch ein warnendes Wort sei dir gesagt.« Seine Stimme klang noch sanfter. »Ich glaube, die Gründe für deinen ungewöhnlichen Heiratsantrag zu verstehen, aber ich rate dir, ihn nicht zu wiederholen.«

Edward musterte überrascht das Gesicht seines Vaters und sah neben der Sorge und Anteilnahme eine Spur Belustigung. Er runzelte die Stirn. »Warum sagst du das?«

»Nun ja, mein Junge, denk doch nach. Wenn wir davon ausgehen, daß ein Heiratsantrag für eine Frau das größte Kompliment ist, das man ihr machen kann, dann könnte man deinen Antrag für eine Art Beleidigung halten. *Ich gebe dir meinen Namen, aber mich bekommst du nicht.* Hmmmm?«

»Gewiß hast du es nicht so gemeint«, fügte er freundlich hinzu und wehrte Edwards Protest ab, »aber trotz der altruistischen Motive *könnte* man das glauben. Und noch etwas«, sagte er ernst, »wenn eine solche Ehe vor dem Altar geschlossen würde, dann wäre das eine Sünde gegen das Sakrament der Ehe.«

»Das wohl kaum«, murmelte Edward und fühlte sich getadelt.

»Ich weiß, du liebst Louisa«, sagte der Pfarrer leise, »und ich verstehe einfach nicht . . ., warum *willst* du sie denn nicht wirklich heiraten?«

Diese unerwartete Frage rührte an eine offene Wunde. Edward hatte sie sich selbst oft gestellt und nie eine zufriedenstellende Antwort gefunden. Es stand im Zusammenhang mit dem, was Louisa seiner Meinung nach für ihn empfand, und natürlich auch mit ihrer Beziehung zu Robert Duncannon. Er schob die Hände in die Hosentaschen und lief wieder unruhig im Zimmer auf und ab. Zweimal setzte er zu einer Antwort an und zweimal überlegte er es sich anders.

»Ich möchte die Lage *nicht* verändern«, sagte er schließlich und wußte, das kam der Wahrheit am nächsten. »Ich möchte das Gleichgewicht nicht gefährden, das wir gefunden haben. Ich bin jetzt glücklicher als je zuvor. Ich habe ein Zuhause, eine Familie und mein eigenes Geschäft. Louisa und ich sind gute, liebevolle Partner – ohne die Kinder wäre ich damit zufrieden, alles so zu lassen, wie es ist.«

»Bist du sicher?«

»Aber natürlich bin ich sicher!« rief Edward heftig und schüttelte kurz darauf den Kopf. Dann setzte er sich wieder niedergeschlagen hin. »Nein«, gestand er und schlug die Hände vor das Gesicht, »ich bin mir nicht sicher.«

Er zweifelte an Louisa, und er zweifelte an sich. Sie befanden sich auf einem sehr gefährlichen Weg. Sie tasteten sich nur mühsam vorwärts, und jeder Rastplatz schien den schwindelerregenden Höhen vorzuziehen, die er manchmal verschwommen vor sich sah, den schrecklichen Abgründen, die unter ihnen gähnten. Er wußte auch nicht, ob der Wunsch, sich mit der gegenwärtigen Lage abzufinden, nur altersbedingt oder ob er ein Wesenszug seiner vorsichtigen Natur war. Jedesmal, wenn er über das mühsam Errungene nachdachte, neigte er noch weniger dazu, alles wieder aufs Spiel zu setzen.

Als er diese Gedanken aussprach, hörte er seinen Vater seufzen. »Du redest, als sei das Leben etwas Statisches«, sagte George Gregory, »als könne man einen schönen Augenblick wie ein Anschauungsobjekt unter eine Glasglocke stellen. Das geht nicht. Anschauungsobjekte sind tot. Zum Wesen des Lebens gehört, daß es sich bewegt und verändert. Kinder wachsen heran, die Situationen ändern sich, und Menschen sterben.«

»Aber ich fürchte mich davor, das Glück zu verlieren, das wir gefunden haben! Im nachhinein sehe ich, wie steril mein Leben gewesen ist. Ich weiß, dahin will ich nicht mehr zurück.«

George Gregory schüttelte mit der Geduld des Alters den Kopf. »Willst du dich an das klammern, was du hast, und es erwürgen?«

»Nein!«

»Dann bewege dich vorwärts – hab Vertrauen. Laß dich von dem Heiligen Geist führen wie damals, als du hierher gekommen bist. Es geht nicht alles nach dem Willen des Teufels, verstehst du«, sagte er leise lachend. Er schwieg und lächelte dann wehmütig. »Und die leise Stimme spricht inmitten all der Turbulenzen, die unsere Wünsche erzeugen ... wir müssen nur die Ohren öffnen und sie hören.«

Edward mußte an ein bekanntes Kirchenlied denken, lächelte und spürte, wie die Spannung sich löste. »Diese Stimme sagt aber nicht immer das, was wir hören wollen, nicht wahr?« fragte er zerknirscht.

»Hab Vertrauen«, wiederholte George Gregory, »hab Geduld. Du hast mir das Leben verlängert –, aber ich habe den Eindruck, es nähert sich doch dem Ende. Oh, mach dir keine Sorgen, ich fürchte mich nicht. Und ich glaube, diese Verlängerung meines Lebens hatte nur den Zweck, dir in einer Zeit zu helfen, in der du mich am meisten brauchtest.«

Edward wurde es schwer ums Herz. »Bitte, Vater, sag das nicht.«

»*Veränderung*, Edward, *nichts bleibt so, wie es ist.*« Er beugte sich vor und berührte Edwards Arm. »Vor dir liegen noch viele Jahre«, sagte er eindringlich, »vergeude diese Jahre nicht.«

Trotz der fatalistischen Ergebenheit seines Vaters besserte sich sein Zustand während Edwards Besuch so deutlich, daß sogar die Krankenschwester es widerwillig eingestand. Edwards Sorge ließ nach, und er glaubte inzwischen fest daran, der Anfall sei nur ein Warnschuß gewesen, und sein Vater werde noch einige Jahre leben. Edward konnte sich nicht mit dem Gedanken abfinden, auf diese Freundschaft zu verzichten.

Da er unerwartet Zeit und Muße hatte, machte er an den Nachmittagen lange Spaziergänge über die Felder und durch den Wald, wo sich in der schattigen Stille nichts regte außer den leise raschelnden Blättern und hin und wieder dem Flattern eines aufgeschreckten Vogels. Edward nutzte die Zeit, um nachzudenken. Zum ersten Mal seit Monaten wurde ihm klar, wie beschäftigt er gewesen war und ausgelastet mit der Lösung praktischer Probleme in York. Die Aktivität überdeckte die Ängste und Sorgen, die er seinem Vater offenbart hatte. Sie machten sich als Träume und Alpträume bemerkbar und ließen sein Herz bei den kleinsten Anlässen heftig klopfen. Ihm war sogar entgangen, wie erschöpft und müde er war. Seltsamerweise legte sich jetzt in der Ruhe die Müdigkeit wie ein bleiernes Gewicht auf ihn. Er fühlte sich niedergeschlagen und traurig. Sogar die Genesung seines Vaters empfand er nur als eine gewisse Erleichterung.
Edward wanderte, las und schlief erstaunlich gut und ohne verwirrende Träume. Am Ende der Woche hatte er sich soweit erholt, daß er über die vertauschten Rollen sogar lachen konnte: Er war gekommen, um seinen kranken Vater aufzumuntern und zu trösten, und am Ende war er getröstet worden.
Als Edward sich am Samstagnachmittag auf den Abschied vorbereitete, erfaßte ihn jedoch eine große Unruhe und Unbehagen. George Gregory gelang es, auf einen Stock gestützt, die wenigen Schritte zu Edwards Zimmer zu gehen. Er setzte sich in einen Korbsessel, während sein Sohn den Koffer packte. Zum ersten Mal hatte sich der Patient wieder richtig angezogen und wirkte mit dem steifen hohen Kragen und dem schwarzen Gewand des Geistlichen fast wie eh und je. Aber Edward wurde das Gefühl nicht los, daß er ihn möglicherweise zum letzten Mal sah. Seine Versprechungen, bald wiederzukommen, klangen hohl und unehrlich – zumindest in seinen Ohren. Er wiederholte sie immer wieder.
»Jetzt habe ich Dick, und dann kann ich mich leichter freimachen«, sagte er noch einmal, »ich könnte wenigstens samstags kommen und über Nacht bleiben, wenn wir die Arbeit im Griff haben. Das sollte wirklich nicht lange dauern.«
»Mach dir keine Sorgen, ich komme schon wieder auf die Beine. Ich bin froh für die Tage, die wir hatten – sie haben uns beiden sehr gut getan. Du wirst sehen, ich bin im Nu wieder ganz gesund.«

Sein Vater wollte ihm mit diesen Worten den Abschied erleichtern – das spürte Edward deutlich. Als er ihm die Hand gab, waren seine dünnen Hände kalt, das Lächeln wirkte gezwungen, und die hellgrauen Augen glänzten verdächtig. Einen Augenblick lang brachen über Edward wieder die Kälte und die einsamen Jahre der Kindheit herein. Er umarmte seinen Vater unbeholfen und litt unter der Zerbrechlichkeit des Alters.

»Sorgen Sie gut für ihn«, murmelte er mit belegter Stimme, als Mrs. Pepperdine ihn zur Tür brachte. »Und bitte – wenn –« Er konnte den Satz nicht beenden, aber sie nickte traurig. Edward spürte, daß auch sie der Optimismus verließ, denn sie hatte die Schatten ebenfalls gesehen, die sich über seinen Vater legten.

Als Edward die Auffahrt entlanglief, überlegte er bereits, wie es ihm gelingen konnte, so bald wie möglich wiederzukommen. Aber auf dem Weg zur Bahnstation stellte er fest, wie er sich jede Wegbiegung, jeden hohen Baum, alle kleinen Besonderheiten der einförmigen Landschaft so genau einprägte, als würde er sie nie wiedersehen. Er dachte an den Tod und das Begräbnis. Wäre es klug, am Begräbnis seines Vaters teilzunehmen? Die ganze Familie würde sich versammeln, und es würde Fragen nach seiner Identität geben. Das würde für Unruhe wenn nicht sogar für Empörung sorgen. Edward fühlte, wie ihm ein Schauer über den Rücken lief.

Als er zu Hause eintraf, war es völlig dunkel. Die Nachtwolken ballten sich am Himmel und verhießen Regen. Unten am Fluß war es bereits feucht. Er spürte die ungewohnte Kühle bis ins Mark. Durch das Fenster im Wohnzimmer bemerkte er die brennende Lampe. Als das Tor wie üblich beim Aufstoßen quietschte, sah er, wie Louisa aufsprang, winkte und ihn mit einem strahlenden Lächeln begrüßte. Sie war noch vor ihm an der Haustür.

Bei einer Tasse Tee saßen sie im Wohnzimmer, und sie erzählte eifrig von den Ereignissen der Woche – den Erfolgen und kleineren Mißgeschicken. Dann bemerkte sie seine Müdigkeit und brach ab. »Du mußt dich jetzt ausruhen«, erklärte sie, »alles andere kann bis morgen warten.«

Edward war ihr dafür dankbar. Er war zwar erleichtert, wieder zu Hause zu sein, aber er konnte sich nicht richtig darüber freuen. Die Müdigkeit der vergangenen Woche schien ihn mehr denn je im Griff zu haben. Er hatte nur noch den Wunsch, sich ins Bett zu legen und zu schlafen. Mit Mühe lächelte er, und nur mit noch größerer Mühe konnte er sprechen. Es gelang ihm zu sagen, seinem Vater gehe es besser, aber dann verstummte er wieder und blickte ausdruckslos auf die Nähsachen im Sessel gegenüber.

Er bewegte sich, als Louisa den Vorhang zuzog. »Tut mir leid«, murmelte er und trank den letzten Schluck Tee. »Ich bin kein guter Gesellschafter, nicht wahr? Wir reden morgen miteinander.«

»Morgen ist Sonntag«, beruhigte sie ihn, »wir haben den ganzen Tag für uns.« Sie legte ihm die Hand auf den Kopf, beugte sich unerwartet über die Sessellehne und umarmte ihn. Dann drückte sie die Wange an seine Wange. »Du hast mir gefehlt«, flüsterte Louisa, »das Haus ist nachts so merkwürdig, ich habe kaum geschlafen.«

»Und ich habe fast nur geschlafen«, sagte Edward trocken. Er spürte die warme, weiche Haut, und ihm war bewußt, daß er sich rasieren mußte. Und dann wünschte er sich nichts sehnlicher, als mit ihr im Bett zu liegen und sich an und in ihrem warmen, weichen Körper zu spüren. Ihre Hand lag auf seinem Herzen. Er fürchtete, sie werde merken, daß es plötzlich heftig klopfte. Er hob die Hand sehr langsam hoch und drückte sie an seine Lippen. Unwahrscheinlich lange, wie ihm schien, suchte er in Gedanken nach jedem erdenklichen Dreh, den er in den vergangenen Jahren benutzt hatte, um seine Distanz zu bewahren, aber nichts funktionierte. Er begehrte sie; er brauchte sie so sehr, daß es schmerzte.

»Liebster«, flüsterte Louisa, »du tust mir weh.«

Er ließ ihre Finger schnell los. »Tut mir leid.«

»Was hast du denn?« fragte sie und kniete vor ihm auf dem Teppich. Sie sah ihn so zärtlich und bittend an, daß er die Augen schließen mußte. »Was ist? Hat es mit deinem Vater zu tun?«

»Nein«, erwiderte er heftiger als beabsichtigt. »Ich bin müde.« Der Gedanke an die selbst auferlegte Enthaltsamkeit stieg in ihm bitter auf und verspottete ihn. In diesem Augenblick beneidete er Robert Duncannon und jeden Frauenheld. Er beneidete sie um ihr Wissen und um ihre Unbekümmertheit in solchen Dingen. Es mußte ein elementarer Instinkt sein, den er nicht besaß. Edward wollte mit ihr schlafen, daran gab es keinen Zweifel. Aber er wußte nicht, wie er das in Worte fassen, und noch viel weniger, wie er es zum Ausdruck bringen sollte. Er wußte weder, wie anfangen noch wie enden. Er fürchtete eine Zurückweisung, aber am meisten fürchtete er die eigene Unzulänglichkeit. Edward beugte sich vor und griff nach den Händen, die so vertrauensvoll auf seinen Knien lagen. Einen Augenblick lang drückte er sie fest.

»Geh schlafen«, sagte er gepreßt, »wir reden morgen darüber.«

14

In den folgenden Wochen hatte Edward mehr denn je zu tun. Nach Dicks Kündigung nahmen die Tempests keine Buchbindeaufträge mehr an. Alte Kunden, die sich an Edward Elliotts Können und Zuverlässigkeit erinnerten, überhäuften ihn mit neuen Aufträgen. Das bedeutete für die beiden Männer lange Arbeitstage und auch ganze Samstage. Louisa hatte in dieser Jahreszeit wenig anderes im Garten zu tun, als still zuzusehen, wie alles gedieh, und sie half ihrerseits, indem sie Büroarbeit übernahm.

Auf die Hitzewelle im Juni folgten im Juli Gewitter und tagelange, heftige Regenfälle. Im Haus war es kühl und feucht. Deshalb setzte sich Louisa mit den Geschäftsbüchern in den ruhigen Stunden nach dem Mittagessen in die Küche. Sie dachte oft über Edwards merkwürdiges Verhalten am Abend seiner Rückkehr aus Lincolnshire nach und verstand das spannungsgeladene, unerklärliche Schweigen seit dieser Zeit nicht. Manchmal beruhigte sie sich mit dem Gedanken an seine vielen Sorgen und an die schwere Arbeit. Meistens fühlte sie sich jedoch verletzt und zurückgewiesen. Während der Woche war er meist zu müde zum Reden, und die Sonntage vergingen mit den üblichen Gängen zur Sonntagsschule mit den Jungen, dem Abendgottesdienst in der neuen Kirche an der Scarcroft-Straße, und wenn das Wetter es erlaubte, mit Nachmittagsspaziergängen. Manchmal liefen sie über Wiesen und Felder flußabwärts nach Bishopthorpe oder sie brachten Blumen zum Familiengrab. Louisa vergaß nie eine Blume für die kleine Victoria Tempest, die sie liebevoll mit einem kurzen Gebet für die unschuldige Seele auf das Grab im freikirchlichen Teil des Friedhofs legte. Sie versuchte christlich, auch den anderen Toten zu bedenken, dessen Name ebenfalls auf dem Granitobelisken stand. Aber sie brachte es kaum über sich, diesen Namen anzusehen.

Es gab mehrere Wege zum Friedhof – entweder durch die St.-George-Anlagen und über die große Eisenbrücke, die von den schweren Kanonen aus dem Krimkrieg bewacht wurde, oder auf der Hauptstraße. Aber die Vergangenheit holte Louisa überall ein.
Auf der Brücke und dem New Walk spazierten immer viele junge uniformierte Soldaten, die sonntags dienstfrei hatten. Und als die Möglichkeit eines bevorstehenden Kriegs alle beschäftigte, wuchs die Beliebtheit der Soldaten bei den Fabrikarbeiterinnen beträchtlich. Louisa sah die lachenden Gruppen junger Leute, hörte die koketten und manchmal auch drastischen Worte, bemerkte die zärtlichen Blicke der Liebespaare, die allein am Ufer saßen, und mußte dabei an Robert und sich denken und an alle, die noch vor wenigen Jahren im Haus der Bainbridges ein- und ausgegangen waren. Diese jungen Leute gehörten zwar einer anderen Generation und einer anderen Klasse an, aber ihre Situation erinnerte sie doch sehr an die eigenen Erfahrungen. Louisa fragte sich oft, weshalb jenes Jahr so weit zurückzuliegen schien wie ein ganzes Leben. Sie dachte an Tommy Fitzsimmons, an Hugh und an die Geburtstagsparty, auf der Robert sie zum ersten Mal geküßt hatte. Sie erinnerte sich an Rachel und Arthur und an die taktlose, unsensible und noch immer unverheiratete Sophie, die sich vielleicht als einzige ihre Illusionen bewahrt hatte. Solche Gedanken machten Louisa gleichzeitig weich und bitter. Edward ahnte nichts davon. Er führte sie und die Kinder um die lärmenden Gruppen herum und nahm mit besitzergreifender Fürsorglichkeit ihren Arm.
Wenn Louisa an Castle Mills vorbei und durch die Fishergate-Straße ging, bedrückten sie Erinnerungen an Dublin. Ihre Augen wanderten zu dem kleinen Pub, der Moira und Harris gehörte. Einerseits hätte sie die beiden gerne gesehen, aber eine tiefsitzende Verlegenheit hinderte Louisa daran, sie zu besuchen.
An einem nassen, windigen Nachmittag dachte sie an Moira, während Tisha und Bobby schliefen. Ein Brief von Robert, in dem er Moira und Harris erwähnte, hatte diese Gedanken ausgelöst. Der Brief lag offen auf dem Küchentisch neben einem Stapel von Edwards Rechnungen. Er lenkte sie selbst bei der Arbeit ab. Sie beschäftigte sich mit Moira und der wie ferner Donner drohenden Kriegsgefahr.
Als das Gartentor plötzlich quietschte, blickte Louisa wie üblich aus dem Fenster. Der überraschende Besuch versetzte sie in noch größeres

Staunen, als sie sah, wer er war. Mit einem großen Regenschirm, dunkel gekleidet wie eine ehrbare Matrone und mit dem passenden Hut näherte sich Moira der Haustür so vorsichtig und zögernd wie ein Aufständischer, der die weiße Fahne schwenkt.

Als Louisa anschließend die Porzellantassen und Teller abwusch, die sie zum Tee benutzt hatten, dachte sie über das merkwürdige Gespräch nach, obwohl es weniger peinlich gewesen war als Moiras Besuch im Haus in der Gillygate-Straße. In den vergangenen zweieinhalb Jahren hatten sie beide Zeit gehabt, sich an die veränderten Rollen zu gewöhnen und zumindest dem Anschein nach ungezwungen zu sein, wenn sie sich begegneten. Und da Moira diesmal mit einer Bitte kam, wurde das gestörte Gleichgewicht weitgehend wiederhergestellt.

Beim ersten Besuch war ihnen beiden Moiras sehr veränderter Status bewußt geworden – der Sprung von der Zofe zur Frau eines seriösen Geschäftsmanns. Aber noch deutlicher waren sie sich dabei Moiras neuer und unantastbarer Ehrbarkeit bewußt. Sie bildete eine Barriere zwischen ihr und der tief gesunkenen Louisa, die keine von beiden überwinden konnte. Moira hatte durchaus Mitgefühl und Verständnis für Louisa, aber sie war so sehr daran gewöhnt, nur an ihre eigenen Interessen zu denken, daß sie nicht wußte, wie sie einen anderen verteidigen konnte. Louisa konnte das verstehen, obwohl es sie auch traurig machte. Sie hatte im Grunde nicht damit gerechnet, Moira noch einmal zu sehen.

Damals, so erinnerte sich Louisa, war sie schwanger gewesen, aber man hatte es noch nicht gesehen. Deshalb war von der Schwangerschaft bei dem Besuch auch nicht die Rede gewesen. Während sie jetzt Tassen und Untertassen in den Geschirrschrank stellte, dachte sie belustigt an Moiras Gesicht beim Anblick von Tisha. Bobby hatte nach ihr gerufen, wie er es immer tat, wenn er glaubte, lange genug geschlafen zu haben, und Louisa hatte, ohne weiter darüber nachzudenken, beide Kinder mit heruntergebracht. Moira sagte dem kleinen Bobby, der in die Küche gelaufen kam, er sehe aber doch sehr seinem Vater ähnlich. Als dann Louisa mit Tisha auf dem Arm durch die Tür trat, wurden Augen und Mund groß vor Staunen. Tisha war so süß, blond und bezaubernd, daß man den Vater des Kindes nicht so deutlich in ihr sah, und Louisa beantwortete die unausgesprochenen Fragen, die in der Luft hingen, bewußt nicht. Sie sprach vergnügt und unbeschwert von Edward und ihrer Be-

ziehung und amüsierte sich insgeheim über Moiras Verwirrung. Die inzwischen erworbenen Manieren hinderten sie daran, Louisa eine direkte Frage zu stellen. Louisa war zufrieden und freute sich insgeheim darüber, daß Moira jetzt glaubte, Louisa sei in allen Ehren verheiratet. In gewisser Weise hatte sie sich gerächt und ihre Ehre gerettet. Louisa hielt es jetzt für möglich, den Besuch nach einiger Zeit zu erwidern.
Das mußte sie sogar. Wenn der Krieg erklärt wurde – und das schien immer unausweichlicher zu sein –, mußte Harris zu den Fahnen, und Moira stand dann mit dem Gasthaus allein. Sie würde es schaffen, daran zweifelte Louisa nicht. Trotzdem hatte sie Mitleid mit ihr und verstand den Grund für Moiras Besuch, die sie um eine kleine und unnötige Gunst gebeten hatte.
Wenn Harris in den Krieg ziehen mußte, sagte Moira, dann wollte sie, daß er wenigstens einen sicheren und guten Posten bekam. Und das war ihrer Meinung nach an der Seite von Major Duncannon. Moira kannte ihn und vertraute ihm. Leider war Harris zu stolz und brachte es nicht über sich, um seinen alten Posten zu bitten. Er erklärte, es sei nicht richtig, eine alte Kameradschaft auszunützen. Wenn der Major ihn zurückhaben wollte, dann konnte er ihn anfordern – mehr hatte Harris dazu nicht zu sagen.
Da Louisa Robert gut kannte, wußte sie, daß es kaum nötig sein würde, Robert an Harris zu erinnern. Er hatte seinem ehemaligen Burschen immer voll vertraut und würde alle Hebel in Bewegung sezten, um ihn wiederzubekommen. Louisa versprach, die Bitte an ihn weiterzuleiten, äußerte sich jedoch nicht über den derzeitigen Stand ihrer Beziehung.
Als sie später die Jungen beim Spielen beobachtete und dabei Gemüse für das Abendessen putzte, fragte sich Louisa, ob Moira wohl bedauerte, keine Kinder zu haben. Vielleicht war es nur Einbildung gewesen, aber während sie sich unterhielten, hatte Louisa traurigen Neid in Moiras Augen gesehen. Louisa mußte auch über diese Ironie seufzen.

Für Edward kamen und vergingen die Wochen mit beängstigender Schnelligkeit. Zunächst mußte er wegen der Arbeit auf einen baldigen Besuch in Lincolnshire verzichten, und dann, als sich die Dinge ordneten, zögerte er aus halb uneingestandener Furcht, sich dem noch einmal zu stellen, was er durchgemacht hatte. Beinahe als Mittel, nicht denken zu müssen, konzentrierte er sich auf das Geschäft und sprach kaum über etwas anderes. Um sein Gewissen zu beruhigen, schrieb er Woche für Woche lange, ausführliche und betont heitere Briefe. Dabei fiel ihm erst auf, daß er Louisa überhaupt nicht erwähnte, als sein Vater in einem Antwortschreiben eine Bemerkung darüber machte.

Edward schob den Brief in den Umschlag zurück und seufzte. Seit dem letzten Besuch und den verwirrenden Folgen hatte er Louisa vernachlässigt und bewußt die Arbeit zwischen sie geschoben. Sie hatte sich zwar nicht darüber beklagt, aber jetzt bekam er doch Gewissensbisse.

Er ging zu ihr hinaus. Halb lag, halb saß sie auf der Bank, die Robert ihnen nach seinem letzten Besuch ihnen als Geschenk hatte ins Haus bringen lassen. Edward war inzwischen so daran gewöhnt, sie an schönen Abenden dort zu sehen, daß er überrascht war, als er feststellte, wieviel Zeit seitdem vergangen war. Die nicht sehr billige Bank ärgerte ihn immer noch, obwohl er zugeben mußte, daß sie bequem war und gut zu dem Rosenbogen aus Kupferdraht paßte, den er als Schmuck über den Weg aufgestellt hatte. Die zahllosen Blüten der Kletterrose verwelkten langsam, aber nach einem Regenschauer am späten Nachmittag dufteten sie noch betäubend.

»Tut mir leid«, sagte er und blickte auf Louisa hinunter. Sie legte das Buch beiseite und sah ihn sanft und neugierig lächelnd an. Er fühlte einen schmerzlichen Stich im Herzen. Er wollte die weichen Lippen küssen und mußte sich zwingen, den Blick abzuwenden. Er wußte sehr wohl, weshalb er soviel Zeit mit Arbeit ausfüllte.

»Was tut dir leid?«

»Ich habe dich vernachlässigt«, sagte er mit rauher Stimme und setzte sich soweit wie möglich von ihr entfernt auf die Bank.

»Sei nicht albern – ich weiß doch, wieviel du zu tun hast.«

»Ich werde am Samstag einmal nicht arbeiten«, versprach er, »wir machen einen Ausflug..., wir könnten mit den Kindern einen Tag ans Meer fahren. Das würde uns allen gut tun.«

»O ja, das wäre schön«, sagte Louisa und lächelte plötzlich glücklich und verschmitzt. Dann schien ihr etwas anderes einzufallen, und sie runzelte die Stirn. »Aber wolltest du nicht nach Lincolnshire zu deinem Vater? Wie geht es ihm?«

»Sehr viel besser. Er hält wieder Gottesdienste, also muß es ihm besser gehen. Ich kann den Besuch verschieben.«

»Wenn du sicher bist. Ich kann auch noch warten...«
»Nein, diese Woche machen wir endlich einmal einen richtigen Feiertag. Vielleicht kannst du dich am Bahnhof erkundigen, wann die Züge fahren. Die Kinder werden sich bestimmt freuen.«
Louisa streichelte seine Hand und stand auf. »O ja, bestimmt...«, sagte sie zärtlich.
Sie staunte darüber, wie sehr sie sich auf den Ausflug freute. Die leichte Niedergeschlagenheit wich plötzlich jubelnder Freude. Sie sang beim Waschen, Bügeln, Putzen und Staubwischen. Sogar Edwards Rechnungen, die für sie inzwischen zur Routine geworden waren, weckten wieder ihr Interesse. Kinder kamen und gingen. Liam und seine Schulfreunde hatten Ferien, und alle freuten sich über den Garten zum Spielen. Sie machten viel Lärm, aber Louisa ließ sie gewähren. Der Obstgarten mußte für sie im Vergleich zu den Straßen, wo sie sonst spielten, wie ein Paradies sein. Liam kam gut in der Schule zurecht, nur etwas gab Grund zu Mißstimmungen: Liam war unglücklich über seinen Namen, der in der Schule offenbar unfreundliche Bemerkungen auslöste, denn er war anders und klang nach »Ausland«. Er erklärte, in Gegenwart seiner Freunde solle man ihn mit seinem richtigen Namen rufen. Louisa hatte damit keine Schwierigkeiten, aber Bobby vergaß es immer wieder. Sie hatten sich bereits mehrmals heftig deshalb gestritten und geprügelt.
Am Samstagmorgen herrschte nicht sehr verheißungsvolles und typisch englisches Sommerwetter. Louisa packte nicht nur Handtücher, sondern auch Pullover ein, und bewaffnet mit großen Regenschirmen, machten sie sich auf den Weg nach Scarborough. An diesem ersten Samstag im August wollten viele Familien und Liebespaare einen Ausflug ans Meer machen. Der Zug war überfüllt, und alle waren entschlossen, dem Wetter zu trotzen und sich gut zu amüsieren. Am Strand blies ein heftiger Ostwind und sorgte für einen klaren Himmel und strahlende Sonne; aber der Wind war heimtückisch kalt wie Eiswürfel in warmer Limonade. Sie waren dankbar für Schals und Pullover, und Louisa benutzte einen Regenschirm, um ihr Gesicht vor der Sonne zu schützen – sie hatte bereits genug Sommersprossen. Aber sie genossen den Tag in vollen Zügen. Edward tobte und spielte ausgelassen mit den Kindern wie schon lange nicht mehr. Er zog die Jacke aus und baute mit Liam und Bobby Sandburgen. Er krempelte die Hosen-

beine hoch und lief barfuß mit Tisha im flachen Wasser der auslaufenden Wellen herum.
Mit müden Augen und salzig juckender Haut sanken sie dankbar auf die Bänke in ihrem Zweiter-Klasse-Abteil. Das rhythmische Rattern der Räder löste auch die letzten Spannungen. Im Handumdrehen schliefen die drei Kinder tief und fest. Als der Zug eine Stunde später langsamer wurde und sich der großen Kurve vor dem Bahnhof von York näherte, weckte Edward sie behutsam. Sie fuhren über die Scarborough-Brücke, und Louisa blickte zu der kleinen Wohnung hinüber, in der sie mit Robert so glücklich gewesen war. In der Aufregung der Hinfahrt hatte sie das völlig vergessen. Plötzlich wünschte Louisa, sie hätte nicht zu dem vertrauten Haus hinübergesehen. Der Anblick des kleinen Schlafzimmerfensters weckte gefährliche und beunruhigende Erinnerungen.
Als Louisa den Kopf drehte, stellte sie fest, daß Edward sie ruhig und nachdenklich ansah. Er schien ihre Gedanken zu lesen. Sie wurde bis unter die Haarwurzeln rot, bückte sich nach den Sachen der Kinder und beschäftigte sich unnötigerweise mit dem Gepäck.
Auf dem Nachhauseweg war Edward sehr still.

Am folgenden Samstag machte er sich frühmorgens auf den Weg nach Lincoln. Louisa blieb einsam und unruhig zurück. Absurderweise hatte sie das Gefühl, er habe sie verlassen.
Entschlossen kämpfte sie gegen diese grundlose Niedergeschlagenheit an und bereitete das Frühstück für die Kinder vor, badete sie anschließend und gab ihnen frische Wäsche. Sie wählte für sich bewußt ihr Lieblingskleid. Es war auf einfache Weise elegant. Die Puffärmel waren eine Konzession an die Mode.
Während der Woche kaufte Louisa in den Läden der Bishopthorpe-Straße ein, aber samstags freute sie sich auf den Markt und die vielen Menschen dort. Sie hielt Ausschau nach günstiger Wäsche und Geschirr. Dank Garten mußte sie nicht mehr schwere Taschen mit Gemüse nach Hause schleppen, aber sie kaufte frisches Obst, Butter, Eier und weichen, milden Bauernkäse. Die Kinder freuten sich über die lustigen Straßenhändler und schreienden Marktfrauen. Louisa versprach ihnen Orangen und Äpfel und auch eine Tüte Süßigkeiten, wenn sie brav waren.

Es war ein dunstiger und warmer Morgen. Es tat gut, im Schatten der Bäume am Fluß entlang zu laufen. Louisa fühlte sich schon bald frei und unbeschwert. Der Fluß führte nur wenig Wasser, das ruhig dahinfloß; die Segelboote und Schiffe ankerten weit draußen. Die Landungsbrükken lagen wie zahllose skelettartige Finger über dem schlammigen, seichten Wasser. Die Eisenbrücke vor ihnen drehte sich langsam, um ein Schiff mit hohen Masten durchzulassen, das langsam flußabwärts glitt. Die beiden Brückenhälften teilten sich und klappten langsam auf. Die Jungen rannten voraus, um sich das Schauspiel nicht entgehen zu lassen. Sie klatschten vor Freude in die Hände, als das Schiff majestätisch durch die Öffnung fuhr. Der Steuermann winkte ihnen freundlich lachend zu, was sie noch glücklicher machte. Sie waren enttäuscht, als Louisa mit ihnen an der Skeldergate-Brücke vorbei und zur nächsten offenen Brücke weiterging.
Auf dem staubigen Markt herrschte reges Treiben. Marktwagen kamen vom Land mit ihren Waren, und die Städter liefen dicht gedrängt vor den Ständen auf und ab, die die breiteste Straße der Stadt füllten. Es gab viele Stände mit gebrauchten Kleidern, Stiefeln und Schuhen. Auf Theken türmten sich alte Bücher, billiger Schmuck und Gläser; überall standen alte, heruntergekommene Möbel. Vor einer lachenden Menschenmenge versteigerte man gerade ein ganzes Eßgeschirr. Der Händler warf wie ein Jongleur Teller und Tassen in die Luft, die er geschickt wieder auffing und sie seinem dicken Helfer mit den Worten zuwarf: »Einwickeln, George!« Die Jungen waren begeistert, und Louisa konnte sie kaum von der Stelle bewegen. Während sie weiterliefen, ahmten sie die Schreie und Gebärden der Versteigerung nach und kicherten und lachten, wenn die Leute sie erstaunt ansahen. Louisa brachte sie schließlich mit einer Tüte roter Kirschen zur Ruhe und dem Versprechen, sie zu Hause sofort essen zu dürfen, wenn sie jetzt brav waren. Am Butterstand kaufte sie zwei Pfund Butter und Käse, außerdem ein Dutzend braune Eier. Als alle Einkäufe beinahe erledigt waren, bog Louisa in die schmale Newgate-Gasse ein und erreichte Shambles.
Nach der breiten und sonnigen Parliament-Straße war es hier dunkel und schattig. Die schiefen mittelalterlichen Häuser auf beiden Seiten berührten sich beinahe, und man sah kaum noch den Himmel. Trotzdem war es auf dem Gehweg warm, und vor den Läden der Metzger hatten sich lange Schlangen gebildet. Die Fenster zur Straße waren un-

verglast wie schon im Mittelalter. Die Hälften von Rindern und Schweinen hingen an schwarzen Eichenbalken. Der Geruch nach rohem Fleisch schlug ihnen entgegen. Louisa atmete nur noch durch den Mund. Die zwei kleinen Jungen schnitten Grimassen und wollten nach Hause.

Als sie schließlich den Sonntagsbraten erstanden hatten und er fest in Zeitungspapier gewickelt ganz unten in der Tasche lag, gab Louisa ihren Söhnen kleine Päckchen zum Tragen und schob Tishas Kinderwagen in Richtung High Ousegate und nach Hause. Oben auf dem Hügel blieb sie stehen und betrachtete sich in einem Schaufenster die Preise für Kinderstiefel und -schuhe. Als sie weitergehen wollte, wäre sie beinahe mit einem Paar zusammengestoßen, das gerade das Geschäft des erstklassigen Uniformschneiders nebenan verließ.

»Also, das wäre erledigt«, sagte eine dickliche, elegant gekleidete Frau, »ich verspreche dir, Vater und Rachel werden nichts davon erfahren. Aber bitte, keine Streitereien mehr, weil du weg willst.«

Louisa blieb verblüfft stehen und betrachtete den Mann, der seiner Begleiterin verlegen zunickte, bevor er ihren Arm nahm und mit ihr die Straße überquerte. Louisa drehte sich schnell noch einmal um und wagte keinen Blick mehr zurück, bis die beiden verschwunden waren. Das war Arthur Bainbridge gewesen – kriecherisch und verlebt, aber zweifellos er. Die Frau mußte Sophie gewesen sein. Sie konnte man mit dem vollen Busen und den breiten Hüften noch weniger erkennen, obwohl sie immer noch wie früher hell und atemlos wie ein kleines Mädchen redete. So wie sie auf ihren Bruder einredete, während sie in die Coney-Straße abbogen, hielt Sophie ihm anscheinend einen strengen Vortrag und gab ihm gute Ratschläge. Aber als Louisa sich an Roberts Bemerkungen über Arthur Bainbridge erinnerte, glaubte sie, er würde wenig damit anfangen können.

Abends stellte sich wieder so schmerzlich das Gefühl der Wehrlosigkeit und Schwäche ein, das sie bei Edwards Abschied am Morgen schon zu überwältigen drohte. Alles, was sie tat, schien seine Abwesenheit noch zu betonen, angefangen vom Tischdecken zum Tee bis zur Vorbereitung des warmen Wassers, um die Kinder zu baden, denn das übernahm normalerweise er. Anschließend setzte er sich dann zu ihnen ins Bett und las ihnen eine längere Geschichte vor, während Louisa die Wanne mit Wasser füllte, um dann meist eilig zu baden.

Ohne ihn waren die Kinder jedoch gewaschen, abgetrocknet, angezogen und im Bett, ehe sie es richtig bemerkt hatten. Mit langen Gesichtern ließen sie sich von ihr den Gute-Nacht-Kuß geben. Louisa war beinahe so enttäuscht und verärgert wie ihre Kinder, als sie die Treppe hinunterlief, aber sie war entschlossen, jetzt endlich einmal in aller Ruhe zu baden.
Meist wollte sie Edward nicht zu lange warten lassen; Louisa wusch sich deshalb so schnell wie möglich und zog dann das Nachthemd über – alles in knapp einer halben Stunde. Es war schön, einmal lange im warmen Wasser zu liegen, sich Zeit mit den Haaren und Fingernägeln zu nehmen, und anschließend ohne Kleider vor dem warmen Herd zu stehen. Als sie sich das letzte Mal im Spiegel betrachtet hatte, sah sie voll Entsetzen, wie dünn und abgemagert sie war. Aber die Sommermonate hatten für Abhilfe gesorgt. Brüste und Hüften waren wieder rund. Auch wenn die Taille nicht mehr so schmal war wie früher, so sah man der Haut kaum die drei Geburten an. Sie war immer noch weich und samtig – im Gegensatz zu den Händen, dachte Louisa und verzog das Gesicht. Die Garten- und Hausarbeit machte sie rauh. Das sind nicht mehr die Hände einer Lehrerin oder einer Geliebten, stellte sie mit großer Genugtuung fest.
Das ominöse Quietschen des Tors ließ sie zusammenzucken. Sie wollte gerade das Nachthemd überziehen, blickte aber wie gebannt auf den zugezogenen Vorhang, als könnten ihre Augen trotzdem sehen, wer den Gartenweg entlangkam.
Das leise Klopfen an der Tür löste den Bann. Hastig zog sie das weiße Batistnachthemd über den Kopf und suchte fieberhaft den Morgenmantel. Sie fand ihn nicht, auch nicht das Schultertuch. Sie kam sich sehr albern vor, als sie die Haustür nur einen Spalt weit öffnete und sich hinter dem Holz verbarg. Im bläulichen Dämmerlicht, als habe er sich wie im Märchen der böse Geist aus der Flasche plötzlich materialisiert, stand Robert in einem tadellos sitzenden blaßgrauen Anzug vor ihr. Sein Lächeln verriet wenigstens ein wenig seine Unsicherheit.
Louisa wußte nicht, ob sie ihn draußen warten lassen sollte, was die Neugier von Spaziergängern erregen mochte, aber sie wollte auch nicht, daß er sie so unbekleidet im Nachthemd sah. Sie zögerte, aber dann forderte sie ihn doch auf einzutreten.
»Ich bin nicht angezogen. Geh bitte ins Wohnzimmer, ich ziehe mich unterdessen oben an.«

Er grinste spitzbübisch, wollte etwas sagen, überlegte es sich aber doch anders. Er nickte nur langsam und zustimmend. Louisa eilte davon.
Robert legte Hut und Handschuhe auf den Tisch im Wohnzimmer und sah sich um – weiße Wände und polierte Möbel. Das alte Sofa erinnerte ihn an die Stunden im Haus in der Gillygate-Straße. Er betrachtete das gerahmte Foto von Mary Elliott an der Wand, lächelte traurig und setzte sich. Was würde sie wohl zu dieser Situation gesagt haben? fragte er sich. Würde sie es billigen, daß Louisa hinter Edwards Rücken Schutz suchte, oder zeigte sich ihre Absicht darin, daß sie ihrer ältesten Tochter alles vermacht hatte? Hatte sie gehofft, ihre Tochter werde sich selbständig machen wie sie? Es sah zur Zeit nicht danach aus. Robert hatte den Eindruck, Louisa würde ihr Recht an diesem Haus um alles in der Welt verteidigen und sich Wasser, Feuer oder Gottes Schicksalsschlägen stellen – ganz gleich, wer in ihr Leben trat oder sie verließ.
Das kleine Haus mit dem großen Garten, die ganze Umgebung ist für sie wie geschaffen, dachte Robert. Das spürte er immer deutlicher, je öfter er kam. Aber war Edward der Mann, den sie brauchte? Diese Beziehung war eine Wanderdüne – weich und glatt an der Oberfläche, aber in den tieferen Schichten bodenlos und ständig in Bewegung. Man konnte sie nicht einschätzen oder ausloten, ja, man konnte sich ihr nicht einmal gefahrenlos nähern.
Edward begehrte Louisa, daran zweifelte Robert nicht. Es fiel ihm jedoch schwerer, Louisas Gefühle für Edward zu beurteilen. Manchmal hatte er den Eindruck, Louisa habe Edward in ihrer Vorstellung auf einen so hohen Sockel gestellt, daß er nicht mehr für sie erreichbar war. Er wußte auch nicht, ob sie ein lächerliches Keuschheitsgelübde wie eine Nonne abgelegt hatte, nachdem sie ihn als Liebhaber verlassen hatte. Vielleicht hatte sie auch wirklich Angst vor einer neuen Schwangerschaft, aber wenn man Lettys Worten zu diesem Thema glauben konnte, dann glaubte er das eigentlich nicht. Robert fand, seiner Meinung nach werde eine Heirat Louisa von einer ganzen Reihe Ängste und Kümmernisse heilen, und er verstand nicht, weshalb sie noch immer zögerte.
Noch vor einiger Zeit hatte er gehofft, daß sie ihm verzeihen und zu ihm zurückkehren werde. Aber mit der rigorosen Ablehnung seiner Annäherungsversuche mußte er sich eingestehen, daß das wohl ein Irr-

tum war. Da die Zukunft ihn plötzlich bedrängte, wünschte Robert, die Situation wäre bereinigt und klar, Louisa verheiratet und glücklich, die Zukunft der Kinder auch legal gesichert, so daß er auf der anderen Seite der Welt mit einem guten Gewissen in die Schlacht ziehen konnte. Viel zu lange hatten ihm die Ereignisse in Dublin keine Ruhe gelassen. Louisas theoretische Freiheit hatte ihn wie eine Folter gequält. Er wollte sie noch immer als seine Geliebte. Daran konnte keine Frau, mit der er etwas hatte, etwas ändern – auch in Zukunft nicht. In der jetzigen Lage wünschte er jedoch, daß Bindungen und Verantwortlichkeiten ihm erspart bleiben würden.

Er hörte sie auf der Treppe, dann Geräusche in der Küche. Wasser lief in das Becken, dann irritierte ihn ein merkwürdiges Kratzen wie Metall auf Stein, und er wollte schon nachsehen, als er plötzlich begriff, daß er Louisa im Bad überrascht hatte. Er setzte sich wieder und wartete geduldig, denn er wollte sie nicht noch mehr in Verlegenheit bringen. Aber wo war eigentlich Edward?

Schließlich erschien Louisa erhitzt von den Anstrengungen mit einem hübsch arrangierten Tablett mit Tee und Kuchen.

»So«, sagte sie wie am Anfang eines Gesprächs, »was führt dich heute abend unangemeldet hierher?«

»Ich bin auf dem Weg nach Irland«, erwiderte Robert und sah sie aufmerksam an – das Gesicht, die Hände beim Ausgießen des Tees, der in einem eleganten Bogen aus der Porzellantülle der Kanne in die Tassen mit Goldrahmen floß. »Ich bin lange nicht mehr zu Hause gewesen. Ich will ein paar Tage Urlaub machen, ehe es dazu zu spät ist.«

»Zu spät?«

»Na ja, noch schwieriger...«, räumte er ein und schob die Lippen vor. »Die Lage wird immer gespannter. Wie es aussieht, wird es in den nächsten Wochen unmöglich sein, Urlaub zu nehmen. Deshalb dachte ich, ich komme auch bei dir vorbei und besuche dich. Ich weiß nicht, wann ich noch einmal die Gelegenheit dazu habe.«

Er wollte ihr keine Einzelheiten berichten, aber sein Ton ließ sie aufhorchen. Louisa sah ihn prüfend und ernst an. In ihren großen Augen lagen Angst und Sorgen. Sie fragte: »Heißt das Krieg? Ist es nun doch soweit?«

»Nein, es muß nicht unbedingt so sein. Noch nicht... Es bedeutet nur –« Er brach plötzlich ab und fuhr sich mit den Fingern durch die

Haare. »Als ich den Urlaub antrat, habe ich gewisse geheime Informationen erhalten, die nicht wiederholt werden dürfen«, erklärte er ernst. »In der nächsten Woche beginnt für das Regiment die Mobilmachung. Inoffiziell haben wir uns schon seit einiger Zeit darauf vorbereitet, aber jetzt wird es offiziell bekanntgegeben. Wir *müssen* zum Einsatz bereit sein, wenn Krüger zu weit geht – und das wird er früher oder später tun. Im Augenblick sind es nur Worte. Aber man ist allgemein der Auffassung, daß er bis zum Frühjahr wartet – das heißt, er wartet auf *ihren* Frühling. In Südafrika ist jetzt Winter. Er wartet, daß das Gras für seine Pferde wächst und taktiert, um Zeit zu gewinnen.«
»Und wann ist es soweit?« fragte Louisa tonlos.
»In einem Monat – oder auch zwei Monaten. Bestimmt aber Ende Oktober. Ich fürchte, der Krieg ist unvermeidlich. Ich wollte dich noch einmal sehen. Aber«, wiederholte er, »bitte rede nicht über das, was ich dir gesagt habe. Wenn du Moira oder Harris sehen solltest, dann weißt du *nichts*. Er wird den Einziehungsbefehl leider früh genug bekommen.«
Sie schweigt und schlägt die Augen nieder, wie jemand, der eine Todesnachricht erhalten hat, dachte Robert. Dann stand sie auf und entfernte sich langsam von ihm. Gedankenverloren glitten ihre Hände über Vasen und Blumen, als sie durch das Zimmer ging. Sie bewegte sich im sanften Zwielicht mit unbewußter Anmut wie ein gespenstisches Ebenbild ihres früheren Ichs. Sie trug ein hauchdünnes Kleid in einem Pastellton, der noch heller war als ihr Haar oder die Haut. Das erinnerte ihn an den Nachmittag in Blankney – an das dünne Baumwollkleid in der Hitze des Sommers ohne das geschnürte, starre Mieder und die beengende Leibwäsche. Plötzlich wurden ihm der Mund und die Kehle trocken. Seine wunderbaren Theorien wichen einer gefährlichen Welle des Verlangens.
»Wo ist übrigens Edward?« fragte er und suchte übertrieben umständlich nach Zigarren und Streichhölzern.
Sie stand am Fenster und blickte auf den Fluß. Im silbrigen Wasser spiegelte sich das schwache Licht der untergehenden Sonne. Tonlos antwortete sie: »In Lincoln. Er besucht seinen Vater – ihm geht es nicht gut.«
»Wem? Edward?«
»Nein, dem Vater.«

Louisa schloß den Vorhang und ging zum Kamin. Sie nahm eine Petroleumlampe vom Kaminsims und stellte sie auf den niedrigen Tisch, der zwischen ihnen stand. Sie beugte sich vor, nahm den Glaszylinder und den Schirm ab und drehte den Docht höher. Robert hielt ein brennendes Streichholz an den Docht. Als die Flamme aufflackerte, sahen sie sich über das vergoldete Porzellan hinweg an. Die weiche, nach innen gerichtete Trauer verschwand und heftige Angst stieg in ihr auf. Sie senkte den Kopf und setzte Glaszylinder und Schirm mit zitternden Fingern wieder auf die Lampe und richtete sich auf. Robert hatte nur noch einen Gedanken: Ich *muß* mit ihr schlafen! Und er hatte den Verdacht, daß sie es auch wollte. Diese Erkenntnis drängte alles andere in den Hintergrund.

Der blaue geringelte Rauch verschmolz mit der Hitze über der Lampe. Darüber schimmerten ihr Gesicht und das zartblaue Kleid wie eine Fata Morgana – so verlockend und vermutlich ebenso unerreichbar...

Louisa räusperte sich. »Möchtest du noch etwas Tee?«

Das Bewußtsein von Edwards Abwesenheit schien sie beide wie ein Bann zu lähmen. Sie konnten weder etwas denken noch etwas sagen. Das Klirren der Tasse und der Teelöffel auf dem Porzellanteller betonte nur noch die Stille. In der Ferne, vermutlich vom gegenüberliegenden Ufer, hörte man lautes Lachen und das übermütige Rufen ausgelassener Menschen. Louisa machte eine Bemerkung und fragte sich laut, ob das möglicherweise Gäste von Harris seien. Sie bemühte sich krampfhaft um ein Gesprächsthema und fragte ihn kurz darauf, ob er Harris wieder zu sich nehmen könne.

Robert nickte. »Ich habe ein paar Beziehungen. Ich möchte ihn schon um meinetwillen bei mir haben. Wenn wir schon zum Kap müssen, dann soll wenigstens jemand bei mir sein, auf den ich mich verlassen kann. Aber sag ihm das nicht«, fügte er lächelnd hinzu.

Wieder herrschte längeres Schweigen, das nur von Louisas Seufzern unterbrochen wurde. Schließlich erklärte sie höflich, es sei schade, daß die Kinder schon im Bett seien und er sie nicht sehen würde. Es klang wie ein Stichwort für ihn, sich zu verabschieden.

Unvermittelt sagte er: »Ich muß mit dir sprechen, Louisa. Deshalb bin ich gekommen. Ich hatte nicht damit gerechnet, daß du allein bist – aber ich wollte Edward bitten, uns unter vier Augen miteinander reden zu lassen...«

»Worüber möchtest du mit mir reden?« fragte sie vorsichtig.

»Also, da ich nach Südafrika gehe, werde ich vermutlich eine Weile nicht hier sein – wer weiß? Und vor der Abreise hätte ich gerne über einige Dinge Klarheit – damit ich Bescheid weiß«, fügte er mit Nachdruck hinzu. »Na ja, ich will genau wissen, was ich zurücklasse.«

»Ich verstehe. Und was genau – meinst du damit?«

»Ich will wissen, weshalb du ihn nicht heiratest«, erklärte Robert unumwunden, »und ich möchte nicht noch einmal hören, das gehe mich absolut nichts an, denn ich bin da anderer Meinung. Mehr will ich nicht wissen, aber ich möchte eine Antwort.«

Zorn und Empörung blitzten in ihren Augen.

»Ach wirklich? Mehr willst du nicht wissen? Gut, aber ich begreife nicht, weshalb dich das etwas angehen sollte. Wenn ich nicht heiraten möchte, dann ist das meine Sache. Ich muß keine Erklärungen abgeben – weder dir noch einem anderen Menschen.«

»Auch nicht Edward?« fragte er provozierend.

»Laß ihn bitte aus dem Spiel!«

»Aber das kann ich nicht«, widersprach ihr Robert, »er lebt mit dir zusammen. Einige Leute werden sich nicht sehr freundliche Gedanken darüber machen.«

»Du hast eine schmutzige Phantasie!«

»Ich nicht. Ich habe gesagt, einige Leute – ich habe nicht von mir gesprochen.«

»Wenn du das glaubst –«

»Ich glaube es nicht, Louisa. Ich glaube sogar das Gegenteil. Das kann ich dir versichern. Obwohl ich mich immer wieder frage: Warum? Ich meine, wozu brauchst du Edward? Wenn du wirklich allein leben willst, Louisa, dann sag mir: Warum wohnt er hier? Soweit ich weiß, bist du finanziell gesehen nicht abhängig von ihm, und doch mußt du bestimmte Konzessionen machen – für ihn kochen, seine Hemden bügeln –, alles Arbeiten für eine Haushälterin. Warum machst du das, wenn du nicht ernsthaft glaubst, ohne ihn nicht leben zu können? Und wenn es so ist, warum heiratest du ihn nicht und erlöst ihn aus seiner Qual? Bist du denn so mit dir beschäftigt, daß du nicht sehen kannst, wie er sich nach dir verzehrt?« Er schwieg, um sie darüber nachdenken zu lassen, dann sagte er: »Aber das kannst du einfach nicht sehen, oder?«

Sie wendete sich heftig ab und lehnte sich gegen den Kamin. Er sah ihr Gesicht im Spiegel – zusammengepreßte Lippen, niedergeschlagene Augen und gerötete Wangen.
»So ist es nicht«, stieß sie schließlich hervor, »es ist *ganz anders!* Er braucht mich.«
»Das ist mir sehr wohl bewußt«, sagte er sarkastisch, aber sie reagierte darauf nicht. »Ich habe dich einmal gebraucht – und zwar sehr. Ich brauche dich immer noch«, murmelte er, jedoch mehr zu sich selbst. Robert wußte selbst am besten, daß er sich nicht in der Lage sah, Louisa eine Alternative zu bieten. Er lebte in Kasernen, das Regiment war in den letzten Monaten ständig unterwegs, und mit der Kriegsdrohung am Horizont gab es in seinem Leben keinen Platz für eine Frau, von den Kindern ganz zu schweigen. Er wollte mit ihr schlafen, und er hatte lernen müssen, mit schwachen Imitationen zufrieden zu sein. Aber auch die sexuelle Befriedigung, gestand er sich mit einem Seufzer ein, schien in letzter Zeit irgendwo zwischen Hounslow und Salisbury auf der Strecke zu bleiben. Er wünschte sich, noch einmal mit ihr zu schlafen, und sei es auch nur, um die letzte Nacht in Dublin auszulöschen. Er wollte wissen und spüren, daß sie ihm vergeben hatte, und daß sie als Freunde scheiden konnten.
»Du hast mich am Anfang gebraucht«, sagte sie widerwillig, »aber nicht mehr am Ende und ganz bestimmt nicht jetzt.«
»Oh, da irrst du dich!« flüsterte er und machte einen Schritt auf sie zu. »Ich brauche dich jetzt, Louisa, ich brauche dich weit mehr, als ich dich je gebraucht habe – nicht für immer – vielleicht auch nie wieder, aber einmal – nur noch einmal – als Beweis dafür, daß du mir verziehen hast, mein Engel –, daß du mir all die törichten Dinge verziehen hast, die ich dir leider angetan habe ...«
»Nein – nein!« schrie sie und krümmte sich unter seiner vorsichtigen Berührung. Aber Robert kannte als ihr ehemaliger Liebhaber die Quelle ihrer bittersüßen Qualen. Er spürte sie auch in sich, und in ihm loderte das Verlangen, sich der Leidenschaft hinzugeben.
Er spürte ihre Körperwärme, und doch zitterte sie, als sei ihr kalt. Er wollte sie in die Arme nehmen, streicheln und ihr die schmerzliche Zerrissenheit nehmen und ihr Ruhe und Frieden schenken. Er zwang sie, ihn anzusehen, und als er sie leiden sah, riß er sie heftig in seine Arme. »Ich möchte dir nicht weh tun«, murmelte er in ihre Haare,

»und ich möchte mich auch nicht zwischen dich und Edward drängen. Wenn du ihn möchtest, heirate ihn um Himmels willen und mit meinem Segen. Soll er die Kinder wie ein Vater um sich haben – das ist alles nicht mehr wichtig. Aber komm noch einmal mit mir ins Bett – ein letztes Mal –, und dann wollen wir wie Freunde scheiden. Das sind wir uns schuldig«, flüsterte er und näherte sich mit dem Mund ihren Lippen, »wenn alles andere nicht . . .«

Louisa hätte nicht heftiger reagieren können, als wenn er sie geschlagen hätte. Mit einem unterdrückten Aufschrei der Empörung riß sie sich von ihm los, griff nach seinen Sachen und schleuderte sie vor die Haustür. »Hinaus – auf der Stelle – hinaus!«

»Louisa! Mein Gott, ich –«

»Hinaus – geh zu deinen Huren und deinen Freundinnen! Sie sollen dir Befriedigung verschaffen, und mir laß meine Selbstachtung!«

»Das nennst du Selbstachtung?« fragte er ungläubig, »diese Farce? Du sprichst von deiner Selbstachtung, wenn der arme Kerl nur noch wie ein Hund hechelt, weil er sich nach dir verzehrt? Wen willst du denn damit überzeugen?!« Während Louisa an der Tür stand und vor Haß und Zorn nach Luft rang, hob er Hut und Handschuhe vom Boden auf und richtete seine Krawatte. »Es hilft dir wenig, bei mir die empörte Jungfrau zu spielen – ich kenne dich zu gut.«

Ihre Hand holte zum Schlag aus, aber Robert packte sie und hielt sie fest. Dann umklammerte er ihre Schultern und schüttelte sie heftig. »Wenn ich«, stieß er zwischen zusammengepreßten Zähnen hervor, »auf einer willigen Stute nur meine schnelle Befriedigung suchen würde, dann wüßte ich, wohin ich gehen muß, das kannst du mir glauben! Aber deshalb bin ich nicht gekommen. Ich bin gekommen, weil ich dich geliebt habe, und weiß Gott, weil ich etwas wiedergutmachen wollte. Was für ein Narr bin ich doch gewesen!«

Er stürmte aus dem Haus und schlug die Tür hinter sich zu. Louisa wankte in das Zimmer zurück. Er hatte sie zwar nur geschüttelt, aber sie fühlte sich wie erschlagen, wie eine zerknautschte Puppe. Der Kopf war eine hohle, gähnende Leere. Die Uhr schlug zehn, als sie in den Sessel sank, dann elf, als sei keine Zeit vergangen.

Schließlich stand Louisa mühsam auf, glättete automatisch die Kissen und Schonbezüge. Eine Hand lag noch auf der Sofalehne, als sie Roberts Zigarrenstummel im leeren Kamin sah.

»Ich hasse dich«, sagte sie ohne Leidenschaft, drehte sich ruhig um und ging nach oben.
Sie schlief in dieser Nacht in Edwards Bett. Sie lag zusammengerollt wie eine Kugel zwischen den Laken, die schwach, aber tröstlich nach ihm rochen.

15

Die Schwester des jungen Mannes, der Louisa im Garten half, kam am nächsten Tag nach dem Essen, um die Jungen in die Sonntagsschule zu bringen. Das war so abgesprochen. Liam und Bobby erwarteten sie in ihren guten Matrosenanzügen; Tisha jammerte, denn sie wollte ihre Brüder überallhin begleiten, und ärgerte sich, weil die beiden sie auch noch verspotteten, und Louisa sehr heftig und gereizt reagierte. Als Mary Ann vorschlug, Tisha mitzunehmen, stimmte Louisa, ohne lange darüber nachzudenken, zu. Das Mädchen fand es wunderbar, mit Tisha im Sportwagen spazierenzugehen; Louisa traute ihr und sah ihnen mit einer gewissen Erleichterung nach.

In der Küche betrachtete sie sich den Abwasch mit Widerwillen. Sie wollte das Geschirr nicht anrühren und hielt es plötzlich in dem kleinen Haus nicht mehr aus. Sie schob die Teller zur Seite, wusch sich Hände und Gesicht und eilte dann nach oben, um sich umzuziehen. Nach kurzer Zeit war sie fertig. Im Obstgarten blühten Kornblumen und Margeriten. Louisa pflückte einen Strauß, wickelte ihn in Zeitungspapier und machte sich auf den Weg zum Friedhof.

Im Frühling hatten sie Mary Elliotts Namen unter die Inschriften für William und Elizabeth auf den Grabstein setzen lassen, außerdem die Worte: »Ihr Ende war Frieden.« Wenn Louisa sie sah, mußte sie immer schlucken, aber diesmal kniete sie am Grab und weinte, als sei die Mutter gerade erst gestorben.

»Oh, Mama, Mama, was soll ich nur tun? Was *soll* ich tun?«

Keine Antwort. Sie nahm noch nicht einmal den tröstlichen Duft nach Rosen wahr wie einmal mitten im Winter. Wenn die Verstorbene sie jenseits des Grabs sehen oder hören konnte, dann schien sie entschlossen, Louisas Flehen zu ignorieren – entweder das, dachte Louisa, oder Mary Elliott war einfach zu entsetzt über das Chaos, das sie angerichtet

und das Leid, das sie ungewollt anderen zugefügt hatte. Louisa hatte Robert schwer verletzt, das wußte sie. Sie hatte ihn aus Angst verletzt, ihm zu weit entgegenzukommen. Seine körperliche Ausstrahlung war so stark, seine sexuelle Macht wie ein Magnet, der sie ihm gegen ihren Willen auslieferte. Er konnte sie erregen, körperliches Verlangen mit so vollkommener Mühelosigkeit in ihr wecken und befriedigen, als sei es seine zweite Natur. Er wäre mit ihr ins Bett gegangen, hätte viele Stunden mit ihr geschlafen und sich am nächsten Morgen mit einem bedauernden Kuß von ihr verabschiedet. So stellt er sich die Aussöhnung und eine Beziehung vor, dachte Louisa ärgerlich, während ihr Körper sich bei dieser Vorstellung mit sinnlichem Verlangen quälte und verhöhnte. Im Gegensatz zu Louisa hatte Robert keine Gewissensbisse. Und wenn er sie das nächste Mal besucht hätte, dann würde er sie und Edward in seiner üblichen freundlichen und charmanten Art begrüßen und im Glauben in seinen Krieg ziehen, es sei alles bestens. Seine Selbstgefälligkeit versetzte Louisa in Zorn. Er hatte keine Ahnung von den vielen bereits durchgestandenen Kämpfen mit den Gefühlen und keine Ahnung von der Angst und dem Entsetzen, das Louisa erlebte, wenn sie wieder zum Kampf antreten mußte.
Aber trotz allem, ein Teil in ihr wünschte sich, sie hätte nachgegeben, sich seiner Umarmung überlassen und ihn zum Bleiben aufgefordert.
In solchen schwachen Momenten fragte sich Louisa, ob eine Heirat wirklich eine Antwort sei und Edward sie so lieben konnte, wie Robert so schamlos angedeutet hatte. Aber Robert beurteilte alle Männer nach sich selbst, und Louisa zuckte bei dem Gedanken zusammen, Edward bewußt zu verführen. Wenn Edward mehr von ihr wollte, dann mußte das von ihm ausgehen. Es durfte kein Appell von Trieb zu Trieb sein.
Im Vergleich zu Edwards unerschütterlicher Verbundenheit mit der Kirche war ihr Glaube vermutlich nur sehr kümmerlich, aber sie war idealistisch genug, um an die Gebote der Kirche zu glauben, wenn es um Taufe, Hochzeit und Tod ging. Und wenn die Pfarrer von der Kanzel verkündeten, die Ehe sei dazu da, Kinder zu zeugen, ein Mittel gegen die Sünde und biete im Miteinander von Mann und Frau Hilfe und Trost, dann wollte und konnte Louisa das nicht bestreiten. Es half ihr wenig, daß Edward offenbar auf die Ehe verzichten konnte.
»Warum hast du uns getrennt?« flüsterte sie der Inschrift ihrer Mutter

zu. »Wäre es denn so falsch gewesen, wenn wir uns damals verliebt und geheiratet hätten? Dann hätte es keinen Robert und alle diese Qualen nicht gegeben . . .«

Louisa trocknete schließlich die Tränen und legte den kleinen Blumenstrauß mit den Wiesenblumen vor den Grabstein und neben die Rose. Mit der stummen Bitte um Segen las sie die Namen wie ein Gebet und ging davon.

Louisa zählte die Stunden bis zu Edwards Rückkehr. Sie beschloß aber, Roberts Besuch nicht zu erwähnen. Das Gesicht im Spiegel schien jedoch die Geschichte nur allzu deutlich zu erzählen – bleich und hohläugig von Sorgen und ruhelosen Träumen starrte es sie vorwurfsvoll an. Als sie versuchte, die Nachwirkungen mit Puder und Rouge zu überdecken, führte das zu einem absurden Ergebnis. Schließlich verzichtete sie auf jede Schminke und entschied sich für eine hübsche Spitzenbluse, die Edward besonders mochte, und für betonte Heiterkeit in den verbleibenden Stunden bis zu seiner Rückkehr.

Edward kam zwar erst sehr spät, aber die Genesung seines Vaters hatte ihn in gute Stimmung versetzt. Er war gelöster als seit vielen Wochen. Er erzählte ihr von den Höhepunkten des Wochenendes, und ihre Fröhlichkeit wurde ungezwungener. Sie lächelte ehrlich erfreut über seine Rückkehr. Es irritierte sie deshalb, als Edward beunruhigt erklärte, sie sehe sehr mitgenommen aus.

»Mach dir keine Sorgen, es geht mir gut«, erwiderte sie schnell und strahlte ihn an, »ich bin nur spät ins Bett gegangen. Das ist alles.« Bei dem Gedanken, daß sie in seinem Bett geschlafen hatte, wurde sie rot und blickte verlegen zur Seite. »Es war einsam ohne dich.«

»Du hast mir auch gefehlt«, sagte er leise, legte den Arm um sie und zog sie an sich. Erstaunt über diese unerwartete Geste sah Louisa ihn an, und der Kuß auf ihre Wange wurde ungewollt zu einem Kuß der Mundwinkel.

Sie erstarrten beide und spürten entsetzt das Feuer, das zwischen ihnen aufloderte. Das Herz klopfte ihr bis zum Hals, als sie schließlich den Kopf zur Seite drehte, denn sie fürchtete, er würde ihre nackte Seele sehen und von dem überwältigenden Verlangen abgestoßen sein. Sie glaubte, unendlich lange mit niedergeschlagenen Augen vor ihm zu stehen, und wagte nicht, den Kopf zu heben, während Edward wie gelähmt neben ihr stand. Dann hörte sie, wie er langsam wieder anfing zu atmen, spürte die grausame Unsicherheit, als seine Hand sich langsam von ihr löste. Eine Ewigkeit schien zu vergehen, ehe er etwas sagte und sich bewegte. Mit gepreßter Stimme murmelte er schließlich, er habe ein Geburtstagsgeschenk für Tisha gekauft.

Louisa konnte seinen Worten kaum folgen, wünschte ihm eine gute Nacht und stieg mit bleiernen Gliedern die Treppe hinauf. In der Abgeschiedenheit des eigenen Zimmers sank sie auf das Bett und wehrte sich instinktiv gegen die grenzenlose Verzweiflung. Ihre Lippen glühten, aber der Körper war bleiern vor Enttäuschung. Richtig oder falsch – sie wollte geliebt werden, und sie wollte den körperlichen Ausdruck dieser Liebe. Nachdem sie zurückgewiesen hatte, was sie so mühelos von Robert hätte bekommen können, schien es unerträglich grausam zu sein, daß Edward ihr auch nur die kleinste Geste der Liebe versagte. Offensichtlich gelang es Robert nach wie vor, sie beide schwer zu verletzen. Wie eine knisternde Flamme trieb die glühende Hitze der Erinnerung an ihn sie jedesmal auseinander, wenn sie sich finden wollten. Louisa wiegte sich hin und her wie jemand, der schwer verwundet worden ist. Sie litt unter Einsamkeit, Sehnsucht und dem Wissen, daß dies ihre Strafe war, weil sie zu sehr und zu unklug geliebt hatte. Auch Edward wurde bestraft, weil er sie liebte.

Zwischen ihnen herrschte zwar in den nächsten Tagen eine große Spannung, aber Tishas Geburtstag half ihnen sehr, sie zu überbrücken. Als die Kinder abends im Bett lagen, berichtete Edward, die Druckerei der Tempests sei geschlossen. Als er an dem Haus vorübergekommen war, sah er, daß es zum Verkauf angeboten wurde. Es gab offenbar noch keine Interessenten. Aber er wußte noch mehr: Man erzählte sich, Rachels Mann sei von der Bildfläche verschwunden.

Louisa erinnerte sich plötzlich an die Worte, die Arthur und Sophie miteinander gewechselt hatten, während sie zufällig neben ihnen stand. Sie wußte, das, was die Leute erzählten, stimmte, und sie sagte es Edward. Die Nachricht machte sie traurig, aber sie war froh über das neutrale Thema, über das sie sich unterhalten konnten.

In den nächsten Wochen erschienen immer wieder Anzeigen, in denen das Haus in der Blossom-Straße samt Einrichtung zum Verkauf angeboten wurde. Als Edward die Anzeige laut vorlas, lachte er plötzlich.

»Wie Dick mir erzählt, ist Rachel zu den Bainbridges gezogen. Wie findest du das?«

Louisa sah plötzlich Rachel als stumme und gelangweilte Zuhörerin, während der alte, langweilige Major die Geschichten vom Krimkrieg zum zigsten Mal erzählte, und stimmte kopfschüttelnd in das Lachen ein. »Oh, sie wird es entsetzlich finden! Damals hat sie dieses Leben vermutlich fasziniert, aber ich wage zu behaupten, daß der Glanz inzwischen verblaßt ist. Du meine Güte . . .«, sie lachte wieder, »die arme Rachel!«
»Und keine Nachricht von ihrem Mann«, bemerkte Edward und hob den Finger, »ich wette, Robert hatte recht. Ich glaube, der arme Arthur ist dahin zurück, wo er im Leben wirklich einmal Erfolg und Anerkennung gefunden hat.«
»Du glaubst, er hat sich freiwillig gemeldet?«
»Natürlich – hast du nicht die Schlagzeile gesehen?« Er schlug wieder die Titelseite auf und reichte ihr das Blatt über den Tisch. Louisa sah sofort das Bild eines berittenen britischen Soldaten und im Hintergrund Majuba Hill. Die Schlagzeile verkündete, daß die Forderung, den englischen Staatsangehörigen, die auf den Goldfeldern arbeiteten, das Wahlrecht zu gewähren, von den Buren abgelehnt worden war. Der Artikel begann mit den Worten: »Im Falle eines Krieges zwischen England und dem Transvaal . . .«
Louisa sank das Herz. Sie dachte sofort an Roberts Worte und wußte, seine Voraussagen stimmten. Sie überflog den Artikel. Der Generalstab beabsichtigte 49 000 Männer aus England und Indien zum Kap zu verlegen, darunter Einheiten der Kavallerie und schwerer Artillerie. Auch das unterstrich, was Robert gesagt hatte.
Seit dem kurzen Besuch vor knapp einem Monat hatte Louisa nichts mehr von ihm gehört – keine Zeile, keine Karte zu ihrem Geburtstag. Meist schrieb er regelmäßig, und Edward wunderte sich bereits. Das Schweigen machte ihr Sorgen, und wieder hatte sie Gewissensbisse, weil sie im Zorn auseinandergegangen waren. Manchmal wollte sie ihm eine Art Erklärung schreiben, aber sie brachte es einfach nicht über sich. Die inneren Kämpfe und Stürme waren schlimm genug, aber leichter zu ertragen, wenn sie nicht noch bewußt daran rührte. Wenn sie ihren Blick darauf richtete, glaubte sie die grauenhaften und erschreckenden Schlangen der Medusa zu sehen. Aber sie mußte ihm schreiben, und sei es nur ein Wort der Entschuldigung. Sie durfte nicht zulassen, daß er ohne ein Wort von ihr in den Krieg zog. Er mochte

noch so viele Fehler haben, aber Robert liebte sie noch immer. Wenn nicht, dann wäre er nie zu ihr nach York gekommen, um eine Aussöhnung herbeizuführen.
Der geplante Brief wurde jedoch nie geschrieben. Am nächsten Tag starb Edwards Vater. Der Tod kam nach der langsamen, aber guten Genesung unerwartet und plötzlich. Es war ein großer Schock. Wie immer, wenn Edward tief verletzt war, zog er sich in sich selbst zurück. Er war still und unnahbar in den Tagen vor dem Begräbnis.
Es sollte vormittags stattfinden. Das bedeutete, Edward mußte bereits am Vortag nach Lincolnshire fahren. Edward hatte mit Mrs. Pepperdine Telegramme gewechselt, und sie einigten sich darauf, daß er im Pfarrhaus übernachten sollte. Er gestand zwar seine Angst, schließlich doch der Familie seines Vaters begegnen zu müssen, aber ansonsten schien er gefaßt. Nach einer kurzen Umarmung erklärte er Louisa, Dick habe die Schlüssel für das Geschäft und verabschiedete sich von ihr.
»Ich werde bestimmt die ganze Zeit an dich denken...«, rief sie ihm nach, als er sich auf den Weg machte. Über dem Fluß lag Nebel, mit dem eine schimmernde Sonne kämpfte, die langsam im Osten aufging. Louisa stand fröstelnd am Tor, bis Edward von den Nebelschwaden geschluckt wurde, und fragte sich, ob ihre Vorahnungen nur mit der Trauer und der morgendlichen Kühle etwas zu tun hatten oder auf etwas Ernstes hinwiesen. Sie hatte den höchst widersinnigen Wunsch, ihm nachzulaufen, ihn in seiner Wehrlosigkeit mit ihrer Liebe zu schützen.

Edward kam am nächsten Abend zurück, als sie gerade die Kinder ins Bett brachte. Er wirkte so zerschlagen und mitgenommen, daß Louisa bei seinem Anblick schwer ums Herz wurde. Er rührte das Essen kaum an, das sie für ihn gekocht hatte. Als er mit einem Seufzer Messer und Gabel hinlegte, schob auch Louisa ihren Teller zur Seite.
»Geh ins Wohnzimmer«, sagte sie liebevoll, »ich habe Feuer im Kamin gemacht. Ich bring dir gleich etwas zu trinken.«
Im Schrank standen immer noch ein paar wenige Flaschen vom Holunderbeerwein ihrer Mutter. Der Wein war nicht mehr ganz so gut wie damals, als Edward mit Robert ein Glas getrunken hatte, aber er war gut genug. Mit einem stummen Dank an Mary Elliott öffnete Louisa die Flasche und füllte zwei Gläser bis zum Rand.

Edward saß nicht wie üblich in seinem Lieblingssessel, sondern auf dem Sofa, stützte – die Ellbogen auf den Knien – den Kopf in beide Hände und starrte ins Feuer. Louisa setzte sich neben ihn, reichte ihm ein Glas und forderte ihn auf zu trinken.

»Es wird dir guttun«, sagte sie und schob ihm eine Strähne aus dem Gesicht. »So, erzähl mir, was ist geschehen?«

»So ungefähr alles«, murmelte er niedergeschlagen, »sie haben natürlich das Testament gelesen und Mrs. Pepperdine noch *vor* meiner Ankunft die Hölle heiß gemacht, um zu erfahren, wer ich bin. Sie war immerhin so vernünftig, ihnen nicht mehr zu sagen, als sie zu wissen berechtigt sind. Mein Gott! Aber sein Neffe – er erbt einmal den Titel – ist ein arrogantes Schwein! Ich bin nur froh, daß mein Vater von mir nur als ›Freund‹ spricht. Hätte er mich als Sohn anerkannt – und das wollte er offenbar –, dann hätte ich das nicht überlebt. Und so«, fügte Edward zähneknirschend hinzu, »drohte er empört, das Testament anzufechten, noch ehe das Begräbnis vorüber war. Gott sei Dank war der Notar zur Stelle, der das Testament beglaubigt hat, und redete ihm diesen Gedanken aus.«

»Ich verstehe nicht . . . ?«

Edward entschuldigte sich und schüttelte den Kopf. »Tut mir leid, ich greife voraus – ich kann nicht mehr klar denken.« Nach einem Schluck Wein sagte er langsam: »Mein Vater hat seinen Besitz in drei Teile geteilt. Abgesehen von kleineren Summen – hauptsächlich für die Dienstboten – bekommt Mrs. Pepperdine ein Drittel. Sie ist beinahe dreißig Jahre lang seine Haushälterin gewesen, ein Drittel bekommen die Armen und ein Drittel ich. Man kann jetzt noch nicht genau sagen, wieviel das ist, aber der Notar rechnet mit ungefähr zweitausend Pfund.«

»Alles zusammen?« fragte Louisa staunend, »oder zweitausend für dich?«

»Zweitausend sind ein Drittel.«

»Aber das ist ja ein Vermögen! Ich dachte, er sei arm.«

Edward zuckte mit den Schultern. »Nach ihren Begriffen war er das vermutlich auch. Trotzdem«, fügte er hinzu und ballte die Fäuste, »der Neffe ist außer sich vor Wut. Er hat mich gefragt, wer zum Teufel ich zu sein glaube, daß ich es wage, mir die Senilität eines alten Mannes schamlos zunutze zu machen. Weiß Gott!« rief er, und Louisa erschrak vor seiner Leidenschaftlichkeit, »es hat keinen Menschen mit mehr Verstand und Klugheit gegeben als meinen Vater! Und dann ausgerechnet *mir* zu unterstellen, daß ich ...«

Louisa nahm ihm das Glas aus der Hand und stellte es auf den Tisch. Sie legte ihm den Arm um die Schulter und sagte: »Edward, sie sind es nicht wert, daß du dich so erregst ...«

»Der Notar wußte mehr, als er zu erkennen gab. Er hatte einen Brief für mich. Als er sich verabschiedete, sagte er nur: *›Ihr Vater hat mich gebeten, Ihnen das zu geben –‹.*«

Plötzlich überwältigte ihn der Kummer, und er verlor die Selbstbeherrschung. Er schlug die Hände vor das Gesicht wie ein Kind, das verprügelt worden ist und nicht weiß warum. Louisa krümmte sich innerlich für ihn, denn sie verstand seinen Kummer und die Demütigung nur allzu gut. Geld bedeutete Edward so wenig; wieviel es auch sein mochte, es würde ihm nicht den Verlust des geliebten Vaters ersetzen, dem er vertraute, nach dem er sich sein ganzes Leben lang gesehnt und den er erst vor wenigen Jahren gefunden hatte. Edward liebte seinen Vater, und ihm Geldgier vorzuwerfen, verletzte mehr als alles andere.

»Nicht«, sagte sie leise, »reg dich nicht auf. Sie sind nicht wichtig – keiner von ihnen. Es kommt nicht darauf an, was sie denken. Du mußt sie ja nicht wiedersehen.«

Er drehte sich um und drückte sein schmerzverzerrtes Gesicht an ihre Brust. »Das ist es ja nicht«, flüsterte er schluchzend.

»Ich weiß.« Sie litt mit ihm und drückte ihn an sich, wiegte seinen Kopf in ihren Armen. »Es kommt nur darauf an, was dir dein Vater bedeutete und du ihm – ich weiß. Wenn es dich tröstet, mein Schatz, vergiß nicht, du hast ja noch mich – und die Kinder. Ich weiß, ich kann dir nicht viel geben, aber ich liebe dich.«

»Du bist *alles* für mich« rief Edward heftig, »wenn ich dich auch verlieren würde – wenn du mich verläßt, dann ...«

»Wie könnte ich dich verlassen?« fragte sie plötzlich empört über sein fehlendes Vertrauen. »Ich *liebe* dich. Warum glaubst du mir das nicht?«

Nach dieser leidenschaftlichen Erklärung schlossen sich seine Arme fest um Louisa. Durch Bluse und Hemd hindurch spürte sie seine Lippen auf der Brust. Sie brannten wie ein tiefes, geheimes Feuer, und sie wollte, daß es nie aufhören sollte zu brennen. Sie stöhnte leise, als er den Kopf hob, und stöhnte noch einmal, als er ihren Hals küßte.

Mit einem tiefen, langen Seufzer wie jemand, der am Ende einer langen und beschwerlichen Reise am Ziel ist, drückte er sie sanft gegen die Kissen und sah sie einen Augenblick staunend an.
»Ist das wahr?« murmelte er mit belegter Stimme.
Ihre Finger berührten seine Lippen. »Du weißt es doch.«
Der Schmerz wich aus seinem Gesicht, und wortlos legte er seinen Kopf zwischen Schulter und Brüste, während seine Hände ihre Taille umfaßten. Jeder Nerv wurde von der Hochspannung erfaßt, aber er schien völlig gelöst und atmete tief und gleichmäßig. Er bewegte sich nicht und redete nicht; sie glaubte schließlich, er sei eingeschlafen. Das schien ihr nur natürlich zu sein. Nach zwei zermürbenden Tagen der Trauer und der heftigsten Auseinandersetzungen war er sicher nur allzu erleichtert, wieder zu Hause und in Sicherheit zu sein.
Die Lampen brannten nicht, und im stillen Schein der Glut im Kamin hätte alles zu ihrer Zufriedenheit sein können, aber der Funken des Verlangens, den der Druck seiner Lippen entfachte, loderte heftig in ihr auf. Wenn ich das doch nur vor zehn Jahren geahnt hätte, dachte Louisa. Jetzt war alles klar, und damals gab es noch keinen Robert . . .
»Warum seufzt du?« flüsterte er.
Louisa lächelte trocken und schüttelte den Kopf. »Ich dachte, du bist eingeschlafen.«
»Nein, ich dehne nur einen kostbaren Moment so lange wie möglich aus. Ich höre dein Herz.«
Angesichts ihrer Gedanken durchbohrten sie seine Worte wie glühende Pfeile. Sie fand keine Worte, dann sagte sie mit gespielter Leichtigkeit: »Es ist ein sehr törichtes Herz. Es sehnt sich manchmal nach etwas, was einfach nicht sein kann . . .«
»Was zum Beispiel?«
»Ach, ich weiß nicht«, antwortete sie etwas außer Atem, »zum Beispiel möchte ich die Zeit zurückdrehen und wieder so sein wie früher und nicht so wie jetzt.«
»Das darfst du dir nicht wünschen. Ich möchte nichts an dir ändern.«
»Wirklich nicht? Möchtest du nicht auch zehn Jahre zurückdrehen und wieder von vorne anfangen?«
Edward hob den Oberkörper, und seine klaren und strahlenden Augen richteten sich ernst auf sie. Er lächelte zärtlich und schüttelte den Kopf. »Vielleicht hätte ich mir das einmal gewünscht, aber jetzt wünsche ich

es mir nicht mehr. Verstehst du«, sagte er treuherzig, »ich liebe dich so, wie du bist.«

Seine Finger legten sich fest um ihre Hand und um die Ringe an ihren Fingern. Sie taten ihr weh, und zum ersten Mal wollte Louisa sie abstreifen, auf sie verzichten und zusammen mit der Frau, die sie einmal gewesen war, an einem geheimen Ort verstecken. Als würde Edward ihre Gedanken lesen, blickte er auf ihre Hand und betrachtete die beiden Ringe.

»Brauchst du sie wirklich?« fragte er ruhig. Und als sie den Kopf schüttelte, forderte er sie auf, die Ringe abzustreifen.

Es war nicht so einfach, aber schließlich schob sie die Ringe tief in ihre Tasche. Der Ringfinger wirkte jetzt weiß und schmal und ungeschützt, aber sie empfand plötzlich eine unverständliche Leichtigkeit, als seien Fesseln gesprengt. Sie war frei! Er küßte die Handfläche und dann nacheinander jede Fingerspitze. Dann senkte er langsam und bewußt den Kopf und berührte ihre Lippen. Es war ein sanfter Kuß, aber wie nach der zufälligen Berührung ihrer Lippen vor einigen Wochen durchzuckte sie plötzlich das Feuer. Ihre Augen trafen sich, und diesmal wandte Louisa nicht den Kopf zur Seite. Er sah sie lange, sehr lange an, als müsse er eindeutig und ohne Zweifel wissen, daß er der einzige Mann war, den sie wirklich wollte. Mit sanften Fingern berührte er ihre Augen, die Haare, das Gesicht. Er umfuhr ihre Lippen und lächelte, als sie mit zärtlicher Zufriedenheit lächelte.

»Ich liebe dich«, wiederholte er noch einmal und drückte sie an sich. Eine Weile schwiegen sie beide. Selbst Küsse waren nicht mehr notwendig, so fest war ihre Umarmung, so tief das gegenseitige Bewußtsein, daß in diesem Augenblick alle Schranken fielen. Körperlich erregt, spürte sie das Verlangen auch bei ihm. Aber das plötzlich aufwallende, heiße Blut war nichts im Vergleich zu dem Gefühl, daß Herzen, Gedanken und Seelen sich vereinigten, sich geborgen fühlten, Frieden und Ruhe fanden und absolute Zufriedenheit. Nichts mußte mehr verborgen werden, und so wich die Spannung. Und während das geschah, fragte sich Louisa verwundert, wie sie an Edwards großer und unerschöpflicher Liebe hatte zweifeln können.

Im Einklang mit ihren Gedanken sagte er: »Ich habe dich immer geliebt, aber es hat lange gedauert, bis ich ahnte wie sehr. Es war so, wie du am Tag vor deiner Abreise nach Irland gesagt hast... Erinnerst du dich? Man sieht nicht das Münster, obwohl es immer da ist. Manchmal muß uns erst etwas weggenommen werden, bevor wir erkennen, wie wichtig es für uns ist.«

Louisa drückte sich noch enger an ihn und murmelte: »Warum hast du nie etwas gesagt?«

Er lachte leise. »Oh, mein Engel, was für eine Frage! Schenk mir eine Woche, und ich kann sie dir vielleicht beantworten. Nein«, gestand er leise, »sagen wir, wenn du dir deine Unschuld wieder wünschst, dann bedaure ich meine Jahre der Enthaltsamkeit.«

»Bekümmert dich das?« fragte sie und sah ihn an.

»Es hat mich bekümmert – ja.«

Sein ehrliches Geständnis rührte sie, denn sie verstand, er wollte Robert nicht erwähnen, und plötzlich begriff Louisa, wie schwierig das Leben für ihn gewesen war – besonders in der Zeit, seit sie in dem kleinen Haus am Fluß zusammen wohnten. Ihre Augen suchten nach Spuren der Bitterkeit oder der Qual, aber sie sah keine. Zärtlich dachte sie, man sieht auch nicht die Jahre, die uns voneinander trennen. Mit seinem ebenmäßigen Gesicht und der blassen Haut hätte Edward so alt wie sie sein können. Und sogar die Augen, in denen noch die Anspannung der letzten Tage zu sehen war, verrieten die Unsicherheit eines unerfahrenen, flehenden Liebenden.

»Oh, Edward«, flüsterte sie und liebte ihn so sehr, daß sie glaubte, das Herz werde ihr zerspringen, »wie konnte ich nur so blind sein?«

Er blickte ihr tief in die Augen und sagte leise: »Vermutlich deshalb, weil ich nicht wollte, daß du etwas siehst. Ich wollte das nicht in Gefahr bringen, was wir bereits besaßen.«

»Aber ich hätte es sehen sollen! Ich glaubte, ich würde dich so gut kennen, ich dachte –«

»Pst«, flüsterte er und legte ihr sanft einen Finger auf die Lippen, »sag es mir nicht. Wir haben uns beide geirrt. Aber das ist nicht mehr wichtig. Ich war nicht unglücklich – nein, ganz bestimmt nicht. Das Schlimmste war nur die Angst, dich zu verlieren.«

Lange fand sie keine Worte. Sie küßte leidenschaftlich seine Hände und drückte jede Handfläche an ihre Lippen. »Du beschämst mich, Edward...«

»Nein«, sagte er voll Inbrunst, »ich liebe dich.«

Er nahm sie fest in seine Arme, wiederholte diese Worte immer und immer wieder, als sei seine Zunge von einem Fluch erlöst, und er müsse sie für die Jahre des Schweigens entschädigen. Und zwischen den Worten wie in den Pausen eines Gedichts berührten seine Lippen ihre Haut – weich, tastend, suchend. Jede leichte Berührung löste Freude über Freude bei ihr aus. Er öffnete den Kragen ihrer Bluse, und sie glaubte, wenn er die Möglichkeit dazu hätte, würde er jeden Zentimeter ihres Körpers küssen, und bebte in glücklicher Erwartung. Sie hielt ihm den Mund entgegen, sie wollte seine Zunge spüren, und er sollte es wissen. Sie löste dieselbe Erregung bei ihm aus und spürte, wie sorgfältig niedergehaltene Flammen plötzlich aufloderten. Seine Haut glühte, seine Lippen brannten auf ihren Lippen, als sein leidenschaftlicher Körper sich an sie drückte, und jetzt wußte Louisa endlich, wie sehr er sich nach ihr verzehrte. Sie überließ sich dieser leidenschaftlichen Umarmung, und zum ersten Mal war sie aufrichtig und aus ganzem Herzen froh, daß sie Robert weggeschickt hatte.

Aber Edward war nicht Robert. Er konnte nach langer Disziplinierung seine Leidenschaft beherrschen. Zitternd umfuhr er mit den Fingern zart ihre Brüste und schüttelte langsam den Kopf. »Ich liebe dich«, sagte er noch einmal, und sie hörte die veränderte Betonung.

»Und ich liebe dich – jetzt und für immer.«

Edward küßte sie sehr zärtlich und sanft. »Dann heirate mich.«

Louisas Herz und ihre Seele schlugen im Einklang. Sie dachte an all die falschen Anfänge und an die vielen Irrwege, die sie zu Leid und schweren Mißverständnissen geführt hatten. Und es schien, als gewähre man ihr eine höchst unverdiente und wunderbare zweite Chance.

»Ja«, flüsterte sie schließlich an seinem Mund und wußte, das Leben war nie schöner gewesen und Edward der Geliebte, nach dem sie sich immer gesehnt hatte.

Er richtete sich auf, und in seinem Gesicht zeigte sich ein Lächeln, das seinen Blick aufstrahlen ließ, als er sie unsicher ansah. »Wenn du mich heiraten willst, dann solltest du es schnell tun. Ich zweifle langsam an meiner Fähigkeit, noch länger zu warten!«

»Das ist nicht nötig –«, wollte sie sagen, aber er unterbrach sie mit einem flüchtigen, keuschen Kuß.

»O doch!« beteuerte er ihr, »nach all den Jahren, mein Engel, werden du und ich es jetzt *richtig* machen.«

16

Sie heirateten acht Tage später mit einer Sondergenehmigung in der Kirche von St. Mary in Bishophill. Die Hochzeit fand um drei Uhr nachmittags statt.
St. Mary war eine malerische kleine Sandsteinkirche. Der Kirchturm aus Ziegeln, die Spitzgiebel und das schräge, abgestufte Dach verrieten Änderungen und Umbauten, die mehr als tausend Jahre bis zu den Angelsachsen zurückreichten. Die Kirche stand innerhalb der Stadtmauern hoch oben auf einem Hügel. Von dort oben sah man die Schornsteine, Dächer und Lagerhäuser in der Skeldergate-Straße. Die winzige Kirche war ein Paradies herbstlichen Friedens inmitten des geschäftigen und staubigen Alltags.
Louisa ging am Arm von John Chapman an den uralten, verwitterten Grabsteinen vorbei zum Südtor. Ihre Augen fielen auf Namen und Daten von drei Jahrhunderten, während die Füße auf das raschelnde, gelbe Laub eines bereits vergehenden Jahres traten. Der goldene, dunstige Tag erinnerte sie kurz an andere ähnliche Tage in vergangenen Jahren – die Jahre eines anderen Lebens, von denen sie sich plötzlich glaubte, verabschieden zu müssen. Vor dem Kirchentor blieb sie stehen und lief zu Johns Überraschung um die Kirche herum zur Nordseite. Von dort hinter dem silbern schimmernden Fluß sah sie zwischen den roten Dächern und schwarzen Schornsteinen das Münster mit seinen majestätischen Türmen, die klar und weiß in den Himmel ragten. Dahinter lagen die Gillygate-Straße und ihre Kindheit, irgendwo zur Linken flußaufwärts mußte die kleine Wohnung sein, in der sie mit Robert gelebt hatte. Auch von dieser Wohnung verabschiedete sie sich und in ihrem Herzen von ihm. Wenn er ihre Entscheidung erfuhr, würde er bestimmt verstehen . . . Louisa spürte jetzt, daß er ihr bei seinem letzten Besuch etwas in dieser Art hatte sagen wollen, obwohl sie es damals

nicht verstand, sondern nur sein sinnliches Verlangen spürte, das er kaum verbergen und zügeln konnte. Von jetzt an war das nicht weiter wichtig. In der Gewißheit von Edwards Liebe, und da Edward schließlich die sehr vielschichtigen Gefühle kannte und verstand, die Robert bei ihr auslöste, betete Louisa, daß sie sich eines Tages als Freunde wiederbegegnen würden.
John Chapman folgte ihr langsam, räusperte sich und blickte auf die Uhr. »Komm, Louisa, es ist Zeit. Wir sollten hineingehen.«
Sie sah ihn an. Er wirkte behäbig und sehr bürgerlich in dem guten Anzug, der nicht ganz verbergen konnte, daß er in letzter Zeit zugenommen hatte. Louisa fragte sich, wo der schüchterne junge Schreiner geblieben war, der vor Jahren ihre Schwester Emily geheiratet hatte. John war kaum älter als sie und schien sehr viel mehr Jahre hinter sich zu haben. Er fühlte sich eindeutig nicht wohl in seiner Haut. Ist es der Anlaß, fragte sich Louisa, oder nur die alte Antipathie, die er schon immer ihr gegenüber gehabt hatte? Aber auch das ist nicht wichtig, dachte sie. Nichts sollte diesen Tag überschatten. Louisa lächelte ihn an und nahm wieder seinen Arm. Sie war ihm dankbar, daß er sich zu dieser Rolle bereit erklärt hatte, und sie versuchte, ihn wenigstens für ein paar Minuten zu mögen.
Als Louisa die alte Kirche betrat, die nach Kerzen und Bienenwachs roch und viele, viele Generationen erahnen ließ, fühlte sie sich frisch wie die duftenden Nelken, die sie trug – ein überraschendes Geschenk von Edward. Sie waren zartrosa und harmonierten mit der Bluse, die sie trug, und dem Schleier ihres neuen Samthuts. Es war nicht genug Zeit gewesen, ein neues Kleid für die Hochzeit anfertigen zu lassen. Aber die perlgraue Jacke und den dazu passenden Rock vom letzten Frühjahr hatte sie nur selten getragen. Sogar Blanche hatte keine Einwände erhoben. Louisa fühlte sich darin richtig wohl, und als sie Edwards Blick sah, der sich umdrehte, als sie erschien, wußte sie, daß sie wirklich schön aussah. Er im schwarzen Anzug, der Trauer angemessen, wirkte blasser als je zuvor. Auf seinen dunkelbraunen Haaren lag im diffusen Licht der mittelalterlichen bunten Scheiben ein goldener Schimmer. Mein Ritter, mein *verray parfit gentil knight,* dachte Louisa. Sie hatte nur Augen für ihn und nahm nur am Rand ihre beiden Schwestern und den alten Pfarrer wahr, der die kleine Hochzeitsgemeinde begrüßte.

Ohne Chorgesang und Kirchenlieder war die Trauzeremonie kurz. Louisa antwortete klar und gelobte – wie sie es immer und immer wieder geübt hatte – zu lieben, zu pflegen und zu gehorchen. Edwards Worte rührten sie jedoch beinahe zu Tränen. Als er ihr einen neuen Ring an den Ringfinger steckte, spürte sie die Fülle auf sich überfließen. Sie sah ihn an, während sie vor dem Altar knieten, und er drückte beruhigend kurz ihre Hand. Anschließend hob er den winzigen Schleier und umarmte Louisa kurz und innig. Dann küßte auch Emily sie so aufgeregt wie eine Glucke, und sogar Blanche genehmigte sich die Andeutung einer Träne, als sie Edward die Wange streichelte und ihm auftrug, von jetzt an gut für Louisa zu sorgen.
Der Eintrag ins Kirchenbuch stand danach beinahe in einem nüchternen Gegensatz zum Höhepunkt der Trauung. Die kleine Gruppe lief im dunstigen Herbstsonnenschein am Flußufer entlang zum Haus zurück. Alle waren merkwürdig still, in Gedanken und sehr persönlichen Erinnerungen und Überlegungen versunken, die sich in das erlösende Lachen der Erleichterung auflösten, als sie das kleine Haus am Fluß schließlich erreichten. Bessie begrüßte sie. Das gute alte Gesicht strahlte aufgeregt und vor Freude. Es sah tragikomisch aus, als sie lachte und dann wieder weinte. Tisha und Bobby liefen verwundert, aber begeistert zwischen den Erwachsenen hin und her und wollten wissen, was eigentlich los sei. Als sie keine klaren Auskünfte erhielten, wollten sie Kuchen und belegte Brote, aber der festlich gedeckte Tisch war ihnen verboten, denn sie warteten alle auf Liam. *Er* machte große Augen, als er seine beiden Tanten in ihren besten Kleidern sah. Seine Mutter begrüßte ihn wie eine Prinzessin und lachte aus vollem Herzen. Alle streichelten ihm plötzlich den Kopf, küßten ihn überschwenglich und gratulierten ihm zu seinem Geburtstag.
Louisa setzte Liam auf ihren Schoß. Sie drückte ihn an sich, strich über die weichen blonden Haare und hätte ihm zu gern das Geheimnis anvertraut, auch wenn sie wußte, er war zu jung, um alles zu verstehen – Liam, ihr ältester Sohn –, und auch Roberts Sohn, obwohl er das nicht wußte. Nun hatte sie doch den Mann geheiratet, den er für seinen Vater hielt. Und noch während sie ihm zum Geburtstag gratulierte, konnte Louisa das Gefühl nicht loswerden, ihren Sohn zu betrügen, obwohl der glückliche Zufall, daß sein Geburtstag in diese Woche fiel, die beste Möglichkeit schien, die Feier mit den Verwandten zu erklären.

Sehr vorsichtig und behutsam erzählte sie ihm, er werde – natürlich zusammen mit Tisha und Bobby – als ein besonderes Geburtstagsgeschenk mit Tante Emily und Onkel John nach Leeds fahren. Sein Gesicht zeigte ihr, daß Liam darauf lieber verzichtet hätte, und sie sah sich versucht, den Plan umzustoßen. Hin und her gerissen blickte sie zu Edward hinüber, der sich lächelnd mit John Chapman unterhielt. Nein, das durfte sie nicht. Sie schuldete ihm wenigstens diese eine Nacht, um völlig für ihn da zu sein – einmal ohne Ablenkung, lange Bettgeschichten und ohne schreiende Kinder. Louisa gab sich einen Ruck, küßte ihren heiß geliebten Sohn, nahm ihn bei der Hand und brachte ihn zu ihrer Schwester.

Es dauerte nicht allzulange, und dann waren sie allein. Edward und Louisa blieben mit den Resten des Champagners und einem Berg Abwasch zurück. Bessie hatte das Porzellan zwar abgewaschen, aber es gab noch viel aufzuräumen, und Feuer im Kamin mußten sie auch noch machen. Nach dem warmen Nachmittag wiesen der wolkenlose Himmel und der leuchtende frühe Sonnenuntergang auf eine kalte Nacht hin, in der es vielleicht schon Frost geben würde.

Louisa hob bei der Arbeit den Kopf und rief Edward zu sich. Vom Fenster zum Garten betrachteten sie gemeinsam, wie der Himmel im Westen rot wie Feuer glühte, das sich über den ganzen Horizont auszubreiten schien und dann über den Dächern und Schornsteinen in der Ferne langsam erlosch. Verzaubert beobachteten sie das gewaltige Schauspiel, bis die Apfelbäume im Obstgarten nur noch schwarze Silhouetten waren.

Edward hatte die Arme um sie gelegt und rieb die Nase an ihrem Nakken. »Komm, Mrs. Elliott«, murmelte er zärtlich neckend und stolz, »das war es. Jetzt räumen wir noch auf und zünden das Feuer an – dann können wir uns im Wohnzimmer niederlassen. Ich habe gestern ein neues Buch erstanden«, fügte er verschmitzt hinzu, »ich hoffe, du wirst es mir vorlesen.«

Im ersten Augenblick glaubte sie ihm. »Ein neues *Buch*? Wie heißt es?«

Er küßte sie lächelnd. »Eine sehr wertvolle Erstausgabe von einem gewissen Milton – ich glaube, es heißt *Das wiedergewonnene Paradies* . . .«

Sie lachte, nahm sein Gesicht zwischen beide Hände und küßte ihn auf die Nase. »Wenn es so ist, Mr. Elliott, dann werde ich mich beeilen, denn soviel ich weiß, ist es ein schrecklich langes Opus!«
Während Louisa die letzten Töpfe spülte, ging er hinaus und lief in der kalten, stillen Luft bis an das andere Ende des Gartens. Der Herbst mit all seinen Gerüchen, die Tag für Tag intensiver wurden, erinnerte ihn an seine Tante und an ihre Enthüllungen vor so vielen Jahren. Er dachte auch an seinen Vater, der vor kurzem gestorben war. Beklommen erinnerte Edward sich an den ersten Besuch, rief sich die abgeklärten Gedanken des alten Pfarrers wieder ins Gedächtnis und versuchte, sie sich einzuprägen, als seien sie ein Amulett, mit dem er die plötzlichen Schmerzen vertreiben konnte. *Leben bedeutet Veränderung* hatte sein Vater gesagt. Es schien unheimlich, daß die Veränderungen, die er ihm vorausgesagt hatte, durch seinen Tod in Gang gekommen waren. Aber wenn man es genau bedenkt, überlegte Edward, ist es auch wieder erstaunlich angemessen.
Es war auch angemessen, daß er und Louisa sich diese Woche ganz für sich genommen hatten. Eng aneinandergeschmiegt hatten sie auf dem Sofa vor dem warmen freundlichen Feuer gesessen und sich gemeinsam die Vergangenheit und Gegenwart mit ungewohnter Ehrlichkeit betrachtet. Und sie hatten die Wunden zum Teil schmerzlicher Enthüllungen mit Liebe geheilt. Abend für Abend fiel es ihnen aber schwerer, sich zu trennen. Die dünne Wand zwischen ihren Schlafzimmern wirkte so unnatürlich, und es schien zu verlockend, den Schwur außer Kraft zu setzen und dem wachsenden Verlangen nachzugeben. Edward hatte nur schlecht geschlafen, aber jetzt bedauerte er es nicht. In der neu gewonnenen Nähe und Vertrautheit hatte er auch den Mut zu Fragen gefunden, die er noch keinem Menschen gestellt hatte. Beruhigt fürchtete er nicht mehr plötzliche Impotenz oder glaubte, alles im letzten Moment doch noch zu zerstören. Louisa hatte ihm klug und beruhigend gesagt, da sie sich körperlich nicht kannten, würden sie aus den gemeinsamen Fehlern lernen.
Edward wußte, Louisa und sein Vater besaßen ein Wissen, das ihm fehlte. Als er jetzt zum Haus zurückging, dankte er ihnen beiden stumm.
Er ging langsam an den Beeten mit dem Wintergemüse vorbei und durch den Obstgarten. An den Bäumen hingen noch reifende Früchte.

Ein paar Äpfel waren auf die Erde gefallen. Als er einen aufhob und genußvoll das säuerliche Aroma roch, empfand er es plötzlich als eine köstliche Metapher für die verlorene Unschuld. Er biß lächelnd in das rosa Fruchtfleisch und staunte über die unerwartete Süße, die seine Zunge schmeckte. Er sah Louisa in der Küche, die ruhig ihren Aufgaben nachging. Er sah die helle Tischplatte und die Lampe in der Mitte und ein goldgelbes Dreieck Licht auf den Steinplatten, wo die Tür offenstand. Dies Bild betrachtete er sich oft, und es hatte ihn immer wie ein von Neid erfüllter Fremder verzaubert. Zum ersten Mal aber hatte Edward das Gefühl, hier wirklich zu Hause zu sein, und er wußte, Louisa wartete auf ihn.

Er warf noch einen lächelnden Blick zum Mond, der groß und rund im Osten aufging, warf das Kerngehäuse über die Gartenmauer und betrat das Haus.

Er tat so, als würde er das geheimnisvolle neue Buch suchen und hatte plötzlich statt dessen eine Flasche Champagner in der Hand. »Jetzt können wir mehr als nur ein halbes Glas trinken«, sagte er lachend, »obwohl ich gestehen muß«, fügte er hinzu und verzog das Gesicht, »ich finde, Champagner ist überbewertet. Mir wäre lieber gewesen, wir hätten mit dem Holunderbeerwein deiner Mutter gefeiert.«

»Wir haben noch genug. Wenn du ihn lieber trinkst . . .«

»Nein«, sagte er leise und erinnerte sich an die Krankenwache mit Robert, »Holunderbeerwein ist zum Trösten und nicht zum Feiern.«

»Wirklich?«

»Ich glaube.«

Er reichte Louisa ein Glas, hob das eigene und sah sie über den Rand hinweg an. Seine Augen versenkten sich in ihre strahlende Schönheit. Er konnte kaum glauben, daß sie nun doch seine Frau geworden war. Sie spürte, wie er sie unverwandt anblickte, und ihre Hände griffen nervös vom Glas zum Tisch, von der Tischdecke zu ihren Haaren und glitten dann über den mit Spitze besetzten Kragen der rosa Seidenbluse. Es schmeichelte ihm, daß sogar sie mit Nervosität dem Abend entgegensah; sein Blut geriet in Bewegung, und er lächelte sie glücklich an. Er trat neben sie, nahm sie in die Arme, küßte ihre Wangen liebevoll und mit zärtlicher Zurückhaltung.

Nach all den Höhenflügen der letzten Woche wollte er sie jetzt endlich ganz für sich haben. Aber er dachte an das unendlich zarte und beglükkende Erlebnis der bereits gemachten Entdeckungen, und er zögerte, die letzten Schritte zu überstürzen. Er drückte Louisa sanft neben sich auf das Sofa und konzentrierte sich auf jede Berührung. Er überließ sich dem wunderbaren Vibrieren, das ihn erfaßte. Er berührte die Haare, die Lippen, ihre Brüste und fragte sich, ob auch sie alles so intensiv wie er erlebte.

Die Antwort gab ihm ein leises Stöhnen des Glücks und der Erleichterung, als er sie küßte, und ihre Lippen sich unter seinen teilten. Irgendwo in seinem Kopf wußte Edward, daß er die Beherrschung über sich verlor. Er versuchte, sich zurückzuhalten und daran zu denken, daß oben das Bett stand. Es war sehr viel bequemer als das alte Sofa und ganz bestimmt auch viel angemessener. Aber die unerwartete Berührung ihrer Zunge löste bei ihm eine heftige Reaktion aus. Er preßte sie heftig an sich und erforschte gierig ihren Mund.

Dieser Wein stieg bei weitem mehr in den Kopf als der vergessene Champagner, der auf dem Tisch neben ihnen stand und schnell alle prickelnden Schaumperlen verlor. Er spürte ihre Hände unter seinem Hemd und auf dem Rücken. Die beengenden Kleider konnte er plötzlich nicht mehr ertragen. Er wollte alles ausziehen und mühte sich ungeschickt mit den winzigen Knöpfen ihrer Bluse, streifte die Jacke ab und auch die Weste, während sie die Bluse selbst aufknöpfte. Mit offenem Hemd schob er sie zurück, und als sie zwischen seinen Knien kniete, bebte er unter ihrer Berührung. Er zog die kleine Satinschleife ihrer Chemise auf, schob die engen Träger von ihren Schultern und seufzte, als der dünne Batist nach unten glitt. Ganz im Bann ihrer vom Feuer angestrahlten Schönheit und der seltsamen Verletzlichkeit, in der sie vor ihm kniete, konnte er nur schweigend zusehen, wie sie das Mieder löste und als das jungfräuliche Weiß sich ihm ganz darbot, ergriff sie seine Hand und legte sich wie eine Odaliske vor ihn hin. Er beugte sich mit großer Ehrerbietung zu ihr hinunter und berührte mit den Lippen die Warzen der beiden vollen Brüste. Er konnte nicht sprechen und wagte kaum zu atmen, so sehr begehrte er sie.

Er legte sich nackt neben sie, spürte kühle Haut im Gegensatz zu der pulsierenden Glut seiner Lenden. Und wo sie führte, folgte er ihr, bis wie eine langsam brennende Zündschnur die einmalige Stunde im flakkernden Feuerschein der zärtlichen Worte und schmetterlingszarten Berührungen in einer kurzen leidenschaftlichen und alles verzehrenden

Explosion mündete. Louisa bäumte sich auf und stöhnte, als er sich in sie ergoß: Sie stieß heftig in dem gemeinsam erlebten, schluchzend erreichten Höhepunkt, der ewig zu dauern schien.
Als die Hitze langsam nachließ, glaubte er, es sei vorbei, aber dann fand ein neues Beben tief in ihrem Leib den Widerhall bei ihm, und dann noch eins und noch eins. Mit ihr vereinigt, sie endlos küssend, wurde ihm ein tiefes Gefühl der Ganzheit bewußt. Edward wußte, dies war es, was er mehr wollte als alles andere. Dann lagen sie in wohliger Entspannung nebeneinander. Er schob ihr die feuchten Locken aus der Stirn, stützte sich auf einen Ellbogen und betrachtete ihr glückliches, schönes Gesicht. Er wollte nicht sprechen, um das wunderbare Gefühl des Einsseins mit sich und ihr nicht zu zerstören und lächelte stumm. Ihre Augen strahlten vor Liebe und sagten ihm alles, was er wissen wollte.

17

Als sie mit den Kindern am Nachmittag des nächsten Tages aus Leeds zurückkamen, verkündeten die Schlagzeilen aller Zeitungen, die sie sahen, die zutiefst beunruhigende Nachricht: »DER KRIEG IST AUSGEBROCHEN!« und »BUREN BESETZEN LAING'S NEK!«
Am Bahnhof reihten sie sich wie alle in die Schlange ein, um die letzte Ausgabe zu kaufen, und überflogen schnell die Innenseiten.
»Majuba Hill wird belagert«, las Louisa laut. »Überstürzte Flucht aus Newcastle – Natal bis Dundee und Glencoe geräumt – die britischen Truppen stehen bei Ladysmith.«
»Das ist schlimm«, murmelte Edward, »es ist ihnen also doch gelungen, uns zu überraschen.«
»Und ehe unsere Truppen bereit waren«, fügte sie mit tiefer Sorge hinzu. Bald – nur allzu bald – würde Robert nach Südafrika unterwegs sein ...
Edward schien ihre Gedanken zu erraten und drückte ihr die Hand. »Ich glaube«, flüsterte er, »du mußt ihm schreiben – noch heute abend.«

Robert war um fünf Uhr morgens aufgestanden, um die Ankunft neuer Pferde zu beaufsichtigen und die Begleitpapiere zu überprüfen. Dann ging er zum Frühstück in die Messe. Tommy hatte bereits einen Riesenteller mit Eiern und Schinken halb verdrückt. Von seinem Kinn tropfte das Fett, und er wischte sich mit der Serviette genußvoll die Lippen, dann begrüßte er Robert wie immer mit einem freundschaftlichen Lachen.
»Wie findest du sie? Werden sie was taugen, was meinst du?«
Robert knurrte nur eine kurze Antwort, bestellte sein Frühstück, gähnte und spürte plötzlich die Erschöpfung nach der Schinderei der

letzten Wochen. »Sie hätten vor einer Woche hier eintreffen müssen, wie alles, was der Generalstab uns gnädig zugesteht. Also, wie die sich aufführen, könnte man glauben, der Krieg sei wirklich eine Überraschung!«
Tommy stimmte ihm zu. »Wir hätten schon vor einem Monat zum Aufbruch bereit sein müssen. Wenn wir dort sind, ist der verfluchte Krieg bestimmt schon vorbei!«
»Glaubst du wirklich?«
Tommy lachte gequält und hob die Schultern, dann schob er den leeren Teller zur Seite. »Vielleicht auch nicht. Wenn wir Glück haben, überlassen sie uns das Aufräumen.«
Robert schob unwillig einen Finger unter den engen Kragen der neuen Khakiuniform und enthielt sich eines Kommentars. Alle Berichte, und dazu gehörten auch die optimistischsten, die er bislang gelesen hatte, gaben wenig Anlaß zum Jubeln. Krüger war gerissen, und die Burenbauern waren harte Burschen, an das Klima gewöhnt und mit dem Gelände vertraut. Außerdem – und das war das Entscheidende – kämpften sie für ein Land, das sie sich im Verlauf mehrerer Generationen erobert hatten und jetzt für *ihr* Land hielten. Die Liste ihrer Vorteile war lang, und sie würden nicht so leicht aufgeben, auch wenn es bedeutete, mit unsauberen Mitteln, das heißt ohne Regeln zu kämpfen. Das tun sie bereits, dachte Robert, denn während die britischen Truppen noch auf die Kriegserklärung warteten, hatten die Buren die Sache in die eigenen Hände genommen.
Die unbestimmte, unerklärliche Unruhe und Ungewißheit vieler Monate war jetzt plötzlich eindeutige, aber unwiderrufliche Gewißheit. Robert *wußte*, daß die britischen Truppen trotz der unerschütterlichen und fraglosen Disziplin, trotz Tapferkeit und Patriotismus nicht genug in die Waagschale werfen konnten, um diesen Krieg mit Schnelligkeit oder Leichtigkeit zu gewinnen. Der Krieg würde *nicht* bis Weihnachten vorüber sein – man konnte diesen Satz noch so oft wiederholen und wiederholen und wiederholen; und sie würden diese Buren nicht wie aufrührerische Einheimische von der Bildfläche fegen. Robert war für den Krieg ausgebildet worden, und ein Teil seines Wesens mußte gezwungenermaßen in Erregung geraten bei der Aussicht auf Erfüllung dieser Aufgabe. Aber Robert fürchtete sich auch sehr. Diese Angst bewog ihn, seine Meinung mit anderen zu erörtern. Manchmal fragte er

sich, ob die Erinnerung an die Verwundung in der Schlacht von Omdurman vor einem Jahr, diese Begegnung mit dem Tod, dafür verantwortlich war, daß er in unregelmäßigen Abständen Alpträume hatte. Er warf sich Feigheit vor. Wie auch immer – die dunkle Vorahnung ließ ihn nicht los, und das sorgte dafür, seinen Blick für Einzelheiten und Disziplin zu schärfen. Seine Erkenntnisse bestärkten ihn in der Entschlossenheit, daß jeder Mann unter seinem Kommando so gut ausgebildet und auf den Kampf so gut vorbereitet sein sollte, wie das in seinen Kräften stand.

Machte ihn der Gedanke an den Tod so traurig, wenn er an Louisa dachte? Er konnte auf diese Frage keine Antwort finden.

Ihr Brief lag nachmittags in der Post und wartete in seinem Quartier auf ihn, als er erschien, um sich zum Abendessen in der Messe umzuziehen.

Wie üblich hatte Harris seine Uniform griffbereit zum Anziehen zurechtgelegt. Still und unaufdringlich wie immer half er Robert aus den Stiefeln, schenkte ihm ein großes Glas Brandy ein und stellte das Glas mit der Karaffe auf einen kleinen Tisch neben seinen Sessel. Beinahe wie einen Nachgedanken legte er den Brief auf das Tablett und sah den Major dabei vielsagend an.

Robert griff nach dem Umschlag und starrte auf die Handschrift, als sehe er ein Gespenst.

»Haben Sie noch einen Wunsch, Sir?«

»Nein – nein, im Augenblick nicht. Lassen Sie mich bitte ein paar Minuten allein, Harris, ehe Sie mir das Wasser in die Wanne füllen ...«

»Natürlich, Sir.«

Als Harris eine halbe Stunde später wieder ins Zimmer kam, saß der Major noch genauso im Sessel, wie er ihn verlassen hatte. Der offene Brief lag auf einem Knie. Harris blieb an der Tür stehen und blickte von dem Brief zu dem Photo auf dem Schreibtisch und schüttelte langsam den Kopf. Was haben Sie angerichtet? fragte er stumm Louisa. Und im Augenblick überwog die alte Zuneigung und Treue, die er für Robert Duncannon empfand, bei weitem das Mitgefühl für Louisa.

»Schlechte Nachrichten, Sir?« fragte er und legte die Handtücher zum Wärmen vor das Feuer.

Robert schüttelte langsam den Kopf. »Nein Harris, nein, eigentlich nicht.« Er stand auf, schob den Brief in den Umschlag zurück. »Ganz im Gegenteil. Ein Ereignis, das, wenn auch nicht zu ungetrübter Freude ein Anlaß ist, doch bestimmt zu einem gewissen Maße an . . .« Seine Stimme verlor sich. Er legte bewußt langsam und nachdrücklich den Brief auf die Glut. Als das Papier schwarz wurde und sich rollte, sagte er: »Erleichterung . . . jawohl, Erleichterung.«

Die nächsten Tage wurden noch hektischer, wenn das überhaupt noch möglich war, als in den Wochen vor Ausbruch des Kriegs. Es mußte viel erledigt werden: Vorräte für eine dreiwöchige Reise, Pferde abrichten und auf ihren Zustand untersuchen, Reservisten in die Reihen der Berufssoldaten eingliedern, Impfungen gegen Typhus überwachen und Transporte von Hounslow nach Southampton organisieren. Die Nachricht, daß das Regiment mit einem Viehtransportdampfer aus Liverpool nach Südafrika verschifft werden sollte, stieß auf sehr gemischte Gefühle. Für die Pferde war das gut – darüber waren sich alle einig, aber für die Männer alles andere als ideal. Besonders die Offiziere fühlten sich vor den Kopf gestoßen.

»Ich verstehe nicht, worüber ihr euch beklagt«, sagte Robert eines Tages im Büro des Adjutanten zu Tommy, »wie unangenehm das auch sein mag, es ist nichts im Vergleich zu dem, was uns erwartet, wenn wir erst einmal *dort* sind.« Die kleinkarierte Engstirnigkeit ging ihm allmählich auf die Nerven, und er ließ sich zu dem Fehler hinreißen, seine Kritik zu äußern.

»Oh, du mußt uns nicht an deine umfassende Kampferfahrung erinnern«, entgegnete Tommy aufgebracht, »wir sind uns dessen bereits nur allzusehr bewußt. Und wenn du mir erlaubst hinzuzufügen, Herr Major, auch ein wenig überdrüssig.«

»Halt die Klappe, Tommy. Ich muß arbeiten!«

Der Adjutant hob die Augenbrauen, aber er schwieg. Als Tommy sich umdrehte, das Zimmer verließ und die Tür laut hinter sich zuschlug, beugte er sich über Roberts Schulter und warf einen Blick auf den Urlaubsplan vor der Einschiffung, den die beiden gerade ausarbeiteten. »Die Nerven«, sagte er schließlich, »früher oder später trifft's jeden.«

»Es wird uns allen besser gehen, wenn wir erst einmal zu Hause gewesen sind und uns verabschiedet haben«, murmelte Robert, und damit war die Sache für ihn erledigt.

Robert fuhr zuerst nach Dublin, blieb zwei Tage bei Letty und Georgina, ehe er den Umweg über York nach Hounslow zurück machte.

Er kam sehr spät an, und er war müde, obwohl er die meiste Zeit auf der Reise geschlafen hatte. Die Last der Gefühle war weit größer, als er das vorausgesehen hatte. Trotz gezwungener Fröhlichkeit wußte er, Letty ahnte etwas von der fatalistischen Ahnung, die sein Gemüt beschwerte. Jedesmal, wenn er seine Tochter ansah, ihr ausgeprägtes, intelligentes Gesicht und die viel zu wissenden Augen bewunderte, fragte sich Robert, ob er sie je wiedersehen würde. Auch sie spürte etwas und klammerte sich verzweifelt weinend an ihn, als er schließlich abreisen mußte.

Seine Gedanken kehrten immer wieder zu Georgina zurück – auch dann noch, als seine Augen über die schwankenden vom Wind zerzausten Bäume in der Ebene vor York glitten. Überall wirbelten Blätter durch die Luft und tanzten wie Nachtfalter um die schwach brennenden, vereinzelten Gaslaternen. Sie prallten gegen die schmiedeeisernen Gitter, die wie Wachsoldaten unterhalb der mächtigen Schloßmauern standen. Das kräftige Droschkenpferd scheute mehrmals und riß Robert aus seinen Gedanken. Es war schon neun Uhr vorbei. Die beiden Jungen und Tisha lagen bestimmt schon im Bett und schliefen fest. Einerseits war Robert darüber eher erleichtert, denn er glaubte nicht noch eine qualvolle Abschiedsszene wie mit Georgina ertragen zu können. Obwohl seine beiden Söhne nicht so viel verstanden wie sie, trotzdem . . .

Louisa war etwas anderes.

Ihr Brief hatte zwar sehr versöhnlich geklungen, und angesichts des Inhalts konnte es auch nicht anders sein. Aber wenn er an den letzten Abschied dachte, dann sah er diesem mit Sorge entgegen. Würde sie ihm wirklich nie vergeben können? Würde sie so starr und steif wie diese Eisengitter vor ihm stehen und kalte Worte sagen, Sätze, die er, wie sie glaubte, hören wollte, nur weil er in den Krieg zog? Und Edward: Wie würde seine Reaktion sein? Würde er triumphieren, weil er nun schließlich doch gesiegt hatte?

Robert machte sich auf alles gefaßt; fröstelnd zog er den schweren Mantel enger um sich und war froh, daß das bevorstehende Gespräch gezwungenermaßen kurz sein mußte: Der Zug nach London fuhr um elf Uhr, und da er morgen früh wieder im Hauptquartier sein mußte, durfte er ihn nicht versäumen.

Die Droschke hielt vor dem Tor. Robert stieg aus. Er hatte am Bahnhof bereits alles erledigt und mußte nur noch pünktlich zur Stelle sein.

»Vielleicht dauert es nur ein paar Minuten, vielleicht auch eine Stunde. Wie auch immer – warten Sie. Sie bekommen das Fahrgeld und ein gutes Trinkgeld dazu. In Ordnung?«
»In Ordnung, Sir. Sie wollen den Zug um elf erreichen? Wenn es länger als eine Stunde dauert«, sagte der Kutscher mit einem anzüglichen Grinsen und einem vielsagenden Blick auf seine Uniform, »dann klopfe ich.«
»Das wird nicht nötig sein...«
Edward öffnete Robert die Haustür und bat ihn in den winzigen Flur, ohne auch nur zu versuchen, ein Lächeln vorzutäuschen. Voller Spannung betrachteten sich die beiden Männer stumm. Dann sah Robert in den Augen seines Rivalen Mitgefühl, und im ersten Moment hätte er ihn am liebsten geschlagen – aus verletztem Stolz und aus Eifersucht. Auch wenn Robert sich beherrschen konnte, half ihm das nicht, den mitfühlenden Blick leichter zu ertragen.
»Ich bin froh, daß Sie kommen konnten. Louisa wollte Sie unbedingt sehen.«
»Ich konnte nicht abfahren«, murmelte Robert mit zusammengebissenen Zähnen, »ohne mich von ihr zu verabschieden.«
»Sie möchte sich bei Ihnen entschuldigen – ich glaube, weil sie Sie bei Ihrem letzten Besuch nicht gut behandelt hat.«
Zorn mischte sich mit Verlegenheit. »Oh? Sie hat es Ihnen erzählt?«
»Ja, sie hat mir gesagt, warum Sie gekommen sind...«
»Verstehen Sie, ich wollte einfach über ein paar Dinge Klarheit haben – mehr nicht. Ich wollte, daß wir Freunde sein können.«
»Ich weiß. Ich verstehe. Das wollen wir alle.«
»Dafür danke ich Gott!« Robert seufzte, legte mit einem müden Lächeln den Hut und den Stock auf den kleinen Tisch und sagte: »Ich sollte Ihnen vermutlich gratulieren...«
»Nur, wenn Sie es wollen«, erwiderte Edward trocken.
Robert lachte. »Sie haben völlig recht. Ich will es nicht, denn der Neid schnürt mir die Kehle zu«, fügte er mit entwaffnender Offenheit hinzu, »die Worte würden mir in der Kehle steckenbleiben. Das Verrückte ist nur – ich habe die ganze Zeit gewußt, daß Louisa Sie heiraten sollte. Es war das einzig Logische.«
Edward runzelte die Stirn und sagte dann ironisch lächelnd: »Ich hoffe, daß Logik nicht allzuviel damit zu tun hatte.«

Das plötzlich weich gewordene Gesicht war allzu deutlich. Robert sah ihn kurz an und sagte dann traurig: »So wie ich Louisa kenne, hatte es wohl wenig damit zu tun ...«
»Also ...«, sagte Edward und räusperte sich, »vielleicht gehen wir besser hinein. Sie wird sich sonst noch fragen, was für finstere Pläne wir hier aushecken.« Er öffnete die Wohnzimmertür, trat zurück und ließ Robert eintreten.
Louisa stand am Kamin und sah ihn ängstlich an. Dann verwandelte sich ihr Gesicht durch das bezaubernde Lächeln, das ihre Augen immer strahlen und unvergeßliche Erinnerungen aufkommen ließ. Zum ersten Mal in diesem Haus breitete sie die Arme aus und umarmte ihn.
»Ich bin so froh, dich zu sehen, Robert«, murmelte sie, und er wußte, sie war es wirklich. Er vergaß die hinter ihnen liegenden Jahre und wollte sie küssen und törichte Dinge sagen. Aber vor allem wollte er sie in seinen Armen halten.
Nur mit großer Anstrengung brachte Robert es über sich, die Arme sinken zu lassen. »Ich kann nicht lange bleiben«, sagte er mit belegter Stimme, »meine Droschke wartet draußen. Aber ich wollte dich sehen. Ich wollte euch beide sehen«, fügte er hinzu und schloß Edward in seinen Blick mit ein.
Er war dankbar für den angebotenen Sessel, denn seine Beine wurden plötzlich schwach. Robert setzte sich, nahm ein Glas Wein, das er viel zu schnell trank, und aß ein Stück Obstkuchen, den er überhaupt nicht essen wollte. Ein paar Minuten brachten sie alle drei kein Wort über die Lippen. Dann erkundigte sich Louisa nach Letty und Georgina und er nach den Kindern. Aber diese höflichen Fragen sind nur Bandagen, dachte Robert, um die blutenden Wunden zu verdecken. Er zweifelte nicht daran, daß Edward und Louisa richtig gehandelt hatten. Er verstand nur nicht, warum es so weh tat. Eigenartigerweise störte ihn ihre sexuelle Vertrautheit weit weniger als die nicht abreißende seelische Verbundenheit, die viel intimer war als der sexuelle Kontakt. Das hatte er deutlich schon vor vielen Jahren vom allerersten Augenblick an gespürt, aber jetzt war es noch greifbarer. Sie kennen sich wirklich, dachte er, und zwar im wahrsten Sinn des Wortes.
Die neue Zufriedenheit hatte Louisa offenbar dazu geholfen, mit vielen anderen Gefühlen ins reine zu kommen. Sie konnte ihn ansehen und anlächeln. Alle Bitterkeit und alle Vorwürfe waren verschwunden. Ro-

bert glaubte sogar, sie liebe ihn auf eine leidenschaftslose Weise. Auch das schmerzte.
Gelöst und selbstsicher schien sogar Edward an Haltung hinzugewonnen zu haben. Er wirkte tolerant und mitfühlend, als habe sie das einsame Leiden aus demselben Grund irgendwie zu Brüdern gemacht. Ganz bestimmt waren sie jetzt gleichgestellt. Und schließlich, dachte Robert, wir lieben sie beide und wir wollen beide nur das Beste für sie. Das »Beste«, nun ja, das war ganz bestimmt hier bei den Kindern, denn hier herrschten Friede und Sicherheit... Robert hatte das schon lange gewußt.
Nach einem Blick auf die Uhr sagte Edward, er werde jetzt Mary Annes Mutter holen. Als sie Roberts Brief erhielten, hatten sie Vorsorge getroffen, daß die Kinder beaufsichtigt waren, während sie ihn an den Bahnhof brachten.
»Das ist nicht nötig!« widersprach Robert, aber Louisa winkte ab.
»Unsinn – wir wollen dich begleiten. Ich kann den Gedanken nicht ertragen, daß du ganz allein in diesen Zug steigst. All die anderen werden dasein...« Sie brach ab und schüttelte den Kopf.
»Was bist du doch für eine verrückte, dumme Frau«, flüsterte Robert, als Edward die Tür hinter sich geschlossen hatte. »Nach all dem, was gesagt und geschehen ist, kannst du mich nicht abfahren lassen, ohne –« Die Worte versagten ihm. Er trat einen Schritt auf sie zu und breitete die Arme aus. Sie kam zu ihm und legte das Gesicht an seine Schulter.
»Es tut mir leid –«
»Aber was denn, um Himmels willen?«
»Ich war so schrecklich zu dir. Ich hätte nicht – ich meinte es nicht –«
»Schon gut. Es ist nicht mehr wichtig.« Sie wollte es ihm erklären, aber Worte waren plötzlich nicht mehr wichtig. »Ich *weiß*«, sagte er sanft und küßte die kleinen Locken auf ihrem Kopf, »warum du gesagt hast, was du gesagt hast, und getan hast, was du getan hast. Wenn du in dieser Nacht mit mir geschlafen hättest, wäre es dir nicht möglich gewesen, ihm noch einmal ins Gesicht zu blicken. Habe ich recht?«
Sie nickte, und seufzend drückte Robert sie fester an sich. »Ich wünschte, du hättest es mir damals gesagt – es hätte uns eine Menge Bitterkeit ersparen können.«
»Damals wußte ich es noch nicht – mir war es nicht bewußt. Ich habe es

erst später begriffen, und dann habe ich mich verachtet, weil ich dich so verletzt habe. Ich wollte es dir erklären, aber ich konnte es nicht. Es tut mir leid.«

Er schüttelte den Kopf, denn die Erinnerung tat noch immer weh. Voll Liebe, Schmerz und Bedauern hob er ihr Gesicht und blickte sehnsüchtig in diese tiefen Vergiß-mein-nicht-Augen. Mit ruhiger Aufrichtigkeit sagte er dann: »Auch mir tut es leid.«

Dann drückte er sanft seine Lippen auf ihre Lippen, und sie reagierte kurz, dann legte sie den Kopf zurück.

»Ich liebe Edward.«

»Ich weiß. Du hast ihn immer geliebt.«

Er gab sie frei und in einem Versuch von Leichtigkeit sagte er: »Es war auch Zeit, daß du ihn von dem schrecklichen Sockel heruntergeholt hast. Ich muß sagen, es steht ihm sehr viel besser. Man weiß ja nie, vielleicht werde ich mich mit ihm noch anfreunden – und das wäre dann wirklich etwas Neues, nicht wahr?« Sie versuchte, ein Lächeln zu unterdrücken, aber es gelang ihr nicht. Er zwickte sie in die Wange und murmelte: »Das ist besser. Bitte keine traurigen und langen Gesichter mehr. Ich kann es nicht mehr ertragen.«

Louisa blickte zur Uhr. »Er muß gleich kommen. Warum gehst du nicht hinauf zu den Kindern? Ich rufe dich, wenn er da ist.«

Sie entzündete unten an der Treppe eine Kerze und gab sie Robert. Ein Windzug ließ sie plötzlich flackern, als er die schmalen Stufen hinaufstieg. Der Wind war unter dem Dach sehr viel deutlicher zu hören. Er pfiff gespenstisch um das Haus und fuhr in den Kamin. Schatten tanzten vor ihm. Hinter einer offenen Tür glaubte Robert, jemand bewege sich, aber dann erkannte er, daß es sein eigener Schatten war, der über ein großes Messingbett fiel. Robert konnte der Versuchung nicht widerstehen und warf einen Blick in das weiße, aufgeräumte und wie alles in dem kleinen Haus blitzblank glänzende Zimmer. Abgesehen von einer mit Spitzen besetzten Bettdecke und dem schwachen Duft nach Lavendel hatte der Raum nichts Sinnliches oder besonders Weibliches an sich. Er sah keine Parfümflakons oder Puderquasten, auch kein Bleikristall. Auf dem Waschtisch standen nur die üblichen rein funktionalen Gebrauchsgegenstände und eine einzige Vase, die zerbrechlich und silbern im flackernden Kerzenlicht schimmerte. Alles wirkte so schmerzlich jungfräulich, daß er kaum glauben konnte, daß es Louisas

Schlafzimmer sein sollte. Dann bemerkte er auf einem Stuhlsitz ein Schultertuch und über der Lehne eine Anzugsjacke. Ihm wurde das Herz plötzlich schwer. Aber die Frau, die hier schläft, sagte er sich, ist wirklich nicht mehr die Frau, mit der ich zusammen gelebt habe. In gewisser Weise war er erleichtert. Seine Erinnerungen würden unversehrt bleiben.

Mit einem ergebenen Seufzer ging Robert durch den Gang zum Zimmer der Kinder. Tisha lag schlafend auf dem Rücken. Die goldblonden Locken umgaben ihr Köpfchen wie ein Heiligenschein. Die langen Wimpern warfen Schatten auf das Engelsgesicht. Die eine Hand hatte sie zur winzigen Faust geballt und das Däumchen hielt sie noch ausgestreckt, wie es ihr im Schlaf aus dem Mündchen geglitten war. Robert beugte sich über die Wiege und lächelte sie an. Behutsam und kurz berührte er mit dem Handrücken eine warme, rosige Wange, aber als er sich seinen Söhnen zuwandte, der eine blond, der andere dunkel, die ineinander verschlungen mitten in dem breiten Bett lagen, spürte er, wie ihm die Kehle trocken wurde vor bitterem Schmerz. Bobby drehte sich auf die andere Seite vom Licht weg, aber Liam bewegte sich, blinzelte und lächelte kurz.

»Gute Nacht, gute Nacht, Daddy«, murmelte er undeutlich und vergrub das Gesicht in den Kissen. »Bis morgen ...«

»O nein, mein Kleiner«, flüsterte Robert, »leider nicht ...«

Tränen liefen ihm plötzlich über die Wangen. Er hörte leise Schritte auf der Treppe und wischte sie schnell ab.

Es war Louisa. Robert stellte die Kerze ab, schloß vorsichtig die Tür und umarmte sie. »Was immer wir auch getan haben«, murmelte er mit belegter Stimme, »wir haben drei wunderschöne Kinder auf die Welt gebracht. Das darfst du nie bereuen ...«

»Oh, Robert, Liebster! Das habe ich nie bereut und werde es nie bereuen.«

»Paß gut auf sie auf.«

»Immer.« Er drückte sie fest an sich, und sie küßte seine Wange. »Komm, Kopf hoch. Es ist soweit. Du mußt gehen!«

Louisa sagte das bewußt forsch, ermutigt richtete er sich auf und holte tief Luft. Dann folgte er Louisa die Treppe hinunter.

Im Flur wartete Edward in Hut und Mantel. Durch die offene Küchentür bemerkte Robert zwei neugierige Augen – Augen, die alle Einzelheiten der tadellosen Uniform von der Krone an den Achseln bis hinunter zu den kniehohen, auf Hochglanz polierten Stiefeln registrierten. Louisa bedankte sich bei der Frau, die auf die Kinder aufpassen wollte, und versprach, es werde nicht lange dauern. Edward dachte an die knappe Zeit und eilte zur wartenden Kutsche voraus.

Auf dem Bahnhof herrschten trotz der späten Stunde großes Gedränge und viel Lärm. In dem großen weiten Bogen der Gleise heulte der Wind, Dampf zischte, die Stimmen klangen hohl, und Trillerpfeifen schrillten ohne Unterlaß. Wie Louisa vermutet hatte, sah man auf dem langen Bahnsteig an diesem Abend viele Khakiuniformen. Die meisten Offiziere und Soldaten standen neben offenen Abteiltüren inmitten von Freunden und Verwandten. Bahnbeamte und Gepäckträger versuchten erfolglos, die Mitreisenden zum Einsteigen zu bewegen, während Spätkommende – wie sie – sich nervös mit Taschen und Koffern abmühten.

Es blieben kaum noch zehn Minuten bis zur Abfahrt. Robert ging geradewegs mit einem Träger neben sich zum Gepäckschalter und gab Anweisungen, den einen Koffer zu dem bereits für ihn reservierten Abteil zu bringen. Dann führte er Edward und Louisa im Rücken des Gepäckträgers zur Zugspitze, als begleite er sie zum Zug. Viele Köpfe drehten sich um und sahen ihnen nach. Die Blicke der Männer verrieten unterschiedliche Grade des Neids oder widerwillige Achtung, während die meisten Frauen ihn unverhüllt bewunderten. Auch in der neuen, wenig farbenfrohen Khakiuniform sah Robert sehr gut aus. Sie war plötzlich stolz darauf, ihm seine Söhne geboren zu haben. Und zum ersten Mal in York war es Louisa gleichgültig, wer sie zusammen sah.

Edward bemerkte den Stolz und die Zuneigung in ihren Augen und erstickte schnell die aufsteigende Eifersucht. Sie braucht das, sagte er sich, sie muß stolz und zufrieden sein, daß er in den Krieg zieht. Das bißchen Ruhm und Glanz in dieser Nacht, das Robert und alle Soldaten hier im Bahnhof umgab, war notwendig – ebenso brauchten sie alle die Vorstellung, wie Kreuzritter eine Idee in einem fernen Land mit ihrem Leben zu verteidigen, denn sonst wäre ein Abschied nicht möglich gewesen. Wenn wir sie auf dem Schlachtfeld sähen, dachte Edward, die jetzt noch tadellos sitzenden Uniformen zerfetzt, das Fleisch in Stücke zerhackt, könnten wir ihnen auch dann noch zujubeln, sie ermutigen und ihnen »alles Gute« wünschen? Wenn wir sie sehen würden, wie sie töten und brutal die Frauen anderer Männer zu Witwen machen und ihre unschuldigen Kinder zu Waisen, könnten wir sie auch dann noch in diesen Krieg schicken? Ihn fröstelte plötzlich, und er bedauerte den Mann, der so aufrecht auf dem Bahnsteig stand, und er dankte Gott, daß er mit all dem nichts zu tun hatte. Er fühlte sich als einer, der etwas aufbaut, und er konnte sich nicht vorstellen, wie ihm zumute sein würde, wenn man ihn aufforderte, etwas zu zerstören. Der Dichter in ihm fühlte sich angesprochen, und er nutzte diese Gedanken als Panzer in den langen Minuten der Spannung und Abschiedsschmerzen.

Jetzt wäre es ihm doch lieber gewesen, wenn er Louisa mit Robert hätte allein zum Bahnhof gehen lassen. Er wollte sich nicht aufdrängen und trat bewußt etwas zurück. Aber Robert griff nach seiner Hand und drückte seine Schulter wie ein Freund.

Hinter dieser unvermittelten und aufrichtigen Wärme entdeckte Edward plötzlich andere Gefühle in diesen ruhigen und ausdrucksvollen Augen, als versuche Robert, ihm etwas zu vermitteln, was vor Louisa verborgen bleiben mußte. Edward öffnete den Mund, um etwas zu sagen, aber er bemerkte die leichte abwehrende Geste und schwieg, denn das, was er hätte sagen können, wäre so jämmerlich unangemessen gewesen. Als Robert ihn ermahnte, sich um Louisa und die Kinder zu kümmern, konnte er nur nicken und die kräftige Hand fester drücken. Er hoffte, Robert werde begreifen, daß er ihn verstand. In seiner Bestürzung flehte er, Louisa möge Roberts schreckliche Traurigkeit nicht bemerken.

Edward sah zu, als sie sich umarmten. Er sah Tränen in den langen Wimpern, und er sah auch, wie der Mund plötzlich zuckte, als Robert etwas zu ihr sagte, und dann, als der Zug plötzlich ruckte und klirrte, seinen leidenschaftlichen, trotzigen Kuß ...

Der Zug setzte sich bereits in Bewegung, als Robert im allerletzten Moment aufsprang. Ein Bahnbeamter schlug die Abteiltür hinter ihm zu und schüttelte vorwurfsvoll den Kopf. Die Menschen liefen am Bahnsteig entlang und winkten heftig zum Abschied; sie stießen Edward und Louisa an, die regungslos stehenblieben. Robert beugte sich aus dem Fenster. Er winkte nicht. Seine Augen hingen nur an Louisa.

Der böige Wind zerrte unter den hohen Bahnhofsbögen an ihnen. Louisa klammerte sich an Edward und weinte an seiner Schulter. Sie sprach ihre Angst nicht aus, daß Robert nicht zurückkommen werde, aber er spürte sie deutlich. Edward kämpfte selbst gegen die eigenen Gefühle an und drückte sie fest an sich. Die alte Eifersucht, die sich nur zum Teil aufgelöst hatte, meldete sich beim Abschied von Robert Duncannon wieder. Er fragte sich, ob sie sich je von ihm würden befreien können . . .

Edward streichelte ihre Wangen und trocknete ihre Tränen. Er drückte seinen Mund auf ihre Lippen. Er küßte sie mit leidenschaftlicher Kraft und wollte die Erinnerung an den anderen Kuß auslöschen und damit bekräftigen, daß sie ihm gehörte – ihm allein. Louisa reagierte mit Liebe und Trauer und klammerte sich plötzlich verzweifelt auf diesem verlassenen und dumpf hallenden Bahnsteig an all das Vertraute und Bekannte. Ihre leeren Augen folgten der sich zerstreuenden Menge und richteten sich dann wieder auf ihn. Und als Antwort auf die stumme Bitte schob er seinen Arm unter ihren Arm und führte sie durch die Sperre hinaus, und sie machten sich langsam auf den Weg nach Hause.

Der heftige Wind zwang sie, den etwas geschützteren Weg durch die Stadt zu nehmen. Und als die weißen mächtigen Stadtmauern in ihrem Rücken lagen, liefen sie durch die schmalen Gassen, die zum alten Bahnhof am Micklegate-Stadttor führten. Als sie kurz an der Kreuzung Tanner Row standen, bemerkte Edward erst richtig, wo sie sich befanden. Plötzlich erinnerte er sich an eine andere Nacht, in der er Louisa durch den Schnee nach Hause begleitet hatte. Mit überraschender Klarheit fiel ihm ein, wie er sie damals hatte küssen wollen und sich dann davor fürchtete. In jener Nacht war sie Robert Duncannon zum ersten Mal begegnet. Kummer und Bedauern erfaßten ihn. Hätte er sie damals geküßt, dann wäre ihr Leben anders verlaufen . . .

Edward sah sie an und fing ihren ruhigen und mitfühlenden Blick auf.

»Damals waren wir andere Menschen«, sagte sie und wiederholte damit seine Worte. »Ich habe Robert geliebt – ich habe ihn wirklich geliebt, trotz allem, was ich gedacht und gesagt habe. Das weiß ich jetzt genau. Aber es ist vorbei. Er ist fort«, flüsterte sie mit trauriger Gewißheit und Endgültigkeit. »Ohne ihn, Edward, hätte ich vielleicht nie gelernt, dich zu lieben.« Sie berührte seine Wange und fügte hinzu: »Und ohne dich, mein Schatz, hätte ich es vielleicht nie geschafft, mir zu verzeihen.«

Er zog sie in den Schutz eines dunklen Hauseingangs und küßte sie mit unendlicher Zärtlichkeit in dem Bewußtsein, daß an dieser Stelle alles angefangen hatte. Er hatte sie geliebt, verehrt und versucht, die wunderbare Unschuld zu schützen. Sie umarmten sich wie ein scheues Liebespaar und blieben noch einen Moment stehen. Sie sahen sich lange in die Augen und wußten plötzlich mit erlösender Gewißheit, die Geister, die hier hausten, hatten endlich Ruhe gefunden. Edward lächelte und küßte Louisa noch einmal.

»Ich liebe dich, Mrs. Elliott«, murmelte er mit heiserer Stimme. »Komm, gehn wir nach Hause.«

Danksagung der Autorin

Louisa Elliott ist zwar eine erfundene Geschichte, aber sie beruht auf wahren Ereignissen und spielt an Orten, die es im großen und ganzen noch gibt. Es waren ausführliche Nachforschungen notwendig, um die Atmosphäre der Zeit einzufangen; dabei halfen mir die Mitarbeiter der York City Reference Library, der York City Archives und des National Army Museum in London. Dr. P. R. Newman, Kustos für Military History am Castle Museum in York, hat mir, einer Anfängerin, besonders geholfen, die richtige Richtung einzuschlagen. Ich danke ihm für die so großmütig zur Verfügung gestellte Zeit und Ermutigung. So viele haben mir unermeßlich wertvolle Informationen zukommen lassen, aber ein ganz besonderer Dank gilt Oberst E. C. York (i. R., Königliche Dragoner), Schwester Elizabeth Bulmer, RMN, Mrs. Christine Dean vom Otley Museum und Mrs. Revill von Metheringham. Ich habe mich mit vielen einschlägigen Büchern beschäftigt. Drei waren von unschätzbarem Wert. Mein größter Dank gilt den jeweiligen Autoren: dem Marquis von Anglesey für *A History of the British Cavalry* (Leo Cooper); Frances Finnegan für *Poverty and Prostitution – A Study of Victorian Prostitutes in York* (Cambridge University Press) und Peter Somerville Large für *Dublin* (Hamish Hamilton).

Ann Victoria Roberts

Unterhaltsame Literatur

Eine Auswahl

Richard Hey
Ein unvollkommener Liebhaber
Roman
Band 10878

Mary Higgins Clark
Wo waren Sie, Dr. Highley?
Band 8057

James Hilton
Der verlorene Horizont
Ein utopisches Abenteuer irgendwo in Tibet
Roman
Band 10916

Victoria Holt
Im Schatten des Luchses
Roman
Band 2423

Victoria Holt
Königsthron und Guillotine
Das Schicksal der Marie Antoinette
Roman
Band 8221

Treibsand
Roman
Band 1671

Barry Hughart
Die Brücke der Vögel
Roman
Band 8347

Meister Li und der Stein des Himmels
Roman
Band 8380

Rachel Ingalls
Mrs. Calibans Geheimnis
Roman
Band 10877

Gary Jennings
Der Azteke
Roman. Band 8089

Marco Polo
Der Besessene
Bd. I: **Von Venedig zum Dach der Welt**
Band 8201
Bd. II: **Im Lande des Kubilai Khan**
Band 8202

Der Prinzipal
Roman
Band 10391

James Jones
Verdammt in alle Ewigkeit
Roman. Band 1124

Fischer Taschenbuch Verlag

fi 1220 / 7 d

Unterhaltsame Literatur

Eine Auswahl

Erica Jong
Fanny
Roman. Band 8045

M. M. Kaye
Insel im Sturm
Roman. Band 8032
Die gewöhnliche Prinzessin
Roman. Band 8351
Schatten über dem Mond
Roman. Band 8149

Werner Lansburgh
»Dear Doosie«
Eine Liebesgeschichte in Briefen. Band 2428
Wiedersehen mit Doosie
Meet your lover to brush up your English Band 8033

Doris Lerche
Du streichelst mich nie!
Psycho-horror-picture-show I. Band 8219

Doris Lerche
Kinder brauchen Liebe
Psycho-horror-picture-show II. Band 8289
Keiner versteht mich!
Psycho-horror-picture-show III. Band 8240

Die wahren Märchen der Brüder Grimm
Heinz Rölleke (Hg.) Band 2885

Märchen und Geschichten aus der Welt der Mütter
Sigrid Früh (Hg.) Band 2882

Märchen und Geschichten zur Weihnachtszeit
Erich Ackermann (Hg.) Band 2874

Antonine Maillet
Bären leben gefährlich
Roman. Band 11185

Pat Mallet
Gelegenheit macht Liebe
Das scharfe Buch der kleinen grünen Männchen Cartoons. Band 8337
Der große Pat Mallet
Band 8017
Die kleinen grünen Männchen bleiben am Ball
Band 8041
Die kleinen grünen Männchen sind wieder da
Band 2507
... und die kleinen grünen Männchen waren doch dabei
Band 8018

Fischer Taschenbuch Verlag

fi 1220/3 e